Een vrouw op de vlucht
voor een bericht

David Grossman bij Uitgeverij Cossee

De uitvinder van geheimen
De stem van Tamar
Angst vreet de ziel op
Haar lichaam weet het
De ander van binnenuit kennen
Zie: liefde
Het zigzagkind

David Grossman

Een vrouw op de vlucht voor een bericht

Roman

Vertaling
Ruben Verhasselt

Cossee
Amsterdam

De vertaler ontving voor deze vertaling een werkbeurs van de
Stichting Fonds voor de Letteren

Eerste druk oktober 2009
Tweede druk december 2009
Derde druk januari 2010

Oorspronkelijke titel *Isja borachat mi-besora*
© 2008 David Grossman en Hakibbutz Hameuchad, Tel Aviv
Nederlandse vertaling © 2009 Ruben Verhasselt
en Uitgeverij Cossee BV, Amsterdam
Boekomslag Marry van Baar
Foto auteur Peter-Andreas Hassiepen
Druk HooibergHaasbeek, Meppel

ISBN 978 90 5936 263 5 | NUR 302

Voor Michal
Voor Yonatan en Rutie
Voor Uri, 1985-2006

'Hé, jij daar, stil!' hoorde ze.

'Wie is daar?'

'Stil een beetje! Je hebt iedereen wakker gemaakt!'

'Maar ik hield haar vast.'

'Wie?'

'Op de rots, we zaten er samen.'

'Over wat voor rots heb je het? Laat ons slapen.'

'Ineens viel ze.'

'Je schreeuwde, je zong.'

'Maar ik sliep.'

'En je was aan het schreeuwen!'

'Ze liet mijn hand los, ze is gevallen.'

'Goed, ga weer slapen.'

'Doe het licht aan.'

'Ben je gek geworden? We gaan eraan als we het licht aandoen.'

'Wacht.'

'Wat?'

'Ik was aan het zingen, zei je?'

'Je was aan het zingen, aan het schreeuwen, alles door elkaar. Stil nu.'

'Wat zong ik?'

'Wat je zong?!'

'In mijn slaap, wat zong ik?'

'Weet ik veel. Geschreeuw. Dat is wat je zong. "Wat zong ik, wat zong ik?"'

'Weet je niet meer welk liedje het was?'

'Zeg, ben je gestoord? Ik ben halfdood.'

'Maar wie ben je?'

'Kamer drie.'

'Ook in de isoleer?'

'Ik moet terug.'

'Blijf... Ben je er nog? Wacht, hallo... Hij is weg... Maar wat zong ik nu?'

Ook de volgende nacht maakte hij haar wakker, weer boos dat ze het hele ziekenhuis uit de slaap hield met haar gezang, en ze smeekte hem te proberen zich te herinneren of het hetzelfde liedje was geweest als de dag ervoor. Ze moest en zou dat te weten komen, vanwege haar droom, die in die jaren bijna elke nacht terugkeerde: een volkomen witte droom – alles was wit, de straten, de huizen, de bomen, de katten en de honden, en ook het rotsblok op de rand van de klif. Ada, haar roodharige vriendin, was eveneens helemaal wit, zonder enig stipje rood in haar gezicht of op haar lijf. Maar ook dit keer herinnerde hij zich niet wat voor liedje ze had gezongen. Hij trilde over zijn hele lijf, en zij, in haar bed, trilde even hard mee. 'We zijn net een stel castagnetten,' zei hij, en tot haar eigen verbazing barstte ze uit in een frisse lach, die hem vanbinnen kietelde. Hij had al zijn krachten uitgeput tijdens de tocht van zijn kamer naar de hare, vijfendertig passen, met een rustpauze na elke stap om tegen een muur te leunen of zich vast te houden aan een deurpost of een leeg etenskarretje. Nu zakte hij in elkaar op de plakkerige linoleumvloer in de deuropening van haar kamer. Ze bleven allebei lang nahijgen. Hij wilde haar weer aan het lachen maken, maar kon geen woord meer uitbrengen. Daarna was hij kennelijk in slaap gevallen.

'Zeg.'

'Wat? Wie is daar?'

'Ik ben het,' zei ze.

'Jij.'

'Zeg, lig ik alleen op de kamer?'

'Hoe moet ik dat weten?'

'Tril jij zo?'

'Ja.'

'Hoeveel heb je?'

'Vanavond was het veertig.'

'Ik veertig-drie. Met hoeveel ga je dood?'

'Met tweeënveertig.'

'Dat is dichtbij.'

'Nee, nee, je hebt nog tijd.'

'Ga niet weg, ik ben bang.'

'Hoor je dat?'

'Wat?'

'Hoe stil het ineens is.'

'Waren er eerst knallen?'

'Artillerie.'

'Ik slaap de hele tijd en voor ik het weet is het weer nacht.'

'Door de verduistering.'

'Ik denk dat zij aan de winnende hand zijn.'

'Wie?'

'De Arabieren.'

'Hoe kom je daarbij?'

'Ze hebben Tel Aviv veroverd.'

'Ze hebben wat...? Wie heeft je dat verteld?'

'Ik weet het niet. Misschien heb ik het gehoord.'

'Je hebt het gedroomd.'

'Nee, ze zeiden het hier, iemand, daarstraks, ik hoorde stemmen.'

'Dat komt door de koorts, nachtmerries, ik heb ze ook.'

'Wat ik droomde was... ik was met een vriendin.'

'Misschien weet jij het?'

'Wat?'

'Van welke kant ik gekomen ben.'

'Ik ken hier de weg niet.'

'Hoe lang ben jij hier al?'

'Ik weet het niet.'

'Ik vier dagen, misschien een week.'

'Wacht, waar is de zuster?'

''s Nachts is ze op interne één. Ze is Arabische.'

'Hoe weet je dat?'

'Dat hoor je.'

'Je trilt.'

'Mijn mond, mijn hele gezicht.'

'Zeg, waar is iedereen?'

'Ons brengen ze niet naar de schuilkelder.'

'Waarom niet?'

'We zijn besmettelijk.'

'Wat, dus wij zijn hier de enigen?'

'Met de verpleegster.'

'Weet je?'

'Wat?'

'Als je het nu voor me zou kunnen zingen.'

'Begin je weer?'

'Neurie het dan alleen.'

'Ik ga.'

'Als het andersom was geweest, had ik voor je gezongen.'

'Ik moet terug.'

'Waarheen?'

'Waarheen, waarheen, bij mijn vaderen te ruste gaan, met droefenis ten grave nederdalen, dat is waarheen.'

'Wat? Wat zei je? Wacht even, ken ik je misschien? Hé, kom terug.'

Ook de volgende nacht verscheen hij voor twaalven in haar deuropening om haar op haar kop te geven en te klagen dat ze in haar slaap lag te zingen, dat ze hem en de hele wereld wakker maakte. Ze lachte in zichzelf en vroeg of zijn kamer echt zo ver weg was, en pas toen viel hem op dat haar stem niet klonk vanaf dezelfde plek als de vorige of eervorige nacht.

'Omdat ik nu zít,' legde ze uit. Hij polste voorzichtig: 'Waarom zit je eigenlijk?' 'Omdat ik niet sliep,' zei ze. 'En ik was niet aan het zingen. Ik zat hier rustig op jou te wachten.'

Ze hadden allebei het idee dat de duisternis nog zwarter werd. Een nieuwe golf van hitte, die misschien niets te maken had met haar ziekte, kroop vanuit Ora's tenen omhoog en ontstak rode vlekken in haar hals en haar gezicht. Gelukkig is het donker, dacht ze en ze hield met haar hand de kraag van haar ruime pyjama dicht.

Daarna schraapte hij, in de deuropening, zachtjes zijn keel en zei: 'Goed, ik moet terug.' En toen ze vroeg waarom eigenlijk, zei hij dat hij zich dringend in de pek en veren moest gaan wentelen. Ze snapte het niet meteen, maar even later begon ze hard te lachen en zei: 'Kom op, sufferd, nou is het genoeg met die toneelstukjes van je, ik heb hier naast me een stoel voor je klaargezet.'

Hij tastte zijn weg af langs een deurpost, stalen kastjes en bedden, tot hij ergens bleef staan uithijgen als een oud pakpaard, leunend op een leeg bed. 'Ik ben hier,' kreunde hij.

'Kom dichterbij,' zei ze.

'Wacht, laat me even op adem komen.'

De duisternis gaf haar moed, en ze zei hard, met haar gezonde stemgeluid, het geluid van dagjes aan zee, strandtennis en zwemwedstrijdjes naar de vlotten voor de kust bij het Rambamziekenhuis: 'Waar ben je bang voor? Ik bijt niet.' En toen hij mompelde: 'Oké, oké, ik weet het, ik kan nauwelijks op mijn benen staan,' werd ze geroerd door zijn klaaglijke toon en zijn zware geslof. We lijken wel een stel bejaarden, dacht ze.

'Auwa!'

'Wat is er?'

'Een of ander bed besloot ineens... Verdomme! De wet van de kwade wil –'

'Wat zeg je?'

'Weleens gehoord van de wet van de kwade wil van voorwerpen?'

'Misschien kun je eindelijk eens hier komen?'

Het geklappertand hield niet op en zwol soms aan tot langdurige rillingen. Wat ze zeiden, brachten ze gehaast en met horten en stoten uit. Nu en dan moesten ze wachten tot het geklapper wat minder werd en de gelaats- en mondspieren een beetje tot rust kwamen, en dan stootten ze snel, met harde, gespannen stem, de woorden uit. Het gehakkel brak de zinnen in hun mond in stukken.

'Hoe-oud-ben-jij?' vroeg hij.

'Zes-tien, en-jij?'

'En-een-kwart.'

'Ik-heb-geel-zucht,' zei ze. 'Wat-heb-jij?'

'Ik? Ik-denk-ei-er-stok-ont-ste-king.'

Stilte. Hijgend bracht hij uit: 'Tussen-twee-haak-jes, dat-was-een-grap.'

'Geen leuke,' zei ze.

Hij kreunde: 'Ik probeerde haar aan het lachen te maken, maar haar gevoel voor humor is te –' en gespannen vroeg ze hem met wie hij daar aan het praten was. Hij zei: 'Met de tekstschrijver van mijn grappen. Ik moet hem blijkbaar de laan uit sturen.'

'Als je niet onmiddellijk hier komt zitten,' dreigde ze, 'ga ik zingen.'

Hij huiverde hoorbaar en lachte. Hij had een knarsende lach als het gebalk van een ezel, een soort lach die zichzelf voedde, en zij slikte zijn lach alsof die een medicijn was, nam hem in ontvangst alsof ze een prijs had gewonnen.

Hij moest zo lachen om haar domme grapje dat ze zich er nauwelijks van kon weerhouden hem te vertellen dat ze de laatste tijd mensen niet meer zo kon laten schateren als vroeger – haar humor was 'zo droog als gort en saai' hadden ze dit jaar over haar gezongen op het poerimfeestje – en het was niet zomaar een kleine tekortkoming, bij haar was er al echt sprake van een gebrek, een nieuw mankement dat zich nog zou kunnen uitbreiden en voor complicaties zou kunnen zorgen. Ze had het gevoel dat het op een of andere manier samenhing met andere eigenschappen, die de afgelopen jaren eveneens waren afgestompt. Intuïtie, bijvoorbeeld. Hoe kon zo'n eigenschap in godsnaam verdwijnen, in zo'n rap tempo nog wel? Of het instinct om op het juiste moment de juiste woorden te zeggen. Dat had ze vroeger gehad en nu was het weg. Of gewoon maar een beetje spitsvondigheid, vroeger was ze echt zo scherp geweest als peper, ze had gevonkt en gespsrankeld. (Maar misschien hadden ze gewoon geen beter rijmwoord kunnen vinden op 'de pleegdochter van Mordechai' dan dat 'zo droog als gort en saai', troostte ze zichzelf.) Of het liefdesgevoel, dacht ze ineens, misschien had dat ook te maken met haar aftakeling – echt van iemand houden, branden van liefde, zoals de meisjes vertelden, als in de film. Meteen stak haar de gedachte aan Avner, Avner Feinblat, haar vriend op de voorbereidende militaire academie, die intussen soldaat was geworden; op de trappen tussen de Pevzner- en de Josefstraat had hij tegen haar gezegd dat ze zijn hartsvriendin was, maar ook toen had hij haar niet aangeraakt, nee, geen enkele keer had hij haar ook maar met een vinger aangeraakt, en misschien had dat er ook mee te maken, dat niet-aanraken. Diep in haar hart voelde ze al dat alles op een of andere manier samenhing en dat zij de enige was die de dingen heel langzaam zou begrijpen: elke keer zou haar weer een klein deel duidelijk worden van wat haar te wachten stond. Maar misschien zagen en wisten mensen die van buitenaf naar haar keken het al eerder dan zij en kon ze het zelf eigenlijk ook al afleiden uit de zich opeenstapelende voortekenen.

Heel even kon ze zichzelf zien op haar vijftigste, lang, mager en verwelkt, een geurloze bloem, een vrouw die met snelle, grote stappen liep, met gebogen hoofd en een gezicht dat schuilging onder een breedgerande strooien hoed. En de jongen met de ezellach bleef ondertussen zijn weg naar haar aftasten, kwam naderbij en schuifelde weer weg – alsof hij het erom deed, dacht ze verwonderd, alsof het een soort spelletje van hem was – en hij grinnikte, dreef de spot met zijn eigen onhandigheid, slofte in kringetjes rond door de kamer en vroeg haar nu en dan iets te zeggen om hem de juiste richting te wijzen: 'Als een vuurtoren, maar dan eentje van geluid,' legde hij uit. Een wijsneus, dacht ze, en ook nogal een kluns. Maar eindelijk kwam hij uit bij haar bed, vond op de tast de stoel die ze voor hem had klaargezet, liet zich erop neerzakken en hijgde uit als een oude man. Ze rook zijn koortszweet en ze plukte een van haar dekens van zich af en gaf hem die, waarop hij zich erin wikkelde en er het zwijgen toe deed. Ze waren beiden uitgeput en ieder kromp rillend en kreunend ineen, intens geconcentreerd op zichzelf.

'Toch,' zei ze daarna van onder haar deken, 'klinkt je stem me bekend in de oren, waar kom je vandaan?'

'Uit Jeruzalem,' zei hij.

'Ik uit Haifa,' zei ze met enige nadruk, 'ik ben met een ambulance hierheen gebracht, vanuit het Rambamziekenhuis, vanwege de complicaties.'

'Die heb ik ook,' lachte hij, 'mijn hele leven is één grote complicatie.'

Ze zwegen. Hij krabde hard zijn buik en borst en gromde, waarop zij ook begon te grommen. 'Dat is nog het gekmakendst, hè?' vroeg ze en ze krabde zich eveneens, met tien nagels. 'Soms zou ik me het liefst helemaal villen, als het maar zou ophouden.' Telkens als ze begon te praten, hoorde hij haar lippen van elkaar gaan met een zacht plakkerig geluid, en hij voelde het plotseling kloppen in zijn vingertoppen en de punten van zijn tenen.

Ora zei: 'De ambulancechauffeur zei dat ze ziekenwagens in tijden als deze nodig hadden voor belangrijker zaken.'

'Zeg, is het je opgevallen,' vroeg hij, 'dat iedereen hier boos op ons is, alsof we expres ziek zijn?'

'Omdat we de laatst overgebleven patiënten van de epidemie zijn.'

'Wie ook maar een klein beetje was opgeknapt, is uit het ziekenhuis gesmeten, en vooral de soldaten, die hebben ze helemaal snel teruggestuurd naar het leger, zodat ze op tijd zouden zijn voor de oorlog.'

'Dus het wordt echt oorlog?'

'Ben je niet goed wijs? Die is al op zijn minst twee dagen aan de gang.'

Verbijsterd vroeg ze: 'Wanneer is die begonnen?'

'Eergisteren, geloof ik, en dat heb ik je gisteren of eergisteren al gezegd, ik weet niet meer wanneer, de dagen lopen door elkaar bij mij.'

Geschrokken viel ze even stil. 'Dat is waar ook, je hebt het verteld...' En het slib van rare, angstwekkende dromen kwam in haar bovendrijven.

Hij mompelde: 'Hoe kun je dat niet gehoord hebben? Er klinkt de hele tijd alarm en artillerievuur, en ik heb helikopters horen landen, er zijn vast al een miljoen doden en gewonden.'

'Maar hoe verloopt de oorlog?'

'Ik weet het niet, er is hier ook niemand om mee te praten, niemands hoofd staat naar ons.'

'Wie verpleegt ons dan?'

'Nu is er alleen nog die ene, kleine, magere Arabische die huilt, heb je haar niet horen huilen?'

Ora stond paf. 'Is dat gehuil van een mens? Ik dacht dat het een jankend dier was, weet je het zeker?'

'Het is van een mens, dat is zeker.'

'Maar hoe komt het dat ik haar niet heb gezien?'

'Het is er zo een die komt en gaat om de temperatuur op te nemen en de medicijnen en het eten op het dienblad te zetten. Ze is hier nu als enige, dag en nacht.' Hij zoog op zijn wang en peinsde hardop: 'Gek dat ze hier alleen een Arabische voor ons achterlaten, vind je niet? Ze laten de gewonden natuurlijk niet verplegen door Arabieren.'

Ora kon niet gerustgesteld worden. 'Maar waarom huilt ze? Wat heeft ze?'

Hij zei: 'Hoe moet ik dat weten?'

Ora richtte zich op en haar lichaam verstijfde, en met ijzige kalmte bracht ze uit: 'Ze hebben Tel Aviv veroverd, zeg ik je, Nasser en Hoessein hebben al koffie gedronken in een café in de Dizengoffstraat.'

Hij schrok. 'Waar heb je dat vandaan?'

'Ik heb het gisternacht gehoord, of vandaag, ik weet het bijna zeker, misschien hebben ze het op de radio gezegd, ik heb het gehoord. Ze hebben Beërsjeva, Asjkelon en Tel Aviv ingenomen.'

'Nee, nee, dat kan niet, misschien komt het door de koorts, je hebt het gedroomd, want het is godsonmogelijk. Je bent gek, het kan niet waar zijn dat zij winnen.'

'Het kan wel, het kan wel,' mompelde ze in zichzelf, en ze dacht: wat weet jij nu af van wat mogelijk is en wat niet?

Daarna werd ze wakker uit een vluchtige slaap en zocht de jongen met haar blik. 'Ben je er nog?'

'Wat? Ja.'

En ze verzuchtte: 'Met negen meisjes lag ik op de kamer en ik ben als enige overgebleven. Is het niet om je rot te ergeren?'

Het beviel de jongen dat hij na drie nachten in haar gezelschap nog steeds niet wist hoe ze heette, net zomin als zij wist hoe hij heette; hij hield van zulke raadseltjes. In de hoorspelen die hij schreef en thuis opnam met de bandrecorder, en waarin hij in zijn eentje alle rollen vertolkte – kinderen, bejaarden, mannen, vrouwen, duiveltjes, koningen en ook wilde ganzen, pratende fluitketels en ga zo maar door, tot in het oneindige –, zaten vaak van die lepe spelletjes: wezens die verschenen en in het niets oplosten, personages die werden geschapen in de verbeelding van andere personages. Ondertussen vermaakte hij zich met het gissen naar haar naam: Rina? Jaël? Misschien Liora? Iets lichtends als Liora zou bij haar passen, dacht hij, met haar glimlach die in het donker straalde.

Ook bij hem op kamer drie was het zo, vertelde hij haar. Iedereen was weg, inclusief de soldaten, van wie sommigen nauwelijks op hun benen konden staan, maar die toch naar hun eenheden waren teruggebracht, en nu lag er nog maar één bij hem op de kamer, geen soldaat, toevallig iemand uit zijn klas. Die was eergisteren met eenenveertig-twee binnengebracht en ze kregen zijn koorts maar niet omlaag. De hele dag lag hij te ijlen en zichzelf de sprookjes van Duizend-en-een-nacht te vertellen...

'Wacht eens,' onderbrak Ora hem, 'heb jij niet getraind op het Wingate-instituut? Zat je niet op volleybal, toevallig?'

Avram griezelde: 'Ie.'

Ora bedwong haar glimlach en trok een boos gezicht. 'Wat, en is er geen enkele sport waar je goed in bent?'

Avram dacht even na. 'Misschien als boksbal,' opperde hij.

'Bij welke jeugdbeweging zit je dan?' vroeg Ora nu echt ontstemd.

'Ik ben bij geen enkele beweging,' zei hij met een glimlach.

'Geen enkele?' deinsde Ora terug. 'Wat ben je dan?'

'Ga me nu alleen niet vertellen dat jíj bij de een of andere beweging zit,' zei Avram en de glimlach week niet van zijn gezicht.

'Waarom niet?' vroeg Ora verontwaardigd.

'Omdat het alles voor ons zou bederven,' antwoordde hij met een overdreven zucht, 'want ik begon al te denken dat je het perfecte meisje was.'

'Nou,' zei ze uitdagend, 'ik zit anders wel bij de pioniers van Hamachanot Ha'oliem,' waarop hij zijn hals rekte, zijn lippen tuitte en tot haar stomme verbazing lang en hartverscheurend als een hond naar het plafond jankte. 'Het is verschrikkelijk wat je me daar vertelt,' zei hij, 'ik hoop voor je dat de medische wetenschap binnenkort een middel vindt om je lijden te verzachten.'

Ora trappelde met haar voet op de grond. 'Wacht, ik weet het, was jij niet een keer met vrienden op kamp in Jesoed Hama'ala? Stonden jullie daar niet met tenten in het bos?'

'Lief dagboek,' verzuchtte Avram met een overdreven Russisch accent. 'In het holst van een koude, stormachtige nacht, toen ik, gebroken van verdriet, eindelijk iemand ontmoette die ervan overtuigd was dat ze me ergens van kende –'

Ora haalde laatdunkend haar neus op.

'Kortom,' liet Avram zich niet van zijn stuk brengen, 'we zijn alle mogelijkheden nagegaan, en nadat we haar schandalige ideeën naar de prullenbak hadden verwezen, ben ik tot de slotsom gekomen dat we elkaar misschien wel hebben leren kennen in de toekomst.'

Ora kreunde schril, alsof ze met een naald werd geprikt.

'Wat is er?' vroeg Avram zacht, alsof hij ineens was aangestoken door haar pijn. 'Niets,' zei ze, 'zomaar.' Ze staarde heimelijk naar hem, probeerde door de duisternis heen te dringen en eindelijk te zien wie hij was.

In zijn koortsdroom zweefde hij naar kamer drie en streek neer op de rand van het bed van zijn klasgenoot, die zich rillend en kreunend krabde in zijn slaap. 'Het is zo stil hier,' mompelde Avram tegen hem, 'is het je opgevallen hoe stil het vannacht is?'

Een lange stilte volgde. Daarna sprak de jongen met een schorre, gebroken stem: 'Het is hier als een graf, misschien zijn we al dood.'

Avram dacht even na. 'Luister,' zei hij, 'toen we leefden, zaten we volgens mij bij elkaar in de klas.'

De jongen zweeg en probeerde zijn hoofd een eindje op te richten om Avram aan te kijken, maar het lukte hem niet. Na een paar tellen bromde hij: 'Toen ik leefde, heb ik in principe niets geleerd, in geen enkele klas.'

'Klopt,' zei Avram met een flauwe, waarderende glimlach, 'toen ik leefde, zat er bij mij in de klas inderdaad eentje die in principe niets leerde, een zekere Ilan, een supersnob, hij praatte met niemand.'

'Waar valt voor hem dan ook over te praten met jullie? Stelletje kleuters, watjes, jullie allemaal, die van toeten noch blazen weten.'

'Hoezo?' vroeg Avram rustig en geconcentreerd. 'Wat weet jij dat wij niet weten?'

Ilan bracht een kort, bitter gegrinnik uit, en daarna zwegen ze en zakten beiden weg in een rusteloze slaap. Ergens, in kamer zeven, lag Ora in haar bed en probeerde te begrijpen of de dingen haar echt waren overkomen. Ze herinnerde zich dat ze onlangs, een paar dagen geleden, op weg naar huis na een training op het veld van het Technion, op straat was flauwgevallen. Ze herinnerde zich dat de dokter in het Rambamziekenhuis meteen had gevraagd of ze ook met haar klas op bezoek was gegaan in een van de nieuwe legerkampen die waren opgericht in afwachting van de oorlog, en of ze er toevallig iets had gegeten of gebruik had gemaakt van de latrine. Van het ene moment op het andere was ze uit haar huis gehaald en daarna was ze verbannen naar een vreemde stad en opgesloten in volstrekt isolement, dat haar was opgelegd door de dokters, op de tweede verdieping van een klein, haveloos ziekenhuis in een stad die ze nauwelijks kende. Ze wist niet meer of haar ouders en vrienden de toegang tot haar kamer werkelijk was ontzegd, of dat ze misschien toch op bezoek waren gekomen toen zij lag te slapen, radeloos aan haar bed hadden gestaan en hadden geprobeerd haar weer tot leven te wekken, tegen haar hadden gepraat, haar naam hadden genoemd en daarna weg waren gegaan, misschien nog een laatste blik over hun schouder hadden geworpen: zonde van het goede kind, maar er is niets aan te doen, het leven gaat verder en we moeten vooruitkijken, bovendien is het oorlog en zijn alle krachten nodig.

'Ik ga dood,' mompelde Ilan verwonderd.

'Onzin,' rukte Avram zich los uit zijn slaap, 'je blijft leven, over een dag of twee ben je al –'

'Ik wist dat dit me zou gebeuren,' zei Ilan zachtjes, 'het was van begin af aan duidelijk.'

'Nee, nee,' schrok Avram, 'waar heb je het over? Zo moet je niet denken.'

'Ik heb zelfs nog nooit met een meisje gezoend.'

'Je zult nog zoenen' zei Avram, 'maak je geen zorgen, toe, het komt allemaal goed.'

'Toen ik leefde,' zei Ilan later, misschien wel een heel uur later, 'zat er eentje in mijn klas die tot aan mijn ballen reikte.'

'Dat was ik,' grinnikte Avram.

'Hij bleef maar kletsen.'

'Dat ben ik.'

'Wat een druktemaker was dat.'

'Dat ben ik, ik,' lachte Avram.

'Als ik naar hem keek dacht ik altijd: die is toen hij klein was ongenadig afgeranseld door zijn vader.'

'Wie heeft je dat verteld?' vroeg Avram geschrokken.

'Ik kijk naar mensen,' zei Ilan en hij viel in slaap.

Opgewonden spreidde Avram zijn vleugels en vloog al botsend tegen de muren door de cirkelvormige gang tot hij uiteindelijk weer neerstreek op zijn plek, op de stoel naast het bed van Ora, waar hij zijn ogen sloot en in een woelige slaap verzonk. Ora droomde over Ada. In haar droom bevond ze zich met Ada op een eindeloze witte vlakte, waar ze bijna elke nacht met zijn tweeën wandelden, hand in hand en zonder iets te zeggen. In de beginperiode van die dromen hadden ze juist onophoudelijk met elkaar gepraat. Al van verre zagen ze allebei het rotsblok aan de rand van de afgrond. Toen Ora haar een zijdelingse blik durfde toe te werpen, zag ze dat Ada geen lichaam meer had. Alleen haar stem was nog van haar over, snel, scherp en levendig als altijd, en de wanhopige greep van haar vingers. In Ora's hoofd bonsde het bloed: vasthouden, vasthouden, Ada niet loslaten, zelfs geen moment.

'Nee,' fluisterde Ora en ineens werd ze wakker, badend in het koude zweet. 'Wat een stommeling ben ik ook –' en ze keek naar de plek waar Avram in het donker lag. De slagader in haar hals begon te kloppen.

'Wat zei je?' schrok ook hij wakker en hij probeerde te gaan zitten op de stoel. Telkens weer gleed hij ervan af, een onweerstaanbare kracht dwong hem op de grond te gaan liggen, het ondraaglijk zware hoofd neer te vlijen.

'Ik had een vriendin die een beetje praatte zoals jij,' mompelde ze. 'Ben je er nog?'

'Ik ben er, ik geloof dat ik in slaap was gevallen.'

'We waren vriendinnen vanaf de eerste klas van de lagere school.'

'En nu niet meer?'

Ora probeerde tevergeefs haar handen in bedwang te krijgen, die ineens onstuimig trilden. Al meer dan twee jaar had ze met niemand over Ada gepraat. Ze had ook al meer dan twee jaar haar naam niet uitgesproken.

Avram boog zich een beetje naar voren. 'Wat heb je?' vroeg hij. 'Waarom ben je zo?'

'Zeg –'

'Wat?'

Ze slikte en zei snel: 'In de eerste klas, op de eerste dag, toen ik de klas binnenliep, was ze het eerste meisje dat ik eruit pikte.'

'Hoezo?'

'Nou,' zei Ora met een lachje, 'zij had ook rood haar.'

'Ah. Wat, jij ook?'

Nu begon ze hardop te lachen: zo verbaasd was ze dat je zo lang, drie nachten, met haar kon doorbrengen en met haar kon praten zonder te weten dat ze rood haar had. 'Maar ik heb geen sproeten,' verduidelijkte ze meteen. 'Ada had die wel, op haar hele gezicht en ook op haar armen en benen. Interesseert het je eigenlijk?'

'Ook op de benen?'

'Overal op.'

'Waarom stop je?'

'Ik weet het niet. Er valt niet veel te vertellen.'

'Vertel wat er te vertellen valt.'

'Het is een beetje...' Ze aarzelde even, niet in staat te beslissen of ze hem de geheimen van de orde al kon verklappen. 'Je moet weten dat een roodharig kind altijd eerst kijkt of er nog meer roodharigen in de buurt zijn.'

'Om vriendjes met ze te worden? Ah, nee, net andersom. Is het niet zo?'

In het donker krulden haar lippen tot een waarderende glimlach. Hij was slimmer dan ze had gedacht. 'Precies,' zei ze, 'en ook om niet naast ze te gaan staan of wat dan ook.'

'Het is net zoals ik er meteen de dwergen uit haal.'

'Waarom?'

'Zo is het nu eenmaal.'

'Je bent... ben je zelf klein?'

'Ik wil wedden dat ik niet eens tot je enkels reik.'

'Ha!'

'Serieus, je weet niet wat voor aanbiedingen ik krijg van circussen.'

'Zeg eens.'

'Wat?'

'Maar eerlijk antwoorden.'

'Wat dan?'

'Waarom ben je gisteren en vandaag naar me toe gekomen?'

'Ik weet het niet. Ik ben gewoon gekomen.'

'Kom op.'

Hij schraapte zijn keel, daarna zei hij: 'Ik wilde je wakker maken voordat je weer in je slaap zou gaan zingen, jokte Avram.'

'Wat zei je?'

'Ik wilde je wakker maken voordat je weer eens in je slaap zou gaan zingen, jokte de slinkse Avram.'

'Aha, je –'

'Ja.'

'Je vertelt me iets en je zegt ook...'

'Precies.'

Stilte. Een heimelijke glimlach. Snel draaiende radertjes, zowel hier als daar.

'En je heet Avram?'

'Niets aan te doen, het was de goedkoopste naam die mijn ouders zich konden permitteren.'

'Dus het is zoiets als dat ik zou zeggen, bijvoorbeeld: "Hij praat tegen me alsof hij een of andere toneelspeler is in de schouwburg, dacht Ora bij zichzelf."'

'Je hebt het systeem door, complimenteerde Avram Ora, en tegen zichzelf zei hij: Beste mezelf, we hebben geloof ik uitgevonden –'

'Zwijg nu dan even, zei de geniale Ora tegen hem, en ze verzonk in peilloos diepe gedachten.'

'Ik zou weleens willen weten wat voor peilloos diepe gedachten er door haar hoofd spelen, peinsde Avram zenuwachtig.'

'Ze denkt dat ze hem weleens zou willen zien, eventjes maar. En waar denkt hij aan?'

'Dat dat geen goed idee is, zei Avram, en hij slaakte een angstkreet.'

'Maar Ora, sluw als een vos, vertelde hem toen dat ze vandaag niet alleen een stoel voor hem had klaargezet, maar ook dít bij de hand had.'

Een schurend geluid, opnieuw een schurend geluid en een vlammetje dat ontbrandt. Een druppeltje licht in de kamer. Een lange, witte, heel dunne arm die wordt uitgestoken, met een lucifer in de hand. Het licht schommelt heen en weer op de muren, als vloeistof in een kan. Een grote kamer, veel lege, afgehaalde bedden, trillende schaduwen, een muur en een deurpost, en in het midden van de lichtcirkel Avram, een beetje ineengedoken voor het verblindende licht van de lucifer.

Ze strijkt nog een lucifer af en onopzettelijk houdt ze die nu lager, alsof ze oppast dat ze hem niet vernedert. De vlam onthult sterke, flinke jongensbenen in een blauwe pyjama, en daarop liggen verbazingwekkend kleine handen die elkaar zenuwachtig vasthouden. Dan klimt de vlam naar een korte, stevige tors en onttrekt een groot, rond gezicht aan de duisternis, een gezicht dat er ondanks de ziekte zo levenslustig, nieuwsgierig en sterk uitziet dat het haast gênant is, met een knolneus en gezwollen oogleden, met daarboven een wild en dicht zwart struikgewas van haar.

Wat haar het meest verbaast is de manier waarop hij zijn gezicht ter keuring en beoordeling aan haar presenteert, met dichtgeknepen ogen en van inspanning vertrokken gelaatstrekken. Heel even lijkt het alsof hij een uiterst breekbaar voorwerp de lucht in heeft gegooid en in angst en beven wacht tot het uiteenspat.

Met een pijnlijke zucht blaast Ora de lucifer uit en ze likt haar verbrande vingers. Na een kortstondige aarzeling strijkt ze nog een lucifer af, houdt die met een zekere oprechte ernst bij haar voorhoofd, sluit haar ogen en beweegt hem snel op en neer voor haar gezicht. Haar wimpers fladderen, en haar lippen tuiten zich een beetje. Schaduwen breken op haar lange, hoge jukbeenderen en rond de uitdagende bolling van haar mond en kin. Iets vaags en ook slaperigs zweeft over dat mooie witte gezicht, iets verdwaalds en onrijps, en misschien is het slechts de ziekte die het zo tekent. Maar haar korte haar is van vuur, van gepolijst koper, en de glans ervan gloeit nog na op Avrams netvlies als de lucifer dooft en de duisternis haar weer omhult.

'Avram?'
 'Wat?'
 'Ben je in slaap gevallen?'
 'Ik? Ik dacht dat jij in slaap was gevallen.'
 'Denk je echt dat we beter worden?'
 'Natuurlijk.'
 'Toen ik aankwam lagen er misschien wel honderd mensen op de isoleerafdeling. Misschien hebben wij iets wat ze niet kunnen genezen?'
 'Je bedoelt: wij tweeën?'
 'Wie hier nog achtergebleven is.'
 'Dat zijn alleen wij tweeën nog, plus die ene uit mijn klas.'
 'Maar waarom juist wij?'
 'Wij hebben die complicaties.'
 'Precies. Waarom hebben juist wij die?'
 'Ik weet het niet.'
 'Ik val weer in slaap –'
 'Ik blijf hier.'
 'Waarom val ik de hele tijd in slaap?'
 'Het lichaam is zwak.'
 'Jij moet wakker blijven, waak over mij.'
 'Praat dan met me.'
 'Waarover?'
 'Over jou.'

Als twee zusjes waren ze. 'De Siamese tweeling' werden ze genoemd, al leken ze helemaal niet op elkaar. Acht jaar lang, van hun zesde tot hun veertiende, van de eerste klas van de lagere school tot het eind van de eerste vier maanden van de tweede van de middelbare, zaten ze aan hetzelfde tafeltje. Ook na schooltijd waren ze onafscheidelijk, altijd samen, bij haar thuis of bij haar vriendin thuis, in de jeugdbeweging, tijdens uitstapjes of op werkweek – 'luister je eigenlijk wel?'

'Wat...? Ja, ik luister,' zei hij. 'Ik snap iets niet. Waarom zijn jullie geen vriendinnen meer?'

'Waarom?'

'Ja.'

'Ze is niet meer –'

'Niet meer wat?'

'In leven.'

'*Ada?*'

Ze hoorde hem ineenkrimpen, alsof hij geslagen was. Meteen trok ze haar benen op, sloeg haar armen om haar knieën en begon zichzelf te wiegen, naar voren en naar achteren. Ada is dood, Ada is al twee jaar dood, zei ze snel in zichzelf, het is oké, het is oké, iedereen weet dat ze dood is. We zijn er al aan gewend, ze is dood. Het leven gaat door. Maar ze had het gevoel dat ze Avram zojuist een heel intiem geheim had verklapt, iets wat alleen aan haar en aan Ada echt bekend was geweest.

En toen, om de een of andere reden, bedaarde ze. Ze hield op met het geschommel. Langzaam hervatte ze haar ademhaling, behoedzaam, met een gevoel alsof er splinters in haar longen staken, en ze had de merkwaardige gedachte dat deze jongen die er voorzichtig uit zou kunnen halen, een voor een.

'Maar waaraan is ze doodgegaan?'

'Bij een verkeersongeluk. En je moet weten –'

'Een ongeluk?'

'Dat jullie hetzelfde gevoel voor humor hebben.'

'Wie?'

'Jij en zij, maar dan ook precies.'

'Dus daarom –'

'Wat?'

'Daarom lach je niet om mijn grappen?'

'Avram –'

'Ja.'

'Geef me een hand.'

'Wat?'

'Geef me je hand, vlug.'

'Mogen we dat wel?'

'Doe niet zo achterlijk, geef die hand nu eens.'

'Nee, ik bedoel, omdat we in quarantaine zijn.'

'We zijn toch al besmet.'
'Maar misschien –'
'Waar blijft die hand van je?!'

Het gebeurde in de chanoekavakantie, vertelde ze, terwijl ze zijn hand met twee handen vasthield en die voortdurend heen en weer zwengelde, alsof ze hem van zich af wilde duwen en hem tegelijkertijd bij zich wilde houden. Haar hoofd deed pijn alsof het met een tang werd fijngeknepen. Wat gebeurde haar toch en wat was dit allemaal? Waarom vertelde ze hem haar intiemste gedachten en hoe kwam het dat het haar zo gemakkelijk afging met hem te praten, terwijl ze hem helemaal niet kende?

Ada en zij. Het komt allemaal terug, dacht ze opgewonden, hoe kan dat? En zo plotseling, voor het eerst sinds tijden. De herinnering was ook nog wonderbaarlijk helder: eindeloze discussies over jongens die al dan niet een 'artistieke aard' hadden, vertrouwelijke gesprekken over hun beider ouders – bijna van begin af aan waren ze loyaler geweest aan elkaar dan aan de familiegeheimen –, het Esperanto dat ze samen waren gaan leren, al waren ze er weer snel mee opgehouden, de 'Almanak van beschermde woorden', een schrift dat ze koesterden alsof het een verzameling zeldzame vlinders was, met woorden die alleen op speciale momenten hardop mochten worden uitgesproken... En hoe ze tijdens het schoolreisje naar het Meer van Galilea, in de bus, tranen met tuiten had gehuild toen Ada buikpijn kreeg en tegen haar zei dat ze doodging. Maar toen ze echt doodging, huilde ik niet, juist toen kon ik het niet. Alles is bij mij volkomen opgedroogd, ik heb niet één keer gehuild sinds ze dood is.

Een kleine weg en nog een steeg scheidden hun huizen in de wijk Nevee Sja'anan. Samen liepen ze naar school en samen liepen ze terug, en als ze de weg overstaken deden ze dat altijd hand in hand; zo waren ze het gewend vanaf hun zesde en zo deden ze het ook nog op hun veertiende. Ora herinnerde zich de ene keer – ze waren toen negen en hadden die dag ergens ruzie over – dat ze Ada's hand niet had vastgehouden op de oversteekplaats: een busje van de gemeente kwam aangescheurd en had Ada aangereden, haar hoog de lucht in gesmeten –

En opnieuw zag ze het voor zich: de rode jas vouwde zich open als een parachute. Ora stond maar twee stappen achter haar toen het gebeurde, en ze draaide zich meteen om, schoot achter een heg, bukte zich, stopte haar vingers in haar oren, kneep haar ogen dicht en neuriede luid in haar hoofd, om niets te hoeven zien of horen.

'En ik wist niet dat het maar een generale repetitie was,' zei ze.

'Ik ben niet goed in levens redden,' voegde ze er later aan toe, misschien tegen zichzelf, misschien om hem te waarschuwen.

'En toen was het chanoekavakantie,' zei ze en haar stemgeluid werd ieler. 'Mijn ouders en mijn broertje en ik brachten die door in Naharia. Daar gingen we elk jaar naartoe, naar een pension, alle acht dagen van Chanoeka. En de eerste ochtend na de vakantie ging ik naar school en wachtte op haar bij de kiosk, waar we elkaar elke morgen ontmoetten, maar ze kwam niet opdagen en het werd al laat, dus ging ik in mijn eentje. Toen ik zag dat ze niet in de klas was, zocht ik haar op het schoolplein en in de boom, op al onze plekjes, maar ze was er niet, en ook toen de bel ging, was ze nog niet verschenen. Dus ik dacht: misschien is ze ziek, en ik dacht: misschien is ze te laat en loopt ze zo meteen de klas binnen. Maar toen kwam onze klassenleraar, zichtbaar in de war, en hij ging zo'n beetje met zijn lichaam opzij gedraaid voor ons staan en zei: "Onze Ada..." Op dat moment barstte hij in tranen uit, en we begrepen niet wat er aan de hand was. Een paar kinderen begonnen zelfs te lachen, om zijn gesnotter, het vocht dat hem de neus uit liep...'

Ze sprak snel en op fluistertoon, en Avram kneep haar hand fijn tussen de zijne. Dat deed pijn, maar ze trok haar hand niet terug.

'En toen zei hij dat ze was omgekomen bij een ongeluk, de vorige avond in Ramat Gan. Ze had daar een nichtje wonen. Ze liep de straat op, er kwam een bus aan, en dat was het dan.'

Snel en warm sloeg haar adem op de rug van zijn hand.

'En wat deed jij?'

'Niets.'

'Niets?'

'Ik zat daar. Ik weet het niet meer.'

Avram ademde zwaar.

'En ik had twee boeken die van haar waren in mijn tas, delen van de *Jeugdencyclopedie* die ik had meegenomen om aan haar terug te geven na de vakantie, en ik dacht de hele tijd: wat doe ik nu met die boeken?'

'En zo hoorde je het voor het eerst? In de klas?'

'Ja.'

'Dat kan niet waar zijn.'

'Het was wel zo.'

'En wat gebeurde er toen?'

'Ik weet het niet meer.'

'En haar ouders?'

'Wat?'

'Wat gebeurde er met haar ouders?'

'Ik weet het niet.'

'Ik denk alleen dat als mij zoiets was overkomen, een ongeluk, dat mijn moeder dan ongetwijfeld gek was geworden, ze was er dood aan gegaan.'

Ora richtte zich op, trok haar hand terug en leunde tegen de muur.

'Maar wat zeiden ze tegen je, haar ouders?'

'Ik weet het niet... ze zeiden niets.'

'Hoe kan dat nou?'

'Ik heb niet –'

'Ik versta je niet, kom een beetje dichterbij.'

'Ik heb niet met ze gepraat.'

'Helemaal niet?'

'Nooit meer.'

'Wacht even, zijn zij toen ook omgekomen?'

'Zij? Welnee... Ze wonen nog altijd in hetzelfde huis, tot op de dag van vandaag.'

'Maar je zei... je zei dat jij en je vriendin, als zusjes –'

'Ik ben er niet naartoe gegaan...'

Haar lichaam begon te verstijven. 'Nee, nee,' en ze stootte een flinter van een koud, vreemd lachje uit. 'Mijn moeder zei dat het beter was niet te gaan, ze niet nog meer verdriet te doen.' Haar blik werd langzaamaan glazig. 'En het is beter zo, geloof me, het is het beste zo, je moet niet overal over praten.'

Avram zweeg. Hij haalde zijn neus op.

'Maar we hebben in de klas een opstel over haar geschreven, allemaal, ik ook, en de lerares taalvaardigheid heeft al die opstellen verzameld en er een boekje van gemaakt, dat ze naar haar ouders zou sturen.' Ineens drukte ze haar vuist tegen haar mond. 'Waarom vertel ik je dit eigenlijk?'

'Zeg,' vroeg hij, 'had ze tenminste nog broers of zussen?'

'Nee.'

'Was ze enig kind?'

'Ja.'

'Alleen zij en jij –'

'Je begrijpt het niet, het is niet waar wat jij... Ze hadden gelijk!'

'Wie? Over wie heb je het?'

'Mijn ouders. Of niet mijn vader, maar mijn moeder, die weet meer van zulke dingen dan wie ook. Ze heeft de Shoah meegemaakt. En Ada's ouders wilden vast ook niet dat ik kwam, het is een feit dat ze nooit hebben gevraagd of ik wilde komen. Ze hadden kunnen vragen of ik wilde komen, niet?'

'Maar je kunt nu bij ze langsgaan.'

'Nee, nee. En ik heb sindsdien met niemand over haar gepraat, en Ada –' Haar hoofd schudde heen en weer en ze trilde over haar hele lichaam. 'Niemand in de klas praat nog over haar, nooit meer, al twee jaar lang...' Plotseling bonkte ze met haar achterhoofd tegen de muur en liet na elke lettergreep een nieuwe klap volgen: 'Als-of-ze-he-le-maal-nooit-heeft-be-staan.'

'Genoeg,' zei Avram.

Ze hield meteen op en staarde voor zich uit in het donker. Nu hoorden ze het allebei: ergens, ver weg in een van de kamers, huilde de verpleegster, een stille, voortdurende jammerklacht.

'Zeg,' vroeg hij na een tijdje, 'en wat deden ze in de klas met haar stoel?'

'Met haar stoel?'

'Ja.'

'Hoe bedoel je? Die bleef gewoon staan.'

'Leeg?'

'Ja, natuurlijk leeg, wie zou erop moeten gaan zitten?' En behoedzaam deed ze er het zwijgen toe. Ze had al eerder het vermoeden gekregen dat ze zich had vergist in hem en in zijn uiterlijk van een vriendelijke, enigszins lachwekkende knuffelbeer. Het zou tenslotte niet de eerste keer zijn dat hij haar plotseling een quasi-onschuldige vraag stelde en ze pas later de snijwond voelde die haar was toegebracht.

'En jij bleef op de stoel naast de hare zitten?'

'Ja... Nee... Ik werd naar achteren verplaatst.'

'Waarheen?'

'Wat – naar welke plaats in de klas?'

'Ja.'

'Ik weet het niet meer, ik moest drie rijen naar achteren, maar aan de zijkant, gaan zitten. Zeg eens even, maar vind je echt –'

'Wat?'

'Al die...'

'Al die wat?'

'Interesseren al die dingen je echt?'

'Hoe zouden ze me niet kunnen interesseren, Ora?'

Een wanhopig kuikentje begon hard met zijn vleugels te slaan, diep in Ora's keel. 'Avram, hou me vast!'

Hij schrok terug, maar werd aangetrokken door haar angst, en dus voelde hij met zijn handen en stuitte op knieën, een heel dunne, scherpe elleboog, een kleine welving, gloeiende, droge huid, het vochtige van een mond. Toen hij haar schouder pakte, greep ze hem vast en vlijde zich met haar hele lijf tegen hem aan, trillend, en hij drukte haar aan zijn borst en werd ogenblikkelijk tot aan zijn lippen vervuld van haar verdriet.

Zo zaten ze, door elkaar geschud. Ora huilde snotterend en met wijd-open mond, als een klein, verloren meisje. Avram rook haar adem, de geur van ziekte. 'Genoeg, genoeg,' zei hij, en hij bleef haar bezwete hoofd, haar haren en haar natte gezicht strelen.

Daarna, lang daarna, veegde ze haar neus af aan de mouw van haar pyjama. 'Je bent erg oké, weet je dat? Niet als een gewone jongen.'

'Gaan we katten?'

'Het is fijn zo. Niet stoppen.'

'En zo?'

'Ook.'

De volgende nacht – inmiddels was ze de tel van de dagen en nachten kwijt – kwam Avram haar kamer binnen met een rolstoel die hij voor zich uit duwde. Badend in het koude zweet werd Ora wakker. Ze had weer dezelfde vreemde nachtmerrie gehad, met een metaalachtige stem die om haar heen kroop en haar verschrikkelijke dingen vertelde. Af en toe was ze ervan overtuigd dat het geluid werd voortgebracht door een transistorradio ergens op de afdeling, op de gang of in een van de lege kamers naast de hare. Ze herkende het zelfs als 'De stem van de VAR', de Hebreeuwstalige zender uit Caïro met de bloemrijke Egyptische nieuwslezer – de jongens in haar klas konden hem al imiteren, met de belachelijke fouten in zijn Hebreeuws –, maar op andere momenten was ze ervan overtuigd dat het haar eigen innerlijke stem was die alleen haar influisterde dat de onvolprezen Arabische legers de zionistische entiteit op alle fronten stormenderhand innamen en al bijna totaal onder de voet hadden gelopen. De ene na de andere golf van dappere Arabische strijders overspoelde op dit moment Beërsjeva, Asjkelon en Tel Aviv, zo verkondigde de stem, en Ora lag daar, met bonkend hart, te baden in haar zweet. En dan te bedenken dat Ada hier helemaal niets van wist, van alles wat Ora nu overkwam, omdat het zich niet meer afspeelde in Ada's tijd. Niet meer in haar tijd, wat betekende dat eigenlijk? Hoe was te begrijpen dat ze ooit allebei dezelfde tijd deelden, en dat Ada's tijd nu voorbij was, dat zij zich helemaal niet meer in de tijd bevond, hoe kon dat?

En toen hoorde Ora het geluid van wielen en een duidelijke, hijgende ademhaling. 'Avram?' mompelde ze. 'Wat een geluk dat je er bent. Moet je horen wat ik voor...' Op dat moment onderscheidde ze de ademhaling van twee personen. Ze ging rechtop in haar bed zitten, omhuld door haar plakkerige lakens, en tuurde in de duisternis.

'Kijk eens wat ik voor je heb meegebracht,' fluisterde hij.

De hele dag had ze gewacht tot hij weer bij haar zou komen, met haar zou praten en naar haar zou luisteren alsof elk woord van haar voor hem van het grootste belang was, en ze had terugverlangd naar zijn hypnotiserende vingers die haar hoofd en nek streelden. Ze waren zacht als de vingers van een meisje, dacht ze, of van een baby. En juist nu, midden in de golf van warme gevoelens voor hem die haar overspoelde, nadat ze de hele dag had liggen wachten tot hij eindelijk zou komen en ze een beetje tegen elkaar aan konden kruipen en met elkaar praten, kwam hij ineens opdagen en maakte zo'n grove fout, typisch voor een jongen, zoals een okselscheet laten op het moment dat er in de film wordt gekust, zoals hier komen aanzetten met die –

Ja, met die jongen die zachtjes snurkend zat te slapen in de rolstoel en er waarschijnlijk geen benul van had waar hij was. Avram manoeuvreerde hem de kamer in, botste tegen een nachtkastje en een bed, en putte zich uit in verontschuldigingen en rechtvaardigingen: hij had het niet over zijn hart kunnen verkrijgen hem de hele nacht in zijn eentje in de kamer achter te laten, Ilan had afschuwelijke nachtmerries, hij had veertig graden, misschien zelfs meer, hij hallucineerde de hele tijd, hij was bang dat hij doodging, en als Ilan alleen op de kamer lag, hoorde hij de hele tijd stemmen zeggen dat de Arabieren wonnen, de verschrikkelijkste dingen.

Ondertussen zette hij Ilan in de rolstoel met zijn gezicht naar de muur en zocht zelf op de tast zijn weg naar haar. Al op afstand voelde hij haar opgezette stekels, en met zijn fijne inzicht, dat haar verwonderde, klom hij niet op het bed, maar ging voorzichtig en deemoedig op de stoel ernaast zitten en wachtte af.

Zij trok haar benen op, sloeg haar armen over elkaar voor haar borst en hield nors haar mond. In gedachte zwoer ze dat ze tot het einde der tijden zou blijven zwijgen, maar ze ontplofte meteen: 'Ik wil naar huis, ik ben het zat hier!'

'Maar dat kan niet, je bent nog ziek.'

'Kan me niet schelen!'

'Weet je,' zei Avram liefjes, 'hij is helemaal niet vanhier, hij komt uit Tel Aviv.'

'Wie?'

'Hij daar, Ilan.'

'Fijn voor hem.'

'Hij is pas een jaar geleden naar Jeruzalem verhuisd.'

'Dat zal mijn grootje leuk vinden.'

'Zijn vader is hier een of andere basiscommandant geworden. Een kolonel of zoiets. En wil je iets grappigs horen –'

'Nee.'

Avram wierp een behoedzame blik naar het eind van de kamer, boog zich voorover en fluisterde: 'Hij praat zonder het te weten.'

'Hoe bedoel je?'

'In zijn slaap, van de koorts, hij ijlt er lustig op los.'

Zij boog zich ook voorover en fluisterde: 'Wat, en is dat niet... dat is toch een beetje gênant, of niet?'

'Wil je nog iets horen?'

'Nou –'

'Normaal praten wij niet met elkaar.'

'Waarom niet?'

'Niet alleen ik, de hele klas, er wordt niet met hem gepraat.'

'Jullie boycotten hem?'

'Nee, andersom, hij is het die ons boycot.'

'Wacht even, één jongen die al zijn klasgenoten boycot?'

'Het gaat al een jaar zo.'

'En hier praat hij wel?'

'Dat zeg ik je, door de koorts, in zijn slaap, zijn mond staat niet stil... Wat?'

'Ik weet het niet. Is het niet een beetje...'

'Ik verveel me, dus ik begin en hoef maar een beetje aan hem te trekken of hij antwoordt.'

'In zijn slaap?'

'Goed, hij begrijpt het zo half en half, niet echt.'

'Maar dat is –'

'Wat?'

'Ik weet niet, het is zoiets als andermans post lezen, vind je niet?'

'Wat kan ik eraan doen, mijn oren dichtstoppen? En bovendien, stel dat hij over zijn ouders vertelt, oké? Over zijn vader en het leger en zo.'

'Ja –'

'Dan vertel ik over mijn vader en mijn moeder, hoe hij haar en mij in de steek heeft gelaten en wat ik me van hem herinner, dat soort dingen –'

'Aha.'

'Dus ik vertel hem ook eerlijk alles. Zodat we quitte staan.'

Ora ging beter zitten en sloeg een deken om zich heen. Tijdens de laatste woorden was een of andere verholen aanwijzing in zijn stem geslopen, en een lichte spanning zette zich vast in haar kuiten.

'Gisteren, bijvoorbeeld,' zei Avram, 'toen ik tegen de ochtend terugkwam uit jouw kamer, lag hij ook zo te ijlen, en hij vertelde verhalen over een meisje dat hij op straat had gezien en niet had durven aanspreken, uit angst dat ze hem niet zou zien staan...' Avram grinnikte. 'Dus toen heb ik ook –'

'Wat heb je ook?'

'Maak je geen zorgen, hij begrijpt toch niets.'

'Wacht even, wat heb je hem verteld?'

'Wat jij en ik – je weet wel, en wat je tegen me gezegd hebt, over Ada –'

'Wat?!'

'Maar hij sliep...'

'Maar ik heb dat toevertrouwd aan jou! Het zijn privézaken, geheimen van me!'

'Ja, maar hij heeft helemaal niet –'

'Ben je gek geworden? Kun je dan helemaal niets voor jezelf houden? Zelfs niet twee seconden lang?'

'Nee.'

'Nee?!'

Ze sprong uit bed, vergat haar zwakte en beende door de kamer, liep vol afkeer weg van hem en ook van de ander, die met zijn kin op zijn borst zat te slapen en een hard, onverdraaglijk geklop van een hartslag om zich heen verspreidde.

'Ora, wees niet... Wacht even, luister, toen ik terugkwam van jou was ik zo...'

'Zo wat?!' schreeuwde ze en ze had het gevoel dat haar slapen uit elkaar barstten.

'Ik, ik had geen... ruimte in mijn lijf, omdat ik zo –'

'Maar een geheim! Een geheim! Dat is toch het belangrijkste wat er bestaat?' Ze stormde op hem af met een uitgestoken vinger en torende boven hem uit, en hij kromp een beetje ineen. 'Het is precies wat ik de hele tijd al van jou dacht, het hangt allemaal samen!'

'Wat, wat hangt allemaal samen?'

'Het punt dat je in geen enkele jeugdbeweging zit en helemaal geen sport beoefent, en al die wijsneuzige praatjes en dat je helemaal geen vrienden hebt, wedden dat je die niet hebt?'

'Maar wat heeft dat ermee te maken?'

'Ik wist het wel! En dat je, dat je zo'n... zo'n Jeruzalemmer bent!'

Ze dook weer in haar bed, trok de dekens op tot boven haar ogen en bleef daar pruttelen, in de dempende duisternis. Ze mocht doodvallen als ze nog één woord over zichzelf tegen hem zou zeggen. Ze had gedacht dat hij te vertrouwen was, dat had ze gedacht. Hoe had ze er in godsnaam in kunnen trappen, in zo'n zielenpiet als hij, en kon hij eindelijk eens opkrassen? 'Ga weg, hoor je me? Hoepel op, ik wil slapen.'

'Wat, en dit was het dan?'

'En kom niet meer terug! Nooit meer!'

'Goed,' mompelde hij, 'eh... welterusten dan.'

'Wat welterusten?! Laat je hem hier soms achter?'

'Wat? O, sorry, dat was ik vergeten.' Hij stond op en zocht traag en voorovergebogen zijn weg naar de rolstoel.

'Wacht! Vertel me eerst precies wat je tegen hem hebt gezegd!' Ze hoorde hem zwaar terugsloffen, zich stoten tegen de hoek van het bed en vloeken, tot hij op de tast zijn stoel terugvond en erop neerzakte. Ze hoorde Ilan vluchtig ademen en zuchten in zijn slaap. Ze probeerde de klank van zijn stem op te maken uit zijn zucht, en in het donker te raden hoe hij eruitzag. Ze vroeg zich af wat hij al van haar wist.

Ergens jankte de sirene van een ziekenwagen. Er klonken gedempte echo's van ontploffingen. Ora ademde uit met samengeknepen lippen. In haar hoofd woedde een storm. Ze had zichzelf al moeten toegeven dat haar woede op hem overdreven en misschien zelfs gespeeld was geweest, misschien om zich te verdedigen tegen de verraderlijke genegenheid die in haar de kop op had gestoken. Wat was ze ver verwijderd geraakt van al haar dierbaren en geliefden, bedacht ze verschrikt. Sinds ze in het ziekenhuis lag, had ze geen moment gedacht aan Avner Feinblat. Ze had hem uit haar hoofd gezet, evenals haar ouders en haar klasgenoten. Alsof haar hele wereld nog slechts bestond uit ziekte, koorts, haar buik en jeuk. En ook uit Avram, die ze tot drie of vier dagen geleden niet eens kende. Hoe had dat kunnen gebeuren? Hoe kon ze iedereen vergeten zijn? Waar was ze al die tijd geweest en waarover had ze gedroomd?

In haar gedachten, in het geruis van de trage doezeligheid die zich meester van haar had gemaakt, sloop nu een vaag, hees geluid, en eerst herkende ze er Avrams stem niet in, maar dacht ze dat die ene, die geschifte vriend van hem, misschien in zichzelf zat te praten. Ze spitste haar oren. 'Vanaf het moment dat ik je zag met die lucifer in je hand, dacht ik dat ik jou alles kon zeggen wat er door mijn hoofd ging. Maar jij zou je aan me gaan ergeren, dat wist ik zeker, je bent een vuurrode, een heetgebakerde tante, licht ontvlambaar, dat had ik al gezien. Weet je wat, als ik je erger, geef je me maar een schop. Ze schopt me niet, misschien heeft ze vandaag een onthoudingsdag wat schoppen betreft, of is ze soms bij een of andere sekte gegaan die het verbiedt hulpeloze onderdeurtjes te schoppen? Kijk, ze glimlachte even, ik zie haar mond zelfs in het donker. Wat een waanzinnig mooie mond heeft ze toch –'

Hij wachtte, Ora slikte. Nieuw zweet brak ineens uit haar lichaam. Ze dook verder weg onder de deken en alleen haar ogen glansden nog in de duisternis. 'Ook nu heeft ze me geen trap verkocht,' merkte Avram op, 'dus ze vindt het blijkbaar goed dat ik bijvoorbeeld tegen haar zeg, bijvoorbeeld...' Hij aarzelde, ineens kwam het te dichtbij; kom op dan, bangeschijter, watje. 'Ik kan bijvoorbeeld tegen haar zeggen dat ze beeldschoon is, het mooiste wat ik in mijn hele leven heb gezien, zelfs hier, in het ziekenhuis, met die koorts en die ziekte. En dat ik vanaf de allereerste keer dat ik haar zag, al was het in het donker, de hele tijd het gevoel heb gehad dat ze een lichtbron is, iets helders, zuivers... En dat ik, toen ze zichzelf aan me liet zien bij het licht van de lucifer, op het moment dat ze haar ogen sloot...' Hoe meer hij praatte, des te meer werd Avram vervuld van opwinding. Hij stond in brand en had een stijve gekregen van zijn eigen durf. En Ora's hart bonsde zo hard dat ze dacht dat ze zou flauwvallen. Als iemand uit haar vriendenclubje, jongen of meisje, dat maakte niet uit, haar nu zo zou zien, stil luisterend naar al die praat, had die zijn of haar ogen niet geloofd: was dit de cynische Ora? Was dit Ora de onverzettelijke?

'En ze moet niet denken dat ik zo'n held ben,' voegde Avram eraan toe met hese stem. 'Ik heb nog nooit zo met een meisje gepraat, behalve in mijn fantasie, al heb ik het mijn hele leven wel gewild.' Hij drukte zijn vuisten tegen zijn wangen en concentreerde zich op een gloeiend gevoel in zijn ingewanden. 'Ik ben ook nog nooit in de gelegenheid geweest zo dicht in de buurt te komen van iemand die zo mooi is, wat ik alleen maar even meld voor de goede orde, want ze denkt vast bij zichzelf: daar heb je weer zo'n spetter aan wiens voeten alle meisjes in katzwijm vallen.'

Ora stak haar kin naar voren en klemde haar lippen op elkaar, maar pretlichtjes twinkelden in haar ogen. Wat een rare knakker, dacht ze, je kon bij hem nooit goed uitmaken of hij serieus was of gekheid maakte en of hij heel wijs was of juist oliedom, hij wisselde dat de hele tijd af. Ze veegde met de deken het zweet van haar voorhoofd en bedacht dat het allerirritantste aan hem was, onverdraaglijk en echt gekmakend, dat hij de hele tijd dicht onder je huid kroop, en dat hij je geen seconde met rust liet, want sinds het moment dat hij twee dagen of hoe lang geleden dan ook voor het eerst tegenover haar was komen zitten, wist ze precies wanneer hij opgewonden was, wanneer hij het naar zijn zin had en wanneer hij ergens mee in zijn maag zat, en vooral wist ze wanneer hij haar wilde. En dat brutale joch las al haar gedachten, dus ze probeerde nergens aan te denken, maar ook dat had hij meteen door: hij was een zakkenroller, een spion, en binnen in haar kronkelde plotseling een vlugge, piepkleine aal, als een soepele, minuscule, rode tong, die helemaal niet van haar was, waar kwam die ineens vandaan? Ora sprong in paniek haar bed uit. 'Kom eens hier, jij!' riep ze uit. 'Ga hier eens even staan!'

'Wat... wat is er aan de hand?'

'Sta op!'

'Maar wat heb ik gedaan?'

'Hou je mond! Draai je om!'

Ze tastten om zich heen in het donker tot ze met hun rug tegen elkaar aan stonden, rillend en schokkend van de koorts en andere vuren. Ilan zuchtte, en Avram dacht: wat een ellende, als hij maar niet net nu wakker wordt. Hij voelde haar gespierde kuiten die de zijne raakten en haar veerkrachtige achterwerk dat langs het zijne wreef. Verder omhoog ging het mis: zijn schouders bevonden zich ergens tegenover haar rug. Zijn hoofd rustte in haar nek. 'Je bent een kop groter dan ik,' merkte hij luchtigjes op, en hij schrok zelf van de zo wrede verwezenlijking van zijn angsten. 'Maar we zijn nog op die leeftijd,' zei ze mild, en ze draaide zich om. Ondanks de duisternis zag ze zijn gezicht en zijn reusachtige, overdreven ogen, die smachtende en droevige blikken naar haar uitstraalden. Ze ging snel in zichzelf op zoek naar Ada, die haar een touw van spotternij zou kunnen aanreiken om zich aan vast te klampen, een touw waarvan ze zijn gestalte en zijn hele wezen zou kunnen losmaken, en trouwens ook deze hele plek, samen met die gast die vanaf het andere eind van de kamer bleef zeuren in haar hoofd, maar haar hart kromp al ineen als voor een slecht bericht.

'Zeg,' fluisterde ze zwakjes, 'kun je me zien?'

'Ja,' mompelde hij.

Hoe kan het dat we ineens iets zien? vroeg ze zich af, bang dat ze weer hallucineerde van de koorts. Hij lachte. Ze nam hem achterdochtig op. 'Wat is er zo grappig?'

'Dat je niet bereid bent mij slechte dingen over mezelf te laten zeggen.'

Als hij lachte, zag ze, veranderde de tekening van zijn gezicht helemaal. Hij had mooie tanden, wit en regelmatig, en ook mooie lippen – het hele gedeelte van zijn mond, dacht Ora zwakjes, is als het ware van iemand anders. Als een meisje ooit met hem zou zoenen, zou ze vast haar ogen dichtdoen, dacht ze, en dan zou ze alleen zijn mond hebben. Kon je met alleen de mond genoegen nemen? Een idiote gedachte. Haar knieën knikten een beetje. Zo meteen viel ze. Die ziekte deed haar de das om. Ze was zo slap als een vaatdoek. Duizelig greep ze zich vast aan de mouw van zijn pyjamajasje, viel bijna tegen hem aan. Haar gezicht was dicht bij dat van hem, en als hij nu zou proberen haar te zoenen, zou ze niet eens de kracht hebben om haar hoofd terug te trekken.

'En ik wil haar vertellen over haar stem,' zei Avram later, toen hij weer in zijn stoel zat aan haar bed. 'Want de stem is voor mij het belangrijkste, altijd, zelfs nog meer dan hoe een meisje eruitziet. En zij heeft een stem zoals niemand anders die ik ken, een oranje stem, ik zweer het je, niet lachen, met een beetje citroengeel eromheen, aan de randen, en zo'n beetje springerig, huppelend. Als ze wil, kan ik haar nu ter plekke iets onthullen van wat ik dolgraag een keer voor haar zou willen schrijven, en het interessante is dat ze geen nee tegen me zegt –'

'Ja,' fluisterde Ora.

Avram slikte en rilde. 'Ik denk dat het een vocaal werk wordt, alleen voor stemmen,' bracht hij uit. 'Al een paar dagen denk ik erover, sinds wij met elkaar aan de praat raakten. Het begint met veertien klanken, snap je, losse klanken, na elkaar, menselijke stemmen. Ik hou het meest van menselijk stemgeluid. Een mooier geluid bestaat niet, vind je wel?'

'Ja? Dus je houdt je bezig met... je schrijft muziek?'

'Nee, niet precies muziek, het is meer een combinatie van... maakt niet uit. Stemmen, dat is wat me nu interesseert, de laatste jaren.'

'O,' zei Ora.

'Maar waarom juist veertien stemmen?' vroeg hij zich op fluistertoon af, alsof Ora helemaal niet in de kamer was. 'Waarom eigenlijk veertien?' mompelde hij in zichzelf. 'Ik weet het niet. Zo voel ik het. Op het moment dat je over Ada vertelde, wist ik dat het dat zou moeten worden. Het begint met één klank, een soort "aaa", van zes kwart, en als die is verdwenen, begint de tweede: "aaa". Ja, nu heb ik het! Ik hoor het hun doen. Weet je hoe het wordt? Als schepen in de mist, die naar elkaar toeteren. En het is treurig.' Tussen opeengeklemde tanden zoog hij lucht naar binnen, en zij merkte dat hij van het ene moment op het andere met zijn hele wezen in die treurnis was verzonken, dat de hele wereld nu uit die treurnis bestond. Onwillekeurig voelde ze zelf ineens ook hoe ze werd beroerd door een bittere, hartverscheurende droefenis.

Ik hoor het hun doen. Haar moeder zou hem ter plekke hebben gecorrigeerd, nog voor hij een volgende zin had kunnen uitbrengen. Ja, ze had hem onherroepelijk afgewezen en keihard op zijn voorhoofd een onuitwisbaar stempel gezet: onnozel. En toch had Ora het rare gevoel – een lichte kieteling in haar buik, van uitgelatenheid en wraak – dat hij erin zou slagen zelfs haar moeder in de war te brengen. Dat hij haar moeder, als ze elkaar ooit ergens zouden ontmoeten, vanzelfsprekend bij toeval, meteen zou weten te charmeren. Hij zou haar helemaal voor zich innemen, ondanks de veertien klanken die hij 'hun' al hoorde uitstoten in zijn hoofd.

'Is het misschien vanwege Ada?' vroeg ze.

'Wat is vanwege Ada?'

'Omdat Ada, zoals ik je vertelde, veertien was toen ze –'

'Wat?'

'De klanken, waar je het over had, de veertien klanken.'

'Ah, wacht even – één voor elk jaar van haar?'

'Het zou kunnen.'

'Je bedoelt... dat iedere klank is als een afscheid van een van haar levensjaren?'

'Zoiets.'

'Dat is mooi. Dat is echt... ik had er niet aan gedacht. Eén voor elk jaar.'

'Maar je hebt het zelf bedacht,' lachte ze, 'grappig dat je je erover verbaast.'

'Maar jij bent het,' zei Avram met een glimlach, 'die me heeft onthuld wat ik heb bedacht.'

'Je geeft me inspiratie,' zei Ada af en toe, in haar kinderlijke, gewichtige ernst. Dan lachte Ora en vroeg: 'Ik? Ik kan jou inspireren? Ik ben een Beer met Heel Weinig Hersens!' En Ada – dertien was ze toen, schoot Ora te binnen, en nog maar een jaar verwijderd van haar dood; het was huiveringwekkend te bedenken dat die gedachte toen helemaal niet in haar was opgekomen, dat ze had bestaan en alles had gedaan zoals gewoonlijk, zonder ook maar het geringste vermoeden, en toch, innerlijk was ze dat jaar als het ware dieper, volwassener en nog compacter geworden –, Ada pakte Ora's hand en schudde die enthousiast en dankbaar. 'Jij, ja, jij,' zei ze, 'jij zit ogenschijnlijk rustig wat te zitten, maar ineens gooi je er dan één enkel woord uit, of je stelt een onbeduidende vraag, alsof het niets voorstelt, en klabam! Alles valt op zijn plaats in mijn hoofd en ik weet ineens precies wat ik wilde zeggen. Ach, Ora, wat zou ik zonder jou toch moeten beginnen, hoe zou ik kunnen leven zonder jou?'

Ze herinnert zich: ze keken elkaar diep, onpeilbaar diep in de ogen. Eén jaar, mijn god.

Levendig, scherp en bijna onverdraaglijk was deze herinnering nu: Ada leest haar voor uit haar schriften vol verhalen en gedichten, beeldt de verschillende personages voor haar uit met stemmen en gebaren, soms met kleren, hoeden en sjaals – en ze huilt en lacht met ze mee. Haar sproetige gezicht bloost alsof er in haar hoofd een brand woedt en de vlammen uit haar ogen slaan. Ora, in kleermakerszit tegenover haar, kijkt met opengesperde ogen toe.

'En de hele tijd zit ik me af te vragen of ze een vriend heeft,' zei Avram ergens in de kamer tegen zichzelf, met zijn hese, dagdromende stem. 'Het is waar dat ze heeft gezegd dat ze die niet heeft, maar hoe kan dat nu? Zo eentje blijft geen tel alleen, de jongens in Haifa zijn niet achterlijk.' Hij laste een stilte in, wachtte op haar antwoord, maar ze zweeg. 'Wat, wil ze me niet vertellen over haar vriend of heeft ze die echt niet?'

'Die heeft ze niet,' zei Ora zachtjes.

'Hoe kan het dat ze die niet heeft?' fluisterde Avram.

'Dat weet ze niet,' zei Ora na een lange stilte. Ongewild was ze gezwicht voor zijn stijl, maar ze kwam erachter dat ze het juist gemakkelijker vond zo over zichzelf te praten. 'Lange tijd wilde ze helemaal geen vriend,' zei ze, en zonder er erg in te hebben tokkelde ze de woorden op het trage, gespannen ritme van de hartslag die opklonk vanuit het andere eind van de kamer, 'en daarna was er gewoon niemand die geschikt was, ik bedoel, die echt bij haar paste.'

'En heeft ze nooit van een jongen gehouden?' vroeg Avram. Ora gaf geen antwoord, en in het donker had hij het idee dat ze steeds verder in zichzelf opging, dat haar lange hals in een pijnlijke hoek naar haar schouder boog, naar het andere eind van de kamer, alsof zij nu door eenzelfde tirannieke kracht werd vastgebonden als de kracht die zijn lichaam omklemde. 'Dus ze heeft wel van een jongen gehouden,' zei Avram.

Ora schudde haar hoofd. 'Nee, nee, ze dacht alleen dat ze van iemand hield, maar nu beseft ze dat het niet zo was. Het stelde niets voor,' mompelde ze wanhopig, 'het was gewoon niks, het was niks.'

'Wacht even,' fluisterde hij ineens vanuit de deuropening van de kamer, 'ik kom zo terug.'

'Wat? Waar ben je?' vroeg ze verschrikt. 'Waarom ga je ineens weg?'

'Even maar,' bracht hij uit, 'ik ben zo terug!' En met zijn laatste krachten rukte hij zich los en ging de kamer uit, leunde tegen de muren van de gang en sleepte zich voort, weg van haar. Om de paar stappen bleef hij staan, schudde zijn hoofd en zei tegen zichzelf: ga terug, ga onmiddellijk terug. Maar dan rukte hij zich weer los en ging verder, tot hij in zijn kamer was aangekomen en op zijn bed ging zitten.

Ze had hem nog een paar keer luidkeels en daarna zachtjes geroepen, maar hij kwam niet terug. De verpleegster verscheen in de deuropening en vroeg met een bittere klank in haar stem waarom ze zo lag te schreeuwen. Ora schrok, en na het vertrek van de verpleegster bleef ze doodsbenauwd liggen en probeerde in slaap te vallen, weg te duiken onder de logica en de gedachten. Maar woelige dromen klommen omhoog en wikkelden zich om kwade gedachten in haar hoofd. De lucht vulde zich weer met blikkerige stemmen en marsmuziek. 'Ik droom,' mompelde Ora, 'het is maar een droom.' Ze stopte haar oren dicht en in haar hoofd weergalmde de stem die in het Hebreeuws met een zwaar Arabisch accent vertelde over de tanks van het glorieuze Syrische leger, die zionistisch Galilea onder de voet liepen en de misdadige zionistische kibboetsen verpletterden. Ze waren al hard op weg Haifa te bevrijden en de schande van de verdrijving van 1948 uit te wissen, en Ora wist dat ze moest vluchten, haar leven moest redden, maar ze vond er de kracht niet toe. Daarna heerste er weer een gespannen stilte, en Ora begon weg te doezelen, maar ineens zat ze klaarwakker rechtop in bed en hield het pakje lucifers als een schild voor haar gezicht, want ze had het idee dat aan het andere eind van de kamer iemand zich bewoog en zwakjes 'Ora, Ora' riep, tegen haar sprak, schijnbaar in zijn slaap, met de stem van een onbekende jongen.

Wie weet hoe lang daarna kwam Avram terug met zijn eigen dekens en die van Ilan. Hij kwam haar kamer binnen zonder een woord te zeggen en hij pakte en stopte Ilan aan alle kanten goed in. Vervolgens ging hij zitten, hulde zichzelf ook in een deken en wachtte tot Ora het woord zou nemen.

Ze zei: 'Ik wil nooit van mijn leven meer met je praten. Je bent geschift. Rot op uit mijn bestaan.'

Hij zweeg.

Ze werd ziedend. 'Jij daar! Weet je dat je een rotzak bent?'

'Wat heb ik gedaan?'

'"Wat heb ik gedaan?"! Waar was je?'

'Ik ben alleen eventjes naar de kamer gewipt.'

'Alleen eventjes naar de kamer gewipt! Speedy Gonzales! Je laat me hier alleen en blijft uren weg.'

'Uren, waar heb je het over? Ik ben misschien op zijn hoogst een halfuur weg geweest, en je was hier ook niet alleen.'

'Hou je mond, je kunt beter je mond houden.'

Hij zweeg.

Zij raakte haar lippen aan. Ze had het idee dat die in brand stonden. 'Zeg me alleen één ding –'

'Wat?'

'Hoe zei je dat hij heette?'

'Ilan. Hoezo? Heeft hij gepraat? Is hier iets gebeurd toen ik weg was?'

'Wat kan er gebeurd zijn? Je ging weg en hup, je was terug, wat kan er nu helemaal –'

'Ik ging weg en hup, ik was terug? Ineens is het "je ging weg en hup, je was terug"?'

'Hou op, laat me met rust.'

'Wacht, heeft hij gepraat? Heeft hij iets gezegd in zijn slaap?'

'Zeg, ben je van de geheime dienst of zo?'

'En heb je licht gemaakt?'

'Gaat je niets aan.'

'Ik wist het wel! En of ik het wist!'

'Dan wist je het, wijsneus. En als je het allemaal zo goed wist, waarom ben je dan precies weggegaan toen ik –'

'En je hebt hem gezien.'

'Oké, ik heb hem gezien, ik heb hem gezien! En wat dan nog?'
'En niks dan nog.'

'Avram?'
 'Wat –'
'Is hij echt erg ziek?'
'Ja.'
'Ik geloof dat hij zieker is dan wij tweeën.'
'Ja.'
 'Denk je dat hij... ik weet niet, in gevaar is?'
'Wat weet ik ervan?'
'Ai,' verzuchtte Ora uit het diepst van haar hart, 'viel ik nu maar voor een maand in slaap, voor een jaar, oef!'
 'Ora?'
'Wat –'
'Niets.'
'Kom, zeg het nu, doe niet zo vervelend –'
'Hij is knap, hè?'
'Ik zou het niet weten, ik heb niet gekeken.'
'Geef toe dat hij knap is.'
'Niet echt mijn smaak.'
'Hij is mooi als een engel.'
'Goed, oké, we hebben het gehoord.'
'Bij ons zijn de meisjes gek op hem.'
'Het zal me worst wezen.'
'Heb je met hem gepraat?'
'Hij sliep, zeg ik toch! Hij hoort niets.'
'Ik bedoelde: heb je tégen hem gepraat? Heb je hem iets verteld?'
'Laat me met rust, laat me eindelijk eens met rust!'

'Ora?'
 'Wat?'
'Heeft hij zijn ogen opengedaan? Heeft hij jou ook gezien?'
'Ik hoor je niet eens. Ik hoor niks. Kijk maar: ta-ta-ta-ta-ta –'
'Maar heeft hij iets tegen je gezegd? Heeft hij tegen je gepraat?'

'Op een wagen, naar de marktdag, ligt een kalfje dat steunt en zucht...'
'Zeg me alleen of hij gepraat heeft.'
'Hoog daarboven vliegt een zwaluw, zwierend, gierend door de lucht...'
'Wacht, is dat niet het liedje?'
'Wat voor liedje?'
'Dat is het liedje, verdomd als het niet waar is, dat je lag te zingen in je slaap.'
'Weet je het zeker?'
'Je lag het toen alleen zo te schreeuwen dat ik helemaal niet kon uit-maken wat –'
'Dit is het liedje...'
'Over dat kalfje, ja, "Dona, Dona". Maar je zong het schreeuwend, alsof je het aan de stok had met iemand, ruzie aan het maken was –'

Ora had het gevoel dat ze loskwam uit zichzelf en ergens zweefde in een ruimte die geen ruimte was, en daar was Ada en liepen ze samen op en zongen het lievelingsliedje van Ada en ook van Ada's moeder, die het soms onder de afwas in zichzelf zong in het Jiddisch. Het liedje over het kalfje dat naar de slachtbank wordt gevoerd en over de zwaluw die spot-tend boven hem door de lucht zwiert en daarna vrolijk en luchthartig wegvliegt.

'Avram,' zei Ora, die ineens huiverde, 'ga, ga weg!'
'Wat heb ik nu weer gedaan?'
'Ga. En neem hem met je mee! Ik moet nu slapen, snel! Ik wil –'
'Wat?'
'Ik moet haar dromen...'

Later, al tegen de ochtend, stond ze plotseling in de deuropening van kamer drie. Op fluistertoon riep ze Avram, en hij veerde op uit zijn slaap.
'Wat doe jij hier?'
Ze antwoordde dat ze niet in slaap had kunnen komen, en toen hij op de rand van zijn bed was gaan zitten en naast zich een plaats voor haar had vrijgemaakt, zei ze met spijt in haar stem: 'Ik ben nog nooit iemand als jij tegengekomen.' Meteen verbeterde ze zichzelf: 'Een jongen als jij.'
Hij zat er gebogen en uitgeblust bij en mompelde: 'En, heb je over haar gedroomd?' 'Nee, ik kon niet in slaap komen. Ik wilde zó graag, dat het niet lukte.'

'Maar waarom wilde je zo graag, wat was er zo...'

'Ik moet haar iets belangrijks zeggen.' En toen hij vroeg wat, brieste ze laatdunkend en zei: 'Jou vertel ik niets meer.'

'Zeg,' zei Avram vermoeid en lusteloos, 'wil je hem nog een keer zien?'

'Hé, ben je gestoord of zo?' antwoordde ze. 'Ik praat tegen jou en jij wil de hele tijd niets anders dan me hém laten zien, de hele tijd zet je hem tussen ons in, waarom lijk je expres –'

'Eerlijk gezegd, ik weet het niet,' zei hij, 'het gaat altijd zo, daar draait het bij mij altijd op uit.'

Ze verzuchtte: 'Ik begrijp er niets meer van, ik begrijp helemaal niets meer.'

Ineengedoken zaten ze op de rand van het bed, heel ziek opeens. Met iedere seconde werd het besef van het slechte nieuws zwaarder: wat een fout had hij begaan, wat had hij de dingen verschrikkelijk gecompliceerd en bedorven door haar alleen te laten met Ilan.

'Er is nog iets wat ik je wilde vertellen,' zei hij zonder hoop, 'maar je wilt natuurlijk niet meer, hè?'

Ze tastte voorzichtig af: 'Wat voor iets?' Maar nog voor hij iets uitbracht, wist ze wat hij zou zeggen, en haar lichaam sprong ogenblikkelijk op slot.

'Het is een geheim,' zei hij. 'Niemand weet het, maar ik schrijf. Ik ben altijd aan het schrijven.'

'Maar wat, wat schrijf je dan?' Haar stem klonk in haar eigen oren ineens merkwaardig schril en hard. 'Opstellen? Limericks? Fabeltjes? Wat?'

'Ik schrijf van alles,' zei Avram op een licht aanmatigende toon. 'Vroeger, toen ik klein was, verzon ik verhalen, de hele tijd, en nu schrijf ik compleet andere dingen.'

'Ik snap het niet,' siste ze met vertrokken mond, 'je zit gewoon een beetje dingen voor jezelf te schrijven?'

'Ja, zo ongeveer. Laat maar zitten...' Een vervelende afkeer vervulde hem. Hij wilde dat ze ging. Dat ze terugkwam. Dat ze weer werd wie ze was geweest. Met wat een ongevoeligheid had ze dat 'je zit gewoon een beetje te schrijven' gezegd. Nee, echt, hoe kon ze zo van steen zijn?

'Leg me alleen één ding uit,' drong ze aan, plotseling strijdlustig. 'Wat betekent "ik schrijf compleet andere dingen"?'

'Maar hoezo limericks?' schoot Avram te binnen, en hij huiverde. 'Hoe kom je ineens bij limericks?'

Ora zette haar stekels op. 'Wat is er mis met limericks? Limericks, het is maar dat je het weet, zijn het toppunt van geestigheid! En zeg nou eens eindelijk wat je schrijft! Dat we te horen krijgen wat voor meesterwerken dat zijn!'

'Ik schrijf nu alleen voor stemmen,' zei Avram zachtjes en hij begon te praten over hoorspelen en radiotoneel, maar Ora weigerde te luisteren. Ze herinnerde zich hoe hij eerder tegen haar had gezegd dat hij zich de laatste jaren voor stemmen interesseerde. 'De laatste jaren.' Ja, daaruit moest zij natuurlijk begrijpen dat hij in de jaren voor 'de laatste jaren' andere interesses had gehad, die snob. En alsof hij nu al wist dat hij 'de komende jaren' – ha! – weer andere interesses zou krijgen, die opgeblazen kikker. Maar zijzelf, waar was zij 'de laatste jaren' geweest? Waarmee had zij haar tijd verdaan? Ze had alleen iedereen om de tuin geleid en met open ogen geslapen. Dat was haar grote verdienste. Specialiste in bedrog, wereldkampioene slapen en doen alsof je wakker bent. Ze had geslapen onder het hardlopen, hoogspringen en volleyen en vooral ook onder het zwemmen, het was in het water veel minder pijnlijk dan op het droge. Ze had geslapen als ze op zaterdagen met haar team naar het stadion in Een Iron reed of soms helemaal naar het veld van Maccabi Tel Aviv. In de vrachtauto brulde ze dan met alle anderen mee naar voorbijgangers. En al die tijd had niemand door dat ze sliep, dat ze er gewoon niet bij was, dat ze al twee jaar nergens bij was.

Ze sliep ook als ze luidkeels meezong tijdens excursies, de avondwandeling naar de kust van Atliet of de nachtelijke activiteiten van de jeugdbeweging, of als ze van een toren in het zeildoek sprong, aan de kabel van de kabelbaan hing of meehielp een touwbrug aan te leggen of brandbare letters te bouwen voor een opschrift in vuur. Ze dacht dan helemaal nergens aan. Haar handen bewogen, haar voeten verplaatsten zich, haar mond praatte voortdurend, ze was een en al drukte en leven, maar haar hersens waren leeg en kaalgeslagen, haar lichaam was een barre woestijn.

Samen met Miri S., Orna en Sjifi, haar nieuwe vriendinnen van na Ada, liep ze weer over van vermakelijke liedjes, operettes en snedige limericks voor feestjes en uitstapjes, helemaal net als vroeger. Het leven ging echt verder, al was het bijna niet te vatten hoe. Haar lichaam bleef de gewone bewegingen uitvoeren: ze at en dronk, ze liep, stond en zat, ze sliep, ze poepte en ze lachte zelfs. Alleen had ze in het hele eerste jaar soms uren achtereen geen gevoel in haar tenen, soms ook niet in de huid op de rug van haar linkerhand. Er waren ook plekken op haar benen en rug waar ze niets voelde als ze ze aanraakte of zachtjes krabde met haar nagels. Eén keer had ze een brandende lucifer bij de dode plek op haar bovenbeen gehouden en ze had de lichte huid zien verschroeien en de geur geroken, maar geen pijn gevoeld. Ze had er niemand iets over verteld. Met wie kon ze ook over zulke dingen praten? En al die tijd hoopte ze dat niemand het aan haar zou zien, dat niemand door zou krijgen dat ze maar deed alsof ze uitgelaten was, alsof ze een tiener was.

Er zit een gat, dacht ze, en ze kreeg het koud en huiverde. Niet pas sinds kort, het is al heel lang zo. Hoe is het mogelijk dat ik het niet eerder heb gezien? Sinds Ada zit er een gat in de uiterlijke vorm van Ora, op de plek waar ik vroeger was.

Ze verslikte zich en schrok wakker. Blijkbaar was ze weer in slaap gevallen, midden in de ruzie met Avram. Waarover hadden ze ruzie gehad? Waarom maakten ze de hele tijd ruzie? En hadden ze het misschien al bijgelegd? In de duisternis raadde ze waar Avram lag, op het andere eind van het bed, tegen de muur aan, zwaar snurkend. Was dit zijn of haar kamer? En waar was Ilan?

Ilan had tegen haar gezegd dat hij dood zou gaan. Hij wist dat dat eraan zat te komen, dat het zo moest zijn. Al vanaf zijn nulde wist hij dat hij niet lang zou leven, omdat er niet genoeg levenskracht in hem zat. Zo had hij het gezegd, en zij had geprobeerd hem gerust te stellen, zijn eigenaardige woorden weg te wuiven, maar hij had haar niet gehoord, misschien wist hij niet eens dat ze naast hem stond. Zonder enige gêne beweerde hij zijn leven, dat in elkaar was gestort na de scheiding van zijn ouders, toen zijn vader hem met zich meenam naar zijn legerbasis, om te gaan wonen tussen al die botteriken daar. Alles was sindsdien naar de kloten gegaan, klaagde hij, en de ziekte was niet meer dan de natuurlijke voortzetting van de hele schijtzooi. Hij gloeide en de helft van wat hij zei kon ze niet verstaan, flarden gemompel en gefluister, en daarom ging ze heel dicht bij hem staan, omhuld door zijn hitte. Voorzichtig streelde ze onophoudelijk zijn schouder en nu en dan een schouderblad of zijn rug, en met bonzend hart streek ze soms vluchtig over zijn dikke haar. Ondertussen bedacht ze dat ze niet eens wist hoe hij eruitzag, en misschien stelde ze zich toen vagelijk voor dat hij sterk op Avram leek, alleen omdat ze tegelijk in haar leven waren gekomen, en al die tijd bleef ze hem de dingen zeggen die Avram ook tegen haar zei als ze bang of ellendig was. Dankzij Avram, die idioot, wist ze wat ze moest zeggen. En toen pakte Ilan plotseling haar hand, greep die stevig vast, en streek met zijn andere hand over haar arm, van boven naar beneden. Ze schrok, maar trok haar hand niet terug, en hij vlijde eerst een wang en daarna zijn voorhoofd tegen haar aan, drukte haar arm tegen zijn borst en kuste die ineens, overstelpte de arm, de vingers, de handpalm met droge, gloeiende kusjes. Zijn hoofd probeerde zich echt in haar lichaam te begraven, en Ora bleef sprakeloos staan, keek in het donker over zijn hoofd heen en dacht verbaasd: hij kust me, ik weet niet eens hoe hij eruitziet, hij weet niet eens dat hij mij kust. Ilan lachte plotseling in zichzelf, lachte en huiverde, en hij zei dat hij soms 's nachts door de basis sloop en met krijt op de muren van de barakken schreef: DE ZOON VAN DE BASISCOMMANDANT IS HOMO. Zijn vader werd gek van die opschriften, liep rond met een emmer witkalk om ze uit te wissen en legde hinderlagen aan om de onbekende boosdoener in zijn kraag te vatten. 'Maar ik waarschuw je, jongen, wee je gebeente als je dit aan iemand durft te verklappen,' grinnikte Ilan en hij rilde, 'je bent de enige aan wie ik dit vertel.' Hij gebruikte de mannelijke aanspreekvorm, alsof hij het tegen een jongen had, en hij vertelde met schorre stem over de dikke soldate die door zijn vader werd geneukt in zijn kantoor, zodat de hele basis hen kon horen. 'Maar dat is altijd nog beter dan toen mijn ouders nog bij elkaar waren,' zei hij, 'die nachtmerrie is tenminste voorbij. Ik ga van mijn leven niet trouwen,' bromde hij, en zijn voorhoofd gloeide zo warm tegen haar borst dat het pijn deed, maar ze drukte hem tegen zich aan. Lachend begroef hij zijn gezicht in de holte van Ora's elleboog en snoof haar geur op. 'Een zoete geur,' legde hij in alle ernst uit, 'de geur van de lijm van de kussentjes in de kleppen van de saxofoon,' en daarna vertelde hij dat het hem een jaar geleden was gelukt een goede tweedehands Selmer Paris te vinden. 'In Tel Aviv had ik een band,' zei hij. 'Op vrijdagavonden zaten we tot diep in de nacht bij elkaar, luisterden naar nieuwe platen, leerden Coltrane en Charlie Parker kennen en speelden Tel Avivse jazz.'

Zijn lichaamswarmte drong bij haar naar binnen. Op een of andere manier raakte ze verlamd van ontzag voor de koortsige jongen die tegen haar arm aan lag. Ze zou het niet erg vinden als het zo zou doorgaan, al was het tot in de ochtend, of zelfs een hele dag. Ik wil hem helpen, bedacht ze, ik wil het, ik wil het. Haar lichaam brandde en tintelde van de wilskracht, zelfs haar voeten stonden in brand. Zulke stromen had ze lang niet meer gevoeld. En Ilan vond op de tast haar andere hand, legde allebei haar handen op zijn gesloten ogen en zei dat hij wist hoe je altijd gelukkig kon zijn.

'Gelukkig?' Ora verslikte zich en trok even haar handen terug, alsof ze zich had gebrand. 'Hoe dan?'

'Ik heb een methode,' zei Ilan. 'Ik deel mezelf gewoon op in allerlei gebieden, en als het me slecht gaat op één plek in mijn ziel, spring ik meteen over naar een andere plek.' Zijn adem schroeide haar polsen en ze voelde hoe zijn wimpers de binnenkant van haar handen kietelden. 'Ik spreid zo gewoon de risico's,' zei hij, en hij trok zijn hoofd terug en bracht een droog, gekweld lachje uit. 'Ik ben niet te raken, ik spring weg, ik —'

Zijn hoofd zakte midden in de zin naar beneden en hij verzonk uitgeput in een diepe slaap. Zijn vingers ontspanden zich, lieten los en gleden langs haar arm naar beneden, tot ze op zijn schoot vielen, en zijn hoofd knikte naar voren. Ora ging voor hem op haar knieën zitten en pakte zijn hand vast. Zo bleef ze lange tijd tegen hem praten.

Daarna was ze weer overeind gekomen, had een lucifer afgestreken en voor het eerst Ilans gezicht bijgelicht, en met gesloten ogen had hij zijn gezicht opgetild. In de cirkel van licht was zijn gelaat een wolk van schoonheid. Ze had nog een lucifer afgestreken en hij was blijven mompelen, had in zijn droom met iemand geruzied en wild zijn hoofd heen en weer geschud, met een gezicht waarop zich boze, terugschrikkende uitdrukkingen hadden afgetekend, misschien vanwege het verblindende licht, misschien vanwege de beelden die hij in zijn droom zag, en zijn donkere, dikke wenkbrauwen hadden zich vertrokken tot een ernstige frons. Ora was zichzelf vergeten en had nog een keer het licht van een lucifer laten schijnen over zijn witte voorhoofd, de vorm van zijn ogen, zijn fantastische, warme, een beetje ruwe lippen, die nog altijd op haar eigen lippen brandden.

Ze nam zich heilig voor niets meer tegen Avram te zeggen. Alles wat ze zou zeggen, zou toch een vergissing zijn, zou hem nog meer bewijs leveren van haar domheid en oppervlakkigheid. Als ze nu alleen maar de kracht had gehad om zichzelf overeind te hijsen van zijn bed, terug te keren naar haar eigen kamer en hem voorgoed uit haar hoofd te zetten, *net als die daar.* 'Sorry, Avram, ik heb je op je tenen getrapt.'

'Geen punt.'

'Maar jij, jij bent... Waarom nam je de benen net toen ik –'

'Ik weet het niet, dat zei ik al, ik weet het niet. Ik had ineens –'

'Avram?'

'Wat?'

'Laten we teruggaan naar mijn kamer. Daar is het beter.'

'En hij? Laten we hem hier achter?'

'Ja, kom, kom mee...'

'Hou me vast.'

'Pas op, Ora, straks vallen we samen.'

'Niet zo snel lopen, ik ben duizelig.'

'Leun op me.'

'Avram, hoor je haar?'

'Ze kan zo uren doorgaan.'

'Ik heb daarstraks van haar gedroomd. Iets vreselijk engs, ik was echt bang voor haar.'

'Wat een hartverscheurend gehuil –'

'Moet je horen: het lijkt wel of ze in zichzelf zingt.'

'Ze rouwklaagt.'

'En zeg eens,' zei ze later, toen ze in haar bed lagen.

'Wat?'

'Als je die dingen schrijft, die...'

'Die limericks van me? Die fabeltjes?'

'Lolbroek. Die verhálen van je. Denk je dat je ook over het ziekenhuis hier gaat schrijven?'

'Misschien, ik weet het niet. Ik had wel een idee, maar intussen –'

'Waarover?'

'Wil je het echt weten?'

'Vertel.'

Avram ging moeizaam rechtop in bed zitten en leunde tegen de muur. Hij had het al opgegeven iets van haar en haar grillige kuren te begrijpen, maar zoals een jong katje niet van een rollend bolletje wol kon afblijven, zo kon hij de verleiding van dat 'vertel' niet weerstaan.

'Het gaat over een jongen die in het ziekenhuis ligt, midden in een oorlog, en hij gaat naar het dak en heeft lucifers bij zich –'

'Net als ik –'

'Ja, maar niet helemaal. Want met die lucifers begint hij tijdens de verduistering te seinen naar de vijandelijke vliegtuigen.'

'Wat, is hij gek?'

'Nee. Hij wil dat ze hem persoonlijk komen bombarderen.'

'Maar waarom?'

'Dat weet ik nog niet. Tot zover heb ik het bedacht.'

'Gaat het hem dan zo slecht?'

'Ja.'

Ora dacht dat Avram op het idee was gekomen door de uitspraken van Ilan. Ze durfde het niet te vragen. In plaats daarvan zei ze: 'Het is een beetje angstaanjagend.'

'Echt? Ga door.'

'Wat? Waarmee?'

'Met je uitleg.'

'Wat valt er uit te leggen? Hoe?'

'In woorden.'

Ze verzonk in gedachten. Ze voelde hoe roestige radertjes begonnen te draaien in haar hersenen. Avram leek ze ook te horen. Zwijgend wachtte hij op haar woorden.

Ze zei: 'Ik zie hem voor me. Daar op dat dak. Hij strijkt de ene lucifer na de andere af, is het niet?'

'Ja,' zei hij, en hij rekte zich uit. Een nieuwe opwinding maakte zich van hem meester.

'En hij kijkt naar de lucht, alle kanten op. Hij wacht op de komst van de vliegtuigen, maar hij weet niet uit welke richting ze zullen komen. Klopt het?'

'Ja, ja.'

'Misschien zijn het de laatste ogenblikken van zijn leven. Hij is verschrikkelijk bang, maar hij moet en zal daar op ze blijven wachten. Zo is hij nu eenmaal, koppig en ook moedig, of niet?'

'Ja?'

'Ja, en het lijkt me de eenzaamste mens op aarde op dat moment.'

'Daar heb ik niet over nagedacht,' grinnikte Avram, in verlegenheid gebracht. 'Over zijn eenzaamheid heb ik helemaal niet nagedacht.'

'Als hij nu ook maar één vriend zou hebben gehad, dan had hij dit nooit gedaan, toch?'

'Nee, dan had hij niet –'

'Kun je voor hem niet iemand verzinnen?'

'Waarom?'

'Zodat hij iemand heeft, ik weet niet, een vriend, iemand die bij hem is.'

Ze zwegen. Ze kon hem horen nadenken. Het geluid van snel borrelend water. Ze hield van de klank.

'En Avram –'

'Wat?' vroeg hij.

'Denk je dat je misschien ooit ook over mij zult schrijven?'

'Ik weet het niet.'

'Eerlijk gezegd ben ik nu een beetje bang om te praten. Dat je straks niet allerlei onzin die ik heb uitgekraamd gaat opschrijven.'

'Zoals wat?'

'Vergeet alleen niet dat het door de koorts komt als ik hier heb liggen raaskallen, goed?'

'Maar ik schrijf niet precies op wat er is gebeurd.'

'Natuurlijk niet, je verzint ook dingen, dat is het leuke ervan, toch? En wat ga je over mij verzinnen?'

'Wacht even, schrijf jij ook of wat?'

'Ik? Welnee. Ik niet, nee, laat me niet lachen. Maar zeg eens eerlijk –'

'Wat?'

'Klopt het dat je van plan was mij Ada te noemen in het verhaal?'

'Hoe weet je dat?'

'Ik wist het,' zei ze, en ze sloeg haar armen beschermend om zich heen. 'En ik vind het goed. Noem me maar Ada.'

'Nee.'

'Wat nee?'

'Ik ga je Ora noemen.'

'Echt?'

'Ora,' proefde Avram, en iets zoets werd uitgegoten in zijn mond en zijn hele lichaam, 'O-ra.'

Er stroomde iets binnen in haar, aloude, bezadigde kennis: hij was een kunstenaar, dát was het, hij was gewoon een kunstenaar, en zij wist hoe het was met kunstenaars. Met kunstenaars had ze ervaring. En ook al had ze die ervaring allang niet meer aangesproken, nu werd ze er weer door vervuld. En ze zou beter worden, ze zou de ziekte te boven komen, ineens wist ze dat zeker, zo'n gevoel had ze, vrouwelijke intuïtie.

Ze sloot haar ogen en een lichte huivering van genot trok door haar heen: hoe had ze, in een spontane opwelling, de moed gehad zich naar een vreemde jongen voorover te buigen en hem langdurig op de mond te kussen? Ze had hem gekust, gekust en gekust. En nu, nu ze er eindelijk zonder remmingen aan terug durfde te denken, voelde ze hoe de kus zelf, haar eerste kus, in haar binnensijpelde, haar tot leven wekte, in elke cel van haar binnendruppelde, levend bloed deed kolken. En wat nu? vroeg ze zich af. Met wie van hun tweeën moet ik – maar haar hart was juist licht en maakte een sprongetje, in geen jaren had ze zich zo opgeruimd en vergenoegd gevoeld.

'Eerlijk gezegd schrijf ik zelf ook een beetje,' gaf ze toe, tot haar eigen stomme verbazing.

'Jij?'

'Zomaar, niet zoals jij, laat maar zitten, ik zei maar wat,' probeerde ze zichzelf tevergeefs de mond te snoeren. 'Het zijn niet echt gedichten, kom, laat ik erover ophouden, ik zei het echt zomaar, liedjes voor schoolreisjes, werkweken, flauwekuldingen, je weet wel, van de familie van de limericks.'

'Ah, die,' zei hij met een eigenaardig trieste glimlach en hij trok zich terug in een soort beleefdheid die haar stak. 'Wil je ze misschien zingen?'

Ze schudde uit alle macht haar hoofd. 'Wat zullen we nu krijgen? Ben je gek geworden? Nooit van mijn leven.'

Want ook al kende ze hem nauwelijks, ze wist al precies hoe ze zich zou voelen als haar rijmpjes in zijn hoofd samen zouden weerklinken met al die kromme, snobistische gedachten van hem. Maar juist door dat idee stak de wil om te zingen in haar de kop op. Waarom zou ze zich voor hem schamen?

'Het is iets wat ik eeuwen geleden heb gemaakt,' zei ze. 'We hebben het samen geschreven, Ada en ik, voor het eindfeest van de werkweken in Machanajim. Ze hadden toen een speurtocht voor ons georganiseerd en vraag me niet hoe erg we toen zijn verdwaald.'

'Ik vraag het je niet,' zei hij met een glimlach.

'Vraag het dan maar wel.'

'Wat heb je Ilan verteld?'

'Dat zul je nooit van je leven te weten komen.'

'En heb je hem gezoend?'

'Wat?' schrok ze. 'Wat zei je?'

'Wat je hoorde.'

'Misschien heeft hij míj gezoend?' zei ze, en ze liet haar wenkbrauwen ondeugend op en neer gaan, kwispelde ermee. Ze was nu op en top Ursula Andress, zonder enige schaamte. 'En nu hou je je mond en je luistert. Het is op de wijs van *Tadarisa boem*, ken je dat?'

'Natuurlijk ken ik dat,' zei Avram achterdochtig, betoverd en kronkelend van onverwacht genot.

Ora zong en trommelde het ritme op haar bovenbeen:

'Op onze speurtocht naar de schat, tadarisa boem,
     Kwam een gids mee, leuk was dat, tadarisa boem,
     Ons te helpen was zijn taak, tadarisa boem,
     Om de weg niet kwijt te raken –'

'Tadarisa boem,' zong Avram zachtjes mee, en Ora wierp hem een blik toe. Een andere glimlach, stil en teder als een bloemknop, lichtte binnen in haar op, en haar gezicht straalde naar hem in het donker. En hij bedacht dat ze gewoonweg puur en onschuldig was, dat ze nooit in staat zou zijn iets te veinzen of te doen alsof, wat een wereld van verschil met hem. Hij smolt voor haar. Ik ben gelukkig, realiseerde hij zich tot zijn schrik, ik wil haar, dat ze de mijne wordt, voor altijd, voor eeuwig – en daar draafde zijn gedachte zoals gewoonlijk al door tot het uiterste, fantast die hij was, meisjesgek – dat ze mijn vrouw wordt, de liefde van mijn leven...

'Tweede couplet,' kondigde ze aan. 'En toen we op geheimschrift stuitten –'

'Tadarisa boem,' zong Avram met lage stem, en ook hij trommelde nu op zijn bovenbeen en af en toe per ongeluk op dat van haar.

'Kwamen wij daar niet meer uit –'

'Tadarisa boem.'

'Want de lichtjes in zijn ogen –'

'Tadarisa boem!'

'Ontnamen ons ons denkvermogen!'

'Wacht even,' zei Avram en hij legde een hand op haar arm. 'Stil, er komt iemand aan.'

'Ik hoor niets.'

'Hij is het.'

'Naar ons toe? Komt hij naar ons toe vanuit jullie kamer?'

'Ik snap het niet. Hij ligt half op apegapen.'

'Wat doen we, Avram?'

'Hij kruipt. Luister. Hij trekt zich voort met zijn armen –'

'Haal hem hier weg, breng hem terug!'

'Wat heb je, Ora? Laat hem toch eventjes bij ons blijven.'

'Nee, dat wil ik niet, niet nu.'

'Wacht even. Hé, Ilan? Ilan, kom, hier is het, nog een klein stukje.'

'Ik zweer het je, dan ga ik weg.'

'Ilan, ik ben het, Avram, uit je klas. Ik ben hier met Ora. Kom, Ora, zeg hem –'

'Wat moet ik tegen hem zeggen?'

'Zeg iets –'

'Ilan...? Ik ben het, Ora.'

'*Ora?*'

'Ja.'

'*Wat, ben jij echt?*'

'Natuurlijk, Ilan, ik ben het, Ora. Kom, kom bij ons, even met zijn allen bij elkaar.'

De colonne reeg zich hakkelend aaneen tot een kralensnoer van burger-
auto's, jeeps, legerambulances en diepladers met tanks en enorme bull-
dozers. Haar taxichauffeur was stil en somber. Zijn hand rustte op de
versnellingspook van de Mercedes en zijn dikke nek was bewegingloos.
Al minutenlang had hij naar haar noch naar Ofer gekeken.

Ofer had, meteen toen hij in de taxi stapte, tussen zijn lippen door
gebriest en met zijn blik tegen haar gezegd: dat was geen al te best idee,
mama, uitgerekend hem te bestellen voor zo'n rit. Pas toen had ze beseft
wat ze had gedaan. Om zeven uur 's ochtends had ze Sami gebeld en
hem gevraagd te komen en zich voor te bereiden op een lange rit naar het
noorden, ergens in de buurt van de berg Gilboa. En nu schoot haar te binnen dat ze om een of andere reden niet specifieker was geweest en dat ze
hem anders dan gebruikelijk het doel van de rit niet had uitgelegd. Sami
had gevraagd hoe laat ze hem wilde hebben en na een korte aarzeling
had ze hem laten weten: 'Kom maar om drie uur,' waarop hij had gezegd:
'Ora, misschien kunnen we beter vroeger vertrekken, want het wordt
een rotzooitje op de wegen.' Dat was zijn enige opmerking geweest over
de waanzinnige toestand die vandaag heerste, maar zelfs toen had ze het
niet begrepen en had alleen maar gezegd dat ze met geen mogelijkheid
voor drieën kon vertrekken. Ze wilde de uren daarvoor met Ofer doorbrengen, en Ofer had erin toegestemd. Ze had gezien hoeveel inspanning het hem had gekost haar haar zin te geven. Zeven, acht uurtjes, dat
was alles wat was overgebleven van de weekvakantie die ze voor hem en
zichzelf had gepland, en nu drong tot haar door dat ze Sami door de telefoon zelfs niet had gezegd dat Ofer ook zou meerijden. Als ze dat wel had
gedaan, had hij haar misschien gevraagd hem vandaag voor één keer vrij
te stellen, of hij had een van de Joodse chauffeurs gestuurd die bij hem
werkten – 'mijn Joodse sector', noemde hij die –, maar toen ze hem van-

ochtend belde, was ze al volkomen de kluts kwijt geweest en had er gewoon niet aan gedacht – met de minuut nam de benauwdheid in haar borstkas toe – dat je voor zo'n rit, op een dag als deze, beter geen Arabische chauffeur kon nemen.

Zelfs al was het een Arabier vanhier, eentje van ons, zei Ilan stekelig in haar hoofd toen ze zichzelf in gedachte probeerde te rechtvaardigen. Zelfs al was het Sami, die zo goed als familie was en door wie iedereen op het bureau van haar man, Ilan, of liever gezegd haar ex, en ook het hele gezin zich al meer dan twintig jaar liet rijden. Ze waren zijn voornaamste bron van inkomsten, zijn vaste maandelijkse inkomen, en in ruil daarvoor moest hij hun ter beschikking staan op elk moment dat ze hem nodig hadden, vierentwintig uur per dag. Ze kwamen op alle familiefeesten bij hem thuis in Aboe Gosj en kenden zijn vrouw In'aam, en ze hadden hem ook heel wat geholpen, zowel met connecties als met geld, toen zijn twee oudste zoons naar Argentinië wilden emigreren. Ora en hij hadden honderden uren met elkaar in de auto gezeten en zo'n stilzwijgen kon ze zich niet van hem herinneren. Elke rit met hem was als een kleine show van een stand-upcomedian. Hij was scherp, gewiekst, wist alles van politiek en vuurde zijn kwinkslagen met dubbele bodems en tweesnijdende zwaarden alle kanten op. Ze kon zich trouwens ook helemaal niet indenken dat ze een andere chauffeur zou bestellen, en van zelf rijden kon het komende jaar geen sprake zijn: drie ongelukken en zes verkeersovertredingen had ze het afgelopen jaar op haar naam gezet, zelfs naar haar eigen maatstaven een overdreven oogst, en de rotzak van een rechter die haar haar rijbevoegdheid had ontzegd, had haar toegesist dat hij haar een grote gunst verleende en dat ze eigenlijk haar leven aan hem te danken had. Ja, het was allemaal zo eenvoudig geweest als ze Ofer nu zelf had kunnen wegbrengen, dan had ze nog op zijn minst anderhalf uur met hem alleen gehad en hem er misschien zelfs toe overgehaald onderweg een tussenstop te maken, er waren een paar goede restaurants in Wadi Ara: een uurtje extra, nog geen uur, vanwaar die haast, Ofer, wat is er zo dringend, zeg me, wat wacht daar op je?

Een rit alleen met hem zou er voorlopig niet in zitten, zelfs geen rit in haar eentje, en aan die beperking moest ze wennen, ze moest zich erbij neerleggen, ophouden elke dag opnieuw te rouwen om haar onafhankelijkheid die haar was afgenomen. Ze moest blij zijn dat ze tenminste Sami nog had, die haar ook met zijn taxi was blijven vervoeren nadat zij en Ilan uit elkaar waren gegaan; Ilan had erop gestaan en had doorgedramd, zelf was ze toen niet in staat geweest over zulke details na te denken. Sami was een expliciete paragraaf in hun scheidingsovereenkomst, en zelf zei hij dat hij tussen hen was verdeeld zoals de meubels, de tapijten en het bestek. 'Wij, Arabieren,' zei hij en hij lachte zijn enorme tanden bloot, 'zijn er al sinds het Verdelingsplan van '47 aan gewend dat jullie ons opdelen,' en de herinnering aan die grap van hem deed haar weer ineenkrimpen, samen met de schaamte om wat haar vandaag met hem was overkomen en om het besef dat ze op een of andere manier, in de algehele verwarring, dat ene deel van hem, dat is te zeggen zijn Arabische identiteit, totaal had uitgewist.

Sinds vanochtend, vanaf het moment dat ze Ofer met een schuldbewuste blik had zien staan met de telefoon in zijn hand, was het alsof iemand haar zachtjes maar resoluut de leiding over haar eigen zaken uit handen had genomen. Ze was opzijgezet, gedegradeerd tot waarnemer, starende getuige. Haar gedachten waren niet meer geweest dan flitsen van gevoelens. Met hoekige, hortende bewegingen had ze door het huis gedoold. Later was ze met hem naar het winkelcentrum gegaan om kleren, snoep en cd's voor hem te kopen – er was een nieuwe verzamel-cd van Johnny Cash uit – en de hele morgen had ze verdwaasd aan zijn zijde gelopen en als een bakvis gegiecheld om alles wat hij zei. En ze had hem verslonden met haar opengesperde ogen, ze had zich schaamteloos volgestouwd met het oog op de jaren van eindeloze honger die zouden volgen, die ongetwijfeld zouden volgen. Vanaf het moment dat hij tegen haar had gezegd dat hij ging, stond dat voor haar als een paal boven water. In de loop van de morgen had ze zich drie keer geëxcuseerd en was naar de openbare toiletten gegaan vanwege acute diarree. Ofer had lachend gevraagd: 'Wat is er met je aan de hand? Wat heb je gegeten?' Ze had hem aangestaard, flauwtjes geglimlacht en zijn lach, met de lichte, achterwaartse buiging van zijn hoofd, in haar geheugen gegrift.

De jonge verkoopster in de kledingzaak nam hem op toen hij een overhemd paste en een blos verspreidde zich over haar wangen – tot Ora's trots, en de Bijbelse woorden die door haar hoofd speelden, waren: mijn lief is als een *ofer*, als het jong van een hert. De verkoopster in de platenwinkel had een jaar onder hem op dezelfde school gezeten, en toen ze hoorde waar hij vandaag, over drie uur, heen ging, liep ze naar hem toe, sloeg haar armen om hem heen en drukte zich met heel haar rijzige en weelderige lijf tegen hem aan, en ze eiste zelfs dat hij haar zou bellen zodra hij terug zou zijn. Ora zag dat haar zoon blind was voor zulke prikkelingen en vermoedde dat hij nog altijd met hart en ziel gebonden was aan Talja. Het was al een jaar geleden dat ze hem in de steek had gelaten en hij zag nog steeds geen andere vrouwen staan. Helaas, dacht ze, was hij net zo trouw als zij, en nog veel monogamer ook. Wie wist hoeveel jaren het zou duren voor hij over Talja heen zou zijn, als hij nog jaren zou hebben, dacht ze, en ze probeerde de gedachte uit alle macht uit te wissen, met beide handen uit haar hersens te schrappen, en toch ontglipte er binnen in haar een beeld: Talja die bij haar op bezoek kwam, om haar te condoleren, misschien ook om achteraf een soort vergiffenis van haar te krijgen. Ze voelde dat haar gezicht groen en geel kleurde van woede. Hoe heb je hem zo kunnen kwetsen? dacht ze, en blijkbaar mompelde ze die woorden ook, want Ofer boog zich naar haar toe en vroeg op milde toon: 'Wat, mama?' En zij, even zag ze zijn gezicht niet voor zich, hij had geen gezicht, haar ogen staarden in het niets, zuivere verschrikking. 'Niets,' giechelde ze, 'ik dacht aan Talja, heb je haar de laatste tijd nog gesproken?'

Ofer maakte een wegwerpgebaar. 'Hou op, schei uit, het is voorbij.'

Onophoudelijk controleerde ze hoe laat het was. Op haar horloge, op zijn horloge, op de grote klokken in het winkelcentrum, op de digitale schermen van de tv-toestellen die er te koop waren. Ook de tijd gedroeg zich raar. Soms vloog hij, soms kroop hij voorbij of stond helemaal stil. Ze had het idee dat het met een kleine inspanning zelfs zou lukken de tijd terug te draaien, niet ver, maar telkens een uur, een halfuur. Wat haar betrof was dat oké: die grote machten – de Tijd, het Lot, God – konden je soms juist uitputten met kleine, nietige speldenprikken. Ze gingen de stad in, naar een restaurant op de markt, en bestelden een hoop gerechten, terwijl ze geen van beiden trek hadden. Ondertussen probeerde hij haar te vermaken met een verslag van belevenissen op de controlepost in de buurt van de nederzetting Tappoeach. Zeven maanden had hij daar gediend en nu pas kwam ze te weten dat hij de duizenden Palestijnen die daarlangs moesten, onderzocht met een simpele metaaldetector, zo een als werd gebruikt bij de ingang van winkelcentra. 'Was dat het enige wat je had?' lispelde ze, waarop hij lachend antwoordde: 'Wat dacht je dan dat ik had?' Ze zei: 'Ik dacht niets.' En toen hij vroeg: 'Heb je je dan nooit afgevraagd hoe het daar in zijn werk gaat?' klonk er enige kinderlijke teleurstelling door in zijn stem. 'Je hebt er ook nooit over verteld,' antwoordde ze, en hij draaide haar een profiel toe dat zei: je weet ook donders goed waarom. Maar voordat ze iets kon zeggen, stak hij zijn brede, gebruinde, ruwe hand uit en bedekte er de hare mee, en het eenvoudige, zeldzame contact overdonderde haar bijna, zodat ze stilviel. Ofer leek op het laatste moment te willen aanvullen wat hij haar had onthouden en hij begon snel te vertellen over de betonnen wachttoren waarin hij vier maanden lang had gewoond, tegenover de noordelijke wijk van Jenin, en hoe hij elke ochtend om vijf uur de poort in de ommuring van de wachttoren opende en dan controleerde of de Palestijnen 's nachts geen explosieven hadden geplaatst bij die poort. Ze vroeg: 'En ging je daar dan zo naartoe, in je eentje?' En hij antwoordde: 'Meestal gaf iemand me dekking vanuit de wachttoren, als hij wakker was, tenminste.' Ze wilde hem nog meer vragen, maar had ineens een droge keel, en Ofer haalde zijn schouders op en zei met de stem van een oude Palestijn: *Koello min Allah.'* Alles is in de hand van God, begreep ze en ze fluisterde: 'Ik wist het niet.' Hij lachte zonder bitterheid, alsof hij zich er al mee had verzoend dat van haar niet kon worden verwacht dat ze het zou weten, en hij vertelde haar over de kasba van Nabloes, de interessantste kasba van allemaal, zei hij, de oudste, er stonden nog huizen uit de tijd van de Romeinen en andere huizen waren als een brug over de stegen gebouwd. Onder de hele stad, van oost naar west, liep een kanaal, met tunnels en zijkanalen die alle kanten op gingen, en daar leefden de gezochte Palestijnen omdat ze wisten dat wij er niet in durfden af te dalen. Hij werd enthousiast alsof hij over een nieuw computerspelletje vertelde, en ze verzette zich de hele tijd tegen de aandrang zijn hoofd in haar handen te nemen en hem in de ogen te kijken om zijn ziel te zien, die al jarenlang aan haar ontsnapte – glimlachend, met genegenheid en met een knipoog, alsof ze krijgertje speelden en het een luchthartig, vermakelijk spelletje was dat ze allebei leuk vonden –, maar ze durfde het niet en het lukte haar evenmin eenvoudigweg tegen hem te zeggen, zonder dat haar stemgeluid onmiddellijk doortrokken zou raken van de klamheid van een klacht of een verwijt: Zeg, Ofer, waarom zijn we geen vrienden meer zoals vroeger, en wat dan nog als ik je moeder ben?

En om drie uur zou Sami komen om haar en Ofer naar het verzamelpunt te brengen. Drie uur was de grens van het bereik van haar denkvermogen, ze had de kracht niet meer om zich voor te stellen wat er daarna zou gebeuren. Kijk, dat was weer eens een bewijs van wat ze altijd beweerde, dat ze geen greintje fantasie had, al klopte ook dat niet meer. Ook dat was veranderd, want de laatste tijd werd ze zelfs overspoeld door fantasieën. Fantasievergiftiging, dat is wat ze had. Maar Sami zou de rit wat draaglijker voor haar maken, en sterker nog, ook de terugrit, die ongetwijfeld nog veel zwaarder zou zijn. Ze hadden intussen al een huiselijke routine, hij en zij, bijna als van een stel, als ze met elkaar in de auto zaten. Ze hoorde hem graag vertellen over zijn familie, over de ingewikkelde relaties tussen de clans in Aboe Gosj, over intriges in de gemeenteraad en ook over de vrouw van wie hij vanaf zijn vijftiende had gehouden en misschien ook was blijven houden nadat hij was uitgehuwelijkt aan zijn nichtje In'aam. Minstens één keer per week, naar zijn woorden volkomen toevallig, zag hij haar in het dorp. Ze was lerares geweest en had in sommige jaren zijn dochters lesgegeven, en daarna was ze onderwijsinspectrice geworden in de Arabische sector. Aan zijn verhalen te horen was ze een gedecideerde, sterke vrouw en hij stuurde het gesprek altijd zo'n kant op dat Ora naar haar zou vragen, waarna hij met een zekere eerbied verslag deed van haar laatste nieuws: ze had aan nog een kind het leven geschonken, ze was grootmoeder geworden van haar eerste kleinzoon, ze had een prijs gekregen van het ministerie van Onderwijs, haar man was omgekomen bij een werkongeval. Ontroerend gedetailleerd citeerde hij voor Ora de toevallige gesprekken die hij met haar had gevoerd in de kruidenierszaak, bij de bakker of de zeldzame keren dat hij haar in de taxi had gehad, en Ora vermoedde dat ze de enige was met wie hij het zich permitteerde zo te praten over deze vrouw, misschien omdat hij erop vertrouwde dat zij, Ora, hem nooit de ene vraag zou stellen waarop het antwoord vanzelfsprekend was.

Hij was een gevatte man en een snelle denker, en zijn levenswijsheid was doordrenkt met een gewiekste handelsgeest, die hem onder meer een taxibedrijf met een klein eigen wagenpark had opgeleverd. Op zijn twaalfde had hij een geit. Elk jaar kreeg die twee jongen. 'En een geitenbokje van een jaar, in goede staat,' legde hij op een keer uit aan Ora, 'kun je voor duizend sjekel verkopen. Dus als het duizend sjekel waard was, verkocht ik het en legde het geld opzij. Ik legde opzij en bleef opzijleggen tot ik achtduizend sjekel bij elkaar had, en op mijn zeventiende haalde ik mijn rijbewijs en kocht ik een Fiat 127. Een oud model, maar hij reed. Van een leraar van me kocht ik die, en ik was de enige jongen in het dorp die naar school kwam met een luxeauto. En 's middags maakte ik er taxiritjes mee, bracht de een ergens naartoe en nam de ander weer mee terug, heen en weer, en zo, heel langzaamaan, is het gekomen.'

In het afgelopen jaar, midden in de grote omwentelingen in haar leven, had een vriend van haar los werk voor haar gevonden, parttime, voor een nieuw museum dat binnenkort zou worden opgericht in Nevada en dat om een of andere reden geïnteresseerd was in Israël, vooral in de materiële cultuur van het land. Ora hield van de niet-alledaagse bezigheden die zo op haar pad waren gekomen en haar afleidden van haar eigen besognes, en ze verdiepte zich liever niet in de achterliggende beweegredenen van het museum en in de vraag wat de initiatiefnemers ertoe had gebracht enorme kapitalen te steken in een reconstructie van de staat Israël in de woestijn van Nevada. Ze zat in een team dat over de periode van de jaren vijftig ging en wist dat er nog tientallen andere 'acquisiteurs' waren, die in de verschillende teams werkten. Geen van hen had ze ooit ontmoet. Eens in de twee of drie weken ondernam ze samen met Sami door heel het land een aangename zoektocht naar aankopen, en op grond van een zekere fijne intuïtie weerhield ze zich er ook van met hem over het museum of de bedoelingen van het museum te spreken. Sami stelde er ook geen vragen over, en ze vroeg zich af wat hij voor zichzelf had opgemaakt en hoe hij die ritten beschreef aan In'aam. Hele dagen zwierven ze met zijn tweeën het land door en kochten in een kibboets in het Jordaandal een collectie authentieke spoelingtonnetjes die in de eetzaal dienst hadden gedaan, of in een mosjav in het noorden een antieke melkmachine, of in een Jeruzalemse buurt een schoongepoetste ijskist die eruitzag als nieuw. Natuurlijk waren er ook de kleine, vergeten voorwerpen waarvan de vondst haar een bijna lijfelijk geluksgevoel bezorgde: een achtste blok Tasbien-zeep, een tube Velveta-handcrème, een pakje maandverband, de ruwe rubberen vingerhoedjes van buschauffeurs, een verzameling gedroogde veldbloemen tussen de bladzijden van schriften en een enorme hoeveelheid leer- en leesboeken uit dat decennium, want haar was onder andere gevraagd te proberen een typische thuisbibliotheek in een kibboets uit die tijd te reconstrueren. En keer op keer zag ze hoe de warme, aardse charme van Sami Djoebraan iedereen inpakte die hem ontmoette. De oude kibboetsniks waren ervan overtuigd dat hij vroeger ook lid van een kibboets was geweest – 'wat ook zo is,' zei hij lachend tegen haar, 'de helft van de grond van kibboets Kirjat Anaviem is van mijn familie' – en in een buurthuis en triktrakclub in Jeruzalem doken er een paar mannen op hem af die zeker meenden te weten dat ze hem nog kenden van hun gezamenlijke kindertijd in Nachlaot en dat ze zich zelfs nog herinnerden, zo zeiden ze, hoe hij in de pijnbomen klom om gratis naar de wedstrijden van Hapo'el Jeruzalem in het voetbalstadion van Katamon te kijken. En in Tel Aviv stelde een energieke, bruingebrande weduwe die rinkelde van de kettinkjes en de armbanden vast dat hij uit Kerem Hatemaniem kwam, zonder enige twijfel, al was hij misschien een beetje aan de dikke kant voor een Jemeniet, maar je zag meteen dat hij een echte was – zo zei ze toen ze Ora de volgende dag zomaar ineens opbelde – 'heel charmant,' benadrukte ze, 'zo een die vroeger vast in de Irgoen heeft gezeten, en trouwens, denk je dat hij tijd heeft om iets te vervoeren voor me?' Ora zag hoe mensen omwille van hem bereid waren afscheid te nemen van geliefde spullen, omdat ze het gevoel hadden dat die spullen, waarvoor hun kinderen hun neus ophaalden en die na hun dood ongetwijfeld meteen door die kinderen zouden worden weggedaan, in zekere zin in de familie bleven als ze aan Sami werden gegeven. En tijdens elke rit, zelfs een van tien minuten, kwamen ze steevast op de politiek en discussieerden vurig over de laatste ontwikkelingen. Ook al had Ora zich jaren geleden, na de klap van Avram, helemaal losgesneden van 'de toestand' – 'ik heb mijn deel al betaald,' oordeelde ze met een zuinig, afwijzend glimlachje –, tot deze gesprekken met Sami liet ze zich telkens weer verleiden. Het waren niet zijn argumenten en redeneringen die haar aantrokken, die had ze al vaker gehoord, van hem en van anderen, en wie kon trouwens nog een argument noemen dat nog niet was aangevoerd in die eindeloze discussie, zo verzuchtte ze als anderen erover probeerden te beginnen, 'wie is hier in staat op de proppen te komen met een nieuw, doorslaggevend argument, een argument zoals we nog nooit hebben gehoord?' Maar als Sami en zij over de toestand praatten, als ze er met stekeligheden en met een voorzichtige glimlach over discussieerden – tegenover hem schoof ze trouwens weleens uiterst ver op naar rechts, veel verder dan haar bedoeling en haar opvattingen waren, terwijl ze tegenover Ilan en de jongens altijd 'extreem links' was, volgens hen, niet minder dan dat; en zelf kon ze niet definiëren wat ze precies was en waar ze stond, 'ach ja,' zei ze dan en ze trok bevallig een schouder op, 'we zullen toch pas na afloop van het hele verhaal, als alles voorbij is, echt te weten komen wie gelijk had en wie niet, is het niet?'–, als Sami in arabesk Hebreeuws de opgeblazen, verontwaardigde en hebzuchtige huichelarij van zowel Joden als Arabieren kraakte, als hij de leiders van beide partijen reeg aan de spies van een Arabisch gezegde, dat soms diep in haar geheugen een herinnering wakker maakte aan een gelijksoortige uitdrukking in het Jiddisch van haar vader, kreeg iets wat latent in haar aanwezig was een ijle vorm, alsof haar tijdens het gesprek met hem ineens duidelijk werd dat alles, het hele verhaal, uiteindelijk goed moest aflopen en ook goed zóu aflopen, al was het alleen maar omdat de grofgebouwde, gezette man naast haar erin slaagde in zijn vlezige dikte een vuurtje van fijnzinnige ironie brandend te houden en vooral omdat hij erin slaagde zichzelf te blijven te midden van dit alles. En soms schoot er een andere gedachte door haar heen: dat ze misschien nu van hem leerde en kennis opdeed die ze ooit nodig zou hebben, als – of wanneer – de toestand in het land onverhoopt zou omslaan, zij in zijn positie terecht zou komen en hij in de hare. Dat was tenslotte mogelijk, het was wat altijd achter de deur op de loer lag, en dacht hij daar misschien ook over na? peinsde ze soms. Leerde zij hem soms ook iets door te midden van dit alles zichzelf te blijven?

Om al die redenen was haar er veel aan gelegen hem naar beste kunnen te observeren en van hem te leren hoe hij in staat was, al zo veel jaren, niet verbitterd en niet rancuneus te worden. Voorzover ze kon zien, leek hij ook diep in zijn hart geen stille, borrelende haat te koesteren, in tegenstelling tot wat Ilan voortdurend beweerde. Vol verwondering zag ze vooral – kon ze dat maar van hem leren – dat hij erin slaagde de kleine en grote vernederingen van alledag niet toe te schrijven aan een of ander persoonlijk gebrek, zoals zij ongetwijfeld met grote ijver zou hebben gedaan als ze, god verhoede, in zijn schoenen zou staan, en zoals ze eerlijk gezegd ook heel wat keren had gedaan in dit afgelopen jaar, waarin alles voor haar naar de kloten was gegaan. Op de een of andere manier bleef hij midden in die hele rotzooi een vrij mens, zoals het haar maar zelden lukte een vrij mens te zijn.

En het was nu tot barstens toe in haar aan het groeien, haar stupiditeit, haar falen in de principiële, ingewikkelde opdracht een fijngevoelig persoon te zijn, juist hier en juist nu, in deze tijden. Niet zomaar fijngevoelig te zijn, een teer zieltje – er waren woorden die ze in haar hoofd nog altijd alleen maar uitgesproken hoorde worden met de stem van haar moeder – alleen omdat je van nature gewoon niet in staat bent iets anders te zijn, nee, fijngevoelig te zijn met voorbedachten rade en zonder schaamte, fijngevoelig te zijn en onverschrokken in de plaatselijke ketel met zuur te duiken. En Sami was echt een fijngevoelige man, al was dat op het eerste gezicht moeilijk te zien, met dat grote, zware lijf en die grove gelaatstrekken. Zelfs Ilan had dat moeten toegeven, zij het met reserves en altijd met een tikkeltje achterdocht: 'Fijngevoelig, fijngevoelig... tot hij de kans krijgt,' waarschuwde hij haar altijd, 'dan zul je zien hoe fijn en gevoelig de klap is van Mohammed met het zwaard.'

Maar na alle jaren dat ze hem kende en alle tijd dat ze hem zijdelings had bestudeerd – en dat deed ze constant: op een of andere manier was ze nooit afgekomen van een kinderlijke nieuwsgierigheid naar een soort van aangeboren handicap die ze in hem bespeurde, in zijn situatie, in zijn gespleten of dubbele bestaan hier –, kon ze nu met absolute zekerheid tegen zichzelf zeggen dat hij geen enkele keer de fout in was gegaan. Wat betreft fijngevoeligheid faalde hij niet.

Op een keer bracht hij haar en de kinderen naar het vliegveld om Ilan te verwelkomen, die terugkwam van een van zijn buitenlandse reizen. Bij de controlepost voor de ingang van het vliegveld werd hij eruit gepikt door politieagenten en meegenomen. Een halfuur lang zaten Ora en de kinderen in de taxi op hem te wachten. De kinderen waren toen nog klein, Adam was zes en Ofer drie, rond die leeftijd, en het was de eerste keer dat ze erachter kwamen dat hun Sami een Arabier was. Toen hij terugkwam, bleek en bezweet, weigerde hij te vertellen wat er was gebeurd en zei alleen maar: 'Ze zeiden de hele tijd dat ik een bescheten Arabier was, dus ik zei: "Misschien dat jullie schijt aan me hebben, maar bescheten ben ik niet."'

Die zin was ze nooit vergeten, en de laatste tijd herhaalde ze hem weleens heel nadrukkelijk in haar hoofd, als een soort hartversterkend middel in alle situaties dat mensen dikke schijt aan haar hadden, allemaal, bijvoorbeeld de twee gelikte managers – 'glibbers' noemde Avram zulke types – in de kliniek waar ze tot voor kort had gewerkt, en een aantal vriendenstellen die haar min of meer hun nek hadden toegedraaid na de scheiding en Ilan trouw waren gebleven – maar ik zou ook, siste ze in gedachte tegen zichzelf, als het zou kunnen, voor Ilan kiezen en niet met mezelf opgescheept willen zitten – en aan de lijst kon ook de rotzak van een rechter worden toegevoegd, die haar haar bewegingsvrijheid had ontnomen, en eigenlijk konden ook haar eigen kinderen gerekend worden tot degenen die lak aan haar hadden, vooral Adam, Ofer niet, nauwelijks, ze wist het niet, ze wist het niet meer, en natuurlijk ook Ilan, die fraaie verlakker, kreunde ze, die eens, dertig jaar geleden, had gezworen dat het zijn levensopdracht was haar mondhoeken altijd naar boven te laten krullen, ha, en ze raakte achteloos het uiteinde van haar bovenlip aan, die een beetje afhing, dun was geworden, kijk, zelfs haar eigen mond had zich uiteindelijk gevoegd bij degenen die schijt aan haar hadden. En tijdens alle gezamenlijke reizen van Sami en haar, als ze voor de kleine, onverwachte uitdagingen werden gesteld en geconfronteerd met de argwanende blikken waarmee hij soms werd aangestaard, met de toevallige, afgrijselijk grove opmerkingen van de o zo hartelijke en verlichte mensen die ze tegenkwamen, en met alle tests van identieke vragen die het dagelijkse leven voorlegde aan hen beiden tezamen, was langzamerhand tussen hen een kalm onderling vertrouwen ontstaan, zo'n vertrouwen als je voelde jegens een vaste partner tijdens een ingewikkelde dans of een gevaarlijke acrobatische toer, van wie je wist dat hij je niet in de steek zou laten, dat zijn hand niet zou gaan trillen op het beslissende moment, en die van zijn kant wist dat je hem nooit om iets zou vragen wat je in geen geval van hem verlangen kon.

Maar vandaag was ze de mist in gegaan en had ze hem ook de mist in gestuurd. Ze had dat pas begrepen toen het al te laat was, toen hij als gebruikelijk snel was uitgestapt om het portier voor haar te openen en ineens Ofer over het trapje voor het huis naar beneden zag komen, in uniform en met geweer – dezelfde Ofer die hij kende sinds Ofers geboorte, per slot van rekening had hij haar en Ilan met de pasgeboren baby van het ziekenhuis naar huis gebracht, want Ilan durfde die dag niet te rijden en zei dat hij trillende handen zou krijgen, en onderweg van het ziekenhuis zei Sami tegen hen dat bij hem het echte leven pas was begonnen met de geboorte van Joesra, zijn oudste dochter – hij had er toen nog maar één, daarna had hij nog twee zoons en twee dochters gekregen, 'vijf demografische problemen heb ik,' zei hij met een stralend gezicht tegen ieder die het vroeg – en Ora merkte toen, tijdens die rit, dat hij zijn best deed vloeiend te rijden en de auto zachtjes over kuilen heen te loodsen om Ofer, die op haar schoot lag te slapen, niet wakker te schudden. In de jaren daarna, toen de kinderen naar een school in het centrum van de stad gingen, was Sami chauffeur van de carpool die ze had georganiseerd voor vijf kinderen uit Tsoer Hadassa en Een Karem, en telkens als Ilan in het buitenland was, hielp hij haar met vervoer over kortere of langere afstanden. Zo waren er jaren geweest dat hij een onlosmakelijk onderdeel van het dagelijkse gezinsleven vormde, en later, toen Adam groot was maar nog geen rijbewijs had, bracht Sami hem op vrijdagen ook terug van avondjes stappen in het centrum; de laatste jaren ging Ofer ook mee uit met Adam en dan belden ze hem vanuit de kroeg in de stad op en kwam Sami uit Aboe Gosj om ze op te halen, om het even hoe laat het was, ontkende dat hij al in slaap was geweest, ook al was het drie uur 's nachts, en wachtte voor de ingang van de kroeg tot Adam, Ofer en hun vrienden er eindelijk aan dachten naar buiten te komen, en waarschijnlijk luisterde hij in de auto naar hun verhalen, verhalen over belevenissen in het leger – wie weet wat hij toen had gehoord, schrok ze ineens, wat ze hadden gezegd in hun door de alcohol uitgelaten stemming, als ze gekkigheid maakten over hun belevenissen bij de controleposten – en daarna zette hij hen thuis af in hun verschillende buurten. En nu zou hij hem afzetten bij een verzamelpunt voor een militaire actie in Jenin of Nabloes, dacht ze, en dat kleine detail had ze hem vergeten te melden toen ze hem opbelde. Sami – wat was hij toch snel van begrip, dacht ze en haar hart kromp ineen toen ze zag hoe zijn gezicht betrok en meteen zijn glans verloor, in een mengeling van woede en verslagenheid, in een oogwenk had hij alles doorzien – zag Ofer de trap afkomen in uniform en met geweer en begreep dat Ora hem nu verzocht een bescheiden bijdrage te leveren aan de Israëlische oorlogsinspanning.

Over de donkere huid van zijn gezicht verspreidde zich het roet van een vuurtje dat nog één keer was opgeflakkerd en ogenblikkelijk was geblust, met een windvlaag werd er as in geblazen. Hij bleef roerloos staan en zag eruit alsof hij een klap in zijn gezicht had gekregen. Alsof zij, Ora, op hem toe was gelopen, met een brede, vrolijke, vriendelijke glimlach en een stralend gezicht tegenover hem was blijven staan en hem toen uit alle macht een mep in zijn gezicht had verkocht. Heel even stonden ze alle drie als aan de grond genageld, in een flits te kijk gezet: Ofer op de trap, zijn geweer bungelend om zijn schouder en het magazijn eraan vastgemaakt met een elastiek; zij met haar domme, paarse suède tas, die te chic was en zelfs al bij vertrek op zo'n missie weerzin wekte; en Sami, die geen stap verzette en steeds verder ineenkromp, alsof hij langzaam leegliep.

En ze realiseerde zich hoe oud hij de afgelopen jaren was geworden. Toen ze hem had leren kennen, had hij er nauwelijks ouder uitgezien dan een jongen die net zijn school had afgemaakt. Het was alles welgeteld maar eenentwintig jaar geleden, en bovendien was hij drie of vier jaar jonger dan zij, maar intussen leek hij juist ouder. Ze werden hier vroeg oud, en dat gold ook voor hen, was de merkwaardige gedachte die door haar heen schoot, zelfs voor hen.

In deze ongemakkelijke situatie had ze het nog erger gemaakt door achterin te gaan zitten en niet op haar vaste plaats voorin, waarvan hij het portier voor haar openhield – terwijl ze altijd naast hem zat, iets anders was onvoorstelbaar – en ook Ofer was achterin ingestapt, waarna Sami met hangende armen buiten de auto was blijven staan, zijn hoofd een beetje schuin opzij, naast het open portier, en even leek hij iemand die zich iets probeerde te herinneren of in zichzelf een vergeten zinnetje mompelde dat ineens uit het niets in zijn hoofd was opgedoken, misschien een vers uit een gebed, een oud gezegde of een afscheidsgroet van iets wat nooit meer terugkwam; of gewoon als iemand die in een moment van volstrekte privacy de lucht opsnoof van een voorjaarsdag, een prachtig mooie dag die ontlook in gele, zonnige bloesem van calycotomestruiken en acaciabomen. En pas nadat hij even zo was blijven staan, stapte hij in de taxi, ging rechtop en star in zijn stoel zitten en wachtte op instructies.

Ora zei: 'Het wordt een beetje een lange rit vandaag, Sami, heb ik je dat gezegd door de telefoon?' Hij knikte niet bevestigend en schudde evenmin zijn hoofd, en hij keek ook niet in het achteruitkijkspiegeltje naar haar, maar boog slechts zijn dikke, geduldige nek een beetje. Ze zei: 'We moeten Ofer erheen brengen, naar die actie, je hebt het vast gehoord op de radio, naar de plaats waar ze samenkomen, daar bij de berg Gilboa. Kom, laten we gaan, dan leggen we het je onderweg verder uit.' Ze sprak snel en monotoon. 'Naar die actie,' had ze gezegd, alsof ze hem vertelde over een uitverkoopactie bij Home Center op een of andere woonboulevard, en eerlijk gezegd had ze zich bijna laten ontvallen: 'naar die achterlijke actie' of zelfs 'naar die actie van je regering'. Ze had zich nog net ingehouden, misschien omdat ze wist dat ze de woede van Ofer zou wekken, en terecht, want wat zou ze hier subversieve bondjes smeden op zo'n dag, en misschien, zoals hij haar tijdens de lunch in het restaurant had geprobeerd aan te praten, moest hun echt voor eens en altijd een klap worden toegebracht, ook als duidelijk was dat het ze niet definitief zou uitschakelen en dat het helemaal niets zou afdoen aan hun wil ons te blijven treffen, 'integendeel,' had hij benadrukt, 'natuurlijk is het juist andersom, maar het zou ons misschien op zijn minst onze afschrik-kingsmacht een beetje teruggeven.' Nu hield Ora haar mond en ze trok haar linkerknie op, trok die stevig met haar handen tegen haar buik aan en bleef zo zitten, gekweld door haar eigen grofheid jegens Sami. Om haar innerlijke onrust het zwijgen op te leggen probeerde ze telkens weer een luchthartig gesprekje aan te knopen met Ofer, of met Sami, en keer op keer stuitte ze op hun stilzwijgen, maar ze besloot niet op te ge-ven. Zo kon het gebeuren dat ze ineens, helemaal tot haar eigen verras-sing, een oud verhaal aan Sami zat te vertellen, dat plotseling in haar was opgekomen: over haar vader, die op heel jonge leeftijd zo goed als blind was geworden. 'Op zijn achtenveertigste, moet je je voorstellen. Eerst verloor hij het zicht in het rechteroog door glaucoom, en dat is wat ik waarschijnlijk ook ooit zal krijgen,' giechelde ze, 'en in het linkeroog ont-wikkelde zich in de loop van de jaren grauwe staar, en dat alles liet hem uiteindelijk een gezichtsveld ter grootte van een speldenknop. Dus als de erfelijkheid haar werk netjes doet, is dat zo ongeveer wat ik ook zal overhouden.' Ze lachte overdreven hard en bleef op gemaakt vrolijke toon tegen de ruimte in de auto vertellen dat haar vader jarenlang bang was geweest voor de staaroperatie in het ene, bijna-ziende oog, terwijl Sami zijn mond hield en Ofer uit het raam keek, zijn wangen opblies en zijn hoofd schudde, alsof hij weigerde te geloven hoe ver ze door de knieën kon gaan om bij Sami in het gevlij te komen en hoe ze bereid kon zijn hem zo'n intiem familieverhaal als zoenoffer te brengen om haar grove fout goed te maken. En zij zag het in, maar kon zichzelf niet meer tegenhouden, want ook het verhaal zelf had plotseling een eigen kracht. Het was tenslotte Ofer geweest, en niemand anders, die met engelen-geduld en volharding tijdens ontelbare gesprekken met haar vader erin was geslaagd hem uiteindelijk over te halen tot het ondergaan van de operatie, en dankzij Ofer had haar vader voor zijn dood nog een aantal goede jaren gehad. Al pratend bedacht ze ook dat Ofer degene was die in zijn geheugen haar anekdotes en kinderherinneringen had opgeslagen, haar verhalen over school, haar vriendinnen, haar ouders en de buren in de wijk van haar jeugd in Haifa. Ofer beleefde die verhaaltjes mee met een plezier dat je nauwelijks kon verwachten bij een jongen van zijn leeftijd, en hij wist ze ook altijd op de juiste momenten uit de kast te halen. Diep in haar hart had ze het gevoel dat hij op die manier haar kindertijd en haar jeugd voor haar bewaarde, en kennelijk had ze die daarom al die jaren aan hem in bewaring gegeven en langzamerhand, bijna ongemerkt, afstand gedaan van Ilan en Adam als luisteraars naar de kruimels van haar herinneringen. Ze zuchtte en tot haar schrik merkte ze meteen dat het een andere, nieuwe zucht was, losgescheurd uit een andere plek in haar binnenste, met een bijtend staartje vrieskou erachteraan. Gedurende een fractie van een seconde was ze weer een klein meisje en worstelde weer met Ada, die erop stond haar hand los te rukken uit de hare en van de rots te springen. In geen jaren had ze daar meer met Ada gestaan. Hoe was Ada plotseling naar haar teruggekomen om even haar hand vast te pakken en meteen weer los te laten? Ondertussen bleef ze door het stilzwijgen van Sami en Ofer heen kletsen en werd nog meer terneergeslagen dan ze al was, doordat ze er allebei, beide mannen, ondanks alles wat tussen hen in stond, toch in slaagden zich tegen haar te verenigen. Er werd hier een verbond gesloten, snapte Ora eindelijk, ten koste van haar, en dat verbond bleek dieper en effectiever te zijn dan alles wat hen scheidde en in conflict bracht.

Getrompetter onderbrak haar woorden met zo'n geweld dat ze stilviel. Ofer was verkouden. Of allergisch. De laatste jaren begon in april bij hem een hooikoorts die bijna tot eind mei aanhield. Hij snoot zijn neus in een tissue die hij tevoorschijn had getrokken uit een mooi olijfhouten kistje dat Sami achterin had laten aanbrengen voor zijn passagiers. Het ene na het andere papieren zakdoekje trok hij eruit en als hij luidruchtig zijn neus had gesnoten, verfrommelde hij het en propte het in de asbak aan zijn kant, die langzamerhand overvol raakte. Zijn Galil SAR-aanvalsgeweer stond tussen hem en haar in, en de loop wees al een tijdje naar haar borst, maar nu kon ze het niet meer hebben en ze gebaarde hem dat hij het zou verplaatsen. Maar toen hij het geweer met een abrupte, boze beweging tussen zijn benen nam, kraste de vizierkorrel over de binnenbekleding van het dak van de auto en scheurde een reepje stof los. 'Het spijt me, Sami, ik heb hier een scheur gemaakt,' verontschuldigde Ofer zich meteen, waarop Sami vlug omkeek en met schorre stem zei: 'Geeft niet,' maar Ora zei: 'Nee, nee, geen sprake van, we vergoeden de reparatie.' Sami haalde diep adem en zei: 'Laat toch zitten, het geeft niet.' En Ora fluisterde tegen Ofer dat hij op zijn minst de kolf kon inklappen, maar Ofer bracht er half fluisterend tegenin dat dat niet hoorde, alleen binnen in de tank hield je de kolf ingeklapt. Daarna boog Ora zich naar voren en vroeg aan Sami of hij een schaartje in zijn auto had, om het reepje stof eraf te knippen, maar dat had hij niet. Ze pakte het reepje vast, dat voor haar ogen bungelde en danste – even leek het in haar ogen op een darm die eruit hing – en ze zei dat het misschien met naald en draad gemaakt kon worden, 'als je die in de auto hebt liggen, kan ik het ter plekke vast-naaien.' Maar Sami zei dat zijn vrouw dat wel zou doen en daarna zei hij er zonder enige kleur in zijn stem achteraan: 'Als jullie maar oppassen met dat geweer,' – om een of andere reden sprak hij hen er beiden op aan – 'dat het de bekleding van de stoelen niet kapot krast, ik heb net een week geleden nieuwe bekleding genomen.' Met een geforceerde glim-lach zei Ora: 'Genoeg, Sami, we hebben je voor vandaag genoeg schade berokkend,' en ze zag hoe hij zijn oogleden liet zakken voor een blik die ze niet van hem kende.

Afgelopen week, tijdens een of ander alledaags ritje, was Ora voor het eerst gestuit op de nieuwe bekleding van synthetisch luipaardbont. Sami volgde toen alert haar gelaatsuitdrukkingen en legde meteen aan haar uit: 'Hier hou jij niet van, Ora, dit vind jij niet mooi, toch?' Ze zei dat ze in het algemeen niet gek was op bekleding van dierenbont, zelfs al was het nepbont, waarop hij lachte en zei: 'Nee, voor jou geldt dit natuurlijk als Arabische smaak, is het niet?' Ora werd gespannen – er klonk een onbekende wrok door in zijn stem – en ze zei voorzichtig dat hijzelf, voorzover ze zich kon herinneren, ook nooit eerder zulke dingen in zijn auto had laten aanbrengen. Maar hij zei dat hij het juist wel mooi vond en dat een mens nu eenmaal zijn smaak niet kon veranderen. Ora rea-geerde niet. Ze stelde zich voor dat hij een zware dag had gehad, dat hij misschien door een passagier was beledigd of misschien weer bij een of andere controlepost was vernederd. Ze ontworstelden zich allebei op een of andere manier aan de zwartgalligheid die toen in de auto heerste, maar er bleef de hele dag iets aan haar knagen, en pas 's avonds, voor de televisie, kwam het in haar op dat zijn nieuwe smaak qua autobekleding misschien op een of andere manier te maken had met het geval van de groep nederzetters die van plan was geweest een autobom te laten ont-ploffen bij een school in Oost-Jeruzalem. Ze waren een paar dagen daarvoor opgepakt, en een van hen had op tv beschreven hoe ze de auto vanbuiten en vanbinnen hadden 'vormgegeven' zodat hij eruit zou zien als een Arabische auto, 'met een Arabische smaak'.

Nu verdichtte zich de stilte in de auto nog meer, en Ora werd er weer toe gedreven over haar vader en haar heimwee naar hem te kletsen, en over haar moeder, die van voren niet meer wist hoe ze er van achteren uitzag, en over Ilan en Adam, die op dit moment in Zuid-Amerika de bloemetjes aan het buitenzetten waren.

Sami bleef uitdrukkingloos, en alleen zijn ogen schoten heen en weer en namen de colonne op, waarin hij al ruim een uur voortkroop. Eens, tijdens een van hun eerste gezamenlijke ritten, had hij haar verteld dat hij al vanaf zijn kindertijd de vrachtauto's telde die hij in dit land op de wegen zag, zowel de gewone als de militaire. En toen ze het niet snapte, legde hij haar uit dat ze hem en zijn familie en alle Arabieren van '48 met vrachtwagens de grens zouden overzetten. 'Is dat niet wat die transfervoorstanders van jullie hebben beloofd?' lachte hij. 'Beloofd is beloofd, nietwaar? En neem nu maar van mij aan,' zei hij er toen achteraan, 'dat die stomme sukkels van ons nog bij jullie in de rij gaan staan voor een baantje als chauffeur van het project, als dat ze een paar duiten zou opleveren.'

Ofer snoot onophoudelijk zijn neus, met een getrompetter dat ze nog nooit van hem had gehoord, oorverdovend, nogal ongewoon voor hem en zijn natuurlijke zachtzinnigheid. Hij verfrommelde de tissue en propte die in de asbak, en meteen daarna trok hij een nieuwe tevoorschijn, en er vielen ook gebruikte zakdoekjes op de vloer, maar hij raapte ze niet op en zij bracht het niet meer op zich voorover te buigen en ze in haar tas te stoppen. Een AIL Storm-jeep haalde hen toeterend in en wurmde zich pal voor hen in de file. In hun nek hijgde een breedgeschouderde Hummer, die bijna tegen hun bumper aan zat, en Sami streek telkens weer over zijn grote, ronde kale plek, drukte zijn enorme rug tegen de leuning van zijn opblaasbare autostoel van Doktor Gav en schrok telkens naar voren als hij de lange benen van Ofer in de achterkant van zijn stoel voelde prikken. Zijn geur, een mannelijke geur met iets van een brandlucht, altijd versneden met een dure aftershave die ze lekker vond, was de afgelopen ogenblikken veranderd in een zurige zweetlucht, die steeds scherper werd, en ineens losbarstte, de hele auto vulde en de airconditioning de baas werd. Ora stikte zowat, maar durfde geen raampje open te zetten, dus ze bleef stilzitten en ademde door haar mond.

Grote druppels zweet braken uit op zijn kale plek en rolden over zijn voorhoofd en dikke wangen. Ze wilde hem een tissue aanreiken, maar durfde dat niet, en ze dacht aan de kleine, vlugge bewegingen waarmee hij na afloop van de maaltijd in zijn lievelingsrestaurant in Madjd al-Kroem zijn vingers doopte in het bakje rozenwater.

Zijn blik schoot als een bezetene heen en weer tussen de jeep voor hem en de Hummer die achter tegen hem aan zat. Hij tilde zijn hand op en maakte met twee vingers een beetje ruimte tussen de kraag van zijn overhemd en zijn nek. Hij is de enige Arabier in deze hele colonne, dacht ze, en ook haar begon het zweet te kriebelen: hij is gewoon bang, doodsbang, hoe heb ik hem dit kunnen aandoen? Eén grote druppel hing aan het puntje van zijn kin en weigerde te vallen. Een dikke druppel, als een traan. Hoe kon het dat die niet viel en waarom veegde hij hem niet van zijn kin? Liet hij hem opzettelijk hangen? Ora's gezicht gloeide en kleurde rood, en haar ademhaling was zwaar. Ofer zette een raampje open en bromde: 'Warm,' waarop Sami zei: 'De airconditioning is niet geweldig.'

Ze leunde naar achteren en zette haar bril af. Tegenover haar deinden golven van gele bloesem. Waarschijnlijk mosterdplanten, die door haar slechte ogen werden verkruimeld en geplet tot puntjes en vlekjes geel. Ze sloot haar ogen, en ineens voelde ze de harde polsslag van de colonne tot haar doordringen en als het ware opklinken uit haar eigen lichaam, net als het gespannen, naargeestige motorgeronk. Ze deed haar ogen open, en meteen verdween het duistere geklop en sloeg het licht haar weer in het gezicht. Opnieuw schermde ze haar ogen af, en het gebrom kwam terug met zwaar tromgeroffel, een hardnekkige, gedempte, afgrondelijk diepe klank, een mengsel van de geluiden van motoren en zuigers, en daaronder bonzende harten, kloppende slagaders, verstikte slikgeluiden van angst. Ze draaide zich om en keek naar de sliert van voertuigen. Het zag er bijna feestelijk en opgewonden uit, als een enorme, veelkleurige optocht, die levenslustig zijn route aflegde: ouders, broers en zussen, vriendinnen, ja, zelfs opa's en oma's brachten hun geliefden weg naar de seizoensactie, de voorjaarsopruiming, en in elke auto zat een jonge jongen, een feest der eerstelingen, een lentecarnaval met aan het slot een mensenoffer. En jij dan? gaf ze zichzelf op haar ziel. Moet je jezelf zien, hoe netjes en ordentelijk je hier je zoon neemt, je zo goed als enige, die je vreselijk liefhebt, en hoe Ismaël jullie wegbrengt in een taxi.

Toen ze aankwamen op de verzamelplaats, parkeerde Sami op de eerste plek die hij vond, trok hard aan de handrem, sloeg zijn armen over elkaar en deelde mee dat hij hier op haar zou wachten, en hij vroeg haar ook – wat hij nog nooit had gedaan – haast te maken. Ofer stapte uit, Sami bleef zitten. Hij siste iets tussen zijn lippen door, ze kon niet goed verstaan wat. Misschien had hij Ofer gedag gezegd, hoopte ze, maar god mocht weten wat hij daar voor zich uit had gelispeld. Ze liep achter Ofer aan en knipperde tegen het verblindende licht. Geweerlopen, zonnebrillen en autospiegels pijnigden haar. Ze wist niet waar hij haar mee naartoe nam en ze was bang dat hij zou opgaan in de menigte van honderden jongemannen en zij hem niet meer zou zien. Dat wil zeggen, zo preciseerde en corrigeerde ze meteen voor de goede orde in de duistere boekhouding van haar gedachten, die ze onophoudelijk bijhield sinds de ochtend, tot hij thuiskwam zou ze hem niet meer zien. De zon stak in haar ogen en de menigte werd voor haar een opeenhoping van gekleurde, snel bewegende stippen. Ze focuste haar blik op Ofers rug, op de langgerekte kakikleurige vlek. Zijn loopje was stram en een beetje dikdoenerig. Ze zag hoe hij zijn schouders breed maakte en zijn benen spreidde, en ze herinnerde zich hoe hij als twaalfjarige jongen een andere stem opzette als hij de telefoon opnam, een geforceerd en zogenaamd laag 'hallo' uitbracht en zich het volgende moment vergat en weer overstapte op zijn hoge gekwetter. Om haar heen gonsde de lucht van het geschreeuw, het gefluit, oproepen door de megafoon en gelach. 'Schatje, neem me op, ik ben het, schatje, neem me op, ik ben het,' klonk de ringtone van een mobieltje bij haar in de buurt, dat haar op de voet leek te volgen, waar ze ook naartoe ging. En in alle drukte ving Ora verbazingwekkend duidelijk het verre gebabbel van een baby op, ergens op het uitgestrekte verzamelterrein, en de stem van zijn moeder, die hem liefjes antwoord gaf. Ze bleef even staan om ze met haar blik te zoeken, maar vond ze niet, en voor haar geestesoog zag ze de moeder, gebogen over haar kind, zijn luier verschonen, misschien op de motorkap van een auto, en zijn blote buikje kietelen. Zo stond Ora daar, een beetje naar voren gebogen, met haar suède tas in haar armen tegen zich aan gedrukt, en ze nam het zachte, dubbele gepruttel in zich op, tot het wegstierf.

In alles school een grote, onherstelbare vergissing. Ze had het idee dat naarmate het moment van het afscheid naderde, de wegbrengers en de weggebrachten vervuld raakten van een hese uitgelatenheid, alsof ze allemaal gezamenlijk een of andere drug hadden gesnoven om hun begripsvermogen af te stompen. De lucht gonsde als voor vertrek op een schoolreisje of een gigantisch familie-uitje. Mannen van haar leeftijd, die allang waren vrijgesteld van de jaarlijkse herhalingsoefeningen, ont-moetten er hun oude dienstmakkers, nu vaders van jonge soldaten, en ze wisselden kreten, lachjes en klappen op de schouders uit. 'Wij hebben het onze gedaan,' zeiden twee stevige mannen tegen elkaar, 'nu is het hun beurt.'

Televisieploegen doken af op de families die afscheid namen van een dierbare. Ora had dorst, was uitgedroogd. Ze sleepte zich half rennend voort achter de rug van Ofer. Telkens als haar blik op een soldaat stuitte, op het gezicht van een soldaat, deinsde ze onwillekeurig terug, bang dat ze zich hem zou herinneren: Ofer had haar verteld dat ze soms op de foto gingen voordat ze uittrokken voor een of andere actie, en dat ze dan hun best deden hun hoofd zo ver mogelijk van dat van de anderen te houden, om ruimte over te laten voor de rode cirkel die eromheen moest komen, in de krant. Oorverdovende luidsprekers stuurden de soldaten naar de verzamelpunten van hun bataljon – assembly noemen ze dat, dacht ze meteen in het stemgeluid van haar moeder, de barbaren, de taalver-krachters – en ineens bleef Ofer stilstaan, zodat ze bijna tegen hem aan botste, en hij draaide zich om en waste haar de oren. 'Wat bezielt jou?' slingerde hij haar op fluistertoon in het gezicht. 'Wat als ze hier ineens een Arabier ontdekken en denken dat die zich hier komt opblazen? En heb je er niet over nagedacht hoe hij zich eronder voelt dat hij mij hier-heen moet brengen? Snap je eigenlijk wel wat dat voor hem betekent?'

Ze had de kracht niet om ertegenin te gaan of het uit te leggen. Hij had gelijk, maar ze was echt niet in staat geweest om waar dan ook over na te denken, hoe kon hij dat nu niet van haar begrijpen? Ze had er gewoon niet bij nagedacht, witte mist had haar hoofd gevuld vanaf het moment dat hij haar meedeelde dat hij, in plaats van met haar een trektocht te gaan maken in Galilea, naar een of andere kasba of *moekata'a* in de be-zette gebieden ging. Om zes uur vanochtend was dat: zij was wakker geworden van zijn fluisterende stem aan de telefoon in de andere kamer en ging er meteen naartoe, zag de schuldige blik in zijn ogen en vroeg gespannen: 'Waren zij het?' Hij zei: 'Ze zeggen dat ik moet komen,' waarop zij vroeg: 'Maar wanneer dan?' En toen antwoordde hij: 'Meteen.' Ze probeerde nog te vragen of het niet een paar dagen kon wachten, 'zodat we op zijn minst een dag of twee, drie eropuit kunnen,' want ze had onmiddellijk begrepen dat ze alleen nog maar kon dromen over een hele week met hem, en met een zielig glimlachje zei ze erachteraan: 'Hadden we niet gezegd dat we een beetje familiaal samenzijn zouden gaan opsnuiven?' Hij lachte en zei: 'Mama, het is geen spelletje, het is oorlog,' en vanwege die neerbuigendheid van hem – en ook van zijn vader en zijn broer, dat aanmatigende gehuppel op haar meest ontstoken allergieplekken – beet ze onmiddellijk terug en zei dat ze er nog niet van overtuigd was dat er in de mannelijke hersens een duidelijk onderscheid bestond tussen oorlog en een spelletje. Even permitteerde ze zich een bescheiden tevredenheid over haar reactievermogen, en dat vóór haar eerste koffie, maar Ofer haalde zwijgend zijn schouders op en ging naar zijn kamer om te pakken, en juist omdat hij anders dan gewoonlijk niet terugsloeg met een snedig antwoord, werd haar argwaan gewekt. Ze liep achter hem aan en vroeg: 'Maar hebben zij gebeld om het je mee te delen?' Ineens herinnerde ze zich namelijk dat ze de telefoon niet had horen rinkelen. En Ofer haalde uniformoverhemden en grijze sokken uit de kast, stopte ze in zijn rugzak en bromde achter de deur: 'Wat doet het ertoe wie belde, er is een actie en er is een mobilisatiebevel-8, het halve land wordt gemobiliseerd.' Maar ze gaf niet op – zou ik die soms moeten laten schieten, dacht ze naderhand, zo'n uitgelezen kans op een mes in mijn hart? – en leunde slapjes tegen de deurpost, sloeg haar armen over elkaar voor haar borst en eiste dat hij haar precies zou vertellen hoe de dingen zich hadden aaneengeschakeld tot dat telefoontje, en ze liet niet af tot hij toegaf dat hij hen had gebeld, vanochtend vroeg, al voor zessen had hij snel het bataljon gebeld en gesmeekt dat ze hem mee zouden nemen, ook al had hij zich vandaag om 9.00 uur in het rekruterings- en selectiecentrum moeten melden voor zijn vertrek met groot verlof en zou hij daarna, afgezwaaid na drie jaar militaire dienst, samen met haar doorreizen naar Galilea. En uit wat hij met neergeslagen ogen tegen haar mompelde, bleek tot haar ontzetting dat zij, het leger, van hun kant, niet eens op het idee waren gekomen van hem te vragen bij te tekenen. In hun ogen was hij al helemaal burger en al lang en breed met groot verlof. En hij was het zelf geweest, ja – Ofer ging ineens met vuur over tot de frontale aanval, en zijn voorhoofd kleurde rood –, hij was niet bereid op het laatste moment af te haken, stel je voor, drie jaar lang had hij stront en zand gevreten in afwachting van precies zo'n actie, drie jaar lang had hij controleposten en patrouilles voor zijn kiezen gekregen, had hij stenen naar zijn hoofd gekregen van kinderen in Palestijnse dorpen en in nederzettingen, om er nog maar over te zwijgen dat hij al in geen halfjaar meer een tank had geroken, en nu was het eindelijk zover en zou híj zeker weer eens achter het net vissen, een knallende actie, met drie pantserbrigades tegelijk – de tranen stonden in zijn ogen, en even zou je kunnen denken dat hij met haar onderhandelde over de vraag of hij laat thuis mocht komen van een poerimfeestje van de klas – en hoe kon hij hier thuiszitten of door Galilea wandelen als al zijn vrienden daar waren? Kortom, op eigen initiatief had hij gebeld en hen ertoe overgehaald, zo bleek nu, hem te mobiliseren, vrijwillig, voor de duur van achtentwintig dagen.

'Aha,' zei ze toen hij zijn toespraak had beëindigd. Ja, een hol en verstikt 'aha' was het enige wat ze over haar lippen kreeg. En ik sleepte mijn kadaver naar de keuken, dacht ze erachteraan. Dat was een uitdrukking van Ilan, haar ex, de man met wie ze haar leven had gedeeld en met wie ze het in hun goede jaren ook samen had vermenigvuldigd. 'De volheid van het leven,' zo zei de Ilan van vroeger het vaak met een blos van dankbaarheid jegens haar, met ingehouden, beschaamde bewondering, die Ora op een golf van liefde naar hem toe trok – ze had altijd het idee dat hij er stilletjes versteld van stond dat die hem beschoren was, die volheid van het leven – en ze dacht eraan terug hoe ze, toen de kinderen klein waren en ze nog in Tsoer Hadassa woonden, in het huis dat ze van Avram hadden gekocht, 's avonds laat graag samen de was ophingen, een laatste huishoudelijke klus aan het eind van lange, uitputtende dagen. Samen droegen ze de grote wasmand naar de tuin, tegenover de donkere velden en de wadi, en daarachter het Arabische dorp Choesaan. De grote vijgenboom en de grevillea ritselden zachtjes, hadden een raadselachtig, rijk eigen leven, en de waslijnen raakten langzamerhand vol met tientallen kleine kledingstukken, als een tekstje in hiëroglyfen, piepkleine sokjes, hemdjes, stoffen schoentjes en tuinbroekjes en kleurige hansopjes van OshKosh. Was iemand uit Choesaan toen het nog licht was de wadi in gelopen en hen nu aan het observeren, werd er een wapen op hen gericht? dacht Ora weleens, met het gevoel dat er midden op haar rug iets zweefde. Of gold er een of andere algehele, menselijke immuniteit voor iemand die was ophing, in het bijzonder zulke was?

Haar gedachte maakte een sprong en ze herinnerde zich hoe Ofer aan Ilan en haar de nieuwe tankoverall liet zien die hij had gekregen. Ze hadden het huis in Tsoer Hadassa toen al verkocht en waren verhuisd naar Een Karem. Ofer kwam zijn kamer uit in die grote, vuurbestendige overall, hipte met kleine sprongetjes naar hen toe, zwaaide op zijn benen naar links en naar rechts, spreidde zijn armen en zei liefjes met een lachje: 'Mama! Papa! Teletubbies!' – En Ilan, twintig jaar daarvoor, in de tuin, 's nachts, kwam ineens midden onder het ophangen van de was van de kinderen tussen de volle lijnen door naar haar toe en sloeg zijn armen om haar heen, waarna ze met zijn tweeën op hun benen wankelden en zachtjes lachend en koerend van liefde verstrikt raakten in het natte wasgoed. 'Is het niet zo, Orinka?' fluisterde Ilan in haar oor. 'Is dit niet de volheid van het leven?' En zij omhelsde hem zo stevig als ze maar kon, met een zilt geluk in haar keel, en voelde dat ze het gedurende één vluchtig moment te pakken had terwijl het door haar heen schoot, het geheim van de vruchtbare jaren, hun vloeiende stroming, hun zegen in haar en zijn lichaam, in hun twee kleine kinderen, in het gezin dat ze hadden gesticht, en in hun liefde, die eindelijk, na jaren van dwalen en weifel, en na de klap van de ramp die Avram had getroffen, blijkbaar was opgestaan en stevig op haar benen stond.

Ofer was in zijn kamer klaar met pakken en zij stond een tijdje roerloos in de keuken in haar eigen sop gaar te koken en dacht dat Ilan haar ook op dit punt zonder enige moeite had verslagen: zij ging niet met Ofer op trektocht, ze kreeg niet eens één weekje met hem. En Ofer voelde blijkbaar aan wat door haar heen ging – hij voelde haar altijd aan, ook als hij dat soms ontkende – en kwam achter haar staan en zei: 'Genoeg, mama, kom...' Met een bepaalde zachtzinnigheid zei hij het, op een toon die alleen hij precies zo wist aan te slaan. Maar ze verstokte haar hart en draaide zich niet om. Een hele maand lang hadden ze samen hun trektocht in Galilea gepland, het cadeautje dat ze hem had willen geven voor zijn afzwaaien en dat ze natuurlijk ook zichzelf had willen geven voor haar eigen groot verlof na zijn militaire dienst, en vooral ook als verzoeningscadeau voor hen beiden, na alles wat ze had doorgemaakt met hem in het leger. Samen waren ze twee kleine, heel dun opvouwbare tenten en de nieuwste van de nieuwste rugzakken gaan kopen, en ook slaapzakken en één paar bergschoenen – alleen voor haar, want Ofer wilde geen afstand doen van zijn geblaarde schoenen – en in haar eentje was ze om de haverklap in haar vrije tijd de stad in gegaan en teruggekomen met thermische hemden, petten, heuptasjes, blaarpleisters, veldflessen, waterproof lucifers, een gasbrander, gedroogd fruit, pakjes crackers en conservenblikjes. Ofer tilde af en toe de twee rugzakken op, die langzaam maar zeker in haar kamer begonnen op te zwellen, en schatte verwonderd hun gewicht. 'Ze groeien als kool, onbeschrieën,' zei Ofer en hij grapte dat ze straks nog een Galilese sherpa zou moeten vinden om alles mee te sjouwen wat ze hier inlaadde. En zij lachte uit de grond van haar hart, gaf helemaal gehoor aan zijn goede humeur, aan het stralende gezicht dat zich weer aan haar openbaarde. De laatste weken – naarmate de datum van zijn afzwaaien naderde – voelde ze hoe smaken en geuren langzamerhand terugkeerden uit hun ballingschap. Zelfs klanken werden scherper, alsof je juist je oren had laten uitspuiten. Er wachtten haar kleine verrassingen, absurde kruisingen van zintuiglijke indrukken: ze opende de rekening voor water en gemeentebelasting en had het gevoel dat ze een pakje verse, geurige peterselie openmaakte. Soms sprak ze hardop tegen zichzelf, om het te kunnen geloven: 'Een week voor ons alleen, hij en ik, in Galilea.' En bovenal zei ze vaak voor zich uit: 'Ofer heeft zijn diensttijd erop zitten. Ofer zwaait af, Ofer zwaait heelhuids af.'

De afgelopen week sprak ze die woorden telkens weer uit tegen de muren van haar huis, met steeds meer durf. 'De nachtmerrie is voorbij,' zei ze dan. 'Voorbij zijn de nachten van de Bondormin-pillen en de Rescuedruppels,' fluisterde ze met branie en ze wist dat ze het noodlot tartte, maar Ofer was toen al twee weken met afzwaaiverlof en er hing geen enkele onmiddellijke dreiging in de lucht, terwijl het algemene, grote, bijna eeuwige conflict, waaruit ze zich jaren geleden had losgerukt, ergens bleef rondcirkelen in zijn onduidelijke kringetjes: hier een aanslag, daar een 'targeted killing', horden waar de ziel overheen sprong met een effen gezicht, dat in geen geval werd omgedraaid om achterom te kijken. En misschien durfde ze zo te hopen omdat ze het gevoel had dat Ofer zelf ook begon te geloven dat het zover was, dat het achter de rug was. Een paar dagen daarvoor al, toen hij niet langer achttien uur per etmaal sliep, had ze bij hem een verandering bemerkt: in de lichtelijk civiele toon die in zijn militaire manier van praten sloop, in de gelaatsuitdrukkingen die met de dag verzachtten, en zelfs in de manier waarop hij door het huis bewoog, wanneer hij het zichzelf toestond te bevatten dat hij blijkbaar heelhuids zou afzwaaien na drie rotjaren van militaire dienst. 'Ik krijg mijn kind terug,' rapporteerde ze voorzichtig aan de koelkast, de afwasmachine, de computermuis en de bos bloemen die ze in de vaas schikte, al wist ze donders goed, ook uit haar eerdere ervaring met Adam, die drie jaar geleden was afgezwaaid, dat je je kinderen nooit echt terugkreeg na het leger, niet zoals ze waren geweest, en dat ze het kind dat hij eens was geweest voorgoed was kwijtgeraakt op het moment dat hij was ingelijfd door de staat, net zoals hij het zelf was kwijtgeraakt. Maar wie bepaalde dat wat met Adam was gebeurd ook met Ofer moest gebeuren? zei ze tegen zichzelf. Ze waren tenslotte zo verschillend. En de hoofdzaak was nu dat Ofer de pantsertroepen verliet, ja, dat Ofer in alle betekenissen van het woord uit het pantser kwam, dichtte ze in haar hoofd. Zulke zoete druppeltjes had ze gisteravond nog in zichzelf uitgegoten toen ze de afstandsbediening uit zijn slapende hand had bevrijd, hem had toegedekt met een dunne deken en daarna naar hem was gaan zitten kijken. Zijn brede, volle lippen stonden een beetje uit elkaar in een zweem van een ironische glimlach, alsof hij wist dat ze naar hem keek. Het gewelfde voorhoofd boven zijn ogen gaf hem, ook in zijn slaap, een ernstige en ietwat harde uitdrukking, en zijn grote, open gezicht, samen met zijn gebronsde, gemillimeterde schedel, leek haar meer dan ooit sterk en voorbereid op het leven. Een man, dacht ze verbaasd, op-en-top een man. Alles aan hem leek mogelijk, open en naar voren gericht, de toekomst wierp echt zijn licht op dat gezicht, vanbinnen en vanbuiten. En nu is daar ineens die actie, die ik echt helemaal niet kan gebruiken, kreunde Ora de volgende ochtend, toen ze in de keuken stond en uitzonderlijk giftige koffie voor zichzelf zette. Als ze had gekund, was ze teruggegaan naar bed en had geslapen tot alles voorbij was, want hoe lang kon zo'n actie nu helemaal duren? Een week? Twee weken? Een heel leven lang? Maar zelfs teruggaan naar bed kostte haar te veel kracht, ze kon geen stap verzetten. Met de minuut werd alles definitiever, onherroepelijker. Haar lijf wist het al, haar buik, haar ingewanden, die langzaam maar zeker oplosten.

Om halfacht 's avonds staat ze in de keuken te koken, in een T-shirt en een spijkerbroek, en voor het stilistisch effect ook in een gebloemd schort als van een echte, bezwete en verhitte huisvrouw: kokkin. Kookpannen en koekenpannen dansen stomend op het vuur, dampen kringelen vlak onder het plafond en verdichten zich tot geurige wolken, en Ora weet ineens dat alles goed zal komen.

Zoals het hoort met de tegenstander die tegenover haar staat, werpt ze haar winnende selectie in de strijd: Ariëlla's reepjes kip en groente op zijn Chinees, de Perzische rijst met rozijnen en pijnboompitten van Ariëlla's schoonmoeder, de zoete aubergine met snippers knoflook in tomatensaus van haar moeder, met haar eigen draai eraan, plus champignonquiche en uienquiche. Als ze nu een normale oven had gehad in dit huis, dan had ze op zijn minst nog één andere quiche kunnen maken, maar ook zo zou Ofer er zijn vingers al bij aflikken. Ze drentelt heen en weer tussen het oventje en het fornuis in een onverwachte jubelstemming. Het is de eerste keer sinds Ilan is weggegaan, sinds ze de deur van hun huis in Een Karem achter zich hebben dichtgetrokken en zich over twee aparte huurwoningen hebben verspreid, dat ze zich weer thuis en prettig voelt in welke keuken dan ook, dat het hele idee van een keuken haar kan bekoren, en in het bijzonder deze, een ouderwetse en niet-schone keuken, die als het ware schoorvoetend en verlegen haar nabijheid zoekt en tegen haar aan wrijft met natte neuzen van pollepels en soeplepels. Op de tafel achter haar, in schalen die met plasticfolie zijn afgedekt, staan al een auberginesalade, een koolsalade en een gewone, grote, kleurige rauwkostsalade – ze heeft er ook stukjes appel en mango in verstopt, we zullen zien of hij die ontdekt – en er staat verder nog een schaal met haar eigen, persoonlijke versie van tabouleh, die Ofer stervenslekker vindt – ik bedoel, die hij heel erg lekker vindt, verbetert ze meteen, voor de goede orde.

Dan komt het moment dat alles op weg is gestuurd, op het vuur en in de oven staat, in de koekenpan aan het pruttelen is. De gerechten hebben haar nu niet meer nodig, maar zij heeft nog behoefte aan kokkerellen: Ofer komt tenslotte ooit met verlof en wil dan vers voedsel. Haar vingers bewegen rusteloos in de lucht voor haar gezicht. Waar was ik? Ze pakt snel een mes en wat groente die het salade-offensief heeft overleefd, en ze begint die fijn te hakken en ondertussen snel te neuriën: 'De tanksoldaten trokken uit, de rupsband knarste, en heel hun lijf was aardebruin geverfd.' Maar dan verzegelt ze haar mond. Van welke vliering is juist dat liedje naar beneden komen vallen? En moet ze misschien ook zijn lievelingsbiefstuk voor hem maken, in rode wijn, voor het geval dat hij vanavond al thuiskomt? En degenen die het bericht komen brengen, zo vraagt ze zich af, zouden die nu in een of andere kantoorkamer bij elkaar zitten, op het bureau van de plaatselijke garnizoenscommandant, en daar een briefing of een opfriscursus krijgen? Maar wat viel er eigenlijk op te frissen? Wanneer hadden ze de kans gekregen hun taak te vergeten? Wanneer was hier één dag voorbijgegaan zonder een bericht aan een familie van nabestaanden? Het was een raar idee dat de aanzeggers tegelijkertijd werden gemobiliseerd met de soldaten die uittrokken voor de actie, alles was georkestreerd, denkt ze met een schril gegiechel, en ineens wordt ze weer gadegeslagen door Ada, met heel grote ogen, alsof die haar constant in de gaten houdt om te kijken hoe ze zich gedraagt. Ora beseft dat ze al een tijdje naar de halfdoorzichtige onderkant van de voordeur staat te staren: er is daar een of ander probleem dat om een oplossing vraagt, maar het probleem zelf is haar niet duidelijk. Ze loopt snel naar de pannen op het vuur, roert, strooit overdadig met kruiden – hij houdt van scherp – en haalt haar gezicht door de dampen heen, door de dichte adem van de pannen heen, maar ze proeft niets, want ze heeft geen trek vanavond. Als ze nu ook maar een kruimel in haar mond zou stoppen, zou ze overgeven. Even kijkt ze naar haar hand, die wild beweegt boven de pan en het paprika laat regenen. Er zijn van die bewegingen die ze maar hoeft te maken, of de telefoon gaat. Al lange tijd kent ze de merkwaardige wetmatigheid: als ze eten kruidt, bijvoorbeeld, of als ze na de afwas een pan afdroogt, begint de telefoon bijna altijd te rinkelen. Iets in die ronde bewegingen wekt het telefoontoestel er blijkbaar toe op. En ook – interessant als ze de dunne glazen kan met water vult voor de bloemen. Juist die kan! Met genegenheid glimlacht ze om de geheime kuren van haar telefoon, en ze kiept de pan rijst met rozijnen en pijnboompitten om boven de vuilnisbak, wast de pan zorgvuldig af en droogt hem daarna langdurig af, verleidt hem met haar bewegingen... maar niets. De telefoon blijft stil. Ofer heeft het daar nu vast stervensdruk (ze bedoelt: heel druk). Het duurt trouwens nog uren voor daar ook maar iets begint, en misschien trekken ze pas morgen of overmorgen uit. 'En toen zijn tank geraakt werd door één, twee raketten,' neuriet ze, 'bleef hij in 't brandend vuur –' en ze kapt de woorden onmiddellijk af. Tussen twee haakjes: ze kan maar beter iets te doen vinden voor morgen. De ellende is dat ze juist morgen niet zoveel omhanden heeft. Morgen werd ze geacht tussen de Galilese rotsen rond te springen met haar jongste zoon, maar er is een kleine kink in de kabel gekomen. Misschien kan ze de nieuwe kliniek in Rechavja bellen en aanbieden met onmiddellijke ingang aan de slag te gaan, als vrijwilligster zelfs, zelfs voor administratieve klussen, als het moet. Laten ze het maar een inwerkperiode noemen. Ook al hebben ze haar daar al twee keer duidelijk gemaakt dat ze haar vóór half mei niet nodig hebben: hun vaste fysiotherapeute is niet van plan eerder te bevallen. Er komt een nieuwe mens ter wereld, denkt Ora en ze slikt bitter speeksel weg. Stom dat ze helemaal geen plannen heeft gemaakt voor de tijd tot mei. Ze had zich helemaal gestort op de voorbereidingen van de trektocht met Ofer, was met niets anders bezig geweest, stom, maar ze had toen het gevoel dat daar, in Galilea, het keerpunt zou liggen. Het begin van de echte, volledige genezing van haar en van Ofer. Zij ook met haar gevoelens.

Ze gooit de aubergine in tomatensaus in de vuilnisbak, schrobt de koekenpan schoon en droogt hem toegewijd af, met een schuinse blik op de verraderlijke telefoon. Wat nu? Waar was ik? De deur. De onderhelft. Vier korte tralies en dik matglas, halfdoorzichtig. Uit de printer haalt ze drie blanco A4'tjes en ze plakt ze op het glas. Zo kan ze ook hun legerschoenen niet zien. En wat nu? De koelkast is bijna leeg. In de voorraadkast vindt ze een paar aardappelen en uien. Misschien een snel soepje? Morgenochtend gaat ze boodschappen doen en vult ze het huis weer. Ze kunnen op allerlei momenten aanbellen, denkt ze, bijvoorbeeld als zij bezig is de tassen uit te laden en de boodschappen in de koelkast te zetten. Of als ze tv zit te kijken, of als ze ligt te slapen. Of als ze op de wc zit of groente aan het snijden is voor de soep.

Haar adem stokt even en meteen duikt ze naar de radio en zet die aan, als iemand die een raam openzet. Ze vindt de klassieke zender en luistert een of twee tellen, middeleeuwse muziek. Nee, ze heeft behoefte aan gepraat, aan een menselijke stem. Op een lokale zender voert een jonge reporter een telefoongesprek met een oudere vrouw met een diep Jeruzalems, Arabisch-Joods accent, en Ora houdt op de groente te mishandelen, leunt tegen het gebarsten aanrechtblad, wist met de rug van haar hand het zweet van haar voorhoofd en luistert naar het verhaal van de vrouw over haar oudste zoon, die deze week heeft deelgenomen aan gevechten in de Gazastrook. 'Zeven soldaten zijn daar omgekomen,' zegt ze, 'allemaal maten van hem uit zijn bataljon, en gisteren hebben ze hem verlof gegeven om een paar uur thuis te zijn, maar vanmorgen is hij alweer teruggegaan naar het leger.'

'En toen hij thuis was, hebt u hem lekker gezoogd?' vraagt de reporter tot Ora's stomme verbazing. 'Of ik hem heb gezoogd?' verwondert ook de vrouw zich, en de reporter zegt lachend: 'Nee, ik vroeg of u hem lekker hebt verzorgd, of u hem een beetje hebt vertroeteld.'

'Natuurlijk,' zegt de vrouw met een stil lachje, 'ik dacht dat u vroeg... Natuurlijk heb ik hem vertroeteld.'

'Kunt u ons vertellen hoe u hem hebt vertroeteld?' vraagt de reporter op smekende toon, en de moeder, met een gulheid die Ora met haar warmte omhult, vertelt: 'Ik heb hem vertroeteld zoals het hoort, met het eten dat ik voor hem heb gekookt, maar ook met een lekker bad en de dikste handdoek die er is, en zijn lievelingsshampoo, die ik speciaal voor hem heb gekocht. Maar luistert u alstublieft,' zegt ze ineens ernstig, 'ik heb nog twee zoons, een tweeling, die in navolging van de oudste dezelfde weg op zijn gegaan en nu bij hem in het bataljon zitten, infanteriebataljon Tsabbar van de Givati-brigade, alle drie in hetzelfde bataljon heb ik ze zitten, en nu wil ik over de radio van ons leger vragen – kan dat?'

'Natuurlijk kan dat,' zegt de reporter snel, en Ora hoort hem heel zachtjes grinniken, 'wat wilt u precies tegen het Israëlische defensieleger zeggen?'

'Wat zal ik u zeggen,' verzucht de moeder, en Ora's hart gaat naar haar uit. 'De jongens, de tweelingen, hebben tijdens de rekrutentraining een verklaring getekend zodat ze bij elkaar konden blijven tijdens hun militaire diensttijd, en dat was allemaal mooi en aardig in hun rekrutentijd, daar niet van, maar nu gaan ze naar de linie, en iedereen weet dat Gaza de linie is van de Givati-brigade, en Gaza, ik hoef u niet te vertellen wat dat is, dus ik wil het leger heel graag vragen er nog eens even over na te denken en ook een beetje aan mij te denken, sorry dat ik –'

En als ze midden onder de aardappel komen? denkt Ora en ze staart naar de grote aardappel die halfgeschild in haar hand ligt. Of midden onder de ui? Met de minuut wordt het haar duidelijker: iedere beweging die ze maakt, kan de laatste zijn voor de klop op de deur. Opnieuw herinnert ze zichzelf eraan dat Ofer ongetwijfeld nog bij de Gilboa is, dat er geen reden is om nu al in paniek te raken. Maar de gedachten wikkelen zich sluipenderwijs om de bewegingen van haar schillende handen, en gedurende één ogenblik wordt de klop op de deur zo onvermijdelijk – een onverdraaglijke prikkeling van de neiging tot rampen die in elke menselijke situatie besloten ligt –, dat oorzaak en gevolg bij haar van plaats wisselen: de trage, boogvormige bewegingen van haar handen rond de aardappel lijken haar nu een noodzakelijke inleiding voor de klop op de deur of zelfs het uitvoeringscommando ervoor.

En in dat eindeloze ogenblik wordt haar alles ontcijferd en als door de bliksem van het besef verlicht. Ze ziet zichzelf en Ofer, waar hij zich ook bevindt, en ook alles wat er gebeurt in de immense ruimte tussen hem en haar, als een soort dicht weefsel, zodat het feit dat ze naast de keukentafel staat, het feit dat ze schaapachtig de aardappel blijft schillen – wat trekken de vingers die het mes vasthouden ineens bleek weg – en al haar kleine, huishoudelijke, alledaagse bewegingen, en ook alle onschuldige, schijnbaar toevallige flinters van de realiteit die nu om haar heen plaatsvinden, niets anders zijn dan onontbeerlijke passen in een raadselachtige, wijdvertakte dans, ja, een trage, ernstige dans, waaraan wordt deelgenomen door dansers die zich van geen dans bewust zijn, zoals Ofer en zijn kameraden, die zich opmaken voor de strijd, zoals de hoofdofficiers die zich over de kaart van de toekomstige gevechten hebben gebogen, zoals de rijen tanks die ze aan de rand van het verzamelgebied heeft gezien en de tientallen kleinere voertuigen die tussen de tanks zullen rijden, zoals de mensen in hun dorpen en steden daar, die door de neergelaten luiken gluren naar de soldaten en de rollende tanks in hun straten en stegen, en zoals de bliksemsnelle jongen die Ofer morgen of overmorgen, en misschien vannacht al, zou kunnen treffen met een steen, een geweerkogel of een raket – vreemd dat alleen de beweging van die jongen de traagheid en zwaarte van de hele dans verstoort en in de war schopt – en zoals ook de aanzeggers, die misschien op dit moment op het bureau van de Jeruzalemse garnizoenscommandant hun kennis van de procedures voor het brengen van het bericht opfrissen, en zoals eigenlijk ook Sami, die om deze tijd natuurlijk thuis is in zijn dorp en daar aan zijn vrouw In'aam vertelt hoe zijn dag is geweest. Iedereen, ja, alles en iedereen maakt deel uit van hetzelfde gigantische, allesomvattende proces, ook de doden van de laatste aanslag maken er zonder het te weten deel van uit, de doden die de reden zijn waarom de soldaten nu uittrekken voor een nieuwe actie, om hun dood te wreken, en zelfs de aardappel die ze in haar hand heeft en die ineens zwaar is als een ijzeren halter – ze is niet meer in staat erin te snijden, haar vingers gehoorzamen haar niet meer –, ook die zou een of andere heel kleine, maar onontbeerlijke en onvervangbare schakel kunnen zijn in de duistere, uitgekiende, plechtige loop van het grote stelsel, dat binnen in zich duizenden mensen in beweging zet, zowel soldaten als burgers, en ook voertuigen, wapens, veldkeukens, gevechts-rantsoenen, munitiemagazijnen, materieelkisten, stafkaarten, verrekij-kers, zaklantaarns, documenten, slaapzakken, verbandmateriaal, nacht-kijkers, lichtkogels, brancards, helikopters, veldflessen, computers, an-tennes, telefoons en grote zwarte zakken van ondoorlaatbare kunststof. En al die dingen en mensen, zo voelt Ora plotseling aan, plus de zicht-bare en onzichtbare draden die alles en iedereen met elkaar verbinden, bewegen nu rondom haar, boven haar, als een dicht, gigantisch visnet dat met een weids gebaar de lucht in wordt geworpen en zich langzaam uitspreidt over de hele breedte van de nachtelijke hemel. Ora smijt de aardappel op de grond, en hij rolt over de vloer, komt terecht tussen de koelkast en de muur en ligt daar bleekjes te glanzen. Ze leunt met twee handen op de keukentafel en staart ernaar.

Om negen uur 's avonds loopt ze al tegen de muren op en ze meent, tot haar stomme verbazing, zichzelf en Ofer op tv te zien, als ze elkaar ten afscheid omhelzen op het verzamelpunt van zijn bataljon. Het schiet haar te binnen dat er inderdaad werd gefilmd, en ze schrikt: het gebeur-de net nadat hij tegen haar was uitgevallen omdat ze Sami had besteld – hij gaf haar de wind van voren en hield meteen op, want hij zag haar gezicht wit wegtrekken, en in de storm van zijn woede sloeg hij zijn ar-men om haar heen, trok haar tegen zich aan, tegen zijn brede borst, en zei met mededogen: 'Mama, mama, wat ben je toch een warhoofd...' – en ze veert overeind, gooit een stoel om en drukt haar gezicht bijna tegen het beeldscherm aan, tegen hem aan –

Tegen Ofer aan, die haar daar een beetje paternalistisch omarmt en naar de camera draait – ze werd zo verrast door die draai dat ze bijna struikelde en zich met een lachje aan hem vastgreep, en het stond alle-maal op de film, inclusief de idiote paarse tas – om zijn bezorgde moeder voor te stellen aan de cameraman. En achteraf, nu ze erover nadacht, school in de manier waarop hij haar ineens omdraaide en blootstelde aan de camera echt iets trouweloos: haar hand schoot omhoog om te controleren of haar haar niet te slordig zat, en haar mond krulde zich meteen tot het schijnheilige, verzoenende glimlachje van de gelaatsuitdrukking 'Wie? Ik?' Maar trouweloosheid lag al sinds gisteravond tussen hen in te smeulen, toen hij had besloten zich vrijwillig aan te melden voor de actie en dat voor haar geheim had gehouden. Toen hij zonder er lang over te hoeven dubben, zo voelde ze aan, hun vakantie eraan had gegeven. En de grootste trouweloosheid, een onverdraaglijke vervreemding van haar, school in dat vermogen van hem om zo geheel en al soldaat te worden die ten oorlog uittrekt, en in het feit dat hij zijn rol zo goed wist te vervullen, hooghartig, uitgelaten en strijdlustig te zijn, en dat hij haar zo dwong in haar rol van gerimpelde, kleurloze vrouw die desondanks gloeide van trots, een wapenschild van niks, *moeder van een soldaat*. Een vrouw die bovendien een domme gans was en die onnozel en bevallig met haar ogen knipperde naar de vertrekkende mannen, die de dood tegemoet gingen. Kijk, hij lacht naar de camera, en haar mond – zowel op tv als in huis – imiteert onwillekeurig zijn stralende glimlach, en kijk, daar zijn de drie charmante rimpeltjes in haar ooghoeken. Wanneer zullen ze dat beeld van hem opnieuw uitzenden? is de gedachte die ze uit haar hoofd probeert te zetten, maar ze ziet duidelijk, echt op het beeldscherm, de stralenkrans van een rode cirkel rond zijn hoofd, en ineens wordt daar een zwarte staaf tussen hem en haar in gestoken. 'Wat heeft een zoon op zo'n moment te zeggen tegen zijn moeder?' vraagt de reporter, een en al sprankelend plezier. 'Dat ze het bier koud heeft staan als ik terugkom,' lacht de zoon, en van alle jongens om hem heen krijgt hij hartelijke bijval. 'Wacht even!' kapt Ofer het gejuich af en hij steekt een vinger op. Zonder enige inspanning weet hij de aandacht van de reporter, de cameraman en alle omstanders op zich te richten met een gebaar dat typisch een gebaar was van Ilan, van iemand die weet dat het altijd stil wordt als hij zo zijn vinger opsteekt. 'Ik heb haar nog iets te zeggen,' zegt haar zoon op tv met een verstolen glimlach, en hij brengt zijn lippen naar haar oor, terwijl zijn ene oog met een ondeugende twinkeling naar de camera kijkt. Ze herinnert zich de aanraking van zijn lippen en zijn warme adem op haar wang, en ze ziet hoe de camera vlug probeert zich ertussen te dringen, tussen de mond en het oor, en ze ziet ook de heel aandachtige uitdrukking die ze zelf op haar gezicht krijgt en hoe haar armzaligheid, haar bedelaarschap aan het licht komt als ze de innige genegenheid van haar zoon voor haar publiekelijk tentoonspreidt, om aan iedereen te laten zien, om aan Ilan te laten zien – als ze het tweede Israëlische net kunnen ontvangen op die Galapagoseilanden van hem – wat voor tedere, natuurlijke intimiteit er tussen Ofer en haar stroomt. Op dit punt heeft de redactie eindelijk in de film gesneden, en de reporter staat alweer te grappen met een andere soldaat en zijn vriendin, die tegelijkertijd met zijn moeder door hem wordt omhelsd, beide vrouwen in een naveltruitje, en Ora voelt twee keer een steek in haar hart. Ze zijgt zwaar neer op de rand van de stoel en haar hand pakt de huid van haar hals vast en voelt eraan. Nog een geluk dat ze niet hebben laten zien hoe haar gezicht vertrok en hoe ze terugdeinsde toen ze hoorde wat hij haar in het oor fluisterde, en de herinnering geeft haar een klap in de nek. Waarom moest hij dat tegen me zeggen? Wanneer had hij zich die uitspraak eigenlijk voorgenomen, waar was het idee ineens vandaan gekomen?

Ze komt onmiddellijk overeind. Vooral niet zitten, nu. Geen stationair doelwit zijn voor de straal die achter haar rug al zijn weg aftast, voor het gigantische visnet dat langzaam neerdaalt. Ze richt haar oor op de deur. Niets. Door het raam ziet ze de straat en de stoeprand. Ze scant haar blikveld en er is nog geen vreemde, onbekende auto te zien, ook geen auto met een militair nummerbord, er klinkt geen zenuwachtig geblaf van de honden van de buren, er is geen delegatie van onheilsboodschappers. Het is hoe dan ook nog te vroeg. Niet voor hen, zegt ze er meteen op terug. Die lui komen ook om vijf uur 's ochtends, juist dan, om je te pakken te krijgen als je slaperig en slap bent, niet in staat je te verdedigen, te zwak om ze vanaf de bovenste tree de trap af te gooien voordat ze kans zien hun vaste uitsmijter op te zeggen. Maar toch is het nu te vroeg, en eerlijk gezegd heeft ze ook niet het gevoel dat daar iets heeft kunnen gebeuren in de luttele uren die verstreken zijn sinds ze afscheid van hem heeft genomen. Ze masseert haar nek, maakt hem los. Kalmeer! beveelt ze zichzelf, hij is nog met zijn maten bij de Gilboa, er zijn procedures, een papierwinkel, briefings, een hoop ingewikkelde processen; en als eerste moeten de geuren van alles en iedereen goed worden gemengd om gezamenlijk de sterkte van de glans in de ogen en de klop van het bloed in de hals af te stemmen. Ze kan Ofer echt aanvoelen nu hij zich aan hen aanpast, aan zijn vrienden, aan de precieze mate van hun agressie, aan hun strijdlust, aan de dikte van het krijgersbloed in hun aderen, aan hun goed weggestopte angst. Hij krijgt en geeft de hoofdzaken door in een vluchtige omhelzing, als hij een halve borstkas tegen een halve borstkas drukt, met twee klapjes op de rug, klopjes van herkenning, knipjes in kaartjes. Onwillekeurig sleept ze zich naar de deuropening van zijn kamer, waarin vanaf vandaag alles stil zal blijven staan, en de kamer blijkt sneller te zijn dan zij en al de starende gelaatsuitdrukking te hebben aangenomen van een plek die is verlaten. De spullen zien er verweesd uit, zijn sandalen met de losgegespte riempjes op de grond, de stoel voor de computertafel, de oude geschiedenisboeken van school naast zijn bed, want hij las graag over geschiedenis, leest graag over geschiedenis, natuurlijk, 'leest', en ook 'zal lezen', en alle boeken van Paul Auster op de boekenplank, de D&D-boeken waarvan hij hield als kind, de foto's van de voetballers van Maccabi Haifa, die hij op zijn twaalfde aanbad en ook van de muur weigerde te halen toen hij al eenentwintig was, eenentwintig, toen hij eenentwintig was.

Misschien kon ze maar beter niet door de kamer rondbanjeren, om de draden van zijn bewegingen, die hier nog liepen, niet kapot te scheuren, en om de zachte echo niet te verzwakken van de adem van zijn kindertijd, die soms nog opklonk van een kussen, van een kalende gele tennisbal, van de pop van een commandosoldaat met een krijgsuitrusting die uit oneindig veel piepkleine accessoires bestond, door Ilan en haar voor hem en Adam meegebracht van vakanties naar het buitenland, uit speelgoedwinkels die ze niet meer aandeden sinds de kinderen groot waren geworden, maar waar ze over een paar jaar weer naartoe hoopten te gaan, voor de kleinkinderen. Klein en bescheiden waren hun dromen geweest, en binnen zo korte tijd waren ze zo ingewikkeld en bijna onhaalbaar geworden. Ilan was vertrokken, was vrijgezellenlucht gaan scheppen. Adam was met hem meegegaan. Ofer was nu daar. Ze loopt achteruit de kamer uit, want ze waakt ervoor zijn spullen haar rug toe te draaien, en buiten de kamer blijft ze staan kijken, met het verlangen van een balling: daar, een gekreukt shirt van Manchester United, een op de grond slingerende legersok, een brief die uit een envelop steekt, een oude krant, een voetbaltijdschrift, een foto van hem en Talja bij een of andere waterval in het noorden, de ijzeren haltertjes die op het kleed staan, van drie en vijf kilo, een opengeslagen boek dat ondersteboven is neergelegd, wat is de laatste zin die hij heeft gelezen? Wat is de laatste aanblik die hij zal zien?

Een smalle steeg, een grote steen die door de lucht vliegt en het gezicht van een jongeman achter een bivakmuts, de ogen brandend van woede en haat, en vandaar – wat is haar gedachte ineens snel – met een sprongetje naar het terrein van Defensie en het leger in Tel Aviv, waar een soldate in een kantoorkamer naar een ladekast met persoonlijke dossiers stapt, of eigenlijk ging dat zo in haar tijd, in de prehistorie, vandaag de dag gaat het met een computer, een druk op een toets, een knipperend scherm en daar is de naam van de soldaat, bij ongeval waarschuwen – waren ze al ingelicht over de splitsing in het adres van de ouders?

De telefoon rinkelt, verscheurt de stilte. Hij. Jubelend. 'Heb je ons gezien op tv?' Vrienden van hem hebben gebeld om te vertellen dat ze het gezien hadden.

'Zeg,' fluistert ze, 'jullie zijn nog niet uitgetrokken, toch?'

'Wat uitgetrokken, wie uitgetrokken, zeker tot morgenavond zetten we ons nog niet in beweging.'

Ze hoort de woorden nauwelijks. Ze is alleen gespitst op de vreemde verlaging in zijn stem, een echo van zijn nieuwe trouweloosheid, de trouweloosheid van de enige en laatste van haar mannen die haar altijd trouw was. Sinds gisteren, misschien sinds hij het genoegen van het verraad heeft gesmaakt – het verraad jegens háár –, heeft ze het idee dat hij de smaak ervan telkens weer zou willen bovenhalen in zijn mond, als een puppy die voor het eerst vlees heeft gegeten.

'Wacht even, mama, een ogenblikje –' en hij grapt tegen iemand die naast hem staat: 'Waar maken jullie je druk over, we gaan erin, we laten de wapens een beetje kletteren en we gaan er weer uit – zeg, mama,' keert hij snel en kwikzilverachtig terug naar haar en overvleugelt haar bij verrassing, waar hij een beetje van lijkt te genieten, 'eh, kun je morgen *The Sopranos* voor me opnemen? Er ligt een lege cassette op de tv, je weet hoe je iets opneemt met de videorecorder, niet?' Met de telefoon aan haar oor rommelt ze vlug in de la met videocassettes, waar is het beduimelde papier met de instructies die ze eens uit zijn mond heeft opgetekend? 'Je drukt eerst de meest linkse knop in en dan de knop waarop een appel staat getekend –'

'Maar wat doe je daar zolang?' vraagt ze, rouwend om de kostbare uren die hem daar voor niets door de vingers glippen, die hij thuis had kunnen doorbrengen, met haar, maar aan de andere kant, wat had ze hem hier te bieden gehad met dat gezicht van een oorwurm van haar, en ze bedenkt dat hij binnenkort natuurlijk ook het huis uit zal willen om ergens op kamers te gaan wonen, of om net als Adam bij Ilan in te trekken, waarom niet? Bij Ilan was het leuk, bij Ilan was het elke dag hengstenbal, daar konden de drie adolescenten feestvieren zonder gestoord te worden door een lastige ouder. En ondertussen is Ofer haar iets aan het vertellen, maar het lukt haar niet de woorden van elkaar te scheiden. Ze sluit haar ogen, ze zal wel een of andere smoes vinden om Talja vanavond nog te bellen, Talja moet met hem praten voordat hij daarheen gaat – en hij probeert het rumoer te overschreeuwen: 'Kom op, jongens, dimmen, ik heb mijn moeder aan de lijn!' Meteen klinkt er een gebrul op, waarderend gejuich en gejank van hitsige jakhalzen die de vurige groeten doen aan dat lekkere ding van een moeder van hem, die snel weer haar zelfgebakken halvemaantjes moet sturen, en Ofer trekt zich terug op een rustiger plek. 'Beesten zijn het,' legt hij haar uit, 'het zijn allemaal laders.' Ze hoort hem ademhalen nu hij loopt. Thuis liep hij ook altijd rond als hij aan de telefoon was, net als Adam, ook dat hebben ze van Ilan – mijn genen zijn van margarine, denkt ze – en soms voerden de jongens en Ilan tegelijkertijd drie verschillende telefoongesprekken, ieder met zijn eigen mobieltje, en dan liepen ze driftig door de ruime woonkamer en kruisten ze in snelle diagonalen elkaars looproutes zonder ooit tegen elkaar op te botsen.

En nu is het ineens stil, misschien heeft hij een schuilplaats gevonden achter een van de tanks. Maar de stilte maakt haar om een of andere reden onrustig, en hem kennelijk ook, of misschien heeft hij het gevoel dat hij plotseling in zijn eentje tegenover haar staat en niet langer het hele Israëlische defensieleger om hem heen staat om op hem te passen. In rap tempo vertelt hij dat honderdtien procent van de slagorde is komen opdagen, allemaal met jeukende vingers en erop gebrand ze flink ervan langs te geven, zo blijft hij zichzelf ten overstaan van haar inlijven bij het leger, de adjudant zegt dat hij zich zo'n opkomst niet kan herinneren – dan kunnen ze jou dus missen, denkt ze, maar ze slaagt erin haar mond te houden – en het probleem is dat er niet genoeg keramische vesten zijn voor iedereen en dat een deel van de jongens nog geen materieel binnen heeft om hun plaats in de teams in te nemen, want de helft van de diepladers staat nog vast bij Afoela. Wie hem het gruis van die onverteerbare woorden in de mond heeft laten nemen is blijkbaar ook degene die haar nu laat vragen of hij enig idee heeft wanneer het voorbij zal zijn. Ofer laat haar vraag even weergalmen, tot alle zinloosheid en domheid ervan luid en duidelijk heeft geklonken. Dat is ook zo'n trucje van Ilan tegen haar, denkt ze. Kinderen vangen zulke dingen op en gebruiken ze daarna zonder te begrijpen wat voor generatieoverschrijdend wapen ze hanteren. Ofer komt daarna tenminste nog terug, bij haar, maar ze vraagt zich al af wanneer ook dat afgelopen zal zijn, wanneer het moment komt dat ook hij haar met een van Ilans lange naalden doorboort en niet terugkomt om de gewonde op te halen.

'Toe nu, mama, je weet het.' Zijn stem is warm en helend zoals zijn omhelzing. 'We gaan door tot we de terroristische infrastructuur hebben vernietigd,' – kijk, hij krijgt een glimlach om zijn mond nu hij de stem en het arrogante toontje van de minister-president imiteert – 'tot we de moordenaarsbendes hebben weggevaagd, de kop van de slang hebben afgehakt en de broeinesten hebben uitgerookt van de –'

Ze dringt zich snel in de kier van zijn lach. 'Oferiko,' zegt ze, 'luister, ik denk... het kan zo zijn dat ik toch voor een paar dagen naar het noorden ga.'

Hij zegt: 'Wacht even, de ontvangst is hier klote, wacht even, wat zei je?'

'Ik denk erover naar het noorden te gaan.'

'Wat, naar Galilea?'

'Ja.'

'In je eentje?'

'Ja, in mijn eentje.'

'Maar waarom in je eentje, heb je niemand die...' Hij voelt blijkbaar meteen aan dat zijn formulering ongelukkig gekozen is, en hij herstelt zich en zegt: 'Misschien kun je gaan met een vriendin of zo.'

Met verstikte stem haalt ze zijn tactloze, maar o zo juiste vergissing aan. 'Ik heb niemand die,' zegt ze, 'en ik heb nu geen zin om met vriendinnen of zo te gaan, en ik heb ook geen zin om nu thuis te zitten.'

Zijn stem klinkt schor. 'Wacht even, mama, ik heb het niet goed begrepen. Ben je echt van plan in je eentje te gaan?'

En plotseling vliegt de stop uit haar keel. 'Met wie dacht je dan dat ik op reis moest gaan? Mijn reismaatje heeft me op het laatste moment een blauwtje laten lopen omdat hij besloot zich als vrijwilliger aan te melden bij het Joodse Legioen.'

Maar hij kapt haar ongeduldig af. 'Wat, en ga je dan naar onze plekken, waar wij van plan waren naartoe te gaan?'

Ze zet zich moedig over het 'onze' heen, dat haar is afgenomen, en zegt: 'Dat weet ik niet, ik ben er nog maar net over aan het nadenken, ik ben nu pas op het idee gekomen, echt, nu ik jou aan de lijn heb.'

Hij grinnikt, verontrust. 'In elk geval heb je al een compleet gepakte rugzak klaarstaan.'

'Twee,' verbetert ze.

'Maar serieus,' zegt hij, 'ik begrijp het niet echt.'

'Wat valt er te begrijpen, ik ben nu niet in staat hier thuis te zitten. Ik stik hier.'

Ergens achter hem wordt een grote motor gestart. Iemand schreeuwt dat ze moeten opschieten. Ze hoort Ofers gedachten. Hij heeft haar nu thuis nodig, dat is het punt, en hij heeft gelijk. Bijna geeft ze toe, spontaan, maar ze schrikt er tegelijkertijd voor terug en weet dat ze dit keer niet anders kan.

Een taaie stilte. Ora worstelt met zichzelf om hem haar rug toe te kunnen keren. De plattegrond van het geheugen, met de ontelbare kruisingen van kleine schuldgevoelens, wordt ogenblikkelijk in haar opengevouwen: op zijn derde moest hij een ingewikkelde operatie aan zijn gebit ondergaan. Toen de anesthesist het masker op zijn neus en mond zette, werd haar bevolen de operatiekamer te verlaten. Zijn doodsbange ogen smeekten haar, maar zij draaide zich om en ging weg. Op zijn vierde had ze hem achtergelaten toen hij aan tien vingers in het gaas van het hek rond de kleuterschool hing te gillen, en zijn geschreeuw was haar tot het eind van de dag blijven achtervolgen. Het was nog heel wat keren voorgevallen dat ze hem even in de steek had gelaten, de benen had genomen, de ogen had gesloten, zich onzichtbaar had gemaakt, en van alle keren was vandaag ongetwijfeld de moeilijkste. Maar ieder moment dat ze nog langer thuisblijft, is gevaarlijk voor haar, weet ze, en ook gevaarlijk voor hem, al kan hij dat niet begrijpen en heeft het geen zin op zijn begrip te hopen. Hij is te jong. Wat hij wil is simpel en basaal: zij moet thuis op hem wachten, zonder iets te veranderen aan het huis of aan zichzelf, en het liefst ook op dezelfde plek blijven zitten en zich al die dagen lang niet verroeren – wat deinsde hij terug voor haar en ging hij woedend tekeer, schiet haar te binnen, toen hij vijf was en zij haar haar had ontkruld! – en als hij met verlof thuiskwam, zou hij haar omhelzen en haar

weer ontdooien voor gebruik, indruk op haar maken door met gespeelde onverschilligheid kruimels van verschrikkingen te laten vallen en
gewag te maken van geheimen die hij haar niet mocht verklappen. Ora
hoort hem ademhalen. Ze ademt met hem mee. Beiden voelen het ondraaglijke rekken van het weefsel van de pezen, de pezen van de nek die
ze hem toekeert.

'Voor hoe lang denk je dan dat je weggaat?' vraagt hij op een toon waarin boosheid, schroom en een tikkeltje verslagenheid met elkaar verstrikt
zijn geraakt, en zij antwoordt smekend: 'Ofer, sla die toon niet aan, je
weet hoe graag ik met jou op vakantie wilde, je weet hoe ik ernaar heb
uitgekeken.' En als hij zegt: 'Mama, het is mijn schuld niet dat er een mo-
bilisatiebevel-8 is afgekondigd,' houdt ze zich heldhaftig in en herinnert
hem er niet opnieuw aan dat hij zichzelf vrijwillig heeft aangemeld. 'Ik
geef jou de schuld niet, en je zult het zien: dat uitstapje van ons maken
we als je daar klaar bent. Dat beloof ik je, dat laat ik niet schieten. Maar nu
moet ik hier weg, ik kan hier niet in mijn eentje blijven.' Hij zegt: 'Natuurlijk, nee, natuurlijk, daar niet van, maar –' en hij aarzelt, 'je gaat toch
niet in het veld slapen, in je eentje, bedoel ik?'

Zij antwoordt lachend: 'Nee, ben je gek geworden, in mijn eentje ga ik
niet "in het veld" slapen.'

'En een mobieltje neem je mee?'

'Dat weet ik niet. Ik heb er nog niet over nagedacht.'

'En zeg, mama, wat ik je vragen wilde, weet papa dat je –'

Ze is ogenblikkelijk aangebrand. 'Wat papa? Wat gaat papa het in godsnaam aan? Vertelt hij mij soms waar hij nu uithangt?'

Ofer deinst terug. 'Al goed, al goed, mama, ik heb niets gezegd.' Onwillekeurig ontsnapt er een ijle zucht uit zijn mond, de zucht van een klein
kind wiens ouders ineens gek zijn geworden en hebben besloten uit
elkaar te gaan. Ora hoort het en voelt dat er iets van zijn strijdlust is verdwenen. Ze schrikt: wat ben ik aan het doen, hoe kan ik hem de strijd in
sturen als hij zo verward en terneergeslagen is? Meteen volgt een zurige
oprisping in haar keel: waar heeft ze in vredesnaam zulke woorden
vandaan als 'hem de strijd in sturen', wat heeft ze te maken met zulke
woorden? Ze behoort ook helemaal niet tot de moeders die hun zoons
de strijd in sturen, ze maakt geen deel uit van die dynastieën, ze is geen
familie van de oprichters van Deganja en ze komt niet uit Bet Alfa of
Negba, noch uit Bet Hasjita of Kfar Giladi, en toch, zo blijkt nu tot haar

eigen ontzetting, is dat precies wat ze heeft gedaan: ze heeft hem naar het assembly-punt van zijn bataljon gebracht, ze heeft daar gestaan en heeft haar armen om hem heen geslagen in een afgemeten en beheerste omhelzing, om hem niet in verlegenheid te brengen tegenover zijn kameraden, ze heeft zoals vereist met een glimlach en trots haar hoofd geschud en haar schouders opgetrokken om zo haar machteloosheid te laten blijken aan de andere ouders, die precies dezelfde gebaren maakten – waar hebben we toch met zijn allen die choreografie geleerd, en hoe kan het dat ik overal zo aan gehoorzaam, dat ik zo naar ze luister, naar degenen die hem daarheen sturen? Bovendien had zich toen binnen in haar het gif al verspreid van de woorden die Ofer haar zojuist in het oor had gefluisterd, toen ze waren gefilmd voor de televisie, zijn laatste verzoek, en haar mond was opengevallen van een afschuwelijke pijn, niet alleen vanwege hetgeen hij tegen haar had gezegd, maar ook omdat hij het had uitgesproken alsof het een zakelijke mededeling was, netjes geformuleerd en volkomen duidelijk, alsof hij elk woord van tevoren had gerepeteerd, en meteen daarna had hij haar weer omhelsd, maar nu om haar aan het zicht van de camera de onttrekken. Per slot van rekening had ze hem al een keer voor schut gezet, toen hij tijdens de afsluitingsceremonie van de basistraining en initiële opleiding werd ingezworen. Ze zat op het exercitieveld in Latroen en huilde tranen met tuiten toen de parade langs de reusachtige muur met de duizenden namen van de gevallenen trok. Ja, ze zat hardop te huilen en trok de blikken van de ouders, de commandanten en de soldaten; en de opperbevelhebber van de pantsertroepen boog zich voorover naar een divisiecommandant en fluisterde hem iets toe, maar geoefend wierp Ofer zich die keer meteen boven op haar, zoals je een deken over een vuurtje gooit, wurgde haar bijna met zijn arm, liet ondertussen ongetwijfeld boven haar hoofd zijn gegeneerde blik alle kanten op gaan en zei: 'Genoeg, mama, bespaar me de afgang, kom.'

'Goed,' verzucht hij nu, 'wat héb je, mama?'

Hij is al helemaal verslagen, het is te horen en snijdt door het hart, en ze zegt: 'Niets, ik heb niets.'

'Zeg op, ik vind het raar dat je zo doet.'

'Wat is raar? Wát is raar? Een tocht gaan maken in Galilea is raar en de kasba van Nabloes binnenvallen lijkt je normaal?'

'Maar ben je er dan wel als ik thuiskom?'

'Dat weet ik nog niet.'

'Wat bedoel je met "dat weet ik nog niet"?' vraagt hij, en grinnikend zegt hij erachteraan: 'Je bent toch geen verdwijningsact of zo van plan?' Nu is het zijn bekende, zorgzame, bijna vaderlijke stem, precies gericht op haar diepste verlangen, en ze zegt: 'Maak je geen zorgen, Oferke, ik ga geen domme dingen doen, maar ik ben gewoon een paar dagen niet hier, ik kan hier niet in mijn eentje gaan zitten wachten.' En als hij vraagt: 'Wachten waarop?' kan ze dat natuurlijk niet zeggen, maar dan begrijpt hij het eindelijk en heerst er een lange stilte, en in die stilte besluit Ora met een eenvoud waartegen geen beroep mogelijk is: achtentwintig dagen precies, tot het eind van zijn mobilisatiebevel-8.

'En wat gebeurt er als alles hier binnen twee dagen voorbij is en ik thuiskom,' vraagt hij, opnieuw boos, 'en als ik bijvoorbeeld gewond raak of zo, waar kunnen ze jou dan vinden?'

Ze zwijgt. Haar vinden ze dan niet, denkt ze, dat is nu net waar het om draait. En er flakkert nog iets in haar op: als ze haar niet vinden, als zij onvindbaar is, raakt hij niet gewond. Ze begrijpt zichzelf niet. Ze probeert het. Het is niet logisch, voelt ze aan, maar wat is hier logisch?

'En als er een begrafenis is?' informeert Ofer vriendelijk, verandert van tactiek en imiteert zonder het te weten Ilan, in wiens zinnen de dood en zijn afgeleiden soms de komma's en de punten zijn. Ze is nooit bestand geweest tegen zulke opmerkingen, laat staan dat ze dat nu is, en zijn grapje, als je dat zo kunt noemen, lijkt hen allebei te schokken, want ze hoort hem iets wegslikken.

Hoe kan ik ermee instemmen zo te collaboreren met dit alles, zaagt een verdwaalde gedachte van vanmiddag opnieuw door haar hoofd, in plaats van trouw te blijven aan – ·

'Mama, het is geen grap,' klinkt zijn stem op, 'misschien kun je toch je mobieltje meenemen, zodat je bereikbaar bent.'

'Nee, nee,' schrikt ze terug – haar plan lijkt haar met de minuut duidelijker te worden – 'dat nu juist niet.'

'Waarom niet? Laat het uitstaan, alleen voor boodschappen, alleen voor sms'jes.'

Even overweegt ze het – de kunst van het sms'en beheerst ze heel aardig, een vaardigheid die ze de laatste tijd heeft opgedaan dankzij haar nieuwe vriend, schuine streep minnaar, 'het type zonder slot-e', want het was haar enige communicatiemiddel met hem – maar ze schudt haar hoofd, nee, zelfs dat niet. En meegesleept door haar afgedwaalde gedachte, vraagt ze: 'Zeg, heb jij een idee waar de afkorting sms voor staat?'

Ofer staart haar aan door de telefoon. 'Wat? Wat vroeg je?'

En zij zegt: 'Zou het soms *"save my soul"* kunnen zijn?'

Ofer zucht. 'Ik heb echt geen idee, mama.'

Ze rukt zich snel los uit haar verwondering en zegt: 'Ik neem geen mobieltje mee, ik wil niet dat ze me vinden.'

'Ook ik niet?' vraagt hij ineens met een hoog, ijl stemmetje.

'Ook jij niet, niemand,' zegt Ora met spijt in haar stem, en binnen in haar wordt het vage, intuïtieve gevoel dat eerder in haar is opgekomen steeds helderder: gedurende de hele periode dat hij daar is, mogen ze haar niet vinden, dat is waar het om gaat, dat is de regel, dat is het alles-of-niets, als in een kindereed, als in een krankzinnige weddenschap om het leven zelf.

'Maar als mij echt iets overkomt?!' protesteert hij tegen de onbegrijpelijke, schandalige verstoring van de goede orde.

'Nee, nee,' antwoordt ze koortsachtig en ze sluit zichzelf vlug voor hem af, 'er overkomt je niets, zeg ik je, dat weet ik, maar ik moet gewoon even verdwijnen, snap je? Of weet je wat: ik verwacht ook niet dat je het begrijpt, doe maar alsof ik met vakantie ben in het buitenland, op reis in het buitenland,' *net als papa, bijvoorbeeld,* maar dat laatste weet ze ten minste voor zich te houden.

'Nu? Nu ga je naar het buitenland? Op zo'n moment? Tijdens een oorlog?' Hij smeekt haar bijna, en ze kreunt, haar lichaam en ziel als een gehypnotiseerde blik geconcentreerd op één punt: op zijn mond, die zijn weg zoekt naar haar tepel.

Dan rukt ze met geweld haar blik weg van die mond. Voor zijn bestwil, voor zijn bestwil verlaat ze hem nu. Hij zal het niet begrijpen. 'Ik moet weg,' blijft ze herhalen in zijn oren en bezweert ze zichzelf, met pijnlijk vertrokken gezicht. Ze verloochent hem, maar ze doet het voor hem, al begrijpt ze het zelf ook niet helemaal, maar het is ineens sterk in haar als een instinct –

En hoe kan het dat ik trouwer ben aan hén, aan degenen die hem eropuit sturen – ze destilleert eindelijk iets uit de mist die al uren in haar hersens zweeft – dan aan mijn eigen moederschap?

'Luister, Ofer, luister naar me, niet tegen me schreeuwen, luister!' onderbreekt ze hem, en iets in haar stem jaagt hem blijkbaar schrik aan, verspreidt een onbekende kilte van gezag. 'Maak nu geen ruzie met me. Ik moet hier een tijdje vandaan. Ik leg het je nog uit, niet nu. Voor jou doe ik het.'

'Voor mij?' vraagt hij gealarmeerd. 'Hoezo voor mij?'

'Voor jou, ja,' en bijna laat ze zich ontvallen: als je later groot bent, zul je het begrijpen. Maar het is eigenlijk net andersom, weet ze, het is: als je klein bent, als je weer een klein kind bent en de nachtelijke schaduwen en nachtmerries bezweert met belachelijke eden en absurde afspraken, dan begrijp je het misschien.

Nu is het een uitgemaakte zaak. Ze moet gehoorzamen aan iets wat haar beveelt op te staan en de deur uit te gaan, onmiddellijk, zonder ook maar een moment te wachten, ze mag hier niet blijven. En op een eigenaardige, verwarrende manier is dat 'iets' kennelijk haar moederinstinct, waarvan ze al dacht dat het was afgestompt en dat de laatste tijd zo vaak in twijfel is getrokken.

'Beloof me dat je op jezelf zult passen,' zegt ze zachtmoedig, en ze probeert de volkomen harde plek die ze ineens achter haar oogballen heeft voor hem verborgen te houden, 'en dat je geen domme dingen doet, hoor je? Wees voorzichtig, Ofer, raak daar niemand en word niet geraakt, en als je maar weet dat ik dit voor jou doe.'

'Wat doe je voor mij?' Hij is al doodmoe van haar, van haar gekkigheden, hij kent zulke dingen helemaal niet van haar, sinds wanneer heeft zijn moeder zulke kuren? Maar dan gaat hem ineens een lichtje op: 'Wat, is dit een soort gelofte die je doet?'

Ora is blij dat hij het heeft begrepen, of althans dicht in de buurt komt. Wie anders zou haar kunnen begrijpen dan hij? 'Ja, je zou kunnen zeggen dat het een gelofte is, ja, en onthoud dat we met elkaar hebben afgesproken op vakantie te gaan als je dat daar achter de rug hebt, dat mobilisatiebevel-8 van je.'

'Wat je wilt,' verzucht hij, en ze voelt hoe hij snel een klein stapje achteruit zet van de plek waarop ze elkaar zojuist hebben gevonden – er zijn nog altijd van die sporadische, o zo zeldzame momenten waarop hij voor haar een open boek is, en wie weet, denkt ze, misschien prefereert hij daarom de kasba's en moekata'a's boven een weekje met haar in Galilea. Ze vermoedt dat het niet haar gelofte is die hem angst inboezemt, maar het feit dat zij, zíj, ineens de kolder van allerlei zwarte magie in haar hoofd begint te krijgen. Ofer verlaagt zijn stem en zet nog een stapje van haar vandaan. 'Oké, mama,' vat hij samen, en nu is hij de volwassene die zijn schouders ophaalt bij de grillen van de domme bakvis die zij is, 'als dat is wat jou nu uitkomt, prima dan, ga ervoor, mijn zegen heb je, hup, ik moet ervandoor.'

'Tot ziens, Oferiko, ik hou van je.'

'Doe daar alleen geen gekke dingen, mama, beloof me dat.'

'Je weet dat ik geen –'

'Nee, beloof het me,' en hij glimlacht, de warmte klinkt weer door in zijn stem en doet haar onmiddellijk smelten.

'Ik beloof het, maak je geen zorgen, ik red me,' zegt ze.

'Ik ook.'

'Beloof het me,' eist ze.

'Ik beloof het.'

'Ik hou van je.'

'Top.'

'Pas op jezelf, daar.'

'Jij ook, en maak je niet ongerust, het komt allemaal goed, bye.'

'Bye, Ofer, lieverd –'

Ze staat met de hoorn in haar hand, uitgeput en bezweet. Volkomen helder denkt ze: misschien was dit de laatste keer dat ik zijn stem heb gehoord, en ze is bang dat ze die zal vergeten. Ze denkt ook: wie weet hoe vaak ze dit flauwe gesprek met de nietszeggende zinnen nog zal reconstrueren in haar hoofd. Ik zei nog tegen hem: 'Pas op jezelf,' en toen zei hij: 'Maak je niet ongerust, het komt allemaal goed.' En misschien is de hele militaire operatie over twee of drie dagen afgelopen en voegt ook dit gesprek zich bij de honderden soortgelijke gesprekken en zakt weg in de vergetelheid. Maar nooit eerder heeft ze zo'n duidelijk voorgevoel gehad, vanaf vanochtend steken ijskoude splinters in de onderkant van haar buikholte en ze doen pijn bij iedere beweging. Nog één moment zuigt ze het restje van zijn stem op uit de telefoon, en het schiet haar te binnen hoe ze, toen hij klein was, samen hun afscheidskusjes uitbouwden tot een langdurig, ingewikkeld ritueel – maar wacht even, was dat met hem of met Adam? –, een ritueel dat begon met stevige knuffels en klapzoenen, die langzamerhand subtiel en verfijnd werden, tot ze eindigden in een vlinderkus op zijn wang, op haar wang, op zijn voorhoofd, op haar voorhoofd, op zijn lippen en de hare, op het puntje van zijn neus en dat van haar neus, tot er alleen nog maar een echo van een lichter dan veder-lichte aanraking over was, de luchtverplaatsing van trillend, bijna denk-beeldig vlees.

De telefoon rinkelt opnieuw en een aarzelende, schorre mannenstem vraagt of hij met Ora spreekt. Happend naar lucht gaat ze zitten en ze luistert naar zijn zware ademhaling. 'Ik ben het,' zegt hij, en zij zegt: 'Ik weet dat jij het bent.' Een ijle fluittoon blijft doorklinken in zijn ademha-ling en ze heeft het idee dat ze ook zijn hartslag hoort. Ze denkt: hij heeft hem vast op de televisie gezien. En binnen in haar veert iets overeind: nu weet hij hoe Ofer eruitziet.

'Zeg,' zegt hij, 'het is afgelopen, nietwaar?' In de war vraagt ze: 'Wat is afgelopen?' en ze schrikt van de schaduw van het woord. En hij fluistert: 'Zijn diensttijd. Toen we elkaar spraken, voor hij in dienst ging, zei je dat die vandaag zou aflopen, is het niet?'

Kijk, in de algehele verwarring heeft ze ook daar niet aan gedacht, aan hem. Het is haar gelukt ook zijn aandeel in de complicatie uit te wis-sen, terwijl hij vandaag behoefte heeft aan bescherming, meer zelfs dan zij.

'Luister,' begint ze – weer is het een verstrakt, schoolmeesterachtig 'luister' dat uit haar keel komt – en als een stroomstoot die door haar heen trekt, voelt ze zijn onmiddellijke spanning. Ze moet zich heel goed concentreren op haar woordkeuze, ze mag geen fouten maken. 'Ofer had inderdaad vandaag moeten afzwaaien,' zegt ze – ze spreekt lang-zaam en voorzichtig, en ze hoort hoe uit alle hoeken en gaten van zijn ziel zijn angsten worden opgeroepen; bijna ziet ze voor zich hoe hij zijn handen opheft om zijn hoofd te beschermen, als een kind dat wordt ge-slagen – 'maar je weet vast dat er een noodsituatie is, je hebt het nieuws gehoord, en nu met die militaire operatie hebben ze Ofer ook meegeno-men. Hij is zojuist in beeld geweest op tv.' Al pratend schiet haar te bin-nen dat hij geen televisietoestel in huis heeft, en eindelijk snapt ze hoe hard de klap is die ze hem uitdeelt, de omslag van wat hij verwachtte te zullen horen naar wat hij te horen krijgt.

'Avram,' zegt ze, 'ik zal het allemaal uitleggen en je zult zien dat het meevalt, het is niet het eind van de wereld.' Opnieuw vertelt ze dat Ofer is meegenomen voor die actie, en hij luistert naar haar, of hij luistert niet, maar als ze is uitgepraat, zegt hij dof: 'Maar dat is niet goed.' En zij verzucht: 'Je hebt gelijk, het is niet goed.'

'Nee, ik bedoel het serieus, het is niet goed, de tijd klopt niet.'

Ora's hele arm doet pijn van de inspanning de klamme telefoon in haar hand vast te houden, alsof het hele gewicht van die man erin zit. 'Maar hoe is het met jou?' fluistert ze. 'We hebben elkaar ontzettend lang niet gesproken.'

'Maar je hebt gezegd dat hij vandaag afzwaait, je hebt het gezegd!'

'Je hebt gelijk, vandaag is echt de datum dat hij zou afzwaaien.'

'Waarom laten ze hem dan niet gaan!' schreeuwt hij tegen haar. 'Vandaag is zijn datum, heb je gezegd! Je hebt het gezegd!'

Het is alsof het geruis van een vlammenwerper uit de hoorn losbarst. Ze houdt de telefoon een eindje van haar gezicht. Ze wil het samen met hem uitschreeuwen: hij had vandaag moeten afzwaaien!

Ze zwijgen allebei. Even heeft ze het idee dat hij een beetje tot bedaren is gekomen, en ze fluistert: 'Maar zeg eens, hoe is het met jou? Je bent drie jaar lang foetsie geweest.' Hij hoort haar niet en blijft alleen maar in zichzelf herhalen: 'Het is niet goed, en het allerergste is dat ze hem er op het laatste moment nog bij geven.' En Ora, die beseft dat alle door haar aangewende innerlijke bezweringen en amuletten waren gericht op drie jaar precies, tot op de minuut, en nu hun kracht hebben verloren, net als zijzelf, voelt aan dat achter zijn woorden zelfs een scherper besef schuilgaat dan dat van haar.

'Hoe lang moet hij daar blijven?' vraagt Avram, en ze legt hem uit dat er niets over te zeggen valt. Hij was al met afzwaaiverlof en ineens werd hij gebeld door het leger – ze verdoezelt – en werd hem gevraagd te komen. 'Maar voor hoe lang?' vraagt hij.

'Het is een mobilisatiebevel-8,' zegt ze, 'het kan voor een paar weken zijn.'

'Wéken?!' Hij barst weer uit.

Ora zegt vlug: 'Het is ongeveer zoiets als achtentwintig dagen, maar verreweg de grootste kans is dat het daar allemaal veel eerder is afgelopen.'

Ze zijn allebei uitgeput. Ze zakt van de stoel naar het kleed, haar lange benen opgevouwen onder zich, haar hoofd gebogen, zodat haar haar een beetje op haar wang valt, en haar lichaam reconstrueert zo onwillekeurig de manier waarop ze zat toen ze als jong meisje, op haar zeventiende en negentiende en tweeëntwintigste, urenlang zielsdiepe gesprekken met hem voerde over de telefoon. Toen had hij nog een ziel, merkt Ilan vanuit de verte op.

Een stil geruis trekt door de lijn, interferenties van tijd en geheugen. Haar vinger volgt de kronkels van de lijnen in het kleed. Ze zouden eens moeten onderzoeken, denkt ze met een zure smaak in haar keel, waarom de beweging van een vinger die je door de vacht van een kleed haalt onmiddellijk herinneringen en verlangens wekt. De ring, om de vinger ernaast, krijgt ze nog altijd niet af, misschien zal dat nooit meer lukken: het metaal klemt zich vast in het vlees en weigert te verschuiven. En als hij gemakkelijk van de vinger zou schuiven, zou je dan? Haar lippen hangen ineens neer. Waar is hij nu, in Ecuador? In Peru? Of is hij nu misschien met Adam aan het rondwandelen tussen de schildpadden op de Galapagoseilanden, zonder zich te kunnen indenken dat het hier bijna oorlog is? Dat ze vandaag in haar eentje Ofer heeft moeten wegbrengen?

'Ora,' keert hij met moeite terug, alsof hij zichzelf uit een put heeft moeten ophalen, 'ik kan nu niet alleen zijn.'

Met een snelle beweging komt ze overeind van het kleed. 'Wil je dat ik... wacht even, wat wil je?'

'Ik weet het niet.'

Het duizelt haar en ze leunt tegen een muur. 'Is er iemand die naar je toe kan komen om bij je te zijn?'

Lange seconden tikken voorbij. 'Nee. Nu niet.'

'Is er niet een of andere vriend, iemand van je werk?' Of vriendin, denkt ze. Dat ene meisje dat hij toen had, dat jonge ding, hoe stond het met haar?

'Ik ben al twee maanden niet meer aan het werk.'

'Wat is er gebeurd?'

'Het restaurant wordt opgeknapt. Ze hebben ons met vakantie gestuurd.'

'Restaurant? Werk je in een restaurant? En de kroeg dan?'

'Welke kroeg?'

'Waar je werkte...'

'Ah, die. Daar ben ik al twee jaar weg. Ik ben ontslagen.'

Ik heb hem ook niets gezegd, denkt ze, over mijn ontslag, van mijn werk en uit het gezin.

'Ik kan niet meer, zeg ik je, ik had precies genoeg uithoudingsvermogen om het vol te houden tot vandaag.'

'Luister, Avram,' spreekt ze met beheerste en overdachte kalmte, 'ik was van plan morgen naar het noorden te gaan, zodat ik bij je langs kan komen, voor een paar minuten...'

Zijn ademhaling wordt sneller en begint weer te fluiten. Vreemd dat hij haar niet meteen afwijst. Ze staat voor het raam. Haar voorhoofd leunt tegen het glas. De straat ziet eruit als altijd. Er staat geen enkele onbekende auto. De honden van de buren blaffen niet.

'Ora, ik heb niet begrepen wat je zei.'

'Doet er niet toe, een dom idee.' Ze rukt zich weg van het raam, en ze lacht om de kleine illusie die ze zich in het hoofd had gehaald.

'Wil je komen?'

'Ja?' vraagt ze, in de war gebracht.

'Dat is wat je zei, niet?'

'Eigenlijk wel.'

'Maar wanneer dan?'

'Wanneer je wilt. Morgen. Nu. Liefst nu. Eerlijk gezegd durf ik niet goed alleen te zijn hier.'

'En je dacht hierheen te komen?'

'Voor een paar minuten maar. Ik ben toch al onderweg naar –'

'Maar verwacht niks. Het is een kale hut.'

Ze slikt, haar hart begint te jagen. 'Daar ben ik niet bang voor.'

'Ik woon in een kot.'

'Maakt me niet uit.'

'Of misschien kunnen we buiten wat gaan rondlopen. Wat zeg je ervan?'

'Wat je wilt.'

'Dan wacht ik beneden op je en gaan we eindje lopen door de straat, goed?'

'Door de straat?'

'Er is een bar in de buurt.'

'Ik kom en dan zien we wel.'

'Je hebt mijn adres?'

'Ja.'

'Maar ik heb niets om je aan te bieden. Het huis is leeg.'

'Ik heb niets nodig.'

'Ik ben al bijna een maand alleen.'

'O ja?'

'Volgens mij is de kruidenier ook dicht.'

'Ik hoef niets te eten.' Al pratend rent ze rond door de woning, alsof ze van muur naar muur wordt gekaatst. Ze moet nog van alles regelen, de laatste dingen inpakken, briefjes achterlaten. Ze gaat weg. Ze vlucht. En ze neemt hem met zich mee.

'We kunnen... er is hier een kiosk die vierentwintig uur per –'

'Avram, ik kan geen kruimel door mijn keel krijgen. Het enige wat ik wil, is jou zien.'

'Mij?'

'Ja.'

'En daarna ga je weer naar huis?'

'Ja. Nee. Misschien reis ik door naar Galilea.'

'Naar Galilea?'

'Dat doet er nu niet toe.'

'Hoe lang gaat het duren?'

'Voor ik kom of voor ik wegga?'

Hij zwijgt. Misschien heeft hij haar grapje niet begrepen.

'Het kost me ongeveer een uur om hier de boel af te sluiten en naar Tel Aviv te komen.' Een taxi, schiet haar te binnen en de moed zinkt haar in de schoenen, ik heb weer een taxi nodig. Hoe dacht ze eigenlijk naar Galilea te reizen? Ze knijpt haar ogen dicht. In de verte kondigt zich een hoofdpijn aan, die zijn weg aftast. Ilan heeft gelijk. Voor haar geen vijf-jarenplannen, verder dan vijf seconden vooruitzien lukt haar niet.

'Het is hier een kale bedoening, zeg ik je.'

'Ik kom eraan.'

Ze gooide de hoorn op de haak, voor hij spijt zou krijgen. Eerst rende ze koortsachtig rond door het huis, daarna schreef ze een brief aan Ofer, waaraan ze zittend begon, maar ineens merkte ze dat ze stond, helemaal voorovergebogen. In de brief legde ze hem weer uit wat ze zelf nauwe-lijks begreep en vroeg hem het haar niet kwalijk te nemen. Opnieuw beloofde ze dat ze met hem een trektocht zou maken als hij daar klaar was, en ze verzocht hem haar alsjeblieft niet te zoeken, over een maand kwam ze terug, op haar woord als moeder. Ze legde de brief in een dicht-geplakte envelop op de tafel en ze liet een blaadje met instructies achter voor Bronja, de hulp. In elementair Hebreeuws en in grote letters schreef ze dat ze plotseling met vakantie ging, ze verzocht haar de post uit het postvak te halen en voor Ofer te zorgen als die thuiskwam met verlof, wassen, strijken en koken, en voor de komende maand schreef ze een dikkere cheque voor haar uit dan gewoonlijk. Daarna stuurde ze een paar korte en bondige mailtjes en voerde een paar telefoongesprekjes, vooral met vriendinnen, aan wie ze het uitlegde, zonder echt te liegen maar ook zonder de hele waarheid te zeggen – vooral zonder te vertellen dat Ofer vandaag uit vrije wil was teruggegaan naar het leger – en op bijna grove wijze onderschepte ze vragen, verbazing en waarschuwingen. Ze wisten vanzelfsprekend allemaal van de geplande tocht met Ofer en hadden er samen met haar enthousiast naar uitgekeken. Ze begrepen dat er een kink in de kabel was gekomen en dat een ander, niet minder spannend en gedurfd idee, verleidelijk en bijna onweerstaanbaar, op het laatste moment was opgekomen. Ze vonden dat ze raar klonk, alsof ze draaierig was, alsof ze iets had ingenomen. Telkens weer verontschuldigde ze zich voor de geheimzinnigheid, 'het is nog geheim,' zei ze met een glimlach en ze liet een kielzog van verontruste vriendinnen achter, die elkaar meteen opbelden, het raadsel van alle kanten tegen het licht hielden en probeerden te achterhalen wat er met Ora aan de hand was, die plotseling ook pikante vermoedens en veronderstellingen over stormachtige genoegens, blijkbaar in het buitenland, bij hen wekte, en misschien ook hier en daar een tikkeltje jaloezie nu ze weer een vrije vogel kon zijn in haar nieuwe situatie.

Daarna belde ze het type zonder slot-e, op zijn thuisnummer, ondanks het tijdstip van gezinnen onder elkaar en ondanks het uitdrukkelijke verbod. Ze vroeg niet of hij kon praten, negeerde zijn gesnuif van woede en paniek, deelde hem mee dat ze een hele maand weg zou zijn en dat ze na haar terugkeer wel zouden zien, en hing op, nagenietend van het hortende gefluister uit zijn dichtgeknepen keel. Daarna sprak ze een nieuwe uitgaande boodschap in op haar antwoordapparaat: 'Hallo, dit is Ora. Ik ben waarschijnlijk tot eind april op reis. Laat geen boodschappen achter, want ik kan ze niet afluisteren. Het beste en tot ziens.' Haar stem klonk haar gespannen en te ernstig in de oren, niet als de stem van iemand die een opwindende, raadselachtige vakantie tegemoet ging. Daarom sprak ze een nieuwe boodschap in, dit keer met het uitgelaten stemgeluid van een skiester of een bungeejumpster, en ze hoopte dat Ilan ernaar zou luisteren als hij eindelijk zou horen van de toestand in Israël en op zijn minst zou willen weten hoe het met Ofer was, en dan vervuld zou raken van jaloezie en verwondering omdat ze zo de beest aan het uithangen was. Maar toen dacht ze dat Ofer waarschijnlijk ook naar huis zou bellen, en dat zo'n stemgeluid een klap in zijn gezicht zou zijn. Ze sprak een derde keer in, zo zakelijk en kleurloos als ze maar kon, maar werd in de steek gelaten door haar stem, die altijd te veel blootgaf en een beetje verwonderd klonk. Ze werd kwaad op zichzelf en op wat haar nu bezighield, en zonder er ook maar bij na te denken draaide ze het nummer van Sami.

Nadat ze op het verzamelterrein afscheid had genomen van Ofer was ze in de taxi gestapt en naast Sami gaan zitten, en ze had zich meteen verontschuldigd voor de beschamende stommiteit die ze had begaan door hem te bestellen. Ze legde hem eenvoudigweg uit in wat voor staat ze die ochtend was geweest toen ze hem belde, en eigenlijk de hele dag lang al. Sami reed en zij praatte omstandig, tot ze er alles uit had gegooid wat op haar drukte. Hij zweeg en bleef voor zich uit kijken. Zijn stilzwijgen verbaasde haar een beetje, en ze zei: 'Wat ik nu het liefst zou willen, is mijn woede uitschreeuwen om het feit alleen al dat jij en ik in zo'n situatie terecht zijn gekomen.' En volkomen uitdrukkingloos drukte hij op de knop om haar raampje open te zetten en zei: 'Hier, schreeuw maar.' Even was ze in verlegenheid, maar toen stak ze haar hoofd naar buiten en schreeuwde tot het haar duizelde, en vervolgens legde ze haar hoofd tegen de hoofdsteun en begon opgelucht te lachen. Daarna, met een hals die nog een roze kleur had, draaide ze haar hoofd en keek naar hem met ogen die nog traanden van de wind. 'Wil jij niet schreeuwen?' vroeg ze, waarop hij zei: 'Geloof me, ik kan dat beter laten.'

De hele verdere rit zat hij naar voren gebogen, was geconcentreerd op de weg en hield zijn mond, en ze besloot hem niet langer aan het hoofd te zeuren en was zo moe dat ze ongemerkt indutte en als een baby sliep tot ze bij haar huis aankwamen. En sindsdien had ze al een aantal keer haar gedachten laten gaan over dat gesprek dat ze hadden gevoerd voor ze in slaap was gevallen, als je het tenminste een gesprek kon noemen, want hij had nauwelijks iets gezegd. Maar ze hield zichzelf voor dat ze er toch goed aan had gedaan, want ook al had hij zijn mond gehouden, zij had eigenlijk ook voor hem gepraat, loyaal ook zijn kant in het kleine incident vertegenwoordigd en zichzelf geenszins gespaard, en toen Sami eindelijk voor haar huis was gestopt, had ze zonder hem aan te kijken tegen hem gezegd dat ze hem nu, na deze dag, iets was verschuldigd wat buiten de hele rekening om ging, en in haar opgewonden vogelhart dacht ze: een gunst van een rechtvaardige onder de volkeren. Hij had ernstig naar haar woorden geluisterd, met een mond die een beetje openstond en lippen die bewogen, alsof hij haar woorden nazei om ze zich in te prenten, en toen ze na hun afscheid langzaam de trap op liep, had ze het gevoel dat hun vriendschap vandaag, ondanks alles wat er was gebeurd en ondanks zijn merkwaardige stilzwijgen op de terugweg, juist was verdiept, alsof die was gelouterd in een echter vuur en de vuurproef van de werkelijkheid had doorstaan.

Maar toen ze hem zojuist belde, nog voor ze uitlegde dat het ging om een heel dringende rit naar Tel Aviv, zei Sami met een kilte die haar uit het veld sloeg dat hij zich niet goed voelde. Het was hem meteen na thuiskomst van hun rit in de rug geschoten en hij moest nu een paar uur plat. Ora hoorde de leugen in zijn stem en de moed zakte haar in de schoenen. Wat ze uit alle macht van zich af had proberen te schudden sinds hun afscheid en wat haar met regelmatige beten van spot en twijfel had gekweld, nam nu voor haar ogen tastbare vorm aan en slingerde haar haar eigen naïviteit en stupiditeit in het gezicht. Ze wilde zeggen dat ze het begreep en dat ze een andere chauffeur zou bellen, maar ze hoorde zichzelf een poging doen hem ertoe over te halen toch te komen. Hij zei: 'Mevrouw Ora, ik moet nu rusten, ik heb een zware dag achter de rug en twee grote ritten kan ik niet aan op een dag.' Tot in het diepst van haar ziel werd ze beledigd door dat 'mevrouw Ora' – of sterker nog, hij zei 'mejuffrouw Ora', om precies te zijn – en bijna gooide ze de haak erop, maar dat deed ze niet, want ze had het gevoel dat ze geen rust zou hebben zolang ze niet samen met hem had opgehelderd wat er die dag met hen was gebeurd.

Geduldig, zonder uit haar vel te springen, zei ze dat zij ook een zware dag achter de rug had, zoals hij heel goed wist, maar en Sami onderbrak haar en stelde voor een van zijn chauffeurs naar haar te sturen. Nu hervond ze zichzelf eindelijk en schoot het haar te binnen dat zij ook zelfrespect bezat, weliswaar niet veel, maar er was toch iets van over. Uit de hoogte zei ze dat dat niet nodig was, dank je, ze redde zich verder wel, en hij schrok blijkbaar van de kilte in haar stem, want hij verzocht haar met klem het niet persoonlijk op te vatten en liet er een aarzelende stilte op volgen. Juist tegenover de onderdanigheid in zijn stem begon haar pantser te barsten, en ze zei: 'Maar het is nu eenmaal zo, Sami, dat ik jou altijd persoonlijk opvat.' Hij zuchtte. Ze wachtte zwijgend af. Ze hoorde iemand, een man, met luide, opgewonden stem praten in Sami's huis. Sami wendde zich tot hem en maande hem vermoeid tot stilte. En kijk, vanwege die vermoeidheid in zijn stem, en misschien ook vanwege een zweem van wanhoop die met die vermoeidheid gepaard ging, vond ze het plotseling van het grootste belang hem onmiddellijk weer te zien. Ze had het gevoel dat ze, als ze nog even wat tijd met hem zou kunnen doorbrengen, al was het maar een paar minuten, echt alles zou kunnen gladstrijken wat verstoord en in het ongerede geraakt was. Blijkbaar was het herstel geen echt herstel geweest, dacht ze, en nu ga ik met hem praten over volkomen andere dingen, zaken waar we het nog nooit over hebben gehad, over de wortels van mijn vergissing vandaag, over de angsten en de haat die we allebei met de moedermelk hebben ingezogen. Misschien zijn we nog niet eens begonnen met praten, was de merkwaardige gedachte die door haar hoofd schoot, misschien zijn we in al die uren dat we samen in de auto hebben zitten kletsen, met al die discussies, stekeligheden en grappen, nog nooit toegekomen aan een echt gesprek.

Het geschreeuw in Sami's huis werd luidruchtiger. Er werd daar flink ruziegemaakt door drie of vier mensen. Ook een vrouw schreeuwde mee, misschien In'aam, Sami's vrouw, maar Ora herkende de stem niet, en ze begon zich ook af te vragen of de ruzie op een of andere manier verband hield met haar en met wat hem vandaag was overgekomen, en of het mogelijk was – een krankzinnige gedachte, maar op een dag als deze was in dit land alles mogelijk – dat iemand van hun kant had verklikt dat Sami een soldaat daarheen had gebracht.

'Neem me niet kwalijk, een ogenblikje,' zei Sami tegen haar en hij wendde zich in vlot, scherp Arabisch tot een jonge man. Hij schold op hem met een geweld dat Ora nooit in hem had vermoed, en de man liet zich er juist helemaal niet door uit het veld slaan en antwoordde op een toon waaruit een en al verwijt en minachting sprak, een soort gerochel van woorden dat haar in de oren klonk als rondspattend vergif. Ze hoorde een klein kind huilen, dat veel jonger moest zijn dan Sami's jongste, en daarna hoorde ze een klap, misschien had iemand een trap gegeven tegen een tafel of zelfs een stoel omgegooid. Met de seconde werd ze verder ingesloten door het gevoel dat de situatie te maken had met de rit die hij met haar had gemaakt, en ze wilde het gesprek beëindigen, uit zijn leven verdwijnen, de schade die ze al had aangericht niet verergeren.

Hij gooide de hoorn op de tafel neer en ze hoorde hem weglopen, en weer hing ze bijna op, maar bleef toch als gehypnotiseerd luisteren – er werd een scheur voor haar gemaakt in het weefsel van hun privacy, een zeldzaam kijkgat, en ze werd er helemaal naartoe gezogen. Kijk, zo zijn ze als ze onder elkaar zijn, dacht ze, zonder ons erbij, als dit werkelijk zonder ons erbij is, als er voor hen al zoiets bestaat als zonder ons erbij.

En toen hoorde ze een bittere, woeste kreet, waarvan ze niet kon uitmaken of hij werd geslaakt door Sami of door de andere man, gevolgd door het geluid van een felle, dubbele klap, alsof iemand in zijn handen klapte of een ander twee oorvijgen verkocht, en daarna heerste een stilte, waaruit een ijl, wanhopig gesnik van het kind opklonk.

Ora leunde zwakjes op de keukentafel. Waarom moest ik hem zo nodig nog een keer bellen? vroeg ze zich af. Wat is dat voor stommiteit, wat dacht ik in godsnaam? Dat hij me, na me vandaag naar de Gilboa te hebben gebracht en weer terug, ook nog wel even naar Tel Aviv zou kunnen rijden? Ik ben alleen maar fout op fout aan het stapelen, dacht ze, wat ik ook aanraak, alles is fout.

Zijn stem keerde terug naar haar oor, verschrikt en gebarsten. Nu sprak hij gehaast, bijna op fluistertoon. Hij wilde weten waar ze precies moest zijn in Tel Aviv. Hij vroeg of het haar iets uitmaakte als ze onderweg ergens langsgingen in Tel Aviv-Zuid om daar iets af te leveren. Ze raakte in de war: ze stond al op het punt te zeggen dat ze overal van afzag, genoeg, Sami, vandaag gaat alles verkeerd voor ons allebei en het is beter dat we een tijdje wat afstand van elkaar nemen. Maar ze had het gevoel dat hij haar blijkbaar hard nodig had, en in die behoefte van hem school toch een of andere opening naar een herstel, en ze zwoer zichzelf dat ze met hem niet verder zou rijden dan Tel Aviv en dat ze daar een andere taxi zou nemen, naar Galilea, hoeveel geld het ook mocht kosten. Hij vroeg paniekerig: 'Is dat in orde, Ora? Kan ik komen? Ben je al klaar voor vertrek?' En ze hoorde hoe achter zijn rug de ruzie opnieuw begon, of eigenlijk was het geen ruzie meer: de andere man schreeuwde weer, of misschien slaakte hij alleen maar een kreet, tegen niemand in het bijzonder, en een vrouw was aan het jammeren, alsof ze in haar vertwijfeling een gebed uitsprak – volgens Ora was het waarschijnlijk toch In'aam – onder voortdurend, verslagen gekerm, en even werd in dat gekerm het geluid verweven van een verre rouwklacht die Ora eens had gehoord en die al tientallen jaren niet meer was komen bovendrijven in haar geheugen: het gehuil van de Arabische verpleegster op de isoleerafdeling van het kleine Jeruzalemse ziekenhuis, waar ze had gelegen met Avram en Ilan.

Ora vroeg Sami of ze een lange stop zouden moeten maken in Tel Aviv-Zuid. 'Vijf minuten,' zei Sami, en toen hij haar aarzeling aanvoelde, drong hij uitdrukkelijk aan, wat hij anders nooit deed, en zei: 'Ik heb het nodig, je zou me een grote gunst doen.' Ze dacht aan de belofte die ze hem een uur of vier geleden had gedaan. Wat een bombastische plechtigheid was er toen over haar gekomen, 'rechtvaardige onder de volkeren', ja ja. 'Dat is prima,' zei ze.

Daarna bracht ze haar gepakte rugzak naar beneden en zette die neer op de stoep voor het huis, en in een opwelling liep ze terug naar binnen en deed Ofers rugzak om, die eveneens gepakt was en klaar had gestaan voor hun trektocht tot hij aan de kant was gezet. En al die tijd hield ze zich doof voor het voortdurende gerinkel van de telefoon, want ze vermoedde dat het Avram was, die van zijn eigen durf was geschrokken en nu belde om haar te smeken om genade, haar te smeken niet te komen. Maar het kon ook Sami zijn, die spijt had gekregen. Snel, alsof ze op de vlucht sloeg, liep ze de trap af, dezelfde trap die de aanzeggers over een dag of een week, of misschien nooit – maar ze wist dat ze wel zouden komen, het stond voor haar als een paal boven water – op zouden lopen, meestal met zijn drieën, zo werd er gezegd. Zwijgend zouden ze die trap op lopen, al begreep ze zelf niet hoe het mogelijk was te geloven dat dat zou gebeuren, maar toch, over deze trap zouden ze naar boven gaan, over deze tree en deze, en over de ene die een beetje kapot was, en onderweg zouden ze in hun hoofd de woorden repeteren die ze haar kwamen brengen. Hoeveel nachten had ze niet op die woorden gewacht, vanaf het moment dat Adam in dienst was gegaan, en gedurende alle perioden dat hij in de bezette gebieden was gelegerd, en daarna, in de drie dienstjaren van Ofer, hoe vaak was ze als de bel ging niet naar de voordeur gegaan en had tegen zichzelf gezegd: het is zover, alles is voorbij. Maar deze voordeur zou morgen, overmorgen, over een week en over twee weken voor ze gesloten blijven, en dat bericht van ze zou niet worden overgebracht, want voor een bericht waren altijd twee partijen nodig, dacht Ora, één die het overbrengt en één die het ontvangt, en dit bericht zal door niemand worden ontvangen en daarom zal het ook niet worden overgebracht. Dat was wat haar ineens helder werd en wat met iedere seconde sterker werd verlicht door naaldachtige flitsen van kwade vrolijkheid, terwijl ze het huis al achter zich had afgesloten en vergrendeld, de telefoon daarbinnen constant bleef rinkelen en ze zelf heen en weer liep over de stoep, wachtend op Sami.

Hoe langer ze erover nadacht, hoe opgewondener ze werd van het rare idee dat volkomen onverwacht bij haar was ingeslagen, maar met zo'n gloeiende bliksem van inspiratie – en het is eigenlijk helemaal niets voor mij, giechelde ze verbaasd, het zou veel eerder een idee van Avram kunnen zijn, of zelfs van Ilan, maar helemaal niet van mij – dat ze er geenszins aan twijfelde dat de actie die ze op het punt stond te ondernemen juist was, dat het het geëigende protest was, en ze genoot ervan dat woord met haar tong door haar mond te laten rollen en er met haar tanden in te bijten: 'protest', 'mijn protest'. De manier waarop ze die nieuwe, kleine, spartelende prooi – haar protest – vasthield met haar mond voelde prettig aan en de nieuwe gespierdheid die zich in haar vermoeide lichaam verbreidde, deed haar goed. Het was een armzalig, pathetisch protest, ze wist het, en over een of twee uur zou het zijn opgelost en een flauwe smaak achterlaten, maar wat anders kon ze doen? Zonder zich te verroeren thuis zitten wachten tot ze kwamen om op haar in te steken met hun bericht? Ik blijf niet hier, herhaalde ze steeds in haar hoofd, in een poging zichzelf moed in te spreken, ik neem het niet in ontvangst van ze, en er ontviel haar een schor, verbaasd lachje. Het was zover, de beslissing was genomen, ze zou weigeren, ze werd de eerste berichtweigeraar. Ze rekte haar armen uit boven haar hoofd, haar longen zogen zich vol scherpe, frisse avondlucht. Uitstel, ze zou uitstel krijgen, voor zichzelf en vooral voor Ofer. Op meer dan dat kon ze nu niet hopen, een kort uitstel als protest. Haar hersens werden overspoeld door warme golven en ze liep snel heen en weer rondom de rugzakken. Ongetwijfeld zat er een of andere elementaire tekortkoming in haar plan, een of andere tenhemelschreiende fout tegen de logica, die ieder moment aan het licht kon komen en dan de hele zaak als onzin zou afdoen, haar voor gek zou zetten en haar met haar twee rugzakken terug naar huis zou sturen. Maar voor het zover was, was ze een ogenblik vrij van zichzelf, van de vreesachtigheid die ze het afgelopen jaar maar niet kwijt had kunnen raken, en weer herhaalde ze mompelend voor zichzelf wat ze zo meteen ging doen en kwam opnieuw tot de merkwaardige conclusie dat ze kennelijk gelijk had, of zich in elk geval niet deerlijk vergiste, want als ze het huis uit vluchtte, zou de transactie – zo keek ze er nu tegenaan – even worden uitgesteld, op zijn minst een tijdje. Dat wil zeggen, de transactie die het leger, de oorlog en de staat haar misschien heel binnenkort door de strot zouden proberen te duwen, misschien vannacht al, de willekeurige, eenzijdige transactie waarin zij, Ora, volgens de bepalingen ermee instemde het bericht over de dood van haar zoon van hen te ontvangen, hen zodoende hielp het ingewikkelde, lastige proces van zijn dood tot zijn ordentelijke, overeengekomen einde te brengen, hun in zekere zin ook de diepe, definitieve bevestiging van die dood gaf en zo op een of andere manier ook een beetje hun medeplichtige werd.

En met die woorden zijn plotseling haar krachten uitgeput. Ze zijgt neer en gaat zitten op de stoep, tussen de twee rugzakken in, die nu als het ware uit zichzelf tegen haar aan lijken te kruipen, haar beschermen als een stel ouders. Twee kleine, overvolle rugzakken, ze slaat er haar armen omheen, trekt ze naar zich toe en legt ze in stilte uit dat ze op het moment misschien niet helemaal goed bij haar hoofd is, maar dat ze in het gevecht tussen haar en de aanzeggers tot het uiterste moet gaan, hard tegen hard, omwille van Ofer, om later niet het gevoel te krijgen dat ze zich gewonnen heeft gegeven zonder ook maar een beetje tegen te stribbelen. Daarom is ze gevlogen als ze haar komen inlichten, ze is er niet, het pakket wordt geretourneerd aan de afzender, het wiel komt even tot stilstand, misschien moet het zelfs om zijn as de andere kant op draaien, een centimeter of twee, meer niet. Vanzelfsprekend wordt de boodschap onmiddellijk daarna opnieuw naar haar gestuurd, daarover maakt ze zich geen illusies. Ze zullen niet opgeven, ze mogen dit gevecht niet verliezen, zo gonst het door haar hoofd alsof er een of andere metalen snaar trilt in haar hersens, want hun capitulatie, al was het maar voor één vrouw, zou de ineenstorting van het hele systeem betekenen. Waar zouden we tenslotte eindigen als andere gezinnen het idee zouden overnemen en ook zouden weigeren de doodsberichten van hun dierbaren in ontvangst te nemen van het leger? Om die reden maakt ze ook geen kans tegen hen, ze weet het, geen schijn van kans, maar op zijn minst zal ze gedurende een aantal dagen strijd leveren. Niet lang, achtentwintig dagen, minder dan een maand. Het is mogelijk, het ligt binnen haar vermogens, of eigenlijk is dit voor haar de enige mogelijkheid, alleen hiertoe is ze bij machte.

En weer zat ze in Sami's taxi, achterin, met een kind naast zich, een jongetje van een jaar of zes, zeven. Ook Sami wist niet precies hoe oud het was. Een mager Arabisch kind dat gloeide van de koorts. 'Het kind van eentje bij ons,' hield Sami het vaag. 'Van iemand,' specificeerde hij toen ze aandrong. Sami was gevraagd het kind naar Tel Aviv te brengen, naar een of ander adres in het zuiden van de stad, naar familie. Naar familie van Sami of van het kind? Ook dat bleef onduidelijk, en ze besloot hem verder niet lastig te vallen met vragen. Sami zag er afgepeigerd en verschrikt uit, en zijn ene wang was gezwollen alsof hij kiespijn had. Hij vroeg haar niet eens waarom ze op dit uur van de dag met twee rugzakken sjouwde. Zonder de nieuwsgierige twinkeling in zijn ogen leek hij haar futloos, bijna iemand anders, en ze begreep meteen dat het geen zin had de kwestie van de rit naar de Gilboa op te rakelen. In het donker achter in de taxi ontdekte ze dat het kind naast haar kleren aanhad die ze kende: een spijkerbroek die vroeger van haar Adam was geweest, met de Bugs Bunny-stukken op de knieën, en een oeroud T-shirt van Ofer met de verkiezingsleus van Sjimon Peres. De kleren waren hem te groot, en Ora had het gevoel dat hij ze vandaag voor het eerst droeg. Ze boog zich naar voren en vroeg wat de jongen had. Sami antwoordde dat hij ziek was. Ze vroeg hoe hij heette, en Sami bracht uit: 'Rammi. Noem hem Rammi.' Ze vroeg: 'Rami op zijn Arabisch of Rammi?' – 'Rammi, Rammi,' zei hij kortaf.

Als hij mij niet nodig had gehad voor deze rit, dacht ze, was hij niet gekomen. Hij reageert op mij af wat hij tegen die lui heeft die bij hem thuis zo tekeergingen. En even troostte ze zichzelf met de gedachte dat ze bij de eerste de beste gelegenheid aan Ilan zou vertellen hoe Sami haar behandelde. Dan zouden we eens zien hoe flink die nog was tegenover Ilan. Ze wist dat Ilan hem er ongenadig van langs zou geven, voor haar, hem misschien zelfs zou ontslaan, om haar te bewijzen hoezeer hij nog bij haar betrokken was en haar beschermde, en Ora ging abrupt rechtop zitten en rekte haar schouders. Hoe kwam ze erbij ineens Ilans hulp in te roepen? Het ging hem niets aan, het was iets tussen haar en Sami, en die bescherming van Ilan, de officiële protectie van een ridder, had ze niet nodig, dank je feestelijk.

Haar lichaam zakte weer in en onwillekeurig trilde haar gezicht even, want als door een naald werd ze gestoken door haar verlatenheid, niet de eenzaamheid of de verontwaardiging, maar de fysieke scheiding zelf, de fantoompijn in de lege ruimte die Ilan had achtergelaten aan de zijkant van haar lichaam. In het donker zag ze haar spiegelbeeld in het zijraampje, en met een of andere onbekende scherpte voelde ze het verdriet van haar huid, die al heel lang niet echt was bemind, en van haar gezicht, waarnaar niemand keek met de intentie van liefde, niet met de veelgelaagde liefde van jaren. Het type zonder slot-e, Eran, die haar het werk voor het toekomstige Israëlmuseum in Nevada had bezorgd, was zeventien jaar jonger dan zij, een computergenie wiens ster pijlsnel omhoog was geschoten en die bulkte van de ondernemingen – 'een gauwdief' zou Avram hem vroeger genoemd hebben – en ze wist niet eens hoe ze hem voor zichzelf moest definiëren: een vriend? Een minnaar? Een scharrel? En wat was zij eigenlijk voor hem? Want 'minnares' was ongetwijfeld te royaal uitgedrukt voor wat ze met elkaar hadden, zei ze in gedachte lachend tegen hem en ook tegen zichzelf, maar hij was in elk geval het bewijs dat haar lijf ook na Ilan klaarblijkelijk de deeltjes bleef aanmaken die een ander persoon, een andere man, aantrokken. En zo verzonk ze meer en meer in haar overpeinzingen, terwijl ze verder reden in een lange, dichtgeslibde rij auto's die zich onnatuurlijk stil door de kloof van Sja'ar Hagaj voortbewoog en die zich nog meer verdichtte in de buurt van het vliegveld. 'Er staan tegenwoordig overal controleposten,' bracht Sami ineens uit. Iets in zijn stem gaf haar een teken, verried een of andere vage bedoeling. Ze wachtte tot hij nog iets zou zeggen. Hij zweeg.

Het kind viel in slaap. Zijn voorhoofd glinsterde van het zweet en zijn hoofd zwaaide merkwaardig gemakkelijk heen en weer op de halswervelkolom. Ze zag dat Sami een dunne, oude deken onder hem had uitgespreid, kennelijk om te voorkomen dat hij met zijn zweet de nieuwe bekleding vies zou maken. Zijn rechterarm, heel dun en broos om te zien, kwam ineens omhoog en fladderde spastisch voor zijn gezicht, boven zijn hoofd. Ora stak meteen een arm uit en trok hem tegen zich aan. Hij verstijfde, sloeg zijn ogen op – troebel en bijna blind leken die ogen haar – en staarde haar niet-begrijpend aan. Ora bleef doodstil zitten en hoopte dat hij haar niet zou afwijzen. Razendsnel ging zijn magere borstkas op en neer met zijn ademhaling, en daarna, alsof hij de kracht niet had om het te begrijpen of zich ertegen te verzetten, vielen zijn ogen dicht, liet hij zich tegen haar aan zakken en drong zijn warmte door de kleren heen haar lichaam in. Na een poosje durfde ze haar arm beter om hem heen te slaan en voelde meteen hoe de spanning trok in zijn schouderbladen, de botten van een jong vogeltje. Weer wachtte ze even en daarna legde ze ook zachtjes zijn hoofd tegen haar schouder aan en begon toen pas weer te ademen.

Sami ging rechter zitten en keek naar hen in het achteruitkijkspiegeltje. Zijn ogen waren uitdrukkingloos, en ze kreeg het gekke gevoel dat hij hun aanblik bestudeerde en vergeleek met een of ander beeld in zijn fantasie. Ze begon zich ongemakkelijk te voelen onder die blik en bijna maakte ze zich los van het kind, maar ze wilde hem niet wakker maken. Bovendien vond ze het eigenlijk wel lekker dat hij zo tegen haar aan lag, ondanks de hitte die hij verspreidde, het zweet dat zich tussen zijn gezicht en haar schouder verzamelde en het sliertje kwijl dat op haar arm werd uitgesmeerd, of misschien juist daarom, vanwege die hitte en die nattigheid, als een soort stempel van een vergeten kindertijd, dat ineens weer in haar werd gedrukt. Vanuit haar ooghoek wierp ze een blik op hem: hij was met grove hand geknipt en tussen de korte stekeltjes liep een lang, sikkelvormig litteken dat niet mooi was geheeld. Zijn kleine gezicht, tegen haar aan gedrukt, zag er gekweld en koppig uit. Hij leek in haar ogen op een verbitterd oud mannetje, en het deed haar deugd te zien dat hij lange, dunne en uitzonderlijke mooie vingers had. Zonder zich ervan bewust te zijn legde hij ze op haar hand, en even later draaide hij in zijn slaap zijn hand om en ontblootte een zachte, babyachtige handpalm.

Ofer, dacht Ora ineens en ze kromp ineen. Al bijna een uur had ze niet meer aan hem gedacht.

Niet de handen van Ofer vandaag, niet die grote, brede hand met de dikke, kronkelende aders op de rug, met de afgebeten nagels en daaronder het zwarte randje van de geweerolie, dat ook drie maanden na zijn afzwaaien – ze wist het uit haar ervaring met Adam – niet helemaal verdwenen zou zijn, net zomin als de harde eeltbobbels op al zijn knokkels, de kloven van de geheelde snijwonden, de littekens en de plekken waar lagen huid waren gekrabd, verbrand, gekrast, gesneden, gescheurd, gehecht, waar nieuwe huid was gegroeid, verveld, ingesmeerd en verbonden, tot die er uiteindelijk uit was gaan zien als een dik bruin vlies, een beetje tafelzeilachtig. Die militaire hand, toch expressierijk in zijn gebaren, in de gulheid van zijn aanraking, in de onderlinge aanhankelijkheid van de vingers, in het onbewuste, kinderlijke gebaar waarmee de duim soms over de toppen van de andere vingers strijkt, alsof die zijn broertjes over hun bol aait, alsof hij ze weer een voor een telt; in het achteloze bijten op de nagelriem van de pink – 'daar heb je geen gelijk in, mama,' zegt hij ondertussen, ze herinnert zich niet meer waar ze het toen over hadden, ze krijgt gewoon ineens een fractie van een beeld in haar hoofd, van hem als hij zo verstrooid op de huid rond zijn pinknagel kauwt en ondertussen zijn voorhoofd fronst, 'daar heb je echt geen gelijk in, mama.'

Nu, in Sami's taxi, met het kind dat zich met wonderbaarlijk vertrouwen tegen haar aan vlijt en zo kiemen van bescheiden, absurde trots in haar laat ontspruiten, krijgt ze als het ware de bevestiging van iets waaraan ze zelf al was gaan twijfelen. 'Jij bent een onnatuurlijke moeder,' had Adam haar onlangs uitgelegd, voor hij het huis uit was gegaan. Ja, simpelweg en bijna zonder enige kleur in zijn stem had hij dat gezegd en haar zo vermorzeld en ook van tafel geveegd, als met een wetenschappelijke, objectieve constatering – en plotseling komt ergens vandaan een lasso van een verre herinnering aanzweven en die wordt zachtjes aangetrokken rond haar nek. Voor zich ziet ze het piepkleine geballe vuistje van Ofer, meteen na zijn geboorte: hij werd op haar borst neergelegd en iemand was daarbeneden met haar bezig, wroette, hechtte, sprak tegen haar, maakte grapjes. 'We zijn zo klaar,' zei hij, 'de tijd vliegt als je geniet, is het niet?' Ze was zelfs te moe om hem te vragen haar te sparen en zijn mond te houden, en ze probeerde kracht te putten uit de grote blauwe ogen die haar zeldzaam rustig aankeken. Vanaf het moment dat hij was geboren, was hij op zoek gegaan naar ogen, vanaf het moment dat hij was geboren, had ze kracht uit hem geput, en nu zag ze zijn vuistje voor zich – zijn 'knibbel knabbel knuistje', zou Avram hebben gezegd als hij op dat moment bij haar op de kamer was geweest; zelfs nu vond ze het moeilijk zich ermee te verzoenen dat hij daar toen niet bij was met haar en met Ofer, ja, hoe kon het dat hij daar toen niet bij hen was? – met de diepe plooi rond de handwortel en het felle rood van het handje zelf, dat tot een paar minuten geleden nog een inwendig orgaan was geweest en er nog als zodanig uitzag, en dat langzaam opening als een schelp en voor het eerst aan Ora's ogen zijn raadselachtige binnenkant openbaarde – wat heb je vandaar voor me meegenomen, kindje van me, uit het diepe, duistere universum? – met de wirwar van lijnen die erop waren getekend, met het spinnenwebachtige, wittige, vettige beschermlaagje dat erop zat, met de doorzichtige granaatappelzaadjes van nagels en met de vingertjes die zich weer sloten en hard haar vinger omklemden, alsof hij haar een ring omdeed en haar tot de zijne maakte met een inzicht van duizenden jaren her, uit aloude tijdperken.

Het jongetje bromde en zijn tong zocht zijn lippen af. Ora vroeg aan Sami of hij water bij zich had. In het handschoenenvakje lag haar fles water, overgebleven van de vorige rit. Ze zette die aan de lippen van het kind, en hij dronk een beetje, tot hij zich verslikte. Misschien vond hij het niet lekker. Ze goot wat water op haar hand en raakte er zachtjes zijn voorhoofd, wangen en droge lippen mee aan. Sami keek weer naar haar met dezelfde vorsende, gespannen blik. De blik van een regisseur, flitste ineens door haar heen, die een door hemzelf opgezette scène bekijkt. Het kind huiverde en hij kroop steviger tegen haar aan. Ineens sloeg hij twee starende ogen naar haar op, die haar niet leken te zien, maar zijn lippen weken uiteen tot een soort rare, dromerige glimlach. Even kreeg hij iets charmants en ook kinderlijks, en ze boog zich voorover en vroeg opnieuw op een strenge fluistertoon aan Sami hoe hij heette.

Sami haalde diep adem en zei: 'Wat moet je ermee, Ora?'

'Zeg me hoe hij heet,' zei ze weer en haar lippen trokken wit weg van woede.

'Hij heet Jazdi,' zei hij, 'Jazdi, zo heet hij.'

Het kind hoorde zijn naam, rilde in zijn slaap en bracht flarden van woorden uit in het Arabisch. Hij trappelde hard met zijn benen, alsof hij droomde dat hij aan het rennen was, misschien wegvluchtte. Ora zei: 'Hij moet dringend naar een dokter.' Sami zei: 'Die daar, in Tel Aviv, de familie, hebben de beste specialist die er is voor wat hij heeft.' Ora vroeg wat hij had, en Sami antwoordde: 'Iets met zijn buik, vanaf de geboorte is er iets mis met de buik, met de spijsvertering. Of spijsvertering? Over wat voor spijsvertering hebben we het eigenlijk. Er zijn maar drie of vier dingen die hij binnenhoudt, de rest kotst hij uit.' Daarna, alsof hij het noodgedwongen moest toegeven, zei hij: 'Hij is ook daarboven niet in orde.'

'Waarboven?' vroeg Ora, en haar lichaamszijde waar het kind tegen-aan lag, verstrakte.

'In zijn hoofd,' zei Sami, 'achterlijk. Sinds een jaar of drie, ineens werd hij achterlijk.'

'Hoe kan dat nu?' vroeg Ora. 'Zoiets komt niet van de ene dag op de andere.'

'Bij hem wel,' zei Sami, en hij klemde zijn lippen op elkaar.

Ze wendde haar hoofd naar het raampje. Ze zag het spiegelbeeld van zichzelf met het kind dat tegen haar aan lag. De rijsnelheid nam flink af. Een verkeersbord waarschuwde voor een controlepost over driehonderd meter. Sami bewoog snel zijn lippen, alsof hij in gedachte met iemand ruziede. Even klonk zijn stem hardop: 'Wat moet ik nu weer, ik krijg iedereen op mijn dak, jullie denken verdomme dat ik –' en de rest van de woorden ging weer op in een vaag gemompel. Ora boog zich naar voren. 'Wat voor verhaal zit erachter?' vroeg ze zachtjes.

'Er zit niets achter,' zei Sami.

'Wat is het verhaal achter dit kind?' eiste ze.

'Er is helemaal geen verhaal!' riep hij ineens uit en hij sloeg met zijn hand op het stuur. Het kind klampte zich aan haar vast en hield zijn adem in. 'Er hoeft niet altijd overal een verhaal achter te zitten, Ora!'

Ze voelde de stekeligheid en de minachting waarin hij haar naam had verpakt. Ze had ook het idee dat hij al pratend, bijna met ieder woord, zijn Joods-Israëlische accent, de tongval van een sabra, verder van zich afschudde en dat er een andere, grove, vreemde klank in zijn stem sloop.

'Jullie,' beet hij haar toe via het achteruitkijkspiegeltje, 'jullie zijn altijd achter alles op zoek naar een verhaal! Voor een *brogramma* op de *telefizie* of een film voor een van die festivals van jullie, niet dan? Hè? Is het niet zo?'

Ora deinsde terug alsof ze een klap in haar gezicht had gekregen. 'Jullie' had hij haar genoemd. 'Brogramma' had hij gezegd en hij had zich tegenover haar een accent aangemeten van Palestijnen uit de bezette gebieden, met wie hij altijd de draak stak. Hij wreef haar een nieuw verworven *Balestijnendom* onder de neus.

'En dat daar, het kind,' ging hij verder, 'is een ziek kind, meer niet, gewoon ziek, achterlijk, valt geen film van te maken! Er zit geen verhaal in! Niet eens voor de *bobbenkast*! We brengen hem weg, zetten hem daar ergens af bij een of andere dokter en rijden door naar waar jij wezen moet, en dan zetten we jou daar af en klaar is Kees, alles mooi en geweldig!'

Ora vertrok haar lippen en haar wangen kleurden ineens vuurrood. Juist dat 'jullie' waarin hij haar had geduwd, gaf haar onverwachte kracht: alsof ze echt niet alleen stond tegenover hem, of liever gezegd, tegenover hen. 'Ik wil weten van wie dit kind is,' zei ze langzaam, alsof ze elk woord uitspelde. 'Nu,' gaf ze hem te kennen, 'nog voor de controle-post wil ik het weten.'

Hij zweeg. Ze had het idee dat haar stem, haar gezag hem weer bij zinnen bracht en hem ook een paar dingen in herinnering riep, die ze hem nooit met zoveel woorden duidelijk had willen of hoeven maken. Er heerste een lange stilte. Ze voelde hoe haar wil en zijn wil tegenover elkaar een hoge rug opzetten. Daarna slaakte Sami een diepe zucht en zei: 'Hij is van iemand die ik ken, eentje die oké is, ze hebben niets over hem bij de hoe heet het, de veiligheidsdienst en zo, maak je geen zorgen. Je hoeft je nergens zorgen over te maken.'

Zijn schouders zakten naar beneden en hingen er verlept bij. Hij streek met een hand over zijn kale plek, liet hem even rusten op zijn voorhoofd en schudde verbaasd zijn hoofd. 'Ora,' verzuchtte hij, 'ik weet niet wat ik heb. Ik ben moe, kapot. Jullie hebben me vandaag met zijn allen gek gemaakt. Genoeg. Ik heb rust nodig. Rust, mijn god.'

Ze leunde haar hoofd naar achteren. Iedereen wordt gek, dacht ze. Hij mag het ook worden. Door haar halfgesloten oogleden zag ze dat hij ze-nuwachtige blikken wierp naar de mensen in de auto's links en rechts van hen. Drie rijstroken werden samengevoegd tot twee en daarna tot één rijstrook. Niet ver voor hen was al blauw geflikker te zien op een aan-tal auto's. Een politiejeep stond schuin aan de kant van de weg gepar-keerd. Zonder haar lippen te bewegen vroeg Ora: 'Als ze mij iets vragen, wat zeg ik dan?'

'Als ze het vragen,' zei Sami meteen, 'zeg je dat het jouw kind is, maar ze gaan niets vragen.' Hij bleef recht voor zich uit kijken en deed zijn best haar blik niet te ontmoeten in het spiegeltje. Ora knikte stilletjes in zich-zelf. Dus dat was mijn taak, dacht ze, daarom die kleren, die spijkerbroek en Sjimon Peres. Ze trok het kind tegen zich aan en zijn hoofd zakte op haar borst. Ze zei zachtjes zijn naam in zijn oor, en hij sloeg zijn ogen op en keek haar aan. Ze glimlachte naar hem, en zijn oogleden zakten weer naar beneden, maar een ogenblik later glimlachte hij zonder het zelf te weten terug naar haar, waarschijnlijk vanuit een droom. 'Zet de verwarming aan,' zei ze tegen Sami, 'hij rilt.'

Sami zette de verwarming hoog. Ze werd levend gekookt, maar het kind rilde een beetje minder. Ze depte zijn zweet met een tissue en streek met haar hand over zijn haar. De hitte sprak in haar huid. Ongeveer een jaar geleden was een excentrieke oude man uit het dorp Doera vergeten in een koelcel in Hebron. Hij had er bijna achtenveertig uur opgesloten gezeten. Hij was niet dood, en misschien was hij sindsdien zelfs opgeknapt en weer bij zinnen gekomen. Maar vanaf die dag was haar leven langzaam uit elkaar aan het vallen. De blauwe zwaailichten flikkerden al van alle kanten. Zes of zeven patrouillewagens stonden hier. Agenten, politieofficieren en ook legerofficieren renden heen en weer langs de kant van de weg, en het zweet brak Ora uit. Haar vingers plukten een dun zilveren kettinkje onder haar blouse vandaan, met een emaillen hangertje waarop de Hebreeuwse woorden STEEDS HOUD IK ADONAI VOOR OGEN stonden, en voorzichtig, bijna steels, bracht ze het hangertje naar het voorhoofd van het kind en liet het daar even rusten. Haar vriendin Ariëlla had het haar jaren geleden gegeven. 'Iedereen heeft een klein godshuisje nodig,' zei ze toen Ora het cadeautje lachend afsloeg en ten slotte toch omdeed, elke keer dat Ilan naar het buitenland vloog en toen haar vader ziek was geworden en was opgenomen, en in nog meer van die situaties van 'baat het niet, dan schaadt het niet'. 'Bijgeloof in God,' legde ze uit aan wie zich erover verbaasde, en ze was het hangertje ook blijven dragen gedurende de hele diensttijd van Adam en daarna van Ofer. Om niemand voor het hoofd te stoten en hier geen kleine moslim zonder dat hij het wist tot het jodendom te bekeren, fluisterde ze in gedachte: steeds houd ik Allah voor ogen.

Politieauto's sloten de rijstrook in en er lagen zigzag rollen prikkeldraad op de weg. De agenten waren zenuwachtig. Ze schenen met een sterke zaklantaarn in de auto's voor hen, bekeken langdurig de gezichten van de inzittenden en waren voortdurend naar elkaar aan het schreeuwen. Een aantal officieren stond langs de kant van de weg, elk van hen met een mobieltje aan het oor. Het is erger dan gewoonlijk, dacht Ora, meestal zijn ze niet zo gestrest. Er was nog maar één auto voor hen, en Ora boog zich naar voren en vroeg met klem: 'Sami, ik wil het nu weten, wie is dit kind?'

Sami keek voor zich uit en zuchtte. 'Gewoon,' zei hij, 'echt, gewoon maar een kind van een stukadoor die bij me werkt, uit de bezette gebieden, eerlijk waar, illegaal, zogenaamd. Verblijft hier zonder vergunning. En sinds gisternacht is hij zo. De hele nacht ziek geweest en vanmorgen ook, geeft de hele tijd over, en er zit ook bloed in de... op de wc, bedoel ik.'

'Hebben jullie hem dan niet verzorgd?' vroeg Ora.

'Natuurlijk hebben we hem verzorgd, we hebben er een verpleegster bij gehaald, eentje van ons, bedoel ik, uit het dorp, en volgens haar moesten we dringend met hem naar een ziekenhuis, maar waar vind je een ziekenhuis als hij illegaal is?' Zijn stem stierf weg en hij zat weer in zichzelf te redeneren en te brommen. Misschien speelde hij in zijn hoofd weer een of ander gesprek of ruzie af, want hij sloeg opnieuw met zijn hand op het stuur.

'Hou je rustig,' zei Ora streng en ze ging overeind zitten en streek snel met een hand over haar gezicht om het in de plooi te krijgen. 'Kalmeer, nu, het komt goed. En glimlachen!'

Een jonge agent, bijna zelf nog een kind, kwam naar hen toe en verdween uit haar blikveld toen er met een zaklamp in haar gezicht werd geschenen. Ze knipperde gepijnigd met haar ogen. Zulk sterk licht teisterde haar toch al armzalige netvliezen, tornde ze los. Ze toverde een brede glimlach op haar lippen en richtte die vagelijk naar het licht toe. De agent tekende met zijn andere hand snelle cirkels in de lucht, en Sami maakte het raampje open. 'Alles in orde?' vroeg de agent met een Russisch accent, en hij stak zijn hoofd naar binnen en liet zijn blik over hun gezichten gaan.

En met een prettige, sonore, zelfverzekerde stem zei Sami: 'Goedenavond, alles is in orde, godlof.'

De agent vroeg: 'Waar komen jullie nu vandaan?'

'Uit Bet Zajit,' antwoordde Ora met een glimlach.

'Waar is dat, Bet Zajit?' vroeg de agent.

'Bij Jeruzalem,' zei Ora, en ook zonder naar Sami te kijken voelde ze de vonk van verbazing over de onwetendheid van de agent overspringen tussen hem en haar.

'Bij Jeruzalem,' herhaalde de agent haar woorden, misschien om tijd te winnen voor zijn onderzoekende blik en een nadere controle. 'En waar gaan jullie nu naartoe?'

'Naar Tel Aviv,' antwoordde Ora met een vriendelijke glimlach. 'Op familiebezoek,' voegde ze er ongevraagd aan toe.

'Kofferbak,' zei de agent, en hij trok zijn hoofd terug uit de auto. Hij liep om de auto heen en ze hoorden hem in de bagageruimte rommelen en de twee rugzakken verschuiven. Ora zag de spanning in Sami's schouders trekken, en de gedachte die door haar heen schoot, was: wie weet wat hij daar achterin nog meer vervoert. Een vuurwerk van mogelijkheden barstte los in haar hersens, en een op hol geslagen speelfilm werd afgedraaid. Haar ogen speurden vlug over Sami's lichaam, verzamelden informatie, schiftten, wogen af, sloten uit. Een volstrekt onpersoonlijk mechaniek werd in haar in werking gezet, een geavanceerd stelsel van aangeleerde reflexen. Het gebeurde voor ze wist wat ze aan het doen was. Een fractie van een seconde, meer niet. Ze maakte een reis om de hele wereld en keerde terug op haar plaats, en in haar gezicht was geen spier vertrokken.

Sami had misschien gemerkt wat door haar heen was geschoten, misschien ook niet. Het was niet op te maken uit zijn gelaatsuitdrukking. Ook hij, dacht ze, is goed geoefend. Stram en als een blok zat hij in zijn stoel, en alleen zijn ene wijsvinger trommelde snel op de versnellingspook. Het gezicht van de agent, spits, als van een vos, zijn oren naar achteren getrokken, het gezicht van een kind dat te vroeg door het leven in steen was uitgehouwen, verscheen weer, dit keer in haar raampje. 'Van wie zijn die twee rugzakken, mevrouw?'

'Van mij,' zei ze, 'ik ga morgen naar Galilea, op trektocht.' Weer toverde ze een brede glimlach op haar lippen.

De agent keek langdurig naar haar en naar het kind, en hij draaide zich half naar achteren, kennelijk wilde hij met iemand overleggen. Een van zijn vingers lag achteloos op het open raampje, naast haar. Ora keek ernaar. Ze dacht: hoe één dunne vinger kan tegenhouden, beletten, een lot bezegelen. Wat een fijne vingers heeft de willekeur toch. De agent riep een van de officiers, maar die was druk aan het telefoneren. Diep in haar hart wist Ora dat juist zij het was die argwaan wekte. Iets in haar seinde aan de agent dat hier sprake was van schuld. Zijn gezicht werd weer naar haar toe gewend. Ze dacht dat ze zou doorslaan als hij nog één ogenblik zo naar haar bleef kijken.

Het kind werd wakker en knipperde verward met zijn ogen tegen het licht van de zaklantaarn. Ora verbreedde haar glimlach en omklemde stevig zijn schouders. Het kind bewoog zijn sprietige armen langzaam in de lichtbundel en leek even op een zwemmende foetus in het vruchtwater. Pas toen zag hij het gezicht en het uniform achter de lichtcirkel, en zijn ogen verwijdden zich. Ora voelde een felle, wilde beweging door zijn lichaam trekken en klemde hem nog steviger tegen zich aan. De agent boog zich voorover en nam hem op met zijn blik. Een bittere, verlaten trek liep van het gezicht van de agent door naar het gezicht van het kind. De lichtstraal zakte naar het lichaam van het kind en scheen op de woorden SJIMON PERES, MIJN HOOP OP VREDE. De agent trok zijn mondhoek een beetje op tot een minachtende grijns. Een zware vermoeidheid daalde ineens neer op Ora, alsof ze wanhoopte aan de mogelijkheid te begrijpen wat hier gebeurde. Alleen Jazdi's razende hartslag, die ze tegen haar arm voelde kloppen, hield haar overeind. Ze dacht: hoe weet hij dat hij nu zijn mond moet houden? Wat houdt hij zich wonderbaarlijk stil. Als het jong van een steenpatrijs, dat verstijft en zich achter zijn schutkleuren verschuilt zodra hij de waarschuwingskreet van zijn moeder hoort.

En hoe weet ik een patrijzenmoeder te zijn, dacht ze, een volkomen natuurlijke patrijzenmoeder?

Achter hen toeterde een auto, en daarachter nog een. De agent trok zijn neus op. Iets zat hem dwars. Iets klopte er niet volgens hem. Hij stond op het punt nog een vraag te stellen, maar met acrobatische behendigheid was Sami hem voor en begon hartelijk te lachen, wees met zijn hoofd naar Ora en zei tegen de agent: 'Maak je niet ongerust, jongen, ze is er een van ons.'

Weer werden lippen licht walgend vertrokken, de zaklantaarn bewoog een beetje, en ze mochten verder. Dertig of veertig seconden had de kleine ondervraging geduurd. Ora had het gevoel dat ze baadde in het zweet, van haar en van het kind.

'Illegaal?' vroeg ze naderhand, toen ze haar stem terughad en Sami vaart begon te maken naar de afslag Tel Aviv. 'Heb jij werklui uit de bezette gebieden in dienst?'

'Iedereen heeft werklui uit de bezette gebieden in dienst,' zei hij en hij haalde zijn schouders op. 'Die zijn het goedkoopst, de Westbankers. Dacht je dat ik een stukadoor uit Aboe Gosj zou kunnen betalen?'

Ze haalden opgelucht adem, ook het kind. Ora wiste zijn en haar zweet van zich en hem af. De hele tijd schoot haar blik naar opzij: ze had het idee dat de vinger van de agent nog altijd op haar raampje rustte en naar haar wees. Ze dacht dat ze niet in staat was nog één keer in haar leven zo'n ervaring bij een controlepost te doorstaan.

'En wat moest dat betekenen toen je tegen hem zei dat ik "er een van ons" was?' vroeg ze later.

Sami glimlachte en likte zijn onderlip. Ora kende dat gebaar van hem: hij genoot van een ingeving voordat hij ermee voor de dag kwam. Ze glimlachte in zichzelf, masseerde haar nek en strekte haar tenen. Even heerste er het gevoel dat ze gezamenlijk het huis aan het opruimen waren nadat er een enorme rotzooi was geschopt. 'Een van ons,' zei Sami, 'dat wil zeggen: ook al zie je eruit als een links type.'

Het kind kalmeerde een beetje en woelde niet meer in zijn slaap. Ora legde zijn hoofd op haar benen. Ze leunde tegen de hoofdsteun en haalde langzaam adem. Misschien was dit haar eerste rustige moment van de dag.

Omdat Sami voor haar ook altijd een soort van ver verlengstuk van Ilan was en de laatste tijd ook een of ander verbindingslijntje naar hem, werd er heimwee naar haar huis in haar gewekt. Niet naar de woning die ze in Bet Zajit had gehuurd nadat ze uit elkaar waren gegaan, en evenmin naar het huis in Tsoer Hadassa dat Ilan en zij van Avram hadden gekocht. Nee, met pijn in het hart miste ze het laatste huis van Ilan en haar in Een Karem, een oud, ruim huis van twee verdiepingen, met dikke, koele muren, omgeven door dichte cipressen. Met grote boogramen, brede vensterbanken en beschilderde vloertegels die hier en daar loszaten. Ora had het voor het eerst gezien toen ze nog studente was: leeg en afgesloten stond het daar, en ze was er op het eerste gezicht verliefd op geworden. Aangemoedigd door Avram was ze gaan zitten en had een liefdesbrief geschreven met de aanhef 'Mijn beste, donkere en eenzame huis', waarin ze het over zichzelf had verteld, het had uitgelegd hoe goed ze eigenlijk bij elkaar pasten en beloofde het op te vrolijken. Ze had er ook een foto bij gedaan van zichzelf, in een oranje trainingspak, met lange koperrode krullen, leunend op een fiets en breeduit lachend. Die brief had ze aan het huis gestuurd, naar zijn adres, met een briefje erbij voor de eigenaars, dat als ze ooit zouden besluiten het te verkopen... en zo was het gegaan.

Hoewel Ilan en zij gaandeweg gesetteld waren geraakt en in de loop der jaren zelfs redelijk rijk waren geworden – Ilans bureau bloeide; zijn gok, ongeveer twintig jaar geleden, het bureau waar hij werkte te verlaten en zich te focussen op het lichtelijk esoterische gebied van geestelijk eigendom, had wonderbaarlijk goed uitgepakt: vanaf het midden van de jaren tachtig was de wereld aan het overlopen van ideeën, patenten en uitvindingen die bescherming vergden en behoefte creëerden aan kennis en handigheid in alles wat te maken had met de wetgeving en de mazen in de wet in alle mogelijke landen; nieuwe computerapplicaties, uitvindingen op het gebied van telecommunicatie en navigatiesystemen, genees-

kunde en genetische manipulatie, de baaierd van verdragen en overeen-
komsten van de Wereldhandelsorganisatie; Ilan was iedereen net even
voor geweest – en hoewel ze het geld hadden om het op te knappen, te
verfraaien, te verbouwen en vorm te geven in elke stijl die ze wilden, liet
Ilan haar het huis grootbrengen en domesticeren naar haar eigen inzicht, dat wil zeggen: met zijn toestemming liet ze het huis zichzelf zijn,
zijn eigen tempo aanhouden en naar hartelust de meest verschillende
stijlen door elkaar gooien. Een paar jaar lang stond er in de keuken een
kolossale, doorzichtige, onooglijke maar heel praktische koelkast die
ze in een opheffingsuitverkoop had gekocht van een handelaar in koel-
apparatuur voor supermarkten. De stoelen van de eethoek had ze voor
een appel en een ei gekocht van literair café Temol Sjilsjom, omdat
Adam een keer toevallig in een gesprek met haar had gezegd dat hij die
zo lekker vond zitten. De halfdonkere woonkamer was een rustplaats
van dikke tapijten, enorme kussens en lichte bamboe meubels, en drie
muren gingen schuil achter overvolle boekenkasten. De reusachtige eet-
tafel, de trots van de gastvrouw, waaraan vijftien mensen konden eten
zonder met de ellebogen langs elkaar heen te wrijven, was als verrassing
voor haar achtenveertigste verjaardag voor haar uitgezaagd en in elkaar
getimmerd door Ofer. Het was een ronde tafel – Ofer had dat besloten,
'om te voorkomen dat iemand op een hoek zou moeten zitten,' legde
hij haar uit. En het huis zelf ving met fijne antennes op welke kanten
Ora op wilde en gaf haar gehoor, liet voorzichtig en schoorvoetend zijn
oude somberheid van zich af vallen, en strekte en kraakte zijn stramme
gewrichten. Toen het leerde dat het van Ora ook hier en daar hoekjes
niemandsland en leuke plekjes van halfdonkere schemering en zelfs
gezonde verwaarlozing voor zichzelf mocht schuilhouden, begon het
zich op zijn gemak te voelen en zich open te stellen, en leek het soms, op
bepaalde uren van de dag, bijna gelukkig in het licht. Ora voelde dat Ilan
het ook naar zijn zin had in dit huis en in het studentikoze rommeltje
waartoe zij het had geïnspireerd, en dat haar smaak – of liever gezegd, de
opeenhoping van haar smaken – hem beviel. En ook toen het plotseling
tussen Ilan en haar mis begon te gaan en wat ze gezamenlijk hadden in
een angstwekkend tempo van zijn inhoud werd ontdaan, geloofde ze
nog altijd dat zijn genegenheid voor het huis dat ze voor hen had opgezet een teken was van een gezond instinct dat nog in hem klopte. Ja, ze
geloofde nog altijd dat hij, achter alles waarmee hij zich de laatste tijd

afschermde, zijn kortaangebondenheid, zijn gemopper en zijn constante kritische houding tegenover alles wat ze deed of zei, en eigenlijk tegenover alles wat ze was, achter de rug die hij haar toekeerde, achter zijn beleefde zorgzaamheid en zijn beledigende uiterlijke fatsoen tegenover haar, achter alle kleine en grote miskenningen waarmee hij haar, hun liefde en hun vriendschap loochende, en ondanks het 'ik ben er klaar mee' dat hij haar in het gezicht had geslingerd bij hun afscheid – dat hij zich nog altijd herinnerde en besefte dat hij geen betere vrouw, vriendin, geliefde en partner had dan zij; en dat hij ook nu ze beiden tegen de vijftig liepen en hij van haar was weggegaan, echt helemaal naar het andere eind van de wereld, diep in zijn hart wist dat ze allebei alleen gezamenlijk konden blijven dragen wat hun was overkomen toen ze jong waren, bijna kind nog.

En wat had Ilans gezicht gestraald, schoot haar te binnen – het was toen ze in dienst zaten, in de Sinaï, ze waren toen negentienenhalf, Ilan droomde er nog van films en muziek te maken, Avram was nog Avram – toen hij haar vertelde hoe het hem altijd ontroerde in het boek Koningen te lezen wat de grote vrouw uit Sunem zei toen ze haar man voorstelde in hun huis een bovenkamertje in te richten voor de profeet Elisa, zodat die daar kon rusten als hij weer eens in de buurt was. 'Laat ons toch een kleine opperkamer van een wand maken,' las Ilan haar voor uit zijn legerbijbeltje, 'en laat ons daar voor hem zetten een bed, en tafel, en stoel, en kandelaar; zo zal het geschieden, wanneer hij tot ons komt, dat hij daar inwijke.'

Ze lagen toen op een smal bed in zijn kamer op de basis. Avram was blijkbaar met verlof, naar huis. Zijn lege bed stond tegenover hen, en daarboven, op de muur, stond in zijn handschrift geschreven, in houtskool: HET IS NIET GOED DAT DE MENS ZIJ. Haar hoofd lag op het kuiltje van Ilans schouder. Hij las de tekst verder tot het eind van het hoofdstuk en haalde ondertussen langzaam zijn lange muzikantenvingers door haar haar.

Ze bleken niet naar Tel Aviv-Zuid te gaan maar naar Jaffa, en niet naar een ziekenhuis maar naar een of andere basisschool die Sami slechts na lange omzwervingen wist te vinden. Jazdi, enigszins opgeknapt tijdens de rit over de snelweg, zat overeind, met zijn gezicht naar het open raampje, en vergaapte zich aan de straten en de aanblikken. Af en toe draaide hij zijn gezicht naar Ora toe, alsof hij nauwelijks kon geloven dat zulke dingen in de werkelijkheid bestonden. Achter Sami's rug ontstond er een spelletje tussen hen: hij keek naar haar, zij glimlachte, hij draaide zich weer naar het raampje, en even later gluurde hij weer naar haar, over zijn schouder. Toen ze langs de boulevard reden, zei Sami tegen hem: 'Sjoef el-bacher,' en het kind stak zijn hoofd en zijn schouders uit het raampje, maar de zee, achter de straatlantaarns, was donker en er waren alleen wat schuimige ploegvoren te zien. Hij mompelde: 'Bacher, bacher,' en zijn vingers strekten en spreidden zich. Ora vroeg: 'Heb je nog nooit de zee gezien?' Hij gaf geen antwoord. Hij verstond haar natuurlijk niet, en Sami zei lachend: 'Waar moet die de zee dan zien? Vanaf de boulevard in vluchtelingenkamp Deheisje zeker.' Een zuchtje wind blies de geur van de zee naar hen toe, en Jazdi's neusgaten sperden zich open, snuffelden en proefden. Zijn gezicht kreeg een merkwaardige, bijna gekwelde uitdrukking, alsof de gelaatstrekken het geluk niet aan konden.

Daarna begon de ziekte weer op hem te drukken. Hij ging liggen, zijn armen en hoofd stuiptrekten, en hij zag eruit als iemand die probeerde uit te wijken voor dingen die naar zijn hoofd werden gegooid. Telkens weer depte Ora zijn zweet met een papieren zakdoekje, en toen die op waren, gebruikte ze een doekje dat ze onder de stoel vóór haar vond. Ze trof daar ook een plastic zak met kleren van hem aan: ondergoed, een paar sokken, een shirtje met Ninja Turtles dat eens van Ofer was geweest en was doorgegeven aan de kinderen van Sami, en daarnaast ook een schroevendraaier met verwisselbare bitjes en een doorzichtige stuiterbal met een dinosaurusje erin. Jazdi had dorst, zijn tong ging de hele tijd heen en weer in zijn mond. De fles water was leeg, maar Sami durfde niet te stoppen om water te kopen bij een kiosk. 'Op een dag als deze, een Arabier bij een kiosk, dat is geen goed idee,' legde hij droogjes uit. Even later, misschien door Sami's zenuwachtige manier van rijden en het vele gedraai in de bochtige doolhof van de stegen van Jaffa, begon Jazdi over te geven.

Ora voelde eerst zijn lichaam verkrampen en zijn ribbenkast spastisch op en neer gaan, en ze zei tegen Sami dat hij moest stoppen, maar Sami bromde dat het geen plek was waar hij kon stoppen. Een patrouillewagen van de politie stond op de stoep aan de overkant. Maar toen hij achter zich het kind nog een keer hoorde kokhalzen, begon hij als een bezetene te scheuren en door rood te rijden, blijkbaar op zoek naar een donker plekje, een verlaten veldje. Hij schreeuwde ook in het Arabisch tegen Jazdi dat hij zich moest inhouden, dreigde dat hij het niet moest wagen en vervloekte hem en zijn vader en zijn vaders vader. Een straal braaksel spoot uit de mond van het kind. Sami riep nog tegen haar dat ze zijn hoofd naar de vloer moest richten, niet op de bekleding, maar Jazdi's hoofd slingerde alle kanten op, als een ballon waaruit een stroom lucht ontsnapte, en Ora werd helemaal ondergesproeid, haar benen, haar broek, haar schoenen, haar haar.

Sami's rechterhand schoot bliksemsnel naar achteren, voelde, raakte aan en deinsde walgend terug. 'Geef me zijn hand,' gilde hij met een schelle, vrouwelijke stem, 'zijn hand, leg zijn hand hier neer!' Ze gehoorzaamde werktuiglijk aan de paniek in zijn stem – vagelijk hoopte ze dat hij misschien een of andere kunstgreep kende die onmiddellijk zou werken, een Palestijnse sjamanentruc – en ze pakte Jazdi's slappe hand en legde die op het nephouten plastic oppervlak tussen de twee stoelen voorin. En zonder ook maar te kijken gaf Sami er één zware, mokerharde klap op. Ora gilde alsof zij was geslagen, en ze stak haar hand uit om Jazdi's hand terug te halen, maar Sami zag dat niet en liet nog een klap neerkomen, op haar arm.

Een paar minuten later kwamen ze aan bij de school. Ze stopten voor de dichte poort, en een jonge man met een baard, die achter de poort in het donker had staan wachten, schoot tevoorschijn, keek schichtig om zich heen en gebaarde Sami langs het hek te lopen. Zo liepen ze, met het hek tussen hen in. In een donkere hoek maakte de jongeman een gat in het hek ruimer en kwam naar Sami toe. Snel fluisterend voerden ze een gesprek met elkaar en ondertussen wierpen ze blikken naar links en naar rechts. Ora stapte uit de taxi en ademde de vochtige avondlucht in. Haar linkerarm gloeide, en ze wist dat de pijn alleen maar erger zou worden. In het licht van de straatlantaarn zag ze de vlekken waar ze was geraakt door het braaksel. Ze bewoog zich voorzichtig, haar ledematen en haar kleren waren vies van elkaar. De bebaarde man pakte Sami bij de arm en voerde hem mee naar de taxi. Ze keken naar Jazdi, die op de achterbank lag, en Sami nam met smart in zijn ogen de bekleding op. Geen van beiden sloeg acht op Ora. De jongeman gaf een of ander seintje via zijn mobieltje, waarna drie jongens de donkere school uit kwamen rennen. Er werd geen woord gezegd. De drie trokken Jazdi uit de taxi en droegen hem snel naar binnen via een zijpoort. Een van hen had hem vast bij zijn schouders, twee bij zijn voeten. Ora keek ernaar en dacht: dit is niet de eerste keer dat ze iemand zo verslepen. Zijn hoofd en armen hingen naar beneden, zijn ogen waren dicht, en om een of andere reden was haar duidelijk dat dit ook voor Jazdi niet de eerste keer was.

Toen ze achter hen aan begon te lopen, draaide de gebaarde man zich meteen naar haar toe, daarna keek hij naar Sami. Sami stapte op haar af en zei: 'Misschien kun je beter hier blijven.'

Ora doorboorde hem met een vernietigende blik. Hij zwichtte, ging terug naar de man met de baard en fluisterde iets tegen hem. Ora vermoedde dat hij tegen hem zei dat het in orde was, misschien zelfs met de woorden 'ze is er een van ons'.

In het schoolgebouw heersten stilte en volstrekte duisternis, op het binnenvallende licht van de maan en de straatlantaarns na. Sami en de man met de baard verdwenen in een van de kamers. Ora bleef staan en wachtte. Toen haar ogen een beetje gewend waren, zag ze dat ze in een niet al te grote entreehal stond, waar een aantal gangen op uitkwam. Hier en daar stonden kale plantenbakken en aan de muren hingen half losgelaten plakkaten die tot stilte, orde en properheid opriepen. Ze rook kinderzweet en een vage stank van kleedkamers, en bovenal de lucht van het braaksel, die van haar eigen kleren kwam. Ze vroeg zich af hoe ze Sami en Jazdi nu moest terugvinden en ze durfde ze niet hardop te roepen. Voorzichtig, met uitgestoken armen, zette ze kleine pasjes in het donker, tot ze aankwam bij een van de ronde, dunne steunpilaren in het midden van de hal. Daar bleef ze staan. Haar blik dwaalde rond over de muren. Ze zag plaatjes van gezichten die ze niet kon thuisbrengen, misschien van Herzl en Ben-Goerion, misschien van de minister-president en de chef-staf van het leger. In een hoek tegenover haar stond een klein monument van opeengestapelde stenen met een grote foto, waarschijnlijk van Rabin, en daarboven hingen zwartmetalen letters aan de muur. Ora draaide langzaam om de pilaar, die ze met één arm vasthield. De draaibeweging wekte het prettige gevoel van de duizeligheid die ze als klein meisje zichzelf graag bezorgde, met het lichte gloeien in de vingertoppen.

Alsof ze ze bij elkaar plukte in haar draaibeweging, doken er schimmen voor haar op, gestalten, mannen, vrouwen en kinderen, gekleed in vodden, stil, gedwee, bestrooid met de as van het vluchtelingschap. Ze stonden een eindje van haar vandaan, langs de muren, en keken naar haar. Ora verstijfde van schrik. Ze zijn terug, dacht ze. Eén klein, begoochelend moment lang had ze het gevoel dat door haar beweging de nachtmerrie, die altijd ergens zachtjes brandde, echt werkelijkheid was geworden. Een jonge vrouw maakte zich los van de anderen, kwam naar haar toe en fluisterde in gebroken Hebreeuws tegen haar dat Sami had gezegd dat ze haar kleren kon wassen op de wc.

Ora liep achter haar aan. In de gangen ritselde het van de schimmen en de snelle voetstappen. Vage gestalten schoten langs haar heen. Gepraat werd er nauwelijks. De vrouw wees haar zwijgend de meisjestoiletten. Ora ging naar binnen. Ze begreep dat ze geen licht mocht maken. Dat het hier overal donker moest blijven. In een van de wc-hokjes zonder deuren ging ze zitten en plaste in een kleine pot. Daarna spoelde ze boven de lage wastafel haar gezicht en haar haar af, boende naar beste kunnen de spatten braaksel van haar kleren en hield haar pijnlijke linkerarm onder de straal koud water. Toen ze klaar was, rechtte ze haar rug, leunde met twee gestrekte armen op het roestvrijstalen blad, sloot haar ogen en gaf zich over aan een grote, zuigende vermoeidheid, maar met de ontspanning kwam ook een scherpe steek van schrik, opnieuw, alsof ze haar dekking had laten zakken.

Wat heb ik gedaan?

Ik heb Ofer weggebracht naar de oorlog.

Ik heb hem er zelf heengebracht.

En als hem wat overkomt?

En als dit de laatste keer was dat ik hem heb aangeraakt?

Zoals ik op het eind, toen ik hem een zoen gaf, zijn wang heb aangeraakt, op het zachte plekje, waar hij geen stoppels heeft.

Ik heb hem erheen gebracht.

Ik heb hem niet tegengehouden. Ik heb het niet eens geprobeerd.

Ik heb een taxi besteld en we zijn gegaan.

We zijn tweeënhalf uur onderweg geweest en ik heb het niet geprobeerd.

Ik heb hem daar achtergelaten.

Ik heb hem aan hen overgeleverd.

Met eigen handen, ik.

Ineens stokte haar ademhaling. Ze durfde zich niet te verroeren. Ze leek verlamd. Ze had een voorgevoel, een scherp, tastbaar besef.

Wees voorzichtig, zei ze in gedachte tegen hem zonder haar lippen te bewegen, en kijk ook achterom.

Toen begon haar lichaam vanzelf te bewegen, heel licht, bijna ongemerkt. De schouders, het bekken, een heup die zich verroerde. Ze had geen macht over haar leden. Ze voelde alleen dat haar lichaam aan Ofer seinde hoe hij zich nu moest bewegen om daar aan een of ander gevaar te ontsnappen of niet in een val te trappen. Eén lang ogenblik duurde die eigenaardige, onwillekeurige beweging, daarna hield haar lichaam zich rustig en onderwierp het zich weer aan haar wil, en Ora haalde weer adem en wist dat alles daar in orde was, voorlopig. 'Ai,' kreunde ze tegen haar buikje, dat ze in de lage spiegel zag.

Soms heb ik het idee dat ik me bijna ieder moment met hem kan herinneren, vanaf de seconde van zijn geboorte, zei ze geluidloos tegen haar buik in de spiegel, en soms zie ik dat ik hele perioden van hem kwijt ben. 'Mijn vriendin, Ariëlla, had een te vroege bevalling, in de zesde maand,' zei Ora tegen de oudere, zwaarlijvige vrouw die de toiletten was binnengekomen en stilletjes aan de kant bleef staan. Ze was gehuld in een gebloemde omslagdoek, en ze keek Ora met vriendelijke ogen aan en wachtte blijkbaar tot haar verdriet wat was geluwd.

'Ze hadden haar een injectie gegeven,' vertelde Ora zachtjes, 'een injectie die het kind in de baarmoeder had moeten doden. Het was niet in orde, het was een mongooltje, en zij en haar man hadden besloten dat ze niet in staat waren zo'n kind op te voeden. Maar het kind werd levend geboren, begrijpt u? Begrijpt u me?' De vrouw knikte, en Ora vertelde verder: 'Blijkbaar was er iets fout gegaan met de dosis van het spul dat ze haar hadden ingespoten, en mijn vriendin vroeg of ze het kind zou mogen vasthouden zolang het nog leefde. Zij zat in bed, en haar man ging de kamer uit, hij kon het niet aan,' – Ora's blik schoot even naar de vrouw, en ze had het idee dat ze een vonk van begrip en deelgenootschap ontwaarde – 'en een kwartier lang heeft het nog geleefd in haar armen. En al die tijd bleef ze tegen hem praten, ze hield hem in haar armen en kuste hem overal, het was een jongetje, elk vingertje en nageltje van hem kuste ze, en ze vertelt altijd dat hij eruitzag als een volkomen gezond kindje, alleen heel klein, en doorzichtig, en dat hij een beetje bewoog en zijn gezichtje vertrok. Echt van die babygezichtjes trok hij, en hij bewoog ook zijn armpjes en zijn mond, maar geluid maakte hij niet,' vertelde Ora aan de vrouw, die naar haar luisterde, met haar armen over elkaar onder haar

boezem. 'En heel langzaam is hij gewoon opgebrand,' zei ze, 'gewoon uitgegaan als een kaars, heel rustig en zonder problemen te maken, nog een
paar stuipjes en hij piepte ertussenuit, en dat was dat. En mijn vriendin
herinnert zich die momenten zelfs nog beter dan de drie andere beval-
lingen die ze heeft gehad, ervoor en erna. Ze zegt altijd dat ze in de korte
tijd die ze met hem had haar best heeft gedaan om hem een zo vol mogelijk leven en al haar liefde te geven, ook al had ze hem eigenlijk zelf
gedood, of was ze medeverantwoordelijk voor de beslissing hem te doden,' mompelde Ora, en ze wreef stevig met haar handen over haar schedel en haar slapen en drukte daarna met beide handen haar wangen in,
zodat haar mond even werd opengesperd in een geluidloze schreeuw.

De vrouw boog haar hoofd een beetje en zweeg. Nu zag Ora dat ze heel
oud was en dat haar gezicht was doorploegd met diepe rimpels en was
bedekt met tatoeages.

'En wat heb ik te klagen?' ging ze daarna verder met een gebarsten
stem. 'Ik heb mijn kind eenentwintig jaar vastgehouden, *waached wa-
asjrien sana*,' zei ze tegen de vrouw in aarzelend Arabisch, dat ze zich herinnerde van de middelbare school. 'Het is alleen zo snel voorbijgegaan,
en ik heb het gevoel dat ik bijna nergens tijd voor heb gehad met hem
en dat we nu pas, nadat hij was afgezwaaid, echt hadden kunnen beginnen,' en op dit punt brak haar stem, maar ze herstelde zich meteen en
zei: 'Kom, mevrouw, laten we hier weggaan, brengt u me alstublieft naar
Sami toe.'

Het was niet gemakkelijk hem te vinden. De oude vrouw kende Sami
niet en ze leek ook helemaal niet te hebben begrepen wat Ora wilde. Desondanks voerde ze haar graag van het ene vertrek naar de andere en wees
telkens naar binnen, en Ora wierp een blik in donkere klaslokalen, waarin soms mensen aanwezig waren, niet veel, drie hier, vijf daar, kinderen
en volwassenen, die op fluistertoon met elkaar zaten te praten rond een
tafeltje van een van de leerlingen, of op de grond zaten en voor zichzelf
een maaltijd opwarmden op een gasbrandertje, of op bijeengeschoven
tafels en stoelen in hun kleren lagen te slapen. In een ander lokaal zag ze
iemand liggen op een lange houten bank, en om hem heen waren mensen druk doende, stil en vlot. Ze zette haar tocht langs de klaslokalen
voort. In een ervan zag ze een geknielde man het been verbinden van
iemand die voor hem op een stoel zat. Een jonge vrouw maakte een wond
schoon bij een man met een ontblote borst en een vertrokken gezicht.

Vanuit andere lokalen hoorden ze verstikt gekreun van pijn en sussend gemompel. Er hing een scherpe geur van jodium in de lucht.

'En 's morgens, wat dan?' vroeg Ora toen ze de gang weer op liepen.

''s Morgens,' herhaalde de oude vrouw in het Hebreeuws, en ze zei er met een brede glimlach in het Arabisch achteraan: ''s Morgens *koellhom maafiesj!*' Met haar vingers maakte ze een gebaar als van een zeepbel die uiteenspatte.

In een van de lokalen vond ze Sami en Jazdi. Ook daar had niemand licht gemaakt en heerste stilte. Ze stond in de deuropening en keek naar de kleine stoelen die omgekeerd op de tafels stonden. Een enorme kartonnen schildpad met gestrekte poten hing aan de muur, en daarboven stond: PAD VAN DE VERZOENING. Zijn pantser bestond uit allemaal hokjes van meningsverschillen tussen partijen die met elkaar verzoend moesten worden, Asjkenazi's en Sefarden, aanhangers van links en van rechts, orthodoxen en seculieren. Sami en de man met de baard stonden een paar passen verderop, bij het bord, en waren stilletjes aan het praten met een oudere, stevige kleine man met zilvergrijs haar. Sami knikte flauwtjes naar haar, met een effen gezicht, bijna alsof hij haar niet zou kennen. Ze keek naar hem: iets in zijn houding, zijn gebaren, de manier waarop zijn handen de lucht doorsneden, was nieuw voor haar en heel vreemd. Drie kleine kinderen, van een jaar of twee, drie, ontdekten haar en begonnen om haar heen te rennen. Ze waren opgewonden en trokken zonder gêne aan haar broek en aan haar handen om haar mee te krijgen. Ook zij maakten nauwelijks geluid, dacht Ora verbaasd, ook zij waren al geoefende steenpatrijzenjongen. Ze liep achter hen aan naar een hoek van het lokaal, bij het raam. Een kleine kring van alleen vrouwen stond daar dicht om iemand heen. Ora gluurde tussen de hoofden van de vrouwen door. Een grote, forse vrouw zat blootsvoets, met gestrekte benen tegen de muur aan op de vloer en was Jazdi aan het zogen. Zijn mond lag op haar tepel en zijn benen bungelden aan de andere kant van haar dijen. Hij had nu andere kleren aan: een bruin-wit geblokt shirt en een zwartlinnen broek. Voor het eerst sinds Ora hem had ontmoet, was zijn gezicht kalm. De zoogster keek hem in diepe concentratie aan. Ze had een sterk, wild gezicht, benige, ietwat mannelijke wangen en een witte, overvolle borst. De vrouwen stonden er als gehypnotiseerd omheen, geregen aan een en dezelfde draad. Ora stond op de puntjes van haar tenen en wilde de kring in, tenslotte had zij ook iets te maken met Jazdi, of misschien wilde ze alleen nog maar één keer zijn hand aanraken om afscheid van hem te nemen. Maar toen ze zich tussen de vrouwen probeerde te dringen, spanden ze als één lichaam hun spieren, en ze trok zich terug en bleef beteuterd achter hen staan.

Ze werd op haar schouder getikt. Sami, bleek en doodop. 'Kom, we zijn hier klaar.'

'En hij?' vroeg ze, en ze wees met haar ogen naar Jazdi.

'Dat zit goed. Zijn oom komt hem straks halen.'

'En wie is zij?' vroeg ze over de zoogster.

'Een vrouw. De dokter heeft gezegd dat ze hem de borst moest geven. Moedermelk houdt hij binnen.'

'Is hier een dokter?'

Met een gebaar van zijn wenkbrauwen wees Sami naar de kleine man met het zilvergrijze haar.

'Wat doet een dokter hier? Wat is dit voor plek?'

Sami aarzelde. 'Zij hier, de mensen,' zei hij halfhartig, 'komen 's nachts uit alle hoeken van de stad hiernaartoe.'

'Waarom?'

''s Nachts is dit het ziekenhuis van de illegalen.'

'Ziekenhuis?'

'Voor degenen die tijdens hun werk gewond zijn geraakt, en degenen die de klappen hebben gekregen,' zei hij, en Ora dacht: alsof er een of ander vast quotum van klappen is. 'Kom,' zei hij, 'we gaan.'

'En waarom hier?' vroeg ze.

Maar hij liep het lokaal al uit en liet haar achter met de naklank van de vraag. Ze liep achter hem aan de gang op en vond het moeilijk afscheid te nemen van de plek en van het geheimzinnige, goedaardige geritsel.

Maar ook van Jazdi – waarom zou ze het ontkennen? – of van wat hij in haar had opgeroepen toen hij tegen haar aan kroop, toen ze het braaksel van hem af veegde, toen ze het kijkspelletje met hem speelde, toen ze hem op haar schoot troostte nadat Sami hem en haar had geslagen. Ze had het gevoel dat die kleine gebaren een of andere oude hoedanigheid in haar wakker hadden gemaakt, een hoedanigheid die haar lief was, maar waaraan blijkbaar niemand meer behoefte had en die ze zelf ook bijna was vergeten.

Even stond ze op het punt stilletjes rechtsomkeert te maken om nog één keer een blik te kunnen werpen op Jazdi's grote zoogster, om nog één keer die opperste concentratie in haar gezicht te zien, en ook de lichte huivering die af en toe door haar voorhoofd trok. Zoals ze hem seinde dat hij niet moest bijten, dacht Ora, wat een fijnzinnigheid, wat een natuurlijk moederschap, en dat terwijl hij niet eens een kind van haarzelf was.

In de entreehal waren nu vrouwen en kinderen de vloer aan het dweilen, en het schoot haar te binnen dat Sami jaren geleden een keer tegen haar had gezegd dat hij de logica van de Joden nooit zou kunnen begrijpen: 'Overdag zijn jullie de hele tijd bezig ons te controleren, te schaduwen en onze onderbroeken te doorzoeken, en dan geven jullie ons 's nachts ineens de sleutels van jullie restaurants, benzinestations, bakkerijen en supermarkten?'

'Wacht even,' zei ze tegen zijn rug, 'en merken de buren dan niets?'

Hij haalde zijn schouders op. 'Na één, twee weken. Natuurlijk merken ze het.'

'En wat dan?'

'Wat dan? Dan gaan ze ergens anders naartoe. Zo gaat het altijd.'

Ze stonden buiten, en Ora keek achterom en vroeg zich af of je politiek asiel zou kunnen aanvragen bij vluchtelingen, want wat haar betreft was ze bereid zich hier de komende maand schuil te houden. Een illegale illegaal te worden. Dan zou ze tenminste nog iemand van nut kunnen zijn.

Ofer, Ofer, dacht ze, waar ben je? Wat gebeurt er nu met je?

Wie kon zeggen of hij daar op dit moment niet tegen de jongere broer van die vrouw of de zoon van die ene man op liep?

Toen ze bij de taxi aankwamen, sprongen er drie vrolijke kleine meisjes uit, met doekjes, een kleine emmer en borstels in hun handen. Ze bleven naast de auto staan giechelen en namen Ora steels op. Sami inspecteerde de achterbank weer en zuchtte diep. Ora ging naast hem zitten.

Sami startte de motor niet en speelde met de zware sleutelbos. Ora wachtte. Hij draaide zich naar haar toe, worstelend met zijn buik. 'Zelfs als jij me vergeeft voor daarstraks,' zei hij, 'voor de klap, mezelf vergeef ik die niet. Ik zou mijn hand eraf moeten hakken voor wat ik heb gedaan.'

'Rijden,' zei ze vermoeid, 'er wordt op me gewacht.'

'Een ogenblikje,' zei Sami, 'alsjeblieft, ik smeek het je.'

'Wat wil je?'

Ogen schoten heen en weer langs ogen, als honden die aan weerszijden van een hek aan de ketting lagen. Een dierbaar, zelfs geliefd gezicht, dat plotseling wildvreemd leek. Zo een waarvoor je niet eens moeite wilde doen om het te ontcijferen, dacht ze, om het je vertrouwd te maken.

Sami wendde zijn blik af en slikte. 'Zolang meneer Ilan er maar niets over te horen krijgt.'

Er hing nog altijd een lichte stank van braaksel in de taxi, en Ora dacht dat alles met elkaar samenhing. Ook dat 'meneer' waardoor hij 'Ilan' ineens liet voorafgaan. Meneer Ilan en mejuffrouw Ora. Ze wachtte met haar antwoord. Eerlijk gezegd had ze zo'n verzoek al verwacht, en voor zichzelf had ze al besloten wat de prijs zou zijn die ze van hem zou eisen. Ilan kan trots op me zijn, dacht ze verbitterd. 'Rijden,' zei ze.

'Maar wat... wat zeg je...'

'Rijden,' beval ze en ze stond ervan verbaasd hoe iets wat jegens hem nog nooit in haar was opgekomen in haar doorsijpelde: een zoet gevoel van macht. Een licht brandend, aangenaam gevoel van heerschappij. 'Eerst rijden, daarna zien we wel.'

Aan de horizon gloorde het ochtendlicht en zij lagen aan de rand van een veld. Fris groen ontrolde zijn tinten zo ver het oog reikte, en nog bedekt door het web van de droom ontwaakten zij uit een sluimering. Zij en hij waren alleen op de wereld, verder was er niemand, en de geur van de scheppingsdagen dampte van de aarde, de lucht gonsde van de kleine schepsels en het doek van de dageraad hing nog strak gespannen boven hen, doorzichtig en bedauwd. In beider ogen kwam een kleine glimlach op, een glimlach uit een wereld die nog zonder angst was en zonder henzelf.

Toen scherpten Avrams ogen zich. Hij zag Ora tegenover hem zitten, leunend tegen een enorme rugzak, met daarachter een veld, een plantage en een berg. Wonderbaarlijk snel sprong hij overeind. 'Wat is dit hier?' vroeg hij dwingend.

Ora haalde haar schouders op. 'Ergens in Galilea,' bromde ze, 'vraag het niet aan mij.'

'In Galilea?!' Zijn gezicht werd rond van eindeloze verbazing. 'Waar ben ik?' fluisterde hij.

En Ora antwoordde: 'Waar hij ons vannacht eruit heeft gegooid.'

Avram streek met een hand over zijn gezicht, wreef, boende, drukte plat, bewoog zijn grote hoofd heen en weer. 'Wie heeft ons eruit gegooid? De taxichauffeur? De Arabier?'

'Ja, de Arabier.' Ze stak een hand naar hem uit, opdat hij haar zou helpen overeind te komen, maar hij deed alsof hij het gebaar niet begreep.

'Jullie waren aan het schreeuwen,' herinnerde hij zich. 'Ik slíep, en jij schreeuwde ook tegen hem, is het niet?'

'Laat zitten, dat doet er nu niet toe.' Ze hees zichzelf kreunend overeind en stuitte op vijandige gewrichten en lichaamsdelen die waren doortrokken van leedvermaak. En terecht, dacht ze. Ze nam de zonden op haar lijstje een voor een door: ze had Avram in zijn geheel op haar arme rug genomen en hem vier etages mee naar beneden gezeuld, en dan die vreselijke nachtelijke rit, hun geslaapwandel door de velden – ze was onderweg ook nog een paar keer gevallen – tot ze ten slotte hier was ingestort aan de rand van het veld en op de grond had proberen te slapen.

Ik ben hier te oud voor, dacht ze.

'Die pil slaat je knock-out,' mompelde Avram, 'Prodormol. Ik ben die niet gewend. Ik kon niets meer doen.'

Je hebt genoeg gedaan, kreunde ze in gedachte. 'Wat een dag heb ik achter de rug met hem,' zei ze, 'praat me er niet van.'

'Maar waarom heeft hij ons in godsnaam hier naartoe gebracht?' wond Avram zich weer op, alsof hij nu pas snapte wat hem was overkomen. 'En wat nu? Wat doen we nu, Ora?' Van minuut tot minuut verzamelden zich meer angsten in hem, en hij had er geen ruimte meer voor in zijn lichaam.

Ora sloeg op haar achterwerk en veegde er aarde en droge blaadjes af. Koffie zou helpen, dacht ze, en ze mompelde 'koffie, koffie' in haar hoofd om de vragen te smoren die erin begonnen rond te rennen met een waanzinnig gekwaak: wat doe ik nu met hem, en wat dacht ik precies toen ik hem hier mee naartoe sleepte?

'We gaan nu,' besliste ze, en ze durfde hem niet aan te kijken.

'Hoezo, "we gaan nu"? Waarheen? Ora! Hoezo, "we gaan nu"?'

'Ik stel voor,' zei ze, en ze kon nauwelijks geloven dat de woorden uit haar mond kwamen, 'dat we de rugzakken pakken en wat gaan rondkijken. We gaan lopen. Om te zien waar we zijn.'

Avram staarde haar aan. 'Ik moet thuis zijn,' sprak hij langzaam, alsof hij een simpel feit des levens, dat zo klaar was als een klontje, uitlegde aan een zwakzinnige.

Ora deed de rugzak om, wankelde onder het gewicht en wachtte. Avram verroerde geen vin. De randen van zijn mouwen trilden. 'Die is van jou,' zei Ora en ze wees naar de andere, blauwe rugzak.

'Hoezo van mij?' Hij schrok en viel achterover, alsof de rugzak een sluw beest was dat van plan was hem te bespringen. 'Die is niet van mij,' mompelde hij, 'ik heb hem nog nooit gezien.'

'Hij is van jou,' zei ze weer, 'en kom, laten we gaan, we praten onderweg wel.'

'Nee,' bleef Avram onverzettelijk en de haren van zijn dunne baard gingen een beetje overeind staan. 'Ik verzet geen stap, eerst leg je me uit wat –'

'Onderweg,' kapte ze hem af, en ze zette zich in beweging, met verkrampte schouders en alsof een ongeoefende poppenspeler aan haar touwtjes trok. 'Ik vertel je alles onderweg, we kunnen hier niet langer blijven.'

'Waarom niet?' hield Avram voet bij stuk.

'Dat is verboden,' zei ze simpelweg, en toen ze het uitsprak wist ze dat ze gelijk had, dat dit de wetsregel was waaraan ze zich moest houden: niet te lang op dezelfde plek blijven, geen stationair doelwit zijn, voor mensen noch voor gedachten.

Verschrikt zag hij haar weglopen in de richting van een pad. Ze komt meteen terug, dacht hij, ze draait dadelijk om. Ze laat me niet zo achter. Dat waagt ze niet. Maar Ora stopte niet en keek evenmin achterom. Zijn mond trilde van woede en verongelijktheid. Ineens stampte hij op de grond en stootte een korte, bittere kreet uit, misschien haar naam, misschien 'takkewijf', 'godverdomme', 'wat denk je wel niet', 'gestoord mens' en 'mamma mia, wacht even op me', en dat allemaal in één adem. Ora kromp ineen en liep verder. Krachteloos pakte Avram de rugzak op, hing die om zijn linkerschouder, begon achter haar aan te lopen en strompelde door de aarde.

Het pad liep tussen velden en plantages door. Aan weerszijden van het pad stonden zilvergroene populieren en ook hoge wilde mosterd in geurige gele clusters. Het is mooi hier, dacht ze. Ze liep. Ze had geen flauw benul waar ze was en waar ze naartoe ging. Ze hoorde zijn voetstappen achter zich, zijn hakkelende loopje. Ze wierp een blik over haar schouder. Verloren en paniekerig tastte hij rond door de open ruimte, en ze dacht dat hij zich in het licht voortbewoog zoals zij in het donker en herinnerde zich hoe ze hem gisteravond had aangetroffen: een gebogen, trage schim, diep weggedoken in een donkere woning.

Daarin deed hij blijkbaar geen lichten aan, snapte ze toen hij de deur voor haar opende nadat ze er minutenlang op had geklopt en gebonkt. De bel was eruit getrokken. In het trappenhuis hing niet eens een gloeilampje. Vier etages was ze op de tast langs muren vol gaten en een vettige stenen balustrade geklommen, en ze was ondergedompeld in verschillende soorten stank die er in de lucht hingen. Toen hij eindelijk opendeed – haar bril, die nieuw voor hem was, zette ze vlug af – zag ze een blok. Zo geweldig breed leek hij haar in het donker, dat ze even niet zeker wist of hij het was en met twijfel in haar stem zijn naam zei. Hij zweeg. 'Ik ben er,' zei ze en ze zocht nog meer woorden om de leegte te vullen die afgrondelijke vormen begon aan te nemen in haar buik. De duisternis in de woning achter hem beangstigde haar, net als het gevoel dat hij daarvandaan op haar afdook als een beer uit zijn hol. Ze waagde het erop en stak een hand naar binnen, voelde over de muur en vond een lichtknopje. Beiden werden overspoeld door een troebel geel licht, en hun blikken wisselden al genadeloze informatie uit.

Zij was alles wel beschouwd beter geconserveerd gebleven. Haar heel korte, krullende haar was bijna helemaal grijs geworden, maar de uitdrukking van haar gezicht was nog altijd open, onschuldig en verwelkomend – hij voelde dat aan, hoe verdoofd hij ook was – en haar grote bruine ogen doorboorden hem nog altijd met een of andere eeuwige, ernstige vraag. Toch was er iets aan haar een beetje verdroogd en vervaagd, zag hij. Enkele flinterdunne lijntjes, sporen van een vogel in het zand, waren er rond haar lippen bij gekomen, en in haar houding leek iets te zijn verbleekt, een zekere fiere, veulenachtige gedurfdheid waarmee ze altijd haar nek recht had gehouden. Ook de gulle, goedlachse mond, Ora's grote mond, leek hem nu slap en sceptisch.

Hij was de afgelopen drie jaar erg kaal geworden, zag Ora, en zijn gezicht was opgezwollen en leek gesloten. Een baard van een week stond erop. Zijn blauwe ogen, waar ze vroeger een droge keel van had gekregen, waren vertroebeld en leken kleiner geworden en weggezonken in zijn gezicht. Hij verroerde zich nog steeds niet en blokkeerde de deuropening bijna met zijn lichaam, met die dikke, licht zijwaarts gespreide pinguïnarmen van hem. Hij stond daar in een verschoten T-shirt dat bijna uit elkaar barstte rond zijn sterke lijf, en hij bromde in zichzelf en smakte zo geërgerd met zijn lippen dat ze op krachtige toon moest vragen: 'Laat je me niet binnen?' En toen trok hij zich terug en liep sloffend op zijn blote voeten de woning in, weer mopperend in zichzelf. Ze sloot de deur en liep een geur in die een entiteit op zich was, als een dikke deken met talloze plooien, die om haar heen bewoog. De geur van de binnenkant van gesloten koffers en laden, van beddengoed dat niet werd gelucht, van sokken onder bedden en spiraalnevels van stof.

En daar waren ze: het zware buffet met de afgebladderde laklaag, het rafelige kale kleed, de afgrijselijke rode leunstoelen waarvan de bekleding vijfendertig jaar geleden al was versleten en gescheurd. De meubels van zijn moeder, zijn enige bezit, waarmee hij nog altijd van de ene woning naar de andere zwierf. 'Waar was je?' bromde hij. 'Je zei dat je binnen een uur zou komen.'

Meteen slingerde ze hem haar voorstel in het gezicht, met luide en gespannen stem, met de bravoure en gêne van iemand die weet hoe absurd haar woorden zijn en die een of andere tentpin in de bodem van de verbeelding moet slaan, waarna we verder wel zouden zien. Maar hij leek niet eens te horen wat ze zei. Hij keek haar ook niet aan. Met kleine, vertraagde bewegingen schudde zijn diep gebogen hoofd naar rechts en naar links. 'Wacht even,' zei ze, 'zeg nog geen nee. Denk er even over na.' Hij hief zijn hoofd naar haar op, al zijn bewegingen waren uiterst traag. In het licht van het kale peertje zag ze weer wat de afgelopen jaren bij hem hadden aangericht.

'Het spijt me zeer,' zei hij moeizaam, 'ik kan nu niet. Misschien een andere keer.'

Als het niet zo triest was geweest, was ze in lachen uitgebarsten. Om dat 'het spijt me zeer' van hem, als van een bedelaar die in de goot lag en met opgestoken pink theedronk uit een conservenblikje.

'Avram, ik –'

'Ora, nee.'

Ook zo'n korte uitspraak ging kennelijk zijn krachten te boven. Of misschien was het de smaak van haar naam in zijn mond. Zijn ogen kleurden ineens rood en zijn hele wezen leek ineens verder weg te zakken in zijn vlees. 'Luister naar me,' gaf ze hem op zijn kop met een nieuwe strengheid, die ze had opgedaan uit de confrontatie met Sami, 'ik kan je nergens toe dwingen, maar laat me eerst helemaal uitspreken en neem dan je besluit. Ik ben gewoon op de vlucht. Snap je? Ik kan onmogelijk daar blijven zitten wachten tot ze komen.'

'Wie zijn zij?'

'Zij,' zei ze, en ze keek hem even diep in de ogen en zag dat hij het begreep.

'Maar je kunt hier niet blijven slapen,' mompelde hij verbolgen, 'ik heb geen logeerbed.'

'Ik wil hier niet blijven slapen, ik ben op doorreis. Ik kwam je halen.'

Hij knikte langdurig en glimlachte zelfs even, met de beleefdheid van een toerist in een land waar de regels hem niet duidelijk zijn. Ze merkte op: de woorden dringen totaal niet tot hem door.

'Waar is Ilan?' vroeg hij.

'Ik ga voor een paar dagen naar het noorden, kom met me mee.'

'Ik ken haar niet, wat heeft ze? Wat moet ze in godsnaam –'

Tot haar verbijstering sprak hij hardop de woorden uit die hij dacht. Eens, jaren geleden, was dat een effectieve truc van hem. 'Ora begeert me niet meer, peinst Avram zwaarmoedig en hij bidt dat hij sterven mag,' zei hij dan tegen haar en hij ontkende vervolgens altijd met een glimlach dat hij dat had gezegd, waarna hij haar er ook nog van beschuldigde in te breken in zijn verborgen gedachten. Maar hier was sprake van iets anders, iets zorgwekkends, een soort van innerlijk privégepraat, dat werd opgeboerd zonder dat hij er controle over had. Met zijn blik zocht hij de fauteuil en toen hij erin was neergezegen, leunde hij zijn hoofd zo ver naar achteren dat zijn hals te zien was, rood, dik en bedekt met rafelige baardharen. 'Waar is Ilan?' vroeg hij weer, half smekend.

'Er staat beneden een taxi op me te wachten,' zei Ora, 'ik wil dat je met me meegaat.'

'Waar naartoe?'

'Weet ik niet, we rijden naar het noorden, het gaat er maar om dat we niet hier blijven.'

Eén vinger van hem bewoog slapjes en leek een melodie te dirigeren die binnen in hem werd gespeeld. 'En wat ga je daar doen?'

'Geen idee. Vraag het me niet. Ik heb een tent en een rugzak en eten voor de eerste dagen. Ik heb ook alles bij me voor jou, alles is al gepakt, inclusief een slaapzak, kom met me mee.'

'Voor mij?' Zijn hoofd verscheen weer boven de rugleuning van de stoel, als een rode maan. 'Ze is gek,' mompelde hij in zichzelf, 'ze heeft haar verstand verloren.'

Het schokte Ora dat hij zo ontbloot tot op de wortels van zijn gedachten voor haar zat, maar ze verstokte haar hart. 'Ik ga niet naar huis voor de hele boel daar voorbij is,' zei ze, 'kom met me mee.'

Hij kreunde. 'Wat denkt ze wel niet, dat ik ineens kan –' en met een slap gebaar liet hij zijn hand gaan over het huis, over zichzelf. Hij presenteerde haar het bewijsmateriaal en de verzachtende omstandigheden.

'Help me,' zei Ora zachtjes.

Hij zweeg. Hij zei bijvoorbeeld niet dat ze hem niet zouden zoeken, dat ze geen enkele reden hadden om ook hem op te sporen, wat hadden ze met hem te maken? Hij zei evenmin dat het haar probleem was en van niemand anders. En dat stilzwijgen van hem, de resten welvoeglijkheid die ze erin meende te ontdekken, vormde een sprankje hoop.

'Maar misschien komen ze helemaal niet,' probeerde hij halfhartig.

'Avram,' zei ze, bijna op de toon van een waarschuwing.

Hij haalde diep adem. 'Misschien zal hem niets overkomen.'

Ze boog zich voorover, echt tot in zijn gezicht, en keek hem diep in de ogen. Een vonk van dichte duisternis schoot heen en weer tussen hen, het verbond van hun bittere kennis, de kwaadste van alle mogelijke werelden.

'Geef me twee dagen,' zei ze, 'of weet je wat? Geef me één dag, meer niet, vierentwintig uur, op mijn woord, morgenavond breng ik je hier weer terug.' Ze geloofde in haar eigen woorden en dacht dat ze de eerste vierentwintig uur met hem moest doorkomen en dat daarna, wie weet, daar misschien alles al voorbij zou zijn en zij en Avram naar huis konden, ieder naar zijn eigen leven. Of dat ze na zo'n dag en nacht zelf misschien zou ontwaken uit haar hallucinatie, bij zinnen zou komen en naar huis zou gaan om te doen wat iedereen deed, daar op hen te gaan zitten wachten.

'Dus wat zeg je ervan?' vroeg ze.

Hij gaf geen antwoord, en ze kreunde: 'Help me alleen de eerste uren door te komen, Avram.' Zijn hoofd schudde heftig, zijn wenkbrauwen fronsten zich en zijn gezicht werd ernstig en geconcentreerd. Hij dacht aan alles wat ze voor hem had gedaan en wat ze voor hem was geweest. Wat een stuk stront ben ik ook, dacht hij, ik kan haar zelfs niet één dag geven. Ze hoorde hem. Ik moet tijd rekken, dacht hij moeizaam, nog een paar minuten maar, en dan... Ora hurkte neer voor zijn stoel en legde haar handen op de armleuningen aan weerszijden van zijn lichaam. Het werd onverdraaglijk voor hem. Hij wendde zijn hoofd af. Ze is hysterisch, dacht hij kwaad, en er is iets mis met haar mond. Ora knikte en de tranen schoten haar in de ogen. Laat ze eindelijk eens weggaan, dacht Avram hardop, en hij schoof rusteloos heen en weer in zijn stoel, ze moet weggaan, me met rust laten. Wat doet ze hier in godsnaam?

Iets jeukte achter in haar hersens. Ze wilde weten wat hij had bedoeld toen hij zei 'nog een paar minuten maar, en dan...'

Hij toverde een scheve grijns op zijn gezicht, zijn zware, gezwollen oogleden gingen moeizaam open en ontblootten rode halve maantjes. 'Ik heb al een pil genomen. Binnen een minuut val ik als een blok in slaap. Tot de ochtend ben ik niet –'

'Maar je wist dat ik zou komen!'

'Als je eerder was gekomen...' Zijn stem werd zwaarder. 'Waarom ben je niet eerder gekomen? Waarom was je er niet?'

Ze snelde naar de kleine badkamer. Ook de gloeilamp boven de spiegel was doorgebrand. Ze bewoog haar vingers boven de wastafel alsof ze draden van licht uit de woonkamer naar zich toe probeerde te trekken. Er zat roest op de kranen en op het afvoerputje van de wastafel, en ook rond de schroeven waarmee de planken in de roze porseleinen tegels waren geschroefd. Tot haar verbazing stonden er nauwelijks medicijnen op die planken. Ze raakte in de war. Ze herinnerde zich de medicijnvoorraden die hij vroeger had en waarover hij haar altijd uitgebreid vertelde tijdens hun zeldzame ontmoetingen, voordat Ofer in dienst was gegaan: Numbon, Zodorm, Bondormin, Hypnodorm – hij bromde dan altijd: 'Ze geven ze namen die klinken als getingel op een kinderxylofoon.' Nu stonden hier alleen maar pakjes antihistaminica, waarschijnlijk tegen zijn hooikoorts, hier en daar wat Assival en Stilnox en vooral ook natuurlijke tabletten voor een goede nachtrust. Dat is goed, dacht ze, hij is kennelijk op een of andere manier afgekickt van de medicijnen, eindelijk eens een keer goed nieuws. Ze stopte de pillen in een plastic zak die ze in het badkamerkastje vond, liep de badkamer uit, maar draaide zich om en ging terug. Op een aparte plank, aan de zijkant, vond ze een grote metalen ring die eruitzag als een ruiterspoor, deodorant met een vanillegeur en een haarborstel met een pluk kort, paars haar.

Daarna nam ze een kijkje in de voorraadkast en zag kartonnen dozen, boordevol lege bierflesjes. Ze vermoedde dat hij een deel van zijn inkomen verdiende met het inleveren van lege flesjes. Toen ze bij hem terugkwam, trof ze hem aan in een diepe slaap. Zijn armen en benen waren gespreid en zijn mond hing open. Ze stak haar handen in haar zij. Wat nu? Nu pas zag ze de grote tekeningen die met houtskool op de muren om haar heen waren aangebracht: wezens die aan goden deden denken, of profeten, een vrouw die de borst gaf aan een kraanvogel met grote, menselijke ogen, gesierd door lange wimpers, en baby's die eruitzagen als zwevende bokjes, met dunne haren die als een stralenkrans uitwaaierden om hun hoofd. Een van de profeten had het gezicht van Avram. De zogende vrouw was eigenlijk een meisje met een fijn, lief gezicht en een hanenkam. Tegen een hele muur stond een geïmproviseerde werktafel – een houten deur op schragen – met daarop een berg kleine en grote stukken oudroest, gereedschap, tubes lijm, spijkers, schroeven, geroeste conservenblikjes, oude kranen, horloges in verschillende stadia van ontbinding, bossen oude sleutels en stapels stukgelezen boeken. Ze sloeg een oud fotoalbum open dat aan de randen gescheurd en schimmelig was en naar een afvalhoop rook. Het was leeg. Alleen de fotohoekjes zaten er nog in, en in een vreemd, schuin handschrift waren onderschriften te lezen: *Papa en ik, Odessa, winter '36; Oma, mama en Avigajil (in de buik), 1949; Raad eens wie dit jaar koningin Esther is?*

Hij kreunde en toen hij zijn ogen opsloeg, zag hij haar recht tegenover zich. 'Je bent hier,' mompelde hij, en hij voelde hoe haar nagels in zijn onderarmen werden gestoken en probeerde te begrijpen wat het verband tussen de dingen was. Hij schudde zijn hoofd en zei: 'Morgen, kom morgen, dan is het goed.' Haar gezicht kwam heel dichtbij. Hij begon te zweten. Ze schreeuwde in zijn oor: 'Nu niet ertussenuit gaan.' Het stemgeluid viel in zijn hoofd uiteen in lettergrepen en loze klanken. Ze zag zijn tong bewegen in zijn mond, en ze boog zich weer over hem heen. 'Dan kom je maar slapend,' zei ze, 'dan kom je maar bewusteloos, maar komen zul je. Je laat me hier niet alleen mee zitten.' Hij snurkte al met wijdopen mond. Maar hoe zit het met Ilan, dacht hij, waarom is Ilan niet met haar meegekomen –

Daarna – het volgende ogenblik of een uur later, dat wist hij niet – opende hij moeizaam zijn ogen, maar ze was er niet. Even had hij het idee dat ze was weggegaan, dat ze zich had neergelegd bij zijn weigering, en hij had spijt dat hij haar niet had gevraagd hem te helpen zijn bed op te zoeken. Morgen had hij ongetwijfeld rugpijn. Maar toen hoorde hij haar tot zijn schrik rondlopen in zijn slaapkamer. Hij probeerde overeind te komen, haar uit zijn slaapkamer te zetten, maar zijn armen en benen waren als waterzakken. Hij hoorde haar op de tast het lichtknopje zoeken, maar het licht daar deed het niet. 'Ik ben vergeten het peertje te vervangen,' mompelde hij, 'morgen draai ik er een nieuwe in.' Daarna klonken weer voetstappen. Ze gaat de slaapkamer uit, dacht hij opgelucht. Toen stopten de voetstappen en volgde er een lange stilte, en hij verstijfde in de stoel, wist waar ze nu naar keek. Ga daar weg, bromde hij geluidloos. Ze kuchte een paar keer met een droge keel, liep de gang op, deed daar het licht aan en ging terug naar de slaapkamer, blijkbaar om het beter te bekijken. Als hij had gekund, was hij nu opgestaan en het huis uit gelopen.

'Avram, Avram, Avram.' Weer haar stem en haar warme adem op zijn gezicht. 'Je kunt hier niet in je eentje blijven,' fluisterde ze met iets nieuws in haar stem. Zelfs hij hoorde dat. Niet de paniek van daarstraks, maar een of andere wetenschap die hem nog meer verontrustte. 'We moeten samen wegvluchten, er zit niets anders op, wat een sukkel ben ik ook, er zit niets anders voor je op.' Hij wist dat ze gelijk had, maar warme draden werden al langzaam om zijn kuiten geknoopt, hij voelde ze omhoogkomen en met een soort nauwgezette moederlijke toewijding om zijn knieën en bovenbenen gewikkeld worden, hem goed inpakken in een zacht kluwen, waarin hij zich gedurende de nacht zou kunnen verpoppen. Al een paar jaar slikte hij die Prodormol niet meer – Netta had het hem verboden – en de werking was overweldigend: zijn benen begonnen al weg te smelten. Zo meteen, in een oogwenk, zou zijn uitputtende dagelijkse wake er weer op zitten en zou hij voor vijf of zes uur van zichzelf verlost zijn. 'Je sokken en schoenen heb je nu aan,' zei Ora, en ze richtte zich op, 'kom, geef me een hand en probeer overeind te komen.' Hij ademde traag en zwaar, zijn ogen waren dicht en zijn gezicht was vertrokken van inspanning. Als hij zich nu alleen maar zou kunnen concentreren, als ze nu maar even haar mond zou houden... Hij was er al bijna, het was een kwestie van seconden, en zij wist dat kennelijk ook, want ze gaf niet op, achtervolgde hem helemaal daar naartoe – hoe kon het dat ze haar daar binnenlieten? –, bleef telkens zijn naam zeggen, schudde en trok aan zijn schouders. Wat een kracht had ze, ze was altijd sterk geweest, slank en sterk, ze won het vroeger van hem met armworstelen, niet denken, geen herinneringen oproepen, want achter haar geschreeuw voelde hij eindelijk al de lichte duizeling die zich voor hem vernevelde, en daar wachtte hem een dichte rust en een holte, precies in de vorm van zijn lichaam, zacht als een handpalm, daar zou een wolk alles bedekken.

Ora stond tegenover de slapende man in de stoel. Drie jaar heb ik hem niet gezien, dacht ze, en toen we elkaar daarstraks terugzagen, heb ik hem niet eens omhelsd. Nu hij zo in de stoel hing en zijn kin op zijn borst drukte, staken plukjes van zijn baard omhoog rond zijn mond en gaven hem het aanzien van een dronken trol, van wie moeilijk viel uit te maken of hij goedaardig of verbitterd en gemeen was. 'Dat is raar,' had hij op een keer uitgeroepen nadat hij zich naakt voor haar had geposteerd, toen ze eenentwintig waren, 'ik kom er ineens achter dat ik een goede kant en een slechte kant heb, wat mijn ogen betreft.'

'Genoeg,' zei ze nu tegen zijn ineengezakte lijf, 'je moet meekomen. Niet alleen voor mij, Avram, het is ook voor jou, nietwaar? Dat begrijp je toch?' Hij maakte een licht snurkgeluid en langzamerhand kwam er een kalmte over zijn gezicht. Zojuist, in zijn slaapkamer, had ze gezien dat hij met een zwart potlood een rare tekening had gemaakt over de hele muur boven het bed. Eerst dacht ze dat ze keek naar een kinderachtige tekening van treinrails of van een eindeloos lang hek dat heen en weer kronkelde over de breedte van de muur en vanaf het plafond zijn bochtige pad aflegde tot vlak boven het bed. De palen van het hek waren in het midden met elkaar verbonden door korte, kromme balken. Ze hield haar hoofd scheef en keek nog eens goed. De strepen leken ook op de lange tanden van een kam of een hark, of van een prehistorisch beest. Daarna ontdekte ze her en der cijfertjes en begreep dat die datums aanduidden. De laatste, vlak bij het kussen, was de datum van vandaag, en er stond een klein uitroepteken achter. Ora liet haar blik weer van het ene lijntje naar het andere gaan en kon er niet mee ophouden tot ze definitief had vastgesteld dat elke van die honderden en honderden verticale strepen was doorgehaald met een horizontale streep.

Met een klap sloeg koud water hem in het gezicht, en hij opende verschrikt zijn ogen. 'Sta op,' zei ze, en ze zette het glas neer. Zijn slapen begonnen te kloppen. Hij likte het water van zijn lippen. Hij probeerde moeizaam een arm op te tillen om zijn gezicht te beschermen tegen haar blik. Zo bekeken te worden door haar ogen joeg hem de stuipen op het lijf. Haar ogen maakten hem tot een voorwerp, tot een blok waarvan ze de omvang, het gewicht en het zwaartepunt schatte, ja, ze was aan het beramen hoe ze hem uit de stoel zou overbrengen naar een andere plek, en hij durfde niet eens te gissen waar naartoe. Ze zette de punten van haar schoenen tegen de neuzen van de zijne, legde zijn hangende armen op haar schouders, zakte door haar knieën en trok hem naar zich toe, en ze kreunde van pijn en verbazing toen hij met zijn volle gewicht op haar zakte. Daar ging mijn rug, verkondigde ze zichzelf. Ze verschoof een voet naar achteren en vreesde elk moment te vallen, samen met hem. 'Kom,' zei ze tussen haar opeengeklemde tanden door, 'we gaan.' Hij gromde zachtjes in haar nek. Een van zijn armen hing op haar gebogen rug. 'Niet in slaap vallen,' kreunde ze met verstikte stem, 'wakker blijven!' Ze tastte met haar voeten, zonder iets te zien, ze wankelde met hem naar voren en naar achteren in een dronkenmansdans. Daarna trok ze hem als een enorme kurk los uit de deuropening en sloeg met een klap de deur achter zich dicht. In het donkere trappenhuis zocht ze met de hak van haar schoen de bovenrand van de trap. Weer mompelde hij tegen haar dat ze hem met rust moest laten, en in zichzelf uitte hij opnieuw zijn mening over haar geestelijke gezondheid. Daarna viel hij stil, begon weer te snurken en liet een lange draad kwijl over haar arm lopen. Tussen haar tanden hield ze het plastic tasje vast met zijn slaappillen en zijn tandenborstel, die ze van een of ander kastje had geplukt, en ze had al spijt dat ze niet ook wat kleren van hem had meegenomen. Door het plastic tasje heen, met opeengeklemde tanden, bleef ze tegen hem praten en brommen: ze leverde strijd om het laatste schijntje van hem wakker te houden, om hem aan zijn pinknagel weg te trekken uit de donkere muil waardoor hij langzaam werd opgeslokt. Puffend en hijgend als een hond, met trillende benen, probeerde ze het ook nog op de juiste manier te doen en herhaalde in haar hoofd, als tijdens een buitengewoon ingewikkelde behandeling: de quadriceps werkt bij het strekken, de gluteus trekt samen, de gastrocnemius en achilles rekken uit, jij doet dat, jij heerst over de situatie –, maar niets werkte hier goed, hij was te zwaar, ze werd verpletterd onder zijn gewicht en haar lichaam raakte gewoon helemaal van slag. Uiteindelijk gaf ze het op en probeerde hem alleen nog maar naar beste kunnen tegen te houden, zodat ze niet samen de trap af zouden rollen, en ondertussen – ook dat had ze niet meer in de hand – bracht ze hortend en stotend woorden uit die ze in geen jaren over haar lippen had gekregen, ze herinnerde hem aan vergeten zaken uit zijn, haar en Ilans verleden en ze vertelde hem een heel levensverhaal dat werd verbrokkeld over vierenzestig traptreden, tot de ingang van het gebouw. En vandaar sleepte ze hem over een pad van gebroken tegels, rondslingerend afval en scherven van flessen tot aan de taxi van Sami, die door de voorruit naar haar zat te kijken met uitdrukkingloze ogen en niet uitstapte om haar te helpen.

Nu bleef ze staan om op hem te wachten, en hij kwam aanlopen, tot hij een of twee passen achter haar halt hield. Ze liet haar hand gaan over de weidse vlakte, die glansde in frisgewassen groen en helemaal schitterde van de dauwdruppels, en over de verre, bijna paarse bergen. Ze had het idee dat de lucht was gevuld met gegons, niet alleen van insecten: dat de lucht zelf gonsde en bijna uit elkaar barstte van de vitaliteit.

'De Hermon,' zei ze, wijzend naar een witte flikkering in het noorden, 'en kijk hier, heb je gezien wat hier loopt?'

'Doe me een lol!' beet hij haar toe, en hij rukte zich los en liep met gebogen hoofd voor haar uit, starend naar de grond.

Maar er stroomt hier een beek, zei Ora in zichzelf, we lopen langs een beek. En ze grinnikte zachtjes tegen zijn rug, die zich van haar verwijderde, en mompelde: 'Jij en ik bij een beek, had je dat ooit gedacht?'

Want ze had jarenlang geprobeerd hem uit zijn huis te krijgen en hem mee te nemen naar plekken die zijn ziel wat licht zouden geven, waar hij een bad zou kunnen nemen in schoonheid, en ze was er op zijn hoogst in geslaagd hem ongeveer eens in het halfjaar zover te krijgen dat hij toestemde in een zouteloze ontmoeting in een café van zijn keuze, per se van zijn keuze, waar ze nooit iets van zei, hoewel hij altijd van die luidruchtige, massale 'groothandelsbedrijven' uitzocht – het woord was van hem, van de Avram van vroeger –, alsof hij ervan genoot haar daar te zien lijden en alsof hij haar door middel van die plekken voor de zoveelste maal onder de neus wreef hoe ver hij af stond van haar en van de persoon die hij zelf was geweest. En nu, volkomen bij verrassing: zij met z'n tweeën en een beek, bomen en daglicht.

Op zijn rug zag de rugzak er compacter en kleiner uit dan die van haar, als een kind dat zich had vastgeklampt aan de rug van zijn vader. Nog even bleef ze staan kijken hoe hij daar liep met Ofers rugzak op zijn rug. Haar ogen verwijdden zich en straalden. Ze had het gevoel dat de eerste zonnestralen heel langzaam haar gewonde vleugels gladstreken.

Er steeg een damp op van de opwarmende, geurige aarde en van de sappige koeienvlaaien, achtergelaten door koeien die hier blijkbaar eerder voorbij waren gekomen dan zij. Langgerekte plassen op het pad, overblijfselen van de laatste regen van het seizoen, stuurden bescheiden knippersignalen terug naar het morgenrood van de hemel, en een voor een sprongen er kikkers de beek in wanneer zij langsliepen. Zover het oog reikte, was er geen mens te zien.

Het volgende moment stuitten ze op een hek van metaaldraad dat de doorgang over het pad versperde. Avram wachtte daar op haar en zei: 'Dat was het dan, hè?' En Ora hoorde in zijn stem de opluchting dat de tocht betrekkelijk snel en zonder verliezen was afgelopen. Even liet ze de moed zakken. Wat deed dat hek daar ineens dwars over het pad? Wie zette er op zo'n plek nu een hek neer? En daar kwamen haar schikgodinnen al samen om de draden van haar lot te spinnen en in een rondedans van spot en terechtwijzing om haar heen te cirkelen. *Stunteligheid* was er, evenals *Apparatendyslexie* en ook *Analfabetisme van gebruiksaanwijzingen en bedieningshandleidingen*. Maar terwijl ze zich snel geheel en al wentelde in de drek van die drie spotvogels, zag ze de dunne metalen rolletjes die op de grond een roosterwerk vormden, en ze haalde haar bril uit de koker en zette die op, negeerde de verbaasde blik van Avram en zag dat een deel van het hek eigenlijk een smal poortje was. Ze zocht de sluiting van het poortje en ontdekte een verroest stukje ijzerdraad waarvan de eindjes in elkaar waren gedraaid. Het lukte haar niet die los te krijgen, maar ze wist dat ze dit keer voor de verandering zelf het probleem zou oplossen.

Avram stond naast haar zonder een vinger uit te steken. Misschien hoopte hij dat ze het hek niet open zou krijgen of was hij weer te uitgeput om te begrijpen wat er aan de hand was, maar toen ze zijn hulp inriep, stond hij meteen klaar, en nadat ze hem had uitgelegd wat er volgens haar moest gebeuren – namelijk: twee grote stenen pakken en van beide kanten hard op het ijzerdraad slaan, zodat het langzaam maar zeker vermorzeld zou worden en uiteindelijk misschien zou breken – en nadat hij vervolgens de knoop een tijdje had bestudeerd en had leren kennen, haalde hij in één beweging de lus over de paal van het hek heen en zakte het hekwerk neer tot het aan hun voeten lag, en stapten ze eroverheen.

'We moeten het weer dichtmaken,' zei ze, en hij knikte. 'Wil jij het dichtmaken?' vroeg ze, waarop hij erheen ging en het poortje weer vastknoopte, en ze merkte voor zichzelf op dat hij de hele tijd tot actie aangespoord, in gang gezet moest worden; dat hij als het ware zijn eigen wil had laten varen en de loop der dingen helemaal in haar handen had gelegd. Tjonge jonge, kon ze haar moeder horen zeggen, de blinde leidt de lamme, Jut en Jul gaan uit wandelen. Nadat ze een eindje waren doorgelopen, kwam er nog iets in haar op en vroeg ze hem of hij eigenlijk wel wist waarvoor dat hek daar stond, waarop hij zijn hoofd schudde en zij hem de kwestie van de koeien en hun weidegebieden uitlegde. Omdat ze weinig wist, praatte ze veel, en ze kon helemaal niet uitmaken tot waar haar woorden in hem doordrongen, waarom hij zo ernstig en geconcentreerd naar haar luisterde, en of hij wel luisterde naar wat ze zei of alleen de klanken van haar stem indronk.

Een paar minuten later zag ze dat hij weer zenuwachtig werd, af en toe een blik over zijn schouder wierp en opschrok van de kreten van de kraaien, en toen ze even niet op hem lette, ontdekte ze dat hij niet langer doorliep, maar ergens achter haar naar de grond stond te staren. Ze liep terug naar hem en zag aan zijn voeten het rottende lijkje van een kleine zangvogel, van een soort die ze niet kon thuisbrengen, met zwarte veren, een witte buik en bruinglazen oogjes. Het wemelde al van de mieren, maden en vliegen. Twee keer noemde ze zijn naam voordat hij zich losrukte van zijn plaats en achter haar aan kwam. Hoeveel verder kan ik hem nog meetronen, dacht ze, voor hij uitbarst of in elkaar zakt? Wat doe ik hem aan? Wat heb ik Sami aangedaan? Wat is er toch met me aan de hand? Ik breng alleen maar ellende.

Het pad begon ineens scherpe bochten te maken en dook de beek in. Ora liep eropaf, bleef aan de kant van het water staan en ontdekte dat het pad na het bad aan de overkant uit het water klom, met een charmante, onschuldig ogende zigzag. Toen ze met Ofer de tocht aan het plannen was, had ze er iets over gelezen, dat 'je in de voorjaarsmaanden nu en dan door beken moet waden en natte voeten krijgt', maar in deze beek hier stond een flinke stroming. Een ander pad was echter nergens te zien en terugkeren op haar schreden kon ze niet – ook dat was een nieuwe wet van haar, een krijgslist tegen haar achtervolgers en belagers: *ze mocht nooit dezelfde weg terug nemen* – en Avram kwam naast haar staan en keek naar het schitterende groene water, staarde ernaar als naar een of ander groot mysterie vol aanwijzingen, zijn dikke armen schuin afhangend naast zijn lichaam. Zijn reddeloosheid stuitte haar ineens tegen de borst, en ook op zichzelf was ze kwaad, omdat ze niet vooraf had geprobeerd uit te zoeken wat je deed in zo'n geval, maar vooraf had ze Ofer gehad, Ofer was degene geweest die zou navigeren en leiden, en die ook bruggen voor haar zou bouwen over het water. En nu was ze hier in haar eentje met Avram. In haar eentje.

Ze liep nog verder naar de rand van de beek en paste op dat ze niet in het water gleed. Een grote, kale boom stond in het water geplant, en ze boog zich er zo ver mogelijk naartoe en probeerde een tak af te breken. Avram verroerde geen vin. Als gehypnotiseerd staarde hij naar de waterstroom, en hij schrok toen de droge tak krakend afbrak en Ora er bijna mee in het water viel. Verbolgen stak ze de tak in de bodem van de beek, en daarna trok ze hem eruit en hield hem naast haar lichaam. De hoogtelijn van het water op de tak kwam tot haar heup. 'Ga zitten,' zei ze tegen Avram, 'en trek je schoenen en sokken uit.'

Zelf ging ze op het pad zitten, trok haar schoenen uit, stopte haar sokken in een zijvakje van haar rugzak en knoopte de veters van haar schoenen aan elkaar vast nadat ze een van die veters door een oogje aan de bovenrand van de rugzak had gehaald, en toen ze haar broekspijpen had omgevouwen tot onder de knie, keek ze op en zag Avram naast haar staan kijken naar haar benen met dezelfde blik als waarmee hij beken bekeek.

'Hé,' zei ze op milde toon, een beetje verrast, en ze zwaaide naar hem met haar roze vingers, 'joehoe.'

Onmiddellijk wendde hij zijn blik af en ging zitten. Hij trok ook zijn schoenen en sokken uit en toen hij zijn broekspijpen omvouwde tot de knie, ontblootte hij stevige, bleke, lichtelijk kromme en verrassend sterke benen. Ze herinnerde zich die goed, de benen van een paardrijder, en ook een beetje, zoals hij eens zelf had gezegd, de benen van een dwerg die was uitgerekt –

'Hé,' bromde hij met een licht verwijt in zijn stem, 'joehoe.'

Ora wendde haar blik af en lachte. Ze was ontroerd door de opflakkering van de oude Avram, die uit zijn afgestomptheid brak, en misschien ook door zijn lichaam, dat ineens gedeeltelijk voor haar werd ontbloot.

Ze zaten met zijn tweeën naar het water te kijken. Een doorzichtige, paarse libel zweefde over het oppervlak als een optische illusie. Er was een tijd, dacht Ora, dat ik kind aan huis was in zijn lichaam. En daarna volgden er jaren dat ik huismoeder van zijn lichaam was, dat ik waste, schoonmaakte, afdroogde, knipte, schoor, verbond, voedde, draineerde en wat niet al.

Ze liet hem zien hoe hij zijn schoenen aan de rugzak kon vastknopen, naast die van Ofer, en ze stelde voor dat hij zijn zakken zou leegmaken om te voorkomen dat er dingen, belangrijke briefjes of zijn papieren of wat dan ook nat zouden worden. Maar hij haalde zijn schouders op. 'Wat voor papieren, wat voor geld?'

'Zelfs geen identiteitsbewijs?' controleerde Ora, en Avram bromde: 'Waar heb ik dat voor nodig?'

Ze liep als eerste het water in, met de boomtak in haar hand, en ze slaakte een kreet vanwege de kou en de sterke stroming. Even vroeg ze zich af wat ze zou doen als Avram ineens zou worden meegesleurd, en misschien mocht hij in zijn toestand helemaal niet zulk snelstromend water in, maar ze besloot meteen, op eigen gezag en unaniem, dat het oké was, want er zat niets anders op, er was gewoon geen andere keus. Ze bracht haar ene voet voor de andere en vocht tegen de waterstroom, die al tot haar navel reikte en zo sterk was dat ze haar voeten niet van de bodem durfde op te tillen. Maar met Avram zou het goed gaan, stelde ze weer vast, paniekerig als ze was. Hij zou dit water in lopen en er zou hem niets gebeuren. Wist ze het zeker? Ja. Waarom? Omdat het zo was. Want het afgelopen uur, en eigenlijk het hele afgelopen etmaal, had ze een voortdurende, rotsvaste, want wanhopige overtuiging waarmee ze keer op keer de mensen en gebeurtenissen om haar heen bezwoer dat alles precies zo zou verlopen als zou moeten, er was geen enkele ruimte voor onderhandelingen of concessies, ze eiste blinde gehoorzaamheid aan de nieuwe wetten die onophoudelijk binnen in haar werden aangenomen, aan de maatregelen voor deze noodsituatie waarin ze plotseling was beland, en een van die wetten, zo niet de belangrijkste, bepaalde zoals gezegd dat ze steeds moest doorlopen, voortdurend in beweging moest blijven, en nu moest ze in ieder geval maken dat ze naar de overkant kwam, want het water had haar hele vissenonderlijf al bevroren.

Haar voeten tastten tussen de stenen en het slib, en glibberige algen zweefden rond haar enkels. Af en toe omklemden haar tenen een steentje, een gladde klei, onderzochten, veronderstelden en trokken conclusies, en een oeroud vissig gevoel spartelde in haar ruggengraat. Een lange, dunne tak die naast haar dreef, vlak onder het wateroppervlak, draaide ineens met een zwiep en gleed verder en verder van haar weg. Opspattend water sloeg voortdurend tegen haar brillenglazen en ze had het al opgegeven die schoon te maken. Nu en dan boog ze zich naar voren om haar gezwollen linkerarm in het water te dompelen en genoot van de verlichting van haar pijn. Achter haar kwam Avram het water in, en ze hoorde hem pijnlijk verbaasd kreunen toen het water hem in zijn koude greep nam. Ze waadde verder en was al op de helft van de beekbedding. Een grote hoeveelheid water splitste zich, stroomde om haar lichaam heen en likte aan haar dijen en heupen. Een mild zonnetje warmde haar gezicht, en een weidse vlakte van blauwe en groene glittertjes danste in haar ogen en in de druppels op haar bril. Ze vond het fijn zo even stil te staan in de luchtbel van het doorzichtige moment.

Aan de overkant klom ze omhoog door diepe, dikke modder, die haar voeten omhulde en ze met smakkende lippen in zich opzoog, en hele wolken knaasjes stegen op uit de kuiltjes die haar voeten maakten. Nog één, twee stappen en ze was op het droge, en daar zeeg ze neer en leunde met haar rugzak tegen een rots. Er zweefde een nieuwe lichtheid in haar, want daarnet, in het water, in de stroming, in wat door haar heen was gestroomd, was als het ware een steen gerold van de opening van een put, waarvan ze had gedacht dat die allang brak was geworden, en pas toen schoot het door haar heen: Avram. Hij stond vast, midden in de beek, met halfgeloken ogen en een van angst vertrokken gezicht.

Meteen daalde ze weer door de donkere, vettige modder af naar het water en zette haar voeten in de kuiltjes die ze had achtergelaten. Van ver stak ze hem de boomtak toe die ze in haar hand had. En hij trok zijn hoofd tussen zijn ronde schouders en weigerde verder een vin te verroeren. Boven het geruis van het water uit riep ze naar hem dat hij daar niet moest blijven staan, wie weet wat er daar allemaal onder water zat, en hij gaf meteen gehoor aan haar bevelende toon, zette een stap, stak zijn hand uit en pakte het eind van de tak beet, en heel langzaam kwam hij vooruit, terwijl zij kleine stapjes achteruit deed, tot ze op een rots ging zitten, haar voeten klemzette tegen de rots ernaast en hem uit alle macht uit de stroom trok. 'Kom,' lachte ze, 'kom zitten om op te drogen.' Maar hij bleef staan in de modder, verloren, of misschien gewoon verkleumd, en zijn lichaam reconstrueerde voor haar ogen de dagen in het Tel Hasjo-meer-ziekenhuis, met dat catatonische gestaar en die versteende star-heid. Zolang hij maar niet opnieuw daarin terechtkomt, schrok ze, en ze vloog naar hem toe, want ze was er de hele tijd voor beducht dat hij door haar toedoen weer een klap van de molen zou krijgen. Maar het bleek hem nu gemakkelijker af te gaan. Het was een feit dat hij al een halfuur achter haar aan liep zonder in te storten, misschien had hij in de loop der jaren toch wat weerbaarheid opgebouwd en misschien zelfs een greintje existentiële stevigheid – het was een woordcombinatie van hem, meende ze, van de Avram van vroeger – en ze hoefde nu niet het ene na het andere gewricht bij hem te buigen en los te maken, enkel, knie, dij. Indertijd was ze als het ware een beeldhouwster geweest van één lichaam. Ze was met hem meegegaan naar de fysiotherapie, de oefenruimtes en het zwembad, ze had aan de kant naar hem zitten kijken, zich goed ingeprent wat ze zag en het daarna in een schrift voor zichzelf opgeschreven en getekend, ze had hem ertoe gedwongen ook met haar te werken, heimelijk, tussen de behandelingen van de professionals door, tijdens doorwaakte nachten – negen maanden had het geduurd voor zijn lichaam de houdingen had leren imiteren die zij erin had gemodelleerd. 'Mijn choreografe,' had hij haar op een keer brommerig voorgesteld aan een van de artsen op de afdeling, en zo had hij aan haar verklapt dat hij nog altijd een beetje Avram was, binnen in zijn schulp. En nu ademde hij lang uit en begon bevroren bewegingen te ontdooien, hij strekte zijn armen achterwaarts, schouder, elleboog, pols – alles doet het, zei Ora in zichzelf, die hem heimelijk volgde, brede, schuine bewegingen van de grote spiergroepen – en hij keek naar de beek, geloofde niet dat hij die inderdaad was overgestoken en glimlachte gegeneerd naar Ora. Een kwart van een oude charme flakkerde op – ach ja, dacht ze bedroefd, oude, opgeschorte geliefde – en ze glimlachte afgemeten terug, er uit alle macht voor oppassend niet over te stromen, nog zo'n wijsheid die ze had geleerd tijdens haar lange verblijf onder de stammen der mannen, de kunst van het niet-overstromen.

Ze liet hem zien waar hij kon gaan zitten en hoe hij zijn voeten op een rots moest neerleggen om ze sneller te laten opdrogen, en uit een zijvakje van haar rugzak haalde ze een paar crackers, smeerkaas en twee appels tevoorschijn en gaf hem die aan. Hij kauwde zwaar en grondig en liet ondertussen die argwanende, speurende blik van hem rondgaan tot hij weer bleef hangen bij haar lange, smalle voeten, die heel roze waren geworden na de klap van de kou, maar hij rukte zijn blik er onmiddellijk van los.

Daarna richtte hij langzaam zijn hoofd op van tussen zijn schouders en duwde hij zijn ellebogen weer een eindje van zijn lichaam vandaan. Alles deed hij met behoedzame bewegingen, als een kolossaal dinosauruskuiken dat uit zijn ei kroop. In gedachten verzonken staarde hij naar de overkant, en Ora had het idee dat hij op dit moment, na de oversteek door de beek, begon te beseffen dat hij echt achter zich had gelaten wat voorbij was en dat er van nu af aan iets heel anders, iets nieuws zou komen.

Voordat de schrik hem om het hart zou slaan, begon ze tegen hem te praten, hem af te leiden. Ze deed hem voor hoe je de grote korsten van de opdrogende modder van je benen pelde, en ze klopte zachtjes op haar voeten om de doorstroming van het bloed weer op gang te brengen. Daarna trok ze haar sokken en schoenen weer aan, maakte haar veters vast op de manier die ze van Ofer had geleerd – ze hield van het gevoel dat hij haar ook van verre insnoerde en strak omklemde – en ze overwoog of ze zou proberen aan Avram te vertellen dat Ofer, toen hij haar de truc van de dubbele lus leerde, had gezegd dat hij zeker wist dat geen enkel futuristisch apparaat de mens ooit zou vervangen als het om zoiets eenvoudigs als het strikken van schoenveters ging. 'Wat ze ook allemaal uitvinden,' zei hij, 'veters strikken blijft altijd veters strikken, en zo herinneren we ons iedere ochtend dat we menselijk zijn.' Haar hart zwol op dat moment van trots, misschien omdat hij het woord 'menselijk' zo natuurlijk, zo menselijk in de mond had genomen, en uit haar geheugen diepte ze toen voor Ofer een citaat op van Nachoem Gutman, die in *Het pad van de sinaasappelschillen* vertelde dat hij elke ochtend opgewonden fluitend zijn schoenen aantrok 'want ik verheug me op de nieuwe dag die begint', en ze kwamen vanzelfsprekend ook allebei tegelijk op opa Mosje, haar vader, die zeventien jaar lang op hetzelfde paar schoenen had rondgelopen, dat volgens zijn uitleg niet sleet omdat hij gewoon 'licht liep'; daarna kon Ora niet nalaten Ofer te vertellen – ze had het idee dat hij het verhaal al eerder van haar te horen had gekregen, maar ze nam het risico – dat ze hem, toen hij een jaar of anderhalf was, een keer per ongeluk zijn eerste schoentjes verkeerd om had aangetrokken. 'Moet je nagaan,' zei ze tegen hem, 'je hebt toen een halve dag zo rondgelopen, met je schoenen verkeerd om, alleen maar omdat ik had besloten dat het zo goed was. Het is verschrikkelijk hoe ouders kunnen bepalen voor... wacht even,' en haar lippen zakten naar beneden, 'heb ik je dat verhaal al een keer verteld?' – 'Laten we eens kijken,' zei Ofer lachend en hij maakte van zijn telefoon een rekenmachientje. Ze hadden constant van die gesprekken, met grappen en wederzijdse steekjes onder water. Er stroomde een verlegen warmte, blikken die een kijkje namen in de ziel. Ze waren de laatste jaren wel steeds zeldzamer geworden, alsof alles tussen hen langzamerhand minder werd, naar haar idee, en alsof hij en Adam, sinds ze volwassen begonnen te worden, meer waren overgegaan in handen van Ilan, naar het gebied van Ilan, en soms had ze het idee dat ze waren verplaatst naar een volkomen ander magnetisch veld, waarin wetten, gevoeligheden en vooral ongevoeligheden heersten waarmee zij helemaal niet uit de voeten kon, een weefwerk van struikeldraad waarin ze zich belachelijk maakte met haar harkerige gestuntel bij elke pas; maar het is er nog, zo hield ze zichzelf keer op keer voor, wat er tussen hem en mij bestond moet er nog ergens zijn, het is nu alleen een beetje ondergronds, nu hij in dienst zit, en vooral nu hij *daar* dienst doet, en het komt terug als hij is afgezwaaid en zal dan misschien zelfs rijker en voller zijn. En met een luide zucht vroeg ze zich af hoe het had kunnen gebeuren dat haar specialisme in de laatste jaren vooral het zoeken naar tekenen van leven in mensen was geworden.

Avram volgde met een ernstige uitdrukking Ora's bewegingen met de veters, deed ze na en raakte in de war, en ze kwam naast hem zitten, deed het hem stap voor stap voor en merkte dat de beek de scherpe pieslucht van gisteren van hem had afgespoeld en dat je al naast hem kon staan zonder te stikken. Hij zei ook zelf ineens: 'Ik had gisteren in mijn broek geplast, hè?'

'Praat me er niet van,' zei ze.

Hij vroeg: 'Waar is me dat gebeurd?'

En zij zei: 'Laat maar.'

'Ik herinner me niets meer,' zei hij.

'Dat is ook maar beter ook.'

Hij keek naar haar gezicht en besloot het er verder bij te laten zitten, en zij vroeg zich af of ze hem ooit zou vertellen over die nacht met Sami.

Die pas toen ze gisteravond met Avram op haar rug helemaal bij het portier van de taxi was aangekomen zo goed was geweest van zijn stoel te komen en uit te stappen, verbolgen en onwillig, waarna ze er samen in slaagden met getrek en geduw de slapende Avram op de achterbank te leggen. Pas toen realiseerde ze zich dat Sami tot dan toe helemaal niet had geweten dat het om een man ging. Al een paar maanden was hij er op zijn eigen fijnzinnige, beleefde manier op gespitst van haar te horen of ze al een nieuw iemand had. Het is niet echt een nieuw iemand, dacht ze, het is juist iemand van jaren en jaren terug. Het is Avram, tweede-, misschien zelfs derdehands. Ze stond uit te hijgen en nog te trillen op haar benen, haar blouse verkreukt en nat van het zweet.

'Rijden,' zei ze toen ze naast Sami was gaan zitten.

'Waar naartoe?'

Ze dacht even na. Zonder hem aan te kijken zei ze: 'Tot waar dit land ophoudt.'

En hij siste: 'Voor mij is dit land allang opgehouden.'

Ze waren weggereden en af en toe merkte ze dat hij haar zijdelings een vragende, vijandige en misschien ook een beetje verschrikte blik toewierp, maar ze draaide haar gezicht niet naar hem toe. Ze wist niet wat hij van haar dacht en ze had het gevoel dat er al iets nieuws aan haar te zien was. Ze reden voorbij Ramat Hasjaron, Herzlia, Netanja en Chadera, sloegen af naar de Wadi Ara en passeerden Gan Sjmoe'el en Een Sjemer, daarna Kafr Qari', Ar'ara en Oemm al-Fahm, staken knooppunt Megiddo en het Liniaalkruispunt over, raakten de weg kwijt en doolden lange tijd in Afoela, dat prat ging op de verkeerstechnische innovaties van een grote stad, en werden er van de ene rotonde naar de andere gestuurd, tot ze zich voelden als een bal in een zeehondenshow, maar uiteindelijk kwamen ze Afoela uit en reden langs Kfar Tavor en Sjibli en verder over de 65 naar het noorden, tot knooppunt Golani, vanwaar ze nog verder naar het noorden reden langs Boe'eina en Eilaboen, tot aan de verbinding met de 85, die knooppunt Kederiem of knooppunt Nachal Ammoed heette, en Ora dacht: ik heb in geen jaren gewandeld in de Ammoed, als ik met Ofer was geweest, had ik hem overgehaald ook hierheen te gaan, maar wat doe ik hier met Avram? En daar sloegen ze rechtsaf de 85 op tot aan knooppunt Ammi'ad, en Ora, wier boosheid op Sami intussen ongemerkt was verdwenen – zo ging het altijd, ze raakte snel verhit en koelde snel af, of ze vergat zelfs even dat ze kwaad was –, liet weten dat hier een restaurantje stond, 'een mooie plek voor koffie', op een goede dag kon je van hieraf het meer van Galilea zien, en iedere dag kon je er de beeldschone restauranthoudster zien, zo zei ze tegen Sami met een verzoenende glimlach, maar hij reageerde niet en weigerde ook de appel en de stukjes chocola aan te nemen die ze hem toestak, en ze rekte zich een beetje uit, masseerde zichzelf hier en daar en bedacht plotseling dat ze niet eens het verhaal had afgemaakt dat ze hem – vanmiddag? was het pas vanmiddag geweest? – had verteld over het glaucoom van haar vader en over de operatie die hij uiteindelijk had ondergaan om zijn ene ziende oog te redden. Ineens stoorde het haar dat het verhaal onafgemaakt zou blijven, al wist ze goed dat er vanaf de plek waar ze zich nu bevonden waarschijnlijk geen weg terug was naar de toon waarop ze het slot ervan kon vertellen, maar het was toch goed dat het verhaal haar te binnen was geschoten, dacht ze opgelucht en ze sloot haar ogen: door middel van het verhaal kon ze met Ofer zijn, want alleen dankzij hem had haar vader toegestemd in een operatie; Ofer, die erop had gestaan in de nacht na de operatie bij haar vader in het ziekenhuis te blijven, hem ook samen met Ora had teruggebracht naar zijn huis en had gereden met een zachtzinnigheid die haar van geluk had vervuld, en ze herinnerde zich hoe hij hem voorzichtig van de auto naar het huis had geleid, hoe hij hem had ondersteund toen ze over het pad door de tuin van de flat liepen, en hoe haar vader verbaasd was gaan wijzen naar het gras en de planten; nadat hij vijftien jaar zo goed als blind was geweest, waren in zijn hersens de kleuren door elkaar gegooid, en schaduwen kwamen hem voor als echte dingen, maar Ofer snapte meteen wat er aan de hand was, vertaalde de beelden en de verschillende kleuren voor hem en bracht ze hem op delicate wijze in herinnering, blauw, geel, groen, paars, en haar vader wees met zijn magere hand dit of dat aan en repeteerde met Ofer de kleuren, terwijl Ora achter hen liep, naar Ofer luisterde en dacht: wat zal hij een geweldige vader worden. Zo leidde hij haar vader met een arm om zijn schouders de trap op naar het huis en verwijderde efficiënt elke hindernis van zijn pad. En binnen in huis, wat schoot haar moeder daar zogenaamd toevallig weg naar de voorraadkast, maar Ofer voelde het aan en begreep het, hij bleef haar vader aan zijn hand meenemen, liet hem voor het eerst de foto's van de kleinkinderen op het buffet bekijken, leidde hem daarna rond door de kamers en toonde hem een voor een de meubels die in de jaren van zijn blindheid waren gekocht. Ondertussen was haar moeder nog steeds niet gekomen om zich aan hem te laten zien, maar toen had Ofer een idee en nam hij haar vader mee naar de keuken. Samen stonden ze er voor de geopende koelkast, en haar vader was stomverbaasd. 'Wat een kleuren hebben die groente en dat fruit! In mijn tijd was dat niet zo!' Over elk nieuw ding dat hij zag, vertelde hij vol bewondering aan Ofer, alsof hij hem die ervaring van het zicht met nieuwe ogen cadeau wilde doen, en al die tijd was haar moeder met zichzelf aan het worstelen in andere kamers, zonder dat haar vader naar haar vroeg en ook zonder dat Ofer iets over haar zei, tot ze ten slotte in het gemeenschappelijk raampje van de voorraadkast en de badkamer haar gezicht aan hem kwam presenteren. Ofer stond daar achter haar vader, streek telkens weer zacht en teder met zijn hand over haar vaders rug en gebaarde zijn grootmoeder dat ze moest glimlachen.

Sami zette de radio aan. Op de legerzender, in een speciale nieuwsuitzending, sprak de minister-president. De regering was vastbesloten de doodscultus van Israëls vijanden te verdelgen, zei hij, en op zulke momenten dienden we te onthouden dat in de strijd tegen een vijand die geen enkele grenzen of morele overwegingen kende, ook wij het recht hadden, teneinde onze kinderen te beschermen –

Meteen drukte Sami op een knop en stemde af op een Arabische zender. Hij luisterde naar een presentator die een vurig pamflet voorlas tegen de achtergrond van militaire muziek. Ora slikte haar speeksel weg. Ze zou er niets van zeggen. Het was zijn goed recht naar de zender te luisteren die hij horen wilde. Op zijn minst die ontlading moest ze hem vandaag toestaan. Avram lag als een blok op de achterbank en snurkte met wijdopen mond. Ora sloot haar ogen en legde zichzelf gematigdheid en tolerantie op. Ze probeerde echt haar netvliezen te overspoelen met rondjes in zachte kleuren, maar ze barstten meteen open en er braken rijen donkere, gewapende soldaten uit, die met vurige ogen op haar af marcheerden en een bloeddorstige melodie in de mond hadden genomen, die in al haar lichaamsopeningen bonkte. Hoe kan het dat hij niet snapt wat over me heen walst, dacht ze, hoe kan hij niet in staat zijn te bedenken wat ik doormaak, nu Ofer daar is. Ze bleef doodstil zitten, liet zich opjutten door de klanken van de provocerende melodie en nam snel de hele dag door, en plotseling kon ze niet meer begrijpen hoe het had kunnen gebeuren dat ze zich vanaf vanmiddag dieper en dieper in de nesten had gewerkt met die irritante, stuitende man, die als een molensteen om haar nek hing en haar ook nog met ongelooflijke brutaliteit had opgezadeld met zijn privébesognes met Jazdi en zijn illegale werker, en die er constant voor zorgde dat ze zich bezwaard en schuldig voelde, terwijl ze niets anders had gewild dan haar toch beslist bescheiden plannen uitvoeren en daartoe gebruik te maken van zijn diensten, fair en zuiver; en uiteindelijk was hij haar dagprogramma gaan bepalen en had alles in de war gestuurd!

'Zet de radio uit, alsjeblieft,' zei ze met beheerste kalmte.

Hij reageerde niet. Ze geloofde niet dat dit gebeurde. Dat hij een uitdrukkelijk verzoek van haar zo negeerde. De mannen bralden ritmische kreten uit en hijgden diep uit hun keel, en in haar hals begon een slag-ader pijnlijk te kloppen.

'Ik vroeg of je hem uit wilde zetten.'

Hij reed met een effen gezicht, zijn dikke armen waren helemaal uitge-strekt naar het stuur, en alleen een dunne spier trilde in zijn mondhoek. Ze kneep haar ogen dicht. Ze probeerde te kalmeren, zich te beraden op haar stappen –

Ze wist, herinnerde zich nog diep in haar achterhoofd, dat als ze nu maar echt en oprecht met hem zou praten, als ze hem nu alleen maar met een woord, met een glimlach, zou herinneren aan henzelf, aan hun kleine privébeschaving die ze in de loop der jaren hadden opgezet, te midden van het gebrul en de trommels –

'Zet dat ding eens uit!' schreeuwde ze uit alle macht en ze sloeg met twee handen op haar bovenbenen.

Hij schrok ervan, moest slikken, maar zette de radio niet uit. Zijn vin-gers trilden, en ze zag het. Even ging ze bijna door de knieën: zijn zwakte schokte haar en wekte behalve haar medelijden ook een vaag schuldge-voel. Ze had ook het intuïtieve gevoel dat zijn natuurlijke, oosterse zacht-heid deze spanning niet aankon en uiteindelijk zou wegsmelten tegen-over haar westerse hardheid, tegenover een of andere nietsontziendheid zelfs, eveneens westers, die plotseling in haar wakker was geworden. En als altijd waren er ook zijn angst voor Ilan en zijn afhankelijkheid van Ilan. Ze likte haar gloeiende lippen. Haar droge keel klopte en schrijnde, en de gedachte dat ze hem uiteindelijk zou overwinnen, dat ze hem haar wil zou opleggen, viel haar niet minder moeilijk dan de wens hem eron-der te krijgen, en kon ze hier maar stoppen, op dit moment, en alles met terugwerkende kracht uitwissen, alles wat er vandaag was gebeurd. Je bent gewoon je verstand aan het verliezen, zei ze tegen zichzelf, en wat heeft hij je eigenlijk gedaan dat je hem zo mishandelt, wat heeft hij je gedaan, zeg op, behalve dat hij bestaat?

Dat mocht allemaal wel waar zijn, sputterde Ora tegen, maar ze werd er gek van te zien dat hij niet in staat was ook maar een duimbreed aan haar toe te geven, zelfs niet uit elementaire menselijke beleefdheid! Het zat gewoon niet in hun cultuur, zo liet ze zich meevoeren door een nieuwe golf, zij ook met dat verdomde eergevoel van ze en die eindeloze veron-gelijktheid en wraakgevoelens van ze, de afrekeningen om elke boe of bah die iemand tegen ze had gezegd vanaf de dagen der schepping, de hele wereld stond altijd alleen maar bij hen in het krijt, iedereen was alleen maar aan hen schuldig –

De muziek klonk harder en harder, de ene na de andere golf sloeg klotsend tegen haar aan, hoger en hoger, tot ze tot haar keel reikten, de mannen, die stampvoetten met hun stem, bonkten binnen in haar, en iets barstte er open in Ora, een samenballing van allerlei verdriet en pijn, en misschien ook de verontwaardiging van hun vriendschap die teleurstelde, die was gelogenstraft en hun allebei in het gezicht ontplofte. Haar huid kleurde in één keer rood, om haar hals werd een gloeiende sjaal gedrapeerd, en ze voelde dat ze bereid was hem te vermoorden. Haar hand sprong vanzelf op, sloeg op de knop van de radio en zette hem uit.

Vanuit hun ooghoeken gluurden ze naar elkaar, trillend en opgeblazen.

'Sami,' kreunde Ora, 'moet je zien wat er van ons is geworden.'

Ze reden in stilzwijgen verder, geschrokken van zichzelf. Links lag Rosj Pina in slaap verzonken en daarna Chatsor Hagliliet, Ajelet Hasjachar, het Choelameer-natuurreservaat, Jesoed Hama'ala, en Kirjat Sjmona, dat over zijn hele lengte knipperde met oranje stoplichten, en daarna sloegen ze rechtsaf de 99 op en kwamen langs Hagosjeriem, Dafna en Sje'ar Jasjoev. Af en toe, als ze bij een kruispunt kwamen, minderde hij vaart en wendde haar een wang toe met de stilzwijgende vraag: tot hoe ver wil je? En zij stak ten antwoord haar kin naar voren: rechtdoor, verder, tot waar dit land ophoudt.

Ergens voorbij kibboets Dan klonk achter hun rug een kreun. Avram werd piepend en krakend wakker. Ora draaide zich om. Hij lag op de achterbank. Hij sloeg de ogen van een vondeling naar haar op, keek haar aan met een goedaardige, dwaze glimlach. 'Ik moet plassen,' zei hij met een laag, vertraagd stemgeluid.

'Ah,' zei ze, 'we stoppen zo.'

'Ik moet nu,' zei hij.

'Stop hier ergens,' zei ze paniekerig tegen Sami, 'stop zodra je kunt.'

Hij minderde vaart en zette de auto aan de kant van de weg. Ze bleef zitten en staarde voor zich uit. Sami keek haar aan. Ze bleef zitten waar ze zat.

'Ora?' vroeg Avram op de achterbank smekend, en ze werd bevangen door schrik bij het idee dat hij zo meteen buiten de auto tegen haar geleund zou staan, en als je afging op zijn blik, zou je nog zien dat ze ook zijn gulp voor hem zou moeten openmaken en hem voor hem zou moeten vasthouden.

Ze wierp Sami een vriendelijk vragende, smekende, bijna onderdanige blik toe, stuitte op zijn ogen en werd erin gevangen gedurende een lang, bitter ogenblik, dat zich in snel tempo bleef vertakken tot een eindeloze doolhof, van Josef Trumpeldor en de ongeregeldheden van 1929 en 1936 tot aan de piemel van Avram. Ze stapte uit en liep naar het achterportier. Avram ging moeizaam en kreunend rechtop zitten. 'Het is die pil,' verontschuldigde hij zich.

'Geef me een hand,' zei ze, en ze plantte haar hakken in de aarde en bereidde haar rug voor op de klap.

Haar hand bleef uitgestoken. Hij knikte met gesloten ogen. Hij vertrok zijn gezicht een beetje en glimlachte opgelucht, en ze zag hoe een donkere, grote vlek zich traag uitbreidde over zijn broek en over de nieuwe bekleding van luipaardbont.

Even later stonden ze allebei buiten, lagen de rugzakken niet ver van hen vandaan op de grond gesmeten, en scheurde Sami woest weg in zijn taxi. In zijn verbittering schreeuwde hij het uit naar de nachtelijke mistflarden, zigzagde als een gek over de witte streep, vervloekte zowel de Joden als de Arabieren en vooral zichzelf en zijn lot, en sloeg met zijn hand op zijn hoofd, op zijn borst en op het stuur van de Mercedes.

Ze aten gedroogde pruimen, en Ora stak de pitten in het slib van de beek en hoopte dat hier ooit, laten we zeggen, twee bomen zouden staan waarvan de stammen met elkaar verstrengeld waren. Daarna namen ze afscheid van het aangename plekje en deden de rugzakken om, hij de blauwe en zij de oranje, en alles wat Avram deed duurde eindeloos lang, ze had het idee dat elke beweging van hem door bijna al zijn lichaamsgewrichten trok. Maar toen hij ten slotte rechtop stond en een blik wierp op de beek, verscheen er even een kleine, voorjaarsachtige lichte plek op zijn voorhoofd, alsof een glinsterend muntstuk van verre zijn gouden glans naar hem toe zond, en even vermaakte ze zich met de gedachte: en als Ofer hier nu bij ons was geweest. Het idee was zo absurd – slechts piepkleine kruimels informatie had ze hem hier en daar tersluiks weten toe te spelen over Ofer. Al die jaren was het haar verboden geweest met hem over Ofer te praten of zelfs maar zijn naam te noemen, maar kijk, nu kon ze hen heel even met zijn tweeën hier voor zich zien, Ofer en Avram, die elkaar hielpen het water over te steken, en haar ogen straalden naar hem.

'Kom, we gaan,' zei ze.

En na niet meer dan honderd passen, achter een heuveltje, leidde het pad hen weer de beek in.

Avram bleef verslagen staan. Zo'n mogelijkheid ging zijn krachten te boven. Ook de mijne, dacht Ora, en ze ging verbolgen op de grond zitten, trok haar schoenen en sokken uit, bond ze vast aan de rugzak en stopte ze in het zijvakje, vouwde broekspijpen om en stapte zo flink mogelijk het ijzige water in, het smeltwater van de sneeuw, maar kon een gilletje vanwege de kou niet onderdrukken. Avram stond nog altijd stokstijf op de oever achter haar, verward door wat hem aantrok en afstootte, want ondanks zijn vertwijfeling was de oever waar Ora nu naartoe waadde toch de kant waar ze hun pad waren begonnen, en daar, zo leek het, had hij toch wat meer vaste grond onder de voeten, misschien omdat het de kant was waar zijn huis stond, raadde Ora. En hij ging zitten, trok uit, vouwde om, bond de schoenen aan de rugzak vast, bijna zonder te kijken naar Ofers schoenen die eraan hingen, en ging het koude water in, met een gesloten mond die bijna tot zijn neus was opgetrokken. Dit keer liep hij met boze, felle bewegingen door het water en maakte veel commotie om zich heen, daarna kwam hij naast Ora op de kant zitten, droogde zijn benen door er het water af te slaan en trok zijn sokken en schoenen weer aan, en Ora had het idee dat hij opgelucht was, niet alleen omdat hij zich weer op de meer vertrouwde kant bevond, maar ook omdat hij had gezien dat je kon oversteken en terugkeren, en dat was ook precies wat ze telkens weer deden – drie of vier keer, ze telden al niet meer – die eerste ochtend van de trektocht, die toen nog geen trektocht maar een dagje wandelen heette, als ze er al een naam aan had gegeven, als ze die dag eigenlijk meer dan een paar woorden hadden gewisseld: 'kom', 'geef me een hand', 'oppassen, hier', 'die verdomde koeien ook'. Het pad en de beek kronkelden en verstrengelden zich met elkaar, en de derde keer trokken Ora en Avram hun schoenen niet meer uit, maar liepen gewoon door het water en de modder en klommen er klotsend en soppend uit tot het water weer uit hun schoenen was gelopen, totdat het pad uiteindelijk afscheid nam van de beek en milder en landelijker werd, een gewoon landweggetje met langgerekte modderplassen die in de klei waren aangebracht en met bleke, wuivende cyclamen langs de kanten. Avram keek niet langer elk moment over zijn schouder en vroeg niet meer of Ora de terugweg wist te vinden. Hij begreep blijkbaar dat ze niet van plan was terug te keren naar wat voor plek ook en dat hij aan haar was overgeleverd. Hij keerde meer en meer in zichzelf en leek zijn levende aanwezigheid gelaten te reduceren tot die van een plant, van een korstmos of een spore. Kennelijk was het zo minder pijnlijk, vermoedde Ora, en wat doe ik hem aan, dacht ze telkens weer als ze hem zag lopen, zwak en slap, alsof hij een of andere straf onderging waarvan hij niets begreep. Hij maakt geen deel meer uit van mij of van mijn leven, dacht ze, eigenlijk al jaren niet meer, en ze voelde geen enkele steek in haar hart, alleen verbazing: want hoe is het mogelijk dat degene die ik beschouwde als vlees van mijn vlees en als de wortel van mijn ziel, mijn hart niet ineen doet krimpen als hij zo ver van me af is geraakt? En wat doe ik nu met hem, wat voor idioot idee heb ik me in het hoofd gehaald, juist nu ik al mijn kracht nodig heb om één kind te redden nog een kind op mijn nek te nemen?

'Ofer,' mompelde ze, ik vergeet aan hem te denken.

Avram draaide zich plotseling om en kwam op haar af over het pad, stuurde zichzelf strompelend naar haar toe. 'Leg me uit wat je wilt, ik heb geen puf voor die spelletjes.'

'Dat heb ik je gezegd.'

'Ik snap het niet.'

'Ik ben op de vlucht.'

'Waarvoor?'

Ze keek in zijn ogen en zei niets.

Hij slikte. 'En waar is Ilan?'

'Ilan en ik hebben een jaar geleden afscheid genomen. Iets korter geleden. Negen maanden.'

Hij wankelde even op zijn benen, alsof ze hem had geslagen.

'Het is voorbij,' zei ze.

'Hoezo afscheid genomen? Van wie?'

'Wat bedoel je, van wie? Van elkaar. We zijn uit elkaar. Het is voorbij.'

'Waarom?'

'Mensen gaan uit elkaar. Het gebeurt. Kom, we gaan verder.'

Hij bleef staan, stak moeizaam een hand op, een trage leerling. Onder zijn dunne baard zag ze zijn gekwelde gelaatsuitdrukkingen. Er was een tijd geweest waarin Ilan en zij onderling grapten dat als ze ooit uit elkaar zouden gaan, ze moesten blijven doen alsof ze nog een stel waren, omwille van hem.

'Waarom moesten jullie uit elkaar?' bromde hij. 'Leg me uit waar dat ineens vandaan kwam. Al die jaren hebben jullie het volgehouden en ineens waren jullie het zat?'

Hij geeft me op mijn kop, dacht Ora verbaasd, hij komt me nog aanzetten met verwijten ook.

'Wie wilde het?' vroeg Avram en hij richtte zijn hoofd op, plotseling krachtig en sterk. 'Hij was het, hè? Had hij een ander?'

Ora stikte bijna. 'Kalmeer. We hebben het samen besloten, met zijn tweeën. Misschien is het beter zo,' voegde ze er binnensmonds aan toe. Maar ineens werd ze ziedend. 'Wat bemoei jij je eigenlijk met ons leven, wat weet je van ons af? Waar was je de afgelopen drie jaar? Waar was je de afgelopen dertig jaar?'

'Sorry,' bracht hij geschrokken uit en hij boog zijn hoofd. 'Ik... waar ik was?' Er verschenen kronkelige rimpels in zijn voorhoofd, alsof hij het echt niet wist.

'Zo is in elk geval de situatie,' zei Ora, die haar stem meteen had gladgestreken en spijt had van haar uitbarsting.

'En jij?' vroeg Avram.

'Wat is er met mij?'

'Ben je alleen?'

'Ik... ik ben zonder hem, ja. Maar ik ben niet alleen.' Ze lette erop dat ze hem recht in de ogen keek. 'Ik voel me echt niet alleen.' De glimlach die ze op haar gezicht probeerde te toveren, lukte niet goed. Zenuwachtig wrong Avram zijn handen. Ze kon voelen hoe zijn lichaam zich aanspande om het bericht te doorstaan. Ora en Ilan zijn uit elkaar. Ilan is alleen. Ora is alleen. Ora is zonder Ilan.

'Maar waarom? Waarom?!' Hij ontvlamde weer en schreeuwde recht in haar gezicht. Het ontbrak er alleen nog maar aan dat hij zou stampvoeten.

'Je schreeuwt. Schreeuw niet tegen me.'

'Maar hoe... Jullie waren altijd...' Hij liet de rugzak van zijn rug vallen en keek naar haar op met een geslagen, hondse blik in zijn ogen. 'Nee, leg het me uit vanaf het begin. Wat is er gebeurd?'

'Wat er gebeurd is?' Ook zij liet haar rugzak vallen. 'Er zijn een hoop dingen gebeurd sinds Ofer in dienst is gegaan. Sinds jij besloot dat je zo nodig, ik weet het niet, uit mijn leven moest verdwijnen.'

Zijn handen knepen elkaar fijn. Zijn ogen schoten heen en weer.

'Ons leven is veranderd,' zei Ora op milde toon, 'en ik ben zelf veranderd. Net als Ilan. En het gezin. Ik weet niet vanaf welk punt ik moet beginnen het je te vertellen.'

'En waar is hij nu?'

'Met vakantie, in Zuid-Amerika. Hij heeft vrij genomen van het bureau en van alles. Ik weet niet voor hoe lang. We hebben de laatste tijd niet echt contact meer.' Ze aarzelde. Ze had niet verteld dat Adam met hem mee was. Dat zij en haar oudste zoon eigenlijk ook uit elkaar waren. Dat ze van hem, van Adam, misschien zelfs officieel gescheiden was. 'Geef me tijd, Avram, mijn leven is nu een rotzooi, het valt me niet makkelijk erover te praten.'

'Goed, goed, je bent niet verplicht te praten.'

Hij stond er verschrikt bij, totaal door elkaar geschud, als een mierennest waar een lompe voet een trap tegen had gegeven. En moet je nagaan, dacht ze, hoe zulke wendingen in de plot en doldwaze nieuwe combinaties hem ooit opwonden, hem geestelijk en lichamelijk prikkelden, hem 'belustten', een woord van hem, ach, verzuchtte ze in stilte tegen hem, heel het oneindige mogelijke, weet je nog? Weet je nog? Jij hebt dat verzonnen, jij hebt ons dat voorgeschreven, blindemannetje spelen in Manhattan en je ogen openen in Harlem, en juist wel de luipaard bij de geitenbok laten nederliggen en kijken wat er gebeurt, misschien zal er één keer in de geschiedenis van het universum een verrassing plaatsvinden? Misschien dat het deze bepaalde luipaard en dat geitenbokje samen zal lukken, juist wel, deze ene keer – ze herinnerde zich niet meer welke woorden hij toen gebruikte: boven zichzelf uit te stijgen? De vacht te redden? Het waren woorden van hem, een heel woordenboek van hem, een woordenboek, een idioticon en een taalgids, op zijn zestiende, zijn negentiende en zijn tweeëntwintigste, en daarna was het stil geworden, waren de lichten uitgegaan.

Ze liepen weer. Langzaam, naast elkaar, gebukt onder hun last. Ze kon bijna voelen hoe, als een oplosmiddel dat doordringt in een materiaal en de aard ervan verandert, het nieuws in hem werd opgenomen. Hoe binnen in hem langzaam het besef onder woorden werd gebracht dat hij voor het eerst in vijfendertig jaar alleen met haar was, echt alleen, zonder Ilan, zelfs zonder Ilans schaduw.

Als het werkelijk zo is, hield ze zichzelf stekelig voor, ze kon moeilijk beslissen. Al maanden kon ze niet beslissen: het ene moment dacht ze er zo over, het volgende moment weer anders.

'En de kinderen?' bracht Avram uit, en Ora vertraagde haar pas – zelfs hun namen was hij niet bereid uit te spreken. 'De kinderen,' zei ze hem nadrukkelijk na, 'zijn al groot, ze staan op eigen benen, de kinderen. Ze beslissen zelf waar en bij wie ze willen zijn.' Hij wierp haar een snelle zijdelingse blik toe, en heel even leek het alsof er een knipvlies van een vogeloog opzij werd getrokken, zijn ogen doken in haar, hij keek en kende haar tot in haar diepte, tot in haar verontwaardiging. Daarna schoof het vlies terug en vervaagde alles. In haar verdriet en pijn dacht Ora opgewonden: daarbinnen zit nog steeds iemand.

Tot de avond gingen ze zo door; ze liepen telkens een stukje en gingen zitten om uit te rusten, vermeden grote wegen en mensen, aten af en toe van de proviand die Ora in haar rugzak had meegenomen, plukten een grapefruit of een sinaasappel die aan een boom was vergeten of vonden pecannoten of walnoten op de grond, en vulden hun flessen, die om de haverklap leeg raakten, met beek- en bronwater – Avram dronk voortdurend, Ora deed dat nauwelijks. Ze maakten een slingerbeweging, heen en weer, en ze vroeg zich af of hij begreep dat ze zichzelf opzettelijk in de war aan het brengen waren om te voorkomen dat ze de terugweg zouden vinden.

Ze praatten amper. Een paar keer probeerde ze iets te zeggen, over de breuk met Ilan, over Ilan, over zichzelf, maar hij stak zijn hand op, vragend, bijna smekend: dat kon hij nu niet aan, misschien straks. Vanavond, of morgen. Liever morgen.

Hij verzwakte langzamerhand en zij was zo'n inspanning ook niet gewend. Hij kreeg blaren op zijn enkels en ook last van uitslag in zijn liezen. Ze bood hem een pleister en talkpoeder aan, maar hij weigerde. 's Middags deden ze een dutje in de schaduw van een wijdvertakte johannesbroodboom en daarna liepen ze nog een eindje, dan weer de ene kant op, dan weer de andere, voor ze opnieuw uitrustten en wat doezelden. Haar gedachten stompten langzamerhand af. Misschien komt het door hem, vermoedde ze: precies zoals hij haar vroeger opwekte, binnenstebuiten keerde, zo bluste en verflauwde hij haar nu. Tegen de avond, toen ze aan de rand van een pecannotenplantage lagen op een bed van dorre bladeren en bolsters, keek ze naar de lege hemel – alleen hingen er al een paar uur twee ronkende helikopters stil in de lucht, heel hoog, kennelijk om naar de andere kant van de grens te spieden – en bedacht dat het haar eigenlijk niet zou kunnen schelen zich alle overgebleven dagen, zelfs een hele maand, zo te blijven stoten, af te stompen, maar Avram?

Misschien kan het hem ook niet schelen, dacht ze. Misschien komt het hem nu ook goed uit zo rond te zwerven, weet ik veel wat hij doormaakt en hoe zijn leven eruitziet, en met wie hij is. Ik heb het echt niet slecht op deze manier, het doet nu minder pijn, merkte ze verbaasd: zelfs Ofer had zich de afgelopen uren rustig gehouden in haar, en misschien had Avram gelijk en hoefde je niet over alles te praten, of misschien zelfs nergens over. Wat viel er eigenlijk te zeggen? Op zijn hoogst, als zich een of ander geschikt moment zou voordoen, zou ze hem voorzichtig iets vertellen over Ofer, misschien zou hij er hier niet zo'n bezwaar tegen hebben, een paar kleine dingen maar, misschien wat lichte, grappige dingen, van Ofer. Dat hij tenminste zou weten wie Ofer was, al was het maar in grote lijnen, grof geschetst. Dat hij tenminste nu de mens zou leren kennen die hij op de wereld had gezet.

Ze zetten hun tenten op in een klein bos, tussen de pistachebomen en de eiken. Ofer had thuis het opzetten van de tent met haar geoefend en tot haar verbazing deed ze het nu bijna moeiteloos. Eerst zette ze de hare op, daarna hielp ze Avram, en de tenten vielen haar niet onverhoeds aan, wikkelden zich niet op listige wijze om haar heen en trokken haar niet als een vleesetende plant naar binnen, zoals Ofer had voorspeld, en toen alles was gedaan, stonden er twee kleine koepeltenten, de hare oranje en de zijne blauw, op een afstand van drie of vier meter van elkaar vandaan, twee bellen die op kleine ruimteschepen leken, ondoordringbaar voor water en voor elkaar, allebei met een klein raampje dat was afgedekt met een lange plastic voorhuid.

Ook nu weer hield Avram zich ervan Ofers rugzak open te maken. Zelfs de vakjes aan de buitenkant liet hij dicht. Hij had geen schone kleren nodig, zei hij, zijn kleren waren toch de hele dag telkens weer op zijn lichaam gewassen in de beek, en hij kon ook gewoon zo op de grond lig-

gen, hij had zelfs geen matras nodig, hoe dan ook zou hij niet lang slapen, want Ora, zo bleek, had de slaappillen die hij gewend was niet meegenomen. Die lagen namelijk in een la van zijn nachtkastje, en degene
die ze wel had meegenomen, de natuurlijke pillen die ze in de badkamer
had gevonden, waren niet van hem. 'Van wie dan wel?' vroeg Ora zonder
haar lippen te bewegen. 'Ah, wat,' wuifde Avram weg, 'op mij hebben ze
geen effect,' en Ora dacht aan de vrouw met paars haar die de deodorant
met de vanillegeur gebruikte, de vrouw die blijkbaar sinds een maand
– ze meende dat hij dat tegen haar had gezegd door de telefoon – niet
meer bij hem woonde.

Om zeven uur, toen ze de onderlinge stilte niet meer konden verdragen, trokken ze zich allebei terug in hun eigen tent en bleven nog
urenlang wakker liggen. Soms dommelden ze even weg, ook Avram
was uitgeput van de inspannende dag en het lukte hem bijna in slaap
te vallen met behulp van de belachelijke pillen die Ora bij hem in het
medicijnkastje had gevonden, maar uiteindelijk kregen ze hem er niet
onder.

Ze draaiden, ze zuchtten en kuchten. Te veel werkelijkheid spookte in
hen rond, het feit dat ze in de openlucht waren, dat ze op de grond lagen
– iets wat angstwekkend nieuw was en oncomfortabel, want de aarde
trok een lelijk scheef gezicht, dat onregelmatig was van de steentjes en
kuiltjes – en de verstolen, gespannen trilling van de rug van een groot
beest, een zekere nervositeit die de sterren over hen uitstrooiden met
hun getwinkel, en warme, koele en vochtige vlagen tocht die de hele tijd
heen en weer bewogen, als zacht geblaas uit een onzichtbare mond.

En kreten van nachtvogels, van alle kanten geritsel, gezoem van muggen, ieder ogenblik had ze het idee dat er iets over haar wang of langs
haar been kroop, en het geluid van kleine, stille voetstappen, vlakbij in
het struikgewas, het gehuil van de jakhalzen, en één keer ook de kreet
van een klein beest dat werd gegrepen door een roofdier. Ora viel blijkbaar toch in slaap, want tegen de ochtend werd ze gewekt door drie mensen in legeruniform, die op het platje voor haar voordeur stonden en zich
opzij draaiden om ruimte te maken voor de hoogste militair onder hen,
zodat die als eerste kon aankloppen, en de dokter rommelde al in zijn tas,
op zoek naar de kalmeringsspuit, de jonge vrouwelijke officier spande
haar armspieren en bereidde zich voor om haar op te vangen als ze flauw
zou vallen.

Ora zag ze met zijn drieën hun rug rechten, een blik wisselen en hun keel schrapen, en de hoogste officier stak zijn hand op en aarzelde even. Gehypnotiseerd keek ze naar zijn dichtgeknepen hand, en de gedachte schoot door haar heen dat dit een moment was dat levenslang zou blijven duren, en toen klopte hij aan, bonsde drie keer op de deur, keek naar de punten van zijn schoenen en herhaalde in zijn hoofd nog eens de woorden van de aanzegging voordat er werd opengedaan, dat wil zeggen: om zoveel uur zoveel, op die en die plaats, is uw zoon Ofer, tijdens een operationele actie –

En aan de overkant van de straat werden een voor een ramen dichtgeslagen en gordijnen dichtgetrokken, met alleen aan de rand ervan een kier om te gluren, maar haar deur zou gesloten blijven. Ora slaagde er eindelijk in haar benen te bewegen en probeerde rechtop te gaan zitten in haar slaapzak. Ze baadde in het koude zweet, haar ogen waren dicht en haar armen verstijfd, ze had het idee dat ze niet in staat was die te verroeren – en de hoge officier klopte weer drie keer op de deur, wat hij met zo'n tegenzin deed dat hij te hard bonsde en het even leek alsof hij de deur in wilde rammen om het huis binnen te vallen met het bericht, maar de deur was gesloten en niemand deed open om het bericht van hem in ontvangst te nemen. In de war gebracht keek hij naar het papier in zijn hand, dat uitdrukkelijk zei dat om zoveel uur zoveel, op die en die plaats, uw zoon Ofer tijdens een operationele actie. En de vrouwelijke officier deed een stap achteruit op het stenen platje om het huisnummer te controleren, maar het was het juiste adres, en de dokter probeerde door een raam naar binnen te gluren om te zien of ergens in huis licht brandde, maar er brandde geen licht. Ook na nog twee zachtere kloppen bleef de deur gesloten, en de hoge officier leunde er even tegen met zijn hele gewicht, alsof hij serieus overwoog met geweld in te breken om koste wat kost zijn aanzegging naar binnen te gooien. Bedremmeld keek hij zijn collega's aan, want het werd hun langzaam maar zeker duidelijk dat hier iets misging met de regels van de ceremonie en dat hun zakelijke, professionele wil, hun volstrekt logische wil het bericht over te brengen, ervan af te komen, het uit te braken en het vooral snel toe te dienen aan degene voor wie het bericht op grond van de wet en het lot was bestemd, te zeggen: om zoveel uur zoveel is op die en die plaats uw zoon Ofer tijdens een operationele actie – die wil van hen stuitte hier op een andere, volkomen onverwachte, even sterke kracht, namelijk de absolute onwil van Ora om het bericht van hen aan te nemen, het op wat voor manier dan ook toegediend te krijgen, of ook maar enigszins toe te geven dat het haar aanging.

Nu begonnen ook de twee andere teamleden deel te nemen aan de poging de deur open te krijgen. Met ritmisch gekreun en stille onderlinge aanmoediging bestormden ze telkens weer de deur en beukten ertegen met hun lichaam, en Ora lag ergens aan de rand van haar droom. Haar hoofd werd heen en weer geslingerd en ze wilde schreeuwen, maar kreeg geen geluid uit haar keel. Ze wist dat ze zoiets uitzonderlijks niet hadden durven doen als ze de tegenstand niet hadden aangevoeld die van de andere kant op de deur werd afgestraald, en dat was waar ze nu gek van werden. De arme deur schudde kreunend heen en weer tussen de wil en de onwil, tussen hun volwassen militaire logica en haar kinderlijke koppigheid, en Ora spartelde en raakte verstrikt in de bochten van haar slaapzak, tot ze ineens verstijfde, haar ogen opende, naar het klein raampje in haar tent staarde en aan de rand ervan zag dat de hemel begon op te lichten. Ze haalde een hand door haar haar – wat was het nat, alsof ze het had gewassen met haar zweet – en ze bleef liggen en zei tegen zichzelf dat haar hart zo meteen zou ophouden tekeer te gaan en dat ze hier vandaan moest.

Maar hoe ze ook wilde, het lukte haar niet overeind te komen. De verdraaide slaapzak wikkelde zich om haar heen als een reusachtig, nat, strak verband en haar lichaam was zo zwak dat het zich niet kon verzetten tegen het levendige doodskleed dat zich eromheen straktrok. Misschien moest ze alleen nog even blijven liggen, kalmeren en krachten verzamelen, haar ogen sluiten en proberen te denken aan iets anders, iets vrolijkers, maar onmiddellijk zag ze dat in het team aanzeggers een stil gemor oprees, want het was hun duidelijk dat ze dit bericht moesten overbrengen, zo niet nu, dan over één of twee uur, of over één of twee dagen, en dat ze dan de hele weg hiernaartoe opnieuw moesten afleggen, zich weer moesten voorbereiden op het moeilijke moment, niemand dacht ook ooit aan de aanzeggers en de psychische last die op ze rustte, de mensen hadden altijd alleen maar medelijden met degenen die het bericht kregen. En misschien waren ze eigenlijk kwaad, de aanzeggers, omdat er ondanks al hun verdriet en medeleven bij hen al een zekere spanning, om niet te zeggen opwinding, zelfs bijna een feestelijk gevoel, was ontstaan bij de nadering van het moment van de aanzegging, die ook als ze er tientallen keren ervaring mee hadden nooit een routine-kwestie was of kon worden, net zoals een executie geen routinekwestie kon zijn.

Met een verstikte kreet scheurde Ora zich los uit de vervloekte slaap-zak, en daarna vluchtte ze de tent uit en bleef buiten geschokt en met een verwilderd gezicht staan. En het duurde een paar tellen voor ze Avram opmerkte, die niet ver van haar vandaan op de grond zat, geleund tegen een boom, en naar haar keek.

Ze zetten koffie en dronken die in stilzwijgen, en ze sloegen allebei iets om, hij zijn slaapzak en zij een dunne jas. Hij zei: 'Je schreeuwde,' en zij zei: 'Ik had een nachtmerrie.' Hij vroeg niet waarover. Ze tastte af: 'Heb je gehoord wat ik riep?' En hij stond op en begon haar ineens iets uit te leg-gen over de sterren. Waar Venus en waar de Grote en de Kleine Beer ston-den, en hoe de Grote Beer je stuurde naar de Poolster. Ze luisterde, een beetje gekrenkt, een beetje verbaasd over zijn nieuwe enthousiasme, over zijn stem, die enigszins uit zijn ketenen was bevrijd. 'Zie je?' wees hij. 'Daar staat Saturnus. In de zomer kan ik hem soms zien vanuit mijn bed, met de ringen, en die daar is Sirius, de helderste –'

Hij sprak en sprak, en Ora moest denken aan een lievelingszin van haar en Ada uit *Middernachtelijk konvooi* van S. Jizhar, 'je kunt iemand geen ster aanwijzen zonder je andere hand op zijn schouder te leggen', maar het bleek toch te kunnen.

Ze braken hun tentenkampje op en gingen op pad. Ze was blij weg te gaan van de plek waar de nachtmerrie haar had bezocht, en de zonsop-gang die zich aankondigde in de hemel – het licht leek op te stijgen uit handen die langzaam opengingen – bracht haar weer een beetje tot le-ven. We zijn al een heel etmaal onderweg, dacht ze, en we zijn nog altijd bij elkaar. Maar na een tijdje voelde ze haar benen heel zwaar worden en begon er een vage pijn rond te zwerven in haar lichaam.

Ze dacht dat het de vermoeidheid was, tenslotte had ze de afgelopen twee dagen nauwelijks geslapen, of misschien een lichte zonnesteek – gisteren had ze geen hoedje op gehad en ook niet genoeg gedronken – en ze hoopte sterk dat het geen voorjaarsgriep was die juist nu het mo-ment had gevonden om toe te slaan. Maar het voelde niet aan als griep, ook niet als een zonnesteek, nee, het was een andere, onbekende pijn, hardnekkig, ondermijnend, iets wat haar hap na hap opvrat, en even dacht ze zelfs: een vleesetende bacterie.

Ze zaten uit te rusten bij een ruïne, waarvan een deel nog overeind stond en een ander deel was verkruimeld tot een hoop gehouwen stenen. Ora sloot haar ogen en probeerde zichzelf te kalmeren met diepe ademhalingen en het masseren van haar slapen, borst en buik, maar het was tevergeefs. De pijn en de druk namen toe, haar hart klopte hard in haar hele lichaam, en toen kwam het in haar op dat het Ofer was die pijn deed.

Ze voelde hem in haar buik, onder haar hart, een donkere, rusteloze gevoelsplek die steeds voller raakte met het gevoel van Ofer. Hij verschoof, bewoog, woelde binnen in haar, en ze kreunde verbaasd, versteld van zijn agressie, van zijn wanhoop, en ze moest denken aan de aanval van claustrofobie die hij had toen hij een jaar of zeven was, in een lift, op weg naar Ilans bureau: de lift was tussen twee verdiepingen in blijven steken, met alleen hun tweeën erin, en toen Ofer begreep dat ze vastzaten, begon hij uit alle macht te gillen dat de deur open moest, dat hij eruit moest, dat hij niet dood wilde. Ze probeerde hem te bedaren, hem in haar armen te nemen, maar hij ontsnapte, stortte zich op de wanden en de deur, sloeg erop en gilde zich schor, en uiteindelijk viel hij zelfs haar aan, slaand en schoppend viel hij haar aan. Alle jaren daarna was in Ora's geheugen gegrift gebleven hoe zijn gezicht in die ogenblikken was veranderd en ze herinnerde zich ook de steek van teleurstelling die ze voelde toen ze besefte, en niet voor het eerst, hoe dun en breekbaar de vrolijke, levenslustige buitenkant van Ofer was, de zonnigste en helderste van haar twee kinderen – zo had ze hem tenslotte altijd beschouwd, als de zonnigste en helderste van haar twee kinderen – en het schoot haar te binnen dat Ilan toen had gezegd, half voor de grap, dat tenminste duidelijk was geworden dat Ofer nooit bij de pantsertroepen zou gaan, hij zou zich nooit opsluiten in een tank, en ook die voorspelling was niet uitgekomen, zoals vele andere. Hij was wel bij de pantsertroepen gegaan en hij sloot zich wel op in een tank, wat geen enkel probleem opleverde, bij hem althans: zij was degene die het zo benauwd had gekregen dat ze bijna was flauwgevallen toen ze op zijn verzoek een tank was binnengegaan na een rij- en schietdemonstratie van zijn bataljon voor de ouders, in Nabi Moesa. En nu voelde ze hem, Ofer, precies zoals ze hem toen had gevoeld, in de lift, waar hij in paniek tekeer was gegaan. Blijkbaar had hij het idee dat iets hem langzaam insloot en hem in zich ving, er was geen ontsnappen aan en hij kreeg geen lucht, en Ora sprong overeind, ging naast Avram staan en zei: 'Kom, we gaan.' En Avram begreep het niet – 'we zitten net,' mompelde hij – maar hij stelde geen vragen, wat maar goed was ook, want wat had ze tegen hem moeten zeggen?

Ze liep snel, zonder het gewicht van de rugzak te voelen, en keer op keer vergat ze Avram, die naar haar moest roepen dat ze niet zo moest hollen, dat ze op hem moest wachten, maar ze vond het moeilijk, echt onverdraaglijk, zijn tempo aan te houden. De hele ochtend weigerde ze zelfs ook maar één keer te stoppen, en als hij in opstand kwam en midden op het pad of onder een boom ging liggen, bleef ze in kringetjes om hem heen draaien om zichzelf verder te verdoven door te blijven lopen en zich aan de zon bloot te stellen, en ze droogde zichzelf ook opzettelijk uit door niets te drinken, maar Ofer hield niet op, bleef fel in haar tekeergaan, met ritmische, pijnlijke, krampachtige bewegingen, en tegen de middag begon ze hem ook te horen, geen echt gepraat, alleen de melodie van zijn stem, door alle geluiden van het dal heen, op de achtergrond van alle gezoem, gekwetter, getsjirp, haar eigen ademhaling, het gegrom van Avram achter haar, het geruis van de reusachtige sproeiers in de velden en het motorgeronk van verre tractors en van de lichte vliegtuigjes die soms in de lucht cirkelden. Zijn stem klonk haar verbazingwekkend helder in de oren, alsof hij hier werkelijk was, naast haar liep en met haar praatte zonder woorden, want woorden had hij niet, alleen zijn stem, hij speelde muziek voor haar met zijn stem, en af en toe ving ze ook het lichte, hartveroverende gestotter op, waarvan hij soms last had bij de letter *sjin*, vooral als hij opgewonden was, *sje... sje...* en ze wist niet wat ze met hem aan moest, of het een goed idee was hem gehoor te geven, of ze gewoon zou gaan praten tegen hem of hem moest negeren, zo goed en zo kwaad als het kon, want vanaf het moment dat ze de deur van haar huis in Bet Zajit achter zich had dichtgetrokken, zeurde er in haar ook een omgekeerde, heel bekende angst: de angst voor wat er in haar zou opkomen en wat ze in gedachte voor zich zou zien als ze aan hem zou denken, en ook voor wat er uit haar hoofd zou ontsnappen en zich om Ofers handen en ogen zou wikkelen, juist op een moment dat hij al zijn waakzaamheid en kracht nodig had.

Onmiddellijk merkte ze dat hij het over een andere boeg gooide, want hij begon eenvoudigweg 'mama' te zeggen, telkens weer, honderd keer, 'mama, mama', met verschillende intonaties en op verschillende leeftijden, dreinend, juichend, samenzweerderig, trekkend aan haar mouw, 'mama, mama', kwaad op haar, slijmend, huilend, flirtend, bewonderend, lievig, stekelig, met haar dollend, zijn ogen naar haar opslaand op een eeuwigdurende ochtend van zijn kindertijd: 'Mama?'

Of liggend op haar schoot, als de baby die hij was, alert en heel klein, zijn dunne bovenbeentjes in de wegwerpluier, haar aankijkend met de blik die hij toen al had, ontstellend sereen en volwassen, met een doorzichtig sprankje ironie dat er altijd in zweefde, bijna vanaf zijn geboorte, misschien vanwege de vorm van zijn ogen, die naar elkaar toe bogen – buigen – in een scherpe, sceptische hoek.

Ze struikelde, maar bleef met uitgestoken armen overeind en liep door, en het leek alsof ze zich een weg baande door een onzichtbare zwerm wespen. De levendigheid waarmee hij tastbaar was geworden in haar binnenste had iets onheilspellends, net als de bezetenheid waarmee hij daar door elkaar werd geschud, en ze vroeg zich zwakjes af waarom hij zo deed, waarom hij zo aan haar trok en zoog, en heel haar binnenste klopte en hijgde zijn naam als een blaasbalg, maar het was geen heimwee, het had niets zoets. Hij verscheurde haar vanbinnen, ging er tekeer en sloeg met zijn vuisten op de wanden van haar lichaam. Hij eiste haar helemaal op voor zichzelf, zonder enige beperking, verlangde van haar dat ze haar innerlijk helemaal voor hem zou vrijmaken, ook zichzelf eruit zou ontruimen en zich met volledige overgave aan hem zou wijden, dat ze de hele tijd aan hem zou denken en voortdurend over hem zou praten en iedereen die ze tegenkwam over hem zou vertellen, zelfs de bomen, stenen en distels, dat ze hardop en in stilte zijn naam zou blijven en blijven zeggen, dat ze hem geen moment, geen seconde zou vergeten, dat ze hem niet alleen zou laten, want hij had haar nu eenvoudigweg nodig om *te zijn*, wist ze plotseling, dat was wat al die steken van hem wilden zeggen, waarom had ze dat niet meteen begrepen, hij had haar nodig om niet dood te gaan. En ze bleef staan, stak een hand in haar pijnlijke zij en blies onthutst uit: wat... op deze manier? Precies zoals hij haar eens nodig had gehad om geboren te worden?

'Wat heb je?' vroeg Avram hijgend toen hij haar eindelijk had ingehaald. 'Wat bezielt jou ineens?'

Ze liet haar hoofd hangen en zei rustig: 'Avram, ik kan zo niet verder.'

Hij vroeg: 'Hoe bedoel je, "zo"?'

'Dat je niet bereid bent om ook maar... dat ik zelfs zijn naam niet tegen je kan uitspreken.' En toen schoot er een of andere knoop in haar los. 'Luister,' zei ze, 'dat zwijgen maakt mij kapot en maakt hem kapot, dus neem een beslissing.'

'Wat voor beslissing?' vroeg hij.

'Of je echt hier bij me bent.'

Meteen keek hij weg van haar. Ora wachtte zwijgend. Sinds de geboorte van Ofer had ze met Avram nauwelijks over hem gepraat. Hij had telkens een snel, afwijzend gebaar gemaakt, alsof hij een lastige vlieg van zijn gezicht verjoeg, wanneer ze zich tijdens hun zeldzame ontmoetingen niet had kunnen inhouden en had geprobeerd Ofer ter sprake te brengen, of als ze zelfs maar zijn naam had genoemd. Ze had hem altijd moeten beschermen tegen Ofer, dat was zijn voorwaarde geweest, alleen op die manier was hij bereid tot die armzalige ontmoetingen, alsof Ofer niet bestond en nooit had bestaan. Ora had zich verbeten, en voor zichzelf was ze intussen tot de conclusie gekomen dat ze zich eroverheen had gezet, min of meer, over de verontwaardiging en de boosheid, dat ze zich had neergelegd bij zijn weigering en afwijzing. Ze had zichzelf ook voorgehouden dat ze in de loop der jaren misschien zelfs een beetje gewend was geraakt aan de volledige, onwrikbare afscherming die hij van haar had geëist – het maakte het op een of andere manier ook makkelijker, duidelijke grenzen, een absolute scheiding der machten, hier Avram en zij, daar de hele rest. De afgelopen jaren had ze tot haar gêne en met een licht schuldgevoel ontdekt dat de gedachte aan een andere mogelijkheid haar zenuwachtiger maakte dan het voortbestaan van de status quo. En toch was ze na elke grove afwijzing van zijn kant opnieuw tot in het diepst van haar ziel beledigd en moest ze zichzelf er weer aan herinneren dat zijn wankele evenwicht blijkbaar was gebaseerd op een totale, hermetische zelfbescherming, tegen Ofer, tegen het feit dat Ofer bestond, tegen wat in zijn ogen ongetwijfeld de fout van zijn leven was, en ook dat wekte bij haar telkens weer een golf van verse woede, het idee dat Ofer iemands fout van zijn leven was, en erger nog, dat hij Avrams fout van zijn leven was. Aan de andere kant – en dat was het verwarrende, iets wat haar de afgelopen twee dagen gek maakte – waren er de zwarte strepen op de muur boven zijn bed, de tabel van de wanhoop van Ofers dienstjaren, drie jaar, meer dan duizend verticale streepjes, eentje per dag, elke dag opnieuw, en kennelijk streepte hij elke avond de voorbije dag door met een horizontaal streepje. En hoe was het een met het ander te rijmen, dacht ze, de fout van zijn leven met die tabel van wanhoop, en welke van de twee moest ze geloven?

'Luister,' zei ze, 'ik dacht –'

'Ora, niet nu.'

'Wanneer dan wel? Wanneer wel?'

Hij draaide zich bruusk om en liep snel weg, en zij haatte hem, verachtte hem, had medelijden met hem en dacht dat ze echt niet goed bij haar hoofd was als ze had geloofd dat hij haar zou kunnen helpen, dat hij haar had kunnen bijstaan in haar nood. Ja, het hele idee was van begin af aan ziek geweest, dacht ze, sadistisch zelfs tegenover hem: hem zo'n tocht aandoen, verwachten dat hij ineens, na hem eenentwintig jaar te hebben uitgevlakt en ieder contact te hebben gemeden, iets zou willen horen over Ofer? En ze zwoer dat ze hem morgenochtend op de eerste bus naar Tel Aviv zou zetten en dat ze tot dan geen woord tegen hem zou zeggen over Ofer.

's Avonds werd de pijn van Ofer zo hevig dat ze zich terugtrok in haar tent en stilletjes begon te huilen, pogend de geluiden van haar onzichtbare huilbui voor Avram verborgen te houden. De weeën – zo voelden ze aan, als geboorteweeën – werden frequenter, deden haar nu bijna elk moment ineenkrimpen en werden een doorlopende, verblindende pijn, en ze dacht dat ze, als het nog langer zou doorgaan, op een of andere manier naar de eerstehulpafdeling van een ziekenhuis zou moeten zien te komen, maar wat zou ze de mensen daar kunnen uitleggen? En straks zouden die haar nog overreden onmiddellijk naar huis te gaan, te wachten op *hen*.

Avram, in zijn tent, hoorde haar en besloot vannacht geen slaappil in te nemen, ook geen van de pillen van zijn vriendin Netta, die hem slechts heel even een beetje versuften, want Ora zou hem vannacht misschien nodig kunnen hebben. Maar waarmee zou hij haar kunnen helpen? Hij bleef stil liggen, waakzaam, met zijn armen gekruist, strak op zijn borst, de handen in zijn oksels gestoken. Hij kon zo uren blijven liggen, bijna zonder zich te verroeren. Hij hoorde haar zachtjes kermen, een voortdurend, eentonig gekerm. In Egypte, in de Abbassiagevangenis, was er eentje – een kleine, magere Indiaas-Joodse jongen uit Bat Jam, die als reservist gelegerd was geweest in steunpunt Chizajon – die de hele nacht zo huilde, ook als er daarvoor geen martelingen waren geweest. De jongens werden bijna krankzinnig van hem, zelfs de Egyptische cipiers werden er gek van, maar de Indiër ging maar door. En op een keer, toen Avram en hij naast elkaar op de gang stonden te wachten tot ze werden meegenomen voor ondervraging, lukte het Avram hem aan het praten te krijgen door de zak over het hoofd heen. De Indiër zei dat hij huilde van jaloezie, omdat hij voelde dat zijn vriendin hem niet trouw was, dat ze altijd meer van zijn oudste broer had gehouden, en de beelden van wat ze nu aan het doen was, verscheurden hem. Avram koesterde op dat moment een merkwaardig ontzag voor de uitgemergelde jongen, die in de hel van de krijgsgevangenschap in staat was zich zo over te geven aan zijn persoonlijke leed, dat niets te maken had met de Egyptenaren en hun folteringen.

Hij stond op, ging stilletjes zijn tent uit en liep weg tot hij haar bijna niet meer hoorde. Daar ging hij onder een pistacheboom zitten en probeerde zich te concentreren. Overdag, met Ora naast zich, was hij helemaal niet in staat geweest tot nadenken. Nu stelde hij tegen zichzelf de aanklacht wegens lamlendigheid en lafheid op. Zijn tien vingers stak hij in zijn gezicht, voorhoofd en wangen, en hij bromde zachtjes: 'Ga haar helpen, stuk stront, verrader.' Maar hij wist dat hij haar niet zou helpen en van minachting kromde zijn mond zich tot een sikkel.

En net als andere keren dat hij oprecht over zichzelf nadacht, viel het hem stomweg moeilijk te begrijpen waarom hij nog in leven was, met andere woorden, wat hen ertoe bracht zo aan hem vast te houden, hem zo in stand te houden, en wat hij nog altijd bezat dat zo'n voortdurende inspanning, zo'n koppigheid, of gewoon wraakzucht van hun kant rechtvaardigde.

Hij sloot zijn ogen en probeerde het beeld van een jongen op te roepen. Zomaar een jongen. De laatste tijd, naarmate de datum van Ofers afzwaaien was genaderd, had hij af en toe in het restaurant waar hij werkte of als hij over straat liep een jongen van de juiste leeftijd uitgekozen en hem steels gadegeslagen, of hij was zelfs een of twee straten achter hem aan gelopen, om zich zo via hem een voorstelling te maken van Ofer. Vaker en vaker had hij zichzelf zulke fantasieën toegestaan, een vermoeden van Ofer, een schaduwbeeld.

Langzamerhand omhulde hem een dichte nachtelijke stilte. Zachte windvlagen trokken stilletjes over hem heen, alsof ze voren ploegden over de hele breedte van de ruimte. Nu en dan riep daar in die ruimte een grote vogel, die heel dichtbij klonk. Ook Ora, in haar tent, hoorde iets. Ze viel stil en luisterde, en het leek alsof er iets over haar huid zweefde. Duizenden kraanvogels wiekten door de nachtelijke hemel op hun trek naar het noorden, en geen van beiden zag het of wist het. Lange tijd klonk er een weids, verborgen geruis, als van golven op een schelpenstrand. Avram leunde tegen de pistacheboom, sloot zijn ogen en zag de schaduw van Ofers gestalte wegglippen, in de vorm van de jongere Ilan – juist Ilan sprong in zijn zicht, liep een halve pas voor hem uit, leidde hem over de paden van de gehate militaire basis waar hij moest wonen met zijn vader, en hij wierp hem een blik van herkenning toe bij de overgeverfde opschriften op de muren van de stenen huisjes. Daarna probeerde Avram zich een mannelijke versie van Ora in haar jonge jaren voor te stellen, maar kreeg alleen haarzelf voor ogen: lang, met een lichte huid en rode, springerige krullen in haar nek. En hij vroeg zich ineens af of Ofer net zulk rood haar had als zij, althans zoals zij vroeger had – nu was er geen vleugje rood meer in haar haar te bespeuren – en het verbaasde hem dat tot op dat moment de simpele, zo logische mogelijkheid dat Ofer rood haar zou hebben nooit in hem was opgekomen, ja, het verbaasde hem zelfs nog meer dat hij zo durfde te fantaseren, meer dan ooit, en toen flitste er een Ofer door zijn hoofd die op hemzelf leek, op de Avram van eenentwintig, van zeventien, van veertien, hij sprong razendsnel van de ene leeftijd naar de andere – voor haar, dacht hij koortsachtig, met een soort devotie als van een gebed, alleen voor haar – en hij zag een flikkerend beeld van een rond, alert en altijd gloeiend gezicht met rode wangen, hij voelde de veerkracht en lichtvoetigheid van zijn kleine gestalte, die hij in geen jaren had gevoeld, en het was alsof de gloed van een eeuwig vuur afstraalde van het hoofd met de warrige bos haar, en de schittering van een schalkse knipoog die hem vandaar werd gegeven, werd meteen verdrongen, uitgestoten uit het beeld, uit zijn eigen persoonlijkheid, alsof hij eruit werd gezet door een strenge portier. Bezweet zat hij nu uit te puffen, nog een paar minuten met een wild kloppend hart, opgewonden als een jongen, een jongen die zich in verboden fantasieën had gewenteld.

Hij luisterde: doodse stilte. Misschien was ze eindelijk in slaap gevallen, een beetje verlost uit haar lijden. Hij probeerde te begrijpen wat er precies was gebeurd tussen haar en Ilan. Ze had niet uitdrukkelijk gezegd dat het aan Ilan had gelegen, ze had het zelfs ontkend. Misschien was zijzelf verliefd geworden op een ander? Had ze een andere vent? En zo ja, wat deed ze hier dan in haar eentje, en waarom had ze uitgerekend hem met zich meegenomen?

Ze had ook gezegd dat de kinderen, de jongens, al groot waren, dat ze zelf beslisten bij wie ze wilden zijn, maar hij had haar mond zien trillen en wist op dat moment dat ze loog, al wist hij niet waarover. 'Gezinnen zijn hogere wiskunde voor mij,' zei hij soms tegen Netta, zijn vriendin, 'te veel onbekenden, te veel haakjes en machtsverheffing van producten, en trouwens, die hele warboel,' zo bromde hij als ze het idee opperde, 'de noodzaak de hele tijd in *verhoudingen* te staan met ieder van de andere familieleden, elk ogenblik, dag en nacht, zelfs in je dromen. Het is als blootstaan aan een constante stroomschok,' probeerde hij haar voor te houden als ze bedroefd werd en ineenkromp, 'als leven in een eeuwig onweer. Is dat wat je wilt?'

En al dertien jaar lang bleef hij onvermoeibaar tegen haar zeggen, tegen Netta, dat ze haar jeugd, haar toekomst en haar schoonheid aan hem verspilde en dat hij haar alleen maar in de weg zat, een blok aan haar been was en haar het zicht op het leven benam. Zeventien jaar scheelden ze. 'Mijn meisje,' noemde hij haar, soms met genegenheid, soms met verdriet. 'Toen jij tien was,' bracht hij haar met een eigenaardig genoegen in herinnering, 'was ik al vijf jaar dood.' En dan zei zij: 'We gaan de doden tot leven wekken, we komen in opstand tegen de tijd.'

'Ik wil een vol leven met jou,' drong ze aan, en hij ontweek haar telkens weer met de smoes van de generatiekloof. 'Je bent te volwassen voor mij,' zei hij. Wilde ze nog meer kinderen, grapte hij verschrikt, was één niet genoeg? 'Moet je kinderen in het meervoud hebben?' En haar smalle, duivelse ogen flikkerden: een kind in het enkelvoud dan, oké, zoals Ibsen, Ionesco en Jean Cocteau ooit hetzelfde *kind* zijn geweest.

De laatste tijd was het hem blijkbaar gelukt haar te overtuigen, want al een paar weken kwam ze niet meer en ze belde evenmin op. 'Waar is ze?' prevelde hij in zichzelf en hij kwam overeind.

Soms, als ze wat geld had verdiend met haar eigenaardige kunstwerken, ging ze er ineens vandoor. Avram voelde eerder aan dan zij wanneer het eraan zat te komen: een of andere troebele honger begon de regenboogvliezen in haar ogen te omcirkelen, er vonden daar bozige schaduwonderhandelingen plaats, en omdat ze er blijkbaar het onderspit in dolf, moest ze op reis. En ze koos altijd landen uit waarvan alleen al de naam hem angstaanjagend voorkwam, Georgië, Mongolië, Tadzjiki-stan; ze belde hem op vanuit Marrakech of Monrovia, als het bij hem al nacht was en bij haar nog dag – 'dus nu,' liet hij haar weten, 'ben je ook nog drie uur extra jonger dan ik' – en dan vertelde ze hem op een merk-waardig lichte toon, alsof ze slaapwandelde, allerlei ervaringen waarvan hem de haren te berge rezen.

Hij begon rondjes rond de boom te lopen. Hij probeerde uit te rekenen, eindelijk precies vast te stellen wanneer hij voor het laatst iets van haar had gehoord, en hij kwam erop uit dat het ten minste drie weken geleden was. Misschien meer? Misschien was het echt al een maand geleden dat ze was verdwenen? En als ze zichzelf iets had aangedaan? dacht hij, en hij bleef doodstil staan en herinnerde zich hoe ze met de ladder had gedanst op de rand van het dak van haar woning in Jaffa. Hij wist dat die mogelijke stap van haar al een paar dagen aan hem vrat, en dat de bezorgdheid om haar, om Netta, zijn wereld samen met zijn diepe ver-trouwen in haar was binnengekomen. En nu erkende hij eindelijk in hoeverre het zenuwslopende uitkijken naar de dag van Ofers afzwaaien hem blijkbaar zijn laatste restje gezond verstand had gekost en hem zelfs haar had doen vergeten.

Hij versnelde zijn rondjes om de boom en rekende opnieuw uit: het restaurant is al een maand gesloten wegens verbouwing. Ongeveer vanaf het begin van de verbouwing kwam ze niet meer. Sindsdien heb ik haar niet gezien en niets van haar gehoord, en ik heb haar niet gezocht. Wat heb ik al die tijd gedaan? Hij herinnerde zich lange strandwandelin-gen. Bankjes op straat. Bedelaars. Vissers. Golven van heimwee naar haar, onderdrukt met geweld, met kopstoten tegen de muur. Alcohol in hoeveelheden waaraan hij niet gewend was. Slechte trips. Slaappillen in dubbele doses, vanaf acht uur 's avonds. Zware hoofdpijnen in de och-tend. Hele dagen van één grammofoonplaat, Miles Davis, Mantovani, Django Reinhardt. Uren van wroeten in de vuilnisbelten van Jaffa, op zoek naar zijn stukken oud ijzer, gereedschap, verroeste motoren, oude sleutels. Deze maand had hij ook een aantal werkdagen met een niet on-aardige opbrengst gehad. Tweemaal per week zette hij boeken terug op de planken in de bibliotheek van een of ander college in Risjon Letsion; nu en dan diende hij als proefpersoon voor producenten van medicijnen en cosmetica: in aanwezigheid van vriendelijke en beleefde weten-schappers en laboranten, die hem opmaten en wogen, elk gegeven noteerden, hem om het even wat voor formulieren lieten ondertekenen en hem op het eind een bon gaven voor koffie met een croissant, slikte hij glanzend gekleurde pillen en smeerde crèmes op zijn huid die misschien op een dag in productie zouden worden genomen, en misschien ook niet. In zijn rapportages verzon hij lichamelijke en geestelijke bijverschijnselen waar de ontwikkelaars van de middelen helemaal niet op hadden gerekend.

De afgelopen week, met de nadering van de afzwaaidatum, was hij het huis niet meer uit geweest. Hij sprak geen mensen meer. Nam de telefoon niet meer op. At niet meer. Hij had het gevoel dat hij de plaats die hij in de wereld innam tot een minimum moest beperken. Hij kwam nauwelijks meer uit zijn stoel. Hij zat te wachten en reduceerde zichzelf. En als hij opstond en door het huis liep, probeerde hij geen snelle bewegingen te maken. Om het zijden draadje waaraan Ofer nu hing niet te scheuren, niet van zijn plaats te brengen. En die hele laatste dag, toen hij dacht dat Ofer al was afgezwaaid, zat hij roerloos naast de telefoon te wachten tot Ora hem zou bellen en hem zou meedelen dat het daar achter de rug was. Maar ze belde niet, en hij was langzamerhand verstijfd en wist dat er iets was gebeurd wat niet goed was. De uren tikten weg en het werd al avond, en hij dacht dat als ze nu niet belde, nu meteen, hij zich nooit meer zou kunnen bewegen. Met zijn laatste restje wilskracht had hij haar nummer gedraaid, en toen hij hoorde wat er was gebeurd, voelde hij hoe hij versteende.

'Maar waar ben ik een maand lang geweest,' bromde hij nu, en hij schrok toen hij zijn eigen stem hoorde.

Hij draaide zich om en snelde naar Ora, bijna rennend, zodra ze hem riep.

Ze zat op de grond, ingepakt in haar jas. 'Wanneer ben je opgestaan?'

'Ik weet het niet, best een tijdje geleden.'

'En waar ben je naartoe gegaan?'

'Nergens naar, ik heb wat rondgelopen.'

'Heb ik je gestoord toen ik huilde?'

'Nee, dat geeft niet. Huil maar, huil maar.'

Het oog van het ochtendgloren werd langzaam geopend. Ze zwegen. Ze keken hoe het nachtelijk zwart wegvloeide.

'Luister,' zei ze, 'en laat het me tot het eind toe zeggen. Ik kan zo niet verder.'

'Hoe, "zo"?'

'Dat je blijft zwijgen.'

'Ik praat juist veel,' zei hij met een geforceerd lachje.

'Pas op dat je er niet schor van wordt,' zei ze droogjes, 'maar ik kan het gewoon niet aan dat je zelfs niet toelaat dat ik over hem praat.'

Avram maakte een gebaar van daar-gaan-we-weer, en zij ademde langzaam in en zei: 'Luister, ik weet dat je het moeilijk hebt met mij, maar zo word ik ook gek. Dit is erger dan als ik in mijn eentje had gelopen. Want in mijn eentje had ik tenminste hardop tegen mezelf kunnen praten, over hem, en nu doe ik zelfs dat niet, vanwege jou. En ik dacht, wat dacht ik,' – ze stopte, keek naar haar vingertoppen, ja, ze had geen keus – 'dat we zo meteen, als we bij de weg aankomen, gaan proberen een lift te krijgen naar Kirjat Sjmona, dan zetten we jou daar op de bus naar Tel Aviv en blijf ik hier om nog een eindje verder te lopen. Wat zeg je ervan? Kun je in je eentje naar huis met de bus?'

'Ik kan alles. Doe niet alsof ik invalide ben.'

'Dat zei ik niet.'

'Ik ben niet invalide.'

'Ik weet het.'

'Er is niets wat ik niet kan doen,' zei hij boos, 'er zijn alleen dingen die ik niet wil.'

Mij helpen met Ofer, dacht ze.

'En hoe red jij je hier?' vroeg hij.

'Maak je geen zorgen, ik red me wel. Als ik maar loop. Ik hoef niet eens ver weg te gaan. Ik heb er genoeg aan gewoon in één veld te lopen, heen en weer, zoals gisteren of eergisteren, je hebt het gezien. Het gaat me er niet om waar ik ben, maar waar ik niet ben, begrijp je?'

Hij grinnikte. 'Of ik het begrijp?'

'Het zou voor ons allebei het beste zijn,' zei ze met twijfel en spijt. Hij zei niets terug, dus ze ging verder. 'Jij denkt misschien dat ik het kan stoppen, mijn mond over hem kan houden, bedoel ik, maar dat kan ik niet. Ik ben nu niet in staat me in te houden, ik moet hem kracht geven, hij heeft me nodig, ik voel het, ik maak je helemaal geen verwijten.'

Avram boog bruusk zijn hoofd. Niet bewegen, dacht hij, laat haar helemaal uitspreken, stoor haar nu niet.

'En het is niet alleen vanwege je geheugen,' zei ze, en hij zette vragende ogen op. 'Nou, dat je alles onthoudt, terwijl ik de laatste tijd een geheugen als een zeef heb, maar dat was niet waarom ik wilde dat je met me meekwam.'

Zijn hoofd drukte al op zijn borst. Zijn hele lijf was gekromd.

'Ik wilde je mee om met je te praten over hem,' zei ze, 'je simpelweg over hem te vertellen, want als hem iets overkomt –'

Avram vouwde zijn handen en stak ze diep weg in zijn schoot. Niet bewegen. Niet vluchten. Laat haar uitpraten.

'En geloof me als ik zeg dat ik het niet allemaal van tevoren heb bedacht,' grinnikte ze met een volle neus, 'je kent me, ik plan nooit iets, het moment voordat je belde was je nog niet in me opgekomen, en eerlijk gezegd was je die dag, eergisteren, helemaal uit mijn gedachten verdwenen, met alle chaos die er toen heerste. Maar toen je belde, toen ik je stem hoorde, ik weet het niet, ineens voelde ik dat ik deze dagen met jou moest doorbrengen, snap je? Met jou en niemand anders.'

Hoe langer ze praatte, hoe meer ze haar rug rechtte en haar ogen zich scherpten, alsof ze eindelijk een of andere boodschap in geheimschrift, die haar was overhandigd, begon te ontcijferen. 'En ik voelde dat wij, wij met zijn tweeën, samen moesten... hoe zal ik het je zeggen, Avram –'

Uit alle macht probeerde ze haar stem stabiel en zuiver te houden, hem niet te laten trillen. Niet de geringste huivering mocht erin doorklinken. Ze herinnerde zichzelf constant aan de allergie van Ilan en de jongens voor haar frequente overstromingen.

'Eigenlijk zijn wij zijn vader en moeder,' zei ze zachtjes, 'en als wij, samen, bedoel ik, als wij niet doen wat ouders –'

Ze stopte. In de laatste seconden had hij zijn armen al met al zijn kracht naar boven en zijwaarts uitgestrekt, en zijn lichaam spartelde op zijn zitplaats alsof hij door mieren werd opgevreten. Ze nam hem op en schudde zwaar haar hoofd. 'Goed,' verzuchtte ze, en ze wilde opstaan, 'wat kan ik nog... Ik ben echt niet goed bij mijn hoofd, hoe kon ik ook denken dat je –'

'Nee,' zei hij snel, en hij legde zijn hand op haar arm, maar trok die meteen terug. 'Ik dacht juist, wat vind je ervan, misschien kunnen we nog een dag blijven, één dag, waarom ook niet, daarna zien we wel.'

'Wat zien we wel?'

'Ik weet het niet. Je zult zien dat ik ook niet zo... hoe-heet-het, lijd? Het is niet zoals jij zegt,' en hij slikte moeizaam speeksel weg, 'het is alleen als je me ermee onder druk zet, met hem.'

'Met Ofer, zeg op zijn minst dat.'

Hij zweeg.

'Zelfs dat niet?'

Zijn armen vielen langs zijn lichaam naar beneden.

Alsof ze in een overpeinzing was verzonken, zette Ora haar bril af, vouwde die op en stopte hem in een vakje van de rugzak. Daarna streek ze met twee handen hard over haar slapen en hield ze even stil, alsof ze luisterde naar een ver geluid.

En plotseling stortte ze zich op de grond en begon erin te graven, ze plukte er aardkluiten en stenen uit, rukte wortels van planten los. Avram, verbazingwekkend snel, veerde overeind en ging gespannen voor haar staan. Ze leek hem niet te zien. Ze stond op en begon hard in de aarde te schoppen met de hak van haar schoen. Kluiten en brokken aarde vlogen in het rond en sommige raakten hem. Hij bleef doodstil staan. Zijn mond was verzegeld en zijn blik geconcentreerd en ernstig. Ze knielde, trok een scherpe steen los en hakte ermee in de aarde. Ze maakte snelle slagen, bijtend op haar onderlip. De dunne huid van haar gezicht kleurde ogenblikkelijk rood. Avram bukte, ging op één knie voor haar zitten en liet zijn blik niet van haar los. Zijn ene hand lag met gespreide vingers op de grond, alsof hij zich opmaakte voor een snelle sprong.

Het kuiltje werd dieper en breder. De witte, hakkende arm bleef op en neer gaan. Avram boog verwonderd zijn hoofd opzij en zag er een beetje uit als een hond. Ora stopte. Ze leunde op haar armen. Ze staarde naar de losgewoelde grond alsof ze niet begreep wat ze zag, en weer begon ze erop los te hakken met de steen in haar hand. Ze kreunde van de inspanning, van woede, haar nek kleurde rood en werd bedekt met zweet, haar dunne blouse plakte aan haar lijf.

'Ora,' fluisterde Avram voorzichtig, 'wat doe je?'

Ze hield op met graven, zocht een andere, grotere steen. Met haar onderarm veegde ze een pluk haar van haar voorhoofd en wiste zich het zweet. De kuil die ze had gegraven was klein en ovaal. Ze kwam overeind op haar knieën, pakte de steen met twee handen vast en hakte er weer op los. Haar hoofd werd met iedere slag naar voren geworpen en telkens ontsnapte er een kreun aan haar mond. De huid van haar handen begon kapot te gaan. Avram keek onthutst toe, niet in staat zijn ogen van haar geschramde vingers af te wenden. Ze leek niet te verslappen. Integendeel, ze voerde het tempo op, bleef hakken en kreunen, en even later gooide ze ook die steen weg en begon weer met haar handen te graven. Met haar vingers plukte ze kleine en grote stenen uit de aarde en slingerde ze weg, en tussen haar benen door en over haar hoofd vlogen handenvol vochtige aarde naar achteren. Zijn gezicht trok strak en werd langer, zijn ogen puilden bijna uit hun kassen. Zij zag het niet. Ze leek te zijn vergeten dat hij hier was. Zand plakte aan haar voorhoofd, aan haar wangen. Haar mooie, lichte wenkbrauwen werden door boogjes van aarde bedekt, en plakkerige groeven werden rond haar mond in haar gezicht geploegd. Met haar hand mat ze de kleine kuil op. Ze maakte die een beetje schoon, streek met een teder, zacht gebaar de bodem glad, alsof ze deeg uitdrukte in een bakvorm. 'Ora, nee,' fluisterde Avram in zijn handpalm, en hoewel hij ineens wist wat ze op het punt stond te doen, schrok hij in paniek terug: met drie snelle bewegingen ging Ora liggen en stopte haar gezicht in de kuil.

Ze praatte. Hij verstond de woorden niet. Haar handen lagen aan weerszijden van haar hoofd, als de poten van een sprinkhaan. Haar korte haar, onder het stof en de aarde, trilde op haar nek. Het geluid van haar stem klonk als een gedempte, gebroken jammerklacht, als van iemand die zijn pleidooi hield voor een rechter, maar een wrede, harteloze rechter, dacht hij, een lafaard, zoals ik. Af en toe hief ze haar hoofd op om met opengesperde mond lucht te happen, zonder hem aan te kijken, zonder iets te zien, en meteen daarna begroef ze haar gezicht weer in de aarde. Vroege vliegen begonnen af te komen op haar zweet. Haar benen, gestoken in haar vieze wandelbroek, bewogen en kromden zich nu en dan, haar hele lichaam stond strak en was geketend, en Avram, boven de grond, begon heen en weer te rennen.

Het Choela-dal beneden hen werd langzamerhand verguld en overspoeld met zonlicht. De visvijvers schitterden en de perzikplantages stonden in roze bloei. Ora lag languit op de grond een verhaal te vertellen aan het middelpunt der aarde, proefde van de kluiten en wist dat ze niet zoet zouden smaken, maar flauw en zanderig. Zand knarste tussen haar tanden, zand plakte haar tong vast aan haar gehemelte en veranderde in modder. Het snot liep uit haar neus en haar ogen traanden, en ze verslikte zich en stikte bijna in het zand. Keer op keer sloeg ze aan weerszijden van haar hoofd met haar handen op de grond, en als een spijker zette zich in haar hersens de gedachte vaster en vaster dat ze moest, ja, móest weten hoe het was, tenslotte had ze ook toen hij een baby was alles voorgeproefd wat ze voor hem had gekookt, om te controleren dat het niet te warm of te zout voor hem zou zijn. Avram, boven haar, hijgde, schokte en beet zonder er erg in te hebben op de knokkels van zijn gebalde vuisten. Hij wilde Ora vastpakken en wegtrekken vandaar, maar durfde haar niet aan te raken. Hij kende de smaak van zand in de ogen, de verstikking in de neus, het schrijnen van de salvo's aarde die van boven over hem werden uitgestort – een van hen, de zwarte met de baard, had een schop, de ander schraapte met zijn handen aarde van de hoop naast de net gegraven kuil. Avram had die zelf gegraven, zijn handen zaten onder de blaren. Hij had gevraagd of hij zijn sokken om zijn handen mocht wikkelen. Ze hadden hem uitgelachen en geen toestemming gegeven. Hij was meer dan een uur aan het graven geweest, toch geloofde hij niet dat ze het meenden. Drie keer eerder hadden ze hem gedwongen zijn eigen graf te graven en hem op het laatste moment lachend teruggebracht naar de kerker. En deze keer, ook toen ze zijn handen vastbonden op zijn rug, zijn voeten aan elkaar vastketenden, hem erin duwden en hem bevalen te gaan liggen en verboden te bewegen, weigerde hij het te geloven, misschien omdat ze allebei slechts gewoon soldaat waren – het waren twee fellahs – en de *daabet*, de officier, er nu niet eens bij was. Op eigen houtje zouden ze zoiets niet durven doen, hoopte Avram. En hij geloofde het ook nog niet toen ze handen- en handenvol rulle aarde naar binnen begonnen te gooien, eerst zijn benen begroeven, langzaam en merkwaardig zorgvuldig, en vandaar omhoog naar zijn dijen, zijn buik en zijn borst, tot die onder een hoop aarde schuilgingen. Avram kromde zijn lichaam en zijn hoofd naar achteren, zocht met zijn ogen de daabet, die hen zou bevelen op te houden, en pas toen de eerste kluit aarde hem in het gezicht trof, op zijn voorhoofd en zijn oogleden – tot op de dag van vandaag herinnerde hij het zich: de schok van de klap van de uiteenspattende aarde, recht in zijn gezicht, het brandende gevoel in de ogen, druppels die snel achter de oren langs siepelden –, pas toen begreep hij dat het deze keer weleens geen show zou kunnen zijn, geen nieuw stadium in de mishandelingen, maar dat ze het misschien gewoon deden, hem levend aan het begraven waren, en een ring van koude schrik omklemde zijn hart, spoot hem een verlammend gif in: het is voorbij, het is afgelopen met je, over een minuut ben je er geweest, ben je er niet meer.

Bloed liep uit zijn ogen, uit zijn neus, zijn lijf schokte onder de lagen aarde – zwaar, zwaar was die aarde, wie had gedacht dat ze zo zwaar op de borst zou drukken? – en zijn mond sloot zich voor het zand, zijn mond sperde zich open om zand in te ademen, zijn keel werd aarde, zijn longen stof, zijn tenen rekten zich uit om lucht te happen, zijn ogen puilden uit hun kassen, en ineens leek er midden in dit alles een trage doorzichtige worm te kruipen, een kleine, bedroefde worm van een gedachte, over het feit dat mensen die hij niet kende, in een vreemd land, bezig waren aarde over zijn gezicht uit te storten, over zíjn gezicht, dat ze hem levend begroeven, zand in zijn ogen en mond gooiden en hem doodmaakten, en dat dat niet in orde was; het is een vergissing, wilde hij uitroepen, jullie kennen me niet eens. Hij gromde en worstelde om zijn ogen te openen, om nog een laatste aanblik te verslinden, licht, hemel, een betonnen muur, al was het maar een spottend, wreed gezicht, niettemin een menselijk gezicht – en kijk, aan de zijkant, boven zijn hoofd, nam iemand een foto van hem, iemand stond daar met een camera, de daabet, een kleine, magere Egyptische officier met een groot zwart fototoestel stond ijverig foto's te maken van Avrams dood, misschien maakte hij zelfs wel een kiekje als aandenken, om later thuis te laten zien, aan de kinderen, aan zijn vrouw, en toen liet Avram zijn leven los, op dat moment liet hij het echt los. Hij had het niet losgelaten toen hij in zijn eentje in het steunpunt was overgebleven, drie dagen en drie nachten lang, niet toen de Egyptische soldaat hem uit zijn schuilplaats haalde, niet toen de soldaten hem op de vrachtwagen zetten en hem halfdood trapten en sloegen met hun vuisten en geweerkolven, niet toen onderweg Egyptische fellahs de vrachtauto bestormden en hem wilden lynchen, en evenmin tijdens alle dagen en nachten van ondervragingen en martelingen, toen ze hem uithongerden, uitdroogden, wakker hielden, uren achtereen in de zon lieten staan en gedurende hele etmalen opsloten in een staande doodskist, een voor een zijn vinger- en teennagels uittrokken, hem aan zijn handen ophingen aan het plafond, met gummiknuppels op zijn voetzolen sloegen, stroom zetten op zijn teelballen, tepels en tong, hem verkrachtten – tijdens al die verschrikkingen had hij nog altijd iets gehad om zich aan vast te klampen, aan een halve aardappel die een barmhartige gevangenbewaarder op een keer stiekem in zijn soep deed, aan het vogelgekwetter dat hij elke dag hoorde of meende te horen, kennelijk met het eerste ochtendgloren, of aan de vreugdeketen van twee kleine kinderen, misschien de kinderen van de gevangeniscommandant, die op een dag op bezoek waren gekomen bij hun vader en de hele ochtend kletsten en speelden op een van de binnenplaatsen van de gevangenis, en bovenal aan het hoorspel dat hij had geschreven toen hij in de Sinaï was gelegerd, voordat de oorlog was uitgebroken, aan het hoorspel met zijn wijdvertakte plot en vele personages. Hij was vooral vaak teruggekeerd naar een zijdelings verhaal, waarin hij zich nauwelijks had verdiept voordat hij krijgsgevangen was gemaakt, en juist hier redde het hem keer op keer, een verhaal over twee vondelingen die een achtergelaten baby vinden. Tot zijn verbazing zag Avram dat vooral de verzonnen personages tijdens zijn krijgsgevangenschap niet vervaagden in zijn hoofd, zoals de echte mensen wel deden, zelfs Ora en Ilan, misschien omdat de gedachte aan levende mensen onverdraaglijk was en letterlijk zijn laatste restje bestaanswil verbrijzelde, terwijl de gedachte aan zijn verhaal bijna altijd nog een beetje bloed naar zijn aderen deed stromen. Maar daar, op de lelijke binnenplaats, bij de betonnen gevangenismuur, met de haag van rollen prikkeldraad op zijn rand, en nu, met de magere officier, die nog een halve stap dichterbij kwam en zich echt over Avram heen boog om een foto te maken van het laatste moment voordat Avram volledig door aarde bedekt zou zijn en erin zou opgaan, wilde Avram niet doorleven in een wereld waarin zoiets mogelijk was, waarin de een foto's maakte van een ander die levend wordt begraven. En op dat moment liet Avram zijn leven los en stierf.

Als een bezetene liep hij heen en weer naast Ora's lichaam, kreunend, schreeuwend, met twee handen plukkend aan zijn gezicht en zijn baard, en ondertussen fluisterde ook een of andere stem binnen in hem: kijk haar, kijk, tot in de aarde kan ze, zonder bang te zijn.

Ora kwam daarentegen juist een beetje tot bedaren, alsof ze al had leren ademhalen in de buik van de aarde. Ze stootte niet meer met haar hoofd, ze sloeg niet meer met haar handen. Ze bleef kalm liggen en vertelde de aarde in alle rust dingen die in haar opkwamen, flauwekul, ditjes en datjes, zoals je aan een vriendin of een goede buurvrouw vertelde – 'al toen hij klein was, één, of zelfs nog geen één, deed ik mijn best om alles wat ik hem te eten gaf, ieder gerechtje dat ik hem voorzette, er mooi, esthetisch te laten uitzien, want ik wilde dat hij het fijn had. Ik probeerde altijd niet alleen te denken aan de smaken van wat ik voor hem kookte, maar ook aan de kleuren, de kleurcombinaties, om zijn ogen te verblijden.' Ze viel stil. Wat ben ik aan het doen? dacht ze. Ik ben haar over hem aan het vertellen, waarom ben ik haar over hem aan het vertellen? En ze schrok: misschien ben ik haar aan het voorbereiden op zijn komst, zodat ze weet hoe ze voor hem moet zorgen. Een grote slapte overviel haar, ze was op het randje van flauwvallen, en ze zuchtte naar de buik van de aarde. Even was ze een piepklein, ongelukkig jong dat zich vastklampte aan een weldadige, warme moederbuik. En ze had het idee dat de aarde een beetje zachter werd voor haar, want ze rook plotseling zoeter, alsof ze uit haar diepten een ademtocht over Ora uitblies. Ora ademde in en vertelde haar hoe graag hij vroeger boetseerde met de aardappelpuree en de schnitzel, waar hij mannetjes en beestjes van maakte, en daarna weigerde hij die natuurlijk op te eten, want hoe kon je, zo vroeg hij haar met een lieve glimlach, hoe kon je nu een hondje of een bokje opeten? Of een mens?

Ineens werd ze bij haar heupen vastgepakt door twee handen, die even aan haar schudden en haar optilden. Avram, ze lag in zijn armen. Het was goed dat hij was gekomen, wist ze, anders was ze zo meteen helemaal door de aarde verzwolgen: iets onnoembaars had haar daarheen getrokken, ze was bereid geweest te verpulveren tot stof. Goed dat hij was gekomen, en wat was hij sterk, met één haal had hij haar uit de buik van de aarde gerukt en was met haar over zijn schouder weggerend, ver weg van de kuil.

Langzaam kwam hij tot bedaren. Hij bleef staan, verward, liet haar langs zijn lijf naar beneden glijden, tot ze tegenover hem stond, met haar gezicht tegenover het zijne, tot ze krachteloos neerzeeg. Ze zat met gekruiste benen op de grond, haar gezicht onder het zand. Hij haalde een fles water voor haar en ging tegenover haar zitten, en zij goot haar mond vol, spuugde kleine stukjes deeg van zand en aarde uit, en hoestte met tranende ogen. Weer goot ze water in haar mond en spuugde. 'Ik weet niet wat ik had,' mompelde ze, 'het kwam ineens over me.'

Pas toen wendde ze haar blik naar hem toe. 'Avram? Avram? Heb ik je laten schrikken?'

Ze goot water in haar hand en streek over zijn voorhoofd, en hij deinsde niet terug. Daarna haalde ze haar natte hand over haar eigen voorhoofd en voelde de schrammen.

'Kom, genoeg,' pruttelde ze, 'alles is goed met ons, het komt allemaal goed.'

Af en toe nam ze zijn ogen op, en het was alsof ze daar een schaduw van iets meende te zien wegglippen naar duisternis en struikgewas, en ze begreep het niet, kon het ook niet begrijpen. Hij had haar nooit iets verteld over wat zich daar had afgespeeld. Nog minutenlang bleef ze hem over zijn voorhoofd strijken, hem sussen en overladen met tederheid en de belofte van goeds, en hij bleef zitten, aanvaardde en zoog op zonder zich te verroeren, alleen zijn duimen renden razendsnel heen en weer over de toppen van zijn andere vingers. 'Genoeg, toe,' zei ze, 'kwel jezelf niet.' En weer zei ze: 'Zo meteen komen we bij een of andere weg, zetten we je op de bus en ga je naar huis, ik had je helemaal niet hier naartoe moeten slepen.'

Juist de tederheid waarmee ze het zei, zo voelde Avram en zijn hart verbloedde, juist de tederheid en het mededogen vertelden hem dat nu was gebeurd waar hij jarenlang zo bang voor was geweest: Ora wanhoopte aan hem. Ora gaf hem op. Ora had zich neergelegd bij de mislukking die hij was. Hij stootte een bitter, giftig lachje uit.

'Wat is er, Avram?'

'Ora.' Hij trok zijn gezicht van haar vandaan en sprak met een gedempte, verstikte stem, alsof hij ook zijn mond vol aarde had: 'Weet je nog wat ik tegen je zei toen ik terugkwam?'

Meteen knikte ze verwoed met haar hoofd. 'Spreek het niet uit. Denk het niet eens.'

Ze nam zijn hand stevig tussen haar eigen, bloedende handen. Het verwonderde haarzelf dat ze hem de afgelopen minuten telkens weer aanraakte, zo gemakkelijk, zonder dat hij zich verzette, en ook dat hij haar bij haar heupen had vastgepakt, haar van de grond had getild en met haar door het veld was rondgerend. Het verwonderde haar dat hun lichamen zich gedroegen als vlees en bloed. 'Niets zeggen,' zei ze, 'ik kan nu niets aan.'

Toen hij terugkwam uit krijgsgevangenschap, was het haar gelukt mee te mogen rijden in de ambulance die hem van het vliegveld naar het ziekenhuis bracht. Hij lag op de brancard, halfbewusteloos, zijn open wonden etterend. Ineens gingen zijn ogen open en focusten zijn pupillen op haar aanblik. Hij herkende haar. Hij gebaarde haar met zijn ogen dat ze zich naar hem voorover moest buigen. Met zijn laatste krachten fluisterde hij tegen haar: 'Jammer dat ze me niet dood hebben gemaakt.'

Achter de bocht in het pad klonk gezang. Een man was luidkeels aan het zingen, en uit de maat sloften andere, onbevallige stemmen achter zijn lied aan. 'Misschien kunnen we even tussen de bomen schuilen tot ze voorbij zijn,' bromde Avram – ze waren allebei nog maar net wakker uit een slaap van totale uitputting, die hen pal naast het pad op klaarlichte dag had overvallen –, maar de wandelaars verschenen al. Avram wilde opstaan, zij legde een hand op zijn knie. 'Niet wegvluchten,' zei ze, 'ze lopen gewoon langs. Wij kijken niet naar hen en zij niet naar ons.' Hij zat met zijn rug naar het pad en staarde naar de grond.

Voor aan de kleine stoet liep een jonge, lange, benige man met een baard. Strengen zwart haar hingen voor zijn gezicht, en een groot, gekleurd keppeltje bedekte zijn hoofd. Hij danste, zwaaide enthousiast met zijn ledematen, zong en juichte, en achter hem, hand in hand, sukkelden een stuk of tien gekromde, starende mannen en vrouwen, die hem mummelend nazongen of om het even wat voor wijsje humden, af en toe moeizaam een voet in de lucht tilden, struikelden, tegen elkaar aan stootten. Met opengespalkte ogen keken ze naar het stel dat aan de kant van het pad zat, en de man die op kop liep, trok zijn stoet achter zich aan in een lus om het tweetal heen, nog altijd zingend en huppelend, en toen hij zijn armen hoog in de lucht stak, volgden met een verbaasd schokje de armen van de anderen, zodat de hele kring uiteenviel en losraakte, maar daarna sloot die zich weer aaneen, en de man toverde een brede glimlach op zijn mond, boog zich al zingend en dansend voorover naar Ora en vroeg op een rustige, volkomen zakelijke toon of alles in orde was. Ora schudde haar hoofd, niets was in orde, en hij nam haar gewonde, vieze gezicht op, liet zijn blik over Avram gaan, met tussen zijn ogen een plooi die zich verdiepte, keek daarna alle kanten op, alsof hij iets zocht – alsof hij precies weet wat hij zoekt, voelde Ora – en ontdekte de kuil in de grond, waarop Ora onbewust haar benen tegen elkaar aan drukte.

Meteen begon hij weer druk te bewegen. 'Jullie is grote narigheid overkomen, broeder en zuster,' zong hij, en Ora antwoordde kortweg: 'Dat kun je wel zeggen.' De man informeerde: 'Narigheid door mensenhand of uit de hemel?' en hij voegde er zachtjes aan toe: 'Of was het de aarde?' En Ora zei: 'In de hemel geloof ik niet echt,' waarop de man met een glimlach vroeg: 'In de mens wel?' Ora werd een beetje betoverd door zijn glimlach en zei: 'Met de dag minder,' en de man richtte zich op en bracht de verslapte kring in beweging rond Avram en Ora. Ze hield een hand boven haar ogen tegen de zon, om van de dansende silhouetten mensen te maken, en zag dat een van hen een been had dat korter was dan het andere, een tweede een hoofd dat in een rare hoek naar boven was gebogen – misschien was hij blind – en dat een van de vrouwen een bochel had en een lichaam dat bijna tot op de grond was dubbelgevouwen, een andere vrouw een wijdopen, kwijlende mond, en aan haar hand had ze een uitgemergelde jongen, een albino, die met holle ogen grijnsde. De kring draaide traag om zijn as, en de jonge, energieke man boog zich weer naar hen toe en zei met een glimlach: 'Jongens, misschien willen jullie met me meekomen voor een uurtje of zo.' Ora keek naar Avram, die met gebogen hoofd naar de grond zat te staren, alsof hij niets zag of hoorde, en ze zei tegen de man: 'Nee, dank je,' waarop de man zei: 'Wat kan het je schelen, het is maar een uurtje, wat verlies je ermee?' En Ora zei: 'Avram?' maar die trok zijn schouders op, alsof hij zeggen wilde: de beslissing is aan jou. Ora sprak op scherpe toon tot de man: 'Maar praat niet met me over het nieuws, hoor je? Geen woord wil ik erover horen!' De man, lichtelijk verrast, leek voor het eerst een beetje uit zijn evenwicht, en hij stond al op het punt iets gevats terug te zeggen, maar toen viel zijn blik weer op haar ogen en deed hij er het zwijgen toe.

'En ook zonder bekeringsijver,' voegde Ora eraan toe, waarop de man lachend zei: 'Ik zal mijn best doen, maar kom me niet aanzetten met verwijten als je er ineens een glimlach aan overhoudt,' en Ora zei: 'Tegen een glimlach heb ik niets.'

Hij stak een hand uit naar Avram, maar Avram raakte die niet aan en kwam op eigen krachten overeind. Daarna, nog altijd om haar heen dansend, hielp de man haar haar rugzak omdoen en liet hij weten dat hij Akiva was, maar niet de grote rabbi uit de tijd van de Misjna. Hij posteerde Avram midden in de kleine rij en Ora achteraan, en zelf nam hij zijn plaats vooraan weer in om zijn verwarde kudde te leiden.

Avram had aan zijn ene hand de gebochelde oude vrouw en aan zijn andere de albinojongen, en Ora hield de hand vast van een kale vrouw langs wier benen slangen van dikke, blauwe aderen omhoogkropen. Ze vroeg voortdurend aan Ora wat ze vanmiddag te eten zouden krijgen en eiste dat ze haar de elektrische stoofpot van de tsjolent zou teruggeven. Zo liepen ze een kleine heuvel op, en Avram keek telkens om en zocht dan Ora, die hem een schouderophalende blik toewierp: al sla je me dood, ik heb geen idee. Ook Akiva keek om naar Avram en Ora, met een bemoedigende blik, en zong luidkeels een schel deuntje. Zo bleven ze lopen, klimmend en dalend, en Ora en Avram gingen allebei op in hun eigen gedachten, waren blind voor de weelderige schoonheid om hen heen – gele tapijten van wolfsmelk, paars standelkruid en rood uitgelopen pistachebomen – en ongevoelig voor de bedwelmende nectar die op het heetst van de dag begon te verdampen uit de bloemen van de calycotome, maar Ora wist dat het goed en helend voor haar was dat ze zo aan de hand werd meegevoerd, zonder zich ongerust af te vragen waar ze haar voet zou neerzetten bij de volgende stap, en Avram dacht ondertussen dat het hem niet zou kunnen schelen zo de hele dag op sleeptouw te worden genomen, zolang hij Ora maar niet door zijn toedoen zo zou hoeven zien lijden, en misschien zou hij straks, als ze weer alleen waren, tegen haar zeggen, bijvoorbeeld, dat hij het goed vond dat zij hem kort iets zou vertellen over Ofer, als ze moest, maar hij zou haar wel vragen niet gelijk over hem te beginnen, dat wil zeggen, over Ofer zelf, en of ze het voorzichtig zou willen aanpakken, heel langzaamaan, zodat hij geleidelijk kon wennen aan die marteling.

Ora richtte haar hoofd op. Een vreemde blijdschap begon in haar op te borrelen, misschien vanwege het praatje tot de aarde, waarvan ze de smaak nog op haar tong proefde, en misschien omdat er zich altijd, ook thuis, na zulke uitbarstingen van haar, als het water haar tot de lippen was gestegen, als haar drie jongens echt te ver waren gegaan, een lichamelijk welbehagen in haar verspreidde. Ilan en de jongens keken haar nog onthutst en geschrokken aan, vervuld van een merkwaardig ontzag, er helemaal op gebrand haar te verzoenen, en zij zweefde nog minutenlang op een wolk van tevredenheid en diep genot. En misschien was ze zo blij vanwege de mensen in de stoet, die haar een serene kalmte inbliezen, ondanks hun vreemdheid, meelijwekkendheid en gebroken lijf. Uit stof zijn wij genomen, voelde ze ineens tot in de vezels van haar vlees, ja, uit pure modder. Ze kon ineens echt het zompige geluid horen dat opklonk toen zij in de dageraad der geschiedenis met de hand uit het slijk der aarde werd geschept, toen ze werd geboetseerd, alleen jammer dat er met de borsten iets mis was gegaan, dat die te zuinig waren uitgevallen, terwijl de kuiten te dik waren geworden, volgens haar buiten iedere proportie, om nog maar te zwijgen over het achterwerk, dat het afgelopen jaar, met al haar vreetbuien uit wanhoop, zich nergens meer voor geneerde. Toen ze klaar was haar lichaam af te kammen, dat overigens heel charmant en aantrekkelijk was, ook in de ogen van Akiva, zoals was af te lezen aan zijn glinsterende blikken, die haar niet ontgingen, glimlachte Ora bij de gedachte hoe Ilan was geboetseerd: dun, sterk, rijzig en helemaal strak als een pees; ze verlangde naar hem, hier en nu, zonder erover na te denken, zonder herinneringen of wrok, alleen zijn vlees gloeide in het hare, ineens stond ze daar echt in brand, in het knopje; en Adam, hoe Adam geboetseerd was, rukte ze zich snel los van de gedachte aan Ilan, wat voor fijn precisiewerk er in zijn gezicht was gestoken, in de zware ogen, in de mond met al zijn uitdrukkingen – haar handen gleden weemoedig langs zijn magere lichaam met de licht gebogen gestalte, waarmee hij zich als het ware neerbuigend kleiner voor je maakte, met de dichte schaduwen in de ingevallen wangen, en met de uitstekende adamsappel als van een talmoedgeleerde. Ze dacht nu ook aan haar Ada, zoals altijd ruimde ze plaats voor haar in en stelde zich voor hoe ze er tegenwoordig zou hebben uitgezien als ze er was geweest. Soms zag ze haar evenbeelden op straat en ze had ook een jaar lang iemand onder behandeling gehad die op haar leek, een vrouw die last had van een verschoven tussenwervelschijf en bij wie ze wonderen had verricht. En toen durfde ze pas te denken aan Ofer: sterk, stevig en lang was hij opgerezen uit het blok klei, niet meteen, niet in zijn eerste jaren, want toen was hij klein en iel, niet meer dan een paar reusachtige ogen, uitstekende ribben en luciferhoutjes van benen en armen, maar later, toen hij volwassen begon te worden – wat was hij mooi omhooggetrokken uit de klei, met zijn stevige hals, zijn brede schouders en de verrassende meisjesenkels, de zo delicate finishing touch bij zijn flinke, stevige ledematen. Ze glimlachte in zichzelf en wierp heel even een blik op Avram, liet die keurend langs zijn lichaam gaan en vergeleek – dit leek, dat leek niet – en ze werd even overspoeld door een juichstemming, diep in haar buik. Trouwens, dacht ze, Avram was zich helemaal niet slecht aan het inpassen in de groep hier, ze had het idee dat hij er de afgelopen minuten ook een zekere onverwachte opluchting voor zichzelf uit putte, want een nieuwe, eerste glimlach verbreidde zich over zijn gezicht, een glimlach bijna van verrukking, dacht Ora verwonderd, maar toen, plotsklaps, trok een schok door de strompelende stoet, handen werden bruusk naar achteren getrokken en lieten elkaar los, en Ora schrok, want Avrams mond sperde zich open, zijn glimlach verbreedde, scheurde open, zijn ogen bliksemden, zijn armen zwaaiden wild op en neer, en dan die paardensprongen en dat gegrom...

Even later hield hij vanzelf op, stak zijn hoofd weer tussen zijn schouders en liep sloffend verder, met iedere stap grauwer. Akiva wierp Ora een vragende blik toe, en zij gebaarde hem door te lopen en zette zichzelf ook weer in gang, geschokt door wat ze in Avram had gezien, door een sprankje van een geheim dat haar was geopenbaard uit zijn binnenste, alsof hij zichzelf gedurende één ogenblik had toegestaan hier een andere, verlossende mogelijkheid te proberen. Wat had hij zichzelf vervormd, dacht ze, als een kind dat met de stukken van zijn eigen lichaam speelt.

Een tijdje later kwamen ze aan in een kleine mosjav, verstopt achter een heuvel en plantages. Twee rijen huisjes, bijna allemaal uitgebouwd met balkons, een extra verdieping en een aangeplakte schuur, en geflankeerd door een kippenren en een mengvoedersilo. Op de veldjes tussen de huizen lagen opgestapelde kisten, ijzeren buizen, oude koelkasten en allerlei stukken oudroest – Avrams ogen kwamen tot leven, doorvorsten, wogen mogelijkheden af – en betonnen schuilkelders staken als neuzen omhoog uit de aarde en waren overdekt met opschriften in tekenkrijt en verf. Hier en daar stond een verroeste tractor, of een bestelbusje zonder wielen, dat op betonstenen was geplaatst. Tussen de opgelapte huisjes stak hier en daar een gloednieuw huis omhoog, een natuurstenen kasteel met torentjes en frontons, en een bord liet weten dat hier, op het erf, studio's en appartementen konden worden gehuurd voor een vakantie in een betoverende en weldadige Galilese sfeer, inclusief jacuzzi en shiatsu. Intussen kwamen er meer en meer volwassenen en kinderen uit de huisjes op hen afgelopen en riepen: 'Daar is Akiva, daar is Akiva!' Akiva's gezicht straalde, en bij het ene na het andere huisje bleef hij staan en gaf een van de leden van de groep over in handen van een vrouw of van een kind, en overal vroegen ze of hij niet binnen wilde komen, al was het maar even, alleen om iets te drinken of te proeven, en zo meteen was ook het middageten klaar, maar hij sloeg het aanbod af, want de dag was kort en het werk veel, zoals rabbi Tarfon al vele honderden jaren geleden zei. Zo liep hij de hoofdstraat door, in feite de enige straat in de mosjav, tot hij zijn hele kudde had ondergebracht en alleen was overgebleven met Avram en Ora; niemand kwam meer naar buiten om hen binnen te vragen. Wel hadden zich kleine en grotere kinderen om hen heen verzameld, die met hen mee opliepen en vroegen wie ze waren, waar ze vandaan kwamen en of ze toeristen of Joden waren, en voor zichzelf waren ze tot de conclusie gekomen dat Avram en Ora toch wel Joods waren, maar dan Asjkenazisch, en ze verwonderden zich over hun rugzakken, hun slaapzakken en het geschramde, vieze gezicht van Ora. Boze, verbitterde honden kwamen blaffend achter hen aan, en ze verlangden allebei al terug naar hun pad en hun eenzaamheid – Ora kon de verhalen over Ofer nauwelijks meer binnenhouden –, maar Akiva was om een of andere reden nog niet bereid hen te laten gaan, en al pratend en dansend leek hij voortdurend op zoek naar de plek waar hij hen zou kunnen helpen. Dan zwaaide hij weer naar een oude man en dan gaf hij weer een klein kind een vlotte zegen, en tussendoor vertelde hij hun dat het voor hem zowel godgevallig liefdewerk als een broodwinning was: ze hadden voor hem bij de gemeente een speciale functie geregeld, verblijder der bedrukten, zo stond er expliciet op zijn loonstrookje, en dat was wat hij elke dag deed, zes dagen per week. Ook toen zijn salaris dit jaar was gehalveerd, had hij niet gesnoeid in zijn werkuren, integendeel, hij had er elke dag nog twee uur bovenop gedaan, want wat heilig was hield je heilig en je deed er niet aan af. Trouwens, hij herinnerde zich Avram nog uit zijn pub in de Jarkonstraat, alleen hadden ze toen nog geen van beiden een baard en heette Akiva nog Aviev. Avram stond in die tijd achter de bar soms uit volle borst 'Otsji tsjornyje' en Paul Robeson te zingen, en hij had, als hij het zich goed herinnerde, een of andere theorie, die nog interessant was ook, over een geheugen dat oude voorwerpen bezaten, dat je allerlei stukken oudroest ertoe kon bewegen hun herinneringen prijs te geven als je ze bij elkaar zette, 'heb ik het goed onthouden?' – 'Ja,' bromde Avram, en hij gluurde tersluiks naar Ora, die haar oren spitste. Akiva stapte flink door en vertelde dat hij al vijf jaar op het rechte joodse pad was en dat hij voor die tijd filosofie had gestudeerd in Jeruzalem en aan een proefschrift had gewerkt. Schopenhauer was zijn halfgod geweest, de liefde van zijn leven, dat wil zeggen, de haat van zijn leven, zei hij met een groenogige schaterlach, 'kennen jullie Schopenhauer? Wat een pessimisme! Zwarter dan zwart! En hoe zit het met jullie, jongens, hoe zijn jullie zo in de put geraakt?'

'Hou op,' lachte Ora, 'ons vrolijk je niet op met een zegen of een dansje, wij zijn echt een ingewikkeld geval.'

Akiva bleef midden op straat staan, draaide zich naar haar toe met zijn hele gezicht, zijn levendige ogen, zijn hoge, sterke jukbeenderen – wat een verspilling, dacht ze – en zei tegen haar: 'Niet aanmatigend worden, hier is ook alles echt ingewikkeld, wat dacht je, dingen die het sterkste geloof kunnen breken. Je zult hier verhalen horen die alleen de meest misantropische schrijver uit zijn pen zou kunnen krijgen, misschien Bukowski op een uitzonderlijk slechte dag, misschien Burroughs als hij dringend een shot nodig heeft. En als je een gelovig mens bent,' ging hij verder met een doodserieus gezicht, 'waar blijf je dan? Nou?' Ze zweeg. Zijn lippen trilden gedurende een fractie van een seconde, van woede, of van een diep doorvoeld verdriet, dat haar verbaasde. 'Vroeger,' zei hij rustig tegen haar, 'toen ik was zoals jij, misschien zelfs nog veel cynischer dan jij, een Schopenhauerfreak, ja? Vroeger zou ik over zulke dingen hebben gezegd: God bescheurt zich van het lachen.'

Ora klemde haar lippen op elkaar en zei niets terug. Tegen zichzelf zei ze in gedachten: hou je mond en luister, wat kan het je schelen een beetje gesterkt te worden, al is het met zijn hulp? Heb je soms zulke reserves aan kracht in huis dat je zelfs een druppeltje immuunversterker kunt afslaan? Even twijfelde ze of ze niet quasi-achteloos haar hangertje uit haar blouse tevoorschijn zou trekken, om hem te laten zien dat zij ook een kloppend Joods hart had. Ach, arme ziel, beklaagde ze zichzelf, bedelares. Of was die Akiva haar gewoon een beetje aan het prikkelen, ondanks zijn tsitses, zijn gehuppel en zijn vrome flauwekul?

Akiva veegde de kwaadheid van zijn gezicht, met beide handen, en daarna lachte hij haar toe en zei: 'En nu, beste mensen, gaan we Ja'iesj en Jakoet verblijden met een bezoekje, misschien worden wij er ook blij van.'

Al voor ze er waren, kwam een kleine, mollige, goedlachse vrouw het huis uit, droogde haar handen aan haar schort en zei: 'Ai ai ai, wat hebben wij op jullie moeten wachten, eindelijk zijn jullie daar dan, dag Akiva, dag meneer en mevrouw, met alle respect, wat is u gebeurd, mevrouw, bent u gevallen, god verhoede?' Ze kuste Akiva's hand, en hij legde die op haar hoofd en zegende haar met gesloten ogen. Binnen in huis heerste het halfduister, ondanks het middaguur, maar twee jongens verschoven een tafel met daarop een stoel om een doorgebrand peertje te vervangen, en er steeg een groot gejuich op: 'Akiva heeft het licht gebracht, Akiva heeft het licht gebracht!' Toen de gezinsleden Ora en Avram zagen, vielen ze stil en keken Akiva aan, wachtend tot die hen zou instrueren hoe ze zich moesten gedragen, en Akiva hief beide armen op en zong: 'Hinee ma tov oe-ma na'iem, hoe goed is het, hoe heerlijk als broeders bijeen te zitten.' Meteen werd Avram met alle egards en veel drukte in een leunstoel gezet, terwijl Ora door een forse vrouw werd meegenomen naar de badkamer. Daar waste ze langdurig haar gezicht en haar haar – in straaltjes liep de modder van haar af – en de vrouw bleef aan de kant staan en keek met vriendelijke ogen toe. Daarna gaf ze Ora een handdoek en watten, smeerde voorzichtig gele jodium op haar wonden en schrammen en zei dat het goed was als het prikte, het brandde alle bacteriën weg, en tot slot werd Ora, schoongewassen en verzoend, teruggebracht naar de woonkamer.

Uit de drukte in de keuken waren ondertussen twee dienbladen tevoorschijn getoverd, een zilverkleurig dat aan de randen was versierd met zilveren visjes, vol zonnebloempitten, amandelen, pinda's, pistachenoten en dadels, en een koperkleurig, rond blad met glazen thee in heel dunne, zilveren theeglashouders. De gastvrouw drong er bij Ora en Avram op aan vast wat te drinken en te knabbelen, zo meteen was het middageten klaar, en Ora huiverde toen haar blik werd gevangen door een jonge, gespierde man wiens beide benen helemaal tot bovenaan waren geamputeerd en die verbazingwekkend snel op zijn handen rondrende tussen de kamers. Akiva legde uit: 'Hier in huis zijn de drie jongens doofstom geboren, van Godswege, de meisjes mankeert niets, God zij geloofd, alleen de jongens zijn zo, vanwege de erfelijkheid, en degene die je daar ziet, is Rachamiem, de jongste. Hij besloot als kind al dat het gebrek hem niet in de weg zou staan, hij ging naar de middelbare school in Kirjat Sjmona en is er voor zijn eindexamen geslaagd met allemaal negens, en daarna was hij accountant in een metaalbedrijf, tot hij het op een dag zat was en besloot een man van de wereld te worden.' Hij wendde zich tot Rachamiem en sprak duidelijk articulerend met zijn lippen: 'Hè, Rachamiem, de jetset, daar ben je bij gaan horen? Monaco?' Rachamiem glimlachte, wees naar zijn ontbrekende benen en maakte een vriendelijk en ijzingwekkend gebaar alsof hij sneed, waarop Akiva vertelde dat Rachamiem twee jaar geleden in Buenos Aires in een steengroeve aan het werk was toen er een of andere zware machine omviel en hem verpletterde. 'Maar zelfs dat kan hem niet tegenhouden,' zei Akiva, en hij boog zich voorover en sloeg een arm om zijn schouders. 'Zelfs zo is hij hier een week geleden weer aan het werk gegaan, in de eieropslag van de mosjav, als nachtwaker, en als God het wil,' zei Akiva, en hij doorboorde Ora met een blik die zijn brede glimlach tegensprak, 'dan brengen we hem aan de vrouw en trouwt hij volgend jaar met een koosjere dochter Israëls.'

Ook hier werd er bij hen op aangedrongen dat ze mee zouden eten, en voor het eerst sloeg Akiva het aanbod niet meteen af. Hij aarzelde, sloot zijn ogen en ging bij zichzelf te rade, met brede gebaren: 'Spaar uw voet van het huis uws naasten, opdat hij niet zat van u worde, en u hate.' En zij riepen uit: 'Nee, nee, niemand wordt je zat, niemand zal je haten,' totdat zijn ogen langzaam oplichtten en hij zijn rechterhand opstak. Op een zangerige toon zei hij tegen de vrouw des huizes: 'Haast u; kneed drie maten meelbloem, en maak koeken...' waarop het vrouwvolk de keuken in dook, en toen Ora hem vragend aankeek, maakte ze uit zijn blik op dat hij deze keer op de uitnodiging was ingegaan, omdat dit huishouden iets minder arm was dan de andere bij wie ze waren uitgenodigd en de last kon dragen.

Akiva ging zelf ook naar de keuken om te controleren dat ze daar niet zouden overdrijven, zodat Ora en Avram in de kamer achterbleven met een aantal familieleden, voornamelijk kinderen. Er viel een stilte, tot een jongen hun durfde te vragen waar ze vandaan kwamen, waarop Ora vertelde dat ze uit Jeruzalem kwam en Avram uit Tel Aviv, maar dat hij oorspronkelijk ook uit Jeruzalem kwam en als klein kind in het buurtje naast de markt had gewoond, zo benadrukte ze. Ze waren echter niet onder de indruk van dat folkloristische Jeruzalem dat ze hun probeerde voor te schotelen, en een mager meisje, zo bleek als een doek en helemaal ingepakt, vroeg gealarmeerd: 'Wat, zijn jullie dan niet getrouwd?' De anderen giechelden en legden het brutaaltje het zwijgen op, maar Ora zei kalm: 'Wij zijn al meer dan dertig jaar vrienden van elkaar.' Een andere jongen, met dunne peies die achter zijn oren waren gestoken en lange zwarte ogen die haar deden denken aan de ogen van een bokje, sprong op en vroeg uitdagend: 'Waarom zijn jullie dan niet getrouwd?' Ora zei: 'Het is er niet van gekomen,' en ze weerhield zich ervan te zeggen: blijkbaar waren we niet voor elkaar voorbestemd. Een ander meisje giechelde en vroeg met een hand voor haar mond: 'Bent u dan met iemand anders getrouwd?' Toen Ora knikte, begon er een opgewonden gefluister in de kamer te bruisen en werden er ogen op de keuken gericht om steun te vragen aan Akiva, die ongetwijfeld wist hoe je je moest gedragen in zo'n situatie, en Ora zei: 'Maar ik woon niet meer met hem samen,' waarop het meisje vroeg: 'Dus u bent gescheiden?' Ora verbeet de klap van de pijn, die aanvoelde als een vuistslag in haar buik, en zei: 'Ja,' en daarna voegde ze er ongevraagd aan toe: 'Ik ben nu alleen, en Avram hier is een vriend van me, samen zijn we op trektocht door ons land.' En iets slijmerigs, hetzelfde wat haar er eerder toe had verleid 'Jeruzalem' en 'het buurtje naast de markt' tegen ze te zeggen, dwong haar nu eraan toe te voegen: 'Door ons mooie land.'

Het magere, bleke meisje vroeg met een scherp gezicht door: 'En die man, heeft hij een vrouw?'

Ora keek naar hem, wachtte ook op het antwoord, maar Avram bleef voorovergebogen zitten staren naar zijn vingers, en Ora moest denken aan de ring in de vorm van een ruiterspoor en aan de paarse haren in de borstel in zijn badkamerkastje. Toen Avrams stilzwijgen lang begon te duren, antwoordde ze noodgedwongen namens hem en zei: 'Nee, hij is nu alleen,' waarop Avram nauwelijks merkbaar knikte en er een schaduw van bezorgdheid over zijn gezicht viel.

Nog meer mannen en vrouwen kwamen het huis binnen, dekten de tafel en brachten stoelen. De dunne jongen met de ogen van een bokje veerde op en vroeg: 'Maar wat heeft hij, waarom is hij zo? Is hij ziek?' Ora zei: 'Nee, hij heeft verdriet.' En iedereen keek nu naar Avram en knikte begripvol, alsof hij eensklaps voor hun ogen was ontraadseld en begrijpelijk en eenvoudig was geworden. Ora waagde het erop en zei: 'Zijn zoon zit in het leger, bij die actie die er nu is,' waarop een gehum van begrip en sympathie zich in de kamer verspreidde en er zegenwensen werden uitgesproken, voor deze soldaat in het bijzonder en ons defensieleger in het algemeen, Gods hulp werd ingeroepen en er klonk het 'weg met die verdomde Arabieren, hoeveel we ook aan ze hebben toegegeven, het is ze nooit genoeg, ons doodmaken is het enige waar ze op uit zijn, Esau haat Jakob,' en Ora, met een heel brede glimlach, stelde voor dat ze vandaag niet over politiek zouden praten, waarop het lastige meisje verbaasd haar wenkbrauwen fronste en zei: 'Politiek, zegt u? Het is de waarheid! Het staat in de Thora!' En Ora zei: 'Oké, *maar wij willen vandaag niet praten over het nieuws!*' Een onaangename stilte stolde er in de kamer, en op dat moment kwam Akiva gelukkig uit de keuken met de mededeling dat het eten bijna klaar was, 'en kom, laten we het ondertussen een beetje vrolijk maken, want wie eet zonder de vreugde Gods, geloofd zij Zijn naam, is als iemand die van offers aan dode afgodsbeelden heeft gegeten.'

En daar stak hij zijn armen en benen al uit en begon te zingen en dansen door de hele kamer. Boven zijn hoofd klapte hij in zijn enorme handen en hij trok één, twee jongens van hun stoel, plukte van de schoot van een van de meisjes een blote, bruine, mollige baby van acht of negen maanden met alleen een kleine wegwerpluier om, en zwaaide die de lucht in. Het was een onbevreesde baby die helemaal niet schrok en die kraaide van plezier, en iedereen werd door zijn lach aangestoken, zelfs Avrams lippen krulden tot een glimlach – en toen Akiva's oog die ving, danste hij met een golvende, bevallige beweging naar hem toe en legde de baby op zijn schoot.

Midden in de jubelende drukte werd Ora een dunne, ijzige lijn gewaar, die ogenblikkelijk rond Avram werd getrokken. Zijn lichaam verstarde en leek te verstenen. Zijn handen omhulden de lichaamscontouren van de baby zonder hem aan te raken. Vanaf haar zitplaats kon ze voelen hoe Avrams lichaamsdelen terugdeinsden, zich terugtrokken in de schulp van hun huid, ver van het lijfje van de baby –

Die helemaal verdiept was in het gejuich om hem heen, in de wilde dans die Akiva voor zijn ogen uitvoerde, en niets merkte van de benardheid van degene die hem in de schoot geworpen had gekregen. Zijn mollige bruine lijfje wiegde levendig mee op het ritme van het gezang en het geklap, zijn armpjes kwamen vanzelf in beweging en leken het kabaal te dirigeren, en zijn vlezige mondje, een piepklein, volmaakt rood hartje, opende zich tot een stralende glimlach. Hij straalde een en al liefs uit. Ora bleef doodstil zitten. Avram staarde voor zich uit en leek niets te zien. Zijn zware hoofd, met de dunne baard, was ineens duister en vreemd achter het stralende gezicht van de baby. De aanblik had iets bijna onverdraaglijks. Ora vermoedde dat Avram voor het eerst sinds zijn terugkeer uit krijgsgevangenschap een baby op schoot had, en toen bedacht ze dat het misschien zelfs voor het eerst in zijn leven was. Had ik Ofer als baby nu maar één keer naar hem toe gebracht, dacht ze, als ik maar simpelweg onaangekondigd was langsgegaan en de baby in zijn armen had gelegd, zo, heel natuurlijk en met een volledig vertrouwen in hem, zoals Akiva had gedaan.

En juist nu ze het tastbare beeld levendig voor ogen had, lukte het Ora niet zich voor te stellen hoe het eruit zou zien – Avram die de kleine Ofer in zijn armen hield – en wat haar verwonderde was hoe hij, Avram, erin was geslaagd haar zover te krijgen ook binnen in haarzelf dat absolute scherm tussen hem en Ofer op te richten.

De baby was blijkbaar een wonderbaarlijk makkelijk kind, en terwijl hij trappelde en Akiva's dans bleef volgen, stak hij één armpje zijwaarts uit, pakte met een krachtdadig gebaar Avrams hand vast, die levenloos naast zijn bovenbeentje lag, en probeerde die naar zijn gezicht te tillen. Toen dat te zwaar voor hem was, trok hij een verbolgen gezicht en stak ook zijn andere handje uit, en met moeite tilde hij Avrams hand op en zwaaide die als een dirigeerstok heen en weer voor de juichende Akiva, en Ora dacht dat de baby niet leek te snappen dat hij een mensenhand vasthield, en sterker nog, niet door leek te hebben dat hij op een levend mens zat. Die verontrustende onduidelijkheid nam nog toe toen de baby oog kreeg voor de vingers van de hand, zich erin begon te verdiepen en er daarna mee begon te spelen, maar nog altijd niet omkeek om te zien van wie de hand was en op wiens schoot hij zat, maar alleen de vreemde vingers boog en vouwde in de knokkels, ze met beide handjes heen en weer bewoog alsof ze een zacht speeltje waren in de vorm van een mensenhand, of een handschoen, en af en toe lachte naar Akiva die voor hem stond te dansen en naar de vrouwen en meisjes die de keuken in en uit liepen. En toen hij de fijne vingers goed had bestudeerd en zich had verwonderd over hun nagels en een verse schram die hij op een vinger had ontdekt – Ora herinnerde zich hoe Avram zichzelf vroeger pijnigde door eindeloos zijn vuisten te ballen, in de hoop zijn handen wat peziger te maken –, draaide de baby Avrams hand om en onderzocht met zijn wijsvingertje de zachte binnenkant ervan.

Iedereen was nu met borden en bestek in de handen bezig de tafel te dekken, en Ora was de enige die het zag. De baby legde zijn lippen tegen Avrams handpalm en bracht een zacht, lief, babbelend geluid voort, 'ba-ba-ba'. Hij genoot met heel zijn wezen van de klank en waarschijnlijk ook van het kietelende gevoel op zijn lippen. Ook Ora voelde een soort prikkelend gezoem in haar keel, mondholte en lippen. Ook binnen in haar werd geluidloos 'ba-ba' gemompeld.

Met zijn beide handjes hield de baby Avrams hand vast en speelde ermee op zijn rode mondje, omhulde er zijn wangen en kin mee, gaf zich over aan de aanraking, die hij kennelijk heel prettig vond – Ora herinnerde zich, en hoe, Avrams wonderlijk dunne huid, de ongelooflijk tere huid, over zijn hele lichaam – en terwijl zijn donkere kraalogen focusten op een of ander punt in de kamer, was hij een en al zuivere verwondering over zijn eigen stemgeluid en de weerklank ervan in de zelfgecreëerde schelp. Te midden van alle drukte luisterde hij alleen naar zijn eigen stem, die tegelijkertijd vanbuiten en vanbinnen opklonk, als naar een eerste verhaal dat hij zichzelf vertelde. Alsof hij aanvoelt dat het bij Avram een goede plek is om een verhaal te vertellen, dacht Ora. Avram verroerde zich ondertussen niet en haalde nauwelijks adem, om hem niet te storen, en pas na enige tijd verschoof hij en ging wat rechter in zijn stoel zitten, alsof zijn lichaam de keel schraapte, en Ora zag dat zijn schouders verzachtten en opengingen en dat zijn onderlip heel licht trilde, alleen zichtbaar voor haar, want zij wist dat ze die trilling kon verwachten. Wat had ze vroeger toch gehouden van die afspiegelingen van zijn onderhuidse stormen: elk gevoel dat door hem heen trok, liet in hem een teken achter, en hij kon blozen als een bakvis. Ze dacht dat ze nu misschien moest opstaan, hem te hulp schieten en de baby van hem overnemen, maar ze was niet in staat zich te bewegen. Vanuit haar ooghoek zag ze dat Akiva ook gadesloeg wat er gebeurde, dat hij het voortdurend volgde, al dansend van en naar de keuken. Bevreesd of bezorgd om de baby leek hij haar niet, en haar hart fluisterde haar in dat ze kon vertrouwen op zijn gerustheid.

Ze leunde achterover in haar stoel en stond zichzelf toe helemaal op te gaan in Avram, die eindelijk zijn gezicht naar haar ophief en haar een langdurige, onverdeelde blik schonk, de blik van een levend mens, en Ora voelde op dat moment, echt tastbaar in de palm van haar hand, de adem van de baby en hoe die, zonder haar aan te raken, ook in haar het warme, vochtige stempel van zijn levendigheid drukte – haar hand sloot zich vanzelf om het geheime brandmerk, de kus van het innerlijk van een ander menselijk wezen, een klein menselijk wezen in een wegwerpluier. Avram gaf haar een heel licht knikje van herkenning, van vertrouwdheid, en zij beantwoordde het met eenzelfde knikje. Voor het eerst sinds ze op pad was gegaan, volstrekt in tegenstelling met de wanhoop waaraan ze nog maar twee, drie uur geleden ten prooi was gevallen toen ze haar gezicht in de aarde had begraven, schoot de gedachte door haar heen dat het misschien goed zou komen en dat zij en Avram samen misschien toch het juiste deden. En uitgerekend op dat moment begon de baby te huilen. Hij strekte zijn mollige armpjes en schreeuwde uit alle macht, met een gezicht dat paarsrood aanliep van verontwaardiging, en Ora schoot overeind uit haar stoel, waarna Avram haar de baby toestak en zij hem overnam, en ondertussen bracht Avram vluchtig iets uit tegen haar, maar ze verstond het niet goed vanwege het gehuil van de baby of vanwege een lichte schok die door haar heen trok toen ze de plek raakte waar het babylijfje ontsproot uit Avrams lichaam – al meende ze dat hij had gezegd: 'Maar begin op afstand.'

Ze keek hem met een verwarde glimlach aan, begreep niet waar hij het over had, wat ze moest beginnen. En waarom op afstand? Ondertussen kwam de moeder van de baby gehaast de keuken uit, met een rood gezicht van de dampen van haar gerechten, en verontschuldigde zich ervoor dat ze de baby bij Avram was vergeten. 'Een bagagedepot hebben we van u gemaakt, zo meteen gaat hij u nog "papa" noemen,' en lachend constateerde ze dat hij al in andere handen was overgegaan. 'Hij laat iedereen voor hem rennen, de kleine, geen moment rust heb je met hem,' klaagde ze liefdevol. 'Heb je honger, vadertje?' vroeg ze, en Ora zag dat Avram zonder er erg in te hebben knikte, maar zich meteen herstelde en zijn blik van de moeder afwendde, die niet ver van hem vandaan ging zitten en met een vlotte beweging de baby onder haar kleren stopte, zodat zijn hoofdje niet meer te zien was.

Ora dacht aan Ofer en hij deed haar nu geen pijn. De verschrikkelijke pijn van gisteravond was over. Akiva liep zingend, met een grote schaal in zijn handen door de kamer en keek haar vanuit zijn ooghoek aan alsof hij nu wist waarom hij ze hierheen had meegetroond. Haar blik werd getrokken, gezogen naar de baby, wiens piepkleine vuistje, dat zich afwisselend ontspande en samenbalde, wees op de gretigheid waarmee hij aan het drinken was, en ze wist dat Ofer, waar hij zich ook bevond, nu beschermd en veilig was. Ze liet in haar hoofd telkens weer rondgaan wat Avram tegen haar had gefluisterd, en ineens begreep ze het.

'Op afstand beginnen?'

Hij knikte één keer en wendde meteen zijn blik af.

Ze ging zitten, friemelend met haar vingers, opgewonden en ineens ook een beetje bang. Hij zat tegenover haar. Om hen heen gonsde de kamer en was alles druk in beweging, alleen hun eigen hoofden hingen en hun lichaam was zwaar en slap. Een tijdje dreven ze allebei ergens, in een tijd die geen tijd was.

'Blijven we hier eten?' vroeg Ora daarna aan Avram, zonder geluid, alleen met haar lippen.

'Wat je wilt,' fluisterde hij, en zijn adamsappel ging op en neer toen het eten de kamer in werd gebracht.

'Ik weet het niet, we zijn hier zomaar binnen komen vallen –'

'Natuurlijk blijven jullie hier eten,' lachte de gastvrouw, ongewild een expert in liplezen, 'wat dachten jullie dan, dat we jullie met een lege maag zouden laten gaan? Het is ons een eer dat jullie bij ons blijven eten. Alle vrienden van Akiva zijn hier welkom.'

'Maar begin op afstand,' had hij haar gevraagd, haar gewaarschuwd, en ze weet niet hoeveel afstand hij nodig heeft en of hij afstand in tijd of in ruimte bedoelt, en trouwens, wat is nu voor hem veraf; vanaf de plek waar hij zich bevindt? Ze loopt achter hem en ziet de versleten hakken van zijn antieke All Stars, die niet geschikt zijn voor een wandeling in de natuur, en ze houdt zich in en vraagt hem niet hoe lang hij nog blijft weigeren ze te verruilen voor Ofers stevige wandelschoenen, die aan de rugzak op zijn rug bungelen. Maar misschien zijn die hem te groot, denkt ze, en is hij daar bang voor. Hij had – en heeft nog altijd – kleine handen en voeten – 'mijn dwergpalmen', zo noemde hij zijn handen, en zijn voeten waren 'mijn halvezolen' – waarvoor hij zich altijd geneerde, en juist daarom, natuurlijk juist daarom, noemde hij zichzelf Caligula, 'klein laarsje'. Ze herinnert zich ook hoe versteld hij er destijds van stond dat haar borsten precies de goede maat waren voor zijn handen; tegenwoordig misschien niet mccr: twee kinderen heeft ze borstvoeding gegeven, en ook de monden van vele mannen hebben aan haar tepels gezogen, of eigenlijk niet zo heel veel. Laten we eens kijken hoeveel, denkt ze, maar wat valt er te bekijken? Je weet het tenslotte precies, je hebt het duizend keer uitgerekend. Iemand binnen in haar, een laag, pervers wezen, begint echter al vingers uit te steken onder het lopen: Ilan is één, Avram twee en samen met die Eran van nu, het type zonder slot-e, is het drie, of wacht even, vier, met die Motti die ze voor één nachtje had meegenomen naar het huis in Tsoer Hadassa, jaren geleden, en die luidkeels zong onder de douche – in totaal vier mannen. Een gemiddelde van minder dan één per decennium, niet iets om over naar huis te schrijven, er zijn meisjes die al op hun zestiende – maar hou daar nu eens mee op!

De lucht ruist en gonst. Vliegen, bijen, knaasjes, sprinkhanen, vlinders en gevleugelde kevers zweven, kruipen en springen op van elk blaadje en sprietje. In ieder minuscuul deeltje van de wereld barst het van het leven, denkt Ora, en die overvloed lijkt haar ineens bedreigend, want wat kan het de overvloedige, spilzieke wereld schelen als het leven van één vlieg, van één blaadje of van één mens nu op dit moment ophoudt? En uit verdriet om die gedachte begint ze te praten.

Met een rustige, vlakke stem vertelt ze dat Ofer tot niet zo lang geleden een vriendin had, zijn eerste vriendinnetje, en dat ze bij hem is weggegaan en hij er nog niet overheen is.

'Ik hield echt van haar,' zegt ze. 'Je zou kunnen zeggen dat ik haar een beetje geadopteerd had, en zij mij ook, we waren vreselijk close, zij en ik,' grinnikt ze, 'en dat was kennelijk een fout van mijn kant, want het is niet goed om je zo te hechten aan de vriendinnen van je zoons.' Ja hoor, denkt ze, dat is nu echt informatie waar hij wat aan heeft. 'Iedereen waarschuwde me, maar Talja, zo heette ze – ik was gewoon op het eerste gezicht al verliefd op haar. En tussen twee haakjes, verschrikkelijk mooi was ze niet, maar in mijn ogen wel, ze had –' ze heeft, ik moet ermee ophouden over haar te denken in de verleden tijd, want ze bestaat tenslotte nog, ze leeft nog, nietwaar? Dus waarom zou ik...

Gedurende een aantal seconden is alleen het geluid van hun voetstappen te horen, het geknerp van het pad onder hun schoenen en het gezoem en geritsel. Ik ben tegen hem aan het praten, realiseert Ora zich tot haar stomme verbazing, ik zeg zulke dingen tegen hem, en ik weet niet eens of dit 'beginnen op afstand' genoemd kan worden, maar het is de grootste afstand van Ofer die ik nu aankan, en hij loopt niet weg.

'Ze had een gezicht, Talja, hoe zal ik het je beschrijven?' Beschrijvingen, denkt ze en ze werpt hem een blik toe, waren altijd jouw pakkie-an. 'Een gezicht met power, en karakter. Zo'n krachtige neus, vol persoonlijkheid, en grote lippen, zoals ik mooi vind, en een grote, vrouwelijke boezem. En vooral prachtige vingers had ze.' Ora grinnikt en vlak voor haar ogen beweegt ze haar eigen vingers, die tot voor kort ook heel mooi waren, maar nu, een beetje gekromd en met dikkere knokkels, iets van hun schoonheid hebben verloren.

In haar portemonnee, achter het fotootje van Ofer en Adam die elkaar omhelzen, door haar genomen op de ochtend dat Adam in dienst ging – allebei met lang haar, dat van Adam donker en steil en dat van Ofer nog helemaal goudblond en gekruld aan de onderkant –, bewaart ze heimelijk een footootje van Talja. Ze kan het niet over haar hart verkrijgen het te verwijderen, en ze is altijd bang dat Ofer het daar bij toeval zal ontdekken en boos zal worden. Soms trekt ze het tevoorschijn uit zijn schuilplaats en kijkt ernaar. Ze probeert te raden wat voor kinderen er geboren hadden kunnen worden uit de combinatie van haar en Ofer. En ze stopt het ook weleens in het lege, doorzichtig plastic vakje waarin tot een half jaar geleden de foto van Ilan zat en laat dan haar blik gaan van de jongens naar Talja en terug, fantaseert dat Talja haar dochter is en staat telkens weer versteld: zo goed voorstelbaar en natuurlijk lijkt het.

'Een heel nuchter kind,' gaat ze verder, 'zelfs met een beetje verbittering als van een oude van dagen, jij zou van haar houden,' – ze glimlacht naar zijn rug – 'en je moet niet denken dat ze zo, hoe zal ik het zeggen, dat ze de makkelijkste was. Goed, wat dacht je dan, dat Ofer iemand zou kiezen die makkelijk was?'

Ze heeft het idee dat zijn nek nog dikker wordt tussen zijn schouders.

Ze dalen af in een bedding van een droge beek, over een rotsige helling die haar verontrustend lijkt, 'een E.E.-route' zouden de jongens over zoiets zeggen, 'extreem en-nog-wat'. Aan het begin van de afdaling, toen ze Avram zag struikelen en zich zag vasthouden aan rotspunten, mompelde ze dat ze hoopte dat die afwijking van het rechte pad niet lang zou gaan duren, en meteen luisterde ze gespannen naar de echo van haar woorden in zijn hoofd en vroeg zich af of iemand binnen in hem nog zou zeggen, met de gekke, nasale stem en de boosaardige grijns van een trol: Avram is juist dol op kleine afwijkingen. Maar ze hoorde geen enkele stem en zag geen spoor van een glimlach, geen sprankje vuur schitterde er in zijn ogen, en misschien was daar echt niets, dacht ze, niemand, laat het eindelijk eens tot je doordringen, leg je erbij neer.

Daar bevinden ze zich al op een steile helling van rotsen en gladde steen, die hen naar beneden proberen te trekken, helemaal tot in een rotsspleet of een soort spelonk, en ook dat is een woord dat hem er vroeger onmiddellijk toe had geprikkeld iets op te merken als 'spelonk van me', 'lonkend speelhonk van me', genot op te zuigen uit het contact van zijn tong met zijn gehemelte – genoeg, kapt ze zichzelf af, laat hem, de oude Avram zit echt niet meer in hem, maar aan de andere kant is het een feit dat hij nu toch al enkele minuten naar haar luistert, terwijl ze over Ofer praat. Anders dan gewoonlijk veegt hij haar niet van zich af met armgebaren, zodat hij misschien toch een deur voor haar heeft opengezet, op een kiertje. Maar de laatste tijd zijn kiertjes voor haar een vrij bekend nestelgebied geworden, een kiertjesdier is wat ze is. En ook nog doorgewinterd, na twee opgroeiende, stevig gepantserde zoons en nu met Eran, die haar hooguit anderhalf uur per week toebedeelt, nee, dit is gesneden koek voor haar.

'Ze was meteen vanaf het eerste moment een lid van ons gezin,' gaat Ora verder als ze weer afdalen, en ze houdt een lichte zucht tegen, want er was in huis iets veranderd met de komst van Talja, toen ze begon mee te eten, bij hen bleef slapen en zelfs met hen meeging op vakantie in het buitenland (ineens had ik iemand om samen mee naar de wc's te gaan, herinnert ze zich), maar hoe moet ze dat aan hem vertellen, hoe beschrijft ze voor een man als hij – die flat van hem, het donker, de eenzaamheid – de lichte schommeling die toen plaatsvond in het evenwicht tussen de mannen en de vrouwen in huis, hoe beschrijft ze haar gevoel dat de vrouwelijkheid zelf toen, misschien voor het eerst, geldigheid en ruimte kreeg in het gezin. Hoe vertel je zoiets, en wat kan hij, in zijn toestand, begrijpen, wat gaat het hem ook eigenlijk aan? Eerlijk gezegd heeft ze nog niet het gevoel dat ze bereid is ten overstaan van hem, bijna een vreemde, toe te geven hoezeer het haar toen verbaasde en ook een beetje stak om te zien hoe de jonge Talja zonder enige moeite iets kreeg wat zijzelf nooit ook maar had geprobeerd te eisen van haar drie mannen, waar ze bijna bij voorbaat van had afgezien: hun volmondige erkenning van het feit dat ze vrouw is, met het recht op zelfbeschikking als vrouw in een huis van drie mannen, en dat haar vrouw-zijn niet alweer een soort permanente en enigszins onaangename gril van haar was, of een vermoeiend, pathetisch protest tegen 'het echte werk' – dat gevoel gaven ze haar weleens met zijn drieën. Ora versnelt haar pas, haar lippen bewegen geluidloos en een lichte hoofdpijn begint in haar rond te zoemen, zoals wanneer ze in haar middelbareschooltijd zat te zwoegen boven een vel papier dat ritselde van de wiskundige vergelijkingen. Nee, wat Talja daar voor elkaar kreeg, god mag weten hoe, met vlinderlichte bewegingen van haar wezen – en Ora grinnikt in zichzelf, boos – ja, zelfs bij Nico-Tien zaliger, de hond, vond een ietwat gênante verandering plaats als Talja in de buurt was.

'Ik had er vreselijk verdriet van toen ze wegging,' vertelt ze verder, 'en ik had nog wel iets voorvoeld toen het eraan zat te komen, eerder dan alle anderen, want ze kwam niet langer elk moment dat ze vrij had naar ons toe en ze ging me uit de weg. Ineens had ze geen tijd meer om 's ochtends koffie met me te drinken of zomaar wat te kletsen op het balkon. En toen kwam ze aanzetten met het idee dat ze misschien niet in dienst zou gaan en in plaats daarvan voor een jaar naar Londen zou vertrekken om daar zonnebrillen te verkopen, wat geld te verdienen, een kunstopleiding te volgen en ervaringen op te doen. En toen ze "ervaringen opdoen" zei, zei ik meteen tegen Ilan dat er bij haar iets werd uitgebroed, maar Ilan zei: "Ga toch weg, ze fantaseert alleen maar wat. Ze houdt van hem. En ze is ook niet op haar achterhoofd gevallen, waar vindt ze zo'n jongen als hij, zeg nu zelf." Maar ik was er niet gerust op, ik had het gevoel dat Ofer in- eens niet meer in haar plannen voorkwam, of dat ze Ofer een beetje moe was, of weet ik veel,' – in zichzelf zegt ze: dat ze er klaar mee was, dat ze klaar was met Ofer – 'en Ofer werd compleet overrompeld toen de klap kwam, hij was echt in een shock, en ik weet nog niet zo zeker of hij daar al overheen is.'

Ora klemt haar lippen op elkaar. Je hebt alles gezien, met je arends- ogen, zegt ze tegen zichzelf en dan steekt ze het mes erin en draait het rond: alleen bij Ilan zag je de voortekenen niet. En met een merkwaardig plezier voegt ze eraan toe: hij was klaar met je.

Wat was ze vroeger vrolijk, denkt Avram en hij werpt een blik op haar gezicht, zo'n echt lachebekje was ze. Hij herinnert zich ineens hoe hij een keer in haar rekrutentijd bij haar op bezoek ging, in trainingskamp twaalf. Hij liep langs de rand van het exercitieveld en vond het ineens moeilijk fier rechtop te blijven lopen onder de blikken van de honderden meisjes – de legendarische stad der vrouwen, in zijn fantasieën bege- leid door een doorlopende soundtrack van vochtig-warm gezucht en gekreun, en hunkerende, versluierde blikken, terwijl deze hier bruiste van wespachtig gegiechel en minachtende, schuine cleopatra-ogen – en ineens kwam uit de verte een lange, flodderige soldate naar hem toe rennen in een hobbezakkerig uniform en met een scheefgetrokken pet op haar hoofd, met kersenlippen en golvende, op en neer springende rode krullen, met uitgestoken armen, haar benen een beetje open naar de zijkanten, lachend van geluk en schreeuwend van het ene eind van het kamp naar het andere: 'Wat een hoop Avram zie ik daar!'

'...want ik was zo gekwetst door haar,' vervolgt Ora een zin waarvan

Avram het begin heeft gemist – wat kwam ze hem juichend tegemoet rennen, in het trainingskamp, herinnert hij zich weer, zonder zich voor hem te schamen in het bijzijn van al die vrouwen –, 'ze heeft me niet eens gebeld om het uit te leggen, om afscheid te nemen, niets. Van de ene dag op de andere is ze uit ons leven verdwenen. En eerlijk gezegd was ik niet alleen gekwetst, maar kwelde ik me ook nog met gedachten over het waarom van hun breuk, waarom ze hem heeft verlaten. Want in de tijd dat ze bij ons was, heb ik heel sterk leren vertrouwen op haar oordeel en haar onderscheidingsvermogen, dus ik probeer te begrijpen of het iets is aan Ofer waarom ze is weggegaan, iets wat ik zelf niet zie. .

Misschien is het zijn geslotenheid,' mompelt ze, doelend op die lichte, afstotende en zelfs minachtende verbolgenheid die Ofer de laatste tijd ademt, voornamelijk tegenover al wat en iedereen die niets te maken heeft met het leger. Maar ook vóór zijn diensttijd was hij al vrij gesloten, 'héél gesloten zelfs,' benadrukt ze voor Avram, 'en juist met Talja is hij opener geworden, ook naar ons toe, hij bloeide echt op met haar.'

Ik ben aan het praten, zo realiseert ze zich weer tot haar stomme verbazing, en hij stopt me niet.

Er is iemand, één zeker iemand, die Ofer is, denkt Avram moeizaam, en het is alsof hij worstelt om met twee handen het etiket van de naam Ofer te plakken op een vage, vluchtige schets van een ziel, die voortdurend binnen in hem kringelt als zij praat; en Ora is me nu een verhaal over hem aan het vertellen. Ik hoor Ora's verhaal over Ofer. En ik moet alleen maar luisteren. Verder niets. Ze vertelt het verhaal en daarna is het afgelopen. Een verhaal kan niet eeuwig duren. Ik kan ondertussen aan allerlei dingen denken. Zij praat toch door. Het is maar een verhaal. Een woord en nog een woord.

Ora is rusteloos. Ze is in haar binnenste op zoek naar iets wat ze nu aan Avram kan vertellen over Ofer. En hoe kwam ze er in vredesnaam bij dat verhaal over Talja die hem in de steek gelaten heeft, uit te storten over Avram, waarom is ze daarmee begonnen? Waarom heeft ze Ofer juist in zijn zwakheid aan hem voorgesteld? Ze moet hem onmiddellijk meevoeren naar iets pakkenders. Misschien kan ze hem vertellen over zijn geboorte, er is geen mens die niet van geboorteverhalen houdt, geboorten vallen onder de consensus, en van de andere kant – ze werpt hem een zijdelingse blik toe – wat heeft hij met geboorten van doen, een bevalling zou hem afschrikken, nog verder wegjagen, en eerlijk gezegd is het ook voor haar nog te vroeg om naakt en ingeknipt voor hem te liggen, laat staan dat ze hem zou vertellen wat er aan de bevalling vooraf was gegaan, in dat ochtendgloren, dat uit de annalen van haar leven is gewist. Telkens als ze eraan denkt, kan ze het niet geloven. Waanzin was er in hen gevaren, in haar en Ilan, en de herinnering was nog jarenlang ondergedompeld geweest in angst en bitter schuldgevoel. Hoe was het in godsnaam mogelijk dat ze zich had laten verleiden, dat ze Ofer in haar buik niet had beschermd, dat in haar het instinct niet had gewerkt dat iedere normale, natuurlijke moeder ongetwijfeld had, hoorde te hebben, en wie weet of Ofer toen niet een of andere schade had opgelopen, misschien was toen zijn lichte astma begonnen, waar hij als kind aan leed. En misschien lag zijn claustrofobische aanval in de vastzittende lift ook hieraan? Haar hoofd deinst terug voor de herinnering, maar alsof ze het erom doen, verschijnen er beelden van daar: het vreemde vuur in de ogen van Ilan, de omklemming die hen aan elkaar vastgeklonken hield, het gegrom dat uit hen losbarstte, en haar buik, de buik der aarde, die beefde en door elkaar werd geschud, en twee gevilde beesten die boven op haar met elkaar worstelen en paren.

'Kom, we gaan even zitten,' zegt ze, 'ik ben een beetje draaierig.' Ze legt haar hoofd tegen een rotswand aan, neemt haastige slokjes water en geeft de fles door aan hem. Wat kan ze hem vertellen, wat kan ze hem nu toewerpen, als lokaas, smeergeld, iets lichts en vermakelijks heeft ze nodig, en snel ook, iets waar hij om moet lachen en wat hem vervult van genegenheid en warmte voor Ofer. Maar kijk, ze heeft het, ze moet alleen even krachten verzamelen: hoe hij, Ofer, op zijn derde altijd per se naar de crèche wilde in zijn cowboypak, dat uit eenentwintig stukken kleding en bewapening bestond – ze hadden ze een keer geteld – en gedurende een heel jaar was het verboden om ook maar één accessoire achterwege te laten. Haar ogen worden helderder, het geruis in haar hoofd kalmeert een beetje. Ja, het zijn precies dit soort dingen die ze hem moet vertellen, anekdotische, lieve fragmenten, kleine stukjes Ofer, en niets wat zwaarder of ingewikkelder is: alleen lichtvoetig de ochtenden van dat jaar beschrijven, bijvoorbeeld, hoe Ilan en zij om hem heen renden met de koppelriem en de patroongordels. Ilan die onder het bed kroop om de sheriffster te zoeken, of de rode zakdoek voor om de hals. De nauwkeurige constructie, iedere ochtend, van de figuur van de heldhaftige krijger, die werd opgebouwd op de breekbare steigers van de kleine Ofer.

Maar dat zal hem niet echt interesseren, antwoordt ze zichzelf onmiddellijk, al die kleine details, de duizenden momenten en handelingen waaruit je een kind grootbrengt, hem stukje bij beetje tot mens maakt, daar heeft hij geen geduld voor. Alles welbeschouwd zijn ze ook nogal saai en vermoeiend, vooral voor mannen, weet ze, maar eigenlijk ook voor iedereen die het betreffende kind niet kent, al is er natuurlijk ook een aantal verhalen, hoe zal ze het zeggen, die eruit springen en bijzonder zijn en misschien Avram naar Ofer toe kunnen trekken –

Maar waarom, verdomme, moet ik hem eigenlijk naar hem toe trekken? Ze komt in opstand, en de hoofdpijn, die zich een beetje had teruggetrokken, duikt weer fel en scherp op haar af en zet zijn klauw in het bekende punt, achter haar linkeroor. Moet ik hier Ofer soms aan hem proberen te slijten? Hem verleiden tot Ofer?

En hoe krijg je zoiets gedaan? bekreunt Ora zich in stilte. Ze staat ineens op en beent weg, zet het bijna op een rennen. Hoe vertel je een heel leven? Daar zou je zelf tenslotte meer dan een heel leven voor nodig hebben, en waar begin je? Vooral zij, die niet eens een kort verhaaltje van begin tot eind kan vertellen zonder in alle richtingen de draad kwijt te raken en de pointe om zeep te helpen, hoe kan zij nu over hem vertellen zoals zou moeten? En misschien komt ze er straks ook nog achter dat ze eigenlijk niet zoveel te vertellen weet over hem?

Dat wil zeggen: er vallen oneindig veel dingen over hem te vertellen, maar toch, ineens is ze geschrokken van de gedachte dat ze na twee of drie uur, of na vijf of zelfs tien uur doorlopend over hem te praten het merendeel van de belangrijke dingen die ze over hem te melden heeft, over zijn hele leven, zou hebben omvat, hem zou hebben samengevat, klaar met hem zou zijn. Misschien is dat de angst die haar hersens ineen doet krimpen, het pijnlijke gevoel dat al een tijdje aan haar vreet: dat ze hem, haar zoon, Ofer, niet echt kent.

Het bloed in haar hals klopt zo hard dat het pijn doet. Wat is het kleine beetje opgekomen vreugde snel verwelkt. En echt, waarover moet ze hem vertellen? Hoe kun je in 's hemelsnaam een hele mens, van vlees en bloed, beschrijven en tot leven wekken in woorden alleen, mijn god, *alleen in woorden?*

Boos graaft ze in zichzelf en rent er rond, alsof Avram, mocht ze nog één tel blijven zwijgen, zou kunnen gaan denken dat ze echt niets te vertellen heeft. Maar alles wat ze opgraaft met haar koortsachtige gewroet

lijkt haar afgezaagd en van ondergeschikt belang, aardige anekdotes
– hoe Ofer, zo goed als in zijn eentje, een kleine, verstopte waterbron
heeft gerestaureerd in de buurt van Har Adar, de opening ervan heeft
ontstopt zodat het water weer ging stromen, en er een boomgaard heeft
geplant. Of moet ze misschien vertellen over het fantastische bed dat hij
eigenhandig had gebouwd voor haar en Ilan? En wat dan nog als ze daarover vertelt, bron, bed, verhalen die alles welbeschouwd passen bij duizend jongens zoals hij, net zo schrander, lief en betoverend als hij. En er
schiet een gedachte door haar heen: dat hij ongetwijfeld een heleboel
goede, bijzondere kanten heeft, Ofer, maar misschien niet dat ene, echt
uitzonderlijke, unieke waarmee hij met kop en schouders boven alle anderen zou uitsteken. Ora verzet zich met hand en tand tegen die weerzinwekkende gedachte die zich in haar vastbijt, een gedachte die haar
wezensvreemd is, wat doet het er eigenlijk toe en hoe komt ze op zulke
gedachten? Maar, bijvoorbeeld zoiets als, kijk, wacht even, de film die hij
in de vierde maakte als werkstuk voor school, dat had beslist iets, het idee
zou Avram vast en zeker bevallen, en ze werpt hem een blik toe, ziet het
hoofd dat diep tussen de hangende schouders is weggestopt, en denkt:
misschien toch niet.

Die film had iets verontrustends, en tot de dag van vandaag, vijf jaar na
dato, knaagt het aan haar. Elf minuten, geschoten met hun huis-, tuin- en
keukenvideocamera. Een beschrijving van een gewone dag in het leven
van een gewone jongen, gezin, school, vrienden, vriendinnetje, basket-
bal, uitgaan, en je ziet geen enkele figuur van vlees en bloed, alleen de
schaduwen van de personages zie je, lopende schaduwen, in hun eentje
of in paren, of zelfs in groepen: schaduwen die in de klas zitten, schaduwen die lunchen, elkaar zoenen, met elkaar flikflooien, drummen, bier
drinken. En toen ze Ofer vroeg wat voor idee daarachter stak of wat zijn
bedoeling was geweest toen hij die film maakte (of toen hij die holle vormen van gips had gemaakt waarin zijn eigen gestalte was uitgespaard,
voor die rare presentatie op de tentoonstelling aan het eind van het
schooljaar, of de intimiderende reeks foto's van zijn eigen gezicht, dat hij
consequent in houtskool had voorzien van een gierensnavel), zei hij met
een schouderophalen: 'Weet ik niet, ik dacht gewoon dat het leuk zou
zijn om te maken.' Of: 'Ik wilde gewoon iemand fotograferen en er was
behalve ik niemand in de kamer.' En als ze doorvroeg – 'je hebt hem weer
eens overspoeld,' maakte Ilan haar naderhand duidelijk – hield hij altijd

korzelig de boot af: 'Moet alles een verklaring hebben? Kan er nooit iets zomaar zonder reden gebeuren? Moet elke kleinigheid meteen tot op het bot worden ontleed?'

Ora had de filmopnamen drie weken lang begeleid. Ze was chauffeuse, cateraarster en waterdraagster geweest en meermalen ook de boze hershond die rond bleef rennen om alle opstandige acteurs bijeen te drijven, klasgenoten van hem, die hem steeds lieten zitten en wegbleven van de repetities en opnames, en als ze eindelijk zo goed waren om te komen opdagen met Ofer begonnen te kibbelen op een neerbuigende, grove manier die haar op de kast joeg. Als er een ruzie uitbrak, maakte ze meteen dat ze wegkwam. Hij was toen nog klein, kleiner dan de meesten van zijn klasgenoten, een beetje een outcast, en bangig, en Ora kon het niet aanzien hoe hij tegenover hen zijn hoofd liet hangen en zijn ogen neersloeg, en hoe zijn onderlip begon te trillen. Toch, zag ze, hield hij voet bij stuk. Hij kromp ineen, bochelde, trok zijn schouders bijna op tot zijn oren, en heel zijn onbeheerst vertrokken gezicht drukte kwetsbaarheid en verontwaardiging uit, maar hij gaf geen duimbreed toe.

Zelf speelde ze ook mee in de film. Een vervelende, muggenzifterige schooljuffrouw, dat was de rol die haar was toebedeeld. Ilan kwam ook voorbij op de achtergrond, op een motor, en zwaaide even voor hij verdween. In de aftiteling stond een aardig tekstje: 'Dank aan mijn vader en moeder, die hun schaduw hebben bijgedragen.' En nu vroeg ze zich af of Avram zou vinden dat die film iets bijzonders, briljants of eenmaligs zou hebben, allemaal woorden van hem, en vanzelf kwam in haar de intonatie op waarmee hij die woorden uitsprak – bijvoorbeeld, als zij, hij en Ilan uit een bioscoop of theater kwamen na een film of voorstelling die hen had geraakt – en hoe hij dan met zijn tong het woord streelde dat de snaren van zijn hart het hardst deed trillen, 'groots', op een soort hese, opgewonden fluistertoon, vol ontzag, 'grootsss!', begeleid door een weids, royaal armgebaar. Hij was toen een jaar of twintig? Eenentwintig? Zo oud als Ofer nu, het was nauwelijks te geloven. En het was nog moeilijker te geloven hoe arrogant en pretentieus hij destijds was en dat ze hem ook nog kon uitstaan, met dat stomme baardje dat hij zorgvuldig trimde –

Ze versnelde haar pas, haalde hem in, liep voor hem uit en werd steeds kwader, want eindelijk erkende ze hoe belangrijk het voor haar was dat Avram van Ofer zou houden, van hem zou houden, ja, dat hij op stel en sprong verliefd op hem zou worden, zonder enige reserves of kanttekeningen, dat hij tegen wil en dank verliefd op hem zou worden zoals hij eens verliefd was geworden op *haar*, terwijl er geen greintje grootsheid aan haar te ontdekken was geweest, sterker nog, toen hij verliefd op haar werd, was ze een zielig hoopje mens, ziek en zo slap als een dweil, verdoofd door de medicijnen, de hele dag en nacht half buiten westen. En Avrams toestand was zoals gezegd niet veel beter, de optimale toestand om verliefd te worden op mij, denkt ze, en ze voelt zich ineens zo slap dat ze haar pas vertraagt. Misschien was het echt zoals hij zelf een keer gekscherend opmerkte, jaren later: *'Alleen zo konden het id van de jidene en het id van de jid elkaar ontmoeten.'* Plotseling lijken haar krachten uitgeput. Ze blijft staan om met pijn in haar longen uit te hijgen en drukt twee vingers hard tussen haar ogen. Al die gedachten, waar komen al die gedachten vandaan en wie zit daar nu op te wachten?

Avram zag haar wankelen, dook pijlsnel op haar af en ving haar op het nippertje op, vlak voor ze zou vallen. Wat is hij sterk, dacht ze weer verbaasd, en ze voelde dat haar knieën knikten. En met een wonderbaarlijk tedere beweging legde hij haar op de grond, ontdeed haar vlot van haar rugzak en liet haar hoofd erop rusten. Daarna haalde hij onder haar rug een scherp steentje weg, nam haar haar bril af, goot water uit de fles in zijn handpalm en masseerde zachtjes haar gezicht. Ze bleef met gesloten ogen liggen. Haar borstkas ging zwaar op en neer en het koude zweet bedekte haar huid. 'Moet je zien hoe de hersens werken,' mompelde ze. 'Niet praten, nu,' zei hij, en ze gehoorzaamde. Zijn bezorgdheid beviel haar, zijn hand op haar gezicht, het rustige bevel in zijn stem.

'Het schiet me ineens te binnen,' zei ze daarna, en haar hand bleef in de lucht hangen en pakte slapjes zijn pols vast, 'dat je me eens hebt verteld over een of ander hoorspel op de radio, of een verhaal, over een vrouw die door haar geliefde in de steek is gelaten en die je hoort als ze over de telefoon met hem praat, terwijl je hem niet hoort?'

'Cocteau,' zei Avram meteen met een glimlach, '*La voix humaine*, heette het.'

'Ja, Cocteau,' fluisterde ze, 'dat je dat nog weet...' Ze voelde hoe het water langzaam opdroogde op haar gezicht. Ze zag een berghelling, begroeid met struiken, en een knalblauwe hemel. Een scherpe geur van salie drong haar neus binnen. Zijn hand is nog net zo zacht als toen, dacht ze, hoe kan het dat de tederheid en de zachtheid zijn gebleven? Ze sloot haar ogen en vroeg zich af of hij uit dit kleine restant gereconstrueerd zou kunnen worden. 'Je zat toen in je Franse periode,' zei ze glimlachend, 'en in je hoorspelperiode. Weet je nog? Je had een hele theorie over de menselijke stem. Je was ervan overtuigd dat de radio het zou winnen van de televisie. Je had thuis een eigen kleine opnamestudio gebouwd.'

Avram glimlachte. 'Niet in huis. In de keet op het erf, een echte studio had ik daar aangelegd. Hele dagen en nachten zat ik daar op te nemen, te knippen, te plakken en te editen.'

'Nadat Ilan me in de steek had gelaten,' fluisterde Ora, 'de eerste keer, na de geboorte van Adam, sprak ik hem af en toe over de telefoon, en ik klonk toen vast net zoals zij, als de vrouw uit dat verhaal van die Cocteau van jou, net zo pathetisch als zij, en vergevensgezind en vreselijk begripvol voor zijn moeilijkheden, voor zijn moeilijkheden met *mij*, de klootzak...' Avrams hand trok zich terug van haar voorhoofd. Ze sloeg haar ogen op en zag zijn gezicht terugdeinzen en verstrakken.

'Hij heeft me meteen na Adams geboorte in de steek gelaten,' zei ze, 'wist je dat niet?'

'Je hebt het nooit verteld.'

'Je weet echt niets,' verzuchtte ze, 'mijn leven is totaal onbekend terrein voor je.'

Avram stond op en keek in de verte. Een valk zweefde hoog in de lucht in kringetjes rond zijn hoofd.

'Het is vreselijk, zo'n vreemde als je voor me bent,' mompelde ze. 'Wat doe ik hier eigenlijk met jou?' Ze stootte een bitter lachje uit. 'Als ik niet zo bang was om naar huis te gaan, zou ik op dit moment opstaan en teruggaan.'

Misschien omdat ze lag en hij naast haar stond en boven haar uit torende, kwam er ineens een herinnering boven. Ofer was één jaar oud. Ze lag op het bed in haar kamer en bewoog hem op en neer op haar voeten en handen, want ze was vliegtuigje met hem aan het spelen. Hij lachte en spartelde met heel zijn lijfje, en zijn dunne stralenkrans van haren daalde en steeg zachtjes mee. Zonlicht viel door het raam naar binnen en scheen door zijn oortjes heen, die oranje en doorzichtig waren. Het waren sterk afstaande oren, zoals hij ook nu nog had. Toen ze hem een beetje draaide in het licht, zag ze een fijn weefwerk van haarvaatjes, en kronkels en zachte bobbeltjes in die oren. Ze werd kalm en geconcentreerd, alsof haar elk moment een geheim zou worden onthuld dat niet in woorden viel te beschrijven. Haar gezicht veranderde blijkbaar van uitdrukking, want Ofer hield op met lachen en keek haar ernstig aan, en toen zijn lippen langer werden en zich tuitten, kreeg zijn gezicht iets van een wijs en zelfs lichtelijk ironisch oud mannetje. Ze dacht: wat is hij een wonder van precisie in al zijn lichaamsdelen. Ze werd vervuld van een zoet gevoel. Ze draaide hem langzaam rond op haar voetzolen, bewoog hem op en neer, en ving de hele zon in een van zijn oortjes.

De gapende wond was vuistdiep en er bleef eindeloos dikke pus uit vloeien. Hij zat vlak bij de ruggengraat en al maandenlang waren artsen tevergeefs bezig de wond te genezen. De onophoudelijke stroom had iets afschrikwekkends en hypnotiserends, als een soort spotlach van het lichaam zelf om de overvloedige uitstraling die Avram altijd had gehad. Maandenlang, bijna een jaar lang, was de wond het middelpunt van de aandacht en zorg van Ora en Ilan, en van allerlei medici, en het woord 'wond' werd daar zo vaak uitgesproken dat het soms leek alsof Avram zelf langzaamaan verdween en de wond nu de hoofdzaak van zijn wezen was, alsof zijn lichaam verwerd tot niet meer dan de ondergrond voor de wond, de ondergrond waaruit de wond de vloeistoffen haalde die hij nodig had voor zijn voortbestaan.

Voor de honderdste keer die dag doopte Ilan het gaasverband in de pus, draaide het voorzichtig rond in de krater, nam de etter goed op en gooide het weg. Ora zat gemakkelijk in een stoel, vlak bij Avrams bed, en keek naar Ilans hand. Wat heeft hij het in zijn vingertoppen, dacht ze, zoals hij in de wond weet te wroeten zonder hem pijn te doen. Later, toen Avram in slaap was gevallen, stelde ze hem voor even een frisse neus te gaan halen. Ze liepen rond over de paden tussen de ziekenhuispaviljoens en spraken als gewoonlijk over Avrams toestand, over de volgende operatie die hem te wachten stond en over de ingewikkelde financiële kwesties die hij had met het ministerie van Defensie. Bij het röntgeninstituut gingen ze op een bankje zitten, een eindje van elkaar vandaan. Ora praatte over Avrams evenwichtsstoornis, waarvoor de doktoren nog geen verklaring hadden gevonden, en Ilan mompelde: 'Er moet ook worden gekeken naar die ingroeiende teennagel van hem, dat is iets waar hij gek van kan worden, en volgens mij krijgt hij diarree van de Novalgin –' En op dat moment dacht ze: genoeg, nu is het genoeg; ze draaide zich naar hem toe, dook over de afgrond heen en kuste hem op de mond. Het was zo lang geleden dat ze elkaar hadden aangeraakt. Ilan verstijfde en daarna trok hij haar aarzelend tegen zich aan. Even bewogen ze zich allebei voorzichtig, alsof haar en zijn lichaam waren bedekt met glasscherven, en ze schrokken allebei van de felheid waarmee hun lijven ontvlamden, die alleen maar leken te hebben gewacht op het moment dat iemand ze om troost zou komen vragen. Die nacht reden ze samen naar Tsoer Hadassa, naar Avrams lege huis, waarin ze hun intrek hadden genomen na zijn terugkeer uit krijgsgevangenschap en dat ze hadden omgetoverd tot een soort privécommandocentrum voor alles wat met zijn behandeling te maken had. Daar, in Avrams oude jongenskamer – op de deur stond een waarschuwing die hij op zijn vijftiende had geschreven: TOEGANG VOORBEHOUDEN AAN KRANKZINNIGEN –, op een stromatras dat ze op de grond hadden gelegd, werden ze zwanger van Adam.

Ze weet niet wat Avram zich herinnert van de tijd dat hij was opgenomen, operaties onderging, revalideerde, werd behandeld en ook van tijd tot tijd werd ondervraagd door vertegenwoordigers van de Algemene Veiligheidsdienst, de Contraspionage en de Militaire Inlichtingendienst, die hem niet met rust lieten en hem bleven kwellen met hun kwade vermoedens over de informatie die hij in krijgsgevangenschap al dan niet had losgelaten. Hij was voor alles onverschillig en totaal willoos, maar desondanks had hij haar en Ilan vanuit het diepst van zijn afwezigheid nodig, als een baby, en niet alleen vanwege de vele medische en bureaucratische complicaties die voortvloeiden uit zijn toestand en die alleen zij voor hem konden bestrijden. Zijn naakte, lege, holle bestaan slorpte hen voortdurend op, zo voelde ze het toen, zoog de levenskracht uit hun lijf. Bijna zonder van zijn plaats te komen maakte hij lege hulzen van hen, zoals hij er zelf een was.

'En de geboorte van Adam,' zegt ze – ze zitten naast elkaar op een beschutte, rotsachtige plek boven een dal, met om hen heen een gele zee van acaciabomen en calycotomestruiken, die met hun bloemen de bijen gek maken. De rotsen, bedekt met korstmos, nemen glanzend rode en paarse kleuren aan in de zon, en het is haar duidelijk dat ze makkelijker met hem kan praten over Adam, zelfs over de geboorte van Adam kan ze hem vertellen en ogenschijnlijk *op afstand beginnen* – 'ik had een zware bevalling met hem, zwaar en lang. Drie dagen heb ik in het Hadassa gelegen, op de Scopusberg. Vrouwen kwamen er binnen, bevielen en vertrokken weer, terwijl ik daar maar bleef liggen als een steen. Ilan en ik zeiden al gekscherend dat ondertussen zelfs onvruchtbare vrouwen waren bevallen, maar ik lag er nog te wachten. Elke coassistent had me al onderzocht en bij me gekeken en gemeten, en er werden geregeld doktersvergaderingen rond mijn bed gehouden: de hele tijd vonden er over mijn hoofd heen discussies plaats, of ze ingeleid moest worden of niet, en hoe ze zou reageren op dit of dat –

En ze raadden me aan rond te lopen, te wandelen, ze zeiden dat beweging de bevalling zou bespoedigen, dus gingen we samen, Ilan en ik, twee of drie keer per dag lopen, ik in de kamerjas van het ziekenhuis en met een walvissenbuik, arm in arm, bijna zonder te praten. Dat was prettig. Het was toen prettig tussen ons, of dat dacht ik.'

Op afstand beginnen. Ze glimlacht in zichzelf en denkt eraan terug hoe ze elkaar die eerste nacht hadden leren kennen, Avram en zij, toen ze nog tieners waren. Hij roeide in grote cirkels rond over de vloer van de kamer waar ze lag, in het donker, op de isoleerafdeling, kwam dichterbij en nam weer afstand, alsof hij stilletjes de routes oefende waarlangs hij haar kon benaderen en zich kon terugtrekken.

'En na de bevalling kwam Ilan ons ophalen uit het ziekenhuis en bracht ons naar huis in de Mini Minor. Die herinner je je vast nog, mijn ouders hadden hem voor me gekocht toen ik ging studeren. Toen je al aan het revalideren was, heb ik je er soms mee rondgereden in Tel Aviv.'

Ze werpt hem een schuinse blik toe, maar ook als hij het zich herinnert geeft hij er geen enkel blijk van, alsof ze nooit hebben plaatsgevonden, al die eindeloze, duizelingwekkende ritten, die hij toen nodig had – 'om het te geloven', legde hij kortweg uit – urenlang in kringetjes rondrijden, straten, stegen, pleinen, mensen, mensen. En de argwaan en twijfel die toen de hele tijd stonden te lezen in zijn ogen, in zijn gefronste wenkbrauwen. En de stad, die alles uit de kast leek te trekken om Avram te overtuigen van haar bestaan, in de reële werkelijkheid.

'We legden Adam in het van alle kanten beklede reiswiegje, en Ilan bestuurde de auto alsof hij op eieren reed. De hele weg naar huis zei hij geen woord. Ik bleef juist ratelen, ik was in de wolken, ik herinner me nog hoe gelukkig ik was, en trots, en ervan overtuigd dat van nu af aan alles voor ons op zijn pootjes terecht zou komen, maar hij zweeg. En ik dacht eerst dat dat kwam omdat hij zo geconcentreerd was op de weg.

Begrijp me goed, ik had het gevoel dat de hele wereld compleet was veranderd op het moment dat Adam was geboren. Alles zag er misschien nog wel hetzelfde uit, maar ik wist dat het allemaal anders was geworden, dat er een of andere nieuwe dimensie was toegevoegd, lach niet, aan alles en iedereen op de hele wereld.'

Ik lachte niet, denkt Avram en hij legt zijn hoofd in zijn nek. Uit alle macht doet hij zijn best zich hen voor te stellen in de kleine auto. Hij probeert zich ook te herinneren waar hij in die dagen zelf was, toen Ora en Ilan Adam kregen. 'Lach niet,' zei ze net tegen hem. Er was nu niets wat verder van hem afstond dan lachen.

'En ik herinner me dat ik naar de mensen op straat keek en dacht: dommeriken, blinden, jullie weten niet eens hoezeer alles van nu af aan anders wordt. Maar ik kon dat niet tegen Ilan zeggen, want het begon tot me door te dringen hoe stil hij was, en toen viel ik zelf ook stil. Ik kreeg ineens geen woord meer uit mijn keel. Ook toen ik iets wilde zeggen, kon ik het niet. Ik voelde me helemaal verstikt, alsof iemand mijn keel dichtkneep, en dat was jij.'

Hij werpt haar een blik toe, zijn halve voorhoofd draait omhoog.

'Je was bij ons in de auto, we voelden je aanwezigheid, alsof je bij ons achterin zat, naast het reiswiegje van Adam,' zegt ze en ze trekt haar knieën op naar haar buik, 'het was onverdraaglijk. Het was niet te harden in die auto, en al mijn vreugde ontplofte als een ballon in mijn gezicht. Ik weet nog dat Ilan een zucht slaakte en dat ik vroeg: "Wat?" En hij gaf maar geen antwoord, tot hij uiteindelijk zei dat hij zich niet had voorgesteld dat het zo zwaar zou zijn.

En ik dacht: wat is dit anders dan de rit waarvan ik had gedroomd, met toeters en bellen naar huis gaan met mijn eerste kind.

Moet je zien,' zegt ze na een moment van verbazing, 'ik heb hier in geen jaren aan gedacht.'

Avram zwijgt.

'Verdergaan?'

We zullen het opvatten als een ja, zegt ze in zichzelf, die hoofdbeweging van je.

Hoe dichter ze bij het huis in Tsoer Hadassa kwamen, hoe gespannener en zenuwachtiger Ilan werd. Ineens zag ze dat zijn kin vanuit een bepaalde hoek laf, wijkend was. Ze zag dat zijn vingers vochtige plekken achterlieten op het stuur – Ilan, die bijna nooit zweette. Hij parkeerde de auto voor het roestige tuinhekje, haalde Adam uit de auto en gaf hem aan haar zonder haar in de ogen te kijken. Ora vroeg of hij hem zelf niet de drempel over wilde dragen, de eerste keer, maar hij zei: 'Jij, jij,' en duwde hem echt tegen haar borst aan.

Ze herinnert zich de korte gang over de stenen tegels van het tuinpad, het kleine, scheve huis met het prikkende granol en de cementvlekken op de muren, een 'Jewish Agency-huis', dat Avrams moeder had geërfd van een kinderloze oom en waarin ze met Avram had gewoond sinds zijn tiende. Ze herinnert zich de aanblik van de verwaarloosde tuin, waarin het onkruid en de distels hoog opschoten in de jaren dat Ora en Ilan zich louter en alleen om Avram bekommerden. Het staat haar zelfs nog bij dat ze dacht dat ze, zodra ze weer helemaal op de been zou zijn, de tuin in zou gaan om Adam te kunnen voorstellen aan haar geliefde vijgenboom en grevillea. Ze herinnert zich ook haar kromme loopje nog, hoe ze waggelde als een eend, van de pijn rond de hechtingen. Ze praat zachtjes. Hij luistert. Ze ziet dat hij naar haar luistert, maar om een of andere reden heeft ze het gevoel dat ze het verhaal nu in de allereerste plaats aan zichzelf aan het vertellen is.

Ilan liep snel voor haar uit de drie scheve treden op, maakte de deur voor haar open, draaide een kwartslag en liet haar langs met Adam. Zijn beleefdheid had iets kils en pijnlijks. Ze lette erop dat ze met het rechterbeen het huis binnenstapte, zei hardop: 'Welkom, Adam,' – zoals elke keer dat ze sinds zijn geboorte zijn naam uitsprak of dacht, voelde ze als het ware een heimelijke streling van Ada in haar binnenste – en droeg hem naar de kamer die hem was toebedacht, waar al een opgemaakt bed voor hem klaarstond. Hoewel hij sliep, liep ze met hem de kamer rond en toonde zijn doorzichtige oogleden de klerenkast, de commode met de luiers, waarop hij verschoond zou worden, de kist met speelgoed en het boekenrek.

Toen ontdekte ze een vel papier dat op de deur was geplakt: HALLO, UKKEPUK, stond er geschreven, WELKOM. HIERONDER EEN AANTAL INSTRUCTIES NAMENS DE DIRECTIE VAN HET HOTEL.

Ze ging de baby in zijn bed leggen. Hij zag er piepklein en verloren uit. Ze dekte hem toe met een dunne deken en bleef even naar hem staan kijken. Iets prikte haar in de rug en maakte haar onrustig. Het vel papier dat op de deur was geplakt, was naar haar idee vol, te vol geweest met woorden. Ze boog zich voorover, aaide Adam over zijn warme bolletje en ging met een zucht terug naar de deur om te lezen wat er geschreven stond.

DE HOTELLEIDING VERWACHT DAT JE DE STILTE EN DE RUST VAN DE ANDERE BEWONERS RESPECTEERT.

ONTHOUD: DE HERBERGIERSTER BEHOORT UITSLUITEND DE HOTEL-EIGENAAR TOE, EN JOUW GEBRUIK VAN HAAR IS BEPERKT TOT HAAR BOVENHELFT!

DE DIRECTIE VAN HET HOTEL VERWACHT VAN DE GASTEN DAT ZE DE KAMER VERLATEN ALS ZE DE LEEFTIJD VAN ACHTTIEN JAAR BEREIKEN!

Enzovoort en zo verder.

Ze sloeg haar armen over elkaar. Plotseling kon ze hem niet hebben, Ilan, met zijn kwinkslagen. Ze stak een hand uit, trok het papier van de deur en verfrommelde het tot een kleine prop.

'Ergerde het je?' Ilan liet zijn hoofd zien, gestoken. 'Ik dacht gewoon... Doet er niet toe. Het was niet geslaagd. Wil je iets drinken?'

'Ik wil slapen.'

'En hij?'

'Adam? Wat is er met hem?'

'Laten we hem hier en gaan we weg?'

'Ik weet het niet... Zullen we hem meenemen naar onze kamer?'

'Ik weet het niet. Want als we liggen te slapen en hij wordt hier wakker, in zijn eentje...'

Ze keken elkaar ongemakkelijk aan.

Ze probeerde te luisteren naar haar wil, maar ze hoorde niets. Ze had geen wil, geen kennis en geen mening. Ze raakte in de war: ergens in haar hart had ze gehoopt dat ze met de geboorte meteen alles zou weten wat een moeder moest weten. Dat de baby eindelijk in haar een primaire, natuurlijke kennis zou creëren die niet in twijfel kon worden getrokken. Nu snapte ze hoe verlangend ze daarop had gewacht tijdens de hele zwangerschap, bijna net zoals ze had gewacht op de baby zelf – naar de duidelijke kennis van de juiste handeling, die ze de afgelopen jaren hele-maal was kwijtgeraakt, sinds de ramp die Avram was overkomen.

'Kom,' zei ze tegen Ilan, 'we laten hem hier.'

Weer voelde ze de pijn van de losmaking, zoals elke keer dat ze in het ziekenhuis afscheid had moeten nemen van Adam. 'Ja,' zei ze weer, 'hij moet niet bij ons slapen.'

'En als hij gaat huilen?' vroeg Ilan aarzelend.

'Als hij gaat huilen, horen we hem. Maak je geen zorgen, ik hoor hem.'

Ze gingen naar hun kamer en sliepen twee uur achter elkaar, tot Ora één of twee seconden voordat Adam een kik gaf wakker werd met een overvol gevoel in haar borsten. Ze maakte Ilan wakker en vroeg hem Adam voor haar te halen. Ze schikte de kussens in het bed en ging er gemakkelijk tegenaan zitten, en Ilan kwam met Adam in zijn armen uit de andere kamer, met een stralend gezicht.

Toen ze hem voedde, stond ze er weer versteld van hoe klein zijn koppetje was in vergelijking met haar borst. Hij zoog hard, fel, bijna zonder naar haar te kijken, en onbekende messen van genot en pijn schoten door haar heen en woelden kluiten lichaam en ziel om. Ilan stond al die tijd als gehypnotiseerd naar hen tweeën te kijken en zijn gezicht werd ontdaan van iedere stoffelijkheid. Af en toe vroeg hij haar of ze comfortabel zat, of ze dorst had, of ze de melk voelde stromen. Ze nam het kind van de ene borst, verplaatste hem naar de andere, legde hem aan en droogde haar vrije tepel met een doekje, en Ilan staarde naar haar borst, die haar nu kolossaal leek, maanachtig en doorweven met blauwige aders. In zijn blik stond een soort nieuwe vrees te lezen, en ineens zag hij er in haar ogen weer uit als een tiener. 'Wil je geen foto van hem nemen?' vroeg ze hem.

Hij knipperde met zijn ogen alsof hij ontwaakte uit een droom. 'Nee, ik heb nu geen zin in fotograferen. Er is hier geen goed licht.'

'Waar dacht je aan?' vroeg ze.

'Nee, niets, aan niemand.'

Ze zag als het ware hoe een donkere spin zijn gezicht bekroop en bleef zitten.

'Misschien kun je straks foto's nemen,' zei ze zwakjes.

'Ja, natuurlijk, later.'

Ook later nam hij nauwelijks of geen foto's. Af en toe kwam hij binnen met de camera, nam de dop van de lens, richtte de camera, stelde scherp, maar op een of andere manier stond de belichting hem niet aan of was de hoek niet goed. 'Misschien straks, als Adam wat levendiger is?'

Avram kucht zachtjes, alsof hij haar herinnert aan zijn bestaan, dat ze is vergeten toen ze in haar gedachten verzonk. Ze lacht hem verbaasd toe en zegt: 'Ik ben meegesleept door mijn eigen verhaal. Ik moest ineens denken aan allerlei... Wil je verder lopen?'

'Nee, het is oké hier,' zegt hij, en hij leunt op zijn ellebogen, hoewel zijn hele lichaam borrelt en weg wil.

Ze blijven zitten en kijken naar het weelderige dal aan hun voeten. Achter Avram, in zijn schaduw, is het stilletjes een drukte van belang. In een droge steel van een ferula krioelen mieren, die knagen aan het hout en de gestolde kruimels honing die de bijen hier vorig jaar hebben gemaakt. Een kleine scepter van standelkruid steekt omhoog, paars en vlinderachtig, en van zijn twee teelballen in de grond loopt de een langzaam leeg, terwijl de andere zich vult. Iets verderop, in de schaduw van Avrams rechterschouder, is een kleine dovenetel met witte bloemetjes verdiept in haar ingewikkelde zaken. Ze stuurt geurtekens uit aan de insecten, die voortdurend twijfelen tussen deze en andere dovenetels, en ondertussen laat ze vruchtbare bloemkelken groeien om zichzelf te kunnen bestuiven als de insecten het zouden laten afweten.

'En op een nacht,' vertelt Ora, 'toen Adam ongeveer een maand was, werd hij weer eens hongerig wakker en ging Ilan hem voor me halen, maar toen ik de kleine de borst gaf, bleef hij niet bij ons in de kamer. Dat was raar. Ik riep hem, en hij zei vanuit de woonkamer dat hij zo meteen zou komen. Ik begreep niet wat hij daar deed, in het donker. Ik hoorde geen enkel geluid of beweging. Naar mijn gevoel stond hij daar voor het raam naar buiten te kijken, en ik werd onrustig.'

Voorwerpen en beelden die ze in geen jaren heeft gezien, staan haar ineens voor ogen. Levendig en scherp, duidelijker dan ze zich ze ooit heeft herinnerd. Plotseling beseft ze dat ze misschien niet minder bang is het verhaal te vertellen dan hij bang is het te horen.

'Toen Adam genoeg gedronken had, bracht ik hem terug naar zijn bed, en toen zag ik Ilan midden in de woonkamer staan. Hij stond er gewoon, alsof hij was vergeten waar hij van plan was naartoe te gaan. Ik zag hem op de rug, en ik wist meteen dat er iets mis was.

Zijn gezicht zag er vreselijk uit. Hij keek me aan alsof hij bang voor me was, of me wilde slaan. Of allebei. Hij zei dat hij niet meer kon, dat hij het niet langer uithield. Dat jij –'

Ze slikt. 'Zeg, weet je zeker dat je het wilt horen?'

Avram bromt iets, gaat voorover zitten en legt zijn hoofd op zijn armen. Ze wacht. Zijn rug gaat op en neer met zijn ademhaling. Hij staat niet op en loopt niet weg.

'Ilan zei dat hij de hele tijd aan jou dacht en er kapot aan ging. Dat hij zich een moordenaar voelde – "een Achab, ik heb gemoord en me de wijngaard toegeëigend," zei hij –, dat hij niet naar Adam kon kijken zonder jou te zien en zonder te denken aan jou in het steunpunt, of in krijgs-gevangenschap, of in het ziekenhuis.'

Ze ziet Avrams nek verkrampen.

Ze vroeg aan Ilan: 'Wat wil je dat we doen?' Ilan gaf geen antwoord. Het huis was verwarmd, toch had ze het koud. Ze stond op blote voeten in haar ochtendjas en rilde, uit haar borsten lekte melk. Weer vroeg ze wat hij wilde voorstellen, en Ilan zei dat hij het niet wist, maar dat hij zo niet door kon gaan. Dat hij bang begon te worden voor zichzelf.

'Daarstraks, toen ik hem ging halen voor je –' zei hij, en hij kapte zijn zin af.

'Het is onze schuld niet,' mompelde ze de mantra van die jaren, 'wij hebben niet gewild dat het zou gebeuren, wij hebben er niet om ge-vraagd. Het is gewoon gebeurd, Ilan, het is stomweg iets afschuwelijks wat ons is overkomen.'

'Ik weet het.'

'En als hij daar niet was geweest, in het steunpunt, dan was jij daar ge-weest.'

Hij grinnikte. 'Dat is nu net het punt, niet?'

'Het was jij of hij, een andere mogelijkheid was er niet,' zei ze, en ze liep naar hem toe om haar armen om hem heen te slaan.

'Genoeg, Ora.' Hij hief een arm op om haar op afstand te houden. 'We hebben het gehoord, gezegd en besproken, het is mijn schuld niet en het is jouw schuld niet, laat staan die van Avram. We wilden niet dat het zo zou lopen, maar het is toch gebeurd, en als ik niet zo'n lapzwans was, dan zou ik me op dit moment van kant maken.'

Ze zweeg. Elk woord dat hij had gezegd, had ze al ontelbare keren in haar hoofd uitgesproken horen worden, met zijn stem en met de hare. Ze kreeg het niet voor elkaar tegen hem te zeggen: praat geen onzin.

Nu ze het aan Avram vertelt, heeft ze het koud, in de steeds warmere zon, en haar stem trilt een beetje van de spanning. Ze kan zijn gezicht niet zien. Het is verstopt tussen zijn armen, die hij om zijn knieën heeft geslagen. Ze heeft het gevoel dat hij naar haar luistert vanuit een schuil-plaats, diep weggestopt in zijn vlees, als een dier vanuit zijn hol.

'En het feit dat we hier wonen,' zei Ilan.

'Het is maar tijdelijk, tot hij terugkomt,' mompelde ze, 'we passen al-leen op het huis voor hem.'

'Ik zeg dat de hele tijd tegen hem als ik bij hem ben,' fluisterde Ilan, 'en ik weet niet of hij eigenlijk wel door heeft dat we hier intussen echt wonen.'

'Maar zodra hij terugkomt, gaan we hier weg.'

Ilan trok zijn lippen op tot een grijns. 'En nu groeit ons kind hier op.'

Als Ilan niet onmiddellijk op haar toe zou stappen en zijn armen om haar heen zou slaan, dacht Ora, zou haar lichaam ter aarde storten en in kleine stukken breken.

'En ik zie geen enkele uitweg,' zei Ilan, 'geen enkele kans dat er ooit iets op zijn pootjes terecht komt met ons,' – nu verhief hij zijn stem, begon echt te schreeuwen – 'denk je in, we blijven hier wonen, we krijgen nog een kind en misschien nog een, we hadden het er vroeger over vier, inclusief eentje die we zouden adopteren, weet je nog? Om iets terug te doen voor de mensheid, was dat niet wat we zeiden? En elke keer dat we elkaar in de ogen kijken, zullen we hém zien, en al die tijd, heel ons leven en heel zijn leven, twintig, dertig, vijftig jaar lang, zal hij daar in zijn eentje in zijn duisternis blijven zitten, snap je?' Ilan greep met beide handen zijn hoofd vast en joeg met zijn stampvoetende stemgeluid Ora de stuipen op het lijf. 'Hier een kind dat zal opgroeien, een hele wereld,' brulde Ilan, 'en daar een levende dode, en dat kind had het zijne kunnen zijn, jij had ook de zijne kunnen zijn, als alleen maar –'

'En misschien was jij dan nu ergens een levende dode geweest,' zei ze.

'Weet je wat?'

Ze wist het.

'Valt het je zwaar?' vraagt Ora met verstikte stem aan Avram.

'Ik luister,' brengt hij uit, 'ik luister.' Zijn kaken verdelen de woorden in samengeknepen lettergrepen.

'Want als het te moeilijk voor je is –'

'Ora,' zegt hij en hij richt zijn hoofd op. Zijn gezicht lijkt met harde hand te zijn platgedrukt. 'Het is eindelijk van buitenaf iets horen wat ik jarenlang alleen maar binnen in mijn hoofd heb gehoord.'

Ze wil zijn hand aanraken, iets absorberen van dat waarvan hij overloopt. Ze durft het niet. 'Weet je,' zegt ze, 'het is raar, maar voor mij is het net zo.'

Ze kon niet meer. Ze plofte neer op de bank. Ilan kwam tegenover haar staan en zei dat hij weg moest.

'Waarheen?'

'Ik weet het niet, ik kan hier niet blijven.'

'Nu?'

Hij was ineens vreselijk lang, zo vertelt ze nu aan Avram. Hij leek zich verder en verder naar boven uit te strekken, alsof zijn haren en zijn hele lijf recht overeind gingen staan, en zijn ogen glansden. Ze zei: 'Wat, ga je weg en laat je me hier alleen met hem achter?' En hij zei: 'Ik ben hier niet goed, ik vergiftig de atmosfeer, ik haat mezelf hier. Zelfs jou haat ik. Als ik je zo zie, in al je weelderigheid, kan ik je gewoon niet uitstaan.

En ik kan niet van Adam houden,' voegde hij er later aan toe, 'het lukt me niet van hem te houden. Er staat een glazen wand tussen hem en mij. Ik kan hem niet voelen, ik kan hem niet ruiken. Laat me gaan.'

Ze zweeg.

'Misschien, als ik een beetje in alle rust kan nadenken, een paar dagen, misschien kan ik dan terugkomen. Nu moet ik alleen zijn, Ora, geef me één week voor mezelf.'

'En hoe moet ik het volgens jou hier redden?'

'Ik zal je helpen, je hoeft je nergens zorgen over te maken. Ik bel je iedere dag, ik zorg ervoor dat je hulp krijgt, een kindermeisje, een babysitter, je kunt helemaal vrij zijn, je kunt weer gaan studeren, werk zoeken, alles doen wat je wilt. Laat me nu alleen gaan, het is niet goed dat ik hier ook maar tien minuten langer blijf.'

'Maar wanneer heb je dit allemaal bedacht?' mompelde Ora als verdoofd. 'We waren de hele tijd samen.'

Ilan sprak snel, organiseerde voor haar in een oogwenk haar stralende toekomst. 'Ik zag echt,' vertelt ze aan Avram, 'hoe binnen een tel bij hem dat mechaniek van hem in werking kwam, ken je dat? De tandwieltjes-in-de-ogen?' Ze keek naar Ilan en dacht dat hij, hoe intelligent hij ook was, helemaal niets begreep en dat ze zich vreselijk in hem had vergist, en ze probeerde zich voor te stellen wat haar ouders zouden zeggen en hoe hun wereld zou instorten.

'En ik moest eraan terugdenken,' zegt ze tegen Avram, 'hoe ze me altijd hadden gewaarschuwd voor jou en hém altijd hadden bewonderd, vooral mijn moeder, die volgens mij in al die jaren nooit heeft begrepen wat een jongen als hij in mij zag.'

Avram glimlacht in de schuilplaats van zijn armen. Een *Hochstapler*, zo noemde haar moeder hem, en Ora vertaalde dat voor hem als 'iemand die een gat in de hand heeft, maar zichzelf voor een Rothschild houdt'.

'En ik lag daar op de bank en probeerde te bedenken hoe ik het nu in mijn eentje moest redden met Adam. Moet je nagaan, ik was nog nauwelijks in staat me te bewegen, het huis uit te gaan, mijn ogen open te houden. Ik dacht dat het gewoon niet waar kon zijn dat dit gebeurde, dat het slechts een nachtmerrie was waaruit ik ieder moment wakker kon worden. En al die tijd had ik ook het gevoel dat ik hem eigenlijk heel goed begreep, Ilan, en dat ik het maar al te graag ook zou kunnen, wegvluchten van mezelf, van Adam, van jou en van alles, van de hele ingewikkelde brij. En ik dacht: arme, arme Adam, die daar rustig ligt te slapen en niet weet dat het leven voor hem is verpest.

Ik lag daar,' zegt Ora, 'in een ochtendjas die was opengevallen, verder niets, en niets kon me nog schelen. Ik hoorde Ilan snel door de slaapkamer gaan. Je weet hoe hij is als hij een praktisch doel heeft,' – ze glimlachen naar elkaar, een schittering in een oog, een ragfijn draadje wordt getrokken – 'ik hoorde kastjes, deurtjes, laden opengaan. Hij was aan het pakken, en ik lag daar maar en dacht hoe we ons hele leven lang meer en meer zouden blijven betalen voor dat ene moment, voor die stomme samenloop van omstandigheden en toeval, voor niets.'

Avram en zij wenden meteen hun blik af.

'Pak een hoed,' riepen Ilan en Avram haar vrolijk toe door de militaire telefoon vanuit de basis in de Sinaï, 'en stop er twee briefjes in, maar wel identieke. Nee, nee,' lachten ze allebei, 'je hoeft niet te weten wat je verloot.' Die lach galmt nog altijd na in haar oren. Sindsdien hebben ze niet meer zo gelachen. Tweeëntwintig waren ze, in de laatste maand van het jaar waarvoor ze hadden bijgetekend, en zij was al eerstejaarsstudente in Jeruzalem – ze studeerde toen nog maatschappelijk werk. Er was een nieuwe wereld voor haar opengegaan en ze vond zichzelf een ongelooflijke bofkont omdat ze op zo jonge leeftijd haar bestemming al had gevonden. 'Nee, nee,' zei Ilan weer door de telefoon, 'het is beter als je niet weet wat je verloot, dan ben je objectiever.' Maar toen ze aandrong, lieten ze zich allebei vermurwen: 'Oké, je mag raden, maar in stilte, en snel een beetje, Ora, er wordt op ons gewacht, er staat een commandcar buiten (en toen snapte ze het: een commandcar? Een van hen beiden komt naar huis? Wie? Ze rende weg, kwam in een oogwenk terug met een pet, haar oude militaire pet, vond ook een vel papier en scheurde het doormidden, in twee gelijke helften. Innerlijk woedde er een storm: wie van hun beiden wilde ze naar huis zien komen?). 'Twee identieke briefjes,' herhaalde Ilan ongeduldig, 'één met mijn naam en één met de naam van de bolle.' – 'Ah!' riep Avram uit achter Ilans schouder. 'Schrijf ILAN op het ene en JAHWEH op het andere, of wacht even, bij nader inzien, schrijf maar gewoon ZEBAOTH.' – 'Oké,' onderbrak Ilan hem, 'hou op met dat geklets. En haal er nu eentje uit, Ora, heb je er een uit gehaald? Wat is het geworden? Weet je het zeker?'

Ora weegt een kleine, hoekige steen in haar hand en poetst er langzaam en grondig het zand af. Avram zit voorovergebogen tegenover haar en knijpt zo hard in zijn handen dat zijn knokkels wit wegtrekken.

'Doorgaan?'

'Wat? Ja, goed.'

'Daarna kwam hij voor me staan. Ik kon niet eens overeind komen, overmand door zo'n slapte... Ik voelde me een wrak. Ik had niet eens de kracht om mezelf te bedekken. Hij keek niet naar me. Ik had het gevoel dat hij van me walgde. Ik walgde ook van mezelf.' Ze spreekt met een iele, geslonken stem, alsof ze wordt gedwongen van alles verslag uit te brengen, tot het laatste detail. 'En hij zei dat hij die nacht buiten wat zou rondlopen, naar een of ander café zou gaan dat 's nachts open was, op de Heleni hamalkastraat had je toen zo'n café, en dat hij de volgende morgen zou bellen. Ik vroeg of hij niet van plan was Adam gedag te zeggen. "Beter van niet," zei hij. Ik vond dat ik moest opstaan en vechten, zo niet voor mezelf dan voor Adam, want als ik nu niet iets deed, zou er nooit meer iets veranderd kunnen worden, want bij Ilan breiden zulke beslissingen zich bliksemsnel uit, je kent hem,' grinnikt ze, 'binnen een paar seconden zit je met een nieuwe werkelijkheid, een prachtige nederzetting met rode pannendaken en stoepen van Ackerstein-tegels, die niet meer weg te krijgen is.

En moet je zien hoe ik ernaast zat,' mompelt ze verbaasd, en heel even krijgt ze een beeld op haar netvlies van Ilan en Adam, die met gecoördineerde bewegingen in een houten bootje roeien door een groene rivier, midden in een jungle. 'Moet je zien hoe uiteindelijk alles anders is gelopen dan ik dacht. Net andersom.'

'De volgende morgen belde hij. Hij had een kamer genomen in een of ander hotel en zei dat hij van plan was een appartementje te huren. "Niet ver van jullie vandaan," zei hij tegen me. Snap je? "Van jullie"! Al na een paar uur was hij niet langer een van ons. Zelfs niet een van mij.

Hij huurde een eenkamerappartement in Talpiot, zo ver mogelijk van ons vandaan, helemaal aan de andere kant van de stad. Hij belde twee keer per dag, 's morgens en 's avonds. Fatsoenlijk, verantwoordelijk, je kent hem. Killing me softly. En dan huilde ik in de telefoon en zei dat hij terug moest komen, stommeling die ik was, ik heb me echt voor hem vernederd en me natuurlijk nog gehater bij hem gemaakt met dat gejank, maar met geen mogelijkheid kon ik de kracht opbrengen om me kranig voor te doen. Ik was een dweil, zowel lichamelijk als geestelijk. Ik weet niet eens waar ik de melk vandaan had om Adam te voeden en hoe het me lukte voor hem te zorgen. Mijn moeder kwam meteen over om me bij te staan, een en al goede bedoelingen, maar na een dag of twee snapte ik wat er gebeurde, wat ze met me aan het doen was en hoe ze Adam vanaf het eerste ogenblik begon te vergelijken met andere baby's, vanzelfsprekend altijd in zijn nadeel. Dus vroeg ik mijn vader haar te komen halen. Ik zei niet eens waarom, en het ergste was dat hij het meteen begreep.

En dan waren er de vriendinnen, die meteen voor me klaarstonden, hulp boden, kookten en schoonmaakten, en dat allemaal natuurlijk tactvol en kies, maar ineens had ik weer net als op mijn veertiende zo'n cluster om me heen van meisjes die allemaal precies wisten wat het beste voor me was en wat ik echt nodig had, en die me er eigenlijk aan herinnerden hoezeer ik altijd, mijn hele leven lang, behalve met Ada, veel beter heb kunnen opschieten met jongens.

Vooral hun gif jegens Ilan kon ik niet hebben, want ik moet je zeggen dat ik hem ondanks alles begreep, en bovendien wist ik dat alleen ik precies kon begrijpen wat hier aan de hand was. Dat op de hele wereld alleen hij en ik het konden begrijpen, en misschien jij ook, als je toen tenminste ergens notie van had.'

Avram knikt in zichzelf.

'Oef.' Ze rekt zich uit en masseert haar stijve nek. 'Het is niet makkelijk, dit allemaal.'

'Nee,' zegt hij, en onwillekeurig masseert ook hij zijn nek.

Ze controleert of ze Ofer zo lang in de steek kan laten. Een innerlijke straal wordt uitgezonden, tast af en onderzoekt behoedzaam: baarmoeder, hart, tepels, het gevoelige punt boven de navel, het kuiltje in de hals, bovenlip, linkeroog, rechteroog – voorzichtig krijgt het gevoel van Ofer vorm in haar, als in een tekenpuzzel voor kleine kinderen, waarin een lijn van het ene naar het volgende genummerde punt getrokken wordt – en naar haar idee is het juist in orde en wordt Ofer op een of andere vage manier zelfs een beetje gesterkt als ze zo praat, als Avram naar haar luistert.

'Ik had Adam het grootste deel van de dag en nacht tegen me aan,' vertelt ze als ze zich opmaken om verder te lopen over het smalle pad op de berghelling. 'Vanaf het moment dat Ilan vertrok, weigerde hij simpelweg alleen te blijven en klampte zich aan me vast als een aapje, overdag en 's nachts, en ik kon het niet opbrengen ertegenin te gaan, dus ik legde hem te slapen in ons bed, dat wil zeggen, mijn bed. Of liever gezegd ons bed – van mij en van Adam.

Bijna twee jaar heb ik met hem samen in één bed geslapen, tegen alle opvoedingsregels in, ik weet het, maar ik zeg je: ik kreeg het niet voor elkaar het gevecht met hem aan te gaan als hij krijste, en als ik hem de borst had gegeven, had ik niet altijd de kracht hem terug te leggen in zijn eigen bed. En eerlijk gezegd vond ik het best prettig dat hij na het voeden met mij in slaap viel, dat we samen wegsmolten, dat er nog een levend, warm lijf in bed lag.'

Ze glimlacht en zegt: 'Alsof we na een korte scheiding weer in onze juiste, natuurlijke toestand terecht waren gekomen, één lichaam, één organisme dat min of meer in al zijn eigen behoeften voorzag en van niemand gunsten nodig had.'

Mijn moeder en ik waren ook een beetje zo, denkt Avram. In het begin, de eerste jaren nadat hij bij ons was weggegaan.

Jij en je moeder waren misschien ook zo, zegt ze hem met haar ogen. Ik herinnerde me constant wat je me daarover hebt verteld. Ik heb toen veel aan jullie gedacht.

'Ilan bleef elke dag opbellen, nauwgezet als een klok, en ik praatte dan met hem, of liever gezegd, luisterde vooral naar hem. Soms – ik zei het je al, zoals die ene stomme trut van jou, uit dat stuk van Cocteau, maar dan in het Hebreeuws – gaf ik hem zelfs adviezen over van alles en nog wat, hoe je inktvlekken eruit kreeg, of je dit of dat overhemd mocht strijken. Ik herinnerde hem eraan dat hij naar de mondhygiëniste moest, hoorde zijn klaagzangen aan over hoe moeilijk hij het had zonder mij. Als een buitenstaander naar ons had geluisterd, had hij het gehouden voor een gewoon telefoongesprek tussen een vrouwtje en haar man die voor korte tijd op zakenreis was.

En soms liet ik zijn woorden gewoon het ene oor in en het andere uit gaan als hij me vertelde wat hij aan het doen was, hoe het met zijn studie ging, dat de docent strafrecht zijn oog al op hem had laten vallen en dat de student-assistente van de werkgroep contractrecht tegen hem had gezegd dat hij met zijn cijfers stage zou kunnen gaan lopen bij het Hooggerechtshof. En ik hoorde hem aan en dacht erover na hoezeer ik opging in Adams poep, problemen met de luierdienst en mijn gekloofde tepels, terwijl hij daar rondvloog in een diamanten hemel –'

'Maar films maken heeft hij opgegeven,' zegt Avram zachtjes.

'Meteen na de oorlog,' zegt zij.

'Ja?'

'Je weet wel, toen jij bent teruggekomen.'

'Maar hij wilde het zo graag.'

'Juist daarom.'

'Ik was er altijd van overtuigd dat hij later –'

'Nee,' zegt Ora, 'hij heeft het afgekapt, zoals Ilan iets weet af te kappen.' Met haar hand maakt ze het gebaar, en ze voelt hoe ze zelf valt aan de andere kant van het kapmes.

'Door mij?' vraagt Avram. 'Door wat mij is overkomen?'

'Goed, het was niet alleen dat,' zegt ze, 'er waren meer dingen,' en ze blijft staan en kijkt hem vertwijfeld aan. 'Zeg, Avram, hoe krijgen we alles gezegd?'

De berg rijst boven hen uit in een vloedgolf van bos, en Avram ziet haar bruine ogen groen kleuren, ziet hoe die ogen schitteren, nog altijd schitteren.

'En vergeet niet,' gaat ze even later verder, 'dat hij in de eerste maanden na de geboorte van Adam ook in zijn eentje voor jou zorgde. Hij ging elke dag naar je toe, naar het Tel Hasjomeer-ziekenhuis en naar alle revalidatiecentra waar ze je naartoe stuurden. Elke dag bracht hij me gedetailleerd verslag uit en iedere avond hielden we lange telefonische vergaderingen over je behandelingen, je medicijnen, hun bijverschijnselen en ook over die ondervragingen, vergeet dat niet.'

'Aha,' brengt Avram uit en hij staart in de verte.

'En jij, je hebt hem geen enkele keer naar mij gevraagd. Hoe het met me was. Waar ik ineens was gebleven.'

Hij haalt diep adem, recht zijn rug, verbreedt zijn pas. Ze moet haar best doen om hem bij te houden.

'Je wist niet eens dat ik van Adam was bevallen. Of in elk geval dacht ik dat toen.'

'Zeg –'

'Wat?'

'Informeerde hij naar Adam?'

'Naar Adam?' Er ontsnapt haar een iel lachje.

'Ik vroeg het alleen maar.'

'Goed,' zegt ze, en ze rekt zich uit en maakt zich op om een oude krenking te masseren. 'In het begin vroeg hij inderdaad naar Adam. Of liever gezegd, hij lette erop dat hij naar hem vroeg. Daarna werd het wat minder en zag ik dat hij zelfs moeite had hem bij zijn naam te noemen. En toen begon hij het op een dag te hebben over "het kind". Hoe het kind 's nachts sliep en hoe het met zijn spijsvertering was en dat soort dingen, en op dat punt ontplofte ik. Zelfs een voetveeg als ik heeft blijkbaar haar grenzen.

Ik denk dat ik toen, die eerste keren dat hij hem "het kind" noemde, weer tot mezelf begon te komen. Ik zei tegen hem dat hij me niet meer moest bellen. Dat hij uit mijn leven moest verdwijnen. Eindelijk lukte het me hem te zeggen wat ik maanden eerder al had moeten zeggen. Stom maar waar, ik was niet goed bij mijn hoofd. Misschien drie maanden lang heb ik die verwrongen regeling voor lief genomen, kun je nagaan. Als ik er nu nog aan terugdenk –'

Ze vinden schaduw in een panoramische uitkijkpost die zicht biedt op het Choela-dal. Alle spieren van hun lichaam doen nu pijn, en niet alleen van het lopen. Avram stort neer, hij heeft niet eens de kracht meer om zijn rugzak af te doen. Ora heeft het idee dat er telkens als hij tot stilstand komt en zich niet meer beweegt onmiddellijk een soort zware, ondoordringbare, rotsachtige massiviteit in hem gegoten wordt. Heimelijk, met de ogen van een klein meisje die ze nog altijd heeft, volgt ze hem. Ze ziet dat hij ervoor waakt met volledig open ogen om zich heen te kijken, naar het weidse dal aan de voet van de berg, naar de berg zelf waarop ze lopen, naar de uitgestrekte hemel. Ze herinnert zich dat Ilan eens over hem heeft gezegd: 'Hij heeft zichzelf gewoon uitgedoofd en zit nu in zijn schulp in het donker.' Ook hier, onderweg, in de zon en de open lucht, kleurt zijn lichte huid weliswaar gemakkelijk rood, maar lijkt zijn lichaam ondoordringbaar voor licht.

Of voor schoonheid, denkt ze. Of voor Ofer.

Met snelle bewegingen poetst ze haar brillenglazen, blaast er telkens weer haar adem op uit. Wrijft ze schoon. Kalmeert zichzelf.

'Maar ik had nauwelijks de hoorn erop gesmeten of hij belde weer: dat ik hem mijn leven uit gooide, daar had hij alle begrip voor. Dat had hij volkomen verdiend. Maar ik kon hem niet ontheffen van onze gezamenlijke verantwoordelijkheid voor ons andere kind.'

'Wat? Ah.'

'Ja, inderdaad.'

Dus zo beschouwden ze mij, peinst Avram, en hij denkt dat hij haar nu heel vlug, binnen een of twee tellen, zal vragen op te houden met haar verhaal. Hij heeft voor dit alles geen ruimte meer in zijn binnenste.

'En toen hadden we nog een gesprek,' zegt ze, 'een van de meest surrealistische die we ooit hebben gevoerd. We probeerden af te spreken hoe we de zorg voor jou zouden voortzetten en hoe we voor jou verborgen zouden houden wat ons was overkomen, want het was duidelijk dat het laatste waar jij op zat te wachten zo'n crisis bij ons was, een crisis tussen de ouders, zogezegd.' Ze lacht flauwtjes, en om een of andere reden denkt Avram eraan terug hoe hij, toen hij een jaar of dertien was, jaren nadat zijn vader op een dag zijn biezen had gepakt en was verdwenen, zichzelf aanpraatte dat zijn echte, heimelijke vader de dichter Alexander Penn was en hoe hij gedurende een aantal weken elke avond voor hij in slaap viel op fluistertoon Penns gedicht 'Zwerfkind' las.

'We praatten met elkaar als twee wildvreemde mensen, Ilan en ik,' zegt ze. 'Nee, als de advocaten van twee wildvreemde mensen. Met een zakelijkheid waarvan ik nooit had gedacht dat ik die in me had, tegenover hem of wie of wat dan ook. We kwamen nauwkeurig overeen, met opengeslagen agenda's, tot wanneer Ilan in zijn eentje voor je zou blijven zorgen en wanneer ik weer diensten zou gaan draaien, en we spraken af dat we tegenover jou zouden blijven doen alsof bij ons alles in orde was, in elk geval tot je weer een beetje de oude was. We wisten dat dat ons niet te veel moeite zou kosten, want je toonde toch al nergens belangstelling voor, je wist nauwelijks wat er om je heen gebeurde – of wilde je bij iedereen die indruk wekken, zodat ze je met rust zouden laten? Hè? Dat ze je zouden opgeven?'

Zijn ogen draaien naar opzij onder de halfgeloken oogleden.

'Uiteindelijk is het je gelukt,' zegt ze droogjes.

En toen, midden in een ademhaling, kreeg ze ineens geen lucht en verstijfde ze even, want plotseling kon ze zich Ofers gezicht niet meer voor de geest halen. Meteen sprong ze overeind en begon te lopen, en Avram stond kreunend op en ging achter haar aan. Zonder iets te zien staarde ze voor zich uit, haar ogen boorden zwarte venstergaten in het daglicht, maar Ofer liet zich niet zien. Terwijl ze doorliep, viel in haar hoofd zijn gezicht uiteen in wervelende flarden van uitdrukkingen, delen van een portret. Soms zwol het angstaanjagend op en barstte het voor haar ogen open, alsof iemand een kolossale vuist achter zijn huid had gestoken en die van binnenuit opensleet. Ze wist meteen dat ze ergens voor werd gestraft, maar waarvoor was haar een raadsel. Misschien omdat ze haar trektocht voortzette en niet onmiddellijk naar huis ging om daar het kwade bericht in ontvangst te nemen. Of omdat ze tot geen enkel compromis bereid was. (Lichte verwondingen? Zware? Een been? Tot net boven de knie? Tot net boven de enkel? Een hand? Een oog? Twee ogen? Het geslachtsorgaan?) Bijna de hele dag hadden onder alle dingen, woorden en handelingen zulke voorstellen in haar geruist, die ergens vandaan naar haar toe waren gezonden: er valt best te leven met één nier, zelfs met één long; denkt u erover na, veeg het niet te snel van tafel, men krijgt niet elke dag zo'n aanbod, u zult nog spijt krijgen dat u het hebt afgewezen, andere gezinnen zijn er wel mee akkoord gegaan en zijn nu gelukkig, relatief gezien. Denk er nog eens over na, overweeg het goed: in geval van fosforbrandwonden, om maar eens iets te noemen, zijn huidtransplantaties mogelijk. Zelfs hersenletsel kan tegenwoordig hersteld worden. En ook als hij een kasplant wordt, is hij nog altijd in leven en kunt u hem zelf verplegen, met alle ervaring die u hebt opgedaan sinds Avram gewond is geraakt. Dus alstublieft, denkt u er nog eens over na: hij zal een leven, gewaarwordingen, gevoelens hebben. Het is niet de slechtste deal in uw situatie. Maar al die dagen en nachten had ze die ruisende radioboodschappen van de hand gewezen en ook nu richtte ze haar hoofd op en liep ertussendoor, maar paste wel op dat Avram haar gezicht niet te zien kreeg, om hem te beschermen tegen de Gorgonen-kop die ze nu had, zo voelde ze. Ze zou geen enkele deal sluiten en ook geen enkel onheilsbericht, om het even wat voor slecht bericht, *van welke soort dan ook*, in ontvangst nemen. Loop door, blijf lopen. Praat, vertel hem over zijn zoon.

'Er begon een nieuw leven voor me,' zegt ze, 'waar ik helemaal geen puf voor had, maar ik had een baby die me er gewoon toe dwong te leven, een baby die het leven was binnengestapt met de vastberadenheid van een... kom, van een baby, ervan overtuigd dat alles voor hem is geschapen, en met name ik. We waren de hele tijd samen, hij en ik, bijna vierentwintig uur per dag. En het eerste jaar zat ik nog zonder kindermeisje en bijna zonder hulp, alleen van een paar vriendinnen die om beurten kwamen, twee keer per week, toen ik weer naar jou begon te gaan, in Tel Aviv, om aan je bed te zitten. Maar de rest van de tijd, dag en nacht, waren hij en ik alleen met elkaar.'

Haar blik zweeft ergens, ver weg. Hem sommige dingen proberen uit te leggen is zinloos: de mompelgesprekken die zij en Adam voerden onder het zogen, voor het slapengaan, half weggedoezeld of midden in de nacht, als de hele wereld lag te slapen en alleen zij elkaar in de ogen keken, elkaar bestudeerden. Zoals ze samen kraaiden van de lach als hij de hik had. Hun blikken, die elkaar vasthielden als de avond viel en in de kamer de schaduwen lengden. De vragende, kalme uitdrukkingen waarmee hij haar aankeek als hij tranen in haar ogen zag, en de getuite, trillende lippen rond vragen die hij nog niet stellen kon.

Avram loopt naast haar in zichzelf te knikken, gekromd als een vraag-teken.

'Het was ook een fantastische periode,' zegt ze, 'ons tijdperk van won-deren, van Adam en mij.'

En ze denkt: de gelukkigste jaren die we hebben gehad.

'Heel langzaam leerde ik hem kennen,' – ze glimlacht en denkt uitge-rekend terug aan zijn woede-uitbarstingen als ze het waagde hem van haar tepel los te maken, tot zijn mond zich sloot om de andere. Zoals hij dan moord en brand schreeuwde, met het harde verwijt in zijn ogen, en het koppetje dat helemaal rood kleurde van verontwaardiging.

'En de ongelooflijke humor,' zegt ze, 'die hij had in zijn blikken, in zijn spelletjes, als hij met me dolde. Ik wist niet dat baby's humor hadden, niemand had me dat verteld.'

Avram is nog altijd constant aan het knikken, in zichzelf. Alsof hij belangrijke lesstof aan het repeteren is. We zijn nu gewoon samen aan het oefenen, Avram en ik, denkt Ora verbaasd, aan het oefenen op Adam voordat we aan Ofer beginnen. We zijn woordenschat, grenzen en uithoudingsvermogen aan het testen.

'En bij mij,' vertelt ze verder, 'was het innerlijk de hele tijd een complete chaos. Alsof alle stelsels in het ongerede waren geraakt, lichamelijk en geestelijk. Ik was toen ook erg ziek, met eindeloze ontstekingen en bloedingen, de hele tijd verschrikkelijk slap, maar ook met een krankzinnig gevoel van kracht, een hele hoop kracht, vraag me niet waar die vandaan kwam. En huilbuien en aanvallen van vreugde, wanhoop en dan weer euforie, en dat allemaal binnen drie minuten. Zo van: hoe hou ik het in godsnaam nog één uur met hem uit, nu hij veertig graden koorts heeft en in mijn oor ligt te krijsen, en het is twee uur 's nachts en de dokter neemt de telefoon niet op – en aan de andere kant: ik kan alles! Hem tussen mijn tanden nemen en zo van het ene naar het andere eind van de wereld dragen. Ontzagwekkend als een vaandelvrouw.'

En kijk, heel even licht Avram op en glimlacht hij in zichzelf. Hij lijkt zelfs de woorden met zijn lippen te proeven, zonder ze uit te spreken: 'ontzagwekkend als een vaandelvrouw'. Haar schouders ontspannen zich ineens, gaan voor hem open als een galle die doormidden wordt gesneden: soms noemde hij haar zo, als de bruid in het Hooglied, maar ook 'moutwijn' noemde hij haar, of zelfs 'boerenpelsjas'. Het had geen enkele betekenis, behalve de verrukking waarmee hij haar in die woorden, in de zoete, exotische klanken hulde, alsof hij een zo dunne sluier om haar schouders sloeg dat alleen hij en zij die zagen. Het was net zoiets als de woorden die hij nu en dan graag, te pas en te onpas, in de mond nam, buksbomen en jaspisstenen, blokland en profetenbroodjes, bloemenranken en astrolabia. 'Van Avram,' zeiden Ora en Ilan tegen elkaar als in de jaren na Avram ergens in een gesprek, op de radio of in een boek een woord opdook dat gewoon voor hem was geschapen, dat bij voorbaat het stempel van zijn mond droeg.

'En op zekere dag belt hij,' zegt Ora, 'en geeft me een adreswijziging en een nieuw telefoonnummer door, alsof ik een secretaresse ben op het bureau van de nationale reserve. De woning in Talpiot is hem te koud, zegt hij, en daarom huurt hij een ander appartement, op de Herzlboule-vard in de wijk Bet Hakerem. "Gefeliciteerd," zeg ik en ik streep zijn oude nummer door op het briefje op de koelkast.

En twee maanden daarna geeft hij me midden in een gewoon gesprek over jou en je toestand weer een nieuw nummer door. "Wat is er? Heb je een andere telefoon?"

Nee, ze zijn alleen al een maand bij hem in de straat aan het werk, de weg wordt dag en nacht opengebroken en dichtgegooid, met een vrese-lijk kabaal, "en je weet hoe gek ik word van lawaai".

"En waar woont je nieuwe nummer dan?"

"In mosjav Even Sapir, niet ver van het Hadassa-ziekenhuis. Ik heb er een leuk appartementje gevonden aan een soort binnenplaats."

"En is het daar stil?" informeer ik.

"Als het graf," verzekert hij me, en ik verbeter het briefje op de koelkast.

En weer een paar weken later, weer een telefoontje. De zoon van zijn huiseigenaar heeft een drumstel gekocht. Hij richt de hoorn op het raam om mij te laten meegenieten. Inderdaad enorme trommels. Op zijn minst *toms*. Een mens kan zo niet leven, ben ik met hem eens, en ik loop met de pen naar de koelkast.

"Ik ben al met een huurbaas rond over iets kleins in Bar Giora," bromt hij.

Bar Giora? Dat is niet ver, denk ik, het ligt pal aan de andere kant van de wadi, en als ik mijn buik ineen voel krimpen, weet ik niet of het van de opwinding is of van de angst voor zijn plotselinge nabijheid. Maar er gaan één, twee weken voorbij en ik zie dat er niets verandert in onze verhouding. Hij is daar, wij zijn hier, en wij worden meer en meer "wij".

En weer een tijd later, weer een telefoontje. "Moet je horen, ik heb het een beetje aan de stok met de huiseigenaar, hij heeft twee honden, rott-weilers, echte killers. Ik ga nog een keer verhuizen, en ik dacht dat je zou willen weten: het is nogal dicht in de buurt bij je." En grinnikend zegt hij: "Het is zo ongeveer in het plaatsje zelf, in Tsoer Hadassa bedoel ik, als dat je niet stoort."

"Hoor eens, Ilan," zeg ik, "zijn we 'warm of koud' aan het spelen?"'

Ilan lachte. Ora kende Ilan en het scala van zijn lachjes, en dit lachje van hem had iets zwaks en armzaligs. Opnieuw voelde ze hoe sterk ze was. 'Eerlijk,' zegt ze tegen Avram, 'ik wist tot dan toe niet eens wat voor leeuwin ik was met vier poten op de grond. Maar ik was ook een dweil, zoals gezegd, een beschikbare voetveeg, en ik miste hem ook bijna de hele tijd en werd door alles aan hem herinnerd,' – hoe ik van het voeden van Adam geil op hem werd, op Ilan, schiet haar te binnen en ze lacht in zichzelf, en hoe ik 's nachts wakker werd van Ilans geur, die ik bij Adam rook – 'en ik had constant het gevoel dat hij echt twee meter van me vandaan was.'

En als ze dat zegt, hoort ze in haar hoofd ineens de melodie waarop Ilan haar door de telefoon aansprak in alle jaren dat ze samen waren, een soort strenge, scherpe toon, die haar wakker schudde: 'Ora!' Als hij haar zo bij haar naam noemde, dook soms in haar een vaag schuldgevoel op – als van een soldaat die tijdens zijn wacht in slaap is gevallen en die van zijn commandant op zijn donder krijgt – maar bijna altijd had de manier waarop hij haar aansprak ook iets gewaagds, provocerends, prikkelends, iets wat uitnodigde tot een avontuur: 'Ora!' Ze glimlacht in zichzelf. 'Ora!' Alsof hij een besliste, onomstotelijke vaststelling deed, die ze zelf weleens in twijfel trok.

'Dus ik doe me voor als de sterke vrouw en vraag luchthartig: "Wat is dit, Ilan? Ben je monopoly'tje aan het spelen, in allerlei straten huizen aan het huren en verkopen? Of heeft mijn geleerde vriend soms een beetje heimwee?" Waarop hij zonder te verblikken of verblozen ja zegt, en dat hij geen leven heeft sinds hij het huis uit is gegaan, dat hij gek wordt. En dan hoor ik mezelf zeggen: "Kom dan terug," maar ogenblikkelijk denk ik: nee! Ik hoef en ik wil hem hier niet, geen enkele vent moet me hier tussen de benen – ik bedoel, voor de voeten lopen.

Daar ben je,' zegt ze met een opgeluchte glimlach als Avram even zijn zware oogleden optilt en er een oude, stoute vonk in zijn blik schittert.

'Soms,' zei Ilan toen tegen haar, 'rij ik 's nachts naar je toe. Het is een soort kracht... Ineens grijpt het me vast en gooit me het bed uit, maakt me wakker, om één uur, twee uur. Ik sta op als een zombie, stap op de motor en rij naar je toe, wetend dat ik zo meteen bij je ben, in je bed, en je dan smeek dat je me vergeeft, dat je mijn gestoorde gedrag vergeet, uit je geheugen wist. En dan, als ik twintig meter van het huis vandaan ben, begint de tegenkracht te werken, altijd op hetzelfde punt, alsof daar de polen van de magneet worden gewisseld. Ik voel het echt fysiek, iets stoot me terug en zegt tegen me: ga uit de buurt, wegwezen, jij, het is niet goed dat je hier bent –'

'Gaat het echt zo?' vroeg ze.

'Ik word gek, Ora, ik heb een kind en ik ben niet in staat het te zien? Ben ik wel goed bij mijn hoofd? Bovendien heb ik jou en weet ik voor duizend procent zeker dat jij de enige op de wereld bent met wie ik kan en wil leven, die mij kan verdragen, en wat doe ik? Wat? Ik dacht dat ik misschien gewoon weg zou moeten vluchten, het land uit, misschien naar Engeland, om daar te studeren, van lucht te veranderen, maar ook dat kan ik niet! Vanwege Avram kan ik hier niet weg! Ik weet niet wat ik moet doen, zeg jij me wat ik doen moet.'

'En toen,' zegt Ora tegen Avram, 'toen hij dat tegen me zei, kwam voor het eerst in me op dat jij inderdaad de reden was waarom hij van ons was weggevlucht, maar misschien ook het excuus.'

'Excuus waarvoor?'

'Waarvoor?' Er ontsnapt haar een iel, onaangenaam lachje. 'Bijvoorbeeld voor zijn angst om met ons samen te leven, met mij en Adam. Of om te leven zonder meer.'

'Ik begrijp het niet.'

'Ggg...' brengt ze uit en ze schudt hard haar hoofd een paar keer heen en weer, 'jullie, jullie allebei ook.'

'Hij huurde een huis bij de speeltuin, je weet wel, die door de ouders is aangelegd, hemelsbreed honderd meter van ons huis vandaan,' vertelt Ora, 'en misschien wel drie weken belde hij niet op. Ik werd er weer doodzenuwachtig van en dat sloeg natuurlijk ook meteen over op Adam. Ik ging vaak urenlang met hem in het wagentje wandelen door Tsoer Hadassa en in de omgeving – alleen zo kalmeerde hij een beetje – en waar ik ook op aan stuurde, op het laatst kwam ik altijd uit bij het huis van Ilan.'

Avram loopt naast haar met gebogen hoofd, zonder naar haar of naar het landschap te kijken, en hij ziet de jonge, rusteloze, alleenstaande vrouw rondlopen met de wandelwagen. Hij voert haar mee over de paden van het plaatsje waar hij zijn jeugd heeft doorgebracht, door de cirkelvormige straat en de zijstraat die zich ervan afsplitst, langs huizen en erven die hij kent.

'Eén keer zijn we elkaar tegengekomen. Hij kwam juist zijn huis uit en we liepen elkaar tegen het lijf bij het hek. We zeiden elkaar behoedzaam gedag en stonden allebei met de mond vol tanden. Hij keek naar me alsof hij op de stoep met me naar bed zou willen gaan, die honger van hem kende ik maar al te goed. Maar ik wilde dat hij ook naar Adam keek. En juist die dag was Adam verkouden en had een snotneus en ontstoken oogjes, maar Ilan wierp een zo snelle blik op hem dat hij volgens mij nauwelijks iets zag.

Maar zoals gewoonlijk vergiste ik me. Hij zei: "Híj is het," en meteen daarna stapte hij op zijn motor, scheurde weg en maakte Adam wakker met het lawaai.

En pas toen hij was verdwenen, kwam het in me op dat hij iets heel anders had bedoeld. Ik schoof Adams muts naar achteren, maakte zijn gezicht helemaal vrij, keek goed en zag voor de eerste keer dat hij op *jou* leek.'

Avram richt zijn hoofd op en kijkt haar verbaasd aan.

'Iets in de ogen,' zegt ze en ze wrijft in de lucht met de top van haar duim langs de top van haar wijs- en middelvinger, 'iets in de algehele gelaatsuitdrukking. Vraag me niet hoe het mogelijk is.' En grinnikend zegt ze: 'Misschien dacht ik een beetje aan jou toen we hem maakten, ik weet het niet, en ik kan trouwens tot op de dag van vandaag bij hem soms een zekere gelijkenis met jou zien.'

'Hoe kan dat nu?' lacht Avram ongemakkelijk, en hij struikelt bijna over zijn eigen voeten.

'Er bestaat zoiets in de natuur – heet het niet inductie?'

'Dat is iets uit de elektriciteitsleer,' zegt hij snel, 'het verschijnsel dat een magneet elektrische stroom kan opwekken.'

'Hé, Avram,' zegt ze zachtmoedig.

'Wat?'

'Zomaar... heb je geen honger?'

'Nee, nog niet.'

'Wil je koffie?'

'Zullen we misschien eerst nog een eindje lopen? Het is een goed pad.'

'Ja,' zegt ze, 'het is echt een goed pad.'

Ze loopt voor hem uit, spreidt haar armen en zuigt de heldere lucht in haar longen.

'En na een week belde Ilan op,' vertelt ze, 'om halftwaalf 's nachts, ik lag al te slapen. Maar hij viel meteen met de deur in huis en vroeg of het wat mij betreft oké was dat hij in de keet op het erf zou komen wonen.'

'In de keet?' verslikt Avram zich.

'In die schuur daar, je weet wel, met alle oude rotzooi, waar je vroeger je studio had.'

'Ja, maar wat –'

'Ik dacht er geen moment over na en zei meteen dat hij kon komen. En ik herinner me dat ik ophing, rechtop in bed ging zitten en vond dat het echt iets voor ons was, dat spelletje dat we al twee jaar aan het spelen waren, dat getrek en geduw dat vat op hem had, en die aantrekkingskracht van Adam.'

'En van jou,' zegt Avram zonder haar aan te kijken.

'Ja? Ik weet het niet...' Nu is er niets anders te horen dan het geluid van hun voetstappen in het zand. Ora proeft in stilte: 'mijn aantrekkingskracht'. Ze grinnikt. Het is fijn eraan herinnerd te worden. Nooit eerder had ze die zo sterk gevoeld als toen Ilan er als een bezetene door werd voortbewogen door de hele stad.

'Goed,' verzucht ze – helemaal naar Bolivia en Chili is hij nu afgereisd, luchtig en licht, zonder bagage, als vrijgezel – 'de volgende ochtend ging ik naar de keet en begon met opruimen. Hele stapels rotzooi en tweeduizend jaar oud vuil heb ik weggegooid. Het was tenslotte de schroothoop van iedereen die ooit in dat huis van jou had gewoond, vanaf het begin van de eeuw ongeveer, en ik vond er ook de dozen met je hoorspelen, de teksten en de banden. Die heb ik bewaard, al jouw spullen heb ik bewaard, ze staan bij mij, als je ze ooit wilt –'

'Je kunt alles weggooien.'

'Nee, nee, ik gooi ze niet weg. Als je wilt, mag je ze zelf weggooien.'

'Maar wat heb je daar dan?'

'Duizenden en duizenden blaadjes met jouw handschrift. Misschien wel tien dozen vol. Niet te geloven,' lacht ze, 'alsof je je hele leven, vanaf het moment dat je geboren bent, alleen maar hebt zitten schrijven.'

Daarna, na een stilte die een hele heuvel en een halve wadi duurt, zegt Avram: 'Dus je was de schuur aan het opruimen –'

'Ik was er een flink aantal uren aan het werk, en ondertussen was Adam naast me aan het rondrennen over het gras, in zijn blootje, zielsgelukkig, misschien voelde hij aan dat er iets gebeurde. Ik had hem niets uitgelegd, want ook mezelf kon ik het niet precies uitleggen.

En toen er al een reusachtige hoop rotzooi voor de keet op het pad lag, bleef ik er even naar staan kijken met een gevoel van tevredenheid, als van een ijverige huisvrouw, maar ineens kreeg ik me toch een steek in mijn hart – hoe heet die ene vrouw in het verhaal van Cocteau ook weer?'

'Ik geloof dat ze geen naam had,' zegt Avram.

'Net goed.'

Avram lacht uit de grond van zijn hart. Iets in haar wordt gekieteld.

'Toen ben ik alles weer naar binnen gaan brengen. Adam moet wel hebben gedacht dat ik gek was geworden. Ik propte er alles in en kreeg de deur nauwelijks dicht met mijn schouder, draaide de boel op slot en had het gevoel dat ik mezelf op het nippertje een geweldige afgang had bespaard.

En een paar dagen later, met Soekot, toen ik met Adam bij mijn ouders was in Haifa, is Ilan gekomen en heeft zelf de hele keet ontruimd, er zijn eigen spullen neergezet en er ook iemand bij gehaald die er een keuken-tje en douche en wc in aanlegde en aansloot op mijn stroom en mijn riolering. Toen ik terugkwam, 's avonds laat, met Adam die in mijn ar-men sliep, zag ik al van ver de stapels afval en grofvuil rond de vuilnisbak. Ik liep over het tuinpad naar huis en zag licht in de keet branden, maar ik bleef recht voor me uit kijken, en wat zal ik je zeggen, Avram?

Er brak een tijd aan... Ik weet niet eens hoe ik je erover moet vertel-len. Een soort kwelling. Ik hier en hij daar. Misschien twintig meter van elkaar vandaan. Het licht gaat aan bij hem, en ik spring meteen naar mijn post, aan het raam, achter het gordijn, misschien kan ik een glimp van hem opvangen. De telefoon rinkelt bij hem, en ik, ik zweer het je, die uitdrukking – ik ben een en al oor.

Soms zag ik hem 's ochtends de deur uit gaan, wegglippen, vlak na zonsopgang, om mij met Adam maar niet tegen te komen, god verhoede. Meestal kwam hij ook verschrikkelijk laat terug en dan holde hij zowat over het pad, heel gehaast, met een studententas onder de arm, alsof hij rende voor zijn leven. En ik wist niet wat hij de hele dag deed, of hij een vriendin had, waar hij na de colleges uithing om maar niet hier te zijn als ik en Adam wakker waren. Ik wist alleen dat hij drie, vier keer in de week bij jou was. Dat was het enige wat zeker was: dat hij jou verzorgde op de dagen dat ik het niet deed.

Je weet het vast niet meer, maar ik probeerde je toen op alle mogelijke manieren over hem aan het praten te krijgen, je wat informatie over hem te ontfutselen. Herinner je je iets dergelijks?'

Avram knikt.

'Herinner je je dat echt?'

'Ga verder. Straks ik...'

'Tegen Adam zei ik dat er nu een man in de keet was komen wonen. Hij vroeg of die man een vriend van ons was, en ik zei dat we dat nog niet konden weten. Hij vroeg of het een goede man was. Ik zei dat het in het algemeen wel een goede man was, al had hij zo zijn eigen manieren om dat te laten merken. Adam wilde natuurlijk onmiddellijk met mij bij hem op bezoek gaan, maar ik legde hem uit dat het iemand was die het vreselijk druk had en dat we daarom niet bij hem langs konden gaan, want hij was nooit thuis. Adam was weg van de nieuwe situatie, en misschien ook van het idee dat er iemand bestond die nooit thuis was. Telkens als we de deur uit gingen of thuiskwamen, trok hij me naar de keet toe. Hij maakte tekeningen en wilde die cadeau doen aan de man in de keet. De hele tijd trapte hij de bal naar de keet toe. Hij bleef staan bij het hek en streelde met twee handen Ilans motor en het kettingslot waarmee die aan het hek was vastgemaakt.

Soms speelde ik met hem in de tuin, bij de keet, of ik stopte hem buiten in bad, in een grote teil, of ging op een deken in het gras met hem picknicken, en dan vroeg hij ongeveer één keer per minuut: "Ziet de man ons?", "Zullen we hem misschien uitnodigen?", "Hoe heet de man?"

Toen ik uiteindelijk zwichtte en hem vertelde hoe hij heette, begon hij hem te roepen. "Ilan, Ilan..."' Ze doet het voor, zet haar handen aan weerszijden van haar mond en roept: 'Ilan, Ilan!' Avram kijkt haar aan.

'Snap je, tot dan toe had hij op grond van een of andere intuïtie het woord "papa" helemaal nooit in de mond genomen, en nu begon hij echt toegewijd "Ilan" te zeggen. Hij sloeg 's ochtends zijn ogen op en het eerste wat hij vroeg was of Ilan er nog was. Als hij thuiskwam van de crèche, controleerde hij samen met mij of Ilan thuis was van zijn werk. 's Middags ging hij op het balkon staan, pakte de balustrade vast, trok die uit alle macht heen en weer en schreeuwde "Ilan!", honderd, duizend keer, zonder het op te geven, tot ik hem naar binnen bracht. Soms moest ik hem echt met geweld naar binnen trekken.'

Zie je, nu ik het vertel, snap ik wat ik hem heb aangedaan.

Ik dacht er toen helemaal niet over na, snap je?

Ilan en ik waren —

Je moet het begrijpen.

We zaten allebei opgesloten in een soort cirkel van waanzin.

En al mijn instincten, mijn natuurlijke instincten, zogezegd –
Moet je horen, ik weet niet waar ik toen was.
Ik was er toen niet, bij wijze van spreken.

'En het was niet zijn gewone hang naar mannen,' hervat ze na een lange pauze, als ze haar ogen heeft gedroogd en haar neus heeft gesnoten na het slikken van het gif van de gedachte dat hij, Adam, haar nu misschien ook daarvoor straft, 'niet zijn hang naar elke man die toevallig aan de deur kwam, iedere postbode die een pakje kwam brengen: dan flirtte hij met hem, vroeg hem te blijven en vlijde zich tegen zijn been aan. Nee, Ilan had iets – nou, je kent het, zijn afwezige aanwezigheid, en het feit dat hij in staat was hem, Adam, zo te negeren, terwijl iedereen in die tijd zwijmelde van het schattige jongetje – iets wat hem gewoon gek maakte.

En het is nog altijd zo,' verzucht ze. Voor haar ogen ziet ze Adam opkomen op een toneel, met ogen die naar binnen draaien van een extase die volstrekt privé is, een mengeling van lijden en een smeekbede.

'Wat is nog altijd zo?'

'Hij is er nog altijd op uit dat Ilan hem ziet.

En begrijp me niet verkeerd, op zijn minst twee keer per dag besloot ik dat het afgelopen was, dat Ilan moest vertrekken, van het erf moest verdwijnen, al was het alleen maar om Adam niet langer te kwellen. Maar aan de andere kant, zeg ik je: ik was niet in staat om ook maar een promille van de kans dat hij toch nog zou terugkomen, te laten schieten. En al die tijd probeerde ik ook te begrijpen wat er door Ilan heen ging als hij Adam op het balkon hoorde blèren, hoe het kon dat hij daar niet gek van werd, daar in de keet, en wat voor mens hij eigenlijk was – zeg nu zelf – als hij daartegen kon.'

'Ja,' zegt Avram en hij verhardt.

'Ik dacht ook dat het misschien precies was wat hij zocht.'

'Wat zocht?' bromt Avram.

'Precies die kwelling.'

'Wat was die kwelling? Ik heb het niet begrepen.'

'Dat "in het zicht van de haven",' spreekt ze traag, 'dat "recht voor u zult gij het zien, maar daarheen zult ge niet komen". En geloof me dat ik zo'n soort marteling niet –'

Zijn gezicht staat ineens gespannen, zijn ogen schieten heen en weer.

Zijn hele gelaatsuitdrukking verandert. Ze stopt. Legt een hand op zijn arm.

'Het spijt me, Avram, ik wilde niet... ga nu niet daarheen, alsjeblieft, blijf bij mij.'

'Ik ben bij jou,' zegt hij even later, met een lage, hese stem. Hij veegt het zweet van zijn bovenlip. 'Ik ben er.'

'Ik heb je nodig.'

'Ik ben er, Ora.'

Ze lopen zwijgend verder. Ergens, niet ver van hen vandaan, loopt een weg en er is al verkeer te horen. Avram neemt het waar zoals iemand uit een droom begint te ontnuchteren door de geluiden van het huis, dat eerder wakker is geworden.

'Ik verachtte hem,' vertelt Ora verder, 'en soms had ik medelijden met hem als met een honderd procent invalide. Ik haatte hem ook, en ik miste hem, en ik wist dat ik iets moest doen om hem eruit te krijgen, hem te bevrijden van de vloek die hij over zichzelf en ons had uitgeroepen. Maar ik had de kracht niet om iets te doen. Geen stap.

En al die tijd, het is maar dat je het begrijpt, spraken Ilan en ik elkaar ook over de telefoon, minstens twee keer in de week, want we hadden jou ook nog. Ongeveer eens in de maand onderging je nog een of andere kleine chirurgische ingreep, je laatste, cosmetische correcties, daarnaast was er het eindeloze gecoördineer met het ministerie van Defensie en moest er een woning voor je worden gezocht in Tel Aviv, en tweemaal per week ging ik naar je toe om bij je te zijn, Ilan op alle andere dagen. En jij wist niets over ons, of dat dachten we toen tenminste, niet dat we een kind hadden, niet dat we uit elkaar waren, ook niets over al Ilans omtrekkende bewegingen, kriskras door Jeruzalem. Zeg –'

'Wat?'

'Herinner je je ook maar iets van toen?'

'Of ik me iets herinner. Jawel.'

'Echt?' vraagt ze verbijsterd. Ze blijft staan.

'Bijna alles.'

'Maar wat precies?' Op een draf loopt ze achter hem aan. 'De behandelingen, de operaties, die ondervragingen van ze?'

'Ora, ik herinner me die tijd, bijna dag voor dag.'

'Ik kwam bij je zitten,' gaat ze meteen verder – de nieuwe wetenschap is te veel om te bevatten, beangstigend zelfs; ze kan die nu niet tot zich laten doordringen, niet nu, later, later – 'en ik vertelde je verhalen over mezelf en Ilan, alsof er bij ons niets was veranderd. Alsof we kinderen van tweeëntwintig waren gebleven, even oud als op de dag dat je was verdwenen, en alsof we op precies dezelfde plek waren blijven staan om te wachten op je terugkeer. Op de plaats halt.'

Om een of andere reden zetten ze er de pas in, rennen bijna.

'En het was niet zo dat je echt belangstelling toonde,' brengt ze hem weer in herinnering. 'Je zat daar maar in je kamer of in de tuin daar, bijna zonder een woord te zeggen. Je maakte helemaal geen contact met andere gewonden en ook niet met de verpleegsters. Stelde geen vragen. Ik wist nooit wat je opving van al mijn geklets. Ik vertelde je over de studie, maatschappelijk werk, waaraan ik meteen na je terugkeer de brui had gegeven, want wiens hoofd stond daar nu naar? Ik kraamde onzin tegen je uit over het geweldige leven op de campus, ik beschreef je mijn project met kinderen uit achterstandsbuurten, waar ik uiteraard uit was gestapt na je terugkeer, maar elke keer weer vertelde ik je hoe ik het opzette, wie me hielp en wie niet, en bracht je verslag uit van de onderhandelingen met de kibboetsen alsof ze echt op dat moment werden gevoerd: Ma'agan Michael was bereid ze te ontvangen, maar weigerde ze toe te laten tot hun zwembad, en Bet Hasjita bracht ze onder in gebouwen met gaten in de muren, "en vraag me niet wat er gisteren aan de hand was: alle kibboetsen eisten collectief dat ik onmiddellijk mijn kinderen zou weghalen, want er waren luizen bij ze geconstateerd." Ik zat bij je en ging gewoon door met mijn leven vanaf het punt waar het was opgehouden. Ook ik deed een beetje aan therapie voor mezelf, waarom niet?'

Toch herinnert ze zich: op een dag, toen zij nog tegen hem aan zat te kletsen, wendde hij ineens zijn hoofd naar haar toe en bromde: 'Hoe is het met je kind?'

En toen ze begon te stotteren, vroeg hij door: 'Hoe oud is je kind? Hoe heet je kind?'

Even was ze als verlamd, daarna pakte ze haar portemonnee uit haar tas en haalde er een foto uit.

Zijn gezicht trilde. Zijn lippen huiverden onbeheerst. Toen ze de foto wilde terugstoppen in haar portemonnee, stak hij een hand uit en pakte haar handwortel vast, boog die, keek, beefde.

'Hij lijkt op jullie allebei,' bracht hij ten slotte uit, en zijn ogen vielen bijna uit hun kassen.

'Avram, het spijt me zo.' Ze deed haar best niet in tranen uit te barsten. 'Ik wist niet dat je het wist.'

'Als je naar hem kijkt, zie je hoezeer jullie op elkaar lijken.'

'Hij en ik? Echt?' vroeg Ora, heel even blij. Zelf zag ze bijna geen enkele gelijkenis tussen zichzelf en Adam.

'Jij en Ilan.'

'Aha.' Ze bevrijdde haar hand uit zijn greep. 'Hoe lang weet je het al?'

Hij haalde zijn schouders op en zweeg. Ora rekende vlug uit: vanaf het moment dat ze een buik had gekregen, was ze niet meer naar hem toe gegaan en had Ilan in zijn eentje voor hem gezorgd. Ineens kwam haar woede opzetten. 'Zeg me alleen: wanneer heeft hij het je verteld?'

'Ilan? Die heeft me niets gezegd.'

'Hoe wist je het dan?'

Avram keek haar met uitdrukkingloze ogen aan. 'Ik wist het. Vanaf het begin wist ik het.'

Een waanzinnige gedachte schoot door haar heen: hij wist het toen ik er zelf achter kwam.

'En Ilan weet niet... weet niet dat jij het weet?'

Zwakjes lichtte even een snode twinkeling op in zijn gezicht. Zijn oude geslepenheid, zijn voorliefde voor de kronkels in de plot.

Al minutenlang lopen ze over een smalle, secundaire, maar verrassend drukke weg, en ze zijn allebei onrustig: minstens twee dagen hebben ze niet meer zo gelopen, over een weg. Ze hebben het idee dat de auto's te dichtbij langs hen vliegen en ze zien zichzelf weerspiegeld in de blikken van de chauffeurs: twee haveloze vluchtelingen. Gedurende een aantal uren waren ze vergeten dat ze dat inderdaad zijn, op de vlucht, vervolgd. Avram sloft ook weer en bromt voortdurend; Ora wordt geplaagd door de vage, dwaze, hardnekkige angst dat deze afgelegen weg uiteindelijk via een ontelbaar aantal wegen en kruis- en knooppunten in verbinding staat met zijn broer in het verre Bet Zajit, en dat een of ander slecht bericht daarvandaan zou kunnen doorsijpelen via het zenuw- en aderstelsel van het asfaltnet. Ze halen allebei opgelucht adem als ze het blauwwit-oranje teken weer ontwaren, dat ze de afgelopen dagen al hebben leren vertrouwen. Het geeft aan dat ze na een betonnen viaduct linksaf van de weg kunnen afslaan naar een uitnodigende rand van een akker, en het doet ze allebei, ook Avram, erg goed weer levende grond onder hun voeten te voelen, op onkruid en soepel struikgewas te kunnen stappen, dat meeveert en je met een klein zetje voort lijkt te helpen, en op steentjes die wegspatten als spaanders die ervan afvliegen tijdens het werk van het lopen.

De rug recht zich weer, de zintuigen gaan open. Het lijf wordt onmiddellijk wakker, voelt ze, het lijf van het dier in de vrije natuur. Zelfs de nieuwe, steile helling naar beneden – over een soort smal geitenpad te midden van iets wat eruitziet als een geweldige puinhoop van rotsen – schrikt hen nu niet af. Reusachtige eiken schieten omhoog uit de rotsen, en hun takken buigen zich naar het steile pad. Ora en Avram vallen stil, concentreren zich op de moeilijke afdaling, helpen elkaar, passen op niet uit te glijden op de rotsen, die nat zijn van stromen bronwater.

Later, wie weet hoeveel later – geen van beiden heeft een horloge bij zich, dus ze stellen het al een paar dagen zonder minuten en uren, en hun tijd laat zich alleen opdelen door de breking van het licht in het prisma van de dag – leunt Avram met zijn rugzak tegen een boomstam, laat zich langzaam zakken, gaat zitten en strekt zijn benen uit op de grond. Zijn hoofd zakt een beetje naar voren, en even lijkt hij te slapen. Ora laat haar hoofd rusten tegen een koele rots en luistert naar het fluisterstille geruis van een beek, die ergens in de buurt moet stromen. Zonder zijn ogen te openen zegt Avram: 'We hebben deze dagen een flink eind gelopen,' en Ora zegt: 'Ik kan mijn benen nauwelijks meer bewegen.'

'Misschien wel in geen dertig jaar heb ik zoveel gelopen,' zegt Avram.

Zijn stem, denkt Ora, hij praat met me. En als ze haar ogen weer opent, kijkt hij haar aan. Met een heldere blik kijkt hij haar recht en diep in de ogen.

'Wat?' vraagt ze.

'Niks.'

'Wat kijk je?'

'Naar jou.'

'Wat zie je?'

Hij geeft geen antwoord. Zijn ogen schieten weg. Ze is ervan overtuigd dat haar gezicht hem niet langer bekoort. Ook haar gezicht is in zijn ogen een verbroken belofte, denkt ze.

'Ora.'

'Wat?'

'Ik dacht, vandaag, onder het lopen, ik vroeg me af – hoe ziet... hoe ziet hij eruit?'

'Hoe hij eruitziet?'

'Ja.'

'Hoe Ofer eruitziet?'

Avram tuit zijn lippen, in het nauw gebracht. 'Wat, geen goede vraag?'

'Juist wel een goede vraag, een uitstekende vraag.' Ze draait haar gezicht heen en weer om haar ogen te drogen, die ineens... 'In mijn portemonnee heb ik een fotootje van hem, samen met Adam, als je –'

'Nee, nee,' zegt hij geschrokken, 'vertel het me.'

'Alleen in woorden?' Ze glimlacht.

'Ja.'

Een gewaagd, jubelend gekwetter vult ineens de hele kloof. Een onzichtbare vogel zingt in het struikgewas, en Ora en Avram buigen het hoofd en nemen het gekwetter in zich op, de jubelzang van één klein wezentje dat overloopt van de levenslust en de verhalen. Een hele intrige wordt ontvouwen, misschien de gebeurtenissen van de afgelopen dag, een lofzang op het voedsel, het verhaal van een wonderbaarlijke, ingewikkelde redding uit de klauwen van een roofvogel, en tussendoor een refrein dat één grote aaneenschakeling van argumenten en replieken is, een bittere afrekening met een kleinzielige rivaal.

'Toen ik je zag lopen,' zegt Ora nadat het gezang wat is geluwd en in een alledaags vogelgekwetter is veranderd, 'ook vandaag nog, echt tot een paar minuten geleden, dacht ik eraan hoe zijn manier van lopen, van Ofer, is veranderd in de loop der jaren.'

Avram buigt zich naar voren, luistert.

'Want tot zijn vierde, ongeveer, liep hij zoals jij, maar dan ook precies, met dat... je weet wel, dat waggelende en die pinguïnarmen, zoals jij loopt...'

'Wat,' vraagt hij verontwaardigd, 'zo loop ik?'

'Weet je dat niet?'

'Ook nu nog?'

'Zeg, ga je die schoenen misschien nog eens proberen? Pas ze, wat kan het je schelen –'

'Nee, nee, deze zitten lekker.'

'Blijf je ze dan de hele tijd voor niets meesjouwen?'

254

'Dus je zegt dat hij loopt zoals ik?'

'Dat was toen hij klein was. Vier, vijf. Daarna had hij allerlei periodes. Je weet dat kinderen ook nadoen wat ze zien.'

'Ja?' Hij denkt aan het soepele, strijdlustige loopje van Ilan.

'En in de puberteit – wil je het echt horen?'

'Ik hoor het toch?' mompelt Avram.

'Hij was toen vreselijk mager, en klein. Als je hem nu zou zien, zou je niet geloven dat het dezelfde persoon is. Hij heeft toen gewoon een reuzensprong gemaakt, toen hij zestienenhalf was ongeveer, in de breedte, in de lengte. Maar tot die tijd was hij...' en ze tekent met haar vingers iets in de lucht, een dunne rietstengel of een tak. 'Hij had benen als luciferhoutjes, mijn hart brak als ik die zag. En al die tijd liep hij ook – kijk, het schiet me ineens te binnen – op grote, zware bergschoenen, een beetje zoals deze hier, aan je rugzak. Van 's ochtends vroeg tot 's avonds laat, zonder ze uit te trekken.'

'Maar waarom?'

'Waarom? Weet je echt niet waarom?'

Natuurlijk weet hij dat, denkt ze meteen. Snap je het niet? Hij moet het alleen maar uit jouw mond horen, woord voor woord.

'Omdat ze hem wat langer maakten,' zegt ze, 'en ze gaven hem natuurlijk ook het gevoel dat hij sterker was, steviger, mannelijker.'

'Ja,' bromt Avram.

'Ik zeg je, hij was echt klein.'

'Hoe?' vraagt Avram grinnikend, ongelovig. 'Hoe klein?'

Met haar ogen seint ze hem: heel klein. Een ukkie. Avram knikt traag. Neemt voor het eerst met zijn ogen Ofer tot zich, zoals die te zien is in haar blik. 'Een ventje,' mompelt ze, 'Kleinduimpje.' Ze vraagt zich af wat voor kind hij al die jaren voor zich heeft gezien. 'Dacht je niet dat hij –'

'Ik dacht niets,' onderbreekt hij haar, zijn gezicht weer naar binnen gekeerd.

'En je hebt nooit geprobeerd je voor te stellen hoe –'

'Nee!' blaft hij haar bijna af.

Ze zwijgen. Ook de jubelende vogel in het struikgewas is stilgevallen. Een heel kleine jongen, peinst Avram, en er wordt iets in hem geraakt. Een iel kind, een voorbijgaande schaduw. Ik had er niet tegen gekund, tegen het verdriet van zo'n kind. Tegen zijn jaloezie op andere kinderen. Hoe overleeft het op school, op straat? En hoe durf je het in zijn eentje de deur uit te laten gaan? In zijn eentje een weg te laten oversteken? Ik had het van mijn leven niet aangekund.

Hou van hem, vraagt Ora in stilte.

'Ik had er echt geen gedachten over,' mompelt hij, 'ik dacht gewoon niets.'

Hoe kan dat nu? vraagt ze met haar ogen.

Vraag het me niet, antwoordt hij met een blik, voor hij die neerslaat. Zijn duimen rennen jachtig heen en weer over de toppen van zijn andere vingers. De spier die zich samentrekt in zijn kaak zegt: stel me zulke vragen niet.

'Maar zoals ik zei,' herhaalt ze troostend, 'later maakte hij ineens een reuzensprong, zowel in de lengte als in de breedte. Tegenwoordig is hij echt –'

Maar toen, denkt Avram. Om een of andere reden weigert hij afscheid te nemen van een rare, nieuwe pijn, als een gemene kneep in zijn hart, die uitmondt in een lichte streling.

Avram zelf, herinnert ze zich, is altijd klein maar breed en stevig geweest. 'Nu heb ik de vorm van een dwerg,' had hij op een dag op een volslagen zakelijke toon uitgelegd aan de jongens en meisjes in zijn klas. 'Zo is het bij ons in de familie bij alle mannen,' loog hij schaamteloos verder, 'maar op ons negentiende beginnen we ineens te groeien, groeien en groeien en zijn we niet meer te stoppen,' lachte hij, 'en dan vereffenen we de rekening.' In de kleedkamer van de gymzaal hield hij na een les Meierke Blutreich staande en deelde hem in het bijzijn van iedereen mee dat zijn aanstelling als dikste van het jaar was ingetrokken en dat hij, Avram, voortaan de officiële titel droeg en niet van plan was die te delen met amateuristische nepdikkerds met te weinig slap en hangend vlees op de buik en aan de armen.

'Zeg,' fluistert Avram, 'ik dacht, ik weet niet of hij...'

'Wat?' zegt Ora. 'Vraag maar.'

'Is hij ook, eh, heeft hij ook rood haar?'

'Bij zijn geboorte was hij vrij rossig, toen wel,' lacht ze opgelucht, 'en ik was daar vreselijk blij mee, net als Ilan, maar al heel snel werd het geelblond, goudblond zelfs, in de zon. En nu is hij wat donkerder. Zoals die baard van jou, ongeveer.'

'Van mij?' schrikt Avram, en hij strijkt over de wilde plukken van zijn baard.

'Hij heeft fantastisch haar, vol, weelderig, dik, aan het eind gekruld. Alleen jammer dat hij het nu helemaal afscheert – hij zegt dat hij dat gemakkelijker vindt nu hij in dienst zit –, maar misschien laat hij het weer groeien na zijn afzwaaien –'

Ze valt stil.

Adam is verbaasd als ze hem bestormt met de camera en de flitser, maar hij werkt enthousiast mee, zij het met enige achterdocht. Ze fotografeert hem als hij speelt, tekent, tv-kijkt. Als hij in bed ligt, onder zijn deken. Ora is bang dat hij nog een celluloidvergiftiging zal oplopen.

De volgende dag, midden onder een nieuwe fotosessie, kijkt hij haar met een quasi-onschuldige blik aan en vraagt: 'Klopt het dat het voor de man in de keet is?'

Ora verslikt zich en zegt: 'Nee, hoe kom je daarbij, het is voor mijn vriend die ziek is, die in Tel Aviv in het ziekenhuis ligt.'

'Ah,' brengt Adam teleurgesteld uit, 'die vriend naar wie je de hele tijd toe gaat?'

'Ja, de vriend naar wie ik toe ga. Hij wil heel graag weten hoe je eruitziet.'

Over deze vriend vraagt Adam nooit iets.

Avram herstelt van weer een operatie. Ora neemt een klein fotoalbum voor hem mee. Op de foto's staat geen enkele hint die hem pijn zou kunnen doen, nergens is op de achtergrond het huis van zijn jeugd, een van de kamers of de tuin te zien. Hij bladert snel in het album, blijft bij bijna geen enkele foto stilstaan. Hij glimlacht niet. Zijn gezicht heeft helemaal geen uitdrukking. Na een paar bladzijden slaat hij het dicht.

'Wil je dat ik het hier laat voor je?'

'Nee.'

'Hou het hier, wat kan het je schelen?'

'Een mooi kind,' zegt hij, en ze voelt hoe zwaar zijn tong is in zijn mond.

'Hij is prachtig, je zult het zien als je hem ontmoet.'

'Nee, nee.'

'Niet nu. Ooit. Als je op een dag wilt.'

'Nee.' Hij begint zijn hoofd wild heen en weer te schudden. 'Nee, nee, nee.' Zijn hele lichaam schudt heen en weer, de rolstoel begint te schommelen, Ora pakt hem met beide handen vast, schreeuwt: 'Rustig, rustig!'

Er komt een verpleegster aangesneld, en ook nog een broeder, ze sturen haar weg en ze ziet nog hoe hij vecht, hoe hij ineens al zijn krachten heeft hervonden, alsof hij eindelijk heeft begrepen wat hem echt is overkomen. Ze ziet dat ze hem een spuitje geven, ze ziet hoe hij verslapt, versuft raakt, en hoe zijn gezicht weer alle uitdrukking verliest.

Ze belt Ilan en vertelt het hem. Hij wordt kwaad op haar omdat ze de foto's had meegenomen. Omdat ze niet had voorzien wat dat met Avram zou doen. 'Het is zoiets als mishandeling van een dode!' roept hij uit. 'Je gaat naar de begraafplaats en gaat er voor zijn graf staan opscheppen met je leven!'

Maar als Ilan de volgende dag bij hem op bezoek gaat, vraagt Avram hem het fotoalbum mee te brengen. Ora legt het album 's avonds laat neer bij de deur van de keet, klopt op de deur en loopt langzaam terug naar het huis. Even later ziet ze door het raam dat Ilan naar buiten komt, om zich heen kijkt, het album oppakt en het mee naar binnen neemt. Vanaf haar plek aan het raam bladert ze met Ilan mee in het album. Door het gordijn voor het raam in de keet ziet ze Ilan daarna heen en weer lopen, eindeloos heen en weer lopen.

Als Avram klaar is met het revalidatieproces weigert hij terug te keren naar het huis in Tsoer Hadassa. Ilan huurt een prettig appartement voor hem in Tel Aviv, en Ora en Ilan maken het om beurten schoon en richten het voor hem in. Op een stormachtige regendag aan het begin van de winter brengt Ilan Avram naar zijn woning, en begint Avram zijn nieuwe leven. De eerste weken heeft hij een persoonlijke verzorger namens het ministerie van Defensie, maar hij wil van hem af. De afdeling Revalidatie probeert hem te interesseren voor diverse banen. Die putten hem uit, hij kan het werk niet aan. Ora praat telkens weer met medewerksters van Revalidatie, onderhandelt, ruziet, probeert werk te vinden dat geschikt voor hem is, dat past bij zijn karakter en zijn talenten. De medewerksters beweren dat hij gewoon niet werken wil, dat hij nergens in geïnteresseerd is. Ora begint in hun toon te bespeuren dat ze hun geduld met hem verliezen. De medewerksters laten doorschemeren dat haar verwachtingen van hem gespeend zijn van werkelijkheidszin.

Avram begint in zijn eentje de deur uit te gaan. Soms probeert ze hem uren en uren te bellen en is hij niet thuis, en dan raakt ze ineens bevangen van schrik en belt ze Ilan, die tegen haar zegt: 'Gun hem wat lucht.'

'En als hij zichzelf iets heeft aangedaan?'

'Kun je hem dat verwijten?'

Hij wandelt over het strand. Hij gaat naar films. Hij zit in parken, sluit zelfs vriendschap met onbekenden. Hij maakt zich lichtvoetige manieren en een soort onmiddellijke, vriendelijke, holle hartelijkheid eigen. Ilan staat versteld van de vaart van zijn herstel. Ora voelt aan dat hier sprake is van een of andere show. Als ze naar hem toe gaat, tweemaal per week, ziet hij er fris, schoon en gladgeschoren uit: 'goed onderhouden,' rapporteert ze aan Ilan. Hij glimlacht vaak, ook als het niet nodig is, en hij kletst heel wat af. Zijn woordenschat wordt weer rijker, en elke keer dat hij iets 'van Avram' zegt, kleurt Ora roze van geluk. Maar al snel merkt ze dat aan de gespreksonderwerpen met hem duidelijk paal en perk worden gesteld: over het verre verleden mag niet worden gepraat, noch over het nabije verleden, en vooral niet over de toekomst. Alleen het heden bestaat. Het moment zelf.

In die tijd hebben Ilan en Ora een ontmoeting met de psycholoog van Defensie, die Avram heeft begeleid sinds zijn terugkeer uit krijgsgevangenschap. Tot hun verbazing blijkt dat Avram helemaal niet is gediagnosticeerd als lijdend aan een shellshock. De artsen kunnen weliswaar niet met zekerheid vaststellen wat voor soort geestelijke schade hij heeft opgelopen en wat zijn vooruitzichten zijn, maar ze zijn het er allemaal over eens dat hij geen duidelijke symptomen van een shellshock heeft. 'Maar als hij geen shellshock heeft, wat heeft hij dan wel?' vraagt Ilan verbijsterd, en zijn hoofd is al gebogen alsof hij op het punt staat een kopstoot uit te delen. 'Het is moeilijk te zeggen,' verzucht de psycholoog, 'zijn kenmerken zijn marginaal. Het kan heel goed zijn dat hij er binnen een paar weken overheen is, of maanden, en het kan ook zijn dat het langer duurt. Volgens onze inschatting, of liever gezegd gissing, heeft hij er op een of andere manier controle over, over het tempo van zijn herstel, niet bewust, natuurlijk –'

'Ik snap het niet,' barst Ilan uit, 'zegt u me dat hij ons beetneemt? Dat hij simuleert?'

'Nee, nee, stel je voor,' zegt de psycholoog, die zijn armen spreidt, 'ik, dat wil zeggen, wij, de staf, we denken alleen dat hij waarschijnlijk liever met kleine stapjes terugkeert in het leven. Heel kleine stapjes. En ik raad u ook aan erop te vertrouwen dat hij waarschijnlijk beter weet dan wij allemaal wat goed voor hem is.'

'Zegt u mij,' vraagt Ora en ze legt een beteugelende hand op Ilans arm, 'zou het zo kunnen zijn dat het feit dat wij, Ilan en ik, een kind hebben gekregen op een of andere manier verband houdt met... hoe zal ik het zeggen –'

'Zijn gebrek aan levenswil,' sist Ilan.

'Dat is een vraag die alleen hijzelf kan beantwoorden,' zegt de psycholoog zonder hen aan te kijken.

Ilan blijft in de keet op het erf wonen, en zijn aanwezigheid, evenals zijn afwezigheid, dooft langzamerhand uit. Ora gelooft niet langer dat het hem ooit zal lukken de oceaan tussen het huis en de keet over te steken. Zelf zegt hij haar op een keer tijdens een nachtelijk telefoongesprek vanuit de keet dat het kennelijk precies de afstand van haar en Adam is die hij aankan. Ze vraagt hem niet eens meer wat hij bedoelt. Ze heeft het idee dat ze hem diep vanbinnen al heeft opgegeven. Hij informeert weer, zoals hij om de zoveel tijd doet, of ze wil dat hij van het erf verdwijnt. Ze hoeft maar een kik te geven en morgen is hij weg. Ora zegt: 'Ga, blijf, wat maakt het uit?'

Een tijdje heeft ze een nieuwe vriend, een zekere Motti, een gescheiden accordeonist die meezingavonden leidt. Haar vriendin Ariëlla heeft hen aan elkaar gekoppeld. Ze ontmoet hem meestal buitenshuis – meer vanwege Adam dan vanwege Ilan. Als Adam door haar ouders is opgehaald en drie dagen bij hen in Haifa blijft logeren, nodigt ze Motti uit om bij haar te komen slapen. Ze weet dat Ilan, in zijn keet, het ziet of op zijn minst hoort. Ze probeert niets te verbergen. Motti ontbeert charme in bed. Hij tast zijn weg af in haar en vraagt voortdurend of hij 'al daar' is. Ora wil zijn 'daar' niet zijn. Ze denkt terug aan de tijden dat ze een en al 'hier' was. Naderhand zingt Motti onder de douche, met een tenor als een klok, het lied 'Waar ben je, geliefde?', en Ora ziet Ilans silhouet in de keet heen en weer schieten. Ze nodigt Motti niet meer uit.

Op een avond, in Avrams appartement in Tel Aviv, zijn Avram en zij samen een salade aan het bereiden. Uit haar ooghoek volgt ze hem en controleert of hij met het mes weet om te gaan en niet de halve komkommer weggooit met de schil, en ondertussen vertelt hij over een verpleegster uit het Tel Hasjomeer-ziekenhuis, die hem al twee keer mee uit heeft gevraagd, wat hij beide keren heeft geweigerd. 'Waarom heb je daar nee op gezegd?' vraagt ze hem.

'Daarom.'

'Waarom?'

'Je weet waarom.'

'Ik weet het niet, wat moet ik weten?' vraagt ze, maar ze krijgt het al koud.

'Omdat ze me na de film zal vragen met haar mee naar huis te gaan.'

'Wat is daar mis mee?'

'Snap je dat niet?'

'Nee, ik snap het niet,' schreeuwt ze bijna.

Hij gaat zwijgend verder met schillen.

'Is ze aardig?' vraagt Ora quasi-terloops als ze bezig is de tomaat fijn te snijden.

'Een prima mens.'

'Mooi?' informeert Ora met beverige onverschilligheid.

'Best knap, goed figuur, net negentien geworden.'

'Aha,' brengt ze uit, 'en wat is er dan mis mee met haar mee naar huis te gaan?'

'Ik kan het niet,' zegt hij met de nadruk op 'kan', en Ora gaat meteen over op de ui om een smoes te hebben voor de tranen die eraan zitten te komen. 'Sinds ik terug ben, is het zo, niet meer in staat,' zegt hij, en grinnikend voegt hij eraan toe: 'Een geknakte rietstaf.'

Kil en hol is het in haar buik, daarbeneden. Alsof nu pas, met een vertraging van jaren, de laatste, verschrikkelijke schokgolf van zijn ramp arriveert en hem definitief de das omdoet. 'Heb je het wel geprobeerd?' fluistert ze, en ze denkt: hoe kan het dat ik dat niet wist, waarom is het nooit in me opgekomen ook daar voorzichtig naar te vragen? Zijn hele lichaam heb ik verzorgd en dát heb ik over het hoofd gezien? Dat heb ik bij hém over het hoofd gezien?

'Vier keer heb ik het geprobeerd,' zegt hij, 'vier keer is al een representatieve steekproef, niet?'

'Met wie?' vraagt ze geschokt. 'Met wie heb je het geprobeerd?'

Hij is allerminst verhullend. 'Eén keer met een nichtje van een gewonde die naast me lag, één keer met een Nederlandse vrijwilligster die er werkte. Eén keer met een soldate van de afdeling Revalidatie, één keer met iemand die ik een tijdje geleden op het strand heb ontmoet.' Hij ziet de uitdrukking op haar gezicht en zegt: 'Wat kijk je? Het was niet eens mijn initiatief! Zij zijn begonnen...

Kijk,' grinnikt hij hulpeloos, 'blijkbaar werkt de fantasie over de gevangene ook voor krijgsgevangenen, anders kan ik het niet verklaren.'

'En misschien viel je bij ze in de smaak?' valt ze uit, geagiteerd door de steek van jaloezie die ze voelt. 'Misschien is je charme niet verminderd? Misschien zijn zelfs de Egyptenaren niet in staat iets af te doen aan...'

'Ik krijg hem niet overeind, Ora. Zodra ik met ze tussen de lakens kroop, met elk van de vier...

Me aftrekken gaat juist nog wel aardig,' voegt hij eraan toe, 'maar hoe lang kan een mens alleen met mij opgescheept blijven? En bovendien,' verstrekt hij haar informatie waar ze niet op zit te wachten, 'de laatste tijd heb ik ook problemen als ik me aftrek. Als ik aan de Largactyl ben, lukt het me niet klaar te komen.'

'En wilde je ze wel echt?' vraagt ze, en iets in haar toon lijkt zich te splitsen en twee verschillende kanten op te gaan. 'Misschien wilde je niet echt?'

'Jawel, jawel,' bromt hij boos, 'ik had zin om te neuken, wat is het punt? Ik heb het niet over onsterfelijke liefde, ik wilde een nummertje maken, Ora, waarom ben je zo –'

'Maar misschien waren ze niet de juiste voor je?' fluistert ze, en met pijn in het hart bedenkt ze dat een vrouw bij Avram precies moet zijn afgestemd op hem, op zijn nuances.

'Ze waren oké, je hoeft geen excuses voor me te verzinnen, ze waren precies dat waarvoor...'

'En met mij,' vraagt ze met een glazige blik, 'zou je met mij naar bed kunnen gaan?'

Er valt een stilte.

'Met jou?'

Ze slikt. 'Ja, met mij.'

'Ik weet niet,' mompelt hij. 'Wat, meen je het serieus?'

'Het is niet iets waar je grappen over maakt.' Haar stem trilt.

'Maar hoe –'

'We hadden het vroeger ontzettend goed met elkaar.'

'Ik weet niet, het lijkt me dat ik met jou van mijn leven niet meer –'

'Waarom niet?' En ze duikt meteen in haar open wond. 'Vanwege het lootjestrekken? Omdat ik je heb uitgeloot?'

'Nee, nee.'

'Vanwege Ilan dan?'

'Nee.'

Ze pakt nog een tomaat en snijdt die in kleine stukjes. 'Waarom dan niet?'

'Nee. Met jou niet meer.'

'Je bent er zo zeker van.'

Ze staan naast elkaar aan het aanrecht en voor de gootsteen, zonder elkaar aan te raken, hun blik gericht naar de muur. Allebei met kloppende slapen.

'En Adam?' vraagt Avram.

'Wat is er met Adam?'

Avram aarzelt. Eerlijk gezegd weet hij niet zeker wat hij wilde vragen.

'Adam? Wil je nu over Adam horen?' vraagt Ora.

'Ja. Is dat ook niet goed?'

'Het is prima,' zegt ze lachend. 'Vraag alles wat je wilt. Daarvoor zijn we bij elkaar gekomen.'

'Nee, alleen of hij ook zo'n kind was als... Weet je wat? Vertel wat je wilt.'

Dan steken we van wal, denkt ze en ze rekt zich zachtjes uit.

Ze lopen door een struikgewas van gedoornde pimpernel en salie. Ook de eiken zijn hier klein als struiken. Hun voetstappen schrikken hardoenen op en hagedissen schieten weg onder hun voeten. Ze lopen naast elkaar en zoeken de markering van het pad, die is overwoekerd door de plantengroei, en Ora kijkt steels naar hun lenige schaduwen, die voor hen uit over de struiken heen zweven. Als Avram al lopend met zijn armen zwaait, lijkt het even alsof hij een hand op haar schouder legt, en ze hoeft maar een beetje met haar lichaam te spelen in het zonlicht of de schaduw van zijn arm wordt om de schaduw van haar heup geslagen.

'Adam,' zegt ze, 'was ook een mager kind, net als Ofer, maar hij is mager gebleven, een lat.'

'Aha.' Avrams blik dwaalt af, quasi-toevallig en schijnbaar onverschillig, maar Ora blijkt alle speelkaarten van zijn gezicht nog altijd goed te kennen.

'En als kind,' gaat ze verder, 'was hij altijd langer dan Ofer – goed, je moet ook niet vergeten dat hij drie jaar ouder is – maar toen Ofer volwassen begon te worden en een groeispurt had ingezet, veranderde dat ineens en sloeg het helemaal om.'

'Dus nu –'

'Ja.'

'Wat?'

'Ofer is langer. Veel langer.'

'Wat,' verbaast Avram zich, 'scheelt het zoveel?'

'Ik zei het je, hij maakte een groeispurt, ineens haalde hij hem in. Hij is bijna een kop groter.'

'Niet te geloven...'

'Ja.'

'Dus eigenlijk,' zegt Avram, die zijn pas versnelt en peinzend zijn wang naar binnen zuigt, 'ook langer dan Ilan?'

'Ja, langer dan Ilan.'

Stilte. Het brengt haar bijna in verlegenheid hiervan getuige te zijn.

'Maar hoe lang is Ilan? Eén meter tachtig?'

'Langer zelfs.'

'Niet te geloven...' Heel even schittert er een vonk in zijn ogen, als van plezier om een goed geslaagde list. 'Dat had ik nooit gedacht,' mompelt hij verwonderd, 'ik had echt nooit gedacht dat hij op een dag zo zou worden.'

'Wat dacht je dan wel?'

'Ik dacht niets,' zegt hij weer, dit keer zo zwakjes dat zijn stem nauwelijks te horen is. 'Ik dacht er nauwelijks aan, Ora. Elke keer dat ik het probeerde –' en hij spreidt allebei zijn handen in een gebaar dat misschien een wens uitdrukt, misschien het barsten van een bom.

Ze denkt weer aan de honderden zwarte verticale streepjes op de muur boven zijn bed. Waar was je dan zo bang voor, luidt de vraag die ze binnenhoudt, als je niets dacht? Over wie waakte je zo van verre, drie jaar lang, misschien wel eenentwintig jaar lang, op voorwaarde dat je niets over hem zou weten?

'En hoe oud is Adam nu?'

'Vierentwintig.'

'Ah, een grote jongen.'

'Bijna van mijn leeftijd,' neemt ze een grapje van Ilan over. Avram kijkt haar aan en knikt beleefd als hij het eindelijk begrijpt.

'En wat doet hij?'

'Adam? Dat heb ik je verteld.'

'Ik eh... ik heb niet goed opgelet, blijkbaar.'

'Adam is nu met Ilan aan het rondzwerven over de wereld. Zuid-Amerika. Ilan heeft een jaar vrij genomen. Ze hebben het vreselijk naar hun zin, die twee, zo lijkt het, ze willen niet meer terug.'

'Maar Adam,' tast Avram af, en Ora heeft het idee dat zijn tong nu met inspanning de toon van vragen leert, 'wat doet hij in het algemeen? Heeft hij bijvoorbeeld werk? Studeert hij?'

'Hij is nog zoekende, je kent het wel, tegenwoordig blijven ze lang zoekende. En hij heeft een band, heb ik je dat verteld?'

'Ik herinner het me niet. Misschien.' Hulpeloos trekt hij zijn schouders op. 'Ik weet niet waar ik was met mijn hoofd, Ora. Vertel het nog een keer, vanaf het begin.'

'Hij is een kunstenaar,' zegt Ora en haar voorhoofd licht op, 'echt een kunstenaar in hart en ziel, Adam.'

Een stilte die zich verdicht en ruist, en één vraag die niet wordt gesteld. Ora heeft plotseling het gevoel dat als ze nu maar tegen Avram had kunnen zeggen dat Ofer ook een kunstenaar was, een kunstenaar in hart en nieren, de dingen misschien iets gemakkelijker zouden zijn.

'Een band?' bromt hij. 'Wat voor band?'

'Iets met hiphop, vraag het me niet precies,' en ze zwaait lichtjes met haar vingers, 'ze zijn al heel lang bij elkaar, hij en die band van hem. Ze werken nu aan hun eerste cd, er is zelfs een maatschappij bereid die voor ze te produceren. Het is een soort hiphop-opera, ik heb er echt geen verstand van, vreselijk lang, drieënhalf uur, iets over ballingschap, een uittocht van ballingen, massa's ballingen.'

'Ah.'

'Ja.'

Ora en Avram lopen, hun schoenen waden met een krassend geluid door de struiken.

'En er is een vrouw in het stuk,' schiet Ora iets te binnen wat ze toevallig heeft opgevangen toen Adam met een vriend aan de telefoon was, 'die met een lang stuk draad loopt en het achter zich aan afrolt.'

'Draad?'

'Ja, rood, ze rolt het af over de grond.'

'Waarom?'

'Ik weet het niet.'

'Wat een idee,' mompelt hij, en de huid rond zijn ogen kleurt rood.

'De ideeën van Adam,' grinnikt ze, een beetje terugschrikkend voor de opwinding die hem ineens heeft bevangen.

'Wat, alsof hun land is afgescheurd? Losgeraakt?'

'Misschien.'

'En die vrouw geeft het land draad om de scheur te herstellen?'

'Ja, zoiets. Iets symbolisch.'

'Sterk. Maar waar komen die ballingen vandaan?'

'Het is een ontzettend serieus stel jongens, die band van hem,' zegt Ora haastig, 'ze hebben allerlei research gedaan, van alles gelezen over plaatsen in het hele land, over het begin van het zionisme, ze hebben archieven van kibboetsen doorgespit, het internet afgestruind, mensen gevraagd wat het belangrijkste was wat ze zouden meenemen als ze op stel en sprong zouden moeten vluchten.' Wat ze erover weet is hiermee zo goed als gezegd, maar ze geneert zich ervoor dat Avram te laten weten, althans in dit stadium, en daarom kletst ze door en zegt: 'De band bestaat uit hem en een paar jongens, en ze schrijven alles samen, de muziek en de teksten, en ze treden ook her en der op. Trouwens,' en met zichtbare moeite krult ze haar lippen tot een glimlach, 'Ofer heeft vroeger ook muziek gemaakt, drums, bongo's, maar hij is er vrij snel mee opgehouden, en aan het eind van de vierde klas heeft hij voor zijn eindejaarsproject, heel interessant, een film gemaakt.'

'Wie waren de ballingen?'

'En Ofer heeft ook in een bandje gezeten, op zijn elfde.'

'Waarvandaan zijn ze verbannen, Ora?'

'Hiervandaan,' en met een slap handje, plotseling zonder fut, wijst ze op de bruine rotsen van de bergen om hen heen, op de eiken, de johannesbroodbomen en de olijfbomen, op de wirwar van struiken die zich om hun voeten krult. 'Hiervandaan,' herhaalt ze zachtjes. In haar oren klinken de woorden die Ofer haar voor het oog van de tv-camera's toefluisterde.

'Ballingen uit Israël?' vraagt Avram opgewonden.

'Ach,' zegt ze en ze schept lucht, recht haar rug en tovert een vermoeide glimlach op haar gezicht, 'je weet hoe ze zijn op die leeftijd. Ze willen tegen elke prijs indruk maken, choqueren.'

'En heb je het gehoord?'

'Die opera? Nee, het is er nog niet van gekomen.'

Avram werpt haar een vragende, vorsende blik toe.

'Hij heeft me niets laten horen,' zwicht ze en houdt het niet langer binnen. 'Moet je horen, Adam en ik, laat maar zitten, hij vertelt me niets.'

De Geile Bokkenband, denkt Ora met opeengeklemde kaken. Ze kruipt in haar schulp, verbreedt haar pas en loopt weg van Avram en de gretige belangstelling die ineens in hem is ontbrand en die haar ergert. Waarom loopt hij ineens juist voor Adam zo warm? Ofer had het bandje opgericht met drie klasgenoten. Vier drumstellen had het, geen gitaar en ook geen fluit of piano. Samen schreven ze woeste nummers, waarin voornamelijk 'shmuck' en 'fuck' rijmden, schiet haar te binnen, en ze wrijft hard over haar armen om de doorstroming van het bloed te bevorderen.

Ze hadden een keer voor hun familie opgetreden bij een van de bandleden thuis, in de kelder. Ofer was verstijfd en verstrakt tijdens het grootste deel van het optreden – op die leeftijd, herinnert ze zich, verkrampte hij bijna altijd onder de blik van vreemden –, maar af en toe, vooral als de band een of ander grof woord ten gehore had gebracht, gluurde hij naar haar vanonder zijn oogleden met de provocatieve durf van een jonge hond, en dan tintelde ze vanbinnen.

Tegen het eind van het optreden kwam hij eindelijk los, en toen begon hij ineens met twee uitgestoken handen op zijn twee bongo's te beuken met een merkwaardig, agressief plezier en liet hij al zijn remmingen varen. Hij ging zo tekeer dat hij zijn drie vrienden overstemde, die eerst versteld stonden en daarna, met onderlinge blikken van verstandhouding, afspraken het tegen hem op te nemen met hun drums, zodat het één groot pandemonium werd, een jungle van vuistslagen op trommelvellen, kreten en gegrom, een strijd van drie tegen één, en Ilan schoof al heen en weer op zijn stoel en was van plan op te staan en er een eind aan te maken, maar zij, juist zij, die gewoonlijk niet met één oogopslag doorheeft wat er aan de hand is, nee, die echt dyslectisch is in alles wat te maken heeft met het doorzien van elementaire menselijke situaties – Zei hij het zo? Was het niet een van de centrale punten in zijn 'ik-ben-er-klaar-mee'-speech? –, uitgerekend zij legde een hand op zijn arm en hield hem tegen, want ze had het idee dat ze iets oppikte, een heel lichte verandering in Ofers ritme, een of andere nieuwe kanalisering van de stromen van agressie en rivaliteit die tussen hem en de drie andere jongens heen en weer liepen, en ze had het gevoel dat Ofer – als ze zich tenminste niet zoals gewoonlijk vergiste – hier in het drietal infiltreerde zonder dat ze het doorhadden. In het begin had hij de anderen nagedaan en hun aapachtige woestheid wonderwel geïmiteerd, en daarna was hij gaan echoën met een zachter getrommel dat een fractie van een seconde later was dan dat van hen, en ze had het idee dat hij hen aan henzelf liet horen in een zachtere, ironische versie, met die zogenaamd verwonderde blik van hem, de ogen die schuin naar boven werden getrokken en zich tegenover elkaar van den domme hielden, helemaal de blik van Avram, en het was haar al duidelijk dat ze zich niet vergiste, dat hij hen met tact en zelfs met een listigheid die ze niet van hem kende, verleidde tot een gedrum dat nieuw voor hen was, fluisterend, ruisend, en dat ze hem onmiddellijk gehoor gaven, de verleiding niet konden weerstaan en ook fluisterden en ruisten, zodat plotseling een gesprek tussen hen werd aangeknoopt van een en al hints en geheimen, die kennelijk alleen door jongens van elf konden worden begrepen –

Een vlaag van genot trok door de kelder. De ouders wisselden blikken uit. De ogen van de vier jongens glansden, druppels zweet schitterden op hun gezicht en ze veegden die af aan een mouw of likten ze met een snelle tong van hun bovenlip, en bleven kletsen en prevelen in de drumtaal, in een soort samengepakt geruis dat ze nog nooit van hem had gehoord, dat als het ware in cirkels om haar heen bewoog, dan weer dichterbij kwam en dan weer afstand nam.

Eén, twee minuten gingen voorbij, tot de vier niet langer zo konden blijven fluisteren; je kon voelen hoe hun sappen hen langzamerhand helemaal vulden, en ineens knalden ze uit elkaar, barstten uit in een donderende onweersbui en zongen weer luidkeels het openingsnummer. Het publiek zong met hen mee en ging enthousiast tekeer, en Ofer nam zijn vaste plaats in het geheel weer in, trok zich als het ware terug in zichzelf en vergrendelde een deur. Ernstig en een beetje somber stond hij naast de anderen, alleen over zijn voorhoofd liepen nog kleine rimpeltjes, waarin ze in die tijd iets van de storm van zijn gedachten kon lezen. Op zijn wangen gloeiden rode vlekken van trots, en ze dacht op dat moment: Avram, je bent zozeer bij ons. Ilan legde zijn hand op haar bovenbeen. Ilan, die haar bijna nooit in het openbaar aanraakte.

'Je kunt niet met mij naar bed,' zei ze in gedachten verzonken.

'Ik kan niet met je naar bed,' herhaalde hij als een holle echo.

'Je bent er niet toe in staat,' zei zij en ze legde het mes weg en bleef roerloos voor de gootsteen staan.

'Ik ben er niet toe in staat,' zei hij, verbaasd zoekend naar de betekenis van de merkwaardige toon in haar stem.

Ze stak zijwaarts haar hand uit, en zonder hem aan te kijken vond ze zijn hand en trok hem naar zich toe.

'Ora,' zei hij aarzelend, waarschuwend.

Ze pakte het mes uit zijn hand. Hij verzette zich niet. Ze wachtte even, met gebogen hoofd, alsof ze een of ander advies wilde krijgen van iemand die niet te zien was. Misschien zelfs van de Avram van vroeger. Daarna voerde ze hem mee naar de slaapkamer. Hij liep achter haar aan alsof hij geen eigen wil had. Alsof al zijn levenskracht uit hem was weggelekt. Ze legde hem op zijn rug op het bed en schudde een kussen op voor zijn hoofd. Haar gezicht was vlak bij het zijne. Ze kuste hem zachtjes op de lippen, voor het eerst sinds hij uit krijgsgevangenschap was teruggekeerd, en ze ging naast hem op de rand van het bed zitten wachten tot ze zichzelf zou begrijpen.

'Je kunt niet met me naar bed,' zei ze even later met een iets beslister stemgeluid.

'Ik kan niet met je naar bed,' herhaalde hij weer, zich verwonderend over haar bedoeling en heel voorzichtig.

'Je bent er momenteel gewoon niet toe in staat met mij naar bed te gaan,' bepaalde ze, en ze begon haar blouse uit te trekken.

'Gewoon niet in staat,' herhaalde hij argwanend.

'Ook als ik mijn blouse uittrek, maakt jou dat niets uit.'

'Ook als je die uittrekt,' zei hij, en hij keek uitdrukkingloos naar de blouse die van haar afgleed.

'En ook als ik bijvoorbeeld dit uittrek,' voegde ze er op volstrekt zakelijke toon aan toe, hopend dat Avram haar gêne niet zou opmerken, en ze trok haar beha uit – het schoot haar te binnen dat hij eens had voorgesteld een beha voortaan een 'borstgareel' te noemen – 'dan interesseert dat je helemaal niet,' zei ze en zonder naar hem te kijken vond ze op de tast zijn hand en legde die op haar rechterborst, de kleinere en gevoeligere, waar Avram zich vroeger altijd het eerst op had gericht, en zo streelde ze zichzelf zachtjes.

'Helemaal niks,' mompelde hij, kijkend naar zijn hand, die de blanke, tedere borst streelde. En die drie woorden, 'blanke, tedere borst', sloegen van een enorme afstand een wond in hem, door een dikke laag afstomping heen.

'En ook niet als ik –' zei ze, en ze stond op en trok langzaam haar broek uit, met zachte bewegingen van haar heupen, en al die tijd vroeg ze zich af wat ze eigenlijk aan het doen was, maar ze had het gevoel dat ze het pas zou begrijpen als ze het zou doen.

'Niets,' zei hij voorzichtig, en hij keek naar haar lange, witte benen.

'En dit ook,' mompelde ze, en ze trok haar onderbroekje uit en ging naakt voor hem staan, lang, slank en donzig. 'Kleed je uit,' fluisterde ze, 'nee, wacht, laat mij je uitkleden, je hebt geen idee hoe lang ik heb gewacht op dit moment.'

Ze trok hem zijn overhemd en zijn broek uit. Hij lag in zijn onderbroek en zag er triest uit. 'Je kunt niet met me naar bed,' zei ze, alsof ze in zichzelf sprak, en ze liet een hand vanaf zijn borst tot aan zijn tenen over zijn lichaam gaan en stilhouden op zijn vele littekens, hechtingen en korsten. Hij zweeg. 'Zeg het,' zei ze, 'zeg: "Ik kan niet met je naar bed," zeg het me na, zeg het samen met mij.'

'Ik kan niet met je naar bed,' zei hij, en zijn borst kwam omhoog en zette een beetje uit.

'Je bent er gewoon niet toe in staat.'

'Ik ben niet in staat.'

'En ook als je vreselijk graag zou willen, zou je niet met me kunnen vrijen,' zei ze.

'Zelfs als ik,' zei hij en hij slikte.

'Zelfs als je niets liever zou willen dan mijn benen om je heen voelen, die je omvatten en zich aan je vastklampen,' zei ze, en ze knielde naast hem op de vloer en stroopte zijn onderbroek naar beneden. Haar hand zweefde over zijn pik, en er ontsnapte hem een lichte kreun.

'Zelfs als mijn tong erlangs zou strijken en erop zou tokkelen,' zei ze volkomen terloops, bijna onverschillig, en ze voelde dat ze eindelijk de juiste toon had gevonden, die precies goed voor hem was. Alleen dankzij de Avram vroeger, dacht ze, wist ze nu te doen wat ze hier aan het doen was, en ze stippelde vlug wat vocht over de lengte ervan en tuitte er haar lippen omheen.

'Zelfs als je tong –' mompelde Avram en hij stikte bijna. Zijn hand ging vanzelf omhoog en legde zich op zijn voorhoofd.

'En zelfs als ik, laten we zeggen, zou –' fluisterde ze tussen de likjes en het zachte gezuig door.

'Zelfs als je zou –' verzuchtte hij, en hij kwam een beetje overeind op zijn ellebogen om te kijken naar haar lichaam, dat op knieën en handen over zijn lichaam was gebogen. Hij staarde naar de welving van haar mooie, lange, witte rug, haar ronde billen en de kleine, brutale vrouwenborst die halfverscholen achter haar arm opbolde.

'Zelfs als hij een beetje zou opleven voor me, uiteraard geheel tegen zijn wil,' ging Ora door en ze streek met natte vingers over de eikel, kneep, zoog en beet zachtjes.

'Zelfs als hij –' mompelde Avram en hij likte zijn droge lippen. Zijn adamsappel ging op en neer.

'Zelfs als ik hem kus en hem likjes geef, en voel hoe warm hij wordt en in mijn hand klopt,' merkte Ora op.

'Zelfs als hij warm voor je loopt,' kreunde Avram, en in zijn binnenste kleurde ineens een gloeidraad rood.

'En zelfs als ik hem, bijvoorbeeld, helemaal diep in mijn mond zou nemen,' zei ze met een kalmte die haarzelf verbaasde, maar ze nam hem niet in haar mond.

Avram kreunde, bewoog zijn bekken en kwam een beetje omhoog, ernaar smachtend te worden binnengehaald.

'En zelfs als hij slaperig zou blijven en verder zou dromen, ook in mijn mond,' zei ze, en ze omhulde hem met haar mond en voelde zijn klop en zijn warmte.

'Zelfs als hij –' mompelde Avram. Zijn hoofd viel naar achteren, zijn ogen draaiden weg, en hij haalde diep adem voor het ruisende vollopen in zijn lendenen.

Ora doezelt. Ze ligt op haar rug, met haar hoofd schuin opzij, haar gezicht kalm en mooi. Vlak bij haar oor kruipen drie vuurwantsen, glimmend als kleine rode ridderschilden, achter elkaar langs de steel van een affodil. In de schaduw van haar voeten, verborgen in een geurige wijnruit, zwellen de zwart-gele rupsen van de koninginnenpage en stoten met hun voelhoorns voortdurend echte en denkbeeldige vijanden af. Avram kijkt naar haar. Zijn ogen tasten haar gezicht af, strelen het.

'Ik vroeg me af,' klinkt zijn stem ineens op.

'Wat?' Ora is meteen wakker geschoten.

'Ik heb je wakker gemaakt...'

'Geeft niet, wat zei je?'

'Toen je vertelde over die grote schoenen die hij had, vroeg ik me af of je je nog van alles herinnert.'

'Zoals wat?'

'Weet ik veel,' zegt hij met een ongemakkelijk lachje. 'Laten we zeggen, hoe hij begon te lopen, of hoe –'

'Hoe hij begon te *lopen*?'

'Ja, het begin...'

'Ofer? Als baby?'

'Omdat we het erover hadden hoe hij liep, dus ik dacht –'

Ze beantwoordt zijn lachje. Het heeft iets onaangenaams, haar lachje, dat prijsgeeft hoezeer ze zich heeft neergelegd bij het feit dat hij Ofer nooit heeft beschouwd als een mens van vlees en bloed, die op een zeker moment in de tijd op twee beentjes is gaan staan en zijn eerste stapjes heeft gezet.

'Dat was toen we nog in Tsoer Hadassa woonden,' zegt ze snel, voor hij terugkrabbelt. 'Hij was dertien maanden, en ik herinner het me juist als de dag van gisteren.' Ze hijst zichzelf overeind tot ze zit, wrijft haar ogen uit en gaapt weer uitgebreid. 'Orry,' zegt ze met bijna ontzette kaken en ze houdt slordig een hand voor haar mond. Al haar ledematen voelen uitgerust aan, het dutje heeft haar blijkbaar goedgedaan – zolang het haar vanavond maar niet zal verhinderen in slaap te komen. 'Wil je het horen?'

Hij knikt.

'Ilan, Adam en ik waren in de keuken. Ik weet nog hoe krap het daar altijd was, later hebben we een beetje verbouwd.' Ze kijkt hem schuins aan. 'Wil je het echt?'

'Ja, ja, wat ben je –'

Ze vouwt haar benen onder zich. Ze heeft het idee dat elke zin die ze uitspreekt ontstekingsmechanismen van het geheugen en van nieuwe informatie bevat, die hem zouden kunnen verwonden. Bijvoorbeeld, de vrij donkere keuken, zijn piepkleine afmetingen, de bedompte geuren die er hingen, de vochtplekken op het plafond, en daar had ze ook een keer met hem gevreeën, staand, met haar rug geleund tegen de deur van de voorraadkast – en toen ze net tegen hem zei dat ze die hadden verbouwd, voelde ze zich ongemakkelijk, alsof ze zo zijn laatste resten eruit hadden verwijderd.

'We waren met zijn drieën in de keuken,' herhaalt ze, 'wij en Adam, terwijl Ofer ergens mee zat te spelen op het kleed in de woonkamer, en we waren aan het praten, kletsen. Het was avond en ik had kennelijk iets gekookt, of een omelet gebakken, en Ilan had vast spaghetti gemaakt, ik noem maar wat,' zegt ze lachend, 'ik ben nu gewoon aan het gissen. En Adam... ik denk dat hij toen al op een gewone stoel zat, ja natuurlijk, hij was toen een jaar of vierenhalf, toch? Dus de kinderstoel was intussen al van Ofer.'

Ze praat langzaam. Haar handen bewegen, meubileren het plaatje in haar hoofd, stellen de spelers op en zetten de rekwisieten op hun plaatsen neer.

'Ineens viel me op dat het doodstil was in de woonkamer. En je weet, als er een baby is,' – Avram knipt onmiddellijk één keer met zijn ogen ten teken dat hij het niet weet, waarop Ora, zonder erover na te denken twee keer met haar ogen naar hem knipt, *nu weet je het* – 'als er een baby is, ben je de hele tijd met één oor gericht op hem, vooral als je hem niet naast je hebt. En op de een of andere manier krijg je ook de hele tijd kleine signalen van hem, één keer in de zoveel seconden, een kuchje van hem, of hij haalt zijn neus op, of hij mummelt wat, of gaapt, en dan ben jij, ik, weer voor een paar tellen gerust.'

Ze bestudeert zijn gezicht. 'Doorgaan?'

'Ja.'

'Interesseert het je?'

Hij haalt zijn schouders op. 'Ik weet het niet.'

'Je weet het niet?'

'Nee.'

Ze verzucht: 'Waar was ik?'

'Dat het stil was in de woonkamer.'

'Ja.' Ze haalt diep adem, verbijt de steek van verontwaardiging en houdt zichzelf voor: hij is tenminste eerlijk en zegt precies wat hij voelt.

'Meteen besefte ik dat er geen signalen waren. En Ilan merkte het ook. Ilan had de zintuigen van een ik-weet-niet-wat, van een dier, voor zulke dingen,' en hoewel ze de woorden inslikt, vangt Avram ze op: Ilan heeft heel goed op jouw kind gepast. Ilan was een goede keus. Van ons allebei.

Uit alle macht weerhoudt ze zich ervan hem te beschrijven wat haar nu te binnen schiet, een aaneenschakeling van beelden, Ilan die met zijn tanden een kleine splinter uit Ofers voet verwijdert; Ilan die met zijn tong een korreltje uit Ofers oog likt; Ilan met Ofer bij de tandarts: Ofer ligt boven op Ilan, die in de stoel ligt en Ofer streelt en hypnotiseert met een zacht spinnende ademhaling. 'Ofer heeft een spuitje gekregen,' vertelde Ilan naderhand, 'en míjn hele mond raakte verdoofd.'

'Ik vloog naar de woonkamer, en ik zie daar Ofer midden in de kamer staan, met zijn rug naar me toe. Het was duidelijk dat hij al een paar stappen had gelopen om daar te komen.'

'In zijn eentje?'

'Ja, vanaf de ronde tafel, herinner je je de lage houten tafel die we een keer buiten in het veld hebben gevonden toen we met zijn drieën aan het wandelen waren? Zo'n ronde haspel waar kabels omheen gewonden hadden gezeten?'

'Van het elektriciteitsbedrijf of zo...'

'Die jij en Ilan toen helemaal naar huis hebben gerold.'

'Ja, natuurlijk,' zegt hij met een glimlach. 'Wat, bestaat die nog?'

'Jazeker. Toen we naar Een Karem verhuisden, hebben we hem meegenomen.'

Ze lachen allebei verbaasd.

'En Ofer,' vertelt ze verder, en met haar wijsvinger tekent ze een dunne streep in het zand, 'was blijkbaar van die tafel naar de grote bruine bank gelopen –'

Die herinner ik me, zegt Avrams gezicht.

'En vandaar,' vervolgt Ora de tocht door de kamer, 'naar de gebloemde leunstoel –'

'Waarvan de tweelingbroer tot op de dag van vandaag bij mij in huis staat,' mompelt Avram.

'Ja, dat zag ik,' merkt Ora op met een scheve mond. 'En daarna van de leunstoel waarschijnlijk in de richting van de boekenkast, de bakstenen boekenkast –'

'De rode bakstenen –'

'Die Ilan en jij overal vandaan sprokkelden –'

'Ai,' kreunt Avram, 'mijn boekenkast –'

'Het is allemaal maar giswerk,' zegt Ora, en ze veegt het zand van haar hand, 'dat begrijp je. Ik weet niet echt hoe hij precies is gelopen, van waar tot waar. Want toen ik in de woonkamer kwam, stond hij al een paar passen voorbij de boekenkast en daar had hij niets meer om zich aan vast te houden, niets, daar liep hij helemaal in het luchtledige.'

En nu neemt het een hoge vlucht in haar, de omvang en het wonder van de heldendaad, de moed van haar kleine astronaut.

'Ik hield echt mijn adem in. Ilan ook. We waren bang hem aan het schrikken te maken. Hij stond daar met zijn rug naar ons toe,' – ze glimlacht, met een blik die is afgedwaald naar de woonkamer in Tsoer Hadassa, en Avram gluurt er steels naar, zijn gezicht wordt als het ware ongewild die kant op getrokken – en Ilan, herinnert ze zich, kwam dichterbij, sloeg van achteren zijn armen om haar heen, drukte zich tegen haar aan, zette haar met beide voeten stevig op de vloer en vouwde zijn handen op haar buik, en samen bleven ze zo muisstil staan, heel langzaam wiegend op een soort geluidloos gehum.

Een vederlichte huivering trekt langs haar ruggengraat omhoog, verspreidt zich rond haar nek en grijpt zich vast aan haar haarwortels. Ze valt stil. Ze laat Avram het beeld zien. De hem welbekende kamer, met het bijeengeraapte zootje meubels, en Ofer die er staat, een kruimel leven in een oranje shirtje met een afbeelding van Winnie de Poeh. En Ilan en zij, die naar hem staan te kijken.

'En ik kon me natuurlijk niet inhouden en lachte, waarop hij schrok van het lawaai, zich naar ons probeerde om te draaien en viel.'

De zachte plof, vol lucht, van de wegwerpluier die het kleed raakte. Het zware hoofdje dat naar voren en naar achteren schommelde, de verontwaardiging omdat hij zo was overrompeld, en daarna – de verbazing op het gezicht dat haar werd toegewend, alleen haar, alsof hij haar vroeg hem uit te leggen wat hij zojuist had gedaan.

'En waar was Adam?' vraagt Avram, ergens in het hier en nu.

'Adam? Die was nog in de keuken, stel ik me zo voor, waar hij natuurlijk gewoon verder at,' – en ze stopt: zoals hij meteen aanvoelde dat Adam in zijn eentje was achtergebleven, verlaten, zoals hij zich meteen aan zijn zijde schaarde – 'maar toen hij mij hoorde lachen en Ilan hoorde juichen, sprong hij meteen van zijn stoel en rende naar ons toe.'

Het beeld is levendig en helder: Adam grijpt met zijn vuist een broekspijp van Ilan vast. Met een zijdelings gebogen hoofd keurt hij de prestatie van zijn kleine broertje. Zijn lippen krommen zich een beetje, een haarbreedte, in een grimas die heel langzaam, gedurende de jaren, in het trage beeldhouwproces van de ziel in het vlees, een trek in zijn gezicht zal worden.

'Luister, het hele verhaal duurde drie, vier seconden, dus denk niet dat het hier om een of andere familiesage gaat. We renden meteen alle drie naar Ofer toe om hem te knuffelen, en hij wilde natuurlijk onmiddellijk overeind komen. Ja, vanaf het moment dat hij het rechtop staan had ontdekt, was er geen houden meer aan.'

Ze vertelt hem hoe moeilijk het in die tijd was om Ofer in zijn bed te leggen: hij kwam elke keer weer overeind, klampte zich vast aan de houten spijlen en trok zichzelf omhoog, viel om van vermoeidheid en stond even later toch weer overeind; midden in de nacht, in de war, huilend, ook al smachtte hij ernaar verder te slapen – nee, hij hees zich overeind en stond rechtop in bed; en als ze hem een schone luier om wilde doen, als ze hem in zijn stoeltje zette voor het eten, als ze hem vastgespte in het kinderzitje in de auto, constant stribbelde hij tegen, drukte zich omhoog, alsof een grote, wilde springveer hem een zetje gaf, alsof bij hem de richting van de zwaartekracht was omgedraaid.

'Zeg,' verzucht ze, 'wil je dit echt allemaal horen of is het alleen maar om mij een genoegen te doen?'

Hij knikt of schudt wat diagonaal met zijn hoofd, en ze heeft moeite het te begrijpen. Bedoelt hij misschien: allebei? En waarom ook eigenlijk niet? denkt ze. Ook dat is niet niks, pak wat je krijgen kunt.

'Waar was ik?'

'Hij was gevallen.'

'Ai,' kreunt ze, pijnlijk getroffen door een scherpe steek. De lucht wordt ineens uit haar geperst. 'Zeg dat niet.'

'Ah, ik dacht er niet bij na. Sorry, Ora.'

'Nee, al goed,' zegt ze. 'Je moet weten: als ik met jou over hem praat, is hij in orde, is hij beschermd.'

'Hoe dat zo?'

'Ik weet het niet. Zo voel ik het. Er wordt gewoon over hem gewaakt.'

'Ja.'

'Klinkt het krankzinnig?'

'Nee.'

'Zal ik verder vertellen?'

'Ja.'

'Vraag het expliciet.'

'Vertel me nog meer. Over hem.'

'Over Ofer.'

'Over Ofer, vertel me over Ofer.'

'We hielpen hem dus overeind,' zegt ze – haar ogen knipperen even, alsof ze een beeld heeft gezien dat niet te bevatten is: hij zei 'Ofer', Avram heeft Ofer aangeraakt – 'en we zetten hem rechtop op zijn beentjes, spreidden onze armen voor hem en riepen hem, lokten hem, en weer liep hij, heel langzaam, waggelend –'

'Naar wie?'

'Wat?'

'Naar wie van jullie tweeën?'

'Ah.' Ze doet haar best het zich voor de geest te halen, verrast door zijn nieuwe scherpte, door een vage blikkering van staalharde vastberadenheid in zijn gezicht. Net als vroeger, denkt ze, als hij iets nieuws moest en zou begrijpen – een idee, een situatie, een mens – en als hij er omheen begon te cirkelen, op een heel licht sukkeldrafje, met de roofdierachtige flikkering in zijn ogen.

'Naar Adam,' schiet haar te binnen, 'ja, natuurlijk. Naar hem liep hij toen.'

Hoe had ze het kunnen vergeten? De kleine Ofer, ernstig en geconcentreerd, met een heel ingespannen blik, een wijdopen mond en uitgestoken armen, een lichaam dat naar voren en naar achteren wiegt, zijn ene hand die naar beneden komt en de pols van de andere arm beetpakt, alsof hij zichzelf uitroept tot gesloten circuit, tot onafhankelijk, zelfvoorzienend systeem. En ze ziet levendig en scherp voor zich: zij, Ilan en Adam staan tegenover hem, een eindje van elkaar vandaan, alle drie met gespreide armen, ze roepen hem, 'Ofer, Ofer,' ze lachen naar hem, verleiden hem, 'wie komt er in mijn huisje?'

Nu ze het vertelt, snapt ze wat haar ogen destijds is ontgaan: het moment van zijn eerste keuze tussen hen, en ook de benarde situatie waarin ze hem brachten door hem te dwingen tot een keuze. Ze sluit haar ogen en probeert te raden wat er in hem omging, en woorden had hij toen tenslotte nog niet, denkt ze, alleen een geduw en getrek vanbinnen. Ilan, Adam en zij stonden er jubelend en dansend om hem heen, terwijl Ofer daar misschien werd verscheurd zoals alleen een baby verscheurd kan worden – ze loopt er snel van weg, van zijn benauwdheid, en haar gezicht licht al op van Adams verwondering en vreugde op het moment dat Ofer uiteindelijk naar hem toe kwam, een verwondering, een vreugde en een trots die heel even de bozige kromming van zijn lip uitwisten en die opkrulden tot een glimlach van opgewonden, ongelovig geluk: híj werd gekozen, hém wilden ze. En het schiet haar te binnen – een stroom van beelden, geluiden en geuren barst los in haar, alles komt ineens terug – hoe Adam Ofer verwelkomde toen Ilan en zij voor het eerst met hem thuiskwamen, uit het ziekenhuis, iets meer dan een jaar daarvoor. Dat moet ze aan Avram vertellen, misschien niet nu, nog niet, hem niet overspoelen, en ze vertelt het toch: Adam huppelde, sprong, ging tekeer, zijn ogen brandden met de elektriciteit van angst, en hij sloeg met twee handen op zijn wangen. Uit alle macht gaf hij zichzelf klappen, en woest schreeuwde hij uit: 'Ik ben blij! Ik ben zo blij!'

Ook de hoge, hortende piepgeluiden keren terug, die in de eerste maanden telkens uit het diepst van Adams lijf opklonken als hij in de buurt van Ofers babybedje kwam, een soort reeks van korte, onbeheerste gilletjes, een bijna dierlijke mengeling van genegenheid, afgunst en onhoudbare opwinding. Op precies dezelfde manier piepte hij toen ook, toen Ofer naar hem toe waggelde op het eerste keuzemoment, 'of misschien waren het andere piepjes, wie zal het zeggen?' zegt ze tegen Avram. 'Misschien stuurde en instrueerde hij Ofer wel en moedigde hem aan, in een taal die alleen zij tweeën begrepen?'

Ofer zette een stap, nog een en nog een. Hij liep zonder te vallen, en misschien gaven de piepjes van zijn broer hem de kracht, die hij combineerde met zijn eigen wilskracht, waarmee het hem lukte een zeker evenwicht te bewaren, hoe wankel ook. Als een piepklein vliegtuig in een storm, smachtend naar een straal die vanuit de verkeerstoren naar hem wordt uitgezonden, kwam hij naderbij en viel zijn broer in de armen, die achterover viel, waarna ze samen over het kleed rolden, in elkaars armen, kronkelend en gillend van de lach. En ineens krijgt ze zin deze kleine herinnering ergens op schrift te zetten, zodat die haar niet nog eens twintig jaar lang kan ontschieten: in slechts enkele woorden de ernst beschrijven waarmee Ofer liep, Adams gillende opwinding en Adams enorme opluchting, en bovenal, zoals ze zich op elkaar stortten, als twee jonge hondjes. Volgens haar was dit het moment waarop ze echt broers werden, het moment dat Ofer Adam koos, het moment dat Adam, misschien voor het eerst in zijn leven, echt en oprecht geloofde dat hij was uitgekozen. Ora glimlacht als betoverd naar de draaikolk van haar kinderen op het kleed, en ze denkt: wat was Ofer toen al verstandig, wat kon hij zich helemaal geven aan Adam, en zoals hij ervoor oppaste niet gevangen te raken in de wirwar van geheimen en stiltes die op hem loerden tussen haar gespreide armen en tussen die van Ilan.

'En dat was dus de eerste keer dat hij liep,' maakt ze snel een eind aan het verhaal. Ze is uitgeput en glimlacht moeizaam naar Avram.

'De tweede keer.'

'Hoezo de tweede?'

'Dat zei je.'

'Wat?'

'Dat jullie de eerste keer niet hadden gezien, echt zijn eerste stappen.'

Ze haalt haar schouders op. 'Ah, dat is waar, ja. Maar wat maakt dat eigenlijk –'

'Nee, zomaar.'

Staat hij ineens op historische precisie, vraagt ze zich af, of is hij op een rare manier aan het marchanderen met haar en Ilan, in de trant van 'ik niet, en jullie net zomin'.

'Ja,' zegt ze, 'je hebt helemaal gelijk.'

Even kijken ze elkaar aan, en ineens weet ze: aan het marchanderen. Misschien zelfs meer dan dat, aan het afrekenen. Ze schrikt van de ontdekking, maar die is ook opwindend. Het lijkt een eerste teken van opstandigheid, van ontwaken, bij iemand die te lang gedeprimeerd, verlamd en in slaap is geweest. En dan komt de gedachte in haar op dat er ook niemand bij was toen Ofer zich voor het eerst omdraaide van zijn buik op zijn rug. Is dat zo? Ze gaat vluchtig bij zichzelf te rade. Ja, het is zo. Verdomd: Ilan ging naar zijn bedje, op een middag was het, en trof hem daar aan op zijn rug, doodkalm, kijkend naar het mobile met de blauwe olifantjes – zelfs het mobile, met al zijn details, komt haar nu volstrekt helder voor de geest. Alsof iemand met één ruk de staar heeft weggehaald die jarenlang haar hersens heeft bedekt. Ook toen hij voor het eerst ging zitten, was hij eigenlijk in zijn eentje, denkt ze met groeiende verbazing. En ook toen hij voor het eerst ging staan.

Eén moment, niet langer, aarzelt ze en dan vertelt ze het aan Avram, doet hem verslag van de droge feiten, de feiten die nu ook hem toebehoren, omdat hij ze eindelijk heeft opgeëist. Zijn ogen vernauwen zich: ze kan bijna zien hoe de radertjes in zijn hersens zich onwennig in beweging zetten.

'Op een of andere manier is het zo gelopen,' zegt ze, 'dat hij al die dingen – zich voor het eerst omdraaien, voor het eerst zitten, staan, lopen – echt alleen maar deed als er niemand bij was.'

'Oké,' fluistert Avram, zijn ogen gericht op zijn vingertoppen, 'is dat iets, wat zal ik zeggen, uitzonderlijks?'

'Eerlijk gezegd heb ik er nog nooit over nagedacht,' zegt Ora verbaasd. 'Ik heb nooit het lijstje aangelegd waarop al die eerste handelingen van hem bij elkaar staan. Maar toen Adam bijvoorbeeld voor het eerst rechtop zat of stond of liep, was ik erbij. Goed,' en ze haalt één schouder op, 'ik zei je al dat we in zijn eerste drie jaren niet bij elkaar weg te slaan waren. En ik herinner me hoe hij elke keer straalde als hij zo'n prestatie had geleverd, maar Ofer, ja, Ofer is –'

'Op zichzelf,' vult Avram stilletjes aan, en zijn gelaatstrekken worden ineens verzacht.

Ora wiegt zichzelf zachtjes. Ze ziet Ofer op het kleed in de woonkamer zitten, in zijn eentje, ze ziet hem zijn handen uitsteken, zich met twee handen vastgrijpen aan de lage houten tafel, omhoog komen en staan. Hij kijkt naar links en naar rechts en ziet dat er niemand bij hem is. Vanuit de keuken bereiken hem de stemgeluiden van Ilan, Adam en haar. Hij tilt zijn handen een eindje op en laat de tafel los. Eén moment lang staat hij, drijft hij, zweeft hij in de ruimte, en dan pakt hij de tafel weer vast. Maar opnieuw gaan zijn handen als vanzelf omhoog, op zoek naar de plek, het punt waar hij zojuist in zijn eentje zweefde.

Alles wat zijn ogen zien, komt van zijn plaats, beweegt binnen zijn lijnen en dreigt om te vallen, een duizelingwekkende dans van veranderende hoeken, nieuwe lichtbrekingen, vormen en schaduwen, zelfs de geluiden zijn plotseling nieuw, komen van andere plekken vandaan, en hij wordt overvallen door angst voor de wereld, maar zijn angst is ook verlangen naar de wereld, voelt Ora, en ze denkt dat zijzelf tot voor kort nog zo was als hij.

Ze staat op, duikt op haar rugzak af, begint er koortsachtig in te wroeten en haalt er een dik schrift met een donkerblauwe harde kaft uit. In een zijvakje van de rugzak vindt ze een pen. Zonder inleidingen, nog staand, haar hoofd schuin opzij, schrijft ze op de eerste bladzijde: *Ofer liep raar. Ik bedoel, hij had in het begin een rare manier van lopen. Bijna vanaf het moment dat hij zijn eerste stappen zette, omzeilde hij allerlei hindernissen die niemand anders dan hij opmerkte, en het was vreselijk grappig*

hem te zien lopen. Zoals hij oppast voor iets wat niet bestaat, of terugschrikt
voor een of ander monster dat blijkbaar midden in de kamer op hem loert,
en met geen mogelijkheid kun je hem overhalen op die tegel te stappen! Het is
een beetje alsof je een dronkaard ziet zwalken (maar een dronkaard met een
systeem!). Ilan en ik komen tot de conclusie dat hij een privéplattegrond in
zijn hoofd heeft en dat hij alleen loopt volgens de routes op zijn kaart.

Ze keert met een voorzichtig stapje terug naar haar plaats, legt het
open schrift op de grond neer en gaat ernaast zitten, met kaarsrechte
rug, en daarna kijkt ze Avram verwonderd aan.

'Ik heb over hem geschreven.'

'Over wie?'

'Over hem.'

'Waarvoor?'

'Ik weet het niet. Gewoon, ineens –'

'Maar het schrift –'

'Wat is daarmee?'

'Waarvoor had je dat meegenomen?'

Ze staart naar de regels die ze heeft geschreven. De woorden lijken
rond te rennen, haar te wenken, haar op te roepen verder te schrijven, nu
niet op te houden.

'Wat vroeg je?'

'Waarvoor je dat schrift hebt meegesjouwd.'

Ze rekt zich uit. Ze is plotseling moe, alsof ze hele bladzijden heeft
geschreven.

'Zomaar, ik was van plan allerlei dingen te noteren die we onderweg
zouden zien, Ofer en ik, een soort reisdagboek. Als we vroeger met de
kinderen op vakantie waren in het buitenland, schreven we altijd samen
belevenissen op.'

Zij was degene die ze opschreef. 's Avonds, in het hotel, of tijdens rust-
stops of lange ritten of vluchten. De anderen weigerden mee te werken
– Ora aarzelt en besluit dat ze hem dat niet zal vertellen – en met zijn
drieën dreven ze altijd liefdevol de spot met haar inspanningen, die ze
overbodig en kinderachtig vonden. Maar zij hield voet bij stuk: 'Als we
het niet opschrijven, vergeten we het.' Zij zeiden: 'Maar wat valt er te onthouden? Dat de oude man in het bootje op papa's voet heeft gekotst? Dat
Adam paling kreeg in plaats van de bestelde schnitzel?' Dan hield ze
haar mond en dacht: jullie zullen nog zien dat jullie je op een dag voor de

geest willen halen hoe we ons hebben vermaakt, hoe we gelachen hebben – hoe we een gezin waren, denkt ze nu – en ze probeerde altijd naar beste kunnen in details te treden in die reisdagboeken van haar. En telkens als ze geen zin had om te schrijven, als haar hand liever lui dan moe was of als haar ogen dichtvielen van vermoeidheid, stelde ze zich de latere jaren voor waarin ze, liefst op lange winteravonden, met Ilan achter een beker warme punch zou zitten, allebei met een geblokte plaid om zich heen, en ze elkaar stukjes zouden voorlezen uit de schriften van hun vakantiereizen, die geïllustreerd waren met prentbriefkaarten, menu's, entreebewijzen voor diverse bezienswaardigheden en voorstellingen, treintickets en museumkaartjes. Ilan raadde natuurlijk al haar gedachten, inclusief de geblokte plaids. Zo'n open boek was ze altijd voor hem. 'Beloof me alleen dat je me doodschiet op het moment dat dat me te gebeuren staat,' vroeg hij haar, maar hetzelfde verzoek deed hij in verband met veel meer dingen.

Hoe kan het, denkt ze, dat ik alleen maar milder ben geworden met de jaren en zij drieën alleen maar harder en harder?

Misschien heeft Ilan gelijk, steekt ze in haar open wond, misschien ligt het aan mij dat ze zo zijn verhard. Tegen mij zijn ze hard geworden.

Een goede huilbui zou nu helpen, brengt ze zichzelf onder de aandacht.

En als ze haar ogen weer opent, zit Avram tegenover haar, met zijn rugzak geleund tegen een rots, en gaat helemaal op in haar.

Als hij haar vroeger zo aankeek, met die blik, ontblootte ze zich meteen voor hem, zodat hij geheel ongehinderd tot in haar diepste binnenste kon zien. Niemand anders stond ze toe zo naar haar te kijken. Ook Ilan niet. Maar aan Avram gaf ze zich bloot, hem was ze, om het met dat walgelijke woord te zeggen, 'gewillig'; aan Avram gaf ze zichzelf altijd helemaal, bijna vanaf het moment dat ze hem had leren kennen, want ze had een gevoel, een geloof dat er binnen in haar iets zat, of iemand, misschien een Ora die getrouwer was aan haar wezen, exacter en minder vaag, en Avram beschikte blijkbaar over de manier om die te bereiken. Hij was de enige die haar echt kon kennen en haar kon bevruchten met zijn blik, of alleen al met zijn naakte bestaan; zonder hem bestond zij eenvoudigweg niet, zonder hem had ze geen leven, en daarom was ze van hem, daarom had hij recht op haar.

Zo was het toen ze zestien, negentien en tweeëntwintig was, maar nu wendt ze haar blik met een bruusk gebaar ver van hem af, alsof ze is geschrokken van het idee dat hij haar daarbinnen ineens pijn zal doen, dat hij haar voor iets zal straffen, wraak op haar zal nemen, juist daar. Of misschien zal ontdekken dat er niets meer is, dat die Ora van hem al is verdroogd en doodgegaan, samen met wat is verdroogd en doodgegaan in hemzelf.

Ze zitten kalm te verteren wat zojuist is gebeurd. Ora heeft haar armen om haar knieën geslagen, en in stilte voert ze ter zelfrechtvaardiging aan dat ze ook voor zichzelf niet meer zo toegankelijk en doordringbaar is als vroeger, dat ze zelf ook uit de buurt van die plek in haar binnenste blijft. Het is kennelijk het verouderingsproces, besluit ze – al een tijdje heeft ze de eigenaardige aandrang te verkondigen dat ze oud aan het worden is, alsof ze niet kan wachten op de opluchting van een algehele faillietverklaring –, zo is het nu eenmaal, je neemt als mens al afscheid van jezelf voordat anderen afscheid van je beginnen te nemen en verzacht zo voor jezelf wat je toch al elk moment te gebeuren staat.

Daarna, lang daarna, staat Avram op, rekt zich uit en gaat hout sprokkelen voor een vuurtje, dat wordt omringd door stenen. Ora meent een nieuwe doelbewustheid in zijn bewegingen te ontdekken, maar ze kent zichzelf en is voorzichtig: misschien beeldt ze zichzelf alleen maar in dingen te zien, de schim van Avram als Avram.

Ze haalt een oude, kleurige handdoek tevoorschijn en spreidt die uit op de grond. Ze legt er de plastic etensspullen en bestek op neer, twee tomaten die te rijp zijn geworden, en een komkommer, die ze aan hem geeft, want hij mag hem fijnsnijden. Ze heeft ook crackers, blikjes maïs en blikjes tonijn bij zich, en een flesje van de olijfolie die Ofer zo lekker vindt, uit het klooster van Dair Rafaat. Ze was van plan Ofer met die olie te verrassen en ze had nog meer kleine verrassingen om hem mee te verblijden tijdens de tocht. Waar was Ofer nu? Eén moment lang weet ze niet of ze aan hem zou moeten denken of juist niet, hem met rust zou moeten laten. Waaraan zou hij nu behoefte hebben van haar kant? Haar ogen worden getrokken naar het open schrift. Misschien ligt daar het antwoord? Ze wil het dichtslaan, en is er niet toe in staat. Maar zo ligt daar alles open en bloot, voelt ze, en dichtslaan is verstikken, of zelfs begraven. Ze gaat op één knie zitten, trekt de rand van de handdoek recht en legt er een steen op, en ondertussen haalt ze het schrift naar zich toe en leest over wat ze heeft geschreven. Tot haar verbazing ontdekt ze dat ze in die paar regels van de verleden tijd is overgesprongen op de tegenwoordige tijd: 'Ofer liep raar', 'Het is een beetje alsof je een dronkaard ziet', 'Ilan en ik komen tot de conclusie dat'...

Ilan zou er al een of andere opmerking over hebben gemaakt.

Avram maakt vuur, en met behulp van een krant, die hij ergens heeft gevonden, lokt hij het naar de stukken hout. Ora staart naar de krant, vraagt zich af van welke dag die is en wendt haar blik af van de koppen. Wie weet hoever ze daar al gekomen zijn, denkt ze, en ze slaat vlug het schrift dicht en wacht tot de krant helemaal is verteerd. Avram gaat tegenover haar zitten en ze eten in stilzwijgen. Dat wil zeggen, Avram eet. Hij brengt water aan de kook voor een instantmaaltijd uit een bakje, en daarna vreet hij er achter elkaar twee op en beweert dat hij verslaafd is aan mononatriumglutamaat. Ze informeert terloops naar zijn eetgewoonten. Kookt hij voor zichzelf? Wordt er voor hem gekookt?

'Ligt eraan,' brengt hij uit. Ze kijkt verbijsterd naar zijn eetlust. Zelf moet ze niet aan eten denken. Ze beseft dat haar maag eigenlijk op slot zit sinds ze de deur uit is gegaan. Ook van het gastmaal bij de goedlachse vrouw, de moeder van de baby, kon ze bijna geen hap door haar keel krijgen, zodat er voor haar misschien toch nog íets goeds uit deze trektocht zal voortkomen.

En dan, bliksemsnel, als iemand die zijn eigen zakken rolt, steekt ze haar hand uit naar het schrift en opent het.

Ik ben bang hem te vergeten. Zijn kindertijd, bedoel ik. Het gebeurt me vaak dat ik de kinderen door elkaar haal, de twee verwissel. Voordat ze werden geboren, dacht ik dat een moeder zich elk kind apart herinnert. Nou, dat klopt niet precies. Of vooral bij mij is het niet zo. En ik was zo dom om voor de kinderen geen boekje aan te leggen van hun ontwikkeling en met al hun bijdehante uitspraken vanaf de geboorte. Toen Adam werd geboren, stond mijn hoofd daar niet naar, met alle rotzooi die er toen was, na het vertrek van Ilan. En toen Ofer werd geboren, deed ik het ook niet (ook vanwege de rotzooi die er toen was, blijkbaar wordt het hoe dan ook elke keer dat ik baar een rotzooi). Maar ik dacht dat ik misschien nu, onder het lopen, een paar dingen zou kunnen opschrijven van wat ik me op de een of andere manier herinner. Zodat ze één keer ergens op schrift gesteld zijn.

Ergens in de buurt stroomt een beek. Avondlijke knaasjes zoemen en krekels gaan als bezeten tekeer. Een tak splijt in het vuur, en vlokken van verkoolde vonken dwarrelen neer op het schrift. Avram staat op en brengt de rugzakken uit de buurt van het vuur. Tot haar verwondering ziet ze: zijn bewegingen zijn inderdaad zelfverzekerder en lichter.

'Koffie, Ofra?'

'Hoe noemde je me?'

Hij lacht, heel ongemakkelijk.

Zij lacht ook, en haar hart klopt snel.

'Hoe dan ook, koffie?'

'Kun je een momentje wachten? Ik heb nog even nodig.'

Hij haalt zijn schouders op, en als hij is uitgegeten, legt hij Ofers slaapzak neer als een soort kussen. Hij strekt zich uit, legt zijn armen op elkaar onder zijn nek en kijkt omhoog, naar de takken van de overhuivende bomen, naar de tekens in de donkere hemel. Hij denkt aan de vrouw met het rode draad, die het land afloopt. Hij ziet de stoet van de ballingen. Lange rijen mensen komen met hangend hoofd uit hun woonplaatsen, de steden en de kibboetsen, en voegen zich bij de centrale, grote rij, die zich traag voortbeweegt over de ruggengraat van het land. Toen hij in de kerker in de Abbassiagevangenis zat en geloofde dat Israël van de kaart was geveegd, zag hij dat beeld voor zich, tot in de kleinste details, de kleine kinderen die op de schouders werden gedragen, de zware koffers, de holle, uitgedoofde ogen. Maar de vrouw die met het rode draad liep, bood een zekere troost. Je zou je bijvoorbeeld kunnen voorstellen, peinst hij, zuigend op een strootje, dat er in elke stad, elk dorp en elke kibboets iemand is die heimelijk zijn eigen draad vastknoopt aan dat van haar. En zo wordt heimelijk een weefsel over het hele land gelegd.

Ora bijt op het puntje van de pen, tikt ermee tegen haar tanden. Zijn vergissing van zonet, zijn verspreking, heeft haar van haar stuk gebracht en ze moet zich inspannen om terug te keren naar het punt waar ze was.

Met Ofer had ik een gewone bevalling, niet zwaar en ontzettend kort. Misschien twintig minuten vanaf het moment dat Ilan me naar het ziekenhuis had gebracht, het Hadassa op de Scopusberg. We kwamen er rond zeven uur 's ochtends aan, nadat om een uur of zes de vliezen waren gebroken, in mijn slaap.

Niet echt in mijn slaap, schrijft ze en ze werpt een schuinse blik op Avram, maar hij staart nog naar de hemel, verdiept in een of andere gedachte die het strootje in zijn mond heen en weer doet wippen, *er was*

iets en toen braken mijn vliezen in bed. En toen ik begreep dat het dat was,
anders gezegd, dat het niet iets anders was waarvan in die omstandigheden
sprake kon zijn, hebben we ons snel klaargemaakt. Ilan had van tevoren al
tassen voor mij en hem gepakt, alles was tiptop geregeld, geschreven instructies,
telefoonnummers, muntjes voor de telefooncel enz. Ilan ten voeten uit. We bel-
den Ariëlla en vroegen haar te komen om bij Adam te zijn als die wakker werd
en hem naar de crèche te brengen. Hij had de hele nacht doorgeslapen en niets
gemerkt.

Ofer werd om vijf voor halfacht 's morgens geboren. Het was een gemakke-
lijke, heel snelle bevalling. Ik kwam aan en ik beviel. Ze hadden nauwelijks tijd
om me voor te bereiden. Ze gaven me een klysma en stuurden me naar de wc.
Ik voelde een flinke druk op mijn buik, en zodra ik op de pot ging zitten, voelde
ik hem naar buiten komen! Ik riep Ilan, en hij kwam binnen, tilde me gewoon
op zoals ik erbij zat, zette me neer op een bed dat in de gang stond en schreeuw-
de tegen een verpleegster, en samen duwden ze me rennend naar de grote ver-
loskamer, waar ik trouwens ook was bevallen van Adam (in dezelfde kamer!),
en na drie keer persen kwam hij!

Haar gezicht straalt en met een gulle glimlach kijkt ze naar Avram. Hij
antwoordt met een verbaasde glimlach.

Ofer woog 2400 gram. Vrij groot in vergelijking met de rest van mijn kleine
onderzoeksgroep. Adam haalde de vier pond niet eens (hij kwam dertig gram
tekort!). Ze zijn daarna flink gegroeid, die twee.

Zo. Dat was precies wat ze wilde opschrijven. Ze haalt diep adem. Hier-
voor was het de moeite waard dat schrift de hele tijd mee te zeulen. Nu is
ze bereid iets te eten. Plotseling voelt ze de honger knagen. Maar nog
heel even sabbelt ze op de pen en vraagt zich af of er nog iets te vertellen
is over de bevalling. Ze beweegt haar verkrampte pols. Een pijngevoel uit
de middelbareschooltijd, denkt ze. Wanneer komt het nog voor dat ze
met de hand schrijft?

De vroedvrouw heette Fadwa, geloof ik, of was het Nadwa? Een Arabische
uit Kafr Rame in elk geval. In de twee dagen dat ik in het ziekenhuis ben geble-
ven, heb ik haar nog één keer ontmoet en even met haar gekletst. Ik was be-
nieuwd naar het meisje wier handen de eerste waren die Ofer hadden aan-
geraakt toen hij ter wereld kwam. Een ongetrouwde jonge vrouw. Sterk, zo'n
feministisch type, ontzettend scherp en ook vreselijk grappig, ze maakte me
de hele tijd aan het lachen.

Ofers voeten waren een beetje blauwig. Toen hij werd geboren huilde hij

nauwelijks, hij gaf maar één korte kik en viel stil. Hij had reusachtige ogen.
Echt de ogen van Avram.

Ze knipt een zaklantaarn aan en leest wat ze heeft geschreven. Moest ze misschien meer in detail treden? Ze leest het nog een keer over, en haar stijl bevalt haar juist wel. Ze weet wat Ilan ervan zou zeggen en hoe hij al haar uitroeptekens zou schrappen, maar Ilan zou dit waarschijnlijk nooit te lezen krijgen.

Alhoewel, misschien moest ze het toch een tikkeltje uitbreiden. Met feiten, geen opsmuk. Wat was daar nog meer voorgevallen? Om een of andere reden keert ze terug naar de geboorte van Adam, een lange, zware bevalling, en hoe ze de hele tijd haar best deed de vroedvrouw en de verpleegsters te behagen. Ze wilde zo graag dat ze haar uithoudingsvermogen zouden waarderen, dat ze haar in positieve zin zouden noemen in hun gesprekken in de verpleegsterskamer en dat ze haar zouden vergelijken met de andere vrouwen in de verloskamers, die schreeuwden, jankten en soms ook vloekten en tierden. Wat een moeite had ze niet gestoken in dat geslijm, in de meest belangrijke momenten van haar leven, denkt Ora met spijt. Haar benen beginnen te tintelen. Ze probeert een andere rots, en nog een andere, en gaat weer op de grond zitten. Het zijn geen omstandigheden voor het schrijven van een autobiografie, denkt ze.

Even later werd Ofer boven op me gelegd. Het stoorde me dat ze hem in een doek van het ziekenhuis hadden gewikkeld. Ik wilde zelf ook naakt zijn, met hem. Op ons tweeën na vond ik iedereen daar in de kamer volslagen overbodig. En Avram was er niet.

Ze werpt hem een voorzichtige blik toe. Misschien kan ze de laatste woorden beter doorhalen. Misschien wil ze ooit dat Ofer leest wat ze hier opschrijft? Misschien zijn Ilan en zij toch –

Onrust begint te woelen in haar onderbuik. Voor wie is ze aan het schrijven? En waarvoor? En het zijn al bijna twee bladzijden. Hoe zijn er twee bladzijden uit haar pen komen rollen? Avram ligt op zijn rug aan de andere kant van het vuurtje dat al is veranderd in donkerende houtskool. Zijn gezicht is naar boven gericht. De plukken van zijn baard staan alle kanten op. Zijn baard moet een beetje gefatsoeneerd worden, denkt ze. Even verdiept ze zich in zijn gezicht: op zijn twintigste begon hij te kalen, vanaf het voorhoofd naar achteren, als eerste van alle jongens van zijn lichtingsjaar, maar tot dan toe had hij een weelderige, wilde, sterke bos haar gehad en hij had ook dikke bakkebaarden tot het midden van zijn wangen laten staan, die hem nog ouder maakten dan hij er toch al uitzag en hem het gezicht gaven – zoals hij haar een keer in een brief schreef – 'van een begerige dickensiaanse herbergier met vochtige lippen'. Zoals gewoonlijk was hij precies in zijn karakteriseringen, en ertegen ingaan was zinloos. Hij had altijd van die schilderachtige, wrede en aantrekkelijke omschrijvingen – vooral omschrijvingen van zichzelf, denkt ze, van zijn uiterlijk en van zijn karakter – en met behulp ervan (interessant dat dat nu pas in haar opkwam) lukte het hem de anderen ertoe te verleiden hem uitsluitend door zíjn ogen te zien. Misschien beschermde hij zich zo ook tegen te onafhankelijke, echt pijnlijke blikken. Ora lacht hem nu ongezien toe, met geamuseerde waardering, zoals iemand die achteraf ontdekt dat er een weergaloos geraffineerde en geslaagde truc met hem is uitgehaald.

En misschien ook tegen te liefdevolle blikken, schrijft ze zonder nadenken in het schrift, kijkt verbaasd naar wat er uit haar pen is gerold en streept het vlug door, met één scherpe haal.

Later, toen alle artsen, de vroedvrouw en de verpleegsters weg waren en ook die ene die me had gehecht, heb ik Ofer alles uitgetrokken en hem bij me genomen, op mijn schoot.

Bij het laatste woord trekt een warme huivering door haar heen. Waar doet die huivering haar aan denken? Waar doet die haar nu aan denken? 'Mijn schoot,' fluistert ze in gedachte, en haar lichaam antwoordt meteen op lieve toon: Avram. Hij likte vaak de dunne haartjes op haar wang, onder haar slaap, en sprak dan traag mompelend woorden als 'de gespleten granaatappel van je slaap' of simpelweg 'dons'. Hij vlijde zich tegen haar aan en fluisterde tegen haar en in zichzelf, alsof hij lag te dromen: 'de bocht van je heup' of 'het zijde achter je knieën'. Zij glimlachte dan in zichzelf en dacht: zoals hij met woorden zijn hart sneller doet kloppen. En al vlug leerde ze dat hij, als ze zich over haar verlegenheid heen zette en zachtjes het woord 'dons' in zijn oor terugzei of 'je bent in mijn schoot' of zoiets fluisterde, onmiddellijk nog iets stijver werd in haar.

En het hele lichaamscontact met Ofer, echt vanaf de eerste ogenblikken, vanaf het moment van zijn geboorte, was de meest troostrijke, eenvoudige en rechtstreekse aanraking die ik in mijn leven heb gevoeld. Ilan zei eens dat Ofer hem vanaf het eerste begin iemand leek die behouden op zijn plek van bestemming was gearriveerd. Iemand die perfect was afgestemd op zijn leven. En dat was helemaal waar, in elk geval toen hij kind was, daarna niet meer. We hebben allerlei perioden met hem doorgemaakt. Ook moeilijke dingen hebben we met hem meegemaakt. Eigenlijk niets bijzonders. Maar juist de laatste tijd, met zijn militaire dienst, hadden we een moeilijke kwestie met hem. Vooral ik. Want zij, zij drieën, zijn er heel goed overheen gekomen.

Misschien moet ik het niet opschrijven, maar door die serene rust van hem, die hij vanaf het begin uitstraalde, echt vanaf de eerste ogenblikken, heb ik altijd verkeerd in de illusie, of zo'n soort van geloof, dat ik bij hem met een bepaalde zekerheid de toekomst kon raden (en tussen twee haakjes, Ilan heeft dat ook toegegeven, het is niet alleen mijn beruchte naïviteit). Ik bedoel dat ik dacht dat er hier iemand was van wie je min of meer veilig kon voorspellen wat voor iemand hij zou worden als hij zou opgroeien, hoe hij zich zou gedragen in allerlei situaties, dat je er van hem op aan kon dat hij je onderweg niet voor verrassingen zou stellen. (Over verrassingen gesproken: ik ben vergeten te vermelden dat ik nu in Galilea ben, in een of andere wadi, en dat Avram (!) niet ver van mij vandaan (!!) ligt te doezelen of naar de sterren ligt te kijken.)

Ze zuigt haar longen vol lucht, en het is alsof ze nu pas haar aanwezigheid hier, zo ver weg van haar leven, beseft. Haar hart loopt over van dank voor de duisternis vol gefluit en getsjirp, voor de nacht zelf: voor het eerst sinds ze op pad is gegaan, heeft ze het gevoel dat die haar met gulle mildheid in zich opneemt, haar als het ware bereidwillig voor ieders oog verbergt op de bodem van deze afgelegen kloof en haar ook nog gratis de bomen en struiken geeft, waarvan de geuren zich met scherpe zoetheid beginnen te verspreiden voor de nachtvlinders.

Ik ga terug naar het kraambed. Ilan stond naast ons toe te kijken. Hij had een vreemde blik. Er stonden tranen in zijn ogen. Dat herinner ik me, want na de geboorte van Adam was Ilan beheerst en functioneerde hij volkomen normaal (en ik begreep niet dat het juist de voortekenen waren van wat bij hem begon te rijpen). Maar bij Ofer had hij echt tranen in zijn ogen. Ik vond dat een goed teken, want tijdens de hele zwangerschap was ik bang geweest dat hij me weer meteen na de bevalling in de steek zou laten, en die tranen van hem stelden me een beetje gerust.

Ze ademt snel. Haar mond hangt een beetje open en haar neusgaten verwijden zich. Zonder erbij na te denken voegt ze er met een vaart aan toe: *Bij Ilan is het zo dat hij er juist als hij lacht bedroefd en soms zelfs een beetje wreed uitziet (want de blik blijft op een of andere manier ver weg) en als hij huilt, lijkt het altijd alsof hij lacht.*

En ineens drong tot me door dat Ilan en ik helemaal alleen waren met de baby. Ik herinner me dat er plotseling stilte heerste en dat ik bang was dat hij zou proberen iets grappigs te zeggen. Want als Ilan gespannen is, moet hij altijd meteen koste wat kost met een slimme kwinkslag op de proppen komen, en mijn hoofd stond er op dat moment echt niet naar. Ik wilde geen enkele valse noot in onze eerste ogenblikken samen.

Maar Ilan was deze keer echt verstandig en hield zijn mond.

Hij kwam naast me zitten en wist niet wat hij met zijn handen moest doen, en ik zag dat hij Ofer niet aanraakte. En toen zei hij: 'Hij heeft een observerende blik.' Ik was blij dat dat de eerste woorden waren die hij over hem zei, en eigenlijk de eerste woorden die wie ook ter wereld over hem zei. Ik vergeet die woorden nooit.

Ik pakte Ilans hand en legde die op het handje van Ofer. Ik zag dat hij het moeilijk vond en ik voelde dat Ofer daar meteen op reageerde. Zijn hele lichaam kromp ineen. Ik verstrengelde mijn en Ilans vingers, en samen met hem streelde ik Ofer zo, heen en weer, over zijn hele lichaam. Ik had al besloten dat hij Ofer zou heten. Ook andere namen had ik in mijn hoofd gehad tijdens de zwangerschap, maar zodra ik hem zag, wist ik dat die niet bij hem pasten. Giel niet, Amier niet, Aviev niet. Er zat te veel i-klank in, en hij leek me een kind voor een o, rustig en zelfs een beetje ernstig (maar ook met een tikkeltje bedachtzame, observerende distantie, meer voor een korte e). Dus ik zei tegen Ilan: 'Ofer.' Hij ging onmiddellijk akkoord. Ik zag dat ik hem ook Melchisedek of Kedorlaomer had kunnen noemen – Ilan had alles geaccepteerd. Dat beviel me niet, want ik ken Ilan een beetje en meegaandheid is niet zijn sterke kant, en zoals gezegd was ik ook achterdochtig.

Dus ik zei: 'Noem hem eens bij zijn naam.' En Ilan mompelde een beetje kleurloos: 'Ofer.' Ik zei tegen Ofer: 'Dit is je vader.' En ik voelde Ilans vingers verstenen in mijn hand. Ik dacht al: daar gaan we weer. Nu staat hij op en gaat weg, het is blijkbaar een soort reflex van hem, mij in de steek laten als ik heb gebaard. Ineens knipperde Ofer snel met zijn ogen, alsof hij Ilan ertoe aanspoorde eindelijk eens te praten. Nu kon Ilan er niet meer onderuit, en hij keek hem met een scheve glimlach aan en zei: 'Luister, vriend, ik ben je vader, daarmee uit, en geen gemaar.'

Ze kijkt van het schrift op naar Avram met een verstrooide glimlach waarin een ver geluk sprankelt, en ze slaakt een zucht.

'Wat?' vraagt Avram.

'Het is goed.'

Avram richt zich een eindje op. 'Wat is goed?'

'Schrijven.'

'Ik heb zoiets gehoord,' zegt hij, en hij wendt zijn gezicht van haar af.

Hij, die zijn hele leven heeft geschreven, echt tot het laatste moment, tot de Egyptenaren kwamen en hem min of meer de pen uit de hand namen. Vanaf zijn zesde tot zijn tweeëntwintigste, constant aan het schrijven. En meer dan ooit schreef hij nadat hij Ilan was tegengekomen en ze boezemvrienden waren geworden. Toen sloeg de sterke motor in hem aan, weet ze, want toen had hij eindelijk iemand gevonden die hem echt begreep, met hem concurreerde, hem ertoe prikkelde meer en meer te durven. Ze denkt aan alles wat hij had voortgebracht in die zes jaar na zijn eerste ontmoeting met Ilan in het ziekenhuis – goed, met Ilan en haar –, een overvloed aan toneelstukken, gedichten, verhalen, sketches en vooral radiohoorspelen, die hij en Ilan schreven en met de bandrecorder, de logge Akai, opnamen in de keet bij het huis in Tsoer Hadassa. Ze herinnert zich de serie – van ten minste twintig afleveringen, Avram hield van schrikbarend lange epossen – over een wereld waarin alle mensen 's ochtends kind waren, 's middags volwassen en 's avonds bejaard, en dat elke dag opnieuw. Er was ook een vervolghoorspel dat een wereld beschreef waarin de mensen het echtst en meest open met elkaar communiceerden in hun slaap, door middel van hun dromen, en daar niets meer van wisten als ze wakker waren. Dan was er een serie – een van hun meest geslaagde, vond ze – over een jonge jazzliefhebber die van het dek van een schip werd geslagen en aanspoelde op een eiland, en op dat eiland leefde een stam die helemaal geen muziek kende, in wat voor vorm ook, zelfs geen gefluit of gezoem; en hij onthult hun dan heel langzaam wat hun altijd is ontgaan. Bijna in al hun werken creëerden Avram en Ilan een wereld. Meestal was het idee van Avram en probeerde Ilan het voorzover mogelijk te verankeren aan de bodem van de realiteit. Hij schreef er natuurlijk ook aan mee en verzorgde met zijn saxofoon 'de muzikale illustratie', of maakte gebruik van zijn grote verzameling grammofoonplaten. Een kolkende rivier van ideeën en verzinsels ontsprong er in die tijd uit Avram – 'mijn gouden eeuw' had hij die jaren een keer genoemd, nadat hij was drooggevallen. Voor zijn twintigste verjaardag gaf ze hem zijn eerste ideeënboekje cadeau. Ze was het zat hem het huis, het bureau en zijn zakken overhoop te zien halen – en ook haar zakken – als hij weer eens vertwijfeld op zoek was naar zijn notitieblaadjes.

Een eeuwig gebladerte van briefjes wervelde om hem heen, waar hij ook liep. Op de eerste bladzijde van het ideeënboekje had ze een aardige limerick in elkaar geflanst: 'Er was eens een bron van gedachten,/ Die stroomde bij dag en bij nachte./ Van gebrek aan papier/ Werd hij gek, maar ziehier:/ Dit boekje was waar hij op wachtte.' Binnen twee maanden had hij het dikke boekje volgeschreven en vroeg haar ook zijn tweede boekje voor hem te kopen. 'Je geeft me inspiratie,' zei hij, en zij deed dat als gewoonlijk lachend af: '*Moi?* Een Beer met Heel Weinig Hersens als ik?' Ze snapte werkelijk niet wat ze had dat iemand inspiratie kon geven, en hij keek haar vol genegenheid aan en zei dat hij nu wist hoe de lach van aartsmoeder Sara had geklonken toen haar op haar negentigste werd verkondigd dat ze een kind zou krijgen. En hij voegde eraan toe dat ze er niets van begreep, noch van hem, noch van inspiratie. Sindsdien kocht Ora al zijn ideeënboekjes voor hem. Ze moesten klein zijn, in de achterzak van een spijkerbroek passen. Hij nam ze altijd overal mee naartoe, ook naar bed, waar dat bed ook stond, en hij had dan altijd op zijn minst één pen bij de hand om in zijn halfslaap een nachtelijke lozing van ideeën op te tekenen. Het waren doodsimpele notitieboekjes, op zijn verzoek, zonder franje en poespas, hoewel hij toch blij was als ze voor variatie zorgde en telkens een ander boekje kocht, van een andere soort en kleur, en het belangrijkste was dat hij ze van haar kreeg. Ze moesten van haar komen, benadrukte hij, en hij keek haar aan met een zo erkentelijke blik, dat ze in haar binnenste iets ineen voelde krimpen. Ze had altijd een plechtig gevoel als ze zo'n boekje ging kopen en zocht in verschillende kantoorboekhandels, eerst in Haifa, en na haar diensttijd in Jeruzalem, haar nieuwe stad, een boekje uit dat in die periode precies goed voor hem zou zijn, zou passen bij een bepaald idee waarover hij haar had geschreven, bij zijn humeur.

Ze kreunt zonder er erg in te hebben en klemt haar benen tegen elkaar, en haar buik raakt opgewonden van de openlijke begeerte waarmee hij haar boekjes vasthield. Ze hield ervan te zien hoe hij het nieuwe boekje op zijn hand woog, het betastte, eraan snuffelde, er met de snelheid en gretigheid van een geldwisselaar in bladerde om te zien hoeveel bladzijden het had, hoeveel genot het voor hem in petto had. Op een keer had hij tegen haar gezegd – ze was het niet vergeten – dat hij elk personage over wie hij schreef of dat hij verzon allereerst moest begrijpen vanaf het lichaam, dat was waarmee hij begon, zich te wentelen in zijn vlees, speeksel, zaad en melk, zijn spierweefsel en pezen te voelen, en of het lange of korte benen had, in hoeveel stappen het een kamer als deze doorliep, hoe het achter een bus aan rende, hoe zijn billen zich samenknepen als het voor de spiegel stond, en in het algemeen, hoe het liep, hoe het at, hoe het er precies uitzag als het poepte of danste, en of het klaarkwam met een schreeuw of met ingehouden, kuis gekreun. Kortom, alles wat hij schreef, moest voor hem leven, tastbaar en lichamelijk zijn als... 'Dit!' riep hij, en hij stak een holle hand met gespreide vingers uit, in een gebaar dat ze bij ieder andere man grof, lomp en goedkoop had gevonden, maar bij hem stelde het althans op dat moment een klein bekken voor, tot de rand toe gevuld met vuur en hartstocht, alsof hij een grote, zware vrouwenborst in zijn hand had.

Vol wroeging over haar domme, kwetsende opmerking haast ze zich uit te leggen dat ze nog een paar regels heeft geschreven over de geboorte van Ofer, meer niet, alleen de feiten. 'Voor het historisch archief,' grinnikt ze moeizaam, waarop Avram op een meer verzoende toon zegt: 'Ah, goed, dat is goed.'

'Vind je dat echt?' vraagt ze.

Hij drukt zich op één elleboog een eindje omhoog, draait met behulp van een tak de houtskool om en zegt: 'Goed dat het ergens geschreven staat.'

En Ora vraagt heel voorzichtig: 'Zeg, heb je sindsdien iets geschreven, in de afgelopen jaren?'

Avram schudt vlug zijn hoofd. 'Ik heb het gehad met woorden.'

'Ik heb voor Ofer nooit een babyboekje aangelegd,' zegt ze. 'Mijn hoofd stond er toen niet naar ergens te gaan zitten schrijven, al voelde ik me er de hele tijd rot over dat ik niets deed,' – maar wat hij zojuist tegen haar zei, verspreidt zich in haar als een gif: als hij het heeft gehad met woorden, hoe durft zij het dan in haar hoofd te halen iets te schrijven? – 'want als je het niet meteen opschrijft,' zegt ze, 'onthoud je het niet, zo is dat bij mij, en er gebeuren ook zo veel dingen in de eerste maanden. Met iedere seconde verandert het kind.'

Ze is aan het kletsen, en dat weten ze allebei. Ze probeert wat hij zojuist heeft gezegd te verdunnen. Avram is bezig met de houtskool. Ze ziet alleen zijn wang en één glinsterend oog. Ze denkt: hij praatte met precies dezelfde melodie in zijn stem toen hij tegen Ilan zei dat hij geen enkel contact met het leven wilde.

'Het schiet me bijvoorbeeld te binnen,' zegt ze hem later, na een lange stilte, 'dat hij zich nooit gemakkelijk gaf, Ofer, hij wilde niet dat je hem in je armen nam. Je kon hem alleen knuffelen als hij dat echt wilde. Tot op de dag van vandaag is hij zo,' voegt ze eraan toe, en ze haalt zich voor de geest hoe hij haar tegenwoordig behoedzaam omarmt, zorgvuldig afstand houdt van haar borsten, zich naar haar vooroverbuigt in een belachelijke curve, kun je nagaan! Eigenlijk deed zij dat ook toen ze een meisje was en haar vader haar verlegen en ongemakkelijk omhelsde bij zeldzame familieaangelegenheden: ze kromde haar lichaam tegenover dat van hem, om toch vooral te voorkomen dat hij haar echt zou aanraken. Maar wat verlangde ze nu terug naar één volle, simpele omhelzing met hem, nu het niet meer kon, en misschien zou ze dat ook opschrijven, in een paar woorden, alleen om één laatste herinnering op de wereld achter te laten aan die dansbeweging tussen haar en haar vader.

Tjonge, denkt ze, en met een klap slaat ze het schrift dicht, het kent geen grenzen. Het is als lopen met een witkwast in je hand.

'Toen Ofer een baby was,' vertelt ze aan Avram, 'maakte hij, als hij niet wilde dat ik hem in mijn armen nam, plotseling een soort krachtige beweging met zijn lichaam...,' en ze stopt en sabbelt op de pen. Hoe ik ineens alles weer voor ogen zie, denkt ze verbaasd, ik, met mijn hersens als een vergiet. 'Of als ik hem probeerde te zogen en hij al verzadigd was, maar ik er nog geen genoeg van had, dan trok hij ineens zijn hele lichaam naar achteren, in een boog, en wierp zijn hoofd opzij.' Ze doet Ofers beweging voor en zonder dat haar lichaam erbij nadenkt ook de manier waarop ze hem vasthield. Ze houdt haar handen, met verstrengelde vingers, een eindje voor haar borst, en tegen wil en dank staart Avram naar de lege ruimte tussen haar armen.

'Zulke scherpe bewegingen maakte hij,' zegt ze, 'vol karakter en wilskracht. Ja, en niet alleen dat,' lacht ze, 'je moet weten dat ik meestal een en al bewondering voor hem was: hoe hij precies alles wist wat hij moest weten. Hoe perfect hij was als baby, terwijl ik...' – ze aarzelt, haar onderlip kromt zich – 'een waardeloze moeder was.'

'*Jíj*?!'

'Laat maar zitten. Ik wil er nu niet op ingaan. We hadden het over Ofer. Luister, nog iets,' – maar ze slaat dat 'jíj?!' op in haar hart, dat echt werd uitgeschreeuwd, wat moet ze daaruit opmaken? – 'hij was een klimbaby.

Ilan noemde hem "klimop".' Vergenoegd herinnert ze het zich ineens weer. Alles komt terug, in golven, en wordt leven ingeblazen. En ergens blaast het Ofer ook leven in.

'Ik hield hem zo tegen me aan,' vertelt ze, 'en hij begon binnen een seconde naar boven te klimmen. Als een vis glipte hij tussen mijn handen door. Hij kon geen tel blijven waar ik hem wilde hebben. En altijd naar boven, klimmen, verder omhoog. Ik herinner me dat het me soms ook ergerde, die beweging van hem, die vastberadenheid, alsof hij mij alleen maar gebruikte om onmiddellijk over te stappen op iets anders, of op iemand anders, iemand die interessanter was.'

Lachend zegt ze: 'Een beetje zoals jij, als je iets wilde. Als je een of ander nieuw idee in je hoofd had.'

Hij zwijgt.

'Dat jachtinstinct van je, je weet wel, als ik je over een interessante man of vrouw vertelde die ik had ontmoet, of over een gesprek dat ik in de bus had opgevangen, dan zag ik altijd meteen hoe bij jou de radertjes begonnen te draaien, om na te gaan of het voor jou geschikt zou kunnen zijn voor een verhaal, een hoorspel, en hoe je onmiddellijk in je hoofd uitprobeerde welke van je personages je de zin zou geven die ik had gezegd, of mijn lach, of mijn borsten.'

Maar waarom moet ik hem kwellen met dit geklets? denkt ze, en toch kan ze niet ophouden. De aandrang is te sterk. Alsof haar gemis van de oude Avram ineens verandert in een merkwaardige, infectieuze agressie. 'Of dat je me vroeg naakt tegenover je te gaan zitten zodat je me kon schetsen, in woorden, niet met een tekenpen. Ik herinner me nog hoe ik zat – echt, ik geloof het zelf bijna niet – op het balkon dat uitkeek op de wadi. Per se buiten wilde je dat doen, daar stond je op, weet je nog? Want daar was het licht goed. En ik stemde er natuurlijk mee in – ik stemde toen overal mee in, wat je ook vroeg – en liet me door je uittekenen in woorden, op het balkon, en natuurlijk mocht Ilan daar in geen geval van weten, het spelletje dat we toen speelden, dat je toen met mij speelde, en met Ilan, je parallelle dimensies, en zo, uitkijkend op de wadi, naakt, met de herders van Choesaan en Wadi Foekien die er misschien waren, wat je niets kon schelen. Niets kon je nog wat schelen als je iets nodig had voor je schrijven, als het kriebelde,' – houd je mond, probeert ze zichzelf te stoppen, waarom zit je hem zo op de huid? Wat bezielt je ineens? Zulke dingen zijn allang verjaard. 'En ik, ik zweer het je, kreeg overal kippenvel

van het idee dat je me verkruimelde tot woorden. Zo graag als ik het wilde, dat voelde je natuurlijk aan, en hoe gebruikt ik me tegelijkertijd voelde, alsof je me beroofde van mijn persoonlijkste privézaken, van mijn
huid en mijn vlees, maar ik durfde je dat niet te zeggen. Met je praten
ging ook helemaal niet als je je in die toestand bevond,' – ze schudt verbaasd het hoofd – 'die dwingelandij van je als je een idee had, als je een
verhaal had. Ik was zelfs een beetje bang voor je: op die momenten kwam
je me voor als een menseneter. Maar zelfs daarvan hield ik bij jou, van het
feit dat je jezelf helemaal niet meer in de greep had, dat je niet anders
kon. God, wat hield ik daarvan bij jou.'

'Ik wilde jou ieder jaar op die manier opschrijven,' bromt Avram ineens, en Ora valt stil en hijgt uit.

'Ik dacht dat het iets was wat ik jaren- en jarenlang met je zou doen. Vijftig van zulke jaren wilde ik.' Zijn stem is dof en vermoeid en lijkt van heel
ver te komen. 'Ik dacht, mijn plan was, dat ik eens per jaar je lichaam en je
gezicht zou beschrijven, ieder deel van je, elke verandering aan je, woord
voor woord, gedurende ons hele leven samen, en zelfs als we niet meer
samen zouden zijn, zelfs als je de zijne zou blijven. Dat je mijn model zou
zijn, maar in woorden.'

Ze kruist meteen haar benen onder zich, aangedaan door zijn lange,
verrassende toespraak.

'In feite heb ik het maar twee keer kunnen doen,' merkt hij op, 'Ora op
haar twintigste, Ora op haar eenentwintigste.'

Ze kan zich niet herinneren dat dit zijn plan was. Misschien wist ze
toen niet eens van het plan. Hij was niet altijd in staat te vertellen wat in
hem werd uitgebroed. Soms wilde hij dat ook niet. Meestal kon hij op
zulke momenten, tijdens zijn 'aanvallen van creatieve hitsigheid', zoals
hij ze noemde, alleen maar flinters van gedachten uitdrukken, fragmenten van zinnen die niet altijd bij elkaar aansloten buiten zijn hersens. Als
ze het niet begreep, begon hij in kringetjes om haar heen te rennen in
de kamer, op straat, op het bed, in het open veld, in de bus, zijn gezicht
vertrokken van ongeduld en woede, met woeste armgebaren, als iemand
die stikte en smeekte om lucht. Ze voelde dan altijd hoe haar ogen glazig
werden en zei: 'Leg het me nog een keer uit, langzamer.' De verduis-
terende wanhoop in zijn blik, en de eenzaamheid – de ballingschap –
waarin haar twijfels, voorzichtigheid en te korte vleugels hem stortten;
zijn vijandigheid jegens haar op zulke momenten, misschien omdat hij

ertoe was veroordeeld zo verliefd te raken op een vrouw die hem niet meteen kon begrijpen, 'met een wenk en een rimpel', citeerde hij uit Brenner – ook Brenner had ze niet gelezen, 'al dat *Verlies en mislukking*,' zei ze, 'is me te deprimerend,' – en toch hield hij van haar, ondanks Brenner, ondanks Melville, Camus, Faulkner en Nathaniel Hawthorne. Hij hield van haar, begeerde en verlangde haar, klampte zich uit alle macht aan haar vast alsof zijn leven ervan afhing, en ook daarover is ze van plan hier te praten met hem, tijdens hun trektocht, morgen of overmorgen, opdat hij haar eindelijk eens uitlegt wat hij nu echt in haar zag, haar in herinnering roept wat ze toen in zich had, misschien kan ze daar nog altijd iets van naar boven halen voor zichzelf.

Ze wordt ineens zenuwachtig. In haar hoofd vliegen vonken van gedachten in het rond. Ze rukt zich los en staat op. 'Is hier ergens een meisjes-wc?'

Hij wijst met zijn voorhoofd naar het donker. Ze pakt een rol wc-papier en loopt weg. Bij een dikke struik hurkt ze en plast. Druppels spetteren op haar schoenen en haar broek. Morgenochtend moet ik douchen en kleren wassen, denkt ze. Heel even durft ze te overdenken wat ze is misgelopen. Nog achtentwintig keer naakt tegenover hem zitten en in zijn blik zien hoe hij haar ziet. En zien hoe jaar na jaar heel langzaam de woorden waarmee hij haar beschrijft veranderen, hoe de schaduwen vallen over een bekend landschap. Misschien was het minder pijnlijk geweest te verouderen in zijn woorden? Aan de andere kant, weet ze heel zeker, had het in zijn woorden veel meer pijn gedaan.

Als ze klaar is, leunt ze in het donker tegen een dunne stam. Ze slaat haar armen om zichzelf heen, plotseling eenzaam. Foto's van haarzelf door de jaren heen worden omgebladerd in haar hoofd. Ora als tiener, Ora als soldate, zwanger, Ora en Ilan, Ora met Ilan en met Adam en Ofer, Ora met Ofer, Ora alleen. Ora alleen met alle jaren die nog moeten komen. Wie weet wat hij tegenwoordig in haar ziet. Gemene woorden springen voor haar geestesoog: verdroogd, schraal, aders, plekjes, vet, lippen, die lip van haar, borsten, slapheid, vlekken, rimpels, vlees, vlees.

Vanuit het donker ziet ze hem, rood beglansd door de gloeiende houtskool. Hij staat op en pakt de twee bekers uit het vak in haar rugzak. Hij wrijft ze schoon met een slip van zijn overhemd. Dan schenkt hij water in het zwartgeblakerde metalen kannetje voor de Arabische koffie. Hij legt het schrift opzij om te voorkomen dat het nat wordt. Zijn vingers rusten even op de blauwe kaft, bevoelen de textuur ervan. Ze heeft het idee dat hij steels met zijn duim controleert hoe dik het is.

In de dagen en weken nadat ze bij hem thuis in Tel Aviv met hem naar bed is geweest, begint hij weer uit te doven. Hij staart weer urenlang naar een raam of een muur, verwaarloost zijn lichaam, wast en scheert zich niet meer, neemt de telefoon niet op. Hij deinst ook terug voor Ora. Eerst verzint hij smoesjes, daarna vraagt hij haar uitdrukkelijk niet te komen. Als ze toch komt, probeert hij haar meteen weg te sturen. Hij past op dat hij niet alleen met haar in huis is. Ze is in paniek. Haar gedachten draaien onophoudelijk om hem en wat er die avond is gebeurd. Al weken is ze nauwelijks in staat tot iets anders. Hoe harder hij wegvlucht, hoe harder ze ertoe is veroordeeld hem te achtervolgen. Keer op keer probeert ze hem gerust te stellen, hem uit te leggen dat ze niets van hem wil, alleen weer zijn zoals ze waren. Hij houdt haar af, rukt zich los van haar. Weigert pertinent te praten over die avond.

Een tijdje daarna ontdekt ze dat ze zwanger is. En een maand later lukt het haar eindelijk het aan Avram te vertellen. Heel even versteent hij voor haar ogen. Zijn gezicht wordt ondoordringbaar en de weinige levendigheid die het had, is ogenblikkelijk verdwenen. Daarna gaat hij na of ze weet waar je terecht kunt voor een abortus. Hij zal die bekostigen, hij zal een lening van het ministerie van Defensie aanvragen, niemand hoeft het te weten. Ze weigert er ook maar iets over te horen, 'en hoe dan ook is het daar te laat voor,' mompelt ze gekwetst, met een gebroken hart. En hij zegt dat hij in dat geval geen enkel contact meer met haar wil. Ze probeert met hem in discussie te gaan, hem te herinneren aan alles wat ze voor elkaar betekenen. Hij staat tegenover haar met een gezicht van steen. Zijn ogen fixeert hij op een punt ergens boven haar hoofd, om toch vooral te voorkomen dat zijn blik op haar buik valt. Haar hoofd tolt. Ze blijft met moeite op haar benen staan. Ze heeft het gevoel dat haar lichaam vanzelf het kind zal afstoten als hij nog één ogenblik zo kil en afstandelijk blijft. Ze probeert zijn hand te pakken en die op haar buik te leggen. Hij slaakt een ijselijke kreet. Heel even zijn zijn ogen gek van woede, van openlijke haat. Daarna maakt hij de deur open en zet haar zijn huis uit: bijna met geweld duwt hij haar naar buiten en laat haar daar – naar haar gevoel – gedurende een jaar of dertien staan. En dan, als de dag nadert waarop Ofer bar mitswa wordt, maar zogenaamd zonder enig verband daarmee, belt hij haar op een avond op. Zonder iets uit te leggen of zich ergens voor te verontschuldigen stelt hij op brommerige toon voor elkaar weer eens te ontmoeten in Tel Aviv.

Tijdens de ontmoeting wil hij absoluut niets horen over Ofer, noch over Adam en Ilan. Het fotoalbum dat ze voor hem heeft aangelegd in de weken voor de ontmoeting, met een selectie van foto's van Ofer en van het hele gezin door die dertien jaren heen, blijft in haar tas. Avram vertelt omstandig over vissers en zomaar wat zwervende types die hij tegenkomt op het strand van Tel Aviv, over een bar waarin hij is gaan werken, over een actiefilm die hij al vier keer heeft gezien. Over de middelen tegen de slapeloosheid, waarvan hij probeert af te kicken. Hij steekt een lezing tegen haar af over de maatschappelijke betekenissen en katholiek-christelijke toespelingen in diverse computerspelletjes. Ze zit tegenover hem en staart naar zijn mond, die woorden blijft uitbrengen waarvan de inhoud allang lijkt te zijn weggelekt. Soms heeft ze het idee dat hij haar heel opzettelijk tracht aan te tonen dat ze niets meer van hem te verwachten heeft. Ze blijven bijna twee uur zo tegenover elkaar zitten, aan weerszijden van een tafeltje in een lawaaierig, lelijk café. Telkens weer treedt ze uit zichzelf en kijkt naar hem en haar. Ze zien er volgens haar uit als Winston en Julia, de hoofdpersonen van *1984*, als die elkaar weer tegenkomen nadat ze zijn gehersenspoeld en ertoe zijn gedwongen elkaar te verraden. Op een gegeven moment staat hij zonder zichtbare aanleiding op, neemt op formele wijze afscheid van haar en gaat zijns weegs. Ze vermoedt dat ze hem de volgende dertien jaar niet zal terugzien, maar ongeveer eens in het halfjaar nodigt hij haar voortaan uit voor nog zo'n zouteloze, deprimerende ontmoeting, totdat Ofer in dienst gaat. Dan deelt hij haar mee dat hij geen contact met haar kan hebben tot Ofer is afgezwaaid.

Maar de dag nadat ze hem heeft verteld dat ze zwanger is, de dag nadat hij haar uit zijn huis en zijn leven heeft gezet, trekt Ora een wijde witlinnen jurk aan en loopt het balkon op van het huis in Tsoer Hadassa, blijft daar even staan en toont zichzelf in haar volle glorie, die ze kennelijk alleen zelf in de gaten heeft: zelfs haar moeder heeft nog niets aangevoeld. Ze weet niet of Ilan op dat tijdstip in de keet is, maar ze heeft het idee dat ze vanuit de keet door een paar ogen wordt bekeken.

Om negen uur 's avonds, als ze Adam te slapen heeft gelegd, klopt ze op de deur van de keet, en Ilan doet meteen open. Hij draagt het groene T-shirt waar ze van houdt, en een lichtblauwe spijkerbroek, die ze eens voor hem heeft gekocht. Hij heeft geen schoenen of sokken aan. Bij de aanblik van zijn pezige blote voeten schieten er vonken door haar heen. Achter zijn rug ziet ze een verbazingwekkend sobere kamer, als een cel in een klooster. Een veldbed, een tafel en een stoel, een lamp. Tegen de muren planken met boeken. Ilan kijkt in haar ogen en laat zijn blik meteen zakken naar haar buik, die nog onschuldig is om te zien, en de huid van zijn schedel wordt naar achteren getrokken.

'Het is van Avram,' zegt ze hem. In haar eigen oren klinkt ze alsof ze hem een cadeau overhandigt en hem meedeelt wie het hem heeft toegestuurd. En dan denkt ze dat het misschien ook echt zo is. Verbijsterd, met de mond vol tanden, staat hij tegenover haar, en krachtens de nieuwe autoriteit van haar buik duwt ze hem zachtjes opzij en gaat naar binnen.

'Van wanneer is het?' brengt hij uit, en hij zijgt neer op het bed.

'Zo leef je hier?' vraagt ze. Ze laat een vinger over de boeken op de planken gaan. *'Het wettelijke aansprakelijkheidsrecht en algemene aansprakelijkheidsleer,'* leest ze duidelijk articulerend, *'Pandrecht,'* en ze gluurt stiekem in de grote dictaatcahiers die opengeslagen op de tafel liggen: eigendomsrecht, familierecht. 'Ilan de student,' zegt ze met enige pijn in het hart, want ze had er altijd van gedroomd dat ze allebei zouden studeren, of liever gezegd, alle drie, en ze had gehoopt met beide jongens uren en dagen door te brengen op de campus van Giv'at Ram, in de collegebanken, in bibliotheken, op de grasvelden, in de kantine, maar ze heeft haar studie er meteen aan gegeven na de terugkomst van Avram, en wie weet wanneer ze weer gaat studeren en wat – haar oude studie maatschappelijk werk oppakken wil ze niet: ze heeft de puf niet meer om maanden- en jarenlang te strijden met autoriteiten en overheden. Ze kan geen enkele confrontatie met botheid, onverschilligheid en kwaadaardigheid meer aan tegenwoordig, sinds de oorlog, sinds Avram, en na haar jaar ervaring met haar project kan ze al raden hoe die in haar oren allemaal zullen blijven naklinken tijdens iedere ontmoeting met de souschef van de afdeling Welzijn in de wijk Katamoniem. En aan de andere kant trekt iets theoretisch en abstracts haar ook helemaal niet. Ze wil iets met haar handen doen, of met haar lijf, iets simpels, contactueels, ondubbelzinnigs, zonder veel woorden, vooral zonder woorden, misschien de sportieve carrière uit haar jeugd oppakken, dit keer als trainer, of misschien iets in de verzorging, de lichamelijke pijn van mensen verlichten, waarom niet, zoals ze bij Avram heeft gedaan in de jaren dat hij was opgenomen, maar dat alles zal kennelijk een tijdje moeten worden uitgesteld, 'en om je vraag te beantwoorden,' zegt ze merkwaardig vrolijk tegen Ilan, 'het is al drie maanden, bijna.'

'Weet je zeker dat het van hem is?'

'Ilan!'

Ilan buigt zijn hoofd naar zijn handen. Hij verwerkt. Er is veel te verwerken aan haar zwangerschapsverklaring. Ineens voelt ze zich belangrijk. Pregnant. Ze kan zich zelfs een beetje ontspannen. Ze bekijkt hem langdurig, en voor het eerst bedankt ze hem bijna voor wat hij heeft gedaan voor haar door te vluchten. Geamuseerd ziet ze de overwegingen heen en weer rennen onder de gladde huid van zijn voorhoofd. Ilan, denkt ze, is altijd argumenten aan het afwegen, en tegenargumenten, vooral tegenargumenten.

'En wat zegt hij ervan?'

'Hij wil me niet zien.' Ze trekt de enige stoel naar achteren en gaat breeduit en op haar gemak zitten. Haar benen weten de juiste mate van spreiding voor een dame in haar toestand. 'En hij wil dat ik me laat aborteren.'

'Nee!' roept Ilan uit, en hij staat op van het bed en pakt met beide handen haar hand vast.

'Hé, Ilan,' zegt ze zachtjes, en als ze hem in de ogen kijkt, schrikt ze van de draaikolk die ze erin ziet. Daar bevinden zich geen overwegingen, geen belangen, daar is alleen maar kale, gekwelde duisternis. 'Hou dat kind,' fluistert hij koortsachtig, 'alsjeblieft, Ora, niets doen, laat hem ongedeerd.'

'Ik baar hem in april,' zegt ze, en dat eenvoudige zinnetje vervult haar van een onbeschrijflijke kracht, een branderig gevoel, als na de bezegeling van een heimelijk deelgenootschap dat ze zojuist heeft gecreëerd, met behulp van die woorden, tussen haar lichaam, de baby en de Tijd. En misschien wordt het een meisje, denkt ze. Voor het eerst durft ze die gedachte toe te laten. Natuurlijk wordt het een meisje, denkt ze opgewonden. Ze heeft plotseling een duidelijk voorgevoel, een soort acute intuïtie, van een heel klein meisje dat binnen in haar aan het poedelen is.

'Ora,' zegt Ilan tegen zijn voeten, 'wat zou je ervan vinden –'

'Wat?'

'Ik dacht, spring niet gelijk op, laat me eerst helemaal uitpraten.'

'Ik luister.'

Ilan zwijgt.

'Wat wilde je me zeggen?'

'Ik wil weer thuis komen wonen.'

'Thuis komen wonen? Nu?' Ze raakt helemaal in de war.

'Ik wil terug, jij en ik,' zegt hij, en zijn starende gezicht wordt harder en harder, alsof het met zijn gelaatsuitdrukking zijn woorden tegenspreekt.

'Maar nu?'

'Ik weet dat het –'

'Met het kind van –'

'Zou je ertoe bereid zijn?'

En alles wat ze al die jaren op een of andere manier heeft binnengehouden en onderdrukt, barst naar buiten. Ze huilt, ze jankt, en Ilan pakt haar vast en houdt haar overeind, zijn sterke armen, zijn lenige, roofdierachtige lijf. Zij trekt hem tegen zich aan, en op het veldbed, in de kuil in het midden, vrijen ze, gaan zich aan elkaar te buiten, maar passen ondertussen op dat ze het kleine visje binnen in haar geen schade berokkenen. Ilan, met zijn zoete geur, zijn grote handen, en met zijn lichaam dat jegens haar ondubbelzinnig is, ik wil, ik wil, ik wil – wat heeft ze die keiharde wil gemist, en ze beantwoordt die met golven waarvan ze niet wist dat zwangere vrouwen ze in zich hadden.

Tegen de ochtend liepen ze gearmd door de tuin naar het huis, en Ora zag met eigen ogen hoe de vijgenboom en de grevillea een buiging voor hen maakten. Samen liepen ze de scheve betonnen traptreden op, en Ilan ging naar binnen. Toen liet hij haar hand los en liep stilletjes de kamers door, met zijn snelle, katachtige bewegingen, wierp even een blik op Adam en ging meteen de kamer weer uit, te snel, zodat Ora wist dat er nog een lange weg te gaan was. Nadat ze samen een vroeg ontbijt hadden klaargemaakt, liepen ze gehuld in een deken het balkon op om de zonsopgang te zien. Even later belichtte de zon de tuin en de wadi met zijn schaduwen, en Ora dacht: niemand op de hele wereld zal ooit begrijpen wat hier gebeurt, alleen wij tweeën kunnen het begrijpen, en dat is op zich al het bewijs dat we juist voor elkaar zijn.

Toen Adam 's morgens opstond en Ilan in huis zag, vroeg hij aan Ora: 'Is dat de man uit de keet?' En Ilan zei: 'Ja, en jij bent Adam,' en hij stak zijn hand uit. Maar Adam drukte zich tegen Ora aan, verborg zijn gezicht in haar ochtendjas en zei van achter haar been: 'Ik ben boos op jou.' – 'Waarom?' vroeg Ilan. 'Omdat je niet kwam,' zei Adam, waarop Ilan zei: 'Ik was een grote stommeling, maar nu ben ik gekomen.' En Adam vroeg: 'En straks ga je weer weg?' Maar Ilan zei: 'Ik blijf hier voor altijd.' Adam dacht een poosje na en keek naar Ora, om hulp te krijgen, en toen ze hem bemoedigend had toegelachen, zei hij: 'Word jij mijn papa?' – 'Ja,' antwoordde Ilan, en toen Adam weer een poosje had nagedacht, met een gezicht dat vertrok van de inspanning om het te begrijpen, slaakte hij een zucht waarvan Ora's hart ineenkromp, de zucht van een oud, wanhopig mannetje, en zei: 'Maak dan choco voor me.'

's Middags ging Ilan naar Avram in Tel Aviv en kwam, naar haar gevoel, een jaar later terug, terneergeslagen en grauw. Hij omhelsde haar losjes en mompelde dat alles goed zou komen, misschien, of eigenlijk niet. En toen ze vroeg wat er was gebeurd, zei hij: 'Laat zitten, alles is gebeurd, we zijn alle mogelijke stations gepasseerd. Waar het op neerkomt, is: hij wil ons niet meer in zijn leven, jou niet en mij niet, ons verhaal met hem is uit.'

Ze vroeg of er een kans was dat Avram toch bereid zou zijn tot een ontmoeting met haar, al was het maar voor een paar minuten, een laatste ontmoeting, om op zijn minst behoorlijk afscheid te nemen.

'Dat kun je vergeten,' zei Ilan, en in zijn stem klonk een ongeduld dat haar niet beviel. 'Hij wil geen enkel contact met het leven, dat is wat hij zegt.'

'Wat?' fluisterde Ora. 'Heeft hij het over zelfmoord?'

'Dat denk ik niet,' zei Ilan. 'Hij wil alleen geen enkel contact met het leven.'

'Maar hoe kan dat nu?' riep ze uit. 'Het zo de rug toekeren en alles uitvlakken?'

'Begrijp je hem echt niet?' vroeg Ilan. 'Want ik begrijp hem juist wel, ik begrijp hem heel goed,' bromde hij tegen Ora alsof hij haar iets verweet, of alsof hij jaloers was op Avram omdat die nu een onweerspreekbaar excuus had om zijn banden met mensen, met het leven in het algemeen, door te snijden.

Als gebeten sprong ze op. 'Waarom ben je dan teruggekomen? Waarom wil je weer thuis komen wonen?' En toen hij zijn schouders ophaalde en met zijn ogen op haar buik wees, ontplofte ze en zei niets, want wat viel er nog te zeggen?

Die avond kropen ze in bed, hij aan zijn kant en zij aan haar kant, alsof er geen jaren waren verstreken zonder die routine en de bekende bewegingen, de douche, het samen tandenpoetsen, zijn geluiden op de wc, en hoe hij met zijn rug naar haar toe op het bed ging zitten, naakt en prachtig, en daarna vlug zijn trainingsbroek aantrok, ging liggen en zich helemaal uitrekte met een genot dat pijn deed aan haar ogen. Ora wachtte tot hij bedaarde en verstilde, en vroeg toen met het kalmste stemgeluid dat ze kon voortbrengen of hij alleen maar bij haar was teruggekomen voor Avram – ze wees met haar kin naar haar buik – of ook omdat hij van haar hield. Hij antwoordde: 'Ik ben er zelfs geen dag mee gestopt van je te houden, hoe is het mogelijk niet van je te houden?' Zij zei: 'Het kan wel degelijk, kijk maar, Avram houdt niet meer van me, en ik houd ook niet echt van mezelf.' Ilan wilde waarschijnlijk vragen hoe het met hem zat, met haar gevoelens voor hem, maar deed er het zwijgen toe, en zij begreep het en zei dat ze het niet wist. Ze wist niet wat ze voelde. Hij knikte in zichzelf, alsof hij ervan genoot zichzelf pijn te doen met haar woorden. Ze zag de kleur wegtrekken uit zijn gebronsde slaap, uit de wang die haar was toegekeerd, en voor de zoveelste keer ontdekte ze tot haar stomme verbazing hoe dierbaar ze hem was, hoe belangrijk ze voor hem was, en ook hoezeer hij haar de simpele zekerheid die in die wetenschap besloten lag voortdurend onthield.

Ilan zei: 'Het is zwaar werk, dit leven.'

'Als in een donkere mijn,' zei ze, 'dat gevoel heb ik al een paar jaar, sinds de oorlog, sinds Avram, het gevoel dat ik op handen en voeten kruip en in het donker graaf. Maar zeg, vertel nog wat meer, wat hád hij, waarover hebben jullie gepraat?'

'Moet je horen,' zei hij, 'hij heeft me echt gesmeekt dat we hem met rust laten. Dat we vergeten dat hij bestaat en ooit bestaan heeft.'

Ze lachte. 'Avram vergeten, ja ja.' Daarna, met een knikje naar haar buik, vroeg ze: 'En hebben jullie dáárover gepraat?'

'Hij heeft me bijna geslagen toen ik er iets over probeerde te zeggen,' zei Ilan. 'Hij begon gewoon tekeer te gaan, fysiek, hij wordt gek van het idee dat hij straks een kind op de wereld heeft rondlopen.'

En Ora dacht: van het idee dat hij iets heeft wat hem hier houdt.

Ilan mompelde: 'Het is alsof hij al onderweg naar buiten was en zijn mouw blijft haken aan een of andere spijker in de deur.'

Even had Ora het gevoel dat ze echt een spijker in haar baarmoeder had.

Nadat ze het licht had uitgedaan, gingen ze zwijgend met elkaar naar bed en voelden hoe de dampen van het wilde geluk van de vorige dag vervlogen. De mond vulde zich met de metalen smaak van wat voorgoed onherstelbaar was.

'Ik dacht dat het hem juist gemakkelijker zou maken,' zei Ora, 'hem zelfs zou redden, begrijp je? Dat het hem weer aan het leven zou binden.'

'Hij wil er niets over horen,' zei Ilan weer, en hij citeerde Avram en deed ook de harde toon in zijn stem na: 'Niets horen, niets zien en niets weten van dat kind, helemaal niets.'

Ze vroeg: 'Maar wat wil jij?'

'Jou.'

Ze had nog veel vragen, maar durfde die niet te stellen, en ze wist niet of hij eigenlijk wel begreep wat hij hier op zijn schouders nam en of hij morgen geen spijt zou krijgen. Maar zijn vastberadenheid had iets nieuws, net als een of ander gloeidraadje dat plotseling in hem straalde, en ze dacht dat hij het misschien juist zo, met de nieuwe complicatie, zou aankunnen. Misschien zelfs alleen maar zo.

'Ik heb ook beloofd,' zei Ilan, en hij slikte zijn woorden in. 'Hij smeekte me echt –'

'Wat beloofd?' Ora kwam overeind op een elleboog en bestudeerde zijn gezicht in het donker.

'Dat we er nooit iets over loslaten.'

'Tegen wie?'

'Tegen wie dan ook.'

'Wat, ook niet tegen –'

'Tegen niemand.'

Een geheim? Op pijnlijke wijze werd iets in haar kromgetrokken. Van begin af aan een kind grootbrengen met een geheim?

Ze liet zich achterover zakken en lag weer. Ze had het gevoel dat iemand een doorzichtige, kille scheidingswand tussen haar en het kleine visje in haar buik probeerde aan te brengen. Ze wilde huilen, maar ze had geen tranen. Voor haar ogen trokken de gezichten voorbij van mensen die haar na stonden, degenen voor wie ze de waarheid geheim zou moeten houden, tegen wie ze voortaan, haar leven lang, zou moeten liegen. Bij elk van hen had de leugen en de geheimhouding een andere smaak van pijn. Ze voelde hoe haar donkere mijngang zich splitste in meer en meer tunnels en schachten, en dat ze op het punt stond te stikken. 'Het lukt me nooit om zo'n geheim ook maar één dag te bewaren,' zei ze, 'je weet hoe ik ben.' Ilan kneep zijn ogen dicht en zag Avram voor zich, Avrams smeekbede aan hem, en hij zei tegen Ora: 'We zijn het hem verschuldigd.' En in gedachte hoorde Ora hem weer zeggen: pak een hoed, pak twee identieke briefjes.

Ilan schoof een hand onder haar nek om haar te omarmen, maar ze kropen niet tegen elkaar aan. Ze lagen op hun rug naar het plafond te kijken. Zijn hand lag levenloos onder haar nek, en ze wisten allebei dat wat gisteravond in de keet was gebeurd zich niet zou herhalen tot na de bevalling en misschien ook daarna niet. Adam, op zijn kamer, bracht in zijn slaap een reeks opgewonden praatgeluiden uit, waar ze naar luisterden. Ora voelde hoeveel kou er lag opgeslagen achter haar ogen, en ze zei tegen zichzelf dat het geheim en de geheimhouding haar al in bochten begonnen te dwingen en haar verwrongen.

Daarna viel Ilan in slaap, en zijn ademhaling was verbazingwekkend stil, zonder een kras in de lucht achter te laten. Nadat hij in slaap was gevallen, voelde ze enige opluchting. Ze stond stilletjes op, liep naar Adams kamer en ging er op de vloer zitten, leunend tegen de ladekast tegenover zijn bed. Ze luisterde naar zijn rusteloze slaap. Ze dacht aan de drie jaar dat ze hem in haar eentje had opgevoed en aan wat ze in die jaren voor elkaar hadden betekend. Ze sloeg haar armen om zichzelf heen en voelde hoe het bloed weer begon te stromen in haar aderen. Ze had nog tijd om alles wat hier gebeurde te begrijpen, dacht ze, en ze rekte zich uit. Het hoefde niet allemaal vannacht nog opgelost te worden. Ze stond op, legde het dekentje goed dat Adam had losgewoeld, en streelde zijn voorhoofd tot hij was gekalmeerd en rustig lag te slapen. Daarna ging ze terug naar haar bed en lag er na te denken over het visje, hoe het meisje na haar geboorte ieders leven zou veranderen en dat het haar misschien zelfs zou lukken Avram te veranderen, alleen door het feit van haar bestaan. Ze werd doezelig. Ze dacht nog dat Adam en Ilan nu vanaf stap één zouden moeten leren vader en zoon te zijn. Het ogenblik voor ze in slaap viel, glimlachte ze: ze zag Ilans tenen onder de deken uit piepen.

Ze loopt gehaast terug van de struiken en uit de duisternis. Gladde steentjes spatten onder haar voeten vandaan. Avram kijkt naar haar en zij naar het schrift, en ze gebaart hem met haar blik dat haar iets te binnen is geschoten en dat hij moet wachten.

Ze schrijft.

Zodra hij uit me was gekomen, nog voor ze de navelstreng doorknipten, sloot ik mijn ogen en zei in gedachte tegen jou dat je een zoon had gekregen. Ik zei: gefeliciteerd, Avram, jij en ik, we hebben een zoon.

Sindsdien heb ik me vaak afgevraagd waar je op dat moment was. Wat je toen precies aan het doen was. Ik vroeg me af of je iets had gevoeld. Want hoe is het mogelijk niets te voelen, of helemaal niet weten, met een of ander zevende of achtste zintuig, dat je zóiets gebeurt?

Ze bijt op de pen. Ze aarzelt, en dan gooit ze het ineens op het papier: *Ik wil weten of je niets kunt voelen of van niets kunt weten als je zoon, bijvoorbeeld, ergens gewond raakt.*

Een koude golf slaat keihard op haar onderbuik.

Genoeg, genoeg, waar ben ik mee bezig? Wat is dit geschrijf? Het is beter om er niet aan te denken.

'Ecriture automatique' heet het, geloof ik, automatisch schrijven. Als automatisch geweervuur. Alle kanten op. Ta-ta-ta-ta-ta.

Ik heb het gevoel dat ik niet genoeg heb verteld over wat er gebeurde na de bevalling.

Ongeveer twee uur na de bevalling, toen het hele medische team de kamer uit was en iedereen ons eindelijk echt met rust liet, toen ook Ilan was weggegaan om het aan Adam te vertellen, heb ik met Ofer gepraat. Ik heb hem gewoon alles gezegd. Ik heb hem verteld wie Avram was, en wat hij voor mij betekende, en voor Ilan.

De pen vliegt nu over het papier alsof ze rauwkost aan het snijden is voor een salade. Haar tanden bijten op haar onderlip.

Het verbaasde me wat voor simpel verhaal het was toen ik het hem vertelde. Het was de eerste keer (en kennelijk ook de laatste) dat het me lukte zo over ons te denken. De hele warboel die we vormden – Avram, Ilan en ik – veranderde plotseling in één klein, ondubbelzinnig kind, en het hele verhaal was simpel.

Avram schenkt koffie in en reikt haar een van de bekers aan. Ze houdt op met schrijven en glimlacht naar hem: dank je. Hij knikt: alsjeblieft. Even stijgt er een kalm, waterkoker-achtig gehum van hen op, als van een echtpaar. Met verstrooide verbazing kijkt ze op en richt zich dan weer op het schrift.

Ik was alleen met hem in de kamer, en ik praatte in zijn oor. Ik wilde dat geen enkel woord in de open lucht zou klinken. Ik gaf hem als het ware een infuus, van zijn geschiedenis. Hij lag heel kalm te luisteren. Zijn enorme ogen had hij toen al. Hij luisterde naar me met open ogen en ik sprak in zijn oor.

Met haar lippen voelde ze de warmte van het maagdelijke contact. Haar mond op de tere schelp.

Als jij daar was geweest, als je ons daar alleen maar had gezien, was alles anders geworden. Dat weet ik zeker. Ook voor jou. Het is dom om zo te denken, natuurlijk, maar er was daar in de kamer een zekere –

Ik weet niet eens hoe ik het moet zeggen. Een zekere 'gezondheid' was er. Binnen in de hele warboel school gezondheid, en ik had het gevoel dat als jij nu maar was gekomen en even bij ons had gestaan, of als je op de rand van het bed was komen zitten en Ofer had aangeraakt, al waren het alleen maar zijn teentjes – ik weet dat je dan meteen was genezen en eindelijk was teruggekeerd, daarvandaan.

Ze stromen, de woorden stromen uit haar. Het gevoel is scherp, stabiel, gefocust: als ze schrijft, is Ofer in orde.

Als je toen op de rand van mijn bed in het ziekenhuis was komen zitten, had je Ofer precies kunnen zeggen wat Ilan tegen hem zei: 'Ik ben je vader, daarmee uit. En geen gemaar.' Dat had hem niet in de war gebracht. Hij was er dan gewoon mee geboren, zoals een kind geboren kan worden in een tweetalige situatie en niet eens weet dat het zich aan iets moet aanpassen.

Ze neemt een slokje van de koffie, en die is lauw. Nu al afgekoeld. Ze glimlacht bemoedigend en dankbaar naar hem, maar hij heeft het heel lichte trillinkje van haar mond gezien, en hij pakt haar beker, gooit de inhoud weg en schenkt nieuwe, kokende koffie in uit het kannetje. Ze drinkt. Lekker, nu is het heerlijk. Haar ogen, boven de rand van de beker, schieten heen en weer over de regels die ze heeft geschreven.

Ik vertelde hem alles wat belangrijk voor hem was om te weten en wat hij één keer in zijn leven moest horen. Ook als hij doezelde, praatte ik tegen hem. Ik vertelde hem hoe ik Ilan en Avram had leren kennen, dat ik min of meer een vriendin van hen allebei samen was sinds we elkaar hadden leren kennen, dé vriendin van Ilan en een vriendin van Avram (hoewel die verdeling weleens door elkaar liep, af en toe). Ook nadat ik was afgezwaaid en zij nog in dienst zaten, één jaar als dienstplichtige soldaat en daarna een jaar omdat ze had-

den bijgetekend – ook toen ik al in Jeruzalem woonde, in de Tverjastraat in de wijk Nachlaot, en eerstejaarsstudente maatschappelijk werk was. Ik was dol op de studie en op mijn leven in het algemeen. Hij lag boven op me te luisteren, met open ogen.

Ik vertelde hem ook over de lootjes die ze me hadden laten trekken, die ik van hen had móeten trekken, en wat er daarna was gebeurd in de oorlog, hoe Avram daarvandaan was teruggekeerd, en over zijn behandelingen en ziekenhuisopnames, en de ondervragingen, want de veiligheidsdienst was er om een of andere reden van overtuigd dat hij de meest belangrijke staatsgeheimen aan de Egyptenaren had verraden. Juist op hem hadden ze het gemunt, en misschien wisten ze echt iets, bij Avram wist je het tenslotte maar nooit, met al die spelletjes met parallelle dimensies en kronkelige plots van hem, en vooral omdat het voor hem altijd noodzaak was dat er van hem werd gehouden, waar dan ook, en omdat iedereen moest en zou weten dat hij bijzonder, de top was – dus zag er maar eens achter te komen.

Ik vertelde hem hoe we voor Avram hadden gezorgd, alleen wij tweeën waren er om voor hem te zorgen, want zijn moeder was gestorven toen hij net in dienst zat en behalve ons had hij niemand op de hele wereld. Ik vertelde hem hoe Ilan en ik Adam hadden gemaakt toen Avram nog in het Tel Hasjomeer-ziekenhuis lag, hoe we dat bijna per toeval, bijna onbewust hadden gedaan, eerlijk, we waren zo weet-ik-wat dat we bij elkaar wegkropen en hem maakten, twee geschrokken kinderen waren we toen zelf allebei nog – en hoe Ilan me meteen na de bevalling in de steek liet en zei dat het kwam door Avram, maar volgens mij was hij ook bang om bij mij en Adam te zijn, gewoon bang voor wat we hem konden geven, zonder enig verband met Avram.

Ik vertelde hem ook een beetje over Adam, om hem kennis te laten maken met zijn broertje en hem te zeggen hoe hij zich bij hem moest gedragen, want bij Adam had je tenslotte gebruiksaanwijzingen nodig. En op het laatst vertelde ik hem (zonder in details te treden) dat ik hem met Avram had gemaakt, ongeveer tweeënhalf jaar na Adam. Ik zei zelfs de woorden 'het negatief van penetratie' tegen hem, die Avram toen in mijn oor fluisterde.

Om hem van begin af aan kennis te laten maken met de taal van zijn vader.

Ze rekt zich uit. Echt, wie had gedacht dat schrijven een mens zo goed doet?! Het is vermoeiend, uitputtender zelfs dan het lopen, maar als ze aan het schrijven is, hoeft ze niet door te lopen en constant in beweging te blijven. Het is niet helemaal te begrijpen hoe het werkt en waarom, maar wat ze voelt en wat haar lichaam weet, is: als ze schrijft, als ze over Ofer schrijft, hoeven Avram en zij niet te vluchten, nergens voor.

Toen ik hem alles had verteld, gaf ik hem met de top van mijn wijsvinger een tikje onder zijn neus, in het sleufje tussen de neus en de bovenlip, opdat hij alles wat hij had gehoord zou vergeten en helemaal nieuw en onschuldig zou beginnen.

En toen barstte hij in huilen uit, voor het eerst sinds zijn geboorte.

Ze laat het schrift los, dat tussen haar benen door op de grond valt, open als een klein tentje. Ora heeft het idee dat de woorden nu snel van de regels zullen wegglippen naar de barsten in de aarde en de rotsen. Ze draait het schrift vlug om. Ze kan niet geloven dat al die woorden uit haar zijn voortgekomen. Bijna vier bladzijden! En Ilan zegt altijd dat ze zelfs om een boodschappenlijstje voor de kruidenier op te stellen een aantal kladjes nodig heeft.

'Avram?'

'Hmmm...'

'Kom, laten we wat gaan slapen.'

'Nu al? Is het niet een beetje vroeg?'

'Ik ben kapot.'

'Goed. Wat je wilt.'

Ze staan op en maken zich op om te gaan slapen. Met zand en stenen bedekken ze de houtskool. Avram gaat de etensspullen afwassen in de beek. Ora verzamelt de restjes en pakt ze in de rugzak. Haar gebaren zijn vertraagd, afwezig. Ze heeft het idee dat ze een of andere vergeten vlaag van iets heeft opgevangen in zijn stem, maar als ze voor zichzelf zijn laatste zinnen ten gehore brengt, denkt ze dat ze zich vergist. De nacht is warm en er hoeft geen tent te worden opgezet. Ze leggen de slaapzakken aan weerszijden van het gedoofde vuurtje neer. Ora is zo moe dat ze meteen in slaap valt. Avram blijft nog lang wakker. Hij ligt op zijn zij en kijkt naar het schrift, waar Ora's hand op ligt. Haar mooie hand, denkt hij, haar lange vingers.

Even na twaalven wordt ze wakker en de vrees om Ofer springt als een boosaardig duveltje uit een doosje in haar op, een kwikzilverachtige, bevende angst, schuddend met al zijn ledematen, flitsend met een waanzinnige blik en luidkeels kraaiend: Ofer gaat dood! Ofer is al dood! Als door een slang gebeten zit ze overeind en kijkt met opengesperde ogen naar Avram, die zwaar ligt te snurken aan de andere kant van de as van het kampvuur.

Hoe kan het dat hij niet aanvoelt wat er gebeurt?

Precies zoals hij niets voelde toen Ofer werd geboren.

Ze kan niet op hem vertrouwen. Ze staat er alleen voor.

De terneergeslagenheid van het tweetal dat ze zijn, daalt weer op haar neer, net als de triestheid van hun eenzame bed hier, aan het eind van de wereld. Weer krimpt ze ineen. Wat dacht ze in godsnaam toen ze hem hiernaartoe sleepte, wat is het voor stommiteit? Ze weet per slot van rekening dat zulke grote, dramatische gebaren niets voor haar zijn. Voor de Avram van vroeger zou het wel iets zijn geweest, voor haar niet – zij doet maar alsof, wendt stormachtigheid en durf voor. Ga thuis zitten wachten, totebel, op het bericht over je zoon, en begin te wennen aan een leven zonder hem.

Met een sprongetje bevrijdt ze zich uit de slaapzak, grist het schrift van de grond en schrijft regel na regel, tientallen regels, vol met OFER OFER OFER, in grote, scheve letters. Ondertussen mompelt ze stilletjes zijn naam en richt die in het donker rechtstreeks tot Avram – wat dan nog als hij slaapt? Het is wat nu gedaan moet worden, het is het effectiefste antidotum dat ze heeft tegen het gif dat daar misschien op Ofer afduikt, echt op dit moment. Ze sluit haar ogen, haalt zich hem voor de geest, trek voor trek, en omhult hem met beschermingslagen van licht. Ze wikkelt hem in de warmte van haar liefde, en ze plant hem, plant hem telkens weer in het slapende bewustzijn naast haar.

Daarna, in het donker, op de gok, zonder de regels te zien, schrijft ze: *Ik denk er bijvoorbeeld aan hoe hij als baby zijn voetjes ontdekte. Hoe fijn hij het vond erop te kauwen en te sabbelen. Alleen maar te denken aan zijn gevoel – dat hij kauwt op iets wat bestaat in deze wereld, wat hij vlak voor zijn ogen ziet, maar dat 'iets' wekt ook gewaarwordingen in hem op die recht uit zijn binnenste komen.*

En misschien begon hij in de tijd dat hij op zijn grote tenen sabbelde het uiterste puntje te begrijpen van wat 'ik' is en wat 'van mij' is?

En die gewaarwording begon te stromen in een kring die hij sloot tussen zijn mond en zijn voeten?

Ik-van mij-ik-van mij-ik-van mij-ik

Het is zo'n groots moment, en tot nu toe heb ik er nooit over nagedacht. Hoe kan het? Waar was ik? Ik probeer me in te denken op welke plek van zijn lichaam hij zich op dat ogenblik het meest 'ik' voelde, en naar mijn idee is het precies in zijn middelpunt, in het piemeltje.

Ik voel het nu ook, nu ik aan het schrijven ben. Alleen doet het bij mij ineens ook vreselijk pijn, als ik schrijf.

Zoveel van mij is geen ik meer.

Kon ik maar meer schrijven over dat moment. Een heel boek zou geschreven moeten worden over dat moment alleen al, waarop Ofer op zijn teentjes sabbelde.

En op een keer, toen hij een maand of zes was, had hij koorts, misschien na een inenting (waartegen is hij toen ingeënt? Was het de BMR-prik? Wie onthoudt zulke dingen? Ik weet alleen nog dat de verpleegster in zijn billetjes geen plek met genoeg vlees vond, en ook dat Ilan grapte dat Ofer geen bof- en ook geen MR-kont had.) Kortom, hij werd midden in de nacht gloeiend van de koorts wakker en begon in zichzelf te praten en hardop deuntjes te zingen. Ilan en ik stonden erbij, om twee uur 's nachts, doodop, en barstten in lachen uit. Want ineens was het alsof we hem niet terugkenden. Hij leek wel dronken, en wij stonden ons te bescheuren van het lachen. Ik denk omdat we hem nu van een zekere afstand zagen en allebei (Ilan en ik samen, naar mijn idee) voelden hoe hij nog een beetje een vreemde voor ons was, zoals iedere baby die ergens vandaan komt, uit het onbekende.

Maar hij was echt een beetje vreemd. Hij was er een van Avram. Hij liep een groter risico op vreemdheid dan iedere andere baby.

Ze stopt even, probeert te lezen wat ze heeft geschreven. Ze kan nauwelijks zien dat ze iets op papier heeft gezet.

Wat was ik opgelucht toen Ilan hem oppakte, in zijn armen nam en zei: 'Het is niet aardig dat we om je lachen. Je bent ziek en zielig, en ook een beetje aangeschoten.' Ik was hem zo dankbaar dat hij 'het is niet aardig dat we om je lachen' zei en niet 'dat we om hém lachen'. In één klap kapte hij zo die vreemdheid af, die bijna de kop had opgestoken tussen ons. En juist Ilan deed dat, niet ik.

Als je maar weet, zegt ze in gedachte en ze kijkt naar de slapende Avram, en daar hoef je geen enkele twijfel over te hebben: hij was een fantastische vader, voor allebei de kinderen. Ik geloof echt dat het vaderschap zijn beste kant is.

Dan slaat ze een blad om en krast hard over de hele breedte van de pagina, zodat de pen het papier bijna scheurt: Het vaderschap? Niet de relatie met mij?

Ze staart naar de woorden. Ze slaat nog een blad om.

*Ofer kalmeerde niet, integendeel. Hij begon luidkeels te zingen, echt te jode-
len, en wij schoten opnieuw in de lach, maar nu was het tussen ons iets heel
anders. Bovendien hadden we het gevoel dat we het onszelf veroorloofden een
beetje stoom af te blazen, misschien voor het eerst sinds de zwangerschap, ook
omdat het ons plotseling allebei duidelijk was dat Ilan dit keer bleef, definitief,
en dat we nu eindelijk ons leven begonnen en voortaan een gewoon gezin
waren.*

Ze haalt diep adem, ontspant.

Je slaapt, ligt te snurken.

Wat zou je doen als ik nu naast je kwam liggen?

Ik ben al bijna een week van huis.

*Hoe heb ik zoiets kunnen doen? Hoe heb ik in tijden als deze kunnen weg-
vluchten? Ik ben niet goed bij mijn hoofd.*

Misschien heeft Adam gelijk. Ben ik onnatuurlijk.

Nee, weet je wat? Zo voel ik me echt niet.

*Luister: zo ontzettend veel gevoelens en nuances zijn er geboren toen ik de
kinderen kreeg. Ik weet niet hoeveel ik er toen, in real time, van begreep. Of ik
toen eigenlijk wel een moment de tijd had om erbij stil te staan en na te denken.
Al die jaren lijken nu één grote storm.*

*Die avond, met zijn koorts en het gejodel, gaven we Ofer een koud bad om de
koorts te verlagen. Ilan kon het niet over zijn hart verkrijgen, dus ik liet hem
in het koude water zakken. Een duivelse uitvinding, maar wel effectief. Je moet
je alleen over de angst heen zetten voor het stokken van zijn adem, het eerste
moment. En ik was ervan overtuigd dat ik hem voor mijn ogen blauw zag
kleuren. Zijn lippen trilden en hij gilde het uit, dus ik zei tegen hem dat het
voor zijn bestwil was. Mijn vingers had ik om zijn piepkleine borstkasje en zijn
hartje klopte bijna zonder intervallen tussen de slagen. Hij beefde van de schok
en ongetwijfeld ook van de schrik om mijn verraad.*

*En één keer zag Adam het en schreeuwde tegen me dat ik Ofer mishandel-
de. 'Ga zelf in dat water zitten!' riep hij uit.*

*'Weet je wat? Je hebt gelijk!' zei ik. En toen ben ik inderdaad met hem in het
koude bad gestapt en werd de hele bedoening op slag een uitgelaten, dolle boel.
De wijze Adam, al besloten in het kind.*

Au, ze neemt haar hoofd tussen haar handen. Het snijdt door haar
heen, de pijn van het rad dat niet kan worden teruggedraaid.

Ze zit en wiegt zichzelf. In het struikgewas achter haar klinkt een hardnekkig, eenvormig geritsel, en een paar tellen later ziet ze twee egeltjes achter elkaar aan lopen, misschien een stel. De kleinste snuffelt aan haar blote voeten, en Ora verroert zich niet. De egeltjes hobbelen verder en verdwijnen de kloof in, en Ora fluistert: 'Dank je wel.'

Kijk, Avram, wat Ofer betreft: ik weet niet of ik een goede moeder voor hem ben geweest. Maar hij is best goed opgegroeid, vind ik. Hij is zonder twijfel de stabielste en stevigste van al mijn kinderen.

Ik was volslagen onzeker toen ze klein waren. Ik maakte vergissingen bij de vleet. Wat wist ik nu helemaal?

Daarstraks riep je 'jij?' toen ik zei dat ik misschien geen al te beste moeder was geweest. Toen ik het waagde afbreuk te doen aan je – aan je wat? Je illusie van het ideale gezin? Van de perfecte moeder? Was dat wat van je van ons dacht?

In de belangrijkste dingen ben je zo'n analfabeet.

Ze kijkt op. Avram ligt rustig te slapen. Opgekruld, misschien glimlachend in zijn slaap.

Maar alles bij elkaar opgeteld geloof ik dat we niet eens zo'n gek gezin waren. Meestal waren we zelfs, vergeef me de uitdrukking, vrij gelukkig samen. Natuurlijk hadden we ook problemen, zorgen en de gewone, onvermijdelijke ongelukkigheden. (Zoals je me een keer hebt geschreven toen je in dienst zat: alle gelukkige gezinnen zijn op hun eigen wijze ongelukkig. Hoe wist je dat!) Toch kan ik je in alle oprechtheid zeggen dat we het vanaf Ofers geboorte tot het verhaal van hem in het leger, in Hebron, ongeveer een jaar geleden, heel goed hadden, samen.

En voor ons doen heel eigenaardig was dat Ilan en ik het toen al wisten. Niet pas achteraf.

Ze richt haar blik op hem. Een verdwaald, niet-actueel, groen blaadje van geluk zweeft in haar ogen.

Twintig goede jaren hebben we gehad. In ons land is dat bijna een gotspe, nietwaar? 'Iets waar de oude Grieken voor gestraft zouden worden.' (Ik weet niet meer in welk verband je dat zei.)

Maar wij, twintig jaar, een hoop tijd. Vergeet niet dat er daarvan ook zes jaren achter elkaar waren waarin de kinderen in dienst zaten (er zat vijf dagen tussen de datum waarop Adam afzwaaide en de dag dat Ofer in dienst ging.) En ze dienden ook nog eens in de bezette gebieden, op de rottigste plaatsen. Dat we er op een of andere manier in zijn geslaagd tussen alle druppels door te lopen zonder ooit echt geraakt te worden, door geen enkele oorlog of aanslag,

geen enkele raket, granaat, kogel, bom, explosief, sluipschutter, zelfmoordterrorist, shrapnel, slingersteen, mes, nagels...

Gewoon een eigen, rustig leventje te leiden.

Snap je? Een klein, onheldhaftig leventje, en voorzover mogelijk zonder ons
ooit bezig te houden met de toestand, de vervloekte toestand, want zoals je weet
hebben wij ons deel al betaald.

Soms, eens in de zoveel weken –

Ongeveer één keer per week werd ik wakker met een angstaanval en zei ik
zachtjes in Ilans oor: 'Moet je ons zien, zijn we niet net een of andere kleine
ondergrondse cel, midden in het hart van "de toestand"?'

Dat waren we ook echt.

Twintig jaar.

Twintig goede jaren.

Tot we werden gepakt.

Op de top van de Keren Naftali liggen Ora en Avram op een bed van cyclamen en ranonkels, bezweet en buiten adem van de steile klim. Hun zwaarste klim tot nog toe, concluderen ze, en ze schrokken wafels en biscuits naar binnen. Weldra moeten ze ergens proviand inslaan, brengen ze elkaar in herinnering, en Avram staat op en laat zien hoeveel hij de afgelopen dagen is afgevallen. Hij verwondert zich er ook over dat hij voor het eerst een hele nacht heeft geslapen, 'vier uur aan een stuk, zonder pil, weet je wat dat betekent?'

'De trektocht doet je goed,' zegt ze, 'het dieet, het lopen en de buitenlucht.'

'Ik voel me echt niet slecht,' zegt hij verbaasd, en hij herhaalt zijn woorden, als iemand die vanuit een veilige plek een of ander slapend roofdier uitdaagt.

Achter hen liggen puinhopen van gehouwen stenen, de overblijfselen van een Arabisch dorp, misschien van een antiek heiligdom. Avram, die onlangs een blik heeft geworpen op een of ander krantenartikel, meent dat de stenen zijn gehouwen in de Romeinse tijd, en Ora neemt zijn veronderstelling graag voor waar aan. 'Ik heb nu geen puf,' zegt ze, 'voor overblijfselen van een Arabisch dorp.' Maar in een begoocheling van één moment verrijst het als het ware uit zijn puinhopen en wordt in een oogwenk opgebouwd uit de stenen, en in haar hoofd wordt het beeld geprojecteerd van een tank die door een smalle steeg scheurt, maar voordat die een geparkeerde auto verplettert of de muur van een huis beukt, beweegt ze haar handen voor haar gezicht en bromt: 'Genoeg, genoeg, mijn harddisk zit er al vol mee.'

Brede Atlantische pistachebomen spreiden zich uit en bewegen bedachtzaam in de zachte wind. Niet ver van hen vandaan steekt een kleine, omheinde militaire installatie antennes omhoog, en een beeldschone Ethiopische soldaat staat roerloos, als een schaakstuk, op een uitkijktoren en overziet het Choela-dal aan hun voeten. Misschien werpt hij ook steelse blikken op hen om zijn wacht wat smaak te geven. Ora rekt zich in haar volle lengte uit en laat haar huid koelen door de wind. Avram steekt zijn benen uit en gaat languit tegenover haar liggen, leunend op zijn arm, en hij zeeft zand tussen zijn vingers door.

'Het gebeurde niet lang voor zijn vierde verjaardag,' vertelt Ora, 'twee of drie maanden daarvoor. Ik had middageten voor hem gekookt, ik studeerde al fysiotherapie, zat in het laatste jaar, en Ilan had zijn eigen bureau geopend, een volslagen krankzinnige tijd, maar ik had ten minste twee dagen per week waarop ik vroeg klaar was en hem van de oppas kon ophalen en middageten voor hem kon ma... zeg, interesseert het je echt, al dit –'

Avram grinnikt en zijn oogleden kleuren rood. 'Ik, eh...'

'Wat? Zeg op.'

'Ik gluur in jullie leven,' zegt hij.

'Ja? Niet gluren, kijken. Alles is open en bloot. En Ofer,' vertelt ze verder, 'vroeg me wat we gingen eten, dus ik zei dat we dit en dat aten, laten we zeggen: rijst, en soep en ook gehaktballetjes.'

Zijn mond beweegt onwillekeurig mee, alsof hij op haar woorden kauwt. Wat hield hij vroeger van eten, Avram, zo herinnert ze zich, en van praten over eten, 'de beste vriend van de mens', en wat had ze er in al die jaren naar verlangd voor hem te koken! Tijdens grote familiemaaltijden, of als ze vrienden te eten hadden, en op feestdagen, elke seideravond, zette ze in gedachte een mooi, overvol bord voor hem apart, en ze heeft nu de aanvechting hem een beetje lekker te maken, hem even een schaal onder de neus te houden met haar aubergine in tomatensaus, of haar lamsgerecht met couscous, misschien een van haar soepen, goed gevuld en troostrijk – en hij weet niet eens hoe lekker ze kookt! Hij herinnert zich waarschijnlijk alleen de aangebrande pannen in haar studentenwoning in Nachlaot.

'En Ofer vroeg me waar gehaktballetjes van gemaakt werden, dus ik humde wat en zei dat het van die ronde balletjes waren, van gehakt vlees, en toen dacht hij even na en vroeg: "Wat is vlees dan?"'

Avram komt overeind tot hij zit. Hij slaat zijn armen om zijn benen heen.

'Om je de waarheid te zeggen, Ilan had altijd al gezegd dat je op die vraag van Ofer kon wachten, vanaf het moment dat hij begon te praten, en eigenlijk vanaf het moment dat we zagen wat voor kind het was.'

'Hoe bedoel je, "wat voor kind het was"?'

'Wacht, kalm aan.'

Al even knaagt iets in haar binnenste en probeert haar aandacht te trekken. Iets wat niet is afgesloten, misschien wel een kraan die ze thuis niet heeft dichtgedraaid? Een licht dat ze heeft laten branden? Een computer die nog aan staat? Of is het misschien Ofer? *Gebeurt er op dit moment iets met Ofer?* Ze luistert inwendig, baant zich een weg tussen haar ruis en haar vermoedens door. Nee, het is niet Ofer. Haar gedachte dwaalt rond, springt over naar de man die ze eerder vanochtend zijn tegengekomen, na zonsopgang, toen ze uit de kloof van de Nachal Kedesj klommen. Die man – jammer dat we geen koffie met hem hebben gedronken, denkt ze, als Avram niet zo'n haast had gehad om door te lopen –

'Ora?'

'Waar was ik?'

'Dat jullie zagen wat voor kind het was.'

'Dus ik zei tegen Ofer dat het gewoon was wat het was, niets, vlees. Op mijn meest neutrale toon zei ik: "Het is niets bijzonders, vlees. Je weet wel, zoals we bijna elke dag eten. Vlees."'

Ze ziet het voor zich: de kleine, iele Ofer, haar tere Ofer, begint van zijn ene been op het andere te wippen, zoals hij altijd deed als hij met iets zat of ergens bang voor was – ze staat op en doet het Avram voor – of hij plukte telkens weer aan zijn linkeroor. Zo. Of hij liep zijwaarts, heen en weer, snel.

Avram houdt zijn ogen niet van haar af.

Met een zucht gaat ze weer tegenover hem zitten. Haar hart gaat uit naar de kleine Ofer. 'Dus ik stak mijn hoofd diep in de koelkast om hem te ontwijken, de blik die hij in zijn ogen had te ontwijken, maar hij gaf het niet op en vroeg van wie ze dat vlees hadden genomen. En je moet weten dat hij toen dol was op vlees, rundvlees en kip. Verder at hij bijna niets, maar hij was verzot op gehakt, schnitzel en hamburger. Hij was een echte carnivoor, waar Ilan erg blij mee was, en ik om een of andere reden ook.'

'Waarmee?'

'Dat hij van vlees hield, ik weet het niet, zo'n primaire behoeftebevrediging. Jij begrijpt dat, toch?'

'Maar ik ben nu vegetariër.'

'Dus dat is het!' roept ze uit. 'Het viel me gisteren op, in de mosjav, dat je afbleef –'

'Drie jaar al.'

'Maar waarom?'

'Zomaar. Ik had zin om me te zuiveren.' Maar zijn blik blijft zorgvuldig gericht op zijn vingertoppen. 'Oké, je herinnert je vast nog wel dat er eerder een tijd is geweest dat ik geen vlees at, een paar jaar lang.'

Toen hij uit krijgsgevangenschap terugkwam – natuurlijk herinnert ze zich dat –, moest hij telkens kokhalzen als hij langs een steakhouse of een shoarmatent kwam. Ook van een vlieg die verkoolde in een elektrische insectenval werd hij misselijk. Ineens schiet haar te binnen hoe haar eigen maag vele jaren later omdraaide toen Adam en Ofer haar lachend uitlegden, tijdens een sjabbatmaal met een hagelwit tafelkleed, een gevlochten galle en kippensoep, waar volgens hen 'Magach' – het type tank dat Adam in zijn diensttijd bestuurde en dat Ofer, na hem, bemande als schutter en later als commandant – een afkorting van was. Niet van *Merkevet Giboree Chajil*, welnee. 'Een "wagen van krijgshelden", hoe verzin je het?' vroegen ze haar, en ze lachten zich krom. Nee, het was een afkorting van *Moviel Geviot Charoechot*, 'geschroeide lijkenvervoerder'.

'Maar na een paar jaar,' gaat Avram verder, 'vijf of zes jaar, kreeg ik mijn eetlust terug en at ik weer alles, en ik hou tenslotte van vlees, je weet het.'

Met een glimlach beaamt ze: ik weet het.

'En een jaar of drie geleden ben ik er nog een keer mee opgehouden.'

Nu snapt ze het. 'Precies drie jaar geleden?'

'Plus een paar dagen, ja.'

'Een soort gelofte?'

Hij werpt haar een zijdelingse, sluwe blik toe. 'Laten we zeggen: een deal.' En even later – haar hals is al helemaal rood gekleurd – voegt hij eraan toe: 'Wat, ben jij de enige die zulke dingen mag?'

'Zulke deals met het lot, bedoel je?'

Ze zwijgt. Ze speelt met het takje in haar hand, tekent korte lijntjes in het zand, zet er een driehoek op, een dak. Drie jaar onthouding van vlees, denkt ze, en elke avond streepte hij één lijntje op de muur door. Wat wil het zeggen, wat wil hij me zeggen?

Dan vertelt ze verder: 'Ofer dacht weer even na en vroeg of de koe, waar ze het vlees van pakten – of er nieuw vlees bij hem groeide.'

'*Bij hem groeide,*' herhaalt Avram met een glimlach.

'En ik wrong me in bochten en antwoordde "niet echt", dat het niet precies op die manier ging, waarop Ofer door de keuken begon te lopen, sneller en sneller. Ik zag al dat er iets aan zat te komen bij hem, en toen kwam hij tegenover me staan en vroeg of de koe er een wond aan overhield als ze het vlees bij hem pakten. Dus op dat moment had ik geen keuze meer en zei ja.'

Avram luistert, ineens tot in alle vezels van zijn ziel gekluisterd aan het beeld dat hij voor zich ziet. Aan Ora die daar in de keuken staat te praten met het kind, en het kleine, magere, ernstige, verontruste kind dat rondrent in de krappe keuken, aan zijn oor plukt, machteloos naar zijn moeder kijkt. Avram tilt onwillekeurig een hand op tot voor zijn gezicht: deeltjes van een huiselijk tafereel worden hem in een ondraaglijke overvloed in de ogen gestrooid. De keuken, de open koelkast, een tafel die gedekt is voor twee, dampende pannen op het fornuis, de moeder, het kleine kind, zijn benardheid.

'En toen vroeg hij of ze het vlees wegpakten van een koe die al dood was en er geen pijn van had,' zegt ze. 'Hij probeerde echt een of andere eervolle uitweg uit de kwestie te vinden, begrijp je, een eervolle uitweg voor mij, maar op een of andere manier ook voor de hele mensheid. Ik snapte dat ik meteen op de proppen moest komen met een of ander leugentje om bestwil en dat dan later, mettertijd, als hij een beetje sterker en groter was geworden en genoeg dierlijke eiwitten had binnengekregen, een moment zou aanbreken om hem op de hoogte te stellen van wat jij ooit "de feiten des levens en des doods" noemde. En Ilan was naderhand ongelooflijk kwaad dat het me niet was gelukt iets te verzinnen, en terecht, daar had hij echt gelijk in!' Haar blik vlamt op. 'Want voor kinderen moet je af en toe de scherpe kantjes eraf halen, dingen verbergen, de harde feiten verzachten, zo is het nu eenmaal, niets aan te doen, en ik was niet... ik heb het nooit gekund, ik kon niet liegen.'

Nu hoort ze wat ze zegt.

'Goed, behalve dan...' brengt ze ongemakkelijk uit, 'je weet wel.'

Avram durft het niet in woorden te gieten, maar zijn ogen spellen de vraag bijna.

'Omdat we het jou hadden beloofd,' zegt ze simpelweg. 'Ofer weet van niets.'

Stilte. Ze wil er nog iets aan toevoegen, maar ontdekt dat ze na jaren van stilzwijgen, van samentrekking van de grote spier van het bewustzijn, zelfs niet meer in staat is er met Avram over te praten.

'Maar hoe kan dat?' vraagt hij verbaasd, en ze raakt in de war. Ze heeft het idee afkeuring in zijn stem te horen.

'Het kan,' fluistert ze, 'Ilan en ik samen. Het is mogelijk.'

Ineens wordt ze overspoeld door de warmte van het bondje dat ze samen hadden, dat juist intenser werd rond hun stilzwijgen en hun grote geheim, die altijd gapende put, met de mildheid die juist aan de rand ervan voortkwam uit hen beiden, met de voorzichtigheid waarmee ze elkaar daar vasthielden, om er niet in te vallen en er ook niet te ver vandaan te raken, en met het bittere besef dat het ook een vleugje van een bijzondere, zoete smaak in zich had, dat het verhaal van hun leven altijd ook in omgekeerde letters was geschreven en dat er behalve zijzelf niemand op de hele wereld was – ook Avram niet – die het kon lezen.

Zelfs nu, denkt ze, zelfs nu we zo ver uit elkaar zijn, hebben we dat, iets eigens wat helemaal van ons en ons alleen is.

Dan klemt ze haar kaken op elkaar en drukt weer diep weg wat even aan de oppervlakte heeft durven komen. Met behulp van bijna tweeëntwintig jaar oefening zet ze zichzelf daarna weer op het rechte, enkele spoor waarvan ze zojuist was afgebracht, en ze wist de afgelopen momenten, de herinnering aan de onmetelijke, onbevattelijke uitzondering van haar leven, van de lei van haar ziel.

'Waar was ik?'

'In de keuken. Met Ofer.'

'Ja, en Ofer werd natuurlijk nog zenuwachtiger toen ik bleef zwijgen. Hij draaide al als een draaitol door de keuken, schoot heen en weer en praatte in zichzelf, en ik zag dat hij niet eens in woorden kon zeggen wat hij vermoedde. Maar uiteindelijk, ik vergeet het nooit, liet hij zijn hoofd hangen en bleef zo staan, helemaal verkrampt en krom,' – met een heel subtiele beweging wordt ze Ofer, in haar gezicht, in haar lijf, in zijn verscheurde blik die uit haar ogen spreekt; en Avram ziet, hij ziet: daar is Ofer, kijk maar, je ziet hem, je zult hem nooit meer vergeten, je kunt niet meer zonder hem – 'en toen vroeg hij me of er mensen waren die de koe doodmaakten om hem zijn vlees af te pakken, en ik, wat kon ik hem zeggen? Ik zei ja.

En toen begon hij door het hele huis te rennen, heen en weer, als een bezetene, en hij gilde ook,' – ze herinnert zich een schrille kreet die uit hem losbarstte, een stemgeluid dat niet het zijne was, dat niet eens menselijk was – 'en hij raakte dingen aan, meubels, schoenen die op de grond stonden. Hij rende schreeuwend rond en raakte dingen aan, sleutels die op de tafel lagen, deurklinken. Het was doodeng, en om je de waarheid te zeggen, het zag eruit als een of andere ceremonie, ik weet niet, alsof hij afscheid aan het nemen was van alles wat –'

Ze kijkt Avram aan met een zachte blik in haar ogen, en ze is bedroefd om wat ze hem vertelt, om wat hij nog van haar te horen zal krijgen. Ze heeft het idee dat ze hem op dit moment, als met een ziekte, besmet met het verdriet en de lasten van het ouderschap.

'Ofer rende naar het eind van de gang, daar bij de deur van de badkamer, je weet wel, waar de kapstok hing? En daar gilde hij uit: "Maken jullie hem dood? Maken jullie de koe dood om zijn vlees te pakken? Zeg het! Ja? Ja? Doen jullie dat expres?" En op dat moment drong het tot me door,' zegt ze, 'en snapte ik misschien voor het eerst in mijn leven wat het betekende dat we levende wezens eten, dat we ze doden om ze op te eten, en hoe we onszelf aanleren niet te beseffen dat op ons bord een afgehakte poot van een kip ligt. Maar Ofer kon zichzelf niet zo bedriegen, snap je? Hij was nog volkomen open en bloot,' fluistert ze, 'weet je wat het is, zo'n kind, op die manier, in deze shitwereld?'

Avram schrikt terug. Plotseling voelt hij, diep in zijn ingewanden, de rilling van de angst die hem eens beving, toen Ora hem vertelde dat ze zwanger was.

Ze drinkt water uit de fles, spoelt haar gezicht af. Ze reikt hem de fles aan, en hij giet die zonder erover na te denken leeg over zijn hoofd.

'Zijn gezicht ging op slag dicht, op slot, zo,' – ze laat het hem zien door hard haar vuist dicht te knijpen – 'en toen rende hij de hele gang door, van de badkamer tot de keuken, en schopte me. Moet je je voorstellen, zoiets had hij nog nooit gedaan, hij schopte me zo hard hij kon en gilde: "Jullie zijn net als wolven! Mensen als wolven, ik wil niet bij jullie wonen!"'

'Wat?'

'Hij schreeuwde en hij rende –'

'Zei hij dat zo? *"Als wolven"*?'

En het was een kind dat een jaar daarvoor nog nauwelijks praatte, denkt ze, hij kon nog geen drie woorden achter elkaar zetten.

323

'Maar waar had hij dat vandaan?' vraagt Avram met verstikte stem. 'Hoe wist hij zo –'

'Hij rende naar de voordeur en wilde ervandoor, maar de deur zat op slot, en toen wierp hij zich ertegenaan, met handen en voeten, echt in een aanval van razernij. En zie je,' zegt ze, 'ik heb altijd het gevoel gehad dat toen in hem iets onherstelbaars is beschadigd, iets waar hij nooit van afkomt, een eerste kras, je weet wel, het eerste leed.'

'Nee. Ik snap het niet, leg uit,' mompelt Avram en hij steekt zijn handen, waarin plotseling het zweet staat, tussen zijn benen.

Het hem uitleggen, denkt ze, hoe leg je hem zoiets uit? Misschien moet ze hem iets vertellen over hemzelf, over Avram. Bijvoorbeeld, over hem en zijn vader, die op een dag opstond en met de noorderzon vertrok, toen Avram vijf was; zijn vader, die het gezicht van de kleine Avram een keer stevig tussen zijn vingers klemde, het ter bestudering aan Avrams moeder voorhield en met een brede, innemende glimlach vroeg of zij vond dat het kind ook maar enigszins op hem leek, of zo'n schepsel echt kon zijn voortgebracht door een vent als hij en of ze zeker wist dat ze dit kind had gebaard en niet misschien had uitgepoept.

'Ik heb ook altijd het gevoel gehad,' zegt ze zachtjes, 'dat hij daar, in de keuken, iets over ons te weten is gekomen.'

'Over wie?'

'Over ons, mensen,' zegt ze, 'over wat we in ons hebben.'

'Ja.' Avram kijkt naar de grond. 'Jullie zijn net als wolven,' laat hij weer door zijn hoofd gaan, 'ik wil niet bij jullie wonen.' Tot in het diepst van zijn ziel is hij geraakt door de eenvoudige woorden waarnaar hij bijna dertig jaar heeft gezocht, en die ineens door zijn zoon zijn uitgeschreeuwd.

Ora vraagt zich ondertussen af, voor het eerst, wat daar werkelijk is voorgevallen in de keuken: met welke intonatie precies en met wat voor klank in haar stem ze Ofer de feiten des levens en des doods heeft geleerd. En of het inderdaad exact zo is gegaan als ze zojuist aan Avram heeft beschreven, dat wil zeggen, zonder echt te liegen tegen Ofer, al probeerde ze het punt waar het om ging, het slachten zelf, zoveel mogelijk voor hem te verzachten om hem daadwerkelijk de verschrikking te besparen. Om een of andere reden schiet haar nu te binnen dat haar eigen moeder haar in haar kindertijd, zes was ze toen, tot in de kleinste details en op een toon waarin iets uitdagends en zelfs een eigenaardige onbeschaamdheid te bespeuren viel, vertelde over de gruwelen van de gevangenen in het concentratiekamp.

'En ik weet niet echt,' zegt ze, 'of mijn uitleg, toen ik hem die dingen vertelde, die feiten, die kennis die ik hem overbracht, kennis? – wanneer het echt een noodzakelijk onderdeel van zijn opvoeding was, hem voor te bereiden op het leven en zo, en wanneer het, vanaf welk moment, ook een ietsjepietsje had van, hoe zal ik het zeggen, mishandeling?'

'Maar hoezo?' vraagt Avram geschokt. 'Hoe kom je ineens bij mishandeling?'

'Of zelfs een beetje leedvermaak.'

'Ik begrijp het niet, Ora, wat ben je...'

'Ik bedoel, of ik hem eigenlijk zo niet heb laten doorschemeren dat wat ik hem vertel ook, op een of andere manier, zijn straf is, omdat hij zich bij mijn gestoorde groep heeft aangesloten, of zelfs maar meedoet aan dit spel, snap je, het spel van de mensheid.'

'Ah, dat,' zegt Avram.

'Ja, dat.'

Ze zwijgen.

Avram knikt, met heel zware ogen.

'Toen ik hem in mijn armen probeerde te nemen,' zegt ze, 'om hem te sussen, ging hij tekeer en krabde me echt tot bloedens toe, en hij bleef ook 's nachts nog huilen, in zijn slaap, zo hoog zat het hem. De volgende ochtend stond hij op met hoge koorts, maar hij liet zich niet door ons troosten en stond niet toe dat we hem aanraakten, dat we aan hem kwamen met onze vleesvingers, snap je? En daarna heeft hij gedurende twaalf jaar geen vlees aangeraakt en ook niets wat naast vlees lag of stond. Tot zijn zestiende ongeveer, tot hij begon te groeien, volwassen begon te worden, heeft dat kind geen vlees aangeraakt.'

'Waarom op zijn zestiende wel?'

'Wacht, dat komt later.' Er is nog een lange weg te gaan, denkt ze, heel langzaam zullen we het begrijpen, samen. 'En in het begin was hij tijdens de maaltijden niet bereid met me te praten als ik bijvoorbeeld toevallig naar hem wees met een vork waaraan kip had gezeten. Snap je hoever het ging...? Zoals Ilan toen zei,' lacht ze, '"Ofer hoort bij de sjiitische vleugel van de vegetarische beweging."'

Genoeg, ze moet het opschrijven, die hele periode, Ilans worstelingen met hem, de ongelooflijke koppigheid en vastberadenheid die Ofer toen aan de dag legde, en ook de lichte, verwarrende lafhartigheid die haar en Ilan beving doordat een kind van vier er zulke vaste principes op na hield en zij allebei het gevoel hadden dat hij zijn kracht putte uit een of andere onzichtbare bron, te hoog gegrepen voor zijn leeftijd en ook te hoog gegrepen voor hen, zijn ouders. Waar is het schrift? Ze staat op. De vage bedruktheid van een paar momenten geleden wordt compacter en barst ineens uit elkaar: 'Waar is het schrift, Avram? Heb je gezien waar ik het schrift heb neergelegd?'

Ze stort zich op haar rugzak en spit die om, maar het schrift is er niet. Is er niet! Ze kijkt in paniek naar de andere rugzak, die van Avram, en Avram verstrakt. Ze polst hem voorzichtig: 'Kan het zijn dat het in die van jou zit?'

'Nee, ik heb het daar niet in gestopt. Ik heb de rugzak helemaal niet opengemaakt.'

'Vind je het erg als ik erin kijk?'

Onverschillig haalt hij zijn schouders op. Hij is niet van mij en het zijn mijn zaken niet, zeggen zijn schouders. Hij staat op en loopt weg van de rugzak.

Ze maakt gespen los, trekt ritsen open, haalt knopen uit koorden. Ze kijkt er van bovenaf in. Alles is min of meer zoals het was toen ze de rugzakken thuis had ingepakt, samen met Ofer. Avram blijkt er op wonderbaarlijke wijze in te zijn geslaagd niets te verschuiven of door elkaar te schudden in alle dagen dat hij de rugzak op zijn rug heeft meegesjouwd.

Nu staat de rugzak helemaal open tussen hen in. Bovenop, op een stapel kleren, ligt het rode A.C. Milan-shirt, zoals het was ingepakt, en het is haar meteen duidelijk dat het schrift hier niet is, maar ze kan het niet opbrengen de rugzak dicht te maken.

'Er zijn hier een hoop schone kleren,' is de nuttige informatie die ze droogjes overbrengt, 'sokken, shirts, toiletspullen.'

'Ik stink, hè?'

'Laten we zeggen dat ik op elk moment weet waar je bent.'

'Ah.' Hij tilt een arm op en ruikt vluchtig. 'Maak je geen zorgen, we vinden wel een bron of een kraan, het komt goed.' Zijn stem is van iemand die, in het nauw gedreven, jokt, draaiend als een kind dat op zomerkamp aan de leider uitlegt waarom het, helaas, moet weigeren samen met alle andere kinderen te douchen.

'Goed, wat je wilt.'

Stilte. Ze ademt zwaar. Haar vingers, die boven Ofers rugzak zweven, hebben plotseling een eigen leven.

'Bovendien,' zegt hij, 'passen zijn kleren mij vast niet.'

'Sommige misschien wel. Broeken passen zeker. Hij is vrij breed. En trouwens, er zitten niet alleen kleren van hem in.' Ze bestudeert de inhoud van bovenaf, afstandelijk, nog altijd zonder aan te raken. 'Ook shirts van Adam en van Ilan. En ook zijn Thaise *fisherman pants*, die hij uit de Sinaï heeft meegenomen. Die kun je zeker aan.' En in gedachte voegt ze eraan toe: die zal je niet besmetten met Ofer.

'Maar waarom kleren van Adam en Ilan?'

'Dat wilde hij. Onder het lopen gehuld zijn in hen, allebei.'

Ze houdt zich in en vertelt niet dat ze ook elkaars onderbroeken delen, haar drie mannen.

Eindelijk steekt ze een hand in de rugzak, eerst aarzelend, bang daar de orde te verstoren die Ofer heeft aangebracht, maar het volgende ogenblik infiltreert ze en dringt diep naar binnen, en zijn al twee handen aan het graven en kleren aan het omwoelen, die goed verwarmd zijn door de zon, ja, die al een week in een oven worden gebakken. Onderweg komen de handen sokkenbolletjes tegen en ze worden vlot als handen van een zakkenroller in broekzakken gestoken. Hier is een handdoek, dit is een zaklantaarn, dit zijn sandalen, onderbroeken en T-shirts. Onderin, buiten haar gezichtsveld, gaan haar vingers tekeer en plunderen naar beste kunnen. Een merkwaardig gevoel verspreidt zich binnen in haar: zijn kleren, zijn buitenlagen, en op een of andere manier ook zijn innerlijk, zijn warmte en zijn vochtigheid.

Ze buigt zich voorover en stopt haar gezicht erin. Geuren van schone kleren die op elkaar geperst liggen en niet zijn gelucht. Ze hebben ze samen ingepakt, die laatste avond, hij en zij, en ze moesten toen denken aan het toerustingsritueel aan de vooravond van de grote aanval in *De wind in de wilgen*, dat Ora hem in zijn kindertijd drie keer achter elkaar had voorgelezen. 'Hier is een hemd voor Mol, hier zijn sokken voor Pad.' En tijdens dat hele vrolijke ritueel, toen Ora zich voortdurend bescheurde van het lachen, was Ofer blijkbaar al heimelijk aan het plannen, of wist misschien al helemaal zeker, dat hij niet met haar door Galilea zou trekken, dat het allemaal één grote show was. Hoe was het hem gelukt haar zo te bedotten, en waarom had hij dat eigenlijk gedaan? Misschien was hij bang dat hij zich zou vervelen als hij een hele week met haar alleen was, dat ze elkaar niets meer te vertellen zouden hebben, of misschien dat ze hem weer zou uithoren over Talja en de reden waarom hij en Talja uit elkaar waren, of dat ze zou gaan zeuren over Adam, of zou proberen – het zou nooit in haar opkomen! – hem aan haar kant te krijgen tegen Ilan, of dat ze hem nog een keer zou uitvragen over Hebron. Ja, misschien vooral dat laatste.

De lijst, met al die punten, maakt haar misselijk. Een zure golf welt op in haar keel. Haar gezicht is begraven in de rugzak en haar handen houden die aan twee kanten stevig vast. Van opzij ziet ze eruit als iemand die gretig uit een waterput drinkt, maar Avram ziet haar smalle, mooie nekwervels met hortende samentrekkingen bewegen onder de huid.

In de rugzak barst ze uit in een onbedaarlijke huilbui, overspoeld door zelfmedelijden, om de puinhoop van haar leven, gezin, liefde, en Ilan en Adam, en nu is Ofer daar en god verhoede – en wat is er nog over van haarzelf, wie is zij eigenlijk nog, nu het allemaal is vervlogen of nu alles en iedereen zich gewoonweg van haar heeft losgescheurd, wat stelde dat hele onvolprezen moederschap van haar eigenlijk voor? Een dweil, dat is wat ze was als moeder, haar moederschap was de kunst van het opdweilen, vijfentwintig jaar lang wist ze voornamelijk alles te absorberen wat ze uitgoten, alle drie, ieder op zijn eigen manier, alles wat ze in die jaren constant uitstootten in de ruimte van het gezin, dat wil zeggen, in haar, want zijzelf, meer dan elk van hen drieën en ook meer dan alle drie samen, vormde *de ruimte van het gezin*; al het goede en al het kwade dat ze uitstootten, heeft ze geabsorbeerd, voornamelijk het kwade, zo denkt ze verbitterd en blijft ze zichzelf kwellen, al weet ze diep in haar hart dat ze de zaken verdraait en zowel hun als zichzelf geen recht doet. Toch weigert ze afstand te doen van de spetters gal die binnen in haar alle kanten op vliegen: ze heeft zoveel giffen en zuren geabsorbeerd, alle uitwerpselen van ziel en lichaam, alle ballaststoffen van hun kindertijd, jeugd en mannelijkheid. 'Maar iemand moest het opnemen, toch?' beweert ze snikkend tegen de shirts en de sokken, die zich als kleine, troostende puppy's tegen haar gezicht vlijen – het voelt prettig, deze aanraking, en de geur van schone was is aangenaam, ook al slingert die haar met spottende zachtheid in het gezicht: feministe van niks, belediging van de vrouwenstrijd, blinde vlek in het hart van de neonachtige glans die overvloedig op haar wordt afgestraald, bijvoorbeeld door de boeken die haar vriendin Ariëlla koppig voor haar blijft kopen, boeken waarin ze nooit verder komt dan een paar bladzijden en die geschreven zijn door krachtige, scherpzinnige vrouwen met een eigen mening en het gelijk aan hun zijde, die op volkomen natuurlijke wijze uitdrukkingen gebruiken als 'de dualiteit van de clitoris als betekenaar en betekende' of 'de vagina als mannelijk uitgeboorde, deterministische ruimte', die in haar zwakke, karakterloze hersens onmiddellijk een maskerend gezoem in gang zetten van grote of kleine huishoudelijke apparaten, waarschijnlijk een mixer, of een stofzuiger of afwasmachine – ja, alleen al haar slappe bestaan is een grove belediging van die vrouwen en hun rechtvaardige strijd. Dikke vinger naar het feminisme, denkt Ora, en ze lacht even door haar tranen heen. Maar het is wel zo klaar als een klontje, betoogt ze tegen een T-shirt dat zich hardnekkig tegen haar gezicht blijft drukken, dat zonder de door haar gecreëerde en voortdurend geperfectioneerde afvoer-, kanaliserings-, zuiverings- en ontziltingstechnieken, en zonder haar eindeloze concessies, haar herhaalde zelfverloochening en af en toe haar vernedering – dat zonder dat alles haar gezin allang uiteen was gevallen, jaren geleden, zonder enige twijfel, of misschien ook niet, je weet maar nooit. En toch, altijd, al die jaren, had in haar de vraag rondgezweefd wat er werkelijk zou zijn gebeurd als ze niet vrijwillig hun beerput was geweest, of liever gezegd – het klonk haar iets minder vernederend in de oren, iets geraffineerder en geslepener – hun bliksemafleider. Wie van hen had vrijwillig in haar plaats die vermoeiende, ondankbare taak op zich genomen? Een taak waarvan de bevrediging trouwens zo diep en verborgen was, echt tot in het diepst van de ingewanden, tot de bovenwand van de baarmoeder die zich alleen al bij de gedachte welfde, en daar wisten ze niets van af, zij drieën, hoe zouden ze ook, zeg nu zelf, wat wisten ze over de zoetheid die in de spelonken van de ziel vloeide als Ora er weer eens in was geslaagd een onweersbui van woede, frustratie, wraaklust, verontwaardiging of gewoon plotseling opgekomen ongeluk van ieder van hen drieën, op welke leeftijd dan ook, te luwen en naar de aarde af te leiden. Ze snikt nog een beetje in de gewassen stof, maar het verdriet is al uiteengevallen in haar tranen, en ze droogt haar gezicht met het shirt dat Ofers compagnie aan de soldaten uitdeelde ter gelegenheid van het eind van hun diensttijd op de basis bij Jericho, met het opschrift NABI MOESA, WANT DE HEL WORDT VERBOUWD. Ze is al getroost en zelfs fris, zoals altijd na een korte, hevige huilbui, zoals tijdens vrijpartijen, tien, twintig aanrakingen en een knal, altijd, zonder enig oponthoud en zonder enige complicatie, en nu, nu de wolk is overgedreven, krijgt ze weer de aandrang diep in zijn rugzak te duiken, zijn kleren een voor een in haar handen te nemen, ze hier op de struiken en de stenen uit te spreiden onder Avrams neus, en Ofer eruit op te maken, zijn lengte, zijn breedte, zijn omvang. Opwinding trekt langs haar ruggengraat: als ze echt haar best doet – even gelooft ze bijna dat niets haar onmogelijk is tijdens deze voettocht, die volledig uit ragfijne draden van geloften en hartenwensen bestaat –, dan kan ze uit de diepten van de rugzak ook hemzelf tevoorschijn trekken en ter wereld brengen, Ofer, heel klein, teder, met spartelende armpjes en trappelende beentjes. Vooralsnog neemt ze genoegen met een legerpet, een trainingsbroek, zijn Thaise fisherman pants, en ze voelt zich goed zo, met haar armen tot aan de schouders in de rugzak, een bakkersvrouw met haar handen in het deeg, die haar kind kneedt uit het textiel. Maar het is ook alsof je snuffelt in zijn nalatenschap, is de gedachte die haar steekt en haar genot onderschept, en pas dan, als ze met haar kin boven de rand van de rugzak hangt en haar gezicht tussen paren warme wandelsokken heeft gestoken, schiet het haar te binnen en kijkt ze met verschrikte ogen op naar Avram. 'Luister, ik ben zo achterlijk, ik heb het schrift daar laten liggen.'

'Waar?'

'Beneden. Waar we hebben geslapen.'

'Hoe kan dat?'

'Ik heb 's ochtends wat geschreven, voor jij opstond, en op een of andere manier heb ik het vergeten.'

'Dan gaan we terug.'

'Terug waarheen?'

'Daarheen,' zegt Avram en hij komt overeind.

'Het is een flink eind lopen.'

'Nou en?'

Ze haalt haar neus op. 'Ik ben ook zo achterlijk.'

'Het geeft niet, Ora, het maakt echt niet uit.' En met een glimlach: 'We lopen toch al een week lang het grootste deel van de tijd in kringetjes rond.'

Hij heeft gelijk, en een golf van warmte welt in haar op omdat alleen hij en zij kunnen begrijpen hoezeer het ook echt niet uitmaakt, doorlopen, teruglopen, rondlopen of dwalen. Waar het om gaat, is in beweging zijn, over Ofer praten. Ze ritsen, gespen en knopen alles dicht. Op de kleine militaire basis rusten ze zich uit met vers water, en de soldaat van de wachttoren geeft hun ook twee gesneden broden, die een beetje oudbakken zijn, drie blikjes tonijn en maïs, en handenvol appels. Nu lopen ze de steile helling af en houden zich vast aan de pijnbomen, en Ora denkt koortsachtig aan de man die ze vanochtend zijn tegengekomen, aan zijn lange, donkere, intelligente gezicht. Wie weet wat hij van haar en Avram dacht, wat voor verhaal hij voor zichzelf heeft opgesteld in zijn hoofd? Ineens is ze geschokt en blijft stilstaan, Avram botst bijna tegen haar op. Wat als die ene het schrift vindt en erin leest?

Tussen twee rotsen, schiet haar ineens te binnen, daar heb ik het eventjes weggelegd, vanochtend, toen ik mijn slaapzak oprolde, en daar heb ik het vergeten. Hoe heb ik het kunnen vergeten?

'Met een beetje geluk,' zegt ze, misschien te luid, 'vindt niemand het voordat we er zijn.'

Het was heel vroeg in de ochtend. Zij en Avram liepen omhoog door een kloof, en bergafwaarts kwam hun een gestalte tegemoet. Misschien daarom leek die haar aanvankelijk langer en dunner dan in werkelijkheid. En vanwege het rare licht dat tussen de takken van de pistachebomen zweefde, het licht van een stoffige, gelige zonsopgang, zag de gestalte er donker en vaag uit. Ora bleef even staan om beter te kijken, en ze dacht traag dat je soms, 's ochtends, als mensen op je af liepen met de zon in hun rug en in jouw ogen, alleen een omtrek kon zien van een heel dun lijf, van een Giacometti, een lijf dat met elke stap oploste en weer vaste vorm kreeg, en dat je nauwelijks kon uitmaken of het een man of een vrouw was en of die dichterbij kwam of van je weg liep – en toen hoorde ze stenen rollen achter haar en dook Avram ineens naar voren, passeerde haar, en ging staan tussen haar en de onbekende man, die een beetje bevreemd glimlachte.

In de war gebracht door Avrams plotselinge beweging viel ze stil. Hij posteerde zich hijgend voor haar, zette zijn borst uit en priemde een strakke blik, niet in de man tegenover hem, maar in de grond, in de gladde keien. Hij zag eruit als een waakhond, zoals hij daar stond, trouw, koppig en onbenaderbaar, een hond die zijn vrouwtje beschermde.

De mannen stonden tegenover elkaar, en Avram blokkeerde het pad en kon zelf ook niet doorlopen. De onbekende schraapte zijn keel en wenste hun voorzichtig goedemorgen, waarop Ora zwakjes antwoordde: 'Goedemorgen.'

'Komen jullie van beneden?' vroeg de man ten overvloede. Ora knikte. Ook zij keek hem niet aan. Ze voelde dat ze het niet kon opbrengen om ook maar het lichtste, vaagste contact te maken. Ze wilde alleen maar verder lopen met Avram en met hem blijven praten over Ofer, al het andere was afleiding en verspilling van energie. 'Tot ziens,' bracht ze uit, en ze wachtte tot Avram weer in beweging zou komen, maar hij verroerde zich niet.

De man kuchte en zei: 'Als jullie boven zijn aangekomen, zullen jullie zien hoe mooi daar alles bloeit, echt tapijten van calycotome, en de judasbomen staan nu ook in bloei.'

Ora wierp hem uitgeput een blik toe. Waar had die man het over, wat voor bloei had hij in zijn hoofd? Ze zag dat hij ongeveer van haar leeftijd was, iets ouder, een vijftigplusser, gebruind, stevig en ontspannen. In zijn ogen zag ze zichzelf en Avram: ze ademden de misère van achtervolgde vluchtelingen en boven hun hoofden zweefde een ramp.

De man pakte met twee lange, wonderlijk gebogen duimen de draagriemen van zijn rugzak beet en leek te twijfelen of hij die van zijn schouders zou nemen. 'Dus jullie doen het pad?'

'Wat?' fluisterde ze. 'Wat voor pad?'

'Het Israëlpad.' Hij wees naar de blauw-wit-oranje markering op een van de rotsen.

'Wat is dat,' zei ze. Ze had de kracht niet haar stem te krullen tot een vraagteken.

'Ah,' zei de man met een glimlach, 'ik dacht dat jullie –'

'Waar loopt dat pad naartoe?' vroeg Ora met klem. Te veel zaken vereisten ineens tegelijkertijd haar begrip. Zijn plotselinge glimlach, die zijn lange, ernstige gezicht in tweeën spleet. De warme olijfkleur van zijn huid. De manier waarop Avram nog altijd tussen hen in stond, een blok, een muur van een mens. Misschien ook de krant, de *Jediot Acharonot*, die opgerold in een zijvak van de rugzak van de onbekende man was gestoken, en een grote, vrouwelijke bril, als die van haar – al was deze niet rood zoals de hare, maar blauw –, die aan een koord op zijn borst hing, helemaal niet bij hem leek te passen en om een of andere reden ook op een onbeschrijflijke manier irriteerde. En bovenal wat hij zei: dat het bescheiden, intieme pad waarop Avram en zij al een week in alle eenzaamheid liepen een naam had – iemand had het pad een naam gegeven, en op slag werd haar iets ontnomen.

'Het loopt door tot Eilat,' zei hij, 'tot aan Taba. Het gaat het hele land door.'

'Van waaraf?'

'Vanaf het noorden. Vanaf Tel Dan ongeveer. Ik ben het al een week aan het lopen. Dan volg ik het weer een eindje, dan wandel ik weer een stukje terug. Ik draai rond in kringetjes. Ik kan moeilijk afscheid nemen van deze streek, met alles wat in bloei staat en zo, maar je moet verder, nietwaar?' Weer lachte hij haar toe.

Ze had het gevoel dat zijn gezicht haar geleidelijk werd geopenbaard, alsof het zich voor haar ogen aftekende in het tempo van haar bewustzijn, dat plotseling sterk was vertraagd.

'Hebben jullie beneden geslapen?' gaf hij niet op.

Wat moest hij van haar? Waarom liet hij haar niet doorlopen? Ze glimlachte krachteloos en wist niet of ze boos op hem moest worden – die overdreven, plagerige bril van hem, alsof het om een privégrapje ging, waarmee hij voor ieders ogen liep te wapperen – of juist gehoor moest geven aan een of andere natuurlijke, ontspannen zachtheid die ze in hem aanvoelde. 'Ja, beneden. Maar wij hebben alleen... waar liep het naartoe, zei u?'

'Naar Eilat.' Nu werd zijn gezicht ook voorzien van dikke wenkbrauwen en kreeg hij kort, dicht zilvergrijs haar.

'En naar Jeruzalem?' vroeg ze.

'Dat ligt min of meer op de route, maar tot daar hebben jullie nog een lange weg te gaan.' Weer glimlachte hij, zoals na elke zin die hij uitsprak.

Parelwitte tanden, zag ze, en volle, donkere lippen, met een diep spleetje in het midden van de onderlip. Ze hoorde een vaag gebrom opklinken uit Avrams lijf.

De man wierp hem een voorzichtige blik toe. 'Hebben jullie iets nodig?' vroeg hij, en Ora snapte dat hij zich ongerust over haar maakte, dat hij bang was dat ze op een of andere manier in nood was, misschien zelfs gevangen werd gehouden door Avram.

'Nee,' zei ze, en ze rechtte haar rug en lachte hem met al haar charme toe, 'met ons is alles oké. Eerlijk gezegd zijn we nog niet goed wakker.'

Plotseling schrok ze op, harkte met twee handen door haar ongekamde haar – ze had vanochtend niet eens haar haren gekamd voor ze op pad was gegaan; en plotseling speet het haar dat ze sinds een jaar, uit principe, haar haar niet meer verfde –, maakte vlug haar ooghoeken schoon en controleerde of er geen enkel kruimeltje zat in het hoekje van die lip van haar.

'Luister,' zei de man, 'ik ga koffie voor mezelf zetten, kan ik jullie een kop aanbieden?'

Avram bromde onmiddellijk nee. Ora zweeg, al had ze eigenlijk geen bezwaar gehad tegen een kop koffie, integendeel. Naar haar gevoel zette hij lekkere koffie.

'Zeg –' zei ze.

'Wat?'

'Wat is dit hier voor plaats?'

'Hier, deze wadi? De Nachal Kedesj.' Weer glimlachte hij. 'Weten jullie niet waar je bent?'

'Nachal Kedesj,' mompelde ze, alsof er een of ander wonder in de woorden school.

'Het is goed om in de natuur te zijn,' zei hij bemoedigend.

'Ja, dat is waar.' Ze gaf haar kapsel op, wat kon het haar schelen? Ze zou hem toch nooit van haar leven terugzien.

'En het is goed om het nieuws een beetje te ontvluchten,' voegde hij eraan toe, 'vooral na gisteren.'

Avram bracht iets uit wat klonk als een waarschuwend geblaf.

De man deed een stap achteruit, zijn blik betrok.

Ora legde een kalmerende hand op Avrams schouder.

'Zonder nieuws!' gromde Avram.

'Oké,' zei de man voorzichtig, 'jullie hebben gelijk. We hebben hier geen nieuws nodig.'

'We moeten verder,' zei ze zonder hem aan te kijken.

'Weten jullie zeker dat jullie niets nodig hebben?' Zijn ogen gingen over haar gezicht. Nu zag hij haar lip, ze kende dat focussen van de blik en ze had al geleerd dat dit een moment was waarop zij licht in het voordeel was op vreemdelingen: hun blik was gevangen en zij kon hen vrijelijk opnemen. En bij deze hier, de onbekende man, deze vent, was geen sprake van terugdeinzen of afkeer, maar een verwarrende combinatie van verwondering, sympathie en zachtheid. Ora voelde hoe zijn ene wijsvinger, waarmee hij de draagriem van de rugzak vasthield, bijna werd uitgerekt om haar daar te strelen. Gedurende een fractie van een seconde ervoer Ora een zuchtje goeds, maar ze had de kracht niet meer om haar gebroken vleugel te strekken tot een glimlach.

'Met ons is alles oké,' zei ze weer. Uit alle macht weerhield ze zich ervan hem te vragen naar het nieuws van gisteren. En of er al namen waren vrijgegeven.

'Hoe dan ook –' zei de man.

Avram rukte zich los van zijn plaats, klom verder en liep de man voorbij. Ook Ora zette zich in beweging en ze sloeg haar blik neer.

'Ik ben arts,' zei de man zachtjes, alleen voor haar oren bestemd, 'als jullie iets nodig hebben...'

'Arts?' Ze stelde haar volgende voetstap uit. Ze had het idee dat hij haar een of andere geheime boodschap probeerde over te brengen. Liet hij haar misschien doorschemeren dat Ofer een hospik nodig had?

'Kinderarts,' zei hij. Hij had een zachte, prettige bariton. Met gefocuste, donkere ogen keek hij haar aan. Ze voelde dat hij zich zorgen om haar maakte, haar huid reageerde op die bezorgdheid. Ze meende dat ze zich ogenblikkelijk van die zachtheid moest losscheuren.

'Sorry,' fluisterde ze, 'het is gewoon niet het geschikte moment.'

Ze liepen verder omhoog door de kloof, Avram voorop en zij achter hem aan, met de priemende blik van de man in haar rug, en ze probeerde nog altijd te raden wat er voor nieuws was en hoe erg het gisteren was geweest. In elk geval was nu duidelijk dat het daar nog niet was afgelopen, dat het deze keer waarschijnlijk een lang verhaal zou worden. Dat gevoel had ze tenslotte ook al de hele tijd, dat het daar langzamerhand in het honderd liep en de toestand daar verergerde. En in één adem door irriteerde het haar dat hij haar al minutenlang van achteren bekeek – niet precies haar sterkste kant, de achterkant, en niemand kon haar ervan overtuigen dat ze zich daarin vergiste – en nog meer ergerde het haar dat ze in staat was zich over zulke flauwekul druk te maken, terwijl het daar fout aan het lopen was. Verbolgen liep ze door de kloof omhoog, reconstrueerde in haar hoofd de korte ontmoeting en verbaasde zich over haar eigen zwakte en armzaligheid tegenover de man. Iets van Avrams ondoordringbaarheid als van een blok beton had haar al aangestoken, zo voelde ze, in haar bewegingen en haar uiterlijk, en ook haar natuurlijke talent om een vlinderlicht, koket gesprekje te voeren met een vriendelijke vreemde was erdoor aangetast. Vlak voor de laatste bocht in het pad kon ze zich niet meer inhouden, en wat recalcitrant en met een restantje trots draaide ze zich om en zag hem staan op de plek waar ze hem had achtergelaten, aandachtig, met een ernstige uitdrukking in zijn ogen en zo bezorgd om haar dat haar harde gezicht ineens openbrak tot een milde, verbaasde glimlach, en ze had het idee dat hij één keer naar haar knikte.

Nadat ze de halfduistere kloof uit waren geklommen, bevonden ze zich plotseling op een pad dat baadde in het felle, heldere licht van de nieuwe morgen. Zwijgend liepen ze verder. Ora stond telkens weer versteld als ze terugdacht aan Avrams bliksemsnelle duik tussen haar en de man, alsof hij zichzelf had gezworen haar koste wat kost te beschermen tegen de buitenwereld en zijn vertegenwoordigers, en ook tegen ieder flintertje informatie over de gebeurtenissen *daar*. Misschien beschermde hij ook zichzelf, peinsde ze, en had ze het niet ten volle beseft, maar nogmaals: zijn gelofte geen vlees te eten, de herinnering aan de zwarte tabel van de wanhoop die hij boven zijn bed had getekend, en de hoop in zijn stem toen hij haar belde op de beoogde dag van Ofers afzwaaien – 'Het is afgelopen, nietwaar,' vroeg hij, 'zijn diensttijd?' En op dat moment stond haar hoofd er niet naar te begrijpen met hoeveel smart hij had gewacht op dat afzwaaien en hoe angstig hij er drie jaar lang naar had uitgekeken, dag na dag, doorgehaald streepje na doorgehaald streepje.

Ze versnelt haar pas. Ze lopen over een smal pad, en aan weerszijden ervan staan manshoge struiken in gele bloei – calycotome, schiet haar ineens de naam te binnen, daar had hij het over, die man – en ze verspreiden een ijl, ragfijn parfum. En daar zijn die kleine wit-gele bloemen, schubkamille, die door een kinderhand lijken getekend, en de cistusrozen, de bellevalia's, de lichtblauwe reigersbekken en haar geliefde Judese slangenkruid, dat haar al deze dagen nauwelijks is opgevallen, maar waar had ze ook eigenlijk oog voor? En kijk – ze wijst verheugd en zet haar longen en ogen helemaal open –, het is fantastisch, dat roze daar, die boom, een judasboom.

De berg is bekleed met bollende gele kussens van bloeiende wolfsmelk en roze dekens van ricotia. Ora breekt een takje af van een calycotome-struik, wrijft het tussen haar vingers en laat het hem ruiken, en als zijn gezicht dicht bij haar hand is – zijn grote, verloren gezicht –, herinnert ze zich van hem hoe hij tegen Ilan uitriep dat hij geen enkel contact wilde, geen enkel contact met het leven. Een nieuwe gedachte komt in haar op: dat Avram misschien juist in de afgelopen jaren, toen Ofer in dienst zat, en nu zelfs nog meer, nu Ofer *daar* is, beseft dat hij uitgere-kend als die ene draad van contact verbroken zou worden, god beware en god verhoede, er ineens achter zou komen dat hij aan het leven vastzit met de dikst mogelijke touwen, met de strengen van een zodanig lijden dat alleen een eind aan het leven die strengen kan losmaken, en om haar gedachte te beamen, zo lijkt het, niest Avram haar luidruchtig in het gezicht.

'Sorry,' mompelt hij, en hij veegt de spetters en het calycotomestuif-meel van haar voorhoofd en het puntje van haar neus.

Ze pakt zijn pols vast en zegt hem recht in het gezicht: 'Hierin ben je getraind, hè?'

'Waarin?' bromt hij, en hij neemt argwanend haar gezicht op.

'In vluchten voor een slecht bericht,' zegt ze, 'jij hebt duizend keer zo-veel oefening als ik, niet? Je bent je hele leven alleen maar op de vlucht voor slecht nieuws.' Ze kijkt hem recht in de ogen en weet zonder enige twijfel dat ze gelijk heeft, en dan pakt ze zijn hand, vouwt een voor een zijn vingers om en telt: 'Op de vlucht voor het slechte bericht van het leven in het algemeen, één. Op de vlucht voor het slechte bericht dat Ofer heet, twee. Op de vlucht voor het slechte bericht dat ik ben, drie.'

In verlegenheid gebracht zuigt hij zijn lippen naar binnen. 'Onzin, Ora. Wat sta je me ineens midden op het pad psychologisch te analyse-ren?'

Maar ze is plotseling vervuld van kracht. 'Als je maar onthoudt dat een kwaad bericht soms juist een heel goed bericht is dat je niet hebt begre-pen, en ook dat wat eens misschien een slecht bericht was in de loop der tijd kan veranderen in een goed bericht, misschien beter dan welk be-richt ook, precies het bericht waaraan je behoefte hebt.' En ze geeft hem zijn hand terug en sluit die om het takje met de zonnegele bloemen. 'Kom, Avram, we gaan.'

Rechts van het pad: een hoge antenne, een lang hek van ijzergaas en daarachter een lelijk fort, zo te zien een fort van de Britse politie, sombere betonnen gebouwen, een wachttoren en knijperige ramen. Fort Jesja, leest Ora op een bordje. 'Kom, we gaan hier meteen weg,' brengt ze haastig uit, 'ik heb nu geen trek in forten.'

'Maar het pad,' aarzelt Avram, 'het pad, kijk, het loopt hier doorheen.'

'Is er geen ander pad?'

Ze kijken naar links en naar rechts, maar er is geen ander pad, dat wil zeggen, er is er wel een, rood gemarkeerd, maar volgens de man die ze in de wadi zijn tegengekomen, moesten ze het blauw-wit-oranje volgen om uit te komen in Jeruzalem, om thuis te komen. Even raakt ze in de war en zachtjes knipperend met haar ogen gaat ze bij zichzelf na: je wilde toch wegvluchten van huis? Dus wat zit je nu ineens –

En ze draait zich om naar Avram, houdt een wijsvinger tegen zijn borst en besluit: 'We gaan hierlangs, maar snel, we blijven nergens staan, en onderweg vertel je me iets.'

'Wat?'

'Maakt niet uit, praat tegen me, vertel iets, ik weet het niet, vertel me over dat restaurant van je.'

En zo zetten ze er flink de pas in en krijgt ze te horen dat hij de afgelopen twee jaar, sinds zijn ontslag bij de pub, in een Indiaas restaurant in Tel Aviv-Zuid werkt. Daar zochten ze een afwasser. Borden afwassen wilde hij niet, dat geeft hem te veel tijd om na te denken, maar tegen vloeren dweilen en ander schoonmaakwerk had hij geen enkel bezwaar. Vuil en hij zijn al jaren zo – hij drukt twee vingers tegen elkaar aan en glimlacht naar haar, in een mislukte poging haar aandacht af te leiden van het dunne cipressenbos, achtentwintig cipressen, met op elk ervan een houten bordje met een naam, één cipres voor ieder van degenen die hier in april en mei 1948 zijn gesneuveld toen ze het fort probeerden te veroveren op de Arabische strijders.

'Tapijten stofzuigen vind ik ook best,' kletst Avram verder, 'net als kleine klussen als sjouwer, waarom niet? Een manusje-van-alles. Het is er nog goed ook.'

'Goed?' Ze werpt hem een zijdelingse blik toe. Dat woord heeft ze hem in geen tijden horen zeggen.

'Jongelui, *shanti*.'

'Praat door, praat door,' mompelt ze als ze heldhaftig langs een bordje loopt met een gedicht van Mosje Tabenkin, dat door een besnorde gids luidkeels wordt voorgelezen aan een groep wandelaars. Ze zijn kennelijk allemaal doof, denkt Ora boos en ze versnelt haar pas, want de gids schreeuwt de woorden zowat, en alle bergen kaatsen echo's naar haar terug: *'Hij was, onze jongen, als een der cipressen,/ Hij was als een vijgenboom, rijpend zijn ooft,/ Hij was, onze jongen, een mirte vol bessen,/ Een klaproos van 't vurigste rood.'*

'Vooruit, vertel verder,' beknort ze Avram, 'wat ben je ineens stil?'

En Avram zegt snel: 'Eigenlijk is het één groot vertrek, dat hele restaurant, heel ruim, een zaal, zonder binnenwanden, alleen steunpilaren. Een vrij armoedig gebouw,' beschrijft hij haar met een gerimpeld voorhoofd, als iemand die een hoogst belangrijke getuigenis aflegt en tot in de puntjes precies moet zijn, en zij is hem dankbaar voor die details, die haar wegvoeren vanhier, van het marmeren platform. De achtentwintig namen zijn in steen gegraveerd, zo herinnert ze zich, er is ook een groot gemeenschappelijk graf – ze is hier een keer geweest op schoolreisje, toen ze dertien was. De leraar vaderlandkunde stond in korte broek tegenover hen en las met luide stem van een papier: 'Nabi Joesja was een fort op een weg, nu is het een lijn op een tijdbalk.' Ora was op dat moment heimelijk een mandarijntje aan het pellen op het marmeren platform, en een lerares beet haar toe: 'Respect voor de gevallenen!' Kon ze vandaag de dag nog maar zo dom en zo onwetend van leed zijn, een mandarijntje pellen op het marmeren platform. Het was goed om het nieuws een beetje te ontvluchten, had die ene man gezegd, vooral na gisteren; binnen in haar lichaam worstelt een kreet die aan haar probeert te ontsnappen en een uitweg zoekt, en Avram blijft ondertussen zijn opdracht vervullen en neemt haar mee naar een wijk van garages, verhuisbedrijfjes en massage-instituten in Tel Aviv-Zuid, waar hij haar een scheve, vieze trap op stuurt. Maar dan, vanaf de eerste verdieping, ligt op de trap ineens een loper, hangen er schilderijen aan de muren en ruikt het naar wierook. 'Je gaat naar binnen,' zegt hij – en plotseling schiet haar te binnen: ook Doedoe is hier gesneuveld, uit het liedje over de jongen in de Palmach, 'kom op met die koffie en toe, doe/ nog ééns je verhaal over Doedoe.' En haar hersens zoeken een rijmwoord op Ofer.

'En die hele grote zaal daarbinnen,' – Avrams stem zweeft ergens rond in zijn kleine India – 'alles is bedekt met tapijten, en er zijn veel lage tafeltjes, je zit er op grote kussens. Zodra je binnenkomt zie je recht voor je, aan het andere eind, fornuizen met daarop van die grote, zwartgeblakerde pannen, enorme pannen.'

Ze lopen het terrein van het fort af. Ora ademt eindelijk uit en kijkt Avram dankbaar aan, en hij haalt zijn schouders op.

De woorden, denkt ze vaag, hij krijgt zijn woorden terug.

'En lach maar,' zegt hij, 'ik ben er de oudste.'

'Echt waar?' mompelt ze, en ondertussen kijkt ze steels achterom, naar het fort waar ze zojuist aan zijn ontkomen. 'Kom, laten we hier de weg oversteken.'

'Ik zweer het je,' grinnikt hij. Hij trekt een schouder op, alsof hij zich verontschuldigt voor een of andere streek die met hem is uitgehaald, ergens in de afgelopen jaren dat zij niet in zijn leven was. 'De eigenaar is een broekie van negenentwintig, en de kokkin is misschien vijfentwintig. En de rest ook. Allemaal kinderen, lieve kinderen,' zegt hij met een glimlach, en Ora voelt zich een beetje beroofd: wat doet hij ineens enthousiast over andermans kinderen?

'Allemaal ervaren Indiagangers. Ik ben de enige die er niet is geweest. Maar ik weet er inmiddels alles van af, alsof ik er zelf geweest ben. En ze doen niet aan ontslaan. Iemand ontslaan bestaat niet.'

Ze lopen tussen hagen van vlezige vijgencactussen en langs een grote grafstede met ronde koepeltjes op het dak en muren waaruit bomen groeien. In de grote vertrekken, die uitkijken op het Choela-dal, liggen hier en daar dekens en matten, en er staan her en der ook lege schalen en etensborden, offers die de gelovigen hebben gebracht aan de profeet Joesja, alias Jozua, de zoon van Nun.

'Daar werken mensen,' vertelt Avram, 'die nergens anders werk zouden krijgen.'

Mensen zoals hij, denkt ze. Ze probeert zich hem daar voor te stellen. 'De oudste,' had hij gezegd met oprechte verbazing, alsof het ging om een mogelijkheid die volkomen absurd was. Alsof hij en zij nog altijd tweeëntwintig waren en verder alles een grote vergissing was. Ze ziet hem daar tussen de jongelui, die lieve kinderen, met zijn logheid en starende traagheid, met dat grote hoofd en het dunne, lange haar dat aan weerszijden ervan naar beneden sliert. Als een of andere verbannen professor die op zijn retour is, triest en lachwekkend tegelijk. Maar dat ze daar niemand ontslaan, stelt haar gerust.

'En ze brengen je na afloop van het eten ook geen rekening.'

'Hoe weet ik dan hoeveel ik moet betalen?'

'Je gaat naar de kassa en zegt wat je hebt gegeten.'

'En ze geloven me?'

'Ja.'

'En als ik ze oplicht?'

'Dan kun je blijkbaar niet anders.'

'Wat?' Binnen in haar wordt een lichtje ontstoken. 'Bestaat zo'n plek echt?'

'Je ziet het.'

'Neem me ermee naartoe, onmiddellijk!'

Hij lacht. Zij lacht.

Aan de muren hangen grote foto's die iemand in India of Nepal heeft gemaakt. Af en toe worden de foto's vervangen. En opzij, bij de wc's, staan drie wasmachines, die constant draaien. Gratis, voor wie vuile was heeft. En als de gasten aan het eten zijn, lopen er jonge mensen tussen de tafels door die ze behandelingen aanbieden, reiki, acupressuur, shiatsu en voetreflexologie. Hijzelf gaat over een tijdje, als de verbouwing klaar is, in de toetjes werken.

'In de toetjes werken...' herhaalt ze.

Ineens wordt het beeld versneld. Ze ziet hem daar rondrennen, tafels afruimen, afval weggooien, stofzuigen, kaarsjes en wierookstokjes aansteken. Ze is geboeid door zijn beweeglijkheid, snelheid, lichtheid. 'Avram Drel,' stelde hij zich vroeger voor aan nieuwe meisjes, en dan maakte hij een zwierige armbeweging en een buiging en zei: 'Dik, Rap En Lenig.'

'En wie wil, kan er roken, van alles, vrijuit.'

'Jij ook?' lacht ze, een beetje zenuwachtig – het fort zien ze weliswaar niet meer, maar ze heeft ineens het idee dat ze hollen, dat het pad hen te snel voortjaagt naar Jeruzalem, naar huis, naar het bericht dat daar misschien geduldig, als in een hinderlaag, op haar ligt te wachten.

Als ik thuiskom, schiet door haar heen, zijn in de straat overlijdensberichten aangeplakt. Op de lantaarnpalen. Bij de kruidenierszaak. Van verre weet ik het al.

'Kom, vertel op,' wendt ze zich haastig tot Avram, 'ik wil het horen!'

'Af en toe, niets zwaars,' zegt hij, 'vooral jointjes.' Zijn hand klopt uit gewoonte op zijn borst en zoekt daar in de borstzak die er niet is. 'Soms een brokje stuff, een XTC'tje, een tripje, als het er is, niets ernstigs.' Hij kijkt haar met een glimlach aan: 'Hou jij je nog aan de padvindersgeloften?'

'Bij de pioniers van Hamachanot Ha'oliem zat ik, niet bij de padvinders,' brengt ze hem in herinnering. 'Maar hou toch op, ik ben bang voor zulke dingen.'

'Ora, je bent weer aan het rennen.'

'Ik? Jij, zul je bedoelen.'

'Je hebt het af en toe ineens te pakken,' lacht hij, 'dan zet je het op een rennen alsof je door god-weet-wát op de hielen wordt gezeten.'

Links van hen hult het Choela-dal zich in dichtere dampen naarmate de hitte toeneemt. Ze hebben allebei een rood gezicht, gloeiend van de inspanning en de warmte, het zweet gutst van ze af en zelfs praten is vermoeiend. Naast het pad, onder een oude olijfboom, ligt een weggegooide kroonluchter, een prachtige kandelaber, met eenentwintig kristallen schoteltjes, telt Avram met zijn vinger, allemaal héél, met elkaar verbonden door dunne, gebogen buizen van gekleurd glas. 'Wie heeft die hier weggegooid?' vraagt hij zich af. 'Wie gooit er nu zoiets weg? Jammer dat we hem niet kunnen meenemen.' Hij bukt en bekijkt de luchter van dichtbij. 'Goed materiaal.' Hij buigt zijn hoofd en lacht stilletjes, en als Ora hem met haar wenkbrauwen vraagt wat er is, zegt hij: 'Moet je kijken. Waar doet het ding je aan denken?' Ze kijkt langdurig, maar weet het niet, en hij zegt: 'Ziet het er niet uit als zo'n danseres, een prima ballerina, die door iemand is beledigd?'

Ora glimlacht. 'Inderdaad.'

Avram staat op en zegt: 'Echt fonkelend van verontwaardiging, hè? Moet je vanhier zien, hier, hoe ze zich ligt te wentelen in haar jurken, ik zweer het je.'

Ora lacht vanuit de grond van haar hart. Een vergeten genoegen borrelt op naar haar ooghoeken.

'En Ofer?' vraagt hij daarna. 'Gebruikt hij?'

'Ik weet het niet. Hoe kun je ook iets van ze weten als ze op die leeftijd zijn? Adam denk ik wel, af en toe, soms.'

Of vaak, of de hele tijd, denkt ze. Hoe anders, met die mensen met wie hij omgaat, en met die ogen van hem, die altijd ontstoken zijn, met die waanzinnige muziek waar je gek van wordt? 'Mijn god,' kreunt ze, 'hoe klink ik? Wanneer ben ik ineens zo oud geworden?'

'Jammer dat je niet een beetje wiet van mij hebt meegenomen toen je me kidnapte, dan had je pas goed spul gezien.'

'Dus je hebt het in huis?' Ze probeert haar stem neutraal te houden en verlicht te klinken, en ze voelt zich als een maatschappelijk werkster die een dakloze komt interviewen.

'Voor eigen gebruik, wat héb je? Ik kweek het in een plantenbak – *het groeit bij me*,' grinnikt hij, 'tussen de petunia's.'

'En mis je het nu?'

'Kom, laten we zeggen dat het me zou hebben geholpen, vooral de eerste dagen.'

'En nu dan?'

'Nu voelt het oké,' zegt hij verbaasd, 'ik heb niets nodig.'

'Echt?' Haar gezicht licht op, haar bril twinkelt van blijdschap.

'Maar als het er was geweest,' koelt hij haar enthousiasme snel, om haar op haar plaats te zetten – ze zag er heel even uit alsof ze succes had gehad met een of andere spoedontwenningskuur van Joav Driepinter uit de kinderkrant van de *Davar* –, 'als het er was geweest, had ik geen nee gezegd.'

Wat zijn we uit elkaar gegroeid, denkt ze. Een heel leven scheidt ons. Weer ziet ze hem voor zich in zijn restaurant, zoals hij daar rondrent tussen de lage tafeltjes, de vieze spullen naar de keuken brengt, gekkigheid maakt met de gasten, goedmoedig hun grappen incasseert. Ze hoopt dat ze hem daar niet bespotten, de jongelui. Dat ze hem niet pathetisch vinden. Ze probeert zichzelf daar voor ogen te krijgen.

'Bij de ingang worden de schoenen uitgedaan,' merkt hij op, alsof hij haar van verre gidst.

Ze neemt plaats op de kussens. Ze vindt het niet comfortabel. Ze zit te rechtop en ze weet niet wat ze met haar handen moet doen. Ze glimlacht alle kanten op, als een ruimdenkende koloniaal die de inboorlingen overlaadt met zijn gunsten. Haar gemaaktheid hangt ritselend om haar heen. Ze vraagt zich af of ze met Avram zou kunnen samenwonen, in zijn flat, bijvoorbeeld, in de armoede, in de haveloosheid van zijn leven. Het woord 'leven', *chajiem*, spreekt ze in haar hoofd om een of andere reden uit met de oosterse, zachte, diepe keelklank ch van de man die ze in de kloof zijn tegengekomen. Ze denkt aan zijn geblokte rode overhemd. Alsof iemand hem 's ochtends mooie kleren had aangetrokken en hem op pad had gestuurd. Weer stuit ze op de gekleurde damesbril die op zijn borst hing. Misschien was het juist geen kwestie van smakeloze fatterigheid of een provocerend statement, zoals ze toen meende, maar een of ander klein, persoonlijk gebaar? Een gebaar jegens een vrouw? Ze slaakt een lichte zucht. Ze vraagt zich af of Avram iets heeft aangevoeld.

Maar kijk, ongemerkt ontspint zich een gesprek tussen hen. Een praatje van twee mensen die samen hetzelfde pad af lopen.

'Op de basis, in de Sinaï,' zegt Avram, 'hadden we een Ofer, Ofer Chavkin, een bijzondere jongen. Hij zwierf in zijn eentje door de woestijn, speelde viool voor de vogels, sliep in grotten, was nergens bang voor, een vrije ziel. En ik heb al die jaren gedacht dat Ilan die Ofer in zijn hoofd had toen jullie de naam kozen.'

Nog even geniet Ora van de woordcombinatie die uit zijn mond is opgevlogen, 'een vrije ziel.' Dan zegt ze weer: 'Nee, ík heb de naam gekozen. Vanwege "mijn lief is als een *ofer*, als het jong van een hert", en ook omdat ik van de klank hield, O-fer, van dat zachte.'

Avram herhaalt in stilte de naam, met haar intonatie, en dan zegt hij zachtjes, met ontzag: 'Ik zou van mijn leven niet in staat zijn iemand een naam te geven.'

'Bij je eigen kind zou je het wel kunnen,' laat ze zich ontvallen, en ze doen er beiden het zwijgen toe.

Ze lopen, het pad is breed en makkelijk begaanbaar. Al die kleuren, denkt ze verbaasd, en ik heb bijna een week lang alleen maar wit, grijs en zwart gezien.

'Zeg,' zegt hij na een tijdje, 'puur uit nieuwsgierigheid: hebben jullie over andere namen gedacht, naast Ofer?'

'Een heleboel,' zegt ze, 'en ook over meisjesnamen. We wisten tenslotte niet wat het zou worden, en ik was er tot halverwege de zwangerschap echt van overtuigd dat we een dochter zouden krijgen.'

In Avram vliegt een zwerm vogels klapwiekend op: aan die mogelijkheid heeft hij nooit gedacht, een dochter! 'En wat... wat voor namen hadden jullie dan bijvoorbeeld in gedachten gehad?'

'We dachten aan Dafna, we dachten aan Ja'ara, Ruthi.'

'Moet je je voorstellen,' zegt hij en hij wendt zijn gezicht vol naar haar toe. De wallen onder zijn ogen glanzen, en nu is hij hier helemaal, stralend en kloppend – door zijn huid heen kun je de vuurzuil van vroeger zien, en Ofer is op dit moment zo beschermd, voelt ze, beschermd als tussen twee handen.

'Een meisje,' zegt ze zachtjes, 'dat had alles veel simpeler gemaakt, niet?'

Avram zet zijn borst uit en ademt diep in. 'Meisje' schudt hem nog meer door elkaar dan 'dochter'.

Ze lopen, ieder voor zich verdiept in zijn gedachten. Het pad kraakt onder hun voeten. Ze denkt: zelfs het pad maakt ineens geluiden. Hoe kan het dat ik al die dagen niets heb gehoord? Waar zat ik?

'En wilden jullie het niet nog een keer proberen?' durft hij te vragen, waarop Ora eenvoudigweg zegt dat Ilan dat niet wilde. '"Want ook zo al," zei Ilan, "met die complicatie, zijn we een kinderrijk gezin."'

En ouderrijk, denkt Avram, en hij vraagt: 'En jij? Wilde jij het wel?'

Ora balkt een kleine pijnkreet uit. 'Ik? Vraag je het serieus? Ik heb mijn hele leven al het vreselijke gevoel iets te missen omdat ik geen dochter heb, geen meisje.' En na een korte aarzeling zegt ze erachteraan: 'Omdat ik altijd denk dat een meisje ons tot een gezin zou hebben gemaakt.'

Avram raakt in de war. 'Maar jullie... jullie zijn toch al...'

'Ja,' zegt ze, 'we waren het, natuurlijk, helemaal, en toch heb ik al die jaren het gevoel gehad dat als ik een dochter had gekregen, als Adam en Ofer een zusje hadden gekregen, dat dat hun ongelooflijk veel zou hebben gegeven, hen zou hebben veranderd.' Met haar handen maakt ze twee evenwijdige bewegingen, tekent een volledige cirkel. 'Bovendien, als ik een dochter had gehad, denk ik dat dat mij sterker had gemaakt tegenover hen, tegenover hen drieën, en misschien had het hen ook een beetje zachter gemaakt tegenover mij.'

Avram luistert, hoort de woorden aan zonder te begrijpen wat ze bedoelt, en vraagt zich gespannen af: wat geeft ze hem hier?

'Want in mijn eentje,' zegt ze, 'ben ik blijkbaar niet genoeg om ze zachter te maken, zo hard zijn ze mettertijd geworden, vooral tegenover mij, vooral de laatste tijd, hard en star, alle drie. Ja, ook Ofer,' brengt ze met moeite uit. 'Moet je horen, ik vind het vreselijk moeilijk uit te leggen.'

Avram gaat na: 'Moeilijk uit te leggen aan mij, of moeilijk uit te leggen in het algemeen?'

'In het algemeen,' antwoordt ze, 'en aan jou in het bijzonder.'

'Probeer het dan,' zegt hij, en ook de verontwaardiging in zijn stem is goed, denkt ze, ook die is een teken van leven.

Maar het uitleggen kan ze niet, nog niet – heel langzaam zal ze hem binnenvoeren, en het zal haar pijnlijk zwaar vallen aan hem toe te geven dat ook Ofer niet zacht is tegenover haar. Vooralsnog zegt ze, in plaats van hem een antwoord te geven: 'Ik heb altijd gedacht dat als ik een meisje had gekregen, mij misschien in herinnering gebracht zou worden hoe het was om mij te zijn. De Ora van vóór alles wat er gebeurd is.'

Avram gaat voor haar staan. 'Ik herinner me hoe je was.'

Telkens als Avram denkt aan de mogelijkheid van een dochter, voelt hij een streling van licht op zijn gezicht. 'Luister,' zegt hij aftastend, 'als het een meisje was geweest, ik bedoel –'

'Ik weet het.'

'Wat weet je?'

'Ik weet het.'

'Zeg het dan.'

'Als het een meisje was geweest, was je haar komen opzoeken, niet?'

'Ik weet het niet.'

'Maar ík weet het wel,' verzucht ze, 'denk je dat ik daar nooit over heb nagedacht? Dat ik niet tijdens de hele zwangerschap heb gebeden dat het een meisje zou worden? Dat ik niet...' – *in het nachtelijk duister, zonder boog, zonder werpspies,/ op een licht paard naar Endor...* – 'naar iemand toe ben gegaan, naar een bezweerster in de Boechaarse wijk, om een zegen voor een meisje te krijgen?'

'Heb je dat gedaan?'

'Natuurlijk heb ik dat gedaan.'

'Maar je was al zwanger,' zegt hij verwonderd, 'wat kon ze nog –'

'En wat dan nog, kom,' zegt Ora, 'er valt altijd te onderhandelen. Trouwens,' mompelt ze erachteraan, 'Ilan wilde ook een meisje.'

'Ilan ook?'

'Ja, ik weet het zeker.'

'Maar hij heeft het je nooit gezegd?'

'Je hebt geen idee hoe we hebben gezwegen over die zwangerschap. Alleen als Adam ons iets vroeg, zeiden we wat. Via Adam praatten we over wat ik in mijn buik had en wat er zou gebeuren als het nieuwe kindje was geboren.'

Avram slikt. Het schiet hem te binnen hoe hij in die periode in zijn bed lag, verlamd van angst voor de zwangerschap die in haar steeds vastere vorm aannam.

Biddend dat die zwangerschap zou worden afgebroken.

Tot in de puntjes plannend hoe hij een einde aan zijn eigen leven zou maken zodra hij zou horen dat de baby was geboren.

De dagen tellend die hem restten, volgens zijn eigen berekening.

En uiteindelijk deed hij niets.

Ook in krijgsgevangenschap, en nog meer nadat hij daarvandaan was teruggekeerd, had hij zich immers op het laatst, op het allerlaatste moment, vastgeklampt aan de Griekse filosoof Thales van Milete, een van zijn jeugdhelden, die zei dat er geen verschil was tussen leven en dood, en toen hem werd gevraagd waarom hij dan niet voor de dood koos, antwoordde: 'Juist omdat er geen verschil is.'

Ora grinnikt. 'En we noemden hem Kuk. Adam had dat voor hem verzonnen: Kuk.'

'Wie noemden jullie zo?'

'Ofer.'

'Ik begrijp het niet.'

'Toen hij nog in de buik zat,' zegt ze, 'zo'n troetelnaam, je weet wel.'

'Nee,' mompelt Avram verslagen, 'ik weet het niet. Ik weet niets, helemaal niets weet ik.'

Ze legt een hand op zijn arm. 'Niet doen,' vraagt ze hem.

'Wat niet doen?' bromt hij.

'Kwel jezelf niet meer dan nodig.'

'En toch,' zegt hij even later, 'Ofer is een goede naam.'

'Zo'n echt Israëlische naam,' zegt ze, 'en ik hou er ook van dat er een o en een è in zitten. Als in *choref*, "winter", en in *boker*, "ochtend".'

Avram ziet haar mooie voorhoofd, de helderheid die haar nu omhult. Als *osjer*, 'geluk', denkt hij, maar hij durft het haar niet te zeggen.

'En hij is ook goed om koosnamen van te maken.'

'Daar heb je ook aan gedacht?'

'En ook dat het klinkt als het Engelse *offer*, dat het zacht en open is en iets van een aanbod heeft.'

Hij lacht vergenoegd. 'Ik sta versteld van je.'

Ze houdt zich in en vertelt hem niet dat ze er ook over had nagedacht hoe die naam in bed zou klinken uit de mond van vrouwen die hem zouden beminnen, en dat ze dat zelfs fluisterend had uitgeprobeerd in haar eentje. 'Ofer, Ofer,' hijgde ze, en ze giechelde om de verwarde gevoelens waarmee ze volschoot.

'Koosnamen, natuurlijk,' mompelt hij, 'daar had ik nog niet aan gedacht. En ook scheldnamen,' zegt hij, 'dat het niet rijmt op allerlei verwensingen.'

'*Ora Djora,*' schiet haar te binnen, Ora Beerput.

'*Ofer Bloffer,*' lacht hij, Ofer Jokkebrok.

Kom op met die koffie en toe, doe, neuriet Ora stilletjes en bedroefd in zichzelf, nog eens je verhaal over Doedoe.

De wei waar ze doorheen lopen, groen en zacht, gestippeld met zwarte en witte koeien, kromt zich ineens tot een steile kristallijnen berg. Ze kreunen en steunen en ze houden zich vast aan de voorover hellende boomstammen. Als ik een dochter had, denkt ze, als ik een dochter had, er zijn een paar dingen die ik aan mezelf had kunnen corrigeren als ik een dochter had gehad. Ze probeert het aan Avram uit te leggen, maar hij begrijpt het niet echt, niet zoals ze er nu behoefte aan heeft dat hij haar begrijpt, niet zoals hij haar vroeger meteen doorhad, *met een wenk en een rimpel*; dingen die ze vroeger aan zichzelf hoopte te veranderen door middel van haar kinderen, wat niet was gelukt. Avram vraagt nogmaals wat voor dingen, en ze heeft er moeite mee het uit te leggen en denkt weer aan Ofers Talja, hoe alle mannen in huis haar gehoor gaven, hoe eenvoudig en met wat voor plezier ze haar gaven wat ze Ora onthielden. En ze zegt tegen Avram dat ze pas kort geleden, toen Adam en Ofer al jonge volwassenen waren, besefte dat het haar blijkbaar niet zou overkomen door toedoen van haar kinderen, die verandering, die verbetering – ineens drong het tot haar door, op zo'n laat moment, dat ze niet via hen tot enige oplossing zou komen – 'misschien omdat het jongens zijn,' zegt ze, 'misschien omdat zij het zijn, ik weet het niet.' Ze valt stil, sjouwt buiten adem verder de berg op en denkt: ze hadden niet echt aandacht voor me, en ze waren ook niet echt ruimhartig, niet zoals ik nodig had, en nu schrijnt het des te meer, de gedachte dat ze nooit meer een dochter zal hebben.

'Ik heb het daarin niet beschreven zoals had gemoeten,' zegt ze even later met spijt, als ze van dezelfde berg naar beneden lopen, op hun terugweg naar het vergeten schrift. 'Ik heb toch al de hele tijd het idee dat ik de hoofdzaak niet weet over te brengen, niet op schrift, en ook niet als ik jou over hem vertel. Alle kleine bijzonderheden van hem wil ik je vertellen, de volheid van zijn leven, zijn levensverhaal, en ik weet dat het onmogelijk is, onmogelijk, maar toch, het is wat ik nu moet doen voor hem.' Haar woorden vervagen tot een gemompel, ze stelt zich die ene man voor, zijn lange, pezige handen, die duimen van hem, de handen van een arbeider, niet van een dokter, en ze ziet hoe zijn handen haar schrift openslaan en erin bladeren, hoe hij probeert te begrijpen wat hij leest, om wat voor verhaal het hier gaat. Haar hart veert op: misschien zit hij op dit moment met haar schrift op zijn schoot op een van de rotsen – misschien zelfs die ene waarop ze vannacht zelf heeft gezeten, de enige comfortabele rots in de hele omgeving – ja, misschien zit hij daar met gefronste dikke wenkbrauwen zijn best te doen op de ontcijfering van wat ze half in den blinde heeft opgeschreven, en weet hij ook, zonder enige twijfel, dat deze blaadjes zijn volgepend door de vrouw die hij in de kloof is tegengekomen.

Degene met het slordige haar en de licht verlamde lip.

'In het begin was het moeilijk,' – ze herinnert zich ineens wat ergens onderweg naar de top van de berg was onderbroken – 'zijn vegetarisme, de strijd die Ilan met hem voerde om hem een stukje vlees of op zijn minst vis te laten proeven, het geschreeuw en de ruzies aan tafel, de persoonlijke belediging die Ilan maakte van het feit dat Ofer weigerde nog langer een carnivoor te zijn.'

'Hoezo belediging? Hoezo persoonlijk?'

'Ik weet het niet. Zo vatte hij het op, Ilan.'

'Hè? Dat het als het ware tegen hem was gericht?'

'Toe, dat het tegen het mannendom was gericht, dat het iets vrouwelijks is om te gruwen van vlees. Wat, kun je dat niet begrijpen?'

'Jawel,' zegt hij, verrast door haar uitbrander, 'maar ik zou niet gedacht hebben dat het tegen mij was gericht. Ik weet het niet, misschien ook wel. Wat weet ik ervan, Ora?' Hij spreidt zijn armen, alsof hij zich ietwat theatraal gewonnen geeft. Een spiegelscherf van zijn oude ik geeft een lichtflits af. 'Ik begrijp niets van families.'

'Hou toch op,' zegt ze geërgerd, 'jij?'

'Wat ik?'

'Kom nou toch.' Ze knippert met haar ogen en het puntje van haar neus kleurt al rood. 'Ben jij nooit geboren? Heb je geen ouders gehad? Een vader?'

Avram zwijgt.

'Kom, we gaan even zitten, al mijn spieren staan strak van die afdaling.' Ze wrijft hard over haar bovenbenen. 'Moet je zien, mijn benen trillen echt. Bergaf is echt zwaarder dan bergop!' roept ze uit.

'Ik vergeet nooit het gezicht dat hij die dag had, toen hij had ontdekt dat we koeien doodmaken,' zegt ze als ze even later zitten, 'en hoe hij naar me keek, omdat ik hem zijn leven lang vlees had doen eten. Vier jaar lang. En zijn verbijstering over het feit dat ik ook vlees at. Dat Ilan het deed was tot daaraantoe, zo voelde hij het misschien – ik probeer in zijn hoofd van toen te kruipen –, van Ilan kon je zoiets geloven, maar van mij? Dat ik in staat was te moorden om te eten? Weet jij veel, misschien was hij bang dat ik onder bepaalde omstandigheden ook in staat zou zijn hém op te eten?'

Avrams duimen rennen heen en weer over de toppen van zijn andere vingers. Zijn lippen bewegen zonder geluid.

'Misschien had hij het gevoel dat alles wat hij tot dan toe over ons had gedacht een grote vergissing was, of erger nog, dat alles een complot van ons was tegen hem?'

'Om een wolf van hem te maken,' mompelt Avram.

Ze kijkt Avram aan met een gespannen, smekend gezicht. 'Leg me uit hoe het kan dat ik mezelf nooit de vraag heb gesteld wat een kind van vier voelt als het ontdekt dat het deel uitmaakt van een familie van roofdieren?'

Avram ziet haar breken en weet niet waarmee hij haar kan troosten.

'Ik moet er verder over nadenken,' fluistert ze, 'en niet hier stoppen. Ik stop altijd op dit punt, want er zat iets, snap je, in dat hele verhaal van het vegetarisme. Niet voor niets ben ik zo... Kijk, bijvoorbeeld, de neerslachtigheid die daarna op hem neerdaalde, wekenlang, echt een depressie, een kind van vier dat 's morgens niet wil opstaan om naar de speelzaal te gaan omdat het niet wil dat een of ander kind hem aanraakt met "vleeshanden", of dat gewoon bang is voor de andere kinderen, voor de juf, dat voor iedereen terugdeinst en iedereen wantrouwt, begrijp je?'

'Of ik het begrijp,' grinnikt Avram.

En Ora stopt haar woordenstroom. 'Natuurlijk begrijp je het. Ik denk dat jij hem heel goed zou kunnen begrijpen,' zegt ze zachtjes.

'Ja?'

'Ook in het algemeen, jij zou kinderen kunnen begrijpen,' durft ze te zeggen, 'ze van binnenuit begrijpen.'

'Ik?' Hij staat paf. 'Wat heb ik –'

'Wie kan het beter dan jij, Avram?'

Een lachje ontsnapt hem en hij bloost. Ineens straalt de huid van zijn gezicht. Ora heeft het idee dat alle poriën van zijn ziel plotseling helemaal openstaan.

'En toen hij eindelijk weer bereid was naar de speelzaal te gaan,' zegt ze even later, 'begon hij daar onmiddellijk de kinderen op te stoken geen vlees te eten. Hij organiseerde intifada's tijdens alle elfuurtjes, doorzocht de boterhammen van andere kinderen, moeders belden me op om te klagen, en toen hij ontdekte dat het meisje dat hun muziekles kwam geven ook vegetariër was, werd hij gewoon smoorverliefd op haar. Je had het moeten zien, als een buitenaards wezen dat ondergronds tussen de mensen op aarde leeft en ineens een buitenaards vrouwtje heeft gevonden. Hij maakte tekeningen voor haar, gaf haar cadeautjes en praatte de hele dag alleen nog maar over Nina dit en Nina dat, en hij noemde mij vaak ook per ongeluk Nina, misschien niet eens zo per ongeluk.'

Ze staan op, treuzelen nog even. Hij denkt aan het hoorspel dat hij eens aan het schrijven was, in de tijd dat hij in de Sinaï was gelegerd, tot hij krijgsgevangen werd gemaakt. Van een van de subplots ontdekte hij de kracht pas in krijgsgevangenschap, toen hij er telkens weer in dook en zichzelf zo een beetje tot leven bracht. Een verhaal over twee weeskinderen van zeven die in een tijd dat veel mensen snel van hun kinderen en baby's af willen, op een of ander autokerkhof een huilende, hongerige baby vinden en besluiten dat het een babygod is, het nakomertje van de oude God, die zelf blijkbaar ook van Zijn kind af wilde en het daarom heeft gedumpt in onze wereld. De twee kinderen zweren dat ze de baby persoonlijk zullen grootbrengen en hem zo zullen opvoeden dat hij heel anders wordt dan zijn wrede, verbitterde Vader, opdat hij 'de straf van het menselijk bestaan', zoals Avram het allang noemde voor hij krijgsgevangen werd gemaakt, volledig en vanaf de grondvesten zou omvormen. Zo verdiepte Avram zich, telkens als hij tussen de martelingen en verhoren door een laatste restje kracht in zichzelf vond, in het leven van de twee weeskinderen en de baby; en af en toe, vooral 's nachts, lukte het hem eventjes helemaal een te worden met de kleine baby. Avrams gebroken, gefolterde lichaam werd dan opgenomen in het gave, ongeschonden babylijfje, en dan herinnerde hij zich, of stelde zich voor, hoe hij zelf eens een baby was geweest en daarna een klein kind, en hoe de wereld een ongebroken, klaarlichte cirkel was, totdat zijn vader op een avond van tafel opstond, met een klap de pan soep omgooide die op het fornuis stond, en in blinde razernij Avrams moeder en Avram zelf begon te slaan, hen bijna in stukken scheurde en daarna spoorloos uit hun leven verdween.

'Kom, Ora,' zegt Avram, en hij raakt zachtjes haar arm aan, 'laten we doorlopen, als we het op tijd willen vinden.'

'Wat vinden?'

'Het schrift, toch?'

'Op tijd voor wat?'

'Ik weet het niet, voordat er andere mensen komen. Je wilt toch niet dat iemand –'

Ze loopt achter hem aan, slap en dor. Die hele periode komt weer in haar tot leven. De nachtmerrieachtige ochtenden, het smeren van zijn gezuiverde, gecensureerde boterhammen, nadat hij nauwgezet was aangekleed tot een bewapende cowboy; dat vegetarisme aan de ene kant en die moordlust aan de andere – ze staat er nu versteld van – en die achterdochtige, eindeloos herhaalde doorzoekingen van zijn boterhammen, de zure uitdrukking van een douanier die zijn kleine gezicht aannam, het afdingen op het tijdstip waarop ze hem zou ophalen van de speelzaal vol roofdieren, de groeiende wanhoop waarmee hij zich tegen haar rug drukte – ze bracht hem op de fiets – naarmate ze de speelzaal naderden en het geschreeuw van de kinderen luider werd. En zijn wilde fantasie – zo beschouwde ze het toen liever – dat de kinderen hem de hele tijd met opzet aanraakten, worstspuug op hem spuwden.

Dag in dag uit drukte hij zich tegen het hek als ze hem daar achterliet, met de ruiten van het ijzergaas in zijn wangen gedrukt, luidkeels snikkend, zijn gezicht nat van de tranen en het snot. Ze draaide hem haar rug toe, glipte weg en bleef zijn gehuil nog uren daarna horen, ja, hoe verder ze van de speelzaal kwam, des te harder hoorde ze hem schreeuwen. En als ze op zijn vierde al niet wist hoe ze hem kon helpen – ze voelde aan wat er in hem omging en stond er machteloos tegenover –, wat kon ze nu dan voor hem uitrichten door middel van deze domme, pathetische trektocht, het geklets met Avram en haar absurde deal met het lot? Ze loopt door met steeds zwaardere benen, die haar bijna niet meer gehoorzamen. Het was goed om het nieuws te ontvluchten, had die ene man gezegd, vooral na gisteren. Wat was er gisteren gebeurd? Hoeveel? Wie?

Waren de families al ingelicht? Ren naar huis, vlug, ze zijn al naar je onderweg.

Ze loopt bijna zonder te kijken. Ze valt door de uitgestrektheid van een oneindige ruimte. Ze is een menselijk vlokje. Ook Ofer is een menselijk vlokje. Ze kan zijn val geen fractie van een seconde vertragen. Zelfs al heeft ze hem gebaard, zelfs al is ze zijn moeder en is hij uit haar voortgekomen, nu, op dit moment, zijn ze niet meer dan twee menselijke vlokjes die zweven en vallen door een onmetelijk, leeg universum. Uiteindelijk, voelt Ora, berust alles in zo grote mate op toeval.

Iets brengt haar stappen in de war, alsof in het ritme van haar voeten een lichte storing plaatsvindt, en ineens is daar de pijnkramp in het ontmoetingspunt van dij en lies.

'Wacht, niet zo vlug,' zegt ze.

Avram lijkt juist te genieten van de snelle afdaling over de berghelling en van de verkoelende wind die hem in het gezicht slaat, maar zij blijft staan bij een pijnboom en houdt zich stevig vast aan de stam. Ze leunt er met haar volle gewicht tegenaan.

'Wat is er, Orele?'

Orele, noemde hij haar, is hem ontvallen. Ze werpen elkaar steels een blik toe.

'Ik weet het niet, misschien kunnen we wat langzamer lopen.'

Met kleine, voorzichtige pasjes loopt ze verder en ontziet zo goed en zo kwaad als ze kan de gepijnigde *iliopsoas*, met Avram naast zich, en tussen hen in huppelt 'Orele', dartel als een bokje.

'Soms fantaseerde ik,' zegt Ora, 'dat jij in vermomming aan kwam lopen of in een taxi zat, bij de speeltuin wanneer ik daar met hem was, en dat je van een afstand naar ons keek. Heb je ooit zoiets gedaan?'

'Nee.'

'Geen enkele keer?'

'Nee.'

'Nooit in de verleiding gekomen te weten hoe hij eruitzag, wie of wat hij was?'

'Nee.'

'Je hebt hem helemaal uit je leven weggesneden.'

'Genoeg, Ora, hier zijn we klaar mee.'

Ze slikt en de smaak in haar mond is dubbel zo bitter, ook vanwege het 'er klaar mee zijn' dat plotseling van Ilan is overgenomen door hem. 'Maar soms had ik ineens zo'n gevoel in mijn rug, iets tussen gekieteld en geprikt worden in, hier,' – ze wijst – 'en dan draaide ik me niet om, met moeite weerhield ik me ervan me om te draaien. Alleen zei ik dan stille-tjes in mezelf, zogenaamd koelbloedig, tegen jou: gek die je bent, hier ergens, om me heen, die naar ons kijkt, ons observeert. Kom, we stoppen even.'

'Alweer?'

'Ik weet het niet. Luister, het is niet goed.'

'Dat ik niet ben komen –'

'Nee, het teruglopen, de berg weer af, het voelt niet goed.'

'Afdalen valt je zwaar?'

'*Teruggaan* valt me zwaar, lichamelijk, het voelt krom, ik weet het niet.'

Zijn armen hangen naar beneden. Hij blijft staan en wacht op haar instructies. Op zulke momenten, voelt ze, schakelt hij onmiddellijk zijn eigen wil uit. In een oogwenk verdwijnt hij uit zijn binnenste en wordt bedekt met een ondoordringbare korst: *geen enkel contact met het leven.*

'Moet je horen, Avram, ik denk dat ik niet terug kan.'

'Ik snap het niet.'

'Ik ook niet.'

'Maar het schrift –'

'Avram, het voelt niet goed als ik terugloop.'

En op het moment dat ze het zegt, voelt ze het zo duidelijk en sterk als een instinct. Ze draait zich om en begint de berg weer op te lopen – dit klopt, weet ze zonder enige twijfel.

Avram blijft nog even staan, zucht en rukt zich dan los om achter haar aan te gaan. 'Wat maakt het uit,' bromt hij in zichzelf.

Ze loopt, plotseling lichtvoetig tegenover de helling en het gewicht van de man die waarschijnlijk nu beneden in de kloof op haar rots zit te lezen in haar schrift, de man die ze waarschijnlijk nooit van haar leven zal te-rugzien, die haar echt met zijn ogen verzocht om toestemming zich om haar te bekommeren – die lippen, een rijpe, gespleten pruim – en van wie ze nu met een steekje van spijt afscheid neemt, want ze had er juist wel zin in gehad een kop koffie met hem te drinken, maar ze werd ineens gebeten door thuis en teruglopen kan ze niet.

'Al voordat Ofer werd geboren,' zegt ze, 'sinds de krijgsgevangenschap, sinds je terugkeer, leef ik met het gevoel dat ik bij jou de hele tijd geobserveerd word.'

Zo, ze heeft hem gezegd wat haar leven jarenlang tegelijkertijd heeft verbitterd en verzoet.

'Geobserveerd, hoe dan?'

'Door je gedachten, je ogen, ik weet het niet. Geobserveerd.'

Er waren perioden – maar dat vertelt ze hem natuurlijk niet, niet nu – dat ze het gevoel had dat ze alle momenten van de dag, vanaf de seconde dat ze 's morgens haar ogen opsloeg, met elk gebaar dat ze maakte, met ieder lachje dat ze liet ontsnappen, waar ze ook ging of stond en ook als ze met Ilan in bed lag, een rol speelde in Avrams voorstelling, in een of ander waanzinnig hoorspel dat hij had geschreven. En dat zij daarin speelde voor hém, misschien nog meer dan voor zichzelf.

Wat valt er niet aan te snappen? Ze blijft ineens staan, draait zich om en zegt hem ondanks haar voornemen – haar slappe sluitspieren – recht in het gezicht: 'Het is een gevoel dat Ilan en ik constant, al die jaren, hebben gehad: dat we een toneelstuk opvoeren op de planken van jouw toneel.'

Tussen de zes planken van zijn toneel, zei Ilan eens.

'Ik heb jullie nooit gevraagd mijn toneelstuk te zijn,' bromt Avram boos.

'Maar hoe konden we ons anders voelen?'

Ze worden nu allebei snel achteruit getrokken en teruggezogen naar een moment, twee jongens en een meisje, bijna kinderen nog, 'pak een hoed', 'stop er twee briefjes in', 'maar wat verloot ik hier?', 'dat krijg je pas daarna te horen'.

'Begrijp me niet verkeerd,' zegt ze, 'ons leven was helemaal echt en vol, met de kinderen en het werk van ons allebei, met de uitjes, tochtjes, vakanties in het buitenland en onze vrienden,' – de volheid van het leven, denkt ze weer in het stemgeluid van Ilan – 'en er waren ook lange perioden, jaren, dat we die blik van jou in onze rug bijna niet voelden. Goed, misschien geen jaren. Weken. Weet ik veel. Af en toe een dag. In het buitenland, bijvoorbeeld, als we op vakantie waren, was het makkelijker om ons te bevrijden van je. Eigenlijk klopt dat ook niet helemaal,' zegt ze met spijt, 'want op de mooiste, de rustigste plekjes voelde ik steevast een steek in mijn rug, nee, meer in mijn buik, hier, en Ilan voelde het ook, op exact hetzelfde ogenblik, altijd. Goed,' grinnikt ze, 'het was niet zo moeilijk te voelen, op momenten dat we iets zeiden wat klonk als iets van jou, of een of andere mop van jou vertelden, of gewoon een zin uitspraken die erom vroeg te worden uitgesproken met jouw stem, je weet wel. Of als Ofer zijn kraag omvouwde met precies zo'n gebaar als van jou, of als hij voor de spaghetti de tomatensaus maakte die jij me hebt geleerd, of duizend-en-een andere dingen. Dan keken we elkaar onmiddellijk aan en vroegen ons af waar je op dat moment zat, hoe het met je was.'

'Ora, niet zo rennen,' kreunt Avram achter haar, maar ze hoort het niet.

Maar ook dat maakte deel uit van het leven, denkt ze tot haar eigen verrassing, van de volheid van ons leven; jouw leegte, die ons vulde.

Gedurende een ogenblik is ze met heel haar wezen de blik die ze in Ofer wierp, als ze vluchtig door een doorkijkspiegel in zijn binnenste gluurde, naar de plek waar ze zag wat hij zelf nog niet besefte.

En misschien is dat juist de reden – deelt ze zichzelf meteen een tik uit – waarom hij je nooit meer in de ogen kijkt, misschien is hij daarom ook niet met je meegegaan naar Galilea.

Ze kan niet langer bevatten wat in haar opkomt. Ineens heeft ze als het ware een of ander hoogtepunt bereikt, en iets binnen in haar valt uiteen, smelt weg, kalmeert en ontspant met een innerlijke verwondering en een warm, zoet gevoel. Lang, sterk en amazoneachtig staat ze op een rots, uittorenend boven Avram, met haar handen in haar zij. Ze neemt hem op met een vorsende blik en ze begint te lachen. 'Is het niet waanzinnig? Zeg op, is het niet gestoord?'

'Wat?' brengt hij hijgend uit. 'Of wat eigenlijk niet?'

'Dat ik eerst naar het andere eind van de wereld vlucht en nu ineens niet in staat ben om nog een halve stap verder van huis weg te gaan?'

'Dus dat is het?' vraagt Avram verbaasd. 'Nu ben je naar huis aan het rennen?'

'Het deed me daarstraks echt pijn, lichamelijk, toen ik verder weg van huis begon te lopen.'

'Aha,' zegt hij, en hij masseert zijn heup, die pijn doet van het geren van de afgelopen minuten.

'Je denkt natuurlijk: dat waanzinnige mens dat me heeft gekidnapt.'

Hij heft een groot, bezweet gezicht naar haar op en glimlacht. 'Ik wacht nog altijd op het moment dat ik te horen krijg hoe groot de koffer met losgeld is.'

Heel soepel buigt ze zich naar hem voorover, met haar handen op haar knieën, en haar borsten bollen naar de halsopening van haar blouse. 'De koffer met losgeld is Ofer.'

Ze gaan het pad weer op – ze houdt ervan de klop van de woorden te voelen: het pad weer op, en *Paddington op pad*, de paden op, de lanen in – en het pad is niet zwaar, zijzelf evenmin: voor het eerst sinds ze aan hun tocht zijn begonnen, lijken hun hoofden niet zo te hangen en hun ogen niet alleen gefixeerd op de grond en de neuzen van hun schoenen. Ze dalen en klimmen mee met het pad, dat een brede kalksteenweg wordt, en ze klauteren op een betonnen muurtje en raken de markering kwijt in de wirwar van planten – alles wordt bedekt door een deken van hoge, groene mariadistels – maar ze besluiten te vertrouwen op hun ervaring, op de wandelaarsintuïtie die ze aan het ontwikkelen zijn, en lopen dapper en zwijgend nog een paar honderd meter door de distels, zonder enige richtingaanwijzing, zonder houvast, als eerste kinderstappen, denkt Ora, en onmiddellijk wordt de zweer van de angst om Ofer in haar gewekt, ja, ze voelt dat ze hem nu niet helpt, dat de draad die ze om hem heen spant meens verslapt, en nog steeds is er geen spoor van een weg, hun stappen worden zwaar, en af en toe stoppen ze en kijken om zich heen, en dan worden ze bekeken door een paar andere ogen, van een hardoen die zijn calycotomestruiken laat voor wat ze zijn en hen argwanend opneemt, van een hagedis met een sprinkhaan in zijn bek, van een koninginnenpage die even aarzelt voor ze een gelig eitje legt op een venkelplant, alsof ook zij aanvoelen dat er iets misgaat in het algemene ritme, dat iemand zijn weg is kwijtgeraakt, maar kijk, daar is het blauw-wit-oranje weer, glanzend op een rots, en ze wijzen ernaar met vier handen, genietend van de zoete smaak van de kleine overwinning, en Avram rent naar de gemarkeerde rots en veegt er zijn schoenzool aan af, een mannetjesdier dat zijn territorium afbakent, waarna ze allebei toegeven dat ze bezorgd waren en zichzelf een pluim geven omdat ze erin zijn geslaagd hun bezorgdheid voor zich te houden en er de ander niet mee lastig te vallen, en ook de markering van het pad is nu weer vaker te zien, alsof het zijn bewandelaars wil compenseren voor de test waaraan het hen heeft onderworpen.

'Moet je horen wat me te binnen is geschoten,' zegt ze. 'Toen hij net was geboren, Ofer, en we hem van het ziekenhuis mee naar huis hadden genomen, stond ik naast zijn bedje naar hem te kijken. Hij sliep, piepklein maar met een groot hoofd, een rood, vertrokken gezicht met wat gesprongen haarvaatjes op de wangen, van de inspanning van de geboorte, en zijn vuistje lag gebald naast zijn gezicht. Als een kleine bokser zag hij eruit, klein en verschrikkelijk boos, alsof hij zich concentreerde op een of andere woede die hij god-weet-waarvandaan hier mee naartoe had genomen.

Maar bovenal,' zegt ze, 'leek hij me eenzaam, alsof hij van een of andere planeet was gevallen en alleen maar wist dat hij zichzelf hier onmiddellijk moest verdedigen.

En toen kwam Ilan naast me staan, sloeg een arm om mijn schouders en keek samen met mij naar de kleine. Het was zo anders dan toen we met Adam thuiskwamen uit het ziekenhuis.'

Avram kijkt naar hen, naar hen drieën, en wendt er meteen zijn blik van af en citeert hardop uit de brief die Ilan op de deur van Adams kamer had geplakt: 'De directie van het hotel verwacht van de gasten dat ze de kamer verlaten als ze de leeftijd van achttien jaar bereiken.'

'En Ilan zei tegen me,' gaat Ora verder, 'dat hij, als hij in zijn diensttijd in een nieuwe basis werd gedumpt, waar hij niemand kende en ook niemand wilde kennen, altijd als eerste een bed voor zichzelf in beslag nam in de meest afgelegen zijkamer en daar de eerste uren slapend doorbracht, gewoon om zichzelf buiten kennis, volledig verdoofd, te laten wennen aan de plek.'

Avram glimlacht afwezig. 'Klopt. Ze hebben een keer een halve dag naar hem lopen zoeken, op de basis in Tasa, ze dachten al dat hij onderweg ergens was verdwaald met zijn duffe hoofd.'

Ora herinnert zich hoe ze Ilan een elleboogstootje gaf toen ze naast het bedje stonden van de pasgeboren Ofer, die met een gebalde vuist lag te slapen, en nadrukkelijk tegen hem zei: 'Kijk, mijn beste, ik heb nog een soldaat gemaakt voor ons leger,' waarop hij meteen, naar behoren, antwoordde: 'Tegen de tijd dat hij is opgegroeid, is het vrede.'

Nou, denkt ze, wie had er gelijk?

Ze lopen naast elkaar, ieder voor zich, en toch verweven met elkaar. In

Avram springen voortdurend heel fijne barstjes, met elke uitspraak van haar. Waar was ik toen ze naast het bedje van Ofer stonden, wat deed ik op dat moment? Soms, in perioden dat hij deelneemt aan een test voor een nieuw geneesmiddel, wordt hij uit zijn slaap gewekt door een onbekende pijn, en dan ligt hij daarna met het koude zweet op zijn gezicht te luisteren naar zijn innerlijk en voelt hoe een druppel besmet bloed zich een weg baant naar een inwendig orgaan, waarvan hij tot dan toe het bestaan niet eens had opgemerkt. En nu is het ook zo, alleen is de angst heel anders, onderhuids en opwekkend, en lijken de haarvaten van de barstjes die in hem springen een nieuwe landkaart te tekenen. Ondertussen is Ora's rugzak plotseling bijna gewichtloos geworden, alsof iemand haar heimelijk een steuntje in de rug geeft. Ze heeft zin te zingen, het uit te roepen van vreugde, een dansje te maken op het veld. De dingen die ze hem vertelt! De dingen die ze elkaar zeggen!

'Ora,' zegt Avram weer, 'je bent aan het hollen.'

Even weet ze niet zeker of hij alleen op haar loopsnelheid doelt.

Ze barst uit in een kraaiende lach. 'En weet je wat Ofer altijd zegt dat hij later wil gaan doen als hij groot is?'

Hij trekt zijn gezicht tot een vraagteken, buiten adem, geschrokken van haar onvoorzichtige inval in de toekomst.

'Werken,' – ze schatert het uit, kan niet meer praten – 'zo'n baan nemen, dat ze experimenten op je doen terwijl je slaapt.'

Kijk eens aan, Avram, je moest weer glimlachen, denkt ze, pas maar op, straks wordt het nog een tic. Overigens waardeer ik zulke openlijke glimlachjes zeer, dus wees er niet zuinig mee. Thuis kreeg ik er niet veel te zien, tussen die drie gevatte jongens van me.

Want ze zijn vooral goed in anderen aan het lachen maken, peinst ze, zelf kunnen ze veel minder goed lachen, vooral niet om mijn grappen. Een soort van gestoorde militaire trots op de eigen eenheid is wat ze hebben, dat ze niet om mijn grappen lachen – 'maar hoe kun je van iemand verwachten dat hij om jouw grap lacht,' mompelde Ilan op een keer, 'als je van tevoren alle gelach overheerst?'

Ze wil tegen Avram zeggen: moet je horen, Ofer heeft precies zo'n lach als jij, als van een kookaburra in zijn achteruit. Ze twijfelt: zo'n lach als jij? Als je vroeger had? Ze weet niet eens hoe ze het moet formuleren. Bijna vraagt ze hem: lach je soms nog zo, tot de tranen je over de wangen lopen? Tot je op de grond ligt te spartelen met armen en benen?

Lach je eigenlijk ooit nog? Is er iemand die jou aan het lachen krijgt?

Dat meisje, denkt ze en ze rukt zich los van haar plaats, die ene over wie hij weleens iets liet vallen, dat jonge ding, zou zij hem aan het lachen krijgen?

Ze komen een watervijvertje tegen en na enige aarzeling dompelen ze zich erin onder, Ora in haar onderbroekje – een compromis tussen wijdvertakte en onderling tegenstrijdige wensen en bange voorgevoelens –, Avram eerst met al zijn kleren aan en even later nog slechts in zijn broek, en daar is zijn lijf, glimmend van bleekheid, bespikkeld met littekens en plekken, dikker dan ze zich herinnert, maar ook steviger dan ze zich had voorgesteld, en juist door zijn ontblote bovenlijf gaat er een soort verrassende, breedgebouwde kracht van hem uit. Hijzelf verkiest natuurlijk als altijd alleen het 'dik' te zien dat in haar ogen voorbijflitst, en als ter verontschuldiging knijpt hij met twee vingers in zijn vlees, laat het haar ter keuring zien en haalt zijn schouders op met de spijt van het-is-niet-anders. En zij, wat schiet haar te binnen? Hoe hij bij de aanblik van haar naakte lichaam fluisterde: 'Mijn god, Orele, moet je zien, wat een luister.' Behalve Ada gebruikte niemand die ze kende dat woord ooit, dat alleen nestelde in dichtbundels en in de 'Almanak van beschermde woorden'. Of hij bewoog boven haar zijn zware hoofd op en neer en hinnikte als een paard, of brulde als een leeuw of jammerde als de oude Captain Cat uit *Under Milk Wood* van Dylan Thomas: 'Laat mij schipbreuk varen in je dijen.'

Ze duikt onder in het ondiepe water, en niet ver van haar vandaan kikkert de nevelvlek van zijn lichaam. Een oude pijn komt bovendrijven, de herinnering aan de momenten dat dit verdikte, verkreukte, verslonsde lichaam ontvlamde en zich straktrok tot een gloeiende spinnendraad. Dan nam ze zijn gezicht in haar beide handen en dwong hem haar in de ogen te kijken en zo open mogelijk te blijven, en zij verdiepte zich in zijn ogen, zag een blik waarvan het verste eind volstrekt open en onbegrensd was, en wist dat er een plek bestond waar er onvoorwaardelijk van haar, van haar hele wezen, werd gehouden, waar al wat ze was dankbaar, met plezier werd ontvangen.

Ora was het middelpunt, het brandpunt, ook dat was iets nieuws dat hij haar bracht: Ora – en niet Avram, ook niet Ora-en-Avram – was de plek waar hun liefdesspel plaatsvond. Haar lichaam, veel meer dan zijn eigen lichaam, was het kruispunt van hun lusten, en zijn verlangen naar haar genot was altijd heviger dan naar dat van hemzelf. Dat verwonderde haar, en soms vond ze het ook lastig. 'Laat mij het nu bij jou doen,' drong ze aan, 'ik wil dat jij ook geniet,' – en dan zei hij lachend: 'Maar als jij geniet, geniet ik het meest, voel je dat niet? Kun je het niet aan hem zien?'

Zij voelde het en zag het, maar echt begrijpen deed ze het niet. 'Wat is dat voor altruïsme?' klaagde ze.

'Wat voor altruïsme?' vroeg hij dan met een sluwe glimlach. 'Het is puur egoïsme.'

Aarzelend glimlachte ze, als om een onbegrepen mop, gaf opnieuw gehoor aan zijn strelingen en likjes, en had het gevoel dat haar hier tussen de regels door iets ingewikkelds en kroms over hem werd meegedeeld, dat ze misschien langer voet bij stuk moest houden om het te begrijpen, om Avram echt te leren kennen, maar de zoenen waren lekker, het gelik deed de aarde beven, dus telkens weer gaf ze het op en ze vond naderhand nooit het geschikte moment, tot er op het laatst nooit meer over werd gesproken.

Maar als het andersom was geweest, wist ze – ze hoort Avram nu met veel geplets het water uit lopen, jammer, ze had wel even met hem willen dollen (maar hij lijkt niet geïnteresseerd), en nu zal ze zo meteen zo goed als naakt onder zijn ogen het water uit moeten komen –, als het andersom was geweest, had hij niet losgelaten, maar had hij onderzocht, doorgevraagd en zich verwonderd over elk kruimeltje antwoord dat ze hem had toevertrouwd, en het daarna onthouden, opgeslagen en telkens weer onder de loep genomen. Ze loopt snel het water uit, springend van de ene voet op de andere, en ze houdt haar armen voor haar borsten tegen de kou. Die zijn nu natuurlijk nog verder verschrompeld, waar is de handdoek, verdomme, waarom heeft ze die niet van tevoren klaargelegd?

Avram gooit de handdoek naar haar toe, bijna zonder te kijken, en ze klappertandt een dankjewel. Met haar rug naar hem toe droogt ze zich af, en ze herinnert zich wat hij tegen haar zei op haar negentiende, dat ze perfect waren omdat ze precies de goede maat waren voor zijn handen – hij stond erop de vrouwelijke Hebreeuwse meervoudsvorm te gebruiken als hij het over ze had, ondanks hun grammaticale geslacht;

'dat kan toch helemaal niet anders?' zei hij, en ze nam zijn taalfout met plezier van hem over – ja, wat kon hij zich aan haar borsten vergapen, hij kon geen genoeg van ze krijgen, *'je glans en je luister'*, noemde hij ze, en ook *'je weelde en je overvloed'*, wat voor haar weer eens bevestigde dat hij echt en in alle oprechtheid een beeld van haar had dat niet klopte, dat hij zonder enige twijfel stekeblind was voor haar tekortkomingen, dat hij kennelijk van haar hield; en zij hield zielsveel van hem, alleen al omdat hij haar twee erwten op een plankje bestempelde tot vrouwenborsten, omdat hij haar kleine borsten al een plaats gaf in de wereld voordat iemand anders ze ook maar had opgemerkt, en omdat hij zo vurig geloofde dat ze een vrouw was, terwijl ze daaraan zelf nog twijfelde. In de jaren daarna, toen ze de kinderen de borst gaf, dacht ze vaak: kon Avram nu ook maar van haar genieten, haar zo kennen, weelderig, vol melk, overvloedig, *Ora lest*, zoals hij in een ander verband zei toen het over haar vrouwelijkheid ging.

Als ze zich stevig afdroogt, zoals ze gewoon is, haar huid wrijft tot die roze kleurt en dampt, en ondertussen haar gedachten laat afdwalen en zich vermaakt met haar overpeinzingen, staart ze hem aan met een vreemde, gretige blik, en Avram slaat zijdelings een olifantsoog naar haar op en bromt: 'Wat?' Ze komt bij zinnen en recht haar rug, knippert snel om als het ware haar ogen te schrapen, ze te reinigen na de teugelloze, vochtige blik die haar was ontglipt.

Als Avram op het punt staat zijn shirt weer aan te trekken, deelt Ora hem mee: 'Tot hier en niet verder, dit shirt gaan we hier in het water wassen en we laten het drogen op de rugzak, onder het lopen. En maak jij nu alsjeblieft je rugzak open en zoek iets schoons uit om aan te trekken.'

Ze lopen langs een reeks waterbronnen, Een Gargar, Een Poea, Een Chaleb. Korstmossen omhullen met oranjeachtige bekleding de takken van de amandelbomen langs het pad. Dikkopjes van padden schieten alle kanten op als de schaduw van Avrams hoofd op het bronwater valt. Ora praat. Soms kijkt ze even en ziet zijn lippen meebewegen met haar woorden, alsof hij zich die probeert in te prenten. Ze vertelt over de lange nachten dat ze met Ofer op haar lijf in de schommelstoel zat, toen hij ziek was. Hij gloeide van de koorts en was bezweet, af en toe rilde hij en slaakte een jammerkreetje. Ze viel om de haverklap met hem in slaap en werd weer wakker, en dan suste ze hem en wiste het zweet van zijn gepijnigde gezicht. 'Ik wist niet dat je de pijn van iemand anders zo sterk kon voelen,' zegt ze, en vanuit haar ooghoek werpt ze hem een blik toe, want wie kon vroeger net als hij tot aan de lippen vervuld raken van andermans pijn?

Ook over het zogen vertelt ze. Hoe Ofer maandenlang alleen maar leefde op haar melk, en hoe hij onder het drinken hele gesprekken met haar voerde met mompelgeluidjes en blikken. 'Een complete, ongelooflijk rijke taal,' zegt ze, 'niet in woorden te beschrijven.'

Ze wil dat hij haar daar ook ziet, niet alleen Ofer: met de bevlekte borstvoedingsbeha en het ongekamde haar. Met de buik die maandenlang weigerde weer in te trekken, met de wanhopige machteloosheid tegenover de mysterieuze pijnen van de huilende en krijsende Ofer. Met de stekelige adviezen van haar moeder, van de veel ervarener buurvrouwen en van de verpleegsters op het consultatiebureau. Met het geluksgevoel omdat zijzelf, met haar eigen lichaam, een levend wezen in leven hield.

En de momenten – de afgrondelijke diepten – tussen de hongerkreten van Ofer en het ogenblik dat zijn lippen zich om haar tepel sloten. Als hij schreeuwde, zag ze hem eensklaps lichamelijk instorten, alsof zijn lichaam wist dat het ieder moment kon creperen. Doodsangst stroomde in hem. Ze voelde die langs haar eigen lichaam strijken. Doodsangst vulde in hem alle lege ruimte die niet werd gevuld door voedsel. Hij krijste, hij beweende zichzelf, tot de regelmatige stromen van haar levensstof kwamen en hem langzaam vulden, waarna de opluchting van zijn kleine gezicht begon te stralen, hij was gered, zij had hem gered, zij had het vermogen.

Zij, die elke keer dat ze terugschakelt van vier naar drie, doodsbang is dat ze hem in zijn achteruit zet – zij brengt een mens tot leven.

Soms, als ze hem in haar armen heeft, strijkt ze vluchtig met een hand rond zijn gezicht en lijf. Telkens weer heeft ze het idee dat er doorzichtige draden lopen, spinnendraden die een verbinding leggen tussen hem en Avram, ergens ver weg. Ze weet dat het onzin is, maar ze kan die beweging van haar hand niet tegenhouden.

Het is nacht, op de hele wereld bestaan alleen hij en zij, en om hen heen is het donker. Warme melk borrelt ongezien vanuit haar in hem. Zijn handje ligt op haar borst, het voelsprietachtige pinkje steekt recht omhoog, de andere vingertjes bewegen in het ritme van het drinken, terwijl het andere handje friemelt aan de stof van haar kamerjas, of aan zijn dunne haar of zijn oor. Zijn ogen zijn geopend en kijken haar aan, en zij duikt erin, verdrinkt in zijn ogen. Zo voelt ze het: haar gezicht wordt nu in zijn zachte, nog mistige hersens geprent. Ze ervaart een opwindend moment van eeuwigheid. In zijn ogen ziet ze haar beeltenis, en ze is mooier dan alles wat ze ooit is geweest. Ze neemt zich heilig voor een goed mens van hem te maken, beter dan zijzelf. Ze zal alles verbeteren wat haar moeder aan haar heeft bedorven.

Haar innerlijke opwinding stroomt over in een melkwitte straal die over Ofers mond en neus loopt, en hij verslikt zich en barst in huilen uit.

Onder het lopen omarmt ze nu haar eigen lichaam, dat door een stormachtige golf wordt overspoeld. Vergeten gevoelens, overvolheid, hard worden, druppels tot in haar blouse, midden op straat, onder werk, in een café, zodra ze aan Ofer dacht. 'Alleen al van de gedachte aan Ofer lekte ik melk,' lacht ze, en Avram, op wiens gezicht haar stralende lach afstraalt, vraagt zich af of ze Ilan ook van haar melk heeft laten proeven.

Bijna ineens valt er een schaduw op hen beiden, midden op de dag. Ze lopen in de droge bedding van de Tsiv'on, een diepe, vreemde kloof, die hun het zwijgen oplegt. Het pad kronkelt tussen grote, gebroken rots-blokken door, en ze moeten klimmen en hun stappen uitkienen. Om hem heen staan eiken die door nood gedwongen zijn gegroeid en zich verder en verder hebben uitgerekt om tot het zonlicht te reiken. Bleke klimopranken en lange varens druipen uit de boomtoppen. Ze lopen over een bed van dorre, uiteenvallende bladeren, tussen bloedeloze cy-clamen en bleekzuchtige paddenstoelen door. Het is hier bijna donker. 'Voel eens,' zegt ze, en ze legt zijn hand op een rots die is bedekt met groen mos. Het voelt zacht, als bont. Ze zijn omgeven door een doodse stilte. In het hele bos kun je geen vogel horen kwetteren. 'Net een sprook-jesbos,' zegt ze zachtjes. Avram werpt blikken naar links en naar rechts. Zijn schouders komen een beetje omhoog. Zijn duimen rennen rond, tellen voortdurend de andere vingers.

'Maak je niet ongerust,' zegt ze, 'ik vind de weg hieruit.'

'Kijk, daar.' Hij wijst. Eén lichtstraal lukt het door het gebladerte van de boomtoppen te dringen en beschijnt de wang van een rots.

Als we terug zijn, denkt hij, ga ik een boek over Galilea kopen, al was het maar een landkaart. Ik wil zien waar ik geweest ben.

En hoe zou het voor haar zijn geweest hier te wandelen met Ofer in plaats van mij? vraagt hij zich af. Waarover had ze met hem gepraat? En hoe zou het voor wie dan ook zijn om hier, op zo'n plek, volkomen alleen te zijn met je kind? Vast ontzettend ongemakkelijk. Maar Ora had hem natuurlijk niet toegestaan zijn mond te houden, denkt hij met een glimlach, ze hadden aan één stuk door gepraat en misschien ook gelachen om mensen die ze onderweg waren tegengekomen. Misschien hadden ze ook om mij gelachen als ze mij hier toevallig tegen het lijf waren gelopen.

Ze beklimmen een heel smal pad tussen dikke boomwortels die over de grond kruipen. De rugzakken voelen zwaar aan. Ze denkt: hoe zou het zijn geweest als Avram en Ofer hier door het bos hadden gelopen met zijn tweeën? Een tocht van mannen onder elkaar.

Plotseling, alsof er een hand over hun gezicht strijkt, komen ze vanuit de schaduw in het zonlicht. Een paar ogenblikken later ontrolt zich een weide, een berghelling, plantages in witte bloei. 'Wat mooi,' fluistert ze om de stilte niet op te schrikken.

De weg is mild en vloeiend. Het looppad is breed en goed platgetreden, met een strook onkruid in het midden. Als paardenmanen, denkt Avram.

Ze vertelt hem over Ofers ontdekkingsreizen door het huis, de hardnekkige onderzoekingen van elk en ieder boek op de onderste planken van de boekenkast, de blaadjes van de planten, de pannen en de deksels in de onderste laden van de keukenkasten. Ze geeft hem ieder sprankje van een herinnering dat in haar oplicht uit de dagen van zijn eerste levensjaren: een val uit een stoel, de zeven hechtingen die hij op de eerstehulppost in zijn kin kreeg; een kat die hem in de speeltuin in zijn gezicht krabde, en ze zegt ter geruststelling: 'Hij heeft er helemaal geen littekens aan overgehouden.' Avram laat vluchtig een wapperende hand gaan over een aantal van zijn littekens, op zijn armen, schouder, borst en rug, en voelt een verrassend golfje van blijdschap door zijn lijf trekken omdat Ofer heel, zijn lichaam zo gaaf is.

Avram lijkt meer en meer op te leven: hij wil weten wanneer Ofer leerde praten, op welke leeftijd, en wat zijn eerste woordje was. 'Papa,' zegt Ora, maar Avram begrijpt haar niet, of heeft haar misschien niet goed verstaan, en vraagt geschrokken: 'Avram?' En op hetzelfde moment snapt hij het en barsten ze allebei in lachen uit. Onmiddellijk informeert hij natuurlijk ook wat Adams eerste woordje was. (Dat was *or*, 'licht', en ze voelt dat hij de voor de hand liggende vraag – 'niet "mama"?' – smoort in zijn keel. In plaats daarvan zegt Avram: '*Or*, dat is bijna *Ora*,' en die gedachte was zelfs nog nooit bij haar opgekomen – ineens schiet haar te binnen dat Ofer altijd beweerde dat zijn eerste woordjes waren: 'Breng me naar jullie leider.') Ze herinnert hem aan de zware ladekast van zijn moeder, die werd gepromoveerd tot commode om de kinderen op te verschonen en te verzorgen, en het zwarte boekenrek, waarin al hun kinderboeken kwamen te staan. Ze heeft heel wat onthouden uit de boeken die ze hun heeft voorgelezen, en ze declameert uit het hoofd: 'Pluto, een hondje uit kibboets Megiddo...' en legt de onwetende Avram de charme van Framboze Sap uit, de geheimzinnige bosbewoner met wie de giraffe en de leeuw kennis willen maken. Ze glimlacht in zichzelf en denkt: wij tweeën lijken ook een beetje op een giraffe en een leeuw.

Dan probeert ze zich voor te stellen hoe de kleine Ofer, schoongewassen en klaar om te gaan slapen, met zijn hoofd tegen Avrams schouder leunt en luistert naar een verhaaltje dat hij hem vertelt. Ofer heeft de groene pyjama met de halvemaantjes aan, maar ze kan niet zien wat voor kleren Avram draagt. Het lukt haar niet eens Avram te zien, ze voelt alleen zijn brede lichamelijke aanwezigheid en hoe Ofer tegen hem aan kruipt. Volgens haar had Avram vast en zeker elke avond zelf een nieuw verhaaltje voor Ofer verzonnen, toneelstukjes voor hem opgevoerd, hele voorstellingen voor hem gegeven. En ze twijfelt er niet aan dat het hem had verveeld om Ofer wekenlang, avond aan avond, hetzelfde verhaal voor te lezen, zoals Ofer toen eiste. Ze hoort ineens weer Ilans bijzondere, geheimzinnige, zachte stemgeluid, dat je in je buikholte voelde trillen, wanneer hij de kinderen verhaaltjes voorlas voor het slapengaan, en ze vertelt Avram niet – maar denkt er alleen aan terug voor zichzelf en omwille van Ofer – hoe dol Ilan erop was de kinderen te slapen te leggen. Zelfs in de drukste perioden op zijn bureau zorgde hij ervoor op tijd thuis te komen en haar te helpen de kinderen in bed te stoppen, en zelf hield ze ervan bij hem en de kinderen in bed te kruipen en hem te horen voorlezen.

De weg is gemakkelijk begaanbaar. Avram spreidt zijn armen zijwaarts en staat ervan versteld hoe prettig de stof van de Thaise fisherman pants aanvoelt op zijn lijf. Drie keer heeft Ora de zoom voor hem omgeslagen eer de broek de juiste lengte had, 'voor een onderdeurtje als ik,' lachte hij. Ze vertelt hem over de speelzaal waar Ofer naartoe ging en over zijn eerste vriendje, Joël, die na een jaar met zijn ouders naar Amerika verhuisde en zo zijn hart brak. 'Het zijn zulke kleine verhaaltjes,' verontschuldigt ze zich, maar met ieder verhaaltje, met ieder woord, wordt de baby Ofer ook haar duidelijker en neemt de vorm aan van een kind: het hompje baby rekt zich uit tot een peuter, zijn kleren veranderen, zijn speelgoed, zijn kapsel, zijn interesses. Ze laat Avram een kleine Ofer zien die in zijn eentje aan het spelen is, hoe hij zich concentreert, helemaal opgaat in zijn spel. Ze vertelt over zijn voorliefde voor kleine, pietepeuterige speeltjes die uit veel stukjes en accessoires bestaan. Nog altijd staat ze versteld van zijn vermogen met engelengeduld de onderdeeltjes bij elkaar te leggen, uit te zoeken hoe ze passen en het ding in elkaar te zetten, en daarna weer te proberen het uit elkaar te halen.

'Van mij heeft hij dat niet,' zegt Avram lachend, en Ora is geraakt. Juist in wat hij hier ontkent, hoort ze wat hij bevestigt.

Toen hij anderhalf was, gingen ze met vakantie naar de kust van Dor, tussen Haifa en Netanja. Voor dag en dauw werd hij daar wakker, zag dat Ora, Ilan en Adam nog lagen te slapen, klom uit bed en liep in zijn eentje het vakantiehuisje uit. Ora merkte het pas op toen de hordeur werd dichtgeslagen en dook stilletjes achter hem aan. Op blote voetjes, in een kort shirtje en een wegwerpluier liep hij het brede grasveld op en zag, blijkbaar voor het eerst in zijn leven, een enorme sproeier ronddraaien. Hij bleef stomverbaasd staan, giechelde in zichzelf, mompelde van alles. Daarna begon hij met de sproeier te spelen: hij liep ernaartoe en vluchtte weg voor de waterstraal, die bijna zijn voetjes raakte. Ora verstopte zich achter de muur van het huisje, gluurde naar hem en had het gevoel dat ze echt met haar ogen zijn geluk kon zien, het geluk zelf, zonnig en van goud, brekend in de spetters water.

Ineens ving de sproeier hem en raakte zijn lijf en zijn hoofd met een straal water. Hij was geschokt tot op het bot, bleef als aan de grond genageld staan, beefde over zijn hele lijfje. Zijn gezicht vertrok en wendde zich tot de hemel, zijn vuistjes balden zich en trilden. Ze laat het zien aan Avram, blijft staan met dichte ogen en getuite, trillende lippen. Een klein, eenzaam mensje, in het zwepende, draaiende water, schikt zich in een onbegrepen lot. En zij snelde natuurlijk meteen op hem af om hem te redden, maar ineens bleef ze staan. Iets hield haar tegen, drong haar terug naar haar schuilplaats, misschien de wil hem een keer zo te zien, 'aangewezen op zichzelf,' zegt ze tegen Avram, 'hem te zien als een mens in deze wereld.'

Ofer hernam zich ten slotte, rukte zich los van zijn plaats en ging op veilige afstand staan, waar hij verontwaardigd naar de sproeier keek, geruisloos snikkend en trillend over zijn hele lijf. Maar op slag vergat hij zijn verontwaardiging, want zijn ogen ontwaarden een nieuw, wonderlijk wezen: een oud, kreupel paard met een kapotte strohoed op waaruit zijn oren omhoogstaken. Het paard was ingespannen voor een wagen en daarop zat een mannetje, eveneens oud en ook met een strohoed op zijn hoofd. Dat oude mannetje verzamelde iedere dag tegen zonsopgang het vuilnis dat op het strand was opgetast, en nu was hij ermee onderweg naar de vuilnisbelt. Ofer bleef opgewonden staan, nog druipend van het water, en ronde verwondering lichtte op in zijn ogen: het paard, de wagen en het mannetje trokken langs hem heen, en de oude vuilnisman zag de peuter, lachte hem toe met een tandeloze mond en nam met een gracieus gebaar zijn rafelige strohoed voor hem af en beschreef ermee in de lucht een kleine boog, die even van zijn ouderdom naar Ofers kindertijd leek te lopen.

Ora was bang dat Ofer van hem zou schrikken, maar Ofer klopte alleen op zijn buikje, barstte uit in een schaterlach en sloeg een paar keer met twee handjes op zijn hoofd, misschien deed hij zo het afnemen van de hoed na.

Daarna begon hij achter het paard aan te lopen.

Hij liep zonder achterom te kijken, en Ora volgde hem. 'Hij was een en al kracht,' vertelt ze aan Avram, 'zonder enige angst, een ukkie van anderhalf.'

In Avram beweegt een boomblaadje van de ziel en het blijft voor hem uit zweven. Op de binnenkant van zijn gesloten oogleden loopt een klein kind op een verlaten strand, zijn lichaam naar voren gebogen, in niet meer dan een wegwerpluier en een hemdje, doelgericht, voorwaarts, verder.

Op de wagen lagen stapels afval, kartonnen dozen, gescheurde visnetten, grote vuilniszakken. Erboven zweefden vliegen en de wagen trok een kielzog van stank achter zich aan. De oude man gaf het paard nu en dan vermoeid een standje en zwaaide een lange zweep rond boven zijn rug. Ofer liep achter hen aan, over het natte zand, en Ora volgde hem en zag door zijn ogen het wonder van het grote, schonkige beest, en misschien – zo raadt ze nu ze het verhaal aan Avram vertelt –, misschien dacht hij eigenlijk dat alles wat daar voor hem bewoog één wezen was, vertakt en grandioos, met twee hoofden, vier benen, grote wielen, leren riemen en koorden, en strohoeden, met daarboven een zwevende wolk van gezoem. Nu ze het aan Avram vertelt, versnelt ze zonder er erg in te hebben haar pas, aangetrokken door de levendige herinnering: Ofer op het strand, een dapper jong hondje, vol toekomst, waar zij achteraan liep. Af en toe verstopte ze zich, al was dat niet nodig, want hij draaide geen enkele keer zijn hoofd om, en ze vroeg zich af tot hoe ver hij weg zou durven lopen. Met zijn manier van bewegen antwoordde hij haar: tot het eind van de wereld, en ze zag voor zich – dit hoeft ze niet te zeggen, zelfs Avram begrijpt het – hoe hij haar op een dag zou verlaten, zou opstaan en weggaan, zoals ze altijd opstaan en weggaan; en ze probeerde iets te voorvoelen van wat ze dan zou voelen, van wat nu, zonder enige waarschuwing vooraf, roofdiertanden in haar zet.

Toen het paard en de oude man een eind verderop waren en hij ze niet meer kon inhalen, bleef Ofer staan. Nog heel even zwaaide hij naar ze met zijn hand, met een vuist die openging, daarna draaide hij zich met een poeslieve, sluwe glimlach om, spreidde verheugd zijn armen uit voor haar, alsof hij al die tijd had geweten dat ze er was, alsof het helemaal niet anders had kunnen zijn, rende naar haar armen en riep uit: 'Mama, mama, nijn!'

'Snap je,' legt ze uit, 'in zijn boeken, in de plaatjes, was een dier met een lange kop en lange oren een konijn.'

'Het is een paard,' zei ze tegen hem, en ze drukte hem stevig aan haar borst. 'Zeg maar: "paard".'

'Dat was iets van Ilan,' vertelt ze tijdens de volgende koffiestop, in een paars klaverveld waaruit hier en daar gele affodillen hun lange stengels steken, omzwermd door honingbijen. 'Elke keer dat hij Ofer of Adam een nieuw woord leerde, vroeg hij hun het hem hardop na te zeggen, en eerlijk gezegd ergerde me dat soms, want ik dacht: waarom zo, waarom is hij ze aan het africhten? Maar nu denk ik dat hij juist wel gelijk had en benijd ik hem zelfs een beetje, met terugwerkende kracht, want zo was hij altijd de eerste die elk nieuw woord van hen hoorde.'

'Dat was van mij,' zegt Avram aarzelend en ongemakkelijk, 'dat weet je, toch? Ik was het.'

'Wat?'

Hij verslikt zich, loopt rood aan. 'Ik was het die dat tegen hem zei, toen we in dienst zaten, tegen Ilan, dat als ik ooit een kind zou hebben, dat ik dan elk nieuw woordje van hem aan hem zou geven, het hem echt zou aanreiken, en dat dat een soort verbond, nou ja, een woordkoppeling tussen ons zou zijn.'

'Dus dat komt van jou?'

'Hij eh... heeft hij het nooit tegen je gezegd?'

'Niet dat ik me kan herinneren.'

'Hij was het vast vergeten.'

'Ja, misschien,' zegt ze, 'of misschien wilde hij het me niet vertellen, om jouw oude wond bij mij niet open te krabben. Ik weet het niet. We hadden allerlei kleine rituelen als het om jou ging, wij allebei, van die momenten om bij je te zijn, maar voornamelijk met woorden hadden we dat, en met hun taalgebruik, dat van de kinderen,' verzucht ze, en haar slappe bovenlip lijkt nog een beetje slapper te gaan hangen, 'goed, hij had tenslotte iets met jou –'

'Met mij?' schrikt Avram.

'Natuurlijk, dat is toch duidelijk? Jullie waren allebei van die *woordenaars*, zulke kletsers, mijn god, en bij Ilan... zeg, wat is dat voor lawaai?'

Eerst horen ze hoe niet ver bij hen vandaan de distels worden omgeknakt, als korte snelle zweepslagen, vanuit een aantal richtingen, en een geruis van een meervoudig levend wezen dat haastig aan komt rennen en zich samentrekt, en vochtig gehijg. Avram springt overeind en speurt om zich heen, dan volgen er snel op elkaar verschillende soorten geblaf en schreeuwt Avram tegen haar dat ze moet opstaan. Ze krijgt de koffie over zich heen als ze overeind probeert te komen, ze struikelt ergens over en ligt op de grond, en naast haar torent Avram boven haar uit, al zijn haren staan overeind, zijn ogen en mond zijn opengesperd in een doorzichtige schreeuw, en er zijn honden, overal om hen heen zijn honden.

Als het haar eindelijk lukt overeind te krabbelen, telt ze er drie, vier, vijf. Hij wijst met zijn hoofd naar links, en op zijn minst nog vier honden, van verschillend ras, kleine en grote, vies en verwilderd, staan daar woedend tegen hen te blaffen, zonder te kijken. Avram trekt haar naar zich toe, pakt hard haar pols beet, en zij snapt het nog niet, ergerlijk traag proberen in haar hersens de verbindingsstukken van elke nieuwe situatie in elkaar te grijpen, zoals altijd. Bovendien, in plaats van onmiddellijk scherp te worden en voor haar leven te vechten, steekt bij haar meteen haar dwaze neiging de kop op – die echt niet van overlevingsdrift getuigde, zoals Ilan haar dikwijls had uitgelegd – eerst eens stil te staan bij de kleinste, onbelangrijkste details (dat zich onder Avrams oksels razendsnel zweetplekken uitbreiden; dat de poot van een van de honden er geknakt en gebroken bij hangt; dat Ilans ooglid onstuimig trilde toen hij haar negen maanden geleden liet weten dat hij haar verliet; dat de man die ze in de Nachal Kedesj was tegengekomen boven op alle andere bijzonderheden ook nog eens twee identieke trouwringen droeg, aan twee verschillende vingers.)

De honden drommen samen en formeren zich tot een soort driehoek, met in de voorste punt een grote zwarte hond met een brede borstkas, en vlak daarachter een stevige goudbruine. De zwarte blaft hard en woest tegen ze, bijna zonder adempauzes, en de goudbruine brengt een diep, constant en onheilspellend gegrom voort.

Avram draait om zijn as en zijn gehijg klinkt als het geluid van een astma-aanval. Ze heeft het idee dat zijn ogen groter en groter worden en zijn hele gezicht beslaan. 'Jij die kant op, ik die kant,' brengt hij uit, 'en trappen, schreeuwen!'

Ze probeert te schreeuwen. Ze komt erachter dat ze dat niet kan. Een soort schaamte tegenover Avram, idiote gêne, misschien ook tegenover de honden. Ook tegenover zichzelf? Wanneer heeft ze ooit echt geschreeuwd? Wanneer heeft ze haar keel kapot geschreeuwd? En wanneer zal ze die kapot schreeuwen?

De honden gaan als waanzinnig tekeer. Hun lijf schudt heen en weer van het geblaf en gejank, dat is geladen met doffe, hardnekkige, primaire woede. Ze staart naar de beesten. Ze is nog altijd te traag. Ze kijkt naar een film die te snel wordt afgespeeld. Haar blik wordt vastgehouden door de bekken, de kwijlende tanden. De honden komen langzaam dichterbij, sluiten hen in. Avram sist dat ze een stok moet zoeken, een tak, iets, en Ora probeert zich details te herinneren die ze hier en daar heeft gehoord van Adam of heeft opgevangen in toevallige gesprekken met maten van hem. Er was er een, Idan, een lieve jongen, begenadigd muzikant, die in de hondeneenheid van het leger diende en op een keer, toen ze hem en Adam met de auto wegbracht naar een of ander optreden in Caesarea, vertelde hoe ze de honden erop trainen 'het dominante onderdeel' van de gezochte persoon aan te vallen, een arm of een been waarmee die zich probeerde te verdedigen tegen de hond. Hij legde Ora uit dat een gewone hond met zijn tanden 'klappert' als hij bijt, 'bijvoorbeeld in haar arm, hier', maar dat een hond uit de eenheid – Idan had zelf een Belgische herder, 'die hebben het sterkste instinct,' zei hij, 'je kunt ze in elke gewenste richting conditioneren' – zich muurvast in een arm of been of gezicht kan vastbijten. Wonderbaarlijk hoe die praktische informatie naar boven komt, maar Idan was degene die de hond op de aanval uitstuurde, en zij bevindt zich hier aan de verkeerde kant van de hond.

'De zwarte,' dringt Avram er bij haar op aan, 'hou die de hele tijd in de gaten.' Inderdaad, de grote reu, ongetwijfeld de leider, staat niet ver van haar vandaan en kijkt haar met bloeddoorlopen ogen aan, een enorm, compact monster dat eruitziet alsof hij ter plekke het restje van zijn hondenuiterlijk van zich afschudt en verandert in een beest uit de oertijd. En op datzelfde moment baant door de struiken en de stoppels een andere, kleine, brutale hond zich een weg naar hen toe. Ora springt de lucht in en grijpt zich vast aan Avram, neemt hem bijna mee in haar val, en even kijkt hij haar woedend aan, ook zijn gezicht is nu als van een dier, een vredelievend, vegetarisch en doorgaans schuw dier. Een gnoe, lama of kameel, die plotseling is beland in een slachtpartij, en dan haalt hij uit met een welgemikte trap en vliegt de hond angstwekkend stil door de lucht, uitgespreid als een dweil, zijn kop naar achteren gekromd in een onnatuurlijke houding, en erboven zweeft ook Avrams All Star.

'Ik heb hem doodgetrapt,' fluistert Avram, zelf verbluft.

Stilte. De honden snuffelen zenuwachtig in de lucht. De gedachte schiet door haar heen dat als zij en Avram niet aanvallen, ook de honden misschien zullen kalmeren. Ze denkt aan haar eigen hond, Nico-Tien. Ze probeert zijn zachtheid hierheen te halen, tracht zijn huiselijke, versleten geur ertoe te bewegen door haar poriën naar ze toe te zweven. Ze kijkt om zich heen. Het veld is helemaal bezaaid met honden. Naar haar idee zijn het bijna allemaal verwilderde huisdieren. Hier en daar is een stukje van een gekleurde halsband te zien, verzonken in een dikke, vervuilde vacht. Hier en daar zwaait een prachtige, speerachtige staart waarin nog sporen glinsteren van verzorging en koestering. Ze hebben allemaal ontstoken ogen, bedekt met lagen gele pus en vuil, die nu gluren met angstaanjagend oogwit, alsof de woede het vel op hun kop naar achteren trekt. Sommige hebben etterende open wonden. Vliegen zwermen om ze heen. De moed zakt haar meer en meer in de schoenen. Nico-Tien – die ze Ilan cadeau had gedaan toen hij was gestopt met roken – was een open boek voor haar geweest, als een verwante ziel, en wat nu hier gebeurt is bijna tegen de natuurwetten in, is een opstand. Verraad. Kijk, ook de honden verraden haar al. De grote zwarte staat rustig de situatie op te nemen, en de andere – evenals Ora en Avram – zijn gespitst op zijn uitingen. Vlak achter hem staat de goudbruine hond. Als Ora die beter in ogenschouw neemt, kijkt hij ongemakkelijk weg en likt zijn bovenlip, en ineens weet Ora dat het een vrouwtje is.

'Stenen, pak stenen,' fluistert Avram vanuit zijn mondhoek, 'we gaan ze samen bekogelen.'

'Nee,' zegt ze en ze raakt zijn arm aan, 'wacht.'

'Ze vooral niet laten merken dat we bang zijn –'

'Wacht, niets doen, ze gaan weg.'

De honden buigen hun kop en lijken het gesprek te volgen.

'En ze niet in de ogen kijken,' zegt ze, 'niet in de ogen.'

Avram slaat zijn blik neer.

Ze staan zwijgend tegenover elkaar. Een baltsende mannetjes- en vrouwtjesvalk zweven in de lucht, kiekerend met een geluid als een uitzinnige vrouwenlach.

Een huivering trekt door de borstkas van de grote zwarte. Hij loopt stap voor stap, langzaam in een wijde cirkel om hen heen. De andere honden raken gespannen. Hun vacht siddert en gaat omhoogstaan.

'Godverdomme,' sist Avram, 'we hebben de kans laten lopen.'

De zwarte blijft langzaam lopen, trekt een onzichtbare lijn om hen heen en houdt zijn blik op hen gericht. De andere honden kijken uitdrukkingloos naar hem. Alleen hun staarten komen weer in beweging, slaan de maat. Een beeldschone hazewind met scherpe trekken rukt zich los van zijn plaats en loopt achter de zwarte aan. Twee vervuilde blonde sluiten aan in de rij. Op hun snuit staat een hyena-achtige grijns. Ora en Avram wisselen blikken uit. Avram haalt met zijn ene schoen meer en meer stenen naar zich toe. Als aan een draad worden de honden nu om hen heen getrokken en ze maken een hele cirkel rond. Ora zoekt de goudbruine vrouwtjeshond en denkt: wat zag ze er woest en sterk uit naast de zwarte reu. Een mooi stel, is de merkwaardige gedachte die door haar heen schiet, met een greintje jaloezie: het vergeten heimwee naar hoe het was, een mooi stel te zijn.

Plotseling wordt alles aangestoken en het ontvlamt opnieuw. De kring zelf, de cirkelvorm waarin ze bewegen, lijkt in de honden een oeroud instinct aan te wakkeren. Ze krijgen ineens scherpere trekken in hun gezicht en hun lijf. Wolven, hyena's en jakhalzen cirkelen om hen heen. Ora en Avram draaien ook in het midden van de cirkel. Avrams rug raakt haar rug. Hij is nat. Hij en zij bewegen samen, naar voren, naar achteren, naar links en naar rechts. Ze vormen één lichaam. Ze heeft het idee dat hij gromt, diep, vaag en hees, maar misschien is zij het die gromt.

De honden voeren het tempo van hun rondgang op. Een lichte, gematigde looppas. Koortsachtig zoekt ze de goudbruine. Ze moet die dringend vinden. De ene na de andere hond laat ze aan haar blik voorbijgaan, als kralen van een ketting. Daar is ze, ze rent mee met de andere. Ora verliest de moed: ook de snuit van de goudbruine vrouwtjeshond is nu scherp en geslepen, ze laat krampachtig haar wangen naar beneden hangen en ontbloot haar hoektanden.

Een grijze bliksemflits vliegt door de lucht, iets grijpt van achteren haar broekspijp, haar kuit vast, en Ora springt ontzet op en schopt zonder te kijken, maar treft doel, haar voet valt bijna uit elkaar van de pijn, en een rafelige, vieze hond slaakt een schrille, ijselijke gil, scheert zich weg en gaat niet ver bij hen vandaan zijn poot zitten likken. Naast haar brengt Avram verwrongen, harde geluiden uit, geen woorden, maar brokstukken van lettergrepen, alsof hij kokhalst. Als het gevecht niet snel voorbij is, denkt ze, wordt hij krankzinnig. Ze kan bijna voelen hoe het wankele steigerwerk van zijn ziel, dat hij met zoveel moeite heeft opgericht, ineenstort vanwege zo'n stommiteit. En precies op dat moment haalt hij uit met een stok, vlak bij haar dij, naar een opengesperde muil, en nog een zwiepende slag, een misselijkmakend geluid, er breekt iets, iemand breekt, vlucht jankend weg, trekt met zijn twee voorpoten zijn achterlijf voort, en weer krijgt ze Nico-Tien voor ogen, oud en ziek, zoals hij zich naar zijn mand sleepte met verbazing in zijn ogen.

Ze begint te fluiten.

Niet het wijsje van een liedje; zomaar iets monotoons en mechanisch, dat klinkt als het gepiep van een kapot apparaat. Met samengetrokken lippen fluit ze. De oren van de honden draaien zich naar haar toe. Avram kijkt haar achterdochtig aan. Zijn baard is warrig, zijn gezicht angstwekkend scherp.

'Fluiten zoals je een hond fluit,' legt ze op vlakke toon uit, 'dat is wat we moeten doen, fluiten als naar een hond die je tegen middernacht uitlaat en die je even kwijt bent achter een boom of in andermans tuin.' In de kring om haar heen ziet ze hier en daar een donkerbruine, grijze of goudbruine poot aarzelen voor die weer op de grond wordt gezet. Ze blijft fluiten. Gespitste oren trillen alsof ze een boodschap uit een andere wereld ontcijferen. Haar ogen schieten alle kanten op. Ze probeert een lage, zachte, vollere en rijkere fluittoon te produceren, voorzover haar longen haar toestaan. Ze houdt haar zwakke fluittoon aan, waakt erover als over een oeroud vuur.

Een bruine, schriele hond blijft staan, gaat zitten en krabt met een poot achter zijn oor. Zodoende heeft hij de kring gebroken. De honden achter hem verspreiden zich enigszins. De goudbruine stapt ook opzij, weifelend, zwaar, met de tong uit de bek en met licht hangende kop. Een grote kanaänhond, met een lelijke, gele open wond aan zijn achterpoot, hinkt weg en blijft daarna midden in het veld naar de hemel staan kijken, alsof hij is vergeten wat hij van plan was. Ora meent te zien dat hij gaapt.

De zwarte schudt zijn kop een paar keer. Haalt ontevreden zijn tong over zijn snuit. Kijkt de andere honden aan met een soort doffe verveling. Ora fluit nu haar fluitje voor Nico-Tien, de eerste klanken van 'Mijn liefje, blank van hals', dat ook het fluitje van haar en Ilan is – *was*. De zwarte richt nog drie, vier keer een loze blaf tot de hemel, dan draait hij zich om en loopt weg. De andere sjokken achter hem aan. Hij steekt zijn staart omhoog en begint te rennen, de andere volgen. De goudbruine teef sluit zich als laatste aan. Volgens Ora is de troep kleiner dan voorheen. Ze werpt een zijdelingse blik op Avram. Zijn stok – nu ziet ze dat het een flinke tak is, van een eucalyptus of een pijnboom – houdt hij nog altijd hoog in zijn hand. Zijn borst gaat op en neer als een blaasbalg.

Ze fluit. Ilan floot onder de douche altijd zonder erbij na te denken hun wijsje, en zij, in bed, legde dan haar boek weg en luisterde; en op een keer floot hij het zachtjes vanaf het ene eind van de foyer van de Jeruzalemse schouwburg, waar het gonsde van de honderden mensen, en ving zij het aan het andere eind op en begon stilletjes fluitend zijn kant op te lopen, tot aan de omhelzing.

Avram kijkt haar stomverbaasd aan. Ze fluit naar de weglopende troep honden. Ze fluit de goudbruine hond. Ze tuit haar lippen en richt het geluid op de vrouwtjeshond. Die kijkt tegen wil en dank om en vertraagt haar looppas. Ora buigt zich voorover met haar handen op haar knieën. 'Kom maar,' fluistert ze.

De andere honden hollen weg, blaffend in zichzelf. Ze zitten elkaar achterna, raken verwikkeld in ruzies van een paar tellen en hollen verder door het veld, met wapperende of opgestoken oren, hechten zich weer aaneen tot een troep. De goudbruine kijkt beurtelings naar de troep en naar Ora. Dan zet ze aarzelend, met een trillende poot, haar eerste pas in de richting van Ora. Ora verroert geen vin. Ze fluit zachtjes, nauwelijks hoorbaar, en stippelt zo de weg voor haar uit. Avram laat de tak uit zijn handen vallen. De hond steekt door het stoppelveld dat zich aan haar brede borst vlijt.

Ora gaat langzaam op een knie zitten. De hond blijft onmiddellijk staan, met een poot in de lucht, haar zwarte neusgaten opengesperd. Ora vindt een snee brood op hun picknickkleed, en met een voorzichtig gebaar gooit ze die vlak bij de hond neer. De hond deinst terug en gromt.

'Eet maar,' fluistert Ora, 'het is lekker.'

De hond buigt haar kop. Haar ogen zijn groot en ontstoken.

Ora praat tegen haar. 'Je hebt ooit in een huis gewoond. Je had vroeger een huis. Er waren mensen die voor je zorgden en van je hielden. Je had een etensbak en een drinkbak.'

Behoedzaam en ineengedoken waagt de hond zich dichter bij de snee brood. Ze gromt, trekt haar wenkbrauwen op, houdt haar ogen niet af van Avram en Ora.

'Niet naar haar kijken,' fluistert Ora tegen Avram.

'Ik keek naar jou,' brengt hij uit, van zijn stuk gebracht, en hij draait zijn gezicht.

De hond pakt het brood en schrokt het op. Ora gooit haar een stukje kaas toe. De hond snuffelt, eet. Daarna een paar stukjes worst. Ook biscuitjes. 'Kom maar,' zegt Ora tegen haar, 'je bent een brave hond, je bent braaf, braaf.' De hond gaat zitten en likt haar lippen. Ora schenkt water uit de fles in een diep plastic bord, doet een paar passen, zet het tussen haar en de hond neer op de grond en keert terug naar haar plaats. De hond snuffelt op afstand. Ze aarzelt, wordt aangetrokken, schrikt terug. Een licht jankgeluidje ontsnapt uit haar mond. 'Drink maar,' zegt Ora,

376

'je hebt dorst.' De hond gaat naar het bord, zonder Ora en Avram een moment uit het oog te verliezen. De spieren van haar poten trillen ineens en ze lijkt elk ogenblik ineen te kunnen storten. Ze drinkt gulzig en trekt zich weer terug. Ora komt dichterbij, de hond ontbloot haar tanden en haar vacht gaat rechtovereind staan. Ora praat tegen haar en schenkt nog wat water in het bord. Dat doet ze nog een paar keer, tot de fles leeg is. De hond zit naast het bord. Daarna gaat ze liggen en begint te knauwen op een klit en distels die aan haar poot zijn blijven hangen.

Nu is het al onmogelijk elkaar niet aan te kijken.

Ora en Avram stonden er uitgeput bij, stinkend naar het angstzweet, waarvoor ze zich nu schaamden. Een gegeneerd lachje tekende zich af op hun gezicht. Ze hadden zich als het ware nog niet volledig gehuld in hun oude huid. Avram staarde haar aan en schudde langzaam zijn hoofd, verwonderd en dankbaar, en zijn blauwe ogen vulden zich met een golvende roerbeweging – en plotseling, met een brandend gevoel, herinnerde haar lichaam zich hem, herinnerde het zich zijn strakke omarming. Heel even vroeg ze zich in haar domheid af of ze hem moest fluiten om hem naar zich toe te halen. Maar hij kwam vanzelf, drie stappen in totaal, sloeg zijn armen om haar heen, hield haar vast zoals toen en fluisterde: 'Ora, Orele.' De hond richtte haar kop op, keek naar hen.

Het volgende moment deinsde Ora achteruit en staarde hem aan alsof ze hem in geen jaren had gezien, en daarna stortte ze zich op hem, begon hem met twee handen te slaan, sloeg en krabde hem met beide handen in het gezicht, zonder woorden, hijgend, met een droge keel, en hij schrok zich rot, beschermde zijn gezicht en probeerde haar daarna vast te pakken, zijn armen om haar heen te slaan en zo te voorkomen dat ze hem raakte of zichzelf pijn deed, want ook zichzelf begon ze te krabben en in het gezicht te slaan. 'Ora, genoeg, genoeg,' riep hij uit, smeekte hij, tot het hem lukte haar in zijn armen te vangen en haar tegen zich aan te klemmen, om haar in bedwang te houden, maar ze vocht, gromde en schopte hem, en telkens als ze een tussenruimte van niets tussen hen voelde, probeerde ze die te vullen met een klap, trap of gebries van woede, en hoe wilder ze tekeerging, des te harder moest hij haar tegen zich aan drukken, tot ze bijna versmolten in elkaars houdgreep, en nu riep zij tussen haar opeengeklemde tanden door: 'Rotzak, al die jaren... ons straffen... wie heeft hier schuld aan wie...' Ze ging door met een stem die zwakker en zwakker werd, tot ze uitgeteld tegen zijn borst aan hing, haar hoofd in het kuiltje van zijn schouder, geschrokken van zichzelf, van wat ze zich had laten ontvallen, want wat was dat in godsnaam, en waarom in godsnaam nu, het was helemaal niet wat ze hem had willen zeggen.

Hij bleef staan, drukte haar aan zijn borst en streek telkens weer met zijn hand over haar rug, over haar bezwete blouse, en zij hijgde en fluisterde rechtstreeks zijn lijf in, zoals ze een paar dagen geleden had gepraat tegen de kuil die ze in de grond had gegraven – alsof ze bad, voelde Avram, maar niet tot hem, nee, tot iemand binnen in hem, ze vroeg hem eindelijk eens de deur te openen en haar binnen te laten, en al die tijd kneedden zijn handen en zijn lichaam haar lichaam, en zij hem ook: vingers drukten zich stomverbaasd op lichaamsdelen en voelden herinneringen in zich opkomen. Gedurende een moment – niet langer – heerste er plotselinge losbandigheid, als een steelse, haastige ordeverstoring, wanneer de bendes plunderaars vlug gebruik maken van de tijd tussen de aardbeving en de inzet van de politie. Ora zakte bijna door haar knieën, maar hield zich met haar laatste krachten overeind. Wat is dit, dacht ze, wat gebeurt hier? Ze trok haar hoofd weg van hem, wilde hem in de ogen kijken en vragen wat dit was, maar hij trok haar met nieuw oud vuur tegen zich aan, drukte weer zijn stempel in haar. Zo was hij vroeger precies, ze werd ineens van hem doordrongen. En er schoot haar te binnen hoe hij altijd, tijdens het hele verloop van de vrijpartij – een *tragertje* noemde hij die – binnen in haar leek te dromen, beurtelings verstijfde en verslapte en als een trage slaapwandelaar bewoog, in een of andere eeuwigdurende omzwerving, verstrooid van geest en lichaam en heel anders dan zijn gewone tempo als hij buiten haar was, anders dan de gespannenheid van de jager. Op een keer had hij tegen haar gezegd dat er, zodra hij in haar was, een of andere innerlijke cirkel zich in hem sloot en hij meteen wegzakte in een droom. 'Het is als een onderwater-doolhof,' probeerde hij het te beschrijven toen ze ernaar vroeg. 'Nee, nee, vergeet wat ik net zei, het is als een droom die je niet kunt navertellen of reconstrueren als je wakker wordt, dat is het leuke,' lachte hij, 'dat ik er geen woorden voor heb, dat ík er geen woorden voor heb.'

Vanzelfsprekend voelde ze, in die lang vervlogen jaren, ook de andere vrouwen en meisjes die hij tijdens de vrijpartij onder de trouwhemel van zijn gesloten oogleden liet passeren, ze voelde de ritmische, hoerige afwisseling van zijn lusten en fantasieën tijdens de vrijpartij met haar. En telkens als de jaloezie haar stak, zei ze tegen zichzelf dat je niet van Avram kon houden zonder te houden van zijn fantasieën, zijn parallelle dimensies, zijn duizend gedroomde vrouwen. Maar ze zocht ook direct dringend zijn mond om hem háár kus te geven, diep, veeleisend en heftig, of zelfs alleen maar met haar tong het puntje van zijn tong aan te raken en hem terug te halen naar de bron die al die anderen in hem voortbracht, en dan begreep hij onmiddellijk wat ze deed, glimlachte onder zijn gezwollen oogleden, die haar aan de oogleden van een foetus deden denken, en liet met een of andere beweging in zijn lijf weten: kijk, ik ben er weer.

En al die tijd werden in die jaren woorden, prietpraat en geheime plannetjes uitgewisseld tussen zijn voet en haar enkel, tussen zijn wimpers en haar navel. Ze was nog piepjong, ze wist niet eens dat je zo kon en mocht lachen tijdens een vrijpartij, dat haar lichaam zo lichtzinnig en frivool en net zo goedlachs als zijzelf was – hoe kwam dat nu allemaal weer boven, nu ze tegenover hem stond en met moeite overeind bleef, bijna tegen zijn lijf aan viel. Jarenlang had ze zichzelf niet toegestaan het zich te herinneren: dat bijna al zijn lichaamsdelen bijna de hele tijd bijna al haar lichaamsdelen raakten, en hoe organisch ze met elkaar verweven waren – hij grapte een keer: 'Heet het daarom misschien "orgie"?' – want het was verboden 'ook maar een promille van het contact te verspillen,' mompelde hij tegen haar, 'geen vinger, geen dij, geen ooglid, laat staan "twee schenkelen of een stukje van een oor."' En als zij met hem was, was ze onuitputtelijk, kwam klaar en lachte, lachte en kwam klaar, in korte, snelle salvo's, terwijl hij zich inhield als een Tibetaanse yogi, het uit al zijn uiteinden bij elkaar sprokkelde, zoals hij haar met een snode glimlach uitlegde, uit de verste contreien, uit de punten van zijn tenen, zijn ellebogen, zijn wimpers, zijn nek, *beginnend op afstand*, tot ze zijn tekens voelde komen en in zichzelf glimlachte, kijk eens, zijn hele lichaam raakt gespitst, daar is het, het vollopen, het wassende water, het snelle wegvloeien van de humor uit zijn lichaam, ineens werd het allemaal serieus, resoluut en noodlottig, zijn spieren strengelden zich om haar heen en daar was de omklemming, als een enorm slot, en dan, zijn wezen, de hamerende klop van een stempel dat diep in haar wordt gezet, ze herinnert het zich.

Daarna, als zijn hoofd zwaar op haar borst rustte, voelde ze hoe hij weer omhoog kwam naar het wateroppervlak van zijn zinnen, van zijn begrip, langzaam, vertraagd, foetaal in zijn bewegingen, brommend: 'Orele, heb ik je pijn gedaan?'

Ook hier, in het open veld, omhelst hij haar, houdt haar overeind, duwt haar zachtjes van zich af, jammer, ze was al bereid, als hij had gewild, misschien een moment hebben ze zo geworsteld, niet meer, en ze stak al een oceaan van tijd over, terwijl hij, waar was hij? Wat wilde hij echt? Wat weet ze nu eigenlijk, alleen dat hij haar vasthoudt, haar in zijn armen houdt, voorzichtig haar haren streelt, vraagt: 'Heb ik je pijn gedaan?'

En dan laat hij los, stoot zichzelf bijna af van haar, alsof hij snapt wat er bijna was gebeurd, wat hier tot leven werd gewekt, en Ora wankelt, duizelig, klampt zich weer vast aan zijn arm: wacht, niet weggaan, waarom vlucht je alweer weg van me? Ze kijkt hem zwakjes aan, raakt de lange, bloedende kras op zijn neus aan, het spijtige werk van haar handen. 'Avram,' zegt ze zachtjes, 'herinner je je ons?'

'Ilan kwam weer thuis,' vertelt ze. 'Nadat hij voor mij en Adam was weg-gevlucht en in heel Jeruzalem huizen had uitgeprobeerd, kwam hij te-rug bij ons, in het huis in Tsoer Hadassa, en meteen raakte hij geschokt over Adam, dat wil zeggen, over mij, hoe ik Adam en zijn opvoeding en taalontwikkeling had verwaarloosd, natuurlijk net als de orde en tucht, dus hij begon die onmiddellijk te herstellen.

Snap je?' lacht ze. 'Bijna drie jaar waren Adam en ik min of meer alleen geweest, twee wilden in de jungle, zonder wetten en zonder geboden, en nu kregen we ineens de missionaris op ons dak.

Plotseling kwamen we erachter dat bij ons niets volgens de regels was, dat er geen dagindeling en geen vast systeem bestonden, dat we aten als we honger hadden en gingen slapen als we moe waren, en dat het huis een grote bende was.

Wacht,' zegt ze en ze steekt een vinger op, 'dat was nog niet alles: dat Adam publiekelijk in zijn blootje liep, bulkladingen chocola at, ongeli-miteerd televisie keek en om elf uur 's morgens in de speelzaal arriveer-de. Dat hij op zijn eerbiedwaardige leeftijd nog altijd niet op het potje ging, zoals het hoorde. Dat hij mij Ora noemde in plaats van mama. Kortom, totale anarchie!

Dus Ilan, je weet hoe hij is, begon een-twee-drie de zaken aan te pak-ken, heel vriendelijk natuurlijk, met een glimlach – hij wist ook dat hij bij mij niet onvoorwaardelijk was –, maar ineens begonnen er bijvoor-beeld klokken in huis te verschijnen, een klok in de keuken, een klokje in de woonkamer en een Mickey Mouse-wekker in de kamer van Adam. Hij organiseerde schoonmaak- en opruimingsacties om de rotzooi te elimineren. De goede tijden waren voorbij! "Deze sjabbat nemen we zijn speelgoed onder handen, volgende week jouw papierwinkel, en wat is die hele apotheek die uit de kastjes in de badkamer komt zeilen?"'

Ze lacht vreugdeloos.

'En ik vond het ook fijn, begrijp me niet verkeerd. Het was prettig te voelen dat er een man in huis was en dat iemand de chaos begon uit te roeien. Een soort innerlijke zuivering. De reddingstroepen waren gekomen.

Vergeet ook niet dat ik zwanger was van Ofer en niet veel puf had me ertegen te verzetten. Bovendien zei zijn enthousiasme me dat hij zich nogal serieus aan het nestelen was en dit keer misschien zou blijven.'

Avram loopt naast haar, geeft stiekem zijn tenen de ruimte in Ofers schoenen. Toen hij ze aantrok, had hij wel meteen gezegd dat hij erin zwom en dat het niet zou gaan. 'Het gaat, het gaat,' mompelde Ora toen, en ze opende de rugzak die om zijn schouders hing en haalde er een paar dikke, soepele wandelsokken uit. 'Trek deze aan.' Hij trok ze over zijn eigen sokken aan, en nog altijd waren de schoenen een beetje te groot, maar eerlijk gezegd comfortabeler dan zijn oude schoenen met de zolen waar hij de grond al doorheen kon voelen.

'Laat je voeten er gewoon hun gang in gaan,' ried ze hem aan, 'en denk dat het precies het gevoel is dat je lekker vindt.'

Hij gaat gemakkelijk in Ofers hakken staan, hij meet Ofers tenen. Zijn zolen leren de voetafdrukken van zijn zoon. Kleine kuiltjes en hobbeltjes, geheime boodschappen. Dingen die zelfs Ora niet kent van Ofer.

'Maar voornamelijk,' zegt Ora, 'corrigeerde hij Adam. Orde en netheid en discipline, zoals ik al zei, en daarna begon hij een campagne voor de uitroeiing van het analfabetisme.

Hoe zal ik het je uitleggen,' zegt ze met een zenuwachtig lachje, 'Adam was een vrij stil kind. Zelf was ik in die tijd ook geen grote kletskous. Ik had ook niet zo veel mensen om mee te praten. Adam en ik waren meestal alleen thuis en we hadden ons eigen leventje, dat best goed was, alles in aanmerking genomen, en praten maakte er inderdaad niet het belangrijkste deel van uit. We redden ons uitstekend zonder veel woorden, we begrepen elkaar prima, en ik geloof ook, of misschien eigenlijk niet –'

'Wat?'

'Misschien had ik iets te veel woorden van jullie twee te horen gekregen in al die jaren, van jou en Ilan samen. Misschien wilde ik een beetje rust.'

Hij zucht.

'Al dat gepraat van jullie, dat scherpe, briljante gepingpong dat nooit een seconde ophield, die moeite die jullie de hele tijd deden.'

Ilan en ik, denkt Avram, twee arrogante, afgedwaalde haantjes.

'Ik had altijd het gevoel er een beetje buiten te staan,' zegt ze.

'Jij? Echt?' Hij is van zijn stuk gebracht, weet niet hoe hij haar moet zeggen dat zij naar zijn gevoel altijd hun middelpunt, hun brandpunt was, dat zij, op haar manier, hen tweeën draaiende hield.

'Goed, ik was ook nooit echt enthousiast over dat gedoe van jullie.'

'Maar het was allemaal vanwege jou, voor jou.'

'Te veel, te veel.'

Zwijgend lopen ze door. De hond volgt, op een vaste afstand. Haar oren zijn op hen gericht.

'En Ilan,' – ze keert terug uit haar overpeinzingen – 'Ilan schrok echt van Adam, van zijn onontwikkelde spraakvermogen, zoals hij het noemde, en begon hem te leren praten, snap je? Op de leeftijd van twee en driekwart kreeg hij een intensieve cursus praten.'

'Hoe dan?'

'Hij praatte gewoon de hele tijd tegen hem. Hij bracht hem 's ochtends naar de speelzaal en praatte over alles wat ze onderweg zagen. Als hij hem weer ophaalde, praatte hij met hem over alles wat er in de speelzaal was gebeurd, stelde vragen en eiste antwoorden, onverbiddelijk. Van de actiegroep Vaders Tegen Stilte.'

Avram lacht stilletjes. Ora bloost: het is haar gelukt.

'Hij praatte tegen hem als hij hem aankleedde en als hij hem naar bed bracht en als hij hem te eten gaf. Ik hoorde hem de hele tijd praten. De hele tijd was er dat lawaai van gepraat in huis, en Adam en ik waren zulk lawaai niet gewend. Het viel ons niet gemakkelijk. Ik weet zeker dat het ook voor Adam niet gemakkelijk was.

Het was niet langer gewoon "dát" met een wijzend vingertje. Nee, het was "deurpost", het was "slot", "planken", "zoutvaatje". De hele tijd hoorde ik op de achtergrond, als een kras in een grammofoonplaat: "Zeg: 'plank'."

"Plank."

"Zeg: 'sprinkhaan'."

"Sprinkhaan."

En hij had gelijk, ik zeg niet dat hij geen gelijk had. Ik voelde ook dat hij

383

het juiste deed en ik zag echt hoe Adams wereld voller en rijker werd, want ineens waren er namen voor de dingen. Wat ik alleen niet, eh... wat ik niet... zie je, ik weet zelf ook niet hoe ik het precies moet zeggen.' Ze lacht en wijst met een scherpe vinger naar haar voorhoofd: '"Dát".'

Ze kreeg wroeging toen ze zag wat voor geweldige dorst, die ze hele- maal niet had vermoed, werd blootgelegd in Adam. Want na een korte periode van shock begon Adam kennelijk te snappen wat Ilan hem bood, en ineens had ze een babbelgraag kind. Ilan – zo legt ze Avram uit – sprak tegen hem zoals je met een volwassene praat. Zowel wat de woor- denschat als wat de toon betreft. Ze luisterde en voelde een steek in haar hart: zakelijkheid en gelijkwaardigheid zaten in de toon waarop hij hem aansprak. In zijn stem was niets te bespeuren van het kinderlijke, pot- sierlijke toontje dat ze kennelijk zelf vaak had aangeslagen als ze met Adam praatte. Er was bijna geen woord dat hij te hoog gegrepen vond in zijn gesprekken met Adam. Zeg: 'associatie'. Associatie. Zeg: 'filosofie', 'Kilimanjaro', 'crème brûlée'.

Ilan legde hem uit dat er synoniemen waren, woorden die hetzelfde betekenden (hij tekende ze ook voor hem, als broertjes die dezelfde tekening omhooghielden), en op zijn derde leerde Adam dat de maan ook Luna heette en de Wachter van de Aarde was, dat je 's nachts het pik- donker ook een dichte of zelfs een Egyptische duisternis kon noemen. Dat Adam kon kopjeduikelen, maar ook kopjebuitelen en een koprol maken (Avram luistert, met een eigenaardige innerlijke glimlach, een beetje trots, een beetje ongemakkelijk). Ilan leerde hem dat de woorden *bejtie* en *chatserie*, in het liedje over hondje Koesji, kort en chic waren voor *ha-bajit sjellie*, 'mijn huis', en *he-chatseer sjellie*, 'mijn erf', waarna ze zich urenlang vermaakten met woorden als *jaldie, arnavo* en *etsbe'oteha*, 'mijn kind', 'zijn konijn', 'haar vingers'.

Af en toe raapte Ora haar moed bij elkaar en kwam in opstand: 'Je richt hem af, je maakt hem tot je speeltje.'

Ilan antwoordde: 'Voor hem is het net als lego, maar dan met woor- den.'

Ze wilde protesteren en zeggen: je bent hem gewoon opnieuw aan het markeren als jouw territorium. Maar het enige wat ze zei, was: 'Hij is er te jong voor, en een kind van zijn leeftijd hoeft nog niet alle possessieve suffixen te kennen.'

Ilan antwoordde: 'Maar kijk hoe hij ervan geniet.'

'Logisch,' zei ze, 'hij voelt aan dat jij ervan geniet, en hij wil bij jou in een goed blaadje komen te staan. Hij doet er alles voor om bij jou in de smaak te vallen –'

('Moet je horen,' opent ze bijna midden in de zin een haakje, 'ongeveer een halfjaar nadat Ilan terugkwam, vroeg Adam een keer waar de man was gebleven die in de keet woonde.'

'En wat was jullie antwoord?' vraagt Avram na een stilte.

'Ik kon gewoon geen woord uitbrengen, en Ilan zei alleen maar: "Hij is weggegaan, hij komt nooit meer terug." Het schoot me ineens te binnen. Waar hadden we het over?')

Ze was zwak. De zwangerschap van Ofer, die gemakkelijk en met een gezond gevoel begon, werd tegen het eind drukkend en ging vergezeld van ellende. Het grootste deel van de tijd voelde ze zich olifantachtig, uitgeteld en lelijk. 'Vanaf de zesde maand,' vertelt ze Avram, 'lag Ofer op een zenuw, die me telkens helse pijnen bezorgde als ik vanuit een zithouding opstond.' De laatste maanden moest ze bijna de hele tijd in een vaste houding blijven liggen, in bed of op de grote leunstoel in de woonkamer, en ze ademde zwaar, voorzichtig – 'ook ademhalen deed me soms pijn.' Dan staarde ze naar Ilan en Adam, die om haar heen bruisten van de intellectuele geestdrift, terwijl zij daar steeds lustelozer werd en in het haar bekende schuilhoekje kroop, waarin ze jaren daarvoor met een soort afgestomptheid en zelfverloochening wegzakte als Avram en Ilan enthousiast voor haar ogen de degens met elkaar begonnen te kruisen.

Ze vond geen manier om hen tweeën ervan te weerhouden zich voortdurend te vermaken met synoniemen, rijm en associatiespelletjes, en vanzelfsprekend was ze ook gevleid toen de peuterleidster het had over de geweldige sprong voorwaarts van Adam, die binnen zo korte tijd als het ware minstens twee jaar vooruit was gegaan, en ook zijn status in de speelzaal was nu veel sterker, hoewel het probleem van zijn broekplassen om een of andere reden juist was verergerd; maar hij wist die ongelukjes nu tenminste te melden, zodat je moeilijk boos op hem kon worden. '"Er is me pipi ontsnapt," zei hij dan,' zo citeert Ora met een scheve mond. 'Wat sta je daar te glimlachen?' vraagt ze geërgerd.

'Ik was aan het denken,' zegt Avram zonder haar aan te kijken, 'dat ik vast hetzelfde had gedaan.'

'Met je eigen kind? Net als Ilan?'

'Ja.'

'Niet dat het nooit door mijn hoofd is gegaan,' merkt ze op, en ze zweert zichzelf de gedachte niet uit te spreken, nooit.

'Wat?'

'Laat zitten, het maakt niet uit.'

'Wat dan?'

'Dat dat is wat hij eigenlijk zocht,' valt ze uit, 'een partner als jij. Iemand met wie hij briljant en scherpzinnig kon zijn.'

Avram zwijgt en windt een pluk van zijn baard om zijn vinger.

'Want ik was niet goed genoeg als vervanging,' grinnikt ze droogjes, 'tenminste niet wat dat betreft. Het lukte me niet en ik heb het ook niet geprobeerd.'

'Maar waarom zou je dat ook moeten?'

'Ilan had het nodig. Ach, wat had hij jou nodig, jou en alles wat jullie samen hadden. En wat voelde hij zich verwelkt zonder jou.'

Avrams gezicht staat in brand, en Ora wordt geplaagd door een plotselinge, knagende gedachte, dat ze misschien helemaal niet had begrepen wat er in die tijd echt in Ilan omging en dat hij misschien geen vervanging voor Avram had gezocht, maar juist zelf had geprobeerd Avram te zijn. Opgewonden versnelt ze haar pas. Misschien deed hij toen uit alle macht zijn best een vader te zijn zoals hij zich Avram voorstelde als vader?

Ze gaan zo op in hun eigen overpeinzingen dat ze worden opgeschrikt door de weg waar ze ineens op uitkomen. Bovendien is de markering van het pad ineens verdwenen, en Ora loopt verder, keert terug, zoekt en wordt teleurgesteld. We hadden het er goed, denkt ze, en wat nu? Hoe komen we naar Jeruzalem?

De weg is niet bijzonder breed, maar veel auto's scheuren wild langs hen heen. Traag en afgestompt zien ze het aan. Graag zouden ze zich nu terugtrekken, naar het rustige, zonnige weiland, of zelfs naar het diepst van het bos en de schaduwen daar. Maar teruglopen is onmogelijk, onmogelijk voor Ora, en Avram is kennelijk ook al door haar aangestoken met die drang voorwaarts. In de war gebracht blijven ze staan, kijken naar rechts en naar links, en trekken hun hoofd terug bij elke passerende auto.

'We zijn net als die Japanners die dertig jaar na afloop van de oorlog uit de bossen opdoken,' sist ze.

'Ik ben er echt zo een,' brengt hij haar in herinnering.

Ze ziet: de weg en de agressie die ervan uitgaat, jagen hem de stuipen op het lijf. Zijn gezicht en zijn lichaam gaan op slot. Ze zoekt de hond. Een paar tellen geleden liep ze nog achter hen, op vaste afstand. Nu is ze er niet. Wat te doen? Teruggaan en haar zoeken? En hoe krijgt ze haar de weg over? Hoe krijgt ze zowel haar als Avram de weg over?

Alleen een kool en een geit ontbreken er nog aan, moppert ze in zichzelf.

'Kom.' Ze komt in actie, want ze weet dat als ze nu niet snel iets onderneemt zijn slapte in haar doordringt en haar verlamt. 'Kom, we steken over.'

Ze pakt zijn hand vast, voelt hoe verslagen en hulpeloos hij is tegenover de weg.

'Als ik het tegen je zeg, rennen we naar de overkant.'

Hij knikt zwakjes. Zijn ogen zijn gericht op de punten van zijn schoenen.

'Je kunt toch wel rennen?'

Ineens verandert zijn gezicht. 'Zeg, wacht even –'

'Strakjes, strakjes.'

'Nee, wacht. Wat je daarnet zei –'

'Let op, na de vrachtwagen. Nu!'

Ze rent de weg op en wordt na een, twee stappen naar achteren getrokken – zijn compacte soortelijk gewicht. Ze werpt snelle blikken naar links en naar rechts. De weg is nog vrij, maar Avram beweegt ongelooflijk traag achter haar. Ze draait zich om en trekt hem met twee handen voort. Een fluorescerend paarse terreinwagen scheurt door de aflopende bocht op ze af en knippert met zijn koplampen. Ze staan bijna midden op de weg en het gaat niet voor- of achteruit, Avram is als versteend. Ze roept zijn naam, trekt aan zijn armen. Ze heeft het idee dat hij tegen haar praat, dat zijn lippen bewegen. De terreinwagen suist boos toeterend voorbij en Ora bidt dat er maar geen auto van de andere kant mag komen. 'Zeg,' mompelt hij telkens weer, 'zeg.'

'Wat?' kreunt ze in zijn oor. 'Wat is er zo dringend op dit moment?'

'Ik, ik,' hakkelt hij, 'wat wilde ik ook weer vragen... wat wilde ik vragen?' Er komt een vrachtwagen aangereden, loeiend met een scheepshoorn, ze staan op zijn rijbaan, Ora trekt Avram naar zich toe, redt hem van de vrachtwagen en blijft verstijfd met hem staan op de witte streep, midden op de weg. Zo gaan ze hier dood, worden overreden als twee jakhalzen, en hij vraagt: 'Ook niemand anders?'

'Niemand anders wát? Waar heb je het over?'

'Over wat jij zei, de vervanging, dat Ilan... dat Ilan die niet had.'

Brullend getoeter schiet voorbij en erdoorheen hoort ze in zijn stem een heel zachte, ontwijkende fluistertoon, als het randje van een kindermouw, dat achter een kast uit piept tijdens een spelletje verstoppertje. Ze staart hem aan – het grote, ronde, door de zon verbrande hoofd, de slierten haar die aan weerszijden ervan groeien, zijn blauwe ogen, waarin de blik nu weer gebroken is als een theelepeltje in een glas – en eindelijk snapt ze wat hij haar vraagt.

Met haar beide handen streelt ze langzaam zijn gezicht, zijn wilde baard, zijn gebroken ogen, wist de weg om hem heen met een veeg uit. De weg kan wachten. Doodkalm zegt ze: 'Wat, wist je dat niet? Kon je het niet raden? Ilan heeft na jou nooit meer een vriend gehad als jij.'

'Ik ook niet,' zegt hij met hangend hoofd.

'En ik ook niet. En nu meekomen, geef me een hand, we steken over.'

'Ik ben in de hel!' schreef hij haar vanuit het kamp van het jeugdbataljon, zeventien was hij toen. 'Op een basis in Be'er Ora, dat ongetwijfeld naar jou is vernoemd. Jij zou hier genoten hebben, we eten zand en geweerolie, en we springen als neergeschoten vogels in een zeildoek. Al jouw favoriete pleziertjes. Ik? Ik neem genoegen met dromen van jou, en falende versierpogingen van jouw plaatsvervangsters in mijn hart. Zo heb ik gisteren ene Atara met de klemtoon op de laatste a op mijn kamer uitgenodigd. Ik koester geen liefde voor haar, zoals je weet, maar ja, a) ze leek me publiekelijk toegankelijk en b) de natuur roept... De smoes (een lage list!) was dat we samen op de radio naar Paul Temple zouden luisteren (*The Vandyke Affair*), maar toen zeiden ze ineens dat het voor meisjes verboden was naar de kamers van de jongens te komen, derhalve bleef ik alleen achter en kwijnde weg in mijn hol, terwijl Ilan met een paar jongens, volgens mij inclusief een aantal meisjes (het is maar dat je het weet), de hort op was, en ze hebben ongetwijfeld ook van alles uitgevreten.'

'Vanochtend, mijn liefste,' schreef hij de volgende dag, 'zijn we om halfzes opgestaan en aan het werk gegaan op een of andere berg: stenen verwijderen, onkruid wieden, terrassen bouwen (stel je je mij daar voor? In mijn blote bast?) Dankzij de snode plannen die ik had uitgebroed, kon het gebeuren dat ik als enige jongen werkte met zeven van jouw sekse-genoten, maar het bleken allemaal koudbillige wijven die vijandig ston-den tegenover de kruidachtige Avram, waar die zich ook bevond. Naast me werkte Roechama Levitov (ik heb je over haar geschreven, we hadden eens een vluchtige, treurige verhouding), zodat ik in de gelegenheid was diep in te gaan op onze relatie, maar uiteindelijk hebben we het zoals gewoonlijk over koetjes en kalfjes gehad (wat dacht je van "kleinspraak" als vertaling van de smalltalk van de Engelsen?), en zij provoceerde me nog door te zeggen dat we altijd kibbelen, ruziemaken en uit elkaar gaan, en dan weer opnieuw beginnen, als een dubbelgrafiek. Ik keek haar aan met een zuivere Jean-Paul Belmondo-blik en gaf geen ant-woord, maar achteraf dacht ik dat het sinds mensenheugenis mijn lot is met meisjes dat me iets niet tot het eindpunt lukt, en ook als het nu en dan gesmeerd loopt met een meisje, komt er altijd een moment dat ze van me schrikt en de benen neemt, of beweert dat ik "te veel" voor haar ben. (Heb ik je verteld over Tova G.? Dat zij, toen we eindelijk in een horizontale situatie waren beland, me meedeelde dat ik "te in-tiem" [??!!] was en toen echt is weggevlucht van het bed?!) Eerlijk ge-zegd, Ora, weet ik niet wat er gestoord aan me is als het om meisjes gaat. Ik zou daar graag een keer in alle oprechtheid en zonder censuur met je over willen praten.

Je Caligula met de eeltige palmpjes, die zich nu naar het avondeten spoedt.'

Ora rommelde in de overvolle schoenendoos, haalde een andere brief uit dezelfde periode tevoorschijn, wierp een blik op Avram, die in het verband en het gips lag, en begon hardop te lezen.

'Mijn Sjejne-Sjejndl,

Weer scheikundeles, en er wordt met alle lof gesproken over een ze-kere endotherme en exotherme activeringsreactie. Ik had een geweldige discussie met de lerares. Het was fantastisch! Ze begon te draaien, toen heb ik de vloer met haar aangeveegd. Ze kroop met de staart tussen de benen (met het pluimpje tussen de pootjes, zo je wilt) de jubelende klas uit, en ik maakte een glorieuze ereronde door het lokaal!!'

Ze wierp een blik op hem. Geen reactie. Achtenveertig uur geleden waren de dokters begonnen hem geleidelijk bij te brengen uit de narcose, maar ook als hij half wakker was, opende hij zijn ogen niet en sprak geen woord. Nu snurkte hij. Zijn mond was wijd open, zijn gezicht en zijn onbedekte schouder zaten onder de etterende open wonden. Zijn linkerarm zat in het gips, ook zijn beide benen. Het rechterbeen was in tractie gelegd en er liepen slangetjes van en naar alle delen van zijn lichaam. Al een paar avonden las ze hem brieven voor die hij haar had geschreven in hun jeugdjaren. Ilan geloofde niet in de werking van deze therapie, maar zij hoopte dat juist zijn eigen woorden erin zouden slagen tot hem door te dringen en zijn spraakvermogen weer op gang te krijgen.

Misschien had het echt geen zin. Met haar vingers zocht ze tussen de brieven en de briefjes. Af en toe trok ze er een tevoorschijn en las eruit voor. Meestal zakte haar stem weg na een paar regels, en dan las ze alleen nog maar met haar ogen, lachte weer en stond er weer van versteld hoe hij op zestienenhalfjarige leeftijd zonder enige remmingen en tot in de sappige details beschrijvingen gaf van zijn ontmoetingen met meisjes – 'maak je niet ongerust, slechts vage kopieën van jou, en alleen maar tot je besluit het lustembargo op te heffen dat je me hebt opgelegd en je helemaal aan me over te geven, inclusief de heilige plaatsen' –, en van zijn falende versierpogingen en miskleunen, vooral van belachelijke, beschamende miskleunen. Ora had nog nooit iemand ontmoet die zo jubelend verslag deed van zijn fiasco's en zijn afgangen. Nadat hij op een avond met Chajoeta Ch. naar de film was geweest, bracht hij haar naar haar huis in de Pattersonstraat, en onderweg trok hij haar een of andere tuin in, waar ze begonnen te flikflooien. Toen hij zijn hand in haar broek stak, hield Chajoeta hem tegen en zei: 'Nee, ik ben vuil,' en Avram, die het niet begreep, werd bijna overweldigd door medelijden met haar. Meteen begon hij haar te troosten en te bemoedigen, en natuurlijk ook te proberen haar ogenblikkelijk te verlossen van die verrassende, heftige zelfhaat, die hij nooit had vermoed bij de lichtzinnige Chajoeta. Hij praatte en Chajoeta hoorde hem minutenlang zwijgend aan, en omdat ze zo stil was, voor het eerst die avond, had Avram het gevoel dat hij eindelijk in de buurt kwam van een of ander zuiver punt in haar cynische, tuttige hart, en toen hij in het vuur van zijn troost helemaal uitkwam bij Gregor Samsa en de gebroeders Karamazov, stuitte Chajoeta zijn woordenvloed, zei dat ze de vuile week had en legde hem met een glimlach uit wat ze precies bedoelde.

Met genadeloze precisie beschreef hij de situatie aan Ora, die uit het diepst van haar hart lachte en terugschreef dat ze een bloedhekel had aan die lelijke uitdrukking inzake de menstruatie, en met zeldzame durf voegde ze eraan toe dat zij als ze ongesteld was – 'een aantal jaren had ik er een bepaald medisch probleem mee, na Ada, maar nu is alles in orde' – zich juist vrouwelijker voelde dan wie ook op de hele wereld. En hij antwoordde meteen, dat haar beslissing hem zoiets te vertellen in feite wilde zeggen dat ze in haar hart al had besloten dat ze uitsluitend en alleen *een* vriendin van hem zou zijn en dat hij voor haar blijkbaar zoiets was als een vriendin van het mannelijk geslacht, en volgens hem had dat besluit eigenlijk al vastgestaan vanaf het begin, toen ze elkaar in het ziekenhuis hadden ontmoet – en hij ging er kapot aan, maar het was blijkbaar zijn lot, zijn eeuwigdurend lot, genoegen te nemen met dat weinige, met de restjes van haar liefde, of van wat voor liefde dan ook.

De kartonnen doos was volgepakt met honderden vellen papier en briefjes, dicht beschreven in zijn gejaagde handschrift, dat soms trilde van een spanning die ook in woorden niet tot ontlading kwam, en doorspekt met krabbels en leuke tekeningen, pijlen, sterretjes en opmerkingen in de kantlijn. Hij liep over van taalvondsten, woordspelingen, trucs en kleine valstrikken, bedoeld om haar aandacht voor alle bijzonderheden en finesses te toetsen. Op de achterkant van de enveloppen las ze: J.Rap & Co, accessoires en hulpmiddelen voor dromen en nachtmerries. Of: Ch. Bovary, farmaceutisch consulent voor hoorndragersproblemen.

Op iedere envelop plakte hij naast de officiële postzegel zijn eigen postzegels, met een tekening van haar en zichzelf, of natuurlijk van haar en Ilan met hun drie, vijf, zeven toekomstige kinderen. Hij knipte voor haar grappige en schunnige stukjes uit bladen, citeerde uit grafschriften op allerlei begraafplaatsen in Jeruzalem ('in smarten nedergelegen,' jubelde hij, 'als op mijn lijf geschreven!') en stuurde ook minutieuze brei-instructies voor een dikke wollen kaboutermuts met een rode kwast, en zijn eigen recepten voor hamansoren, quiches en koekjes, die ze nooit durfde te bakken omdat je het recept maar hoefde te lezen om te zien hoe te veel verschillende en tegenstrijdige smaken met elkaar worstelden.

Avram kreunde in zijn slaap, zijn lippen bewogen. Ora hield haar adem in. Hij mompelde iets onverstaanbaars. Zijn gezicht vertrok van pijn, en hij zuchtte. Zij bevochtigde zijn lippen met een doekje en wiste het zweet van zijn gezicht. Hij kalmeerde.

Hij was begonnen haar te schrijven op de ochtend na hun laatste nacht op de isoleerafdeling. 'Ik voel me alsof we operatief van elkaar zijn gescheiden,' schreef hij. 'Niets is ongeschonden, ik ben een en al wonden, niet verbonden of omwonden, sinds je van me bent weggerukt.' In het ziekenhuis was toen een nieuwe golf gewonden aangekomen, en Ilan, Avram en zij waren naar andere, verschillende ziekenhuizen overgebracht. De eerste drie weken had hij haar adres niet, maar hij schreef haar dagelijks, en toen stuurde hij haar de eerste eenentwintig brieven in een versierde schoenendoos. Daarna bracht hij zes jaar lang een continue stroom voort van brieven van vijf, tien en twintig kantjes, vol limericks, gedichten, citaten en fragmenten van hoorspelen, en ook telegrammen stuurde hij haar – *telekilo's* noemde hij die – en opzetten voor verhalen die hij ooit zou schrijven, met krullerige kanttekeningen en doorhalingen die opzettelijk meer blootgaven dan dat ze verborgen. Zijn hele hart schonk hij haar, en zijn brieven las ze altijd met voyeuristische lust, licht gespannen, met blootgelegde zenuwen, met een bijna fysiek heimwee naar Ada en met een vaag schuldgevoel jegens haar, alsof ze haar verried. De eerste maanden van hun correspondentie opende ze elke brief van hem met een flauw, geringschattend glimlachje in haar mondhoek – een glimlachje dat soms onder het lezen veranderde in een soort vertrokken grijns als voor een huilbui.

In elke brief stopte hij ook iets over Ilan. Om haar nieuwsgierigheid te prikkelen of om zichzelf te kwellen, dat kon ze niet goed uitmaken.

'Vandaag, Ora,' las ze hem op fluistertoon voor en ze boog zich een beetje voorover naar zijn gezicht, met de diepe snee tot op het bot, 'voel ik me eenzaam en verlaten en loop ik rond als *the cat that walked by himself* van Rudyard Kipling (ken je die?). Het enige type dat ik in vertrouwen neem is Ilan, de goede oude, lidloze eunuch. Zoals je weet onderhouden we ons vaak over vrouwenzaken, dat wil zeggen, ik praat, vanzelfsprekend vooral over jou, en Ilan reageert niet, maar juist vanwege zijn stilzwijgen vermoed ik dat hij niet geheel onverschillig tegenover je staat, al is me duidelijk dat hij ten aanzien van jou nog niet heeft ondernomen wat ik in samenspraak met mijn vriend Søren (niet Saniken!) Kierkegaard "de sprong naar de liefde" heb genoemd, hoewel hij anderzijds volstrekt onverschillig blijft voor de hordes brunines en blondettes die hem belagen en bij hem aankloppen (!?). Meestal ben ik het die hem advies geef, gezien zijn gebrek aan ervaring en totale ongelikheid in vrouwenaangelegenheden, en ik doe dat vanzelfsprekend op neutrale wijze, als iemand die er al helemaal buiten staat en geen enkel belang heeft bij het onderwerp, lees (en huiver): jou. Je gelooft niet hoe geestdriftig ik hem ervan probeer te overtuigen dat jij hem bent voorbestemd. Je vraagt vast en zeker waarom ik dat doe. Omdat de volstrekte eerlijkheid me ertoe gebiedt en omdat het me duidelijk is dat zelfs als jij mijn ware bent, ik niet *de ware voor jou* ben. Dat is de bittere waarheid, Ora, en het is de wet van mijn liefde voor jou: alleen hoofdpijn en complicaties bezorg ik je, en daarom, juist omdat ik zoveel om je geef, juist vanwege mijn totale en onzelfzuchtige liefde, moet ik Ilan warm voor je maken, hem de sluier van de ogen nemen en de voorhuid zijns harten verwijderen. Is het niet gestoord van me?

Vooruit, schrijf snel, voor mijn hart gekneusd raakt van heimwee!'

Maar al in het PS van diezelfde brief vertelde hij haar vrolijk over zijn wijdvertakte en onfortuinlijke affaires met andere meisjes, die zoals altijd slechts een goedkoop, toevallig verkrijgbaar surrogaat waren. En die had hij alleen omdat zij er diep in haar hart op stond – daarvan was hij overtuigd – juist te houden van de treurige Ilan met zijn kafkaiaanse levensvreugde, die niet eens bereid was haar bestaan te erkennen, en omdat ze weigerde Avrams wettige echtgenote te worden en met hem een of ander opkamertje (of afkamertje) te betrekken.

De eerste weken antwoordde ze met korte, voorzichtige en beschamend lafhartige brieven. Hij klaagde niet. Geen enkele keer rekende hij haar af op het aantal pagina's of op het gebrek aan inhoud. Integendeel, hij was altijd enthousiast en dankbaar voor elke letter die ze hem stuurde. Daarna begon ze meer te durven. Ze vertelde hem bijvoorbeeld over haar oudere, rebelse broer, de marxist, die haar ouders het leven zuur maakte en alleen maar deed waar hij zin in had – iets waarom ze boos op hem was, maar hem ook benijdde. Ze schreef over haar eenzaamheid tussen haar vriendinnen, over de angsten die ze uitstond voor het begin van wedstrijden. (Aan de lichte atletiek had ze al bijna volledig de brui gegeven en ze concentreerde zich op zwemmen; de overgang tussen het droge en het natte deed haar onmiddellijk goed, en er waren dagen dat ze zich voelde als een fakkel die het water in dook.) En ze schreef hem over Ada, miste haar op schrift zoals ze eerder alleen had gekund toen hij luisterde. Af en toe, eigenlijk in elke brief, lukte het haar niet zich in te houden en vroeg ze hem in een PS Ilan haar hartelijke groeten te doen. Al wist ze dat het hem pijn deed, ze kon het niet laten, en in de volgende brief slaagde ze er weer niet in zich te beheersen en informeerde ze of hij hem inderdaad haar groeten had overgebracht.

Over haar briefwisseling met hem, over deze nieuwe vriendschap, en ook over haar gekmakende hartzeer als ze aan Ilan dacht, vertelde ze geen van haar vriendinnen. Sinds haar terugkeer uit het ziekenhuis in Jeruzalem wist Ora dat wat haar in die nachten was overkomen te dierbaar en zeldzaam was om aan vreemdelingen prijs te geven, en dat gold des te meer voor wat haar nu met hen overkwam, met hen allebei. In dat tweevoud school een mysterie dat ze niet eens probeerde te ontraadselen; het had haar plotsklaps getroffen, als de bliksem of een ongeluk, waarna haar niets anders restte dan te wennen aan de gevolgen van die voltreffer. Maar van dag tot dag kwam het voor haar duidelijker en onwrikbaarder vast te staan dat ze hen beiden nodig had. Samen waren ze voor haar van levensbelang, als twee engelen die uiteindelijk één missie uitvoerden: Avram, die in haar hele wezen, tot aan het laatste haarvat, was gedrongen en aan wie niet te ontkomen viel, en Ilan, met zijn totale afwezigheid.

Bijna zonder dat ze het merkte werden haar brieven aan Avram een soort dagboek dat ze hem in bewaring gaf. Maar omdat ze hem niet kon schrijven over haar gemis van Ilan, dat haar dag en nacht plaagde, of over de lichamelijke verlangens die ineens in haar waren ontvlamd, schreef ze over andere dingen. Meer en meer vertelde ze over haar ouders, vooral haar moeder, hele vellen schreef ze vol over haar. Ze had nooit gedacht dat ze zoveel over haar te spuien had. In het begin was ze, als ze overlas wat ze had geschreven, geschokt over haar eigen trouweloosheid jegens haar moeder, en toch kon ze het hem niet onthouden. In elk geval had ze het rare gevoel dat hij alles over haar wist, ook wat ze voor hem verborgen zou proberen te houden. Ze vertelde hem over de eeuwige, uitputtende inspanning die het haar kostte om altijd maar weer te gissen naar de reden voor de kwade buien van haar moeder, of voor de verhulde verwijten die in huis in de lucht hingen als een dicht traliewerk waaraan niet viel te ontsnappen. Ze verklapte hem het diepste familiegeheim over de aanvallen van haar moeder, die zich eens in de zoveel dagen opsloot in haar slaapkamer en zichzelf hardhandig sloeg. Ora had het bij toeval ontdekt op haar tiende, toen ze zich zoals wel vaker had verstopt tussen het beddengoed in de linnenkast van haar ouders. Ze zag haar moeder snel binnenkomen en de deur op slot doen, waarna ze zich in stilte begon te slaan en haar nagels over haar buik en borst begon te halen, en toen riep ze op fluistertoon uit: 'Stuk vuil, stuk vuil, zelfs Hitler wilde jou niet hebben.' En op dat moment besloot Ora dat zij later een fantastisch gezin zou krijgen. Het was een resolute, rotsvaste beslissing en geen voorstelling die kleine meisjes zich wel vaker maken. Voor Ora was het een levensbeslissing: ze zou een eigen gezin hebben, met een man en kinderen, twee, niet meer, en in hun huis zou overal licht schijnen, altijd, tot in de verste hoeken. Ze zag het echt voor zich, een huis dat baadde in het licht en vrij was van schaduw, waarin zij, haar man en haar twee kleine kinderen vrolijk rondliepen, doorzichtig en openlijk, opdat niemand daar ooit voor *zulke* verrassingen kwam te staan. En zo dacht ze er ook nog over op haar vijftiende en op haar twintigste. Dat er voor haar tussen alle mensen van de wereld, tussen al die mysterieuze, onverwachte vreemdelingen, ten minste een zou zijn – of twee of drie – die ze echt zou kunnen kennen.

Brief na brief zag ze hoezeer vage, bedrukkende zaken haar duidelijker werden als ze zo op papier stonden, en het verbaasde haarzelf ook een beetje dat ze zo helder en nauwkeurig kon schrijven; ze had tenslotte altijd gedacht dat ze vooral goed was in luisteren naar degenen die echt goed waren met de pen. Daarna begon ze het gevoel te krijgen dat ze wilde schrijven, móest schrijven, net zoals ze wilde dat hij las wat ze te zeggen had en dat hij haar nog eens en nog eens zou zeggen wat hij in haar zag.

'En doe Ilan mijn hartelijke groeten.'

Op een keer schreef hij: 'Je bent mijn eerste liefde.'

Ze bleef twee weken lang stil. Daarna schreef ze hem dat ze nog niet bereid was over liefde te spreken. Dat ze naar haar gevoel beiden te jong en nog niet rijp waren, en dat ze hoe dan ook nog een paar jaar wilde wachten met alle gedoe van liefde. Hij zei dat hij, nu hij het haar uitdrukkelijk had geschreven en het aan Ilan had verteld, er volkomen zeker van was, van zijn liefde voor haar, en dat zijn lot in haar handen lag. Hij had een gefrankeerde retourenvelop bijgevoegd. Zij verzocht hem in alle toonaarden op te houden over zijn liefde voor haar, want het bracht nervositeit en ongezonde gevoelens in hun mooie, zuivere relatie. Hij antwoordde: 'a) liefde is volgens mij het gezondste, mooiste en zuiverste gevoel dat er bestaat, en b) ik kan niet meer ophouden over mijn liefde voor jou, mijn liefde voor jou, mijn liefde voor jou,' en zo ging hij verder en vulde de hele bladzijde.

HET WAS GEEN LIEFDE OP HET EERSTE GEZICHT, schreef hij haar in een telegram dat hij een paar uur na de brief verstuurde – en dat een week eerder aankwam –, WANT IK HIELD TENSLOTTE AL LANG DAARVOOR VAN JE STOP VOOR IK JE LEERDE KENNEN STOP OOK RETROACTIEF STOP ZELFS AL VOOR IK BESTOND STOP WANT IK BESTA PAS ECHT SINDS IK JOU HEB ONTMOET STOP. Ze stuurde hem een korte brief terug: ze vond het moeilijk met hem te blijven corresponderen, ze had een periode met een hoop tentamens en wedstrijden, en ze had het erg druk. Als bewijs sloot ze een artikel bij uit de *Ma'ariev voor de jeugd*, over een wedstrijd hoogspringen in het Wingate-instituut, waaraan ze had meegedaan. Hij retourneerde haar brief, samen met de as van het knipsel, en liet drie weken lang niets van zich horen. Ze werd bijna gek van het wachten, tot hij weer begon te schrijven, alsof er niets was gebeurd:

'Gisteren was ik op een jazzavond met Ilan zaliger, God hebbe zijn ziel (die je wonderlijk genoeg dit keer de groeten doet; hij probeert de hele tijd onder mijn hand te gluren naar wat ik je aan het schrijven ben, ook al blijft hij stellig beweren dat hij niet in je geïnteresseerd is!). Om kort te gaan, we waren gisteravond in de Poes-Poes. Het was heel, heel fantastisch. Ik had er tal van belevenissen met allerlei lieftallige deernen, die blikken met me wisselden, maar helaas geen telefoonnummers. Op de klanken van de muziek lukte het me een aantal van de meningen over meisjes, die ik de laatste tijd voor mezelf verzamel, te verenigen tot stevige, interessante theorieën over meisjes, en vooral over jou: ik denk dat je uiteindelijk je Lot niet met dat van mij zult verbinden, maar met dat van een ander haantje, Ilan of Ilan-achtig, het gaat maar om het principe, zo een die je ongetwijfeld niet zal doen schuddebuiken van het lachen, zoals ik, die je niet gek zal maken met zijn snedigheden, zoals ik, en die je lijf en leden niet zal doen sidderen van genot, zoals ik, maar ja, hij is mooier, veel mooier, rustiger, stabieler en vooral *begrijpelijker* voor jou dan ik (en ook je moeder zal op het eerste gezicht van hem gaan houden, daar twijfel ik niet aan!). Ja, ja, trouweloze Ora, dit soort dingen kwamen in mij op toen ik daar zat in die kleine, vochtige kelderruimte in de geur van de hasjiesj (!!!), tussen de engelen die op en neder klommen langs de harmonische toonladders van Mel Keller, en nu ben ik de draad van mijn gedachten kwijt...

O ja: dat je uiteindelijk voor de rest van je leven een stel zult vormen met een of ander beeldschoon alfamannetje met een ernstig gezicht en grijze slapen, zo een die je misschien niet weet te vragen of je het in je stomachale contreien voelt woelen bij de aanblik van een mooie zons-ondergang of bij het lezen van een van Avidans liploze kraangedichten, maar je toekomst aan zijn zijde zal veilig en tot in de eeuwigheid gega-randeerd zijn. Want ik heb zo het vermoeden, mijn Lot, mijn dubbele Lotje, dat er diep binnen in je verlichte, schone ziel (die mij zeer lief is, dat hoef ik je niet te zeggen) een heel klein, onverlicht hoekje te vinden is (zoals soms in een kruideniersszaak, waar de oude conservenblikjes staan?) van burgerlijkheid, en zelfs van een beetje – neem me niet kwa-lijk – bekrompenheid als het gaat om zaken van liefde, van ware liefde, bedoel ik. Daarom zul je waarschijnlijk kiezen zoals je zult kiezen en mij voor de rest van mijn leven in het ongeluk storten. Daaraan (aan dat ongeluk dat mij van jou te wachten staat) twijfel ik geenszins, en ik be-schouw het al volkomen filosofisch als een vaststaande toestand, als een soort chronische ziekte waar ik mijn hele leven last van zal hebben, en daarom kun je ophouden telkens zo hysterisch te reageren als ik het erover heb!

Op de terugweg van het jazzconcert sprak ik erover met de langbenige (en niet alleen langbénige...) Ilan. Ik legde hem mijn theorie over jou en hem voor, en natuurlijk beklaagde ik ook mijn bittere lot, dat ik ertoe ver-oordeeld ben de slaaf te blijven van een vrouw die haar neus ophaalt voor het geschenk van mijn liefde en ik mijn hele leven lang genoegen zal moeten nemen met goedkope surrogaten. Ilan stak me als gewoonlijk een hart onder de riem, zei dat je misschien van mening zou veranderen en volwassen zou worden, en kraamde meer van zulke domme woorden van troost uit. Ik legde hem weer uit waarom hij naar mijn mening veel geschikter voor jou was dan ik, als alfamannetje etc., en dat ik alleen voor hem bereid was mijn plek in jouw hart te ontruimen, waaraan ik me nog altijd uiterst pathetisch vastklamp met mijn nagels. Voor de zoveelste keer zei hij dat jij zijn smaak niet was en dat hij je eigenlijk helemaal niet kende, en opnieuw zei hij dat hij die ene nacht in het ziekenhuis, toen we met zijn drieën hebben gepraat, volledig van de wereld was. Maar mij stelde dat niet gerust, want ik voel wel degelijk dat er tussen jullie iets is voorgevallen, iets sterks, misschien juist door zijn en ook jouw versuft-heid. Daar is iets gebeurd, en ik ga er kapot aan dat je niet bereid bent mij dat te bevestigen of het te ontkennen. Het is alsof jullie twee ergens sa-men waren op een plek waar het mij niet lukte binnen te komen (wat me kennelijk nooit zal lukken), en ik kan me alleen maar opvreten van spijt dat het jou niet met mij is gebeurd, die openbaring van de liefde (want liefde is een openbaring!!), per slot van rekening was ik er zo dicht bij (godverdegodver, brieste de verslagen Avram, kokend van woede). Het is ook iets wat ik vrij vaak meemaak in mijn leven, dat "bijna". Ik hoop alleen dat het niet de hoofd-dieptenwet van mijn leven wordt, de hoofdwet van alle hoofd-dieptenwetten van mijn leven.

Je in smarten nedergelegene.'

Toen slaagde ze er eindelijk in zich over haar lafhartigheid en verlam-mende verwarring heen te zetten en vertelde hem in eenvoudige be-woordingen, die steeds ingewikkelder werden, dat ze inderdaad dacht dat ze verliefd was, maar tot haar grote spijt niet op hem, en hopelijk ver-gaf hij het haar, het was iets wat buiten haar beslissingsbevoegdheid viel. Ze mocht hem heel graag en hield van hem als van een broer, zou hem altijd graag blijven mogen en van hem blijven houden, maar volgens haar had hij haar niet echt nodig – hier begon haar hand onbesuisd te trillen, tot haar eigen verbazing; de pen sprong over het papier, als een paard dat zijn ruiter probeerde af te werpen –, want hij had een zo rijk en vol innerlijk leven en was duizend keer slimmer en diepzinniger dan zij. Ja, ze wist zeker dat hij, als hij aan het idee was gewend, vele andere geliefden zou krijgen, daar was ze echt van overtuigd, geliefden die ook veel beter bij hem zouden passen dan zijzelf, terwijl de jongen van wie zij hield haar nodig had, volgens haar, 'als lucht om te ademen,' schreef ze, 'en sorry, maar in dit geval is het helemaal geen cliché. Zo voel ik het echt.' Ze voegde eraan toe dat ze al een aantal maanden, eigenlijk bijna een jaar, met deze liefde in haar maag zat en dat ze er gek van werd, want het was haar volkomen duidelijk dat die liefde volstrekt onlogisch en kansloos was, en wist ze maar waarom het haar was overkomen, enzo-voorts enzovoorts.

Avram stuurde een telegram: KEN IK HEM VRAAGTEKEN IS HET ILAN VRAAGTEKEN ZEG ME ZIJN NAAM EN IK VERMOORD HEM UITROEP-TEKEN.

Toen ze hem na weken van ondervragingen en smeekbeden bevestigde dat ze verliefd was op Ilan, werd hij bijna krankzinnig. Een week lang kon hij geen hap door zijn keel krijgen, verschoonde zijn kleren niet en liep hele nachten huilend over straat. Al wie hij tegenkwam, vertelde hij over Ora en legde hij kalm en afgemeten uit waarom hetgeen was gebeurd onvermijdelijk en zelfs noodzakelijk en gewenst was, vanuit evolutionair en esthetisch gezichtspunt en vanuit vele andere gezichtspunten. Hij had het geheim vanzelfsprekend direct verklapt aan Ilan, en die zei weer dat hij geen enkele interesse had in Ora, stak de draak met het gestoorde idee van haar dat hij haar nodig zou hebben 'als lucht om te ademen' – 'Schreef ze dat echt?' vroeg hij Avram verwonderd en een beetje geschrokken. 'Heeft ze dat over mij gezegd?' – en hij beloofde Avram dat hij nooit zou proberen het met haar aan te leggen.

'Niet op mijn initiatief, tenminste,' voegde hij er zwakjes aan toe.

De volgende dag klom Avram tijdens de pauze van tien uur in de reusachtige pijnboom op het schoolplein, maakte een toeter van zijn handen en deelde de tientallen scholieren en leraren mee dat hij had besloten van zijn lichaam te scheiden. Hij was van plan voortaan een strikte, absolute scheiding tussen zichzelf en zijn lichaam te creëren, en om zijn onverschilligheid tegenover het lot van zijn verse ex te bewijzen, sprong hij en viel te pletter op het asfalt.

'Ik houd nu zelfs nog meer van je,' schreef hij haar de volgende dag vanuit het ziekenhuis, met zijn linkerhand. 'In de seconde dat ik sprong, begreep ik dat mijn liefde voor jou een natuurwet voor me is, een grondregel, een axioma, of zoals onze Arabische neven het zeggen: *min albadiehiejaat.* Het maakt niet uit wat jouw objectieve situatie is. Het maakt zelfs niet uit of je me haat of op de maan woont, en ook niet of je – god verhoede – een geslachtsveranderende operatie ondergaat. Ik zal altijd van je houden. Het is niet te verhelpen en ik kan er niets tegen doen, behalve dat ik sneuvel/word opgeknoopt/verbrand/verdrink, of dat er op enig andere wijze een einde komt aan het rare levensverhaal dat 'Het leven van Avram' heet.

Ze schreef hem dat het vreselijk was dat ze allebei zo leden onder een onbeantwoorde liefde, en ze verzekerde hem opnieuw dat ze, ook als ze niet van hem hield op de manier die hij wilde, nog steeds het gevoel had dat ze voor altijd zijn boezemvriendin zou blijven en dat ze zich geen voorstelling kon maken van een leven zonder hem. En zoals de laatste tijd in elk van haar brieven, kon ze zich niet inhouden en vroeg naar Ilan, hoe Ilan had gereageerd op zijn sprong uit de boom en of Ilan bij hem op bezoek kwam in het ziekenhuis. Volkomen tegen haar eigen wil in, tegen haar karakter en haar elementaire fatsoen, tegen alles waar ze voor hoopte te staan, verloor ze zichzelf vervolgens in bladzijdenlange veronderstellingen over Ilans stille verlangens, remmingen en aarzelingen, en telkens weer vroeg ze Avram waarom het volgens hem in godsnaam was gebeurd dat zij verliefd was geworden op Ilan. Per slot van rekening kende ze Ilan helemaal niet, en alles wat haar nu al een jaar (min een maand en eenentwintig dagen) met hem overkwam, was alsof een vreemde de macht had gegrepen over haar ziel en haar dicteerde wat ze voelde.

'Het is juist ontzettend simpel,' antwoordde Avram venijnig. 'Het is als een vergelijking met drie factoren: een brand, een te redden vrouw en een brandweerman. Waar denk je dat de vrouw voor kiest?'

Over elke brief bracht Avram nu nauwgezet verslag uit aan Ilan, die schouderophalend luisterde. 'Schrijf haar iets,' smeekte Avram, 'ik kan er niet meer tegen dat ze me ermee kwelt.' Ilan herhaalde voor de duizendste keer dat hij geen enkele interesse in Ora had en dat hij walgde van meisjes die zo achter hem aan liepen. Het probleem was dat Ilan in geen enkel meisje geïnteresseerd was. Meisjes zwermden om hem heen, maar geen van hen kon echt zijn enthousiasme wekken. Met elk afspraakje en iedere poging werd hij triester en lustelozer. Misschien moet ik eigenlijk homoseksueel worden, zei hij op een avond tegen Avram, toen ze onderuitgezakt in de grote, zachte kussens van Jan's Tea House in Een Karem hingen, en ze verstijfden beiden toen ze expliciet het woord uitgesproken hoorden worden dat al een tijdje tussen hen in de lucht had gehangen. 'Maak je geen zorgen,' voegde Ilan er sip aan toe, 'je bent mijn type niet.' In Avrams broekzak zat Ora's laatste brief, waarover hij Ilan niet durfde te vertellen. 'Ik denk weleens,' schreef ze, 'dat hij zich nu in de toestand bevindt waarin ik ongeveer een jaar geleden zat, tot ik jou (en hem) tegenkwam in het ziekenhuis. Want ik ging echt slapend door het leven en was bang mijn ogen te openen. En nu, hoeveel pijn het ook doet dat hij me negeert, heb ik toch het gevoel dat ik weer tot leven ben gekomen, en dat ook in hoge mate dankzij jou (of eigenlijk vooral dankzij jou). Ik zal je ook verklappen dat ik hem soms echt uit de grond van mijn hart toewens dat hij eindelijk eens verliefd wordt op een (ander) meisje, al weet ik dat het me erg, erg pijn zal doen, of zelfs dat hij verliefd wordt op een jongen (lach niet, soms denk ik echt dat dat is wat hij misschien nodig heeft, maar dat hij dat niet eens durft te begrijpen; soms denk ik trouwens dat *jij* het bent op wie hij een beetje verliefd is, jawel...), en zelfs zoiets zou ik van hem kunnen accepteren, zolang hij het maar een beetje naar zijn zin heeft en wakker wordt uit die slaap van hem, waarover ik me doodongerust maak. Och, Avram, wat zou ik zonder jou moeten?

Je kruidenierster...'

Ze schrok wakker. In de kamer was het donker (misschien was er een verpleegster binnengekomen en had die gezien dat ze sliep en het licht uitgedaan), en alleen de spiralen van het elektrische kacheltje gloeiden rood op. Op haar schoot lag nog altijd de laatste brief die ze hem had voorgelezen. Ilan had kennelijk gelijk. Geen spoor van een uitdrukking trok door zijn gezicht als ze hem zijn brieven voorlas. Het brak alleen haar eigen hart. Ze stopte de brief terug in de schoenendoos, rekte zich langdurig uit en hield er ineens mee op: zijn ogen waren open. Hij was wakker. Ze had het idee dat hij naar haar keek.

'Avram?'

Hij knipperde met zijn ogen.

'Zal ik het licht aandoen?'

'Nee.'

Haar hart begon te bonzen. 'Je bed opmaken?' Ze stond op uit de stoel. 'De verpleegster roepen om het infuus te vervangen? Staat de kachel zo goed voor je?'

'Ora –'

'Wat? Wat?'

Hij ademde zwaar. 'Wat is er met me gebeurd?'

Ze knipperde snel met haar ogen. 'Alles komt goed.'

'Wat is er gebeurd?'

'Wacht even,' mompelde ze, en ze trok zich terug door met haar lichaam een rare draai te maken naar de deur, 'ik ben zo bij je terug met –'

'Ora,' fluisterde hij in zo diepe nood dat ze zichzelf tegenhield, terugkwam en vlug haar ogen droogde.

'Avram, Avram,' zei ze verwonderd en ze genoot van de articulatie van de naam in haar mond.

'Waarom ben ik zo?'

Ze ging naast hem zitten, haar hand streelde de lucht boven zijn arm in het gips. 'Herinner je je dat het oorlog was?'

Zijn borst zakte in en er ontsnapte een doordrenkte, zware zucht uit zijn mond. 'Ben ik gewond geraakt?'

'Ja, zo kun je het zeggen. Nu moet je een beetje rusten. Niet praten.'

'Een landmijn?'

'Nee, het was geen –'

'Ik was *bij hen*,' zei hij langzaam. Daarna zakte zijn hoofd een beetje opzij en verzonk hij in slaap.

Ze overwoog op een draf een dokter te gaan halen en hem te vertellen dat Avram weer praatte, of Ilan te bellen en hem met het goede nieuws te verblijden, maar ze durfde hem geen moment alleen te laten. Ze had iets gezien in zijn gezicht wat haar opdroeg stil naast hem te blijven zitten wachten op hem, hem te beschermen tegen wat hij zou begrijpen als hij wakker zou worden.

Met piepende, gebarsten stem vroeg hij: 'Is hier verder nog iemand?'

'Alleen jij. En ik.' Ze onderdrukte een glimlach. 'Je hebt een privékamer.'

Hij verwerkte de informatie.

'Zal ik een dokter roepen? Misschien een verpleegster? Je hebt hier een bel boven het...'

'Ora.'

'Ja.'

'Hoe lang ben ik..?'

'Hier? Ongeveer twee weken. Iets langer.'

Hij sloot zijn ogen. Probeerde tevergeefs zijn rechterarm te bewegen. Kromde zijn hals en keek naar het kluwen van draden en slangetjes die uit zijn lichaam voortsproten.

'Ze hebben je een paar... behandelingen,' mompelde ze, 'kleine ingrepen, alles komt goed. Over een paar weken ren je alweer –'

'Ora,' kapte hij haar moeizaam af en bevrijdde hen beiden van haar geveins.

'Zal ik iets te drinken voor je halen?'

'Ik... ik herinner me een aantal dingen niet.' Zijn stemgeluid was angstaanjagend, hortend en ongemakkelijk, alsof het uit een kromme tube werd geperst.

'Je geheugen komt geleidelijk aan terug. De dokters zeggen dat je je alles zult herinneren.' Ze sprak snel en te hard, en haar toon was te opgewekt. Hij haalde traag een hand over zijn gezicht. Raakte met een verbaasde vinger zijn gebroken tanden aan. 'Dat wordt in orde gemaakt, maak je geen zorgen,' zei ze meteen, en ze hoorde het zichzelf zeggen – een makelaarster, erop gebrand een weifelachtige huurder ervan te overtuigen dat het voor hem loont de bouwval te blijven huren. 'En de elleboog wordt ook in orde gemaakt,' voegde ze eraan toe, 'net als de breuken hier, in de vingers, en de enkels.'

Ze dacht aan de sprong uit de pijnboom en vroeg zich af of zijn scheiding van zijn lichaam hem op een of andere manier had geholpen toen ze hem daar folterden. Niet voor het eerst dacht ze erover na dat alle dingen bij hem uiteindelijk diep vanbinnen met elkaar samenhingen en wetten werden: de dieptenwetten van Avram. En ze herinnerde zich dat ze hem altijd zei dat hij een soort magneet was voor ongelooflijke gebeurtenissen en wonderbaarlijke aaneenschakelingen van toeval, maar misschien was hij die gave nu ook kwijt, en wie weet wat hij nog meer kwijt was, dingen waar zelfs geen namen en woorden voor bestonden, die haar en hemzelf slechts heel langzaam duidelijk zouden worden.

'Alles komt goed,' zei ze, 'ze willen eerst de grote, dringende zaken afhandelen,' – ze toverde een scheve, verontschuldigende glimlach op haar lippen – 'en daarna doen ze de cosmetische dingetjes, en dan doen ze ook je mond. Dat is dan niets meer, een peulenschil.'

Ze had het idee dat hij haar helemaal niet hoorde. Dat het hem niets meer kon schelen wat ze met hem deden. Ze bleef prietpraat uitstrooien, ze had zichzelf niet in bedwang, vanwege de gedachte aan wat hij misschien was kwijtgeraakt en wat daarmee verloren was gegaan, dingen die ze niet had durven overpeinzen in de weken dat ze aan zijn bed had gezeten en die ineens uit haar losbarstten. En dan te bedenken dat Avram het zelf misschien nog niet begreep, dat het nog ten volle tot hem zou moeten doordringen.

'Wat voor maand is het?'

'Het is januari.'

'Januari...'

'1974,' voegde ze eraan toe.

'Winter.'

'Ja, het is winter.'

Hij trok zich terug in zichzelf. Verzonk in gedachten of viel in slaap, ze wist het niet. Uit een van de kamers, misschien de brandwondenkamer, klonk pijnlijk gejammer.

'Ora, hoe ben ik teruggekomen?'

'Met het vliegtuig. Weet je het niet meer?'

'Echt?'

'Jullie zijn met het vliegtuig daarvandaan gekomen.' Ik hou het niet vol, dacht ze, ik ga kapot aan dit gesprek.

'Ora –'

'Ja, wat?'

Ze zag dat hij zijn ogen opensperde. Een koude, eigenaardige vonk schoot eruit. 'Is er... Is Israël er nog?'

'Is wat er nog?'

'Doet er niet toe.'

Ze begreep het niet. Daarna voelde ze het speeksel in haar mond opdrogen. 'Het is er nog. Ja. Natuurlijk. Helemaal. Alles is zoals het was, Avram. Wat, dacht je soms dat we al –'

Zijn borst ging snel op en neer onder de dekens. Het spiraalkacheltje, dat was geluwd, begon weer te gloeien. Ze staarde naar zijn vingertoppen, naar het blootliggende vlees dat niet meer door nagels werd bedekt. Nu hij daarvandaan is gekomen, dacht ze, zouden ze elkaar nooit meer echt ontmoeten. Ze had hem voorgoed verloren.

Hij sliep weer in, woelde en schreeuwde in zijn slaap van de pijn. Het was nauwelijks te verdragen. Hij vocht met een onzichtbare tegenstander, en toen barstte hij uit in een zwakke, smekende huilbui. Ineens plukte ze een vel briefpapier uit de doos en begon hardop en met toewijding te lezen, alsof ze een gebed uitsprak. 'Gisteren ben ik met mijn moeder een jurk voor haar gaan kopen. Ik geef haar altijd raad in zulke dingen. In warenhuis Schwartz zag ik een heel mooie jurk voor jou, groen, zonder mouwen en smaller dan smal, zo een die nauw om je ranke figuur zal sluiten, en het voornaamste is: met een lange, goudkleurige rits van boven tot aan... beneden!' Avram kreunde en stuiptrekte, en Ora las hem in ijltempo en bijna zonder adem te halen de domme, wonderbaarlijke regels voor, die van zo ver waren gezonden, als het licht van een gedoofde ster. 'Aan de bovenkant zit een grote ring waarmee je de rits opentrekt, en wat de gedachten nog meer prikkelt is het feit dat die treksluiting aan de voorkant (!!!) zit, net als in een film die ik heb gezien, met Elke Sommer die hem heel langzaam opentrok tot aan de navel, het was erg hartverwarmend (gekreun, gekreun in het publiek!) Om kort te gaan: 49,75 Israëlische pond en de jurk is van jou.'

Uren gingen voorbij.

'De oorlog,' mompelde Avram in een van die uren.

'Ja, het is oké,' zei Ora, die wakker werd uit een vluchtige droom. Ze nam een slok water en wreef in haar gezicht.

'Wat?' hijgde Avram zwakjes.

'De oorlog is afgelopen,' zei ze. Om een of andere reden had ze het gevoel dat ze met het uitspreken van die woorden was toegetreden tot een eeuwenoude dynastie van vrouwen, dat ze een zekere tree was gestegen. Meteen daarna vond ze zichzelf dom: misschien had hij haar willen vragen *hoe* de oorlog was afgelopen, wie er had gewonnen, maar toen ze naar hem keek, kon ze zichzelf er niet toe brengen te zeggen dat we gewonnen hadden.

'Hoe lang was ik –'

'Daar? Anderhalve maand. Iets langer.'

Hij kreunde van verbazing.

'Dacht je korter?'

'Langer.'

'Je hebt veel geslapen na je terugkomst. Een deel van de tijd ben je ook onder narcose geweest.'

'Narcose...'

'Je krijgt nu allerlei medicijnen, later stoppen ze daarmee, geleidelijk aan.'

'Medicijnen?'

Het gesprek kostte hem zoveel inspanning dat hij weer in slaap viel. Hij maakte af en toe een geluid alsof hij stikte en hij bewoog zich rusteloos. Ze had constant het idee dat hij met iemand vocht die hem probeerde te wurgen.

De teruggekeerde krijgsgevangenen kwamen de vliegtuigtrap af. Sommigen liepen op eigen kracht. Anderen hadden hulp nodig. Op het vliegveld was het een drukte van belang. Soldaten, journalisten en fotografen uit de hele wereld, medewerkers van het vliegveld die waren samengestroomd en juichten voor de thuiskomers, ministers en parlementsleden die bij hen probeerden te komen om ze voor het oog van de camera's de hand te schudden. Alleen de familie van de krijgsgevangenen was uitdrukkelijk te verstaan gegeven niet naar het vliegveld te komen en thuis op hun dierbaren te wachten. Omdat Ora en Ilan geen familieleden van Avram waren, wisten ze niet van het verbod naar het vliegveld te komen. Ze wisten ook niet dat Avram gewond was. Ze wachtten en zagen Avram niet het vliegtuig uit komen. De krijgsgevangenen, met geschoren hoofd, trokken op rubberschoenen zonder sokken voorbij en keken met een soort doffe verbazing naar het publiek. Een officier van de contraspionage vergezelde een krijgsgevangene met een afgeplakt oog en las hem hardop voor van het vel papier in zijn hand: 'Hij die inlichtingen verstrekt aan de vijand wordt gestraft met...' Een lange krijgsgevangene die op een kruk hinkte, vroeg luidkeels aan een van de journalisten of het waar was dat het ook met Syrië oorlog was geweest. Ilan ontdekte ineens dat aan de achterkant van het vliegtuig soldaten brancards naar buiten droegen. Hij pakte Ora's hand en ze holden ernaartoe. Niemand hield ze tegen. Ze renden rond tussen de gewonden, maar vonden Avram niet. Ze bleven staan en keken elkaar verschrikt aan. Daarna werd nog een laatste brancard uit het vliegtuig gedragen. Een team van artsen en hospitaalsoldaten kwam mee, en de stang van een infuusstandaard en allerlei buizen en slangen staken uit hun midden omhoog en werden meegedragen. Ora wierp een blik en voelde de grond onder haar voeten wegzakken. Ze zag een groot, rond hoofd – van Avram, zonder enige twijfel – heen en weer schudden, met een zuurstofmasker op zijn gezicht. Hij was kaalgeschoren en zijn hoofd zat ook gedeeltelijk in het verband, maar dat was losgeraakt door het geschud en ontblootte zo glinsterende wonden, als opengesperde monden. Ze zag dat de dragers van de brancard hun hoofd hadden afgewend en dat ze door hun mond ademden. Ilan rende al naast de brancard en keek af en toe naar de gewonde, en Ora volgde zijn gelaatsuitdrukkingen en wist dat het er slecht voor stond. Ilan hielp de brancard in de ziekenwagen tillen en probeerde bij de gewonde in de auto te klimmen, maar werd hardhandig weggeduwd. Hij schreeuwde, protesteerde en zwaaide met zijn armen, maar de soldaten verwijderden hem. Ora stapte naar voren, zei kalm en op krachtige toon tegen een oude medisch officier: 'Ik ben de vriendin.' Meteen stapte ze in en ging naast de brancard zitten, bij de dokter en de verpleegster. De dokter stelde Ora voor naast de chauffeur plaats te nemen. Ze weigerde. De chauffeur zette de sirene aan, en door het raampje zag Ora de snelweg en de auto's die ze inhaalden, de mensen die erin zaten, alleen of met zijn tweeën, en soms hele gezinnen, en ze dacht dat het leven dat ze tot nu had geleid, was afgelopen. En nog steeds keek ze niet rechtstreeks naar Avram.

De verpleegster gaf haar een stoffen mondkapje tegen de geur. De arts en de verpleegster begonnen Avram uit te kleden. Zijn borst, buik en schouders waren bedekt met open, ontstoken zweren, diepe wonden, bloeduitstortingen en rare snijwonden met dunne wondranden. Zijn rechtertepel zat niet op de goede plaats. De dokter legde zijn gehandschoende vinger op elke en iedere plek en dicteerde de verpleegster op een en dezelfde toon: 'Open breuk, kneuzingen, snijwond, oedeem, striemen, stroomstoten, beknelling, brandwond, vastbinding, infectie. Ook controleren op malaria,' ging hij door op dezelfde toon, 'controleren op schistosomiasis. Moet je dit zien, hier, de plastisch chirurgen kunnen straks hun lol op.'

Hij en de verpleegster draaiden Avram op zijn buik en ontblootten zijn rug. Ora wierp een blik vanuit haar ooghoek en zag een borrelende hoop rauw vlees, rood, geel en paars. Haar maag keerde zich om. De stank was niet te harden. Ook de dokter hield zijn adem in, en zijn bril besloeg. Hij ontblootte Avrams billen en haalde diep adem. 'Beesten,' mompelde hij. Ora keek uit het raampje en huilde, zonder geluid en zonder tranen. De dokter dekte Avrams achterwerk af en knipte zijn broek open. Zijn benen waren op drie plaatsen gebroken. Rond de enkels zaten zwellingen en lag het vlees bloot, als grote, bloedende enkelbanden, waarin het leek te wemelen van de levende wezens. De dokter keek de verpleegster aan en maakte een gebaar dat ophanging suggereerde, en Ora zag Avram voor zich in een donkere cel, opgehangen aan zijn voeten, met een bungelend hoofd, en ineens besefte ze dat ze zich gedurende de hele periode van zijn krijgsgevangenschap bijna nooit een voorstelling had durven maken van wat ze hem daar echt aandeden, vooral omdat hij diende in het inlichtingenkorps en zoveel wist. Ze had elk beeld en iedere gedachte van zich afgezet – in de momenten voor de slaap, echt vlak voor ze in slaap viel, doken die op haar af, maar de slaappillen die ze slikte, werkten ook tegen nachtmerries – en nu vroeg ze zich af hoe het mogelijk was dat Ilan en zij geen enkele keer met elkaar hadden gesproken over martelingen en wat die deden met iemand die ze onderging.

Ze besefte ook hoe weinig ze in al die tijd eigenlijk hadden gepraat over Avram, terwijl ze in die dagen en weken niets anders aan hun hoofd hadden gehad dan Avram. Ze gingen bijna dagelijks naar het Contactcentrum voor Families van Krijgsgevangenen en Vermisten om zich op de hoogte te stellen van de weinige berichten en de vele geruchten, ze bestudeerden er keer op keer de vage foto's van de krijgsgevangenen, die in Israël en in het buitenland waren gepubliceerd, en ze praatten er met de commandanten en de medewerkers die bereid waren naar hen te luisteren. En op dagen dat ze er niet naartoe gingen, belden ze om te vragen of er nieuws was. Ja, ze hadden al het gevoel gekregen dat ze werden gemeden en van het kastje naar de muur werden gestuurd, maar ze gaven niet op: hoe zouden ze kunnen? Ze waren allebei bezeten in die periode, en als ze iets aten, dachten ze: hij eet dit niet; als ze op de radio een liedje hoorden dat hij leuk vond, dachten ze: hij hoort dit niet; als ze iets moois zagen, dachten ze: hij ziet dit niet. En zodoende, begreep Ora plotseling, om niet te hoeven denken aan wat hij echt meemaakte, hebben we Avram veranderd in alles wat hij niet meemaakte.

De dokter zei tegen haar: 'Maak je niet ongerust, je krijgt hem zo goed als nieuw terug.'

Ora staarde hem aan. Als de ziekenwagen ook maar even zou stoppen, wist ze, zou ze de deur openmaken en wegrennen. De aandrang daartoe was bijna sterker dan zijzelf.

De dokter begon iets op te schrijven in een dikke klapper en stopte. 'Je vriend?'

Ze knikte.

Hij nam haar langdurig op. 'Het komt goed,' zei hij ten slotte. 'Ze hebben hem flink te pakken genomen, de vuilakken, maar wij doen ons werk beter. Ik zeg je: binnen een jaar ken je hem niet meer terug.'

'En hoe is hij dan qua...' hakkelde ze, en haar hand zakte naar beneden. Alleen al de vraag was een soort verraad aan hem.

'Geestelijk?' bromde de dokter. 'Dat is mijn afdeling niet meer,' en hij trok een effen gezicht en boog zich weer over zijn klapper.

Ora keek de verpleegster smekend aan, maar ook zij ontweek haar blik. Ora dwong zichzelf ertoe naar Avram te kijken. Met de overgave van iemand die een gelofte aflegt, dacht ze dat ze hem nu geen seconde alleen mocht laten zonder de blik van een stel liefhebbende ogen, dat ze hem van nu tot in de eeuwigheid liefdevol zou aankijken en dat ze altijd bij hem zou blijven om liefdevol naar hem te kijken, want misschien zou alleen levenslange liefde goed kunnen maken wat hem daar was aangedaan. Maar het lukte haar niet zich over de walging, over de afkeer van het gezicht met de uitgetrokken wenkbrauwen heen te zetten, en ze slaagde er niet in liefde in haar blik te leggen. En een of andere blikkerige stem siste binnen in haar, precies zoals toen met Ada: het leven gaat door, nietwaar?

De ziekenauto racete verder met een oorverdovend kabaal. Avrams gezicht verstrakte ineens, hij wierp zijn hoofd naar links en naar rechts, alsof hij klappen probeerde te ontwijken, en hij jankte met een stem als van een jongen, van een klein kind. Gehypnotiseerd keek ze naar hem, ze kende die gelaatsuitdrukkingen niet van hem. Ze dacht dat haar Avram voor niets en niemand bang was geweest, hij kende gewoon geen angst. Hij had haar altijd het gevoel gegeven dat hij tegen ieder kwaad was beschermd en dat het ondenkbaar was dat iemand hem kwaad zou willen doen: Avram, die met open armen en benen door de wereld liep en zijn hoofd nieuwsgierig-onderzoekend opzij hield, met zijn ezels-lach en zijn scherpzinnige blik, Avram.

Misschien hadden ze hem juist daarom zo mishandeld, was de ge-dachte die door haar heen schoot, hadden ze hem daarom zo kapot-gemaakt, zo vermorzeld. Niet alleen omdat hij van het inlichtingen-korps was.

Avrams mond sperde zich open. Hij reutelde en leek te stikken. Ze kon zich geen voorstelling maken van wat hem op dit moment werd aange-daan in zijn fantasie. Ze had de indruk dat hij zijn armen probeerde op te tillen om zijn gezicht te beschermen, maar slechts enkele vingers bewo-gen een beetje. De gedachte schoot door haar heen dat ze nooit een kind zou krijgen. Dat ze geen kind op een wereld zou zetten waarin zulke dingen gebeurden. Precies op dat moment gingen Avrams ogen open, rood en troebel. Ze boog zich naar hem toe en werd in het gezicht gesla-gen door de stank die opsteeg van zijn open vlees. Hij zag haar, zijn blik focuste zich. Ze had het idee dat de bloeduitstortingen tot in het blauw van zijn ogen waren doorgedrongen. 'Avram,' zei ze, 'ik ben het, Ora.' Haar vingers zweefden boven zijn schouder, bang hem pijn te doen, bang hem aan te raken.

Hij fluisterde: 'Jammer.'

'Jammer van wat?' vroeg ze. 'Wat is jammer?'

Hij reutelde, zijn woorden verdronken in de vloeistoffen die zich hadden opgehoopt in zijn longen. 'Jammer dat ze me niet hebben doodgemaakt.'

Daarna gingen de deuren van de ziekenwagen open en vulde de ruimte zich met vele gezichten, trekkende handen en kreten die pijn deden aan haar oren. Ilan was er al, op een of andere manier was het hem gelukt eerder aan te komen dan de ziekenauto. Snelle Ilan, dacht ze met enige wrok, alsof zijn snelheid een voordeel op Avram was, dat hij op oneerlijke wijze had verkregen. Ze renden allebei achter de brancard aan naar een barak die was omgetoverd tot eerstehulppost. Tientallen artsen en verpleegsters dromden om de gewonden heen, namen bloed, urine, monsters van pus en kweekjes uit de wonden af. Een majoor van de Geneeskundige Troepen zag hen en joeg hen schreeuwend de barak uit. Ze strompelden samen naar een bankje, sloegen hun armen om elkaar heen en kropen weg bij elkaar. Ilan maakte geluiden die ze niet van hem kende, een soort droog, hees geblaf. Met samengeknepen vuisten hield ze zijn haar vast, tot hij kermde van de pijn. 'Ilan, Ilan, wat nu?' jammerde ze op fluistertoon in zijn oor.

'Ik blijf hier bij hem tot hij thuiskomt,' zei hij, 'tot hij weer de oude is, het maakt me niet uit hoe lang het duurt, al was het jaren, ik ga hier niet weg.' Ze liet zijn haar los en keek naar hem. Ineens leek hij verouderd en als het ware zwaarder geworden van verdriet en verschrikking.

'Je blijft bij hem,' zei ze hem verwonderd na.

'Wat dacht je dan,' vroeg hij geërgerd, 'dat ik hem zo hier alleen zou laten?'

Ja, peinsde ze, eerlijk gezegd was dat wat ik dacht. Ik dacht dat ik er met hem alleen voor zou staan. Ze hernam zich. 'Nee, nee, natuurlijk blijf je hier, ik weet niet wat ik ineens... Luister, ik kan dit niet in mijn eentje aan.'

Verontwaardigd en boos vertrok hij zijn mond. 'Hoezo in je eentje?'

En zij dacht: omdat je er nooit helemaal bent, ook als je aanwezig bent. 'Kom,' zei ze, 'laten we teruggaan en bij de deur wachten tot ze ons binnenlaten.'

Ze liepen naast elkaar tussen de overvolle barakken door. Al lange tijd, sinds de oorlog, waren ze niet meer in staat geweest elkaar aan te raken. Maar nu werd ze ineens tot haar eigen verbazing vervuld van primaire, baarlijke lustgevoelens voor hem, een bijtende honger naar zijn vlees, naar zijn gave, gezonde lichaam. Ze bleef staan, pakte zijn arm en trok die tegen zich aan, en hij gaf onmiddellijk gehoor, draaide haar naar zich toe en drukte haar stevig aan zijn borst, en plotseling boog hij zich voorover en kuste haar gretig. Zijn mond vulde haar mond, en ze voelde hoe hij volledig, met zijn hele lichaam, in haar drong en haar binnenstebuiten keerde. Ze dacht er niet eens aan zich erover te verbazen dat hij, met zijn verlegenheid, haar zo publiekelijk kuste, en ze voelde dat hij nu sterker was en ook steviger en breder gebouwd leek, iets in zijn omhelzing, in zijn kus – hij tilde haar echt van de grond, haar mond op de hoogte van de zijne, en daarna werd alles wazig en had ze het gevoel dat hij haar alleen met zijn mond in de lucht hield, en toen drong tot haar benevelde geest door dat iemand die naar ze keek zou denken dat het Ilan was die uit krijgsgevangenschap was teruggekeerd naar zijn meisje. Ze maakte zich los, duwde hem bijna hardhandig van zich af, en ze bleven hijgend tegenover elkaar staan.

'Zeg,' hoorde ze ineens, en ze schrok – die stem van hem, die vergruisde ademhaling –, 'Ora...' Hij keek naar het plafond. 'Ik moet iets weten.'
    'Wat? Vraag het maar.'
    'Iets... zelf kan ik het me niet meer herinneren.'
    'Vraag het mij.'
    Hij zweeg. Onophoudelijk probeerde hij zijn ene been, dat in de lucht hing, te bewegen. Hij probeerde te krabben op de plek waar het gips ophield.
    'Ik krijg de dingen niet meer helder in mijn hoofd.'
    'Wat voor dingen?'
    'Jij en ik.'
    'Ja?'
    'Het is alsof er een gat zit, midden in het –'
    'Vraag het.'
    'Wat... wat zijn we?'
    Dat had ze niet verwacht. 'Je bedoelt –'
    Blijkbaar boog ze zich met een te bruuske beweging voorover naar hem. Zijn hoofd deinsde terug en zijn gezicht vertrok van angst. Misschien dacht hij in het donker dat er iets – een hand of een voorwerp – op hem afkwam waarmee iemand hem wilde slaan.

Ze mompelde: 'Wat we nu van elkaar zijn?'

'Niet boos worden, ik ben niet helemaal...'

'We zijn goede vrienden,' zei ze, 'en we zullen altijd goede vrienden zijn.' Plotseling werd ze ertoe gedreven op een soort schrille jubeltoon erachteraan te zeggen: 'En je zult zien wat voor leven we er samen nog van gaan maken!'

Achteraf kwelde ze zichzelf nog maandenlang met de domme zin die ze zich had laten ontvallen. En nog veel later dacht ze dat ze misschien juist profetische woorden over haar lippen had gekregen: *samen leven maken*. Maar op dat moment kon ze bijna zijn bittere gegrinnik horen. Zijn zware hoofd bewoog langzaam op het kussen, hij probeerde haar gezicht te bestuderen, en ze was blij dat het donker was in de kamer.

'Ora.'

'Wat?'

'Zijn er nog meer mensen in de kamer?'

'Alleen wij tweeën.'

'Ik word gek van het gips,' zei hij met een trage, zware stem. Alles wat hij deed, ging nu zo langzaam. Op dat moment begreep ze in hoeverre de oude Avram voor haar misschien meer dan wat ook vooral zijn tempo was geweest, de scherpte waarmee hij zich door de wereld bewoog.

'Ik heb het koud.'

Ze legde nog een deken over hem heen, de derde. Hij droop van het zweet en rilde van de kou.

'Krab me.'

Ze stak haar hand uit en krabde waar gips en huid elkaar ontmoetten. Ze had het idee dat haar vinger werd gedoopt in een open wond. Hij kreunde en bromde in een mengeling van pijn en genot.

'Genoeg. Het doet pijn.'

Ze ging zitten. 'Wat, wat wil je weten?'

'Wat we waren.'

'Wat we van elkaar waren? We waren van alles. We waren van alles van elkaar, en we zijn het straks ook weer, je zult het zien, we zijn het straks ook weer!'

En als altijd wanneer ze zo vurig werd, geloofde ze haar eigen woorden.

Met een beweging waaraan geen einde leek te komen, trok hij met een hand de dekens over zijn borst, alsof hij zich wilde beschermen tegen de leugenachtigheid in haar stem. Zo bleef hij even liggen zonder iets te zeggen. Daarna hoorde ze zijn droge lippen van elkaar gaan, en ze wist wat er nu zou komen.

'En Ilan?'

'Ilan... ik weet niet waar ik moet beginnen, wat je je herinnert en wat niet. Stel me vragen.'

'Ik weet het niet meer. Wel gedeelten. Middenin is alles gewist.'

'Dat je met Ilan op de basis in de Sinaï was, herinner je je?'

'Kamp Babel. Ja.'

'Jullie waren aan het eind van het jaar waarvoor jullie hadden bijgetekend. Ik zat al in Jeruzalem. Studeerde er.' Ze sprak en dacht: hou het bij de feiten. Geef alleen antwoord op wat hij vraagt. Laat hem beslissen wat hij kan aanhoren.

Weer heerste er stilte. Het elektrisch spiraalkacheltje vonkte.

En wacht op hem, maande ze zichzelf, hou je aan zijn tempo. Misschien wil hij er helemaal niet over praten, misschien vindt hij het te vroeg.

Avram lag doodstil. Zijn ogen waren open. Hij had maar één wenkbrauw, waarvan de helft uitgetrokken was.

'Jullie kwamen toen om de week met verlof uit de Sinaï,' zei ze, ertoe gedreven iets te zeggen, 'jij en Ilan.'

Hij draaide haar een vragend gezicht toe.

'De ene week jij en de andere week hij. Een van jullie moest altijd op de basis blijven.'

Hij dacht lang na.

'En de ander?'

'De ander ging met verlof, naar Jeruzalem.'

'En jij zat in Jeruzalem?'

'Ja,' – hou het bij de feiten, siste ze zichzelf weer toe – 'weet je nog waar ik woonde?'

'Er waren geraniums,' zei Avram na enig nadenken.

'Klopt! Zie je wel, je weet het nog! Ik had een kamertje in Nachlaot.'

'Ja?'

'Staat het je niet meer bij?'

'Het komt en gaat.'

'Met de wc buiten? Met het piepkleine keukentje op het plaatsje achter? We hebben er nachtelijke maaltijden aangericht. Ik heb er een keer kippensoep gemaakt op een campingbrander.'

'En mijn moeder, waar was die?'

'Je moeder?'

'Ja.'

'Je... je herinnert het je niet?'

'Is ze niet meer –'

'Vlak nadat je in dienst bent gegaan, in je rekrutentijd, is ze –'

'Ja, je bent met mij meegegaan naar de begrafenis. Ja. En Ilan was er ook. Hij liep naast me, aan de andere kant. Ja.'

Ze stond op. Ze had het gevoel dat ze het niet langer volhield. 'Heb je honger? Zal ik wat voor je halen?'

'Ora.'

Onmiddellijk ging ze weer zitten, gehoorzaam, als op bevel van een strenge leraar.

'Ik begrijp het niet.'

'Vraag maar.'

'Mijn mond.'

Ze maakte het doekje op het nachtkastje nat en depte zijn lippen.

'Maar in de oorlog –'

'Ja.'

'Waarom ben ik –'

Op dit punt stopte hij en deed er het zwijgen toe. Ora dacht: zo meteen vraagt hij me over het lootjes trekken.

'Ik ben naar het Suezkanaal gegaan,' zei hij zachtjes, 'en Ilan niet.'

Hij herinnerde het zich weer, wist ze. Het was hem te binnen geschoten en hij durfde er niet naar te vragen. Ze wierp een dieptrieste blik op het raam, zocht een hint van het opkomende morgenrood, een sprankje licht.

'Jij en ik, wat hadden we met elkaar?'

'Ik zei je al, we waren vrienden. We waren – luister, we hielden van elkaar,' zei ze ten slotte eenvoudigweg, en de woorden braken haar hart.

'En ik ben teruggekomen met het vliegtuig?'

'Wat?' vroeg ze, in de war gebracht. 'Ja, met het vliegtuig. Met de anderen.'

'Waren er anderen?'

'Veel.'

'Lange tijd?'

'Je bent daar ongeveer –'

'Nee, jij en ik.'

'Een jaar.'

Ze hoorde hem verbaasd de woorden voor zichzelf herhalen. Ze hield zich in en vroeg hem niet of hij dacht dat het langer was geweest, om hem niet 'korter' te horen zeggen. Hij viel weer in slaap en snurkte. Ze had het idee dat hij elke keer bij machte was slechts een kruimeltje van zijn voorbije leven te verwerken.

'Maar we hielden echt van elkaar,' zei ze, ook al sliep hij. Ze praatte hardop tegen hem, ernstig en streng, en ze was gespannen alsof ze tegenover hem stond in levensbelangrijke onderhandelingen. 'Jij en ik, we waren echt...' Verschrikkelijk, dacht ze, zoals ik er al over praat in de verleden tijd.

Hij bewoog, raakte verstrikt in de dekens, vervloekte het gips dat zijn been afkneep. Ze hoorde de grote platina schroef in zijn arm tegen de rand van het bed tikken.

'Ora, luister –'

'Wat?'

'Ik niet meer.'

'Wat niet meer?'

'Je moet het weten.'

'Wat?'

'Dat ik niet meer...' Hij kreunde, zocht de woorden. 'Dat er niets meer is waar ik van houd. Niets.'

Ze zweeg.

'Ora?'

'Ja.'

'Helemaal niets.'

'Ja.'

'En niemand.'

'Ja.'

'Ik heb het niet meer... liefde.'

'Ja.'

'Nergens meer voor.'

Hij kreunde. Een laatste restje van zijn oude, meedogende, ridderlijke ik beval hem haar in bescherming te nemen – ze voelde het –, maar hij had er de kracht niet voor. 'Ik wilde het je al eerder zeggen.'

'Ja.'

'Bij mij is alles dood.'

Ze zat erbij met hangend hoofd, versteend. Hoe kon er een Avram bestaan die geen liefde meer had, dacht ze, wat was dat eigenlijk, een Avram zonder liefde? En toen dacht ze: en wie ben ik zonder zijn liefde?

Maar ook in haarzelf was sinds de oorlog, sinds hij krijgsgevangen was gemaakt, geen liefde meer, voor wie dan ook. Zoals haar was gebeurd na Ada – alsof binnen in haar weer al haar bloed was opgedroogd. Het was zelfs gemakkelijk. Ze leefde precies naar haar eigen middelen. Maar waarom leek het haar bij Avram veel verschrikkelijker?

'Zeg.'

'Ja.'

'Hoe lang waren wij met elkaar?'

'Bijna een jaar.'

'En jij en Ilan?'

'Vijf jaar. Ongeveer vanaf ons zeventiende.' Ze grinnikte vreugdeloos. 'Jij hebt ons aan elkaar gekoppeld, weet je nog?' Ook toen waren we in een ziekenhuis, dacht ze, ook toen was het oorlog.

'Dat weet ik nog,' mompelde hij, 'en dat jullie vriend en vriendin waren, weet ik ook nog. Alleen ons kan ik me niet herinneren.'

Ze slikte moeizaam haar verontwaardiging weg.

'Natuurlijk waren we dat,' mompelde hij verbaasd, 'hoe kon ik het vergeten?'

'Je zult je geheugen nog helemaal terugkrijgen, je moet niet overhaasten.'

'Ik geloof dat ze daar dingen met me hebben gedaan.'

'Alles komt terug,' zei Ora, en haar maag kromp ineen, 'het duurt een tijdje, maar je zult –'

Een lange, struise verpleegster opende de deur, deed het licht aan en wierp een blik naar binnen. 'Alles goed met ons?'

'Alles goed met ons,' zei Ora, die verschrikt opsprong van haar stoel, en haar schrik veranderde in een soort koortsachtige, mechanische vreugde. 'Fijn dat u er bent, ik wilde u al gaan roepen.'

Tot haar verbazing lag Avram al luidkeels te snurken, en Ora kon dit keer nauwelijks geloven dat hij sliep, maar hield zich in en vertelde haar niet dat hij weer sprak. De verpleegster deed nog een lamp aan, verving de infuuszak en de urinezak, en smeerde crèmes op zijn vingertoppen en boven zijn ogen, op de plek waar de wenkbrauwen waren uitgetrokken. Daarna draaide ze hem om en ontdeed hem met een zacht doekje van de pus die uit de wond in zijn rug vloeide, verbond hem weer en diende hem met een injectie een dosis antibiotica 'voor een paard' toe.

'Lieverd, je hebt slaap nodig,' zei ze ondertussen tegen Ora.

'Deze morgen ga ik naar huis,' zei Ora met een moeizame glimlach.

'Wat zijn jullie eigenlijk van hem,' vroeg de verpleegster, 'jij en de lange, familie?'

'Zo ongeveer. Eigenlijk wel. Wij zijn zijn familie.'

Door Ora's hoofd schoot de gedachte dat Ilan nu van dag tot dag veranderde, sinds de terugkeer van Avram. Een nieuwe kracht leek hem te vervullen en op een of andere manier zijn volume, de ruimte die hij innam, te vergroten. Ook zijn manier van lopen werd energieker en flinker. Het had iets verwarrends, bijna zorgwekkends. Soms zag ze hem met verbazing aan: alsof iemand met een pen met zwarte inkt over de potloodtekening van zijn gelaatstrekken was gegaan.

'Nee,' lachte de verpleegster, 'omdat ik de hele tijd alleen jou en hem hier zie. Heeft hij niemand anders?'

'Nee, alleen ons tweeën.'

'Maar hoe zijn jullie dan familie van hem? Jullie lijken niet op hem,' vroeg de verpleegster door, die al klaar was met haar bezigheden en nu bij de deuropening stond, alsof ze weigerde weg te gaan. 'Jullie tweeën lijken juist meer op elkaar,' lachte ze, 'jij en die ene, als broer en zus. Hoe zijn jullie familie van elkaar?'

'Het is een lang verhaal,' mompelde Ora.

'De deur,' fluisterde Avram toen de verpleegster de kamer uit was.

Ora stond op en deed de deur dicht.

'En jij was van Ilan,' zei hij, alsof hij voorzichtig naging of hij een voet neer kon zetten op die veronderstelling.

'Ja, zo zou je het kunnen zeggen. Ook. Maar het is nu echt geen goed idee om je zo in te spannen.'

'En Ilan... je hield van hem, hè?'

Ora knikte. Ze vroeg zich af hoe het mogelijk was met een en hetzelfde woord zo verschillende gevoelens te beschrijven.

'Dus hoe... zeg me, hoe kan het dat ook...'

Hij is me aan het testen, was het vreemde idee dat door haar hoofd schoot, of hij is een van zijn spelletjes met me aan het spelen.

'Hoe kan wat?' vroeg ze.

'Hoe kan het dat wij ook...?'

Ze had het idee dat ze door het raam eindelijk een heel dun streepje ontwaarde dat iets lichter was. Wat kwel je hem met je gehakkel, dacht ze, waar ben je bang voor? Vertel het hem gewoon. Geef hem zijn verleden terug. Misschien is dat het enige wat hij nog heeft.

Ze zei: 'Moet je horen, Avram, er is een jaar geweest, tot voor kort, tot aan de oorlog, dat ik zowel met jou als met hem was.'

Hij slaakte een zware, hese zucht van verbazing. 'Denk na, je moet het je herinneren,' mompelde hij tegen zichzelf, 'waarom is al die tijd uitgewist? Ze was met mij en met hem? Tegelijk? Hoe heeft hij het goed kunnen vinden dat ik ook...'

Hij verzonk weer in zichzelf en leek een tijdje van de aardbodem verdwenen. Ora dacht: hij kan niet meer begrijpen wat eens zoiets als ademen voor hem was.

'Ik snap het niet meer, Ora, help me.'

Zijn lichaam stuiptrekte en schokte alsof er binnen in hem een worsteling plaatsvond. En tegenover hem schoof zij heen in weer op de stoel, stikkend in haar eigen vel. Wat wil hij van me? vroeg ze zich af. Wat moet deze rare ondervraging voorstellen? Want hij herinnert het zich, hoe kun je zo'n jaar en alles wat we hebben doorgemaakt vergeten?

'Echt met ons allebei?'

'Ja.'

'Alle twee? Tegelijkertijd?'

Ze keek op en zei: 'Ja.'

'En we wisten het?'

Ora had het gevoel dat ze het niet langer aankon. Die vragen, die steeds gerichter werden. Het was alsof nu ook voor haarzelf iets onherstelbaar bezoedeld raakte.

'Ik en hij, Ilan, we wisten het?'

'Wat?' riep ze op fluistertoon uit. 'Jullie wisten wat?'

'Dat je iets had met ons beiden, tegelijkertijd.'

'Wat wil je van me? Wat wil je horen?'

Een opgewonden, gebroken fluistering klonk op uit zijn mond: 'We wisten het niet?'

Ze had geen keuze meer. 'Jij wist het.'

'En hij niet?'

'Waarschijnlijk niet. Ik weet het niet.'

'Heb je het hem niet verteld?'

Ze schudde haar hoofd.

'Hij heeft het je niet gevraagd?'

'Nee.'

'En mij heeft hij het ook niet gevraagd?'

'Daar heb je me nooit iets over gezegd.'

'Maar hij wist het?'

'Ilan is wijs,' bracht Ora uit. Ze had zoveel meer willen zeggen. Het woord 'wijs' verklaarde niets. Wat hun drieën in dat zwijgzame jaar was gegeven, had iets breeds, dieps en op een eigen manier wonderbaarlijks gehad. Ze keek naar Avram, naar zijn ingespannen gezicht, naar zijn benepen, bijna kruideniersachtige angst, en ze dacht dat hij er nu geen snars van zou begrijpen.

'Maar we waren vrienden,' mompelde hij met doffe verbazing, 'Ilan en ik, we zijn vrienden, hij is mijn beste... dus hoe kan ik...'

Als ze had gekund, had ze hem weer verdoofd om ervoor te zorgen dat hij het niet zo goed begreep, dat hij nu niet zo open en bloot met zijn oude ik werd geconfronteerd.

Het was te laat. In een eindeloze slow motion werd zijn blik gescherpt en werden zijn ogen groter, tot ze bijna uit hun kassen vielen. Ora had het gevoel dat er een angstaanjagend langzame explosie van besef in hem plaatsvond.

Aan de andere kant van de weg die ze zojuist zijn overgestoken, strekt zich een mals stukje land uit. Er ligt prikkeldraad op de grond en de klaver tiert er welig. 'Hé,' zegt Avram met een glimlach, en oprecht blij wijst hij met zijn vinger: op een rond rotsblok glinstert in het zonlicht de blauw-wit-oranje markering van het pad. Een knipogende richtingaangever. 'We hebben het gevonden,' roept hij uit, en hij zet zijn voet op de gemarkeerde rots en laat zijn zwaaiende hand over het klimmende pad gaan. 'Een flinke berg,' zegt hij verbaasd als zijn ogen zijn hand helemaal zijn gevolgd naar de bergtop, en een beetje bedremmeld haalt hij zijn voet van de rots.

Ze vraagt voor alle zekerheid: 'Zijn bergen ook een probleem voor je?'

'Wegen zijn normaal ook geen probleem,' bromt hij, 'ik weet niet wat ik had.'

'Ik vond het doodeng,' geeft Ora toe, 'ze hadden ons dood kunnen rijden.'

'Blijkbaar ben ik je mijn leven verschuldigd,' mompelt hij.

'Zullen we zeggen dat we na nog een paar van die keren quitte komen te staan?' durft ze uit te brengen, en ze ziet heel even de schaduw van een bittere glimlach op zijn gezicht verschijnen en weer wegschieten, als een klein, sluw dier dat iets uitzonderlijk lekkers heeft gestolen, misschien een steek in het hart.

'Waar is je hond?' schiet hem te binnen.

'Míjn hond? Ineens is ze míjn hond?'

'Onze dan, al goed, onze hond.'

Ze lopen terug naar de rand van de weg, fluiten haar samen en ieder afzonderlijk, roepen allebei luidkeels 'hé,' en 'joehoe', boven het lawaai van het verkeer uit, 'hond, hondje, kom.' Ze horen beiden ook hoe hun eigen stemmen met elkaar verstrengeld raken, en als ze had gedurfd, had Ora een keer uitgeschreeuwd: Ofer, O-fer, thuiskomen!

Maar de hond laat zich niet zien, en misschien is het ook maar beter zo, denkt Ora, zodat ik me niet te veel aan haar hecht, nog meer afscheid kan ik niet aan. Toch is het jammer, we hadden goede vriendinnen kunnen worden.

Het pad is steil en oneffen, de berg dichtbegroeid met olijfbomen, Palestijnse pistachebomen en meidoornstruiken. De kuitspieren raken zo strak gespannen dat ze pijn doen en de steile klim perst de lucht uit hun longen.

'Het zal me benieuwen welke berg dit is,' hijgt Avram, 'hoe die heet, waar we eigenlijk zijn.'

Ora blijft staan en haalt diep adem. 'Wat, ineens maakt het je uit waar we zijn?'

'Nee,' zegt hij, in verlegenheid gebracht, 'het is alleen raar dat we lopen zonder te weten waar we zijn.'

'De kaart zit in jouw rugzak,' zegt ze.

'Zullen we er even op kijken?' stelt hij voor.

Ze zitten en zuigen op een zuurtje. Avram aarzelt even en opent dan het rechterzijvak van de rugzak. Voor het eerst sinds ze op pad zijn gegaan, steekt hij er een hand in. Hij haalt er een Leatherman-zakmes, een doosje lucifers en kaarsen uit. Een kluwen paktouw. Antimuggenzalf. Een zaklantaarn. Nog een zaklantaarn. Een naaisetje. Deodorant, aftershave. Een kleine verrekijker. Hij spreidt zijn buit uit op de grond en kijkt ernaar. Even heeft ze het idee dat hij uit die voorwerpen een of ander beeld van Ofer, een hint van Ofer, probeert te destilleren. Ora zegt lachend: 'Hij is altijd op al het mogelijke voorbereid, Ofer, maar je begrijpt dat hij dat niet van mij en ook niet van jou heeft.'

Op een bed van gedoornde pimpernel spreiden ze de grote, geplastificeerde landkaart uit, met een schaal van 1:50.000. Ze buigen zich eroverheen, met hun hoofden tegen elkaar.

'Waar zijn we?'

'Hier misschien.'

'Nee, hij ligt op zijn kop.'

Ze spannen hun ogen in. Twee vingers rennen bij elkaar in de buurt over de kaart, tot ze elkaar tegenkomen en hun wegen zich kruisen.

'Kijk, hier is ons pad.'

'Ja, het is aangegeven.'

'Het heet zoals die ene zei, het Israëlpad.'

'Welke ene?' vraagt ze.

'Die we zijn tegengekomen.'

'Ah, die.'

'Ja, die.'

Haar vinger rent snel terug over het pad, tot hij op de grenslijn stuit. 'Oeps,' zegt ze, en ze trekt haar vinger terug, 'Libanon.'

'Volgens mij,' mompelt hij, 'zijn we ongeveer hier begonnen.'

'Misschien hier,' zegt zij, en ze wijst. 'Want we zijn hier meteen de beek over gegaan, weet je nog?'

'Kun je zoiets vergeten?'

'En we hebben hier meegelopen met de beek, zo, zigzaggend.'

Ze voert haar vinger over het bochtige pad. Avrams vinger loopt mee, er iets achteraan. 'Kijk, hier zijn we naar boven gelopen, en hier is de houten brug, en hier hebben we de molen. En hebben we de eerste dag hier niet geslapen? Nee? Misschien hier dan, vlak bij Kfar Joeval? Hoe zou ik het me nog moeten herinneren? Wat hebben we nu eigenlijk gezien, die eerste dagen,' zegt ze, 'wie heeft ook maar ergens oog voor gehad?'

Hij grinnikt. 'Ik was een complete zombie.'

'Hier is de steengroeve van Kfar Giladi, en hier het bos van Tel Chai en het beeldenpad dat we zijn afgelopen, en hier hebben we gegeten, de picknicktafels bij camping Een Ro'iem.'

'Ik heb toen niets gezien.'

'Je zag toen echt niets,' zegt Ora, 'je liep me te vervloeken omdat ik je had meegetroond.'

'En hier ongeveer, denk ik, zijn we Akiva tegengekomen,' zegt Avram, 'en hier zijn we in de wadi afgedaald.'

'Dit was een flink eind lopen, dit hele stuk, zie je het?'

'Ja, en dit moet dat Arabische dorp zijn.'

'Wat ervan over is.'

'Ik wilde het juist bekijken,' zegt Avram, 'maar jij ging ervandoor.'

'Ik heb genoeg puinhopen in mijn leven.'

'En dit is de Nachal Kedesj.'

'Dan hebben we hier geslapen.'

'En hier zijn we door de kloof omhoog gelopen en die ene vent van jou tegengekomen.'

'Sinds wanneer is hij van mij?' Haar wijsvinger prikt in de kaart en laat even een afdruk achter in het plastic. 'En hier heb je dat Britse fort, Fort Jesja, en de grafstede van de sjeik, Nabi Joesja.'

'En vanhier, zie je het, vanhier zijn we omhoog gelopen tot aan de top van de Keren Naftali en daarna zijn we meteen weer teruggegaan omdat je het schrift had laten liggen in de Nachal Kedesj. En hier had je nog een wadi, de Nachal Disjon. Op de kaart ziet hij er onschuldig uit, en moet je hier zien, de turbines waarvan we niet begrepen wat ze waren: Regionaal Pompstation Een Aviev. Mooi, weer iets geleerd.'

'En volgens mij is dat de vijver waarin we een bad hebben genomen,' zegt Ora.

'En hier hebben we op die grote pijpleiding boven het water gelopen.'

'Ik deed het in mijn broek.'

'Echt? Ik heb er niets van gemerkt, je hebt niets gezegd,' zegt Avram verbaasd.

'Zo ben ik.'

'En kijk hier, dat sprookjesbos van jou, in die kloof, wadi Tsiv'on.'

'En dit is dat weiland waar we doorheen zijn gelopen.'

'Natuurlijk. En dit is de weg die we zijn overgestoken.'

'Klopt. Het stond er: HOOFDWEG 89.'

'Als we hier de weg zijn overgestoken,' zegt hij zangerig, 'dan zijn we nu in feite –'

'Op de Meron,' stelt ze vast.

'Op de *berg* Meron?'

'Kijk zelf.' Haar vingers trekken zich met enig ontzag terug van de kaart. 'Avram,' fluistert ze, 'moet je zien hoeveel we hebben gelopen.'

Hij staat op, slaat zijn armen om zijn borst en loopt heen en weer tussen de bomen.

Ze vouwen de kaart op, doen de rugzakken om, klimmen weer verder over de steile berghelling en banen zich een weg door de distels. Avram loopt nu voorop, en Ora heeft enige moeite hem bij te houden. Die schoenen zitten toch fijn, constateert hij in gedachte. Ook de sokken zijn prima. Hij vindt een lange, soepele tak van een wilde aardbeiboom, breekt die met een trap van zijn voet tot de gewenste lengte en gebruikt hem als wandelstok, handig om mee te klimmen. Ora raadt hij ook aan hier van een stok gebruik te maken. Hij merkt op dat het pad op dit stuk uitstekend is aangegeven. 'Doorlopend gemarkeerd, zoals het hoort,' oordeelt hij.

Ze heeft het idee dat hij in zichzelf een of ander wijsje aan het neuriën is. Wat een geluk dat het pad zo lang is, denkt ze, en ze kijkt naar zijn rug. Zodat er tijd is om aan elke omslag te wennen.

'Zwartmanig paard,' zegt ze. 'Dat was een van de bijnamen die Ilan voor Adam verzon, toen hij misschien drieënhalf was, en ook "langgeslurfde olifant". Snap je?'

Avram prevelt de woorden en hoort hoe ze worden uitgesproken met Ilans stem.

'Of "schoonbalkende ezel". Of "fijngewenkbrauwde kat". Dat soort dingen.'

'Fijngewenkbrauwde kat?'

'Hè hè, daar heb ik het over. Experimenten op mensen.'

Ze zag Adam voor haar ogen veranderen, zich in bochten wringen om aan Ilans wensen te voldoen. Op een keer had hij met oranje verf een tekening gemaakt van een kat. 'Ik heb hem geöranjiseerd,' zei hij tegen haar, 'nu droppel ik gele verf van het penseel.' Ze vertrok haar mond tot een scheve glimlach. Natuurlijk was ze trots op hem, maar bij elke stap in zijn ontwikkeling voelde ze dat hij nog verder van haar af raakte. Ze keek naar hem, zag hem kwispelen naar Ilan en schrok van wat ze jegens hem voelde. Ze kon niet begrijpen hoe hij tot nu toe die gretigheid voor haar verborgen had gehouden, die nu zijn hele wezen vulde en uit al zijn poriën spoot. De onverhulde – en o zo mannelijke, voelde ze – gretigheid waarmee hij zich afwendde van de jaren die hij alleen met haar had doorgebracht in hun kleine paradijsje-voor-twee, Bambi en zijn moeder zaliger.

'Het doet me de knieën knikken!' jubelde hij tegen haar toen Ilan hem had rondgezwaaid in de lucht en hem weer op de grond had gezet.

'Ja,' zei ze met een geforceerd glimlachje, 'leuk.'

Ze had het idee dat kort nadat hij had leren spreken de rollen waren omgedraaid: niet hij beheerste de taal, de taal beheerste hem. Hij begon hardop zijn gedachten te uiten. Ze had het niet meteen door. Pas na een tijdje snapte ze dat er als het ware een spoor bij was gekomen op de toch al drukke geluidsband van het huiselijke leven. Hij synchroniseerde al zijn gedachten, wensen en angsten na. En omdat hij soms nog in de derde persoon over zichzelf sprak, was het zelfs vermakelijk: 'Adam heeft honger, honger, honger! Dan wacht je nog even! Genoeg, ik ben het zat te wachten, geduld te oefenen tot mama van de wc komt. Adam loopt nu naar de keuken en gaat zelf een salade maken, maar een mes mag niet, een mes is eng. Is een lucifer ook eng? Nee, sufferd, een lucifer is een engel.'

Hij ligt in zijn bed na de rituelen van het slapengaan en hij mompelt zijn overpeinzingen. Ora en Ilan staan heimelijk achter de deur te luisteren. 'Adam moet slapen. Misschien komt er een droom? Beertje, weet je wat we doen? Je moet gaan slapen, rusten, en als er een droom komt, roep je Adam. Dromen zijn niet echt, het is maar een tekening in je hersens, Beertje.'

'Het was raar,' zegt ze, 'en ook een beetje gênant, alsof zijn onderbewuste helemaal voor ons openlag.' Ze wendt haar blik van Avram af om hem er niet aan te herinneren hoe ook hij, onder invloed van de slaappil, in zichzelf zat te kletsen op de avond dat ze hem ontvoerde en meenam op de wandeltocht. Ze overweegt of ze hem zal vertellen hoe hij toen over haar sprak: 'Ze is compleet gestoord, ze heeft haar verstand verloren.'

Al voor zijn vierde kende Adam alle Hebreeuwse letters en ook de klinkertekentjes. Met verbazingwekkend gemak pikte hij het op en nu was er echt geen houden meer aan. Hij las, hij schreef. Hij zag schrifttekens in barsten in de zeep, in broodkorsten, in de verf op de muren. Hij stond erop woorden te lezen die werden gevormd door de kreukels in zijn laken, de plooien in zijn hand.

'Zeg je me nog eens wat voor kind je bent?' vroeg Ilan, die hem in bad deed en hem kietelde.

'Ik ben een adamskind,' lachte hij.

'En wat nog meer?'

'Een bliksemskind.'

'En verder?'

'Een bedejalskind!'

'Een belialskind,' verbeterde Ilan met een glimlach. 'En verder?'

'Een koekoekskind!'

Een geschater, zeepbellen van gelach vlogen op in de badkamer en barstten uiteen in haar gezicht, in bed.

Maar nu, op de helling van de Meron, probeert ze zich te herinneren waarom ze toen zo boos was. Ze denkt: wat zou ik er niet voor overhebben om weer in dat bed te liggen, in verwachting, met alle rugpijn en vermoeidheid, met Ofer in mijn buik, en weer dat gelach van hen te horen.

'Kom, we gaan even zitten,' zegt ze. 'Dit is geen berg meer, dit is een ladder.'

Ze zakt neer op de grond. Zo'n klim en dan ook nog dat heimwee naar vroeger, het is meer dan haar oude hart aankan. Adam is hier bij haar, op zijn hoogst vier jaar oud. Hij is ergens om haar heen aan het rondrennen in het veld. Zijn kinderlijke bewegingen, zijn vorsende, breekbare, altijd een beetje achterdochtige blikken. En het licht dat van hem afstraalt als hij het zichzelf toestaat blij te zijn, als hij ergens in uitblinkt, als Ilan hem complimenteert. 'Ik praat de hele tijd over Adam,' zegt ze, 'maar Ofer staat nooit helemaal op zichzelf als Ofer, dat begrijp je toch? Ofer is altijd ook Adam, ook Ilan en ook mij. Zo is het nu eenmaal. Dat heb je in een gezin. Dus er zit niets anders op,' grinnikt ze, 'je zult ons allemaal moeten leren kennen.'

Beelden, beelden. Adam en Ofer, nog een peuter, slapen samen in een slaapzak op het kleed in de woonkamer – een indianenkamp – naakt, opgekruld, met bezweet haar dat slordig over hun voorhoofd valt, en Adams rechterarm omvat Ofers buikje met de uitstekende navel. Adam en Ofer, vijfenhalf en twee jaar oud, hebben een lege kartonnen doos bestempeld tot hun huisje en hun gezichten duiken op achter het ronde raampje dat ze voor hen heeft uitgeknipt. Ofer en Adam, een en vierenhalf, heel vroeg in de ochtend, nadat ze samen in hun blootje in Adams bed hadden geslapen en Ofer in bed had gepoept en de slapende Adam grondig, ijverig en ongetwijfeld gul en liefdevol onder had gesmeerd. Ofer, die zijn wangen bolt om de drie kaarsjes op zijn verjaardagstaart uit te blazen, en achter hem duikt Adam op en dooft ze in een onbesuisde ademstoot. Ofer komt overeind op zijn dunne beentjes, gaat tegenover Adam staan, die hem zijn geliefde pluchen olifant heeft afgepakt, en zet een geweldige keel op: 'Fant Ofer! Fant Ofer!' En hij was zo vastberaden en volhardend dat Adam schrok, hem de olifant teruggaf en hem aankeek met een zweem van nieuw ontzag. Ora, die hen stiekem gadesloeg vanuit de keuken, zag dat er iets gebeurde.

Een grote familiepicknick. Het beeld is levendig en scherp, alsof de picknick hier plaatsvindt, op de berg: volwassenen en kinderen zitten in een kring en kijken naar Ofer, die in het midden staat. Een heel iel, piepklein jongetje met reusachtige, lachende blauwe ogen en een dikke bos goudblond haar. Hij wil de aanwezigen de leukste mop van de wereld vertellen: mama – zo verzekert hij zijn toehoorders – heeft hem al zeven keer gehoord en lag elke keer dubbel van het lachen! Dan begint hij aan een lang, onbegrijpelijk verhaal over twee vrienden, van wie de ene 'Wat kan het je schelen' en de andere 'Waar is je verstand' heet. Hij vertelt, haalt dingen door elkaar, vergeet en herinnert zich ineens weer van alles, en de vonken van de lach schieten heen en weer in zijn ogen. Het publiek rolt bijna over de grond van plezier, maar Ofer stopt telkens en herinnert zijn toehoorders eraan: 'Zo meteen komt het eind van de mop, dan moet je lachen!'

En al die tijd loopt Adam – was hij toen acht? zeven? – katachtig mager, in een stille, kronkelige sluipgang, alsof een donkere wolk hem beschaduwt, tussen de mensen door op grond van een of andere geheime code die niemand anders kent dan hij. Hij blijft nergens te lang staan, laat zich niet knuffelen of strelen, maar kijkt met gretige scherpte in hun ogen, die op Ofer zijn gericht, berooft hen zonder dat ze iets merken, een klein, onrustig roofdier.

Avram luistert naar haar. Het gekwetter van een koolmeesje klinkt jubelend op uit het struikgewas. Op de berghelling, niet ver van hen vandaan, op een plek waar kennelijk onlangs een brand heeft gewoed, staat de wilde mosterd alweer te bloeien: een woest en uitbundig plantaardig zootje ongeregeld. 'Het lijkt wel dat liedje,' lacht ze, 'die bloemen hebben besloten dat ze "gelukkig moeten zijn".' Ze geniet ervan hoe de geschroeide plek helemaal gonst van de mosterdplanten en de bijen.

'Ofer,' zegt ze, 'heeft tot zijn derde bijna geen woord gezegd. Oké, niet dat hij zijn mond echt hield, maar hij deed geen enkele moeite om te leren praten.'

'Dat eh...' aarzelt Avram, 'dat is lang, drie jaar, toch?'

'Het is ongewoon, ja, vrij laat om te beginnen met praten.'

Avram fronst zijn voorhoofd, weegt de nieuwe informatie af.

'Kijk, hij sprak een paar elementaire woordjes en ook een paar heel korte zinnetjes, en verder veel brokstukken van woorden, een lettergreep hier en een lettergreep daar. Maar buiten dat weigerde hij gewoon te leren spreken. En toch wist hij heel goed zijn weg te vinden, alleen maar met behulp van zijn glimlachjes en zijn charme, en ook met die ogen van hem. Die hij van jou heeft,' kan ze niet nalaten eraan toe te voegen.

Tot Ora's verbazing overtuigde hij ook Ilan ervan – zelfs hem – dat je een vrijwel volledig en rijk leven kunt leiden zonder ook maar één correct woord. 'En ik heb het over Ilan, ja?' merkt ze op terwijl ze haar rug recht. 'Dezelfde Ilan die al lang voor de geboorte van Adam tegen me zei dat hij nu al wist dat hij niet in staat was van een kind te houden – zelfs niet van zijn eigen kind – eer het zou beginnen te praten. Snap je? En kijk, daar kwam Ofer, bijna drie jaar zo, de zwijgende minderheid, en moet je zien wat er van hem geworden is.'

Ilan en hij legden samen perkjes in de tuin aan en zaaiden er groente en bloemen, ze zetten een geavanceerde 'mierenstad' op, die ze nauwgezet verzorgden, ze bouwden kastelen van ontelbaar veel legosteentjes, ze waren uren bezig met boetseerklei, ze speelden met deeg en met Ofers enorme verzameling vlakgommetjes, ze bakten samen taarten. 'Ik heb het over Ilan!' grinnikt ze. 'Stel je voor! En Ofer, moet je weten, was er echt van bezeten dingen uit elkaar te halen, al vanaf zijn geboorte. Ze uit elkaar te halen en weer in elkaar te zetten, telkens weer, duizend keer: de automatische sproeier in de tuin, een oude cassetterecorder, een transistorradiootje, een ventilator en natuurlijk wekkers en horloges. Dankzij Ilan werd hij een kleine monteur, timmerman en elektricien, en dat allemaal vrijwel zonder woorden. Je had het gepruttel en het gekwetter van die twee moeten horen, ja, je had Ilan moeten zien, alsof hij vrijaf had genomen van zichzelf.'

Avram glimlacht. Iets wat in de buurt komt van geluk vertrekt even zijn gezicht, dat er niet aan gewend is. Hij wil het echt horen, herhaalt Ora in haar hoofd, nog altijd verbaasd, en haar hart antwoordt haar simpelweg wat ze altijd heeft geweten over Avram: dat hij misschien geen band met Ofer zelf aankan of aandurft, maar wel met het verhaal van Ofer in contact kan en durft te worden gebracht.

Een goedlachse, luchtige Ilan kwam toen ineens tevoorschijn voor Ofer. Een zonnige, zeldzame Ilan, die ze heel graag zag. Hij rolde met hem over de vloer, stoeide, voetbalde en speelde krijgertje met hem in de woonkamer en in de tuin. Hij nam hem op zijn schouders en rende joelend met hem rond het huis. Hij liet Ofer op zijn voeten staan en liep zo met hem door de gang, en hij zong luidkeels onzinliedjes met hem mee.

Voor de spiegel trok hij samen met Ofer grappige of enge gezichten, of hij bracht zijn gezicht vlak bij dat van Ofer, tot hun neuzen elkaar bijna raakten, en 'wie het eerst lacht, heeft verloren!' En dan verdween hij even naar de keuken en kwam terug met zijn gezicht onder de bloem en de ketchup. 'En hoe die twee tekeergingen in bad, met watergevechten en eendjes. Je had de badkamer moeten zien als ze daar waren uitgedold. Alsof er een zeeslag was uitgevochten.'

'En Adam?'

'Adam, ja,' zegt ze – en ze denkt: zoals hij het gesprek telkens weer snel terugbrengt op Adam – 'natuurlijk mocht Adam meedoen aan die spelletjes, het is niet dat hij niet was uitgenodigd.' Ze klemt haar armen tegen haar borst. 'Oef, het is ook zo ingewikkeld...'

Want als Adam bij hen was, waren Ofer en Ilan naar haar gevoel altijd een beetje geremd. Ze temperden hun onbesuisdheid en hun uitgelatenheid, en ze leken geduld en verdraagzaamheid op te brengen voor zijn onophoudelijke gebabbel, zijn spraakwaterval, die plotseling kon omslaan in angstaanjagende lichamelijke wildheid, in een storm van klappen en schoppen, tegen hen allebei, bij de minste of geringste aanleiding of als hij een denkbeeldige belediging vermoedde. Soms wierp hij zich in zo'n woedeaanval op de grond en beukte met zijn vuisten en voeten, en ook met zijn hoofd, op de vloer – Ora siddert bij de herinnering aan die doffe klappen – en dan deden Ilan en Ofer samen hun uiterste best hem met veel gesoebat te bedaren en te verzoenen. 'Het was echt aandoenlijk te zien hoe Ofer,' zegt ze, 'een kruimel van twee, Adam dan aaide, naast hem ging zitten, zich tegen hem aan vlijde en met hem praatte zonder woorden, in troostend gebrabbel.

Het was een vreselijk moeilijke periode,' zegt ze, 'want Adam kon met geen mogelijkheid begrijpen wat er aan de hand was. Hoe hij ook zijn best deed toenadering te zoeken, ze deinsden als het ware voor hem terug, en dan werd hij nog zenuwachtiger en voerde het volume van zijn geklets verder op. Want wat kon hij anders, zeg nu zelf? Hij had maar één instrument om te tonen en uit te drukken wat hij wilde, alleen wat hij van Ilan had geleerd, en eigenlijk...' Ze schudt boos haar hoofd, waarom had ze niet harder ingegrepen? Ze was zo zwak, zo onvolwassen geweest. 'Eigenlijk denk ik nu dat hij Ilan gewoon smeekte bij hem terug te komen, hun verbond opnieuw te bekrachtigen.

Ik denk ook aan Ilan, hoe hij Ofer gewoon zichzelf liet zijn en hield van alles wat hij in zich had. Hij leek zelfs afstand te hebben gedaan van die verdomde kritische instelling van hem, alleen maar om onvoorwaardelijk, zonder enige remmingen, te houden van alles wat Ofer was.'

En zodoende, weet ze, maar ze is niet in staat haar gedachte uit te spreken, wendde hij Adam zijn nek toe. Je kon het niet anders beschrijven. Ze weet dat Avram ook precies begrijpt wat daar heeft plaatsgevonden. Dat Avram de halve klanken en de stiltes heeft opgevangen.

Hij deed het niet met opzet, Ilan. Ze weet het. Natuurlijk wilde hij niet dat het zou gebeuren. Hij hield heel veel van Adam. Maar het is gebeurd. Hij deed het. Ora voelde het, Adam voelde het, misschien voelde zelfs de kleine Ofer er iets van. Het had geen naam, wat Ilan deed, die onzichtbare, subtiele, verschrikkelijke beweging, maar in die periode was de lucht in huis ervan doordrenkt, van die diepe en zo gecompliceerde trouwbreuk, dat ze ook nu ze twintig jaar later het verhaal aan Avram vertelt, niet in staat is het beestje bij de naam te noemen.

Op een ochtend – Adam was toen een jaar of vijf – gaf Ilan hem een zachtgekookt eitje te eten, en tussen twee hapjes door likte Adam zijn lippen en zei: 'Ei, ei, een eitje – de kip loopt in het weitje.' Dat was een spelletje dat ze vroeger, voor de geboorte van Ofer, leuk hadden gevonden, en Ilan ging er meteen op in en zei: 'Uit de lucht valt een pasteitje.' Adam lachte van geluk, dacht even na en zei: 'En dit is ons ontbijtje.' Ze lachten allebei. Ilan zei: 'Je bent een kei, en kom, we gaan je aankleden, anders komen we te laten op school.' Waarop Adam zei: 'En dat is geen apekool.'

Toen Ilan hem zijn blouse aantrok, merkte Adam op: 'Een arm in de mouw is net een bloem in de kou.' Ilan glimlachte en zei: 'Je bent de allerbeste, Adampje.' En toen Ilan de veters van zijn schoenen voor hem strikte, zei Adam: 'In de schoen zit een sok en die is groen.' Ilan zei: 'Ik zie dat je vanmorgen zin hebt om te rijmen,' en Adam zei: 'Kapotte dingen moet je lijmen.'

Op weg naar de kleuterschool kwamen ze langs het speeltuintje van Tsoer Hadassa, en daar merkte Adam op dat hij weleens helemaal van boven naar beneden van de glijbaan was gegleden, en volgens hem lag er trouwens onder de schommel heel erg veel rommel. Ilan, die met zijn hoofd ergens anders zat, liet zich er iets over ontvallen dat Adam vandaag echt een poëet was, en Adam zei: 'Een tafelkleed.'

Toen Ora Adam 's middags van school kwam halen, vertelde de kleuterleidster met een brede glimlach dat Adam vandaag een bijzondere dag had gehad: hij had uitsluitend op rijm met de andere kinderen en de juf gepraat en zelfs een aantal andere kinderen aangestoken. 'Niet allemaal, natuurlijk, ze kunnen niet allemaal zo mooi rijmen als Adam, maar je zou kunnen zeggen dat het rijm vandaag niet van de lucht is geweest. Een groep van kleine dichters waren we vandaag, hè, kinderen?' En Adam fronste zijn gladde voorhoofd en zei met een soort lichte boosheid: 'Kinderen, kinderen, nachtmerries hinderen. Vlinders vlinderen.'

Ook onderweg naar huis, op de fiets, tegen Ora's rug aan gedrukt en met zijn armen ongekend stevig om haar middel, antwoordde hij in rijm op al haar vragen. Ze had altijd al weinig op gehad met die spelletjes, van hem en van Ilan, en ze verzocht hem: 'Toe, hou daarmee op.' – 'Klap op mijn kop,' zei hij, en Ora dacht dat hij het met opzet deed en hield verder haar mond.

Ook thuis bleef hij doorgaan. Ora zei dat hij kon kiezen: of ze zou niets meer tegen hem zeggen, of hij deed weer normaal. En hij flapte eruit: 'Sandaal, verhaal, brutaal.' Hij ging voor de televisie zitten en zette het kinderprogramma *Parpar Nechmad* op, en toen ze even later keek, zag ze hem naar voren gebogen zitten, met zijn handen, tot vuisten gebald, op zijn schoot. Zijn lippen prevelden iets na elke zin die de personages op tv uitspraken, en ze begreep dat hij ze op rijm antwoord zat te geven.

Ze ging een ritje met hem maken in de auto, denkend dat hij tijdens het uitje, de snelle rit, misschien een beetje zou doorwaaien en die eigenaardige rijmdwang uit zijn hoofd zou zetten. Ze reden naar het nabijgelegen Mevo Betar en ze wees hem op bouwvakkers die aan het werk waren op een dak, en hij zei: 'Houthakkers op een tak.' Toen ze langs de supermarkt reden, riep hij tot haar verbazing na een zenuwslopende stilte van een paar seconden uit: 'Hartinfarct!' Ze stopte om een oude herdershond de gelegenheid te geven de weg over te steken, hoorde een diep stilzwijgen op de achterbank, en toen ze in het spiegeltje keek, zag ze zijn lippen snel bewegen en de tranen in zijn ogen schieten, omdat hij geen rijmwoord kon vinden op 'herdershond'.

'Die op de stoep iets verder stond,' zei ze op milde toon, en hij haalde opgelucht adem. 'Op de grond,' voegde hij er meteen aan toe, 'en hij was blond.'

'Kom, vertel me nu eens hoe je het vandaag hebt gehad op school,' vroeg ze hem, toen ze op hun geliefde verscholen plekje zaten, op het pad naar de wadi Nachal Hama'janot, en hij bracht onmiddellijk uit: 'Apekool, waterpistool.' Ze legde een wijsvinger op zijn lippen en zei: 'Nu moet je even stil zijn, alleen maar luisteren.' Hij keek haar angstig aan en mompelde: 'Bilpijn, alleen maar fluisteren,' en Ora verstijfde even toen ze het verdriet en de wanhoop in zijn blik zag. Ze had het idee dat hij haar smeekte om te zwijgen en de hele wereld het zwijgen op te leggen, zodat er geen enkele klank meer te horen zou zijn. Ze nam hem in haar armen en drukte hem tegen zich aan, en hij begroef zijn hoofd in haar hals. Zijn lichaam voelde stijf en gespannen aan. Ze probeerde hem te sussen, maar telkens als ze zich per ongeluk ook maar een woordje liet ontvallen, moest en zou hij erop reageren met een rijmwoord. Ze nam hem mee naar huis, gaf hem te eten en stopte hem in bad, en ook als ze nu helemaal niets meer zei, zag ze dat hij woorden liet rijmen op de klanken van het water in de badkuip, de klap van een deur die ergens in de verte werd dichtgeslagen, de piepjes van de nieuwsuitzending op de radio van de buren.

Toen ze hem de volgende dag wakker ging maken – eigenlijk had ze Ilan gevraagd hem te wekken, maar hij vond het beter dat zij het deed –, liep ze met gespeelde opgewektheid naar de kamer van de kinderen en riep luid jubelend uit: 'Goedemorgen, schatjes van me!' Uit het kussen van Adam hoorde ze mompelend opklinken: 'Watjes van me, spatjes van me,' en ze zag hoe zijn slaapogen op slag helder werden en zijn gezicht betrok van de schrik.

'Wat is er met me?' vroeg hij met bibberige stem toen hij overeind was gaan zitten. Al voor ze kon antwoorden, zei hij: 'Misser met me, ruitenwisser.' Hij stak zijn armen naar haar uit, om opgetild en omhelsd te worden. 'Ik wil vandaag helemaal niet praten,' riep hij uit, 'het laten, tomaten, soldaten!'

Ilan kwam aangelopen en bleef in de deuropening staan. Hij had scheerschuim op zijn gezicht, en Adam wees er slapjes naar en fluisterde: 'Pruim, duim. Aardappelkruim.'

Ora zei vanuit haar mondhoek: '*I don't know what to do.*'

'Stengels, blijf af met je tengels,' mompelde Adam, en Ora haalde even opgelucht adem, tot de moed haar weer in de schoenen zonk toen ze besefte dat hij rijmde op 'Engels'.

'Wat heb je, kereltje?' vroeg Ilan op strenge toon.

'Klein wereldje, dood mereltje,' prevelde Adam, en hij verstopte zijn gezicht in Ora's hals, alsof hij daar een toevluchtsoord zocht voor Ilan.

'Het ging zo misschien drie maanden door,' vertelt Ora aan Avram. 'Elke zin, elk woord, alles wat tegen hem werd gezegd en wat hij om zich heen hoorde. Een rijmmachine. Een robot.'

'Wat hebben jullie toen gedaan?'

'Wat konden we doen? We probeerden onze mond te houden. Hem niet onder druk te zetten. Te doen alsof onze neus bloedde.'

'Je hebt die ene film,' zegt Avram, 'die we een keer samen hebben gezien, met zijn drieën, in bioscoop Jeruzalem.'

'*David and Lisa*, ja.' En ze citeert: 'David, David, look at me, look at me, what do you see?'

Avram antwoordt: 'I see a girl, who looks like a pearl.'

'Drie maanden lang,' zegt ze, nog altijd verbijsterd, 'op elke klank in huis kwam hij met een rijmwoord.'

Uit alle macht onderdrukt ze nu een kreun van verdriet om wat nu in haar wordt opgewekt: de wil, de sterke aandrang, het verlangen er onmiddellijk weer over te praten met Ilan, nog eens een poging te doen om te begrijpen wat Adam toen doormaakte, het telkens weer met Ilan te herkauwen in hun eindeloze gesprekken in de keuken, of omarmd in het donker op de bank in de woonkamer, met de televisie uit, of tijdens hun avondwandelingen over de paden rond het dorp.

Ilan is weg, brengt ze zichzelf streng in herinnering.

Maar heel even, zoals iedere ochtend wanneer ze haar ogen opslaat en een tastende hand uitsteekt, slaat het haar keihard in het gezicht, als de eerste keer: ze heeft geen wederhelft. Ze heeft geen rijmwoord.

'Van 's ochtends vroeg tot 's avonds laat was hij zo, dag in dag uit, en 's nachts ook,' zegt ze, 'en daarna verdween het op een of andere manier, bijna zonder dat we het merkten. Net zoals allerlei andere gekkigheden van ze, van hem en Ofer. Zo gaat dat,' zegt ze met een geforceerd lachje, 'je weet zeker dat het een verloren zaak is, dat een of andere gekkigheid nooit meer zal overgaan: dat Adam eeuwig in rijm zal blijven praten, of dat Ofer zijn leven lang met een bahco in zijn bed zal blijven slapen om er de Arabieren mee te slaan die 's nachts komen, of dat hij tot zijn zeventigste zijn cowboypak zal blijven dragen. Maar op een dag valt je op dat de kwestie waarvan het hele huis gek werd, waarvan we maandenlang in de put zaten, ineens poef, is verdwenen, in rook is opgegaan.'

'Om Arabieren mee te slaan?'

'Oké, dat was me een verhaal,' lacht ze. 'Dat kind van jou had een heel levendige fantasie.'

'Ofer?'

'Ja.'

'Maar wat... waarom Arabieren? Had hij iets met –'

'Welnee,' zegt ze en ze maakt een wegwerpgebaar, 'het zat allemaal alleen maar in zijn hoofd.'

Ze komen langs het educatiecentrum van de Natuurbescherming op de Meron, en Avram rent naar een waterfonteintje en vult de waterflessen. Ora ziet het water over de rand van de volle fles in zijn hand lopen en het blijft maar stromen, en dan ontdekt ze dat hij met een flauwe glimlach staat te staren naar het bos waardoorheen ze zojuist naar boven zijn gelopen. Ze volgt de draad van zijn glimlach en komt uit bij de goudbruine hond: zwaar hijgend staat ze tussen de bomen. Ora vult een diep plastic bord met water en zet het niet ver van haar vandaan neer. 'Het is jouw bak,' brengt ze de hond in herinnering, en ze blijft die voor haar vullen tot haar dorst is gelest. Bij een kraampje dat er staat, kopen ze – pas nadat de verkoper erin heeft toegestemd zijn radio uit te zetten – drie hotdogs voor de hond, en eten en snoep voor zichzelf. Dan klimmen ze verder de berg op. Een luidspreker in de nabijgelegen militaire basis roept voortdurend om de technici, de chauffeur of de mensen van de antennes. De menselijke aanwezigheid wordt dichter en maakt hen zenuwachtig. Ze mijden ontmoetingen en gesprekjes met stellen wandelaars die hun pad kruisen, en die er min of meer zo uitzien als wij, denkt Ora met een steek van jaloezie, zo ongeveer van onze leeftijd, vriendelijke kleinburgers die een snipperdagje in de natuur hebben geritseld, eventjes weg van het werk en de kinderen. En ze denken natuurlijk hetzelfde van ons, van mij en Avram. Wat sprong hij daarnet op – haar hart krimpt ineen – toen ik het had over Ofers angst voor Arabieren! Op wat voor zere teen ben ik gaan staan?

Boven op de Meron staan ze op het panoramisch uitkijkpunt – 'gerestaureerd door de nabestaanden en vrienden van eerste luitenant Oeri'el Perets, zaliger nagedachtenis, geboren te Ofira op 2 Kislev 5737 (1977), gevallen in de strijd in Libanon op 7 Kislev 5758 (1998), verkenner, strijder, Tora-student en liefhebber van zijn land,' leest Avram daar – en ze kijken uit over het noorden, naar de berg Hermon, die in paarse nevelen is gehuld, en naar het Choela-dal en de groene bergkam van Naftali. Weer staan ze met trotse bescheidenheid versteld van zichzelf en proberen te schatten hoeveel kilometers ze hebben afgelegd. Een nieuwe, onbekende kloekheid borrelt in hun lijf. Bundels van kracht zwellen in hun beider kuiten. En als ze even hun rugzak van hun schouders nemen, hebben ze het gevoel dat ze een beetje zweven.

'Zeg, slapen we hier, boven op de berg?' vraagt Avram.

'Het wordt hier koud, misschien kunnen we beter een eindje afdalen. Zullen we het pad verder volgen naar beneden?'

'Ik heb juist zin om eerst een rondje te maken om de top,' – hij rekt zijn armen uit en ontspant ze – 'ook al ligt dat niet op de route van het pad.'

'Dan doen we dat,' zegt ze verheugd, 'we hoeven niet per se alleen maar het pad te volgen.'

Ze lopen om de top heen over het ringvormige pad, en de hond rent voor hen uit. Het is voor het eerst dat ze voor hen uit rent, en nu en dan blijft ze staan, kijkt naar hen, wacht en spoort hen aan met haar blik voor ze weer verder holt. De lucht is doordrenkt met geuren van rulle aarde en bloeiende planten. Boomstammen zijn omrankt met klimop, en tussen de eiken en de meidoornstruiken laaien plotseling de kleurige vlammen van de judasbomen op. Een geweldige aardbeiboom, met een wortel waaruit als een reusachtige gespreide hand vingers van dunne stammen zijn opgeschoten, staat er bloot bij met zijn lichaam dat niet door schors wordt bedekt. Het is bijna gênant om te zien, de boom met zijn kleur en textuur als van een menselijk naakt, als van een vrouwenlichaam.

Ora blijft ineens staan. 'Luister, ik moet je iets vertellen. Het vreet de hele tijd al aan me, maar ik kon het tot nu toe niet. Wil je het horen?'

'Ora,' zegt hij berispend.

'Oké, toen ik afscheid van hem nam, van Ofer, op het verzamelpunt van zijn bataljon, waar ik hem naartoe had gebracht, stond er een televisieploeg bij. Die heeft ons gefilmd.'

'Ja?'

'En de reporter vroeg hem wat hij tegen mij wilde zeggen voor hij daar naartoe ging, waarop Ofer antwoordde of ik dit of dat voor hem zou willen koken of zoiets, ik weet het niet precies meer, en toen fluisterde hij me ineens nog iets in het oor, voor de camera's en waar iedereen bij stond.'

Avram blijft staan, in afwachting.

'En wat hij zei, dat was...' Ze haalt diep adem en trekt haar lippen samen. 'Dat als, dat als hij –'

'Ja,' fluistert Avram in een poging haar aan te moedigen, maar zijn lichaam reageert al op eigen houtje, als op een klap die het ziet aankomen.

'Dat als hem iets overkomt, hoor je, dat hij, als hem iets overkomt, wil dat we uit Israël weggaan.'

'Wat?'

'Beloof me dat jullie dan het land verlaten.'

'Zei hij het zo?'

'Letterlijk.'

'Jullie allemaal?'

'Blijkbaar. Ik had niet eens de tijd –'

'En heb je het hem beloofd?'

'Dat geloof ik niet, ik weet het niet meer, ik was zo verbijsterd.'

Ze lopen verder, zwijgend, ineens een beetje voorovergebogen. 'Als ik sneuvel,' had Ofer haar toegefluisterd, 'beloof me dan dat jullie uit Israël weggaan, dat jullie gewoon het land verlaten. Jullie hebben hier dan niets meer te zoeken.'

'En het deprimeert me nog het meest dat het duidelijk niet iets was wat hij er spontaan uitgooide. Dat hij er van tevoren over had nagedacht. Het was gepland.'

Avram loopt met zware stappen door.

'Wacht, niet zo rennen,' zegt Ora.

Hij wrijft stevig over zijn gezicht en zijn hoofd. Het koude zweet is hem uitgebroken. Die drie woorden die uit haar mond zijn gekomen. 'Als ik sneuvel.' Hoe kan ze ze uitspreken? Hoe kan ze ze uit haar keel krijgen?

'Adam,' schiet haar te binnen, 'heeft in zijn diensttijd een keer gezegd dat hij, als hem iets zou overkomen, wilde dat we ter nagedachtenis een bankje zouden neerzetten voor de Onderzeeër.'

'Wat voor onderzeeër?'

'De Gele Onderzeeër. Een tent in Talpiot, waar hij soms optreedt met zijn band.'

Ze lopen zonder iets te zeggen verder. Er komen mensen voorbij, maar ze zien die niet eens. Bij een antieke olijfpers, uitgehouwen in de rots-steen, gaan ze zitten. Salamanderlarven zwemmen in het regenwater dat in de pers staat. Brokken van gekauwde groene planten zijn her en der achtergelaten door wilde zwijnen. Ze zwijgen beiden en verzamelen nieuwe krachten.

'Op een of andere manier,' zegt ze, 'heb ik al deze dagen – wat zal ik je zeggen – op momenten dat ik het niet van me af kan zetten, het gevoel dat ik met deze hele wandeltocht ook voortdurend afscheid van dit land aan het nemen ben.'

'Je gaat niet weg,' zegt hij streng, bijna in paniek, 'je kunt niet weg.'

'Ik kan niet weg?'

'Kom. We gaan.'

Zijn kaken, stevig op elkaar geklemd, vermalen gedachten en woor-den. Hij zou haar eigenlijk willen zeggen dat ze alleen hier, in dit land-schap, tussen de rotsen, de cyclamen, in het Hebreeuws, in deze zon, betekenis heeft. Maar dat klinkt sentimenteel en absurd, dus hij houdt zijn mond.

Ora staat op. Ineens denkt ze dat Ofer iets over Avram lijkt te hebben aangevoeld. Alsof hij tegen haar zei: als mij óók iets overkomt, als het op-nieuw op een volgende generatie overgaat, dan hebben jullie hier niets te zoeken.

'Maar hoe dan ook,' zegt ze zachtjes, 'áls, dan niet alleen uit Israël.'

'Ora –'

'Laat zitten. Hou er maar over op, waarom zouden we het landschap bederven?' Haar mond trilt. Ze bijt hard op haar lip.

Naast haar sleept Avram zich voort. Een verschrikkelijk gewicht, van vloeibaar lood, wordt met elke stap in zijn benen gegoten. Misschien vertelt ze me daarom over hem, is de gedachte die voorbijkomt, om hem straks te laten voortleven in iemands herinnering.

'Zeg.' Met haar laatste krachten trekt ze zich uit het dikke slib van het stilzwijgen.

'Wat, Orele?'

'Weet je waar ik zin in heb?'

'Waar heb je zin in?' vraagt hij. Een verstrooide glimlach licht op uit het duister van zijn gedachten. Je hoeft het maar te vragen, denkt hij, en zijn hart gaat naar haar uit.

'Morgen of overmorgen,' zegt ze, 'wil ik je haar een beetje bijknippen.'

Hij is verbaasd. 'Is er iets verkeerd aan mijn haar?'

'Verkeerd niet. Het is een soort aandrang die ik nu eenmaal krijg in de bergen. We gaan eens een beetje de schaar in die pieken zetten.'

'Ik weet het niet. We zien wel. Ik moet er even over denken.'

De lucht is helder en prikkelend. Aan weerszijden van het pad staan cistusrozenstruiken in weelderige roze en witte bloei. Hij denkt: zoals ze van de hak op de tak springt, zoals ze overal tegelijkertijd bij is met haar hoofd.

'En wie knipt je normaal gesproken, in het dagelijkse leven?' laat ze zich met goed gedoseerde achteloosheid ontvallen.

'Vroeger, lang geleden, een vriend van me die kapper was, op de Ben-Jehoedastraat, als vriendendienst.'

'Aha.'

'Maar de laatste jaren doet Netta het meestal, ongeveer eens in het half-jaar.' Hij voelt aan zijn lange, dunne haar, dat wappert in de wind. 'Misschien moet je het echt een beetje bijknippen.'

'Je zult er niets van voelen,' zegt ze, 'het doet geen pijn.'

Ze lopen. Lege eikeldoppen kraken onder hun voeten. Een koele wind wikkelt zich om hen heen. Het bos is hier bespikkeld met rode, blauwe en paarse anemonen. Tussen hem en haar trilt een nieuwe onderlinge affiniteit.

'Weet je,' zegt Ora, 'sinds twee dagen, vanaf het moment dat we allebei een beetje zijn bekomen van de schok, toen ik voelde dat het met jou ook beter ging – dat is toch zo'n beetje sinds eergisteren?'

'Ja?'

'Ja, nadat ik 's nachts in het schrift heb zitten schrijven. Sindsdien valt me ineens op dat ik bijna alles wat ik zie, het landschap, de bloeiende planten, de rotsen, de kleur van de aarde, het licht op alle verschillende uren van de dag,' zegt ze, en ze maakt een rond, weids armgebaar, 'kortom alles, jou incluis, en de verhalen die ik jou vertel, ons tweeën, en ook die hyacint hier – dag, vriend,' groet ze de hyacint met een vriendelijk knikje –, 'dat ik het allemaal probeer te onthouden, echt in mijn geheugen te prenten. Want je weet maar nooit,' en ze kijkt Avram aan met een clowneske grimas die niemand aan het lachen maakt, 'misschien is dit wel mijn laatste samenzijn met alles wat ik noemde.'

'Hem overkomt niets, Ora, je zult het zien, hij komt gezond en behouden terug.'

'Beloof je het me?'

Hij trekt zijn wenkbrauwen op.

'Beloof het me,' zegt ze, en ze stoot hem aan met haar schouder, 'wat kan het jou schelen een oude vrouw blij te maken?'

Ze komen weer langs een panoramisch uitkijkpunt. Ditmaal is het gedenkteken opgericht ter herinnering aan Josef Boekiesj zaliger, gevallen tijdens de vervulling van zijn dienstplicht op 25 juli 1997. 'Er is veel moois op de wereld om over te dichten,/ Bloemen en dieren, mensen en vergezichten./ Houd de ogen dus open en tel uit je winst:/ Je ziet elke dag honderd prachtige dingen/ Op zijn minst!' (Lea Goldberg). Onthoud alles! beveelt Avram zichzelf, en hij rent rond in zijn binnenste, in zijn hoofd, en botst er tegen de wanden op – in dit hoofd dat je hebt leeggemaakt, dat je hebt uitgewist, dat je hebt vervuild, gevuld met rotzooi, met shit, nu zul je er elk woord van haar in opslaan, er alles in onthouden wat ze je vertelt over hem, over Ofer. Dat is het minste wat je voor haar zult doen, wat heb je haar behalve dat nog meer te bieden? Je vervloekte, ziekelijke geheugen zul je haar geven.

'Wat hij daar tegen je zei...' oppert Avram daarna voorzichtig. 'Ik dacht: is het misschien een beetje onder de invloed van die opera van Adam?'

'Over de ballingschap? Dat we met zijn allen in lange rijen het land verlaten?'

'Misschien.'

Een rode kleur kruipt op van haar borst naar haar hals. Die gedachte was ook al door haar hoofd gegaan, en nu dus door het zijne. Zoals hij zijn schering met haar inslag leert te verweven... Ze blijven zonder iets te zeggen staan, deinen een beetje heen en weer. Aan hun voeten ligt het Har Meron-natuurreservaat: groene vlakten, bossen, rotsige bergen. Avram denkt weer aan de vrouw die achter zich aan de rode draad afrolt. Misschien is het eigenlijk een navelstreng die vanuit haar doorloopt tot in het oneindige? Hij stelt zich voor hoe uit alle steden, dorpen, kibboetsen en mosjavim meer en meer mannen, vrouwen en kinderen komen en hun rode draden verbinden met die van haar. Even ziet hij voor zich hoe een rood weefsel zich uitspreidt over de vlakten voor hem, hoe het ze vasthoudt als een vissersnet, een fijnmazig, bloedend netwerk dat glinstert in de zon.

'Het heeft iets bijzonders hier zo te lopen, vind je niet?' vraagt hij daarna.

Ora wordt uit haar overpeinzingen gehaald en lacht. 'Dat kun je wel zeggen, ja, in vele opzichten.'

'Nee, ik bedoel, het lopen zelf,' zegt Avram, 'dat je van het ene punt naar het volgende gaat, dat er geen kortere weg is, dat het pad ons zijn tempo voorschrijft.'

'Het is zo tegengesteld aan mijn dagelijkse leven,' zegt ze, 'met de auto en de magnetron en de computer, waarmee je met een druk op de knop een hele kip kunt ontdooien of een mailtje kunt versturen naar New York. Ach, Avram,' en ze rekt haar armen uit en zuigt de prikkelende berglucht in, 'deze slakkengang past veel beter bij mij. Zullen we zo voor altijd blijven doorlopen zonder ooit aan te komen?'

Ze verlaten het pad rond de bergtop en vinden een kleine, frisgroene wei. Ze gaan op hun rug op de warme grond liggen, met hun gezicht in de zon. Het is in de middag en aan Ora's hoofdeinde staat een reigersbek die zijn bestuivingswerk heeft volbracht en nu zijn blauwe bloemen laat vallen en helemaal verwelkt is. Een sterke, aardse, rotsige, eeroude kracht dringt in haar lijf vanuit de berg onder haar rug. De hond ligt een eindje verderop en is zichzelf naarstig aan het schoonlikken. Avram haalt een hoedje van Ofer uit zijn rugzak – PANTSERBATALJON SJELACH, COMPAGNIE C, 'DE JONGENS' – en legt het op zijn gezicht. Ook zij bedekt haar gezicht met een hoedje. De warmte van de zon is prettig en maakt haar doezelig. Een diepe stilte daalt neer en omhult hen. Een kleine gouden tor knaagt aan de afgevallen bloembladeren van een anemoon, vlak bij Ora's vingers. Naast haar knie staat als een kleine blauwe lis de gynandriris, die snel zijn bloemen tentoonspreidt om de liefhebbers van de reeds uitgebloeide reigersbek te verleiden.

'Daarstraks, toen we daar op het uitkijkpunt stonden,' zegt Ora zachtjes in haar hoedje, 'toen we over het Choela-dal uitkeken en het zo mooi was, met al die velden in alle kleuren, dacht ik dat het voor mij eigenlijk altijd zo is met dit land.'

'Hoe?'

'Dat elke ontmoeting van mij met ons land ook een beetje een afscheid is.'

In de verborgenheid van zijn hoedje ziet Avram in een flits een stuk papier, gescheurd uit een Arabische krant, dat hij in de latrine van de Abbassiagevangenis aantrof in een emmer. Door de vegen van de poep heen kon hij een kort, zakelijk verslag ontcijferen over de executies van alle onderministers en van vijftien burgemeesters uit Haifa en omgeving, die de dag ervoor hadden plaatsgevonden op het stadhuisplein in Tel Aviv. Een aantal dagen en nachten was hij ervan overtuigd dat Israël van de kaart was geveegd. Daarna begreep hij dat hij was bedrogen, maar er was iets in hem geknapt.

Onder het hoedje zijn zijn ogen opengesperd. Hij herinnert zich de eindeloze ritten met Ora en met Ilan door de straten van Tel Aviv, nadat hij uit het ziekenhuis was ontslagen. Alles leek hem toen concreet en levensecht, maar ook een grote show. Op een keer, tijdens een van die ritten, liet hij zich ineens ontvallen tegen Ora: 'Oké, het is ontzettend mooi om met de vader des vaderlands te zeggen: "Als ge wilt, is het geen sprookje," maar wat als iemand niet langer wil? Of niet langer de wil kan opbrengen?'

'Wat niet langer wil?'

'Niet langer geen sprookje wil zijn.'

Een zwerm Aziatische steenpatrijzen vliegt klapwiekend op uit het struikgewas naast hen, en de hond komt er teleurgesteld vandaan.

'En op zulke momenten,' zegt Ora door haar hoedje heen, 'denk ik altijd: dit is mijn land en ik heb echt nergens anders om naartoe te gaan. Waar moet ik heen, zeg me dat, waar anders kan ik me nog zo over alles opwinden, en wie wil me daar trouwens hebben?

Maar tegelijkertijd weet ik ook dat het eigenlijk geen kans maakt, Israël, het maakt geen kans, snap je?' Ze plukt het hoedje van haar gezicht, gaat ineens rechtop zitten en ontdekt dan tot haar verbazing dat hij al overeind zit en haar aankijkt. 'Want als je er logisch over nadenkt,' fluistert ze, 'als je alleen de koude cijfers en de feiten en de geschiedenis in aanmerking neemt, zonder enige illusies, dan maakt dit land geen enkele kans.'

Plotseling, als in een stuntelige toneelopvoering, stormen er tientallen soldaten het grasland op. Ze rennen in twee parallelle rijen, die uiteengaan om Ora en Avram links en rechts te omzeilen. OFFICIERSOPLEIDING BEVOORRADINGSKORPS, staat er op hun bezwete hemden. Dertig of veertig jonge, stevige, uitgeputte mannen, en aan het hoofd rent lichtvoetig een blonde soldate met een tenger figuur, die een soort plagerig wijsje voor ze zingt: 'Na-na-na-na-na-na-na!'

Ze antwoorden met een schor gebrul: 'Van Rotem houden wij, o ja!'

'Na-na-na-na-na-na-na!'

'In de strijd haar achterna!'

Wat zeg je tegen een kind van zes, tegen een iel mannetje als Ofer, als hij zich op een ochtend, achter op de fiets naar school, tegen je rug aan drukt en voorzichtig aan je vraagt: 'Mama, wie zijn er tegen ons?' En als je probeert uit te zoeken wat hij precies bedoelt, antwoordt hij ongeduldig: 'Wie haat ons in de wereld, welke landen zijn tegen ons?'

Je wilt natuurlijk zijn wereld onschuldig en vrij van haat houden, dus je zegt dat degenen die tegen ons zijn ons niet altijd haten, en dat we met een paar landen om ons heen sinds lang van mening verschillen over allerlei zaken, 'precies zoals kinderen in jouw groep soms van mening verschillen of zelfs ruziemaken.' Maar zijn kleine armen klemmen zich stevig vast om je buik, en hij eist van je dat je hem de namen noemt van de landen die tegen ons zijn. De dringende noodzaak klinkt door in zijn stem en met zijn scherpe kin prikt hij in je rug, dus je begint op te noemen: 'Syrië, Jordanië, Irak, Libanon. Met Egypte hebben we tegenwoordig juist vrede,' breng je ter bemoediging op jubeltoon uit. 'Daar hebben we vaak oorlog mee gehad, maar nu hebben we het goedgemaakt,' zeg je erachteraan, en je denkt: hij moest eens weten hoe hij vanwege dat Egypte op deze wereld is beland.

Maar hij eist nauwkeurigheid van je, want hij is een heel praktisch kind dat altijd het naadje van de kous moet weten: 'Is Egypte nu dan echt vrienden met ons?'

'Niet echt,' geef je toe, 'ze willen nog niet helemaal vriendjes met ons zijn.'

'Dus zij zijn ook tegen ons,' constateert hij somber, en meteen vraagt hij of er nog meer 'landen van Arabieren' zijn. Hij geeft niet op tot je ze opnoemt: 'Saoedi-Arabië, Libië, Soedan, Koeweit, Jemen.' Je voelt in je rug dat hij de namen in zijn hoofd prent, en je geeft hem ook Iran, niet precies Arabieren, maar toch ook geen al te grote voorstanders van ons. Nog altijd zwijgt hij, en daarna vraagt hij met een zwak stemmetje of er nog meer zijn, waarop je mompelt: 'Marokko, Tunesië, Algerije,' en dan schieten je ook Indonesië, Maleisië, Pakistan en Afghanistan te binnen, en vast ook Oezbekistan en Kazachstan, al die stans klinken je niet lekker in de oren, 'en kijk eens, daar is de school, manneke, we zijn er.' En als je hem van de bagagedrager af helpt, lijkt zijn lichaamsgewicht verdubbeld.

De dagen daarna begon hij heel aandachtig naar de nieuwsberichten op de radio te luisteren. Ook als hij midden in een spel zat, werd hij tegen het hele uur gespannen, en later ook tegen het halve uur, het tijdstip dat de nieuwsflitsen werden uitgezonden. Heimelijk, bewegend als een spion, begaf hij zich naar de deur van de keuken en bleef er quasi-toevallig staan luisteren naar de radio. Ze volgde hem met haar ogen en zag hoe zijn kleine gezicht zich telkens vertrok van een mengeling van woede en angst als werd bericht dat er een Israëliër was omgekomen door vijandelijkheden of een aanslag. 'Heb je verdriet?' vroeg ze hem toen hij snikte nadat er weer een bom was ontploft op de Machanee Jehoeda-markt. Stampvoetend zei hij: 'Ik heb geen verdriet, ik ben kwaad! Ze maken al onze mensen dood! Straks hebben we niemand meer over!' Ze probeerde hem gerust te stellen. 'We hebben een sterk leger,' zei ze, 'en bovendien zijn er ook heel grote, sterke landen die op ons passen.' Met scepsis hoorde Ofer de informatie aan. Hij wilde weten waar die vriendschappelijke landen dan precies lagen. Ora opende een atlas. 'Kijk, hier heb je Amerika, bijvoorbeeld, en hier Engeland, en hier zijn nog een paar goede vrienden van ons,' mompelde ze, en ze liet te vlug en vaag haar hand over een aantal Europese landen gaan, waarin ze zelf ook niet al te veel vertrouwen had. Verbijsterd keek hij haar aan. 'Maar die zijn daar!'

riep hij uit, alsof hij niet geloofde dat ze zo stom kon zijn. 'Moet je zien hoeveel bladzijden tussen die landen en ons zitten!'

Een paar dagen later vroeg hij haar hem de landen te laten zien die 'tegen ons' waren. Weer sloeg ze de atlas open, en ze wees ze een voor een aan. 'Wacht even,' vroeg hij, 'waar zijn wij?' Een sprankje hoop lichtte op in zijn ogen. 'Misschien staan wij niet op deze bladzijde?' Met haar pink wees ze naar Israël. Een merkwaardig gehuil ontsnapte uit zijn keel, en ineens drukte hij zich met al zijn kracht tegen haar aan en probeerde zich met armen en benen aan haar vast te klampen, alsof hij helemaal terug wilde kruipen in haar lichaam. Ze sloeg haar armen om hem heen, aaide hem en mompelde sussende woordjes. Scherp riekend zweet, bijna als van een oude man, brak hem uit over zijn hele lijf. Toen het haar lukte zijn gezicht naar haar op te tillen, zag ze in zijn ogen iets waarvan haar hart acuut ineenkromp.

De volgende dagen was hij ongewoon stil. Zelfs Adam slaagde er niet in hem op te vrolijken. Ilan en Ora probeerden hem aan het praten te krijgen, hem te verlokken met de belofte van een reis naar Nederland in de grote vakantie, of zelfs een safari in Kenia, maar niets hielp. Hij was terneergeslagen en lusteloos, teruggetrokken in zichzelf. Ora besefte toen hoezeer haar levensvreugde, in de letterlijke zin van het woord, afhing van een lach op het gezicht van dat jongetje.

'Zijn blik,' zei Ilan. 'Het bevalt me niet hoe hij uit zijn ogen kijkt. Het lijkt me niet de blik van een kind.'

'Zoals hij naar ons kijkt?'

'Naar alles. Is het je niet opgevallen?'

Misschien was het haar wel opgevallen, natuurlijk wel, maar zoals gewoonlijk – 'je kent me,' verzucht ze tegen Avram tijdens de afdaling van de Meron, 'je weet hoe ik ben in die dingen,' – had ze er liever gewoon niet over nagedacht, haar ogen gesloten voor alle symptomen en er in elk geval niets hardop over uitgesproken, in de hoop dat het zo vanzelf zou overgaan. Maar nu, wist ze, zou Ilan het uitspreken, het omschrijven, het nuchter en scherp formuleren, waarop het in een klap iets concreets zou worden en het zich daarna gestaag zou uitbreiden en vertakken.

'Het is alsof...' zei Ilan, 'alsof hij iets weet wat wij nog niet durven –'

'Hou toch op, het gaat wel weer over. Het zijn kinderangsten, heel gewoon op die leeftijd.'

'Ik zeg je, Ora, dat is het niet.'

'Weet je nog,' vroeg ze, en ze grinnikte vreugdeloos, 'dat Adam op zijn derde vreselijk inzat over de vraag of er ook 's nachts Arabieren bestonden?'

'Maar dit is iets anders, Ora. Mijn gevoel zegt dat –'

'Luister, misschien moeten we hem een dagje mee uit nemen naar die paardenfarm waar hij een keer –'

'Soms heb ik het gevoel dat hij naar ons kijkt als naar –'

'Een papegaai!' riep Ora uit, spartelend in haar wanhoop. 'Weet je nog dat hij vroeg of we een papegaai voor hem –'

'Als naar een stel ter dood veroordeelden,' zei Ilan ontzet.

En toen wilde Ofer de cijfers weten. Toen hij hoorde dat Israël vierenhalf miljoen inwoners telde, was hij onder de indruk, zelfs gerustgesteld. Het leek hem een enorm groot aantal. Maar twee dagen later kwam er een nieuwe gedachte bij hem op. 'Een praktisch en ontzettend logisch kind is hij altijd geweest,' onderstreept Ora tegenover Avram. 'Ook dat heeft hij niet van jou en niet van mij,' lacht ze, 'dat analytische hoofd, dat doelgerichte.' Hij wilde weten 'hoeveel er tegen ons waren' en rustte niet tot Ilan voor hem het precieze inwonertal had uitgezocht van alle islamitische landen ter wereld. Ofer riep voor de optelsommen de hulp van Adam in, en ze trokken zich terug op hun kamer. Even later kwam Adam naar buiten en zei dat Ofer een beetje verdrietig was en dat Ora maar beter naar hem toe kon gaan. Ze ging naar binnen en zag Ofer opgekruld op zijn bed liggen, met zijn handen voor zijn gezicht: hij was zachtjes tranen met tuiten aan het huilen. Naast hem lag een losgescheurde bladzijde uit een rekenschrift met daarop in Adams handschrift een getal met een heleboel nullen.

'Ze gaan ons doodmaken,' zei Ofer met grote ogen toen ze hem in haar armen nam. Zijn opengesperde mond trilde. 'Mama, moet je zien met z'n hoevelen ze zijn.'

'Ze gaan ons doodmaken!' Adam maakte sprongetjes op de plaats. 'Ze gaan ons dood-ma-ken!' juichte hij met hese stem, en hij pakte een korte stok, liep ermee heen en weer door de kamer en voerde een zwaardgevecht met een onzichtbare vijand.

'Adam, nu is het genoeg geweest!' gaf ze hem op zijn kop. 'Zit hem niet zo te darren!'

'Dood-ma-ken!' schreeuwde Adam, en hij rende merkwaardig vrolijk door de kamer en stak met zijn zwaard onder de bedden, 'ze gaan ons dood-ma-ken!'

'Hou je mond!' riep Ofer, en hij sloeg met zijn vuisten in het kussen, maar Adam kon niet meer stoppen. Hij draaide van de ene naar de andere hoek van de kamer en met een scheve grijns op zijn gezicht doorstak hij de lucht. Ora zat naast Ofer, streelde zijn haar, dat nat was van het zweet en de tranen, en keek hulpeloos naar haar andere zoon, en ze wist niet of hij bang was voor wat de Arabieren zouden doen of bang was omdat hij niet langer op zijn kleine broertje kon steunen.

'Wat doe je met zo'n kind, dat plotseling de feiten des levens en des doods ontdekt?' zegt Ora tegen Avram als ze op de helling van de Meron langs een rotsachtige herdenkingssteen voor een druzische soldaat komen. SGT. SALIH KASIM TAFISJ, MOGE ZIJN BLOED GEWROKEN WORDEN, leest Avram vanuit zijn ooghoek. Ora loopt snel door. OP EENENTWIN-TIGJARIGE LEEFTIJD GEVALLEN IN ZUID-LIBANON TIJDENS EEN TREF-FEN MET TERRORISTEN OP 16 NISAN 5752, JE NAGEDACHTENIS IS IN ONS HART GEGRIFT. 'Wat doe je met zo'n kind,' herhaalt ze verbeten, 'dat van zijn zakgeld een oranje Kohinor-notitieblokje koopt en daarin dagelijks in potlood bijhoudt hoeveel Israëliërs er over zijn na de laatste aanslag.

Of dat op seideravond, bij Ilans ouders, opeens in tranen uitbarst en zegt dat hij geen Jood meer wil zijn, omdat ze ons altijd doodmaken en ons altijd haten: kijk maar, op alle feestdagen is het zo.' De volwassenen keken elkaar toen aan, en een of andere zwager mompelde dat er weinig tegen in te brengen viel, waarop zijn vrouw antwoordde: 'Paranoïde.' En toen hij uit de Haggada citeerde: 'In iedere generatie zijn ze tegen ons opgestaan om ons te vernietigen,' zei zij dat het niet echt om een wetenschappelijk bewezen feit ging en dat het ook de moeite waard zou zijn ons eigen aandeel in dat opstaan-tegen-ons te onderzoeken. En daarop brandde de bekende discussie alweer los en verdween Ora, als gewoonlijk, naar de keuken om te helpen met de afwas. Maar ineens bleef ze staan en zag Ofer naar de kibbelende volwassenen kijken, geschokt over hun scepsis, hun naïviteit, met brandende, profetische tranen in zijn ogen.

'Kijk ze toch eens,' zei Avram op een keer tegen haar, tijdens een van die slaapwandelachtige ritten door de straten van Tel Aviv na zijn terugkeer uit krijgsgevangenschap. 'Moet je zien, ze lopen over straat, ze praten, schreeuwen, lezen de krant, gaan naar de kruidenier, zitten op een terrasje,' en zo bleef hij nog even beschrijven wat hij door de autoruit aan zich voorbij zag trekken. 'Maar waarom heb ik de hele tijd het idee dat het allemaal een grote show is? Dat ze het alleen maar doen om zichzelf ervan te overtuigen dat het hier helemaal echt is?'

'Je overdrijft,' zei Ora.

'Ik weet het niet, ik heb het gevoel – misschien vergis ik me – dat een Amerikaan of een Fransman er niet de hele tijd zo hard in hoeft te geloven, om Amerika te laten bestaan. Of Frankrijk, of Engeland.'

'Ik snap je niet.'

'Het zijn landen die ook bestaan zonder dat je dat de hele tijd moet *willen*. Terwijl hier –'

'Ik kijk om me heen,' zei ze, en haar stem ging omhoog en werd een beetje hees, 'en alles lijkt me volkomen natuurlijk en gewoon. Een beetje gestoord, dat wel, maar op een normale manier.'

Want ik keek ernaar vanuit een andere plek, dacht Avram, en hij trok zich terug in zichzelf en hield zijn mond.

En de volgende dag, zo vertelde Ora hem nu, stond Ofer op met een conclusie en een oplossing: voortaan was hij Engelsman en heette hij John, naar de naam Ofer luisterde hij niet meer. 'Want Engelsen worden niet doodgemaakt,' legde hij simpelweg uit, 'en ze hebben geen vijanden. Ik heb het nagevraagd op school en Adam zegt het ook: iedereen is vrienden met de Engelsen.' Inderdaad begon hij alleen nog maar Engels te praten, 'dat wil zeggen, wat hij voor Engels hield,' lacht Ora, 'krom Hebreeuws met een Engels accent. Voor alle zekerheid legde hij rond zijn bed ook verdedigingswerken van boeken en speelgoed aan, bombestendige lagen van pluchen knuffeldieren. En elke nacht moest en zou hij slapen met een zware bahco naast zijn hoofd.

En op een keer zag ik toevallig dat hij in zijn notitieblokje de hele tijd "darrebieren" schreef, dus ik legde hem uit dat het "Arabieren" moest zijn. Hij stond versteld. "Ik dacht *darrebieren*, omdat ze ons de hele tijd darren."

Goed, en op een dag kwam hij erachter dat een deel van de Israëliërs ook Arabieren waren. Ik wist niet meer of ik moest lachen of huilen, snap je? Al zijn berekeningen bleken verkeerd, en nu moest hij van het aantal Israëliërs ook nog de Israëlische Arabieren aftrekken.'

Ze herinnert zich hoe hij tekeerging toen hij het hoorde. Hoe hij stampvoette, schreeuwde en rood aanliep, hoe hij zich op de grond liet vallen en gilde dat ze weg moesten, dat ze terug moesten gaan naar hun eigen huizen! 'Waarom zijn ze naar ons toe gekomen! Hebben ze geen eigen plek?'

'Daarop volgde een koortsaanval,' zegt ze, 'zo'n beetje als op zijn vierde met zijn weigering vlees te eten. Hij gloeide van de koorts en bijna een week lang was ik volkomen radeloos. Op een nacht was hij ervan overtuigd dat er een Arabier binnen zat.'

'In hem?' vraagt Avram rillend, en zijn ogen schieten weg. Alsof hij haar nu een of andere leugen heeft verteld, denkt ze.

'In zijn kamer,' verbetert ze zachtjes, 'van die koortsbeelden, hallucinaties.'

Haar kippenvel laat haar weten dat ze nu voorzichtig moet zijn, maar ze weet niet waarvoor. Avram staat als versteend tegenover haar. De blik van de krijgsgevangenschap heeft zich vastgezet in zijn ogen.

'Gaat het?'

Zijn ogen zijn naar binnen gekeerd. Schaamte, angst en schuldgevoel staan erin te lezen. Heel even heeft Ora het idee dat ze precies weet wat hij ziet, maar het volgende ogenblik rukt ze zich weg van het beeld. Een Arabier in zijn lichaam, denkt ze. Wat hebben ze daar met hem uitgespookt? Waarom praat hij er nooit over?

'Die nacht zal ik nooit vergeten,' zegt ze, en ze probeert de verschrikking te verdrijven die uit Avrams ogen spreekt. 'Ilan was toen op herhaling, in Libanon, in de oostelijke sector. Hij was al vier weken van huis. Ik legde Adam te slapen in ons bed, zodat Ofer hem niet wakker zou houden. Adam kon in dit hele verhaal toch al niet veel geduld opbrengen voor Ofer. Het leek wel of hij niet kon aanzien dat Ofer ergens bang voor was. Moet je je voorstellen, en Ofer was – wat, hoe oud? Zes? Terwijl Adam toen al negenenhalf was, maar hij leek het zijn kleine broertje niet te kunnen vergeven dat hij zo brak.

Dus ik zat daar de hele nacht bij Ofer,' vertelt ze verder. 'Hij gloeide van de koorts en was in de war, en de hele tijd zag hij die Arabier in de kamer: dan zat hij weer op Adams bed, dan weer op de kast, of hij lag onder het bed of gluurde naar hem door het raam. Waanzin.

Ik probeerde hem gerust te stellen, deed het licht aan, kwam aanzetten met een zaklantaarn, liet hem zien dat er niemand was, en ondertussen probeerde ik hem ook de feiten een beetje uit de doeken te doen, de dingen in de juiste verhoudingen weer te geven, ik, de grote expert, ja? Ben hem midden in de nacht college aan het geven over de geschiedenis van het conflict.'

'En?' vraagt Avram heel zachtjes, met een betrokken gezicht.

'Niets. Je kon volstrekt niet met hem praten, hij was zo ongelukkig dat ik bijna overwoog – lach maar – Sami erbij te halen, onze chauffeur, je weet wel, die –'

'Ja.'

'Om het hem uit te leggen, weet ik veel. Om hem te laten zien dat hij ook Arabier was en dat hij geen vijand van ons was, ons niet haatte en zijn kamer niet wilde inpikken.' Ze zwijgt, en slikt een bittere brok in haar keel weg, de herinnering aan de laatste autorit met Sami.

'De volgende ochtend had ik met Ofer om negen uur een afspraak bij de huisarts. Nadat ik Adam om acht uur naar school had gestuurd, trok ik Ofer zijn jas aan, zette hem in de auto en reed naar Latroen.'

'Latroen?'

'Ik ben een praktisch mens.'

Met een hard, verbeten gezicht liep ze trap op en over het grindpad, nam de versufte Ofer van haar schouder en zette hem midden op het enorme exercitieveld voor het Pantsertroepenmuseum neer en gebood hem te kijken.

Hij knipperde met zijn ogen, verdwaasd en verblind door de winterse zon. Om hem heen stonden tientallen tanks, oude en nieuwe. Lopen van tanks en machinegeweren waren op hem gericht. Ze pakte zijn hand en nam hem mee naar een van de grootste, een Russische T-55. Opgewonden stond Ofer tegenover de tank. Ze vroeg of hij zich goed genoeg voelde om erop te klimmen. Hij stond versteld. 'Mag dat? Mag het van jou?' Ze hielp hem op de geschutskoepel en klom hem achterna. Hij stond, wankel op zijn benen, keek schuw om zich heen en vroeg: 'Is dit van ons?'

'Ja.'

'Echt? Allemaal?'

'Ja, en er zijn nog veel meer, we hebben er een heleboel.'

Ofer liet een hand door de lucht gaan, langs de rij tanks die in een halve cirkel voor hem stonden opgesteld – er zaten gevechtswagens bij die al tijdens de Tweede Wereldoorlog niet meer werden gebruikt, metalen egels en ijzeren schildpadden, en oude, buitgemaakte tanks uit ten minste drie oorlogen. Hij wilde op een andere tank klimmen, en daarna op nog een en nog een. Met eerbiedig ontzag streek hij met zijn vingers over rupsbanden, pantserluiken, gereedschapskisten en transmissie-compartimenten, en als een ruiter bereed hij kanonlopen. Om halfelf 's morgens zaten ze met zijn tweeën in de cafetaria bij het benzinestation van Latroen en werkte Ofer een reusachtige Griekse salade en een omelet van drie eieren weg.

'Misschien was het een beetje primitief, mijn instanttherapie, maar het werkte in elke geval wel. Bovendien,' fluistert ze er droogjes achteraan, 'dacht ik toen dat wat goed was voor een heel land ook goed zou zijn voor mijn kind.'

Midden in een weiland, aan de voet van een reusachtige, alleenstaande eik, ligt een man. Zijn hoofd rust op een grote steen, naast hem ligt een rugzak en uit een zijvak van die rugzak steekt Ora's blauwe schrift.

Gegeneerd staan ze naast hem. Ze passen ervoor op hem wakker te maken, maar het schrift lonkt. Ora zet om een of andere reden haastig haar bril af en stopt die in haar heuptasje. Ze haalt vlug tien vingers door haar haar. Avram en zij proberen te begrijpen – ze wisselen blikken uit en fronsen het voorhoofd – hoe het kan dat die man hen heeft ingehaald en al hier is. Met enige jaloezie verwondert Ora zich over de kalmte en het vertrouwen waarmee hij zich midden in het open veld heeft overgeleverd aan de slaap. Zijn donkere, mannelijke gezicht ligt er open en bloot bij. Die bril van hem ligt op zijn borst, als een grote, kleurige vlinder, vastgemaakt aan het koord om zijn nek.

Avram gebaart dat hij het schrift zal pakken, als ze geen bezwaar heeft. Ze aarzelt. Haar schrift heeft zich zo lekker genesteld in het zijvak van zijn rugzak, en ze heeft bijna het idee dat daar voor haarzelf ook een plekje gevonden zou kunnen worden.

Maar Avram stapt al stilletjes naar voren. Handig als een zakkenroller trekt hij het schrift uit de rugzak, en hij seint Ora dat ze nu beter snel kunnen maken dat ze wegkomen, als ze niet verwikkeld willen raken in een gesprek waarin van alles moet worden uitgelegd, vooral niet met iemand die al tijdens hun eerste ontmoeting in de fout ging en melding maakte van het nieuws.

Ze drukt het schrift aan haar hart, neemt de warmte op die erin is opgeslagen. De man slaapt door. Met halfopen mond maakt hij zachte, wollige snurkgeluiden. Zijn armen en benen liggen achteloos gespreid op de grond. Een tapijt van donker- en zilvergrijs borsthaar piept uit zijn kraag en wekt in haar het stille verlangen daar haar hoofd neer te leggen, zich over te geven aan een diepe, aanstekelijke slaap als die van hem. In een opwelling scheurt ze de laatste bladzijde uit het schrift en schrijft: 'Ik heb mijn schrift teruggepakt, tot ziens, Ora.'

Dan aarzelt ze en zet er snel haar vaste-telefoonnummer bij, voor het geval dat hij toch een meer uitgebreide uitleg zou willen. Als ze zich vooroverbuigt om het briefje in het zijvak van de rugzak te steken, ziet ze het weer: twee identieke trouwringen, een om zijn ringvinger, een om zijn pink.

Ze glippen snel weg, met een ondeugende twinkeling in hun ogen en zoete kriebels in hun buik, als na een geslaagde kwajongensstreek. Onder het lopen bladert Ora even in het schrift, ziet tot haar verbazing hoeveel ze die ene nacht in de wadi heeft opgeschreven en herleest vluchtig haar regels door de ogen van de man.

Het pad wordt makkelijker begaanbaar en kronkelt vrolijk en soepeltjes voor hen uit. De hond holt hun voorbij – soms blijft ze op enige afstand naast hen lopen en dan sprint ze weer voor hen uit, met haar tong uit haar bek, tot ze plotseling, zonder reden, stil blijft staan. Ze gaat op haar achterste zitten, draait Ora haar kop toe en trekt de zwarte boogjes boven haar ogen een beetje omhoog, en Ora geeft haar antwoord door haar wenkbrauwen op te trekken.

'Het is een hond met een glimlach, zie je dat?' zegt Ora. 'Ze lacht ons gewoon toe.'

Maar terwijl ze de berg verder afdalen en de steentjes naar beneden rollen, wordt een zeurende gedachte steeds sterker. Ze kan onmogelijk zoveel blaadjes hebben volgeschreven in één nacht. Een paar stappen later, bij een rechthoekige, opstaande rots, kolossaal en mysterieus, moet ze even stoppen: ze pakt het schrift uit haar rugzak, zet haar bril weer op, slaat snel de bladzijden om en slaakt een kreetje. 'Moet je kijken,' zegt ze, en happend naar adem laat ze het aan Avram zien. 'Kijk, dit heeft híj geschreven!'

Avram kijkt en fronst zijn voorhoofd. 'Weet je het zeker? Want het ziet eruit als –'

Ze brengt haar ogen naar het papier. Het lijkt haar handschrift, of

450

een mannelijke versie ervan: strakke, regelmatige letters, allemaal even schuin op de regel.

'Het lijkt echt een beetje,' mompelt ze in verlegenheid gebracht, alsof ze naakt te kijk is gezet. 'Zelfs ik vergiste me erin.'

Ze bladert terug, zoekt het punt waar haar handschrift ophoudt en het zijne begint. Twee, drie keer gaat ze de juiste bladzijde voorbij, tot ze haar laatste regels ontdekt: *... zijn we niet net een of andere kleine ondergrondse cel, midden in het hart van "de toestand"? Dat waren we ook echt. Twintig jaar. Twintig goede jaren. Tot we werden gepakt.* En direct erachteraan – hij heeft geen nieuwe bladzijde opgeslagen, wat een brutaliteit, hij heeft niet eens een streepje gezet! – leest ze: *'Bij de Nachal Disjon ontmoet ik Gil'ad (34), elektricien en djembé-speler, afkomstig uit een mosjav in het noorden. Hij woont nu in Haifa. Wat hij mist: Mijn vader was landbouwer (pecannoten) en in slechte jaren stapte hij over op van alles en nog wat. Er was zelfs een tijd dat hij bouwhout verzamelde op vuilnisbelten en het verkocht aan een Arabier in een dorp naast ons.*

Wat is dit?' Ze duwt de rand van het schrift tegen Avrams borst. 'Wat moet dit voorstellen?'

Dan trekt ze het schrift weer naar zich toe en leest met verstikte stem verder.

'Je moet wel met hout weten om te gaan. Je kunt het niet zomaar in een schuur neergooien. Je moet het voorzichtig stapelen, groot op groot en klein op klein, en helemaal bovenop betonstenen neerleggen, anders trekt het krom. Maar om te beginnen moet je de spijkers uit de planken halen, dus stond ik daar 's avonds met mijn vader in de houtschuur –

Zeg me, wat is dit voor onzin?' vraagt Ora met opgetrokken wenkbrauwen aan Avram, maar hij gebaart haar met gesloten ogen: ga door, lees verder.

'Mijn vader droeg zo'n blauwe kiel met van die gaatjes hier. We hadden een koevoet waaraan we een extra lange steel hadden vastgemaakt, en dan pakten we een ijzeren beitel en haalden bijvoorbeeld twee vastgespijkerde planken uit elkaar. Mijn vader aan de ene kant, ik aan de andere, voor het tegenwicht. En als we ze uit elkaar hadden, werkten we samen aan dezelfde plank en trokken er de spijkers uit met een klauwhamer. Dat ging uren zo door, bij het licht van een kaal peertje dat boven ons aan het dak van de schuur hing. Dat is iets wat ik tot op de dag van vandaag mis, zo samen aan het werk zijn met hem.

Het gaat nog door,' mompelt ze tegen Avram. 'Luister maar, dit was nog niet alles, het gaat nog door.

En nu wat spijt betreft. Oké, dat is moeilijker. Ik heb van veel dingen spijt (lacht). Wat, vertellen anderen je moeiteloos waar ze spijt van hebben? Kijk, op een gegeven moment had ik een vliegticket naar Australië, om daar te gaan werken op een cotton farm. Ik had al een visum en alles, en toen leerde ik hier een meisje kennen en heb ik de vlucht gecanceld. Maar ze was het waard, dus het is maar gedeeltelijke spijt.'

Als een bezetene slaat ze de pagina om en laat haar ogen over de regels gaan. Ze leest in stilte: *Mijn liefste, iemand heeft een schrift met haar levensverhaal verloren. Ik weet bijna zeker dat ik haar eerder ben tegengekomen, toen ik in de wadi afdaalde. Ze leek me er niet al te best aan toe. In gevaar zelfs (ze was niet alleen). Sinds ik haar ben tegengekomen, vraag ik je wat ik moet doen, maar je geeft geen antwoord. Dat ben ik niet gewend van je. Het is allemaal een beetje verwarrend.*

Ora slaat het schrift met een klap dicht. 'Wat is die man? Wie is hij?'

Avrams gezicht is somber, gesloten.

'Misschien een journalist,' gist ze, 'die onderweg mensen interviewt?' Maar zo zag hij er helemaal niet uit.

Arts, schiet haar te binnen, hij had gezegd dat hij kinderarts was.

Weer kijkt ze het schrift in. *'In de buurt van mosjav Alma kom ik Edna (39) tegen, een gescheiden kleuterleidster uit Haifa: Het meest mis ik mijn kindertijd in Zichron Ja'akov. Ik ben een echte Zichronse, uit de familie Zamarien, en wat ik mis is de onschuld, de eenvoud die er toen was. Alles was toen minder ingewikkeld en minder psychologisch, zogezegd. Intussen heb ik, zoals ik hier voor je sta, drie grote kinderen (lacht). Zou je niet zeggen, toch? Ik ben vroeg getrouwd en nog vroeger gescheiden, maar ik heb het gevoel dat ik nog helemaal niet ben uitgemoederd. Ik zou zó weer een hartverwarmend baby'tje in mijn armen willen houden en knuffelen. En dan dingen waar ik spijt van heb in het leven (Edna lacht). Goed, die zijn er een heleboel. Krijg je geen kramp in je handen als je het allemaal opschrijft?'*

Ora raakt gegrepen en bladert vlug verder. Ze ziet: op elke bladzijde gemis en spijtgevoelens.

'Ik snap het niet,' mompelt ze. Ze heeft het gevoel dat ze is beetgenomen. 'Hij leek me zo...' – ze zoekt het goede woord – 'degelijk? Eenvoudig? Op zichzelf? Niet iemand die... die zomaar zulke vragen loopt te stellen aan voorbijgangers.'

Avram zwijgt. Met de punt van zijn schoen graaft hij tussen steentjes op het pad.

'En waarom míjn schrift?' vraagt Ora met luide stem. 'Zijn er geen andere schriften?'

Met die woorden draait ze een kwartslag op een been om weer verder te lopen, heft haar hoofd en drukt het schrift tegen zich aan. Avram haalt zijn schouders op, kijkt even achterom – er is niemand, die man ligt blijkbaar nog te slapen – en stapt achter haar aan. De ijle, verwonderde glimlach op haar lippen ziet hij niet.

'Zeg –'

'Wat?' vraagt Ora.

'Wil hij niet op reis, Ofer, na zijn afzwaaien?'

'Eerst moet hij afzwaaien,' kapt ze hem af, en Avram doet er het zwijgen toe.

'Hij heeft het er wel over gehad,' zegt ze even later, 'misschien naar India.'

'India?' Avram verbijt een glimlach en houdt een wilde gedachte voor zich: dan moet hij naar mij toe komen, naar het restaurant, ik kan hem van alles vertellen over India.

'Hij heeft nog niets beslist. Ze dachten erover samen te gaan, hij en Adam.'

'Met zijn tweeën? Wat, zijn ze zo –'

'Dik met elkaar?' vult ze aan. 'Ja, die twee zijn elkaars beste vrienden.' Er glanst een zilvervisje van trots in haar op: kijk eens, dat is haar tenminste gelukt. Haar twee zoons zijn boezemvrienden.

'En dat is eh... is het iets normaals?'

'Wat?'

'Dat twee broers, op die leeftijd –'

'Ze zijn altijd zo geweest. Bijna vanaf het eerste begin.'

'Maar zei je niet dat... je hebt toch verteld dat Ilan en Ofer –'

'Ook dat is veranderd,' zegt ze. 'Ook toen al veranderde er de hele tijd van alles. Tjonge, hoe krijg ik jou ooit alles verteld?

Het is een beetje alsof je de stroming van een rivier moet beschrijven,' beseft ze, 'alsof je een draaikolk moet schetsen, of vlammen. Het is *wording*,' – ze is blij dat ze op dat oude woord van Avram is gekomen – 'familie is continue wording.'

Ze laat hem zien: Adam, zes jaar en een paar maanden, Ofer bijna drie. Adam ligt op het gras in de tuin van het huis in Tsoer Hadassa, met gespreide armen en gesloten ogen. Hij is dood. Ofer gaat de hele tijd door de hordeur naar binnen en komt daarna weer naar buiten. Van het geklapper van de deur wordt Ora wakker uit een zeldzaam middagdutje. Ze gluurt uit het slaapkamerraam en ziet hoe Ofer Adam cadeautjes brengt, een soort offer dat hem kennelijk weer tot leven moet wekken. Hij komt aanzetten met zijn knuffeldieren, speelgoedautootjes, caleidoscoop, spellen, knikkers. Om Adam heen stapelt hij zijn lievelingsboeken en een selectie van videocassettes op. Hij is ernstig en bezorgd, bijna bang. Telkens weer beklimt hij de vier hoge betonnen treden naar het huis en gaat naar binnen. Keer op keer komt hij terug bij Adam en legt zijn dierbaarste spullen bij hem neer. Adam verroert geen vin. Alleen als Ofer binnen is, tilt Adam zijn hoofd een beetje op, opent een oog en keurt het laatste offer dat hem is gebracht. Ze hoort Ofer hijgen. Hij sleept zijn lievelingsdeken achter zich aan en legt die voorzichtig en teder over Adams benen heen. Daarna kijkt hij smekend naar Adam en zegt iets wat ze niet kan verstaan. Adam blijft doodstil liggen. Ofer balt zijn kleine vuisten, kijkt om zich heen en gaat op een draf weer naar binnen. Adam beweegt zijn tenen onder Ofers deken. Wat kan hij gemeen zijn, denkt ze, zo gebiologeerd door zijn wreedheid dat ze niet in staat is een eind te maken aan Ofers kwelling. Achter haar gesloten slaapkamerdeur klinken geluiden van een worsteling en zware inspanning. Er wordt iets zwaars versleept. Stoelen worden verschoven, en Ofers gehijg wordt ritmisch onderbroken door gekreun. Even later verschijnt zijn matras, dat hij op zijn hoofd draagt, boven aan het trapje. Met zijn voet tast hij naar de bovenste tree. Ora verstijft en verbijt een schreeuw om te voorkomen dat hij schrikt en valt. Adam opent een oog tot een spleetje en op zijn gezicht tekent zich een mengeling van verbazing en ontzag af: zijn kleine broertje torst een last op zijn hoofd die bijna even zwaar is als hijzelf. Ofer komt de trap af. Hij zwalpt naar voren en naar achteren onder het onhandige matras. Hij kreunt, hijgt, stapt met trillende benen verder. Dan bereikt hij Adam en valt met het matras naast hem neer, waarna Adam steunend op zijn ellebogen overeind komt en hem met grote, diepe, dankbare ogen aankijkt.

Plotseling meende Ora, achter haar slaapkamerraam, dat er toch geen sprake was van wreedheid van de kant van Adam; dat Adam Ofer zojuist grondig en streng had gekeurd om te zien of hij een veel grotere, echt noodlottige opdracht aankon – al wist Ora toen niet wat voor opdracht en dacht ze nog dat het alleen maar ging om de vaste, op zich al vrij ingewikkelde taak Adams kleine broertje te zijn.

'Wat bedoel je?' vraagt Avram aarzelend.

'Wacht, kalm aan.'

'Dus je bent niet meer dood?' vroeg Ofer.

'Ik leef,' zei Adam. Hij stond op, begon met gespreide armen rond te rennen over het gras en te roepen dat hij springlevend was, en Ofer hobbelde glimlachend en uitgeput achter hem aan.

'Misschien had Ilan Adam verraden,' zegt ze, 'maar Ofer heeft dat nooit gedaan.'

Hij was klein en iel en kon nauwelijks praten, maar hij betoverde iedereen met zijn blikken, zijn grote blauwe ogen, zijn goudblonde haar en zijn subtiele, verbaasde glimlach. Ongetwijfeld voelde hij al aan dat hij moeiteloos harten kon stelen, alleen met zijn schattigheid, zijn stralende gezicht. En natuurlijk, denkt ze, was hem al opgevallen dat overal waar hij samen met Adam verscheen, de blikken van de mensen altijd zijn oudere, rusteloze, ongrijpbare en zenuwachtige broer oversloegen en zich meteen op hem richtten. 'Denk je eens in hoe verleidelijk dat is voor een kind,' fluistert ze, 'er zo ten koste van zijn broertje met de hele buit vandoor te gaan. Maar dat deed hij nooit. Nooit. Altijd weer, in iedere situatie, koos hij voor Adam.'

'Vanaf zijn allereerste stapjes,' brengt Avram haar ruimhartig in herinnering.

'Inderdaad,' zegt ze verheugd, 'je hebt het onthouden.'

'Ik onthoud alles,' zegt hij, en hij slaat een arm om haar schouders. En zo, met hun hoofden tegen elkaar aan, lopen ze verder, zijn ouders.

Ze zijn negen en zes, de een lang en dun, de ander nog een kleintje. Ze lopen koortsachtig te praten, met drukke gebaren, alsof ze in elkaars ideeën klimmen. Surrealistische, ingewikkelde gesprekken over orks, gnomen, vampiers en ondode monsters. 'Maar Adam,' piept Ofer, 'ik snap het niet, is een weerwolf een kind uit een gezin van wolven?'

'Dat kan,' antwoordt Adam ernstig, 'maar het kan ook gewoon zijn dat hij aan lykantropie lijdt.'

Ofer is even van zijn stuk gebracht en dan probeert hij het moeilijke woord uit te spreken en struikelt erover. Adam legt hem omstandig uit over de ziekte die mensen en mensachtigen verandert in weerwolven of andere weerdieren. 'Zeg: "lykantropie",' zegt Adam met een stem die iets strenger lijkt te worden, en Ofer zegt het.

Voor ze inslapen, liggen ze in het donker in hun tegen elkaar aan geschoven bedden te kletsen met elkaar. Is de groene draak, die wolken chloorgas uitblaast en met een waarschijnlijkheid van dertig procent kan praten, gevaarlijker dan de zwarte, die in moerassen en op zoutvlakten woont en zuiver zuur uitstoot? De deur van hun slaapkamer staat op een kier, en Ora, met een stapel was in haar armen, blijft staan, leunt tegen een muur en luistert. 'Een dolle dood,' brengt Adam in, 'is een wezen dat zijn verstand totaal verloren heeft.'

'Echt?' fluistert Ofer met ontzag, of misschien is hij gewoon bang.

'Moet je horen wat ik nog meer heb verzonnen,' gaat Adam verder. 'Hij kan veranderen in een dolle ondode, die alleen maar uit is op moorden, en al zijn slachtoffers veranderen binnen een week in dolle zombies, die overal met hem mee naartoe gaan.'

'Maar bestaan ze echt?' vraagt Ofer. Zijn stem klinkt schor.

'Luister tot het eind,' zegt Adam, die enthousiast wordt. 'Eén keer per dag verenigen alle dolle zombies van een dolle dood zich tot een grote bal van dood en dolheid.'

'Maar het is niet écht echt, hè?' vraagt Ofer met een heel klein stemmetje.

'Ik heb het verzonnen, ik,' geeft Adam toe, 'en daarom luistert hij alleen naar mij.'

'Verzin dan ook iets voor mij,' vraagt Ofer met klem, 'verzin er voor mij iets tegen.'

Adam humt: 'Misschien morgen.'

'Nu, nu,' vraagt Ofer, 'anders kan ik de hele nacht niet slapen.'

'Morgen, morgen,' beslist Adam.

Ora hoort ze nu samen praten, en bovenal hoort ze de flinterdunne ijzerachtige draden die worden gevlochten in hun stemmen en ze met elkaar verweven, de draden van de angst, de onverhulde wreedheid, de onderdanige smeekbede, de macht te redden en de weigering dat te doen, die misschien ook de angst om gered te worden is. Het maakte tenslotte allemaal ook deel uit van haarzelf, zelfs Adams wreedheid, die haar

456

tegen de borst stuit, die haar zo vreemd is, maar die haar op dit moment op een eigenaardige manier ook opwindt, op een woeste manier van alles uit haar loskrijgt en haar zo iets over haarzelf onthult wat ze niet had durven denken. Adam en Ofer, ze zijn allebei losgetornd van de wortel van haar ziel, de dubbele helix. 'Welterusten,' besluit Adam, en hij laat er meteen een luid gesnurk op volgen. Ofer blijft in zijn bed liggen kermen – 'Adam, niet slapen, niet slapen, ik ben bang voor de dolle dood, mag ik bij jou in bed?' – totdat Adam ophoudt met snurken en de Skreeft, Stark of Hawkman voor hem verzint en in detail zijn eigenschappen en edele trekken beschrijft. Hoe langer hij praat, hoe meer een nieuwe tederheid in zijn stem doorklinkt, en Ora voelt in haar rug, waardoor een huivering trekt, hoe hij er nu van geniet Ofer van alle kanten te versterken, hem te omgeven met de beschermende stootkussens van zijn fantasie, zijn enige bron van kracht. En ook die, de kussens, al het goede, het mededogen en de bescherming die nu van Adam uitgaan, zijn een beetje van haar, totdat ineens, terwijl Adam nog aan het praten is, het zachte gehum opklinkt van Ofer die in slaap valt.

Voortdurend worden snode plannen gesmeed. In alle hoeken van de tuin zetten ze vallen uit voor androïden, waar vooral Ora in trapt, en ze maken surrealistische dieren van gekleurde rollen karton, dunne stokken en spijkers. Ze bouwen futuristische voertuigen van kartonnen dozen en ontwikkelen helse wapens, bedoeld om de slechteriken, of – afhankelijk van Adams humeur – de hele mensheid onder hevige pijnen uit te roeien. In een speciaal laboratorium kweken ze plastic soldaten in afgesloten glazen potjes vol water, waarin tientallen verkleurde stukjes van bloemblaadjes drijven. Elke soldaat in dat trieste spookleger heeft niet alleen een naam en een rang, maar ook een uitgebreide biografie, die ze uit het hoofd kennen, en een dodelijke missie die hij moet uitvoeren als het bevel wordt gegeven. Dagenlang zijn ze bezig met de bouw van kartonnen forten voor draken en ninja-turtles, de vormgeving van slagvelden van dinosauriërs, het tekenen van wapenschilden in giftige kleuren zwart, geel en rood. Ook hierin is Adam meestal degene met de ideeën, de bedenker, de fantast, 'de dungeonmaster', en Ofer de elf, het betoverde, gehoorzame duiveltje, de uitvoerder. Op zijn eigen trage, afgewogen manier legt hij Adam de limieten van het mogelijke uit, boetseert met zijn verstandige handen de harde bakstenen waarvan later de luchtkastelen van zijn broer zullen worden gebouwd. 'Maar het was niet alleen dat,' vertelt Ora, die hen als het maar even kon afluisterde en bespiedde. 'Want Ofer leerde niet alleen ván Adam, hij leerde ook Adam.'

'Wat bedoel je?' vraagt Avram.

'Hoe moet ik het uitleggen?' zegt ze lachend, om een of andere reden gegeneerd. 'Maar ik heb het echt zien gebeuren, dat Ofer snapte dat hij ook kon kraken hoe Adams hoofd werkte, hoe Adam binnen een gedachte van a naar s, t of u sprong, wanneer hij ineens het idee helemaal omgooide en hoe hij met allerlei absurditeiten en paradoxen speelde. In het begin deed Ofer hem gewoon na en herhaalde als een papegaai al Adams ingevingen, maar op een gegeven moment snapte hij het principe. Als Adam het had over een trap die de trap af ging, kwam Ofer aanzetten met een huis dat verhuisde, of met geld dat geld kocht, met een weg die op weg ging. Of hij verzon een paradox: een koning die zijn onderdanen beveelt hem niet te gehoorzamen. Het was prachtig om te zien hoe Adam Ofer vormde, hem als het ware ook leerde hoe je moest omgaan met iemand als hij – bijzonder, gevoelig en kwetsbaar als hij – en hem de geheime sleutel gaf waarmee je hem opende. En alleen Ofer heeft die sleutel, tot op de dag van vandaag.' Haar gezicht verzacht, licht van binnenuit op – ze weet niet of het eigenlijk wel zin heeft dit alles te vertellen aan Avram, deze eenzaat, of hij haar helemaal tot daar kan volgen, tot op die ronding van de ziel; hij was tenslotte zelf enig kind, Avram, en had vanaf heel jonge leeftijd in feite ook geen vader meer gehad. Maar hij had wel een Ilan gehad, antwoordt ze zichzelf meteen, Ilan was als een broer voor hem. En je had die twee moeten horen praten. Die eindeloze, absurde gesprekken van ze. Ja, als ik toevallig in de buurt was, kon ik –

Maar twee verbolgen kindersnoetjes draaien zich naar haar toe, met precies dezelfde klacht: 'Mama, genoeg, ga weg, je stoort ons!'

De messen van de verontwaardiging en het genoegen draaien zich tegelijkertijd in haar om: ze stoort, maar zij hebben al een 'ons'. Het is alsof ze tegelijkertijd in tweeën wordt gehakt en verdubbeld wordt.

'Er gebeurde nog meer,' zegt ze, 'en er is iets wat ik je echt moet vertellen, iets wat we hebben meegemaakt met Adam en Ofer – je moet het alleen zeggen als je moe wordt.'

'Moe word?' lacht hij. 'Ik heb genoeg geslapen.'

'We hebben iets meegemaakt – Adam was twaalf, bijna dertien, net voor hij bar mitswa werd – iets waarvoor ik nog altijd geen verklaring heb...'

De hond draait zich plotseling om en gromt, haar vacht gaat uitstaan. Ora en Avram kijken meteen om. Ora denkt nog: *hij is het*, de man van het schrift, hij is me achterna gekomen. Maar op een afstand van een paar meter, bij een haag van braamstruiken, staan twee flinke, zware wilde zwijnen, die hen met kleine ogen aankijken. De hond jankt, trekt haar kop tussen haar schouders en blaast de aftocht, vlijt zich bijna tegen Ora's benen. De zwijnen snuiven, hun neusgaten staan wijdopen. Een of twee tellen lang staat alles stil. Alleen een buulbuul in een boom vlakbij gilt luidkeels uit wat hier gebeurt tussen de partijen. Ora voelt dat haar lichaam reageert op het wilde, woeste van de zwijnen. Haar huid siddert, en wat door haar heen stroomt is vele malen scherper en dierlijker dan toen ze werden aangevallen door de honden –

In dezelfde beweging komen de wilde zwijnen plotseling van hun plaats, en met een boos gegrom rennen ze weg, lichtvoetig dansend met hun dikke lijf, in een soort zelfgenoegzame triomf.

Dina (49). Ik kom haar tegen bij een bron die Een Aravot heet.

Wat ze mist: 'Mijn moeder ging dood toen ik twaalf was. Mijn vader had zijn familie verloren in Auschwitz, zijn vrouw en drie kinderen. Na de oorlog ging hij terug naar Transsylvanië en daar ontmoette hij mijn moeder, die Mengele had overleefd in Auschwitz. Twee gebroken mensen, die met elkaar trouwden en vijf jaar later naar Israël kwamen. Het lukte mijn moeder niet om zwanger te worden, maar een rijke tante regelde behandelingen voor haar in het Tel Hasjomeer-ziekenhuis, en zo raakte ze in verwachting en werd ik geboren.

Ik werd in de watten gelegd, als een kostbare schat. Mijn vader was een beetje een depressieve man, en mijn moeder was degene met de broek aan, die bestierde alles.

Toen ik twaalf was ging mijn moeder pruimen plukken om jam van te maken voor de taart van het eindejaarsfeest van de eerste klas. Maar in de boom zat een slang, die haar in de vinger beet, en drie dagen later was ze dood.'

(Ach, Tammi, Tamjoesja, Tamari, Dadeltje van me, ze huilde een beetje toen ze het me vertelde, en ze zei: 'Moet je zien, het is al zo lang geleden en het is nog altijd een open wond.')

'En toen zeiden ze bij ons in de mosjav: wat moet er van dat arme meisje

terechtkomen? Ik had toen allerlei fobieën, een doodsbang meisje was ik. Maar ik had geen keus en ik begon het huishouden en het boerenbedrijfje te runnen in plaats van mijn moeder. Ook de rekeningen en alles, want mijn vader las alleen Roemeens en Hongaars. Ik belde de veearts, deed de inkopen. Mijn vader liet me in alles de vrije hand.

Mijn vader ging altijd met het muildier en de kar op pad om groenvoer te maaien met een sikkel. Als hij het muildier halt liet houden, stapte ik af en ging bloemen bekijken. Daarna laadde hij de kar vol met klaver, luzerne en wat hij nog meer had gemaaid tussen de boomgaarden, en dan klom ik in de kar en ging liggen op dat groene bed dat zo sterk geurde. En onder het rijden hield ik mijn ogen dicht en opende ze af en toe, en dan probeerde ik aan de hand van de wolken en de elektriciteitspalen te raden op welk punt van de weg we waren aangekomen.

Op die momenten was ik van alle zorgen bevrijd.'

En waar heeft ze spijt van?

(Daar wil ze even over nadenken. Ze heeft een vriendelijk gezicht. Ze is docente in het speciaal onderwijs. Ik moet af en toe nog denken aan de vrouw van dit schrift, die geen koffie met me wilde drinken. Ik heb het gevoel dat jij haar leuk zou hebben gevonden.)

'Goed, niet echt spijt. Meer verdriet dan spijt. Mijn moeder was een harde vrouw. Ik vind het jammer dat ze niet heeft mogen zien wat ik heb bereikt in het leven. Volgens mij had dat haar deugd gedaan, want veel van wat ik nu ben, heb ik te danken aan haar zorg en haar sturing.'

Daarna stelde ze mij ook een paar vragen. Ik vertelde haar het een en ander. Ze was ervan overtuigd dat ze jouw naam weleens had gehoord of een artikel van je had gelezen over dramatherapie, of misschien zelfs een keer een lezing van je had bijgewoond. (Als ze jou een lezing had zien geven, dan was ze je niet vergeten!) We hebben koekjes gegeten die ze zelf had gebakken. Heerlijke koekjes. Ik bedacht dat het de eerste keer in al die tijd was dat ik weer dadelkoekjes door mijn keel kon krijgen.

'Zijn die gebaren van hem je opgevallen?' vraagt Ilan 's avonds laat, als ze in bed liggen.

'Van Adam? Met zijn mond?' mompelt ze, en ze legt haar hoofd beter in het kuiltje van zijn schouder, graaft zich daar in. (Later, als ze in slaap is gevallen, zal Ilan haar zachtjes omdraaien en tegen haar rug aan gaan liggen; elke nacht herbeleeft ze half in slaap de fijne tocht van de bank in de woonkamer naar haar bed, in de armen van haar vader.)

'Heb je gezien dat hij met de top van zijn wijsvinger het plekje tussen zijn ogen aanraakt?'

Haar ogen gaan open. 'Nu je het zegt.'

'Moeten we het hem vragen, er iets van zeggen?'

'Nee, nee, laat zitten, waar is dat goed voor?'

'Goed, het gaat vast vanzelf weer over.'

Twee dagen daarna ontdekt ze dat Adam ook om de paar minuten in zijn hand blaast, als iemand die zijn eigen adem wil ruiken. Hij draait een hele slag om zijn as en blaast korte, vlugge ademstootjes uit, alsof hij een of ander onzichtbaar wezen probeert weg te jagen. Ze besluit er niets over te zeggen tegen Ilan, voorlopig. Waarom hem ongerust maken om niets? Het ging toch allemaal over binnen een paar dagen. Maar al de volgende dag zijn er nieuwe gebaren bij gekomen: telkens als hij iets aanraakt, blaast hij op zijn vingertoppen en daarna op zijn armen, van de hand tot aan de elleboog. Hij tuit ook zijn lippen tot vissenlippen voor hij iets zegt. Zijn overvloedige creativiteit verontrust haar een beetje. Meteen schiet haar een oude uitspraak van haar moeder te binnen: ellende komt altijd weer aanzetten met nieuwe ideeën. Uiteindelijk, nadat hij tijdens het middageten drie keer met een andere smoes van tafel is gegaan, naar de badkamer is geslopen en is teruggekomen met natte handen, belt ze Ilan op en beschrijft hem de nieuwe ontwikkelingen. Ilan, op zijn werk, luistert in stilzwijgen. 'Als we er een punt van gaan maken,' zegt hij als ze is uitgesproken, 'duwt hem dat alleen maar verder de verkeerde kant op. Kom, we proberen het gewoon te negeren. Je zult zien dat hij dan vanzelf tot rust komt.' Ze wist van tevoren dat hij dit zou zeggen. Precies daarom had ze hem opgebeld.

De volgende dag ontdekt ze dat Adam, als hij toevallig zijn eigen lichaam aanraakt, onmiddellijk op de lichaamsdelen blaast die met elkaar in contact zijn geweest. De nieuwe wet, die hij kennelijk blind moet gehoorzamen, maakt hem algauw tot een ingewikkeld kluwen van gebaren en tegengebaren, die hij uit alle macht probeert te verbergen, maar Ora ziet ze. En Ilan ziet ze ook. Ze wisselen blikken van verstandhouding uit.

Vreemd, denkt Avram, hebben ze er niet aan gedacht met hem naar iemand toe te gaan?

'Misschien moeten we toch naar iemand toe met Adam,' zegt ze 's avonds laat, in bed, tegen Ilan.

'Naar wie toe?' vraagt Ilan met dichtknepen stem.

'Iemand, ik weet het niet, een professional, die naar hem kijkt.'

'Een psycholoog?'

'Misschien. Alleen om er even naar te kijken.'

'Nee, nee, dat zou het alleen maar erger maken. Dan is het alsof wij tegen hem zeggen dat hij –'

'Dat hij wat?'

'Dat hij niet in orde is.'

Maar hij is niet in orde, denkt ze.

'Kom, we wachten even af. Geef hem wat tijd.'

Ze probeert zich op zijn schouder te nestelen, maar haar hoofd vindt geen plek, en trouwens – het is warm, ze zweten, ze is onrustig, hij ook. Om een of andere reden denkt ze terug aan iets wat Avram ooit heeft gezegd: als je lange tijd naar iemand kijkt, om het even wie, kun je het ergste punt zien dat hij in zijn leven zou kunnen bereiken. Ze doet die hele nacht geen oog dicht.

In het weekend rijden ze naar het strand bij Bet Jannai. Vanaf het moment dat ze op het strand aankomen, is Adam bezig met schoonmaken. Hij wast keer op keer zijn handen, boent met natte doekjes het matras op zijn ligbed. Zelfs zijn luchtbed wordt om de haverklap omgedraaid: 'om de kant die de zee heeft aangeraakt schoon te maken'.

Tegen de avond, bij zonsondergang, zitten Ora en Ilan in een strandstoel, Ofer is vlak bij het water aan het spelen en het graven in het zand, en Adam staat tot aan zijn middel in het water, draait om zijn as, blaast zijn ademstootjes alle kanten op en raakt een voor een zijn polsen, al zijn knokkels en zijn voetgewrichten aan. Een bejaard stel, rijzig en bruin, komt gearmd aangewandeld over het strand, ziet hem en blijft staan kijken. Van verre, tegen de rode achtergrond van de zonsondergang, ziet hij eruit alsof hij opgaat in een poëtische feeëndans. De ene beweging volgt op de andere, geboren uit haar voorgangster.

'Ze denken dat het tai chi is,' sist Ilan, en Ora fluistert dat ze er stapelgek van begint te worden. Hij legt een hand op haar arm. 'Wacht. Op een gegeven moment wordt hij het zat. Hoe lang kan hij hiermee doorgaan?'

'Moet je zien hoe het hem volkomen koud laat dat er naar hem wordt gekeken.'

'Ja, dat verontrust me wel een beetje.'

'Een beetje? Waar iedereen bij staat? Adam?'

Ze denkt aan Ilans vader, die in zijn laatste dagen, in het ziekenhuis, iedere gêne verloor en zich voor het oog van Jan en alleman uitkleedde om de nieuwste plek te laten zien waar het kankergezwel zich had uitgezaaid.

'En moet je zien,' zegt Ora, 'hoe Ofer de hele tijd naar hem staat te gluren.'

'Denk je eens in wat dat voor hem betekent, dat Adam zo is.'

'Heeft hij er iets over gezegd tegen jou?'

'Ofer? Niets. Ik heb vanmorgen geprobeerd hem er iets over te vragen, toen we met zijn tweeën waren op het strand. Maar geen woord. Goed,' en ze glimlacht tegen wil en dank, 'hij zal nooit met ons collaboreren tegen Adam.'

Adam kust zijn vingertoppen en raakt dan vederlicht zijn heupen, dijen, knieën en zijn enkels onder het water aan, komt dan overeind en draait om zijn as, blazend in alle vier de windrichtingen.

'Hoe moet dat in september,' zegt Ora, 'als de school weer begint?'

'Wacht. Het duurt nog bijna twee maanden. Tegen die tijd is het over.'

'En als dat niet zo is?'

'Het gaat over, het gaat over.'

'En als dat niet zo is?'

'Hoe kan het niet zo zijn?'

Ze klemt haar opgetrokken knieën tegen haar buik aan, houdt haar adem in en kijkt Avram langdurig aan. Avram zit ineens op hete kolen. Hij voelt mieren kriebelen in heel zijn lijf.

De ene na de andere dag gaat voorbij, en Adam lijkt alleen maar verder weg te raken. Kwade gedachten drommen samen. Ze heeft het idee dat ze al heel lang hebben zitten loeren op dit moment. Overdag voelt ze ze in haar hoofd rondzweven als schimmen. 's Nachts, half in slaap, verdrijft ze ze tot haar krachten zijn uitgeput, en dan duiken ze op haar af. Ilan maakt haar wakker, streelt haar gezicht, drukt haar stevig tegen zich aan en zegt haar dat ze samen met hem moet ademen, langzaam, tot ze weer rustig is.

'Ik had een nachtmerrie,' zegt ze. Haar gezicht heeft ze begraven in zijn borst. Hij mag van haar geen licht aandoen. Ze is bang dat hij dan in haar ogen leest wat ze heeft gezien. Avram liep voorbij op straat, gekleed in het wit, lijkbleek, en toen hij vlak bij haar was, mompelde hij dat ze vandaag maar beter een krant kon kopen. Ze probeerde hem staande te houden, te vragen hoe het met hem was en waarom hij bleef doen alsof ze lucht voor hem was, maar hij trok walgend zijn arm los uit haar greep en liep weg. In een voorpaginabericht van de krant stond dat Avram van plan was op de stoep voor haar huis een hongerstaking te houden tot de dood erop volgde, tenzij ze door de knieën zou gaan en een van haar kinderen aan hem zou overdragen.

Adam heeft nieuwe gymschoenen nodig voor het nieuwe schooljaar en ze blijft de aankoop maar uitstellen. Telkens weer vraagt hij haar met hem mee te gaan naar het winkelcentrum om een of ander cadeautje uit te zoeken voor Ofer, maar zij, die twee weken geleden nog enthousiast zou hebben gereageerd op zo'n verzoek uit zijn mond – 'en zullen we daarna dan iets gaan drinken?' –, ontwijkt hem nu met zulke geforceerde smoesjes dat hij kennelijk ineens iets doorkrijgt en het niet meer aan haar vraagt.

Elke dag brengt nieuwe kentekenen mee: een snelle zijwaartse ruk van de armen vanuit de schouder, voordat hij begint te praten. Hij knijpt voortaan telkens even zijn handen dicht en opent ze weer voor hij 'ik' zegt. De gang naar de badkamer wordt steeds frequenter. Tijdens een maaltijd kan hij wel vijf of tien keer van tafel gaan om zijn handen en mond af te spoelen.

Na een huiselijke sjabbat, als Ilan Adam de hele dag heeft gezien en drie maaltijden met hem heeft meegemaakt, zegt hij tegen Ora: 'Laten we iemand bellen.'

Zoals verwacht wil Adam er niets van horen. Hij werpt zich op de vloer en gilt dat hij niet gek is en dat ze hem met rust moeten laten. Sinds zijn prilste kindertijd heeft hij niet zo'n scène gemaakt – met ontzetting zien ze het aan. Als ze hem proberen over te halen, vlucht hij weg, sluit zich op in zijn kamer en blijft daar lange tijd wild op de deur bonzen.

'Laten we er even mee wachten,' zegt Ilan als ze allebei in bed liggen te piekeren, 'zodat hij aan het idee kan wennen.'

'Hoe lang wachten we? Hoe lang kun je met zoiets blijven wachten?'

'Laten we zeggen... een week?'

'Nee, dat vertik ik. Een dag, misschien twee, hooguit.'

Adam gadeslaan in die dagen heeft een verlammende uitwerking. Kijken naar haar kind verandert in het observeren van een proces. In de uren dat ze met hem thuis is – als ze geen excuus vindt om weg te gaan, om wat frisse lucht te happen en als een verkwikkend drankje de vloeiende, harmonieuze manier van bewegen van anderen in zich op te nemen, maar ook de gal van de afgunst te proeven bij de aanblik van zijn leeftijdgenootjes, die zich vermaken in hun zomervakantie – in die uren met hem heeft ze de indruk dat heel zijn wezen voor haar ogen in afzonderlijke deeltjes wordt gesneden en gehakt, waartussen een steeds losser verband bestaat. Af en toe meent ze dat de gebaren – 'de verschijnselen,' zo noemen Ilan en zij ze met neergeslagen blik – de pezen en de zenuwen zijn die nu het verband in stand houden tussen de delen van het vroegere kind.

'En het gebeurt voor je neus,' zegt ze tegen Avram of misschien tegen zichzelf, 'onder je eigen dak, zo dichtbij dat je het echt kunt aanraken, maar je kunt het nergens beetpakken. Je hand sluit zich om lucht.'

'Aha,' mompelt Avram nauwelijks hoorbaar.

'Zeg het me als je geen zin hebt om het aan te horen,' herhaalt ze, waarop hij haar weer aankijkt met een blik die zegt: praat geen onzin. Ze haalt haar schouders op alsof ze terugzegt: hoe kan ik dat weten? Ik ben er al zo veel jaar aan gewend te zwijgen tegen jou.

Ze slaan hun kleine kamp op bij de bron Een Jakiem in de Nachal Ammoed, vlak bij een pomphuis uit de Britse tijd. Ora spreidt de badhanddoek uit die dienstdoet als picknickkleed en haalt de etenswaren en -spullen tevoorschijn. Avram sprokkelt hout, verzamelt stenen en bouwt een kampvuur. De hond steekt voortdurend het heel smalle beekje over, schudt duizenden druppels water uit haar vacht en kijkt hen met een speelse blik aan. Voordat ze gaan eten, wassen ze sokken, ondergoed en shirts in het bronwater en leggen ze op de struiken om hen heen, waar ze morgen in de ochtendzon kunnen drogen. Avram zoekt in zijn rugzak en haalt er een wijd wit Indiaas overhemd en een hagelwitte Thaise zeemansbroek uit. Achter een struik trekt hij ze aan.

Als ze de volgende dag alleen thuis is met Adam, vertelt hij haar over iets wat hem is gebeurd tijdens het spelen van zijn favoriete computerspelletje. Hij is helemaal opgewonden en enthousiast. Ze probeert zich te concentreren op de inhoud van zijn woorden, zijn vreugde te delen, maar het valt haar zwaar: nu markeert hij ook het einde van zijn zinnen met ademstootjes. Na bepaalde letters – volgens haar zijn het de sisklanken, maar het kan zijn dat ook deze regel al uitzonderingen kent, die eigen straffen vereisen – zuigt hij zijn wangen hard naar binnen. Vraagzinnen worden steevast gevolgd door een nieuw gebaar van de mond: de bovenlip krult zich om naar de neus.

Ze staat met hem in de keuken en verzet zich tegen de gemene aanvechting ook haar lippen zo te tuiten om hem een spiegel voor te houden. Om hem te laten begrijpen wat je ziet als je naar hem kijkt en hoe onverdraaglijk de aanblik is. Het lukt haar alleen zich in te houden als ze beseft dat haar eigen moeder precies hetzelfde bij haar deed na de dood van Ada, toen ze een tijdje ook een soort maniertjes vertoonde, veel minder erg dan deze.

Maar als ze de borende, doorgrondende blik van Adam ziet, slaat ze in een opwelling haar armen om hem heen. Het is al weken geleden dat ze hem heeft omhelsd: hij liet zich door niemand aanraken, maar ze had het ook niet meer geprobeerd, want ze was teruggeschrokken voor contact met het onteigende lichaam, misschien met het vage gevoel dat ze geen warme huid maar een harde korst zou aantreffen. Nu kust ze hem op zijn wangen en zijn voorhoofd. Wat dom van haar dat ze dit niet eerder heeft gedaan, dat ze hem zich zo heeft laten terugtrekken. Misschien was een simpele, stevige omhelzing juist geweest wat hij nodig had. Kijk maar: ineens, echt op een golf, schiet hij vanuit zijn gevangenis naar haar toe, klampt zich met zijn hele lichaam aan haar vast en drukt zijn kleine hoofd tegen haar borst. Ze geeft hem met heel haar wezen gehoor en plotseling voelt ze weer hoe sterk, vitaal en bruisend van leven ze is. Hoe heeft ze dit allemaal achterwege kunnen laten, hoe is ze in godsnaam op het idee kunnen komen haar kind bij een vreemde in therapie te doen voordat ze zelf zoiets simpels en natuurlijks bij hem deed als dit? Ze zweert dat ze hem voortaan alles zal geven wat ze in zich heeft, hem aan het infuus zal leggen van haar helende kracht, de geweldige ervaring die ze heeft met therapeutische behandelingen, kalmerende massages. Hoe heeft het kunnen gebeuren dat ze haar kind dat al die tijd heeft onthouden?

Ze sluit haar ogen en klemt boven zijn hoofd haar tanden op elkaar om niet te vallen over de struikeldraad van de huilbui die in haar opwelt. Ze herinnert zich goed wat Ilan haar eens heeft uitgelegd: dat hij de jongens altijd iets minder vaak omhelst dan hij zou willen, omdat het altijd iets meer is dan wat ze nodig hebben. Ach ja, Ilan en zijn berekeningen. Ze kust Adam weer op zijn voorhoofd, en hij kijkt op met een lief gezicht dat vraagt om een 'luxeversie', tot haar grote vreugde. De luxeversie was een gebruik in de prille kindertijd van de jongens, en in geen jaren is een van hen ertoe bereid geweest, maar kijk: Adam tuit zijn lippen al. Ze lacht vergenoegd en een beetje ongemakkelijk, want hij is toch al bijna dertien en heeft wat donker dons boven zijn lippen. Maar hij heeft er blijkbaar zo'n behoefte aan dat hij zich nergens voor geneert, en hij kust haar warm, een keer op haar rechter- en een keer op haar linkerwang, en dan op het puntje van haar neus en op haar voorhoofd. Ora kraait van plezier en wil hem herinneren aan de keer dat ze naar huis liepen en elkaar de hele weg lang kusjes gaven. Hij glimlacht met geloken ogen, gebaart haar dat hij nog een keer wil en kust haar weer op de linker- en de rechterwang, dan op het puntje van de neus en het voorhoofd. 'Nu is het mijn beurt,' zegt Ora, maar Adam bromt: 'Nog een keertje.' Zijn beide handen omklemmen haar gezicht, haar nek begint te verstarren, en hij overstelpt haar met scherpe snavelkusjes op haar rechter- en linkerwang, het puntje van haar neus en haar voorhoofd. Ze probeert haar gezicht nu te bevrijden, maar hij houdt het stevig vast met zijn grijpvingers, en ze roept uit: 'Genoeg, wat héb je?' Ze ziet hoe zijn gezicht zich vertrekt, eerst van onbegrip en daarna van diepe verontwaardiging. Even blijven ze tegenover elkaar staan, tussen de keukentafel en het aanrecht. Het volgende ogenblik raakt hij drie keer met zijn vingertoppen zijn mondhoeken en de plek tussen zijn ogen aan, daarna blaast hij vlug op zijn handen, eerst de rechter en dan de linker, en ondertussen welt er een dikke, troebele vloeistof op in zijn ogen. Dan loopt hij achteruit weg van haar en houdt haar argwanend in de gaten, alsof hij bang is dat ze hem zal bespringen, en ze herinnert zich hoe Ofer haar met precies dezelfde blik aankeek toen hij erachter kwam dat ze vlees at; hetzelfde flikkerende alarmlicht van de angst dat ze hem zal verslinden, dansend op de hersenschors als een oerbeeld. Leg zoiets maar eens uit aan Avram, zo'n moment tussen moeder en kind – maar ze legt het hem uit, tot in de kleinste details, want hij moet het weten, de pijn voelen, het beleven en onthouden. Adams ogen worden groter en groter, tot ze bijna zijn hele gezicht beslaan, en ondertussen trekt hij zich langzaam terug. En voor hij uit de keuken verdwijnt, werpt hij haar een laatste, ontnuchterde, verschrikkelijke blik toe, die haar zonder woorden zegt: je had de kans me te redden, nu ga ik weg.

Uiteindelijk, na druk en dreigementen – dreigen met een verbod op het gebruik van de computer is het effectiefst – krijgen ze Adam om en maken een afspraak met een psycholoog. Na drie afspraken nodigt de psycholoog Ora en Ilan uit voor een gesprek. Adam lijkt hem een intelligente jongen met veel potentieel, zegt hij, en ook met een sterk karakter. 'Heel sterk,' voegt hij er een beetje beschroomd aan toe. 'Om u de waarheid te zeggen, hij heeft drie keer een uur lang op deze stoel zijn mond zitten houden.'

'Hij heeft niets gezegd?' Ora is verbijsterd. 'En hoe zit het met de gebaren?'

'Geen enkel gebaar, hij bleef me doodstil zitten aankijken, bijna zonder met zijn ogen te knipperen.'

Ora herinnert zich ineens dat Ilan als puber zijn hele klas had geboycot.

'Het was niet gemakkelijk om mee te maken,' geeft de psycholoog toe, 'drie sessies lang. Ik heb van alles geprobeerd, maar hij heeft zo'n inwendig verzet,' zegt hij verbaasd, en hij laat Ora en Ilan een dichtgeknepen vuist zien. 'Een bunker, een sfinx.'

'Wat stelt u ons voor?' vraagt Ilan op vijandige toon.

'We kunnen natuurlijk doorgaan en het nog een paar keer proberen,' zegt de psycholoog zonder hen in de ogen te kijken. 'Ik, van mijn kant, ben daar zeker toe bereid, maar ik moet u zeggen, er is hier iets, in de interactie –'

'Zegt u ons wat we moeten doen,' valt Ilan hem in de rede, en de ader op zijn slaap kleurt al blauw. 'Ik wil dat u me in simpele woorden zegt wat we nu moeten doen!' Ora kijkt vertwijfeld naar het ijzeren tralierooster dat ineens voor zijn gezicht zakt.

'Ik weet niet zeker of er een onmiddellijke oplossing bestaat,' zegt de psycholoog, knipperend met de ogen. 'Ik probeer alleen hardop met jullie mee te denken. Misschien zou het met iemand anders beter lukken? Misschien met een vrouwelijke therapeute?'

'Waarom een vrouw?' Ora deinst terug op haar stoel, met een gevoel alsof ze hier ergens van wordt beschuldigd. 'Waarom nu juist een vrouw?'

Het is avond. Ora zit gebogen over de rekeningen met het oog op haar BTW-aangifte, die ze eens per twee maanden moet doen over haar inkomsten in de fysiotherapiekliniek – 'maar behandelingen aan huis geef ik niet op, uit principe,' vertelt ze Avram met enige trots en met het stoute gevoel dat ze samen met hem rebelleert tegen de overheid (hij heeft niet eens een identiteitsbewijs!) – en ineens komt Adam naar haar toe met het verzoek hem te helpen zijn kamer op te ruimen. Het is een ongewoon verzoek, zeker in die dagen, en de rotzooi in zijn kamer loopt de spuigaten uit, maar ze moet vanavond die BTW-aangifte afkrijgen, dus ze reageert geprikkeld. 'Moet dat juist nu? Waarom ben je niet een uur geleden naar me toe gekomen, toen ik tijd had? Waarom is alleen mijn tijd in dit huis voor niemand heilig?'

Adam gaat weg, dansend en spartelend in de wirwar van zijn krampachtige bewegingen. Ora probeert verder te gaan met het sorteren van de rekeningen, maar kan zich niet concentreren. Wat haar het meest deprimeert, is de gedachte dat hij zonder tegensputteren de aftocht heeft geblazen. Zonder ook maar een enkel woord te zeggen. Alsof hij weet dat hij nu geen enkel spatje energie mag verspillen.

Terwijl ze de bonnetjes voor de reiskosten en de lunchvergoeding op aparte stapeltjes legt, heeft ze het scherpe gevoel dat Adam op dit moment in zijn kamer uiteen aan het vallen is in kleine stukjes wanhoop en eenzaamheid. Ze weet dat ze zal worden meegezogen in dat desintegratieproces en dat het binnenkort ook haar huwelijksleven met Ilan, het hele gezin zal verteren. Zo slap zijn we, denkt ze, en ze staart naar de nette stapeltjes. Hoe kan het dat we alle twee zo verlamd zijn en niet echt voor hem vechten? Alsof – de gedachte snijdt door haar heen –, alsof we aanvoelen dat het onze... wat? Onze straf is? Waarvoor?

'Voor jou hebben we veel harder gevochten,' mompelt ze tegen Avram.

Avram klemt zijn handen om de beker warme koffie, helemaal ineengedoken, zijn ogen gefixeerd op de laatste sprankjes licht in het water van de beek.

Ora staat op van de tafel met de bonnetjes en loopt snel, bijna op een draf, naar Adams kamer, met een afschuwelijk voorgevoel.

Adam staat daar echter alleen maar, stokstijf en een beetje voorovergebogen, midden in zijn en Ofers kamer, tussen ongelooflijke stapels kleren, onderdelen van spelletjes, schriften, handdoeken en ballen.

'Wat is er, Adam?'

'Ik weet het niet, het zit ineens vast.'

'Je rug?'

'Alles.'

Blijkbaar is hij midden in een beweging, toen hij een scheiding probeerde aan te brengen tussen de ene fractie van een beweging en de volgende, blijven steken in het niets. Ora slaat snel haar armen om hem heen, masseert zijn nek en zijn rug. Zijn lichaam is stijf, versteend. Minutenlang is ze bezig hem te ontdooien, zoals ze vroeger deed bij Avram, toen hij revalideerde – tegenwoordig verricht ze er wonderen mee bij haar patiënten: ze geeft het lichaam zijn geheugen, de muziek van de beweging terug –, totdat Adam een beetje ontspant. Dan zet ze hem op een stoel neer en gaat zelf op het kleed aan zijn voeten zitten.

'Doet het nog pijn?'

'Nee, nu is het oké.'

'Kom, dan doen we het samen.'

Ze raapt spullen en kleren van de vloer en geeft hem die aan, opdat hij ze op hun plaats legt. Hij gehoorzaamt. Met zijn robotachtige bewegingen stapt hij naar kasten en laden en komt terug naar haar. Ze maakt geen opmerkingen over zijn handelingen en gebaren. Ze kan niet ophouden naar hem te gluren.

En daar komt Ofer thuis van een weekje logeren bij opa en oma in Haifa en begint gretig mee te helpen met opruimen. Het is alsof er een groot licht aan is gedaan in de kamer, en de kwade gedachten trekken zich terug. Ook Adams gezicht licht op. Ora, die weet hoe slecht Ofer tegen rommel en viezigheid kan, staat ervan verbaasd dat hij Adam toestaat hun gemeenschappelijke kamer te veranderen in een zwijnenstal. Hij heeft er deze hele maand geen enkele keer over geklaagd. Misschien wordt het tijd ze aparte kamers te geven, denkt ze, we hebben het er een jaar geleden al over gehad. Maar ze weet hoe Adam dat zal uitleggen en ze twijfelt er niet aan dat ook Ofer het voorstel van tafel zal vegen.

Met de hulp van Ofer maakt ze van het opruimen van de kamer een spelletje. Ze stelt vragen over elk ding dat ze uit de stapel vist, en Adam en Ofer geven haar antwoord. Ze lachen. Adam lacht besmuikt, met opeengeklemde lippen, en elk lachje verplicht hem tot een reeks acties die waarschijnlijk het effect van het lachje moeten tegengaan. Twee uur lang zit ze op de vloer van hun kamer en sorteert de materiële cultuur van hun kindertijd. Spellen waar ze in geen jaren naar hebben omgekeken, blaadjes met tekeningen en huiswerk, gekreukte schriften, lege batterijen, oude stembiljetjes die ze voor hen heeft meegepikt van het stembureau, plakboeken met plaatjes van voetballers en tv-sterren, versleten gymschoenen, stukken van kastelen van lego, allerlei mascottes, Boglins en andere lelijke monsters die eens hun wereld bevolkten, wapens en fossielen, gescheurde posters, handdoeken en sokken met gaten. Er zit speelgoed tussen waarvan ze weigeren afscheid te nemen, en ze zijn echt gekrenkt als ze voorstelt het weg te geven aan andere, kleinere, armere kinderen. Ora leert zo voor het eerst iets over ingewikkelde gevoelsbanden die haar zoons onderhouden met een kale wollen beer, waarvan het belang haar nooit is opgevallen, met een uiterst weerzinwekkende slang van rubber en met een kapot zaklampje, een aandenken aan nachtelijke avonturen waarvan ze helemaal niet had vermoed dat ze achter hun dichte deur plaatsvonden als zij dacht dat ze sliepen.

En zo, ondanks de strijd en de onderhandelingen om elk oud stukje speelgoed, of om een door motten aangevreten shirt van een Spaanse voetbalclub, knapt de kamer langzamerhand op. De ene na de andere volle vuilniszak wordt naar de voordeur gebracht, voor het goede doel of voor de vuilnisbelt. Naar haar idee is Adam opgelucht: zijn bewegingen worden ronder en bijna ontspannen. Hij loopt heen en weer door de kamer zonder zijn passen of woorden te onderbreken door wat voor gebaar dan ook, door geen enkele komma of punt van een elleboog of knie, en tot slot, als de kamer aan kant is en Ora opstaat om per telefoon voor iedereen pizza te bestellen, komt hij uit zichzelf naar haar toe en slaat teder zijn armen om haar heen, in een simpele omhelzing.

Maar de luwte duurt niet langer dan een paar minuten. 'Je weet hoe Ilan het zegt: "Alle vreugde is voorbarig."'

'Die is niet van Ilan,' zegt Avram, en hij springt op. 'Die was van mij.'

'Van jou?'

'Nou en of! Weet je niet meer dat ik altijd...'

De goudbruine hond tilt haar kop op van haar poten en kijkt hem verbaasd aan. Ora ziet de opwinding die zich meester maakt van Avram en denkt: dat hij dát van je heeft overgenomen, stuit je tegen de borst?

Na een paar minuten gaat Adam weer naar de kraan om zijn lippen en zijn vingers af te spoelen, en je kunt weer bijna met het blote oog de trekdraden zien die hem zijn bewegingen doen maken. De wanhoop waarin Ora wegzakt is dit keer ondraaglijk, en vlak voor ze ontploft, voor ze alles wat ze heeft opgepot tegen hem uitschreeuwt, legt ze haar pizzapunt neer en laat Ofer en Adam, die als gewoonlijk met elkaar aan het kletsen zijn, alleen aan tafel achter. In Ilans werkkamer gaat ze achter het bureau zitten en haar hoofd zakt op de rekeningen en de bonnetjes.

Een zware schaduw laat zich neer in haar hoofd. Ze wil Ilan opbellen en hem vragen thuis te komen van zijn werk. Hem vragen haar vast te houden, want ze valt. Wat hangt hij buitenshuis rond terwijl hier alles uiteenvalt? De laatste tijd is hij bijna nooit thuis. Hij gaat vroeg in de ochtend de deur uit, voordat de jongens opstaan. Hij komt terug om twaalf uur 's nachts, als ze liggen te slapen. Waar ben je? Hoe kan het dat we zo machteloos zijn, allebei? Hoe kan het dat we zo snel verbrokkelen? Waarom lijkt het allemaal een vloek, die jarenlang geduldig heeft liggen wachten – 'de wraak van de boze heks die niet was uitgenodigd op de verjaardag,' is wat in haar opkomt – om ons te juist te kunnen treffen als we het eindelijk goed hebben? Maar ze heeft de kracht niet om haar hand uit te steken naar de telefoon.

'We pakken het niet aan,' zegt ze 's nachts tegen hem, in de woonkamer. Ze ligt uitgeteld op het kleed. Ilan ligt tegenover haar op de bank en zijn lange benen bungelen over de leuning. Hij ziet er futloos en vermoeid uit. 'Wat gebeurt ons? Zeg me, leg me uit: waarom lukt het ons niet om iets te doen?'

'Om wat te doen?'

'Hem onder dwang in therapie doen, hem met harde hand meenemen naar een dokter, een psychiater, weet ik het. Ik voel me gewoon verlamd van angst, en jij helpt me niet. Waar ben je?'

'Maak een afspraak voor hem bij iemand anders,' zegt hij. Hij lijkt in paniek. Iets in zijn gezicht, zijn kin, doet haar ineens denken aan de dagen na de geboorte van Adam, vlak voor hij de benen nam.

'Morgen,' zweert ze, 'zodra ik wakker ben, bel ik.' Ze steekt haar hand uit en pakt zijn arm vast. 'We weten niet eens wat hij voelt. Ik probeer met hem te praten, maar hij schiet meteen weg. Denk je eens in hoe angstig het voor hem moet zijn.'

'En ook voor Ofer,' zegt Ilan. 'We zijn zo gefocust op Adam dat Ofer wordt verwaarloosd.'

'Ik denk alleen maar: als het nu om een of ander gewoon, normaal gevaar was gegaan, een brand, of zelfs een terrorist, iets bekends, iets logisch... was ik dan niet meteen op hem afgedoken om hem te redden? Had ik mijn leven dan niet voor hem gegeven? Maar hier...'

Adam komt zijn kamer uit en gaat iets drinken in de keuken. Vanuit de donkere woonkamer volgen Ora en Ilan zijn gang naar de koelkast. Als het hem eindelijk lukt de fles water aan zijn lippen te zetten, kucht Ilan, en Adam draait zich verbaasd om.

'Hé, wat-doen-jul-lie-daar?' Zijn stemgeluid is eentonig, zijn manier van praten hoekig, bionisch.

'Gewoon,' zegt Ilan, 'we rusten wat. Met jou alles goed, lieverd?'

'Al-les-o-ké,' antwoordt hij voor hij een draai maakt om zijn as en houterig terugloopt naar zijn kamer. Hij stapt en tilt zijn knieën op als in een mechanische imitatie van menselijke beweging, gefragmenteerd tot een stotterende versie van Adam.

En dan weet ze het. Ineens scheurt er een of ander vlies open in haar en weet ze dat hij, Adam, iets totaal nieuws heeft ontdekt, een of andere nieuwe kennis, een nieuwe kracht. Plotseling is het volkomen duidelijk, je hoeft maar naar hem te kijken en je ziet het: de kracht van de ontkenning, van de ontbinding, van het niets, dat hem opzuigt, hem verteert. Dat ontdekt hij nu, Adam. 'En het is blijkbaar een overweldigende kracht, nietwaar,' zegt ze tegen Avram met een schorre stem, 'de kracht van het nee, de kracht van het niet-zijn?'

Avram blijft roerloos zitten. Zijn handen knijpen de lege koffiebeker bijna kapot. In de eerste maanden na zijn thuiskomst – na zijn tijd in het ziekenhuis en revalidatie-instellingen – liep hij door de straten van Tel Aviv en beeldde zich in een bij te zijn in een enorme zwerm. Hij vond het fijn te beseffen dat hij niet eens in staat was te begrijpen wat zich in de hele zwerm voordeed. Hij had maar één taak: bestaan. Hij hoefde alleen maar te bewegen, eten, poepen, slapen. Op andere plekken in de zwerm bestonden misschien gevoelens, een of andere kennis, of een volledig bewustzijn, en misschien ook daar niet. Misschien nergens. Het waren zijn zaken niet. Hij was slechts een cel, zonder enige betekenis, gemakkelijk vervangbaar, achteloos te vernietigen.

Soms, zelden, deed hij iets anders, het tegenovergestelde: dan liep hij door de straten en praatte hardop in zichzelf, expres, alsof hij de enige op de wereld was, en alsof de hele wereld uitsluitend en alleen bestond in zijn brein, alsof de wereld de vrucht was van zijn verbeelding, net als die jongens die hem bespotten, de bejaarden die hem nawezen, de auto die luttele centimeters van hem vandaan met piepende remmen tot stilstand kwam.

Als Adam de deur van zijn kamer achter zich heeft dichtgedaan, staat Ora op van het kleed en loopt naar de keuken. Ze opent de koelkast met de bewegingen van Adam, brengt de fles naar haar mond zoals hij dat deed – elleboog, pols, vingers – sluit haar lippen om de opening van de gezinsfles, drinkt, loodst haar ziel naar Adam, en dan weet ze, gedurende een fractie van een seconde, maar het is genoeg voor de rest van haar leven, hoe het is als je niet de lijn ziet maar alleen de punten die de lijn vormen, en het donker in het oog als het knippert, de afgrond tussen het ene moment en het volgende.

'Ja,' brengt Avram zachtjes uit, en ze heeft het idee dat hij minutenlang zijn adem heeft ingehouden.

Als ze de fles terugzet in de koelkast en Adams gefragmenteerde bewegingen reconstrueert, vergeet ze Ilan, die vanuit het donker naar haar ligt te kijken. Kijk, hier is de val tussen twee stappen. Hier is het fluisterende geluid van de chemische oplossingen van de ontbinding. Kijk, zo kijkt haar Adam uit zijn open ogen en misschien ziet hij wat niemand mag zien: hoe hijzelf uiteen kan vallen tot niets. Tot het stof waaruit hij is voortgekomen. Hoe zwak is het spul dat alles bij elkaar houdt.

Ze gaat weer in het donker naast Ilan zitten, die meteen zijn armen om haar heen slaat en tegen haar aan kruipt met een gretigheid die haar verbaast, en tegelijkertijd ook met een klein beetje ontzag voor haar, meent ze.

'Wat,' fluistert Ilan, 'wat voelde je?'

Ze geeft geen antwoord. Ze is bang wakker te worden, bang dat de plek waar ze Adam heeft leren begrijpen, zal vervagen, zal oplossen als een droom.

Ora gaapt en ziet – met een spoortje van genoegen – hoe Avram zonder er erg in te hebben wordt aangestoken door haar geeuw. 'Morgen praten we verder,' zegt ze, en al wil hij eigenlijk nog meer horen, hij staat op en ruimt de resten van hun maaltijd op, verzamelt het afval, wast af en legt zijn slaapzak niet ver van de hare neer. Dit alles doet hij zwijgend, en ze ziet de gedachten en vragen rondrennen achter zijn voorhoofd, maar zegt tegen zichzelf: morgen, morgen. Ze trekt zich ergens in de bosjes terug voor privézaken en denkt aan Scheherazade. Daarna kleden ze zich allebei uit, met hun rug naar elkaar toe, en ritsen zich in hun slaapzak. Met open ogen liggen ze bij het fluisterende kampvuur, maar Avram is rusteloos, staat op, vult twee flessen met beekwater, dooft het smeulende vuur en gaat weer liggen.

Maar kijk, direct nadat het vuur is gedoofd, ontwaken ineens alle dieren in de wadi, die zich tot dan toe bijna stil hebben gehouden. Een koor van padden, nachtvogels, jakhalzen, vossen en krekels barst uit in een oorverdovend kabaal. Gehuil, gekrijs, gegrom, gekwaak, gejank en getsjirp. Ora en Avram liggen stil en hebben het idee dat om hen heen de hele wadi wemelt en beweegt, dat kleine en grote dieren langs hen heen schieten en over hun gezicht rennen of vliegen. 'Wat is dit?' fluistert Ora, en Avram fluistert terug: 'Ze zijn allemaal gek geworden.' De hond komt overeind en blijft onrustig staan. Haar ogen glanzen in het donker. Ora heeft er nu behoefte aan dat Avram naast haar komt liggen, al was het maar om haar hand vast te houden, om haar gerust te stellen met een aai en met lange, rustige ademhalingen, zoals Ilan dat bij haar doet, bij haar deed. Maar ze houdt haar mond, ze zal niet bij Avram aandringen, en hij biedt uit zichzelf niets aan. Dan komt juist de hond voorzichtig dichterbij, stapje voor stapje, tot ze uiteindelijk naast haar staat, en Ora strekt haar arm uit en aait in het donker haar vacht, die huivert van de spanning, vanwege de geluiden om hen heen of het contact met een menselijke hand, het eerste na wie-weet-hoeveel tijd. Ora blijft haar met plezier aaien en krauwen en voelt de warmte van het nieuwe lijf, tot de hond ineens terugdeinst alsof ze het niet langer kan velen, een eindje van haar vandaan gaat liggen en haar met hijgende ogen aanstaart.

Zo liggen ze, met zijn drieën, stil en een beetje bang. Het kabaal neemt heel langzaam af en het gezoem van muggen wordt hoorbaar: dikke, brutale muggen, die elk stukje blote huid steken. Ora hoort Avram vloeken en zichzelf slaan, en ze krult zich op in haar slaapzak, ritst die dicht rond haar hoofd en laat alleen een kleine luchtopening over. Zo zakt ze weg in haar eigen gedachten, en half in slaap legt ze haar hoofd te rusten op haar lievelingsplekje, in het kuiltje van Ilans schouder, en dan, zachtjes aan, als het opwellende water van een kleine bron, komt in haar weer het heimwee opzetten naar het huis in Een Karem, hun huis, van haar en van Ilan, naar de geuren die het in zich had opgenomen, naar de breisels van licht die op de verschillende uren van de dag werden geweven door de raamroosters, en naar de stemmen van de kinderen en Ilan, die uit de kamers opklonken. Ze loopt ze door, de ene kamer na de andere.

En als Ofer in haar opkomt, zet ze hem zachtjes uit haar hoofd en zegt tegen hem dat het in orde is, dat hij zich geen zorgen hoeft te maken, ze doet wat nodig is. Hij moet nu niet aan haar denken. Hij moet daar op zichzelf passen, hier past zij op hem.

Een paar maanden na de breuk met Ilan was ze een keer teruggegaan naar het lege huis. Ze opende in alle kamers de ramen en luiken, draaide alle kranen even open om het water te laten stromen, besproeide de verdroogde tuin, rolde de kleden op, stofte, veegde de vloer goed aan en dweilde hem daarna grondig. Bijna de hele ochtend bleef ze daar zonder een moment te gaan zitten of een glas water te drinken. Toen ze het huis had schoongemaakt, sloot ze de luiken en de ramen weer, schakelde de stroom uit en liep naar buiten.

Dan is het tenminste schoon, dacht ze, het huis kan er ook niets aan doen dat wij uit elkaar zijn.

'Ora,' klonk Avrams stem op, 'vertonen ze gelijkenis?'

Ze was al bijna in slaap, en zijn vraag doet haar opveren.

'Wie?'

'De jongens. Tegenwoordig.'

'Met wie?'

'Met elkaar bedoel ik, lijken ze op elkaar, qua karakter?'

Ze gaat zitten en wrijft in haar ogen. Hij zit overeind, met de slaapzak om zich heen.

'Sorry,' mompelt hij, 'ik heb je wakker gemaakt.'

'Geeft niet, ik sliep nog niet echt. Maar hoe kom je ineens op...' en ze laat haar tong nog eens met steels plezier gaan over dat 'de jongens' van hem. Alsof hij eindelijk haar kijk op hen heeft aanvaard en zelfs een beetje de toon waarmee ze over hen praat van haar heeft overgenomen.

Ze kijkt hem vol genegenheid aan. Even is het mogelijk: oom Avram.

'Wat denk je, zullen we een kop thee zetten?' stelt ze voor.

'Wil je dat?' Hij staat vlug op, rent rond en sprokkelt takjes bijeen in het donker. Ze hoort hem tegen een struik aan lopen, zich prikken aan een distel, vloeken, uitglijden over water, weggaan en terugkomen. Ze houdt haar lachen in.

'Ja en nee,' zegt ze naderhand, als de beker thee haar handen en haar gezicht warmt. 'Uiterlijk zijn ze heel verschillend, dat zei ik je al. Maar aan de andere kant kun je je er ook niet in vergissen. Je ziet meteen dat het broers zijn. Al is Adam meer –'

'Meer wat?'

Ze stopt. Ze is bang dat ze nu, in de huidige situatie van haar relatie met Adam, te ver zou kunnen gaan met allerlei overbodige en ook unfaire vergelijkingen tussen Adam en Ofer, juist zij –

'Ach,' zegt ze met een diepe zucht, en de hond kijkt op en komt naast haar zitten.

'Wat is er?' vraagt Avram zacht. 'Waar moest je aan denken?'

'Wacht even.'

Zij, die door haar moeder altijd met anderen werd vergeleken, ook ten overstaan van wildvreemde mensen, en bijna altijd in haar nadeel, zodat ze al op heel jonge leeftijd zwoer dat ze later, als ze zelf kinderen zou hebben, nooit, nooit –

'Ora?' polst Avram voorzichtig. 'Luister, het hoeft niet.'

'Nee, het is oké. Geef me alleen een momentje.'

Vanzelfsprekend had ze zich met Ilan heel wat keren bezondigd aan vergelijkingen tussen de jongens, hoe kon het ook anders?

'In die eerste jaren,' brandt ze ineens los tegen Avram, 'waar ik in die eerste jaren moeite mee had bij Ilan, wat ik echt niet van hem kon verdragen, was de blik waarmee hij naar de jongens keek, ja, met die nauwgezette, objectieve definities van hem. Goed, je kent het...'

'Ik ken het, ik ken het,' bromt Avram, 'die kuren van Ilan. Rationalistische bombarie.'

'Ah, de spijker op zijn kop,' zegt ze lachend, en met haar rechterhand krauwt ze de kop van de hond.

De definities van Ilan, denkt ze, waarin hij het karakter van Adam en van Ofer ving, waarmee hij hun deugden en tekortkomingen voor haar samenvatte... Hij bezegelde zo als het ware ook voorgoed hun lot, dat niet herroepen kon worden en ook niet gewoon met hun leeftijd kon veranderen of zich kon ontwikkelen. 'En pas jaren later,' zegt ze – ze blijkt ook hierover te kunnen praten met Avram, ze heeft het idee dat hij het begrijpt –, pas jaren later kwam ze erachter dat ze die definities van hem heel goed onderuit kon halen met uitspraken die minstens zo weloverwogen en helder waren, met een nuchtere, eigen kijk, die de jongens altijd in een zachter, milder licht zette. En ze zag toen ook hoe opgelucht en zelfs verheugd Ilan het met haar eens was, zich aan haar kant schaarde, zo opgelucht en blij dat ze soms dacht dat ze misschien ook hemzelf ergens van had verlost.

'Waarom is hij zo?' vraagt ze aan Avram. 'Zeg het me, jij hebt hem tenslotte zo goed gekend.' Bijna zegt ze: misschien kende je hem zelfs beter dan ik. 'Dus leg jij me nu eens uit: waarom is hij altijd zo aan het vechten tegen zichzelf, tegen zijn zachtheid, zijn tederheid? Waarom moet hij altijd zo'n gebalde vuist zijn?'

Avram haalt zijn schouders op. 'Bij mij,' zegt hij, 'was hij niet zo.'

'Ik weet het. Bij jou was hij echt niet zo.'

Ze zwijgen. De cicaden om hen heen gaan weer als bezeten tekeer. Ora vraagt zich af of ze er tot de dag van haar dood toe veroordeeld is te pogen Ilan en zijn gekkigheden te begrijpen, of dat er een dag komt waarop ze puur zichzelf zal kunnen zijn, zonder zijn echo's in haar binnenste. Maar de gedachte aan die mogelijkheid lucht haar niet bepaald op, stemt haar helemaal niet vrolijk – het gemis slaat ineens in alle hevigheid toe.

Met Ilan over de jongens praten, denkt ze, met Ilan over de jongens praten... Het was zo'n plezierig onderdeel van het gezinswerk, dat praten zelf. En ze hadden wat afgepraat over de jongens. Ze had trouwens heel wat keren stilletjes gedacht dat het misschien allemaal aan Avram te danken was dat ze zo konden praten, Ilan en zij. Als ze hem niet hadden ontmoet, als hij hen niet had ingewijd in de kunst van het praten, dan waren ze allebei veel stillere, verlegen types gebleven. Dus dankjewel, zegt ze in gedachte tegen hem, ook daarvoor.

Het allerliefst praatten ze over de jongens tijdens hun late avondwandelingen, na afloop van de operatie kinderbedtijd. Zonder Avram te vragen of hij het wil, neemt ze hem er rechtstreeks mee naartoe, naar de overhoop gehaalde kamer van de kinderen, waar druk de nauwgezette voorbereidingen worden getroffen voor de zware, ingewikkelde bootreis naar de nacht, met zijn schaduwen en vreemde omgevingen, met de ballingschap die hij elk kind oplegt in het eigen, kleine bed. En als ze hun nog een laatste knuffel hebben gegeven, en nog wat water, en nog een keer plassen, en nog een lampje en een kusje voor de beer of voor de aap, als daarna het onderlinge geklets van Ofer en Adam is verstild en ze eindelijk in slaap zijn gevallen –

Eerst, toen ze nog in Tsoer Hadassa woonden, liepen ze over het pad naar de bron Een Joël, langs de pruimen- en perzikenplantages van Mevo Betar en tussen de resten door van de boomgaarden met kweeperen, walnoten, citroenen, amandelen en olijven van Arabische dorpen die er niet meer zijn – af en toe zei ze tegen zichzelf dat ze op zijn minst moest uitzoeken hoe ze hadden geheten – en soms liepen ze naar de Nachal Hama'janot, een wadi vol stromend water en moestuintjes met aubergines, paprika's, bonen en courgettes, aangelegd door de inwoners van Choesaan en Battier. Na het begin van de Eerste Intifada, toen ze er niet meer durfden rond te lopen, kozen ze het pad naar het Hamazleg-bos. 'In het najaar,' zegt ze, 'heb je daar hele velden vol krokusjes, herfsttijloos en cyclamen. Misschien moet ik je er een keer mee naartoe nemen, herinner me eraan.' En na hun verhuizing naar Een Karem gingen ze eerst, nog voor ze uitzochten waar een kruidenier of een groenteboer te vinden was, op zoek naar een geschikt pad, dat niet te grillig en ook niet saai was, niet afgelegen en ook niet te populair, een pad waar twee wandelaars rustig pratend konden lopen en waar ze soms ook elkaars hand konden vasthouden of elkaar kussen. In de loop der jaren ontdekten ze ook andere, meer verstopte paden, door wadi's en olijfgaarden, langs graven van sjeiks, ruïnes van huizen en resten van wachtershutten. Ze wandelden er elk vrij uur dat ze konden vinden, soms ook voor dag en dauw, maar dat pas toen de kinderen groot en zelfstandig waren, toen Ofer al de lekkerste omeletten wist te bakken en zelf sandwiches klaarmaakte voor op school, voor hemzelf en Adam. 'En zelfs in perioden dat Ilan tot over zijn oren in het werk zat,' zegt ze, 'was die dagelijkse wandeling heilig voor hem. Onze wandeling.'

Avram luistert en ziet: Ora en Ilan, een stel. Ilan misschien al grijzend aan de slapen, Ora al bijna helemaal grijs en met een bril, misschien Ilan ook. Ze lopen over hun verborgen pad, in dezelfde pas, heel dicht bij elkaar, en af en toe tilt ze haar hoofd op en kijkt hem aan, af en toe zoeken hun handen elkaar en verstrengelen zich. Ze praten zachtjes. Ora lacht.

Op Ilans gezicht staat zijn glimlach met de drie rimpels. Ineens mist Avram Ilan. Ineens schokt hem de gedachte dat hij hem al zo veel jaren niet heeft gezien.

'Het zijn van die gesprekken,' legt Ora uit aan Avram, 'waarin ik bijna alles wat hij gaat zeggen van tevoren weet. Aan zijn ademhaling voor een zin hoor ik al welke kant hij op wil en welke woorden hij zal gebruiken. En ik ben gelukkig dat het zo is, dat hij en ik elkaar zo aanvoelen.'

Maar Ilan werkte het blijkbaar op de zenuwen, denkt ze, en daarna spreekt ze haar gedachte ook uit. 'Het verveelde hem dat hij uit mijn ademhaling al kon opmaken wat ik zou gaan zeggen, uit mijn lach, nog vóór ik iets grappigs vertelde. Of misschien heeft hij gewoon wat vakantie van mij nodig, zo noemde hij het. Ik ben blijkbaar werk, zwaar werk,' verzucht ze en ze haalt haar schouders op. 'Maar ik begon je iets anders te vertellen, wat was het ook weer? Ik ben zo verstrooid.' En ik ben hem bovendien de hele tijd zwart aan het maken, denkt ze, en daarna spreekt ze ook deze gedachte hardop uit. 'Dat is niet oké van me, het klopt ook niet, het is echt niet de hele waarheid. Dat heeft hij niet verdiend.'

Ilan en zij op het pad, 's avonds. Ze verwerken de afgelopen dag tot kruimels en proeven die opnieuw, samen, houden ze lang in de mond, vergelijken indrukken, voegen meer en meer details toe aan het grote plaatje van hun leven, lachen om dit en om dat, omhelzen elkaar, laten elkaar los, discussiëren, vragen elkaar raad in kwesties die met hun werk te maken hebben. 'Al begreep Ilan niet veel van mijn werk,' zegt ze tegen Avram. Ze verwachtte dat ook niet van hem. Hoe spannend kon een massage van een verstuikte enkel of het terugzetten van een ontwrichte schouder tenslotte zijn? Niettemin vond ze het jammer dat hij niet zo werd gegrepen als zij door de kleine en grote drama's die ze te horen kreeg, terwijl ze een vastzittende rug loskreeg of een gezicht behandelde waarvan de innervatie was verstoord. Zij werd daarentegen in de loop der jaren wel zíjn stille adviseur, de geheime jury, degene met het laatste woord. Op zijn bureau werd er al openlijk gekheid over gemaakt: 'Ora heeft het nog niet goedgekeurd' en 'Ilan wacht nog op de beslissing van het Hooggerechtshof.' 'Dat was inderdaad zo,' zegt ze blozend van verlegenheid (gelukkig is het donker) en ze vertelt dat hij blind op haar voer, dat hij een volkomen vreemd vertrouwen had in haar instincten, haar intuïties, haar wijze hart – 'zo noemde Ilan het,' zegt ze verontschuldigend –, al had ze niet echt veel belangstelling, zo verduidelijkt ze meteen, voor de kronkelige juridische aspecten van kwesties rond 'geestelijk eigendom', geheimhoudingsovereenkomsten, concurrentiebedingen, het trademark van een bedrijf dat druppelaars fabriceerde, of van een producent van generieke geneesmiddelen, en vanaf welk moment er in een idee nu precies sprake was van dat vluchtige, ongrijpbare, geheimzinnige ding dat Ilan graag, met twinkelende ogen, 'de vonk van een vondst' noemde. Eerlijk gezegd had ze nooit iets op gehad met de ingewikkelde octrooiprocedures in Israël, de Verenigde Staten en Europa, noch met alle overredingstactieken waarmee Ilan kapitaalhouders zover probeerde te krijgen dat ze investeerden in, bijvoorbeeld, een endoscopische camera, ontwikkeld door een jonge arts uit Karmiël, die na gebruik werd afgebroken in de bloedbaan, of een goedkope manier om diesel uit plantaardige olie te produceren, uitgevonden door een biochemicus uit Kirjat Gat. 'Typisch Ilan,' lacht ze, 'ik zeg je: die man had schaakkampioen, politicus, adviseur van de maffia moeten worden. Die kant van hem heb jij nooit leren kennen, die is hij pas gaan ontwikkelen toen jij er niet meer was.'

Op hun pad, 's avonds, verdeelden Ora en Ilan moeiteloos en met liefde de taken voor de volgende dag. 'We maakten nooit ruzie over wie wat deed, weet je dat? We waren zo'n goed team.' Ze kwamen vlot tot overeenstemming over huishoudelijke kwesties, betalingen, reparaties, vervoer, economisch beleid en een aantal dringende interne en externe aangelegenheden, het vinden van een geschikt bejaardentehuis voor haar moeder, of wat ze nu eindelijk eens zouden doen met hun lakse, leugenachtige, manipulatieve werkster – al jarenlang had geen van beiden haar de laan uit durven sturen, zelfs Ilan niet, en ten slotte zou alleen hun breuk een einde maken aan haar heerschappij.

Maar bovenal, meer dan wat ook, draaiden hun gesprekken om hun kinderen en bleven ze zich verwonderen over de twee jonge mensen die in hun huis ontkiemden, van dag tot dag opschoten en een voortdurende bron van vreugde waren. Ze vertelden elkaar wat Adam had gezegd en wat Ofer had gedaan, namen ze verbaasd onder ogen en vergeleken ze met de kinderen die ze een paar jaar of zelfs nog maar weken geleden waren geweest. Wat waren ze veranderd, en in zo korte tijd! Mijn god, laat ze niet te snel opgroeien! En Ora en Ilan genoten van flarden van herinneringen en kleine ogenblikken, die alleen in hun gesprekken uitgroeiden tot grootse, gouden momenten omdat ze alleen hun beiden dierbaar waren, de goudmijnen van hun leven.

'Ofer ook?' vraagt Avram bijna onhoorbaar. 'Was Ofer ook... ik bedoel – voor Ilan, ook Ofer?'

Ze glimlacht naar hem, haar ogen lichten helemaal op. Avram ziet het zelfs in het duister. Hij slurpt aan zijn kokend hete thee, die zijn tong en gehemelte brandt, en met een vreemd plezier laat hij zijn mond even in brand staan.

Als Ilan en zij zo liepen te praten, voelden ze allebei de stroming van de levenskracht zelf, het wassende water van het leven, dat hun beide jongens optilde en naar hun toekomst droeg. En keer op keer stonden ze versteld van de sterke band tussen de jongens – 'ze hebben een of ander geheim met zijn tweeën,' zegt ze tegen Avram, 'tot op de dag van vandaag delen ze dat, moet je weten,' – en zonder het ooit hardop uit te spreken voelden Ilan en zij samen aan dat wat er tussen Adam en Ofer bestond misschien de centrale spil van hun gezin vormde en dat die sterker, degelijker en vitaler was dan alle andere openlijke en onzichtbare verbindingsassen tussen hen vieren.

Avram luistert naar haar en herhaalt in zijn hoofd: onthoud wat ze zegt, onthoud alles.

En soms lieten Ilan en Ora al lopend hun hoofden tegen elkaar aan leunen, klampten zich aan elkaar vast en durfden te gissen – voorzichtig, want de dingen waren o zo breekbaar, niemand wist dat beter dan zij – wat de toekomst voor de kinderen in petto had en welke richting hun leven zou inslaan, en ze vroegen zich af of Adam en Ofer ook dan nog het geheim van hun zeldzame onderlinge band zouden delen.

's Avonds zit ze in haar eentje in Ilans werkkamer te staren naar de wetboeken op de planken, tot niets in staat. Afgelopen week heeft Adam nog twee therapeutische sessies gehad, bij een oude, heel ervaren, prettige en rustige psychologe. Ook bij haar zei hij boe noch bah en ook voor haar hield hij 'de verschijnselen' verborgen, maar zij maakte zich er juist niet bezorgd over. Ze nodigde Ora en Ilan uit voor een gesprek in haar praktijk en zei dat zulk gedrag wel vaker voorkwam op die leeftijd, in de prepuberale fase. Ze zei ook dat iets in Adams blik haar vertelde dat hij een jongen was die stevig in elkaar zat, en alleen voor alle zekerheid, om hen gerust te stellen, verwees ze hem voor neurologisch onderzoek door naar de beste specialist op het gebied. Maar de afspraak voor het onderzoek is pas over drie weken. Ilan probeert naar beste kunnen connecties in te schakelen om de afspraak te vervroegen, en ondertussen heeft Ora het gevoel dat ze gek aan het worden is.

Adam en Ofer zijn in de keuken, verdiept in een gesprek over soorten neushoorns. Als gewoonlijk zendt ze om de paar seconden pulsen van haar moederlijke sonar naar hen uit en verwerkt bijna onbewust de gegevens. Maar pas na verloop van minuten zegt ze met haar duffe hoofd tegen zichzelf dat ze hen al een hele tijd niet zo heeft horen praten met elkaar: Adam heeft vanavond een lichtere toon in zijn stem. Hij helpt Ofer zelfs met een of ander werkstukje voor de teken- en knutselclub waar hij in de grote vakantie naartoe gaat. Hij verzint een waterneushoorn met twee grote vinnen voor hem, en ook een bosrinoceros en een primo ballerino-rino, 'geen beschermde diersoort,' dicteert hij Ofer, 'zo een die urenlang naar zichzelf zit te kijken in het water. Doe er aan de zijkant ook een albino-rino bij,' zegt hij, en ze bescheuren zich allebei van het lachen. 'Maar de albino-rino kun je op papier niet zien,' waarschuwt hij Ofer.

'Dan teken ik alleen zijn pootafdruk,' juicht Ofer.

'Kom, ik teken die voor je.'

Het gekwebbel van de twee blijft stromen en ondertussen is Adam ook druk bezig met zijn rituelen, want ze hoort hem puffen, met zijn lippen smakken, de kraan telkens even opendraaien om zijn handen af te spoelen. Ora verzinkt weer in haar gedachten, maar ineens spitst ze haar oren als ze Ofer met zijn hoge stemmetje doodgemoedereerd hoort vragen: 'Waarom doe je dat?'

Ze weet niet waarop Ofer doelt, maar een onderstroompje kronkelt door de keuken naar haar toe, wikkelt zich om haar heen en beneemt haar de adem.

'Wat?' vraagt Adam achterdochtig.

'Handen wassen en zo.'

'Zomaar. Omdat ik er zin in heb.'

'Heb je dan vieze handen?'

'Ja. Nee. Hè, je zeurt.'

'Waarvan dan?' vraagt Ofer door op dezelfde rustige, heldere, evenwichtige en zakelijke toon, die ze maar al te graag zelf zou hebben, vooral op zulke momenten.

'Wat waarvan dan?'

'Waarvan heb je vieze handen gekregen?'

'Ik weet het niet, oké?'

'Nog één ding.'

'Oef, wat nu weer?'

'Als je... als je zo je handen hebt gewassen, ben je schoon?'

'Een beetje. Ik weet het niet. En nou ophouden!'

Stilte. Ora durft zich niet te verroeren. Ze overpeinst hoe Ofer zich al die weken heeft ingehouden en Adam niets heeft gevraagd. Iets in zijn stem, in zijn koppigheid, laat haar doorschemeren dat hij van tevoren heeft bedacht wat hij zou vragen, geduldig heeft gewacht op het juiste moment, en misschien ook met zorg Adams stemming ervoor rijp heeft gemaakt.

'Adam –'

'Wat nu weer?'

'Vind je het goed als ik ook een keer?'

'Ook een keer wat?'

'Als ik er een doe in plaats van jij?'

'Een wat?'

Ora voelt de strijkstok van Ofers durf en vrijpostigheid ook over haar eigen zenuwen krassen. Ze knippert niet eens met de ogen. Ze denkt: wat is Ofer hier hoog spel aan het spelen.

'Zo eentje.'

'Hoor eens even,' zegt Adam met een geforceerd lachje, en Ora hoort duidelijk dat hij zich ongemakkelijk voelt, 'ben je gek geworden?'

'Eentje maar, wat kan het je schelen?'

'Maar waarom?'

'Dan hoef jij er een minder te doen.'

'*Wat?*'

'Hou op, je spettert water op mijn tekening!'

'Wat zei je?'

'Dat als ik er eentje doe, jij er eentje minder hoeft te doen.'

'Je bent gek, weet je dat? Compleet geschift. Waarom bemoei je je ook met mijn –'

'Wat kan het je schelen? Geef me er een. Te leen.'

'Wat voor een?'

'Wat jij wilt. Deze, of deze, of –'

Ze hoort hoe een stoel wild wordt weggeschoven, en snelle voetstappen. Ze stelt zich Adams rondedansje voor op zijn weg naar de kraan, en ze ziet voor zich hoe zijn ogen nu in paniek heen en weer schieten.

'Adam –'

'Ik waarschuw je, er gaan klappen vallen. Hou je mond!'

Een lange stilte.

'Toe, Adam, eentje maar –'

Ze hoort voetstappen en een pets. Gehijg en lichamen die op de vloer vallen. Een stoel die omvalt. Verstikt gekreun. Ze begrijpt dat Ofer zich verbijt en geen keel opzet, om te voorkomen dat zij binnenkomt en hen uit elkaar haalt, want dat zou zijn plan bederven. Ze komt overeind van haar stoel, maar blijft staan.

'Geef je je over?'

'Laat mij er een keer eentje doen.'

'Zeurende kleuter die je bent!' gilt Adam. 'Heb je geen vrienden, ukkie? Lastpak!'

'Eén keertje, meer niet, ik zweer het je.'

Ze hoort de twee draaien om zijn oren en het diepe, ingehouden gehuil van Ofer. Zonder er erg in te hebben bijt ze in haar vuist.

'Heb je het nu begrepen?'

'Wat kan het je schelen? Elke keer maar eentje.'

Een luid, verbaasd gegrinnik ontsnapt aan Adams keel.

'Ik doe het zonder dat je er iets van merkt,' kreunt Ofer.

Adam smakt met zijn lippen, blaast op de rug van zijn handen, maakt een snelle draai om zijn as. 'Nee,' zegt hij ten slotte zachtjes. 'Ik geloof dat ik ze zelf van begin tot eind moet doen. Helemaal.'

'Dan doe ik ze gewoon naast je,' probeert Ofer hem over te halen.

De kraan wordt opengedraaid. Even stroomt er water. Ademstootjes. Stilte.

Dan weer de kraan, die nu iets langer open blijft staan, en andere ademstootjes, harder en langzamer.

'Klaar? Hup, wegwezen nu.'

'Elke keer laat je mij er eentje voor je doen,' zegt Ofer. En Ora, nog versteld van zijn besliste toon, ziet hem de keuken uit schieten met een geconcentreerde, ernstige uitdrukking op zijn gezicht.

De daaropvolgende dagen brengen Ofer en Adam al hun vrije uren samen door. Ze komen nauwelijks hun kamer uit, en wat zich daar tussen hen afspeelt, is moeilijk uit te maken. Als ze, naar gewoonte, achter de deur van hun kamer blijft staan luisteren, hoort ze hen met elkaar spelen en kletsen zoals ze deden toen ze zeven en vier waren. Ze heeft het idee dat ze nu samen in regressie zijn, alsof ze instinctief worden aangetrokken door een of ander moment in de tijd waarop ze allebei nog kleine kinderen waren.

En als ze hen op een ochtend wakker heeft gemaakt en ze nog een beetje liggen te luieren in bed, loopt ze weer langs de deur van hun kamer en hoort Adam vragen: 'Hoeveel vandaag?'

'Ik drie, jij drie,' zegt Ofer.

'Maar welke drie?' vraagt Adam zo stilletjes en volgzaam dat ze heel even zijn stem niet herkent.

'Die met het water, die van de voeten en het rondje draaien zijn voor jou,' zegt Ofer, 'de rest is voor mij.'

'Misschien kan ik ook die van de mond nemen,' fluistert Adam.

'Nee,' zegt Ofer, 'de mond doe ik.'

'Maar ik moet –'

'Ik heb de mond al genomen. Punt uit.'

Ze legt haar handen op haar slapen. Ofer heeft kennelijk een anker uitgeworpen in Adam – andere woorden om het te beschrijven, heeft ze niet. Hij is in hem binnengedrongen, denkt ze, en is nu diep in Adam bezig met dezelfde vastberadenheid en kalmte als waarmee hij een enorm kasteel van lego bouwt of een oud televisietoestel uit elkaar haalt tot op de kleinste onderdeeltjes.

Het pad is heel smal. Het is een warme ochtend, om zeven uur is het al bloedheet en de hemel is onverdraaglijk blauw. Telkens als het pad hen wegvoert van de beschaduwde kloof van de wadi raken ze meteen overdekt met zweet. Avram loopt voorop. Aan zijn rugzak hangen sokken en een onderbroek van Ofer, die gisteravond zijn gewassen en nog niet volledig zijn opgedroogd. Hij loopt langzaam, bijna zonder iets te zien van de omgeving, want hij is helemaal gespitst op haar, achter zijn rug, op wat zij hem hier geeft.

'Mag ik er vandaag geen een?' vraagt Adam op een ochtend aan de ontbijttafel, openlijk, in haar aanwezigheid.

Ofer denkt na en beslist: 'Geen een. Vandaag doe ik het alleen. Of weet je wat?' strijkt hij met zijn hand over het hart. 'Jij mag die met de lippen.'

'En jij de hele rest?' vraagt Adam op een toon die haar schokt, kinderlijk en onderdanig.

'Ja,' zegt Ofer.

'Maar zul je eraan denken?'

'De hele tijd.'

'Weet je het zeker, Ofer?'

'Ik heb er tot nog toe geen een gemist. Kom, we gaan naar onze kamer.'

Opnieuw loopt ze, bijna op een drafje, naar haar vaste post achter de dichte deur van hun kamer. De houding die ze daar aanneemt, zo vertelt ze Avram, herinnert haar lichaam zich nog heel goed uit de tijd dat ze als klein meisje in haar eigen kamer achter de dichte deur stond en haar ouders afluisterde. Ook toen probeerde ze aanwijzingen, geluiden, ge-giechel, menselijke sporen op te pikken.

(Het is veertig jaar geleden, verkondigt de rechter met de dunne lippen in haar hoofd, en wat heeft mevrouw gedaan in die veertig jaar?

Ik ben van deurkant gewisseld, edelachtbare.)

'De naam van de agent is Speed,' zegt Ofer.

'En hoe heet de boef?' vraagt Adam.

'Laten we hem Tyfoon noemen.'

'Goed,' zegt Adam.

'Speed rijdt motor en hij heeft een hovercraft,' gaat Ofer door zijn per-sonage op te tuigen.

'En de boef?' vraagt Adam zwakjes.

'Die heeft lang haar en op zijn hemd staat een zwarte ster, en hij heeft een bazooka en een laserbrander.'

'Oké,' zegt Adam.

Ora grijpt naar haar hals. Het is een heel oud spelletje van ze, herin-nert ze zich. Hoe lang geleden speelden ze het? Twee jaar? Drie? Dan lagen ze op het kleed teams te formeren van agenten en boeven, van orks en halflingen. Maar toen was Adam de bedenker en Ofer de knik-kende leerling.

'Nee,' zegt Ofer quasi-achteloos, 'die met de vingers is vandaag voor mij.'

'Deed ik die met de vingers?'

'Zonder dat je er erg in had.'

'Doe hem dan.'

'Wacht even. Je krijgt een boete omdat je die van mij hebt gedaan.'

'Wat voor boete?'

'De boete,' peinst Ofer hardop, 'is dat ik ook die met de ogen, die je dichtknijpt en weer opent, van je overneem.'

'Maar ik moet die zelf doen,' fluistert Adam.

'Ik heb hem van je overgenomen.'

'Dan heb ik niets meer.'

'Je hebt die met de handen en voeten en dat je "foe" doet.'

Een lange stilte. Daarna gaat Ofer door alsof er niets is gebeurd. 'Nu kom ik met een agent met een ijzeren vuist. Hij heet McBoomBoom. Als hij zijn overhemd opentrekt, dan –'

'Voor hoeveel dagen neem je hem van me over?' vraagt Adam zwakjes.

'Drie dagen, vandaag niet meegerekend.'

'Dus vandaag mag ik nog?'

'Nee, vandaag mogen we geen van beiden.'

'Geen van beiden? Wie doet hem dan?'

'Niemand. Hij bestaat vandaag niet.'

'Kan dat?' fluistert Adam verdrietig.

'We kunnen doen wat we willen,' zegt Ofer, en zijn toon is die van de Dungeon Master.

Ora zegt tegen Avram dat ze blijkbaar nooit echt te weten zal komen wat zich in die tijd achter de dichte deur van de kamer van Adam en Ofer heeft afgespeeld. Want wat was daar nu eigenlijk gebeurd? Twee kinderen, een van bijna dertien en een van negen, waren daar elke dag samen, meestal met zijn tweeën, en dat drie of vier weken lang, in de zomervakantie. Ze deden computerspelletjes, speelden tafelvoetbal, waren uren met elkaar aan het kletsen, bedachten fantasiefiguren en kookten af en toe een sjaksjoeka van eieren en tomaten of een pastamaaltijd, maar ondertussen, 'en vraag me niet precies hoe het gebeurde', redde een van hen de andere.

In het Bar'am-bos kom ik een monnik tegen. Een man van tweeënzestig, lang, indrukwekkend. (Een beetje als Sean Connery van jaren geleden.) Hij heeft me gezegd tot welke orde hij behoort, maar ik heb het niet opgeschreven en nu weet ik het niet zeker meer. Hij spreekt uitstekend Hebreeuws, bijna accent-

loos. Hij volgt het Israëlpad niet, maar komt hier soms in de omgeving wandelen om de eenzaamheid te zoeken en na te denken.

Hij was zonder meer bereid op mijn vragen in te gaan. Ik heb opgetekend:
'Spijt? Ik heb twee kinderen, jawel, en ik hou heel veel van ze. Ik kom uit
Cardiff, in Wales. Ik was getrouwd, en mijn ex-vrouw en kinderen zijn daar
gebleven. Het is moeilijk, maar mijn behoefte in het klooster te treden was
sterker dan de behoefte aan een gezin. Die twee verlangens zijn niet met elkaar
te combineren. Maar zo is het gelopen in mijn leven en meestal probeer ik
nergens spijt van te hebben.

Wat ik mis? Misschien de kinderen. Ik zie ze eenmaal per jaar. Ze zijn al
groot. Er zijn al kleinkinderen, die ik nauwelijks ken. Maar verder doe ik mijn
best een evenwichtig mens te zijn, zonder gevoelens van spijt of gemis. Ik geloof
dat ik langzamerhand dat evenwicht benader.'

(We praatten nog even door en ik had al bijna afscheid van hem genomen
toen hij me voorstelde samen een kop thee te drinken. Hij had lekkere kruiden
bij zich in zijn rugzak. Heel sterk van smaak. Bij de thee hebben we nog vrij
lang gepraat en heeft hij me verteld over zijn vroegere leven etc. Daarna, toen
we al afscheid van elkaar hadden genomen, riep hij me van veraf terug omdat
hem ineens iets te binnen was geschoten.)

'Bij ons in het klooster komt een keer per week een Filippijnse non op bezoek.
Een jonge vrouw uit een klooster in Nazareth. Zij en haar medezusters komen
soms bij ons voor les. Ze is niet zo ontwikkeld. De feiten uit de heilige boeken
kent ze min of meer, maar ze is niet in staat het geloof echt te begrijpen. Ik
praat veel met haar over het geloof, ben een beetje haar spirituele begeleider, en
dat geeft me veel voldoening, want zo kan ik ook voor mezelf mijn gedachten
ordenen. Het is een goede oefening voor me.

Eigenlijk bedenk ik nu dat ik misschien toch ergens spijt van heb.'
(Hij steekt een sigaret op.)

'Mijn vrouw was een uitstekend mens en ook een goede moeder voor onze
kinderen. Maar op een of andere manier wekte ze in mij niet de aandrang om
de wereld aan haar voeten te leggen, snap je? Daar heb ik spijt van. Dat ik haar
liefde niet heb kunnen beantwoorden in de mate die ze verdiende. En dat ik
haar pijn heb gedaan toen ik besloot het huis uit te gaan en in het klooster te
treden.

Dus daar heb ik misschien ook spijt van: dat ik nooit een overweldigende
liefde voor een vrouw heb gekend. Dat ik in mijn leven vóór het klooster geen
vrouw ben tegengekomen die een anker voor me had kunnen zijn, aan wie ik

me helemaal had kunnen geven. Maar ik ben een te zelfstandig mens. Ik vond
het interessant bij Kazantzakis te lezen over een man op Kreta die zijn vrouw
vermoordt omdat hij te veel van haar houdt en bang is te afhankelijk te worden
van een enkele persoon. Ik heb nooit zo'n totale liefde gekend, nee.

En het rare is dat ik tegenwoordig, nu ik al op leeftijd begin te raken, merk dat
tussen mij en die non over wie ik je heb verteld een of andere speciale, zuivere
affiniteit bestaat. Ik ben al op jonge leeftijd allerlei vreemde talen gaan leren,
Arabisch, Sanskriet, Hebreeuws. De spiritualiteit van het oosten heeft me al-
tijd erg aangesproken, en ik voel me op een of andere manier ook aangetrokken
tot mensen die... ik wil niet zeggen "exotisch" zijn, maar mensen die anders
zijn dan ik.'

(Ik besluit het hem te vragen.)

'Nee... het is allemaal op een vlak dat niets met lichamelijkheid van doen
heeft. We volgen allebei een eigen spoor in het leven, en het is duidelijk dat het
niet eens in haar hoofd opkomt. We ontmoeten elkaar eens per week, we praten
met elkaar, we bidden samen, soms maken we een wandeling. Er zijn hier heel
mooie paden, die maar weinig mensen kennen.

Ondertussen ben ik haar de hele tijd aan het lesgeven. De kennis van het
geloof is bij haar nog erg zwak. En het is moeilijk dat er zo veel tegenstellingen
tussen ons zijn. Ze is echt een eenvoudige vrouw. Op een religieuze school in
Manilla heeft ze een opleiding gevolgd tot docente Engels. Maar ze bruist
van het leven. Echt, ze is – hoe zal ik het zeggen – vol enthousiasme. Zo is er
bijvoorbeeld een hymne die ze haar daar op school hebben geleerd, "Amazing
Grace". Je zou moeten horen hoe ze dat zingt.'

(Nu zit ik op een rots in het bos, met om me heen alleen maar stilte en vogels.
Wat een gouden greep was dat van je, de diepgaande vragen die je voor me hebt
gekozen. Zoals je tot op het laatst voor mij dat 'nog iets' hebt gezocht wat ik
zou kunnen doen tijdens deze wandeling. Nu ik hier zit, bedenk ik hoezeer
dat 'nog iets' dat je voor me vond er eigenlijk steeds is geweest en dat je me in
staat hebt gesteld om in elke toevallige ontmoeting onderweg bij je te zijn.)

'Of ze op elkaar lijken, vroeg je?' Plotseling was zijn vraag van vannacht
haar te binnen geschoten.

'Ja, dat vroeg ik.'

'Ofer is, denk ik, ietsje meer... of eigenlijk ietsje minder, eh –'

'Wat?'

'Oef, ik vind het ingewikkeld. Kijk, laat ik het zo zeggen: Adam is er zo een die... zo een die wat? Wat wil ik eigenlijk zeggen?' Gegeneerd tuit ze haar lippen. 'Grappig zoals ik het ineens moeilijk vind ze te beschrijven. Bijna alles wat ik over ze wil zeggen, lijkt me vreselijk onnauwkeurig.'

Ze gooit haar twijfels overboord en verzamelt haar gedachten. 'Adam – en ik spreek nu helemaal als iemand die er van buitenaf naar kijkt, oké? Adam is minder, of laten we zeggen: hij trekt minder aandacht op het eerste gezicht. Ja? Maar aan de andere kant, als je hem echt leert kennen, is hij een erg charismatische jongen. Ontzettend charismatisch. Hij is er zo een die kan –'

'Hoe ziet hij eruit?'

'Je bedoelt – moet ik hem beschrijven?'

'Ik – bijzonderheden, je weet wel.'

Bijzonderhedenvreter: verre verwant van de grote miereneter, een bijna uitgestorven ondersoort uit de orde der luiaarden en miereneters, leeft uitsluitend van losse details – zo definieerde Avram zichzelf in een boekje dat hij in het laatste trimester van de eindexamenklas maakte, 'Atlas der dieren van de hoogste klassen'. Daarin beschreef hij, met prachtige illustraties, de eindexamenleerlingen en hun docenten op grond van hun zoölogische indeling.

'Hij is een tikkeltje aan de kleine kant, zoals ik al zei, en hij heeft gitzwart haar, zoals Ilan vroeger had, maar met een luizenpaadje in het midden.'

'Een luizenpaadje!' roept Avram verwonderd uit. 'In geen jaren heb ik dat woord gehoord.'

'Een woord van mijn moeder,' verontschuldigt ze zich.

'Je moeder,' verzucht hij, nog altijd een beetje bang voor haar.

'En het haar valt zo'n beetje als een vleugel, in een ronding,' – Ora tekent het in de lucht – 'boven het linkeroor langs.'

Ze kijkt Avram stralend aan.

'Wat?' vraagt hij.

'Niets,' antwoordt ze, en ze maakt een beweging met haar schouder alsof ze hem wil aanstoten. Hoe meer Avram – zwijgzaam, zwaar en afwezig als hij was – tot leven komt, des te meer roept hij in haar een precisie en nuancering op van zaken en gevoelens die absoluut privé zijn, van het soort dat warme golfjes in haar verspreidt. In geen jaren heeft ze zulke golfjes door haar lijf voelen lopen.

Twee jonge stellen lopen voorbij. De vrouwen knikken gedag en kijken hen nieuwsgierig aan. De mannen zijn verdiept in een luidruchtig gesprek. 'Wij zitten vooral op het vlak van smartcards voor biometrische identificatie,' vertelt de langste van de twee. 'Op het moment werken ze bij ons aan een smartcard die Basel heet, en dat wil zeggen dat de Palestijn die erdoor wil alleen maar zijn hand en gezicht hoeft te laten zien aan het biometrisch scanapparaat. Snap je? Geen contact met soldaten, geen gepraat, niets. Volkomen clean. NCC, Non-Contact Communicatie.'

'En het heet Basel, als de stad?' vraagt de andere man.

'Eerlijk gezegd,' grinnikt de eerste, 'is het de afkorting van *Zihoej Biometri Le-ma'avar*,' – biometrische identificatie voor doorgang – 'maar we hebben de eerste twee woorden omgedraaid toen we zagen dat dat het letterwoord *zevel* opleverde: "vuilnis".'

'Dat linkeroor,' zegt Ora als het viertal is doorgelopen, 'laat hij altijd vrij. Het is ook een schattig oor, met een parelachtige glans.'

Ze sluit haar ogen: Adam. Zijn wangen, die nog altijd een beetje rood zijn onder het donkere waas van de baardstoppels, als een aandenken aan zijn kindertijd. Hij heeft lange bakkebaarden. En grote, verbitterde ogen.

'De ogen zijn het meest opvallend aan zijn gezicht,' zegt ze, 'groot, als die van Ofer, maar compleet anders, diepliggend en echt zwart. We zijn toch al een ogenfamilie. En ook zijn lippen – ' Ineens stopt ze.

'Wat is ermee?'

'Nee, ze zijn mooi, vind ik,' en ze concentreert zich even op haar handen, 'ja.'

'Maar?'

'Maar... hij heeft hier, in de bovenlip, een soort vaste tic, geen tic, het is een beetje vertrokken.'

'Hoe dan?'

'Goed.' Ze haalt diep adem en haar gezicht verstrakt. Het moment is daar. 'Zie je wat ik hier heb?'

Hij knikt zonder te kijken.

'Zoiets dus. Alleen loopt het bij hem naar boven.'

'Ah.'

Ze steken een ondiepe stroom over door van de ene steen naar de volgende te springen. Af en toe grijpen ze zich aan elkaar vast.

'Een hoop vliegen vandaag,' zegt Avram.

'Komt vast door de hitte.'

'Ja. 's Avonds wordt het –'

'Zeg –'

'Wat?'

'Valt het erg op?'

'Nee, nee.'

'Want je hebt er niets over gezegd.'

'Het is me nauwelijks opgevallen.'

'Ik had iets kleins,' brengt Ora vlug uit, 'het stelde niets voor, iets aan de gelaatszenuw, ongeveer een maand nadat Ilan was weggegaan. Midden in de nacht gebeurde het. Ik was alleen thuis en vreselijk bang. Ziet het er afschuwelijk uit?'

'Ik zeg het je, het is nauwelijks te zien.'

'Maar ik voel het.' Ze raakt met haar wijsvinger haar rechtermondhoek aan en duwt haar bovenlip een beetje naar boven. 'Ik heb de hele tijd het idee dat mijn gezicht erbij hangt aan deze kant.'

'Maar je ziet echt niets, Orele.'

'Het zijn maar een millimeter of twee waarin ik geen gevoel heb, in de rest van de lippen voelt het helemaal normaal aan.'

'Ah.'

'Het moet een keer overgaan. Het blijft niet zo.'

'Natuurlijk.'

Ze lopen over een smal pad tussen boomgaarden van moerbei- en walnootbomen.

'Avram –'

'Wat?'

'Stop even.'

Hij blijft staan. Hij wacht af. Haar schouders gaan een heel klein beetje omhoog.

'Zou je me misschien een kusje willen geven?'

Hij komt naar haar toe, stram en beerachtig. Zonder haar aan te kijken omhelst hij haar en dan plant hij gedecideerd zijn mond op de hare.

En laat niet meer los.

'Ah,' ontsnapt haar als ze zachtjes ademhaalt.

'Aaah,' kreunt hij verbaasd.

'Zeg –'

'Wat?'

'Voelde je er wat van?'

'Nee, alles was zoals gewoon.'

Ze lacht: '"Zoals gewoon"!'

'Ik bedoel, zoals het vroeger was.'

'Herinner je je dat dan nog?'

'Ik herinner me alles.'

'En dat ik beneveld raak van zoenen?'

'Ook dat.'

'Dat ik soms bijna flauwval van een kus?'

'Ja.'

'Wees voorzichtig, jij, als je me zoent.'

'Ja.'

'Wat heb ik toch veel van je gehouden, Avram.'

Hij kust haar weer. Zijn lippen zijn zo zacht als in haar herinnering. Ze glimlacht tijdens de kus en zijn lippen krullen mee met die van haar.

'Zeg, Avram –'

'Hmmm...'

'Denk je dat we ooit nog zullen vrijen?'

Hij drukt haar tegen zich aan en ze voelt zijn kracht. De wandeltocht doet hem goed, denkt ze weer, en mij ook.

Ze lopen verder, eerst hand in hand, daarna los. Nieuwe draden van verlegenheid worden tussen hen gesponnen, en de natuur zelf knipoogt achter hun rug en plaagt hen een beetje: om hen heen strooit ze met gele vlakken van streepzaad en kruiskruid en met purperen doeken van klaver en roze vlasbloemen, en ze steekt reusachtige paarse aronskelken omhoog – die wel stinken –, knipoogt met rode ranonkels en hangt sinaasappeltjes en citroentjes aan de bomen. 'Erg stimulerend,' zegt Ora, 'deze wandeling, de lucht, vind je niet? Voel je het niet?'

Hij lacht ongemakkelijk, en Ora voelt zelfs haar wenkbrauwen warm worden.

Netta kent hij al dertien jaar. Ze beweert dat ze een paar avonden in de pub zat waar hij werkte, in de Jarkonstraat, en hij haar ogen niet van haar afhield. Hij zegt dat ze hem helemaal niet was opgevallen, tot ze op een avond instortte en overgaf op de bar. Ze was toen negentien en woog zevenendertig kilo, en hij droeg haar in zijn armen, tegen haar wil, door een stormachtige winternacht – geen enkele taxichauffeur wilde hen meenemen – naar een bevriende dokter in Jaffa. Heel de weg lang kronkelde ze in zijn armen, spartelde met haar dunne armen en benen, sloeg en trapte hem genadeloos, en slingerde hem de grofste verwensingen naar het hoofd, en toen ze door haar eigen repertoire heen was, stapte ze over op de scheldwoorden die Sjolem Aleichem heeft opgetekend uit de mond van zijn stiefmoeder en in alfabetische volgorde heeft gezet, te beginnen met *aarsworm* en *asjmedei*, via *dalfenoor* en *dallesjager, jajemer* en *jelolemacher* tot aan *wiejewassetomme* en *zwansmajoor*. Als ze er af en toe een oversloeg, vulde Avram die mompelend aan. En toen ze ook door het scheldwoordenboek van de stiefmoeder heen was, begon ze hem hard en pijnlijk te knijpen en ondertussen op te sommen op wat voor verschillende manieren er gebruik zou kunnen worden gemaakt van zijn vlees, vet en botten. Nu trok Avram een wenkbrauw op, en toen ze vertelde over het walschot dat ze graag uit hem zou winnen, mompelde Avram, die nooit een gelezen woord of zin vergat, in haar oor: 'Men dacht ook dat ditzelfde walschot of spermaceti dat levenverwekkende lichaamsvocht van de Groenlandse walvis was, hetgeen de eerste lettergrepen van het woord ook duidelijk tot uitdrukking brengen.' (Het was een zin die hij in zijn jeugd graag met Ilan opzei; *Moby Dick* was een heel rijke bron van citaten voor ze.) Het kluwen adders in zijn armen viel meteen stil, keek vanuit haar ooghoek het zware monster aan, dat dampwolken uitblies in de stromende regen, en merkte op: 'Jullie hebben wel wat van elkaar weg, jij en het boek.'

'Negentien?' vraagt Ora, en ze denkt: ik was zestien toen wij elkaar leerden kennen.

Hij haalt zijn schouders op. 'Ze is al op haar zestiende uit huis gegaan. Ze heeft rondgezworven in Israël, over de hele wereld. Een zigeunerin van goede familie. Pas een maand of twee geleden heeft ze voor het eerst echt een appartement gehuurd, in Jaffa. Toegetreden tot het burgerdom, maar niet heus.'

Ora wordt onrustig. Het komt haar niet uit nu over Netta te praten.

Tegen haar wil krijgt ze te horen dat Netta er altijd uitziet alsof ze razende honger heeft, 'en niet zozeer naar eten, het is een algemene, existentiële honger,' lacht Avram. Verder heeft ze bijna altijd trillende vingers, misschien van de drugs, 'misschien omdat, zoals ze zelf beweert,' zegt hij met een glimlach, 'het leven met een hoog voltage in haar rond-zoemt.' Sinds jaar en dag woonde ze in de zomermaanden in een oude Simca die ze van een vriend had geërfd. En ze had ook een vouwtentje, dat ze overal opzette waar ze niet werd weggejaagd.

Avram praat door en de naam Netta begint al een cirkel van ijzige kou in Ora's ingewanden te branden, hoewel ze in de zon loopt. In elk geval, die hele woordenvloed die plotseling uit hem is losgebarsten! Wat komt hij hier juist nu ineens aanzetten met die Netta en plant haar tussen ons in?

'En waar leeft ze van?' (Wees ruimhartig, beveelt ze zichzelf.)

'Van de hand in de tand. Het is niet echt duidelijk. Ze heeft heel weinig nodig. Niet te geloven zo weinig als ze nodig heeft. En ze schildert ook,' zegt hij, waarop het hart haar nog iets verder in de schoenen zinkt. Wat dacht je dan? vraagt ze zich af.

'Misschien heb je dat bij mij in huis gezien, de muren – dat is van haar.'

De enorme, heftige houtskooltekeningen... Waarom had ze hem er niet naar gevraagd? Misschien omdat ze het antwoord vermoedde? Die profeten die bokjes en lammetjes zoogden, de oude man die zich boog over het meisje dat in een kraanvogel veranderde, de maagd die werd ge-boren uit een wond in de brede borst van een goddelijk hert... Ze denkt aan de tekening van de vrouw met het punkkapsel, die hanenkam, en vraagt of Netta er zo bij loopt, waarop Avram lacht en zegt: 'Ooit, lang geleden. Ik vond het niet mooi. Nu heeft ze lang haar, echt tot hier.'

'Ah,' zegt Ora. 'En zeg, die lege albums die ik bij jou zag, waar de foto's uit zijn gehaald, zijn die ook van haar?'

'Nee, dat is iets van mij.'

'Verzamel je die?'

'Verzamel, zoek, combineer, al die dingen die mensen weggooien.'

'Combineer?'

'Ja, ik maak composities van allerlei oude rommel.'

Ze lopen op een pad in de wand van de kloof, hoog boven de beek, die niet eens te zien is. De hond gaat voorop, gevolgd door Ora, en Avram, achteraan, vertelt haar over zijn werkstukjes. 'Niets bijzonders,' bagatel-liseert hij, 'iets om de tijd mee door te komen, weggegooide fotoalbums, bijvoorbeeld, vaak van mensen die zijn overleden.' Hij haalt er de foto's uit en stopt er kiekjes in van andere mensen, andere families. En sommi-ge van de foto's kopieert hij op blikken doosjes, op de roest zelf, of op de wanden van oude, roestige motoren. 'De laatste tijd ben ik toch al geïnteresseerd in roest,' zegt hij, 'in het punt, of het moment, waarop het ijzer verandert in roest.' Dan ben je de juiste persoon tegengekomen, denkt Ora.

Het pad daalt weer af naar de bedding, en plotseling leeft Avram op en begint te stralen als hij enthousiast een of andere atlas beschrijft die hij tussen het vuilnis heeft gevonden. 'Gedrukt in Engeland, in 1943, en als je die bekijkt, begrijp je niets van wat er toen in de wereld gebeurde,' zegt hij, 'want alle landen hebben hun oude grenzen nog, er vindt geen uitroeiing van Joden plaats, Europa zucht niet onder een bezetting, er is geen oorlog. Ik kan er uren naar zitten kijken. In de hoeken van de landkaarten heb ik bijvoorbeeld knipsels geplakt uit een oude Russische krant die ik op de vuilnisbelt heb gevonden, *De stalinist*, ook uit 1943, en daarin wordt de oorlog al compleet beschreven, met kaartjes van veldslagen en enorme aantallen doden, en als ik die twee stukken papier met elkaar in verbinding breng, dan ben ik echt – Ora... dan gaat er elektriciteit door me heen.'

Ze krijgt te horen dat Netta en hij ook weleens samenwerken. 'Iets wat we allebei leuk vinden,' zegt hij blozend, 'is de straten afstruinen op oude dingen, schroot, en dan samen fantaseren wat je ermee zou kunnen doen. Ik ben altijd iets praktischer,' grinnikt hij een tikkeltje verontschuldigend, 'en zij veel gewaagder.' Zonder er erg in te hebben schrapt hij zichzelf uit het verhaal en vertelt Ora iets van wat Netta al heeft gedaan in haar korte leven, haar omzwervingen en reizen, de vakken die ze heeft geleerd, haar ziekenhuisopnames en avonturen, de mannen die haar levenspad kruisten. Ora heeft het idee dat hij haar het leven beschrijft van een zeventigjarige. 'Ze is iemand met ongelooflijk veel lef,' zegt hij bewonderend, 'veel meer dan ik, ze is misschien wel de moedigste man of vrouw die ik ooit ben tegengekomen –' Hij schiet stilletjes in de lach bij de gedachte dat Netta zelf juist zegt dat ze voornamelijk uit angsten bestaat. Angsten en cellulitis. Ineens ziet Ora de doorgestreepte zwarte streepjes boven zijn bed weer voor zich, waaruit nu een krachtige lijn tevoorschijn schiet en doorloopt naar de houtskooltekeningen in zijn woonkamer. In haar hoofd licht een vonkje op. 'Zeg, weet ze het?'

'Van Ofer?'

Ora knikt, haar hart begint te bonzen.

'Ja, ik heb het haar verteld.'

Ze loopt door, met haar armen vooruitgestoken, totaal in de war. Ze stapt in het beekwater en houdt zich met moeite in evenwicht op de glibberige ondergrond. Deze wadi is de Nachal Ammoed, denkt ze, ik heb hier een keer gelopen toen ik op de middelbare school zat, tijdens de tocht van meer naar zee. Alsof het gisteren was. Alsof ik gisteren nog een jong meisje was. Ze droogt haar ogen en ziet dat de tegenoverliggende berghelling dicht is begroeid en dat er een familie klipdassen ligt te luieren op rotsen, maar dan wordt het beeld weer wazig. Het is ook verstandiger om alleen maar op de komende stappen te letten, kijk uit, je gaat weer omhoog, je loopt op een rotsrichel en beneden duikt de beek omlaag in een waterval, vooral niet vallen nu, hou je vast aan deze leuning hier, en Netta weet het.

De hond komt aanlopen en schurkt tegen haar been, alsof ze haar wil bemoedigen, en Ora buigt zich voorover en aait verstrooid haar kop. Netta weet het. De stolp van het geheim is lek. De afgesloten, verstikkende stolp, waarin Ora zichzelf heeft leren ademhalen. Avram heeft er zelf een gat in gemaakt. Een stroom lucht is van buiten naar binnen gedrongen. Wat een opluchting. Verse, diepe adem.

'En wat zei ze?' vraagt Ora, die bijna door haar knieën zakt.

'Wat ze zei? Ze zei dat ik hem moest gaan zien.'

'Ah,' brengt ze uit met een zacht, ongewild gehum. 'Is dat wat ze zei?'

'Ik was van plan,' vervolgt Avram moeizaam, 'toen ik je belde, die avond, voor je naar me toe kwam – dat was wat ik je wilde zeggen.'

'Wat?'

'Dat.'

'Wat dat?' Ze stikt bijna. Ze heeft zich met haar hele lichaam over de hond gebogen, en in de vacht steekt ze tien trillende vingers.

'Dat ik, als hij uit dienst is,' zegt Avram, die zijn woorden een voor een uithouwt, 'zou willen, maar alleen als jij en Ilan geen bezwaar hebben –'

'Wat zou willen? Zeg het dan.'

'Hem misschien een keer zou willen zien.'

'Ofer, bedoel je.'

'Eén keer.'

'Je zou hem willen zien.'

'Misschien van afstand.'

'Ja?'

'Zonder dat hij... kijk, ik wil me niet mengen in jullie –'

'En dat zeg je me nu pas?'

Hij haalt zijn schouders op en blijft staan, geplant in een rots.

'En toen je belde,' – eindelijk dringt het tot haar door – 'toen vertelde ik je dat hij...'

'Weer terugging, ja, zodat het niet meer...'

'Ah,' kreunt ze. Ze neemt haar hoofd tussen haar handen en drukt hard, en uit de grond van haar hart vervloekt ze deze doorlopende, eeuwige oorlog, die er weer eens in is geslaagd haar ziel binnen te dringen. Ze spert haar mond open, en haar lippen wijken vanzelf tot ze het tandvlees ontbloten. Een scherpe kreet wordt als een ragfijne draad uit haar keel getrokken en schrikt de vogels in de omgeving op, die onmiddellijk stilvallen. De hond tilt haar kop naar haar op en haar verstandige ogen worden groter en groter, tot ze het als het ware niet langer kan verdragen en tegenover Ora uitbarst in een hartverscheurend gejank.

Channi en Daniël, vroom (ze hebben elkaar op hun negende leren kennen in de religieus-zionistische jeugdbeweging), beiden 38 en al zeventien jaar getrouwd. Ze lopen hand in hand. Ze vertelden me dat ze in principe eens per week ergens in het land een wandeling maken van ten minste een dag, elke keer op een andere plek. Hij is docent Bijbel in het hoger onderwijs en zij logopediste. Ze waren heel vriendelijk, maar weigerden pertinent de vragen te beantwoorden. Het bracht ze in verlegenheid. Alleen zei Channi op het eind: 'Kun je ook heimwee hebben naar iets wat je nog niet hebt gehad?'

De laatste keer dat hij haar heeft gezien, kwam hij haar helpen haar nieuwe woning in Jaffa te witten. Een eenkamerappartement op de derde en hoogste verdieping, in een gebouw zonder lift, met een kitchenette en een uitgang naar het dak. Ze staat op een hoge schilderstrap met een joint in de ene hand en een kwast in de andere, hij op een oud aluminium huishoudtrapje. Haar drie katten lopen rond tussen de poten van de ladders. Een ervan is nierpatiënt, een is achterlijk en een is de reïncarnatie van haar moeder, teruggekeerd om haar het leven zuur te maken. De vorige bewoners waren buitenlandse arbeiders, Chinezen, en een hele muur is nog bezaaid met spijkertjes. Ze zijn in een bepaald patroon in de muur geslagen, en Avram en zij buigen zich voorover en proberen de betekenis ervan te ontcijferen. Ze staat erop een grijs man-nenonderhemd vol gaten te dragen, gevonden tussen het afval dat de Chinezen hebben achtergelaten. 'Zo eer ik de nagedachtenis van de een miljard,' zegt ze, terwijl hij het alleen maar leuk vindt haar in een onder-hemd te zien.

'Om de zoveel tijd vult ze de koelkast bij me,' vertelt hij, 'en houdt schoonmaakacties in mijn huis. Ze upgradet me. Interesseert het je eigenlijk?'

'Ja, natuurlijk. Ik luister.'

Met geld dat ze niet heeft, heeft Netta een uitstekende installatie voor hem gekocht, en ze luisteren samen naar muziek. Soms leest ze hem hele boeken voor, hoofdstuk voor hoofdstuk. 'En tegen geen enkele drug zegt ze nee,' vertelt hij. 'Ze doet ook aan coke en heroïne, maar op een of andere manier raakt ze nergens verslaafd aan.'

'Behalve aan jou,' lacht Netta als hij haar af en toe een ontwennings-kuur van hém aanbeveelt.

'Ik heb je niets te bieden,' zegt hij.

'En illusies dan, dat is toch niet niks?'

'Je bent jong,' legt hij haar uit, 'je zou kinderen kunnen krijgen, een gezin stichten.'

'Je bent de enige met wie ik bereid ben tot gezinsvorming.'

En misschien is ze nu op iemand verliefd geworden? De gedachte doet hem veel meer pijn dan hij had gedacht. Heeft ze zich misschien einde-lijk door hem laten overtuigen?

'Wat is er?' vraagt Ora. 'Wat heb je?'

'Ik weet het niet.' Avram versnelt zijn pas. Plotseling beseft hij: als hij Netta niet in zijn leven zou hebben, of als ze niet in leven zou zijn, heeft hij niets of niemand om voor thuis te komen na deze trektocht. 'Ik maak me een beetje ongerust over haar. Ze heeft zich de afgelopen tijd niet laten zien.'

'En is dat ongewoon voor haar?'

'Het is vaker gebeurd. Ze is er zo een die komt en gaat.'

'Probeer haar te bellen als we ergens een telefoon tegenkomen.'

'Ja.'

'Misschien heeft ze op jouw voicemail een bericht ingesproken.'

Hij loopt snel. Hij probeert zich het nummer van haar mobieltje voor de geest te halen, tevergeefs. Hij, die alles onthoudt, elk onzinnig detail, iedere domme zin die iemand dertig jaar geleden tegen hem heeft gezegd, elke toevallige cijfercombinatie waar zijn oog op is gevallen; die in zijn diensttijd de registratienummers van alle soldaten en officieren in de afluisterbunker uit zijn hoofd kende, plus de privételefoonnummers en geheime telefoonnummers van alle commandanten van de eenheid; die natuurlijk ook de namen en registratienummers kende van de bevelhebbers van alle Egyptische regimenten, divisies en legers, en van de commandanten van alle Egyptische militaire vliegvelden, evenals hun privéadres, hun telefoonnummer thuis en soms ook de naam van hun vrouw, hun kinderen en hun maîtresse; die de lijsten met de maandelijkse codesleutels van alle inlichtingeneenheden van het Zuidelijke Commando uit zijn hoofd kende. En uitgerekend nu, met Netta, lopen de cijfers door elkaar in zijn hoofd!

'Ze is erg jong,' mompelt hij. 'Ik ben een oude man en zij is piepjong.' Met een triest lachje zegt hij tegen Ora: 'Het is een beetje als een hond opvoeden waarvan je weet dat hij eerder doodgaat dan jij. Alleen ben ik in dit geval de hond.'

Ora legt zonder erbij na te denken haar handen op de oren van de hond.

Via Netta heeft hij een hele groep van mensen zoals zij leren kennen. Zachte mensen die het moeilijk hebben. 'Gebroken kopjes,' noemt Netta ze. Een zwerm trekvogels. De stranden van de Sinaï, dat bij kibboets Nitsanicm, de woestijn van Juda, ashrams in India, festivals van muziek, drugs en vrije liefde in Frankrijk, Spanje en de Negev.

'Weet je wat de engelenloop is?' vraagt Avram aan Ora.

'Iets met sport?'

Hij neemt Ora mee naar een 'rainbowgathering' in Nederland of België. 'Alles wordt er samen gedeeld,' legt hij haar enthousiast uit, alsof hij er zelf is geweest, 'iedereen helpt mee met de maaltijden en betaalt voor het eten met wat hij heeft. Het enige wat er geld kost, zijn drugs.'

'Aha.'

'Op een avond deed ze mee met een engelenloop,' zegt hij tegen Ora met een glimlach die niet voor haar is bestemd, een glimlach zoals ze niet meer van hem heeft gezien sinds hij jong was. Als een flikkering van een kaars in een antieke, stoffige lantaarn. Een onweerstaanbare glimlach, denkt ze.

In twee rijen staan mensen tegenover elkaar opgesteld, dicht op elkaar

– Avram doet het voor met zijn handen – en gewoonlijk kennen ze elkaar niet. Wildvreemden. En telkens loopt iemand van de groep met dichte ogen tussen de twee rijen door, helemaal tot het eind.

Twee rijen mishandelaars, duikt onmiddellijk op in Ora's hoofd. Hij had er zo vaak over gesproken, in duizenden contexten en terzijdes, dat de hele wereld soms alleen maar leek te bestaan uit die twee rijen en de gang ertussen, waar de mens bij zijn geboorte in werd gesmeten en waar hij met klappen en stompen doorheen werd geslagen tot hij er aan de andere kant uitkwam, beurs en gebroken.

'Als je erin gaat,' vertelt Avram, 'word je langzaam en zachtjes tussen de rijen door geleid en door iedereen gestreeld, aangeraakt en geknuffeld, en iedereen fluistert je ondertussen toe: "Wat ben je mooi, je bent perfect, je bent een engel." En zo tot het einde door, waar iemand je opwacht met een heel stevige, warme omhelzing, en dan ga je weer in een van de rijen van de gevers staan.'

'En hebben ze haar zo omhelsd?' vraagt Ora.

'Wacht. Ze heeft eerst in een van de rijen gestaan en er een paar uur lang gestreeld, geknuffeld en dingen gefluisterd waar ze normaal gesproken hard om zou hebben gelachen. Al die voorgekookte tekstjes opzeggen is echt niets voor haar. Hoor eens,' zegt hij en hij recht zijn rug, 'je moet haar leren kennen.'

'Oké, bij gelegenheid. En wat gebeurde er toen?'

'Toen ze aan de beurt was om te ontvangen, om het gangetje tussen de rijen binnen te gaan, deed ze dat niet.'

Ora knikt. Al voor Avram het zei, wist ze het.

'Ze is weggevlucht naar een bos en heeft er tot de ochtend gezeten. Ze kon het niet. Ze had het gevoel dat het haar tijd nog niet was om te ontvangen.'

Ora weet ineens wat Avram en Netta met elkaar delen: voor beiden zijn ook degenen die strelen een beetje gelijk aan mishandelaars. Al lopend slaat ze haar armen stevig om zichzelf heen. Die Netta roept tegenstrijdige, veranderlijke gevoelens in haar op, want plotseling, in de afgelopen ogenblikken, zijn er jegens dat meisje ook genegenheid en tedere, moederlijke gevoelens in haar wakker geworden. En Netta weet van Ofer. Avram heeft haar verteld over Ofer.

'Zeg, weet ze ook iets over mij?'

'Ze weet dat je bestaat.'

Ze slikt moeizaam. 'En je...' – eindelijk lukt het haar de pit in haar keel uit te spugen – 'houdt van haar?'

'Houdt van haar? Weet ik veel. Ik ben graag bij haar. Ze weet met me om te gaan. Ze geeft me ruimte.'

Anders dan ik, denkt Ora, die haar jongens over haar hoort klagen.

Te veel ruimte, denkt Avram angstig. Waar ben je, suffie?

Toen ze haar appartementje hadden gewit, droegen ze de schilderstrap en het huishoudtrapje naar het platte dak, en daar leerde ze hem lopen op een dubbele ladder. 'Als ze door de wijde wereld zwerft,' legt hij uit aan Ora, 'verdient ze de kost met straatoptredens. Ze is vuurvreter en degen-slikker, ze jongleert, ze sluit zich aan bij een straatcircus.' Als twee dron-ken sabelsprinkhanen stapten ze naar elkaar toe onder de blote avond-hemel, tussen de zonnecollectors en de antenne. Daarna liep ze vlot op de trapleer naar de rand van het dak, en het bloed stolde in zijn aderen.

'Wat zeg je ervan?' vroeg ze met haar lieve, mismoedige glimlach. 'Be-ter dan dit wordt het niet meer. Zullen we er dan nu maar een eind aan maken?'

Hij boog zich voorover en pakte zijn trapje vast. Netta stapte met zij-waartse krabbenpassen langs de dakrand. Achter haar zag hij daken, een bloedrode zonsondergang en de koepel van een moskee. 'Je bent een stijfkop, Avram,' zei Netta alsof ze in zichzelf praatte, 'je hebt bijvoor-beeld nog nooit gezegd dat je van me houdt. Niet dat ik het je ooit heb gevraagd, voorzover ik me kan herinneren, maar toch. Eén keer in haar leven moet een meisje zoiets van haar vent te horen krijgen, al was het maar een parafrase. Maar jij bent gierig. Ik krijg hoogstens een "ik hou van je lijf", "ik ben graag bij je", "ik ben gek op je kont". Van die gewiekste omtrekkende bewegingen. Dus misschien moet ik eens conclusies trek-ken?'

De poten van het trapje tikten op de opstaande rand van het dak, en de zwartleren band tussen de ladders stond strakgespannen. In een flits be-sloot Avram dat hij, als haar iets zou overkomen, zich zonder nadenken achter haar aan van het dak zou storten.

'Ga naar de kamer,' mompelde ze. 'Op de tafel, naast de asbak, ligt een bruin boekje. Ga het halen.'

Avram schudde zijn hoofd.

'Ga, ik doe niets voor je terug bent, op mijn padvinderseed.'

Hij kwam het trapje af en ging naar de kamer. Hij was een of twee seconden binnen toen al zijn bloed uitschreeuwde dat ze sprong. Hij griste het boek van de tafel en keerde terug naar het dak.

'Lees nu voor wat ik heb aangegeven.'

Zijn vingers trilden. Hij opende het boek en las: '... want sinds de dood van mijn grootvader bezat ik immers de in Wenen voor mij beslissende *levensmens*, mijn levensvriendin, aan wie ik niet alleen heel veel, maar, eerlijk gezegd, sinds het ogenblik waarop zij meer dan dertig jaar geleden aan mijn zijde is opgedoken, min of meer alles te danken heb.' Hij draaide het boek om en zag: Thomas Bernhard, *De neef van Wittgenstein*.

'Doorgaan,' zei Netta, 'maar met meer emotie.'

'Zonder haar zou ik waarschijnlijk niet eens meer in leven zijn en zou ik in elk geval nooit degene zijn die ik nu ben, zo gek en zo ongelukkig, maar ook gelukkig, zoals altijd.'

'Ja,' zei ze in zichzelf, haar ogen gesloten in diepe concentratie.

'De ingewijden weten wat er allemaal schuilgaat achter dit woord *levensmens* uit wie ik meer dan dertig jaar lang mijn kracht heb geput en aan wie ik altijd weer mijn overleven heb ontleend, aan niets anders, dat is de waarheid.'

'Dank je,' zei Netta, nog altijd schommelend op de dubbele ladder, als in een droom.

Hij zweeg. Hij vond zichzelf verachtelijk en weerzinwekkend.

'Snap je wat het probleem is?'

De beweging van zijn hoofd hield het midden tussen ja knikken en nee schudden.

'Het is heel simpel,' zei Netta, 'jij bent mijn levensmens, maar ik ben niet die van jou.'

'Netta, je –'

'Jouw levensmens is zij,' zei ze, 'die vrouw die met jou een kind heeft gemaakt en van wie je me niet eens wilt zeggen hoe ze heet.'

Hij trok zijn hoofd tussen zijn schouders en zweeg.

'Maar kijk,' zei ze met een glimlach, en ze haalde het haar uit haar ogen, 'een erg originele tragedie is die van ons nu ook weer niet. En het is ook geen al te groot probleem. De wereld is al met al een heel onscherpe foto. Ik kan ermee leven. Hoe zit dat bij jou?'

Hij wist niets uit te brengen. Zo weinig vroeg ze van hem, en zelfs dat kon hij haar niet geven. 'Kom, Netta,' zei hij ten slotte, en hij stak zijn hand naar haar uit.

'Maar zul je erover nadenken?' Haar ogen staarden hem teder en hoopvol aan.

'Oké. Kom nu.'

Met een vleugelgeruis kwam een zwerm spreeuwen overvliegen. Avram en Netta stonden roerloos, eenieder verzonken in zijn eigen gedachten.

'Wat, nog niet?' mompelde ze daarna in zichzelf, alsof ze reageerde op een of andere stem die tegen haar sprak. 'Is het er nog niet de tijd voor?'

Met twee vlotte bewegingen legde ze de schilderstrap neer op het dak. 'Kijk jou nu eens,' zei ze verbaasd, 'je trilt helemaal. Heb je het koud van binnen? Koud om het hart dat je niet hebt?'

Over Adam vertelt ze hem de volgende dag. Ze had hem liever verteld over de Adam van vroeger, vooral over Adam als baby, in de drie jaar dat hij alleen van haar was. Maar hij vraagt naar de Adam van nu, en zonder iets achter te houden beschrijft ze voor hem haar oudste zoon, met de ogen die altijd een beetje rood zijn en ontstoken lijken, het dunne, gebogen lijf, dat op een of andere manier verontrustend slap naar voren hangt, de handen en vingers die naar de grond reiken, en de lippen met die uitdrukking van lichte, spottende afkeer, van subtiele nihilistische minachting.

De dingen die ze over hem zegt, en alleen al het feit dat ze in staat is Adam zo te bezien... Ilans objectieve kijk op de kinderen is nu dus ook de hare. Ze leert praten in een vreemde taal.

Ze schetst, trek voor trek, voor Avram het beeld van een jongen van vierentwintig, die er tegelijk zwak en sterk uitziet en die een kalme, verontrustende kracht uitstraalt waarvoor hij eigenlijk te jong is. 'Ik kan er de vinger niet goed op leggen,' zegt ze aarzelend, 'die kracht van hem, het is iets ongrijpbaars, en zelfs een beetje' – ze slikt – 'duister.' Kijk eens aan, ik heb het gezegd.

'Hoewel zijn gezicht niet het meest... tenminste bij een eerste blik – die bleke huid, met de wangen die donker zijn van de vele baardstoppels, die zwarte, diepliggende ogen en de erg scherpe adamsappel –, toch is hij in mijn ogen bijzonder. Ik vind hem echt mooi, als je op een bepaalde manier kijkt. Hij heeft van die combinaties in zijn gezicht, alsof er verschillende leeftijden van hem interactief zijn bij hem. Soms vind ik het heel interessant gewoon naar hem te kijken.'

'Maar over wat voor kracht had je het?' vraagt Avram.

'Hoe zal ik het zeggen?' Ze raakt gespannen: nu moet ze zich nauwkeurig uitdrukken. 'Hij is een jongen die je als het ware nergens mee kunt verrassen. Ja, dat is het. Niet met iets leuks en niet met iets triests, en ook niet met iets wat echt pijnlijk of echt verschrikkelijk is. Hem verbaas je nergens mee.' Nu ze het heeft uitgesproken, beseft ze hoe precies ze hem hiermee heeft omschreven, voor het eerst, en hoe anders hij is dan zij, het tegenovergestelde. 'Dat is de kracht die hij heeft,' zegt ze met een wegstervende stem, 'de kracht van de minachting.'

Ze had hem twee keer zien optreden – een keer op zijn uitnodiging en een keer stiekem, nadat hij van haar was 'gescheiden' – voor tientallen jongens en meisjes die met gesloten ogen hun gezicht naar hem hadden toegewend, onder de zweepslagen van het verblindende licht, die van alle kanten werden uitgedeeld. Ze werden allemaal aangetrokken, volkomen opgezogen door die onverschillige, enigszins ziekelijke slapte van hem. 'Je had ze moeten zien. Ze zagen eruit als... ik weet niet als wat, ik heb er geen woorden voor.'

Een veld vol bleekzuchtige zonnebloemen is wat Avram voor zich ziet, bleekzuchtige zonnebloemen tijdens een zonsverduistering.

Ze rusten op de top van de Arbel, boven het waterrijke Kinneretdal. Het stikt er van de wandelaars. Ook een schoolreisje voert hierheen: schreeuwende jongens en meisjes die samen op de foto gaan en alle kanten op rennen. Bussen spugen groepen toeristen uit en de gidsen proberen elkaar te overstemmen. Maar Ora en Avram zijn bezig met hun eigen zaken. Er waait een ijl windje, dat hun goeddoet na de uitputtende klim. Onderweg naar boven hebben ze nauwelijks gepraat – de klim was bijzonder steil. Ze werden geholpen door uitgehouwen traptreden en ijzeren pinnen in rotsen, maar om de zoveel passen moesten ze blijven staan om op adem te komen. Uit het bedoeïenendorp onder aan de berg klonken de geluiden op van kakelende kippen, een schoolbel en rumoerige leerlingen. Boven hen, in de rotswand, een reeks opengesperde monden. 'De grotten waarin de opstandelingen tegen Herodes zich hebben schuilgehouden,' mompelde Avram. 'Ik heb er ergens iets over gelezen. De soldaten van Herodes waren zo slim elkaar vanaf de top van de berg in kooien naar beneden te laten zakken, en met behulp van stokken met ijzeren haken joegen ze de rebellen de grotten uit en wierpen ze de afgrond in.'

Boven de bergtop en het menselijk kabaal zweeft een grote arend in het hemelblauw, gedragen op een doorzichtige, warme zuil van lucht die opstijgt uit het dal. In brede cirkels, met oogstrelend gemak, zweeft de arend op de zuil van lucht, tot de opstijgende warmte afneemt en de arend verder zeilt, op zoek naar een nieuwe luchtstroom. Avram en Ora genieten van zijn vlucht, van de paarse hoogvlakten van Golan en Galilese bergen, gehuld in de dampen van de hitte, en van het helblauwe oog van het Meer van Galilea. Maar dan valt Ora's oog op de herinneringsplaquette van sergeant Roï Dror, zaliger nagedachtenis, omgekomen aan de voet van deze klip op 18 juni 2002, tijdens een oefening van de Doevdevan-undercovereenheid. HIJ VIEL TRAAG, ZOALS EEN BOOM VALT. HET MAAKTE ZELFS GEEN GELUID, DANKZIJ HET ZAND. (DE KLEINE PRINS). Zonder een woord te zeggen staan ze op en vluchten naar de andere kant van de top, maar ook daar staat een klein monument, ter nagedachtenis van sergeant eerste klasse Zohar Mintz, die in 1996 is gesneuveld tijdens een vuurgevecht in Zuid-Libanon. Ora blijft staan en leest met opengesperde ogen: HIJ HIELD VAN ONS LAND EN VOOR ONS LAND IS HIJ GESTORVEN. HIJ HIELD VAN ONS EN WIJ HIELDEN VAN HEM. Avram trekt aan haar arm, maar ze verroert geen vin, en dan trekt hij haar met geweld mee. 'Je begon te vertellen over Adam,' brengt hij haar in herinnering.

'Oi, Avram,' antwoordt ze, 'hoe moet dit verder? Zeg me, hoe gaat het hier aflopen? Er is geen plaats meer voor alle doden.'

'Vertel me nu over Adam,' zegt hij tegen haar.

'Maar moet je horen, er schiet me iets te binnen. Ik wilde je iets vertellen over Ofer.'

Kijk eens, weer voelde ze die lichte aandrang Ofer naar voren te schuiven op het toneel, telkens als ze het idee had dat Avrams aandacht te veel uitging naar Adam.

'Wat wilde je me vertellen over Ofer?' vraagt hij, maar ze voelt dat zijn hart nog altijd daar is, bij het raadsel Adam.

Ze lopen zuidwaarts de berg af, in de richting van de volgende berg, Karnee Chittien. Het pad is gemakkelijk begaanbaar en aan weerszijden liggen tarwevelden met korenaren die goud kleuren in de zon. Ze vinden een stil, verlaten plekje, als een nestje op de grond, omgeven door paarse lupine. Avram strekt zich uit, en als Ora tegenover hem gaat liggen, komt de hond en wurmt zich bijna onder haar hoofd. Ora voelt het warme, hijgende lijf, dat behoefte aan haar heeft, en ze overweegt de hond te adopteren en zo de eed te schenden die ze na de dood van Nico-Tien heeft gezworen.

'Toen Talja hem in de steek liet, Ofer – blijkbaar worden mijn zoons altijd in de steek gelaten,' bromt ze, 'dus hebben ze toch iets van mij meegekregen... Wacht, ik moet je eerst uitleggen dat Adam nooit een serieuze vriendin heeft gehad, ik bedoel een echte liefde, totdat Ofer thuiskwam met Talja.

Moet je nagaan,' zegt ze, 'twee van zulke jongens, echt niet de slechtste, toch? Beslist de moeite waard, en geen van beiden had een vriendin tot op zo late leeftijd. Denk terug aan ons toen wij zo oud waren. Denk aan jezelf.'

Natuurlijk denkt hij terug. Ze ziet aan zijn gezicht dat hij ogenblikkelijk terug is in de tijd, weer een jongen van zeventien, negentien, tweeëntwintig is. Als bezeten drentelde hij om haar heen, maar tegelijkertijd ook om elk ander meisje dat hij zag. Zijn smaak voor meisjes ging haar verstand te boven: volgens hem verdienden ze stuk voor stuk zijn absolute, eeuwige liefde en in zijn ogen werden ze allemaal mooi en geweldig, zelfs de domsten en de lelijksten, en vooral degenen die hun neus voor hem ophaalden, die hem kwelden. 'Weet je nog hoe...' begint ze, en hij trekt gegeneerd zijn schouders op. Natuurlijk weet hij dat nog, laat maar zitten. Ze denkt eraan terug hoe hij als een gek zijn best deed hen te betoveren en te verleiden, hoe hij zijn ziel voor hen ontpitte, zich vernederde, zich verslikte, zich in bochten wrong als een worm, en naderhand naar haar toe kwam en grapte: 'Wat ben ik tenslotte nu helemaal? Een hormonale gistingsbacterie.' En nu, dertig jaar later, durft hij nog met haar in discussie te gaan: 'Het kwam allemaal alleen maar omdat jij me niet wilde. Als je meteen ja had gezegd, als je me niet vijf jaar lang had gepijnigd alvorens toe te stemmen, had ik die hele mars der dwaasheid niet nodig gehad.'

Ze komt overeind op haar ellebogen. 'Ik wilde jou niet?'

'Niet zoals ik jou wilde. Je wilde Ilan veel meer, mij alleen voor erbij.'

'Dat is niet waar,' mompelt ze zwakjes, 'zo was het echt niet, het lag veel ingewikkelder.'

'Je wilde me niet, je was bang.'

'Waar moest ik dan bang voor zijn?' Ze schrikt terug en knippert met haar ogen.

'Je was bang, Ora, het is een feit. Op het eind heb je me opgegeven, je hebt me laten varen, geef toe.'

Opgeblazen zwijgen ze beiden. Haar gezicht is vuurrood. Wat kan ze hem zeggen? Ze kon het destijds niet eens zichzelf uitleggen. Toen ze een verhouding met hem had, dat ene jaar, had ze soms het gevoel dat hij massaal door haar heen spoelde, als een heel leger. Wat moet ze hem zeggen? Per slot van rekening was ze er niet eens altijd van overtuigd geweest dat zij het was van wie hij zo hield en die zo'n storm van liefde in hem ontketende; misschien was het iemand die hij eens bij elkaar had gefantaseerd en die hij met al zijn verbeeldingsvermogen constant voor ogen bleef zien? Ze vermoedde ook dat hij, alleen omdat hij ooit in een vluchtig moment van verstandsverbijstering verliefd op haar was geworden op de isoleerafdeling in het ziekenhuis, nooit zou toegeven, ook niet aan zichzelf, dat ze niet de ware voor hem was. Als een eigenaardige, donquichotachtige ridder zou hij nooit terugkomen van zijn onwrikbare beslissing. (Maar hoe had ze hem zoiets kunnen zeggen? Ze durfde het toen niet eens zo te formuleren voor zichzelf, zoals nu.) En soms voelde ze zich nog armzaliger, als een paspop van hout of plastic, in telkens nieuwe, kleurige kledingstukken die hij haar aantrok en die alleen maar haar dorheid, beperktheid en bekrompenheid accentueerden. Maar elke keer dat ze hem met spijt en een gebroken hart iets prijsgaf van wat ze voelde, was hij tot in het diepst van zijn ziel gekrenkt en geschokt dat ze zichzelf en hem zo slecht kende en afbreuk deed aan het mooiste wat hij ooit in zijn leven had gehad.

Waarom moet alles bij hem zo overdreven zijn en waarom is alles bij hem zo heftig? dacht ze soms, maar dan schaamde ze zich meteen en moest denken aan dat ene meisje dat eens van zijn bed was weggevlucht omdat hij haar 'te intiem' was. Zelf had ze ook vaak het gevoel dat hij door zijn overmaat aan liefde en verlangen in haar binnenviel en er tekeerging, in haar lichaam en haar ziel, als een uit de kluiten gewassen roofdierenjong, zonder ook maar te vermoeden hoezeer het haar pijn deed en haar verscheurde. Of hij keek haar in de ogen met die blik van hem... wat er dan in zijn ogen stond viel niet in woorden te omschrijven. En het gebeurde niet per se in momenten van hartstocht, nee, meestal kwam het na de hartstocht. Dan keek hij haar aan met een zo openlijke, slaafse, bijna waanzinnige liefde dat ze hem spottend met haar wijsvinger op de neus tikte, giechelde of gekke gezichten begon te trekken, maar hij leek haar opgelatenheid niet aan te voelen. Zijn gezicht nam een merkwaardige uitdrukking aan, die ergens om smeekte, maar ze wist niet waarom, en gedurende een lang moment zonk hij dan weg in haar ogen zonder zijn blik van de hare af te wenden, als een groot, duister lichaam dat onderging in een donkere vloeistof. Zo verdween hij geleidelijk, terwijl hij haar aan bleef kijken, en het was alsof haar ogen heel langzaam dichtvielen en hem in zich sloten, hem ook afdekten voor haarzelf. Dan kon ze hem niet langer aankijken, maar deed het toch, en zag hoe zijn blik werd ontdaan van hemzelf en iets anders blootgaf, skeletachtig en verschrikkelijk, en er kwam geen einde aan: hij dook verder en verder in haar, zijn armen hielden haar vast, klemden haar tegen hem aan, ze stikte bijna in zijn greep, en af en toe trilde hij hevig, alsof hij iets uit haar had geabsorbeerd wat hij niet aankon. Ze wist niet wat zich daar bevond, wat ze hem gaf, wat ze van hem ontving.

'Ik kon het niet aan met jou,' zegt ze simpelweg.

De zon zakt langzaam. De aarde geeft plotseling een verse, dampende geur van haar binnenste af. Ora en Avram liggen roerloos in hun aarden nest in het veld. Boven hen mengen de verschillende tinten avondblauw zich met de hemel. Pak een hoed, stop er twee briefjes in. Nee, nee, je hoeft niet te weten wat je verloot. Je mag raden, maar in stilte, en snel een beetje, er wordt op ons gewacht, buiten staat een commandcar. En haal er nu eentje uit, heb je er een uit gehaald? Wat is het geworden? Weet je het zeker?

Haar gezicht rekt zich uit in de schaduw. Ze sluit haar ogen. Wat is het geworden? En wat wilde je dat het zou worden? En wat is het werkelijk geworden? Weet je het zeker? Weet je het echt zeker?

'Luister,' zegt ze, 'ik kreeg geen adem, je was me te veel.'

'Hoezo te veel?' vraagt Avram zachtjes. 'Wat is te veel als je van elkaar houdt?'

'Maar die twee, Adam en Ofer, zijn zulke luie donders. Het kostte ze een eeuwigheid om een vriendinnetje te vinden,' vertelt ze de volgende dag, in het Zwitserlandbos. 'Ze waren bijna altijd samen en deelden dezelfde kamer, onafscheidelijk, tot we op het eind, toen Adam een jaar of zestien was en we het tijd vonden, aparte kamers voor ze hebben ingericht.'

'Waar hebben jullie kamers gemaakt?'

Ora hoort een snelle flikkering in zijn stem en raakt gespannen. 'In... kom, beneden, waar de opslagruimte was. Die kelder. Waar de Singer van je moeder stond.'

'Hebben jullie de kelder dan in tweeën gedeeld?'

'Met een gipswand, ja. Niets ingrijpends.'

'Was het niet te klein daar?'

'Het is juist mooi geworden, twee leuke kamertjes. Prima voor pubers.'

'Ook met sanitair?'

'Een wc'tje met een piepklein wastafeltje.'

'En de ventilatie?'

'We hebben er twee ramen in laten maken, of liever gezegd raampjes, voor het idee.'

'Ja,' zegt hij, in gedachten, 'dat kan niet anders.'

Toen Avram al zijn behandelingen, operaties en ziekenhuisopnames achter de rug had, besloot hij niet te willen terugkeren naar het huis van zijn moeder in Tsoer Hadassa, zelfs niet voor een bezoek. Ilan en Ora kochten het huis toen van hem, met de hulp van Ora's ouders en dankzij leningen en een hypotheek. Ze stonden erop het van hem te kopen tegen een hogere prijs dan het waard was ('veel hoger,' benadrukte Ilan steevast als het onderwerp ter sprake kwam) en de transactie werd helemaal volgens de regels gesloten, via een advocaat-notaris die een oude vriend van Avram was. Maar Ora (misschien net als Ilan, al ontkende hij dat altijd) zou het zichzelf nooit vergeven, deze domme zet, deze harteloosheid van ze, *deze voortdurende kwelling voor Avram* – zo, ze heeft het eindelijk eens gezegd tegen zichzelf –, waar pas een eind aan kwam toen Ilan en zij verhuisden naar Een Kar em. Nu, onder Avrams blik – met vernauwde ogen, alsof hij ze dichtknijpt tegen een pijnlijk, verblindend licht, probeert hij de renovaties en veranderingen te volgen in het huis dat eens van hem was – kan ze zich er nauwelijks van weerhouden hem de lijst verklaringen en argumenten aan te bieden, die altijd op het puntje van haar tong heeft gelegen, klaar voor gebruik: het was allemaal gedaan met de beste bedoelingen, uitsluitend en alleen uit consideratie met hem en zijn behoeften; ze hadden hem het contact met kopers en makelaars willen besparen; ze dachten toen oprecht dat hij zich beter zou voelen als hij wist dat het huis in zekere zin 'in de familie' bleef. Maar ze hadden zijn huis van hem gekocht (voor de volle prijs, dat wel, een uitstekende prijs, vanuit zijn oogpunt!) en ze hadden er hun leven in geleid, Ilan, zij, Adam en Ofer.

Soms, als niemand het zag, raakte ze in het voorbijgaan deze of gene muur aan in een van de kamers of op de gang, en streek er langzaam over met haar vingers. Soms ging ze, net als hij, zitten lezen op het platje boven aan het trapje van het huis naar de tuin, of in de vensterbank van het raam dat uitkeek op de wadi. Er waren ook de klinken van de ramen, die ze telkens als ze een raam openzette even vast bleef houden, als in een heimelijke handddruk. Het bad en de wc-pot, de gebarsten plafonds, de bedompte kasten. De verzakte en uitstekende vloertegels. De zonnestralen die 's morgens uit het oosten kwamen, waarin ze minutenlang kon blijven staan baden, soms met de kleine Ofer in haar armen, die haar dan kalm en belangstellend opnam. De avondbries, vanuit de wadi, waarmee je kon meedeinen, die je je huid kon laten strelen en diep in je kon opzuigen.

'Uitgerekend Ofer had als eerste zijn eerste vriendinnetje,' benadrukt Ora, in de hoop dat Avram blij zal zijn met deze informatie. Maar zijn gezicht betrekt een beetje en hij vraagt wat ze bedoelt met 'uitgerekend Ofer'. Ze legt uit: 'Omdat hij hoe dan ook de jongste is en we op een of andere manier altijd hadden gedacht dat Adam er het vroegst bij zou zijn. Adam had het blijkbaar nodig dat Ofer de weg voor hem zou bereiden, ook hierin. Twee vrij grote jongens,' zegt ze verwonderd, 'en allebei thuis, bij ons, de hele tijd, tot Adam in dienst ging, tot het leger hen van elkaar scheidde. Toen veranderde alles, totaal: plotseling had Adam vrienden, een heleboel vrienden, en Ofer ook, en daarna kwam Ofer Talja tegen. Ineens stonden ze beiden open voor de buitenwereld en gingen de deur uit. Ja, het leger heeft ook goede dingen met ze gedaan,' voegt ze er vluchtig aan toe, bijna verontschuldigend, alsof Avram haar woorden probeerde aan te vechten. 'Maar tot Adams achttiende, tot hij in dienst ging, was het meestal alleen hij en Ofer, dat wil zeggen, hij, Ofer en wij, samen met ons vieren,' – ze maakt een gebaar alsof ze iets in een koffer of rugzak propt – 'en al hadden ze altijd een hoop eigen bezigheden, huiswerk, en Adams band, toch bleven Ilan en ik altijd het gevoel houden dat hun belangstelling voornamelijk binnenshuis lag, sterker nog, gericht was op elkaar. Ik zei het je al, dat geheim dat ze deelden.' Haar handen pakken de riemen van de rugzak stevig vast en haar hoofd buigt een beetje. Ze ziet nauwelijks wat ze tegemoet loopt – klippen, braamstruiken en een verblindende zon – en ze bedenkt ineens dat Ofer en Adam midden in het grote, drukkende familiegeheim hun eigen kleine geheim hebben gebouwd, een soort iglo in het ijs, gemaakt van datzelfde ijs.

'Hoewel het ook leuk was,' mompelt ze, 'dat ze zo dik met elkaar waren en dat ze altijd bij ons waren en overal mee naartoe gingen,' – 'onze bodyguards,' zei Ilan weleens, misschien gekscherend, misschien klagend – 'met vakantie en uitstapjes, af en toe ook naar de film. Zelfs naar vrienden van ons kwamen ze soms met ons mee, wat al helemaal iets is wat nauwelijks te geloven valt,' lacht ze flauwtjes. 'Dan kwamen ze binnen en gingen ergens in een apart hoekje met elkaar zitten praten alsof ze elkaar een jaar niet hadden gezien. En op zich is dat geweldig, zeg ik je, waar zie je zoiets? Maar toch, Ilan en ik hebben – hadden – constant het gevoel dat het ook een beetje... hoe zal ik het zeggen?'

Heel even ziet Avram ze, in de stralenbundel van haar afgedwaalde blik, met zijn vieren bewegen door de kamers van het huis dat hij zo goed kent: vier lange, lichte menselijke vlekken, omrand door een dof licht, als figuren die met een nachtkijker worden gadegeslagen; nevels met een wattige groene halo eromheen, die aan elkaar plakken en onhandig bewegen, en als ze even uit elkaar gaan aan de randen van de andere vlek een soort pluis van kleverige, glanzende vezels achterlaten. Tot zijn verbazing voelt hij dat ze zich voortdurend moeite geven, krampachtig en voorzichtig, en het verwondert hem nog meer dat de vier geen blijk geven van lichtheid of plezier, ook niet van de grote vreugde van het samenzijn, die hij zich altijd had voorgesteld als hij aan hen dacht, als hij zwichtte voor de gedachten aan hen, als hij druppel voor druppel het gif van de gedachten aan hen in zijn aderen liet lopen.

'En toen Ofer een vriendin had,' vraagt hij schoorvoetend, 'was Adam toen niet jaloers op hem?'

'In het begin was het niet eenvoudig, nee. Adam had het er moeilijk mee dat Ofer een nieuwe verwante ziel had gevonden en dat hij met haar zo'n sterke band had, waar hij buiten stond. Moet je je indenken: zoiets was sinds de geboorte van Ofer eigenlijk nog nooit voorgekomen.

Ze waren een leuk stel,' zegt ze, 'Ofer en Talja. Tussen die twee heerste een soort fijngevoeligheid.'

Het valt haar moeilijk verder te praten.

Straks, straks, gebaart ze met haar hand.

'En toen Talja Ofer in de steek liet,' vervolgt ze even later, 'kroop hij in zijn bed en is er een week lang bijna niet uit gekomen. Hij at niet meer, had zijn eetlust compleet verloren. Hij dronk alleen maar, voornamelijk bier, en er kwamen vrienden van hem langs – ineens zagen we hoeveel vrienden hij had – en zo, zonder het te plannen, werd er bij ons thuis een kleine rouwweek gehouden.'

'Rouwweek?' schrikt Avram.

'Want ze zaten rond zijn bed en troostten hem, en als ze weggingen, kwamen er weer anderen. De deur stond de hele dag open, 's morgens, 's avonds en 's nachts. En de hele tijd vroeg hij zijn vrienden hem iets te vertellen over Talja, hem alles te vertellen wat ze zich van haar herinnerden, tot in de kleinste details. Ze mochten overigens geen kwaad woord over haar zeggen, dat stond hij niet toe, alleen goede dingen. Het is zo'n brave ziel,' grinnikt ze, 'ik heb je nog helemaal niets over hem verteld, je hebt hem nog voor geen centimeter leren kennen...' Plotseling wordt ze overspoeld door simpel, gretig, onbezonnen gemis. Ze heeft hem al een hele tijd niet gezien en niet met hem gesproken, misschien wel langer dan ooit sinds zijn geboorte... 'En die vrienden van hem speelden Talja's lievelingsliedjes voor hem, keken samen naar de doorlopend herhaalde video van *My Dinner with Andre*, een van haar lievelingsfilms, en verslonden hele dozen pindaknabbels en chocoladewafels, waaraan ze verslaafd was, en dat een week lang. En ik moest natuurlijk die hele volksstam van eten en drinken voorzien. Je kunt je geen voorstelling maken van de hoeveelheden bier die die jongens op een avond achterover kunnen slaan. Goed, eigenlijk weet je dat wel, van je werk in de pub.'

En misschien, denkt ze, is Ofer, of Adam, of zijn ze zelfs samen, tijdens een verlof, op een avond in Tel Aviv, op een van hun kroegentochten, in zijn pub beland? Had hij ze op een of andere manier kunnen herkennen? Het kunnen aanvoelen, zonder het te weten? Intuïtief, aan zijn nekhaar dat overeind ging staan?

'Ora?'

'Ja,' zegt ze en ze glimlacht in zichzelf. 'Kijk, kennelijk werden er hele verhalen omheen gebouwd in de stad,' – zoals met alles waar Ofer een vinger in heeft, slikt ze in – 'want er begonnen ook jongelui te komen die Ofer niet echt kenden, maar ervan hadden gehoord, van deze "liefdesrouwweek". Die gingen dan zitten vertellen over hun eigen teleurstellingen in de liefde, stukgelopen romances en gebroken harten.'

Een straal namiddagzon strijkt over haar voorhoofd, en zonder zich ervan bewust te zijn, wendt Ora die zwijmelend haar wang toe en laat zich strelen. Jong en mooi is haar gezicht nu, alsof haar nooit iets kwaads is overkomen. Kijk, ze staat op en gaat het leven tegemoet, rond, onschuldig en puur.

'En zo is Adam trouwens Libi tegengekomen, zijn vriendin, een soort grote puppy, een dakloos beestje, een kop groter dan hij, een berenjong, en in de eerste dagen van de "rouwweek" zat ze alleen maar onbedaarlijk te huilen in de verste hoek, maar daarna hervond ze zichzelf en begon me te helpen met het eten en drinken, de glazen en de bakjes, het legen van de asbakken en het weggooien van de lege flesjes. Maar zij was ook ergens zo door uitgeput dat ze op elk mogelijk bed in huis in slaap viel. Ze viel gewoon om en was vertrokken, en op een of andere manier is ze toen in haar slaap, zonder dat we het merkten, ons leven binnengekomen. En nu zijn ze dus een stel, Adam en zij, en volgens mij hebben ze het goed met elkaar, want ze mag dan nog zo'n puppy zijn, ze is ook vreselijk moederlijk voor hem,' zegt Ora, en haar stem trekt een ijl spoor van verdriet achter zich aan. 'Ik denk dat hij het echt fijn heeft met haar, dat hoop ik tenminste.'

Nu geeft ze ruimte aan een diepe zucht die in haar is opgesloten, de zucht van iemand die totaal met lege handen staat. 'Moet je horen, ik zei niet zomaar wat, een paar dagen geleden. Ik weet op het moment niets van Adams leven.'

De hond blijft staan als ze haar zucht hoort en komt naar haar toe. Ora laat de spitse, vochtige hondensnuit toe als die zich tussen haar bovenbenen dringt en zich er probeert in te graven. 'Soms,' zegt ze over de hondenkop heen tegen Avram, 'als ik een of ander woord zeg of als ik iets uitspreek met een net iets andere intonatie –'

'Of als je ineens moet lachen –'

'Of huilen –'

'Dan reageert ze meteen,' zegt Avram.

'Toen je gisteren de vliegen wegjoeg en ze schreeuwend achternazat met de handdoek,' zegt ze, 'zag je toen hoe gedeprimeerd ze daarvan raakte?' Ze wendt zich tot de hond. 'Waar moest je toen aan terugdenken, lieverdje?' Ze krauwt zachtjes de kop, die zich tegen haar aan drukt. 'Waar ben je vandaan gekomen?'

Ze gaat op een knie zitten, neemt het gezicht van de hond tussen haar handen en wrijft met haar neus over de hondenneus. 'Wat heb je mee-gemaakt? Wat hebben ze daar met je gedaan?' Avram kijkt naar ze. Het licht maakt Ora's haar nog grijzer en geeft de vacht van de hond glans.

'Heb je dan helemaal geen contact met hem, met Adam?' vraagt hij als ze weer lopen.

'Hij heeft me geheel en al uit zijn leven gesneden.'

Avram zwijgt.

'Het begon met een of andere kwestie,' mompelt ze, 'niet eens met hem, nee, met Ofer, in het leger. Een hele affaire, een of andere blunder van zijn eenheid in Hebron, niemand is erbij omgekomen, en het was Ofers schuld ook niet, zeker niet van hem alleen. Er waren daar twintig soldaten, dus waarom uitgerekend hij? Doet er niet toe, niet nu. Maar hoe dan ook, ik heb een fout gemaakt, ik weet het, en Adam heeft het me verschrikkelijk kwalijk genomen dat ik Ofer niet steunde...' Ze haalt diep adem en scandeert dan de woorden die sindsdien haar leven vergallen: 'Dat ik niet in staat was Ofer met heel mijn hart te steunen. Snap je? Snap je de absurditeit ervan? Want met Ofer heb ik het allang bijgelegd, al-les is allang weer volledig in orde tussen ons,' – maar haar ogen schieten een beetje heen en weer – 'terwijl Adam, met die verdomde principiële houding van hem altijd, het me tot op de dag van vandaag niet vergeeft.'

Avram vraagt haar niets. Haar hart klopt in haar keel. Is het goed dat ze het heeft aangestipt? Ze had er al veel eerder over moeten beginnen. Maar ze is bang voor zijn oordeel. Misschien zal hij, net als Adam, vinden dat ze een onnatuurlijke moeder is.

'En omhelzen ze elkaar?' vraagt Avram haar.

'Wat zei je?' Ze veert op na heel even te zijn weggedroomd.

'Nee, niks,' zegt Avram geschrokken.

'Nee, je vroeg of ze –'

'Elkaar weleens omhelzen, ja, Ofer en Adam.'

Ze kijkt hem dankbaar aan. 'Waarom vraag je dat?'

'Weet ik veel. Ik probeer me ze een beetje voor te stellen met zijn tweeën, dat is alles.'

Dat is alles? Inwendig jubelt ze het uit. *Dat is alles?*

Ze hebben al een heel eind gelopen. In het dorp Kinneret hebben ze proviand ingeslagen en even verderop hebben ze de beroemde begraafplaats bezocht en er in de gedichtenbundel gebladerd die naast het graf van de dichteres Rachel lag, vastgemaakt met een ijzeren ketting. Ze zijn de weg Tiberias-Tsemach overgestoken en hebben tussen dadelpalm-plantages door gewandeld, en vlak bij de Jordaan hebben ze hun respect betuigd bij het graf van muildier Boeba, *dat trouw de aarde van Kinneret heeft bewerkt met de ploeg en de cultivator en hier voren heeft getrokken in de jaren twintig en dertig van de twintigste eeuw.* Ze hebben gezien hoe pel-grims uit Peru en Japan zich zingend en dansend onderdompelen in de Jordaan. Daarna volgde een flink stuk tussen de heldere Jordaan en een stinkend open riool, tot het pad hen wegvoerde van de Jordaan en naar de Javneëlbeek leidde, en bij de bron Een Petel hebben ze zichzelf vergast op een koningsmaal in de schaduw van eucalyptusbomen en oleanders. Daar konden ze tegenover zich de berg Tabor al zien en wisten zeker dat ze ook tot daarheen zouden komen.

Het is vandaag bloedheet en ze zijn allebei door en door geroosterd, dus nemen ze nu weer een bad in bronwater, dan weer een douche onder het water van een enorme sproei-installatie op de velden, ook al lopen ze krassen op van de braamstruiken, en af en toe pikken ze ergens wat schaduw en dommelen wat, tot ze weer opstaan en verder lopen, en keer op keer pakken ze de zonnebrandcrème. Hij smeert haar nek in, zij zijn neus, en ze verzuchten dat hun huid zo ongeschikt is voor het klimaat hier. Onder het lopen snijdt Avram met Ofers zakmes 'de stok van de dag' voor haar, en vandaag is het een dunne eikentak, een beetje krom en gedeeltelijk beknabbeld, misschien door geiten. 'Niet de comfortabel-ste,' laat ze hem weten als ze de stok uitprobeert, 'maar wel eentje met persoonlijkheid, dus hij mag blijven.'

'Toen ze jonger waren, omhelsden ze elkaar bijna nooit,' vertelt ze hem als ze op een hoop stenen zitten, in de schaduw van een grote Atlantische pistacheboom, hoog in de bergen van Javneël, op een prachtig punt met uitzicht op het Meer van Galilea, de Hoogvlakten van Golan, het berg-land van Gilead, de Meron, de Gilboa, de Tabor, Samaria en de Karmel. Ze had toen zelfs het gevoel dat de jongens zich verlegen voelden tegenover elkaars lichaam. Merkwaardig vond ze dat, die verlegenheid: ze sliepen tenslotte in een en dezelfde kamer, en als kind douchten ze ook altijd sa-men, maar elkaar aanraken, lichaamscontact... Ook geen klappen, denkt ze nu, alleen toen ze klein waren vochten ze weleens, niet vaak, maar later, toen ze begonnen te puberen, bijna nooit.

Wat zou ze er niet voor overhebben om te weten of ze ooit onderling hadden gepraat over hun volwassenwording, de veranderingen in hun lichaam, of bijvoorbeeld over meisjes, masturbatie, zoenen en geflik-flooi. Ze vermoedt van niet. Ze heeft het idee dat de lichamelijke volwassenwording hen allebei in verlegenheid bracht, alsof het een of andere externe, vreemde kracht was die hun gezamenlijke intimiteit was binnengedrongen en in hen bezit had genomen van dingen waarover ze liever zwegen. Ze vroeg zich dikwijls af – en vroeg het ook keer op keer aan Ilan – waar ze in de fout waren gegaan wat hun opvoeding betrof. 'Hebben we elkaar misschien niet vaak genoeg omhelsd in hun bijzijn? Hebben we ze niet laten zien hoe het is, een man en een vrouw die van elkaar houden?'

'Ik vond het vreselijk raar,' zegt ze met een stem die geamuseerd probeert te klinken, 'te zien hoe kuis en bleu mijn jongens waren in die zaken. Ik probeerde ze er de hele tijd toe te porren niet zo besmuikt te doen, af en toe een sappige vloek te laten vallen, waarom niet? En toen Ofer klein was, deed hij juist gezellig mee, zei iets stouts, begon te giechelen en kreeg een hoofd als een biet. Maar toen ze volwassen werden, en vooral wanneer Ilan en ik er beiden bij waren, bijna nooit.'

Het komt door Ilan met zijn bescheten puritanisme, denkt ze, de hele tijd op zijn hoede, want stel je voor dat er een stukje van zijn binnenvoering ergens onderuit zou piepen, god beware. 'Soms had ik het gevoel, lach maar, dat de jongens dachten dat zij over onze onschuld moesten waken, alsof *wij* niet echt verstand van zaken hadden. Kom, we gaan, het werkt op mijn zenuwen.'

Het pad: gebarsten, droge aardkluiten. Blootliggende stenen en smalle scheuren, en dunne, grasachtige begroeiing die is platgetrapt maar weer opkomt. Hier en daar een bescheiden bloemetje, wit-gele schubkamille, waar de voet uit mededogen overheen stapt, en ook wat dorre blaadjes uit het vorige voorjaar, verteerd, vol gaten, doorzichtig geworden, alleen het geraamte is er nog van over. Een rotsachtig pad, gelig bruin, stoffig en eeltig, onopvallend en zonder enige schoonheid, zo een waar er duizenden van zijn, bezaaid met dorre takjes en bruin-oranje meeldraden van de pijnbomen. Een colonne zwarte mieren sjouwt met besjes of een gekraakte zonnebloempit, en daar is het diepe kuiltje van een mierenleeuw. En daar ligt een groenig grijs weefsel van korstmos op gebarsten stenen en rotsen, en een verschrompelde dennenappel, en af en toe een zwart, glanzend hoopje gazellekeutels, of het rulle, bruine hoopje van een mierenkoningin die is teruggekeerd van haar bruidsvlucht.

'Luister,' zegt Ora, en ze pakt zijn hand vast.

'Waarnaar?' vraagt hij.

'Naar het pad,' antwoordt ze. 'Ik zeg je: de paden in dit land hebben een geluid dat ik nergens anders heb gehoord.'

Ze lopen samen verder en luisteren. *Rrrsj-rrrsj* als de schoen door het zand sloft, of *rrgg-rrgg* als de voorkant van de voet het pad ontmoet en *gggsj-gggsj* als je gewoon loopt, of *gwwwasjsj-gwwwasjsj* bij een energieke pas, en snelle tikken van *rriesjgrsj* als kleine steentjes wegschieten en elkaar raken, of *chrappp-chrappp* als ze door struiken gedoornde pimpernel waden. 'En wat een geluk dat ze allemaal Hebreeuwse klanken hebben,' grapt ze. 'Stel je zulke geluiden eens voor in het Engels of het Italiaans. Misschien zijn ze alleen in het Hebreeuws zo precies uit te spreken.'

'Bedoel je dat de paden hier Hebreeuws spreken?' mompelt Avram. 'Dat de taal uit de aarde voortkomt?' En daar verzint hij al voor haar hoe woorden hier eens zijn opgeschoten uit het zand, hoe ze uit de barsten in de barse, barre aarde zijn gekropen, hoe in de zengende zon hun zaad ontkiemde, tezamen met dat van de zeug-, de hazen- en de ezelsdistel, hoe ze hier rondsprongen als veldsprinkhanen en sabelsprinkhanen.

Ora luistert naar zijn woordenvloed. Diep in haar binnenste beweegt een of ander versteend visje zijn staart, en een rimpeling kietelt haar heupen.

'Hoe zou het in het Arabisch zijn?' vraagt ze zich daarna hardop af. 'Per slot van rekening is het ook hun landschap, en zij hebben ook van die keelmedeklinkers, alsof de keel zo droog is dat hij verstikt.' Ze doet het voor, en de hond spitst verwonderd haar oren. 'Zeg, herinner jij je de Arabische woorden nog die je hebt geleerd voor al die distels en doornen? Of leerden ze die jullie helemaal niet bij de inlichtingendienst?'

Avram lacht. 'We leerden vooral over tanks, vliegtuigen en bommen, op de een of andere manier hadden ze het nooit over distels.'

Een fout, een grote fout, oordeelt Ora.

Of ze elkaar omhelsden, had hij gevraagd. En ineens schiet haar te binnen hoe ze een tijdje geleden, ongeveer een jaar, op Adams verjaardag, in een restaurant zaten, 'in een of andere nieuwe tent, een beetje *fancy shmancy* naar mijn smaak,' zegt ze, 'die pas is geopend in een van de mosjavim rond Jeruzalem, tussen de velden en lege kippenhokken...' Dan komt de gedachte in haar op dat Avram – al heeft hij gewerkt in een pub, een restaurant en god mag weten waar nog meer – misschien niet weet hoe zo'n familie-uitje in zijn werk gaat en op dat gebied een totale analfabeet is. Daarom stopt ze haar verhaal en vertelt hem eerst eens hoe bij hen in het gezin het juiste restaurant wordt gekozen, want Adam is kieskeurig en verwend als het om eten gaat en dus moet er eerst telefonisch over elke gang van de maaltijd worden nagevraagd of er voor hem iets van zijn gading is. En als de tent eenmaal is gekozen en ze zijn aangekomen en zetten zich neer aan een tafel – 'dat alleen al,' grapt ze, 'ons nederzettingenbeleid, je kunt je niet voorstellen wat een operatie dat is. Voor een eenvoudig gezin zijn we behoorlijk ingewikkeld.' Ze vertelt verder, en Avram ziet: allereerst Ilan, die nauwgezet de beste tafel uitzoekt, ver weg van de wc's en de keuken, met de juiste, niet te felle en niet te schemerige verlichting, en zo rustig mogelijk, en hij moet zelf met zijn gezicht naar de ingang zitten, zodat hij die in de gaten kan houden in verband met mogelijk gevaar voor zijn kleine gezin. ('De aanslagen waren toen op hun hoogtepunt,' brengt ze hem in herinnering, en Avram bromt terug: 'Wanneer niet?') Dan Adam, die zo afzijdig mogelijk van de andere mensen wil zitten, zich bijna voor hen wil verstoppen en hun altijd zijn rug toekeert, zolang hij maar tegelijkertijd zijn ouders in verlegenheid kan brengen met zijn gescheurde broek, vieze overhemd en de hoeveelheden alcohol die hij achteroverslaat. Ofer kan het niets schelen waar hij zit – 'mij ook niet,' zegt ze – als het eten maar lekker is en veel. Tot slot zijzelf, die natuurlijk gesteld is op privacy, maar ook een beetje wil pronken met haar gezin.

Als iedereen zit, komt de fase van de menukeuze, met de kuren van Adam, die door de serveerster meteen wordt herkend als een probleemgeval, als een obstakel in de regelmatige stroom van haar functioneren, vanwege zijn precieze, pedante instructies ('Zonder ook maar iets waar room in zit.' 'Kan die ook in de boter worden gebraden?' 'Er zit toch in geen van de dips aubergine of avocado, mag ik hopen, in wat voor vorm dan ook?'), met de gebruikelijke kwinkslagen van Ilan tegenover de serveerster (het verbaast en amuseert Ora altijd weer te zien hoe volkomen blind hij ervoor is dat het arme meisje – de arme meisjes, van elke leeftijd – licht bezwijmd raakt als hij haar overspoelt met het stralende Arctische groen van zijn ogen) en met haar eigen eeuwige strijd tegen haar speurdersoog, dat keer op keer naar de prijs gluurt als een van hen een gerecht bestelt, terwijl er binnen in haar geheime onderhandelingen plaatsvinden tussen vraatzucht en zuinigheid – 'huppekee,' lacht ze, 'we gaan volledig met de billen bloot' –, nee, bij haar is het vrekkigheid, ronduit. Zo, ze heeft het toegegeven. Op een of andere manier valt het haar gemakkelijk Avram te bekennen wat ze Ilan al die jaren heeft verzwegen.

'Waar was ik?' verzucht ze.

'Bij je vrekkigheid,' merkt Avram op met een verblijdende, licht gemene toon in zijn stem.

'Ja, gebruik het maar tegen me, ga je gang.' Een vonk schiet heen en weer tussen haar en zijn ogen.

En zij is altijd weer degene die zwakjes voorstelt: 'Zullen we misschien maar drie hoofdgerechten bestellen in plaats van vier? We krijgen het toch nooit op.' De anderen protesteren dan steevast alsof haar voorstel op een of andere manier een belediging inhoudt van hun eetlust, misschien ook van hun mannelijkheid, en ten slotte bestellen ze vier hoofdgerechten, waarvan ze er nog geen drie op kunnen. Adam bestelt een schrikbarend duur aperitief, en ze wisselt snel een blik uit met Ilan. Waarom moet hij zoveel drinken? vragen haar ogen, en de zijne antwoorden: laat hem, laat hem vanavond, ik ben verantwoordelijk. En als de serveerster zich omdraait en naar de keuken loopt om de bestellingen door te geven, valt er plotseling een ijzige, vernietigende stilte en kijken de drie mannen naar hun vingertoppen. 'Ze bestuderen een vork of overdenken een filosofisch probleem,' sist Ora, 'een abstract, hoogstaand en misschien zelfs existentieel filosofisch probleem.'

Ora weet dat zo meteen alles weer goed komt, heel goed zelfs. Ze hebben het tenslotte altijd naar hun zin in restaurants en ze gaan graag uit met haar en Ilan; ze zijn in elk geval een geweldig team met zijn vieren. Zo meteen komen de grappen en grollen en de golven van genegenheid. Over een klein momentje kan ze heel langzaam haar hart ophalen en onderdompelen in dat honingachtige, onderhuidse mengsel waarin – 'op o zo zeldzame ogenblikken,' zegt ze tegen Avram, 'veel zeldzamer dan je je misschien indenkt' – volmaakt geluk en gezin één worden. Maar eerst is er altijd dat onvermijdelijke rotmoment, een soort tol die ze met zijn drieën van haar eisen voor ze verder mag op haar weg naar dat zoete geluksgevoel. Een vast martelritueel, dat naar haar idee op een of andere slinkse, ondergrondse wijze uitsluitend tegen haar is gericht. Zij, en niemand anders, lokt het uit bij hen, juist omdat ze aanvoelen hoezeer ze verlangt naar dat zoete geluksgevoel: ze springen meteen op om haar ervan af te houden, of om haar weg ernaartoe een beetje te bemoeilijken. 'En waarom dat zo is, moet je mij niet vragen,' zegt ze, en ze denkt: vraag het aan hen, dáár. Ze ziet ze voor zich, alle drie starend naar hun vingertoppen, alle drie erop gebrand even gemene zaak tegen haar te maken, niet in staat de verleiding te weerstaan, ook Ilan niet. 'Vroeger was hij niet zo,' laat ze zich ontvallen. Ze was helemaal niet van plan Avram dit te vertellen. Vroeger waren Ilan en zij, hoe moet ze het zeggen, één – bijna zei ze 'één vlees' – en als het nodig was vormden ze ook een front tegenover de jongens. 'Hij was in alle opzichten een partner, en pas de laatste jaren... ik begrijp het echt niet,' zegt ze, en ze voelt alsnog haar woede opkomen, 'maar sinds de jongens volwassen begonnen te worden, is er iets gaan kraken. Alsof hij besloot dat het tijd voor hem werd weer een beetje puber te worden.'

Als ze er nu aan terugdenkt, heeft ze echt het idee dat ze zich de afgelopen jaren, vooral het laatste jaar voor ze uit elkaar zijn gegaan, telkens weer geconfronteerd zag met drie opstandige, humeurige, provocerende pubers – de wc-brillen stonden altijd omhoog, als een opgestoken middelvinger – en wist ze maar wat het in haar was dat in hen drieën die idiote, infantiele aandrang opriep, wat het was dat hen ogenblikkelijk veranderde in drie jonge roofdierachtige katten met een bolletje wol als de kans zich voordeed tegen haar samen te spannen, en waarom het verdomme altijd haar verantwoordelijkheid was, bijvoorbeeld in het restaurant, hen uit hun stilzwijgen te trekken. Misschien zou ze een keer moeten meedoen met dat ernstige gestaar naar de vingertoppen en ondertussen in haar hoofd een of ander heel ingewikkeld lied neuriën, van begin tot eind, totdat een van hen zou breken. Waarschijnlijk Ofer, wist ze. Zijn rechtvaardigheidsgevoel zou opspelen, zijn natuurlijke mededogen. Zijn neiging haar in bescherming te nemen zou uiteindelijk zelfs sterker zijn dan het plezier bij hen te horen. Maar onmiddellijk krijgt ze wroeging en medelijden met hem. Waarom moet ik ervoor zorgen dat hij het verliest in die mannenspelletjes van ze? Het is beter dat ze zelf als eerste breekt en niet hij.

En opnieuw, haar oude refrein: als ze nu een dochter had gehad. Een meisje was erin geslaagd iedereen te herenigen met haar vrolijkheid, eenvoud, lichtvoetigheid. Met al wat Ora eens heeft gehad en kwijt is geraakt. Want ze is zelf ook een meisje geweest, moet je weten, misschien niet zo blij en luchthartig als ze had willen zijn, maar toch. Ze wilde het wel en ze heeft beslist hard geprobeerd zo'n meisje te zijn, vrolijk en altijd uitgelaten, precies als haar nooit geboren dochtertje had moeten worden. En wat ze zich nog goed herinnert, zegt ze tegen Avram, zijn de plotselinge, vijandige stiltes die vaak vielen tussen haar ouders, stiltes waarmee haar moeder haar vader strafte voor zonden waarvan hij zich niet eens een voorstelling kon maken.

Ora werd dan meteen een handige tovernaald die heen en weer schoot tussen haar vader en haar moeder om het losgetornde moment dicht te naaien voordat zij en haar ouders erin zouden vallen, naar de bodem van de afgrond.

Dat stilzwijgen in het restaurant duurt niet langer dan een minuut, begrijpt Avram uit Ora's gehakkelde woorden en neergeslagen ogen. Maar die minuut lijkt een vervloekte eeuwigheid. Het is iedereen duidelijk dat iemand het woord moet nemen, de stilte moet verbreken, maar wie? Wie biedt zich aan? Wie verkondigt van zichzelf dat hij het zwakst is van karakter, een voetveeg, een weekdier? Wie breekt er het eerst en zegt iets, al was het maar iets doms? Hé, dom is mijn afdeling, weet Ora, en ook een beetje zelfvernedering zou hier haar vruchten afwerpen. Bijvoorbeeld een verhaal over een dikke Russische mevrouw die deze week tijdens een zware regenbui bij haar onder de paraplu kwam staan. Ze vroeg geen toestemming, verontschuldigde zich niet en zei alleen maar met een glimlach tegen Ora: 'Lopen stukje samen.' Of ze kon vertellen over de stokoude vrijgezelle dame die ze van de week had behandeld, een vrouw met een simpele verstuikte enkel, die haar giechelend haar patent om gistdeeg te laten rijzen aan de hand had gedaan: ze nam het mee naar bed, zei ze, deed haar middagdutje met het deeg tegen zich aan, onder de dekens. Zo liet ze haar deeg de eerste keer rijzen! Ja, Ora zou kletsen en de mannen zouden vol genegenheid lachen en zich afvragen hoe de Russische zelfs midden in een stortbui de sukkel in haar had herkend. Ze zouden de spot drijven met de oude vrouw van het deegverhaal en met Ora's andere patiënten, eigenlijk met heel haar werk, dat ze maar een beetje raar vinden: zomaar simpelweg afstappen op een wildvreemde en met je vingers aan zijn lijf zitten? Maar het vlammetje dat ze heeft aangestoken, begint op te flakkeren en te branden, en het wordt warm en gezellig. 'Snap je waar ik het over heb? Zie je het voor je, of ben ik maar wat aan het –'

Avram knikt, geboeid. Misschien heeft hij toch het een en ander gezien in zijn pub, denkt ze, of in het Indiase restaurant. Of gewoon op straat of op het strand. Misschien heeft hij toch geen afstand gedaan van die ogen van hem en heeft hij ze de kost gegeven, gezien, gevolgd, gegluurd, afgeluisterd en in zich opgeslagen. Ja, dat zou echt iets voor hem zijn, als een detective die bewijzen verzamelt voor een of andere grote misdaad, van ongelooflijke omvang – die de hele mensheid beslaat.

'Daarna is het weer goed, daarna zijn we er weer helemaal, alle vier, lachend, plagend, pratend. Zij drieën zijn scherp, snedig, cynisch en ijzingwekkend macaber,' zegt ze, 'precies zoals jij en Ilan vroeger waren.' En Avrams hart krimpt nu juist ineen van medelijden, misschien omdat hij aanvoelt wat ze hier verborgen houdt, namelijk dat ze altijd het idee heeft dat haar iets van het gesprek ontgaat. Een subliminale bliksem flitst er tussen hen drieën, en zij hoort alleen de donder die erachteraan komt. Als de gerechten arriveren, begint de levendige handel, en daar houdt ze het meest van, borden, schotels, schaaltjes en delen van gerechten gaan van hand tot hand, vorken prikken hier en daar, met zijn vieren vergelijken, proeven en becommentariëren ze en bieden elkaar hapjes aan. Een baldakijn van gulheid en genoegen is uitgespannen boven hen, en dan is daar eindelijk die rustige, stroperige onderdompeling, het moment van de honing, de raat van haar geluk. Slechts vluchtig volgt ze nu het gesprek: het gesprek is niet waar het hier om gaat, het leidt zelfs af van de hoofdzaak. Ze heeft het idee dat ze om zichzelf lachen, om de beweging van de vliegende schotels, en om wat de mensen aan de andere tafeltjes van hen denken. Of ze hebben het met zijn drieën over het leger, over een of andere nieuwe cd, wat doet het ertoe? Waar het om gaat, is dit moment, geheel en al in de eigen familieschoot.

'Een sof,' hoorde ze Ofer tegen Adam zeggen. Voornamelijk tegen Adam. 'De hele zomer zijn we in Nabi Moesa bezig geweest vliegen uit te roeien, en nu blijkt dat we de zwakke om zeep hebben geholpen en zo een generatie van sterke vliegen hebben gecreëerd, die ons hebben overleefd. De enige genen die nu bij ze worden doorgegeven zijn die van de sterke.' Ze lachten. Ze hebben allebei mooie tanden, dacht Ora. Adam beschreef de ratten die vrijelijk door de keuken van zijn reserve-eenheid liepen. Ofer overtroefde hem met een vos, misschien zelfs hondsdol, die de kamer van hem en zijn maten was binnengedrongen toen ze lagen te pitten, en daar een hele cake uit een rugzak had gestolen. Ze praatten met luide, lage stem, zoals altijd als ze het over het leger hebben; maar misschien is het ook omdat Ofers oren altijd vol stof en smeermiddel zitten, legt ze uit aan Avram. Ora en Ilan lachten telkens weer van genoegen en deden zich te goed aan het gekruide brood. Hun rol hier was bekend: ze vormden de vrij vage achtergrond, de klankkast voor de volwassenheids- en onafhankelijkheidsverklaring van hun kinderen, die door hen eindeloos, op elke leeftijd, werd herhaald, waarschijnlijk ook om zichzelf er eindelijk van te overtuigen.

De jongens stapten over op het onderwerp van de kleine en grote ongelukken. (Die gesprekken hadden bijna een vaste volgorde van onderwerpen, beseft Ora ineens, een regelmatig verloop van geleidelijke escalatie.) Adam vertelde dat hij net bij de pantsertroepen zat toen een van de commandanten voordeed wat er met een tankchauffeur zou kunnen gebeuren die in het draaigebied van de kanonloop terechtkwam: hij zette een houten kistje neer op de romp, draaide het kanon en liet zien hoe de loop het kistje versplinterde, wat precies was wat er met je kon gebeuren als je uit de tank kwam zonder dat te hebben afgestemd, zo waarschuwde Adam zijn jongere broer nadrukkelijk, en Ora huiverde. 'Bij ons,' vertelde Ofer, 'hebben we er een, een zielig figuur, de pispaal van de compagnie. Van iedereen die langsloopt, krijgt hij een hengst tussen de schouderbladen. En ongeveer een maand geleden, tijdens een camouflage-oefening, viel hij van de tank en liep een gezwollen pols op. Dus stuurden ze hem naar de ODT – orde-en-disciplinetent,' vertaalde Ofer met tegenzin toen hij Ora's blik zag – 'en daar viel de stang van een antenne om en kreeg hij een gat in zijn hoofd...' Ilan en Ora wisselden een vluchtige, huiverige blik uit, maar ze wisten goed dat ze met geen woord op het verhaal moesten reageren. Alles wat ze zouden zeggen, elke bezorgde gelaatsuitdrukking, zou worden beantwoord met een of andere plaagstoot. 'Jurk op links,' waarschuwde Adam Ofer gewoonlijk voor Ora. Maar Adam en Ofer hadden de uitgewisselde blik natuurlijk al opgevangen, en zo kwam eigenlijk iedereen aan zijn trekken. Nu de fundamenten waren gelegd, nu de ouders goed duidelijk was gemaakt hoe groot en gevarieerd de gevaren waren waaraan ze hun zoons niet langer konden onttrekken, vertelde Ofer quasi-achteloos dat de terrorist die zichzelf twee weken geleden in het centraal busstation van Tel

Aviv had opgeblazen en vier burgers had gedood, blijkbaar door zijn controlepost was geglipt, dat wil zeggen, de controlepost waarvoor zijn bataljon verantwoordelijk was.

Ilan vroeg voorzichtig of ze al wisten wanneer de terrorist precies door de controlepost was gekomen en of iemand er de soldaten van zijn bataljon de schuld van gaf. Ofer legde uit dat niet meer uit te maken viel wie er dienst had toen hij erdoorheen glipte en dat het ook kon zijn dat hij een nieuw soort explosieven op zijn lichaam droeg, dat niet opgespoord kon worden bij de controlepost. Ora was volkomen verbijsterd en kon geen woord uitbrengen. Ilan slikte en zei: 'Weet je wat? Ik ben blij dat die terrorist zichzelf in Tel Aviv en niet bij jou op de controlepost heeft opgeblazen.' En Ofer protesteerde: 'Maar, papa, dat is mijn taak. Ik sta daar juist om ervoor te zorgen dat hij zichzelf bij mij opblaast en niet in Tel Aviv.'

En zij... wat deed zij op dat moment? Het hele moment is een beetje vaag in haar herinnering, ze kan het zich niet meer goed voor de geest halen. Ze herinnert zich alleen dat ze plotseling hol was, een lege schil van zichzelf. Er zat iets vast in haar keel, waarschijnlijk een stukje roggebrood met pijnboompitten, gedoopt in de pesto-en-walnotendip. Ofer en Adam waren ondertussen al verdiept in een gesprek over een soldaat die ze allebei kenden en die op de ouderdag na afloop van de opleiding tot tanksoldaat met open armen op een wildvreemd stel ouders toeliep en uitriep: 'Papa, mama, herkennen jullie me niet meer?' De jongens, en Ilan waarschijnlijk ook, bescheurden zich van het lachen, terwijl Ora er met halfopen mond bij zat en de nimfachtige serveersters tussen de tafels door vlinderden en fluisterden: 'Alles naar wens? Smaakt het?' En twee weken geleden was er een terrorist, bepakt met explosieven, langs Ofer gelopen, ja, dat was Ofers taak, hij stond daar juist om ervoor te zorgen dat de terrorist zichzelf bij hem opblies en niet in Tel Aviv.

Ofer werd toen heel serieus en vertelde Adam en Ilan over de afgelopen week, over de actie in Hebron. Hij mocht er eigenlijk niet over praten, dus hij deed het alleen zo, op hoofdpunten. Ze waren erop uitgestuurd om dekking te geven aan een actie in de kasba, de eliminatie van een aantal gezochte personen. Ora luisterde eigenlijk niet, ze was er niet meer bij met haar hoofd. Het was iets wat ze anders nooit deden, het behoorde helemaal niet tot hun taken. Ze confisqueerden een heel gebouw en richtten er uitkijkposten in, en de bewoners van het gebouw werden opgesloten in één appartement. 'We behandelden ze juist netjes,' zei hij met een schuin oog naar haar, maar ze was er niet meer bij en volgde het gesprek niet echt. Als ze wel had geluisterd, had ze misschien nog iets kunnen veranderen, misschien ook niet. En daarna – hoe was het gesprek daarop gekomen? Pas achteraf, met een uiterste krachtsinspanning die weken en zelfs maanden duurde, was ze erin geslaagd hier en daar flarden van dat gesprek boven water te krijgen en met elkaar te verbinden, tot ze min of meer het doek van de hele avond in haar hoofd aaneen had geweven –, daarna vroeg Ofer aan Adam hem iets uit te leggen over de procedure bij de aanhouding van een verdachte. Ook nu ving ze slechts flarden op.

'Je roept drie keer, in het Arabisch en het Hebreeuws: "Halt! Wie is daar?!" En dan drie keer: "Halt of ik schiet!"' (Adam).

'*Wakef willa batoechak!*' (Ofer).

'Dan schietklaar maken, op zestig graden aanleggen en in het vizier nemen.' (Weer Ofer?).

'En dan schiet je.' (Adam).

Hun intonatie, zo hoorde Ora vagelijk, was precies als de intonatie waarmee Adam Ofer vroeger overhoorde voor proefwerken Hebreeuwse grammatica en taal: Adam was de leraar en Ofer de leerling.

'Je richt op de benen, ja, op de knieën en lager, in statische toestand, met behulp van je vizier. En als hij niet stopt, schiet je op het massamiddelpunt om te doden.' En toen Ofer in verlegenheid raakte omdat hij zich niet herinnerde wat een massamiddelpunt precies was, gaf Adam hem op zijn kop. 'Heb je geen natuurkunde gehad op school?'

'Jawel,' zei Ofer, 'maar waar zit het bij een mens?'

Adam antwoordde grinnikend: 'Toen ik in de bezette gebieden diende, zeiden ze tegen ons: "Schiet ze tussen de tepels."'

'Bij mijn laatste schietoefening,' zei Ofer, 'schoot ik de pop in de buik. Komt de pc naar me toe en zegt: "Ofer, ik zei: op de knieën schieten." Dus ik zeg: 'Luit, valt hij zo dan niet om?'

Ze lachten allebei, en Ofer wierp Ora een behoedzame blik toe. Hij wist dat ze niet van zulke grappen hield, en Adam, die dat ook wist, merkte met een flauwe glimlach op: 'Sommige soldaten zijn ervan overtuigd dat Arabieren rondlopen met een driehoekig doelwit op hun gezicht, als in de schietoefening.'

En dan is Ora er weer bij, in het restaurant. Het tijdelijke defect in haar hersens is gerepareerd – er was daar als het ware kortsluiting ontstaan op het moment dat Ofer zei: 'Maar, papa, dat is mijn taak. Ik sta daar juist om ervoor te zorgen dat hij zichzelf bij mij opblaast en niet in Tel Aviv.' Nu lacht ze mee met hen, een beetje als een boer met kiespijn, ze lacht omdat zij drieën nu lachen en ze het zich niet kan veroorloven buiten de kring van hun vrolijkheid te blijven. Maar iets klopt hier niet. Krachteloos verlegt ze haar blik van Ilan naar Ofer, naar Adam en weer terug. Iets verspreidt hier een vreemde geur. Ze grinnikt achterdochtig en controleert of het hun ook is opgevallen, want op het moment van de kortsluiting heeft ze iets gezien, een beeld, maar reëel, volkomen tastbaar, alsof iemand binnen kwam stormen, vanbuiten, uit de velden, en op hun tafel klom, zijn broek liet zakken, hurkte en zonder dralen een enorme, stinkende hoop stront tussen de borden en de glazen deponeerde. Ondertussen praten die jongens van haar door alsof er niets aan de hand is, net als de mensen aan de tafels om hen heen, en de nimfen vlinderen tussen de tafels door en kwetteren af en toe: 'Alles naar wens? Alles goed?' En toch is iets haar niet duidelijk, alsof iedereen om haar heen een speciale cursus heeft gevolgd en zich daar heeft leren gedragen in situaties als deze, wanneer je zoon iets zegt als 'Maar, papa, dat is mijn taak. Ik sta daar juist om ervoor te zorgen dat hij zichzelf bij mij opblaast en niet in Tel Aviv.' Ze blijkt trouwens een heleboel lessen te hebben gemist: ze heeft het idee dat het plotseling ondraaglijk heet is in het restaurant. Maar nu snapt ze eindelijk wat er gebeurt, ze voelt de symptomen naderen, ze baadt in het zweet. Ze heeft al eerder van die aanvallen gehad, uitbraken, en het is iets puur lichamelijks, het is niets, opvliegers, de overgang die opspeelt, iets wat ze niet zelf in de hand heeft, een kleine intifada van het lichaam. Tijdens de ceremonie na afloop van de opleiding tot tanksoldaat is het haar overkomen, op het exercitieveld in Latroen, toen de rijen langs de enorme muur met de duizenden namen van de gevallenen trokken; bij een feestelijke schietdemonstratie in Nabi Moesa, waarvoor de ouders waren uitgenodigd; en bij nog twee of drie gelegenheden. Eén keer kreeg ze een bloedneus, een keer moest ze overgeven, een keer barstte ze uit in een hysterische huilbui, en nu – ze giechelt angstig –, nu heeft ze het idee dat ze op het punt staat een aanval van diarree te krijgen en dat ze misschien niet eens meer op tijd de wc bereikt, zo erg is het. Ze knijpt haar billen dicht en verkrampt, de inspanning is zelfs van haar gezicht te lezen. Hoe kan het dat ze niet zien wat er met haar aan de hand is? Ze wendt haar blik zwakjes van Ilan naar Ofer en Adam, die met zijn drieën aan het praten zijn. Het is goed dat ze lachen. Lach maar, lach maar, denkt ze, ontlaad de spanning van de hele week. Maar binnen in haar lichaam is de ineenstorting totaal. Ze is een schil rond niets anders dan vloeistoffen. Ze is een kokosnoot. En misschien zijn dit toneelspelers? Misschien is haar gezin vervangen door toneelspelers? Haar hart bonst en gaat te keer. Hoe kan het dat zij het niet horen? Hoe kan het dat ze haar hart niet horen? Eenzaamheid sluit haar in. De kelderachtige eenzaamheid van haar kindertijd. En het is hier warm, mijn god, alsof ze ineens alle kachels hebben aangezet en alle ramen hebben gesloten. En het stinkt hier ook. Verschrikkelijk. Ze krijgt nauwelijks lucht. Ze moet zich hernemen, en het allerbelangrijkste: ze niets laten merken. Niet het fantastische, vrolijke avondje bederven dat hier langzamerhand vorm krijgt. Ze zijn zo aan het genieten, het is hier zo gezellig, en ze moet het nu niet voor ze versjteren met die flauwekul van haar lichaam, dat hier ineens de teerhartige ziel uithangt. Zo meteen heeft ze zichzelf weer in de hand, het is alleen maar een kwestie van wilskracht, en ze moet er vooral niet aan denken met hoeveel ernst, verantwoordelijkheidsgevoel en oprechtheid hij zei: 'Maar, papa, dat is mijn taak. Ik sta daar juist om ervoor te zorgen dat hij zichzelf bij mij opblaast en niet in Tel Aviv.' En nu, o mijn god, voor de lachende gezichten van Ilan, Adam en Ofer, komt die ene terug: hij is hier weer, en in dit zachte licht, tussen de superslanke libellen – 'Alles naar wens? Alles prima?' – springt hij echt met twee voeten tegelijk op hun tafel en deponeert er weer een enorme hoop stront. Een schrikbarende golf welt in haar op, waarvoor binnenkort geen ruimte meer is in haar lichaam. Het zal zelfs uit haar mond spuiten, uit haar ogen en haar neusgaten. Vertwijfeld houdt ze alles dicht en rent de verraderlijke lichaamsholten af, maar het enige waaraan ze kan denken is de opluchting van die vent, de enorme, schandalige opluchting van dat walgelijke type dat met twee stevige benen op de tafel sprong en eenvoudigweg zo, tussen de witte bordjes, de ranke wijnglazen, de servetten, de donkere wijnflessen en de asperges, neerhurkte en een geweldige, dampende hoeveelheid radioactieve stank produceerde. Ora probeert uit alle macht haar blik af te wenden van het midden van de tafel, van de reusachtige, naakte duivel die daar op zijn hurken zit en haar met fecale verleidelijkheid toelacht – nee, hij niet, hij is hier niet, straks breekt hij haar nog open van binnenuit –, 'excuseer me een momentje,' piept ze liefjes en bevallig tussen haar opeengeklemde lippen door, en met kleine trippelpasjes vliegt ze ervandoor.

'Iets anders wat een keer gebeurde, lang geleden, toen hij net in de bezette gebieden dienstdeed,' vertelt ze Avram en ze zegt erbij dat het tussen twee haakjes is, want het heeft niets te maken met die avond in het restaurant, maar ze moest er om een of andere reden ineens aan denken. Ze woonden al in Een Karem en ze hoorde een vreemd geluid op de trap van hun tuin naar het lagergelegen pad. Ze ging op het geluid af, naar de hoek van haar tuin, en zag Ofer daar beneden zitten in een korte broek en een militair overhemd – ook toen was hij met kort verlof – met een zakmes en een stok, die hij aan het snijden en heel netjes aan het bewerken was. Ze vroeg hem wat het was, en hij richtte zijn ogen met de schuine, ironische wenkbrauwen naar haar op en zei: 'Als wat ziet het eruit?'

'Als een ronde stok,' zei ze.

En met een glimlach zei hij toen: 'Het is een knuppel. Mag ik u voorstellen: knuppel, mijn moeder; mama, knuppel.'

'Waar heb je een knuppel voor nodig?' vroeg ze, waarop hij lachend antwoordde: 'Om kleine vossen te meppen.' Ora vroeg of hij niet door het Israëlische defensieleger met wapens werd uitgerust om zichzelf te verdedigen, en Ofer zei: 'Niet met knuppels, en knuppels hebben we juist het hardst nodig, die zijn het handigst in onze situaties.'

Ze vond het een eng idee, zei ze.

'Maar wat is er mis met een knuppel, mama?' zei hij. 'Het is minimaal geweldsgebruik.'

En met een aangeleerd cynisme dat niet van haar was, vroeg ze of ze daar al een afkorting voor hadden, MGG of zo.

Verbijsterd zei Ofer: 'Maar een knuppel voorkomt geweld, mama, hij roept het niet op.'

'Mag ik me misschien toch slecht voelen als ik zie dat mijn zoon een knuppel zit te maken voor zichzelf?' zei Ora.

Ofer deed er het zwijgen toe.

'Meestal gaat hij zulke discussies met me uit de weg,' zegt ze tegen Avram. 'Hij heeft er nooit de energie voor kunnen opbrengen en hij zegt altijd dat het hem gewoon niet interesseert, politiek. Hij voert zijn taak uit en dat is dat, en als hij is afgezwaaid, als het allemaal achter de rug is, belooft hij dat hij zal nadenken over wat er precies is gebeurd.'

Hij bleef de stok bijschaven tot die helemaal rond was. Ora stond nog altijd boven aan de trap en keek als gehypnotiseerd naar de bewegingen van zijn twee rechterhanden. 'Hij heeft echt gouden handen,' mompelt ze tegen Avram, 'je zou de dingen moeten zien die hij heeft gemaakt. De ronde tafel in de eethoek. Het bed dat hij voor ons heeft gebouwd.'

Ofer wond elastisch band rond de kop van de knuppel en plakte het vast. Ora kwam de trap af en vroeg of ze mocht voelen. Om een of andere reden vond ze het belangrijk het elastiek met haar vingers aan te raken, te voelen hoe het zou zijn als je ermee werd geslagen – 'een soort zwart weefsel, hard, onaangenaam,' rapporteert ze Avram, en Avram slikt en staart in de verte – en Ofer voegde nog een bruine band toe rond het midden van de stok en toen was de knuppel klaar. 'En toen maakte hij *de beweging*,' zegt ze en ze doet voor hoe Ofer drie keer met de knuppel in zijn open hand sloeg, alsof hij probeerde in te schatten hoe sterk de knuppel was, wat voor kracht die in huis had, maar ook een beetje alsof hij ermee speelde, als met een gevaarlijk dier dat nog helemaal getemd moest worden.

'Het was geen fijn moment,' zegt ze, 'toen ik Ofer daar een knuppel voor zichzelf zag snijden. Maar ik vond het belangrijk dat je het zou horen.' En ze verzegelt haar lippen.

Avram knikt en bevestigt zo dat hij ook dit van haar heeft geaccepteerd.

'Waar was ik ook weer?'

'Omhelzingen,' brengt hij haar in herinnering, 'en in dat restaurant.' Hij houdt van de manier waarop ze hem af en toe vraagt: 'Waar was ik ook weer?' Een slordig, dromerig, verstrooid meisje komt dan even tevoorschijn in haar gezicht.

'O ja,' zegt ze met een zucht. 'Toen, in het restaurant, vierden we Adams verjaardag, en eerlijk gezegd hadden we tot het laatste moment helemaal niet gedacht dat ze die sjabbat beiden thuis zouden komen. Adam was toen op herhaling, in het Jordaandal, en Ofer zat in Hebron en had dat weekend helemaal geen verlof zullen krijgen. Bij verrassing hadden ze hem daarvandaan getoverd: een of ander militair voertuig moest naar Jeruzalem en had hem meegenomen. Hij kwam laat thuis en was doodmoe, ook tijdens het eten waren er momenten dat hij een beetje zat te knikkebollen. Hij had een zware week achter de rug, zoals we pas later te horen kregen, en hij wist nauwelijks hoe hij het had, zo moe was hij.'

Avram kijkt haar aan met een vragende blik.

'Het was een mooie avond,' zegt ze, en tactvol slaat ze de plotselinge voedselvergiftiging over, waardoor ze die hele avond bijna geen hap had gegeten. 'Daarna wilde ik dat we Adam met zijn allen geluk zouden wensen,' vertelt ze verder op dezelfde benauwde, gespannen toon: ze hoopt dat ze erin is geslaagd Avram goed te doordringen van het feit van Ofers afgrondelijke vermoeidheid, zijn voornaamste verdedigingslinie in de ondervragingen en verhoren die hij later moest ondergaan, en ook in de eindeloze discussies met haar. 'Bij zulke feestelijke gelegenheden houden we namelijk altijd een kleine gelukwensceremonie –'

Ze aarzelt weer. Al die familiegebeurtenissen van ons, zeggen haar ogen, al die kleine rituelen, doet het je pijn? En zijn ogen seinen terug: ga door, hup, vertel verder.

'En Adam had ons als gewoonlijk verboden hem geluk te wensen. Dat mogen we nooit van hem in het openbaar, ten overstaan van allerlei vreemde mensen. Daarin lijkt hij zo op Ilan...'

Avram zegt met een glimlach: 'Dus om te voorkomen dat jullie, god verhoede, worden gehoord door al die mensen die een maand van tevoren de tafels om jullie heen hebben gereserveerd om jullie te kunnen afluisteren?'

'Precies,' beaamt ze – kijk eens, ze is weer langzaam aan het ontdooien – 'maar die avond zei Adam ineens: "Ik vind het goed, maar dan mag alleen Ofer me gelukwensen." En Ilan en ik zeiden meteen: "Oké." Zo verrast waren we dat hij ermee akkoord ging. Ik dacht nog dat ik mijn gelukwens later zou uitspreken, als ik alleen met hem was, of dat ik die voor hem zou opschrijven. Ik zette ze altijd op papier voor hem, of eigenlijk voor allemaal, alle drie, want ik vind – vond – zo'n familiegebeurtenis altijd een gelegenheid om de balans op te maken, om een periode samen te vatten, en ik wist dat hij mijn wensen bewaarde –

Luister,' zegt ze, 'is het je opgevallen dat we al helemaal vrijuit met elkaar aan het praten zijn?'

'Ik heb stiekem zoiets opgevangen,' zegt hij.

'We zullen drie keer het hele land moeten aflopen om alles gezegd te krijgen.'

'Dat is geen gek idee,' zegt Avram.

Ze zwijgt.

'Waar was ik ook weer?' vraagt Avram daarna in haar plaats, en hij antwoordt: 'In het restaurant. Ofers gelukwens.'

'O ja, de verjaardag.' En ze verzinkt in gedachten. Dat weekend, de laatste momenten van het voorzichtige, breekbare geluk. Ineens meent ze te weten wat ze hier precies aan het doen is, al die afgelopen dagen. Ze is een lijkrede aan het afsteken over het gezin dat eens was en nooit weerom zal komen.

En toen zette Ofer zijn ellebogen op de tafel, legde zijn kin in zijn handen en dacht rustig even na, nam er echt de tijd voor. 'Hij is altijd wat langzamer dan Adam,' voegt ze eraan toe. 'In alles heeft hij iets zwaarders en stevigers: in zijn bewegingen, zijn manier van praten en ook zijn uiterlijk. Meestal denken vreemden die hen samen zien dat hij ouder is dan Adam. En daar, in het restaurant, was het zo mooi om te zien hoe serieus hij Adams verzoek nam, die ernst.'

En toen zei hij dat hij allereerst wilde zeggen hoe fijn hij het vond Adams kleine broertje te zijn. De laatste jaren, sinds de hogere klassen op dezelfde middelbare school als die waarop Adam had gezeten, en meer nog sinds hij in hetzelfde bataljon diende als Adam, had hij Adam ook leren kennen via al degenen die hem hadden gekend: leraren, soldaten, commandanten. In het begin had het hem geërgerd dat iedereen hem per ongeluk Adam noemde en hem alleen maar zag als Adams broertje, maar nu –

'Serieus,' zei Ofer met zijn trage, donkere, diepe stem, 'er komen de hele tijd mensen met me praten over jou, wat voor goede jongen jij bent, wat een vriend, hoe je je nooit hebt gedrukt en altijd het voortouw hebt genomen, en iedereen kent je grappen. Iedereen in het bataljon heeft wel een verhaal over hoe jij hem hebt geholpen, hoe je hem een hart onder de riem stak als hij down was –'

'Adam?' informeert Avram voorzichtig. 'Je hebt het over Adam, toch?'

'Ja,' zegt ze lachend, 'voor ons was het ook een beetje nieuw, die kant van hem. Ilan zei zelfs dat Ofer met criminele lichtvaardigheid de reputatie verwoestte die Adam met jarenlange inspanning thuis had opgebouwd.'

'Of dat bingospel dat je hebt verzonnen...' lachte Ofer. 'Tot op de dag van vandaag wordt het op school naar jou vernoemd.'

'Wat is dat dan?' onderbrak Ilan hem.

'Je kiest zeven woorden,' legde Ofer uit, 'woorden waarvan het het meest onlogisch is dat de leraar ze tijdens het volgende lesuur zal gebruiken. Laten we zeggen: "pizza", of "buikdanseres", of "Eskimo". Als de les begint, zit de hele klas al klaar met die woorden op een briefje, en dan moeten er aan de leraar zulke quasi-onschuldige vragen worden gesteld, die schijnbaar met de les van doen hebben, dat de leraar zelf zonder iets door te krijgen binnen dat uur alle zeven woorden zegt.'

Ilan boog zich voorover en zijn ogen schitterden. Langzaam verstrengelden zijn vingers zich. 'En de leraar weet dus van niets?'

'Precies,' zei Adam met een glimlach, 'hij is alleen maar tevreden dat de leerlingen ineens zo veel belangstelling hebben voor zijn saaie les.'

'Tjonge,' zei Ilan, en hij keek Adam vol waardering aan. 'Ik heb een adder uitgebroed.'

Adam boog bescheiden het hoofd.

Ofer zei met een glimlach tegen Ilan: '"De vonk van de vondst", hè?'

Ilan beaamde het en wreef met zijn schouder langs die van Ofer.

Ora begreep de regels van het spel nog niet, en wat ze wel begreep, beviel haar niet. Ze wilde zo snel mogelijk terug naar de dingen die Ofer was begonnen te zeggen over Adam.

'En wie is de winnaar?' vroeg Ilan.

'Degene die met zijn vragen de meeste woorden van het lijstje weet te ontlokken aan de leraar.'

'Aha,' zei Ilan en hij knikte, 'oké. Geef eens een voorbeeld van hoe je hem zover krijgt een bepaald woord te zeggen.'

'Maar Ofer was midden in wat hij tegen Adam wilde zeggen,' bracht Ora hun in herinnering.

'Wacht even, mama,' jubelde Ofer, 'dit is echt iets gaafs. Kom op, noem maar een woord.'

'Noem jij er een,' zei Adam.

'Maar ik mag het niet horen,' lachte Ilan, 'ik speel de leraar.'

De jongens staken de koppen bij elkaar, fluisterden, lachten, werden het eens.

'Maar je geeft geschiedenis,' voegde Adam een complicerende factor toe.

'Dan gaan we het hebben over de Dreyfus-affaire,' besliste Ilan, 'daar herinner ik me nog iets van.'

Ilan begon te vertellen over de Joods-Franse officier die werd beticht van landverraad, en Ofer en Adam bombardeerden hem onmiddellijk met vragen. Hij vertelde over het proces, hoe de pleitbezorgers van Dreyfus de mond werd gesnoerd, de veroordeling. Ofer en Adam waren meer geïnteresseerd in de familie Dreyfus, wat die zoal aan gewoonten had, hoe de leden zich kleedden en wat ze aten. Ilan bleef vasthouden aan zijn lezing en ontweek alle valkuilen. Theodor Herzl maakte deel uit van het publiek toen Dreyfus in het openbaar werd vernederd en uit zijn rang werd gezet. De vragen van de jongens volgden elkaar in snel tempo op. Ora leunde achterover en keek toe, en alle drie de spelers voelden dat ze hen gadesloeg en kwamen op stoom. Dreyfus werd gevangengezet en verbannen naar Duivelseiland, Émile Zola schreef zijn *J'accuse...!*, Esterházy werd opgepakt en veroordeeld, en Dreyfus werd vrijgelaten, maar Herzl trok meer belangstelling van de jongens. *Der Judenstaat* werd gepubliceerd, en daarna volgden Herzls ontmoetingen met de Turkse sultan en de Duitse keizer. Ilan boog zich naar voren en likte zijn bovenlip. Zijn ogen straalden. Links en rechts van hem bleven de jongens er de vaart in houden, als twee jonge wolven die een waterbuffel insloten. Ora liet zich meeslepen door hun opwinding, maar ze wist niet wie ze het liefst zou zien winnen. Haar hart neigde naar de jongens, maar iets in haar sloeg om bij de aanblik van de woeste geestdrift op hun gezicht, en ze kreeg medelijden met een of andere nieuwe, flauwe en steeds blekere grijsheid op Ilans slapen. In Basel werd het eerste zionistencongres gehouden, *Altneuland* kwam uit. Groot-Brittannië stelde voor een groot grondgebied in Oeganda toe te wijzen aan de zionisten – 'een gebied dat geschikt was voor de gezondheid van blanken,' herinnerde Ilan zich uit zijn middelbareschooltijd – en Adam vroeg zich af hoe het zou zijn gelopen als dat voorstel was geaccepteerd. Heel Afrika zou het op zijn heupen en op zijn zenuwen hebben gekregen als de Joden zich er na aankomst met hun hyperactieve nervositeit waren gaan roeren. 'En je kunt ervan op aan,' zei Ilan enthousiast, 'dat er à la minute een diepgeworteld antisemitisme de kop op had gestoken en we dan genoodzaakt waren geweest Tanzania te bezetten,' – 'evenals Kenia en Zambia,' lachte Ofer – 'vanzelfsprekend alleen maar om onszelf te verdedigen tegen hun haat.'

'En ook om ze liefde voor het Joodse volk en een beetje *jiddisjkeit* met kippensoep bij te brengen,' schaterde Adam.

'Om nog maar te zwijgen van de *gefilte fisj* die we ze moeten leren eten,' grinnikte Ilan, en de jongens veerden op en juichten in koor: 'Bingo!'

De hoofdgerechten arriveerden. Ora herinnert zich elk gerecht dat die avond is opgediend: Adams biefstuk van de haas, Ilans ganzenbout, de steak tartare die door Ofer werd verslonden. Ze herinnert zich dat haar ogen telkens weer naar Ofers bijna rauwe tartaar werden getrokken en dat ze dacht dat ze zijn langdurige vegetarische periode miste en terug-verlangde naar Ofer de vegetariër. In de weken en maanden daarna, als ze in slapeloze nachten of op verdwaasde dagen de gebeurtenissen van die avond moment voor moment reconstrueerde, vroeg ze zich dikwijls af wat er echt door het hoofd van Ofer was gegaan toen hij die steak tartare at of dat spelletje bingo speelde, en of hij toen echt nergens aan had moeten denken. Per slot van rekening was er tijdens dat spelletje expli-ciet gesproken over bezetting, over haat, en eigenlijk hadden ze het ook over gevangenzetting en vrijlating gehad. Ja, verdomd, zelfs de uitdruk-king 'iemand de mond snoeren' was gevallen. Hoe kon het dan dat er bij hem geen enkele alarmbel was gaan rinkelen? Hoe kon het dat al die dingen bij hem geen enkele vage, mistige associatie hadden opgeroepen met zoiets als een oude man, die met geknevelde mond zat opgesloten in een koelcel in de kelder van een huis in Hebron?

'Hij was gewoon verschrikkelijk moe,' mompelt ze weer, schijnbaar uit het niets. 'Zijn ogen waren halfdicht en hij kon nauwelijks zijn hoofd rechthouden. Achtenveertig uur lang had hij niet geslapen en hij had ook drie biertjes gedronken, maar het spelletje en de grappen hielden hem op een of andere manier overeind.'

Er was een moment, denkt ze, dat het hem te binnen leek te schieten. Ineens vroeg hij Adams mobieltje en wilde zijn maten in Hebron bellen. Ze ziet voor zich hoe hij het mobieltje in zijn hand hield. Zijn wenk-brauwen bewogen. Op zijn voorhoofd verscheen een frons. Door de ver-moeidheid heen probeerde hij iets naar boven te halen.

Maar toen zag hij de display, bewonderde het nieuwe toestel en ont-dekte een of andere nieuwe functie die hij niet kende. Adam deed hem voor hoe je die aanzette.

Ora zei: 'Je moet je gelukwens voor Adam nog afmaken, Ofer.'

'Laat zitten, je bent vrijgesteld,' bracht Adam uit voor hij aanviel op zijn biefstuk.

'Dat is niet eerlijk,' pruilde Ora, 'hij heeft nog niets gezegd.'

'Alleen als hij het wil,' zei Adam. 'Maar zonder toeters en bellen,' waarschuwde hij zijn broer.

Ofer trok weer een ernstig gezicht, waarin zachtheid en iets hards elkaar afwisselden. Zijn fraaie, gulle lippen, de lippen van Avram, bewogen vanzelf. Hij legde zijn vork neer. Ora zag de geamuseerde blikken die Adam en Ilan uitwisselden. Opgepast, zeiden die blikken, houd de zakdoeken bij de hand.

'Om de waarheid te zeggen,' zei Ofer, 'weet ik niet hoe ik het in het leven had moeten redden zonder jouw hulp, hoe ik me zonder jouw zorg had gered in allerlei vervelende situaties, waarvan zelfs onze ouders geen weet hadden.'

Dat was verrassend. Ora ging rechtop zitten, Ilan ook. 'Want wij kenden alleen het omgekeerde,' zegt ze, 'dat Ofer voor Adam zorgde. Ineens leek hij ons een inkijkje te geven in een hele wereld waar we niets van wisten, al had ik altijd gehoopt dat hij bestond, snap je? Begrijp je wat ik bedoel?' Avram knikt heftig. Zijn onderlip omvat zijn hele mond. 'Ik zag dat Adam zijn ogen neersloeg,' vertelt Ora, 'en toen hij ook nog rood werd, in zijn hals, wist ik dat het waar was.'

'En ik geloof,' zei Ofer, 'dat er niemand op de wereld is die me beter kent dan jij, die alles van me weet, de meest intieme dingen, en die altijd, vanaf het moment van mijn geboorte, alleen maar goed voor me is geweest.'

Adam zweeg. Hij maakte geen enkele opmerking of grap om de ernst te ontkrachten. Naar Ora's indruk wilde hij heel graag dat Ilan en zij deze dingen zouden horen.

'En er is op de hele wereld niemand die ik meer vertrouw, voor wie ik meer waardering heb en van wie ik meer hou. Niemand.'

Ora en Ilan bogen hun hoofd, opdat de jongens hun ogen niet zouden zien.

'Al werd ik altijd kwaad op je, vooral als je over van alles en nog wat tegen me preekte of lachte om mijn smaak op het gebied van muziek.'

'De Guns N' Roses vallen niet onder muziek,' bromde Adam, 'en Axl Rose is geen zanger.'

'Maar dat wist ik toen nog niet, en ik was razend op je omdat je mijn plezier in hun nummers vergalde. Tot ik op het laatst zag dat je gelijk had,' zei Ofer. 'Op die manier heb je me in alles verbeterd en me behoed voor flauwekul. En ook al was je niet de stoerste mannetjesputter met wie ik kon dreigen als ik klappen kreeg van andere kinderen, dat ik zo meteen mijn grote broer zou halen en hij ze helemaal in elkaar zou slaan – toch heb ik altijd gevoeld dat ik steun in de rug had, dat jij me door niemand iets zou laten flikken.'

Ofer bloosde alsof hij zich nu pas rekenschap gaf van de openhartigheid die hij zich veroorloofde.

Een lange stilte volgde. Alle vier keken ze naar beneden. De wortels van het bestaan waren aangeraakt. Ora hield haar adem in en bad dat Ilan nu niet zou proberen hen aan het lachen te maken. Dat in geen van de drie de reflex van de stand-upcomedian zou worden opgewekt.

'Gezondheid,' zei Ilan zachtjes, 'op ons gezin.' Met tranen in zijn ogen keek hij haar aan en hief het glas naar haar.

'Gezondheid,' zeiden Adam en Ofer, en tot haar verrassing keken zij haar ook recht in de ogen en hieven het glas naar haar. 'Op ons gezin,' zei Ofer er zachtjes achteraan, en zijn ogen zonden haar een signaal met een heel andere trillingsfrequentie dan ze van hem kende. En een ogenblik lang dacht ze: hij weet het.

'Daarna,' vertelt Ora verder, 'zat hij er een beetje verstijfd bij, alsof hij versteld stond van zijn eigen speech, en weer legde hij zijn kin op zijn handen, zo. En toen draaide Adam zich naar hem toe en sloeg zijn armen om hem heen, in een echte omhelzing.' Avram ziet het voor zich, hij ziet ze, ziet ze echt. 'Hoe klein Adam ook lijkt naast Ofer, hij omvatte hem op dat moment echt helemaal, en Ofers hoofd was gebogen, zo.'

Ze herinnert zich: zijn mooie, welgevormde hoofd. Toen schoor hij het nog niet kaal. Zijn hoofd, en erbovenop de stralenkrans die zo licht werd als hij zijn haar liet knippen. Even kwam het haar voor alsof Adam aan Ofers haar rook, zoals hij deed toen Ofer een baby was en ze net zijn haar had gewassen.

Zonder dat ze er erg in heeft, doet haar hoofd die beweging na en buigt zich naar haar schouder.

'Ilan en ik keken naar de jongens, en ik had het gevoel, misschien Ilan ook, ik heb het hem nooit gevraagd –'

'Wat voor gevoel?' vraagt Avram.

'Toen ze elkaar omhelsden, wist ik ineens, in lichaam en ziel, dat ze ook later, als Ilan en ik er niet meer zijn, één zullen blijven. Dat ze niet uit elkaar zullen groeien, het contact niet zullen verbreken, elkaar niet zullen verloochenen, en elkaar altijd zullen helpen als het nodig is. Dat ze ook dan nog *familie* zullen zijn, snap je?'

Zijn mond vertrok zich verder en verder tot een gepijnigde glimlach.

'Wat zal er gebeuren, Avram?' Ze slaat twee grote ogen naar hem op. 'Wat zal er gebeuren als hij –'

'Vertel verder,' valt Avram haar bijna schreeuwend in de rede, 'vertel me over Ofer.'

De terugrit van het restaurant naar huis was heerlijk. Ze waren allemaal voldaan, ontspannen, gezapig. De jongens zongen een gek liedje van *Monty Python* over een stoere houthakker die graag dameskleding droeg, en Ora nam er nota van dat hier sprake was van een prettige afwijking van hun gewone puriteinse gedrag, alsof ze daarmee bevestigden dat in hun ogen ook hun ouders al op zijn minst zo volwassen waren als zijzelf. Op de achterbank zaten ze te trommelen op hun knieën, buik en borst – Ofers brede borst produceerde een volle, galmende trommelklank, die haar meesleepte – en daarna overlegden de jongens onderling welke kroeg ze nog zouden induiken. Ora en Ilan waren verbijsterd dat ze nog de puf hadden om zo laat uit te gaan en nog te drinken bovendien: Ofer kon tenslotte nauwelijks zijn ogen openhouden. Ilan vroeg ze alleen niet samen naar dezelfde plek te gaan en herinnerde ze eraan dat er een maand geleden in Jeruzalem een terrorist met een bomgordel was gesnapt bij de ingang van een café. Adam en Ilan beloofden allebei met de hand op het hart en met een ernstig gezicht dat ze zich zouden opsplitsen. Ofer ging naar café 'De hoop van de zelfmoordenaar' en Adam naar nachtclub 'De heilige Hezbollahstrijders'. 'En daarna,' zeiden ze, 'spreken we af op het Zeventig maagdenplein en gaan we een rondje maken door de stad. We gaan vooral naar plekken waar het stervensdruk is om ons er in het gedrang langs mensen te wurmen met een Midden-Oosters uiterlijk en een vurige blik in de ogen.'

De volgende morgen, om acht uur – Adam en Ofer sliepen nog, waarschijnlijk waren ze pas tegen de ochtend thuisgekomen – stonden Ilan en zij in de keuken, nog in de roes van de vorige avond. Ze waren van plan zo de deur uit te gaan voor hun ochtendwandeling, maar stonden eerst voor de jongens een luxueus ontbijt te maken van een prachtige salade, Jemenitische *djachnoen*, hardgekookte eieren en een saus van geraspte tomaat, zodat dat voor hen klaar zou staan als ze wakker werden. Ze waren groente aan het schillen en snijden en praatten ondertussen zachtjes en vol emotie over de vorige avond, de dingen die Ofer tegen Adam had gezegd en de zeldzame omhelzing. En plotseling werd er voorzichtig op de deur geklopt en klonk meteen daarna het harde, vreemde geluid van een langdurige druk op de bel.

Tussen Ilan en Ora schoot een blik heen en weer. Het was niet logisch, en toch: dit geluid van de deurbel, om deze tijd op sjabbatmorgen, kon maar één ding betekenen. Ora legde het mes neer en keek naar Ilan, en Ilan keek haar aan met ogen die groter en groter werden. Een bliksemflits van waanzinnige, bijna onmenselijke paniek stond erin en weigerde te doven. Alles werd vertraagd, vertraagd, tot het uiteindelijk tot stilstand kwam en bevroor. Wat zelfs bevroor was het duidelijke besef dat Adam en Ofer thuis waren – waarschijnlijk, misschien ook niet, in feite hebben we ze een hele nacht niet gezien, een nacht is een hoop tijd in dit land, misschien is er iets gebeurd, misschien zijn ze met spoed teruggebracht naar hun legereenheden, we hebben niet eens naar het nieuws geluisterd, waarom hebben we in godsnaam de radio niet aangezet?

Ora speurde naar de autosleuteltjes die Adam had meegenomen. Ze meende ze te zien hangen aan het sleutelhaakje, maar misschien was het een andere bos. Weer een ongeduldige druk op de bel. Ze zijn thuis, ze zijn allebei thuis, bezwoer Ora koortsachtig, ze liggen te slapen, het kan in geen geval met hen te maken hebben. Misschien hebben ze de lichten van de auto laten branden en komt een buurman het ons melden. Misschien is er zelfs ingebroken in de auto – ook goed, geen punt, ik teken ervoor. Weer werd er hard geklopt, en geen van beiden verroerde zich, alsof ze hun bestaan verborgen wilden houden.

Alles had plotseling de eigenaardige hoedanigheid van een generale repetitie, van een oefening of training voor wat altijd op de loer lag. Maar Ilan en zij waren nog niet in staat hun rol te vervullen. Ilan leunde met een hand op het aanrecht. Ze zag hoeveel ouder hij was geworden, verouderd zelfs, in de afgelopen jaren, de dienstjaren van de jongens. Zijn gezicht hing er bijna verslagen bij, en ze las erin wat hij dacht. Dat de zoete illusie waarin ze tot nu toe hadden geleefd, in scherven uiteen was gevallen; dat hun eigen ondergrondse cel was opengebroken. Twintig jaar lang hadden ze gelopen in de lucht boven de afgrond en al die tijd hadden ze geweten dat ze boven de afgrond liepen, maar nu vielen ze en zouden eindeloos blijven vallen. Het leven was voorbij. Het leven dat was geweest, was voorgoed voorbij.

Ze wilde naar hem toe, opdat hij haar zou omhelzen, haar als altijd onder zijn vleugels zou nemen, maar ze kon zich niet verroeren. Weer klonk het schrille geluid van de bel, en even had Ora een vreemde ervaring: twee volkomen verschillende dimensies van de werkelijkheid mengden zich. In de ene lagen Adam en Ofer rustig te slapen in hun bed, in de andere kwamen de aanzeggers van het leger haar het bericht brengen over een van hen. En die twee dimensies waren tastbaar en spraken elkaar op een of andere manier niet tegen. Ze hoorde Ilan mompelen: 'Ga opendoen, waarom maak je niet open?' En met een stem die niet de hare was, zei Ora: 'Maar ze zijn toch thuis, allebei?' Hij haalde in verslagenheid zijn schouders op, alsof hij tegen haar wilde zeggen: ook als ze nu thuis zijn, hoe lang zullen we er nog in slagen hen te beschermen? En Ora dacht plotseling: wie van de twee? In haar doffe bewustzijn drong nu als een naald de herinnering aan het lootjestrekken. Pak een hoed, stop er twee briefjes in... Ze ging naar de voordeur en deed open, en tot haar ontzetting stonden er inderdaad twee mensen in uniform, van de militaire politie, twee ongemakkelijke, heel jonge jongens, en haar blik sprong meteen over hen heen, op zoek naar de arts die altijd deel uitmaakt van het team aanzeggers, maar ze waren slechts met zijn tweeën. Een van hen had heel lange, dikke wimpers als twee zachte borsteltjes, viel haar op – ze stond weer eens stil bij de kleinste, onbelangrijkste details, wat niet van overlevingsdrift getuigde; in dit land had je scherpere instincten nodig – en de ander, met een gezicht dat nog pokdalig was van de jeugdpuistjes, hield een of ander bedrukt papier in zijn hand, met een groot stempel erop, en vroeg of Ofer thuis was.

In Ora's schrift heeft de man uit de Nachal Kedesj een paar regels wit overgelaten tot het eind van de bladzijde, en Ora schrijft op, in kleine lettertjes: *Duizenden momenten, uren en dagen, miljoenen daden, ontelbaar veel handelingen, pogingen, vergissingen, woorden en gedachten, allemaal om een enkele mens in de wereld te zetten.*

Ze leest Avram voor wat ze geschreven heeft.

Avram zegt meteen: 'Het komt allemaal goed, je zult het zien, we slepen hem erdoorheen.'

'Denk je dat echt?'

'Ik denk dat jij precies weet wat er gedaan moet worden, altijd.'

En na een korte stilte zegt hij: 'Laat het mij eens even zien.' Ze geeft hem het schrift. Hij pakt het voorzichtig aan en leest voor zichzelf, op fluistertoon: 'Duizenden momenten, uren... ontelbaar veel handelingen... vergissingen... allemaal om een enkele mens in de wereld te zetten.'

Hij legt het schrift op zijn schoot en kijkt naar Ora. Een wolk van lichte angst verduistert in zijn ogen.

'Schrijf er nog iets achteraan,' zegt ze zonder hem aan te kijken, en ze reikt hem de pen aan. '"Eén enkele mens, zo gemakkelijk te vernietigen." Schrijf op.'

Hij schrijft het op.

'Kom, we gaan over op die met de haakjes binnen de haakjes. Weet je hoe je die doet?'

'Je begint met de vierkante haakjes en daarna komen de gewone aan de beurt?'

'Kom, we doen het volgens het voorbeeld. Ze geven je hier een voorbeeld.'

'Maar dat zijn een hele hoop getallen... Misschien kun jij deze voor me doen?'

'Hoe leer je nu iets als ik het voor je oplos?'

'Heb je geen medelijden met een arm kind?'

'Genoeg, daar trappen we toch niet in. En ga rechtop zitten, Ofer, je ligt al bijna op de grond.'

'Ik weet niet eens hoe ik dit moet lezen!'

'En hou op met dat gehuilebalk.'

'Oké.'

'Geloof me, ik heb genoeg andere dingen te doen dan jou sommen met haakjes binnen haakjes uit te leggen.'

'Is de artisjok al klaar?'

'Een beetje geduld, het duurt nog eventjes.'

'De geur maakt me gek.'

'Maak op zijn minst de tafel schoon als je zo nodig in de keuken je huiswerk moet maken. Je krijgt vlekken in je schrift. Tot welke bladzijde moet je?'

'161. Het wordt een gigantisch proefwerk. Ik haal het nooit van mijn leven.'

'Rustig maar. Kom, we storten ons eerst op deze vergelijkingen. Lees op. Nou, zit niet zo te staren.'

'Godsamme...'

'Nee, ík zal je. Hup, lees op!'

'Wat is het verband tussen deze $2x$ en deze 3?'

'Ja, wat is het verband? Laat die cake staan!'

'Hoe moet ik dat weten? Ik begrijp niet wat er staat. Is het wel Hebreeuws?'

'Begin met de binnenste.'

'Maar wat moet ik met die rottige $2x$?'

'Die vermenigvuldig je met drie. Elke term wordt hier vermenigvuldigd met drie! Probeer het!'

'Holy shit, nu krijg ik er weer $2x$ uit.'

'We proberen het nog een keer, maar nu rustig, oké? En blijf van die cake af! Je hebt al een halve cake naar binnen gewerkt!'

'Kan ik het helpen? Ik moet aansterken.'

'En nu werk je de haakjes weg rond die 3 min $2x$ van je.'

'Van mij? Ineens zijn ze van mij?'

'Van jou, van jou, ja. Ik heb mijn school al afgemaakt.'

'Als je maar weet dat mijn arme, verweekte hersens kraken, en dat is jouw schuld.'

'Ofer, luister. Er is geen enkele reden waarom jij die opgave niet zou kunnen maken.'

'Er is wel een reden.'

'En wat is die reden dan?'

'Dat ik stom ben.'

'Dat ben je niet.'

'Ik mis gewoon het deel van de hersens dat sommen kan maken.'

'Goed, en hou nu je mond eens. Echt, praten met jou is alsof je tegen een advocaat moet opboksen! Het gaat al met al om een paar sommetjes.'

'Een paar sommetjes? Tot bladzijde 161...'

'Je hebt al veel ingewikkelder opgaven gemaakt. Weet je nog wat we vorige week hadden?'

'Maar daar ben ik op het laatst uitgekomen!'

'Natuurlijk ben je daar uitgekomen. Als je maar wilt, kun je alles. Hup, vooruit, we maken eerst deze netjes af, en dan gaan we die maken, de problemen...'

'Ah, we gaan problemen maken, leuk!'

Ze moeten allebei lachen. Zijn hoofd wrijft langs haar schouder, hij spint als een kat, en zij geeft hem gehoor.

'Tussen twee haakjes, heeft iemand Nico-Tien vandaag brokken gegeven en zijn etensbak afgewassen?'

'Ja, ik. Koppie krauw!'

Ze krauwt zijn hoofd weer.

'En nu maak je die som.'

'Is dat mijn dank?'

'Pas op, je gaat weer te snel, je controleert niet wat je doet.'

'Genoeg, mama, ik kan niet meer, waar is de telefoon?'

'Waar heb je de telefoon nu voor nodig?'

'Ik ga de kinderbescherming bellen.'

'Heel geestig. Concentreer je: zodra je het principe doorhebt van haakjes wegwerken en termen samennemen, dat je in een vergelijking van allebei de leden hetzelfde mag aftrekken... wat zit je te lachen?'

'Ik weet het niet, het klinkt nogal schunnig, samennemen, leden aftrekken.'

Ze schieten alle twee in de lach. Ofer ligt op de grond en zwaait met zijn benen.

'Genoeg, raap jezelf weer bij elkaar. Zo schieten we niet op.'

'Heb medelijden, mama, ik ben maar een arm, onschuldig kind, geslagen door het lot, een vondeling.'

'Kun je nu eindelijk je mond houden?'

'Al goed, al goed, wat zei ik nu helemaal?'

'En nu ga je rustig aan het werk, ik wil geen woord meer horen. En hou je aan de volgorde van bewerkingen.'

'Maak jij dan een artisjok voor me klaar?'

'Met alle plezier, hij is al gaar, geloof ik.'

'Met het sausje van mayonaise en citroen?'

'Ja.'

544

'En ook – oeps, sorry, die ontsnapte me. Dit is verkeerd, vreselijk verkeerd...'

'Een windje is niet verkeerd.'

'Dus x is een windje?'

Ze lachen, schateren.

'Volgens mij zijn we allebei gek aan het worden. Kom, laten we overgaan op de problemen.'

'Ik wil geen problemen! Ik wil een simpel leven!'

'Ben jij aan het fluiten?'

'Dat ben ik niet, dat is papa, in de woonkamer.'

'Ilan, doe me een plezier, nu niet fluiten, alsjeblieft. Ook zo al ben ik –'

'Klopt, je haalt ons uit de concentratie.'

'Vooruit, aan het werk, jij.'

'Je zult zien dat hij nu hier een of ander dansje komt maken om ons aan het lachen te krijgen...'

'Dat zouden jullie maar al te graag willen!'

'Hij heeft de oren van een wilde kat, je bent getrouwd met een wilde kat.'

'Genoeg gekletst. Hoe ga je dat probleem aanpakken?'

'Met handschoenen?'

'Pas op, het is nog warm. Doop hem daarin, en maak je boek niet vies.'

'"Als we een getal met 4 vermenigvuldigen en bij het resultaat 2 optellen, krijgen we 30." Hoe moet ik weten hoe je dat doet?'

'Denk na. Een getal x, vermenigvuldigd met 4, plus 2 is gelijk aan 30.'

'Ah, wacht, dan weet ik het! $4x + 2 = 30$.'

'Dat wil zeggen?'

'Dat wil zeggen dat $4x$ gelijk is aan 28. Dat wil zeggen: x is 7! Halleluja! Geniaal, geniaal!'

'Uitstekend. Altijd gelijksoortige termen samennemen en naar dezelfde kant van het isgelijkteken brengen. Zodat je de x aan de ene kant en de getallen aan de andere kant krijgt.'

'Ik begin het nog echt leuk te vinden.'

'Kom, nu doen we deze opgave. Dat is er ook een met één onbekende.'

'Wie is die onbekende? Wil ik dat wel weten?'

'Misschien kun je nu je mond eens houden en doorwerken?'

'Wil je een stuk van het hart?'

'Wat, wil je het hart niet? Dat is het lekkerste deel.'

'Alsjeblieft, een goed, warm Joods hart.'
'Genoeg, concentreer je. Je bent er bijna doorheen.'
'Help je me ook met Bijbel?'
'Bijbel, dat is papa.'
'Ja, dat denkt hij ook van zichzelf.'

Een paar dagen later vertelde Ilan haar hoe hij toen op de bank in de woonkamer had gelegen met de krant en bij het geluid van hun stemmen in de keuken steeds minder oog had gekregen voor de letters voor zijn neus. Hij had naar hen geluisterd en in het begin, zo vertelde hij, had hij zich moeten inhouden om niet op te staan, naar de keuken te komen en een eind te maken aan Ofers gedrens en aanstellerij. Natuurlijk maakte hij zich er ook boos over dat Ora zo toegeeflijk en meegaand was en naar zijn idee overdreven veel geduld had met Ofers verwende gezeur. Bij hem, dacht hij op dat moment, had het hooguit tien minuten geduurd en had Ofer alle sommen allang opgelost. Maar hij had het gevoel dat hij de gebeten hond zou zijn als hij zich ermee zou bemoeien, en dat ze misschien ook helemaal niet onderbroken wilden worden in hun gekibbel en geplaag. Daarom bleef hij alleen maar liggen luisteren en voelde in lichaam en ziel het principe van de duizenden handelingen, woorden, gedachten, momenten, vergissingen en daden, hoe Ofer langzaam, geduldig, druppelsgewijs tussen haar handen groeide en tot mens werd gevormd. En hij wist dat hij het zelf niet op die manier zou kunnen, met Ofer aan tafel zitten en een uur lang emmerladingen van zijn frustratie, moedeloosheid en stekeligheden op te vangen, en dat hij de stroom ook niet langzaam maar zeker had kunnen afbuigen in de richting van de oplossing.

Ora luisterde. Het was laat in de avond, de jongens waren op hun kamer en zij en Ilan lagen in elkaars armen op de bank. Zijn vingers speelden met de dunne haartjes in haar nek, en haar gezicht had zich tegen zijn hals aan gevlijd. Ze zei: 'Maar je hebt zo'n groot aandeel in hun opvoeding, ik ken niet veel vaders die zo innig betrokken zijn bij het leven van hun kinderen als jij.'

'Ja, maar toen ik jullie daar in de keuken hoorde, ik weet het niet –'

Ze onderbrak hem en zei: 'Heel hun denken, hun humor, alle dingen die ze weten, hun scherpzinnigheid – dat komt zo helemaal van jou.'

'Kan zijn,' zei hij, 'ik weet het niet, het komt vast van ons beiden, het komt waarschijnlijk van de combinatie van ons tweeën.' Hij zocht haar hand, zijn vingers verstrengelden zich met de hare. 'Want ik heb altijd het gevoel dat ze de dingen die ik ze meegeef op een of andere manier toch al zouden hebben meegekregen, van het leven, van andere mensen. Maar wat jij ze geeft...' En de vingers van zijn andere hand maakten in de lucht een gebaar dat ze totaal niet van hem kende, alsof ze deeg kneedden.

Avram kijkt naar haar vingers, die zonder dat ze er erg in heeft Ilans kneedbewegingen nadoen, en hij is haar er dankbaar voor dat ze hem daar bij hen toelaat en hem toestaat te voelen aan het zachte, moederlijke deeg van hun dagelijkse leven.

Ora omhelsde Ilan, omgaf hem volledig, en ze stak liefdevol haar knie tussen zijn dijen. Zo bleven ze een tijdje in elkaars armen liggen, en daarna verscheen er boven haar hoofd een glimlach op Ilans lippen.

'En toch,' zei hij, 'en toch, ik had al veel eerder een eind gemaakt aan dat toneelspel van hem.'

Ora lachte in zijn hals. 'Dat weet ik wel zeker, mijn lief.'

Hij zuchtte uit de grond van zijn hart, en zij stak een voet uit en raakte zachtjes zijn voetzool aan om hem te bemoedigen en te troosten. Bijna de hele nacht lagen ze al zo in hun bed, wakker en zwijgend. Af en toe slaakte een van hen een zucht en kromp het hart van de ander ineen. Dit keer beantwoordde hij haar aanraking en kietelde met zijn tenen de holte van haar voet. Ze bromde zachtjes en hij haalde zijn neus op. Ze bracht een nauwelijks hoorbare lettergreep uit, hij schraapte stilletjes zijn keel. Daarna begon ze aan de onhandige onderneming van de draai om haar as en de overbrenging van haar enorme, golvende buik van de ene kant naar de andere. Toen dat was gebeurd, schoof ze met lichte rukjes, als een zeehond over het strand, naar hem toe, tot ze haar hoofd in het kuiltje van zijn schouder legde en vroeg: 'Waarom slaap je niet?'

'Ik kan niet in slaap komen,' zei Ilan.

'Je bent gespannen,' zei ze.

'Een beetje, ja. Jij niet?'

Ze week niet van het nest dat ze voor zichzelf had gemaakt in zijn lijf, maar haar gedachten waren al elders. 'Zeg me alleen één ding,' zei ze. 'Je bent toch niet toevallig weer een kleine verdwijntruc van plan?'

'Nee, welnee,' antwoordde hij.

'Als je maar weet,' zei ze, 'dat je als je nog een keer de benen neemt geen plek meer hebt om naar terug te keren. Het is nu niet zoals de vorige keer.'

In de belendende kamer mompelde de kleine Adam iets in zijn slaap, en Ilan dacht aan de jubelende toon in haar stem die ze vroeger altijd had gehad als ze tegen hem praatte. Niemand anders was hem zo uitgelaten tegemoet getreden, met de blijdschap, de onschuld en het vertrouwen van een klein kind. En in het warme bad van haar gevoelens voor hem voelde hij zich bijna de man die hij wilde zijn, of sterker nog, geloofde hij dat hij die man zou kunnen zijn, alleen maar omdat Ora geloofde dat hij zo'n man was. Hij mompelde: 'Ik blijf, Ora, ik ga niet weg, wat haal je je in je hoofd?'

Alsof ze hem niet had gehoord, ging ze verder met dezelfde stem vol knopen: 'Want mij kun je dat kunstje nog een keer flikken, ik kan het aan, maar Adam zou er helemaal kapot aan gaan en dat laat ik niet gebeuren.'

Ilan zei opnieuw dat hij bleef, maar hield op haar schouder te strelen, en Ora bleef bewegingloos liggen en schatte met haar huid de afstand tot zijn hand, die nog slap in de lucht boven haar hing. Ilan dacht: streel haar, raak haar aan. En Ora wachtte nog even, voor ze haar lijf moeizaam terugtrok en haar gezicht weer van hem afwendde.

Daarna, tijdens de volgende golf van angst, lagen ze ineens weer met de armen om elkaar heen, zijn buik tegen haar rug aan geplakt, zijn hoofd verstopt in haar haar. 'Ik ben bang voor hem,' mompelde hij in haar haren. 'Snap je? Bang voor een baby die nog niet is geboren.'

'Wat? Zeg het, praat met me.'

'Ik weet het niet, ik heb het gevoel dat hij al een helemaal uitgekristalliseerde, volwassen persoonlijkheid heeft.'

'Ja,' zei Ora met een innerlijk glimlachje, 'dat gevoel heb ik ook.'

'En dat hij alles weet.'

'Waarover?'

'Over mij. Over ons. Over wat er gebeurd is.'

Haar vingers klemden zich vast om zijn onderarm. 'Je hebt hem niets kwaads gedaan. En voor Avram ben je alleen maar goed geweest, altijd.'

'Ik ben bang voor hem,' fluisterde hij, en hij drukte zich steviger tegen haar aan, 'bang voor wat ik straks voel als ik hem voor de eerste keer zie, bang dat hij op hem zal lijken.' Of erger nog, dacht hij: dat hij op de een of andere manier op hen tweeën zal lijken. Dat hij een mengeling wordt van haar en hem. En dat ik telkens als ik naar hem kijk, zal zien hoeveel ze eigenlijk op elkaar lijken.

Zij dacht aan de kleine Adam, die noch op haar, noch op Ilan leek, en in zijn gezicht en zijn blikken soms juist iets van Avram leek weg te hebben.

'Zeg,' fluisterde hij in haar nek, 'vind je niet dat we hem iets moeten vertellen over zijn vader? Dat hij weet waar hij vandaan komt?'

'Dat vertel ik hem de hele tijd.'

'Hoe dan?'

'Als ik niet in slaap kan komen.'

'Praat je tegen hem?'

'In gedachte.'

'Waarover?'

'Over Avram, over ons, om het hem te laten weten.'

Zijn vingers woelden door haar haren, en haar hoofd boog zich naar achteren, dichter naar zijn hand toe. De sterke geur van haar hoofdhuid was verscherpt door de zwangerschap. Ilan hield van die geur, al was die nu een beetje onprettig, of misschien juist omdat hij dat was, onbewerkt, boers, een vlaag van haar lijf, meer niet. Dit is thuis, dacht hij, en hij voelde een lichte trilling, diep in zijn binnenste.

Ze glimlachte stilletjes. Ze duwde haar billen tegen hem aan. 'In de vijfde, geloof ik, heb ik hem in een brief geschreven dat we naar mijn gevoel, ook als we geen vriend en vriendin waren, geen stel, zoals hij wilde, toch ons hele leven bij elkaar zouden blijven, het maakte niet uit hoe, maar het was voor altijd. Toen stuurde hij me onmiddellijk een telegram terug, je weet wel, die telekilo's van hem...' Ilan lachte in haar nek. 'Sinds hij mijn brief had gekregen, stond er in het telegram, liep hij rond met een roos op zijn revers, en als iemand hem vroeg wat de feestelijke gelegenheid was, zei hij: "Ik ben gisteren getrouwd."'

'Dat weet ik nog,' zei Ilan, 'een rode roos.'

Ze zwegen. Zachtjes streelde Ora zijn vingers. Sinds de terugkeer van Avram waren zelfs vingernagels niet langer iets vanzelfsprekends. 'Ik wil dat wij leven, Ilan,' zei ze.

'Ja.'

'Ons leven gaan leiden, bedoel ik, jouw en mijn leven.'

'Ja, natuurlijk.'

'Ik wil eindelijk uit dit graf opstaan.'

'Ja.'

'Met zijn tweeën.'

'Ja.'

'Jij en ik, bedoel ik.'

'Ja, dat is duidelijk.'

'En dat we beginnen te leven.'

'Ora –'

'Je kunt niet je hele leven blijven boeten voor één moment.'

'Nee.'

'Voor een misdaad die we niet hebben gepleegd.'

'Nee.'

'We hebben geen enkele misdaad gepleegd, Ilan.'

'Nee.'

'Je weet toch dat we geen enkele misdaad hebben gepleegd?'

'Ja, natuurlijk.'

'Waarom geloof ik je dan niet als je zegt dat je dat weet?'

'Het komt, langzaamaan, heel langzaam.'

'Hou me vast, stevig, voorzichtig...'

Ze pakte zijn hand en legde die op haar buik. Zijn hand schrok terug, en in verlegenheid gebracht door die schrikreactie klom de hand daarna omhoog over de buik en belandde hoger dan gepland. Ora bleef roerloos liggen. Naar haar gevoel had ze de afgelopen maanden kolossale borsten gekregen, enorme meloenen, als van een nijlpaard, een karikatuur van wat ze waren geweest. Ze vond het niet prettig dat hij ze aanraakte. De huid stond pijnlijk strak. Hij hoefde maar te duwen of haar borst zou ontploffen. Ze nam zijn hand weg en legde die weer op haar buik. 'Hier, voel eens.'

'Dit?'

'Ja.'

'Is hij dat echt?'

Zijn lange vingers zwierven voorzichtig over haar buik. Sinds hij in de keet met haar naar bed was gegaan, sinds hij weer bij haar en Adam was ingetrokken, was hij niet meer in staat geweest met haar te vrijen. Zij had niet aangedrongen, ze vond het wel best zo.

'Wat is dit hier?'

'Een knie, misschien een elleboog.'

Hoe zal het me ooit lukken van hem te houden? dacht hij vertwijfeld.

'Soms weet ik niet of ik genoeg liefde voor hem zal hebben,' zei ze. 'Ik ben al zo vol van Adam dat ik niet weet hoe ik in mijn hart plek kan maken voor nog een kind.'

'Hij beweegt...'

'Zo is hij de hele tijd. Hij laat me niet slapen.'

'Hij is sterk, niet? Vol energie.'

'Vol leven.'

Ze praatten omzichtig. Tijdens alle maanden van de zwangerschap hadden ze deze simpele dingen niet tegen elkaar gezegd. Soms was via Adam 'de baby in de buik' ter sprake gekomen en waren er veronderstellingen over het nieuwe kindje gedaan. Maar onder elkaar hadden Ora en Ilan er nauwelijks iets over gezegd en de datum waarop ze was uitgerekend, was negen dagen geleden verstreken.

Eigenlijk, dacht Ilan – zoals hij de afgelopen maanden elke nacht dacht –, ligt hier nu een kleine, gecomprimeerde Avram bij ons in bed, een Avram in geconcentreerde vorm. Voortaan zal hij altijd bij ons zijn, niet alleen als een schim, waaraan we al min of meer gewend zijn, nee, echt als een kleine, levende Avram, met de bewegingen van Avram en zijn manier van lopen, misschien ook met zijn gezicht.

Jouw vader, zei Ora in gedachte tegen de foetus die in haar dreef, en zonder erbij na te denken trok ze Ilans hand in cirkels over haar buik heen, heeft me een keer verteld over een eed die hij op zijn twaalfde had gezworen: dat elk moment in zijn leven interessant, opwindend en van betekenis zou zijn. En toen ik hem probeerde uit te leggen dat dat onmogelijk was, dat het niet bestond, zo'n leven van alleen maar toppen en pieken, zei hij: 'Je zult zien, het mijne wordt zo.'

We hielden allebei van jazz, schoot Ilan te binnen, en zijn lippen, tegen Ora's hals aan, krulden tot een glimlach. We gingen naar Bar-Barim in Tel Aviv, om Arrele Kaminsky en Mamelo de Griek te horen spelen, en naderhand, in de bus terug naar Jeruzalem, gingen we altijd op de achterste bank zitten en scatten we de hele sessie na, tot ergernis van de andere mensen in de bus, maar dat kon ons niks schelen.

Ik heb je vader pas op zijn zestiende leren kennen, peinsde Ora, misschien kom ik nu alsnog te weten hoe hij was als kind.

Zo bleven ze nog lang tegen elkaar aan liggen en in gedachte tegen Ofer praten.

Op een dag, toen hij een jaar of vijf was, schrijft Ora in het blauwe schrift, sprak Ofer ons niet langer aan met papa en mama, en begon hij ons Ilan en Ora te noemen. Mij stoorde het niet, ik vond het zelfs leuk, maar ik zag dat het Ilan echt dwars zat. Ofer zei: 'Waarom mogen jullie mij wel bij mijn naam noemen en ik jullie niet?' En toen zei Ilan iets tegen hem wat ik me tot op de dag van vandaag herinner: 'Er zijn maar twee mensen op de hele wereld die mij papa kunnen noemen. Weet je hoe fijn ik dat vind? En andersom ook, denk eens na: hoeveel mensen op de wereld kun jij papa noemen? Niet veel, hè? Wil je dat dan opgeven?' Ik zag dat Ofer luisterde en dat het argument hem aansprak, en sindsdien noemde hij hem inderdaad alleen nog maar papa.

'Wat ben je aan het schrijven?' vraagt Avram, leunend op één arm.

'Je maakt me aan het schrikken. Ik dacht dat je sliep. Ben je allang naar me aan het kijken?'

'Dertig, veertig jaar.'

'Echt? Niets van gemerkt.'

'Wat schreef je nou?'

Ze leest het hem voor. Hij luistert met een zwaar, gebogen hoofd. Daarna kijkt hij op en vraagt: 'Lijkt hij op mij?'

'Wat?'

'Ik stel een vraag.'

'Of hij op je lijkt?'

En voor het eerst beschrijft ze hem Ofer, tot in de details. Het zongebruinde, grote, open gezicht, de blauwe ogen, zijn kalme en tegelijkertijd doordringende blik; de wenkbrauwen, die zo lichtblond zijn dat je ze nauwelijks ziet, net zoals haar eigen wenkbrauwen in haar jonge jaren; de brede wangen met de zomersproeten, en de flauwe, ironische glimlach, die de ernst van het gewelfde voorhoofd weerspreekt. De woorden rollen uit haar mond en Avram drinkt ze rechtstreeks van haar lippen. Af en toe bewegen ook zijn lippen, en ze ziet dat hij in gedachte haar woorden herhaalt, ze tot de zijne probeert te maken. En dan, voor het eerst, komt het idee in haar op dat haar woorden nooit echt de zijne zullen worden voordat hij ze zelf opschrijft.

Ze voelt zich opgelaten over de woordenvloed die ze over hem uitstort, toch kan ze niet ophouden, want het is precies wat ze nu moet doen, zo voelt ze, Ofer tot in de kleinste details beschrijven, en bovenal zijn lichaam. Een naam geven aan elke wimperhaar en nagel, aan elke vluchtige gelaatsuitdrukking, aan elke beweging van zijn mond of van zijn handen, aan de schaduwen die op de verschillende uren van de dag op zijn gezicht vallen, aan elke gemoedsstemming van hem, aan alle soorten en maten van zijn lach, woede en verwondering. Dat is waar het om gaat, daarom heeft ze Avram met zich meegenomen, om al die dingen een naam te geven en hem het verhaal te vertellen van Ofers leven: het verhaal van zijn lichaam, het verhaal van zijn ziel en het verhaal van de dingen die hem zijn overkomen. 'Wacht even,' zegt ze, en ze steekt een vinger omhoog, 'waar moest ik net ook weer aan denken? Kom,' – haar vingers bespelen een of ander muziekinstrument in de lucht en proberen een of andere denkbeeldige vonk uit hem los te krijgen – 'ik moest juist aan iets van jou denken, wat was het ook weer?'

Dan lacht ze. 'Natuurlijk,' zegt ze, 'je had een keer een idee voor een verhaal, toen je in dienst zat, vlak voor je dat verhaal over het einde van de wereld begon, weet je nog?'

'Over het lichaam,' zegt hij met een glimlach, en hij grinnikt meteen om het te bagatelliseren en af te doen als niets.

'Je was van plan,' gaat ze onverstoorbaar verder, 'een soort autobiografie te schrijven waarin elk hoofdstuk zou gaan over een ander deel van je lichaam –'

'Mijn lijfboek, ja, flauwekul...'

'En je liet me het hoofdstuk over je tong lezen, weet je nog?'

Hij maakt met twee handen een wegwerpgebaar. 'Hou erover op, zeg, die onzin.'

'Het was verschrikkelijk,' zegt ze, 'het was een aanklacht, geen biografie. Eerlijk, Avram, als je ooit een *character witness* nodig hebt, vraag dan niet jezelf.'

Met een onaangenaam, ongemeen lachje lijkt hij haar te willen verzoenen zonder zijn standpunt echt op te geven. Diep in zijn ogen ziet ze even de blik van een jakhals opflakkeren, die haar eraan herinnert hoe krom en wreed hij voor zichzelf kon zijn als hij het te pakken had. En ineens verlangt ze hevig naar hem, met een ondraaglijk verlangen, een scherp, brandend gemis, van hem en alle Avrams die hij in zich verenigde.

Hij zegt: 'Moet je ons eens zien, twee mensen al op leeftijd.'

'Als we maar niet verouderen voor we volwassen worden,' zegt zij.

Lang kijkt hij haar aan, alsof hij haar gedachten leest. Hij heeft een vaste, eigenaardige blik, waarin geen spoor van een kwade bedoeling is te ontdekken. Integendeel. Ze heeft de indruk dat hij op dit moment alleen maar warme, tedere gevoelens voor haar koestert.

'Zeg, Ora –'

'Wat is er?'

'Kan ik er even bij?'

'Waarbij?'

'Sorry, doet er niet toe.'

'Wacht even, wacht! Je bedoelt...?'

'Nee, alleen als je –'

'Maar je... wacht even, nu?'

'Niet?'

In de slaapzak begint haar lichaam te trillen van opwinding. 'Je bedoelt dat –'

Hij knikt met zijn ogen.

'Bij mij of bij jou?'

Avram kruipt uit zijn slaapzak en staat op, en zij opent de rits van de hare en strekt haar armen naar hem uit: kom, kom hier, niets zeggen. Kom nu eindelijk eens hier, ik dacht al dat het er nooit meer van zou komen. Hij komt en zakt zwaar en compact naast haar neer. Hun lichamen zijn stijf en houterig, gehuld in te veel lagen kleding en gêne, en hun stotterende handen stoten tegen elkaar aan en schrikken terug. Het gaat niet, dat zien ze meteen. Dit is het niet, dit is een vergissing. Ze hadden hier nooit op moeten teruggrijpen, en ze is ook bang voor wat er zal gebeuren als ze Ofer een moment vergeet, als hij ineens zonder bescherming alleen wordt gelaten. Ze weet ook precies welke woorden er nu door Avrams hoofd schieten: een misdadiger keert terug naar de plaats van de misdaad. Dat is de gedachte die er in zijn kromme brein is opgekomen. 'Niet denken,' kreunt ze in zijn oor, 'nergens aan denken,' en ze legt haar handen op zijn slapen. Avram ligt boven op haar, zijn zware botten, zijn vlees, en hij stoot heel hard met zijn lijf op dat van haar, alsof hij uit zichzelf probeert te breken voor hij zich een weg zal banen tot haar, maar zij is er ook nog niet klaar voor. 'Wacht, wacht,' mompelt ze, en ze wendt haar mond af van zijn tastende mond, 'wacht, je plet me.'

Even zijn ze als twee mensen die in een toevallig gesprek verwikkeld zijn geraakt en hun geheugen afzoeken, ook al proberen ze zich niet te herinneren wie ze tegenover zich hebben, maar wie ze zelf zijn. Maar kijk, hier en daar, achter een knoop of een gesp die wordt losgemaakt, beginnen hun geuren zich al te verspreiden, en hun smaken komen al terug in hun tong en gehemelte. De vingers van een hand glippen tussen shirt en broek, en ineens is er huid, warme, levende huid, als een elektrische schok, huid op huid, huid in huid, en daar is een mond, haar mond wordt hem aangeboden, een mond die gloeit en zuigt en naar binnen wordt gezogen, en Avram kreunt, haar mond, haar geliefde mond, en pas dan schiet het hem te binnen en voelt zijn tong zachtjes aan haar lip, onderzoekend, vorsend, verwonderd. Ora blijft meteen doodstil liggen. Het is niets, zegt ze hem weer in gedachte, het zijn maar twee millimeter. Inderdaad is het daar een beetje slapper. Hij likt, zuigt zachtjes, voorzichtig, teder. Iets is daar in slaap, meer niet, maar het is warm, en van haar – het is de pijn die er zijn afdruk heeft achtergelaten, denkt hij en hij voelt zijn helende kracht naar boven komen –, zij is het, met alles wat ze nu is.

De hond rent jankend om hen heen, probeert haar snuit tussen hen in te steken en is verwoed aan het snuffelen. Als ze wordt weggeduwd, gaat ze een eindje van hen vandaan liggen, met haar rug naar hen toe, en een of andere huiverende vore van verontwaardiging ploegt zich in haar vacht. Avrams gespreide hand steunt Ora in de rug en haalt haar naar hem toe. 'Wacht,' zegt ze, 'langzaamaan, geef me je hand, kom.' Een hand op een borst, die zachter en groter is dan vroeger, ja, ze voelen het allebei, zij via zijn hand. 'Je lieve borsten,' fluistert hij in haar oor, en zij verstrengelt haar vingers met de zijne en verkent samen met hem haar lichaam. 'Voel hier eens,' zegt ze zachtjes, en hij fluistert: 'Voel hier eens.'

'Alles is breder en voller geworden, een vrouw, ja. Moet je hier eens voelen.'

'Wat zacht, je bent van fluweel, Orele.'

'Neem me in je mond.'

Een lange stilte volgt, maar juist dan wordt zowel hij als zij weggevoerd naar elders. Door Avrams hoofd flitst Netta. Waar ben je, Nettoesj? We moeten praten, luister, er is iets waar we over moeten praten. En Ora is heel even bij Ilan, de aanraking van zijn handen, de botten van zijn pols, de bruine, strakke huid eromheen, de kracht die in zijn handen besloten ligt. Ze streek vaak met een wijsvinger over zijn handwortels en had dan het gevoel dat ze een zware, gietijzeren sleutel aanraakte, een van de geheimen van zijn mannelijkheid. Maar ook het type zonder slot-e, Eran, duikt ineens op, met lippen die bleek wegtrekken van lust en verlangen naar haar, met zijn koortsachtige, waanzinnige smeekbeden: trek nu dit aan, doe nu dat aan. Hoe durfde die hier binnen te dringen? En dan strijken tot haar verbazing twee lange duimen over haar lichaam en zweven er volle, donkere, pruimachtige lippen over haar huid. Waar komen die ineens vandaan? Ze klampt zich helemaal vast aan Avram – kom, jij, ja, jij – en Avram geeft haar meteen gehoor. Ook hij keert naar haar terug van zijn omzwervingen. Ze herkent hem aan zijn eigenheden, zijn krachtige greep, zijn hoofd dat zich ingraaft in het kuiltje van haar hals, zijn hand die teder haar hoofd vasthoudt, alsof ze een baby-Ora is van wie het hoofdje beschermd moet worden, en de andere hand die haar buik streelt, zich met opgewonden vingers op haar buik vlijt. Ze glimlacht: zijn honger naar een zachte, grote, weelderige vrouwenbuik... Ze had die vroeger altijd gevoeld in zijn vingertoppen en kon op grond van het contact tussen zijn vingers en haar buik bijna raden, uittekenen hoe zijn droomvrouw, die hij echt begeerde, eruitzag. Maar nu kan ze hem eindelijk iets daarvan bieden, niet alleen het strakke, jongensachtige trommelvel van toen, en hij is haar dankbaar, dat voelt ze direct, want zijn hele lichaam is één loflied op dat grappige buikje van haar, dat na al die tijd eens ergens voor dient. Zijn mond hongert naar haar mond, en zijn vuur, alles is zo bekend en geliefd – een golf van heimwee naar vroeger komt los. *Wij*, huilt ze in haar hoofd, een wolvin met vele melkklieren en tepels, en Avram neemt ze allemaal in de mond en zuigt. Kijk, wij zijn het, juicht ze en ze gaat onder hem tekeer, zo zijn we en het is altijd zo geweest, zo is bij ons dij op dij, de verstrengeling van voeten, handen, en op allerlei plekjes van het lichaam, ook de verste uithoeken, elleboog, enkel, knieholte, worden feestjes in gang gezet. Ora fluistert iets in zijn oor, en daarna raakt ze met het puntje van haar tong het puntje van zijn tong aan, een prikje van vocht uit haar lichaam. Ze worden allebei nog opgewondener, en zijn smidsarmen tillen haar op, ze is gespreid, wijdopen, haar hoofd hangt naar achter alsof haar nek is gebroken, en samen slaan ze op de aarde onder haar. Hij, met zijn mond in haar hals, zijn tanden op de slagader, gromt en loeit, en zij zegt: 'Niet ophouden, niet ophouden.' Laat hij draven, loeien, en haar met zijn lendenen tegen de grond trommelen, en hij is helemaal één en helemaal met haar, er is geen enkele andere vrouw bij ze, het is nu alleen hij en zij, een man en een vrouw die bezig zijn met het hunne, zo zei hij dat vroeger tegen haar: 'We zijn nu een man en een vrouw die bezig zijn met het hunne.' Het wond haar waanzinnig op, die rare, bijna ambtelijke formulering, waarmee je de hele wereld de rug toedraaide, en hij bevrijdde haar zo in een klap van de kwellende gedachte aan Ilan. Een man en een vrouw die bezig zijn met het hunne, en ook nu bestond er geen wereld buiten hun lichaam, was er geen andere ademhaling dan die van hen. Er bestond geen Ilan, geen Netta, geen Ofer, geen Ofer, geen Ofer, jawel, die wel,

Ofer bestond wel, als Avram en Ora zo... dan bestond Ofer, Ofer was er, is er, Ofer is er, en laat Ofer nu met rust, geef hem even vrijaf –

Uren gaan traag voorbij, alsof ze ergens in een kelder worden goedgehouden in potjes ingemaakte tijd. Ze vallen in slaap, worden wakker en gaan verder. Ze steken kale vlakten over, woestijnen van afwezigheid, verontwaardiging, gemis en spijtgevoelens. En weer vertraagt hij, remt af en stopt precies op het moment waarop zij wil dat hij stopt, om samen kracht te vergaren, en dan is er een rustige, ademende cirkel in het oog van de storm, en daarin kruipen ze weg. Avram kalmeert, alsof hij in slaap valt, verflauwt, krimpt in haar, en Ora denkt terug aan zijn diepe, steile duik, ja, hij is een oeroud wezen, een zeedier, een vis waarvan de helft al is versteend, die zich omdraait in haar en naar de diepten duikt, en nu is hij daar, *hier*, nu zal hij zich een tijdje niet verroeren, alleen traag kloppen, uitrusten tussen de koralen van haar vlees, binnen in haar wegdromen. Ze wacht, wacht, en hij begint weer te bewegen, heel langzaam, en zij met hem, haar mond tegen zijn schouder. Ze is heel geconcentreerd en ze herinnert zich zijn dikte, zwaarte en onhandigheid, maar ook wat een dans er uit hem voortkomt, en nu gaat zijn geur langzaam veranderen, denkt ze en haar lippen krullen tot een glimlach, alleen Avram heeft deze geur en alleen op deze momenten, een geur die je niet in woorden kunt beschrijven en die met niets te vergelijken valt.

'Eens, niet nu, maar op een dag,' mompelt ze naderhand, en ondertussen speelt ze met de krullen in zijn nek, 'zul je over onze wandeltocht schrijven.'

Ze liggen naakt onder de blote hemel, en de wind streelt hen met zachte penselen.

'Ik wilde me zo graag weer eens helemaal vol van je voelen,' zegt ze.

De hond staat op en komt dichterbij liggen, maar ze weigert in te gaan op Ora's uitnodiging nog dichterbij te komen en zich te laten aaien door haar vrije hand. Ze kijkt ook niet rechtstreeks naar de twee witte lichamen in de maneschijn. Als haar blik op hen stuit, haalt ze verstoord een tong over haar lippen.

'Wat?' Hij ontwaakt uit een voldaan gedoezel. 'Wat zei je over onze wandeltocht?'

'Ik ga notitieboekjes en schriften voor je kopen, zoals vroeger, wat je ook maar nodig hebt, en jij gaat over ons schrijven.'

Hij lacht ongemakkelijk. Zijn vingers tikken zachtjes en berispend op haar hals.

'Over mij en jou,' zegt Ora ernstig, 'en over hoe we hebben gelopen, en over Ofer. Alles wat ik je heb verteld,' zegt ze, en ze pakt zijn rechterhand en kust zijn vingertoppen, een voor een. 'En voel je niet onder druk gezet. Voor mijn part mag je er een jaar, twee jaar, tien jaar over doen, zo lang als je maar nodig hebt.'

Avram denkt dat het een groot wonder zou zijn als het hem ooit zou lukken iets ingewikkelders op papier te krijgen dan een bestelling in het restaurant.

'Je hoeft alleen maar alles te onthouden wat ik je vertel,' zegt Ora, 'waar heb je anders zo'n groot hoofd voor? Want zelf vergeet ik het, dat weet ik, maar jij onthoudt alles, ieder woord, en op het eind, je zult het zien,' zegt ze en ze lacht stilletjes naar de sterren, die naar haar knipogen, 'zetten we zo nog met zijn tweeën een boek op de wereld.'

'Weet je dat Ilan je is gaan zoeken?' mompelt ze in zijn schouder.

'Wanneer?'

'Toen.'

'Na afloop van –'

'Nee, aan het begin.'

'Ik begrijp het niet, wat –'

'Tot aan het Suezkanaal is hij –'

'Niet waar –'

'Vanuit kamp Babel. Hij is gewoonweg uit jullie basis vertrokken.'

'Dat kan niet, Ora, waar heb je het over?'

'Jawel, het is zo.'

Zijn rug verstijft onder haar hand, en Ora is verbijsterd over haar eigen stommiteit. Ze had alleen tevreden gespin en gemompel in haar mond, en ineens kwam dit eruit.

'Op de tweede of derde dag van de oorlog, dat weet ik niet meer.'

Avram komt met een ruk overeind en gaat rechtop zitten. Zijn naakte lichaam is nog zacht en gezalfd met haar. 'Nee, dat kan niet. Het kanaal was niet meer in onze handen,' zegt hij, en hij zoekt haar gezicht af naar aanwijzingen, maar haar duizelt het nog van het aangename gevoel in haar lichaam, dat nog natrilt maar al is verlaten.

'Overal zaten Egyptenaren, Ora, waar heb je het over?'

'Maar we hadden toch nog een paar steunpunten in handen?'

'Jawel, maar hoe kom je erbij... die waren met geen mogelijkheid meer te bereiken, de Egyptenaren waren al twintig kilometer ons gebied binnengedrongen. Waar heb je dat verhaal vandaan?'

Ze draait hem haar rug toe en krult zich op, en ze vervloekt zichzelf. Eenentwintig jaar heb je hiermee gewacht en uitgerekend op dit moment moet je ermee voor de draad komen?

'Hé,' zegt hij, 'Ora?'

'Zo meteen.'

Ze is het moment kwijt. En dat juist nadat ze met elkaar naar bed zijn gegaan. Een of ander duiveltje heeft haar ertoe aangezet alles te bederven. Maar de vrijpartij, hamert ze zichzelf in, was heel goed, en ook het beste wat we hadden kunnen doen voor Ofer. 'Je moet er nu alleen geen spijt van krijgen!' roept ze uit, en als ze zich gealarmeerd omdraait naar Avram, zinkt het hart haar in de schoenen, want kijk: precies die gelaatsuitdrukking had ze op zijn gezicht gezien na hun laatste keer, toen ze Ofer hadden gemaakt; van het ene op het andere moment was zijn gezicht gaan hangen, leeggelopen.

'Ik heb geen spijt,' bromt hij, 'je valt me alleen ineens rauw op het dak met een of ander verhaal.'

'Ik was niet... ik was niet van plan het je te vertellen, het floepte er ineens uit.'

'Maar dat verhaal, hoe zat het dan?' fluistert hij.

'Hij is uit Babel weggegaan met een waterwagen,' zegt ze, 'op de tweede of derde dag van de oorlog. Hij heeft een overplaatsingsbevel vervalst en is weggegaan. Zo is hij tot bij het hoofdkwartier in Tasa gekomen. En vandaar is hij verder meegelift, in een jeep, geloof ik, met een team van de Canadese of Australische televisie, een cameraman en een reporter, twee geschifte, stonede zestigers, van die lui die op gevaren en rampen kicken.'

'Maar waar dacht hij dat hij mee bezig was?' blijft Avram koortsachtig voor zich uit zeggen.

Wacht, gebaart ze hem. 'En toen die jeep van ze midden in de woestijn zonder benzine kwam te staan, is hij in zijn eentje, 's nachts, te voet, zonder kaart, terwijl er om hem heen – goed, je weet het.'

Nee, zegt Avram zonder stemgeluid, vertel het me.

Wat ze eenentwintig jaar geleden op een ochtend van Ilan heeft gehoord, vertelt ze nu aan Avram, tot in de details, waarvan ze er zowaar heel wat heeft onthouden. Eindelijk brengt ze Avram op de hoogte. Ilan liep door de Sinaïwoestijn. Hij durfde niet over de wegen te lopen en liep er daarom naast, door zand waarin hij soms tot zijn knieën wegzakte. Telkens als hij een voertuig zag, ging hij languit liggen en verstopte zich. De hele nacht liep hij zo in zijn eentje tussen zwartgeblakerde wrakken van jeeps en M113's, rokende tanks en kapotgeschoten benzinetankwagens door. Twee keer reden er Egyptische pantservoertuigen langs. Daarna hoorde hij een gewonde Egyptische soldaat huilen en om hulp smeken, maar hij was bang voor een valstrik en ging niet naar hem toe. Hier en daar lag een verkoold lichaam, met omhoogstekende zwarte armstompen, het hoofd naar achteren gekromd, de mond opengesperd. In de helling van een van de zandheuvels stak een verbrande helikopter zonder hefschroef, van ons of van hen, hij wist het niet. Erin zaten nog een paar soldaten, voorovergebogen, alsof ze heel aandachtig naar iets luisterden. Hij liep door.

'Hij bleef gewoon doorlopen,' zegt ze, 'hij wist niet eens of hij wel de goede kant op ging. Je vroeg waar hij mee bezig dacht te zijn. Hij dacht helemaal niets. Hij liep alleen maar, gewoon omdat hij liep. Omdat jij daar aan het eind van de weg was. Omdat alleen per toeval jij daar was en hij niet. Ik weet het niet, ik geloof dat ik hetzelfde had gedaan, en jij misschien ook, ik weet het niet.'

Omdat zij hier nu ook precies zo aan het lopen is, denkt Avram en hij probeert het toenemende getril in zijn lichaam te stoppen, ze loopt omdat ze loopt. Omdat Ofer daar is, aan het eind van de weg. Omdat ze heeft besloten dat ze hem zo het leven zal redden, en niemand kan haar daarvan afbrengen. 'Ik had het niet gedaan,' zegt hij nors. Hij verschanst zich tegen wat zich boven zijn hoofd samenpakt en wordt met de seconde verder ingesloten door haar verhaal. 'Ik was nooit zo naar hem toe gegaan, ik was duizend doden gestorven.'

'Je zou wel zijn gegaan,' zegt ze tegen hem, 'het is precies wat jij ook zou hebben gedaan.' Een grootse daad, denkt ze, een bravourestuk.

'Dat weet ik nog zo net niet,' sist hij tussen zijn opeengeklemde tanden door.

'Ik zal het je nog sterker vertellen. Juist vanwege alles wat hij in al die jaren van jou had geleerd, wist hij dat het te doen was.'

Ilan had haar zijn herinneringen aan zijn tocht door de woestijn één enkele keer verteld, in het ochtendgloren van die ene dag. Hij had haar ineens van achteren vastgepakt, als in zijn slaap, haar met armen en benen omklemd en sidderend het verhaal in haar leeggegoten. Nu was het haar beurt hetzelfde bij Avram te doen. Ze was niet van plan geweest het hem te vertellen: Ilan had haar laten zweren het nooit ofte nimmer, in geen enkel geval en in geen enkele situatie, aan Avram te vertellen. Maar misschien, denkt ze, wist Ilan ook niet dat het verhaal zo uit hém los zou breken, vlak voor Ofer werd geboren.

Bovendien was het genoeg, het moest uit zijn met geheimen.

Ilan liep. De dag begon aan te breken. Af en toe was hij gedwongen zich te verstoppen in struiken of in beschaduwde plooien tussen de zandheuvels. Zijn ogen en neus raakten vol zand. Het zand knarste tussen zijn tanden. 'Een kantoorpik van de militaire inlichtingendienst,' zegt ze, 'met een sks-karabijn, die door de jongens een "stuk hout" werd genoemd, zonder kogels, zonder draagriemen, met één veldfles.'

Hij ging ergens liggen in een kloof om uit te rusten en viel blijkbaar in slaap, want toen hij zijn ogen opende zat er een gebrilde jongen naast hem die hem gebaarde te zwijgen. Een tanksoldaat van het regiment 401, wiens tank was getroffen. De rest van de bemanning was omgekomen, en hijzelf had gedaan alsof hij dood was en had zich zo het leven gered toen de Egyptenaren de tank hadden geplunderd. En bang voor Egyptische commando-eenheden gingen die twee gedurende een paar uur in volstrekt stilzwijgen af op hun navigatiekunst, met één veldfles en een gescheurde landkaart, tot ze aankwamen bij de waterlinie en een Israëlische vlag zagen. Hij was gescheurd en voddig, maar hing nog altijd in top op het kapotte, verzakte dak van steunpunt Chamama.

Terwijl ze het verhaal vertelt, laat Avram constant als een bezetene zijn duimen over de toppen van zijn andere vingers rennen, alsof hij ze telkens weer moet natellen. 'Ik niet,' mompelt hij binnensmonds, 'het is onmogelijk. Wat kletst ze?'

'Het is een feit. Het is gebeurd.'

'Ora, luister, speel daarover geen spelletjes met me.'

Ze windt zich op: 'Heb ik ooit spelletjes met je gespeeld?'

'Chamama was een kilometer van mijn steunpunt vandaan.'

'Anderhalve kilometer.'

'En waarom heeft hij er dan nooit iets over gezegd tegen me?'

'Heb je het hem nooit verteld?' had ze Ilan destijds gevraagd.

'Als ik hem had bereikt, had hij het vanzelf geweten. Maar ik heb hem niet bereikt, dus viel er ook niets te vertellen.'

Ook zonder Avram aan te raken, kan ze voelen wat er in hem plaatsvindt. Ze slaat de rand van de slaapzak over haar naakte lichaam heen.

'Ik snap het niet,' zegt hij bijna schreeuwend. 'Leg het me nog een keer uit, langzaam. Hoe is het gegaan?'

'Denk na. Op Jom Kipoer was hij in Babel. Ze wisten daar al dat de steunpunten vielen, dat er een heleboel doden waren, er gingen de verschrikkelijkste geruchten. En hij zat ook een beetje op de Egyptische radionetten en hoorde –'

'Wat bedoel je met "hij zat een beetje op de radionetten"?' valt Avram boos uit. 'Hij was geen radio-operateur, hij was vertaler! Wie had hem nu permissie gegeven een beetje op radionetten te gaan zitten?'

'Ik weet niet of iemand hem die heeft "gegeven". Hij heeft vast ergens een lege post met een scanner gevonden, en als hij niet hoefde te vertalen, is hij er gaan zitten en heeft met de frequenties gespeeld. Je kunt je voorstellen wat voor chaos er heerste in die eerste dagen.'

'Het is gewoon onmogelijk,' zegt Avram en hij schudt zijn zware hoofd. 'Ik weet niet waarom je me zoiets vertelt.'

Ilan, ineens schiet Ilan hem te binnen, als tiener, die bij Avram thuis op de afstemschaal van het oude radiotoestel het jazzprogramma van Willis Conover op de Voice of America zocht. Zijn groene ogen waren bijna dichtgeknepen, en met zijn lange wijsvinger zocht hij voorzichtig de frequentieband af.

Avram staat op en begint kleren aan te schieten. Dit nieuws kan hij niet naakt ontvangen.

'Waarom sta je op?'

'Ik moet het weten, Ora: heeft hij iets gehoord op het net?'

'Wacht, rustig aan, laat me eerst –'

Zijn grote ogen sperren zich nog verder open. 'Heeft hij me gehoord?'

'Zo kan ik het niet,' en ze staat ook op en begint geagiteerd haar kleren aan te trekken, 'als je me – zo – onder – druk zet!'

'Maar wat had hij daar kunnen uitrichten?!' roept Avram uit. Eén been van hem hangt in de lucht, buiten de broekspijp. Even hinken ze met zijn tweeën tegenover elkaar, elk op een been, schreeuwend en worstelend met hun onwillige broek, en de hond blaft angstig met hen mee. 'Wat had hij daar te zoeken?!' roept Avram.

'Jou! Hij zocht jou!'

'Is hij soms niet goed wijs? Speelt hij voor Rambo?'

Ze gaan hijgend tegenover elkaar zitten.

'Ik moet koffie,' briest hij, en hij staat op en gaat in het donker hout en takjes sprokkelen. Ze leggen een vuurtje aan. De nacht is koel en gonst. Vogels krijsen in een droom, padden kwaken met lage stem, faraoratten grommen. Ergens blaffen honden, en als de hond rondrent en onrustig naar het donkere dal kijkt, denkt Ora: hoort ze misschien het geblaf van haar troep? Heeft ze misschien spijt dat ze zich bij ons heeft aangesloten?

'Moet je horen, ze wilden hem er na de oorlog ook voor berechten,' zegt ze kalm. 'Uiteindelijk hebben ze het erbij laten zitten. De omstandigheden. De chaos. Ze hebben hem met rust gelaten.'

'Maar hij kon nauwelijks schieten,' barst Avram weer uit. 'Wat dacht hij daar te doen? Heb je het hem niet gevraagd?'

'Jawel.'

'En wat zei hij?'

'Tja, wat dacht je. Dat hij vooral op zoek was naar iemand die hem zou neerschieten.'

'Wat?'

'Iemand die hem een dienst zou bewijzen,' citeert ze. 'Wat kijk je? Zo zei hij het.'

Om tien uur 's morgens arriveerden Ilan en de tanksoldaat bij steunpunt Chamama op de oever van het kanaal, tegenover de stad Ismailia. Voor het eerst zagen ze de Egyptenaren met honderden en honderden het kanaal oversteken, niet ver van hen vandaan, en het schiereiland Sinaï binnenstromen. Ze bleven er schaapachtig naar staan staren. Ze konden hun ogen nauwelijks geloven. Ilan had haar verteld: 'Op een of andere manier was het niet angstwekkend. We hadden het gevoel dat we naar een film keken. Ik herinner me dat ik dacht dat Uri Zohar er opnames van zou moeten maken voor het vervolg van *Every Bastard a King*.'

Hij en de tanksoldaat riepen de soldaat die hen vanaf zijn post bij de poort van het fort in de gaten hield. Ze zwaaiden met een wit hemd en vroegen hem hen binnen te laten, maar vanuit het steunpunt werd een korte riedel schoten op hen gelost. Ze vluchtten weg, gingen in het zand liggen, staken hun handen uit en bleven schreeuwen. Toen ging de poort op een kiertje open, en een officier, die er verschrikt uitzag, gluurde naar buiten, hield een uzi op hen gericht en nam ze op. 'Wie zijn jullie?' riep hij, en Ilan en de jongen antwoordden dat ze Israëliërs waren. De officier schreeuwde dat ze zich niet moesten verroeren.

'Laat ons binnen,' smeekten ze.

Maar de officier had geen haast. 'Waar zijn jullie vandaan?'

Ze gaven hem de nummers van hun eenheden.

'Nee, waar in Israël zijn jullie vandaan?'

'Uit Jeruzalem,' riepen ze in koor, en ze keken elkaar aan.

De officier dacht even na, gebaarde ze te blijven liggen waar ze lagen, en verdween.

De aarde onder hen trilde. Achter hen hoorden ze het geratel van de rupsbanden van Egyptische tanks. 'Waar heb je op school gezeten?' siste Ilan zonder zijn lippen te bewegen.

'Op het Boyar,' zei de ander, 'één jaar onder jou.'

'Wat?' vroeg Ilan verbaasd. 'Ken jij mij?'

'Wie kende jou niet?' antwoordde de soldaat met een glimlach. 'Jij was altijd met die ene, de dikke met het lange haar, die uit de boom is ge-sprongen.'

De poort van het fort ging open, de officier gebaarde ze langzaam dich-terbij te komen, op hun knieën, met hun handen in de lucht.

Spoken met rode ogen kwamen op hen af en bleven om hen heen staan. Vieze spoken, bedekt met wit stof. Uit alle hoeken van het fort kwamen ze en dromden om hen samen. Zwijgend luisterden ze naar wat de twee vertelden over de dingen die ze onderweg hadden gezien. De comman-dant van het steunpunt, een vermoeide, afgeleefde man, twee keer zo oud als Ilan, vroeg hem wat hij in godsnaam deed in deze zone, en Ilan keek hem recht in de ogen, zei dat hij vanuit Babel was gestuurd om geheim materiaal en geheime apparatuur uit Magma te evacueren, en hij vroeg wanneer hij door zou kunnen naar steunpunt Magma. De soldaten om hen heen wierpen elkaar schuinse blikken toe. De officier vertrok slechts zijn lippen voor hij wegliep. De tanksoldaat nam hij mee.

Een dikke reservist met een doffe blik kwam tegenover Ilan staan en zei met trage stem: 'Zet Magma uit je hoofd. Die zijn er geweest. En ook als iemand daar toevallig in leven is gebleven – de Egyptenaren hebben ze van alle kanten in een wurggreep.'

'Waarom worden ze dan niet te hulp geschoten?' vroeg Ilan verbijsterd. 'Waarom beukt de luchtmacht niet in op de Egyptenaren?'

'De luchtmacht?' De soldaten grinnikten. 'Vergeet het maar,' zei de dikke reservist. 'Vergeet alles wat je over ons leger wist.' De anderen bromden instemmend.

'Je had de jongens van Chizajon moeten horen,' zei een blonde soldaat met een gezicht dat zwart was van het roet. 'Zoals die jankten door de radio, daar kom je voor de rest van je leven niet meer overheen.'

Ilan fluisterde: 'Jankten? Huilden ze echt?'

'Ze huilden en ze vervloekten ons omdat we ze niet te hulp kwamen,' zei de dikke met de trage manier van praten. 'Maak je geen zorgen, wij zijn hier binnenkort ook aan het janken.'

Een andere soldaat, met een verbonden arm in een vieze mitella, zei: 'We weten al hoe het gaat, elke fase kennen we.'

'Je hoort hier alles,' zei een kleine, donkere sergeant. 'Tot het laatste moment kun je het volgen, tot op het eind de stront in de broek loopt. Live uitgezonden.'

'We hebben het al met een aantal steunpunten meegemaakt,' voegde een gedrongen reservist eraan toe.

Ze praatten nu door elkaar tegen Ilan, vielen elkaar in de rede. Hun stemmen waren dof en kleurloos. Ilan had het gevoel dat ze zijn aanwezigheid aangrepen om met elkaar te praten, via hem.

Hij draaide zich om, strompelde naar een hoek en ging op de grond zitten. Hij staarde voor zich uit en kon zich niet meer verroeren. Zijn hoofd was leeg. Af en toe kwam er iemand naar hem toe en probeerde hem aan het praten te krijgen, hem te vragen wat hij wist over de oorlog en de situatie thuis in Israël. De hospik dwong hem water te drinken en beval hem even op een brancard te gaan uitrusten. Gehoorzaam ging hij liggen en blijkbaar viel hij in slaap. Maar al snel werd hij wakker van de trillende aarde en een stofwolk die oprees. Een zwakke alarmsirene jankte ergens, van alle kanten klonken geluiden van rennende mensen en verschrikte kreten. Iemand wierp hem een helm toe. Hij hield die in zijn hand, stond op en begon verward heen en weer te lopen in de bunker, van

muur tot muur. Om hem heen was het een gewoel als van een mierennest dat overhoop was gehaald. Hij had het gevoel dat hij heel langzaam
aan het lopen was in een film die versneld werd afgedraaid, en als hij zijn
hand zou uitsteken naar de rondrennende soldaten om hem heen, dacht
hij, zou die hand door hun lichaam heen gaan.

'Zeg, Ora –'
  'Wat?'
  'Wanneer heeft hij je dat allemaal verteld?'
  'Op de ochtend dat Ofer is geboren.'
  'Wat, in de verloskamer?'
  'Nee, nog thuis. Voordat we naar het ziekenhuis gingen. Zo'n beetje
tegen de ochtend.'
  'Hij maakte je ineens wakker en begon te vertellen?'
  Ze knippert met haar ogen en probeert te begrijpen waarom hij zo'n
belang stelt in die kleine bijzonderheden. Ze staat er versteld van dat zijn
oude intuïties van een helderziende weer in hem tot leven komen. 'Moet
je horen,' zegt ze, 'het was de eerste en de laatste keer dat ik het verhaal te
horen heb gekregen.'
  'Hoe kan het dan dat je je alles zo goed herinnert?'
  'Die ochtend vergeet ik nooit, elk woord dat is gezegd.' Verder houdt
ze haar mond en ze kijkt weg van hem. Maar hij speurt en vorst met een
scherpe, fijne blik, en ze weet: hij voelt iets aan. Hij begrijpt alleen niet
wat hij aanvoelt.

Het bombardement hield op. De mensen kalmeerden, zetten hun stalen helm af en trokken hun kogelwerend vest uit. Iemand zette koffie
toebroek en bood ook Ilan een kop aan. Hij stond op. Met mechanische
bewegingen liep hij naar de commandant van het steunpunt, ging voor
hem staan en vroeg of hij nu terug kon naar zijn basis in Oemm Hasji-
ba, kamp Babel. Hier en daar keken mensen op van hun stafkaarten en
zendontvangapparatuur. Ze keken naar hem alsof hij gestoord was. Ze
herhaalden zijn vraag tegen elkaar. 'Wat ben je voor een groene pieper,'
zeiden ze grinnikend, 'hier ga je alleen nog vandaan met een halve hon-
denpenning in je mond.'

'En toen pas,' zegt ze, 'snapte hij eindelijk in wat voor nesten hij zich had gewerkt.'

'Ik wist het niet,' fluistert Avram gepijnigd, en Ora denkt: wacht maar tot je hoort wat je allemaal niet weet.

'Ze stopten hem een uzi in de handen en vroegen of hij ermee kon schieten. Hij zei dat hij een halfjaar geleden schietoefeningen had gedaan. Met een spottende grijns zetten ze hem achter een apparaat. Ik geloof dat het iets met nachtzicht was –'

'SLS,' mompelt Avram, 'een Star Light Scope, bij ons in Magma hadden we er ook een –'

'En wat ze vooral tegen hem zeiden, was dat hij uit zijn shock moest raken omdat de Egyptenaren eraan kwamen en het niet beleefd was om die zo te ontvangen. Toen werden er nog geintjes gemaakt,' legt ze uit.

Door de kijker zag hij niets, blijkbaar wist hij niet hoe hij die moest gebruiken, maar de hele nacht hoorde hij geschreeuw in het Arabisch, heel dichtbij, en ook geploeter van grote voorwerpen in het water. Hij begreep dat meer en meer Egyptenaren overstaken. Rondom hen bleven de granaten neerkomen die het fort door elkaar schudden. Af en toe zei hij tegen zichzelf: Avram is dood, mijn vriend Avram is dood, zijn lijk ligt hier niet ver vandaan. Maar hoe vaak hij die woorden ook herhaalde, hij slaagde er niet in hun betekenis tot zich te laten doordringen. Zelfs simpel verdriet voelde hij niet, zelfs geen verbazing over het feit dat hij geen verdriet voelde.

Ze zwijgen en het hart klopt plotseling sneller in hen allebei, stelt roffelend de vragen die ze niet zullen stellen. Wat dacht je, Ora, wat dacht je toen we je belden en tegen je zeiden dat je een hoed moest pakken en twee briefjes? Had je echt geen flauwe notie van wat je daar verlootte? En wat hoopte je stiekem? Welke naam wilde je dat er uit de hoed tevoorschijn zou komen? En als je toen had geweten wat er zou gebeuren – nee, die vraag mag ik niet stellen. Maar toch, ik moet, ik moet het één keer horen: als je had geweten wat er zou gebeuren, welke naam had je dan gewild dat er uit de hoed tevoorschijn zou komen?

Om vier uur 's nachts kwam iemand hem vervangen op zijn post. Ilan rende naar de bunker. Een granaat scheerde vlak over zijn hoofd, en dodelijk geschrokken dook hij in een van de schuilnissen in de wand van de loopgraaf. 'Waar is een wc?' riep hij naar een bebaarde soldaat die tegenover hem op zijn hurken in de loopgraaf zat, trillend over zijn hele lijf. 'Waar je maar schijt,' kreunde de soldaat, waarop Ilan, die het gevoel had dat hij het geen moment langer kon inhouden, zijn broek naar beneden rukte. En gedurende een paar gezegende ogenblikken vergat hij alles – de oorlog, het bombardement, Avram die hij was kwijtgeraakt – en was helemaal geconcentreerd op zijn leeglopende darmen.

Toen hij daarna de commandokamer bereikte, schrok hij van de stilte. Iemand gebaarde hem naar boven te gaan om vanuit een uitkijkpost naar het westen te kijken. En daar zag hij een soort reusachtig, gelig wit tapijt, dat snel golvend op het steunpunt afkwam, alsof het zweefde boven de woestijn.

'Van hun,' bracht een soldaat naast hem uit. 'Misschien wel twintig tanks, en alle lopen zijn gericht op ons.'

Een nieuw bombardement brandde los. De tanks openden het vuur, tegelijk met een batterij mortieren die op een verre heuveltop was opgedoken, en er verscheen een Egyptische Soechoj, die zijn bommen begon af te werpen. De lucht en de aarde beefden. Alles voor Ilans ogen trilde. Mensen, betonnen muren, tafels, zendontvangapparaten, wapens. Elk voorwerp trad uit zijn vorm, bracht wild brommend zijn tonen ten gehore. Een nieuwe aanval van diarree werd in Ilans darmen gelanceerd. Hij draaide zich om en rende naar zijn schuilnis.

'De wereld is dood,' mompelde een roodharige jongen die in een lange militaire onderbroek voorbij kwam rennen, en Ilan dacht vagelijk dat het misschien tijd was voor zoiets als brieven schrijven, aan zijn ouders, aan Ora en aan Avram, en toen drong tot hem door dat hij Avram nooit meer iets zou schrijven. Geen briefjes meer onder de les, geen schunnige limericks, geen ideeën voor hun opnames, geen citaten van Kishon, geen pseudo-Talmoedisch commentaar op *Fanny Hill*. Er zouden geen liedjes in rabbijns schrift meer over en weer gaan, die de charmes van de meisjes van hun jaar bezongen. Geen langdurige gesprekken meer in gebarentaal onder de neus van hun leraren. Geen wilde dromen meer over de ultieme Israëlische speelfilm, een *nouvelle blague*-film, die Ilan zou regisseren en waarvoor Avram het scenario zou schrijven. Geen gerijmde brieven meer vol filosofische wijsheden en geilheid, zoals heen en weer waren gevlogen tussen zijn en Avrams basis, met vooraf in inkt aangebrachte cirkels voor de vlekken van het kwijl van de censor. Geen gecodeerde boodschappen meer, die ze elkaar met de militaire teleprinter stuurden – de code, uitsluitend gebaseerd op hun geheimen en trivia, was niet te kraken. Voorbij waren hun gezamenlijke ontdekkings-reizen naar de nieuwe continenten, Bakoenin en Kropotkin, Kerouac en Burroughs, maar ook *Tom Jones* en *Joseph Andrews* van Fielding, en het *Grappen- en spitsvondighedenboek* van Droejanov. Voorbij waren de grappen, zo drong eindelijk tot Ilan door, de geniale invallen, de kwink-slagen, de grofheden, de snelle blikken van verstandhouding, de diepe, duistere wederzijdse herkenning van twee spionnen in het land van de vijand, van twee eenzame, verstoten kinderen, en van wat altijd in hen beiden verscholen zat, achter de hysterische lachbui, tot tranen toe.

En nee, hij had niemand meer om samen mee versteld te staan van *Das sogenannte Böse* en *Also sprach Zarathustra*, waaruit ze elkaar voorla-zen in het dal bij de wijk Jefee Nof, op een rots die 'de Olifantstand' werd genoemd. Met wie anders zou hij kunnen discussiëren, tijdens een nachtelijke vlucht door het kapotte hek van trainingskamp zestien, over de objectivistische filosofie van Mosje Kroy en over de bluesy akkoord-progressies die verstopt zaten in de nummers van de Beatles? En wie zou de vermoeiende buikpijndiscussies tussen Naphta en Settembrini uit *De Toverberg* nu dramatiseren, bewerken tot een hoorspel en het samen met hem opnemen op de logge Akai-bandrecorder? Nee, er zou niet meer worden geciteerd uit de heilige schriften van dichter der dichters Avidan en dichteres der dichteressen Jona Wallach, noch uit *Catch-22*, noch uit *Under Milk Wood* van Dylan Thomas, een loflied op de mense-lijke stem, waaruit Avram hele bladzijden uit het hoofd kon opzeggen. En wie ter wereld zou het nog eens lukken hem mee te slepen naar de redactie van de *Jediot Acharonot* in Tel Aviv, voor een gesprek met de hoofdredacteur, die tot zijn verbazing ontdekte dat ze niet meer dan twee tieners waren en dat het idee waarover ze hem in hun brief iets hadden laten doorschemeren – 'dat we u, zo het ons wordt vergund, alleen kun-nen ontvouwen in een gesprek onder zes ogen' –, eruit bestond dat de hele krant eens per maand zou worden volgeschreven door dichters. ('Alle rubrieken en artikelen,' legde Avram in alle ernst uit aan de ont-stelde hoofdredacteur, 'van de koppen op de voorpagina tot en met de sport en de advertenties, zelfs het weerbericht.') Alleen met Avram kon hij naast het alledaagse leven een voor iedereen onzichtbaar, vol leven leiden in de rokerige ruimte van het blad *Down Beat*, dat ze elke maand uit de bibliotheek van de muziekacademie pikten, want met behulp er-van waren ze in staat zorgvuldig hun dagelijkse avondjes uit te plannen, naar Carnegie Hall, Preservation Hall en de jazzkroegen van New Orleans, en te fantaseren over nieuwe jazzplaten en over jazzboeken die in Israël niet te verkrijgen waren, met een inhoud waarover je eindeloos kon speculeren – ze waren wekenlang gek geweest van *Music Is My Mistress* van Duke Ellington, alleen maar op grond van de recensies, de advertenties en de titel. En wie zou nu met hem bij Ginzburg in de Allenbystraat gaan snuffelen naar tweedehands muziekinstrumenten? Wie zou, met geld dat hij niet had, platen van Stan Getz en Coltrane voor hem kopen? Wie zou hem de oren openen voor de politieke kreet in jazz en blues, waarvan hij het bestaan nooit zou hebben vermoed – het hele idee zou nooit in hem zijn opgekomen –, als Avram hem er niet op had gewezen. En niemand op de hele wereld zou hem nog schaterend 'spruit van een slap geslacht', 'koekoeksjong', 'mietnasser', 'jichtige schildpad' noemen. Wie zou er nog met hem op staan het nooit gewoon over dennenappels, stadions en een maag te hebben, maar over *tstroebaliem, tstadjonot* en een *tstoemcha*, zonder de beginklinker die in een ver taalverleden aan de Griekse leenwoorden was toegevoegd? (Ja, Avram voerde een merkwaardige heilige oorlog tegen de *alef protheticum*. Hij overwoog zelfs zijn naam te veranderen in Bram.) En wie zou hem na een briljante zet tijdens een potje backgammon complimenteren met de woorden 'Mooi gebruld, leeuw!'

En ze zouden geen wilde concurrentieslag meer uitvechten in het uit het hoofd leren van het Arabisch-Hebreeuwse woordenboek van Ajalon-Sjin'ar, dus niemand zou hem meer de bal toespelen met *'tadahlaza!'*, dat 'door de wandelgangen lopen (van een parlement etc.)' betekende – Ilan mocht vanzelfsprekend ook het 'etc.' niet vergeten – en niemand zou hem in een drukke liftcabine meer het woord *naahida* toefluisteren, dat 'deerne met ronde, volle borsten' betekende. Ook hun gearabiseerde Hebreeuws en gehebraïseerde Arabisch zouden verdwijnen. Hij zou met niemand meer meervouden kunnen breken en spreken van *zakaadik* in plaats van 'zakdoeken', *vawaagil* in plaats van 'vogels', *kanaadiem* in plaats van 'condooms' en *koenoet* in plaats van 'konten'. En wie zou, in het algemeen, altijd om hem heen het gepruttel van een kokende ketel gaande houden, wie zou als een brullende wervelwind langs hem trekken, hem in zijn klauwen door de storm dragen, zijn ziel uit hem doen opstijgen?

Hij kwam terug in de commandokamer op het moment dat Israëlische tanks bij verrassing de Egyptische tanks in de flank aanvielen en er twee in brand schoten. In alle uithoeken van het steunpunt stak gejuich op. De soldaten vielen elkaar in de armen, zwaaiden enthousiast naar de Israëlische tanks en begonnen zich op te maken voor hun evacuatie. De Israëlische tanks achtervolgden de Egyptische tanks die niet waren getroffen, en verdwenen achter de zandheuvels. Een zware, giftige stilte verspreidde zich over het steunpunt. De soldaten staarden ze verdwaasd na, wisten niet wat ze moesten doen met hun opgestoken handen, waarmee ze naar hun redders hadden gezwaaid.

Even later dook uit een van de getroffen tanks een Egyptische soldaat op. Vlammen sloegen uit zijn schouders. Hij sprong uit de tank en begon heen en weer te rennen met zijn armen in de lucht, tot hij ten slotte voorover viel, spartelde en langzaam ophield te bewegen. Met merkwaardige berusting bleef hij liggen terwijl de vlammen hem verteerden. Onmiddellijk daarna verschenen vier gepantserde troepentransportwagens van de Egyptenaren. Soldaten in camouflage-uniform stapten uit, keken naar het steunpunt en voerden overleg. De commandant van het steunpunt gaf het vuurbevel en iedereen die een wapen in zijn hand had, begon te schieten. Ook Ilan. Het eerste en enige schot dat hij in de oorlog loste, knalde op zijn trommelvlies en liet het litteken van een aanhoudend suizen achter. De Egyptische soldaten sprongen hun APC's weer in en trokken zich terug. Ilan maakte een veldfles los van een koppelriem die hij ergens zag liggen en dronk hem bijna helemaal leeg. Zijn knieën trilden een beetje. De gedachte dat hij iemand had kunnen doodschieten en dat heel graag had willen doen, scheurde een of ander vlies dat hem had bedekt sinds het begin van zijn zoektocht naar Avram.

De commandant riep hem, zei dat het hem niet kon schelen waar Ilan ineens vandaan was gekomen, maar dat hij van nu af onder zijn bevel stond. Meteen beval hij hem de posten in het steunpunt af te lopen en alles wat de mannen van hem vroegen af te handelen. De daaropvolgende uren sjouwde Ilan met munitiekisten, jerrycans drinkwater en rode diesel voor de generator, en bracht sandwiches rond die de hospik constant bleef smeren voor de soldaten. Samen met een zwijgzame soldaat met een dikke baard laadde hij een MAG uit een APC die op de binnenplaats stond, en daarna hielp hij hem die op te stellen op de noordelijke stelling. Hij verzamelde meer en meer 'administratief materiaal'

– papieren, formulieren en logboeken van de activiteiten van het steunpunt – en verbrandde het op de binnenplaats.

Toen hij daar stond te plassen, kwam een gedachte bij hem op. Hij liep
naar de APC, maakte het camouflagenet los, tilde het op en keek naar de
opgestapelde apparatuur. Hij bleef lang staan staren. Ineens schrok hij
wakker alsof hij een klap in zijn gezicht had gekregen, en hij rende zo
hard hij kon weg, op zoek naar de onderofficier Inlichtingen van het
steunpunt. Hij troonde hem mee naar de APC en legde hem uit wat hij
wilde.

De onderofficier staarde hem aan, daarna barstte hij uit in een harde
lach, daarna vervloekte hij hem en schreeuwde dat ze hem op het hoofdkwartier zouden vierendelen als er iets zou gebeuren met een van de toestellen, en in een adem zei hij erachteraan dat hij er binnen een of twee
uur toch benzine over moest gieten om alle apparatuur te verbranden.

Ilan zei: 'Toe, geef me één toestel voor een uurtje, meer niet.'

De onderofficier schudde zijn hoofd en legde zijn armen over elkaar.
Hij was een forse jongen, langer en breder dan Ilan.

'We gaan allemaal dood,' zei Ilan rustig, 'waarom doe je moeilijk over
een rottige VRC?'

De onderofficier begon fluitend het camouflagenet weer vast te maken
aan de APC. Toen hij daarmee klaar was en zich omdraaide, zag hij dat
Ilan er nog altijd stond. 'Opzouten,' siste hij, 'je hebt hier niets te zoeken.'

'Een halfuurtje, op de minuut af,' zei Ilan.

De onderofficier liep rood aan en liet weten dat Ilan hem op de zenuwen begon te werken en dat het zendontvangapparaat van Magma toch
allang was vernietigd, zodat daarvandaan niets meer werd uitgezonden.

Ilan toverde ineens een glimlach op zijn gezicht. 'Zeg me één ding,'
vroeg hij vriendelijk, bijna lief, – 'tja, als Ilan iets gedaan wil krijgen,' zegt
Ora, en Avram knikt – 'wat voor toestellen worden er nog meer gebruikt
in de steunpunten?'

De onderofficier raakte even in de war door zijn vriendelijkheid en
bromde dat er daar in Magma vast ook een paar oude MemKoef-6-veld-
radio's hadden gestaan, maar er was geen enkele kans dat daar nog iets
van over was.

Ilan vroeg of deze scanner hier, bijvoorbeeld, een frequentie van een
MemKoef-6 zou kunnen ontvangen.

De onderofficier verwijderde Ilans hand van het toestel, maakte het net eromheen weer vast en bromde dat Ilan er geweest was als hij nu niet opsodemieterde.

Met de ijzige koelbloedigheid die hij soms in zich had, lachte Ilan hem weer toe. Als de onderofficier hem nú een zender-ontvanger zou geven, zei hij, voor één uurtje maar, dan beloofde hij, op zijn erewoord, dat hij de Egyptenaren die hier straks zouden komen niet zou vertellen dat hij de onderofficier Inlichtingen van het steunpunt was.

'Wát zeg je?' siste de onderofficier hem toe.

En Ilan duwde hem vlug tegen de wand van de APC, sloot hem op tussen zijn armen en herhaalde zijn voorstel, recht in zijn gezicht.

De ogen van de onderofficier schoten heen en weer, op zoek naar hulp, maar Ilan zag de radertjes van zijn hersens bewegen en een rekensom maken, als op een heel eenvoudig telraam. 'Je bent gestoord,' hijgde de onderofficier in zijn oor, 'je bent een klootzak, een spion, het is verraad wat jij hier –' maar zijn fluistertoon verried de uitkomst van zijn innerlijke rekensom al. Ilan liet hem los. Even bleven ze tegenover elkaar staan. 'Waar ben je vandaan gekomen?' fluisterde de onderofficier hees. 'Wie ben je eigenlijk?'

Ilan overspoelde hem met zijn groene blik en maakte zonder enige schaamte toespelingen op nagels die werden uitgetrokken en elektroden die op testikels werden aangebracht. De jongen kreunde. Zijn mond bewoog zonder geluid. Het duurde misschien tien seconden bij elkaar, meer niet. Voor een zo vreemde complicatie had de onderofficier geen ruimte meer in zijn ziel, en hij leek nederig zijn wilskracht te laten varen. Zonder iets te zeggen maakte hij het camouflagenet los, pakte een VRC-apparaat uit de wagen, droeg het mee en zette het neer op een houten tafeltje buiten de commandobunker. Toen hij zich omdraaide om weg te lopen, pakte Ilan zijn arm vast en vroeg weer: 'Weet je zeker dat het een MemKoef-6 kan ontvangen?'

'Nee,' mompelde de onderofficier. Hij meed Ilans blik alsof hij op zijn hoede was voor de ogen van een hypnotiseur. 'Dat valt buiten zijn bereik.'

'Zorg er dan voor dat het die wel kan ontvangen,' zei Ilan.

De onderofficier slikte, daarna verbond hij het apparaat met een metalen draad aan de enige antenne die nog overeind stond in het steunpunt. Vervolgens haalde hij een schroevendraaier tevoorschijn, maakte de kast van het apparaat open, rommelde in de ingewanden ervan en vergrootte het frequentiebereik. Toen hij klaar was, richtte hij zich op en liep weg zonder Ilan aan te kijken, met hangende schouders, de rug van zijn overhemd één grote zweetplek.

Ora praat, en Avram trekt langzaam zijn slaapzak over zich heen. Eerst verstopt hij zich achter de slaapzak, daarna vormt die zijn cocon. Alleen zijn witte gezicht steekt erboven uit. Zijn ogen vallen bijna uit hun kassen.

'Ora?'
    'Wat –'
    'Heeft hij je dit allemaal verteld?'
    'Ja –'
    'Op de ochtend dat Ofer is geboren?'
    'Dat zei ik al –'
    'Wat was dat, een of andere plotselinge aandrang van hem, vóór de bevalling? Jou dat allemaal vertellen?'
    'Blijkbaar. Dat zou je aan hem moeten vragen.'
    'Zomaar ineens, op een ochtend, toen jullie bij een kop koffie zaten te kletsen, begon hij je te vertellen over –'
    'Avram, ik herinner me de precieze details niet meer.'
    'Je zei dat je van die ochtend nooit iets zou vergeten.'
    'Maar wat doet het er nu toe?'
    'Zomaar, omdat het interessant is, niet?'
    'Wat?'
    'Dat hij dat zo vlak voor Ofers geboorte besloot te doen. Het is toch een beetje raar.'
    'Wat is er zo raar aan?'
    'Dat hij juist toen –'
    'Ja, juist toen, snap je dat dan niet?'
    Zijn ogen speuren in die van haar. Ze kijkt hem recht aan. Niets houdt ze voor hem verborgen. Ze toont hem: Ilan en zij, en Ofer in haar buik. Hij kijkt en ziet.

'Hallo, hallo, hallo, hallo,' klonk een vermoeide, moedeloze stem op uit het dodenrijk. Ilan veerde overeind op zijn stoel, maar zo verloor hij het signaal. Weer draaide hij voorzichtig aan de knop. Zijn vinger begon ineens onbeheersbaar te trillen, en hij moest die buigen en met de knokkel de knop verder draaien. Hij zat zo al drie uur, bijna zonder zich te bewegen, alleen zijn wijsvinger draaide met ragfijne bewegingen aan de knop, en zijn ogen zochten het grasveld van signalen af, een veld van heel dunne, groene sprieten die opkwamen en verwelkten op het schermpje. 'Hallo, hallo, hallo,' fluisterde een zwakke, verre stem weer, 'hallo, hallo...' Het geluid stierf weg, gestoord door vlagen ruis en interferentie, door flarden van Arabische zinnen die iemand in Ismailia uitschreeuwde tegen de commandant van een peloton dat met Sagger-raketten was uitgerust. Ilan probeerde te bedaren en hield zichzelf voor dat hij zich vergist moest hebben, het was per slot van rekening onmogelijk in zulk hels kabaal één afzonderlijke stem te herkennen. Voorzichtig draaide hij aan de afstemknop, doorkruiste Egyptische en Israëlische communicatienetwerken, mixte met één vingerbeweging hysterisch geschreeuw, motorgeronk, inslagen van granaten, bevelen, kreten en vloeken in het Hebreeuws en in het Arabisch, totdat ineens weer zwak en vertwijfeld uit de diepte opklonk: 'Hallo, hallo, geef eens antwoord, klojo's.' Ilan kreeg kippenvel.

Met twee handen drukte hij de koptelefoon tegen zijn oren en hoorde, woord voor woord: 'Waar zitten jullie, stelletje klootloze scheurbuiklijers? Moge mijn geest jullie 's nachts blijven achtervolgen –' en toen rukte hij de koptelefoon van zijn hoofd, rende naar de commandobunker, stormde midden in een briefing van de bevelhebber van het steunpunt voor de officieren de commandokamer binnen en riep uit: 'Er zit een soldaat in Magma, ik heb hem gehoord, op de radio te pakken gekregen, hij is in leven!'

De commandant wierp hem één blik toe en liep snel achter hem aan. Hij vroeg niet eens met welk recht Ilan opgeborgen geheime afluisterapparatuur tevoorschijn had gehaald. Met trillende handen zette Ilan hem de koptelefoon op en zei: 'Luister, hij leeft, hij leeft.' De commandant leunde met twee vuisten op het tafeltje en luisterde, en toen er een frons op zijn voorhoofd verscheen en de uitdrukkingen op zijn gezicht elkaar afwisselden, dacht Ilan vlug: misschien moet ik hem in het kort uitleggen dat Avram altijd zo praat. En het had weinig gescheeld of hij had tegen de commandant gezegd dat Avram gered moest worden *ondanks* die manier van praten van hem.

Jaren daarna – zo vertelde Ilan in die vroege ochtend van de dag dat

Ofer zou worden geboren – vrat hij zich nog op van de wroeging als hij eraan terugdacht hoe hij zich voor Avram had gegeneerd tegenover de commandant. En toen hij dat tegen haar zei, begreep Ora ineens dat Avram met zijn manier van praten en van doen, met zijn hele manier van zijn, als het ware constant een of ander vaag en gênant persoonlijk geheim, dat in ieder mens aanwezig was, publiek maakte. Ze herinnerde zich hoe de Avram van vroeger vaak lachend beweerde: *'Ik zeg altijd hardop wat iedereen niet denkt.'*

De commandant blies zijn ingehouden adem uit en richtte zich op. 'Oké, dat is dat jochie, we weten van hem af, maar we dachten dat hij er niet meer was.' Hij zette de koptelefoon af en vroeg: 'Wie heeft jou toestemming gegeven hier een post op te zetten?'

Ilan leek de vraag niet te hebben gehoord en vroeg met dichte keel: 'Jullie weten van hem af? Waarom hebt u dat niet eerder tegen me gezegd?'

De commandant kneep één oog halfdicht. 'En wie mag jij dan wel zijn dat ik jou iets moet rapporteren?' Ilan werd lijkbleek en zijn adem stokte, en de commandant kreeg ineens oog voor zijn nood en gooide het over een andere boeg. 'Luister, mijn jongen, rustig maar, ga zitten. Er valt voorlopig niets voor hem te doen.'

Ilan gehoorzaamde en ging zitten. Hij was ineens zo slap als een dweil en het zweet gutste van hem af.

'De eerste en de tweede dag heeft hij het hele communicatienetwerk gek gemaakt,' zei de commandant en hij wierp een blik op zijn horloge.

'Wat deed hij dan?' fluisterde Ilan.

'Ah, hij bleef maar kletsen en roepen dat we hem moesten komen halen. Hij is ook gewond,' voegde de commandant eraan toe, 'een arm of een been is uitgeschakeld, ik weet het niet meer. Om je de waarheid te zeggen, vanwege al zijn plastische beschrijvingen zijn we ermee opgehouden hem aan te horen. En daarna verdween hij uit de ether, net als iedereen daar, zodat we dachten dat het gedaan was met hem. Dus het is mooi van hem dat hij het tot nu toe heeft volgehouden. Maar naar hem toe gaan kun je vergeten. Zet het uit je hoofd.'

'Wát moet ik uit mijn hoofd zetten?' fluisterde Ilan.

'Hem,' antwoordde de commandant, en met zijn wenkbrauwen wees hij naar de scanner, waaruit de stem van Avram weer opklonk, maar dit keer eigenaardig vrolijk nu hij met zijn lippen *Take the 'A' Train* van Duke Ellington trompetterde.

De commandant draaide zich om en wilde terug naar de bunker, maar Ilan pakte zijn arm vast. 'Ik snap het niet,' fluisterde hij, 'waarom kan het niet? Hij is toch soldaat van het Israëlische leger? Hoezo kan het niet?' De commandant wierp hem een waarschuwende blik toe en bevrijdde langzaam zijn arm uit Ilans greep. Ze stonden nu tegenover elkaar, en Avrams stem kringelde tussen hen in, kondigde in het Engels een wedstrijd tussen de Russische bigband en de Amerikaanse aan, en verzocht de luisteraars per briefkaart te laten weten welke ze de beste vonden.

De commandant was een kleine, triest ogende man. Zijn gezicht was gepoederd met stof. 'Laat het los,' zei hij zachtmoedig, 'ik zeg je, laat gaan, er valt op het moment niets voor hem te doen. Het hele Egyptische leger zit rondom hem en wij hebben daar nul komma nul troepen. Bovendien, luister nou naar hem,' fluisterde hij erachteraan, alsof hij bang was dat Avram hem zou kunnen horen, 'hem maakt het niet meer zoveel uit waar hij is, geloof me.' En als om zijn woorden te bevestigen barstte Avram uit in een lang, angstaanjagend vreemd, kraaiend gejodel. De commandant gaf een draai aan de afstemknop en verving Avrams gekraai door geluiden van bevelen, schoten en geluidmetingen om de vijandelijke artillerie te lokaliseren, die even zelfs in de oren van Ilan op hun eigen wijze logisch klonken, een geaccepteerd, wettig betaalmiddel in deze omstandigheden.

'Wacht!' zei Ilan en hij rende achter de weglopende commandant aan. 'Is het iemand al gelukt om met hem te praten?'

De commandant knikte zonder stil te blijven staan. 'In het begin wel, op de eerste dag had hij een andere, normale zender, maar die hield ermee op, en blijkbaar weet hij niet hoe hij de MemKoef op ontvangen moet zetten.'

'Dat weet hij niet?' zei Ilan hem na met een gebroken stem. 'Hoezo weet hij dat niet, wat moet je ervoor doen, alleen maar luisteren, toch?'

De commandant haalde al lopend zijn schouders op. 'Blijkbaar mankeert er iets aan het toestel, of de jongen is zelf niet meer in orde.' Ineens bleef hij staan, draaide zich naar Ilan toe en keek hem diep in de ogen. 'Wat heb je eigenlijk met hem? Ken je hem?'

'Hij is van Babel,' bracht Ilan snel uit.

'Inlichtingen?' Het gezicht van de commandant betrok. 'Dat wist ik niet. Dat is niet goed. Dat moet worden doorgegeven.'

'Luister,' zei Ilan, aangemoedigd door het sprankje interesse dat hij in de commandant bespeurde, 'ze mogen hem niet te pakken krijgen. Hij weet een hoop, hij weet alles, hij heeft een fenomenaal geheugen. We moeten eerder bij hem zien te komen dan zij –'

Ineens viel hij stil. Hij kon zijn tong wel afbijten. Diep in de pupillen van de officier zag hij iets vreemds, iets kroms oplichten, en Ilan snapte dat hij misschien zojuist eigenhandig Avrams doodvonnis had getekend. Hij stokte, geschokt over wat hij misschien had aangericht. Voor zijn geestesoog zag hij een Israëlische Phantom-straaljager op het steunpunt afduiken om het veiligheidsrisico te elimineren dat zich tussen de puinhopen van Magma verborgen hield. Toen rukte hij zich los van zijn plaats, rende achter de majoor aan en sprong huppelend om hem heen, voor hem, achter hem. 'Probeer hem te redden,' smeekte hij, 'doe iets!'

De officier wilde naar hem uithalen. Voor het eerst kookte hij van woede. 'Als hij van inlichtingen is, waarom houdt hij zijn mond dan niet?' schreeuwde hij, en hij pakte Ilan bij zijn schouders en schudde hem door elkaar. 'Is hij achterlijk? Weet hij niet dat ze op onze netwerken zitten? Weet hij niet dat ze elke scheet in deze zone lokaliseren?'

'Maar u hebt hem gehoord,' fluisterde Ilan vertwijfeld, 'hij is blijkbaar niet meer helemaal –'

'Laat hem daar zitten, heb ik je gezegd!' blafte de commandant, en de aders in zijn hals zwollen op. 'Ga van de frequentie af, berg het toestel op in de APC en verdwijn uit mijn ogen!' Met die woorden liep hij verder, wild zwaaiend met zijn armen. Maar Ilan, die niet meer wist wat hij deed, haalde hem weer in en versperde hem de weg, voorhoofd tegen voorhoofd. 'Laat me dan alleen op de frequentie blijven,' smeekte hij, 'laat me op zijn minst horen wat hij zegt.'

'Negatief,' brieste de commandant, verbijsterd over Ilans brutaliteit. 'Je hebt drie seconden om te verdwijnen uit mijn –'

'Maar het moet,' kreunde Ilan, 'om op zijn minst te weten te komen of hij ze iets prijsgeeft over "Bloedzuiger" –'

'Wat?'

Ilan bracht zijn gezicht naar dat van de commandant en fluisterde iets.

Er viel een stilte. De majoor knipperde met de ogen, zette zijn handen in zijn zij en keek langdurig naar een of andere vlek die hij zag op de golfplaten die de wanden van de loopgraaf bekleedden. 'Bloedzuiger' was altijd boven iedere discussie verheven en duldde geen tegenwerpingen.

'Ik heb geen mannen over om aan deze zaak te verspillen,' siste hij ten slotte vijandig.

'Ik ben niet een van uw mannen,' bracht Ilan hem in herinnering. Ze gingen een klein eindje uit elkaar.

'Stik maar, samen met die hele inlichtingendienst van je,' fluisterde de majoor, 'zoals jullie ons genaaid hebben... Jullie hebben iedereen hier vermoord. Ga, ga maar, doe wat je wilt, ik heb er niets mee te maken.'

'Hallo, hallo? Is er nog iemand?' klonk de stem weer op toen Ilan de koptelefoon had opgezet, die nog warm was van de oren van de commandant, en Avram opnieuw had opgespoord. 'Waarom krijg ik geen antwoord...? Wat voor spelletje spelen jullie met me? Over, over, over,' mompelde Avram zonder enige hoop. 'Doet die godverdomde radio het wel? Doet hij het niet? God mag weten wat... Hallo? Wat een ongelooflijke klotezooi, klere!'

Blijkbaar sloeg hij met zijn hand op het toestel. Ilan pakte een stoel en ging met zijn rug tegen de muur aan zitten. Hij dwong zichzelf rustig te blijven en logisch na te denken: Avram zat in het steunpunt, anderhalve kilometer verderop. Blijkbaar was hij daar alleen, en hij was gewond, en nu ook een beetje de kluts kwijt, en elk moment zou een afluisteraar van de Egyptische inlichtingendienst hem kunnen lokaliseren en soldaten op hem afsturen.

Ilan ontdekte dat hij juist als hij logisch bleef nadenken gek werd van angst.

'En ik moet schoon water hebben, en verband,' mompelde Avram vermoeid, 'het stinkt intussen al. Dit is een vies vod... Hallo? Hallo? Ze luisteren niet. Waarom zouden jullie ook luisteren, stelletje zakken! Als jullie niet luisteren zul je het straks wel ruiken, zo'n wond, vast ook al koudvuur, godverdomme.'

Hou je mond, smeekte Ilan en zonder er erg in te hebben drukte hij zijn benen tegen elkaar aan, verstop je en hou je mond.

Stilte. Ilan wachtte. Het bleef stil. Hij haalde opgelucht adem. De stilte hield langer en langer aan. Ilan boog zich naar voren en zijn ogen schoten zenuwachtig heen en weer over het dansende schermpje. 'Waar zit je?' mompelde hij. 'Waarom ben je verdwenen?'

'Bloempot, dit is Perzik,' klonk een nieuw, vaag stemgeluid op tussen motorgeronk, 'we zijn getroffen op de Lexicon, 42. Er zijn gewonden. Verzoek om hulp, over.'

'Perzik, eh, dit is Bloempot, begrepen, *wilco*, hulp wordt meteen gestuurd, over.'

'Bloempot, dit is Perzik, bedankt, we wachten, maar haast je, want het is hier nogal een zootje, over.'

'Perzik, dit is Bloempot, wilco, wilco, uit.'

'Shakespeare, bijvoorbeeld, is onsterfelijk,' klonk het zwakke gemompel weer op uit het toestel, 'en Mozart ook. Wie nog meer?'

Ilans wijsvinger sprong op. Hij was nog steeds zijn primaire reactie niet de baas, telkens wanneer hij Avrams stem ontving. Het sprongetje dat zijn hart dan maakte, verschoof de afstemknop. Het lijntje van het ontvangstsignaal zakte in en verdween in het woud van analoog onkruid. Kwaad slingerde Ilan zichzelf een paar van Avrams sappige verwensingen in het gezicht.

'Socrates is ook onsterfelijk, denk ik. Ik ken hem niet goed genoeg. Ik ben hem van de zomer gaan lezen, maar om een of andere reden heb ik hem weggelegd. Wie nog meer? Kafka? Misschien wel. Picasso zeker. Maar aan de andere kant, ook kakkerlakken overleven alles.'

'Uitkijk 16e Divisie voor Boertoekaal,' drong een vreemde stem in het Arabisch door op de frequentie, 'getroffen Joodse tank geïdentificeerd bij kilometer 42, over.'

'Hallo, hallo, geef eens antwoord, smeerlappen, quislings, laten jullie mij hier de pijp uitgaan? Hoe kunnen jullie mij hier laten creperen?'

'Boertoekaal voor Uitkijk: we zijn onderweg naar Joodse tank. Met hulp van Allah zijn we over vijf minuten ter plekke.'

'Beste luisteraars,' fleemde Avram ineens op een verleidelijke, groteske fluistertoon, die Ilan schokte, 'kom snel, want zo meteen is er geen stukje Avram meer over voor wie dan ook.'

'Bloempot, dit is Perzik, we zien de toegezegde hulp nog niet komen, en hier is de situatie niet goed, over.'

'Perzik, dit is Bloempot, geen zorgen, alles onder controle. Hulp is over zeven kleintjes bij jullie en indien nodig roepen we blauwe pakken in, over.'

'Dank, dank, blauwe pakken is een prima idee, maar haast je, want ik heb hier twee zwaargewonde peuken, over.'

'Dit is Avram, uw hartenpit,' weefde zijn stem zich weer door de ruis heen. 'Dit is Avram, die u smeekt hem in allerijl te komen redden voor hij te ruste gaat bij zijn vaderen, die overigens pertinent weigeren met hem te slapen, omdat hij ongesteld is en bloedt –'

'Ik hoorde dat je die ene uit Magma weer op de radio hebt,' zei een glimlachende Jemenitische soldaat die langs kwam lopen, 'is hij weer zijn onzin aan het uitkramen? We dachten dat hij allang het loodje had gelegd.'

'Heb jij hem dan ook gehoord?'

De soldaat grinnikte, en een duivelse bliksemschicht in zijn ogen brak door het masker van stof op zijn gezicht. 'Wie niet? Volkomen hysterisch, die jongen. Hij schold op ons, dreigde, ging tekeer... Wat zit je te lachen?'

'Nee, niks. Heeft hij jullie echt bedreigd?'

'Zelfs generaal Gonen praat niet zo tegen zijn adjudant. Schuif op, laat me eens horen.' Hij boog zich over het tafeltje, vouwde een van de oren van Ilans koptelefoon naar buiten, zette die tegen zijn eigen oor en luisterde. Met een glimlach knikte hij. 'Ja, en zo de hele tijd door, blablabla. Je zou hem in het parlement neerzetten.'

'Was hij zo vanaf het begin?' vroeg Ilan, ook al wist hij het antwoord.

'Nee, in het begin was hij juist oké. Stalen kloten, paste op met wat hij zei over de radio, sprak in bedekte termen, codenamen... Ik geloof dat hij zelfs een tijdje heeft gepraat met de regimentscommandant in Tasa, hem informatie heeft doorgegeven.'

Ilan stelde zich voor hoe Avram zich vlug het militaire taalgebruik eigen maakte en er al snel mee omsprong alsof het zijn moedertaal was. Hij hoorde hem met een zware, trage stem 'negatief, eh, negatief, over' zeggen en zag hem ondertussen genoegen scheppen in de gedachte aan de verbaasde blikken op het tac in Tasa ('Weet iemand wie dat jochie is dat in zijn eentje de boel runt in Magma?')

'Maar dit is een MemKoef-6,' riep de soldaat verbaasd uit, 'dat is net een walkietalkie. Hoe heb je hem in godsnaam uit de lucht kunnen plukken?'

'Dat is voor me geregeld.'

'Die is voor intercomgebruik, voor binnen het steunpunt, een bakkie van niks, helemaal niet voor zo'n bereik.'

'Ben je radio-operateur?'

'Is het niet te zien?' vroeg hij met een glimlach, en hij wees naar zijn grote oren.

'Hoe lang kan hij blijven uitzenden?'

De radio-operateur tuitte zijn lippen, wikte en woog, en kwam ten slotte tot het oordeel: 'Hangt ervan af.'

'Waarvan?'

'Van het aantal batterijen dat hij heeft en van de tijd die het duurt voor bij de Egyptenaren het muntje valt en ze zich realiseren dat daar nog een van ons in leven is.'

Op de achtergrond zong Avram uit volle borst een kleuterliedje, 'een loofhut en niet zomaar een, van takken en daar licht doorheen,' en de radio-operateur neuriede met hem mee en knikte met zijn hoofd op het ritme. 'Moet je hem horen,' zei hij, 'hij denkt dat hij in *Kleutertje luister* zit.'

Het gezang ging over in een pijnlijk gekreun. Daarna was Avram secondenlang verdwenen. Ilan zocht koortsachtig, draaide aan de knop, sloeg op het toestel – en toen ontdekte hij ook dat de scherpe toon die hij constant hoorde niet uit de scanner kwam, maar in zijn eigen oor zat, een overblijfsel van het enige schot dat hij had afgevuurd. Toen hij Avram weer vond, was er in zijn stem geen spoor meer te bekennen van de angstaanjagende vrolijkheid van daarnet. Hij bracht alleen nog maar een zacht, verslagen gemompel uit: 'Ik weet het niet meer, laat me, mijn hoofd is lek. Ik wilde je zeggen, mijn lief, wat wilde ik je zeggen? Waarom ben ik hier eigenlijk? Wat doe ik hier? Ik hoor helemaal niet bij dit alles hier.'

De radio-operateur en Ilan, schouder aan schouder, oor aan oor, bogen zich voorover naar het toestel. De radio-operateur zei: 'Hij denkt aan zijn meisje, hoor je het?'

'Ja.'

'Arme ziel. Hij beseft niet dat hij haar nooit meer terugziet.'

'Er is hier ook geen eten,' bromde Avram, 'alleen vliegen, een triljoen vliegen, gggodverdomme. Al mijn bloed hebben jullie opgezogen. En ik heb ook koorts, voel maar. Water is er ook niet, en ze komen niet, hallo...'

'Het probleem is,' stelde de radio-operateur vast, 'dat hij de hele tijd op on blijft.'

Hij blijft de hele tijd op on, dacht Ilan in zichzelf met een glimlach, want Avram had dat leuk gevonden.

'Hallo, lidloze eunuchen, gelubde kloothommels,' ging Avram verder, maar alle jeu was uit zijn stem verdwenen en de woorden vielen hol en droog uit zijn mond. 'Toe nou, jullie hebben je lolletje gehad, het was een leuk spelletje, we snappen het, maar kom me nu halen, ik wil naar huis.'

'Wat heeft die vent toch?' vroeg de radio-operateur met een vertrokken gezicht. 'Snap jij hem?'

'Ik snap hem,' zei Ilan.

'Hé,' fluisterde Avram, 'hebben jullie misschien connecties binnen het Egyptische opperbevel?'

'Godallemachtig,' kreunde de radio-operateur. 'Hij roept ze niet alleen, hij gaat ook alvast met de benen wijd.'

'Heeft niet toevallig een tante van jullie uit Przemyśl op school gezeten met een oma van kolonel Hamzi gadverdamzi van het 13e stormbataljon?'

'Zeg,' probeerde Ilan zonder hoop, 'kunnen er echt geen troepen worden gestuurd om hem te –'

De radio-operateur vouwde het oor van de koptelefoon terug, zette het op Ilans oor, stond op en keek hem indringend aan. 'Hoe zei je dat je heette?'

'Ilan.'

'Luister dan naar wat ik je ga zeggen, Johnny. Zet die koptelefoon af, nú, doe dat ding af en zet die jongen voorgoed uit je hoofd. Vergeet hem, klaar uit. Zet uit je hoofd dat hij heeft bestaan. Hij heeft nooit bestaan.'

'Hem vergeten?' grinnikte Ilan. 'Avram?'

'Je kunt hem er beter helemaal uit knippen.' Ineens drong het tot hem door. 'Wat, ken je hem?'

'Hij is een vriend van me.'

'Vriend-vriend of vaag bevriend?'

'Vriend-vriend.'

'Dan heb ik niks gezegd,' mompelde de radio-operateur voor hij wegliep.

'Schorpioen, dit is Vlinder, pakket Saggers geïdentificeerd aan je rechterzijde, afstand 500. Vuur, vuur uit alle wapens, over.'

'Bloempot, waar blijft de beloofde luchtsteun, wáár? Jullie zeggen de hele tijd "komt eraan", "is onderweg", maar er komt niks, en we worden hier afgemaakt, ik heb hier een dode en een gewonde, over, over.'

'Wie leven zal en wie zal sterven, wie aan zijn einde en wie voortijdig, wie door het vuur en wie door het water, wie door het zwaard en wie door een beest...'

'Hallo! Wat heb je? Jom Kipoer was twee dagen geleden.'

'In de naam van Allah, de erbarmer, de barmhartige, aan alle eenheden. De 16ᵉ Divisie blijft geheel volgens de plannen het kanaal oversteken. Tot nu toe is er geen serieuze tegenstand. We gaan insjallah door tot de overwinning.'

'Ridder, dit is Kers. In antwoord op je vraag: misschien zijn er nog vijftig man in leven over de hele linie, één hier, twee daar.'

'Bloempot, ze zitten bijna boven op ons, waarom geven jullie geen antwoord?'

'... wie door verworging en wie door steniging; wie rustig zal leven en wie zwervend, wie in stilte en wie opgejaagd...'

'Er zit een gewonde Joodse soldaat tussen de struiken bij 253.'

'Jullie orders zijn: je opstellen en in radiostilte wachten tot ze hem komen redden, en dan pas vuur, uit alle wapens, over.'

'En mijn moeder,' zei Avram zwaar ademend, 'al verdienen jullie het niet over haar iets te horen te krijgen, hoerenzoons, broederverraders –'

Ilan drukte zo hard tegen de wanden van het toestel dat zijn knokkels wit wegtrokken.

'Mijn moeder,' zei Avram met krakende stem, 'is al dood, van het ene moment op het andere was ze weg. Maar ze was altijd...' Hij slikte hoorbaar. 'Ze had altijd geduld met me. Echt altijd, zowaar ik leef.' Hij grinnikte. '"Zowaar ik leef", wat een geweldige uitdrukking! Zo-waar-als-ik-leef, snappen jullie wat het betekent om "zowaar ik leef" te kunnen zeggen? Zo-waar-als-ik-leef! Op het leven!'

Weer volgde een lange stilte, die werd verscheurd door gekraak dat pijn deed aan de oren. Het groene signaal verschrompelde, trilde en viel uiteen, en toen herrees het weer en groeide. 'Ik rende met haar de Betsalelstraat af,' ging Avram verder, en hij klonk nu zo zwak dat Ilan zich met zijn hele bovenlichaam naar het toestel boog. 'We woonden vroeger bij de markt, toen ik klein was... Ik weet even niet meer, ik weet niet meer of ik jullie dat heb verteld. God, ik herinner me niets meer. Ik herinner me ineens een gezicht niet meer, het gezicht van Ora krijg ik me niet meer voor ogen... Alleen haar wenkbrauwen, haar hele schoonheid gecomprimeerd in die wenkbrauwen.'

Hij ademde nu met heel veel moeite. Ilan kon voelen dat hij gloeide van de koorts. Dat hij in snel tempo zijn bewustzijn aan het verliezen was.

'Met mijn moeder rende ik naar beneden door de Betsalelstraat, helemaal tot aan het Sackerpark, kent iemand dat? Hallo?'

Ilan knikte.

'Ze hield mijn hand vast, misschien was ik vijf, en we renden helemaal naar beneden, en daarna liepen we weer omhoog en renden nog een keer naar beneden, net zolang tot ik er genoeg van had.'

Hij rochelde en viel stil. Even verdween ook alle geruis op de achtergrond. Een vreemde, angstwekkende stilte heerste in de hele zone. Ilan had het idee dat iedereen die zich in de omgeving bevond, aan weerszijden van het kanaal, even zijn adem inhield en naar Avrams verhaal luisterde.

'En het klopt toch dat je als kind, wanneer een volwassene met je speelt, de hele tijd bang bent dat hij je zat wordt? Dat je bang bent voor het moment dat hij op zijn horloge kijkt en iets belangrijkers te doen heeft dan jij?'

'Ja,' zei Ilan, 'dat is waar.'

'Maar mijn moeder werd nooit iets eerder zat dan ik, nooit. Wat het ook was, ik wist dat ze nooit eerder uitgespeeld zou zijn dan ik.'

Avram dwaalde in de mist. Zijn stem was ijl geworden, hoog als van een klein jongetje, en Ilan had het gevoel dat hij Avram begluurde terwijl die in zijn blote kont stond, maar hij kon niet ophouden.

Avram zei: 'Het is iets wat je kracht geeft voor de rest van je leven. Het is iets wat een mens gelukkig maakt, toch?'

Een magere, heel geagiteerde soldaat met een keppeltje op liep tegen Ilans stoel aan en vroeg hem mee te helpen de godsdienstige attributen van het steunpunt in te pakken. De soldaat knipperde hevig met zijn ogen en af en toe vertrok hij zijn mond tot iets wat eruitzag als een mechanische glimlach. Ilan kwam overeind van achter de scanner. Toen hij zich uitrekte, besefte hij dat hij al meer dan een uur niet van zijn plaats was geweken. Hij ging naast de soldaat op zijn knieën zitten en stopte bijbels, gebedenboeken en keppeltjes in een lege munitiekist, en daarna ook een havdalabeker, een chanoekalamp, dozen sjabbatkaarsen en zelfs een geurige etrog, die naar het steunpunt was gestuurd voor het Loofhuttenfeest. De vrome jongen pakte de vrucht, drukte er zijn gezicht op en snoof met een merkwaardige, ongeremde gretigheid. Met verstikte stem vertelde hij dat hij na uitgang van Jom Kipoer vader was geworden van een zoon, of van een meisje, de regimentscommandant had het hem hoogstpersoonlijk meegedeeld over de gecodeerde telefoon, maar omdat hij daarmee niet vertrouwd was, wist hij niet helemaal zeker wat het nu was geworden en hij had de regimentscommandant niet durven lastigvallen met die vraag. Met Gods hulp zou hij zijn zoon, of het meisje, nog te zien krijgen, en als het een zoon was, zou hij hem Sjmoe'el noemen, naar generaal Gonen, en als het een dochter was, dan Ariëlla, naar generaal Sjaron. Onder het spreken knipperde hij met de ogen en nam zijn gezicht snel wisselende uitdrukkingen aan, en al die tijd hoorde Ilan in zijn hoofd Avram naar hem roepen, om hulp schreeuwen. Toch hield hij de soldaat langer en langer aan de praat, en hij verachtte zichzelf om de opluchting die hij voelde nu hij even was bevrijd van de noodzaak achter de scanner te zitten en te luisteren naar Avram, die langzaam zijn einde naderde.

Vlak bij het steunpunt sloegen granaten in. De vrome soldaat snifte, zijn gezicht vertrok en hij riep uit dat het gasgranaten waren. Hij trok Ilan aan zijn arm mee naar een stalen kast met een bordje ABC-UITRUSTING. ALLEEN OPENEN IN GEVAL VAN NOOD. Met de kolf van zijn uzi brak de soldaat het slot. De deur ging open, en de hele kast, van boven tot onder, was gevuld met lege kartonnen dozen. De jongen keek ernaar en begon te gillen, te stampvoeten en zich met beide handen op het hoofd te slaan. Ilan liep van hem weg, ging terug naar zijn afluisterpost en zette de koptelefoon weer op.

'Dus hoeveel minuten, denken jullie, heeft Avram nog voor zijn buikje wordt opengereten? Zijn zachte, behaarde buikje waar hij zo graag overheen streek met zijn handen? Zijn buikje, dat hem diende als graanschuur en pakhuis voor stortgoed –'

'Genoeg,' zei Ilan, 'hou daarmee op!'

'Want Avram, moet je horen wat een mop, had juist plannen om nog minstens veertig, vijftig jaar hier te blijven rondhangen, tot hij plak en roede ontgroeid zou zijn, op zijn eigen roede na dan. Hij had plannen om hier en daar in een vrouwenborst of een dij te knijpen, de wijde wereld in te trekken, duizenden kilometers te maken, een nier of een oorlel te doneren aan wie ze nodig heeft, zich te wentelen in plezier en geneugte, op zijn minst één boek te schrijven dat de boekenkast zou doen trillen –'

Ilan knikte. Hij zette de koptelefoon af en stond op. Hij wandelde door de loopgraven van het steunpunt en ging naar een stelling die uitkeek op het oude ziekenhuis van Ismailia. Twee reservisten zaten er comfortabel bij, met hun benen op de zandzakken, alsof ze hun voeten op de reling van een plezierboot lieten rusten. Ze waren allebei dienstplichtig soldaat geweest tijdens de Zesdaagse Oorlog en ze kwamen Ilan nu voor als oude mannen. Volkomen onverschillig dacht hij dat hij hun leeftijd niet meer zou halen. Ze waren zorgeloos en vrolijk en verzekerden hem dat de Amerikaanse Zesde Vloot eraan kwam en dat de Arabski's zich over een paar uur de haren uit het hoofd zouden rukken van spijt dat ze ooit op het idee waren gekomen. Toen ze samen uit volle borst en pijnlijk vals 'Nasser wacht op Rabin' voor hem begonnen te zingen, rook Ilan iets en hij begreep ineens dat ze dronken waren, waarschijnlijk van het hoofd-pijnbocht dat in het leger gebruikt werd als kidoesjwijn. Toen hij achter hen keek, ontdekte hij inderdaad een paar lege flessen, verstopt tussen de zandzakken.

Hij ging weg en even verderop bleef hij staan staren naar het blauwe water en de groene tuinen van Ismailia. Niet ver van hem vandaan stak een lange, eindeloze colonne Egyptische jeeps via een pontonbrug het kanaal over. Een overweldigende stroom mensen en voertuigen bleef vlak bij het steunpunt de Sinaï binnenkomen en nam niet eens de moeite en de tijd het steunpunt te veroveren. Ilan moest denken aan *The Longest Day*, die hij twee keer met Avram had gezien. Hij had het ge-voel dat de verschillende onderdelen van de werkelijkheid die hij kende niet meer met elkaar in verband konden worden gebracht, en hij hield gewoon op zich te verbazen.

De granaten sloegen in en de stalen netten die de rotsblokken van de bomwerende beschermlaag bijeenhielden, begonnen te scheuren. De stukken rots vlogen om hem heen. De beveiliging van het steunpunt werd dunner en dunner, en de lucht was een en al as, roet en stof. Ilan bleef stilstaan en kon het niet opbrengen om zijn blik naar het zuiden te wenden, naar steunpunt Magma, en toch vermoedde hij dat de rook die daar omhoog kringelde, in zijn ooghoek, van de plek kwam waar Avram zich bevond. Hij dacht na over een manier om de commandant van het steunpunt te dwingen een aantal soldaten uit te sturen om Avram te redden, maar hij wist dat het geen kans maakte: de commandant zou geen van zijn mannen op zo'n zelfmoordmissie sturen. Op de tast liep hij naar de commandobunker. Zijn ogen waren rood en traanden, en hij had moeite met ademhalen. Onderweg kwam hij langs zijn tafeltje en wierp een blik op de scanner. Hij was niet in staat daar te gaan zitten.

In de benauwde bunker dacht iemand ineens aan de luchtpomp. Het apparaat, dat met de hand werd bediend, zorgde nauwelijks voor ventilatie, en het lawaai dat het maakte, een soort zwak jakhalzengejank, verergerde de moedeloosheid alleen maar. Een rokende Egyptische Mig stortte naar beneden en erboven klapte een parachute open. Op de posten rond de commandobunker ging hier en daar een zwak gejuich op. De piloot landde vlak bij de oever van het kanaal en rende hinkend naar de pontonbrug. Egyptische soldaten holden op hem af, omhelsden hem en leken hem te beschermen tegen eventuele schoten vanuit het steunpunt. Vanuit de bunker en de posten sloegen ze hen gade in een bedrukt stilzwijgen; onder de groep Egyptenaren heerste een stemming die hun jaloezie wekte. Ilan wreef met zijn vingers in zijn vieze gezicht. In alle duizenden uren dat hij de stemmen van de Egyptische soldaten had horen opklinken uit de afluisterapparatuur in de ondergrondse bunker in Babel, in alle dagen en nachten dat hij hun gesprekken had vertaald en ongezien hun dagelijkse militaire leven met hen had gedeeld, tot en met de kleine momenten die ze voor zichzelf hadden, en hun grappen, grofheden en meest intieme geheimen – in al die tijd had hij nooit zo scherp gevoeld hoezeer ze echte, levende mensen waren, van vlees en bloed en met een ziel en een hart, als op dit moment, nu hij ze hun makker, de piloot, zag omhelzen.

'Ik juist wel,' zegt Avram tegen Ora. Het is voor het eerst na vele minuten dat hij iets zegt. 'Ik was enthousiaster over dat hele werk dan alle radio-operateurs en hogere afluisteraars die er waren. Geweldig vond ik het, dat je zo vrijelijk iedereen die maar zijn mond opendeed mocht afluisteren. En dat je kon horen wat mensen in de binnenste binnenkamertjes tegen elkaar zeiden. Goed,' geeft hij lachend toe, 'mij interesseerden militaire geheimen niet zo, je weet het, ik had meer belangstelling voor flauwekul, voor de kleine intriges van de officieren, stekeligheden, roddels, allerlei toespelingen op hun privéleven. Er waren twee radio-operateurs van het Tweede Leger, twee fellahs uit de Delta, van wie ik ineens doorkreeg dat ze verliefd op elkaar waren en elkaar tussen de regels van de officiële berichten door hints zaten te geven. Zulke dingen zocht ik.'

'De menselijke stem?' oppert Ora.

Ineens verscheen er een Israëlische Phantom, die afdook op het steunpunt en met zijn twee mitrailleurs schoot. Niemand verroerde een vin. Het lawaai van het vliegtuig vulde de hele ruimte. Het vulde ook Ilans lichaam en leek niets van hem heel te laten. Een zware glazen asbak danste als een bezetene op een tafel, viel op de grond en spatte uiteen. Op de binnenplaats van het steunpunt stond de Jeruzalemse tanksoldaat met wie Ilan naar het steunpunt was gekomen. Hij was koffie aan het drinken en toen zijn ogen boven de rand van zijn beker verbaasd opkeken naar de hemel, weerkaatste zijn bril een lichtstraal. Het gevechtsvliegtuig draaide zich een beetje naar hem toe en Ilan zag hoe de tanksoldaat in tweeën werd gesneden, in een schuine lijn van zijn schouder naar zijn heup, en hoe beide stukken van zijn lichaam naar twee einden van de binnenplaats vlogen. Ilan klapte voorover en braakte. Ook anderen naast hem braakten. Enkele soldaten hieven hun vuist naar de hemel en vervloekten de luchtmacht, het hele Israëlische defensieleger.

Toen begonnen de Egyptenaren de hemel af te dekken met vuur van hun luchtafweer, een rood-geel tapijt waaruit af en toe condensstrepen van raketten omhoogschoten. De Phantom caprioleerde ertussendoor, maar ineens schoot er een vlam uit zijn staart en duikelde hij naar beneden in spiralen van dikke zwarte rook. Zwijgend volgden de soldaten hem met hun ogen tot hij op de grond te pletter viel. Geen enkele parachute klapte open. De soldaten in het steunpunt ontweken elkaars blik. Toen Ilan weer naar de binnenplaats keek, zag hij dat iemand de stukken van het lichaam van de omgekomen tanksoldaat al had afgedekt met twee afzonderlijke dekens.

'Hoe zit het met je maat?' riep de donkere radio-operator hem toe. 'Heb je hem losgelaten?'

Ilan snapte de vraag niet.

'Die ene uit Magma, goed dat je hem eruit hebt geknipt.'

Ilan staarde hem aan, ineens werden zijn ogen helder. Hij rende weg.

'Hallo, hallo, hoort iemand me? Hallo? Ik ben hier alleen. Iedereen hier is gisteren al afgemaakt, of eergisteren. Een man of twintig. Ik kende ze niet, ik kwam een paar uur voor de rotzooi begon. Ze zijn meegesleurd naar de binnenplaats van het steunpunt en als honden afgeschoten. Sommigen zijn doodgeslagen. Alleen de radio-operateur en ik zaten verstopt onder vaten diesel die over ons heen waren gerold. We hebben ons dood gehouden.'

Er was iets veranderd, merkte Ilan onmiddellijk op. Avram klonk helder en zakelijk en sprak alsof hij zeker wist dat er ergens iemand naar hem luisterde, aan zijn lippen hing.

'Ik hoorde ze huilen, onze jongens. Ze smeekten om hun leven. Ik hoorde er twee bidden, die midden in hun gebed werden neergeknald. Daarna zijn de Egyptenaren vertrokken en niet meer teruggekomen. Er slaan de hele tijd granaten in. Ik denk dat je het steunpunt niet eens meer binnen kunt komen. Alles is verwoest. Hiervandaan zag ik dat de palen van de ingang helemaal krom zijn.'

Ilan sloot zijn ogen en probeerde zich een voorstelling te maken van wat Avram beschreef.

'Tot de avond van de eerste dag was ik met de radio-operateur,' zei Avram. 'Hij lag misschien twee meter van me vandaan, zwaargewond, met zijn radio en nog een kleintje, en een hoop batterijen, minstens tachtig had hij er. Dat weet ik omdat hij ze de hele tijd bleef tellen. Het was een soort obsessie van hem geworden, de batterijen tellen. Hij was gewond aan zijn been en ik aan mijn schouder. Ik heb er een scherf in gekregen van een handgranaat die ontplofte door de brand die hier uitbrak. Hij steekt er half uit. Ik kan hem aanraken. Als ik me niet beweeg, bloedt het niet. Het doet alleen pijn.

Wat is dat voor iets raars,' mompelde hij verbaasd, 'ik heb een stuk ijzer in mijn lijf. Hallo, hallo?'

'Ja,' zei Ilan zachtjes, 'ik hoor je.'

'Maar goed. De radio-operateur verloor veel bloed, hij bleef bloeden. Ik weet niet hoe hij heette, we hebben nauwelijks gepraat, om te voorkomen dat we te veel van elkaar zouden weten, voor het geval dat we krijgsgevangen worden gemaakt. Na een tijdje zag ik dat hij er echt slecht aan toe was, hij rilde. Ik probeerde hem moed in te spreken, maar hij hoorde me niet. Op een gegeven moment ben ik naar hem toe gekropen en heb zijn been afgebonden. Hij sloeg wartaal uit, hallucineerde. Dacht dat ik zijn zoon was. Dat ik zijn vrouw was. De radio werkte nog, en ik heb toen gepraat met een of andere officier in Tasa, een vrij hoge, geloof ik. Ik legde hem uit wat hier gebeurde, zei hem wat het leger doen moest. Hij verzekerde me dat hulp onderweg was en dat de luchtmacht een helikopter zou sturen om me op te halen. Die nacht, hoe laat weet ik niet, is de radio-operateur gestorven.'

Ilan vond Avrams plotselinge nuchterheid moeilijker aan te horen dan zijn absurde kletspraat. Hij had het gevoel dat Avram zich volkomen open en bloot gaf, zonder enige isolerende laag die hem zou beschermen tegen wat hem te wachten stond.

'Daarna ben ik wat gaan graven in de grond, tot ik in een of ander gat viel. Ik ben ongeveer een meter gevallen, op mijn rug, samen met de radio en alle batterijen. Ik kan hier niet eens zitten, alleen liggen met die kloteradio boven op me. En er is natuurlijk geen schijn van kans dat iemand me ontvangt vanuit zo'n hol. Maar ik kan me wel van mijn ene zij op mijn andere draaien, ik kan zelfs elke kant op een halve meter rollen. Ik heb een paar zandzakken verschoven, zodat er een beetje lucht binnenkomt. Maar het is hier stikdonker –'

Hij zweeg even en daarna voegde hij er met een lichte zucht aan toe: 'Een Egyptische duisternis, merkte de oude Avram op met een briljante kwinkslag.'

Ilan lachte, als om hem aan te moedigen.

'En ik ben ongelofelijk aan de schijterij. Ik snap niet wat ik nog uit te poepen heb. Drie dagen lang heb ik niets gegeten en nauwelijks iets gedronken. Ook nauwelijks geslapen. Ik kan de gedachte niet velen dat ze me in mijn slaap zouden doodschieten.

Alles, maar niet in mijn slaap, god.'

Hij valt weer terug, merkte Ilan.

'Het Egyptische opperbevel wil blijkbaar doorstomen en hier niet worden opgehouden,' mompelde Avram, 'ze komen later wel terug om het werk af te maken. Denk je? Ik weet het niet. Wat weet ik er nu van? Eerst bombarderen ze alles natuurlijk plat en dan komen ze zoeken. Een bom zou beter zijn, niet? Eén grote knal. Wat een kleretoestand. Niet te geloven, ik ben de hele tijd aan het...' Ineens barstte hij uit in een lach. 'Nee, eerlijk, wat doe ik hier eigenlijk? Waarom juist ik?'

Ilan kromp ineen. Hij wist dat hij het nu over het lootjestrekken had.

'Hé, Ora, Orele, waar ben je nu? Alleen maar even je voorhoofd aanraken, met mijn wijsvinger de lijn van je wenkbrauwen en je mond volgen. Wat heb je me gek gemaakt.'

Ilan sloeg zijn handen voor zijn mond.

'Luister, ik denk al een tijdje na over een idee, een reusachtig idee, waarover ik je nog niets heb verteld, ook Ilan niet... Hallo? Is er nog iemand over in dit melkwegstelsel? Hallo, mensheid? Ilan?'

Ilan schrok zich te pletter en sprong letterlijk op van zijn stoel.

'Ze hebben het hele steunpunt verbrand,' fluisterde Avram angstig, 'met de mensen erbij, en ook de uitrusting, de keuken, onze rugzakken, alles wat ze zagen. Ze zijn er met vlammenwerpers doorheen gegaan en hebben alles in de hens gezet. Ik heb ze gehoord. Alles stond in brand. Mijn armen en gezicht zijn verbrand door de hitte en ik ben helemaal zwart van de roet. Ook mijn schriften hebben ze verbrand. Een jaar werk ben ik kwijt, heel het afgelopen jaar, het idee dat ik had, weg, alles is naar de bliksem.

Godverdomme, elk vrij ogenblik dat ik had, op de basis, tijdens verlof, onderweg naar de basis... je hebt gezien hoe ik het afgelopen jaar was, Ora. Zeven schriften, godklere, dikke schriften, elk van tweehonderdtwintig bladzijden, met allemaal ideeën –'

Zijn stem brak en hij begon te huilen, door zijn tranen heen te praten. Hij was moeilijk te verstaan. Ilan stond op en bleef staan luisteren naar de snikkende Avram. Ineens rukte hij de koptelefoon van zijn hoofd en gooide die weg. 'Genoeg, genoeg, genoeg,' zei hij in zichzelf. 'Laat het voorbij zijn.'

De Egyptenaren voerden de beschietingen op. Achter elkaar sloegen nu 240 mm-mortiergranaten in. Vanuit de uitkijkposten werd schreeuwend gerapporteerd dat boten met een ongeïdentificeerde uitrusting tot aan de kanaaloever onder het steunpunt waren genaderd. Een kille vlaag van angst trok door de loopgraven, de stellingen en de bunkers. De boten begonnen met brandslangen water te spuiten. De eerste ogenblikken heerste er opluchting. De waterdruppels zuiverden de lucht van het stof dat elke ruimte vulde – bunkers, koffiebekers, neusholten –, maar even later begon de bodem van het steunpunt het te begeven. De soldaten in de stellingen schoten met al hun wapens op de boten en wierpen handgranaten. De boten voeren weg, maar het steunpunt was wat verzakt en leek op een scheve, bittere grijns.

De commandant beval de soldaten zich te verzamelen in de commandobunker. Ilan vond een vrij hoekje en ging er op de grond zitten. In zijn hoofd bleef Avrams stem doorzeuren, fluisteren, ijlen, smeken om zijn leven. De soldaten en de officiers zaten onderuitgezakt tegen de muren en vermeden elkaars blik. Nu het dikke stof door het water uit de lucht was gespoeld, kon je de uitzonderlijk vieze poepstank ruiken die overal hing, een tastbaar residu van de angst. Naast Ilan lag een soldaat die eruitzag als een jongen van vijftien, teer en met gladde wangen. Met gesloten ogen en in zichzelf gekeerd was hij vlot en met vrome toewijding aan het prevelen. Ilan raakte zijn been aan en vroeg hem ook voor hem te bidden. Zonder zijn ogen te openen zei de jongen dat hij niet aan het bidden was, dat hij helemaal niet godsdienstig was en alleen maar scheikundige reactievergelijkingen lag te repeteren. Zo had hij zichzelf ook gekalmeerd voor de schoolonderzoeken en eindexamens, en het werkte altijd. Ilan vroeg hem dan ook voor hem reactievergelijkingen op te zeggen.

De soldaten en officiers zaten er met hangend hoofd bij. Buiten brulde de woestijn, een kolossaal beest, dat zich gewond en opengereten verzette, opsprong en neerzeeg bij elke treffer. Voortdurend meende Ilan te horen dat de Egyptische soldaten de poort van het steunpunt openbraken. Zijn hersenen produceerden luid en duidelijk hun stemmen en geluiden. Telkens weer beukten ze op de poort met de kolf van hun geweer, telkens weer klonk de knal van de ontploffing, pal achter de muur, en steeg hun gejuich op als de poort het begaf, en dan opnieuw het geschreeuw in het Arabisch, de schoten en de langzaam wegstervende jammerkreten en smeekbeden in het Hebreeuws. Een metaalachtige smaak verspreidde zich in zijn mond, bevroor en verdoofde zijn boventanden en zijn neuswortel. 'Het doet geen pijn, het doet geen pijn,' mompelde de jonge soldaat naast hem. Zijn ogen hield hij stijf dicht en in zijn broek verbreidde zich een natte plek.

Ilan probeerde zich koortsachtig de methode te herinneren die hij als jongen had uitgevonden, een methode om gelukkig te zijn. Hoe ging die ook weer? Hij deelde zichzelf toen op in verschillende delen, verschillende gebieden, en telkens als het hem in het ene deel slecht ging, sprong hij over naar een ander deel van zichzelf. Het werkte nooit echt, maar op zijn minst voelde het aan als een innerlijke sprong en als iets wat leek op de lancering van een privéschietstoel, die hem even uittilde boven de scheiding van zijn ouders, de stoet van nieuwe mannen die zijn moeder begonnen te bezoeken, de publiekelijke, obscene uitspattingen van zijn vader met zijn soldates, de gedwongen verhuizing van Tel Aviv naar Jeruzalem, de gehate school en de verschrikkelijke troosteloosheid – gedurende drie dagen en nachten per week – op de logistieke basis waarvan zijn vader commandant was. Eens, tijdens een gezamenlijke wacht met Avram, onder de antennes op de noordelijke rotspunt in Babel, had hij hem half gekscherend zijn methode uit de doeken gedaan. Hij zag erop toe dat hij persoonlijk de spot dreef met het kind dat hij toen was, en hij voelde, op zijn huid, hoe Avram tegelijkertijd ervoor terugdeinsde en erdoor werd aangetrokken –

Avram keek hem toen aan alsof hij iets nieuws en heel duisters te horen had gekregen, niet alleen over Ilan, maar in het algemeen over de mens en de mogelijkheden die hem openstonden. Hij hoorde hem uit over zijn methode, vroeg door over de kleinste details, wilde tot in de puntjes weten hoe die werkte, hoe Ilan op het idee was gekomen en wat hij precies voelde in elk stadium van het proces. En nadat hij hem gretig en genadeloos op die manier had doorgezaagd, werden zijn wenkbrauwen langzaam opgetrokken en verscheen een twinkeling in zijn ogen. 'Je weet wat de volgende fase is, nietwaar?'

Ilan, lichtelijk uitgeput, antwoordde met een glimlach: 'Wat dan, wat is het volgende stadium?'

'Dat je uiteindelijk, als je jezelf in allemaal blokjes hebt opgedeeld, in geen enkele van die blokjes meer gaat zitten! Luister,' zei Avram erachteraan met een bewondering waarin misschien lichte spot doorklonk, misschien ook niet, 'ik heb nog nooit gehoord van zo'n elegante zelfmoordmethode! En ook nog eentje zonder dat iemand het merkt!'

Ineens rinkelde het toestel van de telefonische verbinding met het hoofdkwartier van de divisie. Een bekende stem, van iemand die zijn naam niet noemde – wat ook niet nodig was –, kondigde de soldaten aan dat hij van plan was met een hele divisie naar het gebied te komen om iedereen te ontzetten uit de steunpunten. De mannen keken elkaar aan. Ze kwamen langzaam overeind en begonnen zich uit te rekken. Voeten stampten op de vloer, het bloed begon weer te stromen in slapende lichaamsdelen. 'Arik komt eraan,' zeiden de soldaten tegen elkaar, en ze proefden de woorden. Ze versnelden hun bewegingen en keerden terug naar de posten en stellingen. Ilan herinnerde zich dat hijzelf ook tegen de anderen en zichzelf had gezegd: 'Arik komt eraan, Arik Sjaron komt de Egyptenaren in de pan hakken. Arik komt Avram en mij redden. We zitten straks gewoon om alles grappen te maken.'

'Want jij wordt toch nooit de mijne, jij bent van Ilan,' klonk Avrams stem weer zodra Ilan de koptelefoon had opgezet. 'En ik zit met die verdomde fixatie op jou, vanaf het eerste moment dat ik je zag, en alle andere meisjes zullen altijd alleen maar substituten zijn, dat was me van begin af aan duidelijk, dus waar wacht ik nog op? Mensen maken zo'n punt van hun eigen leven... Het enige waar ik me op het moment zorgen over maak is het thermische ongerief, je weet wel, die vlammenwerpers, de duivel hale ze. Eerlijk gezegd ben ik nooit dol geweest op shoarma. Ik wil niet dood, Ora.'

Hij lachte, hij huilde, hij praatte tegen Ora, beschreef haar lichaam en hen tweeën tijdens een vrijpartij. Zoals gewoonlijk was hij in zijn fantasie gedurfder dan hij ooit met haar was geweest. Ilan luisterde. En in de vroege ochtend van de dag dat Ofer zou worden geboren, vertelde hij het aan Ora, voor het eerst en voor het laatst. Ze hadden er daarna nooit meer over gepraat. Ze lag toen met haar rug naar hem toe. Doodstil. Hij kwam tegen haar aan liggen en citeerde Avram. Ze hoorde Avram door zijn mond. Hij zei: 'Zulke hallucinaties had hij.' Ze zei niets terug. Hij wachtte, zonder iets te zeggen en zonder haar iets te vragen. Ze bleef zwijgen. Ilan stak zijn hand uit en trok haar onderbroekje naar beneden. Ze bleef roerloos liggen, bood ook geen verzet. Hooguit zei ze met lichte aarzeling zijn naam. Daarna was hij binnen in haar, in al zijn hevigheid. Als hij haar had gevraagd of de vrijpartij slechts een hallucinatie van Avram was geweest, had ze hem de waarheid verteld. Hij vroeg het niet. Hij drong binnen in haar. Zij zweeg. Ze ontving hem in zich. Haar instincten werden gealarmeerd, waarschuwden voor wat ze deed, maar haar lijf was er klaarblijkelijk op gebrand hem in zich te ontvangen. Ze bedacht dat ze de foetus in haar schoot moest beschermen, maar haar lichaam gaf gretig en wild gehoor aan Ilan, haar lijf hongerde naar hem. Zijn armen en dijen omklemden haar. Zijn mond gloeide, hij beet in haar nek, bijna door de huid heen. Ook in de jaren daarna kon ze nauwelijks geloven dat ze dit had gedaan. Haar buik schudde heen en weer, en het kind dat Avram in haar had geplant, lag daar in afwachting van zijn geboorte mee te schudden, maar heel even waren Ilan en zij niets anders dan een man en een vrouw die bezig waren met het hunne.

Om ervoor te zorgen dat het kind geboren kan worden, zo voelde ze toen aan in de nevelen van haar zelfverdoving, dat Ilan zijn vader kan zijn, en dat Ilan en zij weer man en vrouw voor elkaar kunnen zijn.

'Hallo, hallo, dit is Radio Vrij Magma. Het is de derde nacht. Of is het de vierde? Ik ben de tijd helemaal kwijt. Daarstraks ben ik mijn hol uit geklommen. Het was hier een paar minuten helemaal stil en toen ben ik tevoorschijn gekropen. Voor het eerst sinds het is begonnen. Ik kon me nauwelijks bewegen. Ik dacht dat de actie van de Egyptenaren misschien was afgelopen en dat ze waren teruggegaan naar de andere kant van het kanaal. Maar blijkbaar is dat niet zo. Ik geloof dat hun actie doorgaat, op zijn minst in mijn zone, want toen ik naar buiten gluurde, zag ik dat ze het kanaal blijven oversteken, in massa's, niet te geloven, terwijl ik van ons helemaal geen troepen heb gezien.'

Hij sprak weer volkomen heldere taal.

'Ik heb een ronde gemaakt door het steunpunt, en behalve de radio-operateur heb ik nog drie lichamen gezien, in bunker twee, helemaal verbrand. Eerst dacht ik dat het boomstammen waren, ik zweer het, en toen drong het tot me door. Want waar vind je hier bomen? Het zijn de reservisten van het Jeruzalemse regiment. Toen ik hier aankwam op de dag voor Jom Kipoer, ben ik met mijn schrift naar de oever van het kanaal gegaan. Het was helemaal rustig, en ik dacht nog dat alles waarvoor ze ons in Babel bang hadden gemaakt grote flauwekul was. Ik vond een vat om tegenaan te leunen, ben met mijn rug naar het kanaal gaan zitten en heb een beetje geschreven, zomaar, om sneller te acclimatiseren. En die drie jongens stonden op een stelling boven me en maakten er een hele klucht van dat ik zat te schrijven. Toen ik terugkwam, gristen ze me het schrift uit handen en begonnen er hardop uit voor te lezen. Ik heb ruzie met ze gemaakt, bijna waren er klappen gevallen. Het was vervelend. Te oordelen naar hoe ze erbij lagen denk ik dat ze samen zijn geëxecuteerd. Misschien zijn ze aan elkaar vastgebonden en toen doodgeschoten. Wat wilde ik ook weer –

Alles ligt hier in puin. Stukken ijzer, stenen, netten, gesmolten, kromgetrokken uzi's, één grote verschrikking. Ik geloof ook dat ik een Egyptische vlag boven het steunpunt heb zien wapperen. Ik vond drie blikjes gehakt, één blikje hummus en één blikje maïs. Maar het voornaamste is: twee flessen water. Het vlees kan ik niet eten. Ik heb het voor de rest van mijn leven gehad met vlees.

Ik heb ook aarde verzameld in twee helmen om mijn latrine mee af te dekken. Nu ik eten heb, gaan mijn darmen vast weer vol gas geven, haha.

Om kort te gaan, ik ben teruggegaan naar de kooi, heb me naar binnen gewurmd en ben weer gaan liggen in de houding van een derwisj die zichzelf pijpt. Als ik nu alleen maar wist hoe ik die kloteradio aan krijg, godverdomme! Hoort iemand me? Hallo...

Als het maar geen pijn doet. Verloor ik het bewustzijn maar. Zonet, toen ik de jongens daar had gezien, heb ik geprobeerd mezelf te wurgen, met mijn handen, maar ik begon te hoesten en was bang dat ze me zouden horen en eraan zouden komen.

Als ze me maar niet eerst gaan mishandelen. Iemand als ik, kinderspel voor ze. Ik zie de hele tijd beelden voor me. Een kutfilm.

Gelukkig hebben ze niet veel tijd om aan mij te verspillen.

Maar hoeveel wel? Een minuut? Drie minuten? Hoe lang kan het nu helemaal duren?

Als ze het maar snel doen. Een kogel door het hoofd.

Nee, niet door mijn hoofd.

Waar dan wel?

Genoeg, laten ze eindelijk eens komen. Schiet eens op, stelletje hoeren! Tering-Egyptenaren, met jullie gekke loopje van opzij gezien.'

Hij schreeuwde zo hard hij kon. Daarna hoorde Ilan twee klinkende klappen, en hij vermoedde dat Avram zichzelf in het gezicht had geslagen.

'Ilan,' zei Avram ineens met een stem die heel dichtbij en teder klonk, alsof hij een alledaags telefoongesprekje met hem voerde, 'je zult uiteindelijk vast met Ora trouwen, proost, pik. Beloof me alleen dat jullie je eerste kind Avram noemen, hoor je me? Maar met een h erin: Av-ra-*ham*! Vader van een *me-nig-te* volken! En vertel hem over mij. Ik waarschuw je, Ilan. Als je het niet doet, komt mijn geest 's nachts bij je bed spoken en klapt je geknakte rietstaf dubbel.

Moet je horen,' zei hij ineens lachend. 'Op een keer, voor ik in dienst ging, ben ik bij Ora thuis geweest in Haifa, en je weet hoe haar moeder is, ik moest van haar bij de voordeur mijn schoenen uittrekken. Maar mijn sokken stonken verschrikkelijk, ik had ze misschien al een week aan, je kent me. Haar moeder liet me plaatsnemen in de woonkamer, in de fauteuil, om uit te zoeken wie ik was en wat voor snode plannen ik had met haar dochter. En ik zat zo in over die sokken dat ik haar begon te vertellen dat ik op mijn zeventiende had besloten stoïcijn te worden en dat ik daarna een tijdje epicurist was geweest en nu alweer een paar maanden scepticus was. Een hele redevoering heb ik daar toen afgestoken om te voorkomen dat ze de stank zou ruiken... Onzin, maar vertel het aan Ora, en ook aan het kind, Avraham, om wat te lachen te hebben, waarom niet?

Genoeg,' smeekte hij, 'kom nu, kom, wie dan ook.'

'Zeven schriften, snap je? Het was een groots idee, Ora, luister: ik dacht aan een serie, niet één hoorspel, drie op zijn minst. Elk van een uur. Zonder compromissen. Eén keer iets groots maken, iets als *The War of the Worlds* van de goede oude Orson. Het einde van de wereld, dacht ik. Dat is het idee, snap je? Maar niet door een invasie van buitenaardse wezens of een atoombom. Ik dacht aan een inslag van meteorieten, en dat iedereen precies weet wanneer het gaat gebeuren. Want het hele punt is dat de datum van het einde van tevoren bekend is, begrijp je? Dat iedere mens op aarde precies weet wanneer –

Ik ga er kapot aan dat ik het je niet kan vertellen,' zei Avram met een diepe zucht. 'Hoe kan ik nou iets schrijven zonder je goedkeuring en je enthousiasme? Luister, luister, luister naar me –'

Zoals altijd wanneer hij Ora of Ilan een nieuw idee uit de doeken deed, raakte hij helemaal opgewonden en verhit. Ilan probeerde zich voor te stellen hoe hij daar, in zijn ondergrondse hol, driftig met zijn armen en benen bewoog.

'De hele mensheid weet,' ging Avram verder, 'dat ze precies op die en die datum wordt vernietigd. Geen enkele ziel zal overleven, ook geen planten of dieren. Niemand wordt gespaard, er zijn geen uitzonderingsgevallen, uitstel kun je ook niet krijgen. Alle leven zal verdampen.

Zeven hele schriften hebben die smerige klootzakken verbrand!' riep hij weer uit, oprecht verbijsterd. 'Hoe hebben ze me zo kunnen naaien!

Luister, Ora, alle klokken geven alleen nog maar de tijd aan die rest tot de verdamping. En als iemand vraagt hoe laat het is, betekent dat slechts: hoeveel tijd rest er nog –

Snap je? Wacht, er is meer.'

Ilan haalde zijn tong over zijn lippen. Avrams opwinding begon ook in hem te borrelen. Hij zag voor zich hoe de innerlijke gloed Avram bijna mooi maakte. 'De musea, bijvoorbeeld, halen de schilderijen en beelden uit de zalen en de depots. Alle kunstwerken. Alles wordt op straat tentoongesteld. Moet je je voorstellen, de *Venus van Milo* en de *Guernica*, leunend tegen het hek of het muurtje rond zomaar een huis in Tel Aviv, of Asjkelon, of Tokyo. Alle straten staan vol met kunst. Alles wat mensen ooit hebben geschilderd, gebeeldhouwd of voortgebracht, van de grootste schilders tot en met de omaatjes van de tekenclub in het Volkshuis in Givatajim. Schilderijen van Nachoem Gutman, Renoir, Zaritsky en Gauguin, samen met tekeningen van kinderen van de kleuterschool. Overal tekeningen en sculpturen, aardewerk, ijzer, boetseerklei, steen. Miljoenen kunstwerken, van alle soorten, van alle tijden, uit het oude Egypte, van de Inca's, uit India en uit de renaissance, en allemaal op straat, allemaal midden in het leven. Probeer het je voor te stellen, Ora, probeer het te zien, voor mij. Op pleinen, in de kleinste stegen, op het strand, in dierentuinen. Waar je ook kijkt, in alle hoeken en gaten, overal zie je wel een of ander kunstwerk, het maakt niet uit wat, een overweldigende democratie van schoonheid –

En wat denk je, misschien kunnen ook gewone, simpele mensen één avondje lang de *Mona Lisa* in huis hebben? Of *De kus*? Lijkt het je overdreven? Wacht, wacht, kleingelovige, ik overtuig je nog wel...'

Avram glimlachte, maar Ilan voelde een pijnscheut, pijnlijk getroffen door een onderonsje tussen Avram en Ora.

Ilan zag Avrams gezicht voor zich, de gelaatsuitdrukking die hij kreeg als hij een nieuw idee naging. Zijn hele wezen concentreerde zich in een sprankje licht, diep in zijn ogen. Eén glittertje zweefde daar, en tegelijkertijd kneep hij zijn ogen halfdicht en nam zijn gezicht een verbazingwekkend zakelijke, achterdochtige uitdrukking aan, alsof hij op zijn hand een of ander twijfelachtig stuk handelswaar woog dat hem was aangeboden. En dan: de ontbranding, het glittertje ging op in een vuur, een glimlach brak door, de handen gingen vanzelf open, de armen werden breed gespreid; kom, wereld, balkte Avram dan, neem me waar je me nemen kunt, hard.

'Goed, er is nog een principiële vraag waar ik niet helemaal uit ben,' mompelde Avram in zichzelf, geconcentreerd en verstrooid tegelijk. 'Ik ben er niet uit of de mensen alle vaste kaders in hun leven zullen afbreken, bijvoorbeeld de familie, of dat ze tot het laatste ogenblik alles bij het oude willen laten. Wat denk jij?

En bijvoorbeeld of mensen elkaar alleen nog maar de waarheid gaan vertellen, recht in het gezicht, omdat er geen tijd meer is, snap je? Er is geen tijd meer.'

'In zo'n situatie,' mompelde hij na een korte stilte, 'zullen de triviaalste dingen, zoals het etiket van een blikje maïs, of een balpen, bijvoorbeeld, of zelfs maar het veertje van een balpen, ineens kunst lijken, denk je niet? Een belichaming van alle menselijke wijsheid, van de hele cultuur.

Godverdegodver, ik heb hier geen pen. Nu, op dit moment, zou ik aan het echte schrijven beginnen. Nu heb ik het gevoel dat ik er echt klaar voor ben.'

Ilan stond op, snelde naar de bunker, wroette in laden, vond een aantal blaadjes die het legerrabbinaat had gedistribueerd met het oog op Jom Kipoer. De blaadjes waren aan beide zijden bedrukt, maar hadden ruime, witte marges.

'Lieve koningin Elisabeth,' zong Avram in de veldradio, en Ilan noteerde.

> 'My Queen, my sweet Queen,
> ik wil u zo graag beschermen tegen de naderende ramp.
> Koningen horen langzaam te sterven, majesteit,
> onder zwaar klokgelui,
> met koetsen die met bloemen zijn versierd,
> met twaalf span zwarte paarden ervoor.'

Hij zong en ademde hard uit in de microfoon. Hij was moeilijk te verstaan. De melodie was een plompe zingezang, een voordracht vol pathos en lucht, en onwillekeurig begon Ilan na te denken over de muzikale illustratie die bij dit lied zou passen.

'Máár!' kraste Avram, en Ilan zou durven zweren dat hij een arm de lucht in zwaaide.

'Misschien maken we u iets eerder dood, geliefde koningin
        Elisabeth,
een lakei met een effen gezicht biedt u de kelk aan,
opdat we naar behoren afscheid van u kunnen nemen.
We leggen u drie dagen voor onze dood te slapen
in een ebbenhouten kist,
(of een mahoniehouten),
om u de verlegenheid te besparen
van een massale, anonieme dood
met onbeschaafd geschreeuw van angst,
en stinkscheten die we in onze laatste ogenblikken zouden
        kunnen laten.
En ook, o majesteit, om te voorkomen,
dat onze edele gedachten aan u
ons verhinderen aan ons goedkope eind te komen,
zoals ons past.'

Avram viel stil. Hij liet de laatste woorden nagalmen, en Ilan dacht tegen
wil en dank: niet slecht als begin, maar een beetje te brechtiaans. En Kurt
Weill is ook even langsgekomen, evenals misschien Nissim Aloni?

'Zulke stukken, Ora, snap je?' hijgde Avram, 'tientallen, misschien wel
honderden, stonden er al in mijn schriften. De godverdomde klootzakken. Hoe krijg ik ze terug in mijn –

Luister, er is één zin waar Ilan en ik van houden. Misschien moet ik zeggen "van hielden", want een van ons – en tot mijn grote spijt ben ik dat –
moet er alvast aan wennen dat er over hem in de verleden tijd wordt gesproken. Ik was, ik wilde, eh... ik neukte, ik schreef –'

Zijn stem brak en hij begon weer zachtjes te huilen. Wat hij door zijn
tranen heen zei, was moeilijk te verstaan.

'Het is een zin van de bewonderde Thomas Mann, uit *De dood in Vene-
tië,*' ging hij even later verder. Zijn stem was weer stram en geforceerd,
een soort povere imitatie van de stem van zijn grollen en voordrachten.
'Het is een fantastische zin, je moet hem horen. De schrijver daar, de
oude man, dingetje, Aschenbach, klaagt daar over "kunstenaarsvrees",
hoor je? "De vrees van de kunstenaar dat zijn leven afgelopen zou kunnen zijn vooraleer hij zichzelf geheel had gegeven". Zoiets. Ik ben bang,
mijn liefste, dat mijn eens zo fiere geheugen door omstandigheden de

kop laat hangen, net als heel de rest. Als ze je ophangen, beloven ze je tenminste nog één flinke zaadlozing, maar bij een vlammenwerper zit dat geloof ik niet bij de deal inbegrepen –

Wacht even –

En wat wordt er gedaan met gevangenen? Onmiddellijk vrijlaten? Ook moordenaars, rovers en verkrachters? Hoe kun je iemand in zo'n situatie vast blijven houden? En wat doe ik met de ter dood veroordeelden?

En school?' vroeg hij na een pijnlijke stilte. 'Les blijven geven of iemand op een toekomst voorbereiden heeft tenslotte geen zin als duidelijk is dat niemand een toekomst heeft, dat er helemaal geen toekomst is. Ik stel me voor dat ook de meeste leerlingen van school gaan, dat ze willen leven, in het leven zelf willen staan. Maar aan de andere kant keren misschien juist de volwassenen terug naar de schoolbanken? Waarom ook niet? Ja, dat is niet slecht,' grinnikte hij vergenoegd. 'Er zijn vast een heleboel mensen die die periode uit hun leven willen herbeleven.

Die vieze lap stinkt verschrikkelijk,' mompelde hij, 'maar het bloedt tenminste niet meer. Ik heb moeite mijn arm te bewegen. De afgelopen minuten weer helse pijnen. De koorts loopt ook op. Ik zou dolgraag mijn kleren uittrekken, maar ik wil niet naakt door ze gevonden worden. Ze niet op ideeën brengen.'

Hij werd kortademig, hijgde als een hond. Je kon voelen hoe hij het verhaal ertoe probeerde te verlokken weer in hem binnen te sijpelen en hem tot leven te brengen.

'Kinderen zullen al op hun negende of tiende trouwen, kleine jongens en meisjes, om de kans te krijgen nog iets van het leven mee te maken.'

Ilan legde de pen neer. Hij wreef hard in zijn pijnlijke ogen. Hij zag Avram voor zich, liggend op zijn rug, onder de grond, in de kleine moederschoot die hij voor zichzelf had gecreëerd, en om hem heen zwermde het Egyptische leger. Avram de onoverwinnelijke, dacht hij.

'Ze krijgen kleine woningen toegewezen, de kinderen, en ze gaan hun eigen leven leiden. 's Avonds wandelen ze gearmd over de kade. De volwassenen kijken naar ze, zuchten, verbazen zich niet meer.

Een heleboel komt nu pas in me op.

Alles staat me levendig voor ogen.

Hé,' riep Avram ineens uit met een schaterlach, 'als iemand me hoort, schrijf dat idee met de kinderen dan voor me op! Ik heb geen pen, wat een sof.'

'Ik ben aan het schrijven,' humde Ilan, 'ga door, niet stoppen.'

'Misschien zullen de regeringen de burgers met drugs verdoven, in kleine doses, zonder dat ze het weten, via het waterleidingnet? Maar waarom eigenlijk? Wat heb ik daaraan?

Om de angst weg te nemen?

Daar moet ik over nadenken.'

Het schoot Ilan te binnen dat Avram altijd lachend zei dat hij, als hij een goed idee had, in staat was er zelfs over na te denken in een blender.

'Die ene Chinees had gelijk,' zei Avram verbaasd. 'Niets scherpt het denken beter dan de nabijheid van een vlammenwerper.

En de mensen doen hun honden en katten weg.

Of waarom eigenlijk? Dieren brengen juist troost, niet?

Nee, denk na. In hun situatie zijn ze niet in staat iemand liefde te geven. Ze hebben helemaal geen reserves meer.

Een tijdperk van absoluut egoïsme dan?

Ik snap het niet... wat, worden mensen wild? Bendes in de straten? Het absolute kwaad? Homo homini lupus?

Nee, dat is te makkelijk. Afgezaagd. Ik wil juist wel de kaders van de mensen handhaven. Vooral tegen het einde. Dat wordt het sterke punt. Dat wordt de kracht van een dergelijk verhaal, dat mensen er op een of andere manier toch in slagen vast te houden aan –'

Hij mompelde, en beurtelings flakkerde zijn enthousiasme op en doofde weer. Ilan probeerde hem bij te benen en elk woord op te schrijven, wetend dat nog nooit iemand zich zo voor hem had geopend, zelfs Ora niet, ook niet als hij met haar vree. Onder het schrijven drong iets tot hem door, een nieuw, kil en helder besef, dat hijzelf geen echte kunstenaar was, niet zoals Avram, niet zoals hij.

'En ik ben je vergeten te vertellen, Ora, dat ze ook baby's in de steek laten.

Ja ja, ouders laten hun kinderen in de steek.

En waarom niet? Mijn vader heeft het gedaan toen ik vijf was.

Tjonge, het zit vol mogelijkheden.' Hij grinnikte. 'Een jaar, moet je horen, een jaar lang kwam ik niet verder, het wilde maar niet op gang komen. Het sputterde alleen maar wat, en het leek me onzinnig en afgezaagd, en nu, ineens –'

Ilan noteerde. En hij legde zich helemaal neer bij het besef dat hij een ander pad zou moeten kiezen als hij hier levend uit zou komen. Wat hij had gemeend te zijn, was hij niet en zou hij nooit worden. Hij zou nooit films maken. Ook in de muziek zou hij nooit iets worden. Hij was geen kunstenaar.

'Dus de vrouwen, nemen we aan, bevallen op allerlei schuilplaatsen, ja? In de natuur, op vuilnisbelten, op parkeerplaatsen. En ze vluchten meteen weg van de boreling? Ja, dat klopt... Ouders kunnen het verdriet gewoon niet aan.

Dat laatste stuk is nog een beetje zwak.

Het lukt me niet me in te denken hoe het is, ouders. Ouders en kinderen, families gaan mijn pet te boven. Dat is het erge, dat mensen genoeg tijd zullen hebben om precies de betekenis te vatten van alles wat hun te gebeuren staat.

Aan de andere kant, of de derde of vierde kant,' – nu werd hij weer wakker, leefde op – 'is het een soort situatie waarin je ineens alle mogelijkheden, alle fantasieën waar kunt maken. Er is geen schaamte meer, snap je, Ora? En misschien ook geen *schuldgevoel*,' voegde hij er triomfantelijk aan toe met een zacht lachje, alsof hij voor zichzelf eindelijk een diepe, geheime schande toegaf.

Ilan liet zijn hoofd op een arm steunen, drukte het ene oor van de koptelefoon tegen zijn oor en noteerde haastig ieder woord.

'Waarom niet, waarom niet?' fluisterde Avram, alsof hij met zichzelf in discussie was. 'Ben ik aan het doordraven? En wat zou Ilan zeggen? Dat ik me weer eens opblaas als een kikker?' En lachend voegde hij eraan toe: 'Gelukkig heb ik genoeg ballonnetjes voor al zijn spelden.'

Ook Ilan lachte, met een pijnlijk vertrokken gezicht.

'Niemand voelt zich schuldig over wie of wat hij is. En een tijdlang – lang hoeft het niet te zijn, aan een maand heb ik genoeg, aan een week – kan iedere mens, iedereen, helemaal tot het eind toe verwezenlijken waarvoor hij in de wieg is gelegd, alles wat zijn ziel en zijn lichaam hem te bieden hebben, en niet wat andere mensen hem hebben opgedrongen. God-ver-dom-me,' bromde hij, 'kon ik het nu maar op papier zetten. Wat een licht, wat een reusachtig licht, mijn god.

En elke aanblik, ieder landschap of gezicht,' verzuchtte hij even later, 'of gewoon iemand die 's avonds in een kamer zit, of een vrouw in haar eentje in een café. Of twee mensen die lopen te praten in een of ander veld, of een kind dat kauwgombellen blaast. De kleinste dingen hebben zo'n schoonheid, zo'n glans en luister, Orele, beloof me dat je die altijd ziet.

Al ging ik ook in een dal der schaduw des doods,' fluisterde Avram, 'ik zou geen kwaad vrezen, want mijn verhaal is bij mij.

Ik moet ook uitmaken of er in zo'n situatie nog geld wordt gebruikt –

Goed, dat komt later wel –

Er is geen later, idioot.

Hallo, Israël, moederland? Besta je nog wel?'

Het signaal werd zwakker en zwakker. Misschien raakte de batterij op. Ilans voet trommelde onophoudelijk.

'Laat ze eindelijk eens komen,' kreunde Avram, 'met dat *"itbach!"* uit hun moordenaarskelen en hun vlammenwerpers.'

Hij ademde zwaar. Het was niet meer uit te maken wanneer hij zich zijn situatie bewust was en wanneer hij ijlde. 'Alles gaat dood,' huilde Avram ongeremd, 'alle gedachten en ideeën die ik niet meer kan op-schrijven, mijn ogen zullen verbranden, en mijn tenen ook.

Ilan, rukker,' fluisterde hij door zijn tranen heen, 'dat idee is nu van jou. Als ik niet terugkom, of als ik terugkom in een decoratieve urn, doe er dan mee wat je wilt. Maak er een film van. Ik ken je manier van denken.'

Er klonk geruis op de radio, alsof iemand op de achtergrond, achter Avram, zware spullen aan het verschuiven was.

'Maar luister, het moet als volgt beginnen, dat is mijn voorwaarde: een straat, overdag, rustig lopende mensen. Stilte. Helemaal geen lawaai, geen geschreeuw, geen gefluister. Zonder geluid. Tussen degenen die lopen zie je hier en daar mensen op een kist staan, en dan gaat de camera af op een jonge vrouw die daar, laten we zeggen, op een wasteil staat. Dat is wat ze van huis heeft meegenomen. Een rode wasteil. Ze staat erop en heeft haar armen om zichzelf heen geslagen. Ze staat er droevig in zichzelf te glimlachen –'

Ilan omhulde de oren van de koptelefoon met zijn handen. Hij had het idee dat hij stemmen hoorde op de achtergrond van Avrams gepraat.

'Ze kijkt helemaal niet naar de mensen die om haar heen staan. Ze praat alleen in zichzelf. En ze is mooi, Ilan, denk eraan, hè! Met zo'n zuiver voorhoofd en volmaakte wenkbrauwen, zoals waar ik van hou, en een sexy, grote mond, niet vergeten. Om kort te gaan,' lachte Avram, 'je weet als wie ze zijn moet. Misschien kun je haarzelf voor de rol nemen?'

Er was geen twijfel meer mogelijk: de Egyptenaren waren in het steunpunt. De microfoon van het zendapparaat ving ze op, en Avram had het nog niet door.

'Acteren kan ze voor geen meter,' lachte Avram, 'maar ze hoeft ook alleen maar zichzelf te zijn en dat kan ze beter dan wij allebei, nietwaar? En jij filmt haar gezicht, meer dan dat is niet nodig, toch? Alleen haar gezicht, en die blije, naïeve glimlach –'

De stemmen klonken luider. Ilan ging staan, zijn linkervoet stampte als bezeten op de grond, zijn handen drukten de koptelefoon plat tegen zijn slapen.

'Wacht even,' mompelde Avram, in de war gebracht, 'er is hier ineens een of ander –

Don't shoot!' riep hij uit. *'Ana bi-la silaah!* Geen wapens!'

Plotseling werden Ilans oren gevuld met geschreeuw in gutturaal Arabisch. Een Egyptische soldaat, die niet minder geschrokken leek dan Avram, gilde. Avram smeekte om zijn leven. Er klonk een schot. Misschien was Avram getroffen. Hij schreeuwde, met een stemgeluid dat niet meer menselijk was. Een andere soldaat kwam en riep tegen zijn maten dat hier een Joodse soldaat zat. Een mengeling van kreten, snelle voetstappen en klappen overspoelde het signaal. Ilan wiegde naar voren en naar achteren, en hij mompelde: 'Avram, Avram.' Mensen die langsliepen wendden hun blik van hem af. Toen klonk er een serie schoten, heel dichtbij, een doffe, droge riedel, gevolgd door een stilte en het geluid van een lichaam dat werd weggesleept, daarna weer verwensingen in het Arabisch en luid gelach, en nog één enkel schot voordat Avrams radio stilviel.

De commandant van het steunpunt riep de soldaten bijeen in de commandobunker. Hij zei dat waarschijnlijk niemand ze zou komen ontzetten en ze op eigen krachten moesten proberen zich uit deze situatie te redden. Hij wilde hun mening horen. Een rustig, vriendschappelijk gesprek ontspon zich. Sommigen spraken van de plicht het levend ervan af te brengen. Anderen waren bang dat ze door het leger en mensen in het land beschouwd zouden worden als lafaards en verraders. Iemand liet de namen Massada en Jodfat vallen. Ilan zat tussen hen in. Hij had geen lichaam meer en zijn geest had hem verlaten. De commandant vatte samen en zei dat hij van plan was Arik nu mee te delen dat ze vanavond hiervandaan zouden gaan. Iemand vroeg: 'En wat als Arik nee zegt?'

'Dan krijgen we vijf jaar cel,' zei een ander, 'maar leven tenminste nog.'

De telefonische verbinding met het hoofdkwartier van de divisie werkte niet meer, en de commandant gebruikte de radio en vroeg de baas te spreken. Hij zei dat de situatie hopeloos was en dat hij had besloten de boel te verlaten. Er viel een korte stilte, en daarna zei Arik: 'Prima, kom eruit en wij proberen jullie onderweg te bereiken.' De soldaten hoorden het gesprek. Arik zei: 'Doe al het mogelijke.' Hij viel stil, je kon de radertjes in zijn hersens horen draaien. Tot slot verzuchtte hij: 'Goed, eh... tot ziens dan, hou jullie goed...'

De vrome soldaten wilden het avondgebed uitspreken voor ze vertrokken, en ook een aantal anderen deed mee. Daarna maakte iedereen zich op voor vertrek. Ze vulden veldflessen, controleerden of er niets rinkelde of rammelde. Ze haalden muntgeld en sleutels uit hun zakken. Iedereen pakte wapens. Boven op de uzi die hij al had, kreeg Ilan een bazooka toegewezen. 'Een antitankbuis,' legden ze hem uit. Hoe hij die gebruiken moest, wist hij niet. Hij zei geen woord.

Om twee uur 's nachts gingen ze op weg. In het licht van de volle maan leek het steunpunt een ruïne. Het was nauwelijks te geloven dat die scheve en verzakte kist hen alle afgelopen dagen had beschermd. Ilan zorgde ervoor dat hij niet naar het zuiden keek, in de richting van het fort van Avram.

Ze formeerden twee afzonderlijke rijen, die ver van elkaar vandaan liepen. Aan het hoofd van Ilans rij stond de commandant, aan het hoofd van de andere rij zijn adjudant. Naast de commandant liep een soldaat die was geboren in Alexandrië. Als ze op Egyptische troepen zouden stuiten, moest hij ze toeschreeuwen dat ze Egyptische commando's waren die de *jahoed* te grazen gingen nemen. De soldaat was zachtjes zijn tekst aan het repeteren, probeerde zich in te leven in de mentaliteit van een Egyptische commando. Ilan liep ergens in het midden van de rij, met gebogen hoofd.

Ze liepen. Soms struikelden ze en vielen zwijgend in het zand. Vloeken deden ze alleen in stilte.

Ineens klonken niet ver van hen vandaan kreten in het Arabisch. Over een nabijgelegen weg reed een Egyptische pantserwagen. Met een schijnwerper op zijn dak zocht hij de kanten van de weg af.

'We bleken een Egyptisch wagenpark te zijn binnengelopen,' vertelde Ilan haar in die vroege ochtend. Zijn lichaam was al tot rust gekomen, maar werd nog vastgehouden in haar en zijn vingers staken in het vlees van haar schouder. 'Ik ben zelfs op een deken gestapt van iemand die daar lag te slapen.'

Ora bleef geschokt stilliggen, en haar vlees klopte nog rond zijn vlees.

'We verroerden geen vin, we hielden onze adem in. De pantserwagen reed door. Hij had ons niet ontdekt. Had niets gezien. Met drieëndertig man lagen we daar, en hij had ons niet gezien. We stonden op en vluchtten terug naar het zand, uit de buurt van de weg.

Daarna liepen we de hele nacht half rennend door in oostelijke richting,' vertelde hij, en ze voelde zijn warme adem in haar nek, 'ik met mijn uzi en met die bazooka. Het was zwaar, maar ik wilde overleven. Dat en niets anders.'

Ze wilde dat hij zich onmiddellijk uit haar zou terugtrekken. Maar ze kon geen woord uitbrengen.

'Daarna kwam de zon op. We wisten niet waar we waren en of we ons in gebied bevonden dat nog in onze handen was of al in die van hen. Waar we ons leger moesten vinden, als er nog een Israëlisch leger bestond, wisten we ook niet. Ik zag sporen van rubberbanden in het zand. Het schoot me te binnen dat wij alleen APC's met rupsbanden hadden, en aan deze rubberbanden herkende ik een Egyptische BTR, van Russische makelij. Toen ik naar de commandant ging en het hem vertelde, hebben we meteen een andere richting gekozen.

We liepen en liepen, tot we bij een of andere kleine wadi in heuvelachtig gebied kwamen, en daar zijn we gaan zitten om uit te rusten. We waren helemaal kapot. Op de heuvels om ons heen stonden tanks in brand. Reusachtige fakkels. We wisten niet of het tanks van ons waren of van hen. De hele omgeving stonk naar verbrand vlees. Je kunt het je niet voorstellen, Ora.'

Ze trok zich terug, maar hij klampte zich nog harder vast aan haar lijf. Ze snakte naar adem. Binnen in haar klopte het hart van het kind, en ze had het idee dat de klopjes ineens anders, scherper klonken. Ze vroeg zich af of het op een of andere manier iets zou kunnen opnemen van wat Ilan vertelde.

'Over de radio zeiden ze ons dat ze op het moment niet naar ons toe konden komen. Dat we nog even moesten wachten. Dus we wachtten.

Na een paar uur zeiden ze dat we naar een of andere bergkam moesten proberen te komen. Ze gaven ons de plek door in code. We liepen tot we de bergkam voor ons hadden. Je moet begrijpen, de Egyptenaren beschoten ons de hele tijd, vanaf alle bergen. Dat niemand werd geraakt was een groot wonder. We liepen door. De kogels floten ons om de oren, als in een film. Toen we bij de bergkam waren aangeland, zagen we dat het erbovenop wemelde van de Egyptenaren. We dachten al dat het einde daar was.'

'Ik krijg zo geen lucht, Ilan –'

'En even later rollen onze tanks op ze af. De slag begint. Schoten. Wij zitten op onze kont naar een bioscoopfilm te kijken. Treffers. Brandende mensen springen uit tanks. Mensen die sneuvelen omdat ze ons zijn komen redden. En wij zitten op onze kont en kijken toe. We voelen niets, niets!'

'Ilan, ik stik zo echt –'

'Over de radio riepen ze tegen ons dat we vuurpijlen moesten afschieten om te laten weten waar we zaten. We schoten een vuurpijl af, ze zagen ons. Eén tank kwam de bergkam af, naar ons toe, over een heel steile helling, echt een muur. Hij kwam bij ons. Een M60 Patton. Een of andere officier steekt zijn hoofd uit de koepel, gebaart ons vlug te komen. We roepen naar hem: "Wat moeten we doen? Hoe?" En hij gebaart ons dat we erop moeten klimmen en dat er geen tijd is.

"Wat, wij allemaal?"

"Klimmen. Klimmen!"

"Wat nu klimmen? Waar?"

"Schiet op, klimmen!"

En wij, drieëndertig man...' fluisterde Ilan tegen haar warme rug. 'Ora, wat zei je?'

'Ilan!'

'Sorry, sorry. Heb ik je pijn gedaan?'

'Ga eruit, ga uit me.'

'Nog even, alsjeblieft, heel even nog, ik moet je vertellen –'

'Het is niet goed, Ilan –'

'Luister, geef me nog één minuut. Alsjeblieft, Ora, meer niet.' Hij sprak snel, op strakke toon. 'We klommen op de tank, iedereen greep iets vast, mensen klampten zich vast aan het onderstel van de MAG's, tien man propten zich in de *turret basket*. Ik klom aan de achterkant, nam een sprong en pakte het been van de jongen boven me vast, iemand anders pakte mijn schoenen vast, en de tank zette zich in beweging. Niet zomaar beweging, hij racete en zigzagde om aan de Saggers te ontkomen, terwijl wij ons ternauwernood konden vasthouden, boven op de tank. Ik dacht de hele tijd maar één ding: niet vallen, niet vallen.'

Dit kind, dacht Ora, wat krijgt het al te horen voor het geboren is...

'De tank schudt als een gek,' mompelde Ilan en zijn greep werd weer steviger, alsof hij verkrampte, 'je voelt je botten breken, je krijgt geen lucht, overal stof, stenen die in het rond vliegen. Je sluit je ogen, oren, alle lichaamsopeningen. Je wilt alleen maar leven, leven.'

Het stof drong nu ook in haar mond, in haar neus. Geel woestijnstof, met stralen tegelijk. Ze stikte en moest hoesten. Ze had de indruk dat ook het kind in haar buik ineenkromp, worstelde om zich om te draaien, de buitenwereld zijn rug toe te draaien.

Genoeg, genoeg, kermde ze in gedachte, hou op mijn kind te vergiftigen.

'En zo ging het een paar kilometers lang, boven op de tank, eraan vastgeplakt. En ineens... ineens was het voorbij. Afgelopen. We waren buiten vuurbereik. Ik kon het been van de jongen boven me nauwelijks loslaten. Mijn hand ging niet meer open.'

Zijn spieren ontspanden. Zijn hoofd zakte neer op haar nek, zwaar als een steen. Zijn vingers lieten langzaam haar lichaam los en bleven gespreid voor haar gezicht hangen. Ze verroerde zich niet. Hij gleed uit haar. Eén, twee tellen gingen voorbij. Hij ademde moeizaam. Zijn gezicht lag tegen haar aan en hij was helemaal bij haar weggekropen, hulpeloos. Er trok een of andere siddering door haar heen, binnen in haar lichaam.

'Ilan,' mompelde ze. Haar slapen begonnen te bonzen, en het zweet brak haar uit. Haar lichaam seinde haar iets door met klopsignalen. Ze kwam overeind op haar elleboog en leek aandachtig te luisteren.

'Ilan, ik geloof –'

'Ora, wat hebben we gedaan?' hoorde ze hem verschrikt fluisteren. 'Wat heb ik gedaan?'

Ze raakte haar natte dijen aan en rook. 'Ilan,' zei ze, 'ik geloof dat het zover is.'

Hij informeert naar de diepe scheuren die al in zijn tijd in de muren van het huis zaten, vooral in de keuken, maar ook in de slaapkamers. Hij vraagt zich af of het hele gebouw in de loop der jaren schever is gaan staan en hoe zij en Ilan het probleem hebben opgelost van de verzakte kozijnen. Hij vraagt of de grote wandkast in zijn kamer er nog is, en zij vertelt dat de kast tot op het moment dat het gezin het pand verliet en naar Een Karem verhuisde, daar is blijven staan en als een oude patriarch over de hele kamer heeft geheerst. 'Ook de kast in de grote slaapkamer is blijven staan, we hebben nauwelijks iets aan dat huis veranderd,' voegt ze eraan toe, 'alleen een beetje in de keuken, maar dat heb ik je al verteld. En beneden, in de kelder, in de oude naaikamer, toen de jongens groot werden.'

De klim is zwaar. Het is vandaag al vroeg heel warm, en de Tabor blijkt steiler dan alle bergen die ze tot nu toe hebben beklommen. Soms draaien ze hun rug naar de helling toe en lopen een stukje achteruit. 'We gunnen de quadriceps even rust,' legt ze hem uit. 'Nu zetten we deze twee jongens hier een beetje aan het werk,' en ze slaat met beide handen op haar achterste, 'de gluteus maximus en de gluteus medius. Dat die ook wat inspanning leveren, wat is daartegen?'

En terwijl ze zo achterwaarts de berg beklimmen, met hun gezicht naar Kfar Tavor en het Dal van Javneël, loopt hij met haar alle kamers van het huis door, vraagt naar de gang met in het midden de kuil in de vloer, naar de hoge, overbodige drempel waar je overheen moest als je de slaapkamer binnenging, naar de logge waterleidingen, die deels blootlagen. Hij herinnert zich ieder mankement en elke tekortkoming, maar ook alle leuke hoekjes in dat huis. Alsof hij nooit is opgehouden door het huis te wandelen en ervoor te zorgen. Hij vraagt of uit de ruimte onder het kleine putdeksel in de kelder nog steeds water omhoogkomt bij iedere regenbui. 'Dat was Ofers terrein,' zegt Ora. 'Hij riep dan een overstromingsalarm uit en stond klaar met trekkers, emmers en dweilen. Later heeft hij het slimmer aangepakt en een kleine pompinstallatie aangelegd, je zou die moeten zien, met een motor en twee slangen. Zo heeft hij een probleem opgelost dat volgens mij al vanaf de bouw van het huis bestond.

Hij heeft ook een bed voor ons gebouwd,' laat ze zich ineens ontvallen, terwijl ze juist het gevoel had dat ze hem dat maar beter niet kon vertellen. Maar de sfeer tussen hen is goed, en waarom ook niet, eigenlijk?

'Hij heeft zelf een bed gebouwd?'

'Toen hij in de vijfde zat, ja, of misschien in de zesde?' Ze leunt hijgend tegen een pijnboom die gewaagd scheef in de grond staat. 'Doet er niet toe, het schoot me zomaar te binnen. Moet je horen wat me nog meer te binnen is geschoten,' verandert ze gewiekst van onderwerp – want toen Avram het vroeg, hoorde ze een knak in zijn stem, alsof die werd geforceerd – en vertelt hoe Ofer toen hij een jaar of drie was weleens naar haar toe kwam met de mededeling dat hij haar een verhaal wilde vertellen. 'Oké, ik luister,' zei ze dan tegen Ofer, en vervolgens wachtte en wachtte ze, terwijl Ofer langdurig naar een of ander ver punt in de kamer keek. Zijn gezicht nam een plechtige uitdrukking aan, en nadat hij zijn longen vol lucht had gezogen, zei hij met een stem die hees was van de opwinding: 'En toen...'

'En toen wat?' vraagt Avram na een ogenblik van stilte.

'Je snapt het niet,' zegt ze en haar schaterlach klinkt door het hele dal.

'Ah,' zegt hij, in verlegenheid gebracht, 'is dat het hele verhaal?'

'En toen, en toen... dat maakt toch de hoofdmoot van verhalen uit?'

'Het is zelfs nog korter dan mijn kortste verhaal,' zegt Avram glimlachend. Hij buigt zich voorover en steunt met zijn handen op zijn knieën om even uit te hijgen.

'Hoe ging dat ook alweer?' vraagt Ora.

'Op de dag dat ik geboren werd, is mijn leven onherkenbaar veranderd.'

Ora verzucht: 'En toen...'

'En toen bouwde hij een bed voor jullie.'

'Het begon ermee dat hij over een nieuw bed voor zichzelf nadacht,' verduidelijkt ze Avram. Ze hoorde hem midden in de nacht door het huis spoken, en toen ze naar hem toe ging, zei hij dat hij ergens gek van werd, dat hij een bed wilde bouwen en maar niet kon beslissen wat voor een, en dat het hem de hele tijd uit zijn slaap hield. Ora vond het een uitstekend idee: het jongensbed waarin hij sliep sinds hij een klein kind was, was intussen gammel geworden, kraakte en viel bijna uit elkaar onder het gewicht van zijn groeiende lijf. 'Ik heb allerlei ideeën,' zei hij, 'maar ik kan niet kiezen.' Opgewonden blies hij in zijn handen, alsof die in brand stonden, en verbaasd zei hij daarna weer dat hij niet kon slapen. Al een paar nachten werd hij midden in de nacht wakker met het gevoel dat hij eruit moest om het te gaan bouwen, onmiddellijk, en hij zag het de hele tijd in zijn gedachten, maar het was nog niet echt duidelijk, het kwam en ging steeds.

Hij liep in kringetjes om Ora heen, tikte snel zijn vingertoppen tegen elkaar aan en beet op zijn onderlip. Ineens bleef hij staan, rechtte zijn rug en op zijn gezicht verscheen een verraste uitdrukking. Daarna liep hij bijna dwars door haar heen naar de andere kant van de kamer, pakte een vel papier dat op de tafel lag, vond een potlood, improviseerde een liniaal en begon om drie uur 's nachts zijn bed te ontwerpen.

Ze liep naar hem toe en gluurde mee over zijn schouder. De lijnen vloeiden gemakkelijk en nauwkeurig uit zijn vingers, alsof die het verlengde ervan waren. Hij humde en was druk in zichzelf aan het praten. Voor haar verbaasde ogen verscheen een koninklijk hemelbed, maar hij verfrommelde geërgerd het papier. Het was te verfijnd geworden, zei hij, gelikt, hij wilde iets rustiekers. Hij pakte een ander vel, begon weer te tekenen – wat heeft hij mooie handen, dacht ze, tegelijkertijd stevig en fijngevoelig, en die moedervlekjes in een driehoek op zijn pols – en legde haar ondertussen uit: 'Ik wil hier, voor de ombouw, bielzen hebben.'

'Daar kan ik je bij helpen,' zei Ora verheugd. 'Dan gaan we samen naar Binjamina, naar de plek waar ik díe vandaan heb,' en ze wees naar de biels boven de gootsteen, waaraan pannen en gedroogde pepers hingen.

'Echt, ga je met me mee?'

'Natuurlijk, we gaan met de auto en daarna kunnen we er een leuk dagje van maken in Zichron Ja'akov.'

'En ik wil stukken boomstam van een eucalyptus,' ging hij verder, 'vier, voor de poten.'

'Per se eucalyptus?' vroeg ze.

'Omdat ik van de kleuren hou,' antwoordde hij alsof hij zich verbaasde over de vraag. 'En hier, aan het hoofdeinde, komt een ijzeren boog.' Hij trok een paar lijnen en er stond een boog op papier.

'Bijna tien maanden heeft hij aan het bed gewerkt,' vertelt ze. 'Er is een smederij in het dorpje Ain Nakoeba, en met de smid is hij bevriend geraakt. Hij heeft daar uren en uren doorgebracht, toegekeken en geleerd. Soms, als ik hem erheen bracht, mocht ik van hem blijven kijken hoe het bed vorderde.' Ze tekent met een takje in het zand. 'Dit is de boog, de ijzeren boog van het hoofdeinde. De kroon op het werk.'

'Mooi,' zegt Avram. Hij kijkt naar haar gezicht, dat naar de grond is gericht, en denkt: van hún hoofdeinde.

Even voor de top gaan ze tussen eiken en pijnbomen zitten om uit te rusten. Een bezoek aan een bescheiden kruidenierszaakje in het bedoeienendorp Sjibli, aan de voet van de berg, heeft ze goed gedaan. Ze hebben daar zelfs een zakje hondenvoer kunnen kopen, en de radio stond er niet aan. Nu verslinden ze een stevig ontbijt en drinken nieuwe, verse, sterke koffie. De wind droogt hun zweet en het zicht is helder, zodat ze genieten van het uitzicht op de bruin-geel-groene lappendeken van velden in de Vlakte van Jizreël en op de vlakten die zich ontrollen tot aan de horizon en daar omhoogkomen, het bergland van Gilead, de Hoogte van Manasse en de kam van de Karmel.

'Moet je haar zien,' zegt Ora en met haar ogen wijst ze op de hond, die met haar staart naar hen toe ligt. 'Sinds onze vrijpartij is ze zo.'

'Jaloers?' vraagt Avram aan de hond, en met een welgemikte worp laat hij een dennenappel naast haar neerkomen. Demonstratief kijkt de hond de andere kant op.

Ora staat op, gaat naar haar toe, dringt zichzelf op aan de wang van de hond, krauwt haar en wrijft met haar neus over de neus van de hond. 'Wat is er aan de hand? Wat hebben we gedaan? Hé, mis je misschien dat vriendje van je, de zwarte? Dat is ook echt een waanzinnig stuk, maar in Bet Zajit vinden we ook wel iemand voor je.'

De hond komt overeind en gaat een paar passen verderop zitten, met haar gezicht naar het dal.

'Zag je dat?' vraagt Ora verbijsterd.

'Het bed,' brengt Avram haar in herinnering, bezorgd om de vonk van verontwaardiging in haar gezicht. 'Kom, vertel me over de boog van het hoofdeinde.'

Ofer legde haar uit: 'Eerst had ik een boog gemaakt van twee gelijke delen, die met deze dwarsverbinding aan elkaar vast gemaakt moesten worden, hier, en het zag er niet gek uit en werkte ook, technisch, maar ik vond het niet geweldig, ik hield er niet van, het klopte niet met het bed zoals ik het wilde hebben.' Ze begreep niet alle details, maar genoot ervan hem te horen praten en naar hem te kijken als hij haar zijn werk beschreef. 'Dus nu maak ik een andere boog, dit keer uit een stuk, en ik ga die omranken, met blaadjes van ijzer. Dat wordt ontzettend ingewikkeld, maar ja, het moet, het moet per se zo worden, snap je?'

En of ze het snapte...

Hij desinfecteerde de wormgaatjes in de stukken boomstam en lakte ze dicht, daarna boorde hij met de beitel tot op het midden van elk blok een gat, loodrecht naar beneden. 'En het is hard hout, weerbarstig hout,' citeert ze, 'maar hij is sterk, Ofer. Hij heeft armen als de jouwe, van die stevige, hier,' en ze klopt zachtjes, met onverholen plezier, op Avrams biceps. 'Daarna is hij nog een paar weken met die stukken boomstam bezig geweest, en toen besloot hij een cirkelzaag te kopen om ijzer te snijden, van zijn eigen geld – hij deed alles in zijn eentje; behalve halen en brengen met de auto mocht niemand hem ergens mee helpen –, maar ook die zaag was niet de juiste voor wat hij wilde, dus is hij een andere gaan kopen. Een speciale, agressieve cirkelzaag,' voegt ze er nadrukkelijk aan toe alsof ze er verstand van heeft. 'Hij groef diepe sleuven uit in de stukken boomstam, en wacht even,' – ze houdt een of andere vraag tegen die hem op de lippen ligt – 'hij heeft zelf ook de blaadjes gemaakt, van ijzer, voor de boog van het hoofdeinde, kleine rozenbladeren, eenentwintig van die blaadjes, beeldschoon, inclusief de doorns.'

Avram luistert geconcentreerd, met vernauwde ogen, en streelt zonder er erg in te hebben zijn eigen armen.

'Hij heeft elk en ieder blaadje vormgegeven, tot op het laatste detail. Jij zou ervan genoten hebben om te zien hoe mooi en fijn die zijn geworden. En ook het hout, van het bed, de ombouw, massief hout, maar het stroomt met van die lijnen, golven...' Haar handen gaan strelend door de lucht en maken ronde bewegingen, en heel even voelt ze Ofer zelf tussen haar handen, groot, sterk en teder. 'Ik heb nog nooit ergens zo'n bed gezien.'

Dat bed had iets levends, denkt ze, iets beweeglijks, zelfs de metalen onderdelen.

'En toen hij het af had, besloot hij het aan ons te geven.'

'Na al dat werk?'

'We hebben erover gebakkeleid met hem, we wilden het niet aannemen. "Zo'n prachtig bed," zeiden we, "je hebt er zo lang aan gewerkt, waarom zou je het zelf niet houden?"'

'Maar hij is koppig,' zegt Avram zachtjes met een glimlach.

'Ik weet niet wat hij had. Misschien schrok hij een beetje toen hij naar het resultaat keek. Het was ook enorm. Het grootste bed dat ik ooit heb gezien.'

Ze slikt haastig in wat ze zich bijna had laten ontvallen over de omvang van het bed en het aantal mensen dat er breeduit in zou kunnen liggen, en ze klopt het plakkerige zand van haar handen. Hoe kwam ze erbij hem dit verhaal te vertellen? Ze moet snel op een ander onderwerp overstappen.

'Om kort te gaan, hij zei tegen ons: "Ooit, als ik ga trouwen, bouw ik een nieuw bed voor mezelf. Maar nu mogen jullie er een voor me kopen in de winkel." En dat was het. Zomaar een verhaaltje dat ik je wilde vertellen. Kom, laten we verdergaan.'

Ze staan op en lopen door. Ze omcirkelen de tepel van de berg, laten de kerken en het klooster op de top voor wat ze zijn en dalen weer af in de richting van Sjibli. Boven hen zweeft een buizerd in de lucht. In de mariadistels hangt pluis van witte schapenwol. Als de hond de dorpshonden hoort blaffen, komt ze quasi-toevallig naar Ora toe en wrijft tegen haar been aan. Ora, die nog geen drie minuten wrok kan koesteren, buigt zich al lopend voorover en aait haar goudbruine vacht. 'Is het over? Hebben we het bijgelegd? Heb je me ineens alles vergeven? Je bent een beetje een prima donna, weet je dat?' Terwijl ze zo wordt berispt en geaaid, komt de staart van de hond omhoog en krult zich dan weer tot een lus. Haar poten trippelen opnieuw om hen heen, en Ora denkt aan de afgelopen nacht, maar ook aan de komende nacht. Ze kijkt naar Avram, die voor haar loopt. Gisteren heeft ze pas ontdekt dat zijn wenkbrauwen niet zacht en fluwelig zijn, zoals in haar herinnering, of die vlezige oorlellen van hem, bijvoorbeeld... Ofer was de enige in de familie die zulke oorlellen had – Ilan en Adam plaagden hem altijd met zijn Dombo-lellen en zelfs zij mocht ze nooit aanraken van hem, maar nu wist ze hoe ze aanvoelden. Ook denkt ze: vijf jaar, het is pas vijf jaar geleden dat Ilan en ik het bed hebben ingewijd. Ze herinnert zich dat Ilan bang was dat het bed zou kraken op de vloer als ze erin zouden vrijen. Hij ging naar beneden, naar de woonkamer, en riep: 'Nu!' En Ora, boven, begon als een gek op het bed te springen, over de hele lengte en breedte ervan. Ze raakte zowat bewusteloos van alle gespring en de slappe lach, maar beneden was geen piepje of kraakje te horen.

'Hij bevalt me wel,' zegt Avram plotseling.

'Wat?'

Avram haalt zijn schouders op, zijn lippen vertrekken zich een beetje verbaasd. 'Hij is zo –'

'Ja?'

'Ik weet het niet, hij is zo'n...' In de lucht tekenen en boetseren zijn handen Ofer, vaste stof, levend materiaal, stevig en mannelijk, alsof ze hem kneden in een denkbeeldige omhelzing. En zelfs als hij nu tegen haar had gezegd dat hij van haar hield, zou ze niet zo diep geraakt zijn.

'Ook als hij niet...' begint ze, maar ze krijgt meteen spijt.

'Als hij niet wat?'

'Als hij niet – weet ik het? – echt een kunstenaar is?'

'Een kunstenaar?' vraagt Avram verwonderd, 'wat heeft dat er nou mee te maken?'

'Zomaar, onzin, vergeet het. Wacht, ik heb je helemaal niet verteld – fjoe,' blaast ze ingehouden adem uit, 'je hebt me met stomheid geslagen.' Ze blijft staan en legt zijn hand op haar borst. 'Hier, voel eens. Dat je dat zei, daarnet, dat hij je beviel, en er zijn nog zo veel dingen die ik je niet heb verteld over hem.

Hij heeft een bron gered,' zegt ze lachend en ze legt haar hoofd in haar nek. 'Doet er niet toe, ik ben gewoon een beetje aan het opscheppen.'

Avram reageert meteen, een heel klein beetje verontwaardigd zelfs. 'Heet dat opscheppen?'

'Wat is het dan?'

'Je bent mij over hem aan het vertellen.'

Ze versnelt haar pas, loopt voor hem uit en spreidt haar armen. 'Je kunt bijna niet ademhalen door de frisse lucht. Moet je horen,' zegt ze, 'ze vonden een bron, hij en Adam, toen ze aan het wandelen waren onder Har Adar, in de buurt van Bet Nekofa. Een kleine bron, helemaal verstopt door modder en stenen, er kwam bijna niets meer uit, een draad water. Ofer besloot toen dat hij die zou herstellen, en een jaar lang, hoor je, is hij ernaartoe gegaan als hij verlof had. Soms ging Adam ook mee, niet dat die echt dol was op het werk, maar hij vond het een eng idee dat Ofer daar in zijn eentje zou zijn. De grens loopt daar pal langs, en samen, met zijn tweeën,' – Avram had al eerder gemerkt dat zich een warm gevoel verspreidde in zijn lendenen, bijna elke keer als ze 'met zijn tweeën' zei – 'hebben ze de stenen en rotsblokken weggehaald die de stroming blokkeerden, en de boel vrijgemaakt van zand, modder, slib en plantenwortels.' Ze straalt helemaal als ze praat en Ofer lijkt haar met iedere tel meer leven in te blazen. Op dit ogenblik is het haar duidelijk dat het goed gaat, dat het goed komt, dat haar krankzinnige plan weleens zou kunnen slagen. 'En toen ze hem hadden schoongemaakt, groeven ze een klein spaarbekken uit, ongeveer anderhalve meter diep. Wij zijn er ook vrij vaak geweest, omdat we niet wilden dat de jongens daar alleen zouden zijn, dus dan reden we er op sjabbat heen en brachten ze eten. Ook vrienden van ze kwamen, en vrienden van ons – ik moet je er een keer mee naartoe nemen, er staat daar een reusachtige moerbeiboom naast het spaarbekken. Ofer was dan altijd onze voorman, voor wie we allemaal werkten.'

'Maar hoe?' vraagt Avram verbaasd. 'Hoe wist hij wat hij moest doen?'

'Hij had eerst een klein model gebouwd, thuis, Ilan hielp hem ermee.' Ze herinnert zich ineens weer hun koortsachtige enthousiasme, het hele huis vulde zich met tekeningen en berekeningen van de capaciteit van de bron, stromingshoeken en volumes, en ze zetten testopstellingen op en voerden simulaties uit. 'En daarna, je weet wel, met alles wat gebeuren moest...'

'Wat dan?' vraagt Avram vergenoegd. 'Wat moest er gebeuren?'

'De aanleg,' legt ze op ernstige toon uit, 'wanden die bekleed en bepleisterd moesten worden, alle verschillende fasen, en je hebt er speciale pleister voor nodig. Anderhalve ton pleister en zand heeft Ilan in zijn auto aangesleept. Kun je nagaan,' zegt ze lachend, 'alleen voor Ofer was hij bereid zijn Land Cruiser zo op te offeren. En daarna plantte hij er een kleine boomgaard van vruchtbomen – wij hebben hem geholpen en een pruimen-, een granaatappel-, een amandel-, een citroenboom en een paar olijfbomen ingebracht – en nu ligt daar echt een kleine oase, met een werkende bron.'

Ze rekt haar armen uit. Haar tred is licht. Ze heeft nog zoveel te vertellen.

Ze hebben Sjibli al achter zich gelaten en de weg voert tussen velden en plantages door, over paden die schuilgaan in weelderig groen, dat ze aan weerszijden afschermt en overhuift. Ora sukkelt een beetje achter alles aan. Ze is ingehaald door een of andere schaduw. Wat het is, is haar niet duidelijk, het voelt aan als een vage pijn. In elk geval is het kleine beetje hoop van daarnet, dat haar nu opeens dwaas en ijdel lijkt, vervlogen.

Avram denkt ondertussen aan Ofer, die nu dáár is. Hij probeert zich hem ginds voor te stellen en dwingt zichzelf ertoe daar ook te zijn, in de straten en stegen. Maar hij heeft slechts één enkele oorlogsfilm in zijn hoofd, die voortdurend in hem wordt afgedraaid, in een volkomen lege zaal die hij nooit binnengaat. Vijf van die zalen heeft Avram, donker en leeg, en in elk ervan wordt een andere scène gedraaid, permanent, van 's ochtends vroeg tot 's avonds laat, een voorstelling die altijd doorgaat, altijd door moet gaan. De geluiden op de geluidsband bereiken gedempt en van ver weg zijn oren, en naar binnen gaat hij niet.

Met elke stap dringt een nieuwe angst verder tot haar door. Misschien vergist ze zich, misschien heeft ze het precies bij het verkeerde eind, misschien verliest Ofer juist aan levenskracht naarmate ze Avram verhalen over hem vertelt?

Benauwd brengt ze uit: 'Het enige waar ik aan kan denken, is wat voor iemand hij zal zijn als hij terugkomt.'

'Ja,' fluistert Avram naast haar, 'dat is precies wat ik net dacht.'

'Ik krijg mezelf er niet toe me voor te stellen wat hij daar ziet en wat hij doet.'

'Nee, nee.'

'Het kan tenslotte zo zijn dat hij als een heel ander mens terugkomt.'

Ze lopen gebogen, slepen zware gewichten met zich mee.

Maar misschien is Ofer al immuun geworden, houdt ze zichzelf voor, misschien kan hij na het verhaal in Hebron alles aan. Wat weet ik ervan? Wat weet ik werkelijk van hem? Misschien is hij echt geschikter dan ik voor het leven hier.

Want ik, denkt ze, als ik bijvoorbeeld toen maar mijn grote mond had gehouden, had ik nu misschien nog een gezin gehad. En ze hadden haar alle drie – Ilan, Adam en Ofer – nog wel voortdurend stilletjes gewaarschuwd, haar met duizend-en-een signalen te kennen gegeven dat je over sommige situaties en kwesties beter kon zwijgen, gewoon beter je muil kon houden. Dat je niet iedere bewustzijnsstroom in een live-uitzending de buitenwereld in hoefde te slingeren, ja? En pas toen alles voorbij was, snapte ze: zij hebben zich de hele tijd voorbereid op elke mogelijke situatie, *op elke mogelijke situatie*, en ze wisten ook van tevoren, zonder enige twijfel, dat zich inderdaad een 'situatie' zou voordoen. Zo moeilijk te raden was dat per slot van rekening niet: als Adam en Ofer daar drie plus drie is zes jaar dienden, met patrouilles, controleposten, achtervolgingen, hinderlagen, nachtelijke huiszoekingen, demonstraties die de kop ingedrukt moesten worden, dan kon het niet anders dan dat zich vroeger of later een of andere 'situatie' zou voordoen. Het was een soort ergerlijke, gekmakende mannenwijsheid, pruttelt Ora in zichzelf, en ze hadden zich alle drie prachtig gepantserd, alleen zij liep naakt tussen hen rond, als een klein meisje. 'Je bent niet meer in Nevee Sja'anan, Dorothy,' had Adam haar een keer aan tafel tijdens een of andere discussie toegevoegd. Waar ging het toen over? Over de kwestie van Ofer of iets anders? Kom daar nog maar eens achter. En voor ze begreep waarover hij het had en waarnaar hij verwees, hadden ze een ander gespreksonderwerp aangesneden. Ze veranderden in die tijd razendsnel van onderwerp, als oplichters die speelkaarten verwisselden, zodra zij begon over haar kwesties. Interessant wat Avram daarover zou opmerken.

Avram loopt gejaagd zijn zalen na, vijf, zoals de vingers van een hand. Vroeger waren het er meer, veel meer, maar met veel inspanning en moeite is het hem in de loop der jaren gelukt hun aantal te reduceren. Het ging zijn krachten te boven ze allemaal tegelijk draaiende te houden, de middelen ontbraken hem. Hij loopt snel heen en weer langs de rij dichte deuren van zijn zalen, telt ze na op de vingers van zijn twee handen – de tweede hand dient alleen als back-up – en neigt heel even een oor om het vage gehum daarbinnen op te vangen, de geluidsband van de films die daar doorlopend worden gedraaid, dag en nacht, al zesentwintig jaar, zonder dat ze iets van hun frisheid verliezen. Hij pikt hier en daar een zin op, soms heeft hij aan één woord genoeg om te weten waar de plot op dat moment is aangeland; en soms zou hij het liefst definitief willen sluiten, de boel opdoeken en ook de overgebleven zalen vernietigen, maar de gedachte aan de stilte die dan zal heersen is zo angstaanjagend... een holle klank, het gefluit van de wind tijdens een eindeloze val in de afgrond.

Weer telt hij heimelijk en laat zijn duim over de toppen van de andere vingers gaan. Hij moet dat af en toe doen, ten minste één keer per uur. Het maakt deel uit van zijn taken, van zijn onderhoudsroutine. Je hebt de film van de oorlog en die van na de oorlog, met de ziekenhuisopnames en de operaties, je hebt die van de ondervragingen door mensen van de Contraspionage, de Algemene Veiligheidsdienst, het ministerie van Defensie en de Militaire Inlichtingendienst, hier in Israël, je hebt die van het leven van Ilan en Ora en hun kinderen, en natuurlijk die van de krijgsgevangenschap, de Abbassiagevangenis. De laatste, in zaal één, had hij eigenlijk al moeten noemen, als eerste. Hij is vergeten bij het begin te beginnen, dat is niet goed. De gedachte aan Ofer heeft hem blijkbaar in de war gebracht, de gedachte aan Ofer die nu aan het vechten is. Dat is niet goed.

Hij laat zijn duim weer snel over de toppen van de andere vingers gaan. De duim zelf, die telt, is natuurlijk de eerste, die van de krijgsgevangenschap. Die mag in geen geval worden beledigd en uiteraard zal er een klein zoenoffer moeten worden gebracht voor de ernstige fout, voor de onvergeeflijke, vernederende, kwetsende, schaamteloze belediging van daarnet. Twee is de oorlog. Het ziekenhuis en de behandelingen zijn drie. In zaal vier heb je de verhoren die ze hem hier in Israël hebben afgenomen. En het gezin van Ora en Ilan is vijf.

Voor de goede orde stopt hij een hand in zijn broekzak en knijpt zichzelf in zijn dij, draait het vlees hardhandig om en zet er de nagels van zijn duim en ringvinger in, alsof het niet zijn eigen vlees is. Hoe durfde je, hoe kon je vergeten bij de krijgsgevangenschap te beginnen! Terwijl hij doorloopt valt hij op zijn knieën, smeekt de besnorde, lange ondervrager, dokter Asjraf, met de pezige, verschrikkelijke handen, om genade en legt uit: het gebeurt me bijna nooit, het is maar een enkele keer voorgekomen, het zal niet meer gebeuren. Erin, verder, door de kapotte huid, mooi zo, zo mag ik het horen, zie je wel, je snapt wat je fout hebt gedaan. En daar verspreidt de nattigheid zich al in de stof en over de vingertoppen.

Ora staat tegenover hem en houdt met twee handen zijn gezicht vast. 'Avram!' schreeuwt ze in hem als in een lege put. 'Avram!' Hij kijkt haar aan met dode ogen, is niet hier, rent als een bezetene rond tussen zijn donkere zalen. 'Avram, Avram!' roept ze geschrokken naar de Avram binnen in hem. Ze vecht en geeft niet op, dit zal haar lukken. En hij keert heel langzaam terug, in aarzelende golven. Hij komt omhoog en vult zijn pupillen weer, en zijn lippen krullen tot een onderdanige glimlach.

Ongeveer eens in de drie weken kwam hij thuis met verlof, vertelt ze, en dan dook ze al bij de voordeur op hem af, drukte zich helemaal tegen hem aan en dacht er het volgende moment aan dat ze haar borsten van hem vandaan moest houden. In haar wangen voelde ze zijn nog altijd zachte baardstoppels, en haar vingers schrokken terug van het metaal van het geweer op zijn rug, zochten een gedemilitariseerde zone op die rug, een plek die niet was ingenomen door het leger, een plek voor haar hand.

Dan sloot ze haar ogen en bedankte wie bedankt moest worden – zelfs met God was ze bereid zich te verzoenen op die momenten – voor zijn behouden terugkeer, ook dit keer weer. Ze ontnuchterde door de drie snelle tikjes die hij haar op de rug gaf, alsof ze niet meer dan een maat van hem was die hij begroette, een vriend. Hij omhelsde haar en gaf haar in een en dezelfde beweging, tak-tak-tak, ook zijn grenzen aan. Maar zij was ook geoefend en overstemde meteen met kreten van blijdschap de fluistering van haar gekwetstheid: 'Kom, laat je eens zien, je bent bruin geworden, je bent verbrand, je smeert je niet genoeg in, waar heb je die kras vandaan, hoe krijg je al dat gewicht meegezeuld, wil je me vertellen dat iedereen naar huis gaat met zo'n tas?' Hij mompelde iets, en zij hield zich in en bracht hem niet in herinnering dat hij ook altijd naar school was gegaan met het hele huis op zijn rug. Toen had ze al moeten raden dat hij bij de pantsertroepen zou gaan.

Hij haalt langzaam de geweerriem van zijn schouder, maakt de magazijnen met een dik kakikleurig elastiek vast aan het Galil SAR-aanvalsgeweer. Hij is een reus in haar ogen, het huis is hem te klein, en zijn gemillimeterde haar en het gewelfde voorhoofd boven zijn ogen geven hem een dreigend aanzien. Gedurende een fractie van een seconde geeft ze hem onderdanig haar identiteitsbewijs aan bij een of andere controlepost. 'Maar je hebt vast honger!' jubelt ze met een droge keel. 'Waarom heb je niet laten weten dat je rond twaalven thuiskwam? We dachten dat je pas veel later in de middag zou komen, je had op zijn minst onderweg kunnen bellen, dan had ik een biefstuk voor je kunnen ontdooien.'

'Tot op de dag van vandaag ben ik er niet aan gewend dat hij weer vlees is gaan eten,' zegt ze tegen Avram. 'Rond zijn zestiende besloot hij dat opeens. En dat hij zijn vegetarisme eraan gaf, was op een of andere manier moeilijker voor mij dan voor hem. Snap je dat?'

'Omdat je vegetarisme ziet als wat?' informeert Avram. 'Als iets bijzonders? Iets wat van een zeker karakter getuigt?'

'Ja, weet ik veel. En het heeft ook iets schoons. Ik zal niet zeggen zuivers, want Ofer, ook toen hij nog vegetariër was, is altijd ook...' Een moment van aarzeling, moet ze het hem zeggen? Kan het al? Mag het? 'Hij is altijd ook op een of andere manier *aards* geweest, ja.' (Het is haar tenminste gelukt niet 'ruw' te zeggen.) 'En naar mijn idee maakte het deel uit van zijn puberteit dat hij ineens keihard doorsloeg naar de andere kant, naar het tegendeel van vegetarisme, uit een soort antihouding,' en ze stoot een ongemakkelijk lachje uit. 'Ik weet niet wat ik aan het uitkramen ben.'

'Antihouding waartegen?'

'Ik weet het niet, misschien is het meer: tegen wie.'

'Tegen wie dan?'

'Geen idee,' – maar ze heeft een vermoeden – 'misschien tegen fijnzinnigheid? Tegen breekbaarheid?'

Avram oppert: 'Tegen Adam?'

'Ik weet het niet, misschien wel, ja. Alsof hij besloot om zo... weet ik veel, zo hard en mannelijk mogelijk te worden, met beide benen stevig op de grond, en zelfs, expres, een beetje... ruw?'

De dag wordt steeds heter. Ze doen er allebei het zwijgen toe en voelen zich er wel bij. Wat nu niet is verteld, zal vanavond verteld worden, of morgen, of misschien over jaren? Hoe dan ook: het zal verteld worden. Ze klimmen naar de top van de Debora-berg en vinden er een stukje groen in de schaduw om even uit te rusten. Uitgeput van twee bergen vallen ze in slaap, en als ze bijna twee uur later wakker worden, zijn ze van alle kanten omringd door families die hier een dagje uit zijn, op de plek vanwaar je uitzicht hebt op de Tabor en de Gilboa, op Nazareth en de Vlakte van Jizreël. Arabische muziek schalt overal uit radio's in geparkeerde auto's met open portieren. Rook en geuren van geroosterd vlees hangen in de lucht. Vrouwen zijn behendig vlees en groente aan het snijden of *kibbeh*-balletjes aan het rollen op lange houten tafels. Ze zien lachende en blèrende kleine kinderen en mannen die aan waterpijpen lurken. Niet ver van hen vandaan is een stel oudere jongens met stenen aan het mikken op lege flessen, en de ene na de andere spat uit elkaar. Ora en Avram springen tegelijk op – wat is dit voor droom? –, beiden geschrokken van de afgrondelijke diepte van hun slaap en met het merkwaardige gevoel dat ze niet genoeg op hun hoede zijn geweest. Ze pakken haastig hun rugzak en hun stok, lopen snel tussen de feestvierders door en glippen zonder een woord te zeggen weg, om de een of andere reden een beetje beschaamd. Ook de hond heeft de staart tussen de benen. Ze volgen hun pad, dat afdaalt in de richting van een Arabisch dorp, en als de muezzin roept, worden ze van alle kanten omgeven door echo's en moet Avram denken aan de muezzin van Abbassia, met wie hij in eigen Hebreeuwse woorden meezong in zijn kerker.

Laag en rood zweeft de zon boven de aarde en doet met haar laatste stralen de kleuren opgloeien. 'Zo meteen wordt het donker,' brengt Avram uit. 'We kunnen maar beter op zoek gaan naar een slaapplek.' De markeringen van hun pad zijn met houtskool onzichtbaar gemaakt, of iemand heeft de houten bordjes omvergehaald of zelfs opzettelijk de verkeerde kant op gedraaid. 'Maar het is hier zo mooi,' fluistert Ora met een zekere schaamte in haar stem, alsof ze hier een gluurder is. Het pad, dat misschien hun pad niet meer is omdat ze ervan zijn afgebracht, kronkelt met een beek mee tussen olijfgaarden en plantages met vruchtbomen door. Ora wordt weer pijnlijk getroffen door de herinnering aan Sami en die ene rit van hen met Ofer naar het verzamelpunt, aan Jazdi die bij haar wegkroop, aan de vrouw die hem daarna de borst gaf, aan de mensen die in het clandestiene ziekenhuis op de vloer zaten en daar hun eten opwarmden op een gasbrandertje. En aan de man die op zijn knieën het been verbond van iemand die voor hem op een stoel zat.

En aan haar onbegrip van wat er door Sami's hoofd ging bij de aanblik van de gewonde en geschonden mensen daar.

Zodra ze thuis is, zweert ze, zal ze als eerste Sami bellen en hem haar verontschuldigingen aanbieden. Ze zal hem precies beschrijven in wat voor staat ze die dag was, en hem gewoon dwingen het weer goed te maken met haar. En als hij tegenstribbelt, zal ze hem doodsimpel uitleggen dat ze zich wel met elkaar móeten verzoenen, want als hij en zij niet in staat zijn zich met elkaar te verzoenen na één zo'n dag, bestaat er misschien echt geen kans dat het grote conflict ooit wordt opgelost. Terwijl ze in gedachten is en haar lippen beweegt in het vuur van het gesprek dat ze met Sami voert, wijst Avram met zijn ogen in de richting van een heuveltop. Daar, boven hen, houdt een jonge herder ze van achter een rots in de gaten, en als hij ziet dat ze hem hebben opgemerkt, zet hij zijn handen aan zijn mond en roept luid iets in het Arabisch naar een herder die boven op een andere heuvel, aan hun andere kant, op een paard of muildier zit, en die roept op zijn beurt iets naar een derde herder, die opduikt op weer een andere heuvel. Ora en Avram lopen vlug door over het pad beneden, en over hun hoofden heen voeren de herders een gesprek, dat Avram vanuit zijn mondhoek voor haar vertaalt.

'Wie zijn dat?' vraagt de ene herder.

'Ik weet het niet,' antwoordt de tweede, 'misschien toeristen.'

'Joden,' stelt de derde vast, 'moet je zijn schoenen zien. Het kan niet missen, Joden.'

'Wat doen die hier dan?'

'Weet ik veel, misschien zijn ze hier zomaar wat aan het lopen,' antwoordt een van hen.

'Joden die hier zomaar wat lopen?' vraagt de herder op het paard, en zijn vraag blijft onbeantwoord.

En al die tijd blaffen de herdershonden mee met het geroep van hun bazen. De goudbruine gromt en blaft, en Ora trekt haar tegen haar been aan en probeert haar gerust te stellen.

Een van de herders zet een lied in, met meer en meer coloratuur, en de andere twee zingen mee vanaf de andere heuveltoppen. Avram sist dat het verstandig is vlug door te lopen. In Ora's oren klinkt het gezang als een flirterig of sensueel liefdeslied, of misschien zijn het gewoon grofheden, gericht tot haar. Beiden lopen zwijgend voort, heel gehaast, bijna rennend, over het smalle pad tussen de heuvels, en voor hun ogen lijken die heuvels elkaar steeds dichter te naderen, tot ze elkaar uiteindelijk ontmoeten in een stapel rotsblokken die hun de weg verspert. Aan de voet van de enorme rotsblokken, op een brede mat, liggen drie stevige mannen, comfortabel onderuitgezakt, en ze kijken hen volkomen uitdrukkingloos aan.

'Goedenavond,' zegt Ora, en ze blijft hijgend staan.

'Goedenavond,' antwoorden de drie mannen. Op de mat, tussen hen in, liggen schijven watermeloen en een koperen dienblad met koffiekopjes. Opzij van hen staat een Arabisch koffiekannetje op het vuurtje van een petroleumstel.

'We zijn hier aan het wandelen,' zegt Ora.

'Sahteen,' zegt de oudste van de drie, en Ora vertaalt 'proost' in haar hoofd. Hij heeft een krachtig, zwaar gezicht en een dikke, gelig witte snor.

'Het is hier mooi,' mompelt ze verontschuldigend, waarom weet ze ook niet.

'*Tfaddaloe*,' zegt de man – 'alstublieft' – en hij stelt Avram en haar voor plaats te nemen en biedt hun een bord pistachenoten aan.

'Waar zijn we hier?' vraagt Ora, en ze pakt meer pistachenoten van het bord dan ze van plan was.

'Dit is Ain Maahil,' zegt de man, 'daar, daarboven ligt Nazareth, het stadion. Waar komen jullie vandaan?'

Ora zegt het hem. De mannen zijn verbaasd, gaan rechtop zitten. 'Van zo ver? Zijn jullie, hoe zal ik het zeggen, sportlui?'

Ora lacht. 'Echt niet, het is bijna per ongeluk zo gelopen.'

'Koffie?' biedt hij aan.

Ora kijkt naar Avram. Hij knikt.

Ze doen hun rugzak af. Ora haalt een zak koekjes tevoorschijn die ze vanmorgen in Sjibli heeft gekocht, en ook een pakje wafels uit de kruidenierszaak in Kinneret. De man zet hun de schijven watermeloen voor.

'Maar één ding, alstublieft,' zegt Ora snel, 'praat niet met ons over het nieuws.'

'Is daar een speciale reden voor?' vraagt de man, die langzaam in het kannetje koffie roert.

'Nee, gewoon, we willen alleen een beetje rust van dat alles.'

Hij schenkt koffie in kleine kopjes. De zwijgzame man die naast hem waterpijp zit te roken – hij draagt een kaffiya met de traditionele hoofdband, en hij heeft dikke armen, ziet Ora – biedt Avram een trekje aan, en Avram gaat op het aanbod in. Een jonge knul, ongetwijfeld een van de drie herders die hen vanaf de heuveltoppen in de gaten hielden, komt aangegaloppeerd op zijn paard en voegt zich bij hen. Hij blijkt de kleinzoon van de oudste te zijn. Zijn grootvader kust hem op het hoofd en stelt hem voor aan de gasten. 'Hij heet Ali Habieb-Allah en hij is zanger. En hij heeft al een eerste selectieronde achter de rug voor een wedstrijd die bij jullie op de televisie komt,' zegt de grootvader lachend, en hij geeft zijn kleinzoon een liefdevolle klap op de rug.

'Zeg,' durft Ora ineens uit te brengen, tot haar eigen verbazing, 'zouden jullie misschien bereid zijn twee vragen te beantwoorden?'

'Vragen?' De grootvader draait zijn hele lichaam haar kant op. 'Wat voor vragen?'

'Gewoon, iets kleins,' zegt ze met een halfgesmoord lachje. 'We doen

– of eigenlijk zijn we nog niet echt begonnen, we dachten er alleen over – een soort kleine enquête, onderweg.' Ze giechelt weer en kijkt niet naar Avram. 'We dachten, of ik dacht, dat we iedereen die we tegenkomen twee vragen zouden stellen. Twee kleine vragen.'

Avram kijkt haar verschrikt aan.

'Wat voor vragen?' vraagt de jongen, Ali, die enthousiast begint te blozen.

'Is het voor een krant of zoiets?' vraagt zijn grootvader. Hij is voortdurend in het kannetje koffie aan het roeren en zet het vuurtje telkens lager en hoger.

'Nee, nee, helemaal privé, alleen voor onszelf,' en ze knippert even met haar ogen in de richting van Avram, 'om later een aandenken te hebben aan de wandeltocht.'

'Ga uw gang,' zegt de kleinzoon, die er al gemakkelijk voor gaat zitten en zijn benen uitstrekt op de mat.

'En als jullie het niet erg vinden,' zegt ze, en ze pakt het blauwe schrift uit haar rugzak, 'dan schrijf ik ook op wat jullie zeggen, anders onthoud ik niets.' Met de pen al in de hand laat ze haar ogen van de oude man naar de jongen gaan. 'Heel korte vragen,' zegt ze weer met een lachje en ze probeert ineens terug te krabbelen, haar aanwezigheid te reduceren, het moment van de vraag uit te stellen. Ze voelt de metaalachtige smaak van de vergissing al in zich opkomen, maar alle blikken zijn op haar gericht en er is geen ontkomen meer aan. 'Goed, de eerste vraag dan. Die gaat zo: wat is het waar jullie het meest naar –'

'Misschien beter van niet,' valt de grootvader haar ineens in de rede met een brede glimlach, en hij laat een zware hand rusten op de schouder van zijn kleinzoon, de zanger. 'Nog een stuk watermeloen, misschien?'

'Ongeveer eens in de drie weken kwam hij met verlof thuis,' pakt Ora de volgende morgen het verhaal op dat ze 's middags op de top van de Debora-berg had losgelaten. Ze denkt er weer aan terug hoe ze bij de voordeur op hem afvloog en zich met onverzadigbare honger op hem stortte, hoe zijn enorme tas de toegang tot het huis blokkeerde en ze die tevergeefs met twee handen probeerde weg te schuiven. 'Hup, meteen uitpakken, als eerste, en direct in de was gooien, ondertussen ontdooi ik gehaktballen voor je, de biefstuk bewaren we voor vanavond, en ik heb ook een nieuwe bolognesesaus die je moet proeven, papa is er gek op, misschien vind jij die ook lekker, en er zijn gevulde paprika's en zo meteen heb ik ook een lekkere salade klaar, dan maken we vanavond wel een grote maaltijd. Ilan,' roept ze, 'Ofer is thuis!'

Ze trekt zich terug in de keuken en loopt bijna over van dierlijke vreugde; als ze had gekund, zou ze hem nu, op zijn leeftijd, zelfs schoonlikken van alles wat aan hem plakt en hem de geur van zijn kindertijd teruggeven, die nog altijd is opgeslagen in haar neusgaten, haar mond en haar speeksel. Een warme golf spoelt binnen in haar naar hem toe, en Ofer, zonder zich te bewegen, neemt meteen een millimeter afstand van haar. Ze voelt het en wist zelfs van tevoren dat het zou gebeuren: hij sluit zich af met die snelle beweging van de ziel die ze kent van Ilan en Adam, van al haar mannen, die zichzelf keer op keer dichtslaan als ze weer eens dreigt te overstromen, die haar zachtheid dan buiten laten trappelen en sputteren, en onmiddellijk laten verworden tot een karikatuur.

Maar ze laat haar verontwaardiging niet opborrelen, niet nu. Kijk, daar komt Ilan uit zijn werkkamer, hij zet zijn bril af en omhelst hem liefdevol, met mate. Past op met hem. Wang raakt wang. 'Hou eens op met groeien,' geeft hij hem op zijn kop. En Ofer stoot een vermoeid, bleek lachje uit. Ilan en zij bewegen om hem heen met een mengeling van vreugde en voorzichtigheid. 'En hoe is het bij onze jongens in den vreemde?'

'Prima, en thuis?'

'Niet slecht. Je krijgt alles nog wel zoetjesaan te horen.'

'Hoezo, is er iets gebeurd?'

'Nee, wat kan er nu gebeuren? Alles is nog precies zoals toen je de vorige keer wegging. Wil je eerst douchen?'

'Nee, straks.'

Zelfs van het stinkende uniform kan hij moeilijk afscheid nemen, net als van het vuil dat aan zijn huid plakt en hem misschien ook een beetje beschermt, vermoedt ze. Drie weken in het veld, patrouilles, onderhoud van de tank, controleposten, hinderlagen. Hij geurt scherp. Zijn vingers zijn ruw, kapot. Zijn nagels zijn vies. Zijn lippen zien eruit alsof ze permanent bloeden. Hij heeft een starende, verstrooide blik. Ze ziet hun woning door zijn ogen. De orde en netheid, de symmetrie van de kleden, de schilderijen, de kleine siervoorwerpen. Hij lijkt nauwelijks te kunnen geloven dat er in de wereld zo'n verfijning bestaat. De zachtheid is bijna niet te harden voor hem. Als ze haar blik verplaatst naar Ilan, voelt ze ineens duidelijk hoe Ilan zichzelf nu ziet door de ogen van Ofer: een en al argeloos, gedemilitariseerd burgerdom, bijna op het misdadige af. En Ilan vouwt zijn armen over elkaar, steekt zijn kin een beetje naar voren en bromt iets in zichzelf met een lage stem.

Ofer gaat aan de keukentafel zitten en neemt zijn hoofd tussen zijn handen. Zijn ogen vallen bijna dicht. Langzaam begint een lichte conversatie tussen hen drieën rond te zoemen, plukjes gepraat waarnaar niemand echt luistert en die er uitsluitend toe dienen Ofer heel even de tijd te gunnen om te acclimatiseren, om de wereld waar hij vandaan komt in verband te brengen met de wereld hier, of misschien, denkt ze, juist om ze van elkaar te scheiden.

En ze weet, zo legt ze Avram uit, dat Ilan en zij niet eens kunnen raden wat voor moeite het hem in deze ogenblikken kost om zijn andere wereld uit te vlakken of op zijn minst even weg te stoppen teneinde thuis te kunnen komen zonder te verbranden tijdens de overgang. Dezelfde gedachte schiet waarschijnlijk op dat moment door Ilan heen, en ze wisselen een vluchtige blik. Hun gezichten stralen nog van blijdschap, maar ergens, in het diepst van hun ogen, deinzen ze voor elkaar terug als medeplichtigen aan een misdaad.

Om de een of andere reden staat Ofer plotseling op van zijn stoel, wrijft stevig over zijn kaalgeschoren schedel en begint langzaam heen en weer te lopen tussen de keuken en de eethoek. Ilan en Ora volgen hem vanuit hun ooghoeken: hij is niet hier, dat is duidelijk, hij loopt een andere route, die hij vast in zijn hoofd heeft. Ze concentreren zich op het snijden van het brood en op de braadpan. Ilan grijpt in, zet de radio aan en draait de volumeknop hoog, en als de geluiden van het journaal van twaalf uur de kamer binnenspoelen, wordt Ofer onmiddellijk wakker en komt weer aan de keukentafel zitten, alsof hij helemaal niet van zijn stoel was opgestaan. Een jonge soldate bij controlepost Djalame vertelt hoe ze vanmorgen een zeventienjarige Palestijnse jongen heeft gesnapt die explosieven probeerde te smokkelen in zijn broek, en ze voegt er giechelend aan toe dat het precies vandaag haar verjaardag is. Ze is negentien geworden. 'Gefeliciteerd,' zegt reporter Karmella Menasje. 'Top, dank je,' zegt de soldate lachend, 'ik had me geen mooier verjaardagscadeau kunnen indenken.'

Ofer luistert. Djalame valt tegenwoordig buiten zijn zone. Hij heeft er ongeveer anderhalf jaar geleden gediend. Hij had het kunnen zijn die daar de explosieven vond. Of die ze niet vond. Per slot van rekening is het zijn taak daar te staan, om ervoor te zorgen dat de terrorist zichzelf bij hem opblaast en niet bij burgers. Ora hapt naar adem. Ze voelt dat er iets aan zit te komen. In haar hoofd herhaalt ze de namen van de controle- en wachtposten die hij heeft bemand. Hizme, Halhoel en Djab'a, die lelijke namen, denkt ze en ondertussen wipt ze van haar ene been op het andere, en dat hele Arabisch trouwens, met al dat diepe keelgeschraap en gekokhals en dat dja-dja, onbegrijpelijk dat Ilan en Avram er ooit zo enthousiast over waren, eerst op school en later in het leger. Nu windt ze zich nog verder op: bijna elk woord in die taal heeft tenslotte op de een of andere manier te maken met ellende of rampen, of niet soms? En plotseling duwt ze Ilan opzij. 'Moet je zien hoe je snijdt! Weet je niet dat hij het heel fijn gesneden wil? Doe me een lol en ga jij de tafel dekken!' Ilan steekt met een verwonderde, onderworpen glimlach zijn handen in de lucht, en Ora valt aan op de groente in de schaal, pakt het scherpe mes, heft het en hakt fel in op Abd al-Kader al-Hoesseini, samen met Hadj Amin al-Hoesseini en Sjoekeiri en Noemeiri en ayatollah Khomeini, en Nasjasjibi en Arafat en de Hamas en Mahmoed Abbas, en al die kasba's, Kadhafi's en scudraketten van ze, en Izz ad-Din al-Kassam, de Kassamraketten en Kafr Kasem en Gamal Abdel Nasser, ze slacht ze allemaal af, katjoesja's en intifada's en martelarenbrigades, en heiligen zus en onderdrukten zo, en Aboe Djilda en Aboe Djihaad, en Djebalja en Djabalía en Djenien, en Zarnoeka en ook Marwan Bargoeti. God mag trouwens weten waar al die plaatsen liggen. Als ze nu maar normale namen hadden, kreunt ze, als de namen nu maar ietsje prettiger hadden geklonken! En met het heen en weer flitsende, vlammende mes hakt ze ze allemaal fijn: Chan Joenis, Sjaich Moenis, Deir Jassin en sjeik Jassin en Saddam Hoessein en Kawoekdji, alleen maar ellende, vanaf het eerste ogenblik alleen maar ellende met die lui, gromt ze tussen haar opeengeklemde tanden door, en Sabra en Sjatila, hè, en Al-Koeds en de Nakba, hè, en jihad en sjahied en Allahoe akbar, en Chaled Masjaal en Hafiz al-Assad en Kozo Okamoto, ze gooit ze allemaal op een hoop en hakt op ze in, één hoop ellende, en als baksjisj doet ze er ook Baroech Goldstein en Jigal Amir bij, en in een plotselinge ingeving ook Golda en Begin en Sjamir en Sjaron en Bibi en Barak en Rabin en ook Sjimon Peres, wat, hebben die soms geen bloed aan hun handen? Hebben zij er echt alles aan gedaan om haar hier vijf minuten rust te bezorgen? Al die lui die haar leven kapot hebben gemaakt, die elk moment en elk kind van haar confisqueren op grond van het staatsbelang? Ze houdt pas op als ze de blikken van Ofer en Ilan ziet en wist met de rug van haar hand het zweet van haar voorhoofd. 'Wat? Wat is er?' vraagt ze kwaad, alsof ook zij ergens schuld aan hebben, maar ze bedaart meteen. 'Zomaar, laat zitten, ik moest ergens aan denken,' zegt ze, 'ik wond me ergens over op.' En als ze er een flinke scheut olijfolie overheen heeft gegoten, snel met zout en peper heeft gestrooid en er een citroen boven heeft uitgeknepen, houdt ze Ofer een oogstrelende schaal onder de neus, een caleidoscoop van kleuren en geuren, en zegt: 'Hier, Oferke, een Arabische salade, zoals jij die lekker vindt.'

Ofer trekt nog één keer zijn wenkbrauwen op en uit zo zijn mening over haar rare show. Hij is nog altijd heel traag. Zijn verstrooide blik valt op de krant die op tafel ligt, wordt gevangen en blijft hangen op een spotprent die hij niet begrijpt, waarvan hij de context niet kent. Hij vraagt of er deze week iets in het nieuws is geweest. Ilan brengt hem verslag uit, en Ofer bladert snel de krant door. Hij is niet geïnteresseerd, denkt Ora. Dit land, dat hij verdedigt, interesseert hem niet echt. Al een tijdje voelt ze dat aan bij hem: alsof het verband was verbroken tussen het beschermende omhulsel, waar hij zich het grootste deel van de tijd bevond, en de inhoud hier. 'Waar is de sport?' vraagt hij, en even later gaat hij op in de sportpagina's die Ilan uit de stapel kranten voor de papierbak heeft gevist. Ora vraagt voorzichtig of hij daar naar het nieuws op de radio luistert, of hij volgt wat er in het land gebeurt. Vermoeid, maar ook met een merkwaardige wrok, haalt hij één schouder op. 'Al dat gediscussieer, links, rechts, weet ik het, wie kan het nog aanhoren?'

Hij staat op, gaat op een knie zitten, maakt de gespen van zijn tas los en begint de tas te legen. Ze verbaast zich over zijn schedel: zo groot, krachtig, massief, een zo ingewikkeld bouwwerk van zwaar, volwassen botmateriaal. Ze blijft zich even verwonderd staan afvragen wanneer hij zulke botten heeft gekregen en hoe het kan dat dit hoofd ooit door haar heen naar buiten is gekomen. De tas is open en een golf van scherpe stank, een kaaslucht van vieze sokken, komt juichend vrij en vult de hele ruimte. Ora en Ilan lachen ongemakkelijk. Die lucht spreekt echt boekdelen. Ora heeft het gevoel dat ze, als ze zich op de lucht zou concentreren en die tot op zijn draadjes zou ontrafelen, precies te weten zou komen wat Ofer de afgelopen weken heeft doorgemaakt.

Alsof hij haar gedachte heeft gehoord, kijkt hij naar haar op met een paar grote, matte ogen. Even is hij weer heel jong en heeft hij een moeder nodig die hem zonder woorden aanvoelt.

'Wat is er, Oferke?' vraagt ze zwakjes, bang voor wat er even achter zijn pupillen sloop en weer is weggeglipt.

'Niks,' geeft hij het gebruikelijke antwoord van alle drie haar mannen, met een geforceerde en vermoeide glimlach.

Ze denkt terug aan het oude pantomimespelletje. Dag, meneer de koning! klinkt het in haar hoofd. Dag, mijn beste kinderen, waar komen jullie zo laat vandaan? Uit Hebron. Wat hebben jullie daar gedaan? Door onze kijkers de kasba in de gaten gehouden. Bij Halhoel in een hinderlaag gelegen. Rubberkogels afgevuurd op kinderen die stenen gooiden. 'Ik smeek je,' had ze ongeveer een jaar geleden tegen hem gezegd, nog voor het hele voorval had plaatsgevonden, ongeveer een maand daarvoor. 'Nooit, nooit op ze schieten.'

'Wat moet ik dan doen?' vroeg hij toen met een flauwe glimlach en hij begon springerig voor haar neus te dansen, zijn brede borst ontbloot en verbrand door de zon, met in zijn handen een vies kakikleurig hemd, kronkelend als een matador die een stier ontweek, en af en toe boog hij zich voorover en drukte een licht kusje op haar voorhoofd of haar wang. 'Zeg me alleen wat ik met ze moet doen, mama, ze brengen mensen in gevaar die over de weg rijden!'

'Maak ze bang,' zei ze met koortsachtige listigheid, alsof ze haastig een nieuwe gevechtstactiek uitstippelde, 'geef ze een mep om de oren, verkoop ze een knal voor hun kop, alles, maar niet op ze schieten!'

'We mikken op de benen,' legde hij rustig uit, met die lichte, geamuseerde neerbuigendheid die ze kende van Adam en Ilan, van de militaire commentatoren op tv en van ministers en generaals. 'En maak je maar niet zo'n zorgen om ze, rubber kan hoogstens een arm of een been breken.'

'En als je mist en iemand een oog uitschiet?'

'Dan zal die niet meer met stenen gooien,' zei hij. 'Hier, een van ons heeft deze week bijvoorbeeld geschoten op drie jongens die stenen gooiden naar de wachttoren, tak-tak-tak, hij heeft ze de benen gebroken,

bij elk een been, elegant, en neem maar van mij aan dat ze niet meer terugkomen.'

'Maar hun broers wel!' riep ze uit. 'En hun vrienden ook, en over een
paar jaar ook hun kinderen!'

'Misschien kun je zo mikken dat ze geen kinderen krijgen,' stelde
Adam voor, die ineens achter hen langs liep, zoals gewoonlijk heimelijk
en bijna alsof hij een schim was. De jongens lachten licht gegeneerd en
Ofer keek Ora ongemakkelijk aan. En zij greep zijn hand beet, trok hem
mee naar Ilans werkkamer, ging voor hem staan en zei: 'Nu! Ik wil dat je
me nú belooft dat je nooit zult schieten met het doel iemand te raken!'

Ofer keek haar aan en in zijn pupillen begon boosheid te nevelen.
'Mama, hou op, genoeg, wat ben je aan het... Ik heb instructies, ik krijg
orders!'

Ze werd razend en stampvoette. 'Nooit, hoor je?! Je schiet nooit om een
mens te raken! Richt voor mijn part op de hemel, richt op de grond, mis
in alle richtingen, zolang je maar nooit iemand raakt!'

'En als hij een molotovcocktail in zijn hand heeft?' vroeg Ofer. 'Of als
hij een wapen heeft? Hè?'

Ze hadden al eerder zo'n gesprek gevoerd, of iets wat erop leek, of was
dat misschien met Adam, aan het begin van zijn diensttijd? Ze kende alle
argumenten, ook Ofer kende ze. Ze had zichzelf bezworen dat ze haar
mond zou houden of in elk geval heel voorzichtig zou zijn. De hele tijd
was ze namelijk bang dat hij op een beslissend moment in een gevecht,
of als hij onverhoeds, vanuit een hinderlaag zou worden aangevallen,
een fout zou maken of dat zijn reactiesnelheid een fractie van een seconde zou verminderen omdat haar woorden dan in hem naar boven
zouden komen.

'Als je in levensgevaar bent, oké, daar heb ik het niet over. Dan doe je alles om jezelf te redden. Dat is het punt niet tussen ons. Maar alleen dan!'

Ofer vouwde zijn armen over elkaar voor zijn borst – met een breed,
ontspannen gebaar als van Ilan – en verbreedde zijn glimlach. 'En hoe
weet ik precies of ik in levensgevaar ben? Moet ik hem misschien vragen
om een schriftelijke intentieverklaring?'

Weer bekroop haar het akelige gevoel dat ze altijd kreeg als hij – of wie
dan ook – een spelletje met haar speelde, gebruik maakte van haar beruchte gebrek aan talent voor woordenstrijd, de argumentenverweking
waarvan ze op zulke momenten altijd last kreeg.

'Echt, mama,' zei Ofer, 'hallo, word eens wakker! Het is daar oorlog! En ik dacht ook dat jij niet echt dol op ze was.'

'Aha!' Nu ontstak ze pas echt. 'Wat doet het ertoe wat ik van ze vind?' schreeuwde ze. 'Daar gaat het niet om, ik heb het er nu niet eens met je over of we eigenlijk daar moeten zijn of niet!'

'Dan gaan we daar voor mijn part vandaag nog weg,' schreeuwde Ofer tegen haar in, 'en laten we ze daar hun eigen klotelevens leiden en elkaar afmaken. Maar op dit punt in de tijd, mama, nu ik de lul ben en daar zit, wat wil je dat ik doe? Nee echt, zeg het me. Moet ik met de benen wijd voor ze gaan liggen?'

Ze had hem nog nooit zo tegen haar horen praten. Hij kookte van woede. De moed zonk haar in de schoenen. Er moest ergens een goed argument te vinden zijn dat in één klap al die argumenten van hem onderuit zou halen. Haar vingers staken omhoog bij haar oor, in een geluidloze schreeuw. 'Wacht even,' hijgde ze, en ze probeerde haar uiteengeslagen gedachten bij elkaar te rapen – ze zou ze zo meteen op een rijtje leggen, zichzelf duidelijk maken wat ze precies wilde zeggen en de woorden in de goede volgorde rijgen aan de simpele, juiste draad van haar betoog – 'luister, Ofer, ik ben niet wijzer dan jij,' (dat was ze ook niet), 'en ook niet ethischer,' (dat was al helemaal een woord dat haar bang maakte; diep in haar hart was haar duidelijk dat ze het woord niet echt begreep, niet volledig, in tegenstelling tot alle anderen, die het blijkbaar wel begrepen) 'maar ik heb – en dat is een feit! –' (op dit punt begon ze een beetje ordinair te schreeuwen) *'ik heb meer levenservaring dan jij!'* (Echt? Ineens smolt ook dat argument weg: heb je die echt? Met alles wat hij doormaakt in het leger? Met alles wat hij ziet en doet, en met waar hij elke dag tegenover staat?) 'En ik weet ook iets wat jij gewoon nog niet kunt weten, dat –'

'En wat mag dat dan zijn? Wat?' Ze zag de vonk van de geamuseerdheid in zijn ogen, en ze zwoer dat ze er niet op zou reageren, dat ze zich zou focussen op de hoofdzaak: de redding van haar kind uit de handen van de houwdegen die tegenover haar stond.

'Dat je over vijf jaar, nee, niet vijf, over een jaar! Dat je over één jaar, als je afzwaait, totaal anders tegen die hele situatie aan zult kijken, wacht maar af! Ik heb het er nu helemaal niet over of het juist is of niet, ik heb het er alleen over dat je op een dag terug zult kijken op wat daar is gebeurd –'

Ook het ophalen van zijn neus negeerde ze heldhaftig, net als de flauwe glimlach die zich langzaam op zijn gezicht aftekende. 'En je zult me nog dankbaar zijn,' beweerde ze met koppige stelligheid – ze zat een beetje klem, wat ze allebei wisten, ze zat klem en zocht wanhopig naar het gouden argument dat haar was ontglipt – 'je zult zien dat je me nog dankbaar zult zijn!'

'Als ik dan nog in leven ben om je te kunnen bedanken.'

'En praat niet zo tegen mij!' schreeuwde ze met een rood gezicht, 'ik kan niet tegen zulke grappen, weet je dat niet?'

Papa's grappen, wisten ze allebei.

Tranen van woede sprongen haar in de ogen. Ze had het idee dat ze in haar hersens bijna een uitstekend, logisch, gestructureerd antwoord te pakken had gehad, maar als gewoonlijk de draad was kwijtgeraakt en alle steken van haar pen had laten vallen, en daarom stak ze slechts haar hand uit, pakte smekend zijn arm vast en keek hem aan, als een soort laatste argument dat eigenlijk een verzoek om genade was, of in feite een smeekbede om een aalmoes: 'Beloof me alleen, Ofer, dat je nooit zult proberen iemand opzettelijk te raken.'

En hij schudde zijn hoofd en haalde glimlachend zijn schouders op. 'Sorry, mama, het is oorlog.'

Ze keken elkaar aan. Hun onderlinge vervreemding was angstaanjagend. Een herinnering flitste door haar heen. Dezelfde koude brand van angst en mislukking als bijna dertig jaar geleden, toen Avram haar werd afgenomen, toen de staat haar leven voor zich opeiste. Voilà, voelde ze, het is weer hetzelfde oude liedje: dit land had weer eens zijn stampende voet, gestoken in een ijzeren laars, neergezet op een plek waar het niet mocht zijn.

'Genoeg, mama, toe. Wat heb je? Het was maar een geintje. Kom op, het betekende niks.' Hij strekte zijn handen naar haar uit om haar te omhelzen, en zij liet zich verleiden. Hoe kon ze anders? Een omhelzing die van hem uitging, en hij trok haar zelfs helemaal tegen zich aan, tot ze op haar rug het automatische sein voelde, tak-tak-tak.

En tijdens die hele ruzie, vertelt ze met neergeslagen ogen aan Avram, had ze wel degelijk één verpletterend argument gehad, dat ze Ofer natuurlijk niet had genoemd en dat ze ook nooit mocht gebruiken. Wat haar namelijk echt hoog zat, waren niet de ogen of de benen van een kleine Palestijn, met alle respect. Nee, wat haar echt hoog zat was haar absolute zekerheid dat Ofer nooit iemand mocht raken, want als dat zou gebeuren, zelfs als er duizend rechtvaardigingen voor waren, zelfs als de ander tegenover hem stond met een bom en die elk moment kon laten ontploffen, zou Ofers leven naderhand geen leven meer zijn, onherroepelijk en precies zoals ze het zegt, hij zou geen leven meer hebben.

Maar ineens, toen ze hem had losgelaten en van iets meer afstand naar hem keek, naar zijn krachtige lijf en naar die schedel van hem, was ze zelfs daarvan niet meer zo zeker.

Nu, in de keuken, vertelt hij dat hij een week lang in dezelfde kleren heeft rondgelopen en ook niet heeft gedoucht. Hij praat met een strakke mond en beweegt zijn lippen nauwelijks. Ora en Ilan moeten zich inspannen om ook maar een deel van zijn woorden te ontcijferen. Ora ziet dat Ilan stiekempjes wegloopt naar het balkon, om daar een raam dicht te doen of een deur open te zetten, of slechts even in zijn eentje te staan. Ze buigt zich over de klamme, plakkerige, vettige stapel die uit zijn tas tevoorschijn is gekomen en plukt er uniformkleding uit, stijve sokken, een koppelriem, onderhemden, onderbroeken. Als ze de brij van stof in haar armen neemt, regent het zandkorreltjes uit de zakken, er valt een geweerkogel uit, een verkreukte meerrittenkaart van de bus. Ze stouwt de kleren in de machine en zet een agressief wasprogramma aan. Als ze de machine hoort lopen en de trommel begint te draaien, voelt ze voor het eerst enige opluchting: alsof ze eindelijk het inburgeringsproces van die vreemdeling in gang heeft gezet.

De vreemdeling zit intussen aan de tafel die voor hem is gedekt, met zijn neus in de krant, te moe om te praten. Hij heeft zoveel-en-dertig uur achter elkaar niet geslapen, er waren een hoop acties deze week, straks vertelt hij het ze wel.

Ze gaan meteen akkoord. 'Natuurlijk, ja, de hoofdzaak is dat je thuis bent. Het had ook niet langer moeten duren. Je moeder staat al vanaf de ochtend in de keuken voor je te koken.'

'Je overdrijft,' lacht ze, 'papa overdrijft zoals gewoonlijk, ik heb nog helemaal niets klaar. Nog een geluk dat ik de brownies gisteren al heb gebakken.'

'Ja, ja,' verzucht Ilan, en hij legt Ofer zijn klacht voor om hem te laten oordelen, 'ze heeft gisteren de hele middag lopen inslaan. Ze heeft de groentezaak leeggeroofd, ze heeft de slagerij geplunderd. Hoe is het eten trouwens bij jullie daar?'

'Beter, we hebben een nieuwe kok en er zijn geen ratten meer in de eetzaal.'

'En de jongens zijn dezelfde jongens van de opleiding?'

'Min of meer. Een paar zijn erbij gekomen van een ander bataljon, maar die zijn ook oké.'

'En zijn ze allemaal naar huis, dit weekend?'

'Kom, papa, we praten straks, ik ben nu echt halfdood.'

'Niet helemaal doodgaan, hoor.'

Er valt een vreemde stilte. Ilan perst sinaasappels uit, Ora warmt gehaktballen op. Een onbekende jongen met een onbekende geur zit aan hun keukentafel. Met lange, rafelige draden zit hij vast aan een plek die slecht te zien is, ergens achter hem, en erover nadenken kost te veel moeite. Ilan is haar iets aan het vertellen. Een of ander klein detail uit een verhaal over een deal waar hij al twee jaar aan werkt, tussen een Canadees risicokapitaalfonds en twee jongens uit Beërsjeva die een systeem ontwikkelen om autorijden in dronken staat te voorkomen, en alles was al klaar om getekend te worden, het was bijna bezegeld, en toen, tijdens de laatste vergadering, toen de pennen tevoorschijn werden gehaald –

De woorden dringen niet tot haar door. Al kent ze haar eigen tekst min of meer, ze is nu niet in staat haar rol te spelen in deze voorstelling waarin alle acteurs echt zijn, want de ruimte waarin die wordt opgevoerd, de schelp van Ofers vermoeide, terneergeslagen stilzwijgen, verstoort de boel en maakt alles belachelijk, en uiteindelijk sterft ook Ilans stem langzaam weg en valt stil.

Boven de gootsteen sluit Ora in een gestolen ogenblik haar ogen, concentreert zich en zegt in stilte haar gebruikelijke gebed, niet tot een hoog verheven Jahweh, integendeel. Als rechtgeaarde heiden neemt ze genoegen met kleinere goden, huis-, tuin- en keukengodjes en kruimels van wonderen: als er drie stoplichten achter elkaar op groen stonden, als ze de was kon binnenhalen voor het begon te regenen, als ze in de stomerij het briefje van honderd niet ontdekten dat ze in de zak van het jasje had laten zitten... En er waren natuurlijk haar gewone deals met het lot. Een deuk in de bumper van de auto? Uitstekend, Ofer kreeg er een week immuniteit voor terug. Een patiënt weigerde haar een schuld van tweeduizend sjekel te betalen? Helemaal niet erg! Er worden ergens weer tweeduizend bonuspunten voor Ofer bijgeschreven.

Het gebed heeft kennelijk geholpen. Uit de onaangename stilte wordt weer een draad van huiselijk gemompel losgetrokken. 'Waar is de rest van de ui die ik heb fijngehakt voor de salade?'

'Heb je die nodig?'

'Ik wilde wat uisnippers bij de gehaktballen.'

'En doe er zwarte peper bij voor hem, hij houdt van zwarte peper, niet-waar, Ofer?'

'Ja, maar niet te veel, onze kok is Marokkaan, zijn *sjaksjoeka* brandt je de bek uit.'

'Dus jullie krijgen sjaksjoeka te eten?'

'Drie keer per dag.'

De draad wordt steels en gewiekst dikker, verder getweernd. Adam belt en zegt dat hij anderhalve minuut van huis vandaan is en alleen nog even stopt om de *Jediot Acharonot* en zonnebloempitten te kopen, en dat ze niet met eten moeten beginnen zonder hem. Ze wisselen alle drie met een glimlach een blik van verstandhouding uit: tja, dat is Adam, die ons allemaal met een afstandsbediening bestuurt. Ilan en Ora kletsen over alles wat de afgelopen weken in afwezigheid van Ofer thuis is gebeurd. 'Hij was altijd betrokken bij de gebeurtenissen thuis,' vertelt Ora aan Avram, op het pad bij Tsipori. Ze lopen in een open veld waar duizenden bruin-oranje rupsen van beervlinders dezelfde kronkelbeweging maken in hun spinsels, met hun staart de ene kant op, en met hun kop de andere; het hele veld lijkt te dansen. 'Hij wilde altijd alles weten over ieder meubelstuk waarvan we de aanschaf overwogen, en eiste dat we hem verslag uitbrachten over elk apparaat dat kapot was gegaan en hem vertelden hoeveel de reparatie had gekost en hoe de reparateur zich had gedragen. Hij drukte ons ook op het hart het kapotte apparaat of de vervangen onderdelen in geen geval weg te gooien eer hij ze had nagekeken. Aan het begin van zijn diensttijd vroeg hij ons zelfs de lichte reparaties voor hem op te sparen, voor als hij met verlof was: elektriciteit, kranen, verstoppingen, een vastgelopen rolluik, en vanzelfsprekend ook het werk in de tuin.' Maar ze had het idee dat hij het de laatste tijd een beetje moe was geworden, dat de klussen en het alledaagse leven in huis hem verveelden en hem niet meer aangingen.

Kijk, de tafel is gedekt, het eten is klaar, en als Ilan iets zegt wat bij Ofer een eerste twinkeling van een glimlach weet wakker te maken, duiken beide ouders erop af als op een stukje smeulende houtskool dat leven ingeblazen moet worden. Dan vertelt Ofer dat ze in de wachttoren een kat met twee jongen hebben en bekent hij met een lichte blos dat hij heeft besloten juist de moeder te adopteren. 'Ik dacht, zomaar, om iets moederlijks te hebben, daar,' en hij lacht ongemakkelijk, terwijl Ora zweeft boven de dampen die uit de braadpan opstijgen. En kijk, daar heb je Adam, eindelijk. 'Alles is al koud geworden,' klaagt ze, maar alles is nog warm en dampend. De omhelzing van de twee jongens, hun stemmen die zich met elkaar verweven, de klank van hun gezamenlijke lach, een uniek geluid. 'Hier, onderweg,' vertelt ze Avram, 'droom ik soms dat ik het hoor, dan hoor ik ze echt lachen met zijn tweeën.' Ofers gezicht begint te stralen als hij Adam ziet, en hij volgt hem met zijn ogen, waar hij ook gaat of staat. Nu pas lijkt hij te begrijpen dat hij echt thuis is, nu pas ontwaakt hij uit zijn slaap van drie weken. En als Ofer ontwaakt, worden zij ook wakker, met zijn vieren komen ze tot leven, en ook de keuken zelf zet zich als een oude getrouwe machine in beweging op de achtergrond en komt op gang met een zacht rumoer, met het geklop van zijn onzichtbare zuigers en raderen. Luister naar de soundtrack, denkt ze, geloof in de soundtrack, kijk maar, het is de juiste melodie, het gepruttel in een pan, het gezoem van de koelkast, de tik van een lepel op een bord, het stromen van een kraan, een dom reclamespotje op de radio, jouw stem en die van Ilan, het geklets van je kinderen, hun lach. Mijn god, mijn god – met heel haar wezen concentreert ze zich op het liedje in haar hoofd –, laat er nimmer een einde aan komen. Uit de bijkeuken klinkt het ritmische gedraai van de wasmachine, waar zich nu ook een regelmatige metalen tik bij voegt, blijkbaar de gesp van zijn koppelriem of een schroef die uit een van zijn zakken is gevallen. Hopelijk niet nog een geweerkogel die hij in een zijzak is vergeten, denkt Ora, en die ineens ontploft en ons om de oren vliegt in het derde bedrijf.

En op een dag, ongeveer een jaar geleden, vroeg ze de secretaresse van de kliniek waar ze werkte haar afspraak met de volgende patiënt af te zeggen. Ze had een zware dag gehad en de hele nacht bijna geen oog dichtgedaan – 'toen waren de moeilijkheden thuis al begonnen,' mompelt ze, en Avram beluistert iets in haar stem en raakt een beetje gespannen – en ze was van plan even iets te gaan kopen in een van de boetiekjes in de Emek Refa'iemstraat, een sjaaltje of een zonnebril, om zichzelf een beetje op te beuren. Ze liep door de Jaffastraat, onderweg naar de parkeerplaats waar ze elke dag de auto neerzette, en de straat was anders dan anders. Er heerste een merkwaardige stilte, die haar onrustig maakte. Ze wilde zich al omdraaien en teruggaan naar de kliniek, maar liep toch verder. De mensen op straat, zag ze, liepen snel door en keken elkaar nauwelijks aan, en even later liep ze zelf ook zo. Met een hangend hoofd en afgewend gezicht meed ze de ogen van mensen die van de andere kant kwamen aanlopen, en toch wierp ze hun stiekem een bliksemsnelle blik toe, waarmee ze hen scande en sorteerde en vooral controleerde of ze iets in hun handen hadden, een pakje of een grote tas, en of ze op verdachte wijze zenuwachtig waren. Maar bijna iedereen leek haar op een of andere manier verdacht, en ze dacht dat ze zelf misschien ook verdacht overkwam op hen. Misschien moest ze hun een signaal geven dat er van haar geen enkel gevaar te duchten viel, dat ze wat haar betreft gerust konden zijn en zich een paar hartkloppingen konden besparen, al was het misschien beter hier niet zo lichtvaardig zulke informatie prijs te geven.

Ze trok haar schouders naar beneden en dwong zichzelf haar rug recht te houden en voorbijgangers recht aan te kijken. Nu zag ze dat die bijna allemaal een of andere gelaatstrek hadden die wees op een vage mogelijkheid binnen in hen, de mogelijkheid moordenaar of slachtoffer te zijn, en meestal beide mogelijkheden tegelijk.

Wanneer had ze die bewegingen en die blikken geleerd? Wanneer had ze geleerd stelselmatig en zenuwachtig over een schouder te kijken en stappen te zetten die vlug hun weg leken te besnuffelen en zelfstandig beslissingen namen? Ze kwam nieuwe dingen over zichzelf te weten, als symptomen van een ziekte die zich in haar aan het ontwikkelen was. Ze had de indruk dat ook alle andere mensen die op straat liepen, zelfs de kinderen, zich houterig voortbewogen op de klanken van een fluitje dat hun lichamen hoorden, maar waar ze zelf doof voor waren. Ze versnelde haar pas en raakte in ademnood. Ze dacht: hoe raak ik hieruit? Hoe kom ik weg? En toen ze een bushokje zag, bleef ze even staan en nam plaats op een van de plastic zittingen. In geen jaren had ze in een bushokje gezeten, en zelfs dat zitten op het gladde gele plastic voelde aan als de erkenning van een of andere nederlaag. Ze rechtte haar rug en kwam langzaam weer op adem. Zo meteen zou ze opstaan en verder lopen. Ze herinnerde zich dat Ilan in de tijd van de eerste zelfmoordaanslagen een keer met Ofer – Adam zat toen al in het leger – veilige looproutes was gaan uitzoeken van zijn school in het centrum naar de halte van de bus naar Een Karem. De eerste route kwam te dicht bij de plek waar een terrorist zichzelf en nog twintig andere passagiers had opgeblazen in een bus van lijn achttien, en toen Ilan voorstelde dat hij door het voetgangersgebied zou gaan en de Ben-Jehoedastraat zou nemen, herinnerde Ofer hem aan de drievoudige bomaanslag die daar aan vijf mensen het leven had gekost en honderdzeventig gewonden had gemaakt. Daarna probeerde Ilan een wat langere route uit te stippelen die achter langs de drukke Jaffastraat en het voetgangersgebied ging en vlak bij de markt van Machanee Jehoeda uitkwam, maar Ofer maakte hem erop opmerkzaam dat precies op dat punt een dubbele zelfmoordaanslag had plaatsgevonden met vijftien doden en zeventien gewonden. 'En hoe dan ook,' zei hij erachteraan, 'elke bus van de stad naar Een Karem komt langs het centraal busstation, en daar is ook een aanslag geweest,' – weer op een bus van lijn achttien, vijfentwintig doden en drieënveertig gewonden.

'Zo liepen ze daar van de ene naar de andere straat,' vertelt ze Avram – en ineens huivert ze van de gedachte dat Ofer misschien nog altijd ergens een oranje Kohinor-notitieblokje heeft waarin hij de aantallen doden en gewonden bijhoudt – 'en de straten en stegen waarin nog geen aanslag was geweest, leken Ilan zo gevaarlijk en kwetsbaar dat er volgens hem alleen door een wonder nog niets was gebeurd. En op het laatst gaf hij de moed op, bleef ergens midden op een straat staan en bracht uit: "Weet je wat, Oferiko? Je moet gewoon zo hard mogelijk doorlopen. Rennen zelfs."'

En de blik die hij toen van Ofer kreeg, zo vertelde hij naderhand aan Ora, die blik vergat hij nooit meer.

Terwijl ze hieraan terugdacht, stopte er een bus bij de halte en opende zijn deuren. Ora stond gehoorzaam op en stapte in, en pas toen besefte ze dat ze niet wist hoeveel een buskaartje kostte en ook niet wist waar de bus naartoe ging en wat voor lijn het was. Aarzelend stak ze de chauffeur een briefje van vijftig sjekel toe, en toen hij haar op haar kop gaf omdat ze met zulk groot geld aan kwam zetten, zocht ze in haar portemonnee maar vond geen kleingeld, waarop hij een of andere verwensing tussen zijn tanden door siste, wisselgeld aan haar gaf dat alleen maar uit munten bestond en haar maande door te lopen. Vanaf haar staanplaats keek ze naar de passagiers, voor het grootste deel oudere mensen met vermoeide, afgetobde gezichten, van wie sommigen blijkbaar naar de markt waren geweest en volle boodschappentassen tussen hun benen hadden staan. Ook zag ze een paar middelbare scholieren in uniforme schoolkleding, die zich merkwaardig rustig hielden. Ora keek met verbazing en een vaag gevoel van mededogen naar de oudjes en de scholieren en wilde zich al omdraaien om uit te stappen – 'per slot van rekening was ik helemaal niet van plan geweest de bus te nemen,' zegt ze tegen Avram –, maar op dat moment duwde een vrouw die na haar was ingestapt haar verder de bus in, echt met haar handen. Ora zette nog een paar stapjes en bleef staan, en omdat er geen zitplaatsen vrij waren, pakte ze de stang boven haar hoofd vast en liet haar wang op haar arm rusten. Zo keek ze door het raam naar wat er van de stad te zien was, en dacht: wat doe ik hier? Ik moet hier helemaal niet zijn. De bus reed langs de opeengepakte winkels van de Jaffastraat en passeerde het Sbarro-pizzarestaurant, en daarna kwam hij langs het Zionplein, waar in 1975 een met explosieven gevulde koelkast was ontploft – onder de vele doden was een jongen die ze kende uit haar diensttijd, Ietsje, de zoon van de schilder Naftali Bezem, en Ora vroeg zich af of Bezem ooit nog had kunnen schilderen na de dood van zijn zoon –, en toen de bus stopte bij het YMCA kwamen er een paar stoelen vrij en ging ze zitten, maar zei tegen zichzelf: bij de volgende halte stap ik uit. En ze reed verder langs het Liberty Bellpark en door de Emek Refa'iemstraat, en toen de bus langs café Hillel kwam, zei ze halfhartig: Nu stap ik uit en ga koffie drinken, maar ze bleef zitten.

Het verbaasde haar hoe stil de passagiers waren. De meesten keken net als zij uit het raam, alsof ze niet naar hun medepassagiers durfden te kijken, maar telkens als de bus bij een halte stopte, ging iedereen wat meer rechtop zitten en wierp een vorsende blik op de mensen die instapten, en die namen op hun beurt met vernauwde ogen de aanwezige passagiers op. Heel vluchtig kruisten de blikken, met de snelheid van een duizendste pupil, maar in een wonderbaarlijk geraffineerd proces werden gegevens gesorteerd en gecatalogiseerd en conclusies getrokken. Ora trok met haar handen de huid van haar gezicht en haar voorhoofd strak en zei weer tegen zichzelf dat ze onmiddellijk moest uitstappen en een taxi moest nemen naar de parkeerplaats waar haar auto stond, maar ze reed verder door de wijk Katamoniem en langs het Malcha-winkelcentrum, tot de bus stopte bij de eindhalte en de chauffeur in het spiegeltje naar haar keek en riep: 'Mevrouw, eind van de rit.' Ora vroeg hem of er vanhier een bus terugging naar de stad. 'Die daar,' zei de chauffeur en hij wees naar een bus van lijn achttien. 'Maar u moet rennen, hij trekt bijna op. Ik toeter wel even naar hem dat hij op u wacht.'

Ze stapte in de nog lege bus en kreeg heel even opengereten, uiteengespatte en gutsende beelden voor ogen. In twijfel vroeg ze zich af waar ze het veiligst kon gaan zitten, en als ze zich niet had geschaamd, had ze het de chauffeur gevraagd. Ze probeerde zich de vele rapportages voor de geest te halen die ze had gehoord over bomaanslagen in bussen, maar kon zich niet herinneren of de meeste waren gebeurd op het moment dat de terrorist instapte – in dat geval vond de ontploffing plaats in het voorste gedeelte – of dat de terrorist eerst de bus in was gelopen en pas toen hij midden in de bus stond, omgeven door zoveel mogelijk passagiers, 'Allahoe akbar' had uitgeroepen en op de knop had gedrukt. Ze besloot op de achterste bank te gaan zitten en verdreef de gedachte aan de splinters en metalen kogeltjes, die op een of andere manier opgevangen en tegengehouden zouden worden voor ze haar zouden bereiken. Maar even later voelde ze zich helemaal achterin te eenzaam en ging op de stoel voor haar zitten, zich afvragend of die kleine verplaatsing niet zo meteen haar lot zou bezegelen, en toen ontmoette ze de onderzoekende ogen van de chauffeur in het spiegeltje. 'En ineens kwam het in me op,' zegt ze tegen Avram, 'dat hij nog zou kunnen denken dat ík hier de zelfmoordterrorist was.'

Na een uur in de bus te hebben gezeten, was ze uitgeput en ook bang haar waakzaamheid te laten varen. Haar ogen vielen dicht en ze streed uit alle macht tegen de aandrang haar hoofd tegen het glas van het raampje te leggen en even een uiltje te knappen. Al sinds een aantal dagen voelde ze zich een klein meisje dat haars ondanks en veel te snel de geheimen van de grote mensen ontdekte. Een week daarvoor, zo vertelt ze Avram, had ze 's morgens in café Moment gezeten, op een tijdstip dat het daar niet te vol en niet te leeg was, toen er een gezette, kleine vrouw binnenkwam, in een dikke jas, met over haar schouder een baby in een dekentje. Ze was niet zo jong meer, een jaar of vijfenveertig, en misschien was het dat wat argwaan wekte, want ineens stak er een gefluister op: 'Dat is geen baby.' In een oogwenk stond het hele café op zijn kop, mensen sprongen overeind, liepen op hun vlucht stoelen omver en lieten borden en kopjes vallen, vochten met elkaar op weg naar de uitgang. De vrouw in de jas zag de consternatie verbaasd aan en leek helemaal niet door te hebben dat zij deze wervelstorm zelf had veroorzaakt. Daarna ging ze aan een van de tafeltjes zitten en zette haar kind op haar schoot. Ora was niet in staat zich te verroeren en volgde haar als gehypnotiseerd. De vrouw sloeg het dekentje open, maakte de knopen van een paars jasje los, glimlachte naar het slaperige, mollige snoetje dat daar tevoorschijn was gekomen en zei: 'Hè, slaapkopje, word je wakker?'

'De volgende dag...' vertelt Ora verder als het pad naar het uitkijkpunt van Reesj Lakiesj voert en ze in de voetsporen lopen van Reesj Lakiesj en allerlei andere bekende namen uit de Misjna en de Talmoed. Het is een warme, stralende dag. Het pad is hier vlak en stroomt zachtjes tussen johannesbroodbomen, eiken en welvarende koeien door. De volgende dag vroeg ze om twaalf uur weer aan de secretaresse van de kliniek haar volgende afspraak met een patiënt af te zeggen. Ze liep naar de halte van lijn achttien en nam de bus tot het eindpunt, en omdat ze die middag vrij was en ze geen zin had alleen thuis te zitten, reed ze vandaar terug naar het beginpunt van de lijn, aan de rand van de wijk Kirjat Joveel. Daar stapte ze over op een andere bus, waarmee ze terugreed naar het centrum. In het centrum stapte ze uit en wandelde een eindje. Ze bekeek etalages en het spiegelbeeld van de straat achter haar rug, nam de voorgangers in zich op en dwong zichzelf langzaam te lopen.

En de volgende ochtend, vóór haar eerste afspraak in de kliniek, stapte ze in het centraal busstation op een bus van lijn achttien en ging dit keer voorin zitten, en na elke drie of vier haltes stapte ze uit en wachtte op de volgende bus, of soms stak ze de straat over en veranderde van richting, en ze probeerde telkens op een andere plaats te gaan zitten, alsof haar lichaam een stuk was in een denkbeeldige schaakpartij. Toen ze zich realiseerde dat ze zelfs voor haar derde afspraak al te laat zou komen, was ze even geschokt en moest denken aan de twee managers van de kliniek, die haar weer op het matje zouden roepen, maar ze stelde de gedachte aan hen uit tot een andere keer, wanneer ze er de kracht toe kon opbrengen. Ze was in die dagen zo moe dat haar hoofd wegzakte zodra ze ergens ging zitten en soms zat ze minutenlang te doezelen. In haar halfslaap tilde ze af en toe haar oogleden op en keek als door een waas naar de mensen in de bus. Geluiden drongen door in haar sluimer, gesprekjes die tussen vreemden werden aangeknoopt, telefoongesprekken die passagiers voerden. Als er bij een halte niemand instapte, verspreidde zich onmiddellijk een gevoel van opluchting in de bus en wisselden de passagiers een paar woorden met elkaar. Tijdens een van die ritten zat ze naast een oude, gezette man, gedecoreerd met medailles van het Rode Leger, die op een gegeven moment uit zijn boodschappentas een grote bruine envelop met daarin een röntgenfoto van zijn nier tevoorschijn haalde en haar met zijn vinger aanwees waar het gezwel zat. Door de foto heen zag Ora vaag twee vrouwelijke Ethiopische gendarmes op straat de papieren controleren van een jongeman, die misschien Arabier was, misschien ook niet. Hij stond ondertussen voortdurend ongeduldig met zijn ene voet op de stoep te tikken.

Ze blijven staan. Puffen even uit. Steken een hand in hun zij. Wat bezielt ons dat we het zo op een hollen hebben gezet? vragen ze elkaar met een blik. Maar iets prikt al in de hielen, kietelt in de ziel, en na een vluchtige blik op het mooie Dal van Bet Netofa lopen ze snel verder over het geitenpad, door een bos van pistachebomen, eiken en storaxbomen. Ora zwijgt. Haar ogen zijn op het pad gericht. Avram werpt haar voorzichtige blikken toe, zijn gezicht wordt met iedere stap smaller en gaat verder op slot. 'Kijk,' fluistert ze, en ze wijst: op het pad, aan hun voeten, staat ineens iets geschreven in hiërogliefen, in een dicht, rijk handschrift, van alle kanten zijn lijntjes getrokken die samenstromen in een tros slakken op een tak van een struik.

De tweede week herkende een aantal buschauffeurs haar al, maar omdat er niets aan haar was wat argwaan wekte, zeefden ze haar snel uit hun bewustzijn om zich te kunnen richten op de belangrijke zaken. Zelf begon ze ook een aantal vaste passagiers te herkennen en wist al waar ze in en waar ze uitstapten. Als ze in de bus telefoneerden of een praatje maakten met de mensen naast hen, wist ze ook iets over hun kwalen en hun familie en wat ze van de regering vonden. Een bejaard stel trok haar aandacht: de man was lang en dun, de vrouw heel klein, verschrompeld en bijna doorzichtig. Als ze zat, raakten haar voeten de vloer van de bus niet en bungelden in de lucht. De vrouw had een lelijke, natte hoest en zat onophoudelijk in een papieren zakdoekje te hoesten, tot de man het uit haar hand nam, bezorgd naar de inhoud keek en haar een nieuw zakdoekje gaf. Ora leefde altijd een beetje op als ze die twee zag instappen, bij de halte van de markt. Net als zijzelf reden ze helemaal tot het eindpunt, en tot haar verbazing staken ze bijna altijd samen met haar de straat over om de bus terug te nemen en stapten dan uit bij de halte waar ze waren ingestapt, aan de overkant van de straat. Het lukte Ora niet de betekenis van hun route te begrijpen.

Drie of vier weken lang stapte Ora elke dag in de bus van lijn achttien en bleef op zijn minst een uur door de stad rijden. Ze ontdekte dat de kwade gedachten haar met rust lieten tijdens de rit, dat ze in haar hoofd bijna geen enkele gedachte helemaal afmaakte en als het ware alleen maar lichamelijk van de ene halte naar de andere werd verplaatst. Ze was al gewend aan het schudden van de vering van de bus, aan het gepiep van de remmen, de kuilen in de wegen en de orthodox-joodse radiozenders die luid hun boodschap uitdroegen. Ze zag ook dat ze voor Ilan verborgen kon houden wat ze elke dag een uur lang of langer deed, zonder dat hij haar iets vroeg. Als ze 's avonds tegenover elkaar aan tafel zaten, staarde ze hem soms aan en schreeuwde hem als het ware met haar blik toe: hoe kan het dat je niet aanvoelt waar ik ben geweest en wat ik doe? Hoe kun je me zo laten begaan?

'Precies in die tijd gebeurde de kwestie met Ofer,' zegt ze binnensmonds tegen Avram, die al lange tijd zwijgt. 'We hadden een krankzinnige maand, de hele tijd onderzoeken binnen het bataljon en het regiment, ondervragingen en verhoren, je wilt het niet weten.' Ze zucht en slikt haar speeksel weg. Het moment is gekomen dat ze het hem moet vertellen, dat hij het te horen krijgt, het te weten komt en zelf kan oordelen.

In die dagen had Ora het idee dat elk woord van haar, of zelfs elke blik van haar, of alleen al haar zwijgen, in de ogen van Ofer, Ilan en Adam een steek onder water was, waarmee ze ruzie zocht. Tijdens die busritten had ze even rust van hen en ook van zichzelf, van de merkwaardige stijfkoppigheid waarmee ze er telkens weer bij iedereen op terug bleef komen, van haar zeurderige, in kringetjes ronddraaiende vragen, waarvan ze eerlijk gezegd zelf ook gek begon te worden. Ze kwamen telkens in haar omhoog als zure oprispingen, zodra ze maar dacht aan wat daar was gebeurd, of alleen al als ze de piepjes van het radionieuws hoorde, of zelfs als ze alleen maar aan Ofer dacht. 'Alsof ik niet in staat was aan hem te denken,' zegt ze, 'zonder eerst voorbij het incident te komen.'

'Maar wat,' vraagt Avram, 'wat is daar dan gebeurd?'

Ze luistert naar haar innerlijk. Alsof daarvandaan eindelijk het antwoord zal komen, ook voor haarzelf. Avram pakt met twee handen de draagriemen van zijn rugzak beet, houdt zich eraan vast.

Op een dag liep Ora de kliniek uit nadat ze zich verstrooid had verontschuldigd bij een man en een vrouw die op haar zaten te wachten in de wachtkamer, en stapte op de bus van lijn achttien om even een rondje te maken. Toen ze in de buurt van de oude parkeerplaats en garage van coöperatieve busmaatschappij Hamekasjeer was, klonk in de verte een heel harde knal. Daarna volgde een moment van diepe stilte. De gezichten van de mensen in de bus zakten langzaam in en werden van was. Er verspreidde zich een scherpe poeplucht. Ora brak het koude zweet uit. Mensen begonnen te schreeuwen, te vloeken, te huilen en de chauffeur te smeken ze eruit te laten. De chauffeur stopte midden op de weg en opende de deuren, waarop de inzittenden met handen en voeten strijd leverden om als eersten buiten te komen. De chauffeur keek in het spiegeltje en vroeg: 'Jullie blijven?' En toen Ora zich omdraaide om te zien wie hij nog meer had aangesproken, zag ze haar stel oudjes, bij elkaar weggekropen. Haar kleine, bijna kale hoofd was begraven in zijn lichaam, en hij had zich over haar heen gebogen en streelde haar schouder. Op allebei hun gezichten stond een uitdrukking die moeilijk in woorden te vatten was, een mengeling van schok, angst en ook een of andere verschrikkelijke teleurstelling. De radio onderbrak meteen zijn programma en stapte over op het format van de speciale uitzending: 'Sta me allereerst toe, Arjee, mijn deelneming uit te spreken, de gewonden een spoedig herstel toe te wensen en mijn medeleven te betuigen met de families van de slachtoffers,' zeiden de ene na de andere minister en defensie-expert. De explosie bleek te hebben plaatsgevonden in een bus die de andere kant op reed, vlak bij de Davidka, op een plek waar Ora's bus een paar minuten geleden voorbij was gekomen. De ambulances begonnen al te scheuren naar het Sja'aree Tsedek- en het Hadassaziekenhuis.

De volgende ochtend, op de dag na de aanslag, waren bij elke bushalte soldaten en politieagenten neergezet. De weinige mensen die de bus namen, waren zenuwachtig en nog prikkelbaarder en achterdochtiger dan anders. Telkens weer ontstonden er uitbarstingen van woede omdat iemand voordrong, op andermans tenen stond, tegen iemand aan stootte. Mensen praatten hard in hun mobieltjes. Ora had het idee dat ze die gebruikten als luchtpijpen naar de buitenwereld. Toen de bus langs de plek van de aanslag kwam, heerste er stilte. Door het raam zag ze een bebaarde ultraorthodoxe jongen van het rampenidentificatieteam in de kruin van een stoffige boom staan en met behulp van een doekje en een pincet voorzichtig iets van een tak schrapen en in een plastic zakje stoppen. Een groepje kleuters stapte in de buurt van Bet Hakerem in, en sommigen van hen hadden gekleurde ballonnen in hun hand. De kinderen waren uitgelaten aan het kletsen en heen en weer aan het rennen, en de mensen staarden als gehypnotiseerd naar de ballonnen. En toen het uiteindelijk gebeurde, dat wil zeggen, toen een van de ballonnen knapte, stak er een bitter, paniekerig geschreeuw op, hoewel iedereen had gezien dat het maar om een ballon ging, en barstten sommige kinderen in huilen uit, waarna de inzittenden beschaamd en uitgeput elkaars blikken meden.

Meer dan eens dacht ze tijdens die eindeloos herhaalde ritten dat ze, als ze toevallig een bekende in de bus zou tegenkomen, niet zou kunnen uitleggen wat ze hier deed en waar ze naartoe ging. Soms dacht ze: wat is dit voor stommiteit, denk je eens in wat Ilan, Adam en Ofer zullen voelen als jou hier iets overkomt. Wat als Ofer, god verhoede, zich het idee in zijn hoofd haalt dat het zijn schuld is? Of dat je het je willens en wetens op de hals hebt gehaald vanwege hem? Toch brak gedurende drie of vier weken iedere dag het moment aan dat ze zich niet in de hand had en ze het huis of de kliniek verliet om met hangend hoofd en met een zekere lijdzame nonchalance als van een slaapwandelaar naar de dichtstbijzijnde bushalte te stappen en daar te blijven staan, op een afstandje van de andere wachtenden, die er ook allemaal op toezagen een beetje uit elkaars buurt te blijven. En als ze was ingestapt, liep ze verder de bus in, keek met uitgebluste ogen naar de lege stoel die op haar wachtte en zocht haar stel oudjes, dat ze meestal ook aantrof en dat naar haar idee ook haar al verwachtte en haar toeknikte als trieste deelgenoten in hetzelfde complot. Ze ging zitten, leunde met haar hoofd tegen het raampje en doezelde weg, of doezelde niet weg. Na een paar haltes stapte ze uit of ze maakte een hele ronde – ze wist nooit van tevoren hoe lang ze in de bus moest blijven zitten en was ook niet in staat van haar plaats te komen en uit te stappen voordat zonder enige zichtbare reden het moment kwam waarop ze een zekere innerlijke opluchting, bevrijding voelde, alsof een spul was uitgewerkt dat haar was ingespoten. Nu pas kon ze opstaan, uitstappen en haar dagelijkse leven weer oppakken.

Ze merkte nog een verandering op: naarmate de dagen verstreken, kon ze zich beter en beter het beeld voor ogen halen van de excentrieke oude man die danste, lachte en poedelnaakt tekeerging voor de ogen van de soldaten die hem eindelijk uit de koelcel in een kelder in Hebron hadden gehaald. 'De eigenaar van het gebouw was een rijke slager,' legt ze uit aan Avram, die er nog niets van begrijpt, maar zijn ademhaling wordt al sneller en zijn ogen beginnen heen en weer te schieten. 'En de soldaten,' schiet haar te binnen, 'geneerden zich vreselijk daarover te praten, over die naakte dans van hem, alsof dat het ergste was aan het hele voorval. "Hij stelde zich aan als een complete idioot,"' zei een van de soldaten, die bij hen thuis had gelogeerd op de dag voorafgaand aan een van de onderzoeken op het hoofdkwartier van het regiment. Dvir, heette de jongen, een kibboetsnik uit Kfar Szold, een twee meter lange, stotterende en ietwat kinderlijke boom van een vent. Ora bracht hem en Ofer naar het hoofdkwartier van het regiment –

'Wacht even, Ora,' zegt Avram met een wit weggetrokken gezicht. 'Ik kan het niet volgen, wie is die oude man?'

'Het leger nam het incident ernstig op,' zegt ze na een korte stilte, als ze plotseling uitgeput zijn gaan zitten aan de rand van een grote vijver, waarin grote gele plompen schitteren. De hond springt telkens weer het water in, spettert haar hele omgeving nat, spoort hen met haar blik aan ook het water in te komen, maar ze zien haar niet. Ze zitten naast elkaar, ineengedoken.

Hoewel Ofer haar meermalen had gesmeekt erover op te houden en er op zijn minst niet in het openbaar over te spreken, moest en zou Ora ook aan Dvir vragen: 'Maar hoe konden jullie vergeten dat hij daar was?' Dvir bewoog zijn brede schouders en zei: 'Ik weet het niet, misschien dacht iedereen in het peloton dat iemand anders hem er al uit had gehaald,' en toen Ofer boos zijn neus ophaalde, nam Ora zich heilig voor nu haar mond te houden, het er met geen stom woord meer over te hebben met ze. Met een gefronst voorhoofd zat ze achter het stuur, haar schouders bijna tot aan haar oren opgetrokken. 'Maar hoe konden jullie daar iemand zo vergeten?!' ontsnapte er even later weer uit haar mond. 'Leg me alleen uit hoe je twee dagen lang iemand in een koelcel kunt vergeten?'

Avram stoot ongewild een kreun van pijn en verbijstering uit. Het geluid van een lichaam dat van grote hoogte wordt neergestort en hard tegen de aarde slaat.

Smekend om hulp keek Dvir Ofer aan, maar Ofer hield zijn mond en kreeg alleen een duistere blik in zijn ogen. Ora zag het, maar had zich niet in bedwang. Dvir zei: 'Wat kan ik u zeggen, mevrouw? Het was echt niet oké, dat is duidelijk, en we krijgen het nu allemaal op ons brood. Maar houdt u er rekening mee dat we er allemaal met onze eigen opdrachten zaten en dat je van acht uur op en acht uur af controlepost draaien hersendood raakt, en dat we toen ineens op een missie werden uitgestuurd die we helemaal niet kenden en bij ons daar in de woning twee dagen lang een aantal families in één kamer moesten houden, met slechts een wc, en met huilende, schreeuwende en klagende kinderen en bejaarden. Alleen al daarvan word je knettergek, en ondertussen moet je ook nog de straat en de *killing zone* in de gaten houden en die prima donna's van scherpschutters dekking geven en er ook nog voor zorgen dat de Hamasstrijders beneden bij de deuren geen bommen voor je plaatsen. Dus op het laatst is het iedereen gewoon ontschoten.'

Ora beet op haar lippen, en met alle geduld dat ze in zich kon vinden, zei ze: 'En toch, Dvir, begrijp ik niet hoe jongens –'

'Mama!' kapte Ofer haar af met een scherpe kreet, en gedurende de rest van de rit werd er gezwegen.

Toen ze bij het regimentshoofdkwartier aankwamen, verbood Ofer haar daar op hem te blijven wachten, zoals ze van plan was geweest, om te horen hoe de ondervragingen waren verlopen. 'Jij rijdt nu naar huis,' besliste hij, en Ora keek hem smekend aan. De tranen sprongen haar in de ogen bij de aanblik van haar kind, de robuuste soldaat met het kaalgeschoren hoofd en de zuivere blik. Weer brandde de vraag op haar lippen, en Ofer zei ijzig kalm: 'Mama, luister goed, ik zeg het je nog één keer: ga van mijn nek, *laat me met rust*!' Zijn ogen waren grijs staal, zijn lippen ijzerdraad, zijn kaalgeschoren schedel een bal van koud vuur. Ora deinsde terug voor zijn kracht, zijn hardheid en vooral zijn vreemdheid, en hij draaide haar zijn rug toe en liep weg. Zelfs een afscheidskus stond hij haar niet toe.

Gek van spijt reed ze terug en zag nauwelijks de weg, en tot overmaat van ramp viel er ineens een bui stoffige regen en deed de ene ruitenwisser van haar Fiat Punto het niet. Toen Ilan belde, was ze niet in staat meer dan twee zinnen met hem te wisselen voor ze weer haar vraag uitschreeuwde, en natuurlijk was nu ook zijn geduld op – het was een wonder dat hij het zo lang had uitgehouden – en zei hij haar luid en duidelijk dat hij haar morele gelijkhebberij en schijnheiligheid beu begon te worden en dat ze er heel goed aan zou doen zich te herinneren dat Ofer haar nu nodig had, haar volledige steun nodig had. 'Wat moet ik steunen, wat?' jammerde Ora, en eigenlijk had ze 'wie' willen uitschreeuwen, want ze was daar echt niet meer zeker van.

'Je zoon,' zei Ilan op een mildere toon. 'Luister, je bent zijn moeder, nietwaar? Je bent de enige moeder die hij heeft, en hij heeft nu je onvoorwaardelijke steun nodig, snap je? Je bent zijn moeder en je bent niet van Checkpoint Watch, nietwaar?'

Verbijsterd deed Ora er het zwijgen toe. Waar haalde hij dat ineens vandaan? Wat had zij te maken met de vrouwen van Checkpoint Watch, die ze niet eens mocht? Die hadden iets provocerends en irritants en ook iets unfairs, net als het hele idee: de soldaten bij de controleposten op de huid te zitten tijdens hun werk. Wat konden die kinderen eraan doen dat ze daar werden geplant en drie jaar lang controleposten moesten bemannen? Nee, die vrouwen konden beter gaan demonstreren voor het ministerie van Defensie of hun leuzen schreeuwen voor het parlementsgebouw. Ze maakten altijd een of andere knorrige schroom in haar wakker met hun overdreven Angelsaksische zelfverzekerdheid en hun totale gebrek aan ontzag als ze tegenover de officieren bij de controleposten stonden of in televisieprogramma's de confrontatie aangingen met hoge legercommandanten. En als ze geen ontzag konden opbrengen, dacht ze, dan op een of andere manier toch ten minste een klein beetje dankbaarheid, een tikkeltje maar, jegens degenen die het vuile werk opknapten en de hele schijtzooi van de bezetting op hun bordje kregen met het doel uiteindelijk toch te zorgen voor onze veiligheid.

Terwijl zij, nog in de war, haar gedachten naging en erin verdwaalde, bleef Ilan op milde toon tegen haar praten. 'Ze hebben daar een blunder begaan, klopt. Het is echt meer dan verschrikkelijk, dat ben ik met je eens, maar het is Ofers schuld niet, laat het eens tot je doordringen. Er waren daar twintig soldaten in het gebouw en ook in de ring eromheen, *twintig*, je kunt hem niet de hele zaak in de schoenen schuiven. Hij was daar de commandant niet, hij is niet eens officier. Waarom moet hij volgens jou zuiverder op de graat zijn dan iedereen?'

'Je hebt gelijk,' mompelde Ora, 'je hebt honderd procent gelijk, maar –' en weer kwam tegen haar wil die ene vraag uit haar mond. Al een paar weken ging het zo, ze had het niet in de hand, alsof haar lichaam vanzelf het giftige mengsel aanmaakte dat op gezette tijden uit haar oprispte.

Ilan beheerste zich nog. Het was een wonder hoe iedereen om haar heen kalm bleef, terwijl zij steeds verder doordraaide. Soms vermoedde ze zelfs dat zij zich met zijn drieën juist in de hand konden houden *omdat* zij zich zo gênant en beschamend liet gaan, ja, dat zij dat op een of andere rare manier, volgens de ongeschreven regels van een ongelooflijk ingewikkelde huishoudkunde, zelfs in hun plaats en misschien ook voor hen deed. Ilan herinnerde haar er voor de zoveelste keer aan dat juist Ofer al heel vroeg op donderdagochtend, om een uur of halfvijf, negen uur nadat de oude man in de koelcel was gezet – *was gezet*, zei hij, en ze had het gevoel dat ze met zijn drieën ineens veel vaker de lijdende vorm gebruikten: was gezet, was achtergelaten, was vergeten –, aan zijn commandant had gevraagd hoe het zat met die ene beneden in de kelder, en dat hem toen was gezegd dat Chen, de CC, ongetwijfeld iemand had gestuurd om hem eruit te halen. En om zes uur 's avonds had hij het nog een keer gevraagd, aan Tom, de ops-sergeant, waarop door de portofoon werd gezegd dat het uitgesloten was dat niemand hem daar had weggehaald. Daarna heeft hij het niet meer gevraagd, dacht Ora, en ook Ilan bleef nu stil. Zelf had Ofer uitgelegd dat hij het op een of andere manier was vergeten, hij had andere dingen aan zijn hoofd gehad, en Ora zei tegen zichzelf dat er misschien een moment komt dat je zo'n vraag niet meer kunt stellen omdat je bang begint te worden voor het antwoord.

Voorovergebogen luistert Avram naar haar en zijn hoofd wordt dieper en dieper weggestoken tussen zijn schouders. Zijn ogen zijn helemaal niet meer te zien.

Ilan haalde diep adem en zei: 'Wat wil je, Ora? Tot nu toe heeft het leger in alle onderzoeken zelfs Chen en Tom nergens schuldig aan bevonden, vanwege alle chaos die er heerste.'

'Ik wil niets,' zei Ora, 'en hopelijk worden ze echt allemaal van alle blaam gezuiverd, maar je moet me toch eens uitleggen hoe het kan dat Ofer er gedurende twee dagen helemaal niet aan heeft gedacht om naar beneden te gaan en zelf te controleren –'

Al een maand lang hadden ze deze discussie om de haverklap gevoerd. Telkens weer hadden ze hun rollen gespeeld en hun teksten opgezegd, steeds wanhopiger, en nu riep Ilan uit: 'Hou hier eens mee op! Hoor jezelf eens praten, wat héb je? Je bent helemaal gek geworden!' En met die woorden smeet hij de hoorn op de haak, maar even later belde hij om zijn excuses te maken. Ze hadden nog nooit zo bruusk een eind gemaakt aan een telefoongesprek met elkaar en hij was nog nooit zo tegen haar uitgevallen. 'Maar je werkt er iedereen echt mee op de zenuwen,' zei hij vermoeid, en ze hoorde aan zijn stem dat hij het goed wilde maken met haar. Ze wist dat hij gelijk had en dat ze één moesten zijn om samen te doorstaan wat hun te wachten stond. En als de kwestie niet verstandig en koelbloedig werd aangepakt, zou het nog kunnen uitdraaien op een zaak voor de krijgsraad en niet blijven bij een uitgebreid, uitputtend onderzoek binnen het bataljon en het regiment, en dan lag de pers al op de loer, had Ilan haar meerdere malen duidelijk gemaakt. 'Die klerelijers zoeken alleen maar een smoes om met modder te kunnen gooien en op bloed uit te zijn.'

Je moet ook niet vergeten, bleef Ora zichzelf voorhouden, dat er uiteindelijk niemand is omgekomen, daar in de koelcel, noch gewond is geraakt, noch honger heeft geleden, want er hingen koeien, schapen en geiten aan haken en de oude Palestijn was er op zeker moment in geslaagd zijn mond te bevrijden, die ze hadden getapet om hem het schreeuwen te beletten. En omdat het leger ook telkens weer de stroom in de killing zone liet afsluiten, was hij daar zelfs niet doodgevroren en was het er af en toe ook nogal om te stikken geweest, dat wil zeggen, soms vroren ze hem in en dan ontdooiden ze hem weer, en dan werd hij weer ingevroren, zoals ze bij stukjes en beetjes had begrepen van Ofers maten, soldaten uit zijn eenheid, met wie het haar was gelukt over het incident te praten. Naakt, stinkend, onder het bloed van de dieren lag hij over de vloer te rollen toen ze eindelijk de deur van de koelcel openmaakten. 'Ofer was op dat moment al thuis, die vrijdag, om zes uur 's avonds, met verlof,' mompelt ze tegen Avram, 'snap je? Hij was er niet eens bij.' En toen ze de deur hadden opengemaakt, begon hij op de stenen vloer te spartelen en te stuiptrekken, alsof hij liggend een soort rare dans uitvoerde voor de soldaten, en hij bonkte met zijn hoofd op de vloer, wees met zijn vingers naar de soldaten en naar zichzelf en stootte een weerzinwekkend kraaiend gelach uit, alsof hij in de twee dagen dat hij daar opgesloten had gezeten constant één geweldige, onweerstaanbare mop had gehoord en hij zo meteen zou bijkomen van het lachen en hem aan hen zou kunnen doorvertellen. Ze bevalen hem op te staan, maar hij weigerde, of misschien kon hij niet meer op zijn benen staan. Hij spartelde en kronkelde alleen maar aan hun voeten, bonkte steeds weer met zijn hoofd op de stenen vloer en stootte die waanzinnige, kraaiende lach van hem uit. Ora hield zich in en zei niet tegen Ofers maten, noch tegen Ilan of Adam, en vooral niet tegen Ofer, wat haar voor op de tong lag: dat gek worden tegenwoordig voor een Palestijn de enige mogelijkheid was om aan de werkelijkheid te ontsnappen, zonder controleposten, vergunningen en lijfelijke fouillering. Maar ook die gedachte was haar vreemd en leek tegen haar mening in door haar hersens te zijn voortgebracht. Even vroeg ze zich af wat er zou gebeuren als ze nu meer en meer van zulke oprispingen zou krijgen, een soort touretteaanvallen van linksisme, maar meteen hernam ze zich weer. Per slot van rekening moest ze Ilan dankbaar zijn omdat hij zich helemaal, met alles wat hij in zich had, inzette voor Ofer: hij bestudeerde het geval tot in de kleinste details, reconstrueerde met Ofer minuut voor minuut die twee etmalen, bereidde hem voorafgaand aan ieder onderzoek en elke ondervraging goed voor, sprak bovendien met twee of drie mensen die hij kende, in het leger en daarbuiten, en maakte subtiel gebruik van een aantal connecties om de zaak snel afgehandeld te krijgen met een diepgaand en breed intern onderzoek van het regiment. Ora zwoer dat ze voortaan haar best zou doen haar grote mond te houden. Nog niet alles is verloren, dacht ze, en nu ze haar mening had geuit, kon ze eindelijk haar natuurlijke plaats in het gezin weer innemen en weer de grote berin zijn die haar jong beschermt. Het was haar ten slotte zonneklaar dat ze deze ruzie geen dag langer mocht blijven oprakelen. Barsten en scheuren liepen ineens overal en werden breder en langer, tot in de fijne, dieper liggende weefsels, en als ze in die dagen naar Ilan keek, wist ze dat hij het ook voelde en dat hij net zo in paniek was als zij en ook minstens even verlamd stond als zij tegenover wat hun overkwam.

Ze praat, en Avram luistert. Hij heeft zijn armen stevig om zichzelf heen geslagen en hij heeft het gevoel dat een ijzige kou op hem neerdaalt en hem omhult, midden tussen de strakblauwe hemel en de verblindende schittering van de Tsipori-beek: de ijzige kou van een duistere kerker, van een voorhoofd dat tegen steen slaat. Met wit weggetrokken lippen vertelt Ora verder, hoe Ilan en zij toen 's nachts wakker werden en zwijgend naast elkaar lagen met het gevoel dat om hen heen het gezin met een ongelooflijke snelheid uit elkaar aan het vallen was, uiteengereten werd door een roofdier dat al die jaren op de loer had gelegen en nu uit hun binnenste was losgebroken en op hen afdook met een gretigheid die ze niet begrepen, ja, zelfs met een merkwaardig plezier in zijn zoete wraak, zegt ze. Avrams gezicht vertrekt van een ondraaglijke pijn en hij schudt zijn hoofd: 'Nee, nee.'

Met een klein beetje zelfbeheersing en geduld kan ze de neergang nog tegenhouden, dacht ze toen ze achter het stuur zat en naar de milde, verzoenende woorden van Ilan luisterde. Het hing nu alleen maar af van haar, van één aardig woord van haar kant, ze hoefde alleen maar af te zien van het gif dat in haar borrelde en waar ze ook zelf kapot aan ging, en plotseling sloeg ze met beide handen hard op het stuur en riep vanuit de grond van haar hart in de telefoon: 'Hoe kan hem zoiets ontschoten zijn, zeg me dat! Een oude man in een koelcel!' Ze begon met twee handen op het stuur te slaan in het ritme van haar woorden, en Avram deinst nu terug alsof ze hem slaat. 'Een nacht, en een dag, en een nacht, en een dag, hoe kan hij er helemaal niet aan gedacht hebben? Hij onthoudt toch altijd alles wat er gedaan moet worden? Elke lekkende kraan, iedere deurklink, geen enkel kind op de wereld heeft zoveel gevoel voor verantwoordelijkheid als hij, en dan vergeet hij ineens op zo'n manier iemand een hele nacht en een dag en een nacht –'

'Maar wat wil je nu uitgerekend van hem?' kreunde Ilan gepijnigd, en Ora had het gevoel dat ze met de snik die uit haar keel was ontsnapt eindelijk tussen twee platen van een harnas tot hem was doorgedrongen. Ilan leek in zichzelf te mompelen: 'Was het zijn initiatief? Wilde hij dat er zoiets zou gebeuren? Was het zijn beslissing hem in die kelder te stoppen?' Nu pas zag Ora de twee politieauto's die achter haar en links van haar met hun lichten knipperden en de agenten die haar gebaarden aan de kant van de weg te gaan staan, en in een opwelling van angst gaf ze ineens gas, want wie weet wat ze nu weer verkeerd had gedaan en pas twee maanden geleden was de ontzegging van haar rijbevoegdheid afgelopen nadat ze het een halfjaar zonder auto had moeten stellen. 'En ik herinner je er nog een keer aan dat daar een grote operatie gaande was,' zei Ilan, 'met op te pakken verdachten en schotenwisselingen, en dat Ofer achtenveertig uur niet had geslapen, en dat hij en zijn maten ineens waren uitgestuurd op een missie die nieuw voor ze was en waarvoor ze niet getraind waren, dus waarover zitten wij hier ruzie te maken?'

'Maar hij was in dat gebouw, drie verdiepingen boven hem, en hij at en dronk daar en is de trap op en af gegaan,' zei Ora. Ondertussen zat ze met haar rechterwielen in de modderige berm en bleef snel doorrijden in de hoop op een of andere manier aan de politieauto's te ontkomen. Uiteindelijk stopte ze pas toen ze niet anders meer kon, omdat ze was klemgereden. 'Hij heeft in die twee dagen minstens twintig keer over de portofoon gepraat met Chen en ook met Tom, dus hij heeft twintig keer de gelegenheid gehad om ze te vragen of de oude man al uit die koelcel was gehaald, en wat heeft hij gedaan?'

Ilan zweeg.

'Zeg me, Ilan, wat heeft hij gedaan, ons kind?' bromde Ora bijna onhoorbaar. Ze hoorde Ilan met moeite zijn adem inhouden om niet weer uit te barsten. Drie agenten stapten uit de twee auto's en kwamen naar haar toe. Een van hen sprak in een mobilofoon.

Ilan zei: 'Je weet dat hij van plan was naar beneden te gaan om te kijken.'

'Van plan, ja, natuurlijk,' zei ze, en er ontsnapte haar een vreemd, weerzinwekkend gegrinnik. 'Twee hele dagen was hij telkens weer van plan naar beneden te gaan, en net toen hij het 't meest oprecht van plan was, kwamen ze hem zeggen dat hij een lift kon krijgen naar Jeruzalem, hè? En toen zijn we met ze uit gaan eten, hè? En is hij het vergeten, hè?' Met een verbijsterd lachje greep ze met beide handen naar haar hoofd, alsof de kwestie nu pas, voor het eerst, in al haar facetten tot haar doordrong. 'En die hele avond in het restaurant, bijna drie uur lang, heeft hij er niet aan gedacht! Oeps, sorry, me gladweg ontschoten! Maakt dat je niet razend?' bulderde Ora, en de pezen in haar hals zwollen op. 'Zeg me, Ilan, kun je daar niet razend van worden?'

'Je bent aan het doordraaien,' merkte Ilan op, die zich verschanste achter zijn bekende nuchtere toon en de geamuseerde verwondering waarmee hij haar altijd opnam tijdens hun ruzies, wanneer hij haar zich in haar eentje liet wentelen in haar gal, in het vuil dat uit haar spoot. 'Doe alleen voorzichtig in het verkeer, alsjeblieft, in deze toestand,' zei hij erachteraan alsof hij haar van juridisch advies diende.

Ora sloot de portieren van haar Punto af en negeerde het getik van de agenten en hun gezichten die zich tegen het glas aan drukten. Een van hen haalde een berispende vinger over de helft van haar voorruit, waardoorheen bijna niets meer te zien was vanwege de modderige regendruppels. En Ora legde haar hoofd op het stuur en mompelde: 'Maar het is Ofer, snap je, Ilan? Het is *ons* gebeurd, het is onze Ofer. Hoe kan Ofer, hoe kan hij zo...?'

Om halfzes 's ochtends, op de plek waar de Karmel begint te heuvelen, scheuren Ora en Avram zich van elkaar los. Hij vouwt de tenten en de slaapzakken op en pakt de twee rugzakken, zij gaat proviand inslaan in een nabijgelegen minimarkt.

'We zijn al een hele tijd niet meer uit elkaar geweest,' zegt Ora als ze zich weer naar hem toe wendt en zich laat omhelzen.

'Zal ik met je meekomen?'

'Nee, blijf jij hier bij de rugzakken. Het duurt maar een paar minuten.'

'Ik wacht hier op je.'

'En ik kom terug,' zegt ze, alsof ze er niet van overtuigd is. 'Waar ik in-eens bang voor ben, weet ik niet,' mompelt ze in zijn armen.

'Misschien dat je ziet hoe het in de bewoonde wereld toegaat en dan daar wilt blijven?'

Ze is niet gerust. In haar lijf circuleert een hardnekkig, vaag klontertje, als de onverteerde resten van een droom. Ze strekt haar armen uit, duwt Avram een eindje van zich af en bekijkt hem alsof ze zich hem in het geheugen prent. 'Nu zie ik dat ik je niet goed heb geknipt. Die rare pluk haal ik er vandaag af.'

Hij voelt aan de rebelse, rechtopstaande pluk.

'Mag ik je vandaag misschien ook scheren?'

'Ja?'

'Ik weet het niet, het ergert me je met een baard te zien.'

'Ah, die.'

'Ja, die.'

'Oké.'

'Misschien moet die alleen bijgeknipt worden. We zien wel. We gaan je een beetje een opknapbeurt geven.'

'Altijd beter dan een afknapbeurt.'

Ze kijken elkaar aan. In de pupillen twinkelt een glimlach.

'Koop ook peper en zout, en de olie is bijna op.'

'Batterijen voor de zaklamp hebben we ook nodig, niet?'

'En neem chocola mee, ik heb zin in iets zoets.'

'Nog iets, my dear?'

Een zachte hand wandelt binnen in hen op de toppen van de vingers. Avram haalt zijn schouders op. 'Ik ben gewend geraakt aan je.'

'Pas maar op, straks raak je nog verslaafd.'

'Hoe gaat dit verder, Ora?'

Ze houdt een vinger tegen zijn lippen. 'Eerst maken we onze wandeltocht af en dan zien we wel wat goed voor ons is.' Ze kust hem, één keer op het rechteroog en één keer op het linker, en ze gaat op weg naar de minimarkt. De hond laat haar blik van haar naar hem gaan en aarzelt of ze met Ora zal meegaan of bij Avram zal blijven.

'Wacht even, Ora, wacht.'

Ze blijft staan.

'Ik vind het fijn met jou,' zegt hij haastig, en hij slaat zijn ogen neer naar zijn handen, 'ik wil dat je dat weet.'

'Zeg het dan. Tegen mij moeten zulke dingen gezegd worden.'

'En zoals je me bij je laat zijn, en met Ofer, met jullie allemaal.' De achterwand van zijn ogen kleurt rood. 'Je weet niet wat je me geeft, Ora.'

'Goed, ik geef je alleen maar terug wat jou toebehoort.'

En weer staan ze tegen elkaar aan – omdat ze langer is dan hij moet ze haar voeten een beetje uit elkaar zetten, zo was dat vroeger ook altijd – en om een of andere reden moet ze eraan denken hoe Ofer het elke keer aanvoelde als ze op het punt stond naar Avram toe te gaan in Tel Aviv, in de jaren dat hij haar af en toe een ontmoeting toestond. Ofer werd dan rusteloos en mismoedig en kreeg soms acuut hoge koorts, alsof hij de ontmoeting probeerde te verijdelen. En als ze terugkwam uit Tel Aviv, was hij urenlang niet bij haar weg te slaan, besnuffelde haar als een dier, moest en zou precies van haar weten wat ze had gedaan en ging ook altijd op een doorzichtig listige manier na of Ilan wist waar ze geweest was.

Met twee handen op haar billen trekt hij haar tegen zijn lijf aan en hij mompelt dat er niets gaat boven haar gluteus maximus en gluteus medius. 'Pas op jezelf, daar in de winkel,' zegt hij in haar haren, en ze horen allebei wat hij niet zegt: niet te veel met andere mensen praten. Als er een radio aanstaat, vraag dan meteen of ze die af willen zetten. In geen geval naar de kranten gluren. Pas vooral op voor de koppen.

Ze loopt weg, en af en toe blijft ze staan en draait zich om, zwaait naar hem met de lange, vertraagde bewegingen van een filmster en werpt hem kusjes toe. Met zijn handen in zijn zij staat hij te glimlachen. De hagelwitte wijde broek wappert om zijn onderlijf en de hond zit rechtop naast hem. Hij ziet er goed uit, denkt Ora, het nieuwe kapsel en Ofers kleren staan hem goed en de manier waarop hij daar staat heeft iets fris, opens, net als zijn glimlach. 'Hij is weer tot leven aan het komen,' zegt ze hardop tegen zichzelf, 'dat lopen brengt hem gewoon weer tot leven.' En wat heeft dat voor mij te betekenen? Wat voor plek zal ik in zijn leven krijgen als onze trektocht is afgelopen, als ik daar al een plek in krijg?

Wacht even, denkt ze ineens verontrust, hoezo komt de hond niet met me mee?

Maar nog voor ze die gedachte heeft voltooid, heeft Avram zich gebukt, de hond een tik tegen het achterwerk gegeven en haar aangespoord naar Ora toe te rennen.

Een uur daarna haalt ze zwijgend de ingeslagen proviand uit de plastic tassen van de minimarkt in Kfar Chassidiem – glatter dan glat koosjer – en verdeelt biscuitjes, crackers, conservenblikjes en zakjes instantsoep over de twee rugzakken. Haar bewegingen zijn schielijk en scherp.

'Is er iets gebeurd, Orele?'

'Nee, wat kan er gebeurd zijn?'

'Ik weet het niet. Je bent zo...'

'Met mij is er niets aan de hand.'

Avram likt zijn bovenlip. 'Oké, oké.' En even later zegt hij: 'Zeg –'

'Wat is er?'

'Heb je daar iets op de radio gehoord? Een krant gezien?'

'Ze hebben daar geen radio, en naar een krant heb ik niet gekeken. Hup, laten we gaan. Ik ben het hier zat.'

Ze doen hun rugzak om, lopen langs het pretpark van kibboets Jagoer en kiezen een rood gemarkeerd pad, tot ze het verruilen voor een blauw gemarkeerd pad en beginnen aan de klim naar de Nachal Nachasj, een wadi die onlangs is omgedoopt in de Nachal Hama'piliem ter ere van de clandestiene Joodse immigranten in de Britse tijd. De dag ligt nog zachtjes en lui in de watten van de ochtendnevel en wil maar langzaam opklaren. Binnen een paar minuten wordt de helling steil en beginnen ze allebei te hijgen, evenals de hond, die twijfelt naast wie van de twee ze moet lopen.

'Wacht even,' roept hij naar haar rug. 'Hebben ze daar iets tegen je gezegd?'

'Niemand heeft er ook maar iets gezegd.'

Ze rent bijna tegen de helling op. Stenen schieten onder haar hakken uit. Avram zwicht en blijft staan om zich het zweet van het voorhoofd te wissen. Op precies hetzelfde moment, zonder om te kijken, blijft ook Ora als een cursief uitroepteken staan op een trede in de rots. Door de eiken en de melkwitte ochtenddampen heen is het Dal van Zebulon te zien, met in de verte de noordoostelijke voorstadjes van Haifa, en beneden hen ontwaakt het kruispunt van Jagoer. De twee diabolo's van de olieraffinaderijen in de baai van Haifa stoten witte rook uit, die lui omhoog kringelt en opgaat in de smog. Avram wil haar iets geven, de plotselinge boosheid sussen die om haar heen haar stekels heeft opgezet. Wist hij maar hoe. Over de wegen naar het kruispunt scheuren auto's die schitteren in het zonlicht. In de verte kronkelt een blikkerende trein. Hier, op de berg, heerst een bijna doodse stilte. Slechts af en toe dringt getoeter van een vrachtwagen of hardnekkig geloei van een ziekenauto tot hen door.

'Kijk, zo leef ik,' zegt hij ten slotte zachtjes, misschien oprecht, maar misschien om haar gunst te kopen met een beetje smeergeld van openhartigheid.

'Hoe, "zo"?' Haar stem, boven hem, kraakt, krast.

'Zo. Ik kijk, van buitenaf.'

'Dan is het misschien tijd dat je naar binnen gaat,' sist ze, en ze loopt verder.

'Wat? Wacht even –'

'Luister, met Ofer gaat het goed,' kapt ze hem af.

'Wat?' vraagt Avram opgewonden. Hij probeert haar bij te benen. 'Hoe weet je dat?'

'Ik heb vanuit de winkel naar huis gebeld en mijn boodschappen op het antwoordapparaat afgeluisterd.'

'Kan dat dan?'

'Natuurlijk kan dat,' zegt ze, en in zichzelf mompelt ze: 'Er kan nog veel meer.'

'En? Had hij een bericht achtergelaten?'

'Twaalf boodschappen.'

En weer schiet ze weg en doorklieft de lucht als een opengeklapt scheermes. Heel fijne, matineuze spinnenwebben omvatten haar gezicht en ze veegt ze boos van zich af. In haar bewegingen schitteren de trekken van een kregelig tienermeisje.

'Op zijn minst tot gisteravond was hij in orde,' rapporteert ze, 'de laatste boodschap was van kwart over elf 's avonds.' Ze werpt een blik op haar horloge. Avram kijkt hoe hoog de zon aan de hemel staat. Ze weten beiden: kwart over elf is goed, maar al betekenisloos, als de krant van gisteren. Meteen nadat Ofer de boodschap heeft achtergelaten, is tenslotte ergens de zandloper omgedraaid en is het tellen opnieuw begonnen, bij nul. De hoop is niet meer in het voordeel op de angst.

'Wacht even,' roept Avram, 'waarom heb je hem niet rechtstreeks gebeld, naar zijn mobieltje?'

'Hem bellen?' Heftig schudt ze haar hoofd. 'Nee, nee,' en met een zenuwachtig lachje zegt ze erachteraan: 'Het idee alleen al.'

Ze draait haar hoofd half naar hem toe, als een ree naar een jager, en vraagt zonder iets te zeggen, met haar wanhopige blik: snap je het echt niet? Heb je nu nog niet begrepen dat dat me streng verboden is tot hij terugkomt?

Het pad wordt lastig begaanbaar en oneffen, en Avram is onrustig. Ofer is plotseling zo dichtbij, zijn stem galmt nog na in Ora's oren. Zelfs zijn kleren, die Avram draagt, ritselen alsof zijn geest erdoorheen is getrokken.

'Maar wat zei hij?'

'Van alles, grappen, je weet wel, Ofer.'

Avram knikt en glimlacht in zichzelf.

'Wat knik je ja?' valt ze uit. 'Wat weet je nou helemaal over hem?'

'Wat jij me vertelt,' antwoordt Avram geschrokken.

'Verhalen, ja. Daar zijn er veel van.'

Hij kruipt langzaam in zijn schulp. Er is iets gebeurd, dat is duidelijk, er is iets vervelends gebeurd.

Om hen heen steken zover het oog reikt salieplanten het wit en lichtpaars van hun bloemen de lucht in, silenes zorgen voor het roze, en de wacht van het rood wordt door ranonkels overgenomen van uitgebloeide, ontbladerde anemonen. De naalden van de pijnbomen zijn bepareld met dauw. Ergens klinken belletjes: niet ver van hen vandaan trekt een kudde schapen voorbij, met lammetjes die trillen op hun dunne poten en zwangere ooien met schommelende buiken, die bijna de grond raken. Ora werpt Avram een geërgerde blik toe als ze hem ziet staren naar de uiers en buiken. Even is hij in verlegenheid gebracht, alsof hij ergens op betrapt is.

Ze lopen weer steunend en hijgend de loodrechte berg op. Avram is onrustig, bijna in paniek. Ze hebben een lange liefdesnacht achter de rug en hun lichamen leken hen eindelijk weer te vertrouwen en erop te rekenen dat ze niet opnieuw voor jaren en jaren van elkaar gescheiden zouden worden. De hele nacht hadden ze gevreeën, geslapen, gepraat, gedoezeld, gevreeën, gelachen en gevreeën. Netta was naar hem toe gekomen en weer weggegaan, had zich aan hem vastgeklampt en was opgelost in het niets. Met zijn lichaam had hij Ora over haar verteld, en een zeldzame, diepe rust had hem omhuld. Als in een droom beeldde hij zich in dat hij heel langzaam tussen hen in heen en weer werd gewiegd, van de een naar de ander en weer terug. Toen hij naderhand naast haar lag, voelde hij het geluk met een traag pulserende beweging naar hem terugkeren, als bloed naar een ingeslapen lichaamsdeel.

'Ik weet één ding, iets wat ik me vroeger niet had kunnen voorstellen,' zei hij tijdens een van die uren, toen haar hoofd op zijn borst rustte.

'Hmm?'

'Dat je een heel leven zonder zin kunt leiden.'

'Is dat wat het is?' Ze kwam overeind op haar elleboog en keek hem aan. 'Echt zonder enige zin?'

'Als je wijlen mij vroeger, toen ik er nog was, had gezegd dat dat was wat me te wachten stond, een heel leven zonder zin, dan had ik er onmiddellijk een eind aan gemaakt. Maar nu weet ik dat het niet zo verschrikkelijk is. Het is beslist mogelijk. Dat is een bewezen feit.'

'Maar wat bedoel je, leg uit, wat betekent "een leven zonder zin"?'

Hij dacht na. 'Dat niets je echt pijn doet en niets je echt blij maakt. Dat je leeft omdat je leeft. Omdat je toevallig niet dood bent gegaan.'

Het lukte haar zich in te houden en niet te vragen wat hij zou voelen als Ofer iets zou overkomen.

'Alles gaat aan je voorbij,' zei hij. 'Dat is al heel lang zo.'

'Alles?'

'Geen enkele begeerte meer.'

'En als je zo met mij bent?' vroeg ze, en ze bewoog haar bekken naar hem toe.

'Goed,' antwoordde hij met een glimlach, 'er zijn momenten.'

Ze ging boven op hem liggen. Weer bewogen ze langzaam tegenover elkaar. Ze welfde zich een beetje en opende zich, maar hij drong niet in haar, want hij vond het fijn zo en wilde bovendien praten: 'Ik heb vaak gedacht –'

Meteen staakte ze haar beweging. Er was iets in zijn gezicht, in zijn stem...

'Als je, jij bijvoorbeeld, een kind hebt,' mompelde hij snel, 'dan geeft dat het leven zin, niet? Het is iets waarvoor het de moeite waard is 's morgens je bed uit te komen, toch?'

'Wat? Ja, meestal wel, ja.'

'Meestal? Niet altijd? Niet constant?'

Ora liet een aantal ochtenden van het afgelopen jaar de revue passeren. 'Niet altijd,' zei ze, 'niet constant.'

'Is dat zo?' verbaasde Avram zich. 'En ik dacht...'

Weer zwegen ze. Voorzichtig wreef huid langs huid. De holte van zijn voet omvatte haar kuit, zijn hand streelde haar nek.

'Zal ik je iets geks vertellen?' vroeg Avram.

'Vertel me iets geks,' humde ze, en ze legde zich in haar volle lengte boven op hem.

'Toen ik daarvandaan was teruggekomen, ja? Toen ik begon te begrijpen wat me was overkomen, je weet wel, de hele zooi,' en hij maakte een wegwerpgebaar, 'snapte ik ineens dat ik ook toen ik het nog had – ik bedoel: begeerte en zin van het leven –, dat ik ook toen al op een of andere manier, ergens diep vanbinnen, de hele tijd wist dat het bij mij alleen maar in bruikleen was. Alleen voor beperkte tijd.' Hij grinnikte. 'Totdat de waarheid aan het licht zou komen.'

'En wat is de waarheid?' vroeg ze, en ze dacht: de twee rijen mishandelaars, de straf van het menselijk bestaan.

'Dat het niet echt van mij is,' zei Avram moeizaam en stug. Om een of andere reden kwam hij een beetje omhoog op zijn onderarmen en doorboorde haar met zijn blik. 'Of dat ik het helemaal niet verdien,' voegde hij er snel aan toe, als iemand die aan het eind van een korte ondervraging over een pekelzonde ineens besloot ook een vreselijke misdaad op te biechten.

Door haar hoofd schoot de gedachte: en als hij een kind krijgt?

'Wat heb je?' vroeg Avram.

'Sla je armen om me heen.'

Als hij een kind krijgt, dacht ze koortsachtig, een eigen kind, dat bij hem opgroeit? Hoe kan het dat ik daar nooit aan heb gedacht, aan de mogelijkheid dat als hij ooit vader zou worden –

'Ora, wat is er?'

'Hou me vast, laat me niet alleen,' hijgde ze in zijn hals, 'je loopt met me mee naar huis, hè?'

'Maar natuurlijk,' zei Avram verbaasd. 'We lopen samen, wat ben je –'

'En we blijven altijd, altijd samen?' citeerde ze een stuk van een zin, dat plotseling opdook in haar geheugen, een belofte die hij haar had gedaan in een telegram voor haar twintigste verjaardag.

'Tot de dood ons verbindt,' vulde hij automatisch aan.

En op hetzelfde moment kreeg Avram het gevoel dat Ofer in gevaar was. De gewaarwording was nieuw voor hem: iets duisters en kils sneed door zijn hart. De pijn was ondraaglijk. Hij klemde Ora stevig tegen zich aan. Beiden verstijfden.

'Voelde je dat?' fluisterde ze doodsbang in zijn oor. 'Je voelde het ook, hè?'

Avram hijgde geluidloos uit in haar haar. Over zijn hele lijf was hem het koude zweet uitgebroken.

'Denk aan hem,' fluisterde ze en ze klampte zich met heel haar lichaam aan hem vast, tot ze hem binnen in haar nam. 'Denk aan hem, binnen in mij.'

Ze bewogen traag, en hielden zich aan elkaar vast als in het hart van een storm.

Denk aan hem, denk aan hem! schreeuwde ze uit.

'Luister,' zegt ze een paar uur daarna scherp en nors op het pad dat van Jagoer naar de Karmel klimt, 'hij heeft gisteren een boodschap voor me ingesproken, Ofer: "Met mij gaat het goed, met de slechteriken minder."'

'En hij vroeg niet waar je uithing, waarom je verdwenen was, hoe het met je ging?'

'Jawel, natuurlijk, de hele tijd. Hij is altijd vreselijk bezorgd, de ergste van ons allemaal, en hij moet ook altijd weten –' Ze heeft nu geen zin om hem wat dan ook te vertellen, en toch flapt ze het eruit, om hem ook dat te laten weten en te laten onthouden: 'Hij, Ofer, heeft al van kindsbeen de behoefte, echt een obsessieve behoefte, om precies te weten waar ieder van ons is, ons allemaal bij elkaar te houden en niemand voor al te lange tijd uit het oog te verliezen –'

Ze zwijgt. Ze herinnert zich hoe de kleine Ofer altijd schrok als er tussen haar en Ilan ruzie of ook maar het kleinste verschil van mening uitbrak. Dan rende hij om hen heen en duwde hen naar elkaar toe, dwong hen tegen elkaar aan te gaan staan. Hoe had het kunnen gebeuren, denkt ze, dat juist vanwege hem het gezin uiteindelijk uit elkaar was gevallen? Een plotselinge opwelling rukt haar van haar plaats, en ze stiert het pad verder omhoog en stoot de lucht met haar voorhoofd.

Avram denkt: misschien heeft Ilan ook een of andere boodschap ingesproken. Misschien heeft Adam gebeld en iets gezegd wat haar heeft gekwetst.

De hond wrijft langs zijn been, alsof ze hem wil steunen of bij hem wil schuilen voor Ora's woede. Haar staart hangt tussen haar poten en op haar gezicht staat een beschaamde glimlach.

'Hoe zei je: "Met mij gaat het goed, met de slechteriken –"'

'Met de slechteriken minder.'

Avram herhaalt de woorden met zijn lippen. Hij proeft de jeugdige hoogmoed, en hij denkt –

Maar Ora bromt al hardop wat hij denkt: 'Bij ons in Pruszków praatten ze vroeger niet zo.'

Avram steekt zijn handen in de lucht. 'Niemand kan tegen jou op, je weet alles,' vleit hij haar, maar ze laat zich niet vermurwen. Ze steekt haar kin omhoog en stiert verder. In het wachtjournaal van de vertalers in Babel had hij een vaste rubriek, 'Bij ons in Pruszków', waarin hij over de gebeurtenissen tijdens zijn wacht rapporteerde met de trillende stem van de drie achterdochtige oude mopperaars Tsesjke, Chomek en Fisjl-Parg. Zo werd de overplaatsing van een eskader Mig-21's van de Egyptische luchtmachtbasis in Zagazig naar de basis in Luxor, het aan de grond houden van een Tupolev wegens besturingsproblemen, of een transport van voedselrantsoenen voor de strijders van een commandobataljon voorzien van het krenterige, defaitistische, verbitterde commentaar van de drie bejaarde Pools-Joodse personages die hij had verzonnen en voortdurend uitdiepte en verrijkte, totdat 'de Joodse ondergrondse', zoals Avram het drietal noemde, werd ontdekt door de commandant van de basis en Avram werd veroordeeld tot een week 's nachts op wacht staan naast de vlag op het exercitieveld, om zijn patriottische ruggengraat te sterken.

'Maar zeg me eens,' maakt hij snel gebruik van de warme herinnering die misschien Ora's hart wat heeft vermurwd.

'Nou, wat?' Een verstikt gebrom, bijna alsof ze in tranen is. Ze draait hem niet eens haar gezicht toe. Haar schouders trillen, of lijkt hem dat alleen maar zo?

'Waren er nog meer boodschappen?'

'Een paar, onbelangrijke.'

'Ook van Ilan?'

'Ja, hij heeft eraan gedacht te bellen, die vriend van je. Eindelijk hoorde hij van iemand wat hier gaande was, en ineens is hij vreselijk ongerust over de situatie in Israël en zelfs over mijn verdwijning, stel je voor.'

'Maar hoe weet hij dat jij –'

'Ofer heeft het hem verteld.'

Avram wacht. Hij weet dat er meer is.

'En hij komt terug met Adam. Maar dat duurt nog een paar dagen, hij weet niet zeker wanneer er vluchten zijn. Ze zitten nu in Bolivia, in een of andere zoutwoestijn.' Ze trekt boos haar neus op. 'Daar is genoeg zout voor al mijn wonden.'

'En Adam?'

'Wat is er met Adam?'

'Heeft hij ook iets ingesproken?'

Ze blijft staan, van haar stuk gebracht. God zal me liefhebben, denkt ze. 'Ora?'

Want nu pas, dankzij Avrams vraag, herinnert ze zich dat Ilan haar ook de groeten heeft gedaan van Adam. Ze was zo in beslag genomen door zichzelf en wat ze aan het doen was, dat ze dat bijna was vergeten. Ilan had het uitdrukkelijk gezegd: 'Je hebt de groeten van Adam.' En dát was ze vergeten. Ja, Adam had gelijk, helemaal gelijk: ze is een onnatuurlijke moeder.

'Ora, wat is er?'

'Laat zitten, maakt niet uit.' Weer zet ze het bijna op een rennen. 'Bij mij thuis stonden helemaal geen belangrijke berichten op het antwoordapparaat.'

'Bij jou thuis?'

'Hou erover op, oké? Wat is dit voor kruisverhoor? Laat me met rust!'

'Al goed,' mompelt hij. Zijn maag krimpt ineen.

Ineens lopen ze in een wolk van knaasjes en moeten ze door hun neus ademen en een tijdje hun mond houden. Avram ziet blootliggende wortels van bomen en eromheen hoopjes losgewoelde aarde: hier zijn vannacht wilde zwijnen geweest.

Verderop staat aan de kant van het pad een groot, donker rotsblok met diep ingebeitelde letters: NADAV. En op een steen daarnaast: BOS TER NAGEDACHTENIS VAN KAPITEIN NADAV KLEIN, GEVALLEN IN HET JORDAANDAL TIJDENS DE UITPUTTINGSOORLOG. 27 SIVAN 5729 – 12 JULI 1969. Ertegenover, tussen dennennaalden en dennenappels, een herdenkingssteen en een opschrift: TER NAGEDACHTENIS VAN ADJUDANT-ONDEROFFICIER MENACHEM HOLLANDER, ZOON VAN CHANNA EN MOSJE, HAIFA, KFAR CHASSIDIEM. GEVALLEN IN DE JOM KIPOEROORLOG BIJ DE SLAG OM STEUNPUNT 'TELEVISIE', OP 13 TISJRIE 5734 (9 OKTOBER 1973), IN DE LEEFTIJD VAN 23 JAAR.

Even verderop stuiten ze op een kolossaal betonnen reliëf van de hele verdedigingslinie langs het Suezkanaal in 1973, met alle steunpunten, inclusief Magma – hier is het, wat is het klein – en tussen cactussen met lange getande bladeren zijn beelden te zien, een vergulde ree op haar knieën, een eveneens helemaal vergulde leeuw, en een monument met de namen van acht strijders die op 23 mei 1970 zijn gevallen tijdens gevechten op de oevers van het Suezkanaal. Ora controleert vanuit haar ooghoek of Avram er goed overheen komt, over deze hordes van de herinnering, maar Avram lijkt op dit moment uitsluitend en alleen over haar in te zitten. Ze vraagt zich af hoe ze het hem moet vertellen, waar ze moet beginnen en hoe ze het kan uitleggen.

Ze loopt door en is niet bij te benen. De hond blijft nu en dan hijgend staan – haar flanken gaan snel op en neer – om Avram een vragende blik toe te werpen, en hij trekt zijn schouders op: ik snap het ook niet. Van de hoofdweg van Isfia, tegenover groente- en fruitzaak Sjoek Josef, slaan ze bij het blauw-wit-oranje teken af naar een pad dat door een dun pijnbomenbos voert. De grond is bedekt met hopen afval en grofvuil: autobanden, meubels, oude kranten, kapotgeslagen televisies, tientallen plastic frisdrankflessen.

'Ze gooien hier expres hun rotzooi weg,' sist ze. 'Ik zeg je, dat is hun kromme wraak op ons.'

'Van wie?'

'Van hen,' zegt ze met een vaag, breed armgebaar, 'je weet precies wie ik bedoel.'

'Maar het is hun eigen omgeving die ze vervuilen,' zegt Avram verbaasd, 'het is toch hún dorp.'

'Nee, nee, binnenshuis is alles spic en span bij ze, daar blinkt alles, ik ken ze, maar alles daarbuiten is als het ware van de staat, van de Joden, en dus hoor je daar de boel te vervuilen. Het maakt vast ook deel uit van hun jihad, moet je hier zien, moet je zien!' Ze haalt met haar voet hard uit naar een lege plastic fles, maar mist en valt bijna achterover.

Avram herinnert haar er voorzichtig aan dat Isfia een druzisch dorp is en dat de druzen juist geen gebod tot jihad kennen. 'Bovendien hebben we tijdens de afdaling van de Arbel, bij het Meer van Galilea en in de Nachal Ammoed ook hopen echt Joods vuil gezien.'

Maar Ora wijst zijn redenering van de hand. 'Nee, nee, dit is hun protest, snap je dat niet? Want echt in opstand komen durven ze niet. Ik zweer het je, ik zou veel meer waardering voor ze hebben als ze het openlijk tegen ons zouden opnemen.'

Ze heeft het ergens te kwaad mee, denkt Avram, en ze reageert het af op hen. Hij kijkt naar haar en ziet wat voor lelijk gezicht ze trekt.

'Ben jij dan niet kwaad op ze?' sist ze. 'Heb je geen enkele woede of haat om wat ze jou daar hebben aangedaan?'

Avram denkt na. De oude man in de koelcel komt hem voor de geest, naakt op de stenen keldervloer, waar hij met zijn hoofd op bonkt, spartelend voor de ogen van de soldaten.

'Wat moet je daar zo lang over nadenken? Als ze mij een kwart hadden geflikt van wat ze jou hebben aangedaan, dan had ik ze tot het eind van de wereld achternagezeten, huurmoordenaars had ik ingeschakeld om wraak te nemen, zelfs nu nog.'

'Nee,' zegt hij, en hij laat zijn folteraars de revue passeren: de hoofdondervrager, luitenant-kolonel dokter Asjraf, met de sluwe oogjes, het walgingwekkend bloemrijke Hebreeuws en de handen die hem in stukken scheurden; de cipiers in de Abbassiagevangenis, die hem bij elke gelegenheid sloegen en het veel erger op hem hadden gemunt dan op de anderen, alsof er iets aan hem was wat telkens weer hun blinde woede opriep; de twee die hem levend begroeven, en die ene die aan de kant foto's stond te nemen; de twee die ze volgens Asjraf speciaal voor hem hadden laten aanrukken, twee ter dood veroordeelde verkrachters uit een civiele gevangenis in Alexandrië. Nee, zelfs die haat hij niet meer. Zouteloze wanhoop is het enige wat hij voelt als hij aan hen moet denken, en soms ook verdriet, simpel en onbewerkt, om de pech dat hij daar is beland en heeft gezien wat hij gezien heeft.

Het pad lijkt het vuil van zich af te willen schudden door een scherpe bocht naar links te maken en hen mee te voeren naar de kloof van de Nachal Cheek, die naar hun idee naar het middelpunt van de aarde duikt. Ze moeten goed uitkijken waar ze hun voeten neerzetten, want de rotsen zijn glibberig van de ochtenddauw en pezige plantenwortels steken het pad over, en bovendien schittert de zon de hele tijd door een fijnmazig knipkunstwerk in het gebladerte.

Hoe kan het dat Adam mij ineens de groeten doet? vraagt ze zich af. Wat is er gebeurd dat hij zo is, wat voelt hij aan?

Eiken, pistachebomen en pijnbomen die eruitzien alsof ze grootvaders en -moeders zijn, buigen zich van beide wanden van de kloof naar hen toe, de takken omwikkeld met klimop, en hier en daar staat een aardbeiboom. En ineens ligt er een geweldige, omgehakte pijnboom over het pad, met een verbleekte stam en dode dennenappels. In één beweging deinzen hun hoofden terug.

Bij een drooggevallen spaarbekken vol hoog, iel cypergras, lopen twee lange jongens met wilde kapsels hun tegemoet – de een heeft donkere, dikke rastalokken, de ander korenblonde krullen, en ze dragen allebei een heel klein keppeltje. Ze zijn bepakt met een grote rugzak met daarbovenop een opgerolde slaapzak, en op hun gezicht staat een vriendelijke glimlach. Ora en Avram zijn al geoefend in zulke ontmoetinkjes: ze brengen bijna altijd kortweg 'dag' uit voor ze zich met een neergeslagen blik een kwartslag draaien om de andere wandelaars te laten passeren. Maar nu groet Ora de jongens met een brede glimlach en neemt de rugzak van haar schouders. 'Waar zijn jullie vandaan, kiddo's?' informeert ze, waarop de twee lichtelijk verbaasd een blik met elkaar wisselen, maar haar glimlach is warm en uitnodigend.

'Hebben jullie zin in een kleine koffiepauze? Ik heb net verse wafels gekocht. Koosjer,' voegt ze er welwillend aan toe met het oog op hun keppeltjes. Ze kletst met hen, lacht en straalt een en al moederlijke warmte uit, maar lijkt ook een beetje te flirten, en de twee gaan op haar aanbod in, hoewel ze nog maar een uur geleden op de helling van de Har Sjokeef koffie hebben gedronken met iemand, een dokter uit Jeruzalem, die hun allerlei grappige vragen stelde en hun antwoorden opschreef in een notitieboekje. Ora verstrakt.

Op haar verzoek vertellen ze na een korte aarzeling wat ze van hem te horen hebben gekregen toen ze koffie met hem dronken. ('Hij zet ongelooflijk lekkere koffie,' merkt de donkere op.) Hij en zijn vrouw bleken jaren geleden het plan te hebben opgevat samen het pad af te lopen, helemaal van het noorden tot aan Taba, bijna duizend kilometer, maar zijn vrouw werd ziek en ging dood. Drie jaar geleden was dat – de jongens vallen elkaar nu in de rede, enthousiast over het verhaal of aangemoedigd door Ora's gehypnotiseerde blik –, en zijn vrouw had hem voor haar dood laten zweren dat hij hun tocht toch zou maken, al was het in zijn eentje. 'Ze zocht ook de hele tijd nog iets anders voor hem om onderweg te doen te hebben,' zegt de jongen met de blonde krullen lachend. 'En uiteindelijk kwam ze met dat idee,' steelt de donkere het verhaal uit zijn mond, 'dat hij iedereen die hij onderweg tegenkwam twee vragen zou stellen,' zeggen de jongens nu in koor, en nu pas, nu ze het zelf vertellen, laten ze het wezen van het verhaal echt tot zich doordringen. Ora glimlacht naar de jongens, maar luistert nauwelijks. Ze probeert zich een voorstelling te maken van de vrouw, die vast heel mooi is geweest – zo ziet Ora haar voor zich –, van een rijpe, stralende, geestelijke en tegelijkertijd ook aardse schoonheid, met weelderig honingblond haar.

Heel even vergeet ze haar eigen zorgen en klampt ze zich vast aan de onbekende vrouw – Tammi, Tamari, zo noemde hij haar, Tamjoesja – die op haar sterfbed voor haar man dat 'nog iets anders' had proberen te vinden.

Of nog *iemand* anders, denkt ze met een glimlach van genegenheid en subtiele waardering voor de vrouw die haar man blijkbaar goed kende – dat overhemd van hem, nee echt, als een tafelkleed in een Italiaanse *trattoria* – en hem had toegerust met twee van die vragen die geen enkele vrouw zou kunnen weerstaan.

De twee jongens zijn al takken en droog onkruid bij elkaar aan het sprokkelen, leggen even later een vuurtje aan, zetten er een zwartgeblakerd kannetje op en bieden hun verzameling kruidenthee aan. Ondertussen blijft Ora meer en meer etenswaren uit haar rugzak tevoorschijn halen. 'Als uit een tovenaarshoed,' lacht ze, genietend van de gulle bewe-ging van haar hand. Alles wat ze vanochtend in de minimarkt heeft ge-kocht, stalt ze voor hen uit. Avram ziet het bezorgd aan: blikjes hummus, *labbane*, gekneusde groene olijven, en ze heeft ook een aantal pitabrood-jes gekocht, die nog zacht en warm zijn. Ze verleidt de jongens echt van alles te proeven, en zij laten zich graag verleiden. Ze hebben in geen tij-den zo'n maaltijd gegeten, zeggen ze met volle mond, en ze gaan prat op hun zuinigheid tijdens hun trektocht en op het vernuft waarmee ze hun kleine huishouden hebben gevoerd. Ora kijkt hen vol genegenheid aan als ze zo zitten te snoeven en zich gretig te goed doen, en alleen Avram zit een beetje klem in hun midden en voelt zich niet op zijn plaats.

Er ontspint zich een gesprek over de lange weg die de jongens vanuit het zuiden en Ora en Avram vanuit het noorden hebben afgelegd. Ze wisselen handige tips en belangrijke informatie uit over verrassingen en hindernissen die de anderen verder op hun pad nog te wachten staan. Ora denkt ondertussen dat ze er goed aan heeft gedaan haar telefoon-nummer achter te laten op het excuusbriefje aan de Jeruzalemse arts. Als hij haar belt, kan ze hem op een of andere manier – hij mag zeggen hoe – de blaadjes doen toekomen die hij in haar schrift heeft volgeschreven.

Eindelijk ontdooit Avram. Het pad is toch ook voor hem een beetje een thuis geworden, en tot zijn eigen verbazing klopt er in hem een soort kameraadschap van wandelaars onder elkaar, een broederschap van weggenoten, zoals hij nog nooit heeft gekend. Bovendien geniet hij mis-schien net als Ora van de gezonde eetlust van de twee jongens en van het feit dat ze bij wijze van spreken van zijn tafel eten en dat de gewoon-ste zaak van de wereld vinden. Zo gaat dat nu eenmaal: arme jongelui, zuinig en sober levend tegen wil en dank, genieten af en toe van de gul-heid van oudere, rijkere mensen die hun pad kruisen. In dit geval zijn zij het, een aardig, vriendelijk stel dat er fatsoenlijk uitziet, ondanks de wijde, hagelwitte broek die om Avrams benen wappert en het staartje in zijn haar: een man en een vrouw, niet de jongsten meer, maar ook nog niet oud, die natuurlijk zelf al volwassen kinderen hebben en misschien zelfs al een of twee kleinkinderen, en die eventjes vrijaf hebben geno-men van hun volle, drukke leven om een klein avontuur te ondernemen. Avram vertelt ze enthousiast over de steile klim naar de top van de Tabor, over de in de rotsen uitgehouwen traptreden en ijzeren pinnen in de hel-ling van de Arbel, en hij heeft ook een aantal adviezen en waarschuwingen, maar bijna elke keer dat hij iets wil zeggen, is Ora hem vlug voor. Ze staat erop zelf het verhaal te vertellen, zowaar met lichte overdrijvingen, en ineens heeft Avram het idee dat ze hem koste wat kost wil bewijzen hoe goed ze met jongelui weet om te gaan en hun taal spreekt. Hij valt stil en slaat haar gade, ziet hoe ze een en al lawaaiige jovialiteit is, onbehouwen als een elleboogstoot tussen de ribben. Heel haar gedrag is zo vreemd en schel dat even de gedachte door hem heen schiet dat het net is alsof ze zo tegen hemzelf ingaat, dat ze nog altijd kwaad op hem is, god mag weten waarom, en dat ze hem met een merkwaardige opstandigheid stapje voor stapje wegduwt uit de kleine cirkel die ze om zichzelf en de twee jongens heeft getrokken.

Hij trekt zich inderdaad terug, dooft zijn licht en kruipt in zijn donkere schulp.

De jongens, uit de nederzetting Tekoa, hebben helemaal niet door wat voor stille veldslag hier naast hen wordt uitgevochten en vertellen over de wonderen die ze onderweg vanuit Eilat hebben gezien – de wadi Nachal Tsien bij zonsondergang, de narcissen in de laatste regenplassen in de Nachal Asjkelon, de steenbokken in de kloof van Een Avdat – en Ora legt hun uit dat zij en Avram van plan zijn naar Jeruzalem te gaan en niet verder. 'Maar ooit, in de toekomst,' zegt ze, en haar blik dwaalt af, 'doen we misschien ook het zuidelijke deel van het pad, tot aan Eilat en Taba.' De jongens klagen over de militaire oefengebieden in de Negev, die het pad van de wadi's en de bergen hebben weggedrukt naar de bermen van de eerste de beste wegen, en ze waarschuwen Ora en Avram voor de Perzische windhonden van de bedoeïenen. 'Massa's van die honden hebben ze, pas maar goed op die van jullie.' Om Avram heen kabbelt het gesprek voort en als hij ineens iets over zijn gezicht voelt lopen, slaat hij zijn ogen op en ziet hij dat het Ora's gekwelde en afstandelijke blik is, waarmee ze hem nu aanstaart, alsof ze ineens iets nieuws en heel pijnlijks aan hem heeft ontdekt. Hij tilt werktuiglijk zijn hand op en probeert een of ander kruimeltje of vlekje van zijn gezicht te vegen.

Ondertussen komen ze te weten dat het naar Jeruzalem nog ongeveer tien dagen lopen is. 'Misschien doen jullie er ietsje langer over,' schatten de jongens, die meteen voor hen aan het rekenen slaan. 'Een dag of twee vanhier tot aan de zee, bij Djisr az-Zarka? En twee, hooguit drie dagen lang lopen jullie langs de kust tot aan Tel Aviv, waar de Jarkon in de zee uitmondt? En hoe lang hebben jullie dan nog te gaan? Zeg maar een dag, anderhalve dag, langs de Jarkon? Niks bijzonders, die hele Jarkon. Een paar mooie stukken, voor de rest gewoon een vieze stinksloot. En dan nog drie dagen op je sloffen van Rosj Ha'ajin naar Latroen en Sja'ar Hagaj, en vandaar is het nog één dag naar Jeruzalem.'

'Op het eind vliegt het voorbij,' lacht de blonde met de krullen, 'vanaf Sja'ar Hagaj ruiken jullie de stal.'

Ora en Avram werpen elkaar bliksemsnel een geschrokken blik toe: nog maar tien dagen? En dan? Wat dan?

'Ora, wacht, je bent aan het rennen.'

'Zo loop ik nou eenmaal.'

Al een paar uur zette ze er woest de pas in en liep te knarsetanden. Avram en de hond liepen een eindje achter haar. Ze durfden niet te dicht bij haar in de buurt te komen. Ora bleef alleen staan als ze niet meer kon, als ze er letterlijk bij neerviel.

Het Allondal, de Har Sjokeef, affodillen, cyclamen, de eerste klaprozen; daarna openbaarde zich aan hen ineens de zee. Vanaf het begin van de tocht had Ora naar dit moment uitgekeken, en nu bleef ze niet staan en wees niet eens naar haar geliefde zee, maar liep met opeengeklemde kaken door, kreunend van de inspanning, gevolgd door Avram. De beklimming van de Karmel viel hun zwaarder dan die van de Galilese bergen. De paden waren hier rotsachtiger, er lagen af en toe afgebroken bomen overheen en stekelige struiken rukten op tot op het pad. Koolmeesjes en gaaien cirkelden boven hen in de lucht, riepen elkaar opgewonden toe en leken hen een eindje te vergezellen en hen aan elkaar over te dragen. Tegen de avond bleven ze beiden even staan bij een reusachtig grote, open dennenappel die midden op het pad lag te baden in de stralen van de ondergaande zon, met een merkwaardig donkerrode gloed tussen zijn schubben.

Ze keken er even naar. Een smeulend stuk houtskool dat licht leek uit te stralen.

Maar al snel zetten ze zich weer in beweging. Avram begon nu zelf ook een onrustig gevoel te krijgen als ze ergens ook maar één ogenblik stilstonden. Ook hem stak nu de angst, een nieuwe angst. Hij dacht: als we bij een weg aankomen, kunnen we misschien de bus nemen. Of misschien zelfs een taxi.

De ruïnes van Rakkiet, de grotten van Jesjach onder een overhangend voorhoofd van verbenende rots. Ze daalden af tussen grote rotsblokken, hielden zich vast aan plantenwortels, aan holtes in de rotsen. Telkens weer moest Avram terug omhoog om de hond in zijn armen te nemen, die jankend voor de kloven bleef staan. Ze liepen ook door toen het donker werd, zolang ze het pad en de markering konden zien. Daarna sliepen ze, kort en onrustig, en werden midden in de nacht wakker, precies zoals in de eerste nachten van hun tocht, omdat de aarde onder hun lichaam voortdurend humde en ritselde. Ze gingen bij het vuurtje zitten dat Avram had aangelegd en dronken thee die hij had gezet. Het stilzwijgen, en waarmee het was gevuld, was verschrikkelijk. Ora sloot haar ogen en zag de kleine straat die naar haar huis in Bet Zajit leidde, ze zag het tuinhekje en de treden van het trapje naar de voordeur. Weer hoorde ze Ilan zeggen dat ze de groeten kreeg van Adam. In Ilans stem kon ze Adams bezorgdheid horen. Zijn mededogen. Waarom maakte hij zich ineens ongerust over haar? Vanwaar dat mededogen? Ze sprong overeind en begon de etensspullen in te pakken, stopte ze kriskras door elkaar in haar rugzak.

Ze liepen verder in het donker, bij maneschijn, en later onder een lichtende hemel. Al een paar uur hadden ze geen woord gewisseld. Avram had het gevoel dat ze renden om op tijd bij Ofer te komen, zoals je rent om iemand te redden uit het puin, wanneer elke seconde telt. Het is niet goed dat ze zwijgt, dacht hij, en dat ze niets zegt over Ofer. Juist nu zou er over hem gepraat moeten worden, ze moet over hem praten. Er móet over hem gepraat worden.

En toen begon hij in zichzelf te praten, zonder geluid. Hij vertelde over Ofer, dingen die ze hem had verteld, kleinigheidjes, momenten, woord voor woord.

'Zeg me alleen dat hij in orde is,' bromt hij later, als de zon hen al verblindt. Met een plotselinge duik haalt hij haar in en verspert haar de weg. 'Zeg me dat hem niets is overkomen, dat je niet iets voor me verborgen houdt. Kijk me aan!' roept hij uit.

Ze hijgen allebei.

'Ik weet het maar tot aan eergisteravond. Tot dan was hij in orde.' Haar gezicht is niet langer vlijmscherp. Hij ziet dat er het afgelopen uur iets aan haar is veranderd, tussen het theedrinken en zonsopgang. Ze ziet er nu uitgeteld en verlept uit, alsof ze na een of ander lang gevecht op de knieën is gedwongen.

'Wat is er dan mis? Waarom ben je zo sinds gisteren? Wat heb ik je misdaan?'

'Je vriendin,' zegt Ora moeizaam.

'Netta?' Ineens trekt alle bloed uit zijn gezicht. 'Wat is er met Netta?' Met een ongelukkige blik in de ogen kijkt Ora hem aan.

'Is ze in orde?' smeekt hij. 'Wat is er gebeurd?'

'Ze is in orde, je vriendin is helemaal in orde.'

'Wat is er dan?'

'Ze klinkt juist aardig, grappig.'

'Heb je met haar gepraat?'

'Nee.'

'Hoe weet je dat dan?'

Met zware passen loopt Ora van het pad af in de richting van een dicht bos. Gevolgd door Avram waadt ze door distels en struiken, valt en staat weer op. Ze beklimt een kleine formatie van hoge, grijze rotsen, en hij volgt haar. En ineens bevinden ze zich in een heel kleine krater, waarin het licht gedempt en schaduwachtig is, alsof de zon er haar stralen van aftrekt.

Ora zinkt neer op een richel in de rots en begraaft haar gezicht in haar handen. 'Moet je horen, ik heb iets gedaan... het is verkeerd, ik weet het, maar ik heb naar je huis gebeld. Ik heb je berichten afgeluisterd.'

'Naar mijn huis?' Hij gaat rechtop staan. 'Mijn berichten? Kan dat ook al?'

'Ja.'

'Hoe dan?'

'Je hebt er een code voor, een algemene, de default, het is helemaal niet ingewikkeld.'

'Maar waarom?'

'Vraag me niet waarom.'

'Ik snap het niet. Wacht even –'

'Avram, ik heb het gedaan, en daarmee uit. Ik had mezelf niet in de hand. Ik heb eerst naar mijn eigen huis gebeld en daarna toetsten mijn vingers vanzelf jouw nummer in.'

De hond dringt zich tussen hen in. Ze biedt Ora de zacht beklede steun van haar warme lijf en Ora legt er haar armen op. 'Ik weet niet wat er in-eens over me kwam. Luister, ik ben echt... ik schaam me dood.'

'Maar wat is er gebeurd? Wat heeft ze gedaan? Heeft ze zich iets aan-gedaan?'

'Ik wilde haar alleen maar horen, horen wie ze is. Ik dacht niet eens –'

'Ora!' Bijna loeit hij haar naam uit. 'Wat zei ze?'

'Je hebt een aantal berichten. Tien, en negen zijn er van haar. Eén is van je baas in het restaurant. Over een week zijn ze klaar met de verbouwing en hij wil dat je weer komt werken. Hij is echt dol op je, Avram, je kunt het horen in zijn stem. En er komt ook een housewarmingparty die ze –'

'Maar Netta, wat is er met Netta?'

'Ga zitten, ik kan er niet tegen dat je zo blijft staan.'

Avram lijkt haar niet te horen. Hij staart naar de grijze, opstaande rot-sen om hem heen. Deze plek heeft iets wat hem benauwt.

Ora vlijt haar wang op de rug van de hond. 'Luister, ze belde een dag of tien geleden, misschien langer, en vroeg je haar meteen terug te bellen. Daarna heeft ze nog een paar keer gebeld met dezelfde vraag, of nee, eigenlijk zei ze alleen maar je naam: "Avram? Avram, ben je daar?", "Avram, neem op," dat soort dingen.'

Avram gaat tegenover haar op zijn knieën zitten. Ineens is zijn hoofd te zwaar om te dragen. De hond, waar Ora bovenop ligt, draait hem haar gezicht toe met de donkere, milde ogen.

'En toen belde ze en sprak in –' Ora slikt en haar gezicht neemt plotse-ling een kinderlijke, geschrokken uitdrukking aan, 'dat ze je iets belang-rijks te vertellen had. En daarna, eens even kijken, ja, de laatste bood-schap was van eergisteravond.' Ora stoot een ijzig lachje uit. 'Moet je zien, het is precies op de tijd dat Ofer bij mij thuis de laatste boodschap insprak.'

Avram zit voorovergebogen en ineengedoken op zijn knieën, klaar voor de klap. Hem verrassen ze niet meer.

'Avram, dit is Netta,' zegt Ora met een holle stem en haar ogen staren naar een of ander punt achter Avram. 'Ik zit in Nuweiba en je bent al heel lang niet thuis en belt degenen die je liefhebben niet terug –'

Avram knikt, alsof hij Netta herkent achter Ora's stem.

'En er was nu net een tijdje dat ik dacht dat ik een beetje in verwachting was,' zegt Ora bijna zonder haar lippen te bewegen, helemaal alsof een onzichtbare buikspreker haar de woorden in de mond legt. 'Ik durfde het niet tegen je te zeggen en daarom ben ik naar de Sinaï gegaan om na te denken over wat ik aan het doen was, mezelf op orde te krijgen, en uiteindelijk was het natuurlijk niet zo, zoals gewoonlijk bij mij, loos alarm, losse flodders, dus je hoeft je nergens zorgen over te maken, mijn lief.

En toen kwam de piep,' zegt Ora.

Hij staart haar aan. 'Wat? Ik begrijp het niet. Wat zei je?'

'Wat valt hier niet te begrijpen?' vraagt Ora, weer aanwezig. En opnieuw wordt ze vlijmscherp. 'Wat was het precies dat je niet hebt begrepen? Zat er een woord Chinees bij? "In verwachting" snap je? "Loos alarm" snap je? "Mijn lief" heb je het begrepen?'

Zijn mond zakt open. Zijn gezicht stolt in eindeloze verbazing.

Met een bruuske beweging scheurt Ora zich los van hem en de hond en draait hun haar rug toe. Ze slaat haar armen om zichzelf heen en wiegt zich snel naar voren en naar achteren. Hou daarmee op, beveelt ze zichzelf, waarom val je hem aan? Wat heeft hij je misdaan? Toch kan ze niet ophouden. Haar bovenlichaam blijft op en neer gaan, en met plezier trekt ze de gloeiende draad verder en verder uit haar binnenste en haalt zichzelf toer na toer uit, tot ze helemaal verdwenen zal zijn – als dat eens zou kunnen. En die arme Netta, *uiteindelijk was het natuurlijk niet zo, zoals gewoonlijk bij mij, loos alarm*. Plotseling weet Ora hoe Avram en Netta klinken als ze met elkaar praten, ze kent hun samenklank, de lichte, speelse bewegingen die ze tegenover elkaar maken, precies zoals hij vroeger de degens kruiste met Ilan en zoals Ilan tot op de dag van vandaag deed met de jongens, met diezelfde scherpzinnigheid en bliksemse snelheid waartoe Ora zelf niet meer in staat is, waartoe ze eigenlijk nooit in staat was geweest. *Loos alarm*, had Netta met een lachje gezegd, *losse flodders*. Maar beseft hij wel hoeveel ze van hem houdt en hoe erg ze onder hem lijdt?

Hij bromt: 'Ik begrijp nog steeds niet waar je boos om bent.'

'Boos?' Ze legt haar hoofd in haar nek en verspreidt een antibiotische spray van gelach. 'Ik boos? Waar zou ik me boos om moeten maken? Integendeel, ik moet blij zijn, nietwaar?'

'Waarmee?'

'Met alleen al de mogelijkheid,' legt ze uit met een ernstig gezicht en op een soort zakelijke toon van een krankzinnige, 'dat je misschien ooit een kind krijgt.'

'Maar ik heb geen kind,' zegt hij streng, 'behalve Ofer heb ik helemaal geen kinderen.'

'Maar misschien krijg je die nog, waarom niet? Bij jullie, mannen, kan het tenslotte.' Ze valt stil en lijkt even bij zinnen te komen. Bijna stort ze zich in zijn armen om zich te verontschuldigen voor de waanzin die in haar is gevaren, voor haar jaloezie, kleinzieligheid en domme gekrenktheid. Ze wil immers vooral tegen hem zeggen hoe goed het zou zijn als hij een kind kreeg, wat voor fantastische vader hij zou zijn, een fulltime vader, maar dan trekt er nog een wee door haar heen, een heen en weer flitsend, vlammend zwaard – en ze springt overeind en brengt verbijsterd uit: 'Misschien krijg je wel een dochter, Avram, je krijgt een meisje.'

'Maar waar heb je het over?' Avram komt snel overeind en gaat tegenover haar staan. 'Netta zei toch dat het niet zo was, dat ze het alleen maar had gedacht?' Hij steekt zijn handen uit om haar te omhelzen, maar Ora glipt hem tussen de vingers door en kruipt weg in een grote nis in een rots. Helemaal ineengedoken zit ze daar, met haar handen voor haar mond, alsof ze op haar duim zuigt of een schreeuw probeert te smoren.

'Kom,' zegt Avram, 'we lopen verder.' Hij gaat naast haar op zijn knieën zitten. Zijn toon is afgemeten en zelfverzekerd. 'We lopen tot aan je huis, tot waar je wilt dat ik met je meeloop. Er is niets veranderd, Ora, sta op.'

'Waarvoor?' lispelt ze krachteloos.

'Waarvoor wat?'

Ze kijkt hem met grote ogen aan. 'Maar jij krijgt een meisje.'

'Er is helemaal geen meisje,' zegt hij boos. 'Wat héb je?'

'Ik begrijp het ineens, ineens zie ik het concreet voor me.'

'Ik heb alleen Ofer,' herhaalt Avram koppig. 'Luister: jij en ik, samen, hebben Ofer.'

'Hoezo heb jij Ofer?' zegt ze grimlachend achter haar handen, en haar ogen zwerven met een holle blik door de lucht. 'Je kent hem niet, je wilde hem niet eens zien. Wie of wat is Ofer voor jou? Ofer is voor jou niet meer dan woorden.'

'Nee, nee.' In zijn nood schudt hij stevig aan haar schouders. Haar hoofd zwaait naar voren en naar achteren. 'Nee. Je weet dat dat niet meer zo is.'

'Maar ik heb alleen maar woorden tegen je gezegd.'

'Zeg, heb je hier niet toevallig –'

'Wat?'

'Een foto van hem?'

Ze staart hem even aan alsof ze de betekenis van de woorden niet begrijpt. Dan richt ze zich op haar rugzak, wroet erin en haalt er een kleine bruine portemonnee uit. Ze maakt die zonder te kijken open en steekt hem Avram toe. In een plastic vakje zit een foto van twee jongens die een arm om elkaars schouder hebben geslagen, genomen op de ochtend van de dag dat Adam in dienst ging. Ze hebben allebei lang haar, en Ofer, jong en heel dun, leunt tegen zijn grote broer en omvat hem met zijn arm en zijn blik. Avram kijkt. Ora heeft de indruk dat al zijn gelaatstrekken onbeheerst beginnen te bewegen.

'Avram,' zegt ze zachtjes. Ze legt haar hand op de hand waarin hij de foto heeft. Ze kalmeert het trillen.

'Wat een mooi kind,' fluistert Avram.

Ora sluit haar ogen. Aan beide kanten van de straat naar haar huis ziet ze mensen staan. Sommigen zijn de tuin al ingelopen, sommigen staan al op het trapje naar de voordeur. Ze wachten op haar, zwijgend en met gebogen hoofd. Ze wachten tot ze tussen hen door loopt en haar huis binnengaat.

'Zodat we kunnen beginnen,' zijn de woorden die door haar heen schieten.

'Praat tegen me,' mompelt ze, 'zeg iets over hem.'

'Wat moet ik tegen je zeggen?'

'Wat is hij voor jou?'

Ze pakt de portemonnee uit zijn handen en stopt die terug in de rugzak. Om een of andere reden kan ze het niet verdragen dat de foto zo wordt blootgesteld aan het daglicht. Hij durft niet tegen te sputteren, al was hij graag rustig gaan zitten om de foto nog veel langer te bestuderen.

'Ora –'

'Zeg me wat hij voor je is.'

Avram voelt de sterke behoefte op te staan en weg te gaan uit de schaduwen in deze vreemde kleine krater, weg van deze grijze rotsen. Recht voor hem, tussen twee getande rotsen, is een stuk te zien van een groen begroeide berg die baadt in de zon, terwijl zij hier met zijn tweeën in de schaduw zitten, te veel schaduw.

'Ik hoor je niet,' fluistert ze.

'Om te beginnen,' zegt Avram, 'is hij in de allereerste plaats jouw kind. Dat is het eerste wat ik van hem weet, dat is het eerste wat ik over hem denk.'

'Ja,' fluistert ze.

'Zo denk ik altijd over hem: dat hij van jou is, met jouw licht en jouw goedheid, met wat je hem altijd hebt gegeven, zijn leven lang, zoals jij geven kan. Je overvloed, je overvloedige liefde, gulheid, altijd, en dat is wat hem overal zal beschermen, ook daar.'

'Ja?'

'Ja, ja.' Avram kijkt even weg van haar en klemt haar slappe lichaam tegen zich aan. Hij voelt dat ze het koud heeft, dat ze nauwelijks ademhaalt.

'Praat door, je moet me nog meer zeggen.'

'En je laat me hem vasthouden, samen met jou,' zegt hij, 'dat is wat het is, dat is wat ik zie, ja.'

Als haar gezicht verslapt en afdwaalt alsof ze met open ogen in zijn armen in slaap valt, wil hij haar wakker maken, haar leven inblazen, maar iets in haar, in haar holle blik, in haar open mond... 'En het is zo,' zegt Avram moeizaam, 'dat je hem ergens met je mee naartoe probeert te nemen, in je eentje, maar hij is je te zwaar, nietwaar? Hij slaapt ook de hele tijd, is het niet?'

Ora knikt begrijpend en niet-begrijpend, en haar vingers, zwak en blind, bewegen over zijn onderarm en friemelen aan het randje van zijn mouw.

'Hij is als het ware een beetje verdoofd,' mompelt Avram, 'ik weet niet waarom, ik begrijp niet helemaal hoe het zit, maar dan kom je naar mij toe en vraagt of ik je wil helpen.'

'Ja,' fluistert ze.

'Met zijn tweeën moeten we hem ergens naartoe brengen,' zegt Avram, 'waar naartoe weet ik niet, waarom weet ik ook niet. We houden hem samen vast, tussen ons in, de hele tijd. Hij moet door ons beiden daar naartoe worden gebracht, dat is het punt.'

'Ja.'

'Alleen wij tweeën kunnen hem erheen brengen.'

'Waarheen?'

'Ik weet het niet.'

'Wat is daar?'

'Ik weet het niet.'

'Is het goed?' fluistert Ora vertwijfeld. 'Is het goed daar?'

'Ik weet het niet.'

'Wat is het wat je me aan het vertellen bent? Is het een droom van je? Heb je over hem gedroomd?'

'Het is wat ik zie,' zegt Avram krachteloos.

'Maar wat is het?'

'We houden hem allebei vast.'

'Ja?'

'Hij loopt tussen ons in.'

'Ja, dat is goed.'

'Maar hij slaapt, hij heeft zijn ogen dicht. Zijn ene arm ligt om jouw schouders, de andere om die van mij.'

'Ik snap het niet.'

Ineens rukt Avram zich los uit zijn overpeinzingen. 'Kom, we gaan hier weg, Ora.'

'Het is niet goed,' kreunt ze, 'hij moet de hele tijd wakker zijn. Waarom slaapt hij?'

'Nee. Hij slaapt. Zijn hoofd leunt op jouw schouder.'

'Maar waarom slaapt hij?' roept Ora uit met een stem die breekt.

Avram sluit zijn ogen om het beeld van zijn netvlies te vegen. Als hij ze opent, kijkt hij in de ogen van Ora, die hem met ontzetting aanstaart. 'Misschien hebben we ons wel vergist,' zegt ze. Haar gelaatstrekken worden naar achteren uitgerekt. 'Misschien hebben we er helemaal niets van begrepen, van begin af aan. Deze hele weg, de tocht die we hebben gemaakt –'

'Niet waar,' zegt Avram geschrokken. 'Dat moet je niet zeggen. We gaan weer lopen en over hem praten –'

'Misschien maakte ik een denkfout en is het net andersom,' zegt ze in zichzelf, verbijsterd.

'Hoe andersom?'

Haar handen gaan langzaam open. 'Want ik dacht dat als we over hem zouden praten met zijn tweeën, als we de hele tijd over hem zouden praten – dat we hem dan samen zouden beschermen, toch?'

'Ja, ja, zo is het, Ora, je zult zien dat –'

'Maar misschien is het precies het tegenovergestelde?'

'Wat,' fluistert hij, 'wat is het tegenovergestelde?'

Ora trilt over haar hele lichaam. Ze pakt stevig zijn arm beet. 'Ik wil dat je me iets belooft.'

'Ja, alles wat je wilt.'

'Dat je alles zult onthouden.'

'Ja, je weet dat ik dat doe.'

'Vanaf het begin, vanaf de dag dat we elkaar leerden kennen, als tieners. Die oorlog toen, en hoe we elkaar hebben ontmoet, op de isoleerafdeling van het ziekenhuis, en de andere oorlog, wat jou toen is overkomen, en Ilan, mij en alles wat er is gebeurd, ja?'

'Ja, ja!'

'En Adam en Ofer, beloof het me, kijk me in de ogen.' Ze neemt zijn gezicht tussen haar handen. 'Je blijft het je herinneren, ja?'

'Alles.'

'En als Ofer...' fluistert Ora. Haar blik wordt glazig en een nieuwe, verticale, diepe, zwarte rimpel wordt ineens tussen haar ogen gekerfd. 'Als hij –'

Avram pakt haar bij de schouders en schudt haar wild door elkaar. 'Je moet het niet eens denken!'

Ze praat door, maar hij hoort haar niet. Hij klemt haar tegen zich aan en kust haar gezicht. Ze geeft zich niet over aan zijn kussen, ze laat hem slechts begaan op de schors van haar gezicht.

'Je onthoudt het,' mompelt ze, terwijl ze door elkaar wordt geschud, 'je onthoudt Ofer, zijn leven, *heel* zijn leven, hè?'

Nog minutenlang bleven ze in de verscholen kleine krater zitten, in elkaars armen als vluchtelingen na een storm. Langzaam keerden de geluiden terug. Het gezoem van een bij, het ijle gekwetter van een vogel, geluiden van bouwvakkers die ergens in het dal een huis aan het bouwen waren.

Toen maakte Ora haar lichaam los van het zijne en ging op haar zij op de rotsrichel liggen. Haar knieën trok ze op naar haar buik en ze legde haar wang op haar gespreide hand. Haar ogen waren open, maar zagen niets. Avram zat naast haar en zijn vingers zweefden rakelings over haar gezicht. Er woei een lichte bries. De geuren van wilde majoraan en gedoornde pimpernel, en ook een zoet vleugje kamperfoelie hingen in de lucht. Onder haar lichaam waren de koele steen en de gehele berg, kolossaal, compact en oneindig. Ze dacht: wat is de aardkorst dun.